國家社科基金重大項目《巴蜀全書》（10@ZH005）

四川省重大文化工程《巴蜀全書》（川宣〔2012〕110號）

巴蜀詞新編 上

李 誼 編

四川大學出版社

SICHUAN UNIVERSITY PRESS

圖書在版編目（CIP）數據

巴蜀詞新編 / 李誼編 . — 成都：四川大學出版社，
2025.5
　　（巴蜀全書）
　　ISBN 978-7-5690-6563-3

　　Ⅰ．①巴… Ⅱ．①李… Ⅲ．①詞（文學）—作品集—中
國—唐代 - 清代 Ⅳ．① I222.82

　　中國國家版本館 CIP 數據核字（2024）第 029825 號

書　　　名：巴蜀詞新編
　　　　　　Bashu Ci Xinbian
編　　　者：李　誼
叢　書　名：巴蜀全書

出　版　人：侯宏虹
總　策　劃：張宏輝
選題策劃：何　静　劉慧敏
責任編輯：何　静　劉慧敏
責任校對：周　穎
裝幀設計：經典記憶文化　鄒小工
責任印製：李金蘭

出版發行：四川大學出版社有限責任公司
　　　　　地址：成都市一環路南一段 24 號（610065）
　　　　　電話：（028）85408311（發行部）、85400276（總編室）
　　　　　電子郵箱：scupress@vip.163.com
　　　　　網址：https://press.scu.edu.cn
印前製作：四川勝翔數碼印務設計有限公司
印刷裝訂：成都金龍印務有限責任公司

成品尺寸：185mm×260mm
印　　張：100.25
字　　數：1749 千字

版　　次：2025 年 5 月 第 1 版
印　　次：2025 年 5 月 第 1 次印刷
定　　價：880.00 圓（全二冊）

本社圖書如有印裝質量問題，請聯繫發行部調換

掃碼獲取數字資源

四川大學出版社
微信公眾號

《巴蜀全書》編委會

總　編　纂：舒大剛

副總編纂：萬本根　彭邦本　王嘉陵　郭　齊

　　　　　　楊世文　王智勇　吳洪澤　尹　波

總編纂助理：李冬梅

總集類主編：吳洪澤

《巴蜀全書》出版説明

　　《巴蜀全書》是收録和整理巴蜀歷史文獻的大型叢書。該項工作二〇一〇年一月經由中共四川省委常委會議批准爲四川省重大文化工程；同年四月又獲國家哲學社會科學規劃辦公室批准，列爲國家社科基金重大委託項目。該計劃將對現今四川省、重慶市及其周邊亦屬傳統“巴蜀文化”區域內的各類古典文獻進行系統調查、整理和研究，實現對巴蜀文獻有史以來規模最大、體例最善、編纂最科學、使用最方便的著録和出版。

　　《巴蜀全書》編纂工程，將收集和整理自周秦以下至民國初年歷代巴蜀學人撰著的重要典籍以及其他作者撰著的反映巴蜀歷史文化的作品，編纂彙集成巴蜀文獻的大型叢書。主體工作將分“巴蜀文獻聯合目録”“巴蜀文獻精品集萃”“巴蜀文獻珍本善本”三大類型，計劃對兩千餘種巴蜀文獻編製聯合目録和撰寫内容提要，對五百餘部、二十餘萬篇巴蜀文獻進行精心校點或注釋、評析，對百餘種巴蜀善本、珍本文獻進行考察和重版。

　　通過編纂《巴蜀全書》，希望打造出巴蜀文化的“四庫全書”，爲保存和傳播巴蜀歷代的學術文化成果，促進當代“蜀學”振興與巴蜀文化建設，奠定堅實的文獻基礎；爲提升中華民族的文化自覺和文化自信，建設文化強國貢獻力量。

《巴蜀全書》編纂領導小組

整理巴蜀文獻　傳承優秀文化

——《巴蜀全書》前言

舒大剛　萬本根

　　中華民族，多元一體；中國文化，群星璀璨。在祖國大西南，自古就傳承着一脈具有深厚歷史底蘊和鮮明個性的文化，即巴蜀文化。巴蜀地區山川秀麗，物產豐富，自古號稱"陸海""天府"；巴蜀文化源遠流長，内涵豐富，是古代長江文明的源頭，與"齊魯文化""荆楚文化""吴越文化"等同爲中華文化之瑰寶。整理和研究巴蜀文化的載體——巴蜀文獻，因而成爲研究中國歷史和中華文化不可或缺的内容。

一、綜覽巴蜀文化　提高文化自覺

　　巴蜀地區氣候宜人，資源豐富，是人類早期的發祥地之一。考古發現，這裏有距今二百零四萬年的"巫山人"，有距今三萬五千年的"資陽人"。這裏不僅有大禹治水、巴族廩君、蜀國五主（蠶叢、柏灌、魚鳧、杜宇、開明五個王朝）等優美动人的歷史傳説，也有寶墩文化諸古城遺址、三峽考古遺址、三星堆遺址、金沙遺址、小田溪遺址、李家壩遺址等重大考古發現。商末周初，庸、蜀、羌、髳、微、盧、彭、濮，以及勇鋭的巴師，曾參與武王伐紂。春秋戰國，巴濮楚鄧、秦蜀苴羌，雖互有戰伐，亦相互交流。秦漢以降，巴蜀的地利和物產，更是抵禦强侮、周濟天下、維護國家統一、實現持久繁榮的戰略屏障和天然府庫。

　　在國家"多元一統"的文化格局中，巴蜀以其豐富的自然和人文資源，哺育出一批又一批傑出人物和文化精英，既有司馬相如、王褒、嚴遵、揚雄、陳壽、常璩、陳子昂、趙蕤、李白、蘇軾、張栻、李心傳、魏了翁、虞集、楊慎、唐甄、李調元、楊鋭、劉光第、廖平、宋育仁、謝無量、郭沫若、巴金等文化巨擘，也有朱之洪、張瀾、謝持、張培爵、吴玉章、楊庶堪、黃復生、尹昌衡、鄒容、熊克武、朱德、劉伯承、聶榮臻、陳毅、趙世炎、鄧小平等革命英傑，他們超拔倫輩，卓然振起，敢爲天下先，勇爲蒼生謀，創造了輝煌燦爛的思想文化，推動了中國社會的歷史巨變，演繹出一幕幕驚心動魄的歷史大劇。

歷代巴蜀學人在中國文化的締造中，成就良多，表現突出，許多文化人物和文明成果往往具有先導價值。巴蜀兒女銳意進取的創新精神，使這種創造發明常常居於全國領先地位，成爲中國文化寶庫中耀眼的明珠。

在傳統思想、文化和宗教領域，中國素號"三教互補"，"儒""釋""道"交互構成中華思想文化的主要内容，而儒學是其主幹。從漢代開始，巴蜀地區的儒學就十分發達，西漢蜀守文翁在成都創建當時全國首個郡國學校——石室學宮，推行"七經"教育，實行儒家教化，遂使蜀地民風丕變，並化及巴、漢，促進中國儒學重要流派——"蜀學"的形成，史有"蜀學比於齊魯"之稱。巴蜀地區是"仙道"派發源地，東漢張陵在蜀中創立"天師道"，中國道教正式誕生。東漢佛教傳入中國後，四川也是其重要傳播區域。

巴蜀"易學"源遠流長，大師輩出。自漢胡安（居邛崍白鶴山，以《易》傳司馬相如）、趙賓（治《易》持論巧慧，以授孟喜）、嚴遵（隱居成都，治《易》《老》）、揚雄（著《太玄》）而下，巴蜀治《易》之家輩出。晉有范長生（著《周易蜀才注》），唐有李鼎祚（著《周易集解》），宋有蘇軾（著《東坡易傳》）、房審權（撰《周易義海》）、張栻（著《南軒易説》）、魏了翁（撰《周易集義》《周易要義》）、李石（著《方舟易説》）、李心傳（著《丙子學易編》），元有趙采（著《周易程朱傳義折衷》）、黄澤（著《易學濫觴》）、王申子（著《周易輯説》），明有來知德（撰《周易集注》）、熊過（著《周易象旨決録》），清有李調元（著《易古文》）、劉沅（撰《周易恒解》），皆各撰易著，發明"四聖"（伏羲、文王、周公、孔子）之心。巴蜀易學，普及面廣，自文人雅士、方術道流，以至引車賣漿之徒、箍桶織履之輩，皆有精於易理、善於測算者。理學大師程頤兩度入蜀，得遇奇人，遂有感悟，因生"易學在蜀"之嘆。

巴蜀"史學"名著迭出，斐然成章。陳壽《三國志》雅潔典要，名列"前四史"；常璩《華陽國志》體大思精，肇開方志體；譙周《古史考》，開古史考證之先聲；蘇轍《古史》，成舊史重修之名著。至於范祖禹（撰《唐鑑》，助司馬光修《資治通鑑》）、李燾（撰《續資治通鑑長編》）、王偁（撰《東都事略》）、李心傳（撰《建炎以來繫年要錄》及《朝野雜記》《宋會要》），更是宋代史學之巨擘，故劉咸炘有"唐後史學莫隆於蜀"之說。

蜀人"好文"，巴蜀自古就是歌賦詩詞的沃壤。禹娶塗山（今重慶南岸真武山，常璩《華陽國志·巴志》、酈道元《水經注·江水一》）氏女，而有"候人兮猗"的"南音"，周公、召公取之"以爲《周南》《召南》"（《呂氏春秋·音初》）。西周江陽（今瀘州）人尹古甫亦善作詩，《詩經》傳其四篇（曹學佺《蜀中廣記》卷九一）。"文宗自古出巴蜀"，"漢賦四家"，司馬相如、揚雄、王褒居其三。陳子昂、李太白首開大唐雄健浪漫之詩風，五代後蜀《花間集》與北宋東坡詞開創宋詞婉約、豪放二派。"三蘇"（蘇洵、蘇軾、蘇轍）父子，同時輝耀於"唐宋八大家"之林；楊慎著作之富，位列明代儒林之首。"自古詩人例到蜀"，漢晉唐宋以及明清，歷代之遷客騷人，多以巴蜀爲理想的避難樂土，而巴蜀的山水風物又豐富了其藝情藻思，促成創作高峰的到來。杜甫、陸游均以巴蜀爲第二故鄉，范成大、王士禎亦寫下千古流芳的《吳船錄》和《驛程記》。洎乎近世，郭沫若、巴金，蔚爲文壇宗匠；蜀謳川劇，技壓梨園群芳。

"三蘇"父子既是文學大家，也是"蜀學"領袖；綿竹張栻，不僅傳衍南宋"蜀學"之道脉，而且創立"湖湘學派"之新範。明末唐甄撰《潛書》，斥責專制君主，提倡民本思想，被章太炎譽爲"上繼孟、荀、陽明，下啓戴震"的一代名著。晚清廖平撰書數百種，區分今學古學，倡言託古改制，錢基博、范文瀾俱譽其爲近代思想解放之先驅。新都吳虞，批判傳統道德，筆鋒犀利，被胡適譽爲"思想界的清道夫"。

在科技領域，秦蜀守李冰開建的都江堰，是至今還在使用的人類最古老的水利工程；漢代臨邛人民，開創了人類歷史上最早使用天然氣煮鹽的紀錄。漢武帝徵閬中落下閎修《太初曆》，精確計算回歸年與朔望月，是世界上首部"陰陽合曆"的範本。楊子建《十產論》之異胎轉位術領先歐洲五百年。北宋唐慎微《證類本草》，將本草學與方劑學相結合，是世界上第一部大型藥典和植物志。王灼《糖霜譜》詳錄蔗糖製作工藝，是世界上有關製糖技術的首部專書。南宋秦九韶《數學九章》，將中國數學推向古代科學頂峰，其"大衍求一術""正負開方法"俱領先西方世界同類算法五百年。

至於巴蜀地區的鄉村建設和家族文化，也是碩果累累，佳話多多。他們或夫婦齊名、比翼雙飛（司馬相如與卓文君，楊慎與黃娥）；或兄弟連袂、花萼齊芳（蘇軾、蘇轍，蘇舜欽、蘇舜元，李心傳、李道傳、李性傳等）。更有父子祖孫，世代書香，奕世載美，五世其昌：閬中陳省華及其子堯佐、堯叟、堯咨等，"一門二相，四世六公，昆季雙魁多士，仲伯繼率百僚"（霍松林語）；眉山蘇洵、蘇軾、蘇轍及子孫輩過、籀，俱善撰文，號稱"五蘇"；梓州蘇易簡及其孫舜欽、舜元，俱善詩文，號稱"銅山三蘇"；井研李舜臣及其子心傳、道傳、性傳，俱善史法、道學，號稱"四李"；丹稜李燾與其子壁、壁，俱善史學、文學，時人贊"前有三蘇，後有三李"。降及近世，雙流劉沅及其孫咸滎、咸炘、咸焌，長於經學、道學與史學，號稱"槐軒學派"。如此等等，不一而足。

綜觀巴蜀學術文化，真可謂文章大雅，無奇不有！其先於天下而創者，則有導夫先路之功；其後於天下而作者，則有超邁古今之效！先天後天，不失其序；或創或繼，各得其宜。

二、整理巴蜀文獻　增强文化自信

歷史上的四川，既是文化大省，也是文獻富省。巴蜀上古歷史文化，在甲骨文、金文和《尚書》《春秋》等華夏文獻中都有記録，同時巴蜀大地還孕育了別具特色的"巴蜀文字"。秦漢統一後，歷代巴蜀學人又爲我們留下了汗牛充棟、豐富多彩的古典文獻。唐代中後期（約八世紀初），成都誕生了"西川印子"，北宋初期（十世紀後期）又出現了"交子雙色印刷術"，標誌着雕版印刷的產生、成熟和創新，大大推動了包括巴蜀文獻在內的古典文獻的保存與傳播。據不完全統計，歷史上產生的巴蜀古文獻不下萬餘種，現在依然存世的也在五千種以上。

巴蜀文獻悠久綿長，影響深遠，上自先秦的陶字、金文，下迄漢晉的竹簡、石刻，以及唐刻、宋槧、明刊、清校，經史子集，三教九流，歷歷相續不絶，熠熠彪炳史册。巴蜀文獻體裁多樣，內容豐富，舉凡政治之興替、經濟之發展、文化之繁榮、兵謀之奇正、社會之變革，以及思想學術之精微、高人韻士之風雅、地理民族之風貌、風俗習慣之奇特，都應有盡有，多彩多姿。它們是巴蜀文化的載體，也是中華文明的重要表徵。

對巴蜀文獻進行調查整理研究，一直是歷代巴蜀學人的夢想。在歷史上，許多學人曾對巴蜀文獻的整理和刊印付出過熱情和心血，編纂有各類巴蜀總集、全集和叢書。《漢書·藝文志》載"揚雄所序三十八篇：《太玄》十九、《法言》十三、《樂》四、《箴》二"，或許是巴蜀學人著述的首次彙集。五代的《花間集》和《蜀國文英》，無疑是最早輯錄成都乃至巴蜀作品的總集。宋代逐漸形成了"東坡七集"（蘇軾）、"欒城四集"（蘇轍）、"鶴山先生大全文集"（魏了翁）等個人全集，以及《三蘇文粹》《成都文類》等文章總集。明代出現楊慎的個人全集《升庵全集》和四川文章總集《全蜀藝文志》。入蜀爲官的曹學佺還纂有類集巴蜀歷史文化掌故而成的資料大全——《蜀中廣記》。清代，李調元輯刻以珍稀文獻和巴蜀文獻爲主的《函海》，可視爲第一部具體而微的"巴蜀文獻叢書"。近代編有各類"蜀詩""蜀詞""蜀文""川戲"等選集。這些都爲巴蜀文獻的系統編纂、出版做出了有益嘗試。

二十世紀初，謝無量曾提出編纂《蜀藏》的設想，因社會動蕩而未果。胡淵亦擬編《四川叢書》，然僅草成"擬收書目"一卷。一九八一年中共中央印發《關於整理我國古籍的指示》，"全國古籍整理出版規劃領導小組"亦恢復工作。一九八三年"全國高等院校古籍整理工作委員會"成立，四川也成立了"四川省古籍整理出版規劃小組"，製定《四川省古籍整理出版規劃》（一九八四——一九九〇）。可惜這個規劃並未完全實施，巴蜀文獻仍然處於分散收藏甚至流失毀損的狀態。

二〇〇七年初，國務院下發《關於進一步加強古籍保護工作的意見》，全國各省紛紛編纂地方文獻叢書。四川大學和四川省社科院的學人再度激起整理鄉邦文獻的熱情，向四川省委、省政府提交"編纂《巴蜀全書》，振興巴蜀文化"的建議，四川省委、省政府再度將整理巴蜀文獻提上議事日程。經過多方論證研究，二〇一〇年一月，中共四川省委常委會議批准"將四川大學申請的《巴蜀全書》納入全省古籍文獻整理規劃項目"；四月，又獲得國家哲學社會科學規劃辦公室批准，將《巴蜀全書》列爲"國家社科基金重大委託項目"。千百年來巴蜀學人希望全面整理鄉邦文獻的夢想終於付諸實施。

三、編纂《巴蜀全書》　推動文化自强

　　《巴蜀全書》作爲四川建省以來最大的文獻整理工程，將對自先秦至民國初年歷代巴蜀學人的著作或内容爲巴蜀文化的文獻進行全面的調查搜集和整理研究，並予以出版。本工程將采取以下三種方式進行：

　　一是編製《巴蜀文獻聯合目録》。古今巴蜀學人曾經撰有大量著作，這些文獻在歷經了歷史的風風雨雨後，生滅聚散，或存或亡，若隱若現，已經面目不清了。該計劃根據“辨章學術，考鏡源流”的旨趣，擬對巴蜀文獻的歷史和現狀進行全面普查和系統考證，探明巴蜀文獻的總量、存佚、傳承和收藏情況，以目録的方式揭示巴蜀文獻的歷史和現狀。

　　二是編纂《巴蜀文獻精品集萃》。巴蜀文獻，汗牛充棟，它們是研究和考述巴蜀歷史文化的重要資料。對這些文獻，我們將采取三種方式處理：首先，建立“巴蜀全書網”，利用計算機和網絡技術對現存巴蜀文獻進行掃描和初步加工，建立“巴蜀文獻全文資料庫”，向讀者和研究者提供儘可能集中的巴蜀文化資料。其次，本着“去粗取精，古爲今用”的宗旨，按照歷史價值、學術價值、文化價值“三結合”的原則，遵循時間性、代表性、地域性、獨特性“四統一”的標準，從浩繁的巴蜀古代文獻中認真遴選五百餘種精品文獻，特别是要將那些在中華傳統文化體系中具有首創性和獨特性的巴蜀古代文獻彙集起來，進行校勘、標點或注釋、疏證，挖掘其中的思想内涵和治蜀經驗，爲當代社會、經濟、政治、文化建設服務。最後，根據巴蜀文化的歷史實際，收集各類著述和散見文獻，逐漸編成儒學、佛學、道教、民族、地理等專集。

　　三是重版《巴蜀文獻珍本善本》。成都是印刷術發祥地，巴蜀地區自古以來的刻書、藏書事業都很發達，曾産生和收藏過數量衆多的珍本、善本，“蜀版”書歷來是文獻家收藏的珍品。這些文獻既是見證古代出版業、圖書館業發展的實物，也是進行文獻校讎的珍貴版本，亟待開發，也需要保護。本計劃將結合傳統修復技藝和現代印刷技術，對百餘種巴蜀文獻珍稀版本進行修復、考證和整理，以古色古香的方式予以重印。

　　通過以上三個系列的研究，庶幾使巴蜀文獻的歷史得到彰顯，内涵得到探究，精華得到凸顯，善本得到流通，從多個角度實現對巴蜀文獻的當代整理與再版。

盛世修書，傳承文明；蜀學復興，文獻先行。“《巴蜀全書》作爲川版的‘四庫全書’，蘊含着歷代巴蜀先民共同的情感體驗和智慧結晶，昭示着今天四川各族人民共有的文化源流和精神家園。”（《巴蜀全書》編纂領導小組會議文件。下同）《巴蜀全書》領導小組要求，“我們一定要從建設中華民族共有精神家園、打牢四川人民團結奮鬥共同思想基礎的高度，深刻認識《巴蜀全書》編纂出版工作的重大意義。特別要看到，這不是一件簡單的古籍整理出版工作，而是一件幾百年來巴蜀學人一直想做而沒有條件做成的文化盛事，是四川文化傳承史上的重要里程碑”。無論是中國古代的文化發展，還是世界近世的文明演進，都一再證明：任何一次大的文化復興活動，都是以歷史文獻的系統收集整理爲基礎和先導的。我們希望通过对巴蜀文獻的整理出版，給巴蜀文化的全面研究和當代蜀學復興帶來契機，爲“發掘和保護我國豐厚的歷史文化遺產，提升我國文化軟實力，推動中華優秀傳統文化走向世界”做一些基礎性工作。

　　有鑒於此，《巴蜀全書》領導小組明確要求，要廣泛邀請省內外專家學者參與編纂，共襄盛舉。這一決策，實乃提高《巴蜀全書》學術水準和編纂質量的根本保障。領導小組還希望從事此項工作的學人，立足編纂，志在創新，從文獻整理拾級而上，自編纂而研究，自研究而弘揚，自弘揚而創新，“利用編纂出版《巴蜀全書》這個載體，進一步健全研究巴蜀傳統文化的學術體系，以編促學、以纂代訓，大力培養一批精通蜀學的科研帶頭人和學術新人”。可謂期望殷切，任務艱巨，躬逢其盛，能不振起？非曰能之，惟願學焉。

　　希望《巴蜀全書》的編纂能爲巴蜀文化建設和“蜀學”的現代復蘇擁篲前趨，掃除蓁蕪；至於創新發展，開闢新境，上繼前賢，下啓來學，固非區區之所能。謹在此樹其高標，以俟高明云爾！

二〇一四年五月

二〇二五年四月修訂

目　録

金　代

元　代

明　代

寫在前面

馬識途

四川省社會科學院文學研究所李誼先生於浩如煙海的中國典籍中，精蒐細求，鈎沉輯佚，歷時數載，編成《歷代蜀詞全輯》一書。此誠四川文學研究中一大勞作。我非詞人，也不研究詞學，這本書編得怎樣，實無置喙餘地。囑我作序，數辭不肯，只得勉爲其難，說幾句塞責。

我約略翻了一下原稿，蜀人的詞竟收入詞人 243 家，詞 5300 多首。據我所知，古今收詞最多、工程最大的《全宋詞》也不過收詞人 1300 餘家，詞 19900 餘首。可見《歷代蜀詞全輯》編者下了多大功夫，費了多少心血了。憑這一點就值得稱道。做研究工作的皓首窮經，或者有驚人創見，或發一字之微，爲文化增彩，得士林稱贊，固然可尊。但甘於寂寞，樂爲人梯，爲研究者做鋪路石，提供研究資料的人，尤爲可敬。略知研究甘苦的人，我想會同意我的看法。那麼李誼先生編的《歷代蜀詞全輯》，盡可以對之評頭論足，但其功不可没，總是認識一致的吧！

然而聽說這樣的資料書目前出版是非常困難的，若不求人贊助，幾乎無法問世。學術著作以及文學創作的出版，聽說也陷於同樣困境。爲什麼會這樣？雖然都說出版要社會效果和經濟效果並重，以社會效果爲主，但是實際上大家都更注意經濟效果，以賺錢或不賠本爲第一要義，不然在洶洶的商品經濟衝擊之下，出版社自身難保，遑論出書。於是没有多少藝術價值和學術價值、也不可能流傳久遠的一般讀物充斥書市。這種怪事，聽說愈演愈烈了。不管這種怪事的後面有多麼複雜的原因，但是我以爲如果不從已經不能適應當前經濟體制的出版體制改革入手，如果國家不下決心拿出一些錢來資助嚴肅讀物和學術著作的出版，而亟亟於對出版事業盡少投資，盡多收稅，長此以往，必然在我們這一代便出現一個文化斷層，爲後世人所譴責。——然而，這些話已近於"牢騷太甚”，還是打住吧。

所幸《歷代蜀詞全輯》這部巨帙，總算在重慶出版社科學學術著作出版基金會的鼎力相助和編輯同志的努力下問世了，我且爲之祝賀吧！

1988 年 12 月 10 日

《歷代蜀詞全輯》題記

繆 鉞

　　巴蜀奧區，廣袤千里，山川雄峻，物資豐盈。自文翁施教，化比齊魯，人傑地靈，英才輩出，相如、子雲以辭賦標譽，陳壽、常璩以史學擅名，流風所被，歷代不衰。

　　長短句之曲子詞，肇興於中晚唐，而滋衍於五代。當時蜀中詞風獨盛，《花間》一集，沾溉百世，其中作者，多爲蜀人。北宋爲詞之盛世，而推爲詞中大家之蘇東坡即爲蜀人。此後歷元明至清，詞運雖盛衰無常，而蜀中從事倚聲者未嘗絶迹。李誼君，蜀人也，卒業於四川大學歷史系，曾從余受學，探研文史，撰述斐然，所著《韋莊集校注》《花間集注釋》等，均已刊行問世矣。近又竭數年之力，裒集歷代蜀人詞，旁徵博採，備極勤劬，共得詞5300餘首，作者240餘人，名曰《歷代蜀詞全輯》。存鄉邦之文獻，供學者之研尋，甚盛事也。此書將由重慶出版社承印，李君乞余爲序，余則遲疑未敢應也。何則？余於詞學雖粗涉津涯，但於蜀詞千年發展之特殊軌迹，未探奧窔，焉足以序君之書乎？

　　昔年葉嘉瑩教授與余共撰《靈谿詞説》，探索詞心，商榷前藻，以爲詞興千年，大變有四。唐五代人所作多爲應歌之小令，雖醖藉幽美，而內涵未豐。柳耆卿流連坊曲，采掇新聲，創作慢詞，開展鋪敍，此一變也。蘇東坡以超卓之才華，曠逸之襟抱，運用詩法入詞，擴大內涵，更新境界，此二變也。周清真才情富艷，精通音律，以辭賦之法作詞，安排勾勒，敍寫情事，密麗精工，此三變也。王靜安讀康德、叔本華之書，融合西方哲學思想於詞中，以小喻大，思致深邃，開古人未有之境，此四變也。以上所述此千餘年中曲子詞演變之通則，對蜀詞影響如何？此應探索闡釋之第一問題也。五代時西蜀詞人受外來温、韋之影響，故《花間集》以兩家冠首，此固然矣。但詞風遍及宇內之時，北宋蜀中大詞人蘇東坡獨能擺脱藩籬，自辟蹊徑。蘇氏宦游南北，客死異鄉，其詞造詣雖高，但對鄉邦詞風究竟有何影響？此又一問題也。范石湖、陸放翁以客籍詞人仕宦巴蜀，歌辭傳唱，遍及鄉閭，對蜀詞曾發生何種影響？此又一問題也。清代詞運復興，浙西、陽羨、常州諸詞派崛起吳越間，二百餘年中，流風所扇，北起燕都，南至粵桂，而蜀中詞人受其影響者如何？此又一問題也。清末蜀詞振興，其淵源何自？此又一問題也。凡此諸問題，皆論蜀詞時必須解答者，而余自愧樗昧，實無能爲役。世間方聞博雅之士，如有能闡釋此諸問題，進而尋繹蜀詞千年發展之規律，固余所祝禱者；而李君此書，搜集詳贍，足供採獲，其功良足紀也。故撰此題記以付之。

1989年9月寫於四川大學歷史系

凡 例

一、這部《巴蜀詞新編》是在對《歷代蜀詞全輯》《歷代蜀詞全輯續編》進行校勘、訂正、合併和增删的基礎上編纂而成的，因此仍沿用原書的體例、結構和編排方式，其中包括馬識途先生的《寫在前面》與繆鉞教授的《題記》。

二、本書所録之巴蜀詞人，包括原爲巴蜀籍而離巴蜀流寓者，祖籍爲巴蜀非生於巴蜀者，原非巴蜀籍而出生於巴蜀者；個別此書記載爲巴蜀籍，彼書又謂其非巴蜀籍者，亦録之。

三、巴蜀籍詞人作品以其作者生年爲序排列。對不能確知其生年者，則參照其登第、入官時間，大致確定其先後。

四、書中爲每位作者撰有簡明扼要的小傳，側重介紹其生平事迹、作品特點和主要著述等。對其作品除有選擇地照録原注外，不另作注釋。

五、本書選録作品，上起唐代，下迄晚清。對個別跨代詞人，則歸入其創作高峰朝代。

六、本書所録詞作的詞牌，基本上以《欽定詞譜》《詞律》和《詞名索引》等書所載之詞調爲準。有的原作詞牌有誤或不合詞調者，予以更正。

七、所録作品，基本上以韻斷句。

八、書中所録詞人作品，詞牌相同者，集中一起，第一首標明詞牌，以下各首則用"其 X"表示。

九、分屬不同作者的互見詞，除能明確其誤者，仍按原書照録，在詞末予以説明，以供參考。

十、所録作品，除主要依據引用文獻和參考書目外，有的也轉引自後人的有關著作。其中少數詞作，至今尚無法確定其準確出處，此仍予照録，以資參證。

十一、本書收録詞作，係自唐以降不同歷史時期的詞人所撰，其內容有一定的歷史局限性，並非都爲優秀作品，望閱讀時採取批判態度，注意鑒別其優劣。

前　言

　　中國有光輝燦爛的文化，素有"詩國"之稱。在這廣袤的詩國裏，詩有着不同的門類。作爲新興詩體的詞，是韻文文學的主要品種之一。它一經面世，即同唐詩鬥奇，後又與元曲争妍。直至現在，還有不少思想性和藝術性很强的作品，以它特有的魅力陶冶着人們的情操，給廣大讀者以美的享受。

　　詞之肇興，大致始於 1200 多年前的唐開元、天寶年間，經過五代，而入兩宋鼎盛時期，逮至金元明清，雖有盛衰變化，但從事倚聲者亦不乏其人。正如清代著名詞論家陳廷焯所説："詞興於唐，盛於宋，衰於元，亡於明，而再振於我國初，大暢厥旨於乾嘉以還也。"①

　　巴蜀詞的産生和發展，也是歷史悠久、源遠流長。其詞人之衆多，作品之宏富，爲世所矚目。據不完全統計，自唐迄清巴蜀籍詞人即達 370 多家，詞作有 8290 餘首。其中，大詞人李白、蘇軾和楊慎等，不僅冠冕當世，極爲文學史家所稱道，而且他們的許多作品影響深遠，至今還被人們廣爲傳誦。

一

　　唐五代的巴蜀詞，從萌芽抽枝至茁壯成長之際，即起過創辟開來的偉大作用。

　　我們都知道，唐代文人作詞最早、成就卓著的就是蜀中大詩人李白。他的詞作，流傳至今者雖然數量不算很多（不過二十餘首），有的作品其真偽也還有争議，却開了文人詞的先河。後世所公認的其代表詞作有兩首，一首是《菩薩蠻》：

　　　　平林漠漠煙如織，寒山一帶傷心碧。暝色入高樓，有人樓上愁。　　玉階空佇立，宿鳥歸飛急。何處是回程，長亭接短亭。

另一首是《憶秦娥》：

> 簫聲咽，秦娥夢斷秦樓月。秦樓月，年年柳色，灞陵傷別。
> 樂游原上清秋節，咸陽古道音塵絕。音塵絕，西風殘照，漢
> 家陵闕。

這兩首詞意境宏大，氣勢雄偉，藝術造詣很高。究其内容，《菩薩蠻》是望遠懷人之作。上闋寫日暮景色，由遠及近。登樓遠眺，平林如織，寒山似帶，蒼涼悲壯，進而寫樓寫人，逼出"愁"字來喚醒全篇。下闋抒胸中之情，由近及遠。玉階空立，徒勞悵然，但見歸程，不見歸人，不禁發出了"長亭接短亭"的喟嘆！此詞寓景於情，含蓄蘊藉，沉雄豪宕，堪稱上乘。而《憶秦娥》則爲傷今吊古之作。上闋乃因景生情，直抒胸臆。簫聲殘夢，秦樓月光，灞陵柳色，平添別情，更表現出内心的孤寂。下闋係咏頌秋望，寄予感慨。樂游原上，冷落蕭瑟，咸陽古道，音塵杳然，繁華早過，唯有陵墓留存，充滿了山河興衰之感！此詞寄慨深沉，氣魄雄偉，實冠古今。所以，明代詞論家顧起綸說："李太白首倡《憶秦娥》，凄婉流麗，頗臻其妙，爲千載詞家之祖。"[1] 近代著名學者王國維認爲："太白純以氣象勝。'西風殘照，漢家陵闕'。寥寥八字，遂關千古登臨之口。"[2]

李白《菩薩蠻》和《憶秦娥》兩首詞作的出現，是詞學荒原上驟然突起的山巒，在中國文學史上是令人瞠目的奇迹。因此，歷代詞論家都給予了特殊的讚譽和高度的評價。如南宋黄昇所編《唐宋諸賢絕妙詞選》，就以這兩首詞冠其首，並尊"二詞爲百代詞曲之祖"。明代王象晉則説："李青蓮（白）之《憶秦娥》《菩薩蠻》爲（詞）開山鼻祖。"[3] 清代陳廷焯也認爲："太白《菩薩蠻》《憶秦娥》兩闋，神在個中，音流弦外，可以是爲詞中鼻祖。（尋詞之祖，斷自太白可也，不必高語六朝。）"[4] 由此可見，蜀詞尚在破土發芽之時，就具有無限的生命力，在文學史上曾有過創辟之功。

然而，唐代是以詩盛，文人學士皆不屑於填詞，故詞僅在民間流傳。

---

① 顧起綸：《花庵詞選跋》，祝尚書《宋人總集敘録》卷八，中華書局，2004 年。
② 王國維著，徐調孚校注：《校注人間詞話》卷上，中華書局，2003 年。
③ 王象晉：《詩餘圖譜序》，《明詞話全編》，鳳凰出版社，2012 年。
④ 陳廷焯：《白雨齋詞話》卷七，《白雨齋詞話全編》，中華書局，2013 年。

以致李白之後，蜀中詞人寥寥，僅張曙等數人而已，非但作品數量不多，就其質量也未可與李白二詞同日而語。

進入五代十國時期，出現了分裂割據局面。當時北方長期戰亂，政權頻繁更迭，兵役賦稅繁重，人民無以爲生。亂象如沸、社會動蕩的環境，自然不利於文學事業的發展。而天府之國的西蜀，遠離中原，偏安一隅，得免兵燹之禍，其地物産豐盈，經濟繁榮，既有天險堪恃，又有地利可依，社會秩序相對安定，成爲全國經濟文化的中心。加之，前、後蜀主王衍、孟昶之流，窮奢極侈，流連聲色，附庸風雅，專事享樂，因而北方文人，跋涉千里，咸來蜀中。他們帶來了晚唐流行的文人詞，逢迎謳頌，競創新聲，以適應統治集團荒淫腐朽、放浪生活的需要。於是蜀中呈現出君臣倡和，怠於政事，朝野恬嬉，以相娛樂的頹靡風氣；而雅正之作，日趨減少，濃麗小詞，蔚爲大觀。這就是新興詞體在西蜀得以發展的條件和土壤。在這個基礎上崛起了著名的"花間詞派"，使文人詞從文人詩中爭得了獨立的地位，造就了不少詞人與作品，其體制也日臻完善，與稍晚出現的"南唐詞派"雙峰並峙，競相爭艷，並代表了晚唐、五代的詞風。南宋詞論家王灼和大詩人陸游都曾指出這一現象。王灼說："唐末五代文章之陋極矣，獨樂章可喜。雖乏高韻，而一種奇巧，各自立格，不相沿襲。"[①] 陸游也說："故歷唐季、五代，詩愈卑，而倚聲者輒簡古可愛。"[②] 這就說明唐、五代文人詞的出現，是歷史的必然，也是韻文文學自身發展的結果。

所謂"花間詞派"，又稱"西蜀詞派"，因《花間集》而得名。《花間集》是中國最早的一部詞作總集，五代後蜀趙崇祚編選，蜀人歐陽炯作序，選錄了唐末、五代詞人 18 家、作品 500 首，分爲 10 卷。這部詞集，始自溫庭筠，終至李珣，包括從唐宣宗大中元年（847）以降 80 年間"詩客曲子詞"之精華。它是唐末、五代韻文文學的特殊産品，也是宋詞的直接先導，對古典詩詞的發展曾起過承前啓後、繼往開來的重要作用。宋人一直把它奉爲詞的正宗，推崇它是"倚聲填詞之祖"。宋代著名目錄學家陳振孫就認爲，花間"其詞自溫飛卿而下十八人，凡五百首。此近

---

① 王灼：《碧雞漫志》卷二，清知不足齋叢書本。
② 陸游：《渭南文集》卷三十，《四部叢刊》景明華氏活字本。

世倚聲填詞之祖也"①。從入選該集的詞人看，除溫庭筠、皇甫松是晚唐作家，和凝屬後晉外，其餘皆是蜀籍或流寓入蜀者，所以前人又把《花間集》稱作西蜀詞人的詞集。編選者之所以要把這十幾位不同朝代和地區的詞人作品彙而成集，是由於其詞作多寫男女之間的艷情，香軟綺靡，清麗婉約，風格相近。關於這一點，歐陽炯在《花間集序》裏講得十分清楚。他説："則有綺筵公子，繡幌佳人，遞葉葉之花箋，文抽麗錦；舉纖纖之玉指，拍按香檀。不無清絕之辭，用助嬌嬈之態。"足見他們的清辭秀句，旖旎嫵媚，含蓄幽渺，美妙動人，是在樽前花下，供樂伎演唱，以配合柔美的舞姿的。因此，不少的詞皆以男女相思、偎翠倚紅、閨中幽怨、傷離惜別爲主要內容，這就決定了某些作品單調貧乏傷於淺露，格調不高，近乎淫靡，從而産生了一些消極影響。當然，這部詞集中並非所有詞作都是艷詞。一部分作者，由於自身經歷的曲折和際遇的坎坷，不免要抒懷古之幽情，發遭際之感慨，透過艷麗的詞藻，亦可窺見其思想的光輝。還有一些作品，直接或間接地受到民歌影響，其中有的篇章，無論是形式抑或是內容都可看出，可能是作者對當時民歌的加工改製，故被輯入《雲謠集雜曲子》。它們雖爲數不多，但內容生動活潑，文辭清新爽朗，是能較好地反映當時社會生活面貌的佳作。也有一些詞作非常生動地描繪了南方的景物和邊塞的風光以及少數民族的習俗等，擴大了詞的視野，成了宋詞詠頌風土人情和邊塞景色的前導。這些作品描摹細膩，刻畫精巧，淡雅雋永，情景交融，在詞集中具有不可忽視的價值。正如南宋晁謙之所説："《花間集》十卷，皆唐末才士長短句，情真而調逸，思深而言婉。"②清代詞論家鄭文焯也認爲："詞選以《花間》爲最古且精。"③ 這自然是從"花間詞派"作品風格、特點的整體評價而言的。《花間集》所收詞人，以溫庭筠、韋莊爲冠冕，"世以溫韋並稱"，成就非常突出，而皇甫松、薛昭蘊、和凝、顧敻、毛文錫、牛嶠、牛希濟諸家之作，亦甚可觀，但他們是否爲寓蜀或蜀籍詞人尚有爭議，故下面就公認的幾位蜀籍詞人及其代表詞作，略作簡要的分析與介紹。

---

① 陳振孫：《直齋書錄解題》卷二一，《四庫全書》本。

② 趙崇祚輯，李一氓校：《花間集校》附錄《宋紹興本晁謙之跋》，人民文學出版社，1958年。

③ 趙崇祚輯，李一氓校：《花間集校》附錄《四印齋本鄭文焯題記》，人民文學出版社，1958年。

張泌，經胡適與繆鉞兩位先生考證，定爲蜀人。① 其詞風與溫、韋頗相近似。詞作構思新巧，如《浣溪沙》：

　　馬上凝情憶舊游，照花淹竹小溪流，鈿箏羅幕玉搔頭。

　　早是出門長帶月，可堪分袂又經秋，晚風斜日不勝愁。

此詞爲張泌十首《浣溪沙》中，最被廣爲傳誦的一首，係羈旅懷舊之作。上闋憶馬上凝情，追懷往事。下闋寫舊游分離，浪迹境況。這首詞情景相生，清遠疏淡。李冰若稱：“以憶舊游領起，全詞實處皆化空靈，章法極妙。”② 又如《江城子》：

　　碧欄干外小中庭，雨初晴，曉鶯聲。飛絮落花，時節近清明。睡起捲簾無一事，勻面了，沒心情。

　　浣花溪上見卿卿，臉波明，黛眉輕。綠雲高綰，金簇小蜻蜓。好是問他來得麼，和笑道，莫多情。

張泌這兩首詞，相傳有實事所依。《古今詞話》載：“（張泌）以《江城子》二闋得名。國亡仕宋。……少與鄰女浣衣善。經年不見，夜必夢之。女別字，泌寄以詩云：‘多情只有春庭月，猶爲情人照落花。’浣衣流淚而已。”説明此二詞是作者追敘少時與鄰女相愛之事。

前首寫鄰女居處及妝罷情態。清明時節，久雨初晴，落絮飛花，婉轉鶯聲，一片暮春寂寥景象。而女子睡起，勻面妝罷，無所事事，顧影自憐，充滿了無聊傷春之感。正如明代著名劇作家湯顯祖所説：“無一事，不消勻面了。勻面了，沒心情，連勻面也是多（餘）的。”③

後首則敘初次會面時的情景。浣花溪上，會見卿卿，眼明眉輕，黑髮高綰，美麗動人。再同她約會，能否相見？她的回答，脉脉含情，表現出少女的活潑天真。詞的末尾用對話作結，此種寫法實不多覯。故陳廷焯認爲：“結六字，寫得可人。”

尹鶚，成都人。事王衍，累官至參卿。其詞明淺動人，寫情亦頗佳勝。如《臨江仙》：

　　① 胡適考證，見姜方錟《蜀詞人評傳·張泌》注引，成都古籍書店，1984 年；繆鉞考證，見繆鉞等《靈谿詞說·〈花間〉詞評議》注，上海古籍出版社，1987 年。
　　② 李冰若評注：《花間集評注》，河北教育出版社，1999 年。
　　③ 李冰若評注：《花間集評注》引湯顯祖評點，河北教育出版社，1999 年。

深秋寒夜銀河靜，月明深院中庭。西窗鄉夢等閑成。逡巡覺
後，特地恨難平。　　紅燭半消殘焰短，依稀暗背銀屏。枕前何
事最傷情。梧桐葉上，點點露珠零。

這首詞上闋寫深秋夜靜，其恨難平。深秋寒夜，月明中庭，懷遠成
夢，覺後縈繞，胸中之恨難以平靜。下闋記枕前之事，感傷難禁。紅燭殘
焰，依稀銀屏，梧桐露珠，點點零零，幽怨之態躍然紙上。而詞中對所
懷、所恨、所傷、所怨，作者皆未明言，可見其詞旨隱微，語婉情深，筆
調淡雅，令人遐想。所以，宋代詞人張炎說："參卿詞，以明淺動人，以
簡淨成句者也。"① 清代詞論家沈雄也說："再檢《臨江仙》云：'西窗鄉
夢等閑成，逡巡覺後，特地恨難平。'又'昔年於此伴蕭娘。相偎仔立，
牽惹敘衷腸。'流遞於後。令作者不能爲懷，豈必曰《花間》《樽前》句
皆婉麗也。"②

李珣，梓州（今四川省三臺縣）人，祖籍波斯。妹李舜弦，亦能詩
詞，係王衍昭儀。珣以秀才爲王衍賓客。前蜀亡後，守節不仕。其詞格調
清新，感情真摯，題材廣泛，除寫男女艷情之外，還有反映風土人情、隱
逸生活和羈旅抒懷的作品。如《巫山一段雲》：

古廟依青嶂，行宮枕碧流。水聲山色鎖妝樓，往事思悠悠。
雲雨朝還暮，煙花春復秋。啼猿何必近孤舟，行客自多愁。

這首行客旅懷之作，上闋寫望中所見，觸景生情。古廟青嶂，行宮碧
流，水聲山色，鎖閉妝樓，既寫盡巫山景色，又引起詞人的遐思。下闋抒
舟中所感，弔古傷今。雲雨朝暮，煙花春秋，楚王神女，已成陳迹，行客
本自多愁，何堪猿啼而近孤舟？其弔古傷今之意，已在不言之中。此詞語
淺情深，寄意幽邃，緣題而賦，保留了早期詞作的傳統特色。正如黃昇所
說："唐詞多緣題所賦，《臨江仙》則言仙事，《女冠子》則述道情，《河
瀆神》則詠祠廟，大概不失本題之意。爾後漸變，去題遠矣。如此二詞，
實唐人本來詞體如此。"③

在李珣的作品中，最引人注目和富有特色的是《南鄉子》17 首。它

① 張宗橚：《詞林紀事》卷二，清乾隆四十三年刻本。
② 沈雄：《古今詞話·詞評》卷上，清康熙澄暉堂刻本。
③ 黃昇：《唐宋諸賢絕妙詞選》卷一，《四部叢刊》景明翻宋刻本。

們從不同的側面描繪了嶺南風光與異鄉景物，具有濃烈的地方色彩。如：

乘彩舫，過蓮塘，棹歌驚起睡鴛鴦。游女帶香偎伴笑，爭窈窕，競折團荷遮晚照。

這首詞是寫女子的游樂。乘坐彩舫，穿過蓮塘，齊唱棹歌，驚起鴛鴦，描繪出一幅水鄉景致。而一群游女，爭顯窈窕，競折團荷遮蔽晚照，表現了少女的天真美麗與婀娜多姿。情景交融，生動逼真。所以詞論家茅映稱它"景真意趣"，李冰若謂其"寫景物寫風俗，均以明净之句，繪影繪聲，引人入勝"①。又如：

相見處，晚晴天，刺桐花下越臺前。暗裏回眸深屬意，遺雙翠，騎象背人先過水。

這首詞寫女子幽會戀人。晴天傍晚，刺桐花下，越王臺前，少女遇到了相愛的戀人。而她怕人看見，暗自回頭，眉目傳情，遺下雙翠，騎象涉水等待他。描繪生動，神態逼真，自然清遠。

李珣這類作品，鉛華洗盡，實開《花間集》之新境。故陳廷焯説："李珣《南鄉子》諸詞，語極本色，於唐人《竹枝》外，另辟一境矣。"② 李冰若也認爲："李殉《南鄉子》均寫廣南風土，歐陽炯作此調亦然。珣波斯人，或曾至粵中，豈炯亦曾入粵？不然，則《南鄉子》一調，或專爲詠南粵風土而製，故作者一本調意爲之也。珣詞如'騎象背人先過水''競折團荷遮晚照''愁聽猩猩啼瘴雨''夾岸荔枝紅照水'諸句，均以淺語寫景而極生動可愛，不下劉禹錫巴渝《竹枝》，亦《花間集》中之新境也。"③

歐陽炯，益州華陽人，事前、後蜀，累官至門下侍郎兼户部尚書、同平章事。詞風與温、韋相近。炯嘗爲《花間集》作序，不僅鼓吹五代作艷詞之風，而且本人也作艷詞。如其《浣溪沙》（相見休言有淚珠）一闋，清代詞論家況周頤即認爲："自有艷詞以來，殆莫艷於此矣。"④ 但是，歐陽炯所作《南鄉子》八首，又都是格調明快、清婉蘊藉的優秀作

① 李冰若評注：《花間集評注》，河北教育出版社，1999 年。
② 陳廷焯：《閑情集》卷一，《詞則》，上海古籍出版社，1984 年。
③ 李冰若評注：《花間集評注》，河北教育出版社，1999 年。
④ 況周頤：《蕙風詞話》卷二，《惜陰堂叢書》本。

品，具有很高的藝術價值。如：

> 嫩草如煙，石榴花發海南天。日暮江亭春影淥，鴛鴦浴，水
> 遠山長看不足。

這首詞寫南國的風光。春日的南國，嫩草如煙，榴花似火，夕陽返
照，海南的春天一派生機。而鴛鴦戲水，水遠山長，更充滿詩情畫意，此
情此景實在令人陶醉。又如：

> 洞口誰家，木蘭船繫木蘭花。紅袖女郎相引去，游南浦，笑
> 倚春風相對語。

這首詞寫導游的女郎。洞口人家，瀕臨海濱，木蘭花樹，繫着木蘭畫
船，儼然一幅天然圖畫。紅袖女郎，領着游人，游玩南浦。迎着吹拂的春
風，他們相對談笑，愉悅融洽。

歐陽炯此類詞作，寫實真切，語言清新，情趣橫溢，脂粉掃盡。所以
況周頤説："歐陽炯詞艷而質，質而愈艷，行間句裏却有清氣流行。大概
詞家如炯，求之晚唐五季，亦不多覯。"① 李冰若也認爲："歐陽炯《南鄉
子》八首，多寫炎方風物，不知其以何因緣而注意及此。炯蜀人，豈曾南
游耶？然其詞寫物真切，樸而不俚。一洗綺羅香澤之態而爲寫景紀俗之
詞，與李珣可謂笙磬同音者矣。"②

孫光憲，陵州貴平（今四川省仁壽縣）人。初任陵州判官，後唐時
爲荆南高季興掌書記，累官至檢校秘書少監、試御史中丞，入宋授黄州刺
史。錄詞八十餘首，數量之多，在唐、五代詞人中堪稱首屈一指。其作品
題材多樣，風格清疏秀朗，與韋莊詞相近。如《謁金門》：

> 留不得，留得也應無益。白紵春衫如雪色，揚州初去日。
> 輕別離，甘拋擲，江上滿帆風疾。却羨彩鴛三十六，孤鸞還
> 一隻。

此詞寫離人怨別，沉鬱遒勁，情真恨切，令人回味無窮。正如李冰若
所説："字字嗚咽，相思之苦，飄泊之感，使人蕩氣回腸，百讀不厭。其

---

① 況周頤：《歷代詞人考略》卷六，鳳凰出版社，2019 年。
② 李冰若評注：《花間集評注》，河北教育出版社，1999 年。

清新哀惋處，蓋神似端己也。"① 又如《風流子》：

> 茅舍槿籬溪曲，雞犬自南自北。菰葉長，水蘋開，門外春波
> 漲淥。聽織，聲促，軋軋鳴梭穿屋。

這首詞寫田園風光。茅舍槿籬，溪曲水淥，菰長蘋開，雞犬往來，真是一幅絕妙的田園風光圖。而舍內織機聲促，軋軋鳴梭，響徹屋宇，反映了織女的辛勤勞作。此詞語言淡樸，動靜協調，表現了農家耕織生活的情趣。所以，李冰若認爲："《花間集》中忽有此淡樸詠田家耕織之詞，誠爲異彩。蓋詞境至此，已擴放多矣。"② 這類作品，在《花間集》裏雖爲數不多，但畢竟擴大了詞的範圍，爲宋代蘇、辛詞中描寫農村生活的作品開了先例。

"花間詞派"中其他蜀籍詞人的詞作，也都各具特色，在藝術上有可取之處，如魏承班的《生查子》（煙雨晚晴天），鹿虔扆的《臨江仙》（金鎖重門荒苑靜），閻選的《河傳》（秋雨），毛熙震的《清平樂》（春光欲暮）等。至於其詞作未錄入《花間集》的蜀籍詞人，如王衍、孟昶、花蕊夫人等，亦頗有成就。誠如明代著名學者楊慎所說："五代僭僞十國之主，蜀之王衍、孟昶……皆能文，而小詞尤工。如王衍之'月明如水浸宮殿'，元人用之爲傳奇曲子。孟昶之《洞仙歌》，東坡極稱之。"③ 這也說明，蜀詞即使在萌芽、成長階段，亦有其才，作品雖多屬艷情之作，但題材多樣，風格變化，或淡遠清疏，或悲壯激越，或沉鬱頓挫，或瀟灑自如，業已突破了艷詞的藩籬，在文學藝術的百花園裏競相綻放，具有無限的生機與活力，並爲後世詞體的完善奠定了基礎，從而直接推進了宋詞的發展。湯顯祖曾經指出："詞至五代，情至文生，諸體悉備，不獨爲蘇（軾）、黃（庭堅）、秦（觀）、柳（永）之開山，即宣和、紹興之盛，皆兆於此矣。"④ 現代詞學家唐圭璋也說過："宋人黃叔暘選《唐宋諸賢絕妙詞選》，以李白爲百代詞曲之祖。可知詞之最初偉大創作家，即爲蜀人。而《花間集》共選十八人，五百首詞，編者爲蜀人，作者亦多爲蜀人，

---

① 李冰若評注：《花間集評注》，河北教育出版社，1999 年。
② 李冰若評注：《花間集評注》，河北教育出版社，1999 年。
③ 楊慎：《詞品》卷二，中華書局，2019 年。
④ 劉毓盤：《詞史》，上海書店，1985 年。

更可知唐、五代時西蜀詞風之盛。論詞以宋爲極盛,然蜀人實導其先路。"① 湯、唐二氏所言,持論平允,咸中肯綮。

二

兩宋時期的蜀詞,名家輩出,成果豐碩,在文學史上具有非常突出的地位。

當時蜀詞的發展,是同整個宋詞的狀況分不開的。詞至宋代,即進入百花争艷、萬紫千紅的空前繁榮新階段。它是廣闊詞學原野上一座巍然聳立的高峰。據今人所編《全宋詞》和《全宋詞補輯》的統計,二書共録詞人1430餘家、作品20800餘首(其中包括殘篇),相當於《全唐五代詞》所收詞人170餘家、作品2500餘首的8倍多。説明宋代詞壇詞人之衆、詞作之富。其作品具有各種風格,作者形成不同流派,真可謂層出迭現,精彩紛呈。這僅僅就詞人和作品的數量與形式而言,對其質量與内容還姑且不論。可見詞在人宋之後,確實呈現出繁花似錦、千姿百態、大放異彩的鼎盛氣象。

宋王朝特殊的歷史條件,導致了宋詞的發展和繁榮。公元960年趙匡胤在陳橋驛搞了一次"黄袍加身"的兵變,廢掉後周恭帝,建立了北宋王朝。爲了避免重蹈晚唐、五代藩鎮割據、廢立皇帝的覆轍,早在政權建立初期,趙宋統治集團就制定了"今欲治之,惟稍奪其權,制其錢穀,收其精兵,則天下安矣"的政策②,對權臣加以收買,採取所謂"恩逮於百官者,惟恐其不足"的措施③,即用恩賜與厚禄换取他們的支持。甚至,宋太祖趙匡胤鼓勵文臣武將"擇便好田宅市之,爲子孫立永久之業。多置歌兒舞女,日飲食相歡以終天命"④。繼而,統治集團又擴大科舉取士和任官名額,拉攏地主階級知識分子爲統治政權服務。唐代取士,每年不過三四十人;北宋時期,一般取士就數以百計,多時則動輒上千。利用這批文職官員,設置一系列疊牀架屋的官僚機構,以實現其統治。宋王朝對他們同樣給予了優厚的待遇:在職有高俸,退休有恩禮,死後有蔭補,凡

---

① 唐圭璋:《唐宋兩代蜀詞》,《文史雜志》1944年第三卷第五、六期。
② 邵伯温:《邵氏聞見録》卷一,中華書局,1983年。
③ 趙翼著,王樹民校證:《廿二史劄記校證》卷二五,中華書局,2013年。
④ 邵伯温:《邵氏聞見録》卷一,中華書局,1983年。

此種種，旨在以"名""利"爲釣餌，加强對知識分子的籠絡與控制。這樣一來，當時的達官貴人和士大夫，都過着奢靡的生活。他們縱情聲色，恣意享樂，蓄養家妓和飲宴歌舞之風盛極一時。就連寇準這樣的耿介之臣，都是"會客必舞《柘枝》，每舞必盡日"①。晏殊也是"未嘗一日不燕飲"，"亦必以歌樂相佐"。② 兼之，宋朝立國，標榜文治，其最高統治者，大多通曉音律，又能親製度曲。《宋史·樂志》載："太宗洞曉音律，前後親製大小曲及因舊曲創新聲者，總三百九十。"又載："仁宗洞曉音律，每禁中度曲，以賜教坊。"除太、仁二宗之外，他們的繼承者也擅長詞曲。王易《詞曲史》稱："真、仁、神三宗俱曉聲律，徽宗之詞尤擅勝場。……南渡以後，流風未泯，高宗能詞，有《舞楊花》自製曲。"徽宗朝，還專門成立了大晟樂府，負責整理古樂，創製新聲。此外，宋王朝的建立，結束了唐末、五代的分裂割據，基本上保持相對穩定的承平局面，給飽經戰亂之苦的人民帶來了休養生息的機會。在農業生產不斷恢復的情況下，工商業也得到了很大的發展，城市經濟非常繁榮，又爲官僚地主和上層市民的享樂生活創造了條件。市民階層人數不斷膨脹，都市日益興盛，娼樓妓館大量涌現，人們盡情玩樂，清歌妙舞，喧闐嬉戲，無有極度。正如宋人孟元老《東京夢華録序》所説：

> 舉目則青樓畫閣，綉户珠簾，雕車競駐於天街，寶馬爭馳於御路，金翠耀目，羅綺飄香。新聲巧笑於柳陌花衢，按管調弦於茶坊酒肆。八荒爭凑，萬國咸通。集四海之珍奇，皆歸市易；會寰區之異味，悉在庖厨。花光滿路，何限春游，簫鼓喧空，幾家夜宴。伎巧則驚人耳目，侈奢則長人精神。

這段文字既記載了北宋都城汴京的繁華和上層市民享樂的盛況，也反映了"新聲"的廣爲流行。作爲文學史上與唐詩、元曲鼎足而立的宋詞，就是在這種政治背景、經濟基礎和社會風氣下繁盛起來的。而且北宋初期的詞，還未脱離音樂，其用途相當廣泛。但凡宫廷大典、貴族宴會、文人唱和、親朋贈别，無不用詞。就連説唱文學，如鼓子詞、諸宫調以及小説、話本也多採用曲調、詞調。這些都促進了詞的發展與興盛。

但是，宋詞的發展有一個歷史過程，並與國勢之變化密切相關。宋王

---

① 沈括：《夢溪筆談》卷五，中華書局，2015 年。
② 葉夢得：《避暑録話》卷上，山東人民出版社，2018 年。

朝從公元 960 年開國，至 1126 年金兵攻陷汴京擄去徽、欽二宗的“靖康之難”爲止，史稱北宋；1127 年宋高宗趙構南渡，在杭州建立偏安半壁的朝廷，至 1279 年被元所滅，史稱南宋。文學史家則據此把宋詞相應地分爲北宋、南宋兩個不同階段。北宋詞是在相對穩定的和平環境中發展起來的。其前期的代表作家是晏殊和歐陽修，均累官至宰輔重臣，作品側重反映士大夫閑適自得的生活，詞調多以小令爲主，詞風雖深受花間、南唐詞派的影響，但氣度閑雅，蘊藉婉約，各有成就，對後世產生了較大的影響。清代詞論家馮煦曾指出：“獨文忠（歐陽修）與元獻（晏殊），學之既至，爲之亦勤，翔雙鵠於交衢，馭二龍於天路。且文忠家廬陵，而元獻家臨川，詞家遂有西江一派。其詞與元獻同出南唐，而深致則過之。”① 這一時期以小令著稱的詞人，還有宋祁和范仲淹。范詞數量不多，在內容與形式上均有重大突破，雄渾豪放，實爲蘇、辛豪放詞之先聲。給宋詞帶來較大變化的是柳永的慢詞創作。他的作品內容廣泛，長於鋪敘，婉約柔麗，不避俚俗，以自白手法寫景、抒情，被廣爲傳誦，對後世產生了極大的影響。馮煦評價柳詞曰：“曲處能直，密處能疏，奡處能平，狀難狀之景，達難達之情，而出之以自然，自是北宋巨手。”② 葉夢得亦稱：“余仕丹徒，嘗見一西夏歸明官云：‘凡有井水飲處，即能歌柳詞。’”③ 北宋後期，自東坡樂府出，擴展了宋詞的領域和境界，開創了“豪放”詞風，蘇軾成爲詞壇的傑出領袖。以他爲中心的元祐詞林，一時名家如黃庭堅、秦觀、晁補之、張耒、李廌、陳師道、毛滂和賀鑄等，也都以詞見稱，出現了文人詞的創作高峰。他們的詞作雖然風格不盡相同，表現手法各異，但均能揮灑自如，縱橫馳騁，使北宋詞達到了極盛時期。北宋末年，還出現了格律詞派的代表作家周邦彥和傑出的女詞人李清照，也都別樹一幟，成就卓著，爲詞壇增添了光彩。南宋詞則是在激烈的民族矛盾和複雜的政治鬥爭中發展的。“靖康之難”不僅嚴重威脅着趙宋統治政權，而且也使詞壇面貌爲之改觀。由於面臨國家和民族的存亡，這一時期詞的內容主要已不是男女相思、花前月下的綿綿細語，而代之以忠義奮發、慷慨悲歌的戰鬥號角了。蘇軾所開創的豪放詞風，被移植於愛國主義的土壤裏，得到

---

① 馮煦：《蒿庵論詞·論歐陽修詞》，唐圭璋編《詞話叢編》，中華書局，2005 年。

② 馮煦：《蒿庵論詞·論柳永詞》，唐圭璋編《詞話叢編》，中華書局，2005 年。

③ 葉夢得：《避暑錄話》卷下，山東人民出版社，2018 年。

了空前的發展，從而把宋詞推向了又一個發展高峰。南宋時，使詞發揮戰鬥作用的是李綱、趙鼎、胡銓、岳飛、張元幹、張孝祥等抗金志士，均有佳篇問世。其中有的作品氣吞山河，光昭日月，成爲那個時代的最強音。稍後的辛棄疾，更是愛國詞人的優秀代表。他曾立志獻身於抗金復國的大業，但南渡之後始終不受朝廷重用，故將一腔忠憤盡託於詞。他繼承和發展了蘇軾以來的豪放風格，創作了不少思想性和藝術性很強的作品，爲詞的發展做出了卓越貢獻。馮煦認爲："稼軒負高世之才，不可羈勒，能於唐宋諸大家外，別樹一幟。"[①] 與辛棄疾同時或稍晚的，還有韓元吉、陸游、陳亮、劉過、劉克莊、文天祥、劉辰翁和汪元量等，其詞作密切反映現實鬥爭，閃爍着愛國主義的光芒，他們的創作方向無疑代表了南宋詞壇的主流。可是，南宋統治集團怯懦無能，苟且偷安，奢靡淫樂風氣泛濫，反映在詞壇上則是南宋前期的激昂慷慨、大義凜然，逐漸變成了追求詞藻、閑吟風月和低唱離愁之類。代表作家有姜夔等人，其詞作雖不乏特色，但注重形式，内容艱澀，以致評價並不是很高。

以上所述，就是宋代詞壇的基本狀況，也可視爲蜀詞繁盛的條件。宋詞的興旺，也推進了蜀詞的繁榮。同樣，蜀詞的發展又使宋詞更加昌盛。它們相輔相成，相互促進，形成了麗日中天、光芒四射的景象。故爾南北詞人蔚起，西蜀亦未多讓。據粗略統計，蜀人爲詞者即 90 餘家，詞作達 1500 多首，在宋代詞人和作品中，占有不小的比重。此亦説明，其風流相扇，由來已久。宋代蜀籍詞人，似未形成詞派。以下擬按出生先後擇其影響較大的詞人及作品，略作簡要評介。

蘇易簡，梓州銅山（今四川省中江縣）人，累官至參知政事。文瑩《續湘山野録》云：宋太宗酷愛宮詞中十小調子，乃"命近臣十人各探一調撰一辭，蘇翰林易簡探得《越江吟》"。

> 非煙非霧瑤池宴，片片。碧桃冷落誰見？黃金殿，蝦鬚半捲，天香散。　　春雲和，孤竹清婉，入霄漢。紅顏醉態爛漫。金輿轉，霓旌影亂，簫聲遠。

這首詞上闋詠宮廷宴會，異常奢華。非煙非霧，瑤池之宴，碧桃冷落，黃金殿内，蝦鬚簾半捲，天香已散，以狀宴會持續很久。下闋寫歌樂

---

① 馮煦：《蒿庵論詞·論辛棄疾詞》，唐圭璋編《詞話叢編》，中華書局，2005 年。

相佐，笙歌極盛。春雲和歌，孤竹清婉，簫聲遠揚，霓旌影亂，宮女醉態爛漫，金輿輪轉，喻飲宴行將結束。此詞雖為應制而作，但出語自然，不飾雕琢，後世詞論家給予了很高的評價。沈雄説：“宋初以詞章早著名者，梓州蘇易簡作《越江吟》，載《百琲明珠》。蜀之大魁自此始。”① 丁紹儀也説：“（《越江吟》）詞僅五十一字，而叶十二韻，繁音促節，最不易填。易簡不以工詞名，不謂倉卒應制之作，精穩乃爾。”②

王琪，華陽（今屬四川省成都市）人，累官至禮部侍郎。其《望江南》十首，吟詠江南風物，盛傳一時。如：

> 江南燕，輕揚繡簾風。二月池塘新社過，六朝宮殿舊巢空。頡頏恣西東。　　王謝宅，曾入綺堂中。煙徑落花飛遠遠，曉窗驚夢語匆匆。偏占杏園紅。

這首詞上闋寫江南燕子任意飛翔，下闋寫曾入綺堂，抒發情懷。描寫靈動，韻味無窮。吳曾謂：“歐陽文忠公（修）愛王君玉（琪）燕詞云：‘煙徑掠花飛遠遠，曉窗驚夢語匆匆。’”③ 又如：

> 江南雨，風送滿長川。碧瓦煙昏沉柳岸，紅綃香潤入梅天。飄灑正瀟然。　　朝與暮，長在楚峰前。寒夜愁欹金帶枕，暮江深閉木蘭船。煙浪遠相連。

這首詞上闋寫江南梅雨，兩岸景色，下闋寫閨人懷遠，寄予相思，寫景生動，情韻悠然。曾為當世人所稱贊。陳輔之云：“王君玉（琪）有《望江南》十首，自謂謫仙。荆公（王安石）酷愛其‘紅綃香潤入梅天’之句。”④

蘇舜欽，易簡孫，累官至集賢校理，終湖州長史。因上疏論朝廷大事，為權貴所忌，被貶謫。“居蘇州，買水石作滄浪亭，日益讀書”，“而時發其憤悶於歌詩”。⑤ 錄詞一首，即《水調歌頭》：

> 瀟灑太湖岸，淡仁洞庭山。魚龍隱處，煙霧深鎖渺瀰間。方

---

① 沈雄：《古今詞話·詞話》卷上，清康熙澄暉堂刻本。
② 丁紹儀：《聽秋聲館詞話》卷四，唐圭璋《詞話叢編》，中華書局，2005 年。
③ 吳曾：《能改齋漫錄》卷一七，商務印書館，1941 年。
④ 胡仔：《苕溪漁隱叢話》前集卷二六，《海山仙館叢書》本。
⑤ 歐陽修：《湖州長史蘇君墓誌銘》，《歐陽文忠公集·居士集》卷三一，《四部叢刊》景元刻本。

念陶朱張翰，忽有扁舟急槳，撇浪載鱸還。落日暴風雨，歸路繞汀灣。　　丈夫志，當景盛，恥疏閑。壯年何事憔悴，華髮改朱顏。擬借寒潭垂釣，又恐鷗鳥相猜，不肯傍青綸。刺棹穿蘆荻，無語看波瀾。

這首詞上闋寫太湖景色，緬懷古人。太湖洞庭，魚龍隱處，煙霧深鎖，范蠡張翰，皆急流勇退避禍隱居，今古之人處境雖異，而歸宿則一，故以此聊爲自慰。下闋抒憤激之情，和盤託出。胸懷大志，又當盛年，報國無門，恥於疏閑，心中本已憤懑難平，還遭人猜忌，只好無語觀看人世的波瀾。魏泰《東軒筆録》云：“蘇子美（舜欽）謫居吳中，欲游丹陽，潘師旦深不欲其來，宣言於人，欲拒之。子美作《水調歌頭》，有‘擬借寒潭垂釣，又恐鷗鳥相猜，不肯傍青綸’之句，蓋謂是也。”此詞意境闊大，氣象恢宏，且最早以政治内容入詞，其開拓之功，不可抹殺。

蘇軾，眉州眉山人，累官至端明殿學士、禮部尚書。他是中國古代一位罕見的文學家和藝術家，詩、文、書、畫，無不精妙，並蔚爲流派，尤其在詞學史上占有重要的地位。正如陳廷焯所説：“人知東坡古詩古文，卓絶百代，不知東坡之詞，尤出詩文之右。蓋仿九品論字之例，東坡詩文縱列上品，亦不過爲上之中下。若詞則幾爲上之上矣。”① 如前所述，蘇軾擴大了詞的題材範圍，冲破了“詞爲艷科”之藩籬，“無意不可入，無事不可言”②。他的作品，内容非常廣泛，諸如登臨、吊古、悼亡、送别、宴飲、歌舞、游仙、詠史和禪機參説、哲理探尋、宦情根觸、山川景物、田園風光以及風土人情等無不織入。蘇軾的詞風，也是不拘一格，雖以豪放爲主，但它類悉備：既有秾麗，又有淡雅，也有韶秀，還有温婉等各種風格和不同品類的詞作，如同繁花衆卉，競放芳香，達到了很高的境界。所以南宋詞論家胡寅認爲：“及眉山蘇氏，一洗綺羅香澤之態，擺脱綢繆宛轉之度，使人登高望遠，舉首高歌，而逸懷浩氣，超然乎塵垢之外。於是《花間》爲皂隸，而柳氏爲輿臺矣。”③ 其詞著名者，如《念奴嬌》：

大江東去，浪淘盡，千古風流人物。故壘西邊，人道是，三國周郎赤壁。亂石穿空，驚濤拍岸，捲起千堆雪。江山如畫，一

① 陳廷焯：《白雨齋詞話》卷九，《白雨齋詞話全編》，中華書局，2013年。
② 劉熙載：《藝概》卷四，上海古籍出版社，1978年。
③ 胡寅：《向薌林酒邊集後序》，《四庫全書》本。

時多少豪傑。　　遙想公瑾當年，小喬初嫁了，雄姿英發。羽扇
綸巾，談笑間，檣櫓灰飛煙滅。故國神游，多情應笑我，早生華
髮。人生如夢，一尊還酹江月。

這首詞上闋詠古赤壁，即景寫實，下闋懷念古人，抒發胸懷，奔放曠
達，氣勢磅礴，富有高情逸致，堪稱亘古不朽的名作，歷來受到詞論家的
高度評價。胡仔認爲："東坡'大江東去'赤壁詞，語意高妙，真古今絕
唱。"① 王世貞也認爲："昔人謂銅將軍鐵綽板，唱蘇學士'大江東去'，
十八九歲好女子唱柳屯田'楊柳外曉風殘月'，爲詞家三昧。然學士此
詞，亦自雄壯，感慨千古。果令銅將軍於大江奏之，必能使江波鼎沸。"②
又如《水調歌頭》：

　　明月幾時有，把酒問青天。不知天上宮闕，今夕是何年。我
欲乘風歸去，唯恐瓊樓玉宇，高處不勝寒。起舞弄清影，何似在
人間。　　轉朱閣，低綺户，照無眠。不應有恨，何事長向別時
圓。人有悲歡離合，月有陰晴圓缺，此事古難全。但願人長久，
千里共嬋娟。

這首詞上闋詠中秋圓月，幻想游仙，下闋寫人世離別，責月懷人，境
界高潔，情味深厚，後世傳誦，經久不衰。胡仔說："中秋詞，自東坡
《水調歌頭》一出，餘詞盡廢。"③ 王國維也說："東坡之《水調歌頭》，
則仁興之作，格高千古，不能以常調論也。"④ 又如《水龍吟》：

　　似花還似非花，也無人惜從教墜。拋家傍路，思量却是，無
情有思。縈損柔腸，困酣嬌眼，欲開還閉。夢隨風萬里，尋郎去
處，又還被，鶯呼起。　　不恨此花飛盡，恨西園，落紅難綴。
曉來雨過，遺蹤何在，一池萍碎。春色三分，二分塵土，一分流
水。細看來，不是楊花點點，是離人淚。

這首詞上闋詠頌楊花，遺形取神，下闋寫楊花歸宿，傷春惜別，細膩
纏綿，柔美婉約，在和韻詞中十分出色。詞人和詞論家都對其極爲贊賞。

① 胡仔：《苕溪漁隱叢話》前集卷五九，《海山仙館叢書》本。
② 王世貞：《藝苑卮言》附錄一，《弇州山人四部稿》卷一五二，明萬曆五年刻本。
③ 胡仔：《苕溪漁隱叢話》後集卷三九，《海山仙館叢書》本。
④ 王國維著，徐調孚校注：《校注人間詞話》卷下，中華書局，2003 年。

張炎説："東坡次章質夫楊花《水龍吟》韻，機鋒相摩，起句便合讓東坡出一頭地，後片愈出愈奇，真是壓倒今古。"① 沈謙也説："東坡'似花還似非花'一篇，幽怨纏綿，直是言情，非復賦物。"② 又如《江城子》：

> 十年生死兩茫茫。不思量，自難忘。千里孤墳，無處話凄涼。縱使相逢應不識，塵滿面，鬢如霜。　夜來幽夢忽還鄉。小軒窗，正梳妝。相顧無言，惟有淚千行。料得年年腸斷處，明月夜，短松岡。

這首詞上闋寫夢前所思，懷念深沉，下闋記夢中相會，歷歷在目，感情誠摯，鬱勃沉痛，音響凄厲，感人至深，是頗爲難得的悼亡佳作。

陳與義，陳懍孫，本青神（今四川省青神縣）人，後徙居葉縣（今河南省葉縣），累官至參知政事。他不僅長於作詩，爲江西詩派"一祖三宗"之一，也工於詞，只是所作甚少。黃昇稱，陳與義"《無住詞》一卷，詞雖不多，語意超絶，識者謂其可摩坡仙之壘也"③。清代詞論家胡薇元亦謂："陳與義簡齋《無住詞》，才十八首，而首首可傳。簡齋詩師杜少陵，與山谷、後山爲三宗。其詞吐言天拔，無蔬筍氣。"④ 其詞著名者，如《臨江仙》：

> 憶昔午橋橋上飲，坐中多是豪英。長溝流月去無聲。杏花疏影裏，吹笛到天明。　二十餘年如一夢，此身雖在堪驚。閑登小閣看新晴。古今多少事，漁唱起三更。

這首詞上闋記往昔游蹤，當年樂事。午橋上飲，多是豪英，溝流月去，杏花疏影，玩樂從夜晚直至天明，其游飲盛況與豪情顯然可見。下闋寫登臨小閣，抒發感慨。往事如夢，此身堪驚，登臨小閣，喜看新晴，深感盛衰興亡古今同慨，稍覺曠達而聊以自慰。此詞筆力疏宕，渾成自然。張炎評價："去非《臨江仙》一闋，真是自然而然。……清婉奇麗，集中惟此最優。"⑤ 陳廷焯也認爲："陳簡齋《無住詞》，未臻高境。惟《臨江

---

① 張炎：《詞源》卷下，《守山閣叢書》本。
② 沈謙：《填詞雜説》，《東江集》卷九，清康熙十五年刻本。
③ 黃昇：《中興以來絶妙詞選》卷一，《四部叢刊》景明翻宋刊本。
④ 胡薇元：《歲寒居詞話·無住詞》，唐圭璋編《詞話叢編》，中華書局，2005年。
⑤ 王弈清：《歷代詞話》卷七，唐圭璋編《詞話叢編》，中華書局，2005年。

仙》……筆意超曠，逼近大蘇。"① 又如《清平樂》：

> 黃衫相倚，翠葆層層底。八月江南風日美，弄影山腰水尾。
> 楚人未識孤妍，離騷遺恨千年。無住庵中新事，一枝喚起幽禪。

這首詞上闋寫桂花開放，弄影幽美，下闋嘆不識其妍，寄予感慨，寫景清雋，意境超絕，爲吟詠桂花之佳篇。胡仔云："詠閩中木犀（桂花）之佳者，詩舉坡仙，詞舉去非。"②

李石，資州盤石人，累官至太學博士、都官郎中。楊慎謂其"文章盛傳，有《續博物志》，詞亦風緻"③。其代表詞作如《長相思》：

> 花深紅，花淺紅。桃杏淺深花不同，年年吹暖風。　鶯語中，燕語中。喚起碧窗春睡濃，日高花影重。

這首詞上闋詠桃花杏花，下闋寫鶯聲燕語，喚起春睡，清新淡雅，生動如畫，不失爲寫景之佳作。又如《臨江仙》：

> 煙柳疏疏人悄悄，畫樓風外吹笙。倚欄聞喚小紅聲。薰香臨欲睡，玉漏已三更。　坐待不來來又去，一方明月中庭。粉墻東畔小橋橫。起來花影下，扇子撲飛螢。

這首詞上闋記等待情人，已至夜深，下闋寫情人坐待不來，乍來又去，質樸自然，清淡簡潔。在寫男女幽會的作品中，如此不着綺羅香澤之語者，頗爲罕見。

程垓，眉州眉山人，楊慎謂其爲蘇軾之中表④，而況周頤據王季平《書舟詞序》定其爲南宋人，不與軾同時，焉能爲中表之親？⑤ 其詞多爲抒懷、寄贈和紀行之作，如《漁家傲》：

> 獨木小舟煙雨濕，燕兒亂點春江碧。江上青山隨意覓。人寂寂，落花芳草催寒食。　昨夜青樓今日客，吹愁不得東風力。細拾殘紅書怨泣。流水急，不知那個傳消息。

---

① 陳廷焯：《白雨齋詞話》卷一，《白雨齋詞話全編》，中華書局，2013 年。
② 姜方錟：《蜀詞人評傳》宋代陳與義注引，成都古籍書店，1984 年。
③ 楊慎：《詞品》卷四，中華書局，2019 年。
④ 楊慎：《詞品》卷三，中華書局，2019 年。
⑤ 況周頤：《蕙風詞話》卷四，《惜陰堂叢書》本。

這首詞上闋記所見之景，下闋抒羈旅之情，愁思難遣，情思纏綿，哀婉動人。陳廷焯説："正伯（程垓）詞，余所賞者，惟《漁家傲》結處云：'細拾殘紅書怨泣。流水急，不知那個傳消息。'爲有深婉之致。"① 又如《酷相思》：

> 月挂霜林寒欲墜。正門外，催人起。奈離別，如今真個是。欲住也，留無計。欲去也，來無計。　馬上離情衣上淚。各自個，供憔悴。問江路，梅花開也未。春到也，須頻寄。人別也，須頻寄。

這首詞上闋寫拂曉離別，難舍難分，下闋記分別之時，一再叮囑，情意真率，凄婉感人。楊慎推許程垓之"《酷相思》《四代好》《折紅英》俱佳，故盛以詞名"②。馮煦也認爲："程正伯（詞）凄婉綿麗，與草窗所錄絕妙好詞，家法相近，故是正鋒。"③

文及翁，綿州人，累官至尚書禮部侍郎，除簽書樞密院事。《古杭雜記》載："蜀人文及翁登第後游西湖，一同年戲之曰：'西蜀有此景否？'及翁即席賦《賀新郎》。"④ 其詞云：

> 一勺西湖水。渡江來，百年歌舞，百年酣醉。回首洛陽花世界，煙渺黍離之地。更不復，新亭墮淚。簇樂紅妝搖畫艇。問中流，擊楫何人是。千古恨，幾時洗。　余生自負澄清志。更有誰，磻溪未遇，傅巖未起。國事如今誰倚仗，衣帶一江而已。便都道，江神堪恃。借問孤山林處士，但掉頭，笑指梅花蕊。天下事，可知矣。

這首詞上闋寫歌舞昇平，醉生夢死。西子湖上，歌舞酣醉，洛陽煙渺，不復墮淚，朝野都縱情聲色淫樂，靖康之恥何時才能洗雪？下闋抒發胸臆，極爲悲憤。胸懷壯志，却無傳説中姜子牙那樣的機遇。不靠人材，而倚仗天險江神，朝廷重臣不思圖治，國家焉能强盛？此詞風格酣暢，壯懷激烈，不落下乘。清代詞論家王闓運評價其詞："須得此洗盡綺語柔

①　陳廷焯：《白雨齋詞話》卷八，《白雨齋詞話全編》，中華書局，2013 年。
②　王弈清：《歷代詞話》卷五，唐圭璋編《詞話叢編》，中華書局，2005 年。
③　馮煦：《蒿庵論詞·論程垓詞》，唐圭璋編《詞話叢編》，中華書局，2005 年。
④　王弈清：《歷代詞話》卷八，唐圭璋編《詞話叢編》，中華書局，2005 年。

情，復還清明世界。"①

宋代其他蜀籍詞人的作品，也都有其特色，因篇幅所限，不能贅述。總之，有宋一代蜀籍詞人頗多，作品繁富，大大充實了詞學寶庫，爲古代文學藝術的發展做出了自己的貢獻，在文學史上寫下了極其光輝的篇章。當然，宋代蜀詞也有其局限，如反映生活的深度與廣度比較狹窄，綺羅香澤的詞風影響頗大，甚至有的作品中還有封建糟粕等，這都需要我們採取批判的態度，加以具體分析。

三

金元明清時期，雖詞運盛衰無常，但蜀中爲詞者人數不少，並有一定成績。

唐、五代和兩宋的詞，沾溉百世，影響深遠，流風所被，歷久不衰，有的詞作至今還深受人們歡迎。但是，我們也不能不承認，南宋以後詞的創作日益衰微，每況愈下。其表現是作品不多，詞人鮮少，名家寥寥。金元明三代詞壇，皆使人有沉寂零落、作者自稀之感。金代爲少數民族建立的政權，入主中原後逐漸吸收漢族文化，使詞有所發展，但爲詞者多係漢人，有傑出成就的詞家甚少。到了元代，隨着科舉制的廢止，文人地位低下，傳統文化不受重視，而市民文學逐漸發展，元曲蓬勃興起，詞却處於從屬地位，其成就遠不能同元曲相比。正如清代詞論家樊志厚所説，南宋"及夢窗（吳文英）、玉田（張炎）出，並不求諸氣體，而惟文字之是務，於是詞之道熄矣。自元迄明，益以不振"②。陳廷焯也説："元代尚曲，曲愈工而詞愈晦。周（邦彥）、秦（觀）、姜（夔）、史（祖達）之風，不可復見矣。""元詞日就衰靡，愈趨愈下。"③ 至於明代，因八股文盛行，廣大知識分子"鏤心刻骨於八股"，而"明詞無專門名家，一二才人……皆以傳奇手爲之，宜乎詞之不振也"④。所以，陳廷焯認爲："詞至於明，而詞亡矣。"⑤ 明代中期以後，由於楊慎"陶情乎艷詞，寄意於聲伎"，有

① 王闓運：《湘綺樓評詞·文及翁》，鳳凰出版社，2019 年。
② 王國維著，徐調孚校注：《校注人間詞話·補遺》，中華書局，2003 年。
③ 陳廷焯：《白雨齋詞話》卷三，《白雨齋詞話全編》，中華書局，2013 年。
④ 吳照衡：《蓮子居詞話》，唐圭璋編《詞話叢編》，中華書局，2005 年。
⑤ 陳廷焯：《白雨齋詞話》卷三，《白雨齋詞話全編》，中華書局，2013 年。

意倡導"花間派"詞風，以用晦行權，佯狂避禍，故其作品纖綿婉約，清麗瀏亮，抒懷賦物，自然酣暢，使隆、萬以降文壇風氣爲之一變，從詞曲而及戲文，同趨嬌柔美艷，繁辭綺合，直至清季，餘風尚存。可見，楊氏身處逆境，流放半生，尚竭力推動詞曲發展，使之不斷演變，其拓展之功，不可磨滅。迄至清朝前期，江南詞學業已繁榮，而處於兵燹之中的巴蜀之地，因戰亂頻仍，幾無寧日，聲名文物，委於灰劫，唐宋遺風，蕩然掃地。直到清朝中、後期，蜀詞才逐漸復興，而且發展很快，詞人已至二百餘家，作品四五千首。這些詞作，雖有的內容貧乏，思想性不強，甚至還有詆毀農民起義、歧視婦女的內容，但也有不少作品在一定程度上揭露了帝國主義入侵中國的罪行，反映了當時的社會現實，抒發了憂國憂民的思想感情。它們律度謹嚴，描寫工緻，不乏秀句佳篇。

金元明清時期，蜀籍詞人及詞作不少。下面仍擇影響較大的作者與作品，略加評介。

宇文虛中，成都人，仕宋官黃門侍郎。後奉使至金，留掌詞命，累官至翰林學士承旨，封河內郡開國公。王灼《碧雞漫志》載："宇文叔通（虛中）久留金國不得歸，立春日作《迎春樂》曲。"

> 寶幡彩勝堆金縷，雙燕釵頭舞。人間要識春來處。天際雁，江邊樹。　　故國鶯花又誰主。念憔悴，幾年羈旅。把酒祝東風，吹取人歸去。

這首詞上闋寫立春之景，下闋抒思鄉之情，盼望歸里，感情凄婉，沉鬱蒼涼，家國之思，傾吐無遺。虛中乃金朝最早南來之漢族詞人，被詞學史家列爲《全金元詞》之首。劉毓盤認爲："論金人詞，必首及宇文虛中。（金）太宗天會初，以資政殿學士奉宋徽宗命使金，留掌詞命，此文臣之初自南來者。"[①]

蒲道源，元代眉州青神人，後徙居興元（今陝西省南鄭縣），曾官郡學正。其詞亦有情景俱佳者，如《點絳唇》：

> 西蜀咽喉，鈎連閣道蒼崖斗。漢皇天授，故國嶓江口。　　往事浮雲，依舊梁山秀。時延首，淡煙疏柳，欲畫無奇手。

這首詞上闋憑吊古閣道，無比險要，下闋抒胸中感慨，贊美山河，平

---

① 劉毓盤：《詞史》第七章，上海書店，1985 年。

實簡易，近乎白描，爲蒲詞集中之佳妙者。

虞集，允文五世孫，祖籍仁壽人，後徙居崇仁（今江西省崇仁縣），累官至翰林學士兼國子祭酒。楊慎《詞品》載："直夫之妹通經學，比於曹大家，嫁虞氏，生虞集，爲巨儒，其學無師，傳於母氏也。"（陶宗儀《南村輟耕録》亦有類似記載）其詞多爲寄贈、抒懷和方外之言，傳唱一時者，爲《風入松》。《南村輟耕録》云："柯敬仲九思，際遇元文宗，爲奎章閣鑒書博士，出入内庭。後失寵，退居吴下，虞伯生（集）賦《風入松》寄之。"

　　畫堂紅袖倚清酣，華髮不勝簪。幾回晚直金鑾殿，東風軟，花裏停驂。書詔許傳宫燭，香羅初剪朝衫。　　御溝冰泮水接藍，飛燕又呢喃。重重簾幕寒猶在，憑誰寄，銀字泥緘。爲報先生歸也，杏花春雨江南。

這首詞上闋記當年情事，亦含自況，下闋寫退居吴下，寄予思念，風韻自然，膾炙人口。陶宗儀稱其"詞翰兼美，一時爭相傳刻。而此曲遂遍滿海内矣"[1]。陳廷焯亦謂："虞道園詞筆頗健，似出仲舉（張翥）之右。然所作寥寥，規模未定，不能接武南宋諸家。惟'報導先生歸也，杏花春雨江南'二語，却有自然風韻。"[2] 又如《南鄉一剪梅》：

　　南阜小亭臺，薄有山花取次開。寄語多情熊少府，晴也須來，雨也須來。　　隨意且銜杯，莫惜春衣坐綠苔。若待明朝風雨過，人在天涯，春在天涯。

此詞自然質樸，感情熾烈。清代詞論家李調元謂："虞伯生集詞，一洗鉛華。有《鳴鶴餘音》一卷，余已校刊矣。尚記其《南鄉一剪梅》詞招熊少府云。"[3]

楊基，祖籍嘉定（今四川省樂山市），生長於吴中（今江蘇省吴縣）。明初，曾官山西按察使，後落職。與高啓、張羽、徐賁友善，時稱"吴中四傑"。其感時抒懷之詞，占了相當比重，詞風綿麗清俊，遠宗姜夔。如《清平樂》：

---

① 陶宗儀：《南村輟耕録》卷一四，《津逮秘書》本。
② 陳廷焯：《白雨齋詞話》卷三，《白雨齋詞話全編》，中華書局，2013 年。
③ 李調元：《雨村詞話》卷四，唐圭璋編《詞話叢編》，中華書局，2005 年。

欺煙困雨，拂拂愁千縷。曾把腰肢羞舞女，嬴得輕盈如許。

猶寒未暖時光，將昏漸曉池塘。記取春來楊柳，風流正在輕黃。

此詞清新婉麗，饒有風致，頗爲詞論家所贊許。明代陳霆説："楊孟載（基）新柳《清平樂》云：'猶寒未暖時光，將昏漸曉池塘。記取春來楊柳，風流全在綴黄。'狀新柳妙處，數句盡之，古今人未曾道著。歌此闋者，想見芳春媚景，暝色入簾，殘月戒曙，身在芳塘之上，徘徊容與也。"[1] 近代吳梅也説："眉庵（楊基）詞更新俊可喜，尤宜於小令。如《清平樂》《浣溪沙》諸調，更爲擅場。"[2] 又如《踏莎行》：

白皴沾苔，紅輕惹絮。落花堆積無層數。當時開折賴東風，漂零還是東風妒。　　宿雨初晴，低煙欲暮。綿綿芳草迢迢路。綠陰深處聽啼鶯，鶯聲更在深深處。

這首詞上闋記落花繽紛，堆積滿地，下闋寫春已老去，留之不住，感凄婉傷感，頗有宋人遺風。陳霆稱："楊眉庵落花詞（《踏莎行》）云：'當時開拆賴東風，飄零還是東風妒。'意甚凄婉。又云：'綠陰深樹覓啼鶯，鶯聲更在深深處。'語意蘊藉，殆不減宋人也。"[3]

楊慎，新都人，曾官翰林院修撰，因忤旨謫戍雲南永昌衛，卒於貶所。慎於書無所不覽，知識淵博，好學窮理，老而彌篤，作詩撰文，填詞譜曲，各樣皆備。其著作之富，凡百種以上，爲明代第一。其中有關倚聲者，即近十種。正如前述，他對明代詞曲發展曾起過重大作用，故被詞論家稱譽爲詞家功臣。其詞典雅秀艷，涉筆瑰麗，與他的詩一樣，多帶憤激之情。如《江月晃重山》：

金馬九重恩譴，碧雞二十春風。江花江草每年同。君不見，憔悴已成翁。　　白髮戴花休笑，紫髯説劍猶雄。欲箋心事向天公。賒美酒，長醉玉壺中。

這首詞上闋述被貶廿年，憔悴成翁，下闋寫胸中之憤，無處傾訴，語意憤激，言直情切。又如《臨江仙》：

① 陳霆：《渚山堂詞話》卷一，人民文學出版社，1960 年。
② 吳梅：《詞學通論》，《吳梅詞曲論著四種》，商務印書館，2017 年。
③ 陳霆：《渚山堂詞話》卷一，人民文學出版社，1960 年。

萬里雲南可渡，七旬老叟華顛。金羈翠眊杏花韉。還家劍峰畫，出塞馬蹄穿。　舊店主人爭美，升翁真是神仙。東征西走幾多年。風霜知自保，窮達任皇天。

這首詞亦抒發襟懷之作，出語平直，淒婉蒼涼，頗有愈悲憤愈放達之感。又如《雨中花》：

一搦纖腰清瘦。六幅輕紗紅皺。粉熟香生，態濃妝淺，正是愁時候。　蕭蕭風雨黃昏後。雲濕仙衣寒透。簾悄窗閑，燈昏酒冷，聽盡蓮花漏。

這首詞楊慎集題爲《龍寶寺紫荆》。王昶《明詞綜》作《題南詔寺壁》。上闋寫紫荆之態，亭亭玉立，下闋詠紫荆品格，抒發情懷，刻畫細膩，以樹擬人，別具一格。胡薇元對此詞贊賞不已，云："明人詞，以楊用修升庵爲第一。僕在南詔，見其題寺壁一首（《雨中花》），反復誦嘆，屬寺僧摹刻上石。"[①]

黃峨，遂寧人，楊慎之妻，頗有才情，工詩善詞，尤長散曲。據《隴蜀餘聞》載："楊太史（慎）夫人黃，遂寧簡肅公珂之女。有詩名，詞曲尤擅場。"[②] 其詞流誦於世者，如《巫山一段雲》：

巫女朝朝艷，楊妃夜夜嬌。行雲無力困纖腰。媚眼暈紅潮。
阿母梳雲髻，檀郎整翠翹。起來羅襪步蘭苕。一見魂又銷。

這首詞是閨人思遠之作，纖麗醇雅，情思悠然，深得詞論家的頌揚。明代陳維儒曾指出，升庵夫人黃氏"有《滿庭芳》《巫山一段雲》諸詞，皆爲雅麗，或比之趙松雪（孟頫）管夫人，然管工畫竹耳，詩詞鄙俚不及黃遠矣"[③]。

范文光，內江人，累官至戶部員外郎、右僉都御史巡撫川南。其詞代表作如《搗練子》：

曲兒高，月兒斜。春風場上說楊家。自是調高難得和，誤將人面比桃花。

---

① 胡薇元：《歲寒居詞話·楊用修詞》，唐圭璋編《詞話叢編》，中華書局，2005 年。
② 王文才輯校：《楊慎詞曲集·楊夫人事輯》，四川人民出版社，1984 年。
③ 王弈清：《歷代詞話》卷一〇，唐圭璋編《詞話叢編》，中華書局，2005 年。

這首詞是贈金陵楊姬之作，情致昵人，風流蘊藉。清代詞論家徐釚認爲：“范文光續《花間集》，皆畫船歌席題贈之作，有贈金陵楊姬《搗練子》……程村載倚聲集，情致昵人，不減前輩風流。志之，可當《東京夢華錄》也。”①

李調元，綿州羅江（今四川省綿陽市境）人，累官至廣東學政、直隸通永道。因觸忤權臣，充軍伊犁，後以母老得以釋歸。著述甚富。其詞佳勝之作，有《謁金門》：

> 風過處，吹落一庭輕絮。簾外歸來雙燕語，又是黃昏雨。
> 蜂驚蝶舞，往往來來無數。試問落花誰作主，只流鶯未去。

這首詞上闋寫東風春雨，芳草茂密，下闋詠蜂蝶燕鴻，春將老去，寫景自然，頗有韻味。丁紹儀認爲：“（雨村）自著童山詩文集亦不甚警策，詞則更非所長。惟《浣溪沙》云……《謁金門》云……爲集中之最。”②

先著，瀘州人，僑居江寧。其詞淡雅清遠，別具風致的作品不少，如《浣紗溪》：

> 浣硯傳瓷絕點塵，盆中石畔比山深，素心花媚素心人。
> 淡雅一苞生遠韻，離披幾葉散清芬，春初培養到春深。

這首詞上闋記盆中素心，伴以石山，下闋詠花之芬芳，直至春深，清雋典雅，耐人尋味。又如《長相思》：

> 南山深，北山深。幾處樵歌響白雲，風前斷續聞。　　遠柴門，近柴門。歸路蒼茫望不分，回頭月趁人。

這首詞上闋詠山之深邃，樵歌起伏，下闋寫樵夫晚歸，迷茫不分，描摹自然，寫景逼真，儼然一幅絕妙的山水畫。李調元謂其作品“造句必新，遣言必雅。亦詞壇中飛將也”③。

楊繼端，楊輯五女，張問萊妻，旺蒼（今四川省廣元市境）人。其詞風格婉麗，如《蝶戀花》：

> 料峭春風還做冷。煙雨空濛，花睡何曾醒。幾樹綠楊深院

① 徐釚：《詞苑叢談》卷五，中華書局，2008年。
② 丁紹儀：《聽秋聲館詞話》卷一二，唐圭璋編《詞話叢編》，中華書局，2005年。
③ 姜方鍵：《蜀詞人評傳》清代先著注引，成都古籍書店，1984年。

影。濕雲如幕愁天近。　　鳩婦呼晴晴未準。載酒蘇堤，遲了尋芳信。貝葉學書消晝永。小窗閑試泥金粉。

這首詞上闋寫春日煙雨，濕雲天近，下闋記雨天無聊，學書消遣時光，寫景佳美，含蘊無盡。況周頤稱，西川楊古雪（繼端）《蝶戀花》《買陂塘》"兩詞佳境，漸能融婉麗入清疏"①。

周岸登，威遠人，曾官廣西知縣等。《詞曲史》云：周岸登《蜀雅》詞，"辭麗密而律特精嚴。其《邛都詞》中多賦西南逸事，足備職方"。如《宴清都》：

畫省喧筊鼓。邊風急，窮秋煙暝催暮。蠻熏未洗，吳棉自檢，薄寒珍護。箏弦也識愁端，漸瑟瑟，偷移雁柱。更送冷，敗葉聲乾，敲窗點點如雨。　　琴心寄遠難憑，孫源間蜀，巴水連楚。流波斷錦，孤衾怨綺，夢抽離緒。寒聲已度關塞，任碎搗，繁砧急杵。數麗譙，廿五秋更，烏啼向曙。

這首詞上闋寫邊境風煙，窮秋蕭瑟，下闋抒胸中感慨，離愁難遣，律度謹嚴，辭彩工緻。近代詞論家夏敬觀曾言：威遠周岸登，"寄予所著《蜀雅》十二卷，《蜀雅別集》二卷。岸登雖曾官江右，予未之常共文宴也。集中有東園暝坐用予韻《宴清都》云……岸登才思富麗，亦非餘子可及者"②。

宋育仁，富順人，官翰林院檢討。其詞多抒發感世傷時，哀亂深愁的襟懷。如《相見歡》：

井桐一葉初聲。夜鴻驚。正是下弦無月，巳三更。　　哀筊亂，譙鼓斷，少人行。依舊五更過了，天又明。

這首詞上闋記桐葉驚鴻，一片漆黑，下闋寫筊亂鼓斷，愁思難遣，寄寓惆悵，蘊藉綿遠，甚多沉厚，頗有情致。

趙熙，榮縣人，累官至御史。《詞曲史》云《香宋詞》"以周（邦彥）、吳（文英）之律格，參蘇（軾）、辛（棄疾）之氣勢，凝重奔放，兼而有之，樹詞場之異幟焉"。如《婆羅門令》：

---

① 況周頤：《玉栖述雅·楊古雪詞》，唐圭璋編《詞話叢編》，中華書局，2005 年。
② 夏敬觀：《忍古樓詞話·周二窗》，唐圭璋編《詞話叢編》，中華書局，2005 年。

一番雨，滴心兒醉。番番雨，便滴心兒碎。雨滴聲聲，都裝在，心兒裏。心上雨，干甚些兒事。　　今宵雨，聲又起。自端陽，已變重陽味。重陽尚許花將息，將睡也，者天氣怎睡！問天老矣，花也知未？雨自聲聲未已。流一汪兒水，是一汪兒淚。

這首詞上闋敘霪雨連綿，令人心碎，下闋抒發愁懷，情感淒婉，比喻貼切。夏敬觀謂："堯生（趙熙）素不作詞，歸里後，於六百日中，成《香宋詞》三卷，丁巳刊於成都。芬芳悱惻，騷雅之遺，固非詹詹小言也。"[1]

張祥齡，廣漢人。曾官陝西大荔知縣。其詞多係傷時感世、揮寫憂愁之作。如《卜算子》：

草甲雨煎酥，柳髮風搓細。調鼎空勞宰相家，畢竟何滋味。
邊塞動悲笳，合淚花前醉。老子湖山十一年，莫個人知意。

此詞筆勢沉雄，慷慨激昂，實爲難得之作。

林思進，華陽人，官內閣中書。詞風清空婉麗，與姜夔、張炎相近。其詞反映社會現實的內容甚多，如《浣溪沙》：

算盡丁黃又算田。春霜殺菽減豐年。午晴猶喜見炊煙。
尺布買艱貧婦褲，伍符催急瘦男錢。眼中何事不堪憐。

此詞語意沉痛，微婉頓挫，針砭時弊，甚爲少見。

金元明清時期，其他巴蜀籍詞人及其作品，因數量繁多，不能逐一評介。請讀者自行翻閱、欣賞。不過，作爲歷代巴蜀詞的編者，自然十分希望大家能從這些優秀詞作中吸取到所需要的營養。但願它能爲提昇人們的文化素養和文學水平起到積極的作用！

四

綜觀巴蜀詞的產生與發展，即可知巴蜀詞人，代有其才，作品富贍，成就斐然。

自唐迄清，衆多的巴蜀籍詞人爲中國詞學的發展做出了傑出的貢獻，

---

① 夏敬觀：《忍古樓詞話·趙堯生》，唐圭璋編《詞話叢編》，中華書局，2005 年。

他們的作品在文學史上有着特殊的地位。但令人遺憾的是，迄今爲止尚無一部完整的巴蜀人詞集，所以深感有編輯一部歷代巴蜀詞集之必要。輯校者不揣譾陋，乃於 1985 年即着手查閱文獻，搜集資料，於 1992 年 6 月出版了《歷代蜀詞全輯》。

此書問世之後，正如著名文學史專家、歷史學家、詞人繆鉞教授在《歷代蜀詞全輯·題記》中所指出：“存鄉邦之文獻，供學者之研尋，甚盛事也。”它的文學性、文獻性和學術性頗高，在中國文學史上確實是一部具有填補空白意義的工具書，受到廣大讀者的歡迎。但是，它也存在兩個問題：一是少數詞作因鈔録、排印時，校對不嚴，發生異文衍文和錯落情況；二是所搜巴蜀籍詞人及其詞作並不完全，少數詞人和作品尚未收録。至於前者，彌補起來比較容易，採取或編勘誤表，或重印時進行訂正等辦法，即可解決。而後者，要搜齊所有巴蜀籍詞人的全部作品，就遠比其他的書難度更大。這是因爲：其一，經歷年代久，時間跨度大。《全輯》中所收的作品，上自唐代，下迄晚清，業經七個朝代，時跨 1300 多年，比歷史上任何一部詞作總集的時間都長。正是由於年代久遠，有的作品早已失傳，以致根本無法查考。其二，詞人作品繁，所存資料少。歷代巴蜀籍詞人達數百名之多，文獻記載，有的詞人其詞作宏富，而實際流傳於世者又極爲鮮少；有的詞人雖有專集、別集，但印數甚微，現在已很難找到；有的詞人根本未出集子，其詞作散見於詩話、詞話、筆記、小説以及地方志等文獻之中，甚至還有不少詞人的作品傳誦於民間，藏之於作者的親戚朋友及其後代的手中，搜集起來確實有如沙裏淘金、海底撈針。要全部收齊，談何容易！其三，巴蜀籍詞人中，爲官外地者多。《歷代蜀詞全輯》本爲巴蜀的一部詞作總集，但不少詞人却在外地做官，寓居他鄉，有的作品在其任所出版、流傳，在巴蜀反難尋找，這就平添了收集的困難。也就是説，輯録他們的作品不僅要在繁多的巴蜀文獻資料中查尋，而且還要在浩瀚的全國典籍裏覓求。這樣一來，也就難以做到將巴蜀籍詞人的詞作收全了。

當然，難於收全，並非絕對不能收全。只要注意收集，長期積累，仍將會逐漸地把巴蜀籍詞人的作品盡量收全。正是出於這種考慮，故輯校者於 1990 年夏天《歷代蜀詞全輯》發排不久，又着手進行《歷代蜀詞全輯續編》的工作。經過整整兩個年頭的努力，共輯録了 180 位巴蜀籍詞人（其中有 53 人的部分作品已在《全輯》中收録）的詞作 2950 多首。雖然輯校者竭盡主觀努力，但仍不敢説就輯録"全"了。中國歷史悠久，幅員遼闊，文獻豐富，資料浩繁，巴蜀籍詞人的作品仍難免會有挂一漏萬，遺珠之嫌。

2012 年後，四川省政府啓動《巴蜀全書》重大工程的編纂工作。承蒙舒大剛教授不棄，相約新編巴蜀詞集。故以《歷代蜀詞全輯》及《續編》爲基礎，編成《巴蜀詞新編》。較之前二編，增删訂正，勞苦數年，實寄望於讀者於此得睹巴蜀詞大觀。輯校者學識淺薄，加之時間又很倉促，缺點和錯訛仍在所難免，殷切希望專家、學者和本書的讀者批評指正！

四川省社會科學院文學所　李　誼
1993 年 2 月於錦城百花潭畔蝸廬
2023 年 8 月 30 日修訂

唐 代

武則天

　　武則天（624—705），名曌，原籍并州文水，出生於利州（今四川省廣元市）。十四歲選爲太宗才人。太宗死，出爲尼。高宗復召入宮，永徽六年（655）立爲皇后，代決政事，由是掌握國政。高宗死，廢中宗、睿宗。天授元年（690）自稱聖神皇帝，改國號爲周，爲中國歷史上第一個女皇帝。她前後執政達四十年之久，有權略，能用人，但豪奢專橫，弊政亦多。神龍元年（705），宰相張柬之等擁中宗復位，曌歿於宮中。

如意娘

　　看朱成碧思紛紛，憔悴支離爲憶君。不信比來長下淚，開箱驗取石榴裙。

　　（此詞調見《唐音癸籤》唐曲表、任二北《唐聲詩》下編；録自《全唐詩》）

陳子昂

　　陳子昂（661—702），字伯玉，梓州射洪（今四川省射洪縣）人。少任俠。開耀二年（682）進士（一説文明元年）。武后初，詣闕上書，授官麟臺正字、右拾遺。父喪歸里。縣令段簡謀取其家資，詐誣入獄，子昂憂憤而卒。於詩標舉漢魏風骨，菲薄晉宋齊梁，曾開一代風氣，對唐詩發展頗有影響，故極爲唐人所推崇。著有《陳伯玉集》。

楊柳枝

　　萬里長江一帶開，岸邊楊柳幾千栽。錦帆未落干戈起，惆悵龍舟去不回。

　　（録自《七修類稿》；《陳伯玉集》未收。是否爲陳子昂所作，是否爲詞，均有争議）

李白

　　李白（701—762），字太白，號青蓮居士。祖籍隴西成紀。其先代隋末流寓西域，故白出生於唐安西都護府碎葉城（今中亞細亞伊塞克湖西北）。神龍初，遷居蜀中彰明縣（今四川省江油市）的清廉鄉。天寶初，入長安，經賀知章、吳筠推薦，任翰林院供奉。以蔑視權貴，遭讒出京，游歷江湖，縱情詩酒。後因坐永王（李璘）之亂，被流放夜郎，途中遇赦，依族叔當塗令李陽冰，不久病卒。李白詩詞，想象豐富，語言豪放，氣勢雄偉，繼承《詩經》《楚辭》和樂府民歌傳統，不受格律束縛，古風歌行，猶具特色。與杜甫齊名，嘗並稱"李杜"。著有《李太白集》傳世。新、舊《唐書》均有傳。其傳世詞作有的尚存爭議，現一並錄此，以備參閱。

桂殿秋

　　仙女下，董雙成，漢殿夜涼吹玉笙。曲終却從仙官去，萬户千門惟月明。

其　二

　　河漢女，玉鍊顏，雲軿往往在人間。九霄有路去無迹，嬝嬝香風生佩環。

清平調

　　雲想衣裳花想容，春風拂檻露華濃。若非群玉山頭見，會向瑶臺月下逢。

其　二

　　一枝紅艷露凝香，雲雨巫山枉斷腸。借問漢宫誰得似，可憐飛燕倚新妝。

其 三

名花傾國兩相歡，常得君王帶笑看。解得春風無限恨，沉香亭北倚
闌干。

連理枝

雪蓋宮樓閉，羅幕昏金翠。鬥壓闌干，香心澹薄，梅梢輕倚。噴寶猊
香爐麝煙濃，馥紅綃翠被。

其 二

淺畫雲垂帔，點滴昭陽淚。咫尺宸居，君恩斷絕，似遙千里。望水晶
簾外竹枝寒，守羊車未至。

菩薩蠻

平林漠漠煙如織，寒山一帶傷心碧。暝色入高樓，有人樓上愁。
玉階空佇立，宿鳥歸飛急。何處是回程，長亭接短亭。

其 二

舉頭忽見衡陽雁，千聲萬字情何限。叵耐薄情夫，一行書也無。
泣歸香閣恨，和淚淹紅粉。待雁卻回時，也無書寄伊。

其 三

游人盡道江南好，游人只合江南老。未老莫還鄉，還鄉空斷腸。
綉屏金屈曲，醉入花叢宿。春水碧於天，畫船聽雨眠。
（《菩薩蠻》三首錄自《尊前集》）

憶秦娥

簫聲咽。秦娥夢斷秦樓月。秦樓月。年年柳色，灞陵傷別。　　樂游
原上清秋節。咸陽古道音塵絕。音塵絕。西風殘照，漢家陵闕。

清平樂

禁庭春晝，鶯羽披新繡。百草巧求花下鬥，祇賭珠璣滿斗。　日晚却理殘妝，御前閑舞霓裳。誰道腰肢窈窕，折旋笑得君王。

其　二

禁闈清夜，月探金窗罅。玉帳鴛鴦噴蘭麝，時落銀燈香炧。　女伴莫話孤眠，六宮羅綺三千。一笑皆生百媚，宸衷教在誰邊。

其　三

煙深水闊，音信無由達。惟有碧天雲外月，偏照懸懸離別。　盡日感事傷懷，愁眉似鎖難開。夜夜長留半被，待君魂夢歸來。

其　四

鴛衾鳳褥，夜夜常孤宿。更被銀臺紅蠟燭，學妾淚珠相續。　花貌些子時光，拋入遠泛瀟湘。欹枕悔聽寒漏，聲聲滴斷愁腸。

其　五

畫堂晨起，來報雪花墜。高捲簾櫳看佳瑞，皓色遠迷庭砌。　盛氣光引爐煙，素草寒生玉佩。應是天仙狂醉，亂把白雲揉碎。

（《清平樂》五首録自《尊前集》）

秋風清

秋風清，秋月明。落葉聚還散，寒鴉栖復驚。相思相見知何日，此時此夜難爲情。

（録自《詞譜》）

白鼻騧

銀鞍白鼻騧，緑地障泥錦。細雨春風花落時，揮鞭且就胡姬飲。

結襪子

燕南壯士吳門豪，筑中置鉛魚隱刀。感君恩重許君命，泰山一擲輕鴻毛。

（以上詞除注明者外，均録自《全唐詩》及其外編）

憶仙姿

曾宴桃源深洞。一曲歌鸞舞鳳。常記欲別時，明月落花煙重。如夢。如夢。和淚出門相送。

（録自《三洞群仙録》；亦作後唐莊宗詞）

陽春曲

苯苡生前徑，含桃落小園。春心自摇蕩，百舌更多言。

（此詞調見任二北《唐聲詩》下編；録自《全唐詩》外編）

舍利弗

金繩界寶地，珍木蔭瑶池。雲間妙音奏，天際法蠡吹。

（録自任二北《唐聲詩》下編；此詞調亦見此書，歷代對其是否爲詞尚有争議，今姑録於此，以資參考）

摩多樓子

從戎向邊北，遠行辭密親。借問陰山侯，還知塞上人？

（此詞調見任二北《唐聲詩》下編；録自《全唐詩》外編）

竹枝詞

一聲望帝花片飛，萬里明妃雪打圍。馬上胡兒那解聽，琵琶應道不如歸。

其　二

竹竿坡面蛇倒退，摩圍山腰胡孫愁。杜鵑無血可續淚，何日金雞赦九州。

其　三

命輕人鮓甕頭船，日瘦鬼門關外天。北人墮淚南人笑，青壁無梯聞杜鵑。

（以上三詞，《李太白集》不載，録自《黔江縣志》。《縣志》云：黃山谷作《竹枝詞》，夜宿歌羅驛，夢李白相見於山間曰：“予往謫夜郎，於此聞杜鵑，作《竹枝詞》，世傳之否？”山谷答曰：“集中無有。”請三誦乃得之，即此詞也）

楊太真

楊太真（719—756），小字玉環，原籍蒲州，出生於蜀。善歌舞，曉音律，智算警穎。初爲玄宗子壽王妃，後玄宗召入宮中成爲專寵，禮數實同皇后。天寶初，進册爲貴妃。安史亂起，隨玄宗逃蜀，行至馬嵬驛（今陝西省興平市），被縊死於路祠。

阿那曲

羅袖動香香不已，紅蕖嫋嫋秋煙裹。輕雲嶺下乍搖風，嫩柳池塘初拂水。

（此詞調見任二北《唐聲詩》下編；録自《全唐詩》）

段成式

段成式（？—863），字柯古，段文昌之子，原籍齊州臨淄，生於蜀之廣都（在今成都市）。少即苦學精研，尤深佛理，以蔭補校書郎，擢尚書郎，出吉州、處州、江州刺史，終太常少卿。工詩善文，著有《酉陽雜俎》傳世。

閑中好

閑中好，塵務不縈心。坐對當窗木，看移三面陰。

（録自《花草粹編》）

折楊柳

枝枝交影鎖長門，嫩色曾沾雨露恩。鳳輦不來春欲盡，空留鶯語到黃昏。

其 二

水殿年年占早芳，柔條偏惹御爐香。而今萬乘多巡狩，輦路無陰綠草長。

其 三

玉樓煙薄不勝芳，金屋寒輕翠帶長。公子驊騮往何處，綠陰堪繫紫游韁。

其 四

嫩葉初齊不耐寒，風和時拂玉欄干。君王去日曾攀折，泣雨傷春翠黛殘。

其 五

微黃纔綻未成陰，繡户珠簾相映深。長恨早梅無賴極，先將春色出前林。

其 六

隋家堤上已成塵，漢將營邊不復春。只向江南并塞北，酒旗相伴惹行人。

其 七

陌上河邊千萬枝，怕寒愁雨盡低垂。黃金穟短人多折，已恨東風不展眉。

（此詞調見任二北《唐聲詩》下編；録自《全唐詩》）

張　曙

　　張曙，經姜方錟考證，定爲成都人，生卒年不詳。吏部侍郎裼之子，禕之侄。龍紀元年（889）進士及第，官至右補闕。曙文章秀麗，精神敏俊，甚有時稱。著有《擊甌賦》《鄂郊賦》等。

浣溪紗

　　枕障薰爐隔綉幃，二年終日兩相思。好風明月始應知。　　天上人間何處去，舊歡新夢覺來時。黃昏微雨畫簾垂。

　　（録自孫光憲《北夢瑣言》，亦作張泌詞）

無名氏

姓氏、生平均不詳，姜方鋑定二詞爲蜀人作。

後庭怨

千里故鄉，十年華屋，亂魂飛過屏山矗。眼重眉褪不勝春，菱花知我銷香玉。　　雙雙燕子歸來，應解笑人幽獨。斷歌零舞，遺恨清江曲。萬樹綠低迷，一庭紅蕨薇。

虞美人

帳中草草軍情變，月下旌旗亂。攬衣推枕愴離情，遠風吹下楚歌聲，正三更。　　烏騅欲上重相顧，艷態花無主。手中蓮鍔凜秋霜，九泉歸去是仙鄉，恨茫茫。

（録自《蜀詞人評傳》）

五 代

牛 嶠

　　牛嶠（生卒年不詳），字松卿，一字延峰，蜀之成都人（見楊慎《詞品》和姜方鍈《蜀詞人評傳》），一説隴西人。唐乾符五年進士及第。歷官拾遺、補闕、尚書郎。王建鎮蜀，辟爲判官，及建稱帝，爲給事中。

楊柳枝

解凍風來末上青，解垂羅袖拜卿卿。無端褭娜臨官路，舞送行人過一生。

其 二

吴王宫裏色偏深，一簇纖條萬縷金。不憤錢塘蘇小小，引郎松下結同心。

其 三

橋北橋南千萬條，恨伊張緒不相饒。金羈白馬臨風望，認得楊家静婉腰。

其 四

狂雪隨風撲馬飛，惹煙無力被春欺。莫交移入靈和殿，宫女三千又妒伊。

其 五

褭翠籠煙拂暖波，舞裙新染麴塵羅。章華臺畔隋堤上，傍得春風爾許多。

女冠子

綠雲高髻，點翠勻紅時世。月如眉，淺笑含雙靨，低聲唱小詞。眼看唯恐化，魂蕩欲相隨。玉趾迴嬌步，約佳期。

其　二

錦江煙水，卓女燒春濃美。小檀霞，綉帶芙蓉帳，金釵芍藥花。額黃侵膩髮，臂釧透紅紗。柳暗鶯啼處，認郎家。

其　三

星冠霞帔，住在蕊珠宮裏。佩丁當，明翠搖蟬翼，纖珪理宿妝。醮壇春草綠，藥院杏花香。青鳥傳心事，寄劉郎。

其　四

雙飛雙舞，春畫後園鶯語。捲羅幛，錦字書封了，銀河雁過遲。鴛鴦排寶帳，豆蔻綉連枝。不語勻珠淚，落花時。

其　五

含嬌含笑，宿翠殘紅窈窕。鬢如蟬，寒玉簪秋水，輕紗捲碧煙。雪肌鸞鏡裏，琪樹鳳樓前。寄語青蛾伴，早求仙。

（此詞録自《詞律》；亦作溫庭筠詞）

夢江南

銜泥燕，飛到畫堂前。占得杏梁安穩處，體輕唯有主人憐。堪羨好因緣。

其　二

紅綉被，兩兩間鴛鴦。不是鳥中偏愛爾，爲緣交頸睡南塘。全勝薄情郎。

感恩多

兩條紅粉淚，多少香閨意。强攀桃李枝，斂愁眉。　　陌上鶯啼蝶舞，柳花飛。柳花飛，願得郎心，憶家還早歸。

其　二

自從南浦別，愁見丁香結。近來情轉深，憶鴛衾。　　幾度將書託煙雁，淚盈襟。淚盈襟，禮月求天，願君知我心。

應天長

玉樓春望晴煙滅，舞衫斜捲金條脫。黃鸝嬌囀聲初歇，杏花飄盡龍山雪。　　鳳釵低赴節，筵上王孫愁絕。鴛鴦對銜羅結，兩情深夜月。

其　二

雙眉澹薄藏心事，清夜背燈嬌又醉。玉釵橫，山枕膩。寶帳鴛鴦春睡美。　　別經時，無限意，虛道相思憔悴。莫信彩箋書裏，賺人腸斷字。

更漏子

星漸稀，漏頻轉，何處轆轤聲怨。香閣掩，杏花紅，月明楊柳風。挑錦字，記情事，惟願兩心相似。收淚語，背燈眠，玉釵橫枕邊。

其　二

春夜闌，更漏促，金燼暗挑殘燭。驚夢斷，錦屏深，兩鄉明月心。閨草碧，望歸客，還是不知消息。辜負我，悔憐君，告天天不聞。

其　三

南浦情，紅粉淚，爭奈兩人深意。低翠黛，捲征衣，馬嘶霜葉飛。招手別，寸腸結，還是去年時節。書託雁，夢歸家，覺來江月斜。

望江怨

東風急，惜別花時手頻執，羅幃愁獨入。馬嘶殘雨春蕪濕。倚門立。寄語薄情郎，粉香和淚泣。

菩薩蠻

舞裙香暖金泥鳳，畫梁語燕驚殘夢。門外柳花飛，玉郎猶未歸。愁勻紅粉淚，眉剪春山翠。何處是遼陽，錦屏春晝長。

其　二

柳花飛處鶯聲急，晴街春色香車立。金鳳小簾開，臉波和恨來。今宵求夢想，難到青樓上，贏得一場愁，鴛衾誰並頭。

其　三

玉釵風動春幡急，交枝紅杏籠煙泣。樓上望卿卿，窗寒新雨晴。薰爐蒙翠被，繡帳鴛鴦睡。何處最相知，羨他初畫眉。

其　四

畫屏重疊巫陽翠，楚神尚有行雲意。朝暮幾般心，向他情謾深。風流今古隔，虛作瞿塘客。山月照山花，夢迴燈影斜。

其　五

風簾燕舞鶯啼柳，妝臺約鬢低纖手。釵重髻盤珊，一枝紅牡丹。門前行樂客，白馬嘶春色。故故墜金鞭，回頭應眼穿。

其　六

綠雲鬢上飛金雀，愁眉斂翠春煙薄。香閣掩芙蓉，畫屏山幾重。窗寒天欲曙，猶結同心苣。啼粉污羅衣，問郎何日歸。

其　七

玉樓冰簟鴛鴦錦，粉融香汗流山枕。簾外轆轤聲，斂眉含笑驚。
柳陰煙漠漠，低鬢蟬釵落。須作一生拼，盡君今日歡。

酒泉子

記得去年，煙暖杏園花正發，雪飄香。江草綠，柳絲長。　　鈿車纖
手捲簾望，眉學春山樣。鳳釵低褭翠鬟上，落梅妝。

定西番

紫塞月明千里，金甲冷，戍樓寒，夢長安。　　鄉思望中天闊，漏殘
星亦殘。畫角數聲嗚咽，雪漫漫。

玉樓春

春入橫塘搖淺浪，花落小園空惆悵。此情誰信爲狂夫，恨翠愁紅流枕
上。　　小玉窗前嗔燕語，紅淚滴穿金綫縷。雁歸不見報郎歸，織成錦字
封過與。

西溪子

捍撥雙盤金鳳，蟬鬢玉釵搖動。畫堂前，人不語，弦解語。彈到昭君
怨處，翠娥愁，不擡頭。

其　二

昨日西溪游賞，芳樹奇花千樣。鎖春光，金樽滿，聽弦管。嬌妓舞衫
香暖，不覺到斜暉，馬馱歸。
（此詞録自《蜀中名勝記》；亦作毛文錫詞）

江城子

鵁鶄飛起郡城東，碧江空，半灘風。越王宮殿，蘋葉藕花中。簾捲水樓漁浪起，千片雪，雨濛濛。

其　二

極浦煙消水鳥飛，離筵分首時，送金卮。渡口楊花，狂雪任風吹。日暮空江波浪急，芳草岸，雨如絲。

（以上詞除注明者外，均錄自《花間集》）

南歌子

手裏金鸚鵡，胸前繡鳳凰。偷眼暗形相。不如從嫁與，作鴛鴦。

（錄自《古今詞統》；亦作溫庭筠詞）

張 泌

張泌（生卒年不詳），字子澄，經胡適和繆鉞考證，定爲蜀人。事前蜀，官至舍人。工詩詞。

浣溪沙

鈿轂香車過柳堤，樺煙分處馬頻嘶。爲他沉醉不成泥。花滿驛亭香露細，杜鵑聲斷玉蟾低。含情無語倚樓西。

其 二

馬上凝情憶舊游，照花淹竹小溪流。鈿箏羅幕玉搔頭。早是出門長帶月，可堪分袂又經秋。晚風斜日不勝愁。

其 三

獨立寒階望月華，露濃香泛小庭花。綉屏愁背一燈斜。雲雨自從分散後，人間無路到仙家。但憑魂夢訪天涯。

其 四

依約殘眉理舊黃，翠鬟拋擲一簪長。暖風晴日罷朝妝。閑折海棠看又撚，玉纖無力惹餘香。此情誰會倚斜陽。

其 五

翡翠屏開綉幄紅，謝娥無力曉妝慵。錦帷鴛被宿香濃。微雨小庭春寂寞，燕飛鶯語隔簾櫳。杏花凝恨倚東風。

其 六

花月香寒悄夜塵，綺筵幽會暗傷神。嬋娟依約畫屏人。人不見時還暫語，令纔拋後愛微顰。越羅巴錦不勝春。

其　七

偏戴花冠白玉簪，睡容新起意沉吟。翠鈿金縷鎮眉心。　　小檻日斜
風悄悄，隔簾零落杏花陰。斷香輕碧鎖愁深。

其　八

晚逐香車入鳳城，東風斜揭繡簾輕。慢回嬌眼笑盈盈。　　消息未通
何計是，便須佯醉且隨行。依稀聞道太狂生。

其　九

小市東門欲雪天，衆中依約見神仙。蕊黄香畫帖金蟬。　　飲散黄昏
人草草，醉容無語立門前。馬嘶塵烘一街煙。

其一〇

枕障熏爐隔綉幃，二年終日兩相思。杏花明月始應知。　　天上人間
何處去，舊歡新夢覺來時。黄昏微雨畫簾垂。

（亦作張曙詞）

蝶戀花

六曲闌干偎碧樹，楊柳風輕，展盡黄金縷。誰把鈿箏移玉柱，穿簾燕
子雙飛去。　　滿眼游絲兼落絮，紅杏開時，一霎清明雨。濃睡覺來鶯亂
語。驚殘好夢無尋處。

（録自《詞律》；亦作馮延巳、歐陽修詞）

臨江仙

煙收湘渚秋江静，蕉花露泣愁紅。五雲雙鶴去無蹤。幾回魂斷，凝望
向長空。　　翠竹暗留珠淚怨，閑調寶瑟波中。花鬟月鬢綠雲重。古祠深
殿，香冷雨和風。

女冠子

露花煙草，寂寞五雲三島，正春深。貌減潛銷玉，香殘尚惹襟。竹疏虛檻靜，松密醮壇陰。何事劉郎去，信沉沉。

河　傳

渺莽雲水，惆悵暮帆，去程迢遞。夕陽芳草，千里萬里，雁聲無限起。　夢魂悄斷煙波裏，心如醉。相見何處是，錦屏香冷無睡，被頭多少淚。

其　二

紅杏，交枝相映，密密濛濛。一庭濃艷倚東風，香融，透簾櫳。斜陽似共春光語，蝶爭舞，更引流鶯妒。魂銷千片玉樽前，神仙，瑤池醉暮天。

酒泉子

春雨打窗，驚夢覺來天氣曉。畫堂深，紅焰小，背蘭釭。　酒香噴鼻懶開缸，惆悵更無人共醉。舊巢中，新燕子，語雙雙。

其　二

紫陌青門，三十六宮春色。御溝輦路暗相通，杏園風。　咸陽沽酒寶釵空，笑指未央歸去。插花走馬落殘紅，月明中。

生查子

相見稀，喜相見，相見還相遠。檀畫荔枝紅，金蔓蜻蜓軟。　魚雁疏，芳信斷，花落庭陰晚。可惜玉肌膚，銷瘦成慵懶。

思越人

燕雙飛，鶯百囀，越波堤下長橋。鬥鈿花筐金匣恰，舞衣羅薄纖腰。東風澹蕩慵無力，黛眉愁聚春碧。滿地落花無消息，月明腸斷空憶。

滿宮花

花正芳，樓似綺，寂寞上陽宮裏。鈿籠金瑣睡鴛鴦，簾冷露華珠翠。嬌艷輕盈香雪膩，細雨黃鶯雙起。東風惆悵欲清明，公子橋邊沉醉。

柳　枝

膩粉瓊妝透碧紗，雪休誇。金鳳搔頭墮鬢斜，髮交加。　　倚着雲屏新睡覺，思夢笑。紅腮隱出枕函花，有些些。

南歌子

柳色遮樓暗，桐花落砌香。畫堂開處遠風凉。高捲水精簾額，襯斜陽。

其　二

岸柳拖煙綠，庭花照日紅。數聲蜀魄入簾櫳，驚斷碧窗殘夢，畫屏空。

其　三

錦薦紅鸂鶒，羅衣繡鳳皇。綺疏飄雪北風狂，簾幕盡垂無事，鬱金香。

江城子

碧欄干外小中庭，雨初晴，曉鶯聲。飛絮落花，時節近清明。睡起捲簾無一事，勻面了，没心情。

其 二

浣花溪上見卿卿，臉波明，黛眉輕。綠雲高綰，金簇小蜻蜓。好是問他來得麼，和笑道，莫多情。

其 三

窄羅衫子薄羅裙，小腰身，晚妝新。每到花時，長是不宜春。早是自家無氣力，更被伊，惡憐人。
（此首録自《尊前集》）

河瀆神

古樹噪寒鴉，滿庭楓葉蘆花。畫燈當午隔輕紗，畫閣珠簾影斜。門外往來祈賽客，翩翩帆落天涯。回首隔江煙火，渡頭三兩人家。

胡蝶兒

胡蝶兒，晚春時。阿嬌初着淡黃衣，倚窗學畫伊。　　還似花間見，雙雙對對飛。無端和淚拭燕脂，惹教雙翅垂。
（以上詞除注明者外，均録自《花間集》）

尹鶚

尹鶚，字和生卒年均不詳，成都人。前蜀王衍時爲校書郎，累官至參卿。工詩善詞，作品淺易動人。其詞以《菩薩蠻》《臨江仙》爲佳。

江城子

裙拖碧，步飄香，纖腰束素長。鬢雲光，拂面瓏璁，膩玉碎凝妝。寶柱秦箏彈向晚，弦促雁，更思量。

何滿子

雲雨常陪勝會，笙歌慣逐閑游。錦里風光應占，玉鞭金勒驊騮。戴月潛穿深曲，和香醉脱輕裘。　　方喜正同鴛帳，又言將往皇州。每憶良宵公子伴，夢魂長挂紅樓。欲表傷離情味，丁香結在心頭。

醉公子

暮煙籠蘚砌，戟門猶未閉。盡日醉尋春，歸來月滿身。　　離鞍偎綉袂，墜巾花亂綴。何處惱佳人，檀痕衣上新。
　　（此首録自《花間集》）

女冠子

雙成伴侶，去去不知何處。有佳期，霞帔金絲薄，花冠玉葉危。懶乘丹鳳子，學跨小龍兒。叵耐天風緊，挫腰肢。

菩薩蠻

隴雲暗合秋天白，俯窗獨坐窺煙陌。樓際角重吹，黃昏方醉歸。

荒唐難共語，明日還應去。上馬出門時，金鞭莫與伊。

（此首録自《花間集》）

其　二

嗚嗚曉角調如語，畫樓三會喧雷鼓。枕上夢方殘，月光鋪水寒。
蛾眉應斂翠，咫尺同千里。宿酒未全消，滿懷離恨饒。

其　三

錦茵閑襯丁香枕，銀釭爐落猶慵寢。顒坐遍紅爐，誰知情緒孤。
少年狂蕩慣，花曲長牽絆。去便不歸來，空教駿馬回。

杏園芳

嚴妝嫩臉花明。交人見了關情。含羞舉步越羅輕。稱聘婷。　　終朝
咫尺窺香閣，迢遥似隔層城。何時休遣夢相縈。入雲屏。

（此首録自《花間集》）

清平樂

偎紅斂翠，盡日思閑事。鬢滑鳳皇釵欲墜，雨打梨花滿地。　　綉衣
獨倚闌干，玉容似怯春寒。應待少年公子，鴛幬深處同歡。

其　二

芳年妙妓，淡拂鉛華翠。輕笑自然生百媚，争那尊前人意。　　酒傾
琥珀杯時，更堪能唱新詞。賺得王孫狂處，斷腸一搦腰肢。

滿宮花

月沉沉，人悄悄，一炷後庭香裊。風流帝子不歸來，滿地禁花慵掃。
離恨多，相見少，何處醉迷三島。漏清宮樹子規啼，愁鎖碧窗春曉。

（此首録自《花間集》）

臨江仙

一番荷芰生舊沼，檻前風送馨香。昔年於此伴蕭娘。相偎伫立，牽惹敘衷腸。　　時逞笑容無限態，還如菡萏爭芳。別來虛遣思悠揚。慵窺往事，金鎖小蘭房。

其　二

深秋寒夜銀河靜，月明深院中庭。西窗鄉夢等閑成，逡巡覺後，特地恨難平。　　紅燭半消殘焰短，依稀暗背銀屏。枕前何事最傷情，梧桐葉上，點點露珠零。

（以上兩詞録自《花間集》）

撥棹子

風切切，深秋月，十朵芙蓉繁艷歇。小檻細腰無力。空贏得，目斷魂飛何處説。　　寸心恰似丁香結，看看瘦盡胸前雪。偏挂恨，少年拋擲。羞覷見，繡被堆紅閑不徹。

其　二

丹臉膩，雙靨媚，冠子縷金裝翡翠。將一朵，瓊花堪比。窠窠繡，鸞鳳衣裳香窣地。　　銀臺蠟燭滴紅淚，酥酒勸人教半醉。簾幕外，月華如水。特地向，寶帳顛狂不肯睡。

秋夜月

三秋佳節。罩晴空，凝碎露，茱萸千結。菊蕊和煙輕撚，酒浮金屑。徵雲雨，調絲竹，此時難輟。歡極，一片艷歌聲揭。　　黃昏慵別。炷沉煙，熏繡被，翠幃同歇。醉並鴛鴦雙枕，暖偎春雪。語丁寧，情委曲，論心正切。夜深，窗透數條斜月。

金浮圖

　　繁華地，王孫富貴，玳瑁筵開，下朝無事。壓紅茵，鳳舞黃金翅。玉立纖腰，一片揭天歌吹，滿目綺羅珠翠。和風淡蕩，偷散沉檀氣。　　堪判醉，韶光正媚。折盡牡丹，艷迷人意。金張許史應難比。貪戀歡娛，不覺金烏墜。還惜會難別易。金船更勸，勒住花驄轡。

　　（以上詞除注明者外，均錄自《全唐詩》）

李珣

李珣，字德潤，其祖先爲波斯人，後遷居梓州（今四川省三臺縣），生卒年均無考，約唐昭宗乾寧中在世。其妹舜弦爲王衍昭儀，珣嘗以秀才預賓貢，事蜀主。又通醫理，兼賣香藥。前蜀亡，不仕他姓。珣少有詩名，其佳句頗動人。著有《瓊瑶集》，原集已佚，王國維有輯本。

浣溪沙

入夏偏宜澹薄妝，越羅衣褪鬱金黃。翠鈿檀注助容光。　相見無言還有恨，幾回拼却又思量。月窗香徑夢悠揚。

其　二

晚出閑庭看海棠，風流學得内家妝。小釵橫戴一枝芳。　鏤玉梳斜雲鬢膩，縷金衣透雪肌香。暗思何事立殘陽。

其　三

訪舊傷離欲斷魂，無因重見玉樓人。六街微雨鏤香塵。　早爲不逢巫峽夢，那堪虛度錦江春。遇花傾酒莫辭頻。

其　四

紅藕花香到檻頻，可堪閑憶似花人。舊歡如夢絶音塵。　翠疊畫屏山隱隱，冷鋪紋簟水潾潾。斷魂何處一蟬新。

漁歌子

楚山青，湘水淥，春風澹蕩看不足。草芊芊，花簇簇，漁艇棹歌相續。　信浮沉，無管束，釣回乘月歸灣曲。酒盈樽，雲滿屋，不見人間榮辱。

其 二

荻花秋，瀟湘夜，橘洲佳景如屏畫。碧煙中，明月下，小艇垂綸初罷。　水為鄉，篷作舍，魚羹稻飯常餐也。酒盈杯，書滿架，名利不將心挂。

其 三

柳垂絲，花滿樹，鶯啼楚岸春天暮。棹輕舟，出深浦，緩唱漁歌歸去。　罷垂綸，還酌醑，孤村遥指雲遮處。下長汀，臨淺渡，驚起一行沙鷺。

其 四

九疑山，三湘水，蘆花時節秋風起。水雲間，山月裏，棹月穿雲游戲。　鼓清琴，傾淥蟻，扁舟自得逍遥志。任東西，無定止，不議人間醒醉。

巫山一段雲

有客經巫峽，停橈向水湄。楚王曾此夢瑶姬，一夢杳無期。　塵暗珠簾捲，香銷翠幄垂。西風回首不勝悲，暮雨灑空祠。

其 二

古廟依青嶂，行宮枕碧流。水聲山色鎖妝樓，往事思悠悠。　雲雨朝還暮，煙花春復秋。啼猿何必近孤舟，行客自多愁。

臨江仙

簾捲池心小閣虛，暫涼閑步徐徐。芰荷經雨半凋疏。拂堤垂柳，蟬噪夕陽餘。　不語低鬟幽思遠，玉釵斜墜雙魚。幾回偷看寄來書。離情別恨，相隔欲何如。

其 二

鶯報簾前暖日紅，玉爐殘麝猶濃。起來閨思尚疏慵。別愁春夢，誰解此情惊。　強整嬌姿臨寶鏡，小池一朵芙蓉。舊歡無處再尋蹤。更堪回顧，屏畫九疑峰。

南鄉子

煙漠漠，雨淒淒，岸花零落鷓鴣啼。遠客扁舟臨野渡，思鄉處，潮退水平春色暮。

其 二

蘭棹舉，水紋開，競携藤籠採蓮來。回塘深處遥相見，邀同宴，渌酒一卮紅上面。

其 三

歸路近，扣舷歌，採真珠處水風多。曲岸小橋山月過，煙深鎖，豆蔻花垂千萬朵。

其 四

乘彩舫，過蓮塘，棹歌驚起睡鴛鴦。游女帶香偎伴笑，爭窈窕，競折團荷遮晚照。

其 五

傾渌蟻，泛紅螺，閑邀女伴簇笙歌。避暑信船輕浪裏，閑游戲，夾岸荔枝紅蘸水。

其 六

雲帶雨，浪迎風，釣翁回棹碧灣中。春酒香熟鱸魚美，誰同醉，纜却扁舟篷底睡。

其　七

沙月静，水煙輕，芰荷香裏夜船行。綠鬟紅臉誰家女，遥相顧，緩唱棹歌極浦去。

其　八

漁市散，渡船稀，越南雲樹望中微。行客待潮天欲暮，送春浦，愁聽猩猩啼瘴雨。

其　九

攏雲髻，背犀梳，焦紅衫映綠羅裾。越王臺下春風暖，花盈岸，游賞每邀鄰女伴。

其一〇

相見處，晚晴天，刺桐花下越臺前。暗裏回眸深屬意，遺雙翠，騎象背人先過水。

其一一

携籠去，採菱歸，碧波風起雨霏霏。趁岸小船齊棹急，羅衣濕，出向桄榔樹下立。

其一二

雲髻重，葛衣輕，見人微笑亦多情。拾翠採珠能幾許，來還去，爭及村居織機女。

其一三

登畫舸，泛清波，採蓮時唱採蓮歌。攔棹聲齊羅袖斂，池光颭，驚起沙鷗八九點。

其一四

雙髻墜，小眉彎，笑隨女伴下春山。玉纖遥指花深處，爭回顧，孔雀雙雙迎日舞。

其一五

紅豆蔻，紫玫瑰，謝娘家接越王臺。一曲鄉歌齊撫掌，堪游賞，酒酌螺杯流水上。

其一六

山果熟，水花香，家家風景有池塘。木蘭舟上珠簾捲，歌聲遠，椰子酒傾鸚鵡盞。

其一七

新月上，遠煙開，慣隨潮水採珠來。棹穿花過歸溪口，沽春酒，小艇纜牽垂岸柳。

（後七首録自《尊前集》）

女冠子

星高月午，丹桂青松深處。醮壇開，金磬敲清露，珠幢立翠苔。步虛聲縹緲，想像思徘徊。曉天歸去路，指蓬萊。

其　二

春山夜静，愁聞洞天疏磬。玉堂虛，細霧垂珠佩，輕煙曳翠裾。對花情脈脈，望月步徐徐。劉阮今何處，絕來書。

酒泉子

寂寞青樓，風觸綉簾珠碎撼。月朦朧，花暗澹，鎖春愁。　　尋思往事依稀夢，淚臉露桃紅色重。鬢欹蟬，釵墜鳳，思悠悠。

其　二

雨漬花零，紅散香凋池兩岸。別情遥，春歌斷，掩銀屏。　　孤帆早晚離三楚。閑理鈿箏愁幾許。曲中情，弦上語，不堪聽。

其 三

秋雨聯綿，聲散敗荷叢裏。那堪深夜枕前聽，酒初醒。　　牽愁惹思更無停，燭暗香凝天欲曉。細和煙，冷和雨，透簾中。

其 四

秋月嬋娟，皎潔碧紗窗外，照花穿竹冷沉沉，印池心。　　凝露滴，砧蛩吟，驚覺謝娘殘夢。夜深斜傍枕前來，影徘徊。

望遠行

春日遲遲思寂寥，行客關山路遙。瓊窗時聽語鶯嬌，柳絲牽恨一條條。　　休暈繡，罷吹簫，貌逐殘花暗凋。同心猶結舊裙腰，忍辜風月度良宵。

其 二

露滴幽庭落葉時，愁聚蕭娘柳眉。玉郎一去負佳期，水雲迢遞雁書遲。　　屏半掩，枕斜敧，蠟淚無言對垂。吟蛩斷續漏頻移，入窗明月鑒空帷。

菩薩蠻

回塘風起波紋細，刺桐花裏門斜閉。殘日照平蕪，雙雙飛鷓鴣。征帆何處客，相見還相隔。不語欲魂銷，望中煙水遙。

其 二

等閑將度三春景，簾垂碧砌參差影。曲檻日初斜，杜鵑啼落花。恨君容易處，又話瀟湘去。凝思倚屏山，淚流紅臉班。

其 三

隔簾微雨雙飛燕，砌花零落紅深淺。捻得寶箏調，心隨征棹遙。楚天雲外路，動便經年去。香斷畫屏深，舊歡何處尋。

西溪子

金縷翠鈿浮動，妝罷小窗圓夢。日高時，春已老，人來到。滿地落花慵掃。無語倚屏風，泣殘紅。

其 二

馬上見時如夢，認得臉波相送。柳堤長，無限意，夕陽裏，醉把金鞭欲墜。歸去想嬌嬈，暗魂銷。

（此詞録自《尊前集》）

虞美人

金籠鸚報天將曙，驚起分飛處。夜來潛與玉郎期，多情不覺酒醒遲，失歸期。　映花避月遙相送，膩髻偏垂鳳。却回嬌步入香閨，倚屏無語撚雲篦，翠眉低。

河 傳

去去，何處。迢迢巴楚，山水相連。朝雲暮雨，依舊十二峰前，猿聲到客船。　愁腸豈異丁香結，因離別，故國音書絶。想佳人花下，對明月春風，恨應同。

其 二

春暮，微雨。送君南浦，愁斂雙蛾。落花深處，啼鳥似逐離歌，粉檀珠淚和。　臨流更把同心結，情哽咽，後會何時節。不堪回首，相望已隔汀洲，櫓聲幽。

（以上詞除注明者外，均録自《花間集》）

漁 父

水接衡門十里餘，信船歸去卧看書。輕爵禄，慕玄虛，莫道漁人只爲魚。

其　二

避世垂綸不記年，官高爭得似君閑。傾白酒，對青山，笑指柴門待月還。

其　三

棹警鷗飛水濺袍，影隨潭面柳垂綹。終日醉，絕塵勞，曾見錢塘八月濤。

定風波

志在煙霞慕隱淪，功成歸看五湖春。一葉舟中吟復醉，雲水，此時方認自由身。　　花島爲鄰鷗作侶，深處，經年不見市朝人。已得希夷微妙旨，潛喜，荷衣蕙帶絕纖塵。

其　二

十載逍遙物外居，白雲流水似相於。乘興有時攜短棹，江島，誰知求道不求魚。　　到處等閑邀鶴伴，春岸，野花香氣撲琴書。更飲一杯紅霞酒，回首，半鈎新月貼清虛。

其　三

又見辭巢燕子歸，阮郎何事絕音徽。簾外西風黃葉落，池閣，隱莎蛩叫雨霏霏。　　愁坐算程千萬里，頻跂，等閑經歲兩心違。聽鵲憑龜無定處，不知，淚痕流在畫羅衣。

其　四

雁過秋空夜未央，隔窗煙月鎖蓮塘。往事豈堪容易想，惆悵，故人迢遞在瀟湘。　　縱有回文重疊意，誰寄，解鬟臨鏡泣殘妝。沉水香消金鴨冷，愁永，候蟲聲接杵聲長。

其　五

簾外煙和月滿庭，此時閑坐若爲情。小閣擁爐殘酒醒，愁聽，寒風葉落一聲聲。　　唯恨玉人芳信阻，雲雨，屏帷寂寞夢難成。斗轉更闌心杳杳，將曉，銀釭斜照綺琴橫。

中興樂

後庭寂寂日初長，翩翩蝶舞紅芳。綉簾垂地，金鴨無香，誰知春思如狂。憶蕭郎，等閑一去，程遙信斷，五嶺三湘。　　休開鸞鏡學宮妝，可能更理笙簧。倚屏凝睇，淚落成行。手尋裙帶鴛鴦。暗思量，忍孤前約，教人花貌，虛老風光。

（以上詞皆録自《尊前集》）

失調名

猺女鬅鬆卍字螺。

（殘句；録自沈雄《古今詞話》）

王　衍

　　王衍（？—926），初名宗衍，字化源，王建第十一子，爲徐妃在蜀所生。甚有文才，勤學問，能爲浮艷之詞。既嗣位，爲前蜀後主。窮奢極欲，委政宦官，日夜酣飲。後李存勖興師伐蜀，衍面縛輿櫬出降，行至秦川驛，衍及全族皆被殺。天成中，追封順正公。著有《煙花集》。

醉妝詞

　　者邊走，那邊走，只是尋花柳。那邊走，者邊走，莫厭金杯酒。

甘州曲

　　畫羅裙，能解束，稱腰身。柳眉桃臉不勝春。薄媚足精神，可惜淪落在風塵。

　　（此詞調見任二北《唐聲詩》下編；以上詞録自《全唐詩》）

毛文錫

毛文錫（生卒年不詳），字平珪，楊慎《詞品》和姜方鋋《蜀詞人評傳》定爲蜀人，一作高陽人，唐末進士。仕前蜀至司徒，復仕後蜀。爲花間派詞人。

虞美人

鴛鴦對浴銀塘暖，水面蒲梢短。垂楊低拂麴塵波，蛟絲結網露珠多，滴圓荷。　　遥思桃葉吳江碧，便是天河隔。錦鱗紅鬛影沉沉，相思空有夢相尋，意難任。

其　二

寶檀金縷鴛鴦枕，綬帶盤宮錦。夕陽低映小窗明，南園綠樹語鶯鶯，夢難成。　　玉爐香暖頻添炷，滿地飄輕絮，珠簾不捲度沉煙。庭前閑立畫鞦韆，艷陽天。

酒泉子

綠樹春深，燕語鶯啼聲斷續。蕙風飄蕩入芳叢，惹殘紅。　　柳絲無力裊煙空，金盞不辭須滿酌。海棠花下思朦朧，醉香風。

喜遷鶯

芳春景，暖晴煙，喬木見鶯遷。傳枝隈葉語關關，飛過綺叢間。錦翼鮮，金毳軟，百囀千嬌相喚。碧紗窗曉怕聞聲，驚破鴛鴦暖。

贊成功

海棠未坼，萬點深紅。香包緘結一重重。似含羞態，邀勒春風。蜂來蝶去，任繞芳叢。　　昨夜微雨，飄灑庭中。忽聞聲滴井邊桐。美人驚起，坐聽晨鐘。快教折取，戴玉瓏璁。

西溪子

昨日西溪游賞，芳樹奇花千樣，鎖春光。金樽滿，聽弦管，嬌妓舞衫香暖。不覺到斜暉，馬馱歸。

中興樂

豆蔻花繁煙艷深，丁香軟結同心。翠鬟女，相與共淘金。　　紅蕉葉裏猩猩語，鴛鴦浦，鏡中鸞舞。絲雨隔，荔枝陰。

更漏子

春夜闌，春恨切，花外子規啼月。人不見，夢難憑，紅紗一點燈。偏怨別，是芳節，庭下丁香千結。宵霧散，曉霞輝，梁間雙燕飛。

接賢賓

香韉鏤襜五花驄，值春景初融。流珠噴沫驟蹀，汗血流紅。　　少年公子能乘馭，金鑣玉轡瓏璁。爲惜珊瑚鞭不下，驕生百步千蹤。信穿花，從拂柳，向九陌追風。

贊浦子

錦帳添香睡，金爐換夕薰。懶結芙蓉帶，慵拖翡翠裙。　　正是桃夭柳媚，那堪暮雨朝雲。宋玉高唐意，裁瓊欲贈君。

甘州遍

春光好，公子愛閑游，足風流。金鞍白馬，雕弓寶劍，紅纓錦襜出長鞦。　　花蔽膝，玉銜頭。尋芳逐勝歡宴，絲竹不曾休。美人唱，揭調是甘州，醉紅樓。堯年舜日，樂聖永無憂。

其　二

秋風緊，平磧雁行低，陣雲齊。蕭蕭颯颯，邊聲四起，愁聞戍角與征
鼙。　青冢北，黑山西。沙飛聚散無定，往往路人迷。鐵衣冷，戰馬血
沾蹄，破蕃奚。鳳皇詔下，步步躡丹梯。

40　**紗窗恨**

新春燕子還來至，一雙飛。壘巢泥濕時時墜，涴人衣。　後園裏看
百花發，香風拂，綉户金扉。月照紗窗，恨依依。

其　二

雙雙蝶翅塗鉛粉，呷花心。綺窗綉户飛來穩，畫堂陰。　二三月愛
隨飄絮，伴落花，來拂衣襟。更剪輕羅片，傅黃金。

柳含煙

隋堤柳，汴河春。夾岸緑陰千里，龍舟鳳舸木蘭香，錦帆張。
因夢江南春景好，一路流蘇羽葆。笙歌未盡起橫流，鎖春愁。

其　二

河橋柳，占芳春。映水含煙拂路，幾回攀拆贈行人，暗傷神。
樂府吹爲橫笛曲，能使離腸斷續。不如移植在金門，近天恩。

其　三

章臺柳，近垂旒。低拂往來冠蓋，朦朧春色滿皇州，瑞煙浮。
直與路邊江畔別，免被離人攀折。最憐京兆畫蛾眉，葉纖時。

其　四

御溝柳，占春多。半出宮牆婀娜，有時倒影蘸輕羅，皺塵波。
昨日金鑾巡上苑，風亞舞腰纖軟。栽培得地近皇宮，瑞煙濃。

醉花間

休相問，怕相問，相問還添恨。春水滿塘生，鸂鶒還相趁。　　昨夜雨霏霏，臨明寒一陣。偏憶戍樓人，久絕邊庭信。

其　二

深相憶，莫相憶，相憶情難極。銀漢是紅牆，一帶遙相隔。　　金盤珠露滴，兩岸榆花白。風搖玉佩清，今夕爲何夕。

浣沙溪

春水輕波浸綠苔，枇杷洲上紫檀開。晴日眠沙鸂鶒穩，暖相隈。羅袜生塵游女過，有人逢著弄珠回。蘭麝飄香初解佩，忘歸來。

浣溪沙

七夕年年信不違，銀河清淺白雲微。蟾光鵲影伯勞飛。　　每恨蟪蛄憐婺女，幾回嬌妒下鴛機。今宵嘉會兩依依。

月宮春

水精宮裏桂花開，神仙探幾回。紅芳金蕊綉重臺，低傾瑪瑙杯。玉兔銀蟾爭守護，妲娥姹女戲相隈。遙聽鈞天九奏，玉皇親看來。

戀情深

滴滴銅壺寒漏咽，醉紅樓月。宴餘香殿會鴛衾，蕩春心。　　真珠簾下曉光侵，鶯語隔瓊林。寶帳欲開慵起，戀情深。

其　二

玉殿春濃花爛熳，簇神仙伴。羅裙窣地縷黄金，奏清音。　　酒闌歌罷兩沉沉，一笑動君心。永願作鴛鴦伴，戀情深。

訴衷情

桃花流水漾縱橫，春晝彩霞明。劉郎去，阮郎行，惆悵恨難平。愁坐對雲屏，算歸程。何時携手洞邊迎，訴衷情。

其　二

鴛鴦交頸綉衣輕，碧沼藕花馨。隈藻荇，映蘭汀，和雨浴浮萍。思婦對心驚，想邊庭。何時解佩掩雲屏，訴衷情。

應天長

平江波暖鴛鴦語，兩兩釣船歸極浦。蘆洲一夜風和雨，飛起淺沙翹雪鷺。　　漁燈明遠渚，蘭棹今宵何處。羅袂從風輕舉，愁殺採蓮女。

河滿子

紅粉樓前月照，碧紗窗外鶯啼。夢斷遼陽音信，那堪獨守空閨。恨對百花時節，王孫綠草萋萋。

巫山一段雲

雨霽巫山上，雲輕映碧天。遠風吹散又相連。十二晚峰前。　　暗濕啼猿樹，高籠過客船。朝朝暮暮楚江邊，幾度降神仙。

其　二

貌掩巫山色，才過濯錦波。阿誰提筆上銀河，月裏寫嫦娥。　　薄薄施鉛粉，盈盈挂綺羅。菖蒲花役夢魂多，年代屬元和。

（此詞録自《尊前集》）

臨江仙

暮蟬聲盡落斜陽，銀蟾影挂瀟湘。黃陵廟側水茫茫。楚山紅樹，煙雨隔高唐。　　岸泊漁燈風颭碎，白蘋遠散濃香。靈娥鼓瑟韻清商。朱弦凄切，雲散碧天長。

（以上詞除注明者外，均錄自《花間集》）

鞓　紅

粉香尤嫩，霜寒可慣，怎奈向，春心已轉。玉容別是，一般閑婉。悄不管，桃紅杏淺。　　月影簾櫳，金堤波面，漸細細，香風滿院。一枝折寄，故人雖遠。莫輶使。江南信斷。

（此詞首見宋黃大輿《梅苑》，未署名；明陳耀文《花草粹編》題署毛文錫；錄自《歷代詩餘》）

牛希濟

牛希濟（生卒年不詳），狄道（今甘肅臨洮）人，避亂入蜀，依季父嶠。仕前蜀爲起居郎，累官翰林學士、御史中丞。前蜀亡，隨後主入洛，作《蜀主降臣唐詩》，爲明宗所稱賞，拜雍州節度副使。著有《理源》二卷，佚，王國維輯有《牛中丞詞》一卷。

臨江仙

峭碧參差十二峰，冷煙寒樹重重。瑤姬宮殿是仙蹤，金爐珠帳，香靄晝偏濃。　　一自楚王驚夢斷，人間無路相逢。至今雲雨帶愁容，月斜江上，征棹動晨鍾。

其　二

謝家仙觀寄雲岑，巖蘿拂地成陰。洞房不閉白雲深，當時丹竈，一粒化黃金。　　石壁霞衣猶半挂，松風長似鳴琴。時聞唳鶴起前林，十洲高會，何處許相尋？

其　三

渭闕宮城秦樹凋，玉樓獨上無憀。含情不語自吹簫，調清和恨，天路逐風飄。　　何事乘龍人忽降，似知深意相招。三清携手路非遙，世間屏障，彩筆畫嬌饒。

其　四

江繞黃陵春廟閑，嬌鶯獨語關關。滿庭重疊綠苔班，陰雲無事，四散自歸山。　　簫鼓聲稀香爐冷，月娥斂盡灣環。風流皆道勝人間，須知狂客，判死爲紅顏。

其　五

素洛春光瀲灩平，千重媚臉初生。凌波羅襪勢輕輕，煙籠日照，珠翠半分明。　　風引寶衣疑欲舞，鸞迴鳳翥堪驚。也知心許恐無成。陳王辭賦，千載有聲名。

其　六

柳帶搖風漢水濱，平蕪兩岸爭勻。鴛鴦對浴浪痕新。弄珠游女，微笑自含春。　　輕步暗移蟬鬢動，羅裙風惹輕塵。水精宮殿豈無因？空勞纖手，解佩贈情人。

其　七

洞庭波浪颭晴天，君山一點凝煙。此中真境屬神仙，玉樓珠殿，相映月輪邊。　　萬里平湖秋色冷，星辰垂影參然。橘林霜重更紅鮮，羅浮山下，有路暗相連。

酒泉子

枕轉簟涼，清曉遠鍾殘夢。月光斜、簾影動，舊爐香。　　夢中說盡相思事，纖手勻雙淚。去年書，今日意，斷離腸。

生查子

春山煙欲收，天澹稀星小。殘月臉邊明，別淚臨清曉。　　語已多，情未了，迴首猶重道：記得綠羅裙，處處憐芳草。

中興樂

池塘暖碧浸晴暉，濛濛柳絮輕飛。紅蕊凋來，醉夢還稀。　　春雲空有雁歸，珠簾垂。東風寂寞，恨郎拋擲，淚濕羅衣。

謁金門

秋已暮，重疊關山岐路。嘶馬搖鞭何處去，曉禽霜滿樹。　　夢斷禁城鍾鼓，淚滴枕檀無數。一點凝紅和薄霧，翠娥愁不語。

（以上詞均錄自《花間集》）

顧　敻

顧敻，號油溪，璧山（今屬重慶市）人。前蜀通正元年(916)，以小臣給事内庭。久之，擢茂州刺史。後事孟知祥，官至太尉。能詞，《醉公子》曲爲一時艷稱。著有《袁氏傳》一卷，王國維輯有《顧太尉詞》一卷。

虞美人

曉鶯啼破相思夢，簾捲金泥鳳。宿妝猶在酒初醒，翠翹慵整倚雲屏，轉娉婷。　香檀細畫侵桃臉，羅袂輕輕斂。佳期堪恨再難尋，緑蕪滿院柳成陰，負春心。

其　二

觸簾風送景陽鍾，鴛被綉花重。曉幃初捲冷煙濃，翠勻粉黛好儀容，思嬌慵。　起來無語理朝妝，寶匣鏡凝光。緑荷相倚滿池塘，露清枕簟藕花香，恨悠揚。

其　三

翠屏閑掩垂珠箔，絲雨籠池閣。露沾紅藕咽清香，謝娘嬌極不成狂，罷朝妝。　小金鸂鶒沉煙細，膩枕堆雲髻。淺眉微斂注檀輕，舊歡時有夢魂驚，悔多情。

其　四

碧梧桐映紗窗晚，花謝鶯聲懶。小屏屈曲掩青山，翠幃香粉玉爐寒，兩蛾攢。　顛狂少年輕離别，辜負春時節。畫羅紅袂有啼痕，魂銷無語倚閨門，欲黄昏。

其　五

深閨春色勞思想，恨共春蕪長。黄鸝嬌囀泥芳妍，杏枝如畫倚輕煙，瑣窗前。　　憑欄愁立雙娥細，柳影斜搖砌。玉郎還是不還家，教人魂夢逐楊花，繞天涯。

其　六

少年艷質勝瓊英，早晚別三清。蓮冠穩簪鈿篦橫，飄飄羅袖碧雲輕，畫難成。　　遲遲少轉腰身裊，翠屧眉心小。醮壇風急杏枝香。此時恨不駕鸞凰，訪劉郎。

河　傳

燕揚，晴景。小窗屏暖，鴛鴦交頸。菱花掩却翠鬟欹，慵整。海棠簾外影。　　繡幃香斷金鸂鶒，無消息，心事空相憶。倚東風，春正濃。愁紅，淚痕衣上重。

其　二

曲檻，春晚。碧流紋細，綠楊絲軟。露花鮮，杏枝繁，鶯囀。野蕪平似剪。　　直是人間到天上，堪游賞，醉眼疑屏障。對池塘，惜韶光。斷腸，爲花須盡狂。

其　三

棹舉，舟去。波光渺渺，不知何處。岸花汀草共依依，雨微，鷓鴣相逐飛。　　天涯離恨江聲咽，啼猿切，此意向誰說。艤欄橈，獨無憀。魂銷，小爐香欲焦。

甘州子

一爐龍麝錦帷傍，屏掩映，燭熒煌。禁樓刁斗喜初長，羅薦繡鴛鴦。山枕上，私語口脂香。

其　二

每逢清夜與良晨，多悵望，足傷神。雲迷水隔意中人，寂寞繡羅茵。山枕上，幾點淚痕新。

其 三

曾如劉阮訪仙蹤，深洞客，此時逢。綺筵散後繡衾同，歇曲見韶容。山枕上，長是怯晨鍾。

其 四

露桃花裏小樓深，持玉盞，聽瑤琴。醉歸青瑣入鴛衾，月色照衣襟。山枕上，翠鈿鎮眉心。

其 五

紅爐深夜醉調笙，敲拍處，玉纖輕。小屏古畫岸低平，煙月滿閑庭。山枕上，燈背臉波橫。

玉樓春

月照玉樓春漏促，颯颯風搖庭砌竹。夢驚鴛被覺來時，何處管弦聲斷續。　　惆悵少年游冶去，枕上兩蛾攢細綠。曉鶯簾外語花枝，背帳猶殘紅蠟燭。

其 二

柳映玉樓春日晚，雨細風輕煙草軟。畫堂鸚鵡語雕籠，金粉小屏猶半掩。　　香滅繡幃人寂寂，倚檻無言愁思遠。恨郎何處縱疏狂，長使含啼眉不展。

其 三

月皎露華窗影細，風送菊香沾繡袂。博山爐冷水沉微，惆悵金閨終日閉。　　懶展羅衾垂玉箸，羞對菱花簇寶髻。良宵好事枉教休，無計那他狂耍壻。

其 四

拂水雙飛來去燕，曲檻小屏山六扇。春愁凝思結眉心，綠綺懶調紅錦薦。　　話別情多聲欲顫，玉箸痕留紅粉面。鎮長獨立到黃昏，却怕良宵頻夢見。

浣溪沙

春色迷人恨正賒，可堪蕩子不還家。細風輕露著梨花。　簾外有情雙燕揚，檻前無力綠楊斜。小屏狂夢極天涯。

其 二

紅藕香寒翠渚平，月籠虛閣夜蛩清。塞鴻驚夢兩牽情。　寶帳玉爐殘麝冷，羅衣金縷暗塵生。小窗孤燭淚縱橫。

其 三

荷芰風輕簾幕香，綉衣鸂鶒泳迴塘。小屏閑掩舊瀟湘。　恨入空幃鸞影獨，淚凝雙臉渚蓮光。薄情年少悔思量。

其 四

惆悵經年別謝娘，月窗花院好風光。此時相望最情傷。　青鳥不來傳錦字，瑤姬何處瑣蘭房。忍教魂夢兩茫茫。

其 五

庭菊飄黃玉露濃，冷莎隈砌隱鳴蛩。何期良夜得相逢。　背帳風搖紅蠟滴，惹香暖夢綉衾重。覺來枕上怯晨鍾。

其 六

雲澹風高葉亂飛，小庭寒雨綠苔微。深閨人靜掩屏幃。　粉黛暗愁金帶枕，鴛鴦空繞畫羅衣。那堪辜負不思歸。

其 七

雁響遥天玉漏清，小紗窗外月朧明。翠幃金鴨炷香平。　何處不歸音信斷，良宵空使夢魂驚。簟凉枕冷不勝情。

其　八

露白蟾明又到秋，佳期幽會兩悠悠。夢牽情役幾時休。　　記得記人
微斂黛，無言斜倚小書樓。暗思前事不勝愁。

酒泉子

楊柳舞風，輕惹春煙殘雨。杏花愁，鶯正語，畫樓東。　　錦屏寂寞
思無窮，還是不知消息。鏡塵生，珠淚滴，損儀容。

其　二

羅帶縷金，蘭麝煙凝魂斷。畫屏欹，雲鬢亂，恨難任。　　幾迴垂淚
滴鴛衾，薄情何處去。月臨窗，花滿樹，信沉沉。

其　三

小檻日斜，風度綠窗人悄悄。翠幃閑掩舞雙鸞，舊香寒。　　別來情
緒轉難拼，韶顏看却老。依稀粉上有啼痕，暗銷魂。

其　四

黛薄紅深，約掠綠鬢雲膩。小鴛鴦，金翡翠，稱人心。　　錦鱗無處
傳幽意，海燕蘭堂春又去。隔年書，千點淚，恨難任。

其　五

掩却菱花，收拾翠鈿休上面。金虫玉燕瑣香奩，恨猒猒。　　雲鬢半
墜懶重篸，淚侵山枕濕。銀燈背帳夢方酣，雁飛南。

其　六

水碧風清，入檻細香紅藕膩。謝娘斂翠恨無涯，小屏斜。　　堪憎蕩
子不還家，謾留羅帶結。帳深枕膩炷沉煙，負當年。

其　七

黛怨紅羞，掩映畫堂春欲暮。殘花微雨隔青樓，思悠悠。　　芳菲時

節看將度，寂寞無人還獨語。畫羅襦，香粉污，不勝愁。

楊柳枝

秋夜香閨思寂寥，漏迢迢。鴛幃羅幌麝煙銷，燭光搖。　　正憶玉郎游蕩去，無尋處。更聞簾外雨蕭蕭，滴芭蕉。

遐方怨

簾影細，簟紋平。象紗籠玉指，縷金羅扇輕。嫩紅雙臉似花明，兩條眉黛遠山橫。　　鳳簫歇，鏡塵生。遼塞音書絕，夢魂長暗驚。玉郎經歲負娉婷，教人爭不恨無情。

獻衷心

繡鴛鴦帳暖，畫孔雀屏欹。人悄悄，月明時，想昔年歡笑，恨今日分離。銀釭背，銅漏永，阻佳期。　　小爐煙細，虛閣簾垂。幾多心事，暗地思惟。被嬌娥牽役，魂夢如痴。金閨裏，山枕上，始應知。

應天長

瑟瑟羅裙金綫縷，輕透鵝黃香畫袴。垂交帶，盤鸚鵡，裊裊翠翹移玉步。　　背人勻檀注，慢轉橫波偷覷。斂黛春情暗許，倚屏慵不語。

訴衷情

香滅簾垂春漏永，整鴛衾。羅帶重，雙鳳，縷黃金。　　窗外月光臨，沉沉。斷腸無處尋，負春心。

其　二

永夜拋人何處去，絕來音。香閣掩，眉斂，月將沉。　　爭忍不相尋？怨孤衾。換我心爲你心，始知相憶深。

荷葉杯

春盡小庭花落，寂寞。憑檻斂雙眉，忍教成病憶佳期。知摩知，知摩知。

其　二

歌發誰家筵上，寥亮。別恨正悠悠，蘭釭背帳月當樓。愁摩愁，愁摩愁。

其　三

弱柳好花盡拆，晴陌。陌上少年郎，滿身蘭麝撲人香。狂摩狂，狂摩狂。

其　四

記得那時相見，膽顫。鬢亂四肢柔，泥人無語不抬頭。羞摩羞，羞摩羞。

其　五

夜久歌聲怨咽，殘月。菊冷露微微，看看濕透縷金衣。歸摩歸，歸摩歸。

其　六

我憶君詩最苦，知否。字字盡關心，紅牋寫寄表情深。吟摩吟，吟摩吟。

其　七

金鴨香濃鴛被，枕膩。小髻簇花鈿，腰如細柳臉如蓮。憐摩憐，憐摩憐。

其　八

曲砌蝶飛煙暖，春半。花發柳垂條，花如雙臉柳如腰。嬌摩嬌，嬌摩嬌。

其　九

一去又乖期信，春盡。滿院長莓苔，手捻裙帶獨徘徊。來摩來，來摩來。

漁歌子

曉風清，幽沼綠，倚欄凝望珍禽浴。畫簾垂，翠屏曲，滿袖荷香馥郁。　好攄懷，堪寓目，身閑心静平生足。酒杯深，光影促，名利無心較逐。

臨江仙

碧染長空池似鏡，倚樓閑望凝情，滿衣紅藕細香清。象牀珍簟，山障掩，玉琴橫。　暗想昔時歡笑事，如今贏得愁生。博山爐暖澹煙輕。蟬吟人静，殘日傍，小窗明。

其　二

幽閨小檻春光晚，柳濃花澹鶯稀。舊歡思想尚依依，翠鬟紅斂，終日損芳菲。　何事狂夫音信斷，不如梁燕猶歸。畫堂深處麝煙微，屏虚枕冷，風細雨霏霏。

其　三

月色穿簾風入竹，倚屏雙黛愁時。砌花含露兩三枝，如啼恨臉，魂斷損容儀。　香爐暗銷金鴨冷，可堪辜負前期。綉襦不整鬢鬟欹，幾多惆悵，情緒在天涯。

醉公子

漠漠秋雲澹，紅藕香侵檻。枕倚小山屏，金鋪向晚扃。　睡起橫波慢，獨望情何限。衰柳數聲蟬，魂銷似去年。

其　二

岸柳垂金綫，雨晴鶯百囀。家住緑楊邊，往來多少年。　　馬嘶芳草遠，高樓簾半捲。斂袖翠蛾攢，相逢尔許難。

更漏子

舊歡娛，新悵望，擁鼻含嚬樓上。濃柳翠，晚霞微，江鷗接翼飛。簾半捲，屏斜掩，遠岫參差迷眼。歌滿耳，酒盈樽，前非不要論。

（以上詞均録自《花間集》）

魏承班

魏承班（？—925），祖籍許州（今河南省許昌市），居璧山（今屬重慶市），號五峰①。王建收其父魏弘夫爲養子，改名王宗弼，承班亦從其父改姓，仕前蜀爲駙馬都尉、太尉。咸康元年十一月，後唐軍攻入成都，族誅王宗弼家，承班罹難。王國維輯有《王太尉詞》一卷。《花間集》録其詞八調十五首，《尊前集》録其詞四調六首，濃艷似温庭筠。

菩薩蠻

羅裾薄薄秋波染，眉間畫時山兩點。相見綺筵時，深情暗共知。　翠翹雲鬢動，斂態彈金鳳。宴罷入蘭房，邀入解佩璫。

其　二

羅衣隱約金泥畫，玳筵一曲當秋夜。聲泛覰人嬌，雲裊翠翹。　酒醺紅玉軟，眉翠秋山遠。繡幌麝煙沉，誰人知兩心。

其　三

玉容光照菱花影，沉沉臉上秋波冷。白雪一聲新，雕梁起暗塵。寶釵搖翡翠，香惹芙蓉醉。携手入鴛衾，誰人知此心。

（此首録自《尊前集》）

滿宮花

雪霏霏，風凛凛，玉郎何處狂飲。醉時想得縱風流，羅帳香帷鴛寢。春朝秋夜思君甚，愁見繡屏孤枕。少年何事負初心，淚滴縷金雙衽。

---

① 參見熊篤《讀古雜考五則》，《重慶師範大學學報》（哲學社會科學版）2017 年第 1 期第 50 頁。

其　二

寒夜長，更漏永，愁見透簾月影。王孫何處不歸来，應在倡樓酩酊。金鴨無香羅帳冷，羞更雙鸞交頸。夢中幾度見兒夫，不忍罵伊薄倖。
（此首録自《尊前集》）

木蘭花

小芙蓉，香旖旎，碧玉堂深清似水。閉寶匣，掩金鋪，倚屏拖袖愁如醉。　遲遲好景煙花媚，曲渚鴛鴦眠錦翅。凝然愁望静相思，一雙笑靨嚬香蕊。

玉樓春

寂寂畫堂梁上燕，高捲翠簾橫數扇。一庭春色惱人來，滿地落花紅幾片。　愁倚錦屏低雪面，淚滴繡羅金縷綫。好天凉月盡傷心，爲是玉郎長不見。

其　二

輕斂翠蛾呈皓齒，鶯囀一枝花影裏。聲聲清迥遏行雲，寂寂畫梁塵暗起。　玉釵滿斝情未已，促坐王孫公子醉。春風筵上貫珠匀，艷色韶顔嬌旖旎。

訴衷情

高歌宴罷月初盈，詩情引恨情。煙露冷，水流輕，思想夢難成。羅帳裊香平，恨頻生。思君無計睡還醒，隔層城。

其　二

春深花簇小樓臺，風飄錦繡開。新睡覺，步香階，山枕印紅腮。鬢亂墜金釵，語檀偎。臨行執手重重囑，幾千回。

其　三

銀漢雲晴玉漏長，蛩聲悄畫堂。筠簟冷，碧窗涼，紅蠟淚飄香。
皓月瀉寒光，割人腸。那堪獨自步池塘，對鴛鴦。

其　四

金風輕透碧窗紗，銀釭焰影斜。欹枕臥，恨何賒，山掩小屏霞。
雲雨別吳娃，想容華。夢成幾度繞天涯，到君家。

其　五

春情滿眼臉紅銷，嬌妒索人饒。星靨小，玉璫搖，幾共醉春朝。
別後憶纖腰，夢魂勞。如今風葉又蕭蕭，恨迢迢。

生查子

煙雨晚晴天，零落花無語。難話此時心，梁燕雙來去。　　琴韻對薰
風，有恨和情撫。腸斷斷弦頻，淚滴黃金縷。

其　二

寂寞畫堂空，深夜垂羅幕。燈暗錦屏欹，月冷珠簾薄。　　愁恨夢難
成，何處貪歡樂。看看又春來，還是長蕭索。

其　三

離別又經年，獨對芳菲景。嫁得薄情夫，長抱相思病。　　花紅柳綠
間晴空，蝶弄雙雙影。羞看繡羅衣，爲有金鸞并。

（此首録自《尊前集》）

黃鍾樂

池塘煙暖草萋萋。惆悵閑霄，含恨愁坐，思堪迷。遙想玉人情事遠，
音容渾似隔桃溪。　　偏記同歡秋月低。簾外論心，花畔和醉，暗相携。
何事春來君不見，夢魂長在錦江西。

漁歌子

　　柳如眉，雲似髮。姣綃霧縠籠香雪。夢魂驚，鍾漏歇，窗外曉鶯殘月。　　幾多情，無處説，落花飛絮清明節。少年郎，容易別，一去音書斷絶。

　　（以上詞除注明者外，均録自《花間集》）

謁金門

　　煙水闊，人值清明時節。雨細花零鸚語切，愁腸千萬結。　　雁去音徽斷絶，有恨欲憑誰説。無事傷心猶不徹，春時容易別。

其　二

　　春欲半，堆砌落花千片。早是潘郎長不見，忍聽雙語燕。　　飛絮晴空揚遠風，送誰家弦管。愁倚畫屏凡事懶，淚沾金縷綫。

其　三

　　長思憶，思憶佳人輕擲。霜月透簾澄夜色，小屏山凝碧。　　恨恨君何太極，記得嬌嬈無力。獨坐思量愁似織，斷腸煙水隔。

　　（以上三首録自《尊前集》）

歐陽炯

歐陽炯（896—971），益州華陽（今屬成都市）人，曾官前蜀中書舍人。前蜀亡，事後蜀，累官至門下侍郎兼戶部尚書、平章事。入宋，授左散騎常侍。工詞，其風格與溫庭筠、韋莊相近。曾爲《花間集》作序，闡述其編選宗旨乃收錄艷詞，以供酒筵歌舞演唱之用。他對五代作艷詞之風進行鼓吹，在當時和後世都產生了一定的影響。

南歌子

錦帳銀燈影，紗窗玉漏聲。迢迢永夜夢難成。愁對小庭秋色，月空明。

漁　父

擺脫塵機上釣船，免教榮辱有流年。無繫絆，沒愁煎，須信船中有散仙。

其　二

風浩寒溪照膽明，小君山上玉蟾生。荷露墜，翠煙輕，撥剌游魚幾個驚。

巫山一段雲

絳闕登真子，飄飄御彩鸞。碧虛風雨佩光寒，斂袂下雲端。　月帳朝霞薄，星冠玉蕊攢。遠游蓬島降人間，特地拜龍顏。

其　二

春去秋來也，愁心似醉醺。去時邀約早回輪，及去又何曾。　歌扇花光黦，衣珠滴淚新。恨身翻不作車塵，萬里得隨君。

春光好

天初暖，日初長，好春光。萬彙此時皆得意，競芬芳。　筍逬苔錢
嫩綠，花偎雪塢濃香。誰把金絲裁翦却，挂斜陽。

其　二

花滴露，柳搖煙，艷陽天。雨霽山櫻紅欲爛，谷鶯遷。　飲處交飛
玉斝，游時倒把金鞭。風颭九衢榆葉動，簇青錢。

其　三

胸鋪雪，臉分蓮，理繁弦。纖指飛翻金鳳語，轉嬋娟。　嘈囋如敲
玉佩，清泠似滴香泉。曲罷問郎名個甚，想夫憐。

其　四

磧香散，渚冰融，暖空濛。飛絮悠揚遍虛空，惹輕風。　柳眼煙來
點綠，花心日與妝紅。黃雀錦鸞相對舞，迎簾櫳。

其　五

雞樹綠，鳳池清，滿神京。玉兔宮前金榜出，列仙名。　疊雪羅袍
接武，團花駿馬嬌行。開宴錦江游爛熳，柳煙輕。

其　六

芳叢繡，綠筵張，兩心狂。空遣橫波傳意緒，對笙簧。　雖似安仁
擲果，未聞韓壽分香。流水桃花情不已，待劉郎。

其　七

垂綉幔，掩雲屏，思盈盈。雙枕珊瑚無限情，翠釵橫。　幾見纖纖
動處，時聞款款嬌聲。却出錦屏妝面了，理秦箏。

其　八

金轡響，玉鞭長，映垂楊。堤上採花筵上醉，滿衣香。　無處不携

弦管，直應占斷春光。年少王孫何處好，競尋芳。

其　九

蘋葉嫩，杏花明，畫船輕。雙浴鴛鴦出綠汀，棹歌聲。　　春水無風無浪，春來半雨半晴。紅粉相隨南浦晚，莫辭行。

西江月

月映長江秋水，分明冷浸星河。淺沙汀上白雲多，雪散幾叢蘆葦。扁舟倒影寒潭裏，煙光遠罩輕波。笛聲何處響漁歌，兩岸蘋香暗起。

其　二

水上鴛鴦比翼，巧將繡作羅衣。鏡中重畫遠山眉，春睡起來無力。鈿雀穩簪雲髻綠，含羞時想佳期。臉邊紅艷對花枝，猶占鳳樓春色。

赤棗子

夜悄悄，燭熒熒，金爐香盡酒初醒。春睡起來回雪面，含羞不語倚雲屏。

其　二

蓮臉薄，柳眉長，等閑無事莫思量。每一見時明月夜，損人情思斷人腸。

女冠子

薄妝桃臉，滿面縱橫花靨。艷情多，綬帶盤金縷，輕裙透碧羅。含羞眉乍斂，微語笑相和。不會頻偷眼，意如何。

其　二

秋宵秋月，一朵荷花初發。照前池，搖曳熏香夜，嬋娟對鏡時。蕊中千點淚，心裏萬條絲。恰似輕盈女，好風姿。

更漏子

玉闌干，金甃井，月照碧梧桐影。獨自個，立多時，露華濃濕衣。
一向凝情望，待得不成模樣。雖叵耐，又尋思，怎生瞋得伊。

其　二

三十六宮秋夜永，露華點滴高梧。丁丁玉漏咽銅壺，明月上金鋪。
紅綫毯，博山爐，香風暗觸流蘇。羊車一去長青蕪，鏡塵鸞影孤。

定風波

暖日閑窗映碧紗，小池春水浸晴霞。數樹海棠紅欲盡，爭忍，玉閨深
掩過年華。　　獨憑繡牀方寸亂，腸斷，淚珠穿破臉邊花。鄰舍女郎相借
問，音信，教人羞道未還家。

木蘭花

兒家夫婿心容易，身又不來書不寄。閑庭獨立鳥關關，爭忍拋奴深院
裏。　　悶向綠紗窗下睡，睡又不成愁已至。今年却憶去年春，同在木蘭
花下醉。

玉樓春

日照玉樓花似錦，樓上醉和春色寢。綠楊風送小鶯聲，殘夢不成離玉
枕。　　堪愛晚來韶景甚，寶柱秦箏方再品。青蛾紅臉笑來迎，又向海棠
花下飲。

其　二

春早玉樓煙雨夜，簾外櫻桃花半謝。錦屏香冷繡衾寒，悵悵憶君無計
捨。　　侵曉鵲聲來砌下，鸞鏡殘妝紅粉罷。黛眉雙點不能描，留待玉郎
歸日畫。

清平樂

春來階砌，春雨如絲細。春地滿飄紅杏蒂，春燕舞隨風勢。　　春幡細縷春繒，春閨一點春燈。自是春心撩亂，非干春夢無憑。

菩薩蠻

曉來中酒和春睡，四肢無力雲鬟墜。斜臥臉波春，玉郎休惱人。日高猶未起，爲戀鴛鴦被。鸚鵡語金籠，道兒還是慵。

其　二

紅爐暖閣佳人睡，隔簾飛雪添寒氣。小院奏笙歌，香風簇綺羅。酒傾金盞滿，蘭燭重開宴。公子醉如泥，天街聞馬嘶。

其　三

翠眉雙臉新妝薄，幽閨斜捲青羅幕。寒食百花時，紅繁香滿枝。雙雙梁燕語，蝶舞相隨去。腸斷正思君，閑眠冷繡茵。

其　四

畫屏繡閣三秋雨，香唇膩臉偎人語。語罷欲天明，嬌多夢不成。曉街鐘鼓絕，暝道如今別。特地氣長吁，倚屏彈淚珠。

（以上詞均録自《尊前集》）

浣溪沙

落絮殘鶯半日天，玉柔花醉只思眠。惹窗映竹滿爐煙。　　獨掩畫屏愁不語，斜欹瑤枕髻鬟偏。此時心在阿誰邊。

其　二

天碧羅衣拂地垂，美人初着更相宜。宛風如舞透香肌。　　獨坐含嚬吹鳳竹，園中緩步折花枝。有情無力泥人時。

其 三

相見休言有淚珠，酒闌重得敘歡娛。鳳屏鴛枕宿金鋪。　　蘭麝細香聞喘息，綺羅纖縷見肌膚。此時還恨薄情無。

三字令

春欲盡，日遲遲，牡丹時。羅幌捲，翠簾垂。彩箋書，紅粉淚，兩心知。　　人不在，燕空歸，負佳期。香爐落，枕函欹。日分明，花澹薄，惹相思。

南鄉子

嫩草如煙，石榴花發海南天。日暮江亭春影淥，鴛鴦浴，水遠山長看不足。

其 二

畫舸停橈，槿花籬外竹橫橋。水上游人沙上女，回顧，笑指芭蕉林裏住。

其 三

岸遠沙平，日斜歸路晚霞明。孔雀自憐金翠尾，臨水，認得行人驚不起。

其 四

洞口誰家，木蘭船繫木蘭花。紅袖女郎相引去，游南浦，笑倚春風相對語。

其 五

二八花鈿，胸前如雪臉如蓮。耳墜金鐶穿瑟瑟，霞衣窄，笑倚江頭招遠客。

其 六

路入南中，桄榔葉暗蓼花紅。兩岸人家微雨後，收紅豆，樹底纖纖擡素手。

其 七

袖斂鮫綃，採香深洞笑相邀。藤杖枝頭蘆酒滴，鋪葵蓆，豆蔻花間趂晚日。

其 八

翡翠鵁鶄，白蘋香裏小沙汀。島上陰陰秋雨色，蘆花撲，數隻魚船何處宿。

獻衷心

見好花顏色，爭笑東風。雙臉上，晚妝同。閉小樓深閣，春景重重。三五夜，偏有恨，月明中。　　情未已，信曾通，滿衣猶自染檀紅。恨不如雙燕，飛舞簾櫳。春欲暮，殘絮盡，柳條空。

賀明朝

憶昔花間初識面，紅袖半遮，妝臉輕轉。石榴裙帶，故將纖纖玉指，偷撚雙鳳金綫。　　碧梧桐鎖深深院。誰料得兩情，何日教繾綣。羨春來雙燕，飛到玉樓，朝暮相見。

其 二

憶昔花間相見後，只憑纖手，暗拋紅豆。人前不解，巧傳心事，別來依舊，辜負春晝。　　碧羅衣上蹙金綉。覩對對鴛鴦，空裏淚痕透。想韶顏非久，終是爲伊，只恁偷瘦。

江城子

晚日金陵岸草平，落霞明，水無情。六代繁華，暗逐逝波聲。空有姑蘇臺上月，如西子鏡，照江城。

鳳樓春

鳳髻綠雲叢，深掩房櫳。錦書通，夢中相見覺來慵。勻面淚，臉珠融。因想玉郎何處去，對淑景誰同。　　小樓中，春思無窮。倚欄顒望，暗牽愁緒，柳花飛起東風。斜日照簾，羅幌香冷粉屏空。海棠零落，鶯語殘紅。

（以上詞除注明者外，均錄自《花間集》）

鹿虔扆

　　鹿虔扆，一作虔扆，字和生卒年均無考。據《重修成都縣志》卷四載，虔扆爲成都人。事孟昶任永泰軍節度使，進檢校太尉，加太保。初讀書古祠，見畫壁有周公輔成王圖，期以此見志。國亡，不仕。詞多感慨之音。與歐陽炯、韓琮、閻選、毛文錫俱以工小詞供奉後主，時人忌之，號曰"五鬼"。

女冠子

　　鳳樓琪樹，惆悵劉郎一去。正春深，洞裏愁空結，人間信莫尋。竹疏齋殿迴，松密醮壇陰。倚雲低首望，可知心。

其　二

　　步虛壇上，絳節霓旌相向。引真仙，玉佩搖蟾影，金爐裊麝煙。露濃霜簡濕，風緊羽衣偏。欲留難得住，却歸天。

思越人

　　翠屏欹，銀燭背，漏殘清夜迢迢。雙帶綉窠盤錦薦，淚侵花暗香銷。珊瑚枕膩鴉鬟亂，玉纖慵整雲散。苦是適來新夢見，離腸爭不千斷。

虞美人

　　捲荷香澹浮煙渚，綠嫩擎新雨。鎖窗疏透曉風清，象牀珍簟冷光輕，水紋平。　　九疑黛色屏斜掩，枕上眉心斂。不堪相望病將成，鈿昏檀粉淚縱橫，不勝情。

臨江仙

　　金鎖重門荒苑静，綺窗愁對秋空。翠華一去寂無蹤。玉樓歌吹，聲斷已隨風。　　煙月不知人事改，夜闌還照深宮。藕花相向野塘中。暗傷亡國，清露泣香紅。

其　二

無賴曉鶯驚夢斷，起來殘酒初醒。映窗絲柳裊煙青。翠簾慵捲，約砌杏花零。　　一自玉郎游冶去，蓮凋月慘儀形。暮天微雨灑閑庭。手挼裙帶，無語倚雲屏。

（以上詞録自《花間集》）

上行杯

草草離亭鞍馬，從遠道，此地分襟。燕宋秦吳千萬里。　　無辭一醉。野棠開，江草濕。佇立，沾泣，征騎駸駸。

其　二

離棹逡巡欲動，臨極浦，故人相送。去住心情知不共。　　金船滿捧。綺羅愁，絲管咽。回別，帆影滅，江浪如雪。

（以上兩詞録自《詞律》；亦作孫光憲詞）

閻 選

閻選，後蜀人，生卒年和生平事迹均無考。嘗爲布衣，與歐陽炯、鹿虔扆、毛文錫、韓琮稱"五鬼"。善小詞，其詞與毛文錫相伯仲，時稱閻處士。

虞美人

粉融紅膩蓮房綻，臉動雙波慢。小魚銜玉鬢釵橫，石榴裙染象紗輕，轉娉婷。　　偷期錦浪荷深處，一夢雲兼雨。臂留檀印齒痕香，深秋不寐漏初長，盡思量。

其　二

楚腰蠐領團香玉，鬢疊深深綠。月娥星眼笑微頻，柳夭桃艷不勝春，晚妝匀。　　水紋簟映青紗帳，霧罩秋波上。一枝嬌卧醉芙蓉，良宵不得與君同，恨忡忡。

臨江仙

雨停荷芰逗濃香，岸邊蟬噪垂楊。物華空有舊池塘。不逢仙子，何處夢襄王。　　珍簟對欹鴛枕冷，此來塵暗凄涼。欲憑危檻恨偏長。藕花珠綴，猶似汗凝妝。

其　二

十二高峰天外寒，竹梢輕拂仙壇。寶衣行雨在雲端。畫簾深殿，香霧冷風殘。　　欲問楚王何處去，翠屏猶掩金鸞。猿啼明月照空灘。孤舟行客，驚夢亦艱難。

浣溪沙

寂寞流蘇冷繡茵，倚屏山枕惹香塵。小庭花露泣濃春。　　　　劉阮信非仙洞客，嫦娥終是月中人。此生無路訪東鄰。

八拍蠻

雲瑣嫩黃煙柳細，風吹紅蒂雪梅殘。光景不勝閨閣恨，行行坐坐黛眉攢。

其 二

愁瑣黛眉煙易慘，淚飄紅臉粉難勻。憔悴不知緣底事，遇人推道不宜春。

河 傳

秋雨，秋雨。無晝無夜，滴滴霏霏。暗燈涼簟怨分離，妖姬，不勝悲。　　西風稍急喧窗竹，停又續，膩臉懸雙玉。幾回邀約雁來時，違期，雁歸人不歸。

（以上詞錄自《花間集》）

謁金門

美人浴，碧沼蓮開芬馥。雙髻綰雲顏似玉，素蛾輝淡綠。　　雅態芳姿閑淑，雪映鈿裝金斛。水濺青絲珠斷續，酥融香透肉。

定風波

江水沉沉帆影過，游魚到晚透寒波。渡口雙雙飛白鳥，煙裊，蘆花深處隱漁歌。　　扁舟短棹歸蘭浦，人去，蕭蕭竹徑透青莎。深夜無風新雨歇，涼月，露迎珠顆入圓荷。

（以上兩詞錄自《尊前集》）

毛熙震

　　毛熙震，號巴儺，璧山（今屬重慶市）人。五代後蜀進士，廣政中累官秘書監，終翰林承旨。好書，與王七郎、王著、句中正等交好，宋乾德中尚在世（《茅亭客話》卷三《蘭亭會序》）。善爲詞，其作品多新警穠麗。其集已佚，王國維輯有《毛秘書詞》一卷。

浣溪沙

　　春暮黃鶯下砌前，水精簾影露珠懸。綺霞低映晚晴天。　　弱柳萬條垂翠帶，殘紅滿地碎香鈿。蕙風飄蕩散輕煙。

其　二

　　花榭香紅煙景迷，滿庭芳草綠萋萋。金鋪閑掩綉簾低。　　紫燕一雙嬌語碎，翠屏十二晚峰齊。夢魂銷散醉空閨。

其　三

　　晚起紅房醉欲銷，綠鬟雲散裊金翹。雪香花語不勝嬌。　　好是向人柔弱處，玉纖時急綉裙腰。春心牽惹轉無憀。

其　四

　　一隻橫釵墜髻叢，靜眠珍簟起來慵。綉羅紅嫩抹酥胸。　　羞斂細蛾魂暗斷，困迷無語思猶濃。小屏香靄碧山重。

其　五

　　雲薄羅裙綬帶長，滿身新裹瑞龍香。翠鈿斜映艷梅妝。　　佯不覷人空婉約，笑和嬌語太猖狂。忍教牽恨暗形相。

其　六

　　碧玉冠輕裊燕釵，捧心無語步香階。緩移弓底綉羅鞋。　　暗想歡娛何計好，豈堪期約有時乖。日高深院正忘懷。

其　七

半醉凝情臥綉茵，睡容無力卸羅裙。玉籠鸚鵡厭聽聞。　　慵整落釵金翡翠，象梳欹鬢月生雲。錦屏綃幌麝煙薰。

臨江仙

南齊天子寵嬋娟，六宮羅綺三千。潘妃嬌艷獨芳妍。椒房蘭洞，雲雨降神仙。　　縱態迷歡心不足，風流可惜當年。纖腰婉約步金蓮。妖君傾國，猶自至今傳。

其　二

幽閨欲曙聞鶯囀，紅窗月影微明。好風頻謝落花聲。隔幃殘燭，猶照綺屏箏。　　綉被錦茵眠玉暖，炷香斜裊煙輕。澹蛾羞斂不勝情。暗思閑夢，何處逐雲行。

更漏子

秋色清，河影澹，深戶燭寒光暗。綃幌碧，錦衾紅，博山香炷融。更漏咽，蛩鳴切，滿院霜華如雪。新月上，薄雲收，映簾懸玉鈎。

其　二

煙月寒，秋夜靜，漏轉金壺初永。羅幕下，綉屏空，燈花結碎紅。人悄悄，愁無了，思夢不成難曉。長憶得，與郎期，竊香私語時。

女冠子

碧桃紅杏，遲日媚籠光影。彩霞深，香暖薰鶯語，風清引鶴音。翠鬟冠玉葉，霓袖捧瑤琴。應共吹簫侶，暗相尋。

其　二

修蛾慢臉，不語檀心一點。小山妝，蟬鬢低含綠，羅衣澹拂黃。悶來深院裏，閑步落花傍。纖手輕輕整，玉爐香。

清平樂

春光欲暮，寂寞閑庭戶。粉蝶雙雙穿檻舞，簾捲晚天疏雨。　　含愁獨倚閨幃，玉爐煙斷香微。正是銷魂時節，東風滿樹花飛。

南歌子

遠山愁黛碧，橫波慢臉明。膩香紅玉茜羅輕。深院晚堂人靜，理銀箏。　　鬢動行雲影，裙遮點屐聲。嬌羞愛問曲中名。楊柳杏花時節，幾多情。

其　二

惹恨還添恨，牽腸即斷腸。凝情不語一枝芳，獨映畫簾閑立，綉衣香。　　暗想爲雲女，應憐傅粉郎。晚來輕步出閨房，髻慢釵橫無力，縱猖狂。

河滿子

寂寞芳菲暗度，歲華如箭堪驚。緬想舊歡多少事，轉添春思難平。曲檻絲垂金柳，小窗弦斷銀箏。　　深院空聞燕語，滿園閑落花輕。一片相思休不得，忍教長日愁生。誰見夕陽孤夢，覺來無限傷情。

其　二

無語殘妝澹薄，含羞嚲袂輕盈。幾度香閨眠過曉，綺窗疏日微明。雲母帳中偷惜，水精枕上初驚。　　笑靨嫩疑花拆，愁眉翠斂山橫。相望只教添悵恨，整鬟時見纖瓊。獨倚朱扉閑立，誰知別有深情。

小重山

梁燕雙飛畫閣前。寂寥多少恨，懶孤眠。曉來閑處想君憐。紅羅帳，金鴨冷沉煙。　　誰信損嬋娟。倚屏啼玉箸，濕香鈿。四支無力上鞦韆。群花謝，愁對艷陽天。

定西番

蒼翠濃陰滿院，鶯對語，蝶交飛，戲薔薇。　　斜日倚欄風好，餘香出繡衣。未得玉郎消息，幾時歸。

木蘭花

掩朱扉，鈎翠箔，滿院鶯聲春寂寞。勻粉淚，恨檀郎，一去不歸花又落。　　對斜暉，臨小閣，前事豈堪重想着。金帶冷，畫屏幽，寶帳慵薰蘭麝薄。

後庭花

鶯啼燕語芳菲節。瑞庭花發。昔時歡宴歌聲揭。管弦清越。　　自從陵谷追游歇。畫梁塵黦。傷心一片如珪月。閑鎖宮闕。

其　二

輕盈舞妓含芳艷。競妝新臉。步搖珠翠修蛾斂。膩鬟雲染。　　歌聲慢發開檀點。繡衫斜掩。時將纖手勻紅臉。笑拈金靨。

（此詞《詞律》謂毛文錫作，誤）

其　三

越羅小袖新香蒨。薄籠金釧。倚欄無語搖輕扇。半遮勻面。　　春殘日暖鶯嬌懶。滿庭花片。爭不教人長相見。畫堂深院。

酒泉子

閑卧綉幃，慵想萬般情寵。錦檀偏，翹股重，翠雲攲。　　暮天屏上
春山碧，映香煙霧隔。蕙蘭心，魂夢役，斂蛾眉。

其　二

鈿匣舞鸞，隱映艶紅修碧。月梳斜，雲鬢膩，粉香寒。　　曉花微斂
輕呵展，裊釵金燕軟。日初昇，簾半捲。對妝殘。

菩薩蠻

梨花滿院飄香雪，高樓夜静風箏咽。斜月照簾帷，憶君和夢稀。
小窗燈影背，燕語驚愁態。屏掩斷香飛，行雲山外歸。

其　二

綉簾高軸臨塘看，雨翻荷芰真珠散。殘暑晚初涼，輕風渡水香。
無憀悲往事，争那牽情思。光影暗相催，等閑秋又來。

其　三

天含殘碧融春色，五陵薄幸無消息。盡日掩朱門，離愁暗斷魂。
鶯啼芳樹暖，燕拂回塘滿。寂寞對屏山，相思醉夢間。

（以上詞録自《花間集》）

花蕊夫人

花蕊夫人費氏，青城（今四川省都江堰市）人。工詞，以才色入宮，蜀後主孟昶嬖之，號花蕊夫人。國亡，入宋。

萬里朝天

初離蜀道心將碎，離恨綿綿。春日如年，馬上時時聞杜鵑。　　三千宮女皆花貌，妾最嬋娟。此去朝天，只恐君王寵愛偏。

（録自《花草粹編》，楊慎以爲下闋乃後人所續）

孫光憲

孫光憲（？—968），字孟文，自號葆光子，陵州貴平（今四川省仁壽縣）人。初任陵州判官，後唐明宗天成初避地江陵，得梁震舉薦，爲荊南高季興掌書記，歷事三世，累官至荊南節度副使、檢校秘書少監、試御史中丞。後勸高繼冲以三州之地降宋，太祖嘉其功，任爲黃州刺史，並擬用爲學士，未及而卒。光憲嗜經籍，聚書凡數千卷，著述甚豐，有《北夢瑣言》二十卷，《荊臺集》《筆傭集》和《鞏湖編玩》等書多卷，有的業已散佚。他又是著名詞人，其作品清秀疏朗，別具特色。

竹 枝

門前春水竹枝白蘋花女兒，岸上無人竹枝小艇斜女兒。商女經過竹枝江欲暮女兒，散抛殘食竹枝飼神鴉女兒。

其 二

亂繩千結竹枝絆人深女兒，越羅萬丈竹枝表長尋女兒。楊柳在身竹枝垂意緒女兒，藕花落盡竹枝見蓮心女兒。

浣溪沙

蓼岸風多橘柚香，江邊一望楚天長。片帆煙際閃孤光。　目送征鴻飛杳杳，思隨流水去茫茫。蘭紅波碧憶瀟湘。

其 二

桃杏風香簾幕閑，謝家門户約花關。畫梁幽語燕初還。　繡閣數行題了壁，曉屏一枕酒醒山。却疑身是夢魂間。

其 三

花漸凋疏不耐風，畫簾垂地晚堂空。墮階縈蘚舞愁紅。　膩粉半粘金靨子，殘香猶暖綉薰籠。蕙心無處與人同。

其　四

攬鏡無言淚欲流，凝情半日懶梳頭。一庭疏雨濕春愁。　楊柳祗知
傷怨別，杏花應信損嬌羞。淚沾魂斷軫離憂。

其　五

半踏長裾宛約行，晚簾疏處見分明。此時堪恨昧平生。　早是銷魂
殘燭影，更愁聞着品弦聲。杳無消息若爲情。

其　六

蘭沐初休曲檻前，暖風遲日洗頭天。濕雲新斂未梳蟬。　翠袂半將
遮粉臆，寶釵長欲墜香肩。此時模樣不禁憐。

其　七

風遞殘香出綉簾，團窠金鳳舞襜襜。落花微雨恨相兼。　何處去來
狂太甚，空推宿酒睡無厭。爭教人不別猜嫌。

其　八

輕打銀箏墜燕泥，斷絲高罥畫樓西。花冠閑上午墻啼。　粉籜半開
新竹徑，紅苞盡落舊桃蹊。不堪終日閉深閨。

其　九

烏帽斜欹倒佩魚，静街偷步訪仙居。隔墻應認打門初。　將見客時
微掩斂，得人憐處且生疏。低頭羞問壁邊書。
（以上詞録自《花間集》）

其一〇

風撼芳菲滿院香，四簾慵捲日初長。鬢雲垂枕響微鍠。　春夢未成
愁寂寂，佳期難會信茫茫。萬般心，千點淚，泣蘭堂。

其一一

碧玉衣裳白玉人，翠眉紅臉小腰身。瑞雲飛雨逐行雲。　除却弄珠
兼解佩，便隨西子與東鄰。是誰容易比真真。

其一二

何事相逢不展眉，苦將情分惡猜疑。眼前行止想應知。　半恨半瞋
回面處，和嬌和淚泥人時。萬般饒得爲憐伊。

其一三

落絮飛花滿帝城，看看春盡又傷情。歲華頻度想堪驚。　風月豈惟
今日恨，煙霄終待此身榮。未甘虛老負平生。

其一四

靜想離愁暗淚零，欲栖雲雨計難成。少年多是薄情人。　萬種保持
圖永遠，一般模樣負神明。到頭何處問平生。

其一五

試問於誰分最多，便隨人意轉橫波。縷金衣上小雙鵝。　醉後愛稱
嬌姐姐，夜來留得好哥哥。不知情事久長麼。

其一六

葉墜空階折早秋，細煙輕霧鎖妝樓。寸心雙淚慘嬌羞。　風月但牽
魂夢苦，歲華偏感別離愁。恨和相憶兩難酬。

其一七

月淡風和畫閣深，露桃煙柳影相侵。斂眉凝緒夜沉沉。　長有夢魂
迷別浦，豈無春病入愁心。少年何處戀虛襟。

其一八

自入春來月夜稀，今宵蟾彩倍凝暉。強開襟抱出簾帷。　囓指暗思
花下約，憑闌羞睹淚痕衣。薄情狂蕩幾時歸。

其一九

十五年來錦岸游，未曾行處不風流。好花長與萬金酬。　滿眼利名渾信運，一生狂蕩恐難休。且陪煙月醉紅樓。

（以上詞録自《尊前集》）

河　傳

太平天子，等閑游戲，疏河千里。柳如絲，隈倚，淥波春水，長淮風不起。　如花殿脚三千女，争雲雨，何處留人住。錦帆風，煙際紅，燒空，魂迷大業中。

其　二

柳拖金縷，着煙籠霧，濛濛落絮。鳳皇舟上楚女，妙舞，雷喧波上鼓。　龍争虎戰分中土，人無主，桃葉江南渡。襞花箋，艷思牽，成篇，宮娥相與傳。

其　三

花落，煙薄。謝家池閣，寂寞春深。翠娥輕斂意沉吟，沾襟，無人知此心。　玉爐香斷霜灰冷，簾鋪影，梁燕歸紅杏。晚來天，空悄然，孤眠，枕檀雲髻偏。

其　四

風颭，波斂。團荷閃閃，珠傾露點。木蘭舟上，何處吴娃越艷，藕花紅照臉。　大堤狂殺襄陽客，煙波隔，渺渺湖光白。身已歸，心不歸，斜暉，遠汀鸂鶒飛。

菩薩蠻

月華如水籠香砌，金鐶碎撼門初閉。寒影墮高檐，鈎垂一面簾。碧煙輕裊裊，紅顫燈花笑。即此是高唐，掩屏秋夢長。

其 二

花冠頻鼓墙頭翼，東方澹白連窗色。門外早鶯聲，背樓殘月明。
薄寒籠醉態，依舊鉛華在。握手送人歸，半拖金縷衣。

其 三

小庭花落無人掃，疏香滿地東風老。春晚信沉沉，天涯何處尋。
曉堂屏六扇，眉共湘山遠。爭奈別離心，近來尤不禁。

其 四

青巖碧洞經朝雨，隔花相喚南溪去。一隻木蘭船，波平遠浸天。
扣舷驚翡翠，嫩玉擡香臂。紅日欲沉西，煙中遙解携。

其 五

木綿花映叢祠小，越禽聲裏春光曉。銅鼓與蠻歌，南人祈賽多。
客帆風正急，茜袖偎檣立。極浦幾回頭，煙波無限愁。

河瀆神

汾水碧依依，黃雲落葉初飛。翠華一去不言歸，廟門空掩斜暉。
四壁陰森排古畫，依舊瓊輪羽駕。小殿沉沉清夜，銀燈飄落香炧。

其 二

江上草芊芊，春晚湘妃廟前。一方卵色楚南天，數行征雁聯翩。
獨倚朱欄情不極，魂斷終朝相憶。兩槳不知消息，遠汀時起鸂鶒。

虞美人

紅窗寂寂無人語，暗澹梨花雨。綉羅紋地粉新描，博山香炷旋抽條，
暗魂銷。　　天涯一去無消息，終日長相憶。教人相憶幾時休，不堪桭觸
別離愁，淚還流。

其 二

好風微揭簾旌起，金翼鸞相倚。翠檐愁聽乳禽聲，此時春態暗關情，獨難平。　　畫堂流水空相翳，一穗香搖曳。交人無處寄相思，落花芳草過前期，沒人知。

後庭花

景陽鐘動宮鶯囀。露涼金殿。輕颷吹起瓊花旋。玉葉如剪。　　晚來高閣上，珠簾捲。見墜香千片。修蛾慢臉陪雕輦。後庭新宴。

其 二

石城依舊空江國。故宮春色。七尺青絲芳草綠。絕世難得。　　玉英凋落盡，更何人識。野棠如織。只是教人添怨憶。悵望無極。

生查子

寂寞掩朱門，正是天將暮。暗澹小庭中，滴滴梧桐雨。　　繡工夫，牽心緒，配盡鴛鴦縷。待得沒人時，偎倚論私語。

其 二

暖日策花驄，嚲轡垂楊陌。芳草惹煙青，落絮隨風白。　　誰家繡轂動香塵，隱映神仙客。狂殺玉鞭郎，咫尺音容隔。

其 三

金井墮高梧，玉殿籠斜月。永巷寂無人，斂態愁堪絕。　　玉爐寒，香燼滅，還似君恩歇。翠輦不歸來，幽恨將誰說。

（以上詞錄自《花間集》）

其 四

春病與春愁，何事年年有。半爲枕前人，半爲花間酒。　　醉金尊，携玉手，共作鴛鴦偶。倒載臥雲屏，雪面腰如柳。

其 五

爲惜美人嬌，長有如花笑。半醉倚紅妝，轉語傳青鳥。　　眷方深，憐恰好，唯恐相逢少。似這一般情，肯信春光老。

其 六

清曉牡丹芳，紅艷凝金蕊。乍占錦江春，永認笙歌地。　　感人心，爲物瑞，爛熳煙光裏。戴上玉釵時，迥與凡花異。

其 七

密雨阻佳期，盡日顒然坐。簾外正淋漓，不覺愁如鎖。　　夢難裁，心欲破，淚逐簷聲墮。想得玉人情，也合思量我。

（以上詞録自《尊前集》）

臨江仙

霜拍井梧乾葉墮，翠幃雕檻初寒。薄鉛殘黛稱花冠。含情無語，延佇倚欄干。　　杳杳征輪何處去，離愁別恨千般。不堪心緒正多端。鏡奩長掩，無意對孤鸞。

其 二

暮雨凄凄深院閉，燈前凝坐初更。玉釵低壓鬢雲橫。半垂羅幕，相映燭光明。　　終是有心投漢佩，低頭但理秦箏。燕雙鸞耦不勝情。只愁明發，將逐楚雲行。

酒泉子

空磧無邊，萬里陽關道路。馬蕭蕭，人去去，隴雲愁。　　香貂舊製戎衣窄，胡霜千里白。綺羅心，魂夢隔，上高樓。

其 二

曲檻小樓，正是鶯花二月。思無憀，愁欲絕，鬱離襟。　　展屏空對瀟湘水，眼前千萬里。淚掩紅，眉斂翠，恨沉沉。

其　三

斂態窗前，裊裊雀釵拋頸。燕成雙，鸞對影，耦新知。　　玉纖淡拂眉山小，鏡中嗔共照。翠連娟，紅縹緲，早妝時。

清平樂

愁腸欲斷，正是青春半。連理分枝鸞失伴，又是一場離散。　　掩鏡無語眉低，思隨芳草萋萋。憑仗東風吹夢，與郎終日東西。

其　二

等閑無語，春恨如何去。終是疏狂留不住，花暗柳濃何處。　　盡日目斷魂飛，晚窗斜界殘暉。長恨朱門薄暮，繡鞍驄馬空歸。

更漏子

聽寒更，聞遠雁，半夜蕭娘深院。扃繡戶，下珠簾，滿庭噴玉蟾。人語靜，香閨冷，紅幕半垂清影。雲雨態，蕙蘭心，此情江海深。

其　二

今夜期，來日別，相對祇堪愁絕。偎粉面，撚瑤簪，無言淚滿襟。銀箭落，霜華薄，牆外曉雞咿喔。聽付囑，惡情惊，斷腸西復東。
（以上詞錄自《花間集》）

其　三

燭熒煌，香旖旎，閑放一堆鴛被。慵就寢，獨無憀，相思魂欲銷。不會得，這心力，判了依前還憶。空自怨，奈伊何，別來情更多。

其　四

掌中珠，心上氣，愛惜豈將容易。花下月，枕前人，此生誰更親。交頸語，合歡身，便同比目金鱗。連繡枕，臥紅茵，霜天似暖春。

其　五

對秋深，離恨苦，數夜滿庭風雨。凝想坐，斂愁眉，孤心似有違。
紅窗靜，畫簾垂，魂消地角天涯。和淚聽，斷腸窺，漏移燈暗時。

其　六

求君心，風韻別，渾似一團煙月。歌皓齒，舞紅籌，花時醉上樓。
能婉媚，解嬌羞，王孫忍不攀留。唯我恨，未綢繆，相思魂夢愁。

（以上詞錄自《尊前集》）

女冠子

蕙風芝露，壇際殘香輕度。蕊珠宮，苔點分圓碧，桃花踐破紅。
品流巫峽外，名籍紫微中。真侶墉城會，夢魂通。

其　二

滄花瘦玉，依約神仙妝束。佩瓊文，瑞露通宵貯，幽香盡日焚。
碧煙籠絳節，黃藕冠濃雲。勿以吹簫伴，不同群。

風流子

茅舍槿籬溪曲。雞犬自南自北。菰葉長，水葓開，門外春波漲淥。聽
織，聲促，軋軋鳴梭穿屋。

其　二

樓倚長衢欲暮，瞥見神仙伴侶。微傅粉，攏梳頭，隱映畫簾開處。無
語，無緒，慢曳羅裙歸去。

其　三

金絡玉銜嘶馬，繫向綠楊陰下。朱戶掩，綉簾垂，曲院水流花榭。歡
罷，歸也，猶在九衢深夜。

定西番

雞禄山前游騎，邊草白，朔天明，馬蹄輕。　　鵲面弓離短韔，彎來月欲成。一隻鳴髇雲外，曉鴻驚。

其　二

帝子枕前秋夜，霜幄冷，月華明，正三更。　　何處戍樓寒笛，夢殘聞一聲。遙想漢關萬里，淚縱橫。

河滿子

冠劍不隨君去，江河還共恩深。歌袖半遮眉黛慘，淚珠旋滴衣襟。惆悵雲愁雨怨，斷魂何處相尋。

玉胡蝶

春欲盡，景仍長，滿園花正黃。粉翅兩悠揚，翩翩過短墻。　　鮮飆暖，牽游伴，飛去立殘芳。無語對蕭娘，舞衫沉麝香。

八拍蠻

孔雀尾拖金綫長，怕人飛起入丁香。越女沙頭爭拾翠，相呼歸去背斜陽。

（此詞《全五代詩》誤爲王嵒作）

思帝鄉

如何，遣情情更多。永日水堂簾下，斂羞蛾。六幅羅裙窣地，微行曳碧波。看盡滿池疏雨，打團荷。

上行杯

草草離亭鞍馬，從遠道，此地分衿。燕宋秦吳千萬里。　　無辭一醉。野棠開，江草濕。佇立，沾衣泣，征騎駸駸。

其　二

離棹逡巡欲動，臨極浦，故人相送。去住心情知不共。　　金船滿捧。綺羅愁，絲管咽。回別，帆影滅，江浪如雪。

謁金門

留不得，留得也應無益。白紵春衫如雪色，揚州初去日。　　輕別離，甘拋擲，江上滿帆風疾。卻羨彩鴛三十六，孤鸞還一隻。

思越人

古臺平，芳草遠，館娃宮外春深。翠黛空留千載恨，教人何處相尋。綺羅無復當時事，露花點滴香淚。惆悵遙天橫淥水，鴛鴦對對飛起。

其　二

渚蓮枯，宮樹老，長洲廢苑蕭條。想像玉人空處所，月明獨上溪橋。經春初敗秋風起，紅蘭綠蕙愁死。一片風流傷心地，魂銷目斷西子。

望梅花

數枝開與短墻平。見雪萼紅跗相映，引起誰人邊塞情。　　簾外欲三更。吹斷離愁月正明，空聽隔江聲。

漁歌子

草芊芊，波漾漾，湖邊草色連波漲。沿蓼岸，泊楓汀，天際玉輪初上。　　扣舷歌，聯極望，槳聲伊軋知何向。黃鵠叫，白鷗眠，誰似儂家疏曠。

其　二

泛流螢，明又滅，夜凉水冷東灣闊。風浩浩，笛寥寥，萬頃金波澄澈。　　杜若洲，香郁烈，一聲宿雁霜時節。經雪水，過松江，盡屬儂家日月。

（以上詞録自《花間集》）

定風波

簾拂疏香斷碧絲，淚衫還滴綉黃鸝。上國獻書人不在，凝黛，晚庭又是落花時。　　春日自長心自促，翻覆，年來年去負前期。應是秦雲兼楚雨，留住，向花誇説月中枝。

南歌子

艷冶青樓女，風流似楚真。驪珠美玉未爲珍。窈窕一枝芳柳，入腰身。　　舞袖頻回雪，歌聲幾動塵。慢凝秋水顧情人。祇緣傾國著處，覺生春。

其　二

映月論心處，偎花見面時。倚郎和袖撫香肌。遥指畫堂深院，許相期。　　解佩君非晚，虛襟我未遲。願如連理合歡枝。不似五陵狂蕩，薄情兒。

應天長

翠凝仙艷非凡有，窈窕年華方十九。鬢如雲，腰似柳，妙對綺筵歌醱酒。　　醉瑶臺，携玉手，共宴此宵相偶。魂斷晚窗分首，淚沾金縷袖。

遐方怨

　　紅綬帶，錦香囊。爲表花前意，殷勤贈玉郎。此時更役心腸，轉添秋夜夢魂狂。　　思艷質，想嬌妝。願早傳金盞，同歡臥醉鄉。任人情妒惡猜防，到頭須使似鴛鴦。

　　（以上詞録自《尊前集》）

調笑令

　　柳岸，水清淺，笑折荷花呼女伴。盈盈日照新妝面，水調空傳幽怨。扁舟日暮笑聲遠，對此令人腸斷。

　　（録自《歷代詩餘》）

楊柳枝

　　閶門風暖落花乾，飛遍江城雪不寒。獨有晚來臨水驛，閑人多憑赤欄干。

其　二

　　有池有榭即濛濛，浸潤翻成長養功。恰似有人長點檢，着行排立向春風。

其　三

　　根柢雖然傍濁河，無妨終日近笙歌。驂驂金帶誰堪比，還共黃鶯不校多。

其　四

　　萬株枯槁怨亡隋，似吊吳臺各自垂。好是淮陰明月裏，酒樓橫笛不勝吹。

　　（以上詞録自《花間集》）

歐陽彬

歐陽彬（生卒年不詳），字齊美。據蔣一葵《堯山堂外紀》載，彬爲炯之弟，即蜀人。一作衡山人。彬博學能文，王衍時擢爲翰林學士，後事孟知祥，累官至尚書左丞，出守寧江軍節度使。

生查子

竟日畫堂歡，入夜重開宴。剪燭蠟煙香，促席花光顫。　　待得月華來，滿院如鋪練。門外簇驊騮，直待更深散。

（録自《尊前集》）

許岷

許岷，蜀人。其生平不詳。

木蘭花

小庭日晚花零落，倚户無聊妝臉薄。寶箏金鴨任生塵，繡畫工夫全放却。　　有時覷著同心結，萬恨千愁無處説。當初不合儘饒伊，贏得如今長恨別。

其　二

江南日暖芭蕉展，美人折得親裁翦。書成小束寄情人，臨行更把輕輕撚。　　其中撚破相思字，却恐郎疑蹤不似。若還猜妾倩人書，誤了平生多少事。

（以上詞録自《尊前集》）

文　珽

文珽，蜀人，生平事迹無考。

虞美人

歌唇乍啓塵飛處，翠葉輕輕舉。似通舞態逞妖容，嫩條纖麗玉玲瓏，怯秋風。　　虞姬珠碎兵戈裏，莫認埋魂地。只應遺恨寄芳叢，露和清淚濕輕紅，古今同。

（錄自《花草粹編》）

韓　琮

　　韓琮（生卒年不詳），字成封。一作代封，楊慎《詞品》定爲蜀人。登進士第，初爲陳許節度判官，後歷中書舍人，事蜀主王衍爲“五鬼”之一。

楊柳枝

　　折柳歌中得翠條，遠移金殿種青霄。上陽宮女含聲送，不忿先歸舞細腰。

其　二

　　梁苑隋堤事已空，萬條猶舞舊春風。那堪更想千年後，誰見楊花入漢宮。

其　三

　　枝鬥纖腰葉鬥眉，春來無處不如絲。霸陵原上多離別，光有長條拂地垂。

　　（以上詞録自《全唐詩》）

宋　代

蘇易簡

蘇易簡（958—996），字太簡，梓州銅山（今四川省中江縣）人。太平興國五年（980）舉進士第一。累知制誥，充翰林學士、給事中、參知政事，出知陳州。卒贈禮部尚書。

越江吟

非雲非煙瑤池宴。片片。碧桃零落黃金殿。蝦鬚半捲天香散。　春雲和，孤竹清婉入霄漢。紅顏醉態爛熳。金輿轉，霓旌影亂簫聲遠。

（錄自《苕溪漁隱叢話》前集卷十六引《冷齋夜話》）

陳堯佐

陳堯佐（963—1044），字希元，閬中人。端拱元年（988）進士及第。累官同中書門下平章事、集賢殿大學士，以太子太師致仕。卒贈司空兼侍中，謚文惠。著有《愚丘集》《遣興集》，今皆不傳。

踏莎行

二社良辰，千家庭院。翩翩又見新來燕。鳳凰巢穩許爲鄰，瀟湘煙暝來何晚。　　亂入紅樓，低飛綠岸。畫梁時拂歌塵散。爲誰歸去爲誰來，主人恩重珠簾捲。

（録自《湘山野録》）

王　琪

　　王琪（生卒年不詳），字君玉，華陽（今屬成都市）人，後徙舒（今安徽省廬江縣）。舉進士，調江都主簿，除館閣校勘。歷集賢校理、開封府推官、直集賢院、知制誥，加樞密直學士，官至禮部侍郎。所製樂府，名《謫仙長短句》，原集已佚，近人周泳先有輯本。

定風波

　　把酒花前欲問天，春來秋去苦茫然。風雨滿枝花滿地，何事，却教纖草占流年。　　試把鈿箏重促柱，無緒，酒闌清淚滴朱弦。賴有玉人相顧好，輕笑，却疑春色在嬋娟。

　　（録自《山谷題跋》）

望江南

　　江南柳，煙穗拂人輕。愁黛空長描不似，舞腰雖瘦學難成。天意與風情。　　攀折處，離恨幾時平。已縱柔條縈客棹，更飛狂絮撲旗亭。三月亂鶯聲。

其　二

　　江南酒，何處味偏濃。醉卧春風深巷裏，曉尋香旆小橋東。竹葉滿金鍾。　　檀板奏，人面粉生紅。青杏黃梅朱閣上，鱘魚苦筍玉盤中。酩酊任愁攻。

其　三

　　江南燕，輕揚繡簾風。二月池塘新社過，六朝宮殿舊巢空。頡頏恣西東。　　王謝宅，曾入綺堂中。煙徑落花飛遠遠，曉窗驚夢語匆匆。偏占杏園紅。

其　四

江南竹，清潤絕纖埃。深徑欲留雙鳳宿，後庭偏映小桃開。風月影徘徊。　　寒玉瘦，霜霰信相催。粉淚空流妝點在，羊車曾傍翠枝來。龍笛莫輕裁。

其　五

江南草，如種復如描。深映落花鶯舌亂，綠迷南浦客魂消。日日鬥青袍。　　風欲轉，柔態不勝嬌。遠翠天涯經夜雨，冷痕沙上帶昏潮。誰夢與蘭苕。

其　六　江景

江南雨，風送滿長川。碧瓦煙昏沉柳岸，紅綃香潤入梅天。飄灑正瀟然。　　朝與暮，長在楚峰前。寒夜愁欹金帶枕，暮江深閉木蘭船。煙浪遠相連。

其　七

江南水，江路轉平沙。雨霽高煙收素練，風晴細浪吐寒花。迢遞送星槎。　　名利客，飄泊未還家。西塞山前漁唱遠，洞庭波上雁行斜。征棹宿天涯。

其　八

江南岸，雲樹半晴陰。帆去帆來天亦老，潮生潮落日還沉。南北別離心。　　興廢事，千古一沾襟。山下孤煙漁市曉，柳邊疏雨酒家深。行客莫登臨。

其　九

江南月，清夜滿西樓。雲葉開時冰吐檻，浪花深處玉沉鉤。圓缺幾時休。　　星漢迴，風露入新秋。丹桂不知搖落恨，素娥應信別離愁。天上共悠悠。

其一〇

江南雪，輕素翦雲端。瓊樹忽驚春意早，梅花偏覺曉香寒。飛盞褪清歡。　　蟾玉迥，清夜好重看。謝女聯詩衾翠幕，子猷乘興泛平瀾。空惜舞英殘。

（以上詞除注明者外，均録自《歷代詩餘》）

鬥百花　江行

一葉扁舟前去，經過亂峰無數。漁村返照斜陽，鳥道高懸疏雨。危坐中流，堆起雪浪如山，盡被檝頭衝破，胸次廓千古。　　雁陣驚寒，亂落平沙深處。投至十里蘆花，暫時修羽。低問篙師，蕭蕭江上何聲，風觸兩邊紅樹。

（録自《古今別腸詞選》，亦疑非王琪所作）

祝英臺

可堪妒柳羞花，下牀都懶，便瘦也教春知道。

（殘句；録自《張氏拙軒集》）

蘇舜欽

蘇舜欽（1008—1048），字子美，梓州（今四川省三臺縣）人，後徙家開封。易簡孫，耆子。景祐元年（1034）進士及第。累遷集賢校理、監進奏院。坐用故紙錢會客除名，居蘇州，買水石作滄浪亭以自適。終湖州長史卒，著有《滄浪集》。

水調歌頭　滄浪亭

瀟灑太湖岸，淡佇洞庭山。魚龍隱處，煙霧深鎖渺瀰間。方念陶朱張翰，忽有扁舟急槳，撇浪載鱸還。落日暴風雨，歸路繞汀灣。　　丈夫志，當景盛，恥疏閑。壯年何事憔悴，華髮改朱顏。擬借寒潭垂釣，又恐鷗鳥相猜，不肯傍青綸。刺棹穿蘆荻，無語看波瀾。

（録自《唐宋諸賢絕妙詞選》）

王　珪

　　王珪（1019—1085），字禹玉，華陽（今屬成都市）人，後徙舒（今安徽省廬江縣）。琪之從弟。慶曆二年（1042）進士及第。官翰林學士，知開封府，兼侍讀學士。神宗朝，拜參知政事，進同中書門下平章事、集賢殿大學士。元豐五年，拜尚書左僕射兼門下侍郎。後封岐國公，卒贈太師。著有《華陽集》。

奉安真宗皇帝御容於壽星觀永崇殿導引歌詞

　　憶玉清景，繁盛極當時。千古事難追。漢家別廟秋風起，空出奉宸衣。　　三山浮海日暉暉。羽蓋共雲飛。靈宮舊是栖真處，還望玉輿歸。（録自《華陽集》）

平調發引

　　玉宸朝晚，忽掩赭黃衣。愁霧鎖金扉。蓬萊待得仙丹至，人世已成非。　　龍軒天仗轉西畿。旌斾入雲飛。望陵宮女垂紅淚，不見翠輿歸。

其　二

　　上林春晚，曾是奉宸游。水殿戲龍舟。玉簫吹斷催仙馭，一去隔千秋。　　游人重到曲江頭。事往涕難收。空餘御幄傳觴處，依舊水東流。（以上兩詞録自《類說·倦游雜録》）

吴師孟

吴師孟（1021—1110），字醇翁，成都人。慶曆六年（1046）第進士，累官至左朝議大夫，知蜀州。

蠟梅香

錦里陽和，看萬木凋時，早梅獨秀。珍館瓊樓畔①，正絳跗初吐，穠華將茂。國艷天葩，真澹仁，雪肌清瘦。似廣寒宮，鉛華未御，自然妝就。　　凝睇倚朱闌，噴清香暗度，易襲襟袖。好與花爲主，宜秉燭，頻觀泛湘酎。莫待南枝，隨樂府，新聲吹後。對賞心人，良辰好景，須信難偶。

（録自《梅苑》）

---

① 畔：原作“時”，據《永樂大典》改。

楊　繪

楊繪（1027—1088），字元素，綿竹人。皇祐五年（1053）進士及第，通判荊南。以集賢校理爲開封推官。神宗朝，召修起居注、知制誥、知諫院。擢翰林學士，爲御史中丞。著有《時賢本事曲子集》，久佚，梁啓超、趙萬里有輯録。

醉蓬萊　夏壽太守

對亭臺幽雅，水竹清虛，嫩涼輕透。碧沼紅蕖，送香風盈袖。白首馮唐，誕辰同慶，上百分仙酎。鰲禁詞垣，烏臺諫省，昔游俱舊。　　千里長沙，五年溢浦，近捧絲綸，更藩移守。桂苑餘芳，有孫枝新秀。羅綺雍容，管弦鬆脆，願拜延椿壽。歲歲年年，今朝啓宴，歡榮良久。

（録自《詩淵》）

蒲宗孟

蒲宗孟（1028—1093），字傳正，閬州新井（今四川省南部縣）人。皇祐五年（1053）進士及第，調夔州觀察推官，後改著作佐郎，授館閣校勘，進集賢校理，知制誥。擢翰林學士，拜尚書左丞，知汝州、亳州、杭州、鄆州，徙河中卒。有《蒲左丞集》，不傳。

望梅花

一陽初起。暖力未勝寒氣。堪賞素華長獨秀，不並開紅抽紫。青帝只應憐潔白，不使雷同衆卉。　　淡然難比。粉蝶豈知芳蕊。半夜捲簾如乍失，只在銀蟾影裏。殘雪枝頭君認取，自有清香旖旎。

其　二

寒梅堪羨。堪羨輕苞初展。被天人，製巧妝素艷。群芳皆賤。碎翦月華千萬片。綴向瓊枝欲遍。　　小庭幽院。雪月相交無辨。影玲瓏，何處臨溪見。謝家新宴。別有清香風際轉。縹緲著人頭面。

（以上詞均錄自《梅苑》）

張才翁

　　張才翁（生卒年不詳），益州郫（今四川省郫都區）人（參見唐圭璋《全宋詞簡編》）。嘗仕臨邛秋官。

雨中花

　　萬縷青青，初眠宮柳，向人猶未成陰。據雕鞍馬上，擁鼻微吟。遠宦情懷誰問，空嗟壯志消沉。正好花時節，山城留滯，忍負歸心。　　別離萬里，飄蓬無定，誰念會合難憑。相聚裏，休辭金盞，酒淺還深。欲把春愁抖擻，春愁轉更難禁。亂山高處，憑欄垂袖，聊寄登臨。

　　（錄自吳曾《能改齋漫錄》）

則禪師

則禪師（生卒年不詳），早業儒，詞章婉縟，主潼川（今四川省三臺縣）天寧寺。

滿庭芳 牧牛

咄這牛兒，身強力健，幾人能解牽騎。爲貪原上，綠草嫩離離。只管尋芳逐翠，奔馳後，不顧傾危。爭知道，山遙水遠，回首到家遲。　　牧童，今有智，長繩牢把，短杖高提。入泥入水，終是不生疲。直待心調步穩，青松下，孤笛橫吹。當歸去，人牛不見，正是月明時。

（録自《羅湖野録》）

蘇 軾

蘇軾（1036—1101），字子瞻，自號“東坡居士”，眉山人，洵長子。嘉祐二年（1057）進士及第。累除中書舍人、翰林學士，歷端明殿學士、禮部尚書。紹聖初，坐訕謗，安置惠州，徙昌化。徽宗立，赦還，提舉玉局觀。後卒於常州。高宗朝，贈太師，謚文忠。他是中國古代一位罕見的文學家和藝術家，所作詩、詞、散文及書法、繪畫等，無不精美，並蔚爲流派。其作品總的風格，視野廣闊，豪邁奔放，個性鮮明，妙趣橫生。在詞方面，與辛棄疾並稱“蘇辛”，且一掃晚唐以來綺麗纖柔的風氣，形成“豪放”詞派。有《東坡前後集》《和陶集》《應詔集》和《東坡詞》等傳世。

水龍吟

古來雲海茫茫，道山絳闕知何處。人間自有，赤城居士，龍蟠鳳舉。清淨無爲，坐忘遺照，八篇奇語。向玉霄東望，蓬萊晻靄，有雲駕，驂風馭。　　行盡九州四海，笑紛紛，落花飛絮。臨江一見，謫仙風采，無言心許。八表神游，浩然相對，酒酣箕踞。待垂天賦就，騎鯨路穩，約相將去。

其 二　詠笛材

時太守閭丘公顯已致仕居姑蘇，後房懿卿者，甚有才色，因賦此詞。一云贈趙晦之。

楚山修竹如雲，異材秀出千林表。龍鬚半翦，鳳膺微漲，玉肌勻繞。木落淮南，雨晴雲夢，月明風嫋。自中郎不見，桓伊去後，知孤負，秋多少。　　聞道嶺南太守，後堂深，綠珠嬌小。綺窗學弄，梁州初遍，霓裳未了。嚼徵含宮，泛商流羽，一聲雲杪。爲使君洗盡，蠻風瘴雨，作霜天曉。

其　三　次韻章質夫楊花詞

似花還似非花，也無人惜從教墜。拋家傍路，思量卻是，無情有思。縈損柔腸，困酣嬌眼，欲開還閉。夢隨風萬里，尋郎去處，又還被，鶯呼起。　　不恨此花飛盡，恨西園，落紅難綴。曉來雨過，遺蹤何在，一池萍碎。春色三分，二分塵土，一分流水。細看來，不是楊花點點，是離人淚。

其　四

> 閭丘大夫孝終公顯嘗守黃州，作栖霞樓，爲郡中勝絕。元豐五年，余謫居黃。正月十七日，夢扁舟渡江，中流回望，樓中歌樂雜作。舟中人言：公顯方會客也。覺而異之，乃作此曲，蓋越調《鼓笛慢》。公顯時已致仕，在蘇州。

小舟橫截春江，臥看翠壁紅樓起。雲間笑語，使君高會，佳人半醉。危柱哀弦，艷歌餘響，繞雲縈水。念故人老大，風流未減，空回首，煙波裏。　　推枕惘然不見，但空江，月明千里。五湖聞道，扁舟歸去，仍携西子。雲夢南州，武昌東岸，昔游應記。料多情夢裏，端來見我，也參差是。

其　五

小溝東接長江，柳堤葦岸連雲際。煙村瀟灑，人間一閬，漁樵早市。永晝端居，寸陰虛度，了成何事。但絲蒓玉藕，珠粳錦鯉，相留戀，又經歲。　　因念浮丘舊侶，慣瑤池，羽觴沉醉。青鸞歌舞，銖衣搖曳，壺中天地。飄墮人間，步虛聲斷，露寒風細。抱素琴，獨向銀蟾影裏，此懷難寄。

其　六　詠雁

露寒煙冷蒹葭老，天外征鴻寥唳。銀河秋晚，長門燈悄，一聲初至。應念瀟湘，岸遙人靜，水多菰米。乍望極平田，徘徊欲下，依前被，風驚起。　　須信衡陽萬里。有誰家，錦書遙寄。萬重雲外，斜行橫陣，纔疏又綴。仙掌月明，石頭城下，影搖寒衣。念征衣未搗，佳人拂杵，有盈盈淚。

滿庭芳

　　　元豐七年四月一日，余將去黃移汝，留別雪堂鄰里二三君子。會李
　　仲覽自江東來別，遂書以遺之。

　　歸去來兮，吾歸何處，萬里家在岷峨。百年强半，來日苦無多。坐見
黃州再閏，兒童盡，楚語吳歌。山中友，雞豚社酒，相勸老東坡。　　云
何。當此去，人生底事，來往如梭。待閑看，秋風洛水清波。好在堂前細
柳，應念我，莫剪柔柯。仍傳語，江南父老，時與曬漁蓑。

其　二

　　香靉雕盤，寒生冰箸，畫堂別是風光。主人情重，開宴出紅妝。膩玉
圓搓素頸，藕絲嫩，新織仙裳。歌聲罷，虛簷轉月，餘韻尚悠揚。　　人
間。何處有，司空見慣，應謂尋常。坐中有狂客，惱亂愁腸。報道金釵墜
也，十指露，春筍纖長。親曾見，全勝宋玉，想像賦高唐。

其　三

　　蝸角虛名，蠅頭微利，算來著甚乾忙。事皆前定，誰弱又誰强。且趁
閑身未老，儘放我，些子疏狂。百年裏，渾教是醉，三萬六千場。　　思
量。能幾許，憂愁風雨，一半相妨。又何須，抵死説短論長。幸對清風皓
月，苔茵展，雲幕高張。江南好，千鍾美酒，一曲滿庭芳。

其　四

　　　有王長官者，棄官黃州三十三年，黃人謂之王先生。因送陳慥來過
　　余，因爲賦此。

　　三十三年，今誰存者，算只君與長江。凛然蒼檜，霜幹苦難雙。聞道
司州古縣，雲溪上，竹塢松窗。江南岸，不因送子，寧肯過吾邦。　　搣
搣。疏雨過，風林舞破，煙蓋雲幢。願持此邀君，一飲空缸。居士先生老
矣，真夢裏，相對殘釭。歌聲斷，行人未起，船鼓已逄逄。

其 五

余年十七，始與劉仲達往來於眉山。今年四十九，相逢於泗上。淮水淺凍，久留郡中，晦日，同游南山，話舊感嘆，因作《滿庭芳》云。

三十三年，飄流江海，萬里煙浪雲帆。故人驚怪，憔悴老青衫。我自疏狂異趣，君何事，奔走塵凡。流年盡，窮途坐守。船尾凍相銜。　　巉巉。淮浦外，層樓翠壁，古寺空巖。步携手林間，笑挽攙攙。莫上孤峰盡處，縈望眼，雲海相攙。家何在，因君問我，歸夢繞松杉。

其 六

余謫居黃州五年，將赴臨汝，作《滿庭芳》一篇別黃人。既至南都，蒙恩放歸陽羨，復作一篇。

歸去來兮，清溪無底，上有千仞嵯峨。畫樓東畔，天遠夕陽多。老去君恩未報，空回首，彈鋏悲歌。船頭轉，長風萬里，歸馬駐平坡。　　無何。何處有，銀潢盡處，天女停梭。問何事人間，久戲風波。顧謂同來稚子，應爛汝，腰下長柯。青衫破，群仙笑我，千縷挂煙蓑。

水調歌頭　黃州快哉亭贈張偓佺

落日繡簾捲，亭下水連空。知君爲我，新作窗戶濕青紅。長記平山堂上，欹枕江南煙雨，渺渺没孤鴻。認得醉翁語，山色有無中。　　一千頃，都鏡净，倒碧峰。忽然浪起，掀舞一葉白頭翁。堪笑蘭臺公子，未解莊生天籟，剛道有雌雄。一點浩然氣，千里快哉風。

其 二

余去歲在東武，作《水調歌頭》以寄子由。今年子由相從彭門百餘日，過中秋而去，作此曲以別。余以其語過悲，乃爲和之。其意以不早退爲戒，以退而相從之樂爲慰云。

安石在東海，從事鬢驚秋。中年親友難別，絲竹緩離愁。一旦功成名遂，準擬東還海道，扶病入西州。雅志困軒冕，遺恨寄滄洲。　　歲云暮，須早計，要褐裘。故鄉歸去千里，佳處輒遲留。我醉歌時君和，醉倒須君扶我，惟酒可忘憂。一任劉玄德，相對臥高樓。

其　三

丙辰中秋，歡飲達旦，大醉。作此篇，兼懷子由。

明月幾時有，把酒問青天。不知天上宮闕，今夕是何年。我欲乘風歸去，惟恐瓊樓玉宇，高處不勝寒。起舞弄清影，何似在人間。　　轉朱閣，低綺戶，照無眠。不應有恨，何事長向別時圓。人有悲歡離合，月有陰晴圓缺，此事古難全。但願人長久，千里共嬋娟。

其　四

歐陽文忠公嘗問余琴詩何者最善，答以退之聽穎師琴詩。公曰：“此詩固奇麗，然非聽琴，乃聽琵琶詩也。”余深然之。建安章質夫家善琵琶者，乞爲歌詞。余久不作，特取退之詞，稍加隱括，使就聲律，以遺之云。

昵昵兒女語，燈火夜微明。恩怨爾汝來去，彈指淚和聲。忽變軒昂勇士，一鼓塡然作氣，千里不留行。回首暮雲遠，飛絮攪青冥。　　衆禽裏，真彩鳳，獨不鳴。躋攀寸步千險，一落百尋輕。煩子指間風雨，置我腸中冰炭，起坐不能平。推手從歸去，無淚與君傾。

其　五

已過幾番雨，前夜一聲雷。槍旗爭戰，建溪春色占先魁。採取枝頭雀舌，帶露和煙搗碎，結就紫雲堆。輕動黃金碾，飛起綠塵埃。　　老龍團，真鳳髓，點將來。兔毫盞裏，霎時滋味舌頭回。喚醒青州從事，戰退睡魔百萬，夢不到陽臺。兩腋清風起，我欲上蓬萊。

（録自《廣群芳譜》；亦作葛長庚詞）

滿江紅

不作三公，歸來釣，桐廬江側。劉文叔，眼青不改，故人頭白。風節儻能關社稷，雲臺何必圖顔色。使阿瞞，臨死尚稱臣，伊誰力。　　登釣石，初相識。漁竿老，羊裘窄。除江山風月，更誰消得。煙雨一川雙槳急，轉頭不分青山隔。嘆鼻端，不省利名醒，京華客。

（録自《釣臺集》；亦作無名氏詞）

其　二

　　董毅夫名鉞，自梓漕得罪，罷官東川，歸鄱陽，過東坡於齊安。怪
其豐暇自得，余問之。曰：吾再娶柳氏，三日而去官。吾固不感戚，而
憂柳氏不能忘懷於進退也。已而欣然同憂患若處富貴，吾是以益安焉。
命其侍兒歌其所作《滿江紅》。嗟嘆之不足，乃次其韻。

憂喜相尋，風雨過，一江春綠。巫峽夢，至今空有，亂山屏簇。何似
伯鸞携德耀，簞瓢未足清歡足。漸粲然，光彩照階庭，生蘭玉。　　幽夢
裏，傳心曲。腸斷處，憑他續。文君婿知否，笑君卑辱。君不見周南歌漢
廣，天教夫子休喬木。便相將，左手抱琴書，雲間宿。

其　三　寄鄂州宋使君壽昌

江漢西來，高樓下，蒲萄深碧。猶自帶，岷峨雪浪，錦江春色。君是
南山遺愛守，我爲劍外思歸客。對此間，風物豈無情，殷勤説。　　江表
傳，君休讀。狂處士，真堪惜。空洲對鸚鵡，葦花蕭瑟。不獨笑書生爭底
事，曹公黃祖俱飄忽。願使君，還賦謫仙詩，追黃鶴。

其　四

　　東武會流杯亭，上巳日作。城南有坡，土色如丹，其下有堤，雍郊
洗水入城。

東武南城，新堤就，郊淇初溢。微雨過，長林翠阜，卧紅堆碧。枝上
殘花吹盡也，與君試向江頭覓。問向前，猶有幾多春，三之一。　　官裏
事，何時畢。風雨外，無多日。相將泛曲水，滿城爭出。君不見蘭亭修禊
事，當時座上皆豪逸。到如今，修竹滿山陰，空陳迹。

其　五　懷子由作

清潁東流，愁來送，征鴻去翮。情亂處，青山白浪，萬重千疊。孤負
當年林下語，對牀夜雨聽簫瑟。恨此生，長向別離中，凋華髮。　　一尊
酒，黃河側。無限事，從頭説。相看恍如昨，許多年月。衣上舊痕餘苦
淚，眉間喜氣占黃色。便與君，池上覓殘春，花如雪。

其 六 正月十三日，雪中送文安國還朝

天豈無情，天也解，多情留客。春向暖，朝來底事，尚飄輕雪。君遇時來紆組綬，我應老去尋泉石。恐異時，杯酒復相思，雲山隔。　　浮世事，俱難必。人縱健，頭應白。何辭更一醉，此歡難覓。不用向佳人訴離恨，淚珠先已凝雙睫。但莫遣，新燕却來時，音書絶。

112 **念奴嬌** 赤壁懷古

大江東去，浪淘盡，千古風流人物。故壘西邊，人道是，三國周郎赤壁。亂石穿空，驚濤拍岸，捲起千堆雪。江山如畫，一時多少豪傑。遙想公瑾當年，小喬初嫁了，雄姿英發。羽扇綸巾，談笑間，檣櫓灰飛煙滅。故國神游，多情應笑我，早生華髮。人生如夢，一尊還酹江月。

（録自《歷代詩餘》）

其 二 中秋

憑高眺遠，見長空萬里，雲無留迹。桂魄飛來光射處，冷浸一天秋碧。玉宇瓊樓，乘鸞來去，人在清涼國。江山如畫，望中煙樹歷歷。我醉拍手狂歌，舉杯邀月，對影成三客。起舞徘徊風露下，今夕不知何夕。便欲乘風，翻然歸去，何用騎鵬翼。水晶宮裏，一聲吹斷橫笛。

千秋歲 湖州暫來徐州重陽作

淺霜侵綠，髮少仍新沐。冠直縫，巾橫幅。美人憐我老，玉手簪黃菊。秋露重，真珠落袖沾餘馥。　　座上人如玉，花映花奴肉。蜂蝶亂，飛相逐。明年人縱健，此會應難復。須細看，晚來月上和銀燭。

其 二 次韻少游

島邊天外，未老身先退。珠淚濺，丹衷碎。聲搖蒼玉佩，色重黃金帶。一萬里，斜陽正與長安對。　　道遠誰云會，罪大天能蓋。君命重，臣節在。新恩猶可覬，舊學終難改。吾已矣，乘桴且恁浮於海。

（録自《能改齋漫録》）

歸朝歡 和蘇堅伯固

　　我夢扁舟浮震澤，雪浪搖空千頃白。覺來滿眼是廬山，倚天無數開青壁。此生長接淅。與君同是江南客。夢中游，覺來清賞，同作飛梭擲。
　　明日西風還挂席，唱我新詞淚沾臆。靈均去後楚山空，澧陽蘭茝無顏色。君才如夢得，武陵更在西南極。竹枝詞，莫徭新唱，誰謂古今隔。

永遇樂

　　　　孫巨源以八月十五日離海州，坐別於景疏樓上，既而與余會於潤州，
　　　　至楚州乃別。余以十一月十五日至海州，與太守會於景疏樓上，作此詞
　　　　以寄巨源。

　　長憶別時，景疏樓上，明月如水。美酒清歌，留連不住，月隨人千里。別來三度，孤光又滿，冷落共誰同醉。捲珠簾，淒然顧影，共伊到明無寐。
　　今朝有客，來從淮上，能道使君深意。憑仗清淮，分明到海，中有相思淚。而今何在，西垣清禁。夜永露華侵被。此時看，回廊曉月，也應暗記。

其　二

　　　　彭城夜宿燕子樓，夢盼盼，因作此詞。

　　明月如霜，好風如水，清景無限。曲港跳魚，圓荷瀉露，寂寂無人見。紞如三鼓，鏗然一葉，黯黯夢雲驚斷。夜茫茫，重尋無處，覺來小園行遍。　　天涯倦客，山中歸路，望斷故園心眼。燕子樓空，佳人何在，空鎖樓中燕。古今如夢，何曾夢覺，但有舊歡新怨。異時對，黃樓夜景，爲余浩嘆。

其　三

　　天末山橫，半空簫鼓，樓觀高起。指點栽成，東風滿院，總是新桃李。綸巾羽扇，一尊飲罷，目送斷鴻千里。攬清歌，餘音不斷，縹緲尚縈流水。　　年來自笑，無情何事，猶有多情遺思。綠鬢朱顏，匆匆拼了，卻記花前醉。明年春到，重尋幽夢，應在亂鶯聲裏。拍闌干，斜陽轉處，

有誰共倚。

（亦作葉夢得詞）

雨中花慢

遼院重簾何處，惹得多情，愁對風光。睡起酒闌花謝，蝶亂蜂忙。今夜何人，吹笙北嶺，待月西厢。空悵望處，一株紅杏，斜倚低牆。　羞顏易變，傍人先覺，到處被著猜防。誰信道，些兒恩愛，無限淒涼。好事若無間阻，幽歡却是尋常。一般滋味，就中香美，除是偷嘗。

其　二

嫩臉羞蛾，因甚化作行雲，却返巫陽。但有寒燈孤枕，皓月空牀。長記當初，乍諧雲雨，便學鸞凰。又豈料，正好三春桃李，一夜風霜。丹青□畫，無言無笑，看了漫結愁腸。襟袖上，猶存殘黛，漸減餘香。一自醉中忘了，奈何酒後思量。算應負你，枕前珠淚，萬點千行。

（以上兩詞是否爲蘇軾所作，歷來就有爭議。《全宋詞》收入，曹樹銘則列爲誤入詞。非蘇詞又"苦無顯證"，今仍録之）

其　三

初至密州，以累年旱蝗齋素累月。方春牡丹盛開，遂不獲一賞。至九月忽開，千葉一朵，雨中特爲置酒，遂作。

今歲花時深院，盡日東風，蕩揚茶煙。但有綠苔芳草，柳絮榆錢。聞道城西，長廊古寺，甲第名園。有國艷帶酒，天香染袂，爲我留連。清明過了，殘紅無處，對此淚灑尊前。秋向晚，一枝何事，向我依然。高會聊追短景，清商不假餘妍。不如留取，十分春態，付與明年。

沁園春

孤館燈青，野店鷄號，旅枕夢殘。漸月華收練，晨霜耿耿，雲山摛錦，朝露溥溥。世路無窮，勞生有限，似此區區長鮮歡。微吟罷，憑征鞍無語，往事千端。　當時共客長安。似二陸初來俱少年。有筆頭千字，胸中萬卷，致君堯舜，此事何難。用舍由時，行藏在我，袖手何妨閑處看。身長健，但優游卒歲，且鬥尊前。

其　二

情若連環，恨如流水，甚時是休。也不須驚怪，沈郎易瘦，也不須驚怪，潘鬢先愁。總是難禁，許多魔難，奈好事教人不自由。空追想，念前歡杳杳，後會悠悠。　　凝眸，悔上層樓。謾惹起新愁壓舊愁。向彩箋寫遍，相思字了，重重封卷，密寄書郵。料到伊行，時時開看，一看一回和淚收。須知道，□這般病染，兩處心頭。

（錄自《重編東坡先生外集》）

其　三

小閣深沉，寸心懷感，暗憶舊時。念母兄貧窘，姻親勸誘，一身權作，七歲爲期。及到門闌，小君猜忌，如履輕冰愁過違。多磨難，是房中詬罵，堂上鞭笞。　　堪悲，命運乖衰。甚長個孩兒朝夜啼。嘆此生緣業，兩餐淡薄，無時無淚，如醉如痴。暗裏相逢，低聲地說與，此個恩情休謾爲。須知道，聯難爲夏竦，不易張祁。

（錄自《東坡詞拾遺》；亦作無名氏詞）

探春令

玉窗蠅字記春寒，滿茸絲紅處。畫翠鴛，雙展金蛄翅。未抵我，愁紅膩。　　芳心一點天涯去，絮濛濛遮住。舊對花，彈阮纖瓊指。爲粉麤，空彈淚。

（錄自《填詞圖譜》；亦作蔣捷詞）

泛金船　流杯亭和楊元素

無情流水多情客，勸我如相識。杯行到手休辭卻，似軒冕相逼。曲水池上，小字更書年月。還對茂林修竹，似永和節。　　纖纖素手如霜雪，笑把秋花插。尊前莫怪歌聲咽，又還是輕別。此去翱翔，遍上玉堂金闕。欲問再來何歲，應有華髮。

一叢花　初春病起

今年春淺臘侵年，冰雪破春妍。東風有信無人見，露微意，柳際花邊。寒夜縱長，孤衾易暖，鐘鼓漸清圓。　　朝來初日半銜山，樓閣淡疏煙。游人便作尋芳計，小桃杏，應已爭先。衰病少惊，疏慵自放，惟愛日高眠。

八聲甘州　寄參寥子

有情風，萬里捲潮來，無情送潮歸。問錢塘江上，西興浦口，幾度斜暉。不用思量今古，俯仰昔人非。誰似東坡老，白首忘機。　　記取西湖西畔，正暮山好處，空翠煙霏。算詩人相得，如我與君稀。約他年，東還海道，願謝公，雅志莫相違。西州路，不應回首，爲我沾衣。

洞仙歌　詠柳

江南臘盡，早梅花開後。分付新春與垂柳。細腰肢，自有入格風流，仍更是，骨體清英雅秀。　　永豐坊那畔，盡日無人，誰見金絲弄晴畫。斷腸是，飛絮時，綠葉成陰，無個事，一成消瘦。又莫是，東風逐君來，便吹散眉間，一點春皺。

其　二

余七歲時，見眉州老尼，姓朱忘其名，年九十餘。自言：嘗隨其師入蜀主孟昶宮中。一日，大熱，蜀主與花蕊夫人夜納凉摩訶池上，作一詞，朱具能記之，今四十年。朱已死久矣，人無知此詞者，但記其首兩句。暇日尋味，豈《洞仙歌令》乎，乃爲足之云。

冰肌玉骨，自清凉無汗。水殿風來暗香滿。綉簾開，一點明月窺人，人未寢，欹枕釵橫鬢亂。　　起來携素手，庭户無聲，時見疏星渡河漢。試問夜如何，夜已三更，金波淡，玉繩低轉。但屈指，西風幾時來，又不道流年，暗中偷換。

其 三

飛梁壓水，虹影澄清曉。橘里漁村半煙草。嘆今來古往，物換人非，天地裏，惟有江山不老。　　雨中風帽，四海誰知我，一劍橫空幾番過。按玉龍，嘶未斷，月冷波寒，歸去也。林屋洞闕無鎖。認雲屏煙障是吾廬，任滿地蒼苔，年年不掃。

（録自《翰墨全書》；一作林外詞）

三部樂

美人如月，乍見掩暮雲，更增妍絕。算應無恨，安用陰晴圓缺。嬌甚空只成愁，待下牀又懶，未語先咽。數日不來，落盡一庭紅葉。　　今朝置酒強起，問爲誰減動，一分香雪。何事散花却病，維摩無疾。却低眉，慘然不答。唱金縷，一聲怨切。堪折便折。且惜取，年少花髮。

（曹樹銘列爲誤入詞）

無愁可解

　　國工花日新作越調解愁，洛陽劉几伯壽聞而悅之，戲作俚語之詞，天下傳詠，以謂幾於達者。龍丘子猶笑之，此雖免乎愁，猶有所解也，若夫游於自然而託於不得已，人樂亦樂，人愁亦愁，彼且惡乎解哉。乃反其詞，作《無愁可解》云。

光景百年，看便一世，生來不識愁味。問愁何處來，更開解個甚底。萬事從來風過耳。何用不着心裏。你喚做，展却眉頭，便是達者，也則恐未。　　此理。本不通言，何曾道，歡游勝如名利，道即渾是錯，不道如何即是。這裏元無我與你。甚喚做，物情之外。若須待醉了，方開解時，問無酒，怎生醉。

（《全宋詞》修訂本據《山谷題跋》將此詞歸爲陳慥作，而蘇軾爲序之）

戚 氏

玉龜山。東皇靈姥統群仙。絳闕岧嶢，翠房深迥，倚霏煙。幽閑，志蕭然。金城千里鎖嬋娟。當時穆滿巡狩，翠華曾到海西邊。風露明霽，鯨波極目，勢浮輿蓋方圓。正迢迢麗日，玄圃清寂，瓊草芊綿。　　爭解綉勒香韀。鸞輅駐蹕，八馬戲芝田。瑤池近，畫樓隱隱，翠鳥翩翩。肆華筵。間作脆管鳴弦，宛若帝所鈞天。稚顔皓齒，綠髮方瞳，圓極恬淡高妍。　　盡倒瓊壺酒，獻金鼎藥，固大椿年。縹緲飛瓊妙舞，命雙成，奏曲醉留連。雲璈韻響瀉寒泉。浩歌暢飲，斜月低河漢。漸綺霞，天際紅深淺。動歸思，回首塵寰。爛漫游，玉輦東還。杏花風，數里響鳴鞭。望長安路，依稀柳色，翠點春妍。

醉蓬萊

余謫居黃州，三見重九，每歲與太守徐君猷會於栖霞樓。今年公將去，乞郡湖南，念此惘然，故作是詞。

笑勞生一夢，羈旅三年，又還重九。華髮蕭蕭，對荒園搔首。賴有多情，好飲無事，似古人賢守。歲歲登高，年年落帽，物華依舊。　　此會應須爛醉，仍把紫菊紅英，細看重嗅。搖落霜風，有手栽雙柳。來歲今朝，爲我西顧，酹羽觴江口。會與州人，飲公遺愛，一江醇酎。

賀新郎　夏景

乳燕飛華屋。悄無人，桐陰轉午，晚凉新浴。手弄生綃白團扇，扇手一時似玉。漸困倚，孤眼清熟。簾外誰來推綉户，枉教人，夢斷瑤臺曲。又却是，風敲竹。　　石榴半吐紅巾蹙。待浮花，浪蕊都盡，伴君幽獨。穠艷一枝細看取，芳心千重似束。又恐被，秋風驚綠。若待得君來向此，花前對酒不忍觸。共粉淚，兩簌簌。

哨　遍

陶淵明賦《歸去來》，有其詞而無其聲。余既治東坡，築雪堂於上，人俱笑其陋，獨鄱陽董毅夫過而悅之，有卜鄰之意。乃取《歸去來》詞，稍加檃括，使就聲律，以遺毅夫，使家僮歌之，時相從於東坡。釋耒而和之，扣牛角而爲之節，不亦樂乎。

爲米折腰，因酒棄家，口體交相累。歸去來，誰不遣君歸。覺從前皆非今是。露未晞，征夫指予歸路，門前笑語喧童稚。嗟舊菊都荒，新松暗老，吾年今已如此。但小窗容膝閉柴扉，策杖看孤雲暮鴻飛。雲出無心，鳥倦知還，本非有意。　噫，歸去來兮，我今忘我兼忘世。親戚無浪語，琴書中有真味。步翠麓崎嶇，泛溪窈窕，涓涓暗谷流春水。觀草木欣榮，幽人自感，吾生行且休矣。念寓形宇內復幾時。不自覺皇皇欲何之。委吾心，去留誰計。神仙知在何處，富貴非吾志。但知臨水登山嘯詠，自引壺觴自醉。此生天命更何疑，且乘流，遇坎還止。

其　二　春詞

睡起畫堂，銀蒜押簾，珠幕雲垂地。初雨歇，洗出碧羅天。正溶溶養花天氣。一霎暖風回芳草，榮光浮動，捲皺銀塘水。方杏靨勻酥，花鬚吐繡，園林排比紅翠。見乳燕捎蝶過繁枝，忽一線爐香逐游絲。晝永人閑，獨立斜陽，晚來情味。　便乘興携將佳麗，深入芳菲裏。撥胡琴語，輕攏慢撚總伶俐。看緊約羅裙，急趣檀板，霓裳入破驚鴻起。顰月臨眉，醉霞橫臉，歌聲悠揚雲際。任滿頭紅雨落花飛。漸鵓鳩樓西玉蟾低。尚徘徊，未盡歡意。君看今古悠悠，浮宦人間世。這些百歲，光陰幾日，三萬六千而已。醉鄉路穩不妨行，但人生，要適情耳。

木蘭花令　次歐公西湖韻

霜餘已失長淮闊，空聽潺潺清潁咽。佳人猶唱醉翁詞，四十三年如電抹。　草頭秋露流珠滑，三五盈盈還二八。與余同是識翁人，惟有西湖波底月。

其 二 次馬中玉韻

知君仙骨無寒暑，千載相逢猶旦暮。故將別語惱佳人，欲看梨花枝上雨。　　落花已逐回風去，花本無心鶯自訴。明朝歸路下塘西，不見鶯啼花落處。

其 三 宿造口聞夜雨寄子由、才叔

梧桐葉上三更雨，驚破夢魂無覓處。夜凉枕簟已知秋，更聽寒蛩促機杼。　　夢中歷歷來時路，猶在江亭醉歌舞。尊前必有問君人，爲道別來心與緒。

其 四

元宵似是歡游好，何況公庭民訟少。萬家游賞上春臺，十里神仙迷海島。　　平原不似高陽傲，促席雍容陪語笑。坐中有客最多情，不惜玉山拼醉倒。

其 五

經旬未識東君信，一夕薰風來解慍。紅綃衣薄麥秋寒，綠綺韻低梅雨潤。　　瓜頭綠染山光嫩，弄色金桃新傅粉。日高慵捲水晶簾，猶帶春醪紅玉困。

其 六

高平四面開雄壘，三月風光初覺媚。園中桃李使君家，城上亭臺游客醉。　　歌翻楊柳金尊沸，飲散憑闌無限意。雲深不見玉關遥，草細山重殘照裏。

其 七

與郭生（遘）游寒溪，主簿吳亮置酒，郭生喜作挽歌，酒酣發聲，坐爲淒然。郭生言吾恨無佳詞，因爲略改樂天《寒食》詩歌之，坐客有泣者。

烏啼鵲噪昏喬木，清明寒食誰家哭。風吹曠野紙錢飛，古墓纍纍春草綠。棠梨花映白楊路，盡是死生離別處。冥漠重泉哭不聞，蕭蕭暮雨人歸去。
（録自《東坡編年詩補注》，詞牌名參曹樹銘《東坡詞》）

西江月 寶雲真覺院賞瑞香

公子眼花亂發，老夫鼻觀先通。領巾飄下瑞香風，驚起謫仙春夢。
后土祠中玉蕊，蓬萊殿後輕紅。此花清絶更纖穠，把酒何人心動。

其 二 坐客見和復次韻

小院朱闌幾曲，重城畫鼓三通。更看微月轉光風，歸去香雲入夢。
翠袖爭浮大白，皂羅半插斜紅。燈花零落酒花穠，妙語一時飛動。

其 三 再用前韻戲曹子方

怪此花枝怨泣，託君詩句名通。憑將草木記吳風，繼取相如雲夢。
點筆袖沾醉墨，謗花面有慚紅。知君却是爲情穠，怕見此花撩動。

其 四

聞道雙銜鳳帶，不妨單着鮫綃。夜香知與阿誰燒，悵望水沉煙裊。
雲鬢風前綠卷，玉顏醉裏紅潮。莫教空度可憐宵，月與佳人共僚。

其 五 重九

點點樓頭細雨，重重江外平湖。當年戲馬會東徐，今日淒凉南浦。
莫恨黃花未吐，且教紅粉相扶。酒闌不必看茱萸，俯仰人間今古。

其 六

送建溪雙井茶、谷簾泉與勝之，徐君猷家後房，甚慧麗，自陳敘本
貴種也。

龍焙今年絶品，谷簾自古珍泉。雪芽雙井散神仙，苗裔來從北苑。
湯發雲腴醲白，盞浮花乳輕圓。人間誰敢更爭妍，鬥取紅窗粉面。

其 七 姑熟再見勝之次前韻

別夢已隨流水，淚巾猶裛香泉。相如依舊是臞仙，人在瑤臺閬苑。
花霧縈風縹緲，歌珠滴水清圓。蛾眉新作十分妍，走馬歸來便面。

其 八　黄州中秋

世事一場大夢，人生幾度新凉。夜來風葉已鳴廊，看取眉頭鬢上。
酒賤常愁客少，月明多被雲妨。中秋誰與共孤光，把盞凄然北望。

其 九　送錢待制穆父

莫嘆平齊落落，且應去魯遲遲。與君各記少年時，須信人生如寄。
白髮千莖相送，深杯百罰休辭。拍浮何用酒爲池，我已爲君德醉。

其一〇

玉骨那愁瘴霧，冰姿自有仙風。海仙時遣探芳叢，倒挂緑毛幺鳳。
素面常嫌粉涴，洗妝不褪唇紅。高情已逐曉雲空，不與梨花同夢。

其一一

　　頃在黄州，春夜行蘄水中，過酒家，飲酒醉，乘月至一溪橋上，解
鞍，曲肱醉臥少休。及覺已曉，亂山攢擁，流水鏘然，疑非塵世也，書
此語橋柱上。

照野瀰瀰淺浪，横空隱隱層霄。障泥未解玉驄驕，我欲醉眠芳草。
可惜一溪風月，莫教踏碎瓊瑶。解鞍欹枕緑楊橋，杜宇一聲春曉。

其一二　平山堂

三過平山堂下，半生彈指聲中。十年不見老仙翁，壁上龍蛇飛動。
欲吊文章太守，仍歌楊柳春風。休言萬事轉頭空，未轉頭時皆夢。

其一三　送别

昨夜扁舟京口，今朝馬首長安。舊官何物與新官，只有湖山公案。
此景百年幾變，個中下語千難。使君才氣卷波瀾，與把新詩判斷。

其一四　詠梅

馬趁香微路遠，沙籠月淡煙斜。渡波清徹映妍華，倒緑枝寒鳳挂。
挂鳳寒枝緑倒，華妍映徹清波。渡斜煙淡月籠沙，遠路微香趁馬。
（録自《回文類聚》）

其一五　佳人

碧霧輕籠兩鳳，寒煙淡拂雙鴉。爲誰流睇不歸家，錯認門前過馬。有意偷回笑眼，無言強整衣紗。劉郎一見武陵花，從此春心蕩也。

（録自《草堂詩餘》）

鷓鴣天

林斷山明竹隱墙，亂蟬衰草小池塘。翻空白鳥時時見，照水紅蕖細細香。　村舍外，古城旁。杖藜徐步轉斜陽。殷勤昨夜三更雨，又得浮生一日凉。

其　二

陳公密出侍兒素姐，歌紫玉簫曲，勸老人酒。老人飲盡，爲賦此詞。

笑撚紅梅嚲翠翹，揚州十里最妖饒。夜來綺席親曾見，撮得精神滴滴嬌。　嬌後眼，舞時腰。劉郎幾度欲魂銷。明朝酒醒知何處，腸斷雲間紫玉簫。

其　三

羅帶雙垂畫不成，殢人嬌態最輕盈。酥胸斜抱天邊月，玉手輕彈水面冰。　無限事，許多情。四弦絲竹苦丁寧。饒君撥盡相思調，待聽梧桐葉落聲。

（録自《古今詞統》）

少年游　端午贈黃守徐君猷

銀塘朱檻麯塵波。圓綠卷新荷。蘭條薦浴，菖花釀酒，天氣尚清和。好將沉醉酬佳節，十分酒，一分歌。獄草煙深，訟庭人悄，無吝宴游過。

其 二

黄之僑人郭氏，每歲正月迎紫姑神，以箕爲腹，箸爲口，畫灰盤中，
爲詩敏捷，立成。余往觀之。神請余作《少年游》。乃以此戲之。

玉肌鉛粉傲秋霜。準擬鳳呼凰。伶倫不見，清香未吐，且糠粃吹揚。
到處成雙君獨隻，空無數，爛文章。一點香檀，誰能借箸，無復似張良。

其 三

潤州作，代人寄遠。

去年相送，餘杭門外，飛雪似楊花。今年春盡，楊花似雪，猶不見還
家。　　對酒捲簾邀明月，風露透窗紗。恰似姮娥憐雙燕，分明照，畫
梁斜。

卜算子 感舊

蜀客到江南，長憶吴山好。吴蜀風流自古同，歸去應須早。　　還與
去年人，共藉西湖草。莫惜尊前仔細看，應是容顏老。

其 二 黄州定慧院寓居作

缺月挂疏桐，漏斷人初静。誰見幽人獨往來，縹緲孤鴻影。　　驚起
却回頭，有恨無人省。揀盡寒枝不肯栖，寂寞沙洲冷。

瑞鷓鴣

城頭月落尚啼烏。朱艦紅船早滿湖。鼓吹未容迎五馬，水雲先已漾雙
鳬。　　映山黄帽螭頭舫，夾岸青煙鵲尾爐。老病逢春只思睡，獨求僧榻
寄須臾。

其 二 觀潮

碧山影裏小紅旗。儂是江南踏浪兒。拍手欲嘲山簡醉，齊聲争唱浪婆
詞。　　西興渡口帆初落，漁浦山頭日未欹。儂欲送潮歌底曲，尊前還唱

使君詩。

十拍子　暮秋

　　白酒新開九醖，黃花已過重陽。身外儻來都似夢，醉裏無何即是鄉。東坡日月長。　　玉粉旋烹茶乳，金虀新搗橙香。强染霜髭扶翠袖，莫道狂夫不解狂。狂夫老更狂。

清平樂

　　清淮濁汴，更在江西岸。紅斾到時黃葉亂，霜入梁王故苑。　　秋原何處携壺。停驂訪古踟躕。雙廟遺風尚在，漆園傲吏應無。

昭君怨　金山送柳子玉

　　誰作桓伊三弄，驚破綠窗幽夢。新月與愁煙，滿江天。　　欲去又還不去，明日落花飛絮。飛絮送行舟，水東流。

采桑子

　　　潤州甘露寺多景樓，天下之殊景也。甲寅仲冬，余同孫巨源、王正仲參會於此。有胡琴者，姿色尤好，三公皆一時英秀，景之秀，妓之妙，真爲希遇。飲闌，巨源請於余曰：殘霞晚照，非奇才不盡。余作此詞。

　　多情多感仍多病，多景樓中，尊酒相逢。樂事回頭一笑空。　　停杯且聽琵琶語，細撚輕攏，醉臉春融。斜照江天一抹紅。

更漏子　送孫巨源

　　水涵空，山照市。西漢二疏鄉里。新白髮，舊黃金。故人恩義深。海東頭，山盡處。自古客槎來去。槎有信，赴秋期。使君行不歸。

其 二

柳絲長，春雨細，花外漏聲迢遞。驚塞雁，起城烏，畫屏金鷓鴣。
香霧薄，透簾幕，惆悵謝家池閣。紅燭背，繡簾垂，夢長君不知。

（亦作溫庭筠詞）

其 三

春夜闌，更漏促，金爐暗挑殘燭。驚夢斷，錦屏深，兩鄉明月心。
閨草碧，望歸客，還是不知消息。孤負我，悔憐君，告天天不聞。

（亦作牛嶠詞）

華清引　感舊

平時十月幸蘭湯，玉甃瓊梁。五家車馬如水，珠璣滿路旁。　　翠華
一去掩方牀，獨留煙樹蒼蒼。至今清夜月，依前過繚墻。

蘇幕遮　詠選仙圖

暑籠晴，風解慍。雨後餘清，暗襲衣裾潤。一局選仙逃暑困。笑指尊
前，誰向青霄近。　　整金盆，輪玉筍。鳳駕鸞車，誰敢爭先進。重五休
言升最緊。縱有碧油，到了輸堂印。

生查子　送蘇伯固

三度別君來，此別真遲暮。白盡老髭鬚，明日淮南去。　　酒罷月隨
人，淚濕花如霧。後月送君時，夢繞湖邊路。

青玉案　和賀方回韻送伯固歸吳中

三年枕上吳中路。遣黃犬，隨君去。若到松江呼小渡。莫驚鴛鷺，四
橋盡是，老子經行處。　　輞川圖上看春暮，常記高人右丞句。作個歸期
天已許。春衫猶是，小蠻針綫，曾濕西湖雨。

（別作蔣燦詞，亦云爲姚進道或姚志道作）

烏夜啼 <small>寄遠</small>

莫怪歸心甚速，西湖自有蛾眉。若見故人須細説，白髮倍當時。小鄭非常强記，二南依舊能詩。更有鱸魚堪切膾，兒輩莫教知。

臨江仙

> 龍丘子自洛之蜀，載二侍女，戎裝駿馬。至溪山佳處，輒留數日，見者以爲異人。其後十年，築室黃岡之北，號曰靜安居士，作此詞贈之。

細馬遠馱雙侍女，青巾玉帶紅靴。溪山好處便爲家。誰知巴峽路，却見洛城花。　面旋落英飛玉蕊，人間春日初斜。十年不見紫雲車。龍丘新洞府，鉛鼎養丹砂。

其 二 <small>贈送</small>

詩句端來磨我鈍，鈍錐不解生鋩。歡顏爲我解冰霜。酒闌清夢覺，春草滿池塘。　應念雪堂坡下老，昔年共採芸香。功成名遂早還鄉。回車來過我，喬木擁千章。

其 三 <small>辛未離杭至潤，別張弼秉道</small>

我勸髯張歸去好，從來自己忘情。塵心消盡道心平。江南與塞北，何處不堪行。　俎豆庚桑真過矣，憑君説與南榮。願聞吴越報豐登。君王如有問，結襪賴王生。

其 四 <small>送李公恕</small>

自古相從休務日，何妨低唱微吟。天垂雲重作春陰。坐中人半醉，簾外雪將深。　聞道分司狂御史，紫雲無路追尋。淒風寒雨更駸駸。問囚長損氣，見鶴忽驚心。

其 五 <small>送王緘</small>

忘却成都來十載，因君未免思量。憑將清淚灑江陽。故山知好在，孤客自悲涼。　坐上別愁君未見，歸來欲斷無腸。殷勤且更盡離觴。此身如傳舍，何處是吾鄉。

其 六 夜到揚州，席上作

尊酒何人懷李白，草堂遙指江東。珠簾十里捲香風。花開花又謝，離恨幾千重。　　輕舸渡江連夜到，一時驚笑衰容。語音猶自帶吳儂。夜闌相對處，依舊夢魂中。

其 七 惠州改前韻

九十日春都過了，貪忙何處追游。三分春色一分愁。雨翻榆莢陣，風轉柳花毬。　　我與使君皆白首，休誇年少風流。佳人斜倚合江樓。水光都眼净，山色總眉愁。

其 八 風水洞作

四大從來都遍滿，此間風水何疑。故應爲我發新詩。幽花香澗谷，寒藻舞淪漪。　　借與玉川生兩腋，天仙未必相思。還憑流水送人歸。層巔餘落日，草露已沾衣。

其 九 送錢穆父

一別都門三改火，天涯踏盡紅塵。依然一笑作春温。無波真古井，有節是秋筠。　　惆悵孤帆連夜發，送行淡月微雲。尊前不用翠眉顰。人生如逆旅，我亦是行人。

其一○ 疾愈登望湖樓贈項長官

多病休文都瘦損，不堪金帶垂腰。望湖樓上暗香飄。和風春弄袖，明月夜聞簫。　　酒醒夢回清漏永，隱牀無限更潮。佳人不見董嬌嬈。徘徊花上月，空度可憐宵。

其一一

夜飲東坡醒復醉，歸來仿佛三更。家童鼻息已雷鳴。敲門都不應，倚杖聽江聲。　　長恨此身非我有，何時忘却營營。夜闌風静縠紋平。小舟從此逝，江海寄餘生。

其一二

冬夜夜寒冰合井，畫堂明月侵幃。青釭明滅照悲啼。青釭挑欲盡，粉淚裛還垂。　未盡一尊先掩淚，歌聲半帶清悲。情聲兩盡莫相違。欲知腸斷處，梁上暗塵飛。

其一三

昨夜渡江何處宿，望中疑是秦淮。月明誰起笛中哀。多情王謝女，相逐過江來。　雲雨未成還又散，思量好事難諧。憑陵急槳雨相催。想伊歸去後，應似我情懷。

（曹樹銘列爲誤入詞）

其一四　贈王友道

誰道東陽都瘦損，凝然點漆精神。瑤林終自隔風塵。試看披鶴氅，仍是謫仙人。　省可清言揮玉麈，真須保器全真。風流何似道家純。不應同蜀客，惟愛卓文君。

漁家傲

金陵賞心亭送王勝之龍圖。王守金陵，視事一日，移南郡。

千古龍蟠並虎踞，從公一吊興亡處。渺渺斜風吹細雨，芳草渡，江南父老留公住。　公駕風車凌彩霧，紅鸞驂乘青鸞馭。却訝此洲名白鷺，非吾侶，翩然欲下還飛去。

其　二　送吉守江郎中

送客歸來燈火盡，西樓淡月涼生暈。明日潮來無定準，潮來穩，舟橫渡口重城近。　江水似知孤客恨，南風爲解佳人愠。莫學時流輕久困，頻寄問，錢塘江上須忠信。

其　三　七夕

皎皎牽牛河漢女，盈盈臨水無由語。望斷碧雲空日暮，無尋處，夢回芳草生春浦。　　鳥散餘花紛似雨，汀洲蘋老香風度。明月多情來照户，但攬取，清光長送人歸去。

其　四　送張元康省親秦州

一曲陽關情幾許，知君欲向秦川去。白馬皂貂留不住，回首處，孤城不見天霏霧。　　到日長安花似雨，故關楊柳初飛絮。漸見轓刀迎夾路，誰得似，風流膝上王文度。

其　五

臨水縱橫回晚鞚，歸來轉覺情懷動。梅笛煙中聞幾弄，秋陰重，西山雪淡雲凝凍。　　美酒一杯誰與共，尊前舞雪狂歌送。腰跨金魚旌旆擁，將何用，只堪妝點浮生夢。

其　六　贈曹光州

些小白鬚何用染，幾人得見星星點。作郡浮光雖似箭，君莫厭，也應勝我三年貶。　　我欲自嗟還不敢，向來三郡寧非忝。婚嫁事稀年冉冉，知有漸，千鈞重擔從頭減。

南鄉子

晚景落瓊杯。照眼雲山翠作堆。認得岷峨春雪浪，初來。萬頃蒲萄漲渌醅。　　春雨暗陽臺。亂灑歌樓濕粉腮。一陣東風來捲地，吹回。落照江天一半開。

其　二　梅花詞和楊元素

寒雀滿疏籬。爭抱寒柯看玉蕤。忽見客來花下坐，驚飛。蹋散芳英落酒卮。　　痛飲又能詩。坐客無氈醉不知。花謝酒闌春到也，離離。一點微酸已著枝。

其　三　席上勸李公擇酒

不到謝公臺。明月清風好在哉。舊日髯孫何處去，重來。短李風流更上才。　　秋色漸摧頹。滿院黃英映酒杯。看取桃花春二月，爭開。盡是劉郎去後栽。

其　四　<small>重九，涵輝樓呈徐君猷</small>

霜降水痕收。淺碧鱗鱗露遠洲。酒力漸消風力軟，颼颼。破帽多情却
戀頭。　佳節若爲酬。但把清尊斷送秋。萬事到頭都是夢，休休。明日
黃花蝶也愁。

其　五　<small>送述古</small>

回首亂山橫。不見居人只見城。誰似臨平山上塔，亭亭。迎客西來送
客行。　歸路晚風清。一枕初寒夢不成。今夜殘燈斜照處，熒熒。秋雨
晴時淚不晴。

其　六

冰雪透香肌。姑射仙人不似伊。濯錦江頭新樣錦，非宜。故著尋常淡
薄衣。　暖日下重幃。春睡香凝索起遲。曼倩風流緣底事，當時。愛被
西真喚作兒。

其　七

<small>和楊元素，時移守密州。</small>

東武望餘杭。雲海天涯兩渺茫。何日功成名遂了，還鄉。醉笑陪公三
萬場。　不用訴離觴。痛飲從來別有腸。今夜送歸燈火冷，河塘。墮淚
羊公却姓楊。

其　八　<small>和楊元素</small>

涼簟碧紗厨。一枕清風晝睡餘。睡聽晚衙無個事，徐徐。讀盡牀頭幾
卷書。　搔首賦歸歟。自覺功名懶更疏。若問使君才與氣，何如。占得
人間一味愚。

其　九

<small>沈强輔雯上出犀麗玉作胡琴，送元素還朝，同子野各賦一首。</small>

裙帶石榴紅。却水殷勤解贈儂。應許逐鷄鷄莫怕，相逢。一點靈心必

暗通。　　何處遇良工。琢刻天真半欲空。願作龍香雙鳳撥，輕攏。長在環兒白雪胸。

其一〇 贈行

旌旆滿江湖。詔發樓船萬舳艫。投筆將軍因笑我，迂儒。帕首腰刀是丈夫。　　粉淚怨離居。喜子垂窗報捷書。試問伏波三萬語，何如。一斛明珠換綠珠。

132

其一一 雙荔枝

天與化工知。賜得衣裳總是緋。每向華堂深處見，憐伊。兩個心腸一片兒。　　自少便相隨。綺席歌筵不暫離。苦恨人人分拆破，東西。怎得成雙似舊時。

其一二 集句

寒玉細凝膚。吳融清歌一曲倒金壺。鄭谷杏葉菖條遍相識，李商隱爭如。豆蔻花梢二月初。杜牧　　年少即須臾。白居易芳時偷得醉工夫。白居易羅帳細垂銀燭背，韓偓歡娛。豁得平生俊氣無。杜牧

其一三 集句

悵望送春杯。杜牧漸老逢春能幾回。杜甫花滿楚城愁遠別，許渾傷懷。何況清絲急管催。劉禹錫　　吟斷望鄉臺。李商隱萬里歸心獨上來。許渾景物登臨閑始見，杜牧徘徊。一寸相思一寸灰。李商隱

其一四 集句

何處倚闌干。杜牧弦管高樓月正圓。杜牧胡蝶夢中家萬里，崔塗依然。老去愁來強自寬。杜甫　　明鏡借紅顏。李商隱須著人間比夢間。韓愈蠟燭半籠金翡翠，李商隱更闌。繡被焚香獨自眠。許渾

其一五 宿州上元

千騎試春游。小雨如酥落便收。能使江東歸老客，遲留。白酒無聲滑瀉油。　　飛火亂星毬。淺黛橫波翠欲流。不似白雲鄉外冷，溫柔。此去淮南第一州。

其一六　用韻和道輔

未倦長卿游。漫舞夭歌爛不收。不是使君能矯世，誰留。教有瓊梳脫
麝油。　　香粉縷金裘。花艷紅箋筆欲流。從此丹脣並皓齒，清柔。唱遍
山東一百州。

其一七　用前韻贈田叔通家舞鬟

繡鞦玉鐶游。燈晃簾疏笑却收。久立香車催欲上，還留。更且檀脣點
杏油。　　花遍六么毬。面旋回風帶雪流。春人腰肢金縷細，輕柔。種柳
應須柳柳州。

菩薩蠻　七夕，朝天門上作

畫簷初挂彎彎月，孤光未滿先憂缺。遙認玉簾鈎，天孫梳洗樓。
佳人言語好，不願求新巧。此恨固應知，願人無別離。

其　二　七夕

風回仙馭雲開扇，更闌月墮星河轉。枕上夢魂驚，曉來疏雨零。
相逢雖草草，長共天難老。終不羨人間，人間日似年。

其　三

城隅靜女何人見，先生日夜歌彤管。誰識蔡姬賢，江南顧彥先。
先生那久困，湯沐須名郡。惟有謝夫人，從來是擬倫。

其　四

買田陽羨吾將老，從來不爲溪山好。來往一虛舟，聊從造物游。
有書仍懶著，且漫歌歸去。筋力不辭詩，要須風雨時。

其　五　歌妓

繡簾高捲傾城出，燈前瀲灩橫波溢。皓齒發清歌，春愁入翠蛾。
凄音休怨亂，我已無腸斷。遺響下清虛，纍纍一串珠。

其 六　贈徐君猷笙妓

碧紗微露纖摻玉，朱唇漸暖參差竹。越調變新聲，龍吟徹骨清。
夜闌殘酒醒，惟覺霜袍冷。不見斂眉人，胭脂覓舊痕。

其 七

玉鐶墜耳黃金飾，輕衫罩體香羅碧。緩步困春醪，春融臉上桃。
花鈿從委地，誰與郎爲意。長愛月華清，此時憎月明。

其 八

濕雲不動溪橋冷，嫩寒初透東風影。橋下水聲長，一枝和月香。
人憐花似舊，花比人應瘦。莫憑小欄干，夜深花正寒。

其 九　西湖送述古

秋風湖上蕭蕭雨，使君欲去還留住。今日漫留君，明朝愁殺人。
佳人千點淚，灑向長河水。不用斂雙蛾，路人啼更多。

其一〇

杭妓往蘇迓新守楊元素，寄蘇守王規甫。

玉童西迓浮丘伯，洞天冷落秋蕭瑟。不用許飛瓊，瑤臺空月明。
清香凝夜宴，借與韋郎看。莫便向姑蘇，扁舟下五湖。

其一一　席上和陳令舉

天憐豪俊腰金晚，故教月向松江滿。清景爲淹留，從君都占秋。
身閑惟有酒，試問遨游首。帝夢已遙思，匆匆歸去時。

其一二　西湖席上，代諸妓送陳述古

娟娟缺月西南落，相思撥斷琵琶索。枕淚夢魂中，覺來眉暈重。
華堂堆燭淚，長笛吹新水。醉客各西東，應思陳孟公。

（錄自《西湖游覽志》）

其一三　潤州和元素

玉笙不受朱唇暖，離聲淒咽胸填滿。遺恨幾千秋，心留人不留。
他年京國酒，墮淚攀枯柳。莫唱短因緣，長安遠似天。

其一四　回文

落花閑院春衫薄，薄衫春院閑花落。遲日恨依依，依依恨日遲。
夢回鶯舌弄，弄舌鶯回夢。郵便問人羞，羞人問便郵。

其一五　夏景回文

火雲凝汗揮珠顆，顆珠揮汗凝雲火。瓊暖碧紗輕，輕紗碧暖瓊。
暈腮嫌枕印，印枕嫌腮暈。閑照晚妝殘，殘妝晚照閑。

其一六　回文

嶠南江淺紅梅小，小梅紅淺江南嶠。窺我向疏籬，籬疏向我窺。
老人行即到，到即行人老。離別惜殘枝，枝殘惜別離。

其一七　回文春閨怨

翠鬟斜幔雲垂耳，耳垂雲幔斜鬟翠。春晚睡昏昏，昏昏睡晚春。
細花梨雪墜，墜雪梨花細。顰淺念誰人，人誰念淺顰。

其一八　回文夏閨怨

柳庭風靜人眠晝，晝眠人靜風庭柳。香汗薄衫涼，涼衫薄汗香。
手紅冰碗藕，藕碗冰紅手。郎笑藕絲長，長絲藕笑郎。

其一九　回文秋閨怨

井桐雙照新妝冷，冷妝新照雙桐井。羞對井花愁，愁花井對羞。
影孤憐夜永，永夜憐孤影。樓上不宜秋，秋宜不上樓。

其二○　回文冬閨怨

雪花飛暖融香頰，頰香融暖飛花雪。欺雪任單衣，衣單任雪欺。
別時梅子結，結子梅時別。歸不恨開遲，遲開恨不歸。
（以上回文詞，曹樹銘列爲可疑詞）

其二一

娟娟侵鬢妝痕淺，雙矙相媚彎如剪。一瞬百般宜，無論笑與啼。
酒闌思翠被，特故騰騰地。生怕促歸輪，微波先泥人。

其二二　詠足

塗香莫惜蓮承步，長愁羅襪凌波去。只見舞回風，都無行處蹤。
偷穿宮樣穩，並立雙趺困。纖妙說應難，須從掌上看。

浣溪沙

縹緲紅妝照淺溪，薄雲疏雨不成泥。送君何處古臺西。　廢沼夜來
秋水滿，茂林深處晚鶯啼。行人腸斷草淒迷。

其　二　送葉淳老

陽羨姑蘇已買田，相逢誰信是前緣。莫教便唱水如天。　我作洞霄
君作守，白頭相對故依然。西湖知有幾同年。

其　三　重九

珠檜絲杉冷欲霜，山城歌舞助淒涼。且餐山色飲湖光。　共挽朱轓
留半日，強揉青蕊作重陽。不知明日爲誰黃。

其　四　和前韻

霜鬢真堪插拒霜，哀弦危柱作伊涼。暫時流轉爲風光。　未遣清尊
空北海，莫因長笛賦山陽。金釵玉腕瀉鵝黃。

其　五　有感

傅粉郎君又粉奴，莫教施粉與施朱。自然冰玉照香酥。　有客能爲
神女賦，憑君送與雪兒書。夢魂東去覓桑榆。

其　六　詠橘

菊暗荷枯一夜霜，新苞綠葉照林光。竹籬茅舍出青黃。　香霧噀人

驚半破，清泉流齒怯初嘗。吳姬三日手猶香。

其　七

公守湖，辛未上元日，作會於伽藍中。時長老法惠在坐，人有獻剪彩花者甚奇，謂有初春之興，作《浣溪沙》二首，因寄袁公濟。

雪頷霜髯不自驚，更將剪彩發春榮，羞顏未醉已先赬。　　莫唱黃雞并白髮，且呼張丈喚殷兄，有人歸去欲卿卿。

其　八

料峭東風翠幕驚，云何不飲對公榮。水晶盤瑩玉鱗赬。　　花影莫辜三夜月，朱顏未稱五年兄。翰林子墨主人卿。

其　九

徐門石潭謝雨，道上作五首。潭在城東二十里，常與泗水增減，清濁相應。

照日深紅暖見魚，連村綠暗晚藏烏。黃童白叟聚睢盱。　　麋鹿逢人雖未慣，猿猱聞鼓不須呼。歸來說與採桑姑。

其一〇

旋抹紅妝看使君，三三五五棘籬門。相排踏破蒨羅裙。　　老幼扶携收麥社，烏鳶翔舞賽神村。道逢醉叟臥黃昏。

其一一

麻葉層層檾葉光，誰家煮繭一村香。隔籬嬌語絡絲娘。　　垂白杖藜擡醉眼，捋青搗麨軟飢腸。問言豆葉幾時黃。

其一二

簌簌衣巾落棗花，村南村北響繰車。牛衣古柳賣黃瓜。　　酒困路長惟欲睡，日高人渴謾思茶。敲門試問野人家。

其一三

軟草平莎過雨新，輕沙走馬路無塵。何時收拾耦耕身。　　日暖桑麻光似潑，風來蒿艾氣如薰。使君元是此中人。

其一四 春情

道字嬌訛苦未成，未應春閣夢多情。朝來何事綠鬟傾。　　彩索身輕
長趁燕，紅窗睡重不聞鶯。困人天氣近清明。

其一五

自杭移密守，席上別楊元素，時重陽前一日。

縹緲危樓紫翠間，良辰樂事古難全。感時懷舊獨淒然。　　璧月瓊枝
空夜夜，菊花人貌自年年。不知來歲與誰看。

其一六

桃李溪邊駐畫輪，鷓鴣聲裏倒清尊。夕陽雖好近黃昏。　　香在衣裳
妝在臂，水連芳草月連雲。幾時歸去不銷魂。

其一七

四面垂楊十里荷，問云何處最花多。畫樓南畔夕陽過。　　天氣乍涼
人寂寞，光陰須得酒消磨。且來花裏聽笙歌。

其一八

贈閭丘朝議，時過徐州。

一別姑蘇已四年，秋風南浦送歸船。畫簾重見水中仙。　　霜鬢不須
催我老，杏花依舊駐君顏。夜闌相對夢魂間。

其一九 有贈

惟見眉間一點黃，詔書催發羽書忙。從教嬌淚洗紅妝。　　上殿雲霄
生羽翼，論兵齒頰帶風霜。歸來衫袖有天香。

其二〇

贈陳海州。陳嘗為眉令，有聲。

長記鳴琴子賤堂，朱顏綠髮映垂楊。如今秋鬢數莖霜。　　聚散交游

如夢寐，升沉閑事莫思量。仲卿終不忘桐鄉。

其二一

風壓輕雲貼水飛，乍晴池館燕爭泥。沈郎多病不勝衣。　沙上不聞
鴻雁信，竹間時有鷓鴣啼。此情惟有落花知。

（曹樹銘列爲誤入詞）

其二二

　　紹聖元年十月二十三日，與程鄉令侯晉叔、歸善簿譚汲同游大雲寺，
野飲松下，仍設松黃湯，作此闋。余家近釀酒，名之曰萬家春，蓋嶺南
萬户酒也。

羅襪空飛洛浦塵，錦袍不見謫仙人。携壺藉草亦天真。　玉粉輕黃
千歲蕊，雪花浮動萬家春。醉歸江路野梅新。

其二三

白雪清詞出坐間，愛君才器兩俱全。異鄉風景却依然。　可恨相逢
能幾日，不知重會是何年。茱萸子細更重看。

其二四

　　元豐七年十二月二十四日，從泗州劉倩叔游南山。

細雨斜風作小寒，淡煙疏柳媚晴灘。入淮清洛漸漫漫。　雪沫乳花
浮午盞，蓼茸蒿筍試春盤。人間有味是清歡。

其二五　送梅廷老赴上黨學官

門外東風雪灑裾，山頭回首望三吳。不應彈鋏爲無魚。　上黨從來
天下脊，先生元是古之儒。時平不用魯連書。

其二六　徐州藏春閣園中

慚愧今年二麥豐，千畦細浪舞晴空。化工餘力染夭紅。　歸去山公
應倒載，闌街拍手笑兒童。甚時名作錦薰籠。

其二七

芍藥櫻桃兩鬥新，名園高會送芳辰。洛陽初夏廣陵春。　　紅玉半開
菩薩面，丹砂穠點柳枝唇。尊前還有個中人。

其二八　席上贈楚守田待問小鬟

學畫鴉兒正妙年，陽城下蔡困嫣然。憑君莫唱短因緣。　　霧帳吹笙
香嫋嫋，霜庭按舞月娟娟。曲終紅袖落雙纏。

其二九

一夢江湖費五年，歸來風物故依然。相逢一醉是前緣。　　遷客不應
常眊矂，使君爲出小嬋娟。翠鬟聊著小詩纏。

其三○　端午

輕汗微微透碧紈，明朝端午浴芳蘭。流香漲膩滿晴川。　　彩綫輕纏
紅玉臂，小符斜挂綠雲鬟。佳人相見一千年。

其三一　感舊

徐邈能中酒聖賢，劉伶席地幕青天。潘郎白璧爲誰連。　　無可奈何
新白髮，不如歸去舊青山。恨無人借買山錢。

其三二

傾蓋相逢勝白頭，故山空復夢松楸。此心安處是菟裘。　　賣劍買牛
吾欲老，乞漿得酒更何求。願爲同舍宴春秋。

其三三　寓意

炙手無人傍屋頭，蕭蕭晚雨脱梧楸。誰憐季子敝貂裘。　　顧我已無
當世望，似君須向古人求。歲寒松柏肯驚秋。

其三四　即事

畫隼橫江喜再游，老魚跳檻識清謳。流年未肯付東流。　　黄菊籬邊
無悵望，白雲鄉裏有温柔。挽回霜鬢莫教休。

其三五

入袂輕風不破塵，玉簪犀璧醉佳辰。一番紅粉爲誰新。團扇不堪題往事，新絲那解繫行人。酒闌滋味似殘春。

其三六　新秋

風捲珠簾自上鈎，蕭蕭亂葉報新秋。獨携纖手上高樓。缺月向人舒窈窕，三星當户照綢繆。香生霧縠見纖柔。

其三七

　　游蘄水清泉寺，寺臨蘭溪，溪水西流。

山下蘭芽短浸溪，松間沙路净無泥。蕭蕭暮雨子規啼。誰道人生無再少，門前流水尚能西。休將白髮唱黄鷄。

其三八　漁父

西塞山邊白鷺飛，散花洲外片帆微。桃花流水鱖魚肥。自庇一身青篛笠，相隨到處緑蓑衣。斜風細雨不須歸。

其三九

　　十二月二日雨後微雪，太守徐君猷携酒見過，坐上作《浣溪沙》三首。明日酒醒，雪大作，又作二首。

覆塊青青麥未蘇，江南雲葉暗隨車。臨皋煙景世間無。雨脚半收檐斷綫，雪林初下瓦跳珠。歸來冰顆亂黏鬚。

其四○

醉夢昏昏曉未蘇，門前轣轆使君車。扶頭一盞怎生無。廢圃寒疏挑翠羽，小槽春酒滴真珠。清香細細嚼梅鬚。

其四一

雪裏餐毡例姓蘇，使君載酒爲回車。天寒酒色轉頭無。薦士已聞飛鶚表，報恩應不用蛇珠。醉中還許攬桓鬚。

其四二

半夜銀山上積蘇，朝來九陌帶隨車。濤江煙渚一時無。　　空腹有詩
衣有結，濕薪如桂米如珠。凍吟誰伴撚髭鬚。

其四三

萬頃風濤不記蘇，雪晴江上麥千車。但令人飽我愁無。　　翠袖倚風
縈柳絮，絳唇得酒爛櫻珠。尊前呵手鑷霜鬚。

其四四

幾共查梨到雪霜，一經題品便生光。木奴何處避雌黃。　　北客有來
初未識，南金無價喜新嘗。含滋嚼句齒牙香。

其四五

山色橫侵蘸暈霞，湘川風靜吐寒花。遠林屋散尚啼鴉。　　夢到故園
多少路，酒醒南望隔天涯。月明千里照平沙。

其四六　　方響

花滿銀塘水漫流，犀槌玉板奏涼州。順風環佩過秦樓。　　遠漢碧雲
輕漠漠，今宵人在鵲橋頭。一聲敲徹絳河秋。

其四七

晚菊花前斂翠蛾，挼花傳酒緩聲歌。柳枝團扇別離多。　　擁髻淒涼
論舊事，曾隨織女度銀梭。當年今夕奈愁何。

（亦作朱敦儒詞）

其四八

樓倚江邊百尺高，暮煙妝處見歸橈。幾時期信似春潮。　　花片片飛
風弄葉，柳陰陰下水平橋。日長人去又今宵。

（錄自《草堂詩餘》；亦作張先詞）

其四九

玉碗冰寒滴露華，粉融香雪透輕紗。晚來妝面勝荷花。 鬢亂欲迎眉際月，酒紅初上臉邊霞。一場春夢日西斜。

（録自楊金本《草堂詩餘》；亦作晏殊詞）

南歌子　杭州端午

山與歌眉斂，波同醉眼流。游人都上十三樓。不羨竹西歌吹，古揚州。 菰黍連昌歜，瓊彝倒玉舟。誰家水調唱歌頭。聲繞碧山飛去，晚雲留。

其　二

雨暗初疑夜，風回便報晴。淡雲斜照着山明。細草軟沙溪路，馬蹄輕。 卯酒醒還困，仙村夢不成。藍橋何處覓雲英。只有多情流水，伴人行。

其　三　送行甫赴餘姚

日出西山雨，無晴又有晴。亂山深處過清明。不見彩繩花板，細腰輕。 盡日行桑野，無人與目成。且將新句琢瓊英。我是世間閑客，此閑行。

其　四

帶酒衝山雨，和衣睡晚晴。不知鐘鼓報天明。夢裏栩然蝴蝶，一身輕。 老去才都盡，歸來計未成。求田問舍笑豪英。自愛湖邊沙路，免泥行。

其　五　晚春

日薄花房綻，風和麥浪輕。夜來微雨洗郊坰。正是一年春好，近清明。 已改煎茶火，猶調入粥餳。使君高會有餘清。此樂無聲無味，最難名。

其 六 八月十八日觀潮

海上乘槎侶，仙人萼綠華。飛昇元不用丹砂。住在潮頭來處，渺天涯。　　雷輥夫差國，雲翻海若家。坐中安得弄琴牙。寫取餘聲歸向，水仙誇。

其 七

苒苒中秋過，蕭蕭兩鬢華。寓身此世一塵沙。笑看潮來潮去，了生涯。　　方士三山路，漁人一葉家。早知身世兩聱牙。好伴騎鯨公子，賦雄誇。

其 八

《冷齋夜話》云：東坡守錢塘，無日不在西湖。嘗攜妓謁大通禪師，大通慍形於色。東坡作長短句，令妓歌之。

師唱誰家曲，宗風嗣阿誰。借君拍板與門槌。我也逢場作戲，莫相疑。　　溪女方偷眼，山僧莫皺眉。却愁彌勒下生遲。不見老婆三五，少年時。

其 九 別潤守許仲塗

欲執河梁手，還升月旦堂。酒闌人散月侵廊。北客明朝歸去，雁南翔。　　窈窕高明玉，風流鄭季莊。一時分散水雲鄉。惟有落花芳草，斷人腸。

其一〇 湖州作

山雨蕭蕭過，溪風瀏瀏清。小園幽榭枕蘋汀。門外月華如水，彩舟橫。　　苕岸霜花盡，江湖雪陣平。兩山遙指海門青。回首水雲何處，覓孤城。

其一一 暮春

紫陌尋春去，紅塵拂面來。無人不道看花回。惟見石榴新蕊，一枝開。　　冰簟堆雲髻，金尊灩玉醅。綠陰青子莫相催。留取紅巾千點，照池臺。

其一二　黄州臘八日，飲懷民小閣

衛霍元勳後，韋平外族賢。吹笙只合在緱山。同駕彩鸞歸去，趁新年。　烘暖燒香閣，輕寒浴佛天。他時一醉畫堂前。莫忘故人憔悴，老江邊。

其一三　有感

笑怕薔薇罥，行憂寶瑟僵。美人依約在西廂。只恐暗中迷路，認餘香。　午夜風翻幔，三更月到牀。簟紋如水玉肌涼。何物與儂歸去，有殘妝。

（曹樹銘列爲誤入詞）

其一四

寸恨誰云短，綿綿豈易裁。半年眉綠未曾開。明月好風閑處，是人猜。　春雨消殘凍，温風到冷灰。尊前一曲爲誰回。留取曲終一拍，待君來。

其一五

　楚守周豫出舞鬟，因作二首贈之。

紺綰雙蟠髻，雲敧小偃巾。輕盈紅臉小腰身。疊鼓忽催花拍，鬥精神。　空闊輕紅歇，風和約柳春。蓬山才調最清新。勝似纏頭千錦，共藏珍。

其一六

琥珀裝腰佩，龍香入領巾。只應飛燕是前身。共看剥葱纖手，舞凝神。　柳絮風前轉，梅花雪裏春。鴛鴦翡翠兩爭新。但得周郎一顧，勝珠珍。

其一七

古岸開青葑，新渠走碧流。會看光滿萬家樓。記取他年扶病，入西州。　佳節連梅雨，餘生寄葉舟。只將菱角與鷄頭。更有月明千頃，一時留。

其一八

雲鬟裁新綠，霞衣曳曉紅。待歌凝立翠筵中。一朵彩雲何事，下巫峰。　　趁拍鸞飛鏡，回身燕漾空。莫翻紅袖過簾櫳。怕被楊花勾引，嫁東風。

其一九

見說東園好，能消北客愁。雖非吾土且登樓。行盡江南南岸，此淹留。　　短日明楓纈，清霜暗菊毬。流年回首付東流。憑仗挽回潘鬢，莫教秋。

江城子

陶淵明以正月五日游斜川，臨流班坐，顧瞻南阜，愛曾城之獨秀，乃作《斜川詩》，至今使人想見其處。元豐壬戌之春，余躬耕於東坡，築雪堂居之，南挹四望亭之後丘，西控北山之微泉，慨然而嘆，此亦斜川之游也。乃作長短句，以《江城子》歌之（《江城子》，《詞律》"城或作神"，《東坡詞》作城，《全宋詞》作神）。

夢中了了醉中醒。只淵明，是前生。走遍人間，依舊却躬耕。昨夜東坡春雨足，烏鵲喜，報新晴。　　雪堂西畔暗泉鳴。北山傾，小溪橫。南望亭丘，孤秀聳曾城。都是斜川當日境，吾老矣，寄餘齡。

其　二　　孤山竹閣送述古

翠蛾羞黛怯人看。掩霜紈，淚偷彈。且盡一尊，收淚聽《陽關》。漫道帝城天樣遠，天易見，見君難。　　畫堂新創近孤山。曲闌干，爲誰安。飛絮落花，春色屬明年。欲棹小舟尋舊事，無處問，水連天。

其　三　　湖上與張先同賦

鳳凰山下雨初晴。水風清，晚霞明。一朵芙蕖，開過尚盈盈。何處飛來雙白鷺，如有意，慕娉婷。　　忽聞江上弄哀箏。苦含情，遣誰聽。煙斂雲收，依約是湘靈。欲待曲終尋問取，人不見，數峰青。

其　四　密州出獵

老夫聊發少年狂。左牽黃，右擎蒼。錦帽貂裘，千騎卷平岡。爲報傾城隨太守，親射虎，看孫郎。　　酒酣胸膽尚開張。鬢微霜，又何妨。持節雲中，何日遣馮唐。會挽雕弓如滿月，西北望，射天狼。

其　五　別徐州

天涯流落思無窮。既相逢，却匆匆。携手佳人，和淚折殘紅。爲問東風餘幾許，春縱在，與誰同。　　隋堤三月水溶溶。背歸鴻，去吳中。回首彭城，清泗與淮通。欲寄相思千點淚，流不到，楚江東。

其　六　東武雪中送客

相從不覺又初寒。對尊前，惜流年。風緊離亭，冰結淚珠圓。雪意留君君不住，從此去，少清歡。　　轉頭山上轉頭看。路漫漫，玉花翻。雲海光寬，何處是超然。知道故人相念否，携翠袖，倚朱欄。

其　七

　　大雪有懷朱康叔使君，亦知使君之念我也，作此以寄之。

黃昏猶是雨纖纖。曉開簾，欲平檐。江闊天低，無處認青帘。孤坐凍吟誰伴我，揩病目，撚衰髯。　　使君留客醉厭厭。水晶鹽，爲誰甜。手把梅花，東望憶陶潛。雪似故人人似雪，雖可愛，有人嫌。

其　八

　　陳直方妾嵇，錢塘人也，求新詞，爲作此。錢塘人好唱《陌上花》緩緩曲，余嘗作數絶以紀其事。

玉人家在鳳凰山。水雲間，掩門閑。門外行人，立馬看弓彎。十里春風誰指似，斜日映，綉簾斑。　　多情好事與君還。閔新鰥，拭餘潸。明月空江，香霧著雲鬟。陌上花開春盡也，聞舊曲，破朱顏。

其　九　乙卯正月二十日夜記夢

十年生死兩茫茫。不思量，自難忘。千里孤墳，無處話凄凉。縱使相逢應不識，塵滿面，鬢如霜。　　夜來幽夢忽還鄉。小軒窗，正梳妝。相顧無言，惟有淚千行。料得年年腸斷處，明月夜，短松岡。

其一〇

前瞻馬耳九仙山。碧連天，晚雲閑。城上高臺，真個是超然。莫使匆匆雲雨散，今夜裏，月嬋娟。　　小溪鷗鷺靜聯拳。去翩翩，點輕煙。人事淒涼，回首便他年。莫忘使君歌笑處，垂柳下，矮槐前。

其一一

墨雲拖雨過西樓。水東流，晚煙收。柳外殘陽，回照動簾鈎。今夜巫山真個好，花未落，酒新篘。　　美人微笑轉星眸。月華羞，捧金甌。歌扇縈風，吹散一春愁。試問江南諸伴侶，誰似我，醉揚州。

（曹樹銘列爲誤入詞）

其一二

膩紅勻臉襯檀唇。晚妝新，暗傷春。手撚花枝，誰會兩眉顰。連理帶頭雙□□，留待與，個中人。　　淡煙籠月繡簾陰。畫堂深。夜沉沉，誰道□□，□繫得人心。一自綠窗偷見後，便憔悴，到如今。

（曹樹銘列爲誤入詞）

其一三

銀濤無際捲蓬瀛。落霞明，暮雲平。曾見青鸞，紫鳳下層城。二十五弦彈不盡，空感慨，惜離情。　　蒼梧煙水斷歸程。捲霓旌。爲誰迎。空有千行，流淚寄幽貞。舞罷魚龍雲海晚，千古恨，入江聲。

（亦作葉夢得詞）

其一四

南來飛燕北歸鴻。偶相逢。慘愁容。綠鬢朱顏，重見兩衰翁。別後悠悠君莫問，無限事，不言中。　　小槽春酒滴珠紅。且從容，莫匆匆。飲散落花流水，各西東。後會不知何處是，煙浪遠，暮雲重。

（錄自《東坡先生詩餘》；亦作秦觀詞）

望江南　超然臺作

春未老，風細柳斜斜。試上超然臺上看，半壕春水一城花。煙雨暗千家。　寒食後，酒醒却咨嗟。休對故人思故國，且將新火試新茶。詩酒趁年華。

其　二

春已老，春服幾時成。曲水浪低蕉葉穩，舞雩風軟紵羅輕。酣詠樂昇平。　微雨過，何處不催耕。百舌無言桃李盡，柘林深處鵓鴣鳴。春色屬蕪菁。

蝶戀花　春景

花褪殘紅青杏小。燕子飛時，綠水人家繞。枝上柳綿吹又少，天涯何處無芳草。　墻裏鞦韆墻外道。墻外行人，墻裏佳人笑。笑漸不聞聲漸悄。多情却被無情惱。

其　二　代人贈別

一顆櫻桃樊素口。不要黃金，只要人長久。學畫鴉兒猶未就，眉間已作傷春皺。　撲蝶西園隨伴走。花落花開，漸解相思瘦。破鏡重來人在否。章臺折盡青青柳。

其　三　京口得鄉書

雨後春容清更麗。只有離人，幽恨終難洗。北固山前三面水，碧瓊梳擁青螺髻。　一紙鄉書來萬里。問我何年，真個成歸計。回首送春拼一醉。東風吹破千行淚。

其 四　暮春別李公擇

簌簌無風花自墮。寂寞園林，柳老櫻桃過。落日有情還照坐，山青一點橫雲破。　路盡河回人轉柁。繫纜漁村，月暗孤燈火。憑仗飛魂招楚些。我思君處君思我。

其 五　密州上元

燈火錢塘三五夜。明月如霜，照見人如畫。帳底吹笙香吐麝，更無一點塵隨馬。　寂寞山城人老也。擊鼓吹簫，却入農桑社。火冷燈稀霜露下。昏昏雪意雲垂野。

其 六

微雪，客有善吹笛擊鼓者。方醉中，有人送《苦寒》詩求和，遂以此答之。

簾外東風交雨霰。簾裏佳人，笑語如鶯燕。深惜今年正月暖，燈光酒色搖金盞。　摻鼓漁陽撾未遍。舞褪瓊釵，汗濕香羅軟。今夜何人吟古怨。清詩未了冰生硯。

其 七　過淖水軍贈趙晦之

自古淖漪佳絕地。繞郭荷花，欲把吳興比。倦客塵埃何處洗，真君堂下寒泉水。　左海門前魚酒市。夜半潮來，月下孤舟起。傾蓋相逢拼一醉。雙鳧飛去人千里。

其 八

雲水縈回溪上路。疊疊青山，環繞溪東注。月白沙汀翹宿鷺，更無一點塵來處。　溪叟相看私自語。底事區區，苦要爲官去。尊酒不空田百畝。歸來分取閑中趣。

其　九　<small>離別</small>

春事闌珊芳草歇。客裏風光，又過清明節。小院黃昏人憶別，落紅處處聞啼鴂。　　咫尺江山分楚越。目斷魂銷，應是音塵絕。夢破五更心欲折。角聲吹落梅花月。

其一○

同安生日放魚，取《金光明經》救魚事。

泛泛東風初破五。江柳微黃，萬萬千千縷。佳氣鬱蔥來綉戶，當年江上生奇女。　　一盞壽觴誰與舉。三個明珠，膝上王文度。放盡窮鱗看圉圉。天公爲下曼陀雨。

其一一　<small>送潘大臨</small>

別酒勸君君一醉。清潤潘郎，又是何郎婿。記取釵頭新利市，莫將分付東鄰子。　　回首長安佳麗地。三十年前，我是風流帥。爲向青樓尋舊事。花枝缺處餘名字。

（曹樹銘列爲誤入詞）

其一二

記得畫屏初會遇。好夢驚回，望斷高唐路。燕子雙飛來又去，紗窗幾度春光暮。　　那日綉簾相見處。低眼佯行，笑整香雲縷。斂盡春山羞不語。人前深意難輕訴。

其一三

昨夜秋風來萬里。月上屏幃，冷透人衣袂。有客抱衾愁不寐，那堪玉漏長如歲。　　羈舍留連歸計未。夢斷魂銷，一枕相思淚。衣帶漸寬無別意。新書報我添憔悴。

其一四

雨霰疏疏經潑火。巷陌鞦韆，猶未清明過。杏子梢頭香蕾破，淡紅褪白胭脂涴。　　苦被多情相折挫。病緒厭厭，渾似年時個。繞遍回廊還獨坐。月籠雲暗重門鎖。

其一五

蝶懶鶯慵春過半。花落狂風，小院殘紅滿。午醉未醒紅日晚，黃昏簾幕無人捲。　　雲鬢鬅鬆眉黛淺。總是愁媒，欲訴誰消遣。未信此情難繫絆。楊花猶有東風管。

其一六

玉枕冰寒消暑氣。碧簟紗廚，向午朦朧睡。鶯舌惺忪如會意，無端畫扇驚飛起。　　雨後初凉生水際。人面桃花，的的遙相似。跟看紅芳猶抱蕊。叢中已結新蓮子。

（曹樹銘列爲誤入詞）

其一七

簾幕風輕雙語燕，午醉醒來，柳絮飛繚亂。心事一春猶未見，餘花落盡青苔院。　　百尺朱樓閑倚遍。薄雨濃雲，抵死遮人面。消息未知歸早晚。斜陽只送平波遠。

（録自《東坡先生詩餘》；亦作晏殊詞）

其一八

梨葉初紅蟬韻歇。銀漢風高，玉管聲淒切。枕簟乍凉銅漏絕。誰教社燕輕離別。　　草際蛩吟珠露結。宿酒醒來，不記歸時節。多少衷腸猶未説。珠簾一夜朦朧月。

（録自《東坡先生詩餘》；亦作晏殊詞）

减字木蘭花

雲鬟傾倒，醉倚闌干風月好。憑仗相扶，誤入仙家碧玉壺。　連天衰草，下走湖南西去道。一舸姑蘇，便逐鴟夷去得無。

其　二

贈潤守許仲塗，且以"鄭容落籍，高瑩從良"爲句首。

鄭莊好客，容我樽前先墮幘。落筆生風，籍籍聲名不負公。　高山白早，瑩骨冰膚那解老。從此南徐，良夜清風月滿湖。

其　三　西湖食荔枝

閩溪珍獻，過海雲帆來似箭。玉座金盤，不貢奇葩四百年。　輕紅釀白，雅稱佳人纖手擘。骨細肌香，恰似當年十八娘。

其　四　送東武令趙昶失官歸海州

賢哉令尹，三仕已之無喜慍。我獨何人，猶把虛名玷縉紳。　不如歸去，二頃良田無覓處。歸去來兮，待有良田是幾時。

其　五　彭門留別

玉觴無味，中有佳人千點淚。學道忘憂，一念還成不自由。　如今未見，歸去東園花似霰。一語相開，匹似當初本不來。

其　六　送趙令

春光亭下，流水如今何在也。歲月如梭，白首相看擬奈何。　故人重見，世事年來千萬變。官況闌珊，慚愧青松守歲寒。

其　七

過吳興，李公擇生子，三日會客，作此詞戲之。

惟熊佳夢，釋氏老君曾抱送。壯氣橫秋，未滿三朝已食牛。　　犀錢玉果，利市平分沾四座。多謝無功，此事如何到得儂。

其　八　得書

曉來風細，不會鵲聲來報喜。却羡寒梅，先覺春風一夜來。　　香箋一紙，寫盡回文機上意。欲捲重開，讀遍千回與萬回。

其　九

天台舊路，應恨劉郎來又去。別酒頻傾，忍聽《陽關》第四聲。劉郎未老，懷戀仙鄉重得到。只恐因循，不見而今勸酒人。

其一○

錢塘西湖，有詩僧清順，所居藏春塢，門前有二古松，各有凌霄花絡其上，順常晝臥其下，時余為郡，一日屏騎從過之，松風騷然，順指落花求韻，余為賦此。

雙龍對起，白甲蒼髯煙雨裏。疏影微香，下有幽人晝夢長。　　湖風清軟，雙鵲飛來爭噪晚。翠颭紅輕，時上凌霄百尺英。

其一一

琵琶絶藝，年紀都來十一二。撥弄么弦，未解將心指下傳。　　主人嗔小，欲向春風先醉倒。已屬君家，且更從容等待他。

其一二　己卯儋耳春詞

春牛春杖，無限春風來海上。便丐春工，染得桃紅似肉紅。　　春幡春勝，一陣春風吹酒醒。不似天涯，捲起楊花似雪花。

其一三　雪詞

雲容皓白，破曉玉英紛似織。風力無端，欲學楊花更耐寒。　　相如未老，梁苑猶能陪俊少。莫惹閑愁，且折江梅上小樓。

其一四　花

玉房金蕊，宜在玉人纖手裏。淡月朦朧，更有微微弄袖風。　　温香
熟美，醉慢雲鬟垂兩耳。多謝春工，不是花紅是玉紅。

其一五　二月十五日夜與趙德麟小酌聚星堂

春庭月午，搖蕩香醪光欲舞。步轉回廊，半落梅花婉娩香。　　輕煙
薄霧，總是少年行樂處。不似秋光，只與離人照斷腸。

其一六　贈勝之

天然宅院，賽了千千並萬萬。説與賢知，表德元來是勝之。　　今來
十四，海裏猴兒奴子是。要賭休痴，六隻骰兒六點兒。

其一七

空牀響琢，花上春禽冰上雹。醉夢尊前，驚起湖風入坐寒。　　轉關
鑊索，春水流弦霜入撥。月墮更闌，更請宮高奏獨彈。

其一八

　　五月二十四日，會於无咎之隨齋，主人汲泉置大盆中，漬白芙蓉，
　坐客翛然，無復有病暑意。

回風落景，散亂東墻疏竹影。滿座清微，入袖寒泉不濕衣。　　夢回
酒醒，百尺飛瀾鳴碧井。雪灑冰麾，散落佳人白玉肌。

其一九　以大琉璃杯勸王仲翁

海南奇寶，鑄出團團如栲栳。曾到崑崙，乞得山頭玉女盆。　　絳州
王老，百歲痴頑推不倒。海口如門，一派黃流已電奔。

其二〇　琴

神閑意定，萬籟收聲天地靜。玉指冰弦，未動宮商意已傳。　　悲風
流水，寫出寥寥千古意。歸去無眠，一夜餘音在耳邊。

156

其二一

銀箏旋品，不用纏頭千尺錦。妙思如泉，一洗閑愁十五年。為公少止，起舞屬公公莫起。風裏銀山，擺撼魚龍我自閑。

其二二　贈君猷家姬

柔和性氣，雅稱佳名呼懿懿。解舞能謳，絕妙年中有品流。眉長眼細，淡淡梳妝新綰髻。懊惱風情，春著花枝百態生。

其二三

鶯初解語，最是一年春好處。微雨如酥，草色遥看近却無。休辭醉倒，花不看開人易老。莫待春回，顛倒紅英間綠苔。

其二四

江南游女，問我何年歸得去。雨細風微，兩足如霜挽紵衣。江亭夜語，喜見京華新樣舞。蓮步輕飛，遷客今朝始是歸。

其二五　贈徐君猷三侍人，一媭卿

嬌多媚殺，體柳輕盈千萬態。殢主尤賓，斂黛含顰喜又瞋。徐君樂飲，笑謔從伊情意恁。臉嫩膚紅，花倚朱闌裏住風。

其二六　勝之

雙鬟綠墜，嬌眼橫波眉黛翠。妙舞蹁躚，掌上身輕意態妍。曲窮力困，笑倚人旁香喘噴。老大逢歡，昏眼猶能仔細看。

其二七　慶姬

天真雅麗，容態温柔心性慧。響亮歌喉，遏住行雲翠不收。妙詞佳曲，囀出新聲能斷續。重客多情，滿勸金卮玉手擎。

行香子　茶詞

綺席纔終，歡意猶濃。酒闌時，高興無窮。共誇君賜，初拆臣封。看分香餅，黃金縷，密雲龍。　　鬥贏一水，功敵千鍾。覺涼生，兩腋清風。暫留紅袖，少却紗籠。放笙歌散，庭館靜，略從容。

其　二　寓意

三入承明，四至九卿。問書生，何辱何榮。金張七葉，紈綺貂纓。無汗馬事，不獻賦，不明經。　　成都卜肆，寂寞君平。鄭子真，巖谷躬耕。寒灰炙手，人重人輕。除竺乾學，得無念，得無名。

（曹樹銘列爲誤入詞）

其　三　述懷

清夜無塵。月色如銀。酒斟時，須滿十分。浮名浮利，虛苦勞神。嘆隙中駒，石中火，夢中身。　　雖抱文章，開口誰親。且陶陶，樂盡天真。幾時歸去，作個閑人。對一張琴，一壺酒，一溪雲。

其　四　病起小集

昨夜霜風，先入梧桐。渾無處，回避衰容。問公何事，不語書空。但一回醉，一回病，一回慵。　　朝來庭下，飛英如霰。似無言，有意催儂。都將萬事，付與千鍾。任酒花白，眼花亂，燭花紅。

其　五　丹陽寄述古

携手江村，梅雪飄裙。情何限，處處銷魂。故人不見，舊曲重聞。向望湖樓，孤山寺，涌金門。　　尋常行處，題詩千首。綉羅衫，與拂紅塵。別來相憶，知是何人。有湖中月，江邊柳，隴頭雲。

其　六　過七里灘

一葉舟輕，雙槳鴻驚。水天清，影湛波平。魚翻藻鑒，鷺點煙汀。過沙溪急，霜溪冷，月溪明。　　重重似畫，曲曲如屏。算當年，空老嚴陵。君臣一夢，今古虛名。但遠山長，雲山亂，曉山青。

其　七　與泗守過南山晚歸作

北望平川，野水荒灣。共尋春，飛步屧顏。和風弄袖，香霧縈鬟。正酒酣時，人語笑，白雲間。　　飛鴻落照，相將歸去。澹娟娟，玉宇清閑。何人無事，宴坐空山。望長橋上，燈火亂，使君還。

點絳唇 己巳重九，和蘇堅

我輩情鍾，古來誰似龍山宴。而今楚甸，戲馬餘飛觀。　　顧謂佳人，不覺秋強半。箏聲遠，鬢雲吹亂，愁入參差雁。

其　二 庚午重九

不用悲秋，今年身健還高宴。江村海甸，總作空花觀。　　尚想橫汾，蘭菊紛相半。樓船遠，白雲飛亂，空有年年雁。

其　三 再和，送錢公永

莫唱《陽關》，風流公子方終宴。秦山禹甸，縹緲真奇觀。　　北望平原，落日山銜半。孤帆遠，我歌君亂，一送西飛雁。

其　四

醉漾輕舟，信流引到花深處。塵緣相誤，無計花間住。　　煙水茫茫，千里斜陽暮。山無數，亂紅如雨，不記來時路。

其　五

月轉烏啼，畫堂宮徵生離恨。美人愁悶，不管羅衣褪。　　清淚班班，揮斷柔腸寸。嗔人問，背燈偷搵，拭盡殘妝粉。

其　六

閑倚胡牀，庾公樓外峰千朵。與誰同坐，明月清風我。　　別乘一來，有唱應須和。還知麼，自從添個，風月平分破。

其　七

紅杏飄香，柳含煙翠拖金縷。水邊朱戶，門掩黃昏雨。　　燭影搖風，一枕傷春緒。歸不去，鳳樓何處，芳草迷歸路。

其　八

春雨濛濛，淡煙深鎖垂楊院。暖風輕扇，落盡桃花片。　薄倖不來，前事思量遍。無由見，淚痕如綫，界破殘妝面。

（録自《草堂詩餘》；亦作何籀詞）

其　九

鶯踏花翻，亂紅堆徑無人掃。杜鵑來了，梅子枝頭小。　撥盡琵琶，總是相思調。知音少，暗傷懷抱，門掩青春老。

（録自《草堂詩餘》；亦作無名氏詞）

其一〇　秋思

高柳蟬嘶，採菱歌斷秋風起。晚雲如髻，湖上山橫翠。　簾捲西樓，過雨涼生袂。天如水，畫樓十二，有個人同倚。

（録自《草堂詩餘》；亦作汪藻詞）

其一一　佳人

蹴罷鞦韆，起來整頓纖纖手。露濃花瘦，薄汗輕衣透。　見客入來，襪剗金釵溜。和羞走，倚門回首，却把青梅嗅。

（録自《草堂詩餘》；亦作李清照、周邦彥、無名氏詞）

皂羅特髻

采菱拾翠，算似此佳名，阿誰消得。采菱拾翠，稱使君知客。千金買，采菱拾翠，更羅裙，滿把真珠結。采菱拾翠，正髻鬟初合。　真個，采菱拾翠，但深憐輕拍。一雙手，采菱拾翠，綉衾下，抱着俱香滑。采菱拾翠，待到京尋覓。

虞美人　琵琶

定場賀老今何在，幾度新聲改。新聲坐使舊聲闌，俗耳只知繁手不須彈。斷弦試問誰能曉，七歲文姬小。試教彈作輥雷聲，應有開元遺老淚縱橫。

其 二 　送馬中玉

歸心正似三春草，試著萊衣小。橘懷幾日向翁開，懷祖已瞑文度不歸來。　　禪心已斷人間愛，只有平交在。笑論瓜葛一枰同，看取靈光新賦有家風。

其 三 　有美堂贈述古

湖山信是東南美，一望彌千里。使君能得幾回來，便使尊前醉倒更徘徊。　　沙河塘裏燈初上，水調誰家唱。夜闌風靜欲歸時，惟有一江明月碧琉璃。

其 四

波聲拍枕長淮曉，隙月窺人小。無情汴水自東流，只載一船離恨向西州。　　竹溪花浦曾同醉，酒味多於淚。誰教風鑒在塵埃，醖造一場煩惱送人來。

其 五

持杯遙勸天邊月，願月圓無缺。持杯更復勸花枝，且願花枝長在莫離披。　　持杯月下花前醉，休問榮枯事。此歡能有幾人知，對酒逢花不飲待何時。

其 六

冰肌自是生來瘦，那更分飛後。日長簾幕望黃昏，及至黃昏時候轉銷魂。　　君還知道相思苦，怎忍拋奴去。不辭迢遞過關山，只恐別郎容易見郎難。

（曹樹銘列爲誤入詞）

其 七

深深庭院清明過，桃李初紅破。柳絲搭在玉闌干，簾外瀟瀟微雨做輕寒。　　晚晴臺榭增明媚，已拼花前醉。更闌人靜月侵廊，獨自行來行去好思量。

（曹樹銘列爲誤入詞）

其 八

落花已作風前舞，又送黄昏雨。曉來庭院半殘紅，惟有游絲千丈羂晴空。　　殷勤花下重携手，更盡杯中酒。美人不用斂歌眉，我亦多情無奈酒闌時。

（曹樹銘列爲互見詞；亦作葉夢得詞）

醉落魄　述懷

醉醒醒醉。憑君會取這滋味。濃斟琥珀香浮蟻。一到愁腸，別有陽春意。　　須將幕席爲天地。歌前起舞花前睡。從他落魄陶陶裏。猶勝醒醒，惹得閑憔悴。

（亦作王仲甫詞）

其 二　席上呈楊元素

分携如昨。人生到處萍飄泊。偶然相聚還離索。多病多愁，須信從來錯。　　尊前一笑休辭却。天涯同是傷淪落。故山猶負平生約。西望峨嵋，長羨歸飛鶴。

其 三　蘇州閶門留別

蒼顔華髮。故山歸計何時決。舊交新貴音書絶。惟有佳人，猶作殷勤別。　　離亭欲去歌聲咽。瀟瀟細雨涼吹頰。淚珠不用羅巾裛。彈在羅衫，圖得見時説。

其 四　離京口作

輕雲微月。二更酒醒船初發。孤城回望蒼煙合。記得歌時，不記歸時節。　　巾偏扇墜藤牀滑。覺來幽夢無人説。此生飄蕩何時歇。家在西南，常作東南別。

如夢令

　　元豐七年十二月十八日，浴泗州雍熙塔下，戲作《如夢令》兩闋。此曲本唐莊宗製，名《憶仙姿》，嫌其名不雅，故改爲《如夢令》。莊宗作此詞，卒章云：如夢，如夢，和淚出門相送。因取以爲名云。

　　水垢何曾相受。細看兩俱無有。寄語揩背人，盡日勞君揮肘。輕手。輕手。居士本來無垢。

其　二

　　自净方能净彼。我自汗流呀氣。寄語澡浴人，且共肉身游戲。但洗。但洗。俯爲人間一切。

其　三　有寄

　　爲向東坡傳語。人在畫堂深處。別後有誰來，雪壓小橋無路。歸去。歸去。江上一犁春雨。

其　四　春思

　　手種堂前桃李。無限綠陰青子。簾外百舌兒，驚起五更春睡。居士。居士。莫忘小橋流水。

其　五　題淮山樓

　　城上層樓疊巘。城下清淮古汴。舉手揖吳雲，人與暮天俱遠。魂斷。魂斷。後夜松江月滿。

其　六

　　曾宴桃源深洞。一曲舞鸞歌鳳。長記欲別時，和淚出門相送。如夢。如夢。殘月落花煙重。

　　（録自《草堂詩餘》；亦作李存勗詞）

阮郎歸 初夏

緑槐高柳咽新蟬。薰風初入弦。碧紗窗下水沉煙。棋聲驚畫眠。微雨過，小荷翻。榴花開欲然。玉盆纖手弄清泉。瓊珠碎又圓。

其 二 梅花

暗香浮動月黄昏。堂前一樹春。東風何事入西鄰。兒家常閉門。雪肌冷，玉容真。香腮粉未匀。折花欲寄嶺頭人。江南日暮雲。

其 三

一年三過蘇，最後赴密州時，有問這回來不來，其色凄然。太守王規甫嘉之，令作此詞。

一年三度過蘇臺。清尊長是開。佳人相問苦相猜。這回來不來。情未盡，老先催。人生真可咍。它年桃李阿誰栽。劉郎雙鬢衰。

其 四

歌停檀板舞停鸞。高陽飲興闌。獸煙噴盡玉壺乾。香分小鳳團。雲浪淺，露珠圓。捧甌香筍寒。絳紗籠下躍金鞍。歸時人倚欄。

（録自《全芳備祖》；亦作黄庭堅詞）

雙荷葉 湖州賈耘老小妓名雙荷葉

雙溪月，清光偏照雙荷葉。雙荷葉，紅心未偶，緑衣偷結。　　背風迎雨流珠滑，輕舟短棹先秋折。先秋折，煙鬟未上，玉杯微缺。

殢人嬌 小王都尉席上贈侍人

滿院桃花，盡是劉郎未見。於中更，一枝纖軟。仙家日月，笑人間春晚。濃睡起，驚飛亂紅千片。　　密意難傳，羞容易變。平白地，爲伊腸斷。問君終日，怎安排心眼。須信道，司空自來見慣。

其 二 贈朝雲

白髮蒼顏，正是維摩境界。空方丈，散花何礙。朱脣箸點，更髻鬟生彩。這些個，千生萬生只在。　　好事心腸，著人情態。閑窗下，斂雲凝黛。明朝端午，待學紉蘭爲佩。尋一首好詩，要書裙帶。

其 三 戲邦直

別駕來時，燈火熒煌無數。向青瑣，隙中偷覷。元來便是，共彩鸞仙侶。方見了，管須低聲説與。　　百子流蘇，千枝寶炬。人間有，洞房煙霧。春來何事，故抛人別處。坐望斷，樓中遠山歸路。

訴衷情　送述古迓元素

錢塘風景古今奇，太守例能詩。先驅負弩何在，心已浙江西。　　花盡後，葉飛時，雨凄凄。若爲情緒，更問新官，向舊官啼。

其 二 海棠

海棠珠綴一重重，清曉近簾櫳。胭脂誰與勻淡，偏向臉邊濃。　　看葉嫩，惜花紅，意無窮。如花似葉，歲歲年年，共占春風。

其 三 琵琶女

小蓮初上琵琶弦，彈破碧雲天。分明繡閣幽恨，都向曲中傳。　　膚瑩玉，鬢梳蟬，綺窗前。素娥今夜，故故隨人，似鬥嬋娟。

（曹樹銘列爲誤入詞）

謁金門　秋夜

秋帷裏，長漏伴人無寐。低玉枕凉輕繡被，一番秋氣味。　　曉色又侵窗紙，窗外雞聲初起。聲斷幾聲還到耳，已明聲未已。

其 二 秋興

秋池閣，風傍曉庭簾幕。霜葉未衰吹未落，半驚鴉喜鵲。　　自笑浮名情薄，似與世人疏略。一片懶心雙懶脚，好教閑處著。

其 三 秋感

今夜雨，斷送一年殘暑。坐聽潮聲來別浦，明朝何處去。　辜負金尊綠醑，來歲今宵圓否。酒醒夢回愁幾許，夜闌還獨語。

好事近 黃州送君猷

紅粉莫悲啼，俯仰半年離別。看取雪堂坡下，老農夫淒切。　明年春水漾桃花，柳岸隘舟楫。從此滿城歌吹，看黃州闐咽。

其 二 西湖夜歸

湖上雨晴時，秋水半篙初没。朱檻俯窺寒鑒，照衰顏華髮。　醉中吹墮白綸巾，溪風漾流月。獨棹小舟歸去，任煙波摇兀。

其 三

煙外倚危樓，初見遠燈明滅。却跨玉虹歸去，看洞天星月。　當時張范風流在，況一尊浮雪。莫問世間何事，與劍頭微映。

鵲橋仙 七夕送陳令舉

緱山仙子，高情雲渺，不學痴牛騃女。鳳簫聲斷月明中，舉手謝，時人欲去。　客槎曾犯，銀河波浪，尚帶天風海雨。相逢一醉是前緣，風雨散，飄然何處。

其 二 七夕和蘇堅

乘槎歸去，成都何在，萬里江沱漢漾。與君各賦一篇詩，留織女，鴛鴦機上。　還將舊曲，重賡新韻，須信吾儕天放。人生何處不兒嬉，看乞巧，朱樓彩舫。

河滿子 湖州寄南守馮當世

見說岷峨凄愴，旋聞江漢澄清。但覺秋來歸夢好，西南自有長城。東府三人最少，西山八國初平。　莫負花溪縱賞，何妨藥市微行。試問當壚人在否，空教是處聞名。唱着子淵新曲，應須分外含情。

陽關曲

中秋作，本名《小秦王》，入腔即《陽關曲》。

暮雲收盡溢清寒，銀漢無聲轉玉盤。此生此夜不長好，明月明年何處看。

其　二　軍中

受降城下紫髯郎，戲馬臺南舊戰場。恨君不取契丹首，金甲牙旗歸故鄉。

其　三　答李公擇

濟南春好雪初晴，纔到龍山馬足輕。使君莫忘霅溪女，還作陽關腸斷聲。

畫堂春 寄子由

柳花飛處麥搖波，晚湖淨鑒新磨。小舟飛棹去如梭，齊唱採菱歌。平野水雲溶漾，小樓風日晴和。濟南何在暮雲多，歸去奈愁何。

天仙子

走馬探花花發未，人與化工俱不易。千回來繞百回看，蜂作婢，鶯為使，穀雨清明空屈指。　白髮盧郎情未已，一夜剪刀收玉蕊。尊前還對斷腸紅，人有淚，花無意，明日酒醒應滿地。

翻香令

金爐猶暖麝煤殘，惜香更把寶釵翻。重聞處，餘熏在，這一番，氣味勝從前。　　背人偷蓋小蓬山，更將沉水暗同然。且圖得，氤氳久，爲情深，嫌怕斷頭煙。

桃源憶故人

華胥夢斷人何處，聽得鶯啼紅樹。幾點薔薇香雨，寂寞閑庭户。暖風不解留花住，片片着人無數。樓上望春歸去，芳草迷歸路。

調笑令　　效韋應物體

漁父，漁父，江上微風細雨。青蓑黃蒻裳衣，紅酒白魚暮歸。歸暮，歸暮，長笛一聲何處。

其　二

歸雁，歸雁，飲啄江南南岸。將飛却下盤桓，塞外春來苦寒。寒苦，寒苦，藻荇欲生且住。

（以上兩詞亦作蘇轍詞）

荷花媚

霞苞電荷碧，天然地，別是風流標格。重重青蓋下，千嬌照水，好紅紅白白。　　每悵望，明月清風夜，甚低迷不語，夭邪無力。終須放，船兒去，清香深處住，看伊顏色。

浪淘沙

昨日出東城，試探春情。墻頭紅杏暗如傾。檻内群芳芽未吐，早已回春。　　綺陌斂香塵，雪霽前村。東君用意不辭辛。料想春光先到處，吹綻梅英。

祝英臺近

挂輕帆，飛急槳，還過釣臺路。酒病無聊，敧枕聽鳴櫓。斷腸簇簇雲山，重重煙樹，回首望，孤城何處。　　閑離阻。誰念縈損襄王，何曾夢雲雨。舊恨前歡，心事兩無據。要知欲見無由，痴心猶自，倩人道，一聲傳語。

其　二

剪酴醿，移紅藥，深院教鸚鵡。消遣宿醒，敧枕熏沉炷。自從載酒西湖，探梅南浦。久不見，雪兒歌舞。　　恨無據。因甚不展眉頭，凝愁過百五。雙燕多情，難寄斷腸句。可憐淚濕青綃，怨題紅葉，落花亂，一簾風雨。

（録自《草堂詩餘》；亦作無名氏詞）

醉翁操

琅琊幽谷，山川奇麗，泉鳴空澗，若中音會。醉翁喜之，把酒臨聽，輒欣然忘歸。既去十餘年，而好奇之士沈遵聞之，往游，以琴寫其聲，曰《醉翁操》，節奏疏宕，而音指華暢，知琴者以爲絕倫。然有其聲而無其辭。翁雖爲作歌，而與琴聲不合。又依楚詞作《醉翁引》，好事者亦倚其辭以製曲。雖粗合韻度，而琴聲爲詞所繩約，非天成也。後三十餘年，翁既捐館舍，遵亦沒久矣。有廬山玉澗道人崔閑，特妙於琴。恨此曲之無詞，乃譜其聲，而請東坡居士以補之云。

琅然，清圜，誰彈。響空山，無言，惟翁醉中知其天。月明風露娟娟，人未眠。荷蕢過山前，曰有心也哉此賢。　　醉翁嘯詠，聲和流泉。醉翁去後，空有朝吟夜怨。山有時而童巔，水有時而回川，思翁無歲年。翁今爲飛仙，此意在人間，試聽徽外三兩弦。

漁　父

漁父飲，誰家去。魚蟹一時分付。酒無多少醉爲期，彼此不論錢數。

其　二

漁父醉，蓑衣舞。醉裏却尋歸路。輕舟短棹任橫斜，醒後不知何處。

其　三

漁父醒，春江午。夢斷落花飛絮。酒醒還醉醉還醒，一笑人間今古。

其　四

漁父笑，輕鷗舉。漠漠一江風雨。江邊騎馬是官人，借我孤舟南渡。

踏莎行

山秀芙蓉，溪明罨畫。真游洞穴滄波下。臨風慨想斬蛟人，長橋千載
猶橫跨。　　解佩投簪，求田問舍。黃雞白酒漁樵社。元龍非復少時豪，
耳邊洗盡功名話。

（錄自《歷代詩餘》）

其　二

這個禿奴，修行忒煞。雲山頂上空持戒。一從迷戀玉樓人，鶉衣百結
渾無奈。　　毒手傷人，花容粉碎。空空色色今何在。臂間刺道苦相思，
這回還了相思債。

（錄自《西湖游覽志》；以上兩詞，疑非蘇軾所作）

占春芳

紅杏了，夭桃盡，獨自占春芳。不比人間蘭麝，自然透骨生香。
對酒莫相忘。似佳人，兼合明光。只憂長笛吹花落，除是寧王。

一斛珠

洛城春晚，垂楊亂掩紅樓半。小池輕浪紋如篆。燭下花前，曾醉離歌
宴。　　自惜風流雲雨散，關山有限情無限。待君重見尋芳伴。爲説相

思，目斷西樓燕。

履霜操

桓山之上，維石嵯峨兮。司馬之惡，與石不磨兮。　　桓山之下，維水瀰瀰兮。司馬之藏，與水皆逝兮。

（録自《東坡七集·游桓山記》，詞牌參曹樹銘《東坡詞》）

瑶池燕

飛花成陣，春心困。寸寸，別腸多少愁悶。無人問，偷啼自揾，殘妝粉。　　抱瑶琴，尋出新韻。玉纖趁，南風未解幽愠。低雲鬢，眉峰斂暈。嬌和恨。

（録自《詞律》；曹樹銘列爲誤入詞）

意難忘

花擁鴛房。記駝肩髻小，約鬢眉長。輕身翻燕舞，低語囀鶯簧。相見處，便難忘。肯親度瑶觴。向夜闌，歌翻郢曲，帶換韓香。　　別來音信難將。似雲收楚峽，雨散巫陽。相逢情有在，不語意難量。些個事，斷人腸。怎禁得恓惶。待與伊，移根換葉，試又何妨。

（曹樹銘列爲誤入詞；亦作程垓詞）

踏青游

改火初晴，緑遍禁池芳草。鬥錦綉，大城馳道。踏青游，拾翠惜，襪羅弓小。蓮步裊，腰肢佩蘭輕妙。行過上林春好。　　今困天涯，何限舊情相惱。念摇落，玉京寒早，任關心，空目斷，蓬山難到。仙夢杳，良宵又還過了，樓臺萬家清曉。

（録自《欽定詞譜》）

其 二 　贈妓崔念四

識個人人，恰正年年歡會。似賭賽，六隻渾四。向巫山，重重去，如魚水。兩情美，同倚畫樓十二。倚畫樓又還重倚。　　兩日不來，時時在人心裏。擬問卜，常占歸計。拼三八清齋，望永同鴛被。驀然被驚覺，夢也有頭無尾。

（録自《古今詞統》；亦作無名氏詞，《能改齋漫録》載爲政和間人作，當非蘇軾詞）

奉安神宗皇帝御容赴景靈宮導引歌詞

帝城父老，三歲望堯心，天遠玉樓深。龍顏仿佛笙簫遠，腸斷屬車音。　　離宮春色瑣瑶林，雲闕海沉沉。遺民猶唱當時曲，秋雁起汾陰。

迎奉神宗皇帝御容赴西京會聖宮應天禪院奉安導引歌詞

經文緯武，十有九年中，遺烈震羌戎。渭橋夾道千君長，猶是建元功。　　西瞻溫洛與神崧，蓮宇照瓊宮。人間俯仰成今古，流澤自無窮。

（以上兩詞録自《東坡七集》）

清平調引

陌上花開蝴蝶飛，江山猶是昔人非。遺民幾度垂垂老，游女長歌緩緩歸。

其 二

陌上山花無數開，路人爭看翠軿來。若爲留得堂堂去，且更從教緩緩回。

其 三

生前富貴草頭露，身後風流陌上花。已作遲遲君去魯，猶歌緩緩妾回家。

（以上三詞録自《古今詞統》。《全宋詞》定爲詩，非詞也；而《詞苑萃編》引俞少卿云："柳枝、竹枝、清平調引、小秦王、陽關曲、八拍蠻、浪淘沙，七言絶句也。"今姑録於此，以資參考）

定風波

十月九日，孟亨之置酒秋香亭，有雙拒霜獨向君猷而開。坐客喜笑，以爲非使君莫可當此花，故作是篇。

兩兩輕紅半暈腮，依依獨爲使君回。若道使君無此意，何爲，雙花不向別人開。　但看低昂煙雨裏，不已，勸君休訴十分杯。更問尊前狂副使，來歲，花開時節與誰來。

其 二

三月七日，沙湖道中遇雨。雨具先去，同行皆狼狽，余獨不覺。已而遂晴，故作此。

莫聽穿林打葉聲，何妨吟嘯且徐行。竹杖芒鞋輕勝馬，誰怕，一蓑煙雨任平生。　料峭春風吹酒醒，微冷，山頭斜照却相迎。回首向來蕭瑟處，歸去，也無風雨也無晴。

其 三　重陽括杜牧之詩

與客携壺上翠微，江涵秋影雁初飛。塵世難逢開口笑，年少，菊花須插滿頭歸。　酩酊但酬佳節了，雲嶠，登臨不用怨斜暉。古往今來誰不老，多少，牛山何必更沾衣。

其 四　感舊

莫怪鴛鴦綉帶長，腰輕不勝舞衣裳。薄倖只貪游冶去，何處，垂楊繫馬恣輕狂。　花謝絮飛春又盡，堪恨，斷弦塵管伴啼妝。不信歸來但自看，怕見，爲郎憔悴却羞郎。

（曹樹銘列爲誤入詞）

其 五 送元素

今古風流阮步兵，平生游宦愛東平。千里遠來還不住，歸去，空留風韻照人清。　紅粉尊前添懊惱，休道，如何留得許多情。記取明年花絮亂，看泛，西湖總是斷腸聲。

其 六

元豐五年七月六日，王文甫家飲釀白酒，大醉，集古句作墨竹詞。

雨洗娟娟嫩葉光，風吹細細綠筠香。秀色亂侵書帙晚，簾捲，清陰微過酒樽涼。　人畫竹身肥擁腫，何用，先生落筆勝蕭郎。記得小軒岑寂夜，廊下，月和疏影上東墙。

其 七 詠紅梅

好睡慵開莫厭遲，自憐冰臉不時宜。偶作小紅桃杏色，閑雅，尚餘孤瘦雪霜姿。　休把閑心隨物態，何事，酒生微暈沁瑤肌。詩老不知梅格在，吟詠，更看綠葉與青枝。

其 八 海南歸，贈王定國侍兒寓娘

長羨人間琢玉郎，天應乞與點酥娘。自作清歌傳皓齒，風起，雪飛炎海變清涼。　萬里歸來年愈少，微笑，笑時猶帶嶺梅香。試問嶺南應不好，却道，此心安處是吾鄉。

其 九

余昔與張子野、劉孝叔、李公擇、陳令舉、楊元素會於吳興。時子野作六客詞，其卒章云："見說賢人聚吳分，試問，也應旁有老人星。"凡十五年，再過吳興，而五人者皆已亡矣。時張仲謀與曹子方、劉景文、蘇伯固、張秉道爲坐客，仲謀請作後六客詞云。

月滿苕溪照夜堂，五星一老鬥光芒。十五年間真夢裏，何事，長庚配月獨淒涼。　綠髮蒼顏同一醉，還是，六人吟笑水雲鄉。賓主談鋒誰得

似，看取，曹劉今對兩蘇張。

憶秦娥

香馥馥。樽前有個人如玉。人如玉。翠翹金鳳，內家妝束。　　嬌羞愛把眉兒蹙。逢人只唱相思曲。相思曲。一聲聲是，怨紅愁綠。

（錄自《新刻題評名賢詞話草堂詩餘》；亦作無名氏詞）

金菊對芙蓉

花則一名，種分三色，嫩紅妖白嬌黃。正新秋佳景，雨霽風涼。郊墟十里飄蘭麝，瀟灑處，旖旎非常。自然風韻，開時不惹，蝶亂蜂狂。　攜酒獨揖蟾光。問花神何屬，離兌中央。引騷人乘興，廣賦詩章。幾多才子爭攀折，嫦娥道，三種清香，狀元紅是，黃爲榜眼，白探花郎。

（錄自《花草粹編》；《草堂詩餘》《山堂肆考》並謂僧仲殊詞）

失調名　上元

拼沉醉、金荷須滿。怕明年此際，催歸禁籞，侍黃柑宴。
（殘句；錄自《歲時廣記》）

其　二

喚起離情，慵推孤枕。

其　三

山頭望，波光潑眼。

其　四

寂寂珠簾蛛網滿。
（以上三殘句錄自《新注斷腸詩集》）

其 五

揭起裙兒，一陣油鹽醬醋香。

（殘句；録自《南村輟耕録》）

其 六

高安更過幾重山。

其 七

過湖携手屢沾襟。

（以上二殘句，録自《雪山集・東坡先生祠堂記》）

其 八

誰教幽夢裏，插他花。

（殘句；録自翁方綱《蘇詩補注》）

（以上詞除注明者外，均録自《東坡樂府》《東坡詞》）

蘇　轍

蘇轍（1039—1112），字子由，眉山人，蘇軾之弟。仁宗嘉祐時，與兄軾同登進士，舉制科。歷官商州軍事推官、陳州教授。哲宗朝，召爲右司諫，累遷御史中丞，拜尚書右丞，進門下侍郎。因觸犯權臣及皇帝，屢遭貶斥，徙居許州（今河南省許昌市）。徽宗時，復爲大中大夫。蔡京當國又降居許州，再復太中大夫致仕。自號"潁濱遺老"。轍工詩文，其散文頗著名，爲"唐宋八大家"之一。有《欒城集》傳世。

效韋蘇州調嘯詞

漁父，漁父，水上微風細雨。青蓑黃篛裳衣，紅酒白魚莫歸。莫歸，莫歸，歸莫，長笛一聲何處？

其　二

歸雁，歸雁，飲啄江南南岸。將飛却下盤桓。塞北春來苦寒。苦寒，苦寒，寒苦，藻荇欲生且住。

（以上兩詞録自《欒城集》；亦作蘇軾詞）

水調歌頭　徐州中秋作

離別一何久，七度過中秋。去年東武今夕，明月不勝愁。豈意彭城山下，同泛清河古汴，船上載涼州。鼓吹助清賞，鴻雁起汀洲。　　坐中客，翠羽帔，紫綺裘。素娥無賴，西去曾不爲人留。今夜清尊對客，明夜孤帆水驛，依舊照離憂。但恐同王粲，相對永登樓。

（録自《東坡樂府》）

漁家傲　和門人祝壽

七十餘年真一夢，朝來壽斝兒孫奉。憂患已空無復痛，心不動，此間自有千鈞重。　　蚤歲文章供世用，中年禪味疑天縱。石塔成時無一縫，誰與共，人間天上隨它送。

（録自《欒城遺言》）

王仲甫

　　王仲甫（生卒年不詳），字明之，號逐客，王珪猶子，原籍華陽（今屬成都市）。以詞賦登科，風流翰墨，名著一時。著有《冠卿集》，不傳。

滿朝歡

　　憶得延州，舊曾相見，東城近東下住。被君著意引歸家，放十分，以上攛掇。　　小樣羅衫，淡紅拂過，風流萬般做處。怕伊驀地憶人時，夢中來，不要迷路。

　　（錄自《全芳備祖》；按調疑是《鵲橋仙》）

清平樂

　　黃金殿裏，燭影雙龍戲。勸得官家真個醉，進酒猶呼萬歲。　　錦茵舞徹涼州，君恩與整搔頭。一夜御前宣喚，六宮多少人愁。

　　（錄自《詞苑萃編》；亦作王觀詞）

醜奴兒

　　牡丹不好長春好，有個因依。一兩枝兒，但是風光總屬伊。　　當初只爲嫦娥種，月正明時。教恁芳菲，伴著團圓十二回。

永遇樂

　　風折新英，雨肥繁實，又還如豆。玉核初成，紅腮尚淺，齒軟酸微透。粉牆低亞，佳人驚見，不管露沾襟袖。一枝釵子未插，應把手接頻嗅。　　相思病酒，只因思此，免使文君眉皺。入鼎調羹，攀林止渴，功業還依舊。看看飛燕，銜將春去，又將欲，黃昏時候。爭如向，金盤滿捧，共君王對酒。

　　（亦作楊無咎詞）

浪淘沙

素手水晶盤，疊起仙丸。紅綃碾碎却成團。安得密排金粟遍，何似鷄冠。　　味勝玉漿寒，只被宜酸。莫將荔子一般看。色淡香消倂僝損，纔到長安。

（以上三詞均録自《全芳備祖》）

醉落魄

醉醒醒醉，憑君會取皆滋味。濃斟琥珀香浮蟻。一入愁腸，便有陽春意。　　須將席幕爲天地，歌前起舞花前睡。從他兀兀陶陶裏。猶勝醒醒，惹得閑憔悴。

（録自《山谷琴趣外篇》；亦作蘇軾詞，今姑録於此）

驀山溪

挂冠神武，來作煙花主。千里好江山，都盡是，君恩賜與。風勾月引，催上泛宅時，酒傾玉，鱠堆雪，總道神仙侶。　　簑衣篛笠，更著些兒雨。橫笛兩三聲，晚雲中，驚鷗來去。欲煩妙手，寫入散人圖，蝸角名，蠅頭利，著甚來由顧。

（録自《酒邊詞》，乃向子諲據王仲甫詞易置十數字而成，王氏原詞佚，姑存之）

王齊愈

王齊愈（生卒年不詳），字文甫，嘉州犍爲（今四川省犍爲縣）人，居武昌。

菩薩蠻　戲成

玉肌香襯冰絲縠，縠絲冰襯香肌玉。纖指拂眉尖，尖眉拂指纖。
巧裁羅襪小，小襪羅裁巧。移步看塵飛，飛塵看步移。

其　二

吼雷催雨飛沙走，走沙飛雨催雷吼。波漲瀉傾河，河傾瀉漲波。
幌紗涼氣爽，爽氣涼紗幌。幽夢覺仙游，游仙覺夢幽。

其　三

獸噴香縷飛長晝，晝長飛縷香噴獸。迎日喜葵傾，傾葵喜日迎。
捲簾雙舞燕，燕舞雙簾捲。清簟枕釵橫，橫釵枕簟清。

其　四

遠香風遞蓮湖滿，滿湖蓮遞風香遠。光鑒試新妝，妝新試鑒光。
棹穿花處好，好處花穿棹。明月詠歌清，清歌詠月明。

其　五

酒中愁説人留久，久留人説愁中酒。歸夢要遲遲，遲遲要夢歸。
舊衣香染袖，袖染香衣舊。封短託飛鴻，鴻飛託短封。

其　六

老人愁嘆驚年早，早年驚嘆愁人老。霜點鬢蒼蒼，蒼蒼鬢點霜。
酒杯停欲久，久欲停杯酒。杯酒喚眉開，開眉喚酒杯。

其 七 初夏

暑煩人困初時午，午時初困人煩暑。新詩得酒因，因酒得詩新。
縷金歌眉舉，舉眉歌金縷。人妒月圓頻，頻圓月妒人。

虞美人 寄情

黃金柳嫩搖絲軟，永日堂堂掩。捲簾飛燕未歸來，客去醉眠欹枕殢殘
杯。　　眉山淺拂青螺黛，整整垂雙帶。水沉香熨窄衫輕，瑩玉碧溪春溜
眼波橫。

（以上詞錄自《回文類聚》）

范祖禹

范祖禹（1041—1098），字淳甫，一字夢得，成都人。嘉祐八年（1063）進士及第。初從司馬光編《資治通鑑》，後光薦爲秘書省正字，累擢右諫議大夫，遷給事中，拜翰林學士。出知陜州，貶謫以終。有《唐鑑》《帝學》《范太史集》等傳世。

導　引

思齊文母，盛烈對皇天。演寶祚千年。卿雲復旦治功全，厭人世登仙。　龍興忽掩三川，彩仗屬車旋。維清象舞告英宣，入詩頌歌弦。

六　州

太平功。擁佑帝堯聰。歌九德，偃五戎。寰海被祥風。車書萬里文軌同。自南北西東。耕田鑿井，戲垂髫華髮，躋仁壽域變時雍。大明方天中。棄養東朝苦匆匆。玉座如存，永隔慈容。　恨難窮。崇慶空。飆輪仙馭無蹤。超宇宙，駕雲龍。褘翟掩軒宮。柏城王氣長鬱蔥。溫洛照寒崧。光靈在上，徽音流千古，昭如日月麗層穹。太任家邦隆。彤史青編永垂鴻。清廟笙鏞。奏假欽崇。

十二時

轉招搖。厚陵回望，雙闕起岩嶢。曉日麗譙。金爵上干霄。風雨闃，夜宮閉，不重朝。奉鸞鑣漸遥。玉京知何處，飛英銜恤，亂絮纏悲，春路迢迢。縹緲哀音，發龍笳鳳簫。　光景同，慘澹度巖邑，指河橋。馬蕭蕭，絡繹星軺。拂天容衛，江海上寒潮。萬國魂銷。追昔御東朝。開鈿扇，垂珠箔，侍瑤貂。寶香燒。散飄手。開仁壽域，神孫高拱，崑崙渤澥，玉燭方調。一旦宮車晚，旋歸沆寥。九載初，如夢次，功得瓊瑶。

虞神歌

駕玉龍。設初虞祭終。前旌舉，天回洛水，路轉崧峰。瞻寥廓，煙霏冲融。宵無蹤。震地鼓吹悲雄。誰何羽衛重。拂雲旗幟眩青紅。來漸東。清塵灑道，脩職百神恭。回首蒼茫，霧雨吹風。掩泉宮。　□□□□□□□□□寰幾入，山川改容。鼓鐘臨近次，千官望拜，涕淚衡從。人如堵，晨光葱朧。闕穹隆。馳道禁水相通。當年游幸空。皇儀事畢泣重瞳。哀未窮。巍巍餘烈，輝映簡編中。億萬斯年，覆載同功。

（以上四詞總題《虞主回京雙調四曲》）

虞主袝廟日中呂導引

延和幄座，臨御九年中，往事已成空。皇基固覆盂四海，本自太任功。　九虞初畢下西宮，廟祜與天崇。周家盛，卜年卜世，萬祀永無窮。

（以上詞録自《范太史集》）

劉涇

　　劉涇（約 1042—1100），字巨濟，簡州陽安（今四川省簡陽市）人。熙寧六年（1073），進士及第。王安石薦爲經義所檢討，遷太學博士。歷知處、虢、真、坊四州。元符末，除職方郎中。卒，年五十八。著有《前溪集》。

减字木蘭花

　　憑誰妙筆，横掃素縑三百尺。天下應無，此是錢塘湖上圖_{劉涇}。一般奇絶，雲淡天高秋夜月。費盡丹青，只這些兒畫不成_{仲殊}。

　　（録自《苕溪漁隱叢話》）

夏初臨　夏景

　　泛水新荷，舞風輕燕，園林夏日初長。庭樹陰濃，雛鶯學弄新篁。小橋飛入横塘。跨青蘋，緑藻幽香。朱欄斜倚，霜紈未摇，衣袂先凉。歌歡稀遇，怨別多同，路遥水遠，煙淡梅黄。輕衫短帽，相携洞府流觴。況有紅妝。醉歸來，寶蠟成行。拂牙牀。紗厨半開，月在回廊。

　　（録自《類選箋釋草堂詩餘》）

清平樂　夏景

　　深沉院宇，枕簟清無暑。睡起花陰初轉午，一霎飛雲過雨。　　雨餘隱隱殘雷，夕陽却照庭槐。莫把珠簾垂下，妨他雙燕歸來。

　　（録自《類選箋釋草堂詩餘》；亦作晁端禮詞）

聲聲慢　夏景

　　梅黄金重，雨細絲輕，園林霧煙如織。殿閣風微，簾外燕喧鶯寂。池塘彩鴛戲水，露荷翻，千點珠滴。閑晝永，稱瀟湘竿叟，爛柯仙客。

日午槐陰低轉，茶甌罷，清風頓生雙腋。碾玉盤深，朱李靜沉寒碧。朋儕閒歌白雪，卸巾紗，樽俎狼籍。有皓月，照黃昏，眠又未得。

（錄自《類選箋釋草堂詩餘》；亦作無名氏詞）

鄭少微

鄭少微（生卒年不詳），字明舉，成都人。元祐三年（1088）進士及第。曾知德陽縣，官至朝請郎。晚號木雁居士。著有《唐史發揮》《木雁居士集》等。

鷓鴣天

誰折南枝傍小叢，佳人丰色與梅同。有花無葉真瀟灑，不問胭脂借淡紅。　　應未許，嫁春風。天教雪月伴玲瓏。池塘疏影傷幽獨，何似橫斜酒盞中。

（録自《梅苑》）

思越人　集句

欲把長繩繫日難，紛紛從此見花殘。休將世事兼身事，須看人間比夢間。　　紅燭繼，艷歌闌。等閑留客却成歡。勸君更盡一杯酒，贏得浮生半日閑。

（録自《花草粹編》）

宇文元質

宇文元質，西蜀文人，生卒年及生平事迹皆不詳。

于飛樂

休休，得也，只消更一朵荼蘼。

（殘句；錄自《隨隱漫録》。本舊詞，元質改“戴”字爲“更”字，舊詞不另録）

張商英

張商英（1043—1121），字天覺，號無盡居士，新津人。治平二年（1065）進士及第。歷任通川主簿、知南川縣、監察御史、開封府推官、提點河東刑獄等職。紹聖初，擢左司諫、工部侍郎。徽宗即位，遷中書舍人。崇寧初，拜尚書右丞，轉左丞。大觀中，歷中書侍郎、尚書右僕射，後貶衡州。復官。卒贈少保，謚文忠。

南鄉子

向晚出京關。細雨微風拂面寒。楊柳堤邊青草岸，堪觀。只在人心咫尺間。　酒飲盞須乾。莫道浮生似等閑。用則逆理天下事，何難。不用雲中別有山。

其二

瓦鉢與瓷瓶，閑伴白雲醉後休。得失事常貧也樂，無憂，運去英雄不自由。　彭越與韓侯，蓋世功名一土丘。名利有餌魚吞餌，輪收，得脫那能更上鉤。

（以上兩詞錄自《宣和遺事》，似爲宋人話本小説所依託，然明陳霆《渚山堂詞話》已引作張商英詞，姑存之）

李 新

李新（1062—?），字元應，仙井（今四川省仁壽縣）人。元祐三年（1088）進士及第。歷官南鄭丞、普州司法參軍、資州司錄、茂州通判等。著有《跨鰲集》。

洞仙歌

一年春物，惟梅柳間意味最深，至鶯花爛漫時，則春已衰殘，使人無復新意，坐間賦此。

雪雲散盡，放曉清池院。楊柳於人便青眼。更風流多處，一點梅心，相映遠。約略嚬輕笑淺。　　一年春好處，不在濃芳，小艷疏香最嬌軟。到清明時候。百紫千紅花正亂，已失春風一半。早占取韶光，共追游，但莫管春寒，醉紅自暖。

（亦作李元膺詞）

臨江仙

楊柳梢頭春色重，紫騮嘶入殘花。香風滿面日西斜。只知閑信馬，不覺誤隨車。　　已許洞天歸路晚，空勞眼惜眉憐。幾回偷爲擲花鈿。今生應已過，重結後來緣。

浣溪沙　秋懷

千古人生樂事稀，露濃煙重薄寒時。菊花須插兩三枝。　　未老功名辜兩鬢，悲秋情緒入雙眉。茂陵多病有誰知。

其　二　書所見

雨霽籠山碧破晴，小園圍屋粉墻斜。朱門閑掩那人家。　　素腕撥香臨寶砌，層波窺客擘輕紗。隔窗隱隱見簪花。

攤破浣溪沙

　　幾度珠簾捲上鈎，折花走馬向揚州。老去不堪尋往事，上心頭。
陶令無聊惟喜醉，茂陵多病不勝愁。脉脉春情長不斷，水東流。

　　（以上詞録自《跨鰲集》）

唐 庚

唐庚（1071—1121），字子西，眉州丹棱人。紹聖元年（1094）進士及第。張商英薦其才，除提舉京畿常平。後貶惠州。著有《唐子西集》。

訴衷情 旅愁

平生不會斂眉頭，諸事等閑休。元來却到愁處，須着與他愁。　　殘照外，大江流，去悠悠。風悲蘭杜，煙淡滄浪，何處扁舟。

（録自《唐宋諸賢絶妙詞選》）

蘇 過

蘇過（1072—1123），字叔黨，眉山人，蘇軾子。歷右承務郎、監太原稅，知郾城縣，通判中山府。善書畫，時稱小坡，自號"斜川居士"。著有《斜川集》傳世。

點絳唇

新月娟娟，夜寒江靜山銜斗。起來搔首，梅影橫窗瘦。　好個霜天，閑却傳杯手。君知否，亂鴉啼後，歸興濃如酒。

（録自《唐宋諸賢絶妙詞選》）

其 二

高柳蟬嘶，採菱歌斷秋風起。晚雲如髻，湖上山橫翠。　簾捲西樓，過雨涼生袂。天如水，畫欄十二，少個人同倚。

（録自《詞綜》；亦作汪藻詞）

薛式

薛式（1078—1191），又名薛道光、薛道原，字太源，閬州人，一説爲陝府（今河南省陝州區）雞足山人。曾出家爲僧，法號紫賢，又號毗陵禪師。後棄僧入道，道家稱紫賢真人。宋徽宗崇寧五年遇石泰，傳授張伯端內丹秘訣，後以金丹導養術著稱，成爲道教內丹南宗五祖中第三代人物。

西江月

一是金丹總數，河圖象出真機。誰知罔象盡玄微，大道從兹孕起。斗柄璇璣正位，陰中却抱陽輝。昆侖子母著緋衣，是此乾坤真理。

其 二

偃月爐中金鼎，三台兩曜形神。尊卑簡易汞中真，握固休推心腎。白虎長存坎户，青龍却與南鄰。陰魂陽魄似窗塵，大意不離玄牝。

其 三

太上三清真境，三皇五帝規模。瞿曇老氏仲尼徒，經史深藏妙素。間有真人出世。來明赤子玄珠。蟾光終日耀昏衢，滿目黃芽顯露。

其 四

內有五行相制，包含一粒紅鉛。相生相殺自天然，此藥殊無貴賤。會向我家園裏，栽培一畝天田。中男小女共相連，種得黃芽滿院。

其 五

鑿破玄元三五，撥開造化圭璋。希夷妙旨在中央，咫尺無名罔象。片餉工夫便得，教君地久天長。蓬萊仙島是吾鄉，怎不留心信向。

其 六

竹破須還竹補，人衰須假鉛全。思量只是眼睛前，自是時人不見。

日月相交離坎，龍蛇産在先天。長生妙藥在家園，一餉工夫便現。

其　七

此道至靈至聖，無令泄漏輕爲。全憑德行兩相宜，言語須防避忌。要藉五行生旺，須明陽盛陰衰。三人同志謹防危，進火工夫仔細。

其　八

煉就光明瑩玉，回來却入黃泉。昇騰須假至三年，携養殷勤眷戀。九九纔終變化，神功豈假言宣。分明頃刻做神仙，永駕鸞車鳳輦。

其　九

一炁初回遇朔，鼎中神水温温。剛柔相會氣均匀，妙在無過渾沌。八卦循回循繞，推排九竅追奔。東西沉静合朝昏，莫與常人議論。

（以上詞録自《還丹復命篇》）

王　賞

　　王賞（？—1149），字望之，號玉臺，眉山青神人。崇寧二年（1103）進士及第。紹興十二年（1142），權禮部侍郎。次年，兼直學士院，出知利州、興州。尋授左中奉大夫、充秘閣修撰、提舉江州太平興國宮。十九年九月卒，贈敷文閣待制。著有《玉臺集》。

眼兒媚

　　凌寒低亞出墻枝，孤瘦雪霜姿。歲華已晚，暗香幽艷，自與時違。化工放出江頭路，沙水冷相宜。東風自此，別開紅紫，是處芳菲。

　　（録自《梅苑》）

韓　駒

　　韓駒（1080—1135），字子蒼，號牟陽居士，又號北憲居士，世稱陵陽先生，仙井（今四川省仁壽縣）人，後徙汝州。政和二年（1112）召試，賜進士出身，除秘書省正字，累遷至中書舍人，擢直學士院。宣和六年（1124），坐爲元祐曲學，以集英殿修撰提舉江州太平觀。高宗即位，知江州。紹興五年，卒於撫州。著有《陵陽集》。

念奴嬌　月

　　海天向晚，漸霞收餘綺，波澄微綠。木落天高真個是，一雨秋容新沐。喚起嫦娥，掩雲撥霧，駕此一輪玉。桂華疏淡，廣寒誰伴幽獨。不見弄玉吹簫，尊前空對此，清光堪掬。露鬢風鬟何處問，雲雨巫山六六。珠斗斕斒，銀河清淺，影轉西樓曲。此情誰會，倚風三弄橫竹。

　　（録自《歷代詩餘》；亦誤作李呂詞）

昭君怨

　　昨日樵村漁浦，今日瓊川銀渚。山色捲簾看，老峰巒。　　錦帳美人貪睡，不覺天花剪水。驚問是楊花，是蘆花。

　　（録自《詞品》；亦作完顏亮詞）

水調歌頭　詠月

　　江山自雄麗，風露與高寒。寄聲月姊，借我玉鑒此中看。幽壑魚龍悲嘯，倒影星辰搖動。海氣夜漫漫。擁起白銀闕，危駐紫金山。　　表獨立，飛玉佩，整雲冠。漱冰濯雪，眇視萬里一毫端。回首三山何處，聞道群仙笑我，邀我欲俱還。揮手從此去，翳鳳更驂鸞。

　　（録自《類選箋釋草堂詩餘》；亦作張孝祥詞）

失調名 西湖會詞

孤舟晚揚湖光裏。衰草斜陽無限意。

（殘句；録自《輿地紀勝》；亦作陳襲善詞）

何 桌

何桌（1089—1127），字文縝，仙井（今四川省仁壽縣）人。政和五年（1115），進士及第。歷中書舍人、尚書右僕射兼中書侍郎，死於靖康之難。建炎初，贈觀文殿大學士。

采桑子

百花叢裏花君子，取信東君。取信東君。名策花中第一勳。　　結成寶鼎和羹味，多謝東君。多謝東君。香遍還應號令春。

（録自《梅苑》）

虞美人 贈妓惠柔

分香帕子揉藍膩，欲去殷勤惠。重來約在牡丹時，只恐花枝相妒故開遲。　　別來看盡閑桃李，日日闌干倚。催花無計問東風，夢作一雙蝴蝶繞芳叢。

（録自《詞綜》）

失調名

便饒你，漫天索價，待我略地酬伊。

（殘句；録自《三朝北盟會編》）

其 二

細雨共斜風，作輕寒。

（殘句；録自《建炎以來繫年要録》）

宋齊愈

　　宋齊愈（？—1127），字文淵，一字退翁，邛州依政（今四川省邛崍市）人。宣和三年上舍第一，積官著作佐郎，靖康元年除御史。建炎元年，爲右司員外郎，試起居郎，遷右諫議大夫，旋罷。或告其推舉張邦昌，是年七月，處以腰斬。

眼儿媚

　　霏霏疏影轉征鴻。人語暗香中。小橋斜渡，曲屏深院，水月濛濛。人間不是藏春處，玉笛曉霜空。江南處處，黄垂密雨，緑漲薰風。
（録自《唐宋諸賢絶妙詞選》）

周　純

周純（生卒年不詳），字忘機，成都人，以畫知名。少爲僧人，弱冠游京師。王寀最與相親，坐累編管惠州。

驀山溪

墨梅，荆楚有鴛鴦梅故也。

江南春信，望斷人千里。魂夢入花枝，染相思，同心並蒂。鴛鴦名字，贏得一雙雙，無限意。凝煙水，念遠教誰寄。　毫端寫興，莫把丹青擬。墨客要卿卿，想臨池，等閑梳洗。香衣黯淡，元不涴緇塵，憐縞袂。東風裏，只恐于飛起。

其　二

孤村冬杪，有景真堪畫。茅舍繞疏籬，見一枝，寒梅瀟灑。欲將詩句，擬待説包容，辭未盡，意悠悠，難把精神寫。　臨溪疏影，都是前人話。此外更何如，又須索，良工描下。明窗淨几，長做小圖看，高樓笛，儘教吹，不怕隨聲謝。

滿庭芳

脂澤休施，鉛華不御，自然林下真風。欲窺餘韻，何許問仙蹤。路壓橫橋夜雪，香暗淡，殘月朦朧。無言處，丹青莫擬，誰寄染毫工。　遙通。塵外信，寒生墨暈，依約形容。似疏疏斜影，蘸水搖空。收入雲窗霧箔，春不老，芳意無窮。梨花雨，飄零盡也，難入夢魂中。

其　二

園林蕭索，亭臺寂静，萬木皆凍凋傷。曉來初見，一品蠟梅芳。疑是黃酥點綴，超群卉，獨占中央。堪閑玩，檀心紫蕊，清雅噴幽香。　華堂。歡會處，陶陶共賞，相勸瑤觴。逞風流開早，不畏嚴霜。才子佳人屬意，搜新句，吟詠詩章。歌筵罷，醺醺歸去，蟾影照回廊。

（亦作無名氏詞）

菩薩蠻 　題梅扇

梅花韻似才人面，爲伊寫在春風扇。人面似花妍，花應不解言。
在手微風動，勾引相思夢。莫用插酴醾，酴醾羞見伊。

瑞鷓鴣

一痕月色挂簾櫳。梅影斜斜小院中。狂醉有心窺粉面，夢魂無處避香
風。　　愁來夢楚三千里，人在巫山十二重。咫尺藍橋無處問，玉簫聲斷
楚山空。

（上兩詞録自《梅苑》）

其　二

漢宮鉛粉净無痕，蠟點寒梢水伴村。忍犯冰霜欺竹柏，肯同雪月吊蘭
蓀。　　騷人詠去清詩健，驛使傳來舊典存。病眼渾疑春思早，一枝聊洗
畫圖昏。

其　三　　蠟點梅花

柳未回青蘭未芽，誰知此物在君家。緑窗借得春先手，黄蠟吹成耐凍
花。　　衣麝暗熏香仿佛，山峰誤認影橫斜。憑君説與徐熙道，翰墨從今
不足誇。

（以上詞除注明者外，均録自《永樂大典》）

王道亨

王道亨（生卒年不詳），字逸民，益州郫（今四川省郫都區）人。初爲僧，名紹祖。作畫效周純。

桃源憶故人

劉郎自是桃花主，不許春風困度。春色易隨風去，片片傷春暮。返魂不用清香炷，却有玉梅淡佇。從此鎮長相顧，不怨飄殘雨。

（録自《梅苑》）

其　二

寒苞初吐黃金瑩，色染薔薇猶嫩。枝上紫檀香噴，灑落饒風韻。南枝一種同春信，何事不忺朱粉。自稱霓裳孤冷，怨感宮腰恨。

添字浣溪沙

誰染深紅酥綴來，意濃含笑美顏開。誤認浣溪人飲罷，上香腮。辨杏疑桃稱好句，名園色異占多才。折得一枝斜裊鬢，墜金釵。

（上兩詞録自《永樂大典》；亦作無名氏詞）

其　二　蠟梅

蜜室蜂房別有香，臘前偏會泄春光。凝佇清容何所似，笑姚黃。蠟注金鐘誠得意，風飄氣味壓群芳。不似壽陽誇粉面，道家裝。

（録自《梅苑》；亦作無名氏詞）

李久善

李久善（生卒年不詳），名芝，蜀人，嘗與郭印、史堯弼等唱酬。紹興二十一年，坐王庭珪贈胡銓詩事，自江西路提點刑獄降爲郡倅。

念奴嬌

東君試手，向南枝著意，爭先時節。縱有丹青誰便忍，輕點肌膚冰雪。色借瓊瑰，香分蘭麝，先自標孤潔。衝寒獨秀，誤他多少蜂蝶。縞練不染緇塵，算來只合是，廣寒宮闕。未問陽和先占取，前村一溪風月。留取清芬，主張真態，驛使休輕折。梢頭青子，異時風味甚別。
（録自《梅苑》）

蝶戀花

鶯擲垂楊，一點黃金溜。
（殘句；録自《能改齋漫録》）

石耆翁

石耆翁，蜀人，生平事迹不詳。

鷓鴣天

借問枝頭昨夜春，已傳消息到柴門。頻看秀色無多艷，拖得清香不見痕。　　山蟲蟲，水潾潾。村南村北冷銷魂。人間不識春風面，羞見瑤臺破月明。

（録自《梅苑》）

蝶戀花

半夜六龍飛海嶠。滉漾鰲波，露出珊瑚小。玉粉枝頭春意早，東風未綠瀛州草。　　姑射仙人真窈窕。净練明妝，如伴商巖老。夢入水雲閑縹緲。一樓明月千山曉。

（録自《梅苑》）

其　二

青玉枝頭紅纇吐。粉頰愁寒，濃與胭脂傅。辨杏猜桃君莫誤，天姿不到風流處。　　雲破月來江上住。要共佳人，弄影參差舞。只有暗香穿綉户。韶華一曲驚吹去。

（録自《永樂大典》；亦作王安中詞）

黃大輿

黃大輿（生卒年不詳），字載萬，自號“岷山耦耕”，蜀人。宣和、紹興中官成都。建炎中抱疾山陽，輯唐以來才士詠梅之詞，爲《梅苑》十卷。有詞集《樂府廣變風》，今不傳。

虞美人

世間離恨何時了，不爲英雄少。楚歌聲起霸圖休，玉帳佳人血淚滿東流。　　荒葵野葛吳城暮，玉貌知何處。至今芳草解婆娑，只有當時魂魄未消磨。

（録自《全蜀藝文志》）

更漏子

憐宋玉，許王昌。東西鄰短墙。

（殘句；録自《碧雞漫志》）

陳與義

陳與義（1090—1138），字去非，號簡齋，陳恬之孫。本蜀青神人，後徙居葉縣（今河南省葉縣）。政和三年（1113），登上舍甲科。歷中書舍人、吏部侍郎、翰林學士，官至參知政事。與義工詩詞，著有《簡齋集》。

法駕導引

世傳頃年都下市肆中，有道人攜烏衣椎髻女子，買斗酒獨飲。女子歌詞以侑，凡九闋，皆非人世語，或記之以問一道士，道士驚曰“此赤城韓夫人所製水府蔡真君法駕導引也，烏衣女子疑龍”云。得其三而亡其六，擬作三闋。

朝元路，朝元路，同駕玉華君。千乘載花紅一色，人間遙指是祥雲。回望海光新。

其　二

東風起，東風起，海上百花搖。十八風鬟雲半動，飛花和雨著輕綃。歸路碧迢迢。

其　三

簾漠漠，簾漠漠，天澹一簾秋。自洗玉舟斟白醴，月華微映是空舟。歌罷海西流。

（録自《無住詞》）

憶秦娥　五日移舟明山下作

魚龍舞。湘君欲下瀟湘浦。瀟湘浦。興亡離合，亂波平楚。　　獨無尊酒酬端午。移舟來聽明山雨。明山雨。白頭孤客，洞庭懷古。

臨江仙

高詠楚詞酬午日，天涯節序匆匆。榴花不似舞裙紅。無人知此意，歌罷滿簾風。　　萬事一身傷老矣，戎葵凝笑墻東。酒杯深淺去年同。試澆橋下水，今夕到湘中。

其　二　<small>夜登小閣憶洛中舊游</small>

憶昔午橋橋上飲，坐中多是豪英。長溝流月去無聲。杏花疏影裏，吹笛到天明。　　二十餘年如一夢，此身雖在堪驚。閑登小閣看新晴。古今多少事，漁唱起三更。

點絳唇　<small>紫陽寒食</small>

寒食今年，紫陽山下蠻江左。竹籬煙鎖，何處求新火。　　不解鄉音，只怕人嫌我。愁無那，短歌誰和，風動梨花朵。

漁家傲　<small>福建道中</small>

今日山頭雲欲舉，青蛟素鳳移時舞。行到石橋聞細雨，聽還住。風吹却過溪西去。　　我欲尋詩寬久旅，桃花落盡春無所。渺渺籃輿穿翠楚，悠然處。高林忽送黃鸝語。

虞美人

<small>亭下桃花盛開，作長短句詠之。</small>

十年花底承朝露，看到江南樹。洛陽城裏又東風，未必桃花得似舊時紅。　　胭脂睡起春纔好，應恨人空老。心情雖在只吟詩，白髮劉郎孤負可憐枝。

其 二 大光祖席醉中賦長短句

張帆欲去仍搔首，更醉君家酒。吟詩日日待春風，及至桃花開後却匆匆。　歌聲頻爲行人咽，記著尊前雪。明朝酒醒大江流，滿載一船離恨向衡州。

其 三 邢子友會上

超然堂上閑賓主，不受人間暑。冰盤圍坐此州無，却有一瓶和露玉芙蕖。　亭亭風骨凉生牖，消盡尊中酒。酒闌明月轉城西。照見紗巾藜杖帶香歸。

其 四

扁舟三日秋塘路，平度荷花去。病夫因病得來游，更值滿川微雨洗新秋。　去年長恨拿舟晚，空見殘荷滿。今年何以報君恩，一路繁花相送到青墩。

浣溪沙

離杭日，梁仲謀惠酒，極清而美。七月十二日晚臥小閣，已而月上，獨酌數杯。

送了栖鴉復暮鐘，闌干生影曲屏東。臥看孤鶴駕天風。　起舞一尊明月下，秋空如水酒如空。謫仙已去與誰同。
（録自《無住詞》）

玉樓春 青墩僧舍作

山人本合居巖嶺，聊問支郎分半境。殘年藜杖與綸巾，八尺庭中時弄影。　呼兒汲水添茶鼎，甘勝吳山山下井。一甌清露一爐雲，偏覺平生今日永。

清平樂　木犀

黃衫相倚，翠葆層層底。八月江南風日美，弄影山腰水尾。　　楚人未識孤妍，離騷遺恨千年。無住庵中新事，一枝喚起幽禪。

定風波　重陽

九日登高有故常，隨晴隨雨一傳觴。多病題詩無好句，孤負，黃花今日十分黃。　　記得眉山文翰老，曾道，四時佳節是重陽。江海滿前懷古意，誰會，闌干三撫獨凄涼。

菩薩蠻　荷花

南軒面對芙蓉浦，宜風宜月還宜雨。紅少綠多時，簾前光景奇。繩牀烏木几，盡日繁香裏。睡起一篇新，與花爲主人。

南柯子　塔院僧閣

矯矯千年鶴，茫茫萬里風。闌干三面看秋空，背插浮屠千尺，冷煙中。　　林塢村村暗，溪流處處通。此間何似玉霄峰，遙望蓬萊依約，晚雲東。

（録自《無住詞》）

如夢令　江景

落日霞綃一縷。素月棱棱微吐。何處夜歸人，嘔嘎幾聲柔櫓。歸去。歸去。家在煙波深處。

（録自《草堂詩餘》；亦作無名氏詞）

木蘭花慢　送陳石泉南歸

　　北歸人未老，喜依舊，著南冠。正雪暗溥沱，雲迷芒碭，夢繞邯鄲。鄉心促，日行萬里，幸此身，生入玉門關。多少秦煙隴霧，西湖净洗征衫。　　燕山。望不見吳山，回首一歸鞍。慨故宮離黍，故家喬木，那忍重看。鈞天紫微何處，問瑶池，八駿幾時還。誰在天津橋上，杜鵑聲裏闌干。

　　（録自《花草粹編》）

　　（以上詞除注明者外，録自《簡齋集》）

王　昂

　　王昂（1090—?），字叔興，王珪之侄（亦云王珪侄仲孜之子），成都府人。重和元年（1118）進士及第。紹興初，任秘書少監。後除起居舍人，以疾不拜。改秘閣修撰，主管江州太平觀。

好事近　催妝詞

　　喜氣擁朱門，光動綺羅香陌。行到紫薇花下，悟身非凡客。　　不須朱粉涴天真，嫌怕太紅白。留取黛眉淺處，畫章臺春色。

（録自《唐宋諸賢絕妙詞選》）

張　浚

張浚（1097—1164），字德遠，漢州綿竹（今四川省綿竹市）人。徽宗政和八年（1118），進士及第。建炎初，知樞密院事，力主抗金，出爲川陝宣撫處置使。紹興初，復知樞密院。次年爲相，重用岳飛、韓世忠。會秦檜力主和議，貶徙永州。尋復用，封魏國公。有文集，不傳。

南鄉子

遲日惠風柔。桃李成陰緑漸稠。把酒樽前逢盛旦，凝眸。十里松湖瑞氣浮。　　功業古難侔。宜在凌煙更上頭。已見眉間浮喜氣，風流。千歲三分萬户侯。

（録自《詩淵》）

馮時行

馮時行（1101—1163），字當可，號縉雲，恭州璧山（今屬重慶市）人。宣和六年（1124）進士。紹興中，歷知丹棱縣、萬州、蓬州、黎州，累官左朝請大夫、提點成都府刑獄公事。隆興元年卒，年六十三。著有《縉雲集》。

青玉案　和賀方回青玉案寄果山諸公

年時江上垂楊路。信拄杖，穿雲去。碧澗步虛聲裏度。疏林小寺，遠山孤渚，獨倚欄干處。　　別來無幾春還暮，空記當時錦囊句。南北東西知幾許。相思難寄，野航蓑笠，獨釣巴江雨。

虞美人　詠荼蘼

東君已了韶華媚，未快芳菲意。臨居傾倒向荼蘼，十萬寶珠瓔珞帶風垂。　　合歡翠玉新呈瑞，十日傍邊醉。今年花好爲誰開，欲寄一枝無處覓陽臺。

其　二

芳菲不是渾無據，只是春收取。都將醞造晚風光，百尺瑤臺吹下半天香。　　多愁多病疏慵意，也被香扶起。微吟小酌送花飛，更拼小屏幽夢到開時。

其　三　重陽詞

去年同醉黃花下，采采香盈把。今年仍復對黃花，醉裏不羞斑鬢落烏紗。　　勸君莫似陽關柳，飛伴離亭酒。願君只似月常圓，還使人人一月一回看。

漁家傲 冬至

雲覆衡茅霜雪後，風吹江面青羅皺。鏡裏功名愁裏瘦，閑袖手，去年長至今年又。 梅逼玉肌春欲透，小槽新壓冰漸溜。好把昇沉分付酒，光陰驟，須臾又綠章臺柳。

天仙子 茶蘼已凋落賦

風幸多情開得好，忍却吹教零落了。弄花衣上有餘香，春已老，枝頭少，況又酒醒鵾鳩曉。 一片初飛情已悄，可更如今紛不掃。年隨流水去無蹤，恨不了，愁不了，樓外遠山眉樣小。

點絳唇

閑居十七年，或除蓬州。二月到官，三月罷歸。同官置酒，爲賦《點絳唇》作別。

十日春風，吹開一歲閑桃李。南柯驚起，歸踏春風尾。 世事無憑，偶爾成憂喜。歌聲裏，落花流水，明日人千里。

其 二

江上新晴，閑撐小艇尋梅去。自知梅處，香滿魚家路。 路盡疏籬，一樹開如許。留人住，留人不住，黯淡黃昏雨。

其 三

眉黛低顰，一聲春滿流酥帳。却從檀響，漸到梅花上。 歸臥孤舟，梅影舟前揚。勞心想，岸橫千嶂，霜月鋪寒浪。

玉樓春

杏紅微露春猶淺，春淺愁濃愁送遠。山拖餘翠斷行蹤，細雨疏煙迷望眼。 暮雲濃處輕吹散，往事時時心上見。不禁慵瘦倚東風，燕子雙雙花片片。

夢蘭堂 送史誼伯倅潼川

小雨清塵淡煙晚，官柳殘花待暖。君愁入傷□眼。芳草綠，斷雲歸雁。　酒重斟，須再勸。今夕近，明朝乍遠。到時暗花飛亂，千里斷腸春不管。

驀山溪

艱難時世，萬事休誇會。官宦誤人多，道是也，終須不是。功名事業，已是負初心，人老也，髮白也，隨分謀生計。　如今曉得，更莫爭閑氣。高下與人和，且覓個，置錐之地。江村僻處，作個老漁樵，一壺酒，一聲歌，一覺醺醺睡。

（以上詞録自《縉雲文集》）

醉落魄

點酥點蠟。憑君儘做風流骨。漢家舊樣宮妝額。流落人間，真個没人識。　佳人誤撥龍香覓。一枝初向煙林得。被花惹起愁難說。恰恨西窗，酒醒烏啼月。

（録自《永樂大典》）

王　灼

　　王灼（1105—1175 後），字晦叔，號頤堂，遂寧人。紹興中，入夔州安撫司馮康國幕，爲夔州鈐轄。後客居成都碧鷄坊妙勝院。淳熙間，爲范成大幕賓。有《糖霜譜》《碧鷄漫志》《頤堂詞》傳世。

水調歌頭

　　　長江二友令狐公才、桑仲文相繼徂逝。七月壬午，予送客登妙高臺絶頂，望明月山二十里許，有懷美人，歸作此詞。山附縣郭，仲文居其下，公才居亦近之。賈浪仙詩云：“長江飛鳥外，主簿跨驢歸。”又云：“長江頻雨後，明月衆星中。”予故取其語。

　　長江飛鳥外，明月衆星中。今來古往如此，人事幾秋風。又對團團紅樹，獨跨蹇驢歸去，山水淡丰容。遠色動愁思，不見兩詩翁。　　酒如澠，談如綺，氣如虹。當時痛飲狂醉，只許賞心同。響絶光沉休問，俯仰之間陳迹，我亦老飄蓬。望久碧雲晚，一雁度寒空。

漁家傲　次韻贈戴時行

　　漠漠郊原荒宿草，黄花趁得秋風早。萬里岷峨歸夢到，東籬好，未應花似行人老。　　古往今來成一笑，爲君醉裏銷沉了。不用登臨欹短帽。愁絶□，吴霜點鬢教誰掃。

醉花陰　送夏立夫

　　平生五色江淹筆，合占金閨籍。桃李滿城春，恨□屏□，只作三年客。畫船暫繫河橋側，一醉分南北。惆悵酒醒時，雨笠風蓑，似舊無人識。

清平樂　填太白應制詞

　　東風歸早，已緑瀛洲草。紫殿紅樓春正好，楊柳半和煙嫋。　　玉輿遍繞花行，初聞百囀新鶯。歷歷因風傳去，千門萬戶春聲。

其　二　妓訴狀立廳下

墜紅飄絮，收拾春歸去。長恨春歸無覓處，心事顧誰分付。　　盧家小苑回塘，于飛多少鴛鴦。縱使東墻隔斷，莫愁應念王昌。

點絳唇　賦登樓

休惜餘春，試來把酒留春住。問春無語，簾捲西山雨。　　一掬愁心，強欲登高賦。山無數，煙波無數，不放春歸去。

浣溪沙

一樣嬋娟別樣情，眼明初識董雙成。香風隨步過簾旌。　　笑捧玉觴頻勸客，浣溪沙裏轉新聲。花間側聽有流鶯。

虞美人

別來楊柳團輕絮，擺撼春風去。小園桃李却依依，猶自留花不發待郎歸。　　枝頭便覺層層好，信是花相惱，舣船一棹百分空，拼了如今醉倒鬧香中。

其　二

姚黃真是花中主，個個尋芳去。春光能有幾多時，莫遣無花空折斷腸枝。　　蜂媒蝶使爭撩亂，應妒傳觴緩，問花端的爲誰開，擬作移春小檻載歸來。

菩薩蠻　和令狐公才

風柔日薄江村路，一鞭又逐春光去。胡蝶作團飛，竹間桃李枝。醉魂招不得，一半隨春色。桃李□無多，其如風日何。

好事近

小砑碧霞箋，不見近來消息。玉骨瘦無一把，又不成空憶。　爐熏歇盡燭花殘，佳夢了難得。二十五聲秋點，最知人端的。

長相思

來匆匆，去匆匆。短夢無憑春又空，難隨郎馬蹤。　山重重，水重重。飛絮流雲西復東，音書何處通。

酒泉子

送詣夫成都作，重九。

錦水花林，前度劉郎行樂處，當時桃李臥莓苔。又重來。　今年菊蕊爲君開。賴有詩情渾似舊，西風斜日上高臺。醉千回。

恨來遲

柳暗汀洲，最春深處，小宴初開。似泛宅浮家，水平風軟，咫尺蓬萊。　更勸君，吸盡紫霞杯。醉看鸞鳳徘徊。正洞裏桃花，盈盈一笑，依舊憐才。

春光好

和醉夢，上崢嶸。憶娉婷，回首錦江煙一色，不分明。　翻爲離別牽情。嬌啼外，没句丁寧。紫陌綠窗多少恨，兩難平。

南歌子 早春感懷

命嘯無人嘯，含嬌何處嬌。江南煙水太迢迢。璧月瓊枝空想，夜和朝。　　目斷腸隨斷，魂銷骨更銷。瑣窗風雨不相饒。猶似西湖一枕，聽寒潮。

畫堂春　春思

軟風和雨暗樓臺，餘寒巧作愁媒。半春懷抱向誰開，忍淚千回。斷夢已隨煙篆，醉魂空殢瓊杯。小窗瞥見一枝梅，疑誤君來。

七娘子

花明霧暗非花霧。似春屏，短夢無憑據。夜月將來，曉燈催去。半衾餘暖空留住。　　情柔意密愁千縷。想一聲，雞唱東城路。暫作行雲，暫爲行雨。陽臺望極人何處。

減字木蘭花　政和癸丑

飛霞半縷，收盡一天風和雨。可惜黄昏，殘角疏鐘要斷魂。　　雙魚傳信，只道橫塘消息近。心事悠悠，同向春風各自愁。

一落索

昨夜封枝寒雪，暗堆殘葉。佳人醉裏插釵梁，更不問，眠時節。繡被重重夜徹，燭光明滅。枕旁爭聽落檐聲，更不問，醒時節。

醜奴兒

東風已有歸來信，先返梅魂。雪鬥紛紛，更引蟾光過璧門。　　綠衣小鳳枝頭語，我有嘉賓。急泛清尊，莫待江南爛漫春。

（以上詞録自《頤堂詞》）

李 石

李石（1108—1181），字知幾，號方舟子，資州盤石（今四川省資中縣）人。紹興二十一年（1151）進士乙科，爲成都户掾。二十九年（1159）爲太學博士，後黜爲成都學官，調彭州通判，知黎州。孝宗乾道間，入爲都官郎中。復出知合州、眉州，除成都府路轉運判官。淳熙二年（1175）放罷。著有《方舟集》等。

如夢令

橋上水光浮雪。橋下柳陰遮月。夢裹去尋香，露冷五更時節。蝴蝶。蝴蝶。飛過閑紅千葉。

其 二 憶別

憶被金樽勸倒。燈下紅香圍繞。別後有誰憐，一任春殘鶯老。煩惱。煩惱。腸斷緑楊芳草。

生查子 春情

小桃小杏紅，和雨和煙瘦。不是點胭脂，素面偏宜酒。　也是慣傷春，可惜閑時候。正要畫眉人，與作雙娥鬥。

其 二

新花上苑枝，枝上嬌鶯語。日日抱花心，啄破胭脂雨。　鶯飛鶯去時，誰與花爲主。守等却飛來，再見花開處。

其 三

今年花發時，燕子雙雙語。誰與捲珠簾，人在花間住。　明年花發時，燕語人何處。且與寄書來，人往江南去。

其　四

荷花人面紅，月影波心見。扇子倒拈來，敲落紅香片。　　窗下剪燈花，今日眉深淺。留得鏡中看，蹙破春山遠。

搗練子　送別

斟別酒，問東君，一年一度一回新。看百花，飄舞茵。　　斟別酒，問行人，莫將別淚裛羅巾。早歸來，依舊春。

其　二　佳人

腰束素，鬢垂鴉，無情笑面醉猶遮。扇兒搧，瞥見些。　　雙鳳小，玉釵斜，芙蓉衫子藕花紗。戴一枝，檐葡花。

其　三

心字小，玉釵頭，月娥飛下白蘋洲。水仙玉，月下游。　　江漢佩，洞庭舟，香名薄倖寄青樓。問何如，打拍浮。

（録自《全芳備祖》）

其　四

紅粉裏，絳金裳，一卮仙酒艷晨妝。醉溫柔，別有鄉。　　清暑殿，藕風涼，雞頭擘破誤君王。泣梨花，春夢長。

長相思　暮春

花飛飛，絮飛飛。三月江南煙雨時，樓臺春樹迷。　　雙鶯兒，雙燕兒。橋北橋南相對啼，行人猶未歸。

其　二　重午

紅藕絲，白藕絲。艾虎衫裁金縷衣，釵頭雙荔枝。　　鬢符兒，背符兒。鬼在心頭符怎知，相思十二時。

其 三 佳人

花深紅，花淺紅。桃杏淺深花不同，年年吹暖風。　　鶯語中，燕語中。喚起碧窗春睡濃，日高花影重。

烏夜啼

紅軟榴花臉暈，綠愁楊柳眉疏。日長院宇閑消遣，荔子賭撝蒱。瑩雪涼衣乍浴，裁冰素扇新書。繡香薰被梅煙潤，枕簟碧紗幮。

其 二

鸞鏡愁添眉黛，羅裙瘦減腰肢。一回見了一回病，彈指誤佳期。醉裏懵騰淚洗，夢中著摸魂飛。一春多少閑風雨，亭院落花時。

其 三 送春

繡閣和煙飛絮，粉墻映日吹紅。花花柳柳成陰處，休恨五更風。絮點鋪排綠水，紅香收拾黃蜂。留春盡道能留得，長在酒杯中。

朝中措 聞鶯

飄飄仙袂縷黃金，相對弄清音。幾度教人誤聽，當窗綠暗紅深。一聲夢破，槐陰轉午，別院深沉。試問綠楊南陌，何如紫椹西林。

其 二 贈趙牧仲歌姬

綠楊庭院覺深沉，曾聽一鶯吟。今夜却成容易，雙蓮步步搖金。歌聲暫駐，嚬眉又去，無計重尋。應恨玉郎殢酒，教人守到更深。

其 三 贈別

凌波庭院藕香殘，銀燭夜生寒。兩點眉尖新恨，別來誰畫遙山。南樓皓月，一般瘦影，兩處憑欄。莫似桃花溪畔，亂隨流水人間。

一剪梅 憶別

紅映欄干綠映階。閑悶閑愁，獨自徘徊。天涯消息幾時歸，別後無書有夢來。　　後院棠梨昨夜開。雨急風忙次第催。羅衣消瘦怯春寒，莫管紅英，一任蒼苔。

其 二

百濯香殘恨未消。萬緒千絲，蓮藕芭蕉。臨岐猶自說前時，輕剪烏雲解翠翹。　　雨意重來風已飄。南陌行人折柳橋。此間無計可留連，枕上今宵。馬上明朝。

醉落魄 春雲

天低日暮。清商一曲行人住。著人意態如飛絮。才泊春衫，却被風吹去。　　朝期暮約渾無據。同心結盡千千縷。今宵魂夢知何處。翠竹芭蕉，又下黃昏雨。

臨江仙 佳人

煙柳疏疏人悄悄，畫樓風外吹笙。倚欄聞喚小紅聲。薰香臨欲睡，玉漏已三更。　　坐待不來來又去，一方明月中庭。粉墻東畔小橋橫。起來花影下，扇子撲飛螢。

其 二 醉飲

八曲闌干垂手處，燭光花影疏疏。一尊共飲記當初。彩毫濃點，雙帶要人書。　　日暮不來朱户隔，碧雲高挂蟾蜍。琴心密約總成虛。醉中言語，醒後憶人無。

其 三

有宅一區家四壁，年年花柳深村。父兄隨處燕雞豚。折腰歸去，何苦傍侯門。　　擬射九烏留白日，假饒立到黃昏。卧龍老矣及三分。不如把手，堂上燕芳樽。

其　四

老母太恭人三月二十一日生，是日仍遇己卯本命，作千歲會祝壽，
子孫三十八人。

九九之年逢降慶，生年生日同時。金花紫誥鬢銀絲。乞身香火地，日
戲老萊衣。　渾舍集成千歲會，子孫三世庭闈。共將春酒祝金巵。蟠桃
三月暮，莫怪看花遲。

滿庭芳　送別

江草抽心，江雲弄碧，江波依舊東流。別筵初散，行客上蘭舟。休唱
陽關舊曲，青青柳，無限輕柔。應爭記，三年樂事，珠翠擁鰲頭。　離
愁。知幾許，花梢著雨，紅淚難收。看煙火吳天，萬里悠悠。一望珠宮絳
闕，蓬萊路，應在皇州。仍回首，蜀山萬點，明月滿南樓。

木蘭花

轆轤軏軏門前井，不道隔窗人睡醒。柔弦無力玉琴寒，殘麝徹心金鴨
冷。　一鶯啼破簾櫳静，紅日漸高槐轉影。起來情緒寄游絲，飛絆翠翹
風不定。

其　二

一春閑却花時候，小閣幽窗長獨守。晴雲南浦夢還空，初月西樓眉也
皺。　馬嘶何日門前柳，脉脉盈盈相見後。心頭有事不難知，面上看誰
真個瘦。

南鄉子　十月海棠

十月小春天。紅葉紅花半雨煙。點滴紅酥真耐冷，爭先。奪取梅魂鬥
雪妍。　坐待曉鶯遷。織女機頭蜀錦川。枝上綠毛么鳳子，飛仙。乞與
雙雙作被眠。

其 二 <small>醉飲</small>

裹帽撚吟鬚。我是蓬萊舊酒徒。除了茅君誰是伴，麻姑。洞裏仙漿不用沽。　　弱水渺江湖。醉裏笙歌醉裏扶。縱飲菊潭餐菊蕊，茱萸。醫得人間瘦也無。

西江月 <small>漁父</small>

一脉分溪淺綠，數枝約岸欹紅。小船橫繫碧蘆叢，似我江湖春夢。曬網漁歸別浦，舉頭雁度晴空。短蓑獨宿月明中，醉笛一聲風弄。

八聲甘州 <small>懷歸</small>

向吳天萬里，一葉歸舟，歲月儘悠悠。有清歌一曲，醉中自笑，酒醒還愁。幾度春鶯囀午，塞雁橫秋。漁笛蓑衣底，依舊勾收。　　多謝飛來雙鶴，水邊林下，伴我遨游。笑老萊晨昏，色笑爲親留。有向來，素琴三尺，枕一編，周易在牀頭。君知否，家山夢寐，渾勝瀛洲。

雨中花慢 <small>次宇文吏部贈黃如圭韻</small>

瀲灩雲霞，空濛霧雨，長堤柳色如茵。問西湖何似，粉面初勻。盡道軟紅香土，東華風月俱新。舊游如夢，塵緣未斷，幾度逢春。　　蓬萊閣上，風流二老，相携把酒論文。最好是，四娘桃李，約近東鄰。別後使君鬚鬢，十分白了三分。是人笑道，醉中文字，更要紅裙。

醉蓬萊

望長江東去，逐客西來，幾逢秋杪。江草江花，約鬢絲俱老。朝士紅萸，佳人雪藕，別後忍孤歡笑。楚水樓臺，巫山宮殿，五湖煙渺。　　又是征帆，萬里行去，舊恨鱸魚，昔盟鷗鳥。九日江南，上蓬萊仙島。三度劉郎，黃花醉裏，問我幾時來到。寄語西風，饒他老子，莫欺烏帽。

漁家傲 贈鼎湖官妓

西去征鴻東去水，幾重別恨千山裏。夢繞綠窗書半紙，何處是。桃花溪畔人千里。　　瘦玉倚香愁黛翠，勸人須要人先醉。問道明朝行也未。猶自記，燈前背立偷彈淚。

卜算子

蜜葉蠟蜂房，花下頻來往。不知辛苦爲誰甜，山月梅花上。　　玉質紫金衣，香雪隨風蕩。人間喚作返魂梅，仍是蜂兒樣。

謝池春

煙雨池塘，綠影乍添春漲。鳳樓高，珠簾捲上。金柔玉困，舞腰肢相向。似玉人，瘦時模樣。　　離亭別後，試問陽關誰唱。對青春，翻成悵望。重門靜院，度香風屏障。吐飛花，伴人來往。

（上兩詞錄自《全芳備祖》）

出　塞 夜夢一女子引扇求字爲書小闋

花樹樹，吹碎胭脂紅雨。將謂郎來推綉户，暖風搖竹塢。　　睡起闌干凝佇，漠漠紅樓飛絮。剗踏襪兒垂手處，隔溪鶯對語。

（錄自《中興以來絕妙詞選》）

（以上詞除注明者外，均錄自《方舟集》）

李流謙

　　李流謙（1123—1176），字無變，綿竹（今四川省綿竹市）人。以蔭補將仕郎，授成都府霅泉尉，調雅州教授。以薦授諸王府大小學教授，改奉議郎，通判潼川府。著有《澹齋集》。

踏莎行　靈泉重陽作

　　菊露晴黃，楓霜晚翠。重陽氣候偏如此。異鄉牢落怕登臨，吾家落照飛雲是。　　舉扇塵低，脫巾風細。靈苗醫得人憔悴。尊前點檢欠誰人，惟有斷鴻知此意。

如夢令　前題

　　老插黃花不稱。節物撩人且任。破帽略遮闌，嫌見星星越甚。不飲。不飲。和取蜂愁蝶恨。

醉蓬萊　同幕中諸公勸虞宣威酒

　　正紅疏綠密，浪軟波肥，放舟時節。載地擎天，識堂堂人傑。萬里長江，百年驕敵，只笑談煙滅。葭葦霜秋，樓船月曉，漁樵能說。　　分陝功成，沙堤歸去，袞繡光浮，兩眉黃徹。了却中興，看這回勛業。應有命圭相印，都用賞，元功重疊。點檢樽前，太平氣象，今朝渾別。

小重山　綿守白宋瑞席間作

　　輕暑單衣四月天，重來閑屈指，惜流年。人間何處有神仙，安排我，花底與樽前。　　爭道使君賢，筆端驅萬馬，駐平川。長安只在日西邊，空回首，喬木淡疏煙。

青玉案 和雅守蹇少劉席上韻

相知元早來何暮。社燕送，秋鴻去。春草春波愁目注。酒香花韻，綺譚妍唱，怎不思量住。　虛無指點騎鯨路，個是騷人不凡處。畫棟雲飛簾捲雨。風流千古，一時人物，好記樽前語。

虞美人 春懷

一春不識春風面，都爲慵開眼。荼蘼雪白牡丹紅，猶及樽前一醉賞芳釀。　東君又是匆匆去，我亦無多住。四年薄宦老天涯，閑了故園多少好花枝。

其二 在蕪湖待仲甄巨卿未至作

吳波亭畔千行柳，直恁留人久。晚來船檻再三憑，又是一鈎新月照江心。　故人有約何時到，白地令人老。只愁酒盡更誰賒，一段閑愁無計奈何他。

（録自《永樂大典》）

點絳唇 德茂生朝作

一剪秋光，阿誰洗得無纖滓。冰壺徹底，人也清如此。　萬里歸來，著個斑衣戲。慈顏喜，問君不醉，更遣何人醉。

感皇恩 無害弟生朝作

萬綠壓庭柯，雨晴煙潤。三尺金猊麝微噴。百花香暖，釀作九霞仙醞。祝君如此酒，年年飲。　插額漢貂，垂腰蘇印。趁取如今未華鬢。三茅兄弟，總有丹臺名姓。蟠桃熟也未，教人問。

武陵春　德茂乃翁生朝作

曉日簾櫳初破睡，寶鴨宿薰濃。笑指圖中鶴髮翁，仙骨宛然同。
萬里郎官遥上壽，五馬茜衫紅。待插華貂酒滿鍾，仍是黑頭公。

謁金門　晚春

行不記，貪看遠峰鬟翠。風約柳花吹又起，故黏行客袂。
無歡意，不爲傷春憔悴。茅屋數間修竹裏，日長春睡美。

老大渾

其　二

空佇立，又是冷煙寒食。開盡荼蘼都一色，東風吹更白。
竿倦客，道上行人不識。着取蓑衣拈短笛，沙鷗應認得。

我是綸

其　三

春又晚，楊柳曉鶯啼斷。落盡殘紅餘片片，風狂都不管。
嫌酒淺，未敵閑愁一半。人與青山誰近遠，可憐春夢短。

作客惟

其　四

山數尺，江草江波同碧。晚雨吹風才數滴，行人心更急。
煙如織，遮斷客愁不得。腸斷故園無信息，燈花閑手剔。

漠漠疏

玉漏遲　送官東南

東南應眷倚。當年麗絶，今其餘幾。雲錦飄香，好在藕花十里。六月
長安徂暑，只一雨，滂沱都洗。君好爲。携將蘇醒，三吳生齒。　　總道
秦蜀謳吟，但消得雍容，笑談而致。稍待秋風，也擬買舟東逝。收拾塵編
蠹簡，更飽看，江山奇偉。歌盛美。還送往趨天陛。

滿庭芳 過黃州游雪堂次東坡韻

歸去來兮，吾歸何處，舊山閑却岷峨。雪堂重到，但覺客愁多。來往真成底事，人應笑、我亦狂歌。憑欄久，雲車不至，舉盞酹東坡。　　少年。渾妄意，斗衝劍氣，雷化龍梭。到如今，翻羨白鳥滄波。松柏皆吾手種，依然在，煙蕊霜柯。君知否，人間塵事，元不到漁蓑。

殢人嬌 戲改

痴本無緣，悶寧有火。都是你，自纏自鎖。高來也可，低來也可。這宇宙，何曾礙你一個。　　休説榮枯，强分物我。惺惺地，要須識破。漁樵不小，公侯不大。但贏取。饑飧醉來便卧。

洞仙歌 憶別

雲窗霧閣，塵滿題詩處。枝上流鶯解人語。道別來，知否瘦盡花枝，春不管，更遣何人管取。　　平生鷗鷺性，細雨疏煙，慣了江頭自來去。不見鵲橋邊，只爲隔年，翻贏得，年年風露。便學得，無情海中潮，縱一日兩回，如何憑據。

卜算子 前題

生別有相逢，死別無消息。説着從前總是愁，只是不相憶。　　月墮半窗寒，夢裏分明識。却似嗔人不憶他，花露盈盈濕。

水調歌頭 江上作

江漲解網雨，衣潤熟梅天。高人何事，乘興來寄五湖船。才聽嘈嘈疊奏，嘔軋櫓聲齊發，幾別故州山。轉盼青樓杪，已在碧雲端。　　渡頭月，臨晚霽，泊清灣。水空天静，高下相應總團團。遥想吾家更好，盡喚兒曹泛掃，欣賞共嬋娟。應念思歸客，對此不成眠。

于飛樂　爲海棠作

薄日烘晴，輕煙籠曉，春風綉出林塘。笑溪桃，並塢杏，忒煞尋常。東君處，没他後，成甚風光。　　翠深深，誰教入骨，夜來過雨淋浪。這些兒顔色，已惱亂人腸。如何更道，可惜處，只是無香。

西江月　爲木犀作

色似蠟梅渾淺，香如檐蔔微清。更張綠幄蔽輕盈，巧着工夫鬥釘。　　露葉涓涓月曉，風英點點秋晴。江南江北可經行，夢到吳王香徑。

眼兒媚　中秋無月作

素娥作意失幽期，我自不憑伊。舉杯重嘆，帖雲微笑，應道人痴。　　如今老去無情緒，只有睡相宜。建溪一啜，木犀數剪，酒醒歸時。

朝中措　失題

相思兩地費三年，明月幾回圓。鷗鳥不知許事，清江仍繞青山。　　樽前歌板，未終金縷，已到陽關。趁取臘前歸去，梅花不奈春寒。

千秋歲　別情

玉林照坐，薇薇花微墮。春院静，煙扉鎖。黛輕妝未試，紅淡唇微破。清瘦也，算應都是風流過。　　把盞對橫枝，尚憶年時個。人不見，愁無那。繞林霜掠袂，嚼蕊香黏唾。清夢斷，更隨月色禁持我。

臨江仙　江上九日即事

□□三春都過了，尋常偶到江皋。水容山態兩相饒。草平天一色，風暖燕雙高。　　酒病猒猒何計那，飛紅更送無聊。鶯聲猶似耳邊嬌。難回巫峽夢，空恨武陵桃。

（亦作李之儀詞）

（以上詞録自《澹齋集》）

劉望之

劉望之（1132—1162），字夷叔，號觀堂，瀘州合江人。紹興十二年（1142）進士及第，歷南平軍教授、達州州學教授，遷秘書省正字。二十九年七月致仕，卒。著有《觀堂集》，不傳。

水調歌頭

勸子一杯酒，清淚不須流。人間千古，俯如夢説揚州。何況楚王臺畔，爲雲爲雨無限，人事付輕漚。聚散隨來去，天地肖虛舟。　　謫仙人，解金龜，換美酒。載與君游，流觴曲水且賡酬。麾蓋飛迎過靄，江濱響振歌喉，拼醉又何求。三萬六千日，日日此優游。

（録自《補續全蜀藝文志》引《綦江志》）

鵲橋仙

只應將巧畀人間，定却向，人間乞取。

（殘句；録自《滹南詩話》）

如夢令

休絮。休絮。我自明朝歸去。

（殘句；録自《湘皋集》）

張 栻

　　張栻（1133—1180），字敬夫，號南軒，漢州綿竹人，張浚之子，以蔭補官。孝宗朝，累官左司員外郎，除秘閣修撰，歷知江陵府、荆湖北路安撫使。卒謚宣，後世稱“張宣公”。有《南軒集》傳世。

水調歌頭　聯句問訊羅漢

　　雪月兩相映，水石互悲鳴。不知巖上枯木，今夜若爲情。應見塵中膠擾，便道山間空曠，與麽了平生。與麽平生了，□水不流行。熹　　起披衣，瞻碧漢，露華清。寥寥千載，此事本分明。若向乾坤識易，便信行藏無間，處處總圓成。記取淵冰語，莫錯定盤星。栻

　　（録自《晦庵先生朱文公文集》）

閻蒼舒

閻蒼舒（生卒年不詳），字才元，原名安中，字惠夫，蜀州晉原（今四川省崇州市）人。紹興二十七年（1157）進士及第。累官中書舍人、吏部侍郎，出知興元府，紹熙初知江陵府。卒，諡恭惠。

水龍吟

少年聞說京華，上元景色烘晴晝。朱輪畫轂，雕鞍玉勒，九衢爭驟。春滿鰲山，夜沉陸海，一天星斗。正紅球過了，鳴鞘聲斷，回鸞馭，鈞天奏。　　誰料此生親到，五十年，都城如舊。而今但有，傷心煙霧，縈愁楊柳。寶籙宮前，絳霄樓下，不堪回首。願黃圖早復，端門燈火，照人還又。

念奴嬌

疏眉秀目，向尊前，依舊宣和裝束。貴氣盈盈風韻爽，舉止知非凡俗。皇室宗姬，陳王愛女，曾嫁貂蟬族。干戈流蕩，事隨天地翻覆。珠淚搵了偷彈，勸人飲盡，愁怕吹笙竹。留落天涯俱是客，何必平生相熟。舊日容華，如今憔悴，付與杯中醁。興亡休問，爲予且醉船玉。

（以上兩詞録自《蘆浦筆記》）

程 垓

程垓（生卒年不詳），字正伯，號書舟，眉山人。以詩詞知名於宋孝宗、光宗時。著有《書舟詞》。

滿江紅 憶別

門掩垂楊，寶香度，翠簾重疊。春寒在，羅衣初試，素肌猶怯。薄靄籠花天欲暮，小風送角聲初咽。但獨褰，幽幌悄無言，傷初別。　衣上雨，眉間月。滴不盡，顰空切。羨栖梁歸燕，入簾雙蝶。愁緒多於花絮亂，柔腸過似丁香結。問甚時，重理錦囊書，從頭説。

其 二

水遠山明，秋容淡，不禁搖落。況正是，樓臺高處，晚涼猶薄。月在衣裳風在袖，冰生枕簟香生幕。算四時，佳處是清秋，須行樂。　東籬下，西窗角。尋舊菊，催新酌。笑廣平何事，對秋瀟索。搖葉聲聲深院宇，折荷寸寸閑池閣。待歸來，閑把木犀花，重熏却。

其 三

茸屋爲舟，身便是，煙波釣客。況人間元似，泛家浮宅。秋晚雨聲篷背穩，夜深月影窗櫳白。有滿船詩酒滿船書，隨宜索。　也不怕，雲濤隔。也不怕，風帆側。但獨醒還睡，自歌還歇。臥後從教鰍鱔舞，醉來一任乾坤窄。恐有時，撑向大江頭，占風色。

最高樓

舊心事，説著兩眉羞，記得憑肩游。緗裙羅襪桃花岸，薄衫輕扇杏花樓。幾番行，幾番醉，幾番留。　也誰料，春風吹已斷。又誰料，朝雲飛亦散。天易老，恨難酬。蜂兒不解知人苦，燕兒不解説人愁。舊情懷，消不盡，幾時休。

南　浦

　　金鴨懶熏香，向晚來春醒，一枕無緒。濃緑漲瑶窗，東風外，吹盡亂紅飛絮。無言仁立，斷腸惟有流鶯語。碧雲欲暮，空惆悵，韶華一時虛度。　　追思舊日心情，記題葉西樓，吹花南浦。老去覺歡疏，傷春恨，都付斷雲殘雨。黃昏院落，問誰猶在憑闌處。可堪杜宇，空只解聲聲，催他春去。

攤破江城子

　　娟娟霜月又侵門，對黃昏，怯黃昏。愁把梅花，獨自泛清樽。酒又難禁花又惱，漏聲遠，一更更，總斷魂。　　斷魂，斷魂，不堪聞。被半溫，香半溫。睡也睡也，睡不穩，誰與溫存。只有牀前，紅燭伴啼痕。一夜無眠連曉角，人瘦也，比梅花，瘦幾分。

木蘭花慢　春怨

　　倩嬌鶯婉燕，説不盡，此時情。正小院春闌，芳園晝鎖，人去花零。憑高試回望眼，奈遥山遠水隔重雲。誰遣風狂雨橫，便教無計留春。情知雁杳與鴻冥。自難寄丁寧。縱柳院孿深，桃門笑在，知屬何人。衣篝幾回忘了，奈殘香，猶有舊時熏。空使風頭捲絮，爲他飄蕩花城。

八聲甘州

　　問東君，既解遣花開，不合放花飛。念春風枝上，一分花減，一半春歸。忍見千紅萬紫，容易漲桃溪。花自隨流水，無計追隨。　　不忍憑高南望，記舊時行處，芳意菲菲。嘆年來春減，花與故人非。總使梁園賦猶在，奈長卿，老去亦何爲。空搔首，亂雲堆裏，立盡斜暉。

洞庭春色

錦字親裁，淚中偷裛，細説舊時。記笑桃門巷，妝窺寶匲，弄花庭樹，香濕羅衣。幾度相隨游冶去，任月細風尖猶未歸。多少事，有垂楊眼見，紅燭心知。　　如今事都過也，但贏得，雙鬢成絲。嘆半妝紅豆，相思有分，兩分青鏡，重合難期。惆悵一春飛絮，夢悠揚教人分付誰。銷魂處，又梨花雨暗，半掩重扉。

四代好

翠幕東風早。蘭窗夢，又被鶯聲驚覺。起來空對，平階弱絮，滿庭芳草。厭厭未忺懷抱。記柳外，人家曾到。憑畫闌，那更春好花好，酒好人好。
春好尚恐闌珊，花好又怕，飄零難保。直饒酒好如澠，未抵意中人好。相逢盡拼醉倒。況人與，才情未老。又豈關，春去春來，花愁花惱。

（録自《詞律拾遺》）

水龍吟

夜來風雨匆匆，故園定是花無幾。愁多愁極，等閑孤負，一年芳意。柳困花慵，杏青梅小，對人容易。算好春長在，好花長見，元只是，人憔悴。　　回首池南舊事。恨星星，不堪重記。如今但有，看花老眼，傷時清淚。不怕逢花瘦，只愁怕，老來風味。待繁紅亂處，留雲借月，也須拼醉。

玉漏遲

一春渾不見，那堪又是，花飛時節。忍對危欄數曲，暮雲千疊。門外星星柳眼，看誰似當時風月。愁萬結。憑誰爲我，殷勤低説。　　不是慣却春心，奈新燕傳情，舊鶯饒舌。冷篆餘香，莫放等閑消歇。縱使繁紅褪盡，猶自有酴醾堪折。魂夢切。如今不奈，飛來蝴蝶。

（録自《花草粹編》）

折紅英①

　　桃花暖。楊花亂。可憐朱戶春強半。長記憶。探芳日。笑憑郎肩，殢紅偎碧。惜。惜。惜。　　春宵短。離腸斷。淚痕長向東風滿。憑青翼。問消息。花謝春歸，幾時來得。憶。憶。憶。

上平曲　惜春

　　愛春歸，憂春去，爲春忙。旋點檢，雨障雲妨。遮紅護綠，翠幃羅幕任高張。海棠明月杏花天，更惜濃芳。　　喚鶯吟，招蝶拍，迎柳舞，倩桃妝。盡呼起，萬籟笙簧。一觴一詠，儘教陶瀉繡心腸。笑他人世漫嬉游，擁翠偎香。

瑶階草

　　空山子規叫，月破黃昏冷。簾幕風輕，綠暗紅又盡。自從別後，粉銷香膩，一春成病。那堪晝閑日永。　　恨難整。起來無語，綠萍破處池光淨。悶理殘妝，照花獨自憐瘦影。睡來又怕，飲來越醉，醒來却悶。看誰似我孤另。

碧牡丹

　　睡起情無着。曉雨盡，春寒弱。酒盞飄零，幾日頓疏行樂。試數花枝，問此情何若。爲誰開，爲誰落。　　正愁却。不是花情薄。花元笑人蕭索。舊觀千紅，至今冷夢難託。燕麥春風，更幾人驚覺。對花羞，爲花惡。

---

①　原注：即《釵頭鳳》，正伯更名《折紅英》。

滿庭芳 時在臨安晚秋登臨

南月驚烏，西風破雁，又是秋滿平湖。採蓮人盡，寒色戰菰蒲。舊信江南好景，一萬里，輕覓蒓鱸。誰知道，吳儂未識，蜀客已情孤。　　憑高。增悵望，湘雲盡處，都是平蕪。問故鄉何日，重見吾廬，縱有荷紉芰製，終不似，菊短籬疏。歸情遠，三更雨夢，依舊繞庭梧。

念奴嬌 秋夜

秋風秋雨，正黃昏，供斷一窗愁絕。帶減衣寬誰念我，難忍重城離別。轉枕褰帷，挑燈整被，總是相思切。知他別後，負人多少風月。不是怨極愁濃，只愁重見了，相思難說。料得新來魂夢裏，不管飛來蝴蝶。排悶人間，寄愁天上，終有歸時節。如今無奈，亂雲依舊千疊。

雪獅兒

斷雲低晚，輕煙帶暝，風驚羅幕。數點梅花，香倚雪窗搖落。紅爐對謔。正酒面，瓊酥初削。雲屏暖，不知門外，月寒風惡。　　迤邐慵雲半掠。笑盈盈，閑弄寶箏弦索。暖極生春，已向橫波先覺。花嬌柳弱。漸倚醉，要人搜着。低告託。早把被香熏却。

摸魚兒

掩淒涼，黃昏庭院，角聲何處嗚咽。矮窗曲屋風燈冷，還是苦寒時節。凝佇切，念翠被熏籠，夜夜成虛設。倚闌愁絕。聽鳳竹聲中，犀幬影外，簌簌釀寒輕雪。　　傷心處，却憶當年輕別。梅花滿院初發。吹香弄蕊無人見，惟有暮雲千疊。情未徹，又誰料而今，好夢分胡越。不堪重說，但記得當初，重門鎖處，猶有夜深月。

閨怨無悶

天與多才，不合更與，殢柳憐花情分。甚總爲才情，惱人方寸。早是春殘花褪。也不料，一春都成病。自失笑，因甚腰圍半減，淚珠頻揾。

難省。也怨天，也自恨。怎免千般思忖。倩人説與，又却不忍。拼了一生愁悶。又只恐，愁多無人問。到這裏，天也憐人，看他穩也不穩。

孤雁兒

在家不覺窮冬好。向客裏，方知道。故園梅子正開時，記得清樽頻倒。高燒紅蠟，暖熏羅幌，一任花枝惱。　　如今客裏傷懷抱。忍雙鬢，隨花老。小窗獨自對黃昏，只有月華飛到。假饒真個，雁書頻寄，何似歸來早。

其　二

有尼從人而復出者，戲用張子野事賦此。

雙鬟乍綰橫波溜。記當日，香心透。誰教容易逐鷄飛，輸却春風先手。天公元也，管人憔悴，放出花枝瘦。　　幾宵和月來相就。問何處，春山鬥。祇應深院鎖嬋娟，枉却嬌花時候。何時爲我，小梯橫閣，試約黃昏後。

意難忘

花擁鴛房。記馳肩髻小，約鬢眉長。輕身翻燕羽，低語轉鶯簧。相見處，便難忘。肯親度瑤觴。夜向闌，歌翻郢曲，帶換韓香。　　別來音信難將。似雲收楚峽，雨散巫陽。相逢情有在，不語意難量。些個事，斷人腸。怎禁得恓惶。待與伊，移根換葉，試又何妨。

（録自《花草粹編》；亦作蘇軾詞）

一叢花　閨怨

傷春時候一憑闌，何況別離難。東風只解催人去，也不道，鶯老花殘。青箋未約，紅綃忍淚，無計鎖征鞍。　寶釵瑤鈿一時閑，此恨苦天慳。如今直恁拋人去，也不念，人瘦衣寬。歸來忍見，重樓淡月，依舊五更寒。

驀山溪

老來風味，是事都無可。只愛小書舟，剩圍着，琅玕幾個。呼風約月，隨分樂生涯，不羨富，不憂貧，不怕烏蟾墮。　三杯徑醉，轉覺乾坤大。醉後百篇詩，儘從他，龍吟鶴和。昇沉萬事，還與本來天，青雲上，白雲間，一任安排我。

小桃紅

不恨殘花彈，不恨殘春破。只恨流光，一年一度，又催新火。縱青天白日繫長繩，也留春得麼。　花院從教鎖，春事從教過。燒筍園林，嘗梅臺榭，有何不可。已安排，珍簟小胡牀，待日長閑坐。

芭蕉雨

雨過凉生藕葉。晚庭消盡暑，渾無熱。枕簟不勝香滑。爭奈寶帳情生，金尊意愜。　玉人何處夢蝶，思一見冰雪。須寫個帖兒，丁寧說。試問道，肯來麼，今夜小院無人。重樓有月。

紅娘子

小小閑窗底，曲曲深屏裏。一枕新涼，半牀明月，留人歡意。奈梅花引裏喚人行，苦隨他無計。　幾點清觴淚，數曲烏絲紙。見少離多，心長分短，如何得是。到如今，留下許多愁，枉教人憔悴。

醉落魄　賦石榴花

夏園初結。綠深深處紅千疊。杜鵑過盡芳菲歇。只道無春，滿意春猶愜。　　折來一點如猩血。透明冠子輕盈帖。芳心蹙破情尤切。不管花殘，猶自揀雙葉。

其　二　別少城舟宿黃龍

風催雨促。今番不似前歡足。早來最苦離情毒。唱我新詞，掩著面兒哭。　　臨行只怕人行遠。殷勤更寫多情曲。相逢已是腰如束。從此知他，還減幾分玉。

其　三

晚涼時節。翠梧風定蟬聲歇。有人睡起香浮頰。倚著闌干，笑揀青荷葉。　　如今往事愁難說。曲池依舊閑風月。田田翠蓋香羅疊。留得露痕，都是淚珠結。

一剪梅

舊日心期不易招，重來孤負，幾個良宵。尋常不見儘相邀，見了知他，許大無聊。　　昨夜梅花插翠翹，影落清溪，應也魂消。假饒真個住山腰，那個金章，換得漁樵。

其　二

小會幽歡整及時，花也相宜，人也相宜。寶香未斷燭光低，莫厭杯遲，莫恨歡遲。　　夜漸深深漏漸稀，風已侵衣，露已沾衣。一杯重勸莫相違，何似休歸，何自同歸。

其　三

斗轉參橫一夜霜，玉律聲中，又報新陽。起來無緒賦行藏，只喜人間，一綫添長。　　簾幕垂垂月半廊，節物心情，都付椒觴。年華漸晚鬢毛蒼，身外功名，休苦思量。

浪淘沙

山盡兩溪頭，水合天浮。行人莫賦大江愁。且是芙蓉城下水，還送歸舟。　　魚雁兩悠悠，煙斷雲收。誰教此水却西流。載我相思千點淚，還與青樓。

其　二

縈合又輕離，心事多違。小窗燈影記親移。可奈酒酣花困處，不省人歸。　　山翠又如眉，腸斷幽期。相思有夢阿誰知。莫遣重來風絮亂，不似當時。

其　三

老去懶尋花，獨自生涯。幾枝疏影浸窗紗。昨夜月來人不睡，看盡橫斜。　　門外欲啼鴉，香意凌霞。從渠千樹繞人家。世上一枝元也足，不要隨他。

雨中花令

聞說海棠開盡了。怎生得，夜來一笑。顰綠枝頭，落紅點裏，問有愁多少。　　小院閉門春悄悄。禁不得，瘦腰如嫋。豆蔻濃時，酴醾香處，試把菱花照。

其　二

舊日愛花心未了。緊消得，花時一笑。幾日春寒，連宵雨悶，不道幽歡少。　　記得去年深院悄。畫梁畔，一枝香嫋。說與西樓，後來明月，莫把梨花照。

（録自《欽定詞譜》）

其　三

捲地芳春都過了。花不語，對人含笑。花與人期，人憐花病，瘦似人多少。　　聞道重門深悄悄。愁不盡，露啼煙嫋。斷得相思，除非明月，不把花枝照。

鳳栖梧

客臨安，連日愁霖，旅枕無寐起作。

九月江南煙雨裏，客枕凄涼，到曉渾無寐。起上小樓觀海氣，昏昏半約漁樵市。　斷雁西邊家萬里，料得秋來，笑我歸無計。劍在牀頭書在几，未甘分付黃花淚。

其　二

有客錢塘江上住，十日齋居，九日愁風雨。斷送一春彈指去，荷花又繞南山渡。　湖上幽尋君已許，消息不來，望得行雲暮。芳草夢魂應記取，不成忘却池塘句。

其　三

門外飛花風約住，消息江南，已釀黃梅雨。蜀客望鄉歸不去，當時不合催南渡。　憂國丹心曾獨許，縱吐長虹，不奈斜陽暮。莫道春光難攬取，少陵辨得尋花句。

其　四　南窗偶題

薄薄窗油清似鏡，兩面疏簾，四壁文書靜。小篆焚香消日永，新來識得閑中性。　人愛人嫌都莫問，絮自沾泥，不怕東風緊。只有詩狂消不盡，夜來題破窗花影。

其　五　送子廉侄南下

九月重湖寒意早，目斷黃雲，冉冉連衰草。慘別臨江愁滿抱，酒樽時事都相惱。　聞道吳天消息好，鴛鴦西池，咫尺君應到。若見故人相問勞，爲言未分書舟老。

愁倚闌令　三榮道上

山無數，雨蕭蕭。路迢迢。不似芙蓉城下去，柳如腰。　夢隨春絮飄飄。知他在，第幾朱橋。説與杜鵑休喚起，怕魂銷。

（録自《歷代詩餘》）

其 二

春猶淺，柳初芽。杏初花。楊柳杏花交影處，有人家。　　玉窗明暖烘霞。小屏上，水遠山斜。昨夜酒多春睡重，莫驚他。

漁家傲　彭門道中早起

野店無人霜似水，清燈照影寒侵被。門外行人催客起。因個事，老來方有思家淚。　　寄問梅花開也未，愛花只有歸來是。想見小喬歌舞地。渾含喜，天涯不念人憔悴。

其 二

獨木小舟煙雨濕，燕兒亂點春江碧。江上青山隨意覓。人寂寂，落花芳草催寒食。　　昨夜青樓今日客，吹愁不得東風力。細拾殘紅書怨泣。流水急，不知那個傳消息。

臨江仙　合江放舟

送我南來舟一葉，誰教催動鳴榔。高城不見水茫茫。雲灣纏幾曲，折盡九回腸。　　買酒澆愁愁不盡，江煙也共淒涼。和天瘦了也何妨。只愁今夜雨，更做淚千行。

其 二

濃綠鎖窗閑院静，照人明月團團。夜長幽夢見伊難。瘦從香臉薄，愁到翠眉殘。　　只道花時容易見，如今花盡春闌。畫樓依舊五更寒。可憐紅繡被，空記合時歡。

朝中措

矮窗西畔翠荷香，人在小池塘。何事未拈棋局，却來閑倚胡牀。

金盆弄水，玉釵彈鬢，妝懶何妨。莫道困來不飲，今宵恰恨天凉。

其 二 茶詞

華筵飲散撤芳尊，人影亂紛紛。且約玉驄留住，細將團鳳平分。一甌看取，招回酒興，爽徹詩魂。歌罷清風兩腋，歸來明月千門。

其 三 湯詞

龍團分罷覺芳滋，歌徹碧雲詞。翠袖且留纖玉，沉香載捧冰埚。一聲清唱，半甌輕啜，愁緒如絲。記取臨分餘味，圖教歸後相思。

其 四 詠三十九數

真游六六洞中仙，騎鶴下三天。休道日斜歲暮，行年方是韶華。相逢一笑，此心不動，須待明年。要得安排穩當，除非四十相連。

其 五

片花飛後水東流，無計挽春留。香小誰栽杜若，夢回依舊揚州。破瓜年在，嬌花艷冶，舞柳纖柔。莫道劉郎霜鬢，才情未放春休。

其 六①

一枝煙雨瘦東墙，真個斷人腸。不爲天寒日暮，誰憐水遠山長。相思月底，相思竹外，猶自禁當。只恐玉樓貪夢，輸他一夜清香。

酷相思

月挂霜林寒欲墜。正門外，催人起。奈離別，如今真個是。欲住也，留無計。欲去也，來無計。　　馬上離情衣上淚。各自個，供憔悴。問江路，梅花開也未。春到也，須頻寄。人別也，須頻寄。

（録自《詞綜》）

---

① 原題作《眼儿媚》，今依例調整。

生查子

溪光曲曲村，花影重重樹。風物小桃源，春事還如許。　情知送客來，又作尋芳去。可惜一春詩，總爲閑愁賦。

其　二

長記別郎時，月淡梅花影。梅影又橫窗，不見江南信。　無心換夕香，有分憐朝鏡。不怕瘦棱棱，只怕梅開盡。

其　三　春日閨情

蘭帷夜色高，綉被春寒擁。何事玉樓人，屢踏楊花夢。　分明相見陳，不道幽情重。乞個好因緣，莫待來生種。

憶王孫

蕭蕭梅雨斷人行。門掩殘春綠蔭生。翠被寒燈枕自橫。夢初驚。窗外啼鵑催五更。

卜算子

枕簟暑風消，簾幕秋風動。月到夜來愁處明，只照團衾鳳。　去意杳無憑，別語愁難送。一紙魚箋枕底香，且做新來夢。

其　二

獨自上層樓，樓外青山遠。望到斜陽欲盡時，不見西飛雁。　獨自下層樓，樓下蛩聲怨。待到黃昏月上時，依舊柔腸斷。

其　三

幾日賞花天，月淡荼蘼小。寫盡相思喚不來，又是花飛了。　春在怕愁多，春去憐歡少。一夜安排夢不成，月墮西窗曉。

霜天曉角

幾夜瑣窗揭，素蟾光似雪。恰恨照人欹枕，紗櫥爽，簟紋滑。　　迤邐篆香裊，好壞誰共説。若是知人風味，來分付，半牀月。

其　二

玉清冰樣潔，幾夜相思切。誰料濃雲遮擁，同心帶，甚時結。　　匆匆休惜別，還有來時節。記取江陰歸路，須共踏，夜深月。

烏夜啼

楊柳拖煙漠漠，梨花浸月溶溶。吹香院落春還盡，憔悴立東風。只道芳時易見，誰知密約難通。芳園繞遍無人問，獨自拾殘紅。

其　二　醉枕不能寐

白酒欺人易醉，黃花笑我多愁。一年只有秋光好，獨自却悲秋。風急常吹夢去，月遲多爲人留。半黃橙子和詩卷，空自伴牀頭。

其　三

綠外深深柳巷，紅間曲曲花樓。一春想見貪游冶，不道有人愁。三月東風易老，幾宵明月難留。酴醿白盡窗前也，還肯醉來否。

其　四

靜院槐風綠漲，小窗梅雨黃垂。欲看春事留連處，惟有夜寒知。夢長閑消午醉，掃花共坐風凉。歸來窗北有胡牀，興在羲皇以上。

其　五

墻外雨肥梅子，階前水繞荷花。陰陰庭户薰風灑，冰紋簟，怯菱芽。春盡難憑燕語，日長惟有蜂衙。沉香火冷珠簾暮，個人在，碧窗紗。

（録自《欽定詞譜》）

瑞鷓鴣 瑞香

東風冷落舊梅臺。猶喜山花拂面開。紺色染衣春意净，水沉熏骨晚風來。　柔條不學丁香結，矮樹仍參茉莉栽。安得方盆載幽植，道人隨處作香材。

其　二 春日南園

門前楊柳綠成陰。翠塢籠香徑自深。遲日暖熏芳草眼，好風輕撼落花心。　無多春恨鶯難語，最晚朝眠蝶易尋。惟有狂醒不相貸，釀成憔悴到如今。

青玉案 用賀方回韻

寶林巖畔凌雲路。記藉草，尋梅去。詠綠書紅知幾度。行雲歸後，碧雲遮斷，寂寞人何處。　一聲長笛江天暮，別後誰吟倚樓句。匀面照溪心已許。欲憑錦字，寫人愁去，生怕梨花雨。

好事近 資中道上無雙堠感懷作

別夢記春前，春盡苦無歸日。想見鵲聲庭院，誤幾回消息。　萬重離恨萬重山，無處説思憶。只有路旁雙堠，也隨人孤隻。

其　二 待月不至

天淡一簾秋，明月幾時來得。何事桂低香近，把清光邀勒。　人間明晦總由天，何必問通塞。且爲人如月好，醉莫分南北。

其　三

煙盡戍樓空，又是一簾佳月。何事山城留滯，負好花時節。　燒燈剪彩没心情，應有翠娥説。欲借好風吹恨，奈亂雲愁疊。

其　四

急雨鬧冰荷，銷盡一襟煩暑。趁取晚凉幽會，近翠陰濃處。　　風梢危滴撼珠璣，灑面得新句。莫惜玉壺傾盡，待月明歸去。

點絳唇

梅雨收黃，暑風依舊閑庭院。露荷輕顫，只有香浮面。　　挂起西窗，月澹無人見。幽情遠，墮釵低扇，好個凉方便。

如夢令

風入藕花翻重。夜氣與香俱縱。月又帶風來，凉意一襟誰共。情重。情重。可惜短宵無夢。

清平樂

山城桃李，催促春無幾。日日爲花須早起，猶□惜花無計。　　阿誰留得春風，長教繞綠圍紅。莫遣十分芳意，輸他萬點愁容。

其　二　酬王静父紅木犀詞

秋香誰買，散入琉璃界。點綴小紅全不礙，還却鉛華餘債。　　夜來月底相期，一枝未覺香遲。恰似青綾帳底，絳羅初試裙兒。

其　三　咏雪

疏疏整整，風急花無定。紅燭照筵寒欲凝，時見篩簾玉影。　　夜深明月籠紗，醉歸凉面香斜。猶有惜梅心在，滿庭誤作吹花。

其　四

綠深紅少，柳外橫橋小。雙燕不知幽夢好，驚起碧窗春曉。　　起來脊聳多時，玉臺金鏡慵移。多少春愁未説，却來閑數花枝。

望秦川　早春感懷

柳弱眠初醒，梅殘舞尚痴。春陰將冷傍簾幃，又是東風和恨，向人歸。　樂事燈前記，愁腸酒後知。老來無計遣芳時，只有閑情隨分，品花枝。

其　二

竹粉翻新籜，荷花拭靚妝。斷雲侵晚度橫塘，小扇斜釵依約，傍牙牀。　蘸蜜分紅荔，傾筒瀉碧香。醉時風雨醒時凉，明月多情依舊，過西廂。

其　三

翠黛隨妝淺，銖衣稱體香。好風偏與十分凉，却扇含情獨自，繞池塘。　碧藕絲絲嫩，紅榴葉葉雙。牽絲摘葉爲誰忙，情到厭厭拼醉，又何妨。

天仙子

慘慘霜林冬欲盡，又是溪梅寒弄影。矮窗曲屋夜香燒，人已静，燈垂熖，點滴芭蕉和雨聽。　約個歸期猶未定，一夜夢魂終不穩。知他勾得許多情，真個悶，無人問，説與畫樓應不信。

望江南　夜泊龍橋灘前遇雨作

蓬上雨，蓬底有人愁。身在漢江東畔去，不知家在錦江頭。煙水兩悠悠。　吾老矣，心事幾時休。沉水熨香年似日，薄雲垂帳夏如秋。安得小書舟。[①]

---

①　原注：家有擬舫名書舟。

南歌子

雨燕翻新幕，風鵑繞舊枝。畫堂春盡日遲遲。又是一番平綠，漲西池。　　病起尊難盡，腰寬帶易垂。不堪村落子規啼。問道行人一去，幾時歸。

其　二　楊光輔又寄示尋春

淡靄籠青瑣，輕寒薄翠綃。有人憔悴帶寬腰。又見東風，不忍見柔條。　　悶酒尊難盡，閑香篆易銷。夜來溪雪已平橋。溪上梅魂憑仗，一相招。

其　三　早春

梅塢飛香定，蘭窗翠色齊。水邊沙際又春歸。領略東風，能有幾人知。　　愛月眠須晚，尋花去未遲。誰家庭院更芳菲。費盡才情休負，一春詩。

其　四

荷蓋傾新綠，榴巾蹙舊紅。水亭煙榭晚涼中。又是一鈎新月，靜房櫳。　　絲藕清如雪，櫥紗薄似空。好維今夜與誰同。喚取玉人來共，一簾風。

其　五

野水尋溪路，青山踏晚春。偶來相值却鍾情。一樹瓊瑤洗盡，客衣襟。　　曲沼通詩夢，幽窗净俗塵。何時散髮伴襜裙。後夜相思生怕，月愁人。

南鄉子

幾日訴離樽。歌盡陽關不忍分。此度天涯真個去，銷魂。相送黃花落葉村。　　斜日又黃昏。蕭寺無人半掩門。今夜粉香明月淚，休論。只要羅巾記舊痕。

攤破南鄉子

休賦惜春詩。留春住，說與人知。一年已負東風瘦，說愁說恨，數期數刻，只望歸時。　　莫怪杜鵑啼。真個也，喚得人歸。歸來休恨花開了，梁間燕子，且教知道，人也雙飛。

祝英臺近　晚春

墜紅輕，濃綠潤，深院又春晚。睡起厭厭，無語小妝懶。可堪三月風光，五更魂夢，又都被，杜鵑催攪。　　怎消遣。人道愁與春歸，春歸愁未斷。閑倚銀屏，羞怕淚痕滿。斷腸沉水重熏，瑤琴閑理，奈依舊，夜寒人遠。

虞美人　春愁

輕紅短白東城路，憶得分襟處。柳絲無賴舞春柔。不繫離人只解繫離愁。　　如今花謝春將老，柳下無人到。月明門外子規啼。喚得人愁爭似喚人歸。

長相思

對重陽，感重陽。身在西風天一方，年年人斷腸。　　景凄涼，客凄涼。縱有黃花祇異鄉，晚雲連夢長。

其　二

酒孤斟，客孤吟。戲馬臺荒露草深，英雄何處尋。　　愛登臨，莫登臨。定是愁來關客心，暮天煙水沉。

其　三

風敲窗，雨敲窗。窗外芭蕉雲作幢，聲聲愁對牀。　　對銀缸，點銀缸。夢採芙蓉隔一江，幾時蝴蝶雙。

鵲橋仙　秋日寄懷

角聲吹月，風聲落枕，夢與柔腸俱斷。誰教當日太情濃，揚不下，新愁一段。　黃花開了，梅花開未，曾約那時相見。莫教容易負幽期，怕真個，孤他淚眼。

減字木蘭花

雙雙相並，一點紅邊偏照映。玉剪雲裁，不比浮花共蒂開。　幾回心下，選勝摘來情自足。插向雲鬟，要與仙郎比並看。

謁金門　杏花

春悄悄，紅到一枝先巧。酒入半腮微帶卯，粉寒香未飽。　芳意枝頭偏鬧，困盡蜂鬚鶯爪。擬倩玉纖和露拗，情多愁易攪。

其　二　荼蘼

花簇簇，觸眼萬條垂玉。小院春深窗鎖綠，水沉風斷續。　明月又侵樓曲，羞向枕囊拘束。只待夜深清影足，醉來花底宿。

其　三　陪蘇子重諸友飲東山

烏帽側，行遍杏花春色。野意青青分隴麥，人家煙水隔。　春事莫催行客，彈指青梅堪摘。醉倚暮天江拍拍，雨晴沙路白。

其　四　病起

花半濕，一霎晚雲籠密。天氣未佳風又急，小庭愁獨立。　酒病起來無力，懊惱篆煙鎖碧。一餉春情無處覓，小屏山數尺。

其　五　諸公要予出郊

春漠漠，何處養花張幕。佩冷香殘天一角，忍看羅袖薄。　兩兩鴛鴦難學，六六錦鱗空託。趁有餘芳須細酌，東風情性惡。

（錄自《花草粹編》；亦作王千秋詞）

其 六

春夜雨，催潤柳塘花塢。小院深深門幾許，畫簾香一縷。　　獨立晚庭凝佇，細把花枝閑數。燕子不來天欲暮，説愁無處所。

其 七

風陣陣，吹落楊花無定。酒病厭厭三月盡，花檀紅自隱。　　新綠軒窗清潤，月影又移墻影。手撚青梅無處問，一春長悶損。

其 八

濃睡醒，驚對一簾秋影。楓葉乍零風不定，半窗疏雨影。　　愁與年光不盡，老入星星雙鬢。只擬上樓尋遠信，雁遥煙水暝。

蝶戀花

日下船篷人未起。一個燕兒，説盡傷春意。江上殘花能有幾，風催雨促成容易。　　湖海客心千萬里。著力東風，推得人行未。相次桃花三月水。菱歌誰伴西湖醉。

其 二

滿路梅英飛雪粉。臨水人家，先得春光嫩。樓底杏花樓外影，墻東柳綫墻西恨。　　擷翠揉紅何處問。暖入眉峰，已作傷春困。歸路月痕彎一寸。芳心只爲東風損。

其 三　春風一夕浩蕩，曉來柳色一新

寒意勒花春未足。只有東風，不管春拘束。楊柳滿城吹又綠，可人青眼還相屬。　　小葉星星眠未熟。看盡行人，唱徹陽關曲。心事一春何計續。芳條未展眉先蹙。

其 四　自東江乘晴過蟆頤渚園小飲

晴帶溪光春自媚。繞翠縈青，來約東風醉。雲補斷山疏復綴，雨回綠野清還麗。　　拄杖不妨舒客意。臨水人家，問有花開未。江左風流今有

幾。逢春不要人憔悴。

其　五

翠幕成陰簾拂地。池館無人，四面生涼意。荷氣竹香俱細細，分明著莫清風袂。　　玉枕如冰筦似水。繾綣橫釵，早被鶯呼起。今夜月明人未睡。只消三四分來醉。

其　六

畫閣紅爐屏四向。梅擁寒香，次第侵帷帳。燭影半低花影幌，修眉正在花枝傍。　　殢粉偎香羞一餉。未識春風，已覺春情蕩。醉裏不知霜月上。歸來已踏梅花浪。

其　七

樓角吹花煙月墮。的皪韶妍，又向梅心破。釵上彩幡看一個，賞心已覺春生坐。　　莫恨年華風雨過。人日嬉游，次第連燈火。翠帷高張金盞大。已拼醉袖隨香輠。

其　八

小院菊殘煙雨細。天氣淒涼，惱得人憔悴。被暖橙香羞早起，玉釵一任慵雲墜。　　樓上珠簾鉤也未。數尺遙山，供盡傷高意。佇立不禁殘酒味。綉羅依舊和香睡。

其　九　月下有感

小院秋光濃欲滴。獨自鉤簾，細數歸鴻翼。鴻斷天高無處覓，矮窗催暝蛩催織。　　涼月去人纔數尺。短髮蕭騷，醉傍西風立。愁眼望天收不得。露華衣上三更濕。

（亦作王安石詞）

其一〇

晴日溪山春可數。水繞池塘，知有人家住。盡日尋花花不語，舊時春恨還如許。　　苦恨東風無意緒。只解催花，不解催人去。日晚荒煙迷古戍。斷魂正在梅花浦。

菩薩鬘

和風暖日西郊路，游人又踏青山去。何處碧雲衫，映溪纔兩三。疏松分翠黛，故作羞春態。回首杏煙消，月明歸渡橋。

其 二

春回綠野煙光薄，低花矮柳田家樂。隴麥又青青，喧蜂閑趁人。野翁忘近遠，怪識劉郎面。斷却小橋溪，怕人溪外知。

其 三 訪江東外家作

畫橋拍拍春江綠，行人正在春江曲。花潤接平川，有人花底眠。東風元自好，只怕催花老。安得萬垂楊，繫教春日長。

其 四

平蕪冉冉連雲綠，斜陽襯雨明溪足。小鴨睡晴沙，翠烘三兩花。春光閑婉娩，盡日無人見。試著小屏山，圖歸雲際看。

其 五 正月三日西山即事

山頭翠樹調鶯舌，山腰野菜飛黃蝶。來爲等閑休，去成多少愁。小庭花木改，猶有啼痕在。別後不曾看，怕花和淚殘。

其 六

羅衫乍試寒猶怯，妒花風雨連三月。燈冷閉門時，有愁誰得知。此情真個苦，只爲當時語。莫道絮沾泥，絮飛魂亦飛。

其 七

夜來花底鶯饒舌，把人心事分明説。許大好因緣，只成容易傳。春闌無好計，唯有歸來是。從此玉臺前，曉妝休太妍。

其 八

小窗蔭綠清無暑，篆香終日縈蘭炷。冰簟漲寒濤，清風一枕高。

有人團扇却，門掩庭花落。少待月侵牀，照教魂夢凉。

其　九　回文

暑庭消盡風鳴樹，樹鳴風盡消庭暑。橫枕一聲鶯，鶯聲一枕橫。扇紈低粉面，面粉低紈扇。凉月淡侵牀，牀侵淡月凉。

其一〇

東風有意留人住，熏風無意催人去。去住兩茫然，相逢成短緣。平生花柳笑，過後關心少。今日奈情何，爲伊饒恨多。

其一一

去年恰好雙星節，鵲橋未渡人離別。不恨障雲生，恨他真個行。天涯消息近，不見乘鸞影。柳外鷓鴣聲，幾回和夢驚。

其一二

淺寒帶暝和煙下，輕陰挾雨隨風灑。翠幕護重簾，篆香銷半奩。平生風雨夜，怕近芭蕉下。今夕定愁多，蕭蕭聲奈何。

其一三

客窗曾剪燈花弄，誰教來去如春夢。冷落舊梅臺，小桃相次開。人間春易老，只有山中好。閑却槿花籬，莫教溪外知。

其一四

曉煙籠日浮山翠，春風著水回川媚。遠近碧重重，人家山色中。野花香自度，似識幽人處。安得著三間，與山終日閑。

其一五

扶犁野老田東睡，插花山女田西醉。醉眼眩東西，看看桃滿溪。耕桑山下足，紈綺人間俗。莫管舊東風，從教吹軟紅。

木蘭花

疏枝半作窺窗老，又是一年春意早。風低小院得香遲，月傍女牆和影好。　　去年苦被離情惱，今日逢花休草草。後時花紫盡從他，且趁先春拼醉倒。

其二　二江得書作

別時已有重來願，誰料情多天不管。分明咫尺是青樓，抵死濃雲遮得遍。　　寄聲只倚西飛雁，雁落書回空是怨。領愁歸去有誰知，水又茫茫山又斷。

鷓鴣天

昨夜思量直到明，拂明心緒更愁人。風披露葉高低怨，冷雨寒煙各自輕。　　休賴酒，莫求神。爲誰教爾許多情。如今早被思量損，好更當時做弄成。

其　二

木落江空又一秋，大寒幾日不登樓。紅綃帳裏橙猶在，青瑣窗深菊未收。　　新畫閣，小書舟。篆煙熏得晚香留。只因貪伴開爐酒，惱得紅兒一夜謳。

其　三　寄少城

淚濕芙蓉城上花，片飛何事苦參差。鎖深不奈鶯無語，巢穩爭如燕有家。　　情未老，鬢先華。可憐各自淡生涯。楊花不解知人意，猶自沾泥也學他。

入　塞

好思量，正秋風，半夜長。奈銀缸一點，耿耿背西窗。衾又涼，枕又涼。　　露華淒淒月半牀，照得人，真個斷腸。窗前誰浸木犀黃，花也香，夢也香。

虞美人影

粉霜拂拂凝香砌，醖釀梅花天氣。月上小窗如水，冷浸人無寐。
平生可慣閑憔悴，擔負新愁不起。消遣夜長無計，只倚熏香睡。

憶秦娥

青門深。海棠開盡春陰陰。春陰陰。萬重雲水，一寸歸心。　　玉樓
深鎖煙消沉。知他何日同登臨。同登臨。待收紅淚，細説如今。

其　二

情脉脉。半黃橙子和香擘。和香擘。分明記得，袖香熏窄。　　別來
人遠關山隔。見梅不忍和花摘。和花摘。有書無雁，寄誰歸得。

其　三

愁無語。黃昏庭院黃梅雨。黃梅雨。新愁一寸，舊愁千縷。　　杜鵑
叫斷空山苦。相思欲計人何許。人何許。一重雲斷，一重山阻。

浣溪沙

病中有以蘭花相供者，戲書。

天女殷勤著意多，散花猶記病維摩。肯來丈室問云何。　　腰佩摘來
煩玉筍，鬢香分處想秋波。不知真個有情麼。

其　二

遙想當年出鳳雛，王□風有未全疏。祇今朱紱爲誰紆。　　芳草池塘
春夢後，粉香簾幕曉晴初。一簪華髮要人梳。

其　三

翠葆扶疏傍藥闌，亂飄緑沼滿書單。清明時節又看看。　　小雨勒成

春尾恨，東風偏作夜來寒。琴心老盡不須彈。

其　四

閑倚前榮小扇車，晚妝無力嚲雲鴉。凝情看落一庭花。　　笑挽清風歸玉枕，懶隨缺月傍窗紗。羞紅兩臉上嬌霞。

其　五

薄日移陰午暑空，一杯何事便潮紅。扇紈揮盡却疏慵。　　早睡情懷冰枕外，夜涼消息雨荷中。不須留燭眩房櫳。

一落索

門外鶯寒楊柳，正減歡疏酒。春陰早是做人愁，更何況，花飛後。
莫倚東風消瘦，有酴醾入手。儘畏香玉醉何妨，任花落，愁依舊。

其　二

歌者索詞，名一東。

小小腰身相稱，更著人心性。一聲歌起繡簾陰，都過住，行雲影。
聞道玉郎家近，被春風勾引。從今莫怪一東看，自壓盡，人間韻。

破陣子

小小紅泥院宇，深深翠色屏幄。簇定熏爐酥酒軟，門外東風寒不知，
恰疑三月時。　　釵影半欹綠子，歌聲輕度紅兒。醉裏不愁更漏斷，更要梅
花看幾枝，起來霜月低。

西江月

衆綠初圍夏蔭，老紅猶駐春妝。畫簾燕子日偏長，靜看新雛來往。
（下缺）

其　二

（上缺）汲井漫隨蘭炷，心情半怯羅衣。粉香銷盡無人覷，只門外，子規啼。

（以上詞除注明者外，録自《書舟詞》）

劉光祖

劉光祖（1142—1222），字德修，號後溪，一號山堂，簡州（今四川省簡陽市）人。乾道五年（1169）進士及第，歷官潼川府路提刑司檢法、秘書省正字、秘書郎、殿中侍御史，出爲潼川運判，江西提刑。慶元初，除侍御史。後改司農少卿，遷起居舍人，坐謗訕韓侂胄奪職。起知眉州，嘉定間爲京湖制置使，知潼川府。告老，進顯謨閣直學士，提舉嵩山崇福宮，卒諡文節。著有《後溪集》。

洞仙歌 荷花

晚風收暑，小池塘荷净。獨倚胡牀酒初醒。起徘徊，時有香氣吹來，雲藻亂，葉底游魚動影。　　空擎承露蓋，不見冰容，惆悵明妝曉鸞鏡。後夜月凉時，月淡花低，幽夢覺，欲憑誰省。且應記，臨流憑闌干，便遥想，江南紅酣千頃。

鵲橋仙 留別

相逢一笑，又成相避，南雁歸時霜透。明朝人在短亭西，看舞袖，雙雙行酒。　　歌聲此處，秋聲何處，幾度亂愁搔首。如何不寄一行書，有萬緒，千端別後。

昭君怨 別恨

人在醉鄉居住，記得舊曾來去。疏雨聽芭蕉，夢魂遥。　　惆悵柳煙何處，目送落霞江浦。明夜月當樓，照人愁。

江城子 梅花

十分雪意却成霜，暮雲黄，月微茫。只有梅花，依舊吐幽芳。還喜無邊春信漏，疏影下，覓浮香。　　才清端是紫薇郎。別鵷行，憶宮墻。夜半胡爲，人與月交相。君合召歸吾老矣，月隨去，照西廂。

長相思　別意

玉樽涼，玉人涼。若聽離歌須斷腸，休教成鬢霜。　　畫橋西，畫橋東。有淚分明清漲同，如何留醉翁。

水調歌頭　旅思

客夢一回醒，三度碧梧秋。仰看今夕天上，河漢又西流。早晚涼風過雁，驚落空階一葉，急雨鬧清溝。歸計休令暮，宵露浥征裘。　　古來今，生老病，許多愁。那堪更説，無限功業鏡中羞。只有青山高致，對此還論世事，舉白與君浮。送我一杯酒，誰起舞涼州。

臨江仙　春思

小院回廊春寂寂，晚來獨自閑行。畫簾東畔碧雲生。也知無雨，空滴枕邊聲。　　一簇小桃開又落，低頭拾取紅英。東風相送忘相迎。梨花寒食，到得錦官城。

其　二　自詠

我似萬山千里外，悠然一片歸雲。宮銜猶自帶云云。誰知於進士，已是故將軍。　　閑坐閑行閑飲酒，閑拈閑字閑文。諸公留我笑紛紛。一枝簪寶髻，六幅舞羅裙。

踏莎行　春暮

掃徑花零，閉門春晚，恨長無奈東風短。起來消息探荼蘼，雪條玉蕊都開遍。　　晚月魂清，夕陽香遠。故山別後誰拘管。多情於此更情多，一枝嗅罷還重撚。

醉落魄 春日懷故山

春風開者。一時還共春風謝。柳條送我今槐夏。不飲香醪，孤負人生也。　　曲塘泉細幽琴寫。胡牀滑簟應無價。日遲睡起簾鈎挂。何不歸歟，花竹秀而野。

（以上詞錄自《中興以來絕妙詞選》）

沁園春 壽晁帥七十

畫戟如霜，綺流如水，篆香漸微。向鶯花多處，青山衮衮，鷺鳧散後，落屑霏霏。曾是鸞臺金馬客，一場夢覺來人事非。多少話，付無心雲葉，自在閑飛。　　相看燕鴻易感，□幾度春往秋又歸。見黃餘露點，東陂菊賦，清傳雪片，處士梅詩。向此年年開壽斝，算今古人生七十稀。歌嘯外，作皇朝遺老，名字輝輝。

（錄自《翰墨全書》）

何師心

何師心（生卒年不詳），資中人。宋孝宗時知昌元縣，薛季宣以“通明善處事”薦之。後知敘州，置鎖崖，鄉民德之。

滿江紅

一水飛空，揭起珠簾全幅。不須人捲，不須人軸。一點不容飛燕入，些兒未許游魚宿。向山頭，款步聽疏音，清如玉。　　三峽水，堪人掬。三級浪，堪龍浴。更兩邊瀟灑，數竿修竹。晚倩碧煙爲純綠，夜憑新月爲鈎曲。問當年，題品是何人，黃山谷。

（録自《蜀中名勝記》；此詞與《滿江紅》調不合，疑有缺佚，姑録於此）

何令修

何令修（生卒年不詳），仁壽人，何榘子。淳熙二年（1175），知渠州。

望江南

登龍脊，撫劍一長歌。巫峽峰高騰鳳鶴，夔門波闊失蛟鼉。東望意如何。

（殘句；録自《歷代詞人考略》）

李寅仲

　　李寅仲（生卒年不詳），字君亮，廣漢什邡人。淳熙五年（1178）進士及第，歷官秘書省正字、秘書郎、著作佐郎、知眉州、右司員外郎、國子司業，嘉泰初，權工部侍郎，兼國子祭酒。開禧間，知瀘州，遷潼川府路安撫使。

齊天樂　壽韓郡王

　　摩挲閱古堂前柳，盡是世臣喬木。故國風流，中興事業，都寫南山修竹。商顔自緑。甚當日君王，浩歌鴻鵠。誰識宮中，有人先定大横卜。

　　簪貂更鳴佩玉，退朝歸較晚，留傳黄屋。雨露無邊，風雲在手，宜享長生福。神京未復。看先取鴻溝，次封函谷。歲又初寒，小桃花下跨青鹿。

　　（録自《新編通用啓劄截江網》）

李 壁

李壁（1159—1222），字季章，號雁湖，又號石林，李燾子，眉州丹棱人。紹熙元年（1190）進士及第。歷秘書省正字、著作佐郎、秘書少監、權禮部侍郎兼直學士院，開禧伐金，權禮部尚書，拜參知政事兼知樞密院事。卒諡文懿。著有《雁湖集》《涓塵録》《中興戰功録》等。

浣溪沙

人日過靈泉寺，次韻少莊。

只記梅花破臘前，惱人春色又薰然。山頭井似陸公泉。　　上客長謡追楚些，嬌娃短舞看胡旋。崇桃積李自年年。①

朝中措　人日蟆頤席間和韻

東風歌吹發重闉，飛斾入山新。小雨不妨酥潤，江頭一並霜晴。年年心似，輸他釵燕，幡帶迎春。怎得樽前避酒，史君精鑒如神。

小重山

數椽甫葺，知府載酒寵臨，輒次日近環湖所賦韻爲一杯壽。

燕雀風輕二月天，一枝何處是家園。有花不惜是誰憐，生嫌怕，不爲老人妍。　　眉黛擁連娟，高情時載酒，雁湖邊。略無雕飾自天然，新詩好，品第入朱弦。

---

① 原注：一作"來年且幸報豐年"。

滿江紅

知府丈寵教和蔣洋州樂府，蔣亦有書遺某，問所贈石君無恙。輒次韻上呈，並以寄洋州也。

簾捲東風，□林外，鳥啼姑惡。政迤邐，花梢紅綻，柳梢黃著。散策丘園容懶□，折衝樽俎須雄略。但有書盈屋酒盈缸，還堪樂。　　嗟每被，浮雲縛。黃粱夢，新來覺。悄只愁湖海，故交遼邈。一紙素書來問我，數峰蒼玉何如昨。更幾時，夜語落簷花，同春酌。

南歌子

偶與子建小酌，知府秘書惠然臨顧，此一段奇也。輒成小闋，呈二使君。

紫綬新符竹，葉頹老弟兄。西風吹棹過湖亭。楊柳夫渠相伴，也多情。　　況是瀛洲侶，來同酒盞傾。白漚渾不避雙旌。一種風流人似，玉壺清。

好事近　餞交代勸酒

莫惜一樽留，共醉錦屏山色。多少飛花悠揚，送征輪南陌。　　曲湖歸去未多時，還捧詔黃濕。生怕別來凄斷，看滿園行迹。

江神子　勸酒

露荷香泛小池臺。水雲堆，好風催。寶扇胡牀，無事且徘徊。簾外海榴裙一色，判共釃，兩三杯。　　此懷能得幾番開。玉山頹。不須推，回首慈恩，前夢老堪咍。好是上林多少樹，應早晚，待公來。

阮郎歸　勸袁制機酒

蘇臺一別費三年。錦書憑雁傳。風姿重見闔江邊。玉壺秋井泉。

翻短舞，趁么弦，篆香同夕煙。多情莫惜爲留連。落花中酒天。

鷓鴣天 燕史君席間和韻

岸柳陰陰躍錦鱗，並湖蓮子恰嘗新。誰教故歲應官去，會老堂中少個人。　　歸未久，意彌親。吹香不斷酒傾銀。行藏判已天公付，且鬥而今見在身。

西江月 和提刑昂席新賦

又送鵬程軒翥，幾看駒隙推移。多端時事只天知，不飲沉憂如醉。白首已甘蓬艾，蒼生正倚丞疑。楚臺風轉一帆吹，朝列問君來未。

（以上詞均錄自《永樂大典》）

其　二 橘

昨夜十分霜重，曉來千里書傳。吳山秀處洞庭邊，不夜星垂初遍。好事寄來禪侶，多情將送琴仙。爲憐佳果稱嬋娟，一笑聊同清宴。

清平樂 橘

西江霜後，萬點暄晴晝。璀璨寄來光欲溜，正值文君病酒。　　畫屏斜倚窗紗，睡痕猶帶朝霞。爲問清香絕韻，何如解語梅花。

（以上兩詞錄自《廣群芳譜》；亦作李之儀詞）

李好義

　　李好義（？—1207），本下邽（今屬陝西省）人，李師中孫。南渡後或僑居蜀中，姜方銥定爲宕渠（今四川省渠縣）人（參見《蜀詞人評傳》）。開禧間任興州中軍正將，吳曦叛宋降金，好義與安丙、楊巨源等謀殺之，以中軍統制知西和州。旋爲吳曦舊部鴆殺，諡忠壯。

謁金門

　　花遇雨，又是一番紅素。燕子歸來衝綉幕，舊巢無覓處。　　誰在玉樓歌舞，誰在玉關辛苦。若使胡塵吹得去，東風侯萬户。

　　（録自《花草粹編》；亦作李好古詞）

望江南

　　思往事，白盡少年頭。曾帥三軍平蜀難，沿邊四郡一齊收。逆黨反封侯。　　元宵夜，燈火鬧啾啾。廳上一員閑總管，門前幾個紙燈毬。簫鼓勝皇州。

　　（録自《詞苑叢談》引《江湖紀聞》）

虞剛簡

虞剛簡（1163—1226），字仲易，仁壽人，允文孫。以郊恩任承奉郎，再舉禮部，歷夔州路提點刑獄兼提舉常平，改利州路。與魏了翁等講學於蜀，人稱滄江先生。

274 **南鄉子**

用子和韻送西歸就試。瑤屢勸予早還家，因一致意。

兒有掌中杯。但把歸期苦苦催。奕世衣冠仍上第，公台。元自詩書裏面來。　　秋色爲渠開。先我梁山馬首回。猿鶴莫輕窺蕙帳，驚猜。苔步歸休亦樂哉。

（録自《珊瑚木難》）

張 震

　　張震（生卒年不詳），字東父，號無隱居士，龍游（今四川省樂山市）人。嘉定初知彭州，以謝用先薦，爲軍器監，提舉四川茶馬。黃昇稱其詞“甚婉媚，蓋富貴人語也”。著有《無隱居士集》。

蝶戀花　惜春

　　梅子初青春已暮。芳草連雲，綠遍西池路。小院綉垂簾半舉，銜泥紫燕雙飛去。　　人在赤欄橋畔住。不解傷春，還解相思否。清夢欲尋猶間阻。紗窗一夜蕭蕭雨。

鷓鴣天　怨別

　　寬盡香羅金縷衣，心情不似舊家時。萬絲柳暗才飛絮，一點梅酸已着枝。　　金底背，玉東西。前歡贏得兩相思。傷心不及風前燕，猶解穿簾度幕飛。

其　二　春暮

　　橫素橋邊景最佳，綠波清淺見瓊沙。銜泥燕子迎風絮，得食魚兒趁浪花。　　春已暮，日初斜。畫船簫鼓是誰家。蘭橈欲去空留戀，醉倚闌干看晚霞。

驀山溪　春半

　　青梅如豆，斷送春歸去。小綠間長紅，看幾處，雲歌柳舞。偎花識面，對月共論心，携素手，採香游，踏遍西池路。　　水邊朱戶，曾記銷魂處。小立背鞦韆，空悵望，娉婷韻度。楊花撲面，香糝一簾風，情脉脉，酒厭厭，回首斜陽暮。

其 二 初春

春光如許，春到江南路。柳眼弄晴暉，笑梅老，落英無數。峭寒庭院，羅幕護窗紗，金鴨暖，錦屏深，曾記看承處。　　雲邊尺素，何計傳心縷。無處説相思，空惆悵，朝雲暮雨。曲闌干外，小立近黄昏，心下事，眼邊愁，借問春知否。

（以上詞録自《中興以來絶妙詞選》）

魏了翁

魏了翁（1178—1237），字華甫，蒲江人。慶元五年（1199）進士及第，授簽書劍南西川節度判官廳公事。嘉泰二年，召爲國子正。三年，改武學博士。開禧初，以阻開邊忤韓侂胄，改秘書省正字，出知嘉定府。史彌遠當國，力辭召命。丁父憂，築室白鶴山下，授徒講學。起知漢州、眉州，擢潼川路提點刑獄公事，歷知遂寧、瀘州、潼川府。嘉定十五年（1222），召爲兵部郎中，累遷秘書監、起居舍人，權尚書工部侍郎，旋貶靖州。端平元年，召權禮部尚書兼直學士院，累遷吏部尚書，簽書樞密院事。後以資政殿學士致仕。卒諡文靖，追贈秦國公。著有《鶴山先生大全文集》。

蝶戀花　和孫蒲江上元詞

又見王正班五瑞。霽月光風，恰與元宵際。橫玉一聲天似水，陽春到處皆生意。　　十載奔馳今我里。昔□元非，未信今皆是。風月惺惺人自醉。却將醉眼看榮悴。

其　二　和費五九丈見惠生日韻

早歲騰身隮輦路。秋月春風，只作渾閒度。手挾雷公驅電母，袖中雙劍蛟龍舞。　　如此壯心空浪許。四十明朝，忍把流年數。又過一番生日去。壽觴羞對親朋舉。

其　三　餞汪漕使杲勸酒

可煞潼人真慕顧。接得官時，只道來何暮。歲歲何曾樁得住，遂人又見迎將去。　　謾自兒曹相爾汝。心事同時，千里元相梧。況是棠陰隨處處。秋江夜月春空霧。

水調歌頭

　　虞永康剛簡所築美功堂於城南，以端午落成，唐涪州賦《水調歌》，即席次韻。

江水自石紐，灌口怒騰輝。便如黑水北出，迤邐到三危。百尺長虹夭矯，兩岸蒼龍偃蹇，翠碧互因依。古樹百夫長，修竹萬竿旗。　　畫堂開，風與月，巧相隨。史君領客行樂，旌纛立披披。慨想二江遺迹，更起三閭忠憤，此日最爲宜。推本美功意，禹甸六章詩。

其　二　張茶馬生日六月十八日

輕露瀹殘暑，蟾影插高寒。團團只似前夕，持向老萊看。九帙元開父算，六甲更逢兒換，梧竹擁檀欒。都把方寸地，散作萬雲煙。　　錦邊城，雲間戍，雪中山。風流老監在此，憂顧賴渠寬。天上玉顔合笑，堂上酡顔如酒，家國兩平安。又恐玉川子，茗碗送飛翰。

其　三　楊崇慶熹生日

風露浸秋色，煙雨媚湖弦。旌旗十里小隊，擬約醮壇仙。身在黃旗朱邸，名在玉皇香案，底事個人傳。正恐未免耳，驚攪日高眠。　　虎分符，龍握節，鹿銜輈。於君本亦餘事，所樂不存焉。一點春風和氣，無限藍田種子，渺渺玉生煙。富貴誰不有，借問此何緣。

其　四　趙運判師岢生日

萬里蜀山險，難似上青天。誰知間有，人心之險甚山川。賴得皇華星使，滿載春風和氣，來自鑒湖邊。要識方寸地，四十萬雲煙。　　佩瓏璁，冠昱爐，組蟬聯。眼前富貴餘事，所樂不存焉。聞道漢家子政，博考蘭臺載籍，胸次着千年。會有太一老，同結海山緣。

其　五　吳制置獵生日

世界要扶助，人物載耆英。茫茫四海，誰識今代有厖臣。萬頃青湖佳氣，一片紫巖心事，天付與斯人。聳聳鐵冠吏，表表白雲卿。　　海沮漳，城漢鄖，宅峨岷。規摹妙處，胸次納納幾滄瀛。未説令公二紀，先看武公百歲，年與學俱新。星弁百僚準，天宇四時春。

其　六　張致政生日

冬至子之半，玉管鞬微陽。壺中別有天地，轉覺日增長。一樣金章紫服，一樣朱顏綠髮，翁季儼相望。翁是修何行，未已且方將。　　玉生煙，蘭競秀，彩成行。翁無他智，只把一念答蒼蒼。今日列城桃李，他日八荒雨露，都是乃翁莊。要數義方訓，不説寶家郎。

其　七

> 婦生朝，李倅同其女載酒爲壽，用韻謝之。

曾向君王説，臣願守嘉州。風流別乘初屆，元在越王樓。湖上龜魚何事，橋上雁犀誰使，爭挽海山舟。便遣舊姻婭，解后作斯游。　　晚風清，初暑漲，暮雲收。公堂高會，怳疑仙女下羅浮。好是中郎有女，況是史君有婦，同對藕花洲。擬把鶴山月，換却鑒湖秋。

其　八　趙運判師嵒生日四月十一日

有匪碧巖使，滿腹鑒湖秋。不居上界官府，來作散仙游。長佩高冠人偉，組練錦袍官貴，清獻舊風流。杓柄長多少，洗盡蜀民愁。　　鵕鸃冠，貂尾案，鷺鷥鵃。時來正恐不免，留滯劍南州。簾捲西州風雨，庭仁百城歌皷，桃李翠雲綢。誰謂蜀山遠，只在殿山頭。

其　九　管待李參政壁勸酒

落日下平楚，秋色到方塘。人間裦暑難耐，獨有此清涼。龍捲八荒霖雨，鶴閟十州風露，回薄水雲鄉。欲識千里潤，記取玉流芳。　　石蘭衣，江蘺佩，芰荷裳。個中自有服媚，何必錦名堂。吸取玻璃清漲，喚起逍遙舊夢，人物儼相望。矯首望歸路，三十六虛皇。

其一〇　李提刑冲佑巹生日

溥露浸秋色，零雨濯湖弦。做成特地風月，管領老臞仙。雁落村間杯影，魚識橋邊柱杖，慮澹境長偏。祇恐未免耳，驚攪日高眠。　　龍握節，貂插案，鹿銜輴。於公元只餘事，所樂不存焉。手植藍田種子，無數階庭成樹，鬱鬱紫生煙。富貴姑勿道，借問此何緣。

其一一　王總領生日八月六日

輕露瀹殘暑，哉魄擬初弦。天台萬八千丈，中有紫霞仙。正理中樞舊武，却憶鄰環昨夢，重上蜀青天。只守伯禽法，馴野萬雲煙。　　錦川星，郎位宿，又移躔。爲無結輩十數，踏遍蜀山川。人識紹興奉使，家有顯謨科約，慧命得公傳。從此造朝去，兩地亦青氈。

其一二　利路楊憲熹生日

歲歲爲公壽，着語不能新。自公持節北去，我亦有遐征。坐我碧瑤洞府，被我石楠嘉蔭，冰柱向人清。待屆西風指，王事有期程。　　我嘗聞，由漢水，達河津。痴牛騃女會處，應有泛槎人。便向漢川東畔，直透銀河左界，去上白雲京。袖有傳婿研，我欲丐餘芬。

其一三　李參政壁生日十一月二十四日

曾記武林日，歲上德星堂。相君襟度夷雅，容我少年狂。輦路昇平風月，禁陌清時鐘鼓，嗹送紫霞觴。回首十年事，解后衮衣鄉。　　古今夢，元一轍，謾千場。紛紛間較目睫，誰解識方將。霜落南山秋實，風捲北鄰夜燎，世事正匆忙。天意那可問，只願善人昌。

其一四　安大使丙生日

人物正寥闊，有美萬夫望。七年填拊方面，帷幄自金湯。千尺玉龍銜詔，六尺寶靭照路，載績滿旟常。富貴姑勿道，難得此芬芳。　　嘗試看，今古夢，幾千場。人情但較目睫，誰解識方將。霜落南山秋實，風捲北鄰夜燎，世事正匆忙。海內知公者，只願壽而臧。

其一五　楊提刑子謨生日

有匪碧巖使，長佩奏琅球。門前初暑才漲，一室淡於秋。簾捲峨眉煙雨，袖挾西川風露，滿眼綠陰稠。人物眇然甚，得似此風流。　　此何時，公猶滯，劍南州。分明憂在目睫，只恁付悠悠。未問人謀當否，須信天生賢哲，不只等閑休。努力崇明德，巨浸要平舟。

其一六 　燕甲戌進士歸自都城

古説士夫郡，猶欠殿頭魁。記曾分付公等，行矣勉之哉。世事奕棋無定，甲子循還復爾，不免且低回。人物價自定，萬事付銜杯。　試與公，同握手，上春臺。繁紅麗紫何限，轉首便塵埃。欲識化工定處，須向報秋時節，未用較先開。休道屋猶矮，卿相個中來。

其一七 　李彭州壴生日

促織誰遣汝，唧唧不能休。攬衣起觀，四顧河漢淡如油。露下南山薈蔚，風抹西湖菱荇，客感浩悠悠。尚此推不去，歲壽兩公侯。　自侯歸，閑日月，幾春秋。東方千騎，何事白首去爲州。會有葛公清侶，携上神仙官府，玉案侍前旒。却袖經綸手，歸伴赤松游。

其一八 　叔母生日

人道三十九，歲暮日斜時。兒今如許，才覺三十九年非。昨被玉山樓取，今仗牛山挽住，役役不知疲。自己未能信，漫仕亦何爲。　亦何爲，應自嘆，不如歸。問歸亦有何好，堂上彩成圍。上下東罔南陌，來往北鄰西舍，遍地看兒啼。富貴適然耳，此樂幾人知。

其一九 　送趙閬州希異之官

凍雨洗煩濁，烈日霽威光。逸人去作太守，旗志倍精芒。莎外馬蹄香濕，柳下旗陰晨潤，景氣踏蒼蒼。夾道氣成霧，我獨犯顔行。　對顔行，斟尾酒，點頭綱。請君釂此，更伴頃刻笑譚香。爲問錦屏富貴，孰與熙寧諫議，千古蔚儀章。世道正頹靡，此意儻毋忘。

其二〇

次韻高才卿泰叔見貽生日，因以爲壽。

桃李眩春晝，松柏傲霜時。春妍不必皆是，晚秀未爲非。畫斧河邊瘴霧，叱馭關前險阻，馬竭復人疲。胡不效儕等，趣取好官爲。　居之安，于胥樂，詠而歸。毡裘鴂舌成市，書史儼相圍。月淡秋亭烽影，日静春齋鈴索，未聽杜鵑啼。美酒無深巷，莫道不吾知。

其二一　賀許侍郎奕得孫

三十作龍首，四十珥貂蟬。幡然携取名節，錦綉蜀山川。攬彎扶桑初曉，飲馬咸池未旰，來日儘寬閑。兹事亦云足，所樂不存焉。　　女垂髫，兒分鼎，婦供鮮。尊章青鬢未改，和氣玉生煙。造物猶嫌缺陷，要啓公侯袞袞，又畀賈嘉賢。① 公更厚封植，自古有豐年。

其二二　李參政壁生日

宇宙一大物，掌握付諸人。人心不滿方寸，垠北浩無垠。或者寒蟬自比，不爾禿犀貽笑，齪齪竟何成。胡不引賢者，相與共彌綸。　　未如何，嘗試使，問蒼旻。四時迭起代謝，有屈豈無伸。昨夜伶倫聲裏，一氣排陰直上，陽德與時新。道長自今日，持此慶生申。

其二三　叔母生日同家人勸酒

涪右金華宅，上有蔚藍天。當年玉女何事，未擺世間緣。要把平夷心事，散作吉祥種子，春暖玉生煙。回首生處所，更欲與周旋。　　自歸來，生處所，已三年。山頭白鶴候我，應訝久留連。已作秋風歸夢，忽遞春風消息，吹我着瀘川。安得且歸去，綿上飽耕眠。

其二四　即席和李潼川臺韻

清燕卧霜角，月魄幾回哉。一聲雲雁清叫，推枕賦歸來。流水落花去路，畫象棠陰陳迹，霄觀傍樓臺。別憶入梅艷，愁色上田萊。　　記來時，驚列缺，走吳回。人間都失匕箸，老婢亦驚猜。匹馬曉風鞭袖，孤堞暮煙烽柝，揮却挂蛇杯。不負此邦去，笑口也應開。

其二五　約李潼川飲即席賦

昨夜嚴家集②，霜斗颭晴天。乾坤如許空闊，着我兩人閑。醉帽三更月影，別袂一簾花氣，語隽不知還。二十年間事，肝肺寫明蠲。　　記相逢，一似昨，兩經年。風波鬧處，推出心膽至今寒。也爲故人飲酒，也念

①　原注：一作“更着一燈傳”。
②　原注：是夕飲於嚴氏園。

邦人懷舊，姑爲駐征鞍。未忍作離語，留待月華圓。

其二六　賀李潼川臺改知常德府

更盡一杯酒，春近武陵源。源頭父老迎笑，人似老癯仙。檢校露桃風葉，問訊渚莎江草，點檢舊風煙。世界要人拄，公獨臥閑邊。　　嘆從來，分宇宙，有山川。主賓均是寄耳，贏得鬢毛班。最苦中年相別，更是人才難得，相勸且加餐。歸爲玉昆說，時寄我平安。

其二七　劉左史光祖生日慶八十

山嶽會元氣，初度首王春。扶持許大穹壤，全德付耆英。二萬九千日力，四百八旬甲子，釀此傑魁人。玉劍臥霜斗，金鎖掣天扃。　　學宗師，人氣脉，國精神。不應閑處袖手，試與入經綸。磊落蟠溪感遇，迢遞彭籛歲月，遠到漆園椿。用舍關時運，一片老臣心。

其二八　虞簡州剛簡生日

牛酒享賓客，焦爛列前榮。有人先事早計，殘突伴孤星。香火家家繪象，鼛鼓村村祠宇，蔚不斷人情。清淚九皋鶴，喚起夢魂惺。　　白蘋洲，芳草渡，玉湖亭。畫簾挂起錄簌，一卷易同盟。携手錦江箍隱，覿面墨池玄叟，扶杖蜀君平。三老軟然笑，雲散太空清。

其二九　過凌雲和張太博方

千古峨眉月，照我別離杯。故人中歲聚散，脉脉若爲懷。醉帽三更風雨，別袂一簾山色，爲放笑眉開。握手道舊故，抵掌論人才。　　山中人，竈間婢，亦驚猜。江頭新漲催發，欲去重裝回。世事絲絲滿鬢，歲月匆匆上面，渴夢肺生埃。酒罷聽客去，公亦賦歸來。

其三〇

> 張太博方送別壁津樓，再賦，即席和。

欀櫂漢嘉口，更盡渭城杯。凌雲山色，似爲行客苦傷懷。橫出半天煙雨，鎖定一川風景，未放客船開。想見此樓上，閱盡蜀人才。　　山猿鶴，江鷗鷺，亦相猜。滔滔日夜東注，全璧幾人回。客亦莞然成笑，多少醉生夢死，轉首總成埃。信屈四時耳，寒暑往還來。

其三一　次韻黄敍州蓬

煙雨斂江色，江水大於杯。蓬窗一枕霄夢，忽忽到無懷。苦被江頭新漲，推起天涯倦客，萬里片帆開。收用到我輩，天下豈無才。　　路漫漫，行又止，信還猜。淵魚得失有分，須載月明回。寄語鶴山親友，若訪吾廬花柳，爲我掃煙埃。去去儻無辱，振袂早歸來。

其三二　次韻西叔、詹叔兄、嘉甫弟惠生日詞

昨夢鶴山去，風景逐時新。藕花拍滿欄檻，松竹被池頻。盡日兄酥弟酪，觸處言鯖義腺，相對只翁卿。[①] 夢覺帝鄉遠，有酒爲誰傾。　　忽飛來，天外句，夢中人。自憐何事，强把麋鹿裹朝紳。[②] 坐看九衢車馬，鞭策長安日月，檐閣太玄經。只説來時節，金氣已高明。

其三三　又孫靖州應龍生日

九十九峰下，百二十年州。西風吹起客夢，月滿驛南樓。影入天河左界，辰在壽星向上，還是去年秋。要和木蘭曲，載酒壽君侯。　　天邊信，雲外步，去難留。壽觴庭院依舊，已帶別離愁。離合鍾情未免，行止關人何事，浪白世間頭。將相時來作，身健百無憂。

其三四　范靖州良輔生日十月二十一日

猶記端門外，鞭袖五更寒。一聲天上鐘柝，金鎖掣重關。君向紫宸上閣，我侍玉皇香案，都號舍人班。夢覺帝鄉遠，相對兩蒼顏。　　玉圍腰，金繫肘，綉籠鞴。鄉人袞袞嚴近，五馬度荆山。收拾五湖氣度，捲束蟠胸兵甲，春意滿人間。天錫公純嘏，氣象自平寬。

其三五　高嘉定生日和所惠韻

高氏八千石，驕哄溢街坊。庸夫俗子，誇道錦綉裹家鄉。誰識書生心事，各要濟時行己，肯顧利名場。用我吾所欲，不用亦何傷。　　漢嘉

---

① 原注：高魏山弟。
② 原注：一作“便思歸掃巖岫，橫竹挂朝紳”。

守，凡閱歷，幾麾幢。便教入從出節，都是分之常。但願國安人壽，更只專城也好，不用較強梁。準擬耆英會，倚杖看人忙。

其三六　送蔣成父公順

風雪錮遷客，閉户緊蒙頭。一聲門外剥琢，客有從予游。直自離騷國裏，行到林閭屋畔[1]，萬里入雙眸。世態隨炎去，此意淡於秋。　感畢逋，懷秸鞠，詠夫不。[2]尋師學道雖樂，吾母有離憂。歲晚巫雲峽雨，春日楚煙湘月，詩思滿歸舟。來日重過我，應記火西流。[3]

其三七　上巳和黄成之韻

尚記春歸日，錦綉裏江城。誰推日馭西去，水認故鄉痕。魚鳥自飛自躍，紅紫誰開誰落，天運渺無聲。四序鎮如此，當當復亭亭。　是何年，修禊事，暢幽情。競傳上巳天氣，别是一般清。便引鄭郊溱洧，不道孔門沂泗，大道掌如平。待挽迷津者，都向此中行。

其三八　江東漕使兄高瞻叔生日端平丙申五月

堪怪兩外府，使傳載朝纓。雖云身在江表，都號漢公卿。莫是才堪世用，莫是有人吹送，中外爾聯榮。天運自消息，龍蟄不關情。　更尋思，誰得失，孰虧成。潛魚要向深渺，猶恐太分明。且願時清無事，長把書生閣束，歸踐對牀盟。強似抗塵俗，歲歲上陪京。

其三九　建康留守陳尚書韡生日

天地一大物，扶植要人才。人才誰是，不肯隨俗強追陪。與我言兮我願，莫我知兮誰怨，全仗帝爲媒。此意久寥闊，今見者留臺。　笏圍腰，書創屋，騎籠街。時賢白盡鬢髮，老子抑名齋。更取堂名淇緑，要把北山萬竹，一日倚雲栽。自處只如此，將相任時來。

---

① 原注：鶴山人，子雲師。
② 原注：雛也，興不皇將父母。
③ 原注：韓退之云：歐陽詹舍父母之養，以來京師，雖有離憂，其志樂也。此語有礙，今反之。

念奴嬌

廣漢士民送別，用韓推官韻爲謝。

萬人遮道，撥不斷，爭挽房湖逐客。臣罪既盈應九死，全荷君王矜惻。況是當年，曾將愚技，十字街頭立。恩波浩蕩，孤忠未報涓滴。
世事應若穿楊，一弦不到，前發皆虛的。自判此生元有分，不管筮違龜食。靴帽叢中，漁樵席上，無入非吾得。倚湖一笑，夜深群動皆息。

其 二　鮮于安撫勸酒

固陵江上，暮雲急，一夜打頭風雨。嗺送春江船上水，笑指□山歸去。靴帽叢中，漁樵席上，總是安行處。惟餘舊話，爲公今日拈取。
見説家近岷山，翠雲平楚，萬古青如故。要把平生三萬軸，喚取山靈分付。廬阜嵩高，睢陽嶽麓，會與岷爲伍。及時須做，鬢邊應未遲暮。①

其 三

送簡池宋倅之官，即席賦。

修姱人物，元如許，誰把屏星留却。弄破峨眉山月影，似作平分消息。捲霧名譚，翳雲長袖，未稱三池客。且然袖手，人間煩暑方劇。
分手未見前期，風前耿耿，目斷斜陽角。亦欲乘風歸去也，問訊故山猿鶴。紞鼓催雞，揮弦送雁，轉首成乖各。願加餐飯，書來頻寄新作。

其 四　劉左史光祖生日

岸容山意，隨春好，人在春風獨立。立盡閑雲來又去，目斷一天紅日。豈不懷歸，於焉信宿，此意無人識。只看鬢髮，絲絲都爲人白。
風露正滿人間，齁齁睡息，渾不知南北。要上南山披薜蔚，誰是同心相覓。天運無窮，事機難料，只有儲才急。願公壽考，養成元祐人物。

其 五　劉左史光祖夫人生日

劉郎初度，隨春到，尚記彩衣春立。又上夫人千歲壽，相望不爭旬

---

① 原注：頃得手帖曾及此，故云。

日。琴瑟儀刑，山河態度，長是春風識。都將和氣，蒸成滿院紅白。

我被五斗紅陳，三升官酒，驅到鄖城北。解后相逢同一笑，此會幾年難覓。寶蠟燒春，花光縞夜，未放觥籌急。天然真樂，儻來知是尤物。

其　六

叔母生日，劉左史光祖以余春時所與爲壽詞韻見貺，復用韻謝之。

夢中猶記，來時路，五馬踟蹰攢立。江北城南春澹沲，山鎖一天晴日。伊軋征車，徊徨去意，只有東風識。如今遠在，誰人伴我浮白。

天外一曲陽春，依然有脚，來到萱堂北。不是奇情雙照亮，肯寄鱗鴻相覓。酒引曹醇，歌翻楚調，觸撥歸心急。醉魂時繞，鶯花世界風物。

臨江仙　杜安人生日

九十秋光三十八，新居初度稱觴。青衫彩服列郎娘。孫枝無處着，猶欠兩東牀。　盡是當年親手種，如今滿院芬芳。只憑方寸答蒼蒼。個中無盡藏，誰弱又誰強。

其　二　送嘉甫弟赴眉山

細雨斜風驅曉瘴，綽開坦坦長途。膏車秣馬問程初。梅梢迎候騎，雁影度平蕪。　行己不論官小大，窮探不間精粗。只從厚處作規模。簡編迂事業，屋漏拙功夫。

其　三　楊子有德輔母夫人生日

尚憶去年稱壽日，彩衣猶帶天香。今年還見雁成行。兩頭娘子拜，笑領伯仁觴。　知是幾年培植底，如今滿院芬芳。只憑方寸答蒼蒼。春風來不斷，點綴艷陽妝。

其　四　張邛州師夔筵日

腰着萬釘犀玉夸，肘垂斗大金章。非關性分總尋常。要知真樂處，彩服鬂毛蒼。　浩蕩春風生玉樹，蒸成滿院芬芳。斗城無處着韶光。會歸天上去，長捧伯仁觴。

其　五　送袁黎州楠

曉色曨吻雲日澹，綽開坦坦長途。西寧太守問程初。梅梢迎候騎，柳樹困平蕪。　　九折邛嶧渾可事，不妨叱馭先驅。平平豈是策真無。撫摩迂事業，細密鈍功夫。

其　六　上元放燈約束妓前燈火

怪見江鄉文物地，輕豪爭逐春妍。銀花斜騿紫金鞭。千燈渾是淚，一笑不論錢。　　今歲遨頭窮相眼，繁華不學常年。只餘底事索人憐。詩書真氣味，農扈老風煙。

其　七

> 同日，李提刑瑑亦有詞，因次韻。

腳踏西郊紅世界，才知春意分明。不須更說錦官城。春來游冶騎，得得爲渠停。　　停到花眠人且去，酒杯苦欲留行。直須醉飲到參橫。不因歌白雪，三日作狂酲。

其　八　張靜甫之母夫人生日

天爲西南分八使，更分四道蕃臣。爭如齒宿彩衣新。親年開百歲，又見子生孫。　　一度平反供一笑，無邊桃李皆春。便歸天上極恩榮。爲君圖壽母，更看太夫人。

其　九　約李彭州瑑兄弟看荔丹有賦

雙荔堂前呼大撇，蚪枝看取垂垂。帝憐塵土著冰姿。故教凍雨過，浴出萬紅衣。　　綠幄頹圓高下處，中含玉色清夷。浣人應笑太真肥。破除千古恨，須待謫仙詩。

其一〇

> 與同官飲於海棠花下，燒燭照花，即席賦。

自有天然真富貴，本來不爲人妍。謹將醉眼着繁邊。更擎高燭照，驚攪夜深眠。　　花不能言還自笑，何須有許多般。滿空明月四垂天。柳邊紅沁露，竹外翠欺煙。

其一一　東叔兄生日

去歲玉堂山下住，母旁後弟前哥。今年作縣古松坡。静參朱祭酒，間印馬頭阤。　去路更無山隔斷，春風跋馬經過。不妨緩轡儘婆娑。願申臨別語，長使得天多。

其一二　次韻李參政璧見貽生日

閑放樓前千里目，天邊雲大如囷。秋風入帽露華新。無端憂國夢，應到守封臣。　舊弼如今都有幾，長教燕坐申申。折楊笑面背陽春。憂醒頭欲雪，濁夢肺生塵。

其一三　杜安人生日

七夕長留河漢女，重陽又屬騷人。只餘八八號佳辰。中和無與擬，撺作一家春。　俗事縈人何日了，隨緣女嫁男婚。却將不繫自由身。閑中書日月，隨處弄兒孫。

其一四

叔母生日，次韻許侍郎奕《臨江仙》爲壽。

春院繡簾垂麗穀，一天風月橫陳。慈親初度紀嘉名。每從歌舞地，猶記傑魁人。　大句忽隨烏鵲至，恍如前歲逢春。只祈歲歲及茲辰。天風吹寶唾，華彩動文星。

其一五　再和四年前遂寧所賦韻

一點陽和渾在裏，時來爾許芳妍。春風吹上醉痕邊。雋歡欺淺酌，清晤失佳眠。　聊把繁華開笑口，須臾雨送風般。因花識得自家天。炯然長不夜，活處欲生煙。

其一六　應提刑懋之生日

紅杏花邊曾共賞，天涯還是相逢。人言契分兩重重。誰知聲利外，別有一般同。　炯炯奇情雙亮處，天光水色相通。磨中旋蟻渺何窮。共扶天事業，此意政須公。

其一七

范遂寧子長生日，和所惠詞韻報之。

千里樓高人與並，個中徹地通天。秋風吹髮半成宣。都將强歲月，空對舊山川。　養就人才端有意，公今三祖差肩。偏輕偏重幾番船。要公常把柂，容我老閑邊。

其一八 茂叔兄生日

占斷人間閑富貴，長秋應是長春。前山推月上簾旌。緩觴尋舊友，勾拍按新聲。　時倚晴空看過雁，幾州明月關情。知君早已倦青冥。時來那得免，事業一窗螢。

感皇恩 和閭廣安

三峽打頭風，吹回荆步。坎止流行謾隨遇。須臾風静，重踏西來舊武。世間憂喜地，分明覰。　喜事雖新，憂端依舊。徒爲岷峨且歡舞。陰雲掩映，天末扣閽無路。一鞭歸去也，鷗爲侶。

水龍吟

登白鶴山，借前韻，呈同游諸丈。

闌風長雨連宵，昨朝晴色隨軒驟。松聲花氣，江煙浦樹，如相迎候。山送青來，僧隨麥去，山爲吾有。更檣筻直上，薜蘿深處，雲垂幄，蘚成甃。　未至相如獨後，對山尊，勸酬多又。記曾犯雪，重來已是，綠肥紅瘦，好語時聞，憂端未歇，倚風搔首。謾持觴自慰，冰山安在，此山如舊①。

---

① 原注：去冬來時，侭無恙也。

滿江紅　次韻西叔兄詠蘭

玉質金相，長自守，間庭暗室。對黃昏月冷，朦朧霧浥，知我者希常我貴，於人不即而人即。彼云云，謾自怨靈均，傷蘭植。① 　　鶗鴃亂，春芳寂。絡緯叫，池英摘。惟國香耐久，素秋同德。既向静中觀性分，偏於發處知生色。待到頭，聲臭兩無時，真聞識。

其　二　張總領生日六月十八日

有美人兮，招不至，幾回凝佇。應只爲，家山自好，不堪他顧。忙裏抽頭真得計，閑中袖手看成趣。念從前，出處總無心，天分付。　　雲冉冉，更吞吐。泉活活，無朝暮。與自家意思，一般容與。月墅曉寒垂葉露，風窗午睡連山雨。看蒼顏，白髮兩閑人，摩今古。

其　三　和李提刑壐見貽生日韻

宇宙中間，還獨笑，誰疏誰密。正從容行處，山停川溢。鐘鼎勒銘模物象，山林賜路開行軬。要不如，胸次祇熙熙，無今昔。　　便百中，穿牙戟。怕六鑿，生虛室。爲幽香小佇，旋供吟筆。人事未須勞預慮，天公渾不消余力。看雨餘，雲捲約簾旌，明紅日。

其　四　李提刑壐生日

秋意冷然，對宇宙，一尊相屬。君看取，都無凝滯，天機純熟。水拍池塘鴻雁聚，露濃庭畹芝蘭馥。笑何曾，一事上眉頭，縈心曲。　　興不淺，船明玉。人更健，巾橫幅。問人間底處，昇沉遲速。氣壓晴巖虹半吐，眼明平楚雲相逐。但年年，屈指問西風，篘新醁。

其　五　李參政壁生日

湖水平漪，與我意，一般容與。任多少，雙鳧乘雁，落花飛絮。露冷雲寒煙外竹，霜明日潔梅邊路。怪天隨，人意作陰晴，無非數。　　方寸地，圖書府。老太史，親分付。況身名四海，未爲不遇。用舍行藏皆有

① 原注：屈平、子建憤世之不見知，離騷常以蘭自況，而子建亦謂秋蘭可喻桂樹冬榮。

命，時來將相還須做。且閑中，袖手閱時人，摩今古。

其 六　和李參政壁惠生日

物象芸芸，知幾許，功夫來格。更時把，荷衣芰製，從容平熨。雲淡天空詩獻狀，竹深花静機藏密。對窗前，屏岫老儀刑，真顏色。　　商古道，誰儔匹。評今士，誰鈞敵。向平舟問雁，久間霜翮。枰上舉棋元不定，磨邊旋蟻何曾息。儻天公，有意要平治，饒華髮。

其 七　賀劉左史光祖進職奉祠

許大才名，知幾許，功夫做得。獨自殿，三朝耆舊，巋然山立。出處只從心打當，去留不管人忻戚。抱孤衷，脉脉倚秋風，無人識。　　龍可養，凡鱗匹。鸞可摯，凡禽敵。便翩然歸作，玉龍仙客。枰上舉棋元不定，磨邊旋蟻何曾息。儻天公，有意要平治，須華髮。

其 八　劉左史光祖生日正月十日

見説新來，把閑事，都齊閣束。日用處，渾無凝滯，天機純熟。簾捲春風琴静好，庭移曉日蘭芬馥。笑可曾，些子上眉頭，縈心曲。　　吞宇宙，船明玉。批風月，詩成軸。問人間底處，昇沉榮辱。與我言兮雖我願，不吾以也吾常足。但年年，先後放燈時，篸新醁。①

其 九

叔母生日，劉左史光祖以余正月十日所與爲壽詞韻見貽，至是始克，再用韻謝之。

彼美人兮，不肯爲，時人妝束。空自愛，北窗睡美，東鄰醉熟。不道有人成離索，直教無計分膏馥。望鶴飛，不到暮雲高，闌干曲。　　駒在谷，人金玉。槃在陸，人寬軸。笑吾今何苦，耐司空辱。應爲嗷嗷烏反哺，真成落落蛇安足。到梓州，舊事上心來，呼杯醁。

其一〇　即席次韻宋權縣彝約客

世道何常，都一似，水流雲出。嘆自古，燕巾濫寶，楚山迷璧。老我

---

① 原注：先後放燈，並謂夫人十九日生也。

如今觀變熟，行藏語默惟時適。似滄溟，容得乘禽飛，雙鳧集。　　花露曉，松風夕。經味永，山光吸。歷巖中考第，案頭月日。物欲強時心節制，才資弱處書扶掖。擬棕鞋，桐帽了平生，投簪幘。

其一一　送西叔兄之官成都

逢着公卿，誰不道，人才難得。須認取，天根一點，幾曾休息。未問人間多少士，一門男子頭頭立。只其間，如許廣文君，誰人識。　　冠蓋會，漁樵席。豪氣度，清標格。要安排穩當，講帷詞掖。蜀泮堂堂元不惡，猶嫌偏惠天西壁。囑公卿，着眼看乾坤，搜人物。

其一二　次韻黃敘州

風引舟來，恰趁得，東樓嘉集。正滿眼，輕紅重碧，照筵浮席。更是姓黃人作守，重新墨妙亭遺迹。對暮天，疏雨話鄉情，更籌急。　　嗟世眼，迷朱碧。矜氣勢，才呼吸。彼蔡章安在，千年黃筆。腐鼠那能鵷鳳嚇，怒蜩未信冥鵬翼。與史君，酌酒酹興亡，澆今昔。

其一三　和虞婿惠生日

月上南箕，還認得，去年星曆。知誰把，一天星象，蕩摩朝昔。若使平生渾自棄，如今老大何嗟及。更年來，偏得鈍工夫，蹉跎力。　　溪瘴礙，蠻煙隔。穿壤斷，江山窄。縱燕巾濫寶，楚山囚玉。小小窮通都未問，忍聞同氣相煎急。誦虞郎，百字短長詩，憂何極。

南鄉子　和黃侍郎疇若見貽生日韻

萬里載浮名。憶昔從容下帝京。冉冉七年如昨夢，分明。贏得存存夜氣清。　　誰使濫專城。有罪當誅尚薄刑。細數當時同省士，皆卿。落落韶陽獨九齡。

其　二

上元馬上口占，呈應提刑懋之。

連夕雨盈疇。先爲農家做麥秋。更放年頭晴甲子，知不。應是天公及爾游。　　隨事與民求。又與隨時驗樂憂。民氣樂時天亦好，休休。爲爾簪花插滿頭。

賀新郎　張總領生日

家住峨山趾。暑風輕，雙泉漱玉，五坡攢翠。坡上主人歸無計，夢泛滄波清泚。曾拜奏，前旒十二。願上皇華將親去，及翁兒，未老相扶曳。乘款段，過閭里。　　璽書未報人相謂。倚西風，胡塵漲野，隱憂如蝟。就似東門賢父子，祇恐榮親猶未。待洗盡，岷峨憔悴。便把手中長杓柄，爲八荒，更作無邊施。却上表，乞歸侍。

其　二　管待楊伯昌子謨勸酒

獨立西風裏。渺無塵，明河挂斗，碧天如洗。鵁鵲樓前迎風處，吹墮乘槎星使。弄札札，機中巧思。織就天孫雲錦段，尚輕陰，朱閣留纖翳。親爲挽，天潢水。　　等閑富貴浮雲似。須存留，幾分清論，護持元氣。曾把古今興亡事，奏向前旒十二。雖去國，言猶在耳。念我獨兮誰與共，謾凝思，一日如三歲。夜耿耿，不遑寐。

其　三　趙茶馬師㠖生日

漢使來何許。到如今，天邊又是，薰弦三度。見説山深人睡穩，細雨自催茶户。向滴博，雲間看取。料得權奇空却後，指浮雲，萬里追風去。跨燕越，抹秦楚。　　不妨且爲斯人駐。正年來，憂端未歇，壯懷誰吐。頃刻陰晴千萬態，怎解綢繆未雨。算此事，誰寬西顧。待洗岷峨凄愴氣，爲八荒，更著深長慮。間兩社，輔明主。

其　四　生日謝寓公載酒

只記來時節。又三年，朱燀過了，恰如時霎。獨立薰風蒼涼外，笑傍環湖花月。多少事，欲拈還輟。扶木之陰三千丈，遠茫茫，無計推華髮。容易過，三十八。　　此身待向清尊説。似江頭，泛乎不繫，扁舟一葉。將我東西南北去，都任長年旋折。風不定，川雲如撒。惟有君恩渾未報，又故山，猿鶴催歸切。將進酒，緩歌闋。

其 五

虞萬州剛簡生日，用所惠詞韻。

久向閑邊着。對滄江，煙輕日淡，雨疏雲薄。一片閑心無人會，獨倚團團羊角。便舍瑟，鏗然而作。容室中間分明見，暮鳶飛，不盡天空闊。青山外，斷霞末。　看來此意無今昨。都不論，窮通得失，鎮長和樂。此道舒之彌八極，卷却不盈一握。但長把，根基恢拓。將相時來皆可做，似君家，祖烈彌關洛。康國步，整戎略。

其 六　別李參政壁

此別情何限。最關情，一林醒石，重湖賓雁。幾度南樓携手上，十二闌干憑暖。肯容我，樽前疏散。底事匆匆催人去，黯西風，別恨千千萬。截不斷，整仍亂。　三年瞥忽如飛電。記從前，心情雙亮，意詞交劃。千古黎蘇登臨意，人道於今重見。又分付，水流冰泮。滿腹餘疑今誰問，上牛頭，净拭乾坤眼。聊爾耳，恐不免。

其 七　許遂寧奕生日

多少龍頭客。數從前，何官不做，清名難得。萬里將旗歸報漢，青鎖還應催當夕。又一葉，扁舟去國。許史廬前車成霧，未如公，正怕雲霄逼。留不盡，二三策。　一聲千里樓前笛。遏天涯，浮雲不斷，鎮長秋色。試上層樓分明看，無數水遥山碧。問此意，有誰曾識。獨抱孤衷蒼茫外，滿闌干，都是長安日。終有待，佐皇極。

其 八

叔母生日，用許侍郎奕所和去歲詞韻爲謝。

誰主誰爲客。嘆人生，別離容易，會逢難得。省户高門十年夢，瞥忽渾如昨夕。風不定，亂雲飛急。本自無心圖富貴，也元知，富貴無緣逼。且還我，兔園策。　誰知一曲柯亭笛。向天涯，依然解后，長安本色。怪我阿嬰今老眼，已是看朱成碧。但猶記，黄裳曾識。多謝殷勤無以報，願阿嬰，長健如今日。送公去，上霄極。

其 九　和許侍郎奕韻

千里樓前客。數從前，幾般契分，更誰同得。尚記流鶯催人去，又見
莎鷄當夕。嘆天運，相煎何急。幸自江山皆吾土，被南薰，吹信還相逼。
臨大路，控長策。　　向來風月蘇家笛。問天邊，玉堂何似，黃岡秋色。
萬事無心隨處好，風定一川澄碧。些個事，非公誰識。我亦年來知此意，
但聰明，不及於前日。誰爲我，指無極。

其一〇　九日席上呈諸友

舊日重陽日。嘆滿城，闌風去雨，寂寥蕭瑟。造物翻騰新機杼，不踏
詩人陳迹。都掃蕩，一天雲物。挾客憑高西風外，暮鳶飛，不盡秋空碧。
真意思，浩無極。　　糕詩酒帽茱萸席。算今朝，無誰不飲，有誰真得。
子美不生淵明老，千載寥寥佳客。無限事，欲忘還憶。金氣高明弓力勁，
正不堪，回首南山北。誰弋雁，問消息。

其一一　次韻費五十九丈《題秋山閣有感時事》

霞下天垂宇。倚闌干，月華都在，大明生處。扶木元高三千丈，不分
閑雲無數。謾轉却，人間朝莫。萬古興亡心一寸，祇涓涓，日夜隨流注。
奈與世，不同趣。　　齊封冀甸今何許。百年間，欲招不住，欲推不去。
閘斷河流障海水，未放游魚甫甫。嘆多少，英雄塵土。挾客憑高西風外，
問舉頭，還見南山否。花爛熳，草蕃庶。

其一二

生日前數日，楊仲博約載酒見訪，即席次韻。

風定波紋細。夜無塵，雲迷地軸，月流天位。搖裔飛來江山鶴，猶作
故鄉嘹唳。清境裏，伴人無睡。應嘆余生舟似泛，浪濤中，幾度身嘗試。
書有恨，劍無氣。　　從渠俗耳追繁吹。撫空明，一窗寒簟，對人如砥。
夢倚銀河天外立，雲露惺惺滿袂。看多少，人間嬉戲。要話斯心無分付，
路茫茫，還有親朋至。應爲我，倒罍洗。

其一三　榮州表兄生日

幸有天遮蔽。爲西南，空虛一面，挺生男子。塞下將軍支頤臥，夜半

攬衣推起。掃十萬，胡人如洗。見説巴山稍馬退，也都因，糧運如流水。劍以北，一人耳。　　十年夢斷斜陽外。恰歸來，昌蒲蘸酒，祝兄千歲。入從出藩誰不是，誰是難兄難弟。正樂意，融融未已。莫趣東方千騎去，願時平，華皓長相對。閑富貴，只如此。

鷓鴣天　管待李眉州勸酒

十載交盟可重尋，剩於棠芨細論心。雲障晚日供秋思，風遞荷書作晚陰。　　紆勝引，豁塵襟。未須紫馬去駸駸。玻璃無計留君住，但乞天公三日霖。

其　二

次韻史少弼致政，賦李參政壁西園海棠。

日日春風滿範圍，海棠又發去年枝。月籠火樹更深後，露滴胭脂曉起時。　　看不足，醉爲期。宵征寧問角巾欹。一春好處無多子，不分西園掇取歸。

其　三　送宇文侍郎知漢州勸酒

尚憶都門祖帳時，重來動是十年期。雲拖暮雨留行色，露挾秋凉入酒卮。　　湖上雁，水邊犀。未須矯首嘆來遲。北風滿地塵沙暗，宣室方勞丙夜思。

其　四　次韻李參政壁《朝陽閣落成》

月落星稀露氣香，煙銷日出曉光凉。天東扶木三千丈，一片丹心似許長。　　淇以北，洛之陽。買花移竹且迷藏。九重閶闔開黃道，未信低回兩鬢霜。

其　五　叔母生日

前數月，西叔方以女妻唐述之，故末聯云云。

遥想庭闈上壽時，芝蘭玉樹儼成圍。問娘鼎鼎修何行，一樣都生及第兒。　　春淡沲，日熹微。兩頭娘子玉東西。一杯更爲諸孫壽，子舍新來恰上楣。

其 六　次韻劉左史光祖自和去年元夕詞

春漏逢歡恐不深，銀花火樹粲成林。酒中和樂無窮味，燭裏光明一寸心。　　金馬朔，玉堂尋。風流文獻未如今。連宵坐我東風裏，春滿肝脾月滿襟。

其 七　別許侍郎奕即席賦

公在春官我已歸，公來東蜀我居西。及公自遂移潼日，正我由潼使遂時。　　如有礙，巧相違。人生禁得幾分飛。只祈彼此身長健，同處何曾有別離。

其 八　又次韻爲婦安人生日

夫子同年第太常，偶然二内亦同鄉。其間更有真同處，道義場中無別香。　　花入思，繡爲腸。不妨冬月作重陽。家人但歡今年會，猶欠腰金與鞠黃。①

其 九　次韻東叔兄見貽生日

内貴何妨知我希，芳蓀紐佩石蘭衣。不教塵外專雲壑，誰向人間駕使騑。　　憂國夢，繞端闈。靜言思奮不能飛。時因風雨思疇昔，嘆兩蘇公盍不歸。

其一〇

　　十五日同憲使觀燈，馬上得數語。

解后皇華並轡游，追隨世好學風流。兒童拍手攔街笑，只是酸寒魏梓州。　　千炬燭，數聲謳。不知白了幾人頭。惺憁兩眼看來慣，且得人心樂便休。

其一一　十六日再賦

兩使星前秉燭游，滔滔車馬九河流。耳聽宣政昇平曲，目斷炎興未復

---

① 原注：冬月重陽，用東坡事。鞠黃，夫人鞠衣也。

州。　　聞鼓吹，强歡謳。被人嗺送作遨頭。憑誰爲掃妖氛静，却與人間快活休。

其一二　靖州江通判塤生日

日上牛頭度歲辰，黄鐘吹龠煦乾坤。弦歌堂上三稱壽，風月亭前又見君。　　人似舊，景長新。明朝六桂侍雙椿。蠻邦父老驚曾見，得似君家别有春。

其一三　范靖州良輔生日十月二十一日，二十三日交十一月節

誰把璿璣運化工，參旗又挂玉梅東。三三律琯聲餘亥，九九玄經卦起中。　　新歲月，舊游從。一觴還似去年冬。人間事會無終極，分付翹關老令公。[①]

摸魚兒　送張總領

知年來，幾番拜疏，但言歸去歸去。問歸有底匆忙事，得恁陳情良苦。天未許，將花綬藻衣，爲插儀庭羽。掉頭不顧。念白髮翁兒，本來天分，不是折腰具。　　從頭數，多少漢庭簪組。滔滔車馬成霧。争如祖帳東門外，父子縹縹高舉。峨眉下，有幾許湖山，無着春風處。留君不住。但遠景樓前，追陪杖屨，莫忘却，别時語。

其　二　餞黄侍郎疇若勸酒

向江頭，幾回凝望，垂楊那畔舟纜艤。江神似識東歸意，故放一篙春水。却總被，三百里人家，祖帳連天起。且行且止。便爲汝遲留，三朝兩日，如此只如此。　　還須看，世上憂端如蝟。一枰白黑棋子。肥邊瘦腹都閑事。畢竟到頭何似。當此際，要默識沉思，一着惺惺地。目前誰是。料當局諸公，斂容縮手，日夜待公至。

---

① 原注：郭令公以武舉翹關負米科。

其 三 高嘉定泰叔生日

記年時，三星明處，尊前携手相語。家山幸有瓜和芋，何苦投身官府。誰知道，尚隨逐風華，爲蜀分南土。依前廉取。便捲却旌麾，提將綉斧，天口笑應許。　　逢初度，從頭要爲君數。怕君驚落前箸。天東扶木三千丈，不照關河煙雨。誰砥柱，想造物生才，肯恁無分付。九州風露，待公等歸來，爲清天步，容我賦歸去。

朝中措 和趙黎州陪李參政壁游醴泉西園

沙堤除道火成城，換得午橋清。寒色般添酒令，野芳抵當鋤羹。松馨花氣，岸容山意，浦思溪情。誰記一時勝引，坐中喜得間平。

其 二 和劉左史光祖人日游南山追和去春詞韻

天公只解作豐年，不相冶游天。小隊春旗不動，行庖晚突無煙。吟鬚撚斷，寒爐撥盡，雁自天邊。喚起主人失笑，寒灰依舊重然。[1]

其 三

次韻同官約瞻叔兄及楊仲博約賞郡圃牡丹，並遣酒代勸。

玳筵綺席綉芙蓉，客意樂融融。吟罷風頭擺翠，醉餘日脚沉紅。簡書絆我，賞心無託，笑口難逢。夢草閑眠暮雨，落花獨倚春風。

柳梢青

郡圃新開雲月湖，約客試小舫。

攧掇花枝，趂那天氣，一半春休。未分真休，平湖新漲，稚綠初抽。等閑作個扁舟，便都把，湖光捲收。世事元來，都緣本有，不在他求。

---

① 原注：公所論聖忌日事，凡歷二十年，而所上疏亦半年餘才見施行，故云。

其 二

某既賦小闋爲叔母壽，因復惟念，昔者未嘗不得與稱觴之列。今迎侍不果，又以簡書不克往侍，缺然於懷，再遣小闋，託諸兄代勸。

記得年年，阿奴碌碌，常在眼前。彩舫吳天，錦輪蜀地，閱盡山川。今年苦戀家園，便咫尺，千山萬山。但想稱觴，三荊樹下，叢桂堂邊。

其 三

小圃牡丹盛開，舊朋畢至，小闋寓意。

昨夕相逢，煙苞沁綠，月艷羞紅。旭日生時，初春景裏，太極光中。別來三日東風，已非復，吳中阿蒙。須信中間，陰陽大造，雨露新功。

其 四 汪提刑杲宜人生日

莊敏傳家，文安嫡冑，文惠諸孫。兩大相輝，晉秦匹國，韓姑盈門。天風吹下雙軒，恰趁得，酴醾牡丹。錦綉光中，殿春不老，閱歲長存。

木蘭花慢 生日謝寄居見任官載酒三十七歲

怕年來年去，漸雅志，易華顛。嘆夢裏青藜，間邊銀信，望外朱轓。十年竟成何事，雖萬鍾，於我曷加焉。海上潮生潮落，山頭雲去雲還。

人生天地兩儀間，只住百來年。今三紀虛過，七旬強半，四帙看看。當時只憂未見，恐如今，見得又徒然。夜靜花間明露，曉凉竹外晴煙。

其 二 許侍郎奕生日十月二十四日

記北人騎屋，看龍首，許仲元。自擁節來歸，持荷直上，誰與爭先。好官到頭做徹，些兒欠缺便徒然。我愛慶元龍首，當春不逐時妍。 人生天地兩儀間，且住百來年。數初度庚寅，未來甲子，儘自寬閑。太平竟須公等，終不成，造物謾生賢。拓取面前路徑，着身常要平寬。

其 三 宴遂寧新進士

記薰風殿上，曾當暑，侍君王。看絳服臨軒，白袍當殿，流汗翻漿。今年詔書催發，趁槐庭，初夏午陰涼。瘦馬行時臘雪，疊猿啼處年光。

大科異等士之常，難得姓名香。嘆陋習相承，駒轅垂耳，麟楦成行。平生學爲何事，到得時，遇主忍留藏。看取杏花歸路，身名渾是芬芳。

其 四 即席和韻

問梅花月裏，誰解唱，小秦王。向三疊聲中，蘭橈莖棹，桂醑椒漿。明朝濮渝江上，對暮雲，平野北風涼。準擬八千里路，破除九十春光。

硯涵槐影漾旂常，披拂御爐香。念人世難逢，玉階方寸，陛楯顏行。休言舉人文字，繫一生，窮達與行藏。凡卉都隨歲換，幽蘭不爲人芳。

其 五 孫靖州應龍生日八月八日

恰秋光四十，箕斗外，月初弦。笑淺瀨平蕪，寒城小市，掌許山川。半生夢魂不到，與君侯，歲歲此周旋。鞍馬空銷髀肉，兜牟未換貂蟬。

人生天地兩儀間，須住百餘年。數重卦三三，後天八八，來日千千。面前路頭儘闊，放規模，運量十分寬。官職終還分定，兒孫也靠心傳。

其 六 綿州表兄生日紹定壬辰五月

被東風吹送，都看盡，蜀三川。向涪水西來，東山右去，劍閣南旋。家家露餐風宿，數旬間，渾不見炊煙。踏遍王孫草畔，眼明帝子城邊。

萬家赤子日高眠，絲管夜喧闐。自梓遂而東，岷峨向裏，漢益從前。人人里歌塗詠，願君侯，長與作蕃宣。我願時清無事，早歸相伴華顛。

其 七 中秋新河

正秋陰盛處，忽蕩起，一冰輪。甚漢魏從前，才人勝士，斷簡殘文。都無一詞賞玩，更擬將，美色似非倫。此意誰能領會，自誇光景長新。

得陰多處倍精神，俗眼轉增明。向大第高樓，痴兒騃女，脆竹繁裀。此心到頭未穩，莫古人，真不及今人。坐看兩儀消長，靜觀千古澆淳。

虞美人 鄧倅子美生日

許時閉户間疏散，風月無人管。自從陽律一番新，又把前回風月送西鄰。　　浮雲富貴非公願，只願公身健。更教剩活百來年，此老終須不枉在人間。

其　二 和瞻叔兄除夕

一年一度屠蘇酒，老我驚多又。明年豈是更無年，已是虛過三十八年前。　　世間何物堪稱好，家有斑衣老。相期他日早還歸，怕似瞻由出處不曾齊。

其　三 許侍郎奕碩人生日

無端嫁得龍頭客，富貴長相迫。雲深碧落記驂鸞，又逐東方千騎到人間。　　婦前百拜兒稱壽，季也參行酒。最憐小女太憨生，約住兩頭娘子索新聲。

醉落魄

任隆慶之母正月十一日生，隆慶十三日生日。

無邊春色。試從漢諭堂邊覓。[1] 兒前上壽孫扶掖。九十娘娘，身是五朝客。　　眼前富貴渾閑歷。個中真樂天然的。兒孫強勸持餘瀝。娘道休休，明日兒生日。

其　二 東叔兄生日

才難如此。一門生許奇男子。長公更是惺惺底。千百年間，一寸心爲紙。　　人知公在詩書裏。天知公在詩書外。人間百順由公起。公把無心，總備人間事。

---

① 原注：堂名漢諭。

其 三 人日南山約應提刑懋之

無邊春色。人情苦向南山覓。村村簫鼓家家笛。祈麥祈蠶，來趁元正七。　　翁前子後孫扶掖。商行賈坐農耕織。須知此意無今昔。會得爲人，日日是人日。

謁金門

次韻虞萬州剛簡，以《謁金門》曲爲叔母壽。

那復有，氣味釀於春酒。猶向故鄉懷印綬，相過何日又。　　吐出心腸錦繡，問我阿娘依舊。娘亦祝君如柏壽，相看霜雪後。

清平樂　即席和李參政壁白笑花

藍田玉種，爲我酬清供。香壓冰肌猶怕重，更倩留仙群捧。　　看花美倩偏工，舉花消息方濃。此笑知誰領解，無言獨倚東風。

其 二

次韻李提刑㤗白笑詞，並呈李參政壁。

誰分天種，來上花鬘供。綠葉素雲姿雅重，那得愁心頻捧。　　他花自是無工，不關香淡香濃。才問爲誰含笑，盈盈靨面欹風。

浣溪沙

李參政壁領客訪環湖瑞蓮，席間索賦。

曉鏡搖空髻鬢丫，夜盤承露掌分叉，翠芳綽約總無華。　　欲往從之空悵望，潛雖伏矣莫藏遮，淤泥深處瑞蓮花。

其 二

李參政壁賦《浣溪沙》三首，再次韻謝之。

一日嘉名萬口傳，都憑新樂播芳鮮。非關呈瑞作人妍。　　地褊不妨金步穩，境幽生怕鼓聲填。餘尊相與重留連。

其　三

密葉留香護境天，好風時雨媚清漣。亭亭雙秀倚湖弦。　　造化曾居公掌握，呈祥寧許百花先。聊占棣萼蒂芳連。[1]

其　四

試問伊誰若是班，二喬銅雀鎖屏顏。千年痕露尚餘潸。　　羞向眼前供嫵媚，獨於靜處愜幽嫺。人情多少逐河間。

其　五　茂叔兄生日

雲外群鴻逐稻粱，獨乘下澤少游鄉。赤心片片爲人忙。　　俗事縈纏何日了，自身活計孰爲長。閉門書卷聖賢香。

鵲橋仙

> 七夕之明日，載酒李彭州歪家，即席賦。

銀潢濯月，金莖團露，一日清於一日。昨霄雲雨暗河橋，似剗地，不如今夕。　　乘查信斷，楷機人去，誤了橋邊消息。天孫問我巧何如，正爲怕，不曾陳乞。

八聲甘州　王總卿生日

自王家，無怨住襄城，世總□生賢。似謝階蘭玉，馬庭梧竹，一一堪憐。富貴關人何事，且問此何緣。又踏前朝脚，領蜀山川。　　點檢重關複閣，尚甘棠匝地，喬木參天。中興規畫，父老至今傳。六十年，山河未改，只芳菲，不斷緊相聯。相將又，參陪宰席，還似當年。

其　二　約程漕使遇孫初筵勸酒

記幡然，持節下青雲，巴月幾成弦。待竹枝歌徹，訟棠匝地，扉草連

---

① 原注：柳子厚《雙蓮表》：雙花擢秀，連蒂垂芳。

天。却尋當年舊夢，來使蜀東川。人物寥寥甚，禁許回旋。　愧我推擠不去，尚新官對舊，後任如前。與故人飲酒。月露寫明蠲，嘆書生，康時無計，謾憂思，時墮酒痕邊。且只願，早休兵甲，長見豐年。

其　三　偶書

被西風，吹不斷新愁，吾歸欲安歸。望秦雲蒼憺，蜀山渺濟，楚澤平漪。鴻雁依人正急，不奈稻粱稀。獨立蒼茫外，數遍群飛。　多少曹符氣勢，只數舟燥葦，一局枯棋。更元顏何事，花玉困重圍。算眼前，未知誰恃，恃蒼天，終古限華夷。還須念，人謀如舊，天意難知。

洞庭春色

元夕行燈轎上，賦《洞庭春色》呈劉左史。

花帽檐行，寶釵梁畔，還是上元。看去年芳草，如今又綠，當時皓月，此夕仍圓。節序驅人人不解，道歲歲年年都一般。看承處，有燭龍照夜，鐵鳳連天。　東風不知倦客，又吹向，樓閣山巔。任管弦鬧處，詩豪得志，綺羅香裏，俠少當權。客與溪翁無一事，但隨俗簪花含笑看。無限意，更醉騎花影，飽看豐年。

其　二　生日謝同官六月八日

四十之年，頭顱如此，豈不自知。正東家尼父，嘆無聞日，鄒人孟子，不動心時。顧我未能真自信，算三十九年渾是非。隨祿仕，便加齊卿相，於我何爲。　人間鬱蒸難耐，誰借我，五萬蒲葵。上玉臺百尺，天連野□，□樓千里，江射晴暉。此意分明誰與會，但時把瑤笙和月吹。吾歸矣，有鴻相與和，鶴自由飛。

其　三　再用初八日韻謝通判運管以下

安石聲名，買臣富貴，我不敢知。謾揚州泛泛，浮湛隨水，闔門軌軌，開閤從時。滿目浮榮何與我，只贏得一場閑是非。誠知此，問不歸何待，不飲胡爲。　巖松澗篁易老，應只能。採菽烹葵。看風沙漠漠，未清紫邏，煙雲冉冉，時露晴暉。誰喚當年劉越石，爲攜取胡笳乘月吹。吾無用，但寱言獨宿，奮不能飛。

步蟾宮

射洪官酒元曾醉，又六十八年重至。長江驛畔水如藍，也應似，向人重翠。　人生豈必高官貴。願長對，詩書習氣。陶家髫子作賓筵，有如個，嘉賓也未。①

洞仙歌　和虞萬州剛簡所惠叔母生日詞韻

人生一世，如此元如此。造化都從起時起。看庭前桃李，弄蕊開花，還又看，一度成陰結子。　母壽親認取，葉葉枝枝，一氣分來結成底。更得故人書，遺我新詞，把寸心，分明指似。信過眼，浮華幾何時，剩培植根心，等閑千歲。

其　二　次韻許侍郎奕爲叔母生日

壽觴庭户，正柳明桃炫。擬斫江魚膾銀綫。被春風吹入，花錦城中，惟有夢，時到輕軒翠幰。　歸來春已過，桃柳成陰，但喜庭闈鎮强健。更得故人書，遺我瑰詞，應重記，去年相見。望白鶴朱霞，杳難攀，謾芳草如煙，青青河畔。

西江月

曾記劉安雞犬，誤隨鼎竈登仙。十年塵土浣行纏，怪見霞觴頻勸。會合元非擇地，乖逢寧得非天。婦聞風月正娿娟，親潑牀頭醅面。

---

① 原注：外祖譙公初任射洪簿，再爲長江令，叔母生於射洪，故云。

其 二

夢中作，覺後渾能省記，獨欠第五句，因足成之，曉起大雪。

一段同雲似練，更無剩幅間邊。玉娥不怕五更寒，剪就飛花片片。酒裏吟邊競爽，枝頭枝底爭妍。入春無物不芳鮮，只我依然顏面。

其 三　即席和書院諸友

早厭人間腐鼠，要希雲外飛皇。羲和不肯繫朝陽，任向鬢邊來往。出谷聲中氣味，編蒲册裏晶光。至今心膽爲渠狂，夢倚銀潢天上。

醉蓬萊

新亭落成，約劉左史光祖，和見惠生日韻。

又一番雨過，倚閣炎威，探支秋色。前度劉郎，爲故園一出。黃髮絲絲，赤心片片，儼中朝人物。詩裏香山，酒中六一，花前康節。　倦客才歸，新亭恰就，萱徑蔭濃，蔔林香發。尊酒相逢，看露花風葉。躍躍精神，生生意思，入眼渾如滌。更祝天公，收回積潦，放開晴日。[①]

江城子　次韻李參政壁見貽生日

水花湖蕩翠連天，記年年，甚因緣。鬥鴨闌干，雲霧踏青妍。人似風流唐太白，披紫綺，臥青蓮。　如今別思浩如川。欲騰騫，隔風煙。月到天心，人影在長編。只有此身飛不去，翔雁側，狎鷗邊。

其 二　劉左史光祖別席和韻

一襟滿貯梓城春，笑聲頻，筆揮銀。自有江山，長是管將迎。不似如今歸去客，雲外步，水邊身。　蕭然今代傑魁人。混光塵，越精神。不把浮雲，軒冕拂天真。化洽堂邊應創見，人物舊，榜顏新。

---

① 原注：久雨，故云。

其 三 約劉左史光祖謝會再和

如公何地不陽春，往來頻，醉傾銀。聞道河陽，童稚正歡迎。移向德威堂上著，疑潞國，是前身。　　行人還又送行人。夜無塵，對丰神。自古心知，別語轉情真。須信人生歸去好，三徑舊，四時新。

其 四

西來紫馬倦行春，上書頻，闕排銀。願聽臣歸，子舍便將迎。又爲老臣全晚節，關教化，係臣身。　　帝心終眷老成人。想音塵，倍留神。且把閑風，淡月與全真。出處如公都有數，今古夢，幾翻新。

其 五 同官酌酒相賀，再和前韻

與君同醉梓州春，不辭頻，漏更銀。尚記梅時，出郭喜相迎。又對西風斟別酒，雲過眼，月分身。　　儻來官職不關人。等微塵，苦勞神。更向中間，謾説假和真。只有交朋關分義，無久近，與陳新。

其 六 次韻西叔兄訪王宣幹萬

夢隨瘦馬渡晨煙，月猶弦，稻初眠。宇宙平寬，着我一人閑。夢破枇杷香滿袂，應喚我，駐行轓。①　　雁聲砧杵落晴川。撫流年，嘆區緣。隨世功名，未信果誰賢。目斷孤雲東北角，離復合，斷還連。②

減字木蘭花 許侍郎奕碩人生日十二月二十二日

新符舊曆，交割新年餘七日。誰識春華，元住東川太守家。　　一年一曲，擬盡形容無可祝。願似庭梅，長向春風伴斗魁。

---

① 原注：王氏之門，枇杷花正開。
② 原注：時聞山東、河北歸附之人方費區處。

海棠春令

同官約瞻叔兄飲於郡圃海棠花下，遣酒代勸。

東君慣得花無賴，看不盡，冶容嬌態。擬傍小車來，又被輕陰紿。陰晴長是隨人改，且特地，留花相待。榮悴故尋常，生意長如海。

小重山

叔母生日，每歲兄弟多以校試莫遂彩衣團欒之樂，今歲復爾，良以缺然小詞寄五兄代勸。

養得兒男百不中，年年隨舉子，踏春風。壽觴庭院燕泥融，將雛處，長是半西東。　　移孝便爲忠，兒行雖在遠，母心同。若將一念答天公，歸來拜，也勝橘雙紅。

其　二　次韻劉左史光祖和三月十八日詞見貽生日

開漢江山落手中，滿門花綵闌，錦蒙戎。與人和氣樂融融，應憐我，留滯劍南東。　　風味兩文忠，恍如疇昔夜，一尊同。如今海內幾劉公，覘天意，猶在笑顏紅。

其　三

叔母生日，同官載酒，用去年詞韻。

風雨移春醉夢中，忽然吹信息，墮鑪戎。青燈風物換朱融，吾歸矣，家在月明東。　　公等爲人忠，年年稱母壽，一尊同。恨無佳句可酬公，相期意，滴滴小槽紅。

南柯子

即席次韻張太博方，爲叔母生日賦。

暮雨收塵馬，薰風起籜龍。夜涼人鎖武成宮。却憶親旁，壽餅薦油葱。　　誰錫詩人類，應晞穎谷封。兒行雖遠母心通。觸撥今宵，夢逐彩雲東。

眼兒媚　瞻叔兄生日五月三日

夢魂不踏正牙班，直作五雲閑。簡編真樂，壎篪雅韻，菽水清歡。
都將瞥忽榮華事，春夢曉雲看。只期他日，實願受用，大耐高官。

其　二　南叔兄生日用前韻五月六日

不居上界列仙班，梅隱寄幽閑。玉堂雲曉，玉珍雨夜，總是真歡。
如兄才譽居人上，鵬路正看看。只祈兄弟，長隨母健，不愛高官。

其　三　再和班字韻，謝南叔兄見貽生日

北風不競帝師班，雨足桔槔閑。且容湖使，靜中藏拙，忙裏偷歡。
一枰黑白終何若，未可目前看。自量愚分，不堪世用，只稱田官。

其　四　劉監丞翊之生日

乃翁表裏玉無瑕，渾是得天多。一生受用，不完全處，都補填他。
郎君心念和平處，似得十分家。天何以報，重重印字，滴滴檐窠。

阮郎歸　送趙監丞赴利路提刑

西風吹信趣征鞍。日高鴻雁寒。稻粱啄盡不留殘。儂歸阿那邊。
無倚着，只蒼天。將心何處安。長教子孫滿人間。猶令儂意寬。

其　二　送客歸來道中再得數語

驪駒未撤客乘鞍。征鞭搖晚寒。雁邊醒夢角驚殘。關山斜日邊。
求道地，託恩天。人情久亦安。轉移都在笑顰間。鄙夫應也寬。

沁園春　許侍郎奕生日

惠我田疇，拯民水火，春滿蜀東。更山連睥睨，長蛇隱霧，紅移略
約，雌霓橫空。人臥流蘇行席上，公心事夕闌晨枕中。長自苦，算無人識

得，只有天公。　　天教百般如願，也應是，天眼惺憁。看田間泥飲，門無夜打，水濱廬處，戶有朝春。擬上公堂，稱兒爵酒，未抵人間春意濃。無可願，願城池永與，公壽無窮。

烏夜啼　西叔兄生日

不肯呈身覓舉，那能隨俗爲官。梅花寒颭書窗月，一味漂陽酸。梅里無邊春事，書中千古遐觀。鄰翁不識清閑樂，驚見滿堂歡。

浪淘沙

劉左史光祖之生正月十日，李夫人之生以十九日，賦兩詞寄之。

老眼靜中看，知我其天。紛紛得失了無關。花柳乾坤春世界，着我中間。　　世念久闌珊，隨寓隨安。人情猶望袞衣還。我願時清無一事，儘使公閑。

其　二

鶴外倚樓看，雲颭晴天。天高雞犬礙雲關。掉臂雙仙留不徹，還任人間。　　客佩振珊珊，來賀平安。年年直待捲燈還。似是天公偏着意，占破春閑。

玉樓人　叔母慶七十

兒前捧勸孫扶掖。共慶賀，孃孃七帙。此杯不比尋常，百年間，才是省陌。　　眼前彩綉成行立。已應是，天公偏惜。何須剩覓長年，且只消，一百二十。

喜遷鶯

即席次韻南叔兄，同親友錢王萬里萬回宣幕。

鬢霜盈握。嘆芻牧荒墟，稻粱衰索。落日牛羊，晚雲鴻雁，傍地飛空無託。牧人困和雨睡，田父醉連雲酌。醉夢未醒，虎嘷川谷，麕驚林薄。

離別。誰不惡。心事同時，都不論離合。眼底時幾，鼻端人物，誰辨北征東略。最憐世途局趣，只道書生疏闊。無可贈君，松陰庭院，菊華籬落。

菩薩蠻

王子振辰應生日，同書院諸公各賦一闋。

鳴蟬泊雨晴雲濕，游龍蓺岸涪江碧。氣候爾和平，滿家渾是春。公堂雖有酒，不敵公真有。壽宿對魁星，頰紅衫鬢青。

其 二 江通判塤生日

東窗五老峰前月，南窗九疊坡前雪。推出侍郎山，着君窗户間。《離騷》鄉裏住，恰記庚寅度。挹取芷蘭芳，酌君千歲觴。

青玉案 次西叔兄送南叔兄赴鈐幹見寄韻

中年怕踏長亭路。便自有，離愁苦。一自送君趨幕府。惺憁鶯舌，呢喃燕觜，那解春無語。　　三年山月移朝暮，獨倚松風等閑度。到得除書縈絆住。却愁不似，當時皓月，長伴君來去。

千秋歲引 劉左史光祖生日

天生耆德，占斷四時先。春院落，錦山川。萬家燈市明朱紫，一庭花艷傍貂蟬。婦承姑，翁抱息，子差肩。　　匭匭是，文公開九帙。[1] 陸續看，武公踰九十。從九九，到千千。海風謾送天鷄舞，蟄雷未喚蟄龍眠。且從他，歌緩緩，鼓咽咽。

---

① 原注：温公作文潞公慶八十樂語。

霜天曉角 次韻虞夔憲剛簡新作巴綠亭

江橫山簇簇，柏箭森如束。滿眼飛蓬撩亂，知幾歲，未膏沐。　快意忽破竹，一奩明翠玉。千古江山只麼，人都道，爲君綠。

卜算子

李季允臺約登鄂州南樓，即席次韻。

携月上南樓，月已穿雲去。莫照峨眉最上峰，同在峰前住。　東望極青齊，西顧窮商許。酒到憂邊總未知，猶認胡牀處。

其　二

李季允臺同總漕載酒湖相送，即席再和。

能得幾時留，王事催人去。翠蕩涵空酒滿船，苦要留人住。　身世兩悠悠，飄泊知何許。但得心親志合時，都是相逢處。

其　三

李季允曾爲白芙蕖賦《卜算子》，至是久旱得雨，借前韻有賦。

風雨滿空霏，總得江山妙。洗出湖光鏡似明，不受纖塵涴。　心事竟堪憑，天意真難料。呼吸豐年頃刻間，也合軒渠笑。

唐多令 中秋

輕露濯秋風，新樓插太空。更遭逢，解事天公。爲喚羲和驅六馬，將杲日，挂簾櫳。　日影正沉紅，須臾月在東。百萬家，樂意融融。民意樂時天亦好，聊與衆，一尊同。

其　二 別吳毅夫、趙仲權、史敏叔、朱擇善

朔雪上征衣，春風送客歸。萬楊華，數點榴枝。春事無多天不管，教爛熳，住離披。　開謝本同機，榮枯自一時。算天公，不遣春知。但得

溶溶生意在，隨冷暖，鎮芳菲。

其　三　淮西總領蔡少卿範生日

人物盛乾淳，東嘉最得人。費江山，幾許精神。我已後時猶遍識，君子子，又相親。　　秋入塞垣新。風寒上醉痕。萬百般，倚靠蒼旻。只願諸賢長壽健，容老我，着閑身。

（以上詞録自《鶴山先生大全文集》，並參宋元名家詞本《鶴山詞》）

李從周

李從周（生卒年不詳），字肩吾，一字子我，號螮洲，眉山人。精六書之學，嘗著《字通》。爲魏了翁之門客。著有《字通》《螮洲詞》。

玲瓏四犯

初撥琵琶，未肯信，知音真個稀少。盡日芳情，縈繫玉人懷抱。須待化作楊花，特地過、舊家池沼。想綺窗，刺繡遲了，半縷茜茸微繞。舊時眉嫵貪相惱，到春來、爲誰濃掃。新歸燕子都曾識，不敢教知道。長是倦出繡幕，向夢裏、重謀一笑。怎得同携手，花階月地，把愁勾了。

抛球樂

風冒蔫紅雨易晴，病花中酒過清明。綺窗幽夢亂於柳，羅袖淚痕凝似餳。冷地思量著，春色三停早二停。

一叢花令

梨花隨月過中庭，月色冷如銀。金閨平帖陽臺路，恨酥雨、不掃行雲。妝褪臂閑，鬢慵簪卸，盟海浪花沉。　洞簫清吹最關情，腔拍懶溫尋。知音一去教誰聽，再拈起、指法都生。天闊雁稀，簾空鶯悄，相傍又春深。

風流子

雙燕立虹梁。東風外，煙雨濕流光。望芳草雲連，怕經南浦，葡萄波漲，怎博西凉。空記省，淺妝眉暈斂，冒袖唾痕香。春滿綺羅，小鶯捎蝶，夜留弦索，幺鳳求凰。　江湖飄零久，頻回首，無奈觸緒難忘。誰信溫柔，牢落翻墜愁鄉。仗玉箋銅爵，花間陶寫，寶釵金鏡，月底平章。十二主家樓苑，應念蕭郎。

清平樂

美人嬌小，鏡裏容顏好。秀色侵入春帳曉，郎去幾時重到。　　丁寧記取兒家，碧雲隱映紅霞。直下小橋流水，門前一樹桃花。

其　二

東風無用，吹得愁眉重。有意迎春無意送，門外濕雲如夢。　　韶光九十慳慳，俊游回首關山。燕子可憐人去，海棠不分春寒。

其　三

夢魂尋遍，忽向尊前見。好似烏衣春社燕，軟語東風庭院。　　丁寧記取兒家，碧雲隱約紅霞。直下小橋流水，門前一樹桃花。

（録自《詞綜》；此首下闋與“美人嬌小”下闋重複，疑有錯訛）

風入松　冬至

霜風連夜做冬晴，曉日千門。香葭暖透黃鐘管，正玉臺，彩筆書雲。竹外南枝意早，數花開對清樽。　　香閨女伴笑輕盈，倦綉停針。花磚一綫添紅景，看從今，迤邐新春。寒食相逢何處，百單五個黃昏。

鷓鴣天

綠色吳箋覆古苔。濡毫重擬賦幽懷。杏花簾外鶯將老，楊柳樓前燕不來。　　倚玉枕，墜瑤釵。午窗輕夢繞秦淮。玉鞭何處貪游冶，尋遍春風十二街。

烏夜啼

徑蘚痕沿碧甃，檐花影壓紅闌。今年春事渾無幾，游冶懶情慳。　　舊夢鴛鴦沁水，新愁燕燕長干。重門十二簾休捲，三月尚春寒。

謁金門

　　花似匜，兩點翠蛾愁壓。人又不來春且恰，誰留春一霎。　　消盡水沉金鴨，寫盡杏箋紅蠟。可奈薄情如此黠，寄書渾不答。

　　（以上詞除注明者外，均錄自趙萬里輯《蟾洲詞》）

馮　鎔

馮鎔（生卒年不詳），字景範，夔州（今重慶市奉節縣）人。嘉泰二年（1202）鄉貢進士。

如夢令　題龍脊石

素養浩然之氣。鐵石心腸誰擬。蒿目縣前江，不逐隊魚游戲。藏器。藏器。只等時乘奮起。

（録自《歷代詞人考略》）

吴 泳

吴泳（1181—?），字叔永，號鶴林，潼川（今四川省三臺縣）人。嘉定元年（1208）進士及第，歷太府寺丞、秘書丞、著作郎，擢秘書少監、起居舍人，遷起居郎兼權吏部侍郎，兼直學士院，權刑部尚書，終寶章閣學士，知泉州。著有《鶴林集》。

沁園春 生日自述

鵙鳩鳴兮，卉木萋止，維暮之春。笑憨翁漸老，年加三豆，呆郎多事，詩記三星。六十有三，高吟勇退，只有堯夫范景仁。從今去，且亭前放鶴，溪上垂綸。　　交親散落如雲。僅留得樽前康健身。有一編書傳，一囊詩稿，一枰棋譜，一卷茶經。紅杏尚書，碧桃學士，看了虛名都賺人。成何事，獨青山有趣，白髮無情。

其 二 生日和蓬萊仙降詞

春事闌斑，桐花爛漫，不堪鳳栖。嘆交枰世道，容容是福，危航宦海，了了成痴。邵子豪情，樂天狂態，六十六年纔覺非。① 溪山畔，要看承風月，舍我其誰。　　文章高下隨時。料織錦應須用錦機。愧老無健筆，高凌月脅，病無佳句，下解人頤。君昔東坡，我今韓愈②，造化一爐如小兒。都休管，看龜翻荷露，燕落芹泥。

其 三

洪都病中，聞計浣章成父讀示劉潛夫往歲辭，建寧初命之詞而壯之，因和一首寄呈。

誇說洪都，西滕王閣，北豫章臺。對雨簾半捲，江橫如舊，溝亭攲壓，梯上無媒。但有江山，更無豪傑，拔脚風塵外一杯。題千墨，須杜陵老手，太白天才。　　力能筆走風雷。人道是閩鄉老萬回。把崇天普地，層胸蕩

---

① 原注：邵堯夫有六十六歲吟，白樂天有六十六歲詩。

② 原注：仙自云：某即坡仙。還以韓愈相戲。

出，橫今竪古，信手拈來。使翰墨場，着伏波老，上馬猶堪矍鑠哉。今耄矣，獨蒓鱸在夢，泉石縈懷。

摸魚兒 生日自述

甚一般，化工模子，鑄成一個拙底。生來不向春頭上，却跨暮春斐尾。驀省記，蚤冉冉花陰，瀲瀲循除水。雖然恁地。但笑詠春風，閑推鳴瑟，別自有真意。　　從前看，三十七年都未。醉生聲利場裏。浮雲破處窗涵月，唤得自家醒起。別料理，那玉燕石麟，不當真符瑞。徹頭地位，也須是長年，聞些好話，作個標月指。

其 二 郫縣宴同官

倚南墙，幾回凝佇，綠筠冉冉如故。帝城景色緣何事，一半花枝風雨。收聽取，這氣象精神，則要人來做。當留客處。且遇酒高歌，逢場戲劇，莫作皺眉事。　　那個是，紫佩飛霞仙侶。駸駸雲步如許。清閑笑我如鷗鷺，不肯對松覓句。萍散聚，又明日，還尋錦里煙霞路。浮名自誤，待好好歸來，携筒載酒，同訪子雲去。

滿江紅 洪都生日不張樂自述

手摘桐華，恨還是，春風斐尾。按錦瑟，一弦一柱，又添一歲。紫馬西來疑是夢，朱衣雙引渾如醉。較香山，七十欠三年，吾衰矣。　　紅袖却，青樽止。檀板住，瓊杯廢。澹香凝一室，自觀生意。事業不堪霜滿鏡，文章底用花如綺。笑江濱，游女尚高歌，滕王記。[①]

其 二 壽范潼川並序

嘉定甲申之秋，七月良夜，夢歸家山，過鶴林之下。見老鶴翩躚，從西南來，方瞳而朱頂，玉立而長身，其色內白，其氣孔神，殆類有道者。既悟，作而曰："豈絜庵老仙誕日之祥耶？"遂書此夢，演成《滿江紅》一闋，爲斯文壽。

---

① 原注：白樂天六十七歲詩云："共把十千沽一斗，相看七十欠三年。"

夢繞家山，曾訪問，鶴林遺迹。見老鶴，翩躚蜚下，方瞳如漆，蕙帳香銷形色靜，玉笙吹徹丰神逸。夢醒來，忽記鶴歸時，翁生日。　南陌杖，東山屐。紅樓酒，青霄笛。料中梁何似，涪江今夕。君不見洛陽耆英會，花前雅放詩閑適。獨北都，留守未歸來，七十一。

其　三　和吳毅夫

伶俐聰明，都不似，阿奴碌碌。漸欲買，青山路隱，白雲同宿，半醉儘教烏幘墮，熟眠休管屏風觸。算人生，能有幾時閑，金烏速。　粗粗飯，天倉粟。濁濁酒，天家祿。更釣鮮采薇，有何不足。君不見當年金谷事，綠珠弄笛椒塗屋。到而今，富貴一場空，終非福。

其　四　倉江分韻送晏鈴幹詞

元帥籌邊，誰肯辦，向前一着。大丞相，孫兒挺偉，素閑兵略，楊柳依依煙在眼，檀車嘽嘽春浮脚。更何妨，二十五長亭，橫冰槊。　登劍棧，懷關洛。機易去，愁難割。豈而今全是，從前都錯。鹿走未知真局面，獸窮漸近空離落。畫經營，勛業復歸來，江頭酌。

其　五　送魏鶴山都督

白鶴山人，被推作，諸軍都督。對朔雪邊雲，上馬龍光醲郁。戊己營西連太白，甲丁旗尾押箕宿。倚梅花，聽得凱歌聲，橫吹曲。　船易漏，衲難沃。柯易爛，棋難復。閱勛名好樣，只推吾蜀。風撼藕塘猩鬼泣，月吞采石鯨鯢戮。管明年，縛取敵人回，持鈞軸。

其　六　和吳毅夫送行

倦客無家，且隨寓，贍烏爰止。浪占得，清溪一曲，水鮮山美。菡萏香浮書几上，芙蓉月落吟窗裹。縱結廬，雖不是吾廬，聊復爾。　人似玉，神如水。歌古調，傳新意。問老龐何日，携家來此。後著豈無棋對待，前鋒自有詩當底。若新秋，京口酒船來，仍命寄。

其　七　再游西湖和李微之

風約湖船，微擺撼，水光山色。縱夾岸，秋芳冷淡，亦隨風拆。荷芰尚堪騷客製，蘭苕猶許詩人摘。最關情，疏雨畫橋西，宜探索。　蓬島上，神仙宅。蒼玉佩，青城客。把從前文字，委諸河伯。涵浸胸中今古藏，編排掌上乾坤策。却仍携，新草阜陵書，歸山澤。

（録自《永樂大典》）

水龍吟　壽李長孺

清江社雨初晴，秋香吹徹高堂曉。天然帶得，酒星風骨，詩囊才調，沔水春深，屏山月淡，吟鞭俱到。算一生繞遍，瑤階玉樹，如君樣，人間少。　　未放鶴歸華表，伴仙翁，依然天杪。知他費幾，雁邊紅粒，馬邊青草。待得清夷，彩衣花綬，哄堂一笑。且和平心事，等閑博個，千秋不老。

其　二　六月宴雙溪

修篁翠葆人家，分明水鑑光中住。就中得要，危亭瞰渌，小橋當路。一榻桃笙，半窗竹簡，清凉如許。縱武陵佳麗，若耶深窈，那得似，雙溪趣。　　一夜檐花落枕，想魚天，漲痕新露。多君喚我，掃花坐晚，解衣逃暑。鱠切銀絲，酒招玉友，曲歌金縷。願張郎，長與蓮花相似，朝朝暮暮。

鵲橋仙　壽崔菊坡

二童一馬，素琴獨鶴，長與仙翁爲伴。自從分付益州來，便蔚有，隆中人望。　　邊烽白羽，軍符赤籍，弄得不成模樣。願公福德厚如山，爲扶起，坤陲一半。

清平樂　壽吳毅夫

梅霖未歇，直透菖華節。荔子纔丹栀子白，擡貼誕彌嘉月。　　峨冠蟬尾翛翛，整衣鶴骨翛翛。聞道彩雲深處，新添弄玉吹簫。

賀新凉 宣城壽季永弟

碧嶂青江路，近重陽，不寒不暖，不風不雨。杜宇花殘銀杏過，猶有秋英未吐。但日對，南山延佇。碧落仙人騎赤鯉，渺風塵，不上瞿塘去。來伴我，宛陵住。　　西風畫角高堂暮。炙銀燈，疏簾影裏，笑呼兒女。爺作嘉興新太守，囷拜鸑書天府。況哥共，白頭相聚。天分從來鍾至樂，更誰思，野鶩鴛鴦語。提大斗，酌寒露。

其 二 送游景仁赴夔漕

額扣龍墀苦，對南宮，春風侍女，掉頭不顧。烽火連營家萬里，漠漠黃沙吹霧。莽關塞，白狼玄兔。如此江山俱破碎，似輸棋，局滿枰無路。彈血淚，迸如雨。　　輕帆且問夔州戍。俯江流，桑田屢改，陣圖猶故。抱此孤忠長耿耿，痛恨年華不與。但月落，荒州絕嶼。君與鶴山皆人傑，倘功名，到手還須做。平灩澦，洗石鼓。

其 三 游西湖和李微之校勘

一片湖光净，被游人，撑船刺破，寶菱花鏡。和靖不來東坡去，欠了騷人逸韻。但翠葆，玉釵橫鬢。碧藕花中人家住，恨幽香，可愛不可近。沙鷺起，晚風進。　　功名得手真奇俊。黯離懷，長堤翠柳，繫愁難盡。世上浮榮一時好，人品百年論定。且牢守，文章密印。秘館詞人能度曲，更不消，檀板標蘇姓。凌浩渺，納光景。

（録自《永樂大典》）

漁家傲 壽季武博

翠隱紅藏春尚薄，百花頭上梅先覺。清曉寒城聞畫角，雲一握，鴉翻詔墨天邊落。　　碧眼棱棱言諤諤，諫書猶自留黃閣。世事翻騰誰認錯。休話着，綠尊且舉鸕鷀勺。

八聲甘州　壽魏鶴山

又一番，瀘水出牂牁，江聲洶鳴鼉。正南人爭望，轉移虎節，彈壓鯨波。未見元戎羽葆，民氣已冲和。不待禁中選，李牧廉頗。　　却顧邊陲以北，似乘航共濟，亡楫中河。縱纜頭繬尾，其奈不牢何。□明公，一襟忠憤，想誓江，無日不酣歌。當津者，豈應袖手，長燕江沱。

其　二　和季永弟思歸

每逢人，都道早歸休，何曾猛歸來。有邵平瓜圃，淵明菊徑，誰肯徘徊。底是無波去處，空弄一竿榿。富貴非吾事，野馬浮埃。　　況值清和時候，正青梅未熟，煮酒新開。共倒冠落佩，寧使別人猜。滿朱櫺，殘花敗絮，欲問君，移取石榴栽。青湖上，低低架屋，淺淺銜杯。

青玉案　壽季永弟

杏花時候匆匆別。又欲迫，黃花節。過了三年經八月。驪駒聲裏，青鴻頭畔，幾見刀頭折。　　諸生立盡門前雪，半偈重翻爲渠説。且莫從頭烹瓠葉。已呼童稚，多藏酒秌，共醉陶彭澤。

其　二　送張伯修赴宣府

玉驄已向關頭路。待攜取，功名去。慷慨不歌桃葉渡。囊書猶在，劍花未落，富有經綸處。　　從軍緬想當年賦，縱局局翻新祇如許。但恐歸來秋色暮。薰爐茗碗，葵根匏葉，落莫燈前雨。

謁金門　宣城鹿鳴宴

將進酒，吹起黃鐘清調。手按玉笙寒尚峭，隴梅春已透。　　藍染溪光綠皺，花簇馬蹄紅鬥。儘使宛陵人説道，狀元今歲又。

其　二　温州鹿鳴宴

金榜揭，都是鹿鳴仙客。手按玉笙寒尚怯，倚梅歌一闋。　　柳拂御街明月，鶯撲上林殘雪。前歲杏花元一色，馬蹄歸路滑。

柳梢青　孫園賞牡丹

元九不回，胡三不問，花説與誰。賴得東皇，調停春住，勾管花飛。庭前密打紅圍，想孫子，兵來出奇。似恁丰神，誰人剛道，色比明妃。

魚游春水　神泉春日賦

東里韶光早。百舌枝頭啼碎了。溪梅開盡，池水綠波還皺。種柳先生覺意闌，看花君子非年少。心似澹雲，夢隨芳草。　　滿地松花不掃。鎮日春愁縈懷抱。誰能擊筑長歌，吹笳清嘯。寄聲玉關行人道，未報君恩難便老。鷄塞雨寒，戍樓煙渺。

祝英臺　春日感懷

小池塘，閑院落，薄薄見山影。楊柳風來，吹徹醉魂醒。有時低按秦箏，高歌水調，落花外，紛紛人境。　　猛深省。但有竹屋三間，蓮田二頃。便可休官，日對漏壺永。假饒是，紅杏尚書，碧桃學士，買不得，朱顏芳景。

千秋歲　壽友人

松舟檜楫，苔雪溪頭別。秋後雨，春前雪。書憑湖雁寄，手把江蘺折。人未老，相看元似來時節。　　芳草鳴鵜鴂。野菜飛黄蝶。時易去，愁難説。析波浮玉醴，換火繙銀葉。拼醉也，馬蹄歸踏梨花月。

上西平　雪詞

似斜斜，纔整整，又霏霏。今夜裏，窗户先知。嫌春未透，故穿庭樹作花飛。起來尋訪剡溪人，半壓橋底。　　兔園册，漁江畫，蘭房曲，竹丘詩。怎模得，似當時。天寒墮指，問誰能解白登圍。也須憑酒遣挲擔，擊亂鵝池。

其 二 送陳舍人

跨征鞍，橫戰槊，上襄州。便匹馬，蹴踏高秋。芙蓉未折，笛聲吹起塞雲愁。男兒若欲樹功名，須向前頭。　　鳳雛寒，龍骨朽，蛟渚暗，鹿門幽。閱人物，渺渺如漚。棋頭已動，也須高著局心籌。莫將一片廣長舌，博取封侯。

卜算子 和史子威瑞梅

漠漠雨其濛，湛湛江之永。凍壓溪橋不見花，安得杯中影。　　明水未登彝，飾玉先浮鼎。寄語清居山上翁，驛使催歸近。

洞仙歌 惜春和李元膺

翠柔香嫩，乍春風庭院。換却幽人讀書眼。澹鵝黃嫋嫋，玉破梢頭，鶯未囀，綠皺池波尚淺。　　王孫才別後，長負芳時，碧草萋萋繡裀軟。海棠桃花雨，紅濕青衫，春心蕩，不省花飛減半。待持酒高堂，勸東皇，且愛惜芳菲，留春借暖。

（以上詞除注明者外，均錄自《鶴林集》）

洞庭春色 元夕

金柝聲中，鐵衣影裏，仍舊上元。況銀花鞞鬢，看承春色，蠟珠照坐，暖熟豐年。寶月分明無缺玷，須洗盡黃雲別看天。無限意，且平開蓮浦，小作桃源。　　燈花夜來有喜，捷書便，馳至軍前。嚮樂棚高處，何妨頌聖，體筵側傍，仍與中賢。不會山人行樂意，道剛把風花作事權。言不盡，倩梅吹漢曲，鶯答虞弦。

其 二 三神泉元夕

蘭切膏凝，柳溝燧落，光景乍新。正石壇人静，風清綺陌，朱筵燈闊，雨壓香塵。不似潘郎花作縣，且管勾江山當主人。看承處，有簾犀透月，蠟鳳燒雲。　　裴回五花泉上，問誰解，攻打愁城。算人生行樂，不須富貴，官居游適，必就高明。山寺歸來簪花笑，笑老去猶能强作春。無限事，願長開醉眼，飽看昇平。

菩薩蠻

鶯花舊恨憑誰雪，也須管勾燈時節。黄已上眉峰，小槽初滴紅。

好天佳月夕，結佩飛霞客。醒恐不如醒，何妨獨屢更。

（以上三首録自《永樂大典》）

程公許

程公許（1182—1251），字季與，一字希穎，號滄洲，敘州（今四川省宜賓市）人。嘉定四年（1211）進士及第，授華陽尉，調綿州教授，知崇寧縣，通判簡州、施州。端平初，授大理司直，遷太常博士，歷官著作郎、將作少監、秘書少監、太常少卿，出知袁州，累遷中書舍人、禮部侍郎、權刑部尚書。著有《塵缶集》。

念奴嬌

中秋玩月，憶山谷"共倒金荷家萬里，難得尊前相屬"之句，悵然有懷，借韻作一首。

晚凉散策，恨西風不貸，一池殘綠。誰與冰輪撝玉斧，恰好今宵圓足。樹杪翻光，莎庭轉影，零亂昆臺玉。蕩胸清露，閑須澆下醽醁。　　休問湖海飄零，老人心事，似倚巖枯木。萬里親知應健否，脉脉此情誰屬。世慮難平，天高難問，倚遍闌干曲。不妨隨寓，買園催種松竹。

沁園春　用履齋多景樓韻

萬里飄萍，送江入海，過古潤州。正羈懷無奈，憑高縱覽，濛濛煙雨，簇簇漁舟。南北區分，江山形勝，憂憤令人扶上樓。沉凝久，任斜飛雪片，急灑貂裘。　　英風追想孫劉。似黑白兩奩棋未收。把煙霞饒與，坡仙米老，丹青難覓，摩詰營邱。斗野號風，海門殘照，長與人間管領愁。憑誰問，借天河一挽，洗甲兵休。

水調歌頭　和吳秀巖韻

駝褐倚禪榻，絲鬢揚茶煙。誰知老子方寸，歷歷著千年。試問汗青餘幾，一笑腰黃縈夢，我自樂天全。出處兩無累，贏取日高眠。　　八千里，西望眼，斷霞邊。弁蒼苔碧，隨分風月不論錢。執手還成輕別，何日歸來投社，玉海得同編。經世付時傑，覓個釣魚船。

（以上詞録自《陽春白雪》）

陽枋

陽枋（1187—1267），字正父，合州巴川（今重慶市銅梁區）人。淳祐元年（1241）賜同進士出身。歷昌州監酒稅、大寧理掾、紹慶學官。人稱字溪先生。著有《字溪集》。

臨江仙 涪州北巖玩《易》有感

樂意相關鶯對語，春風遍滿天涯。生香不斷樹交花。個中皆實理，何處是浮華。　收斂回來還夜氣，一輪明月千家。看梅休用隔窗紗。清光輝皎潔，疏影自橫斜。

念奴嬌 丁卯中元作示兒

白儘兼葭，衰從蒲柳，我只松筠節。君民堯舜，老翁揩眼勛業。（下缺）

（以上詞錄自《字溪集》）

牟子才

牟子才（？—1264），字存叟，一字節叟，號存齋，隆州井研人。嘉定十六年（1223）進士及第，歷洪雅縣尉，吉州、衢州通判，淳祐間召爲國子監主簿，遷太常博士，爲著作郎兼崇政殿說書。寶祐初，除起居舍人兼侍講。景定間，累官禮部尚書。度宗即位，授翰林學士、知制誥，力辭，以資政殿學士致仕。著有《存齋集》等。

風瀑竹

閣住杏花雨。便新晴，等閑勾引，香車成霧。璧月光中簫鳳遠，嫋嫋餘音如縷。悄一似，群仙府。天意乍隨人意好，漸星橋，度漢珠還浦。又何啻，列千炬。　　晚來乍覺陰盤固。笑人間，玉瓶瑤瑟，錦茵雕俎。無限昇平宣政曲，回首中原何處。慨鳴鏑，已無宮武。撲面風塵渾未掃，強歡謳，還肯軒昂否。縈舊恨，爲誰賦。

（録自《花草粹編》）

劉震孫

劉震孫（1197—1268），字長卿，號朔齋，東平劉摯玄孫，寓蜀，爲蒲江魏了翁婿。嘉熙元年（1237），守湖州，後除兵部郎官，官終禮部侍郎、中書舍人。

摸魚兒

怕緑野堂邊，劉郎去後，誰伴老裴度。
（殘句；録自《齊東野語》）

虞珏

虞珏（生卒年不詳），字成夫，仁壽人，允文之曾孫，夷簡之子。淳祐八年（1248），以通直郎通判建康府。後累官知永州、連州。以文學名於時。

水調歌頭 和退翁賦梅爲壽韻

憔悴朔家種，零落雪邊枝。淡妝素艷，無桃笑面柳眉低。懶向深宮點額，甘與孤山結社，照影水之湄。不怨風霜虐，我本歲寒姿。　　謝東君。開冷蕊，弄斜暉。強顏紅紫同□，皎潔性難移。祇好竹籬茅舍，若話玉堂金鼎，老恐負心期。歌罷飲心腸，殘月墮深卮。

（録自《鐵網珊瑚書品》；《詞綜補遺》誤作虞允文詞）

楊恢

楊恢（生卒年不詳），字充之，號西村，眉山人。著有《西村詞》。亦作湯恢。

二郎神　用徐幹臣韻

瑣窗睡起，閑佇立，海棠花影。記翠楫銀塘，紅牙金縷，杯泛梨花冷。燕子銜來相思字，道玉瘦，不禁春病。應蝶粉半銷，鴉雲斜墜，暗塵侵鏡。

還省。香痕碧唾，春衫都凝。悄一似荼蘼，玉肌翠帔，消得東風喚醒。青杏單衣，楊花小扇，閑却晚春風景。最苦是，蝴蝶盈盈弄晚，一簾風靜。

其　二　游浯溪

碧崖倒影，浸一片，寒江如練。正岸岸梅花，村村修竹，喚醒春風筆硯。沂水舟輕輕如葉，只消得，溪風一箭。看水部雄文，太師健筆，月寒波卷。　　游倦。片雲孤鶴，江湖都遍。慨金屋藏妖，繡屏包禍，欲與三郎痛辨。回首前朝，斷魂殘照，幾度山花崖蘚。無限都付宓尊，漠漠水天遠。

倦尋芳

餳簫吹暖，蠟燭分煙，春思無限。風到棟花，二十四番吹遍。煙濕濃堆楊柳色，晝長閑墜梨花片。悄簾櫳，聽幽禽對語，分明如剪。　　記舊日，西湖行樂，載酒尋春，十里塵軟。背後腰肢，仿佛畫圖曾見。宿粉殘香隨夢冷，落花流水和天遠。但如今，病厭厭，海棠池館。

滿江紅

小院無人，正梅粉，一階狼籍。疏雨過，溶溶天氣，早如寒食。啼鳥驚回芳草夢，峭風吹淺桃花色。漫玉爐，沉水熨春衫，花痕碧。　　綠縠水，紅香陌。紫桂棹，黃金勒。悵前歡如夢，後游何日。酒醒香消人自瘦，天空海闊春無極。又一林，新月照黃昏，梨花白。

祝英臺近

宿醒蘇，春夢醒，沉水冷金鴨。落盡桃花，無人掃紅雪。漸催煮酒園林，單衣庭院，春又到，斷腸時節。　　恨離別。長憶人立荼蘼，珠簾捲香月。幾度黃昏，瓊枝爲誰折。都將千里芳心，十年幽夢，分付與，一聲啼鴂。

其　二　中秋

月如冰，天似水，冷浸畫欄濕。桂樹風前，釀香半狼籍。此翁對此良宵，別無可恨，恨只恨，古人頭白。　　洞庭窄。誰道臨水樓臺，清光最先得。萬里乾坤，元無片雲隔。不妨彩筆雲箋，翠尊冰醞，自管領，一庭秋色。

八聲甘州

摘青梅薦酒，甚殘寒，猶怯苧蘿衣。正柳腴花瘦，綠雲冉冉，紅雪霏霏。隔屋纂箏依約，誰品春詞。回首繁華夢，流水斜暉。　　寄隱孤山山下，但一瓢飲水，深掩苔扉。羨青山有思，白鶴忘機。悵年華，不禁搔首，又天涯，彈淚送春歸。銷魂遠，千山啼鴂，十里荼蘼。

（以上詞錄自《絶妙好詞箋》）

其　二

想當年，龍舟鳳艑，樂宸游，搖曳錦帆斜。傷心是，御香染處，樹樹栖鴉。

（殘句；錄自《詞苑萃編》）

失調名

縮燕吟鶯。

（殘句；錄自《詞旨》）

家鉉翁

家鉉翁（1213—1298），號則堂，眉山人。以蔭補官，歷官知常州、浙東提點刑獄、大理少卿，又知紹興、鎮江、建寧、臨安府，遷戶部侍郎兼樞密都承旨。德祐二年（1276），賜進士出身，拜端明殿學士、簽書樞密院事。宋亡，守志不仕。著有《則堂集》。

水調歌頭　題旅舍壁

瀛臺居左界，覿面是重城。老龍蹲踞不動，潭影凈無塵。此地高陽勝處，天付仙翁爲主，那肯借閑人。暫挂西堂錫，仍同旦過賓。　六年裏，五遷舍，得比鄰。儒館豆籩於粲，弦誦有遺音。甚喜黃冠爲侶，更得青衿來伴，應不嘆飄零。夜宿東華榻，朝餐泮水芹。

念奴嬌　中秋紀夢

神仙何處，人盡道，我州三神之一。爲問何年飛到此，拔地倚天無迹。縹緲瓊宮，溟茫朱戶，不與塵寰隔。翩然鶴下，時傳雲外消息。　露冷風清夜闌，夢高人過我，歡如疇昔。道骨仙風誰得似，談笑雲生几席。共踏銀虹，追隨絳節，恍遇群仙集。雲韶九奏，不類人間金石。

其　二　送陳正言

南來數騎，問征塵，正是江頭風惡。耿耿孤忠磨不盡，唯有老天知得。短棹浮淮，輕氈渡漢，回首觚棱泣。緘書欲上，驚傳天外清蹕。　路人指示荒臺，昔漢家使者，曾留行迹。我節君袍雪樣明，俯仰都無愧色。送子先歸，慈顏未老，三徑有餘樂。逢人問我，爲説肝腸如昨。

（以上詞録自《則堂集》）

文及翁

　　文及翁（生卒年不詳），字時學，號本心，綿州人，寓居吳興。寶祐元年（1253）進士及第。官至試尚書禮部侍郎、簽書樞密院事。宋亡，累征不起。著有文集，不傳。

338　賀新郎　西湖

　　一勺西湖水。渡江來，百年歌舞，百年酣醉。回首洛陽花世界，煙渺黍離之地。更不復，新亭墮淚。簇樂紅妝搖畫艇。問中流，擊楫何人是。千古恨，幾時洗。　　余生自負澄清志。更有誰，磻溪未遇，傅巖未起。國事如今誰倚仗，衣帶一江而已。便都道，江神堪恃。借問孤山林處士，但掉頭，笑指梅花蕊。天下事，可知矣。

　　（錄自《錢塘遺事》）

念奴嬌

　　沒巴沒鼻，霎時間，做出漫天漫地。不問高低並上下，平白都教一例。鼓弄滕六，招邀巽二。只恁施威勢。識他不破，至今道是祥瑞。　　最是。鵝鴨池邊，三更半夜，誤了吳元濟。東郭先生都不管，挨上門兒穩睡。一夜東風，三竿紅日，萬事隨流水。東皇笑道，山河原是我的。

　　（錄自《草木子》；亦作陳郁詞）

失調名

　　朗吟飛過。

　　（殘句；錄自《歷代詞人考略》引《東林山志》）

牟巘

牟巘（1227—1311），字獻之，學者稱陵陽先生，其先井研人，徙居湖州，子才子。以父蔭入仕，累官至大理少卿。入元不仕。著有《陵陽集》。

木蘭花慢　餞公孫倅

山城如斗大，君肯爲，兩年留。讀易堂前，翛然松雪，留得君不。天邊乍傳消息，趁春風，歸待翠雲裘。留取去思無限，江籬香滿汀洲。不妨無蟹有監州。臭味喜相投。怪底事朝來，驪歌催倡。喚起離愁。羨君戲彩脫却，一身輕，無事也無憂。昨夜夢隨杖履，道林麓岳同游。

千秋歲　壽黃倅

平分敏手。更覺山城小。聊岸幘，時舒嘯。當年溢浦月，偏照香山老。頭未白，而今半百纔逾九。　共說東園好，問春餘多少。紅藥晚，金沙早。花須風日耐，人看功名久。催洗盞，對花一笑爲君壽。

鷓鴣天　壽何簿乃尊

鳩杖龐眉鶴髮仙，詩中有史筆如椽。愛蓮自是平生趣，吟到梅花晚更堅。　珍九鼎，食萬錢。誰如有子彩衣鮮。蜀陳舊事君須記，貴盛還當具慶年。

漁家傲　送張教

病枕逢逢驚曉鼓，那堪送客江頭路。莫唱驪駒催客去。風又雨，花飛一片愁千縷。　折柳凄然無剩語，加餐更把簹衣護。泥滑籃輿須穩度。雲飛處，親闈安問應傍午。

水調歌頭　壽洪雲巖

表海歸來後，眠食喜清安。身輕於鵠，上下山北與山南。何必交梨火
棗，自是霜筠雪柏，歲晚越堅完。摩詰本無病，微笑指蒲團。　　天有意，
留一老，殿諸賢。平生出處何似，試把二蘇看。惟有黃門最貴，況是龐眉
最壽，九帙閱人間。持此爲公壽，即是壽元元。

其　二　壽福王

某官慶輯皇家，祥開赤社。秋乃萬物所説，揆度正中；福者百順之名，
若時並錫。天地其壽，宗祐之休。敬陳樂府之詞，仰致閟宮之祝。

叔父茅封貴，先帝棣華親。平生爲善最樂，夙德宛天人。玉葉金枝方
茂，瑤沼丹壺如畫，光景鎮長新。五福一曰壽，萬象總皆春。　　正秋分，
記初度，綉綉纏麟。傳宣來自絳闕，瑞採蔚輪囷。樂有鈞天九奏，尊有仙
家九醞，翠釜紫駝珍。笑把南山指，還以祝嚴宸。

念奴嬌　壽洪雲巖

山之天目，蔚苕蕘，第一最佳泉石。見説老龍高臥處，正擁深深寒碧。
獨閱雲霏，人思霖雨，未許無心出。蒼崖赤子，而今誰爲蘇息。　　昨夜
凉透西颷，玉蠅晚蟾，喜見歸鴻入。十二虛皇凝仁久，飛下陸離宸畫。綉
鹵使名，洪樞銜位，催綴新班立。旌裳婀娜，要陪沙路清蹕。

賀新郎　壽洪雲巖

雲擁油幢碧。睠蓬萊，宿緣一紀，竟須公出。上界清高仙地位，耿耿
爲民還切。此自是，平生願力。雨後新飆凉如濯，喜湖山，千里皆生色。
便乘此，問閭閻。　　殷勤好與摩銅狄。炯精神，依然未老，鶴標龜息。
造物生賢非無意，偏近中元時節。試記取，平園萊國。況有盤洲當家樣，
酉年秋，恰已昇樞極。繼盛事，看今日。

滿江紅　壽趙樞密

　　七筴新春，問底事，以人爲日。記正觀，鄭公恰至，名因人得。況是今朝生上相，老天著意尤端的。便喚爲，人日豈徒哉，公人傑。　　宇宙要，公扶植。善類要，公收拾。願我公千歲，長陪丹極。山立揚休人正健，耐寒彩勝篸華髮。看年年，天際不曾陰，真奇特。

　　（以上詞録自《陵陽集》）

郭居安

郭居安（生卒年不詳），字應酉，或爲資中人。賈似道門客，嘗宰錢塘。

聲聲慢　壽賈師憲

捷書連書，甘瀝通宵，新來喜沁堯眉。許大擔當，人間佛力須彌。年年八月八日，長記他，三月三時。平生事。想祇和天語。不遣人知。一片閑心鶴外，被乾坤繫定，虹玉腰圍。閶闔雲邊，西風萬籟吹齊。歸舟更歸何處，是天教，家在蘇堤。千千歲，比周公，多個彩衣。

（錄自《詞綜補遺》）

木蘭花慢　壽賈秋壑母兩國胡夫人

聽都人共語，又還是，歲逢庚。記金帖頻催，袞衣將至，繡幃先迎。笙歌六宮齊奏，到而今，猶唱賀昇平。千歲人間福本，天公著意看承。

秋深。簾捲空明。問西子，最宜晴。喜新來多暇，玉醪龍炙，菊院花城。明年耳孫頭上，更君王，親點泥金。兜率摩耶住世，長看佛度眾生。

（錄自《翰墨全書》）

王學文

王學文，字必節，號竹澗，眉山人。嘗與汪元量（1241—1317 后）唱酬。

摸魚兒 送汪水雲之湘

記當年，舞衫零亂，霖鈴忍按新闋。杜鵑枝上東風晚，點點淚痕凝血。芳信歇。念初試琵琶，曾識關山月。怨弦易絕。奈笑罷顰生，曲終愁在，誰解寸腸結。　　浮雲事，又作南柯夢徹。一簪聊寄華髮。乾坤桑海無窮事，才歷昆明初劫。誰共説，都付與焦桐，寫入梅花疊。黃花送客。休更問湘魂，獨醒何在，沉醉浩歌發。

（録自《名儒草堂詩餘》）

柳梢青

客裏淒涼，桐花滿地，杜宇深山。幸自君來，誰教君去，翦翦輕寒。愁懷無語相看。謾寫入，徽弦自彈。小院黃昏，前村風雨，莫倚闌干。

桂枝香 和詹天游就訪

曉天涼露。天上玉簫吹，飛聲如羽。金闕高寒閑却，一庭梅雨。漫漫八表塵埃夢，把文章，洗空千古。精神一似，風裳水佩，蘭皋蘅浦。看萬里，跳龍躍虎。甚花嬌英氣，劍清塵嫵。憔悴江南，應念山窗貧女。朱樓十二春無際，倚蒼寒，青岫如故。茶香酒熟，月明風細，試教歌舞。

綺寮怨

忽忽東風又老，冷雲吹晚陰。疏簾下，茶鼎孤煙，斷橋外，梅豆千林。江南庾郎憔悴，睡未醒，病酒愁怎禁。倚闌干，一扇涼風，看平地，落花如雪深。　　千曲囊中古琴。平泉金谷，不堪舊事重尋。當日登臨。都化作，夢銷沉。元龍丘墳無恙，誰喚起，共論心。哀歌怨吟。問何似啼鳥，枝上音。

（以上三詞錄自《歷代詩餘》）

曲游春　春愁

千樹玲瓏草，正蒲風微過，梅雨新霽。客裏幽窗，算無春可到，和愁都閉。萬種人生計。應不似，午天閑睡。起來踏碎松陰，蕭蕭欲動疑水。

借問歸舟歸未。望柳色煙光，何處明媚。抖擻人間，除離情別恨，乾坤餘幾。一笑晴鳧起。酒醒後，闌干獨倚。時見雙燕飛來，斜陽滿地。

（錄自《古今詞統》；亦作趙功可詞）

趙守一

趙守一（生卒年不詳），人稱趙縮手，普州（今四川省安岳縣）士人。

浪淘沙

損屋一間兒，好與支持。休教風雨等閑欺。覓個帶修安穩路，休遣人知。　須是著便宜，運轉臨時。袄知險裏却防危。透得玄關歸去路，方步雲梯。

（録自《夷堅志・丙志》）

陳鳳儀

陳鳳儀，成都樂妓，生卒年和生平事迹均不詳。

一落索 送蜀守蔣龍圖

346

蜀江春色濃如霧，擁雙旌歸去。海棠也似別君難，一點點，啼紅雨。此去馬蹄何處，沙堤新路。禁林賜宴賞花時，還憶著，西樓否。

（録自《唐宋諸賢絶妙詞選》）

盼　盼

盼盼（生卒年不詳），瀘南（今四川省瀘州市）妓。

惜春容

　　少年看花雙鬢綠，走馬章臺弦管逐。而今老更惜花深，終日看花花不足。　　坐中美女顏如玉。爲我同歌金縷曲。歸時壓得帽簷欹，頭上春風紅簌簌。

　　（録自《花草粹編》）

趙才卿

趙才卿，成都妓，生平不詳。

燕歸梁

細柳營中有亞夫，華宴簇名姝。雅歌長許佐投壺。無一日，不歡娛。

漢皇拓境思名將，捧飛詔，欲登途。從前密約盡成虛。空贏得，淚流珠。

（錄自《青泥蓮花記》）

僧　兒

僧兒，廣漢營妓。

滿庭芳

　　團菊苞金，叢蘭減翠，畫成秋暮風煙。使君歸去，千里倍潛然。兩度朱幡雁水，全勝得，陶侃當年。如何見，一時盛事，都在送行篇。　　愁煩。梳洗懶，尋思陪宴，把月湖邊。有多少，風流往事縈牽。聞道霓旌羽駕，看看是，玉局神仙。應相許，衝雲破霧，一到洞中天。

　　（録自《苕溪漁隱叢話》）

陸游妾

陸游妾（生卒年不詳），蜀人驛卒女。能詩，陸游納之，方餘半載，夫人逐之。

生查子

只知愁上眉，不識愁來路。窗外有芭蕉，陣陣黃昏雨。　　逗曉理殘妝，整頓教愁去。不合畫春山，依舊留連住。

（録自《陽春白雪》）

蜀　妓

蜀妓（生卒年不詳），陸游客蜀携歸，蓄之別室。

鵲橋仙

　　説盟説誓，説情説意，動便春愁滿紙。多應念得脱空經，是那個，先生教底。　　不茶不飯，不言不語，一味供他憔悴。相思已是不曾閑，又那得，工夫咒你。

　　（録自《齊東野語》）

尹温儀

尹温儀（生卒年不詳），成都官妓。本良家女，後失身妓籍。

西江月

韓愈文章蓋世，謝安才貌風流。良辰開宴在西樓，敢勸一杯芳酒。
記得南宮高遇，弟兄都占鰲頭。一門金殿御香浮，名在甲科第九。

（録自《詞苑叢談》；《全宋詞》認爲“尹温儀殆即尹詞客”，因無“顯證”，今姑録之，以資參考）

尹詞客

尹詞客，生平不詳，成都官妓。

玉樓春

浣花溪上風光主，宴集瀛仙開幕府。商巖本是作霖人，也使閑花沾雨露。　　誰憐氏族傳簪組，狂迹偶爲風月誤。願教朱户藏柳春，莫作飄零堤上絮。

（録自《歲時廣記》）

蜀中妓

蜀中妓，生平不詳。

市橋柳 送行

欲寄意，渾無所有。折盡市橋官柳。看君著上征衫，又相將，放船楚江口。　　後會不知何日又。是男兒，休要鎮長相守。苟富貴，無相忘，若相忘，有如此酒。

（錄自《齊東野語》）

無名氏

據《蜀詞人評傳》載："此詞當出諸蜀人之手。"

菩薩蠻

昔年曾伴花前醉，今年空灑花前淚。花有再榮時，人無重見期。故人情意重，不忍榮新寵。日月有盈虧，妾心無改移。

（録自《花草粹編》）

金 代

宇文虛中

宇文虛中（1079—1146），字叔通，成都人。大觀三年（1109）登進士第，仕宋爲黃門侍郎，累官資政殿大學士。建炎二年（1128），奉使至金，留掌詞命。累官翰林學士承旨，封河內郡開國公。皇統六年（1146），以謀復宋被害。

迎春樂 立春

寶幡彩勝堆金縷，雙燕釵頭舞。人間要識春來處。天際雁，江邊樹。故國鶯花又誰主。念憔悴，幾年覊旅。把酒祝東風，吹取人歸去。

（録自《碧雞漫志》）

念奴嬌

疏眉秀目。向尊前依舊，宣和裝束。貴氣盈盈風韻爽，舉止知非凡俗。皇室宗姬，陳王愛女，曾嫁貂蟬族。干戈流蕩，事隨天地翻覆。

珠淚搵了偷彈，勸人飲盡，愁怕吹笙竹。留落天涯俱是客，何必平生相熟。舊日容華，如今憔悴，付與杯中醁。興亡休問，爲予且醉船玉。

（録自《蘆浦筆記》；亦作張孝純詞）

元 代

蒲道源

蒲道源（1260—1336），字得之，號順齋，眉州青神人，後徙興元（今陝西省南鄭縣）。嘗爲郡學正，皇慶二年（1313），徵爲翰林編修，進翰林應奉，遷國子博士。著有《順齋先生閒居叢稿》。

酹江月　次李壽卿侍西軒先生九日賞菊

暮秋天氣，似堪悲，還有一般堪悦。憔悴黄花風露底，香韻自能招客。手當紅牙，觴飛急羽，且爲酬佳節。龍山依舊，不知誰是豪傑。
我愛隱士風流，就開三徑，欲往無能得。萬事會須論一醉，非我非人非物。座上狂歌，尊前起舞，待向醒時説。傲霜枝在，莫教空老寒色。

其　二　次梅隱丈壽旦感懷

南箕月直，想青天，萬里光芒生夕。誰料英靈如此賦，辜負生平胸臆。世事悠悠，塵緣衮衮，仰看晴空碧。利名餘子，面騂羞汗長瀝。
幸自吾愛吾廬，南山招隱，灑掃躬厮役。但願身强餘慶在，流與子孫逢吉。暢飲遺情，浩歌乘興，風月共呼集，從今數去，那朝非是生日。

水調歌頭

癸未中秋，雨，悶中示德衡弟。

天公何見戲，凡事每相乖。應知今夜秋半，故故放雲霾。不遣姮娥窺户，空使騷人賞客，樽俎預安排。無復弄清影，衹自黯愁懷。　　下簾欞，收綺席，罷金釵。誰能爲我。叩廣寒玉殿令開。待得良辰美景，却遇淒風苦雨，好事實難諧。高臥清無夢，簷溜滴空階。

其 二 次權待制韻

燕城過長夏，鄉思若爲禁。故園松竹瀟灑，久矣負幽尋。賴有仙壇詩伯，同寓玉堂清署，相顧意殊深。餘暇盡談笑，煩暑自消沉。　繞長廊，臨靜砌，稱閑心。颼颼樹杪風至，流水入衣襟。尚愧無窮汗簡，也預諸公奮筆，投迹是非林。何日了官事，倒佩脫冠簪。

滿庭芳 南營探梅至梅隱丈故居

長憶當年，讀書窗下，歲寒留看孤芳。巡簷索笑，重到更彷徨。梅隱先生何在，清江外，新構茅堂，人應道，攀枝嗅蕊，那得救飢腸。　多情餘習氣，芒鞋竹杖，未忍相忘。但年年依舊，疏影幽香。好是春風近也，猶記得，吟繞昏黃。開樽飲，參橫斗轉，同醉臥花傍。

木蘭花慢 壽王國賓總管

數當今人物，問誰似，玉堂仙。但蘇子才名，居中未幾，補外何偏。天公意深有在，要周流，海內作師傅。萬古斯文正脉，一生前聖遺編。
胸襟理勝自超然。雖老未華顛。念厚祿崇資，真成大耐，何計榮遷。心期歲豐民樂，更公庭，無訟酒如川。喚取梅花爲壽，看他老檜千年。

其 二 壽劉邢公

八旬今又八，説尚齒，更誰尊。況賜號司徒，疏封大國，榮及生存。白麻制詞新寵，算一家，四世被皇恩。七十兒爲内相，斑衣笑捧金樽。
近聞迎駕到金門，親奉玉音温。問父子行年，康寧壽考，定省晨昏。鑾坡正須耆舊，道平時，致仕不宜論。這種靈椿丹桂，天公偏養深根。

其 三

想天開閶闔，正元日，受朝儀。美出震居尊，承乾繼統，行夏之時。梅花領將春到，更祥煙，浮動萬年枝。麗日徐行黃道，和風細度丹墀。

天顏有喜近臣知。稱壽獻瑤卮。道品物惟新，陽剛寖長，百禄咸宜。觚稜五雲佳氣，但遥瞻，百拜只心馳。記得華封餘祝，不妨借入新詞。

清平樂　李子文惠秋瓜

一罌甘露，來自東陵圃。五色金盤摩詰句，到口聊消沉痼。　割開碧玉棱層，嚼時牙頰生冰。可惜這般風味，不當六月炎蒸。

其　二　壽趙總管

相門華胄，勳業誰居右。且向人間涵養就，鼎軸青氊依舊。　郇延遺愛尤思，梁州新政方宜。處處邦民香火，祝君千歲爲期。

其　三　壽李平章

一年宮教，龍躍隨天造。定策兩朝儒者後，勳業更誰能到。　玉堂暫得餘閑，歸來燕坐知還。待滿令公書考，却回絲竹東山。

點絳唇　次杜仲正經歷懷古韻

少日峥嶸，已看紫氣衝牛斗。詩才神援，我輩宜緘口。　蓮幕風流，得見芝眉秀。空搔首，野梅官柳，先落君家手。

其　二

西蜀咽喉，鈎連閣道蒼崖斗。漢皇天授，故國嶓江口。　往事浮雲，依舊梁山秀。時延首，淡煙疏柳，欲畫無奇手。

其　三

一賦阿房，水之江漢星之斗。精微心授，不待形容口。　贈我新詞，字字皆奇秀。宜稱首，肯教韓柳，獨擅文章手。

其　四

深味遺編，無心禄仕求升斗。學慚師授，朱墨聊糊口。　自笑疏頑，詎敢儕英秀。寧低首，五株門柳，閑袖春風手。

其 五 賦野荼蘼

玉蕊瓏璁，繞籬盈樹知誰種。碧雲堆重，化作飛瓊洞。　　勾挽春衫，裊裊珠纓弄。風微動，行人飛鞚，更着清香送。

其 六 趙嘉議大尹壽席

政感豐年，天公不禁興元酒。金巵如斗，滿獻君侯壽。　　福祿川增，來處由寬厚。從今後，平登朝右，官與人長久。

其 七

旭日東生，五雲宮闕光輝映。百官班定，拜舞朝元正。　　春滿瑤巵，萬壽同稱慶。邊陲靜，太平全盛，永賴吾君聖。

臨江仙 次仲正經歷韻三闋

世路滔滔方得意，從渠掉臂昂頭。崢嶸笑殺楚纍囚。功名雖自許，妻妾見應羞。　　吏隱羨君懷雅志，胸中自有嵩丘。且須夏葛與冬裘。隨時無不可，未用賦歸休。

其 二

健筆興來揮樂府，無愁可到眉頭。可憐郊島兩詩囚。枯腸徒自惱，驛汗只供羞。　　我欲與君追李白，神游共訪丹丘。千金不惜翠雲裘。呼兒多換酒，一醉萬緣休。

其 三

俗務相仍何日了，紛紛百緒千頭。空教縈繞似遭囚。情知鷗與鷺，亦解替人羞。　　春曉拂衣隨父老，扶携尋壑經丘。本無肥馬衣輕裘。閑身元自在，不問幾宜休。

其 四 次解東庵學士詠梅韻

聞説東庵梅最好，何須遠訪西湖。金衣相映玉肌膚。幽香俱可愛，顏色不妨殊。　　花主惜春仍好事，作詩清似林逋。冰葩雪萼正敷腴。只愁無客至，那怕酒頻沽。

朝中措 張允濟子滿晬

熊羆佳兆應神籤，何必夢中占。看取龍顱犀角，不愁長守虀鹽。
今朝滿晬，諸般排比，筆墨先拈。休道添丁無用，能教乃祖掀髯。

西江月 九日南城郊行

堤柳風前影瘦，池荷雨後香殘。高秋風色已闌珊，落日孤煙微暗。
平野大家徐步，此身贏得長閑。路逢俗子笑相看，道我爲歡冷淡。

鷓鴣天和客中重九

冷落寒芳一徑幽，無詩無酒若爲酬。一生幾得花前醉，兩鬢難禁客裏
秋。　思往事，淚盈眸。共嗟日月去如流。短歌謾寄鄉鄰友，寫入新箋
字字愁。

其　二 壽楊同知

好景良辰近上元，天公爲間產英賢。政聲洋溢春風外，德澤流行漢水
邊。　官一品，壽千年。應知仁者得兼全。鳳凰池上恩波暖，指日丹墀
步武聯。

其　三 壽耶律總管

霢霂春膏兆有年，街頭粟賤不論錢。時機似見天心順，物理端由刺史
賢。　人富貴，壽綿延。滿城桃李動芳妍。邦民香火才收罷，黃閣聲名
次第傳。

太常引 送趙參政西城別筵

相君今日已登程。暫車馬，駐西城。尊酒若爲情。且喚取、雙歌送
行。　遠山顰蹙秋波凝。佇清淚，也盈盈。便有遏雲聲。怎留得、前頭

旆旌。

人月圓 趙君錫再得雄

君家陰德多多種，重得讀書郎。掌中驚看，隆顱犀角，黛抹朱妝。最堪歡處，靈椿未老，丹桂先芳。他年須記，于門高大，車馬煌煌。

感皇恩 次子驤節使示趙內翰韻

家居本吾儒，六韜能曉。從事和林十年了。一麾纔把，尤被揶揄嗔早。漠城官滿處，人傳道。　郊次攀留，馬前持抱。□□殷勤盡癃老。謂君到處，不見月烏驚繞。天公終料理，桑榆好。

秦樓月

宸京裏，玉卮爲壽龍顏喜。龍顏喜，天開盛旦，日膺繁祉。　蠻荒凱奏風塵弭，群臣虎拜同歸美。同歸美，山呼萬歲，太平天子。

其　二

昌期遇，天齊九五符乾數。符乾數，今朝稱賀，載逢初度。　金莖玉屑和甘露，寶爐沉水騰香霧。騰香霧，祈君萬壽，永承洪祚。

其　三

皇都曉，堯階奉引瞻天表。瞻天表，麒麟不動，御香輕裊。　電光曾記樞星繞，昇平自此開先兆。開先兆，堯天日月，萬年長照。

其　四

龍樓燕，千官拜表俱歡抃。俱歡抃，今宵帝座，瑞光高見。　觚棱引領心常戀，南山萬壽殷勤獻。殷勤獻，皇天眷顧，必從臣願。

（以上詞錄自《順齋先生閑居叢稿》）

虞　集

　　虞集（1272—1348），字伯生，號道園，又號邵庵，其先爲
仁壽（今四川有仁壽縣）人，後徙居崇仁（今江西省崇仁縣）。
虞允文五世孫。以薦授大都路儒學教授，累官翰林直學士，兼
國子祭酒。天曆中，除奎章閣侍書學士。卒諡文靖。著有《道
園類稿》等。

浣溪沙　次韻禮院孟子周僉院秋夜曲二疊

　　天闊秋高初夜長，浮塵消盡霧蒼茫。澄澄孤月轉危墻。　　金井有聲
惟墜露，玉階無色乍疑霜。不聞人語只吟螿。

其　二

　　風力清嚴掃暮煙，纖塵不礙月嬋娟。太虛那得有中邊。　　大地山河
空復影，九霄宮闕舊無傳。幾承劍氣一飄然。

其　三

　　江上秋風日夜生，蕭蕭兩鬢葛衣輕。芭蕉叢竹共幽情。　　病骨不禁
湘簟冷，夢魂猶似玉堂清。畫檐疏雨過三更。

南鄉一剪梅　招熊少府

　　南阜小亭臺，薄有山花取次開。寄語多情熊少府，晴也須來，雨也須
來。　　隨意且銜杯，莫惜春衣坐綠苔。若待明朝風雨過，人在天涯，春
在天涯。

法駕導引　廬山尋真觀題

　　闌干曲，正面碧崔嵬。嵐氣著衣成紫霧，墨香橫壁長蒼苔。柏影掃空
臺。　　江海客，欲去更徘徊。霧髮雲鬟何處在，風泉雪磴幾時來。鶴翅

九秋開。

其 二 爲陳溪山壽

秋氣至，壽斝注天香。燕坐喜看扶兩几，擊鮮何必溷諸郎。長歲接賓行。

其 三

盤石上，新畫太丘翁。扶老一枝風滿袖，凌霄千歲露垂松。不與世間同。

其 四

千歲事，何許覓松喬。急雨輕雷開道路，星河北斗轉岧嶤。相對話漁樵。

柳梢青

　　至順癸酉立春，客有持逃禪翁此卷相示，清潤蘊藉，使人意消，因所題《柳梢青》調，亦賦一首云。

從別幽花。玉堂金馬，十載忘家。橫幅疏枝，如逢舊識，同在天涯。荒村茅屋攲斜。待歸去，重尋釣槎。解却絲鈎，青鞋藜杖。翠竹江沙。

風入松

畫堂紅袖倚清酣，華髮不勝簪。幾回晚直金鑾殿，東風軟，花裏停驂。書詔許傳宮燭，香羅初翦朝衫。　　御溝冰泮水挼藍，飛燕又呢喃。重重簾幕寒猶在，憑誰寄，銀字泥緘。爲報先生歸也，杏花春雨江南。

其 二 爲莆田壽

頻年清夜肯相過，春碧捲紅螺。畫簷幾度徘徊月，梁園迥，無復鳴珂。門外雪深三尺，窗中翠淺雙蛾。　　舊家丹荔錦交柯，新玉紫峰駝。長安日近天涯遠，行雲夢，不到江波。欲度新詞爲壽，先生待教誰歌。

　　（錄自《道園遺稿》）

滿庭芳

微雨經宵，暖煙籠晝，相尋閑步堤沙。露桃風絮，香影傍烏紗。徙倚江樓最久，綺窗迴，翠擁雙丫。輕鷗外，水村山郭，帆過泊誰家。　　東華。塵土夢，漢宮傳蠟，隋樹啼鴉。記當時携手，何處天涯，日暮清吟未足，聽街鼓，催發香車。山翁醉，驚雷散雹，深夜未停撾。

鵲橋仙　寄阿里仁甫

維舟南浦，臨流不渡，踏破城南蔬圃。故人直是不相忘，把酒看，沙頭鷗鷺。　　青雲得路，蘭臺烏府，早晚新承恩露。輕車切莫便乘風，先報與，山翁知取。

燭影搖紅

淮南故將軍家有歌妓，才容自許，善自度曲。歐陽守淮南，妓爲將軍願一見公，竟不及見而卒。客有爲公賦此曲者。

雪映虛檐，夢魂正繞陽臺近。朝來誰爲護熏籠，雲臥衣裳冷。應念蘭心蕙性。對芳年，才華自信。洞房春暖，換羽移宮，珠圓絲瑩。　　板壓紅牙，手痕猶在餘香泯。當時惟待醉翁來，教聽鶯聲引。可惜閑情未領。但雕梁，塵銷霧暝。幾回清夜，月轉西廊，梧桐疏影。

蝶戀花

故遼主得其臣所獻《黃菊賦》，題其後曰：「昨日得卿《黃菊賦》，細翦金英題作句。袖中猶覺有餘香，冷落西風吹不去。」二月末，與楊廷鎮、陳衆仲觀杏城東，坐客有爲予誦此者，因括驪歸腔，令佐酒者歌之。

昨日得卿黃菊賦。細翦金英，題作多情句。冷落西風吹不去。袖中猶有餘香度。　　滄海塵生秋日暮。玉砌雕闌，木葉鳴疏雨。江總白頭心更苦。素琴猶寫幽蘭譜。

賀新郎

五月中，以小疾家居，陳衆仲助教言乳燕飛華屋調最宜時，連度數曲，病其詞妙則聲劣，律穩者語卑。適有友人期家人到官所而不至，賦此。

丹荔明如火。想江城，薰風乍透，繡簾青瑣。寶篆香消初睡起，葉底流鶯又過。算幾度，思歸未果。欲翦冰綃憑誰寄，恐腰圍，漸減愁無那。臨岸曲，命舟舸。　　凉宵冉冉銀蟾度，望清輝，千里照人，霧低雲亸。準擬雕梁栖飛燕，早晚新巢定妥。嘆會少離多似我。留滯文園頭先白，念琴心，久爲芳塵鎖。將舊恨，歸江左。

蘇武慢

自笑微生，凡情不斷，輕棄舊磯垂釣。走馬長安，聽鶯上苑，空負洛陽年少。玉殿傳宣，金鑾陪宴，屢草九重丹詔。是何年，夢斷槐根，依舊一襲江表。　　天賜我，萬疊雲屏，五湖煙浪，無限野猿沙鳥。平明紫閣，日晏玄洲，晞髮太霞林杪。蒼龍騰海，白鶴衝霄，顛倒一時俱了。望清都，獨步高秋，風露洞天初曉。

其　二

掃盡風雲，綽開塵土，落得半丘藏拙。青松爲蓋，白石爲牀，一切物情休歇。幾度蓬萊，布袍長劍，閑對海波澄澈。是誰家，酒熟仙瓢，邀我共看明月。　　歸去也，玉宇寥寥，銀河耿耿，鐵笛一聲山裂。三花高擁，九炁彌羅，縹緲泰清瑶闕。手把芙蓉，凌空飛步，今夜幾人朝竭。便翻身，北斗爲杓，遍散紫甌香雪。

其　三

山月來時，海風不動，平地玉樓瓊宇。桂子飄香，露華如水，自按洞簫如縷。杳杳冥冥，泠泠歷歷，青鳥解傳芳語。太微中，鸞鶴相求，盡是舊時真侶。　　君聽取，列豹重關，鼓雷千吏，天界更多官府。石女簪花，木人勸酒，爲我此間聊住。高唱微吟，揮毫萬丈，塵世等閑今古。看空山，一色青青，何意斷雲殘雨。

其　四

皓月清霜，釣舟如葉，閑渡小溪澄碧。銀漢無聲，玉虹橫野，斗柄正垂天北。半幅烏紗，數根華髮，一綱野鳧飛鳧。問回仙，城南老樹，能見幾何今昔。　　西華頂，十丈高花，九天秋露，結就翠房瑤實。脫屣非難，凌空何遠，三咽雪融冰液。辟穀神方，餐霞真訣，一去更無消息。笑人間，長住虛空，誰似一輪紅日。

其　五

放櫂滄浪，落霞殘照，聊倚岸回山轉。乘雁雙鳧，斷蘆漂葦，身在畫圖秋晚。雨送灘聲，風搖燭影，深夜尚披吟卷。算離情，何必天涯，咫尺路遙人遠。　　空自笑，洛下書生，襄陽耆舊，夢底幾時曾見。老矣浮丘，賦詩明月，千仞碧天長劍。雪霽瓊樓，春生瑤席，容我故山高宴。待雞鳴，日出羅浮，飛渡海波清淺。

其　六

對酒當歌，無愁可解，是個道人標格。好風過耳，皓月盈懷，清净水聲山色。世上千年，山中七日，隨處慣曾爲客。盡虛空，北斗南辰，此事有誰消得。　　曾聽得，碧眼胡僧，布袍滄海，直下釣絲千尺。掣取鯨魚，風雷變化，不是等閑奇特。寒暑相催，乾坤不用，歷劫不爲陳迹。可憐生，忘却高年，長伴小兒嬉劇。

其　七

憶昔坡仙，夜游赤壁，孤鶴掠舟西過。英雄消盡，身世茫然，月小水寒星大。何似漁翁，不知今古，醉傍蓼花然火。夢相逢，羽服翩躚，未必此時非我。　　誰解道，歲晚江空，風帆目力，橫槊賦詩江左。清露衣裳，晚風洲渚，多少短歌長些。玉宇高寒，故人何處，渺渺予懷無那。嘆乘桴，浮海飄然，從者未知誰可。

其　八

十載燕山，十年江上，慣見半生風雪。對雪無舟，泛舟無雪，不遇並時高潔。斷港殘沙，今兹何夕，一似剡溪歸越。但掀篷，數尺梅花，人迹鳥飛俱絶。　　君不見，五老危巔，浮丘絶頂，笑我早生華髮。返老還童，易粗爲妙，定有九還丹訣。霽景浮空，天光眩海，一體本無分別。便堪稱，六一仙公，千古太虛明月。

其　九

歸去來兮，昨非今是，惆悵獨悲奚語。迷途未遠，晨景熹微，乃命導夫先路。風揚舟輕，候門童稚，此日載瞻衡宇。酒盈尊，三徑雖荒，松菊宛然如故。　　聊寄傲，與世相違，舊交俱息，更復駕言焉取。琴書情話，尋壑經丘，倦鳥岫雲容與。農人告我，有事西疇，孤櫂賦詩春雨。但樂夫，天命何疑，乘化任渠留去。

其一〇

六十歸來，今過七十，感謝聖恩嘉惠。早眠晏起，渴飲飢餐，自己了無心事。數卷殘書，半枚破硯，聊表秀才而已。道先生，快寫能吟，直是去之遠矣。　　没尋思，拄個青藜，靸雙芒屨，走去渡頭觀水。逝者滔滔，來之衮衮，不覺日斜風細。有一漁翁，驀然相喚，你在看他甚底。便扶杖，穿起鮮魚，博得一尊同醉。

其一一

一徑通幽，畫屏橫翠，行到白雲深處。世外蟠桃，井邊佳橘，別有種萱瑤圃。檀板輕敲，素琴閑弄，奉獻鳳膏麟脯。舞翩翩，鶴髮飄飄，仍是舊時仙母。　　君看取，華屋神仙，滿堂金玉。此是蟪蛄朝暮。五色蓬萊，九秋雕鶚，別有出身之路。酒熟麻姑，雲生巫峽，稽首洞天歸去。任海波，清淺無時，何處綠窗雲户。

其一二

雲淡風輕，傍花隨柳，將謂少年行樂。高閣林間，小車城裏，千古太平西洛。瞻彼泱泱，言思君子，流水儼然如昨。但清游，天際輕陰，未便暮愁離索。　　長記得，童冠相隨，浴沂歸去，吟詠鳶飛魚躍。逝者如斯，吾衰甚矣，調理自存斟酌。清廟朱弦，舊堂金石，隱几似聞更作。農人告我事西疇，窈窕挂書牛角。

無俗念

十年窗下，見古今成敗，幾多豪傑。誰會誰能誰不濟，故紙數行明滅。亂葉西風，游絲春夢，轉轉無休歇。爲他憔悴，不知有甚干涉。
寥寥無住閑身，盡虛空界，一片中宵月。雲去雲來無定相，月亦本無圓缺。非色非空，非心非佛，教我如何說。不妨跬步，蟾蜍飛上銀闕。

（以上詞錄自《道園樂府》）

一剪梅　春別

豆蔻稍頭春色闌，風滿前山，雨滿前山。杜鵑啼血五更殘，花不禁寒，人不禁寒。　　離合悲歡事幾般，離有悲歡，合有悲歡。別時容易見時難，怕唱陽關，莫唱陽關。

（錄自《花草粹編》）

失調名　題梅花寒雀圖

殘雪曉，窗外幽禽小。春聲初動苔枝裊，花落知多少。　　春起早，苦被東風惱。綠陰青子歸來早，滿徑生芳草。

（錄自《道園學古錄》）

梅花令

剪玉裁冰，有人嫌太清。更有人嫌太瘦，都不是，我知音。　　知音何處尋，孤山人姓林，一自西湖別後，憔悴損，到如今。

（錄自《詩餘圖譜補遺》；亦作樓槃詞）

袁　介

袁介（生卒年不詳），字可潛，其先成都人，後占籍華亭。至正間爲府掾史。

如夢令

今夜盛排筵宴。準擬尋芳一遍。春去幾多時，問甚紅深紅淺。不見。不見。還你一方白絹。

（録自《南村輟耕録》）

高　氏

　　高氏（生卒年不詳），據《補續全蜀藝文志》引《南詔事略》載：元段平章夫人高氏，天全招討女也。有《玉嬌枝詞》一闋。

玉嬌枝詞

　　風捲殘雲，九霄冉冉逐。龍池水雲一片綠。寂寞倚屏幃，春雨紛紛促。　　蜀錦半閑，鴛鴦獨自宿。好語我將軍，只恐樂極悲生冤鬼哭。

　　（録自《補續全蜀藝文志》）

明 代

楊 基

　　楊基（1326—1378?），字孟載，祖籍嘉州（今四川省樂山市），後徙吳中。明初，知滎陽，累官山西按察使。著有《眉庵集》。

清平樂　江寧春館寫懷

　　春冰銷後，綠水粼粼皺。減却風流添却瘦，多在黃昏時候。　　匆匆商女琵琶，蕭蕭白髮烏紗。金谷園中芳草，玄都觀裏桃花。

其 二

　　自從別後，眉也尋常皺。瘦得腰肢無可瘦，又是魂消時候。　　當時纖手琵琶，東風小雨窗紗。今夜相思何處，月明滿樹梨花。

其 三

　　梅酸杏小，人與春俱老。一架荼蘼開遍了，能得歡娛多少。　　陰陰綠樹青苔，都無半點塵埃。寄語此中猿鶴，先生早晚歸來。

其 四

　　狂歌醉舞，俯仰成今古。白髮蕭蕭纔幾縷，聽遍江南春雨。　　歸來茅屋三間，桃花流水潺潺。莫向窗前種竹，先生要看西山。

其 五　折柳

　　欺煙困雨，拂拂愁千縷。曾把腰肢羞舞女，贏得輕盈如許。　　猶寒未暖時光，將昏漸曉池塘。記取春來楊柳，風流正在輕黃。

多　麗　_{春思}

問鶯花，底事蕭索。是東風，釀成細雨，晚來吹滿樓閣。辟寒金，再簪寶髻，鎮帷屏，重護香幄。杏惜生紅，桃緘淺碧，向人憔悴未開一尊。念惟有，淡黃楊柳，搖曳珠箔。憑闌久，春鴻去盡，錦字誰託。　　奈夢裏，清歌妙舞，覺來偏更情惡。聽高樓，數聲羌笛，管多少殘夢，梅花驚落。鴛帶慵寬，鳳鞋懶繡，新晴誰與共行樂。料應在楚雲湘水，深處望黃鶴。不似柳花，長任憑漂泊。

沁園春　_{春水}

巴蜀雪銷，湘漢冰融，净無片埃。看風吹皺綠，晴涵杜若，雨添香膩，暖浸莓苔。江漲魚鱗，溪沉燕尾，贏得沙鷗宿鷺猜。花陰下，見行人待渡，芳意徘徊。　　湖邊十二樓臺。映多少朱簾影倒開。愛綠醅可染，蒲萄新釀，麯塵低蘸，楊柳初栽。修禊人歸，浣紗女去，猶有餘香，拂岸來。多情處，泛桃花無數，流出天台。

浣溪沙　_{元夕}

雲母玲瓏七寶屏，玻璃瀲灩百花棚。笙簫羅綺一層層。　　信手摘將金荔擲，教人扶下彩車行。六街明月萬家燈。

其　二　_{花朝}

鶯股先尋鬥草釵，鳳頭新繡踏青鞋。衣裳宮樣不須裁。　　雕玉壘成鸚鵡架，泥金鐫就牡丹牌。明朝相約看花來。

其　三　_{上巳}

軟翠冠兒簇海棠，砑羅衫子繡丁香。閑來水上踏春陽。　　風暖有人能作伴，日長無事可思量。水流花落任匆忙。

其 四 寒食

暖雨香雲百五天，玉纖銀甲十三弦。笑移羅幕上紅船。　　照水再簪
珠絡索，背人重貼翠團圓。安排花裏蹴鞦韆。

其 五 初夏閑居

幾卷斜封出舊窠，藕絲柔梗上新荷。衣裳輕薄試單羅。　　煙淡淡中
青草合，雨絲絲裏綠陰多。園林佳趣是清和。

其 六

漸老情懷怕別離，可堪人去又春歸。斜陽流水意遲遲。　　春從不歸
終不住，人重相見更相期。此時端的斷腸時。

其 七

小院回廊曲更深，一重楊柳一重陰。夜長人靜漏沉沉。　　雪白梨花
千瓣玉，雨黃梅子萬丸金。清和天氣夏初臨。

其 八 舟中見孤鴛鴦

沙雪消融夕照作，白頭憐影獨依依。野漚汀鷺謾相隨。　　一自秋塘
驚散後，藕花明月兩分離。有情還得一雙飛。

其 九

柳色煙光遠更濃，嫩莎新水近縈通。半敧烏帽倚吟蓬。　　一足獨拳
沙觜鷺，兩行齊下渚邊鴻。此時身在畫圖中。

（以上兩詞録自《詩淵》）

菩薩蠻 梨花夜月

水晶簾外娟娟月，梨花枝上層層雪。花月兩模糊，隔簾看欲無。
月華今夜黑，全見梨花白。花也笑姮娥，讓他春色多。

其 二 花邊夜宿

瀟湘門外春江水，小紅樓子臨江起。樓下是誰家，一株含笑花。
蘭舟休遠去，只就花邊住。花影上牙檣，夢魂今夜香。

踏莎行

瓶中四花，瓶插梨、杏、桃、李各一枝。

小小含風，盈盈帶露。折來同向銀瓶貯。朱唇偏耐雪霜寒，冰肌不受
胭脂污。　　瘦燕休矜，肥環莫妒。東君一樣憐蠻素。若教淺淡笑深濃，
大家都被嬋娟誤。

其 二 暮春見花

白皺沾苔，紅輕惹絮。落花堆積無層數。當時開折賴東風，漂零還是
東風妒。　　宿雨初晴，低煙欲暮。綿綿芳草迢迢路。綠陰深處聽啼鶯，
鶯聲更在深深處。

其 三

淺碧凝鬚，輕紅染瓣。東風着意催初綻。不須抵死恨開遲，遲開却得
遲遲看。　　醉眼微醒，羈魂欲斷。斜陽流水東西岸。只知人有萬千愁，
花枝更有愁千萬。

蝶戀花 春閨怨

净洗胭脂輕掃黛。鬥草亭邊，自拗梨花戴。一段心情空自愛，風流那
得常時在。　　屈指春光歸已快。不捲朱簾，又恐東風怪。花影低將新月
礙。小闌干外深深拜。

其 二

新製羅衣珠絡縫。消瘦肌膚，欲試猶嫌重。莫信鵲聲相侮弄，燈花幾
度成春夢。　　風雨又將花斷送。滿地胭脂，補盡蒼苔空，獨自移將萱草

種。金釵挽得花枝動。

其 三 卜居

人間何處宜閑住。除却桃源，便向瀟湘去。楊柳桃花千萬樹，不須更覓深深處。　　白鷺輕鷗爲伴侶。女嫁漁郎，男娶漁翁女。已辦綠蓑眠細雨。料應天意還相許。

千秋歲　春恨

柳花飛盡。魚鳥無音信。杯减量，愁添鬢。梅酸心未老，藕斷絲猶嫩。歡笑地，轉頭都做江淹恨。　　香冷灰銷印。燈暗煤生暈。空自解，誰僦問。夜長春夢短，人遠天涯近。庭院晚，一簾風雨寒成陣。

如夢令　春曉

昨夜雪晴風小。羅幕嫩寒猶悄。天氣近花朝，江上燕兒來了。催曉。催曉。隔樹數聲啼鳥。

其 二 春暮

瞥眼韶華如織。粉退紅嫣忽忽。堪詫是東君，忙去都忘相識。可惜。可惜。芳草謾連天碧。

其 三 春雪

點綴落梅稊李。埋没蒼苔芳芷。樓上倚闌人，立在玉屏風裏。風起。風起。都做一江春水。

其 四 春風

銀渚拂波輕度。羅幄送寒低護。催得百花開，又與百花相妒。無數。無數。吹過畫欄西去。

其 五 答屠仲權見寄

窗外月斜鷄叫。門外馬嘶車鬧。多少夢中人，盡被春風吹覺。休笑。

休笑。白髮也曾年少。

其　六

茅屋小窗寒驟。人影梅花同瘦。風緊雪初晴，月上一更前後。迤逗。迤逗。白髮青衫如舊。

其　七　江船聽雨

蓬上雨聲初罷。船尾綠蓑齊掛。添却幾重泉，都向松梢飛下。如畫。如畫。山與白雲齊亞。

采桑子　紅白桃花

淺碧深紅，是誰家，分染桃花片。兩枝爭艷。青粉牆頭見。　深處聘婷，淺更多嬌倩。昭陽殿。玉環飛燕，各自東風面。

點絳唇　柳鶯燕三詠

裊裊婷婷，爲誰僝僽腰如把。小桃相亞，低拂前檐瓦。　深處鶯藏，不怕金丸打。章臺下，幾株如畫，繫着青驄馬。

其　二

何處飛來，柳梢一點黃金小。嚇晴催曉，喉舌如簧巧。　春夢須臾，正繞江南道。空相惱，被他驚覺，綠遍池塘草。

其　三

王謝堂前，舊時簾幕深如許。自從歸去，花落春無主。　綠水橋邊，茅屋人家雨。花深處，有人相妒，掌上輕盈舞。

其　四　送春

柳上梅邊，那時庭院初相遇。杜鵑啼處，驀地拋人去。　春也多情，故繞江邊樹。風兼雨，落花飛絮，並得難停住。

憶秦娥 絮

東風惡。一江春水楊花落。楊花落。惹人衫袖，綴人簾幕。　　才飛却墜能纖弱。倏來還去無拘着。無拘着。山遥水遠，任伊飄泊。

賀新郎 句曲閑居春暮

> 自離西江省幕誦句曲，巳徂春矣。寓居無聊，未免感時撫事，援填古詞，用撥新悶云。

風晴樹陰薄。正簾櫳，楊花飛盡，楝花吹落。一徑青苔無人到。翠葆時翻露箨。聽樹頂，長鳴孤鶴。半沼香萍風約住，見新荷，影裏雙魚躍。多少恨，頓忘却。　　疏狂莫笑今非昨。想當時，狂歌醉舞，轉頭都錯。內苑櫻桃纖纖手，勸薦金盤杏酪。夢不到，南薰池閣。世事多因忙裏誤。算人生，只有閑中樂。且對酒，任漂泊。

賣花聲 試衣

風暖試輕羅。簾外婆娑。落花重疊滿柔莎。細數輕羅衫上淚，更比花多。　　無語却臨波。低斂雙蛾。玉容春色兩消磨。多少相思無限恨，一葉新荷。

錦堂春 暮春

芍藥闌邊按樂，荼蘼屏下圍棋。春光正在多情處，腸斷欲歸時。疏雨一池荷葉，綠陰千樹黃鸝。那些清景無人解，只許自家知。

南鄉子 詠鷗

春水綠迢迢。長與鳧鷖點翠苗。一向逐波浮不定，飄飄。又趁東風下晚潮。　　閑倚木蘭橈。相近相親不用招。今夜月明何處覓，遥遥。兩岸蘆花雪未銷。

青玉案　江上閑居寫懷

王孫芳草生無數。漸緑遍，長干路。春色匆匆愁裏度。幾番風雨，幾番晴霽，又是遥山暮。　　青鞋不怕春泥污，紅藥重教曲闌護。細數落花成獨步。自緣山野，不堪廊廟，不是文章誤。

其　二

曉窗啼鳥驚春睡。似報道，春光至。側側餘寒侵綉被。梅花飛也，杏花開也，燕子歸來未。　　水光山色如人意，長恨春陰杳無際。今日新晴俱可喜。山光明媚，水光溶漾，只有人憔悴。

其　三

鶯聲留我看山久。臨去也，重回首。雖是春光隨處有。暖風輕霧，淡煙疏雨，都在江邊柳。　　自知不是經綸手，無意封侯印如斗。行樂何須金谷友。只消尋個，典衣伴侶，同醉金陵酒。

其　四

曉來一陣輕寒過。水面薄，冰吹破。竹外錦鳩啼一個。添黄入柳，點紅歸杏，都是東風做。　　鬢絲游揚烏巾墮，醉裏漁歌自賡和。但得潮頭風不大。數群鷗鳥，半篙煙雨，着我船中臥。

其　五

雪消天氣東風猛。簾半捲，猶嫌冷。怪問春來長不醒。一春都是，酒徒花伴，醉了重相請。　　而今白髮羞垂領，静裏時將舊游省。記得孤山堤上景。一灣流水，半痕新月，畫出梅花影。

其　六

五更風雨花如霰。問春在，誰庭院。報道春光浮水面。一雙鸂鶒，數莖芹藻，無數桃花片。　　武陵溪上東風怨，空趁漁郎再尋便。拋棄已同秋後燕。那知別後，飄飄蕩蕩，這裏重相見。

其 七

平湖過雨青如鑒。柳下賣花船纜。雌蝶雄蜂飛繞擔。杏花終是，輕紅嫩白，不比梨花淡。　一春能幾花前探，天氣無憑故相賺。晴不多時陰亦暫。一回風雨，一回煙霧，何處堪登覽。

夏初臨　首夏書事

瘦綠添肥，病紅催老，園林昨夜春歸。天氣清和，輕羅試着單衣。雨餘門掩斜暉。看翻翻，乳燕交飛。荷錢猶小，芭蕉漸長，新竹成圍。何郎粉淡，荀令香銷，紫鸞夢遠，青鳥書稀。新愁舊恨，在他紅藥闌西。猶記當時。水晶簾，一架荼蘼。有誰知。千山杜鵑，無數鶯啼。

望湘人　詠塵

愛輕隨馬足，深輾繡輪，落花飛絮相和。紫陌春晴，東華風暖。拂拂嫩紅掀簾。羅襪微生，素衣曾染，閑愁無那。看補巢，燕子銜將，細雨香泥重做。　誰向花前行過。見金蓮蹤迹，尚留些個。無處覓佳音，贏得兩眉低護。鎖茂弘何事，猶携紈扇。却恐西風相污。且歸去，綠樹陰中，凈掃青苔高臥。

燭影搖紅　詠簾

花影重重，亂紋匝地無人捲。有誰惆悵立黄昏，疏映宫妝淺。只有楊花得見。解匆匆，尋方覓便。多情長在，莫雨回廊，夜香庭院。　曾記揚州，紅樓十里東風軟。腰肢半露玉娉婷，猶恨蓬山遠。閑悶如今怎遣。柰草色，青青似剪。且教高揭，放數點春，一雙新燕。

醉花陰　題隔屏仕女

雲母屏風金縷扇，薄映春風面。縱是不分明，猶勝腰肢，背後匆匆見。　鏡裏花枝簾底燕，無處尋方便。莫道不留情，秋水芙蓉，獨自思量遍。

摸魚兒 感秋

問黃花，爲誰開晚，青青猶繞西圃。秋光賴有芙蓉好，那更薄霜輕霧。江遠處，但只見，寒煙衰草山無數。憑欄不語。恨一點飛鴻，數聲柔櫓，都不帶愁去。　　當時夢，空憶邯鄲故步。山陽笛裏曾賦。黃金散盡英雄老，莫倚善題鸚鵡。君看取，且信手提携，如意尊前舞。浮名浪許。要插柳當門，種桃臨水，歸老舊游路。

（録自《古今詞統》）

念奴嬌 壬子重陽感舊

今年重九，被閑愁孤負，一番時節。菊蕊青青，香未吐，知我無心扳折。紫蟹凝霜，金橙噴霧，舊事憑誰説。故山何處，莫山無限紅葉。遙想響屧廊西，涵空閣上，水與雲相接。回首十年成一夢，却倚西風傷別。料得明年，人雖强健，雙鬢都成雪。且須沽酒，與君低問明月。

其 二

夜泊大姑廟下，風雨無眠，賦以感懷。

一天風雨，奈無情，誤我匆匆行色。龍女祠前，三日住，可是東君留客。夢裏家山，燈前兒女，幾處煙波隔。數莖愁鬢，看來今又添白。遙想小小宮桃，盈盈墙杏，都被輕寒勒。只有春江如得意，添却蒲萄三尺。鶯燕休愁，鳧鶩莫笑，行止非人力。明朝西去，布帆高挂晴碧。

其 三 岳陽春暮

楚江天暖，滿山桃李，被東風吹忒。怨白愁紅，千萬點，都向溪邊流出。前度劉郎，去年崔護，相見頭全白。杜鵑啼處，要歸誰便歸得。惆悵南浦南邊，東湖東畔，芳草茸茸碧。寒食清明都過了，回首無多春色。茂苑鶯聲，鷗波煙雨，同是江南客。五湖春渺，且聽君山吹笛。

水調歌頭　詠雪禁體

　　嘗愛歐陽及蘇公禁體雪詩，而自古雪詞無禁體者。十月晦，余歸龍
江，風雪連日，因賦《水調歌頭》一曲，仍不用鹽梅玉潔皓白飛舞字。
　　風色夜來緊，寒氣十分嚴。起看江上，樓閣無處不鈎簾。短短釣蓑漁
艇，小小竹籬茅舍，斜挂一青帘。醉眼傲今古，不飲笑陶潛。　　正蕪
蕪，俄揚揚，復纖纖。楚山埋没，何在高處露雙尖。人道党家風味，不比
陶家清致，我欲兩相兼。舉盞慶豐瑞，來歲不須占。

齊天樂　客中壽婉素

　　華鯨聲遠鶯聲早，匆匆瑞煙籠曉。蛾緑添眉，蜂黃點額，樓上妝梳初
了。羅輕佩小。向晴日簾櫳，暖雲池沼。細爇名香，滿斟春酒拜翁媼。
　　繁華流水東去，又梁園密雪，長干芳草。楊柳東風，梨花淡月，幾度夢
魂牽繞。佳辰漸好。願此別歸來，會多離少。笑引兒孫，故鄉稱二老。

西江月　月夜過采石

　　采石磯頭明月，娥眉亭上秋山。古今來往幾人間，贏得新愁無限。
不用朱唇低唱，何須纖手輕彈。一觴一詠到更闌，驚起數行鴻雁。

其　二　巴陵雪夜

　　銀燭偏欺瘦影，爐熏不退輕寒。蘭舟聽雪楚江干，篷外春蟲撩亂。
添上鬢邊白髮，驚回夢裏青鸞。尋常猶恨夜漫漫，今夜更長一半。

千秋歲引　江邊落梅

　　斷角殘鐘，孤城小驛。雪裏匆匆見顔色。才看緑毛花底鳳，又聽黃鶴
樓中笛。綺窗寒，綉帷晚，時相憶。　　開處漏他春消息。飄處恨他春抛
擲。猶自多情點衣白。當時一枝曾折寄，而今數朵須憐惜。小橋邊，短籬
外，重尋覓。

謁金門　臨湘雪夜

　　東風劣，吹下一天春雪。單薄被兒寒又怯，自温温不熱。　　依舊起來周折，梅影淡橫斜月。清則是清清更絶，欠他相對説。

洞仙歌　衡陽道中

　　斜紅皺白，映水花千樹。獨自沉吟對雨。恨黃鸝，特地飛向枝頭，千百囀，説盡愁人意緒。　　倚蓬凝望眼，楚天湘水，一點君山在何處。料得綺窗前，人也銷魂，歸期遠，玉纖頻數。便寫却，銀箋向衡陽，倩着個，春鴻帶將回去。

訴衷情　秋雨湘中作

　　中年人已怕逢秋，情景不相投。尋常耳邊風雨，都聽作許多愁。千古事，幾時休，枉追求。數行鴻雁，一派瀟湘，獨自登樓。

　　（録自《眉庵詞》）

雙雙燕　湖南舟中見新燕

　　去年別處，記黃葉秋聲，晚涼庭院。匆匆欲去，再入綉幃留戀。回首東風又軟。漸細雨，梨花開遍。那知各自飄零，向這裏人家重見。　　柳外。湘波似練。竹籬茅舍，何如玉樓金殿。呢喃聲裏，如訴落紅千片。一樣山遥水遠。料應也，多愁多怨。相期月户雲窗，依舊舞裙歌扇。

虞美人　湘中書所見

　　巴陵樹裏湘陰路，幾個人家住。門前緑水繞圍遭，閑種一株楊柳一株桃。　　青梅紫笋黃鷄酒，又剪畦邊韭。楚聲歌罷亂簪花，盡是不知音律老叟□。

小重山　祁陽道中聞蛙

纍纍湘雲帶晚霞，東風吹絮落晴沙。夢魂今夜繞天涯，春暮也，芳草亂鳴蛙。　　獨自莫咨嗟，青煙飛揚處，有人家。且分新火試新茶，深竹裏，無數木香花。

二郎神　旅中春曉

野棠風急，又過了，一番花信。想芍藥猶香，荼蘼將謝，春色匆匆欲盡。自疊箋題芳字，寫不就，閑愁閑悶。能幾度尋思，鏡中添了，許多愁鬢。　　休恨。清明已過，清和相近。漸藕葉初圓，櫻桃紅小，新竹娟娟綠嫩。疏雨池塘，綠陰亭館，別是一般風韻。記珍簟，湘簾葛巾紈扇，晚涼時分。

阮郎歸　山西途中送友回鄉

携手河梁惜袂分。秋雁不成群。同來不得同歸去。目斷太行雲。望故里，暢羈魂。近楊柳閭門。惟留白髮老河汾。無才可報君。

惜餘春慢

初到山西，纔中秋，已寒甚，擁弊裘矣。緬思故鄉，正當賞桂問月之期，杳莫可得。然諸友亦多散没，惟止仲在焉。用填詞一闋寄之，則鄉情旅況，覽示何如。

隴頭水澀，秋蟬過塞，雁鳴寒威陟至。恁早覺，袖手懶將開，這氣候，偏與中原異。峭砭肌骨，洌脆髭鬚，江南老實難當禦。覽高山，何葉不零，那百草歸何處。　　記故鄉，秋暑方消，金粟飄香，黃花委地。謾携壺，共上着翠微吟，盼白雲紅樹時，去世更無幾。南遷北往，番成夢裏。到明朝，贏得邊雪霏顛，空令撫脾。

長相思　憶故園

山悠悠，水悠悠。水遠山長無盡頭，俺怎不生愁。　　憶歸休，合歸休，春到江波漾白鷗，好弄一扁舟。

喜遷鶯　旅中感舊

煙光明滅。正細雨釀寒，羅衣猶怯。泥沁香融，波添綠膩，斡淡柳金梨雪。借問遠山何事，低學修眉雙結。料也是，爲朝朝暮暮，傷人離別。

情切。且莫問。燕子未來，來也成虛設。蘇小愁多，秋娘老去，誰把綉簾高揭。回想舊時春夢，多少轉員周折。但只願，盡今生，都是稱心時節。

（以上詞除注明者外，均錄自《眉庵集》）

楊廷和

　　楊廷和（1459—1529），字介夫，新都人。成化十四年
（1478）進士及第。正德中，累官太子太師、華蓋殿大學士。嘉
靖初，以議大禮削職爲民。卒諡文忠。廷和工詩文，善散曲。
著有《樂府遺音》等。

蘇武慢　詠黃素馨

　　小小盆池，低低屏障，生意雨前還少。葉底疏花，花間嫩葉，雨後塵
容如掃。金屑霏霏，雲英燦燦，蜂蝶也來飛繞。伴詩人，坐到黃昏，明日
又隨清曉。　　雖未見，綽約仙姿，輕盈淑態，也是化機天巧。梅借幽
香，菊分冷艷，相映滿庭芳草。木槿朝榮，芙蕖夜合，不似此花常好。問
詩人，何事無詩，恐被花神煩惱。

漁家傲　漫興

　　翁樂亭前花樹好，濯清樓外溪流繞。杏艷桃嬌春意鬧，游燕少，轉頭
便覺韶光老。　　燕廣偶從花下掃，羅衣尚怯東風峭。忽聽歌聲來樹杪，
喧百鳥，管弦那似天然調。

　　（以上詞錄自《補續全蜀藝文志》）

鄒　智

　　鄒智（1466—1491），字汝愚，號立齋，合州（今重慶合川區）人。成化二十二年（1486）鄉試第一。因上疏劾權貴，謫廣東石城千户所，卒年二十六。天啓初，追諡忠介。智善詩文，著有《立齋遺文》。

水調歌頭　送蘇伯城

　　微雨歇煩暑，輕風迎晚凉。携手伏波橋上，平水正蒼茫。千峰歸鳥，縱橫兩岸，飛花下上，恰好是斜陽。把酒爲君舞，君當傾幾觴。　　道路難，功業遠，歲華忙。莫負良天美景，終古恨空長。先生玉府，神仙小子，石城居士，爛醉兩何妨。阿真何處在，焚起紫猊香。

　　（録自《立齋遺文》）

楊　慎

　　楊慎（1488—1559），字用修，號升庵，新都人。楊廷和子。正德六年（1511）廷試第一，授翰林院修撰。因其父議大禮削職，慎執議力諫，兩受廷杖，謫戍雲南永昌衛。謫居多暇，書無所不覽，好學窮理，老而彌篤。記誦之博，著作之富，爲明代第一。著有《升庵集》等書傳世。

臨江仙

　　紅塵鞍馬紅亭路，天涯一望無窮。長安日下楚雲東。鳴鞭楊柳陌，分袂杏花叢。　　離拍易終人易散，佳人玉箸啼紅。今宵明月與君同。愁心聞唳鶴，倦寢聽歸鴻。

其　二

　　池北池南新綠，樹頭樹底殘紅。多情休怨雨和風。東君元是客，歸去自匆匆。　　悵望鴛鴦別浦，蕭條翡翠芳叢。夢回香冷酒微中。杜鵑聲不斷，簾外月朦朧。

其　三

　　江國梅花千萬朵，白雲鄉裏溫柔。笛聲幾度怨梁州。夢中雲滿樹，醒後月當樓。　　正是相思春信早，翠禽啼破香愁。一枝難寄隴西頭。燕姬釵上見，應是更風流。

其　四

　　玉水堤旁千樹柳，仙宮還在人天。是誰驢背聳詩肩，不如來飲酒，傾倒醉吟邊。　　鳥踏畫檐時點綴，珠簾向晚風穿。依稀竹上儘嬋娟。黃昏圖畫出，雲盡月重圓。

其　五　寄費子和張維信

　　碧水朱橋青柳岸，春風送別瀛洲。關河回首路悠悠，塵埃如浪涌，亭傳似星流。　　忽見東園桃李樹，還思宛洛遨游。歸期好在桂花秋。鳳簫留一曲，新酒待先釃。

其　六　將至家寄所歡

數了歸期還又數，今朝才是歸期。獨眠孤館費相思。夢闌雞叫早，心急馬行遲。　　寄語同心雙帶結，休教瘦損腰肢。花明月滿儘來時，先憑雙喜鵲，報與個儂知。

其　七　戍雲南江陵別內

楚塞巴山橫渡口，行人莫上江樓。征驂去棹兩悠悠。相看臨遠水，獨自上孤舟。　　却羨多情沙上鳥，雙飛雙宿河洲。今宵明月爲誰留。團團清影好，偏照別離愁。

其　八　寄劉建之

寄語東橋東畔柳，且教留住行人。與君相見即相親。忍看攜手地，分作斷腸津。　　莫唱闌干花霧曲，溫泉剩有餘春。明朝關索嶺頭塵。相思千里外，回首一沾巾。

其　九

玉蕊娟娟花灼灼，銀釭背解明璫。澹雲輕雨拂高唐。不言惟有笑，多媚總無妝。　　却怪汝南雞唱早，行蹤不辨回廊。青苔幽徑落紅香。寶釵寒挂月，羅襪冷侵霜。

其一〇

水上生塵羅襪，風前束素纖腰。陳王瞥見已魂消。妒雲開翠幄，笑電閃紅綃。　　此去且留今夕，重來定約何朝，西陵南浦路迢迢。徘徊花上月，空度可憐宵。

其一一　送劉珥江泊楊許二子

官柳野梅西郭路，毗橋直接豐橋。相思百里不辭遥。春山同載酒，月地共聯鑣。　　南去北來人自老，憐予心旆搖搖。短亭暫別亦魂銷。生煙寒漠漠，飛靄晚蕭蕭。

其一二　寄簡西嵒

西嵒襟懷元灑落，近來蹤迹何疏。高嶢一水不斯須。應同漁父飲，醒眼看三間。　　侍立小僮清似玉，少陵詩興何如。遥岑遠目幾踟躕。碧雲停杳靄，明月幾盈虛。

其一三　丁未新正寄簡西嵒

元日晴明人日接，韶光淑氣相仍。梅鈿柳帶似相矜。花游誰與共，綺語老猶能。　　一水盈盈遥望處，團團寶月初昇。山陰剡曲興須乘。十千沽緑酒，三五醉紅燈。

其一四　題春夜宴桃李園圖

桃李名園開夜宴，尊前燭影摇紅。瓊枝璧月錦簾櫳。香寒心字篆，花暖肉屏風。　　百歲光陰真過客，千金一刻難逢。高談幽賞興何窮。玉簫歌一曲，金谷酒千鍾。

其一五　四會東晦

高宴諸侯張樂地，錦堂華燭蟠煙。當筵歌舞假嬋娟。病吟終少味，老醉不成顛。　　高隱無言應念我，白頭奔走山川。薰梅染柳又催年。人歸落雁後，思發在花前。

其一六　可渡橋喜晴

可渡新晴韶景媚，不愁寒透征衣。滇陽漸近雪霜微。舊游如夢寐，旅思欲紛飛。　　時序驚心催候雁，喤喤鳴向朝暉。多情何事帛書稀。明年春色裏，領取一行歸。

其一七

萬里雲南可渡，七旬老叟華顛。金羈翠眊杏花韀。還家劍峰畫，出塞馬蹄穿。　　舊店主人争羨，升翁真是神仙。東征西走幾多年。風霜知自保，窮達任皇天。

（以上三詞録自《升庵詞補遺》）

其一八

滾滾長江東逝水，浪花淘盡英雄。是非成敗轉頭空。青山依舊在，幾度夕陽紅。　　白髮漁樵江渚上，慣看秋月春風。一壺濁酒喜相逢。古今多少事，都付笑談中。

其一九

一片殘山並剩水，年年虎鬥龍爭。秦宮漢苑晉家營。川源流恨血，毛髮凜威靈。　　白髮詩人閑駐馬，感時懷古傷情。戰場田地好寬平。前人將不去，留與後人耕。

（以上兩詞錄自《二十一史彈詞注》）

鷓鴣天

寶樹林中碧玉凉。西風又送木犀黃。開成金粟枝枝重，插上烏雲朵朵香。　　倚繡閣，傍銀塘。廣寒宮裏白雲鄉。迴砧橫笛聲初斷，墜露流風夜正長。

其　二　夜落金錢

曲閣飄蕭一夜風。名花零落五銖紅。卜歡有信占今夕，買賦多情出後宮。　　朝暮朵，淺深叢。翠帷絲障錦簾櫳。漢江游女愁多露，春在昭陽日影中。

其　三　乙酉九日

早歲辭家賦遠游。東西南北任萍浮。熟知津路無勞問，慣聽陽關不解愁。　　臨遠水，望歸舟。流波落木又驚秋。多情黃菊休添淚，且向尊前泛玉甌。

其　四　杜鵑花

水蝶巖蜂總不知。艷紅凝露萬千枝。石家錦帳遮金谷，王母霞幢照羽旗。　　香雨歇，彩雲移。暖風晴日醉燕脂。山深春晚無人賞，又是啼鵑叫落時。

其　五　雨中留楊羧琴士飲

高閣遙岑送遠青。倚闌高詠有人聽。子弦乍咽新雙調，卯醉難消軟半瓶。　　煙漠漠，雨泠泠。留君且住會心亭。謝公棋墅思同樂，漁父江潭笑獨醒。

其　六

恰喜高秋爽氣新。却愁秋月解傷神。酒闌二十年前事，夢醒三千里外身。　　楓葉岸，菊花津。且須勤買阿寧春。^①帳頭傀儡原來假，枕上邯鄲豈是真。

其　七

　　七月十八日舟宿浸川驛江滸，雨夕蕭然，五鼓始寢。夢與劉善充賞海棠，賦詞一闋，醒而忘其半，爲足成之。意者春有歸期乎？

錦地香霏織雨絲。蟠花膩葉樂春姿。薛濤紅粉臨妝怯，周昉丹青點筆遲。　　同醉處，舊游時。卷中似欠海棠詞。酒徒雲散佳人遠，孤館殘燈惱夢思。

其　八　棋姬

紅袖烏絲罷寫詩。翠娥銀燭笑談棋。雁行布陣穿花壘，虎穴臨衝拔繡旗。　　烽火劫，羽書持。東山樽俎捲淮淝。紫囊兒輩元能辨，況有嬋娟出六奇。

其　九

籬下黃花早已凋。鏡中華髮不相饒。清霜白露煙光晚，去雁來鴻客路遙。　　香篆冷，燭花消。佳賓同醉可憐宵。都將璧月瓊枝句，付與樽前薛小桃。

---

①　原注：阿寧春，酒名。

其一〇

重游東巖寺，壁間見韓飛霞題字。

仙梵潮音水月堂。曇花猶映墨花香。舊圍紅袖題詩處，曾指銀瓶索酒嘗。　追幻夢，憶疏狂。春風宿草滿平岡。浮山夜壑藏舟夜，檻外長江自渺茫。

其一一　魏南山將軍別墅蠟梅

融蠟融栀褪粉光。暈眉暈臉學蛾妝。驚回花底三更夢，別是風前一種香。　桃杏妒，艾蘭防。幾番孤負月昏黃。枝頭要見青青子，且放銀燈伴海棠。

其一二　與葉桐岡東城醉歸口占

窄窄紅蕖艷襪羅。盈盈一笑滿黎渦。小槽春滴金華酒，纖月風林玉樹歌。　香掩冉，影婆娑。戴花歸路似東坡。相逢不盡疏狂興，其奈星星白髮何。

其一三　巧夕詠剪紅羅

玉露金風撼翠柯。園芳開到剪紅羅。燦如天女瓊花樹，麗奪仙郎瑞錦窠。　秋已透，夜如何。穿針樓上巧雲多。七襄共愛天機好，其奈流年一擲梭。

其一四　丁香花

一片紅雲簇帳天。翠綃雙捲出嬋娟。露凝狐塞燕支紫，日炙鴻門楚錦嫣。　香馥郁，影聯翩。金風璧月鬥明蠲。散花天女同心結，莫惱維摩丈室禪。

其一五　雨中凉甚獨酌

爲喜新凉入酒杯。自斟自勸自徘徊。暑纔漊處雲先合，詩欲成時雨早催。　吟草閣，賦蘭臺。江山金碧畫圖開。天教一片滇南景，逐我多情萬里來。

其一六　以茉莉沙坪茶送少岷

灌口沙坪摘小春。素馨茉莉薦香塵。要知貯月金波味，只有餐霞玉洞人。　　雲葉嫩，乳花新。冰甌雪甌却杯巡。清風兩腋詩千首，舌有懸河筆有神。

其一七　戊申初度

宦海風波記昔年。天涯青鏡感華顛。過堂未悟鐘將瞽，睨柱誰知璧偶全。　　周卦氣，卜先天。日斜鼓缶月明前。笑看太白成三影，便是維摩不二禪。

其一八　壽張月塢

綠粉名園署燕開。池紅水碧兩徘徊。竹西仙叟藏春塢，蓮北詩人半月臺。　　三鳳兆，八龍才。不論燕桂與王槐。丹霞夾月華星出，長照金樽映寶罍。

其一九　落葉

裊裊西風錦樹新。一年芳意屬流塵。莫辭雨滴寒鳴夜，曾抱花枝暖過春。　　蒲柳岸，枏楓津。琅玕摧折感離人。天津休問題紅怨，香閣回文翠黛顰。

其二〇　蓮池

紅玉花開綠錦池。碧筒金醴瀉芳巵。十三雁足傳情遍，二八蛾眉度曲遲。　　雲散後，月明時。接䍦顛倒袂參差。良辰佳會應難續，風雨連宵惱別離。

其二一　易門小飲

翠罍清樽旅思消。酒樓斜映綠楊橋。甕頭霞色如妝面，帘脚風流似舞腰。　　同醉處，可憐宵。障泥未解玉驄驕。青衫不濕江州淚，已許狂歌託聖朝。

其二二　月下水邊梅影

斷角殘鐘半掩門。誰招雪魄與冰魂。羅浮夢裏更三點，花信風前第一番。　　溪綠净，月黃昏。留連檀板共金樽。襪塵波底香難賽，軫粟燈前玉易皺。

其二三

高峣海莊與王雲巖、丘鴻夫、張子中、李繼培小飲。

淼淼春波碧海邊。淹留佳客夜開筵。未臨元夕燈先試，雖是貧家月也圓。　　歌宛轉，舞蹁躚。勸郎行樂駐華年。白頭未定西歸計，愁聽空侯蜀國弦。

其二四　北巖寺酒闌書感

戎旅今年四處家。故鄉咫尺是天涯。尋巢未定身如燕，覽鏡曾經鬢似鴉。　　愁對酒，懶看花。青衫老淚感琵琶。側身天地無劉表，徙倚闌干日又斜。

其二五　劉岷川母壽詞

王母西來青鳥迎。瑤池翠水淺還清。何如萱草庭前茂，又見綺蘭砌下生。　　羅甸國，錦官城。望雲就日兩關情。錦江化作長春酒，笑對東風北斗傾。

其二六

高峣海岸，句用鳥獸字。

魚尾紅霞海影搖。碧雞臘信上梅梢。涂黃巧學蜂腰細，勻粉俄驚蝶翅飄。　　龍竹瘦，鶴松翹。相和蘭麝畤香銷。龜城春色添鄉夢，想見枝頭綠鳳么。

其二七　斗山陂遇雪

去歲渝州賞雪時。桂舟蘭楫泛清漪。握松舊令傳瓊腕，冠柳新詞侑錦卮。　　香遍滿，夜何其。三更醉舞賽西施。豈知飢走荒山道，百結鶉衣履凍澌。

（以上兩詞錄自《升庵詞補遺》）

浣溪沙

燕子銜春入畫樓，猧兒撼曉動簾鈎。一場殘夢五更頭。　彩鳳琴中彈別調，錦鱗書裏訴離愁。相思相憶幾時休。

其　二

珠樹三花惜共攀，尊前又唱小陽關。雛鶯學語喚春還。　桃葉渡頭流恨水，綠楊亭上畫眉山。酒醒人在夢魂間。

其　三

詠蒙段時遺箋，儌公主桂所製，上有印記。

南國何年桂女箋，蕊黃金粉鬥芳妍，風流應自錦江傳。　佛幌煙煤猶自馥，蠻方文物也堪憐，爲君重染古苔篇。

其　四　集句

洞裏仙人碧玉簫，一渠春水赤欄橋。綠窗虛度可憐宵。　沉麝不燒金鴨冷，障泥未解玉驄驕。長亭回首短亭遥。

其　五　游感通寺贈冰壺

病起思鄉太劇愁，荒城無地可登樓。仙人要我感通游。　綠水似環縈島嶼，白雲如帶繞林丘。涼風先借一分秋。

其　六

柳綠槐黃放曉晴，天公知我欲山行。峰巒相顧亦多清。　玉樹臨風無奈爽，冰壺見底有餘清。長生仙客話無生。

其　七

楚峽雲嬌宋玉愁，汀花海藻繫蘭舟。暈燈熒淚五更頭。　桃葉桃根雙姊妹，江南江北兩風流。佳期好在月明樓。

其 八

何處春嬌晚暈多，分稍新月淺檀蛾。千金一斛帶青螺。　　情淚亂拋
紅瑟瑟，夢雲深鎖碧蛾蛾。細腰腸斷掌中歌。

其 九

小歲新陽好物華，句東春信到梅花。斷鐘殘角又天涯。　　酒面浮金
添嫩蟻，釵頭屈玉艷雛鴉。暗香疏影認林家。

其一〇

滇海明珠照永昌，纖羅豆蔻減濃香。蟻穿紅綫結盤囊。　　已信春金
仍應玉，不愁轉紫復回黃。星橫洞戶月侵廊。

其一一

巫峽行雲洛浦風，秦樓西畔宋家東。滴春嬌淚雨濛濛。　　龜甲歌屏
朝掩翠，蛾眉妝鏡晚窺紅。寂寥門閉杏花叢。

其一二　歐園離席與劉珥江同賦

霧鬟風鬢晚雨收，石城艇子似新秋。彎彎月出挂城頭。　　桃葉桃根
牽別恨，垂楊垂柳縮離愁。麗詞都付雪兒謳。

其一三

步徹香塵倚畫闌，叢頭合鳳尾交鸞。金蓮並蒂月雙彎。　　宋玉東鄰
芳草軟，江淹南浦落花乾。抱雲勾雪近燈看。

其一四

解唱隋家昔昔鹽，離亭別宴柳毿毿。遠山顰映翠眉尖。　　雪上恰嫌
苕子小，江都還笑寶兒憨。斷腸春色在江南。

其一五

腳上鞋兒血色羅，掌上無力鬥彎訛。月牙新樣不争多。　　芍藥欄邊

穿窈窕，拓枝筵下舞婆娑。芙蓉帳裏奈君何。

其一六

遠道明朝萬壑冰，華堂今夕九枝燈。嬌歌姹管醉難勝。 幻玉風流
南北院，飛瓊仙夢短長亭。青樓回首十三層。

其一七

風裏桃花一陣紅，一年春色又成空。可憐光景閉門中。 絕塞不知
登覽興，故鄉惟許夢魂通。倚樓病眼送歸鴻。

其一八　丙午十二月碧雞關路旁梅

爲訪寒梅過野塘，一枝斜出宋家牆。團情團思媚韶光。 游女弄珠
臨漢水，畫師綽絳學吳妝。新詞休詠舊昏黃。

其一九　簡西崑樓飲

瓊畟金盤六齒紅，玉人美酒賽新豐。憑陵大叫小樓中。 臨岸梅花
驚照水，隔江桃葉唱回風。明朝重醉宋家東。

其二〇　高嶠雨中喜簡西崑至

短短軒窗小小齋，行吟坐嘯獨悠哉。愛閑能有幾人來。 佳客新從
雲裏至，好花多向雨中開。隔籬呼取盡餘杯。

其二一　高嶠晚晴招簡西崑

雲露山尖水見沙，生煙漠漠樹橫斜。晚來晴景屬詩家。 天碧遠粘
千里草，霞紅低綴一叢花。謫仙橋上望仙槎。

其二二　楊雙泉寄畫扇

玉斧修成寶月團，月中仍有女乘鸞。釵橫鬢亂不勝寒。 白兔樓頭
風露迥，碧雞祠下水雲寬。相思兩地共憑闌。

其二三　高嶠滯雨

滿目風光戶不關，李成驟雨郭熙山。吾廬宛在畫圖間。 修竹墻頭

過綠醑，丁香棚底醉紅顔。晚來一笑破天慳。

其二四 落梅

徑轉梅橋燕尾分，疏枝冷蕊照江濆。玉龍鱗甲點波紋。　謝女黃昏吟作雪，襄王清夜夢爲雲。餘香留與醉紅裙。

其二五 永寧病起將歸

聽徹晨雞又暮鴉，病來簾外即天涯。明朝才得問歸槎。　客路縱遙終會到，他鄉雖好不如家。江門春水照江花。

其二六

　　雪中蕭東淳自安寧至，二姬自滇來，小飲成醉。

雪裏佳人特地來，紅裙翠袖小弓鞋。楊花飛處牡丹開。　佛氏解爲銀世界，仙家幻作玉樓臺。王猷訪戴棹休回。

其二七

首夏偏宜淡薄妝，銅青衫子紫香囊。清歌一曲送霞觴。　羅襪凌波回洛浦，澹雲輕雨拂高唐。紗厨今夜賀新涼。

（以上兩詞録自《升庵詞補遺》）

南唐浣溪沙 春日

灔灔波光綠似醅，茸茸草色嫩如苔。只有輕寒渾不定，晚還來。
落梅村裏昏鴉遠，擺柳風前候雁回。明日新晴堪眺望，上春臺。

小秦王 立春

紅穗金花落絳臺，畫樓銀燭曉光催。釵梁彩燕雙雙顫，春自玉人頭上來。

朝中措[①] 安寧太守吴密齋帳詞

青雲垂上即專城，三郡錫嘉名。玉樹風前瀟灑，冰壺月底清清。碧雞金馬，朱轓皂蓋，翠管銀罌。蔽芾休歌舊詠，兩岐試聽新聲。

（録自《皇明文範》

其　二

經霜原草未全黄，緑葉映紅芳。野客争誇稔歲，行人自笑炎方。却思京國，狐裘貂帽，雪洞毡房。不識瓊樓高處，曝暄誰獻吾皇。

御街行 柳花

城西楊柳千千樹，風起飛花絮。青樓珠箔鬥輕盈，還繞名園幽處。滿地香球，滿天晴雪，捲却春歸去。　　游人歌吹堤邊路。芳景須珍護。眠開青眼舞慵腰，無計使風流住。百囀殘鶯，一雙新燕，九十春光暮。

南鄉子 荆州元夕

玉笛送殘梅。片片隨風入鏡臺。臺下新妝傳玩處，徘徊。臘尾春頭恨幾回。　　絲雨濕香街。禁住花燈不放開。悶上紫姑香火會，遥猜。紅豆音書甚日來。

其　二

官柳動新枝。萬縷黄金萬縷絲。折贈行人千里去，回期。莫待清霜葉落時。　　細雨妒芳姿。禁住鶯翁與燕兒。待得晴明好天氣，遲遲。花絮飛殘水滿池。

其　三

芳草被金堤。野燒紅餘緑正齊。拾翠踏青新雨後，萋萋。裙拂鞦韆彩

---

① 案：原失調名，依《詞譜》《詞律》補。

架底。　　枉渚與回蹊。楚霧秦煙望轉迷。相伴王孫千里去，東西。蝴蝶成團杜宇啼。

其　四

油壁香車。來自錢塘蘇小家。行雨行雲曾未慣，先誇。雙帶同心結不差。　　酒泛紅霞。銀蠟燒殘燕尾斜。小語低聲歸去也，啼鴉。風裊垂楊月隱花。

其　五

晴旭索春饒。垂柳長亭學舞腰。昨晚驚鴻還入夢，妖嬈。已隔揚州念四橋。　　濯錦露花朝。曾泛蘭舟拾翠翹。雲散風流何處覓，難描。淺黛遙山雪半消。

（錄自《升庵詞補遺》）

其　六

携酒上吟亭。滿目江山列畫屏。賺得英雄頭似雪，功名。虎嘯龍吟幾戰爭。　　一枕夢魂驚。落葉西風別換聲。誰弱誰强都罷手，傷情。打入漁樵話裏聽。

（錄自《二十一史彈詞注》）

其　七

窗面鞦韆月，墻頭蓓蕾風，春事轉頭空。酒醒人散後，拾殘紅。

其　八

青鳥飛相逐，烏龍卧不驚，鏡約與釵盟。月沉星欲墮，奈何情。

其　九

月是巫娥伴，花爲宋玉鄰，遠似隔星津。早知離恨苦，莫相親。

其一〇

燈下蠲紅紙，花間挈彩箋，腸斷寫新篇。畫梁雙燕子，倩他傳。

其一一

絲品娟娟玉，釵梁灼灼花，妙語似雛鴉。有心來惱我，莫應他。

其一二

片玉連城價，千金一刻宵，仙夢隔藍橋。意中人不見，爲誰嬌。

其一三

紅葉隨流水，青梅出短牆，雅意屬檀郎。可憐人二八，好風光。

其一四

粉淚盈纖手，春愁占兩眉，細雨阻佳期。昨宵當此際，恰來時。

清平樂

扁舟解纜，春滿江南岸。燈火街頭正月半，客裏年華又換。倚遍闌干影斜，行人回首天涯。沙市橋南草色，章臺寺裏梅花。

其 二

芙蓉秋水，一陣西風起。木落波澄如鏡裏，樓閣參差相倚。粉痕零亂紅芳，闌干點綴清霜。掩却團團月扇，平湖昨夜新涼。

其 三

燈紅酒綠，山掩圍屏曲。何處蕭蕭風動竹，好夢驚回難續。月華冷浸霜華，寒林驚起寒鴉。道是天明尚早，小窗橫影梅花。

其 四

金爐塵滿，繡被熏香懶。此恨破除須酒盞，爭奈愁深酒淺。多時弦斷瑤琴，空餘孤鳳悲吟。謾道鸞膠能續，續來不是前音。

其 五

梧桐蟋蟀，偏助秋蕭索。粉壁紅高燈燼落，月在闌干斜角。千金一刻心期，楚雲湘夢來時。不見桃花人面，空吟桃葉新詞。

其　六

黄叔暘《花庵詞選》載李白《清平樂》二首，太白集不收，惟見此爾。其詞元是四首，其二叔暘以其語無清逸，疑非太白之筆，刪之，今補其二。

君王未起，玉漏穿花底。永巷脱簪妝黛洗，衣濕露華如水。　　六宮鸞鳳鴛央，九重羅綺笙簧。但願君恩似日，從教妾鬢如霜。

其　七

傾城艷質，本自神仙匹。二八承恩初選入，身是三千第一。　　月明花落黄昏，人間天上銷魂。且共題詩團扇，笑他買賦長門。

其　八

閑行閑坐，不必爭人我。百歲光陰彈指過，成得甚麽功果。　　昨日羯鼓催花，今朝疏柳啼鴉。王謝堂前燕子，不知飛入誰家。

（録自《二十一史彈詞注》）

雨中花　春寒

寒透水邊沙際。暖在花心葉底。掃雪樓臺，收燈庭院，向晚朱門閉。緑額畫簾低拂地。舞袖弓鞋渾未試。指冷金刀，香温翠被，懶剪宜春字。

其　二　龍寶寺紫荊

一搦纖腰清瘦。六幅輕紗紅皺。粉熟香生，態濃妝淺，正是愁時候。蕭蕭風雨黄昏後。雲濕仙衣寒透。簾悄窗閑，燈昏酒冷，聽盡蓮花漏。

西江月

紫塞朝朝烽火，青樓夜夜弦歌。一天明月雁聲多，帶得邊愁無那。

巴蜀詞新編

雲闕九重閶闔，家山萬里岷峨。獨愁鄉思兩蹉跎，梁甫狂吟誰和。

其　二

寒食清明過了，牡丹芍藥開殘。春光婉晚興闌珊，寂寞重門獨掩。秉燭誰同夜飲，添衣尚怯春寒。欲尋芳草向江干，榆莢楊花滿岸。

其　三

客裏家家美酒，人生處處揚州。嬌歌眊帳醒扶頭，年少風流還有。世事今成白首，歸心已付東流。替人憔悴替人愁，笑殺長亭古柳。

404

其　四

醞造一場煩惱，只因些子恩情。陽臺春夢不曾成，枉度雨雲朝暝。燕子那知我意，鶯兒似喚他名。消除只有話無生，除却心頭重省。

其　五

倚醉深關朱戶，嬌羞怕捧金觥。背人彈淚繞花行，唱盡新詞懶聽。總是爲郎調護，當初枉道無情。英雄摩勒肯重生，贖取佳人薄命。

其　六

自有嫩枝柔葉，何須補柳添花。低聲昵語似雛鴉，腸斷東橋月下。香霧清輝何處，春風今夜誰家。五花驄馬七香車，趁取小喬未嫁。

其　七

玉指管生弦澀，朱脣語顫聲羞。動人一味是溫柔，爲甚兩眉長皺。不慣秋娘渡口，乍離阿母池頭。臨邛太守最風流，肯許鳳求凰否。

其　八

漫道革囊盛血，休言炭帚污人。禪機仙術兩成塵，輸與花門柳陣。被欲生棱夜永，帶翻成結燈昏。東園桃李片時春，不是少年風韻。

其　九　唐宮守歲圖

五柞宮中臘盡，萬年枝上霜清。沉香火底坐吹笙，玄圃樓臺不暝。

蕊女金釵剪燭，花奴玉導挑燈。紅兒酒渴嚼春冰，忽報景陽鐘應。

其一〇 觀蜀史《檮杌》王宗衍事

舞影金波月浸[1]，歌聲玉葉雲留。[2] 益州風物似揚州，卓女燒春綠酎。
瓊樹何如錦樹，繒樓却賽迷樓。露桃花下不知秋，正是酒悲時候。

其一一 畫觀音壽意

金粟如來神影，青蓮居士新詞。普陀巖映八功池，宛與昆明相似。
瑞靄錦雲團蓋，祥光寶月圓規。醍醐乳酒注軍持，聽取長生荔記。

其一二

　　　瀘州發船，王雲巢携翠容相送。

莫道留春無計，君來有計留春。翠容煙黛隔花顰，隱隱遥山遠映。
載酒春江畫舫，題詩紅淚羅巾，江頭離別一何頻，醉到柳昏花暝。

其一三 歐海蟾樓上

夜合庭前月照，夕佳樓上春宵。春燈的的夜迢迢，攲枕荒鷄未曉。
杜曲愁濃酒惱，沈園夢斷香消。倚門紅袖不須招，不見盧郎年少。

其一四

天上烏飛兔走，人間古往今來。沉吟屈指數英才，多少是非成敗。
富貴歌樓舞榭，凄涼廢冢荒臺。萬般回首化塵埃，只有青山不改。

其一五

滾滾龍爭虎鬥，匆匆兔走烏飛。席前花影坐間移，百歲光陰有幾。
說古談今話本，圖王霸業兵機。要知成敗是和非，都在漁樵話裏。

其一六

閱盡殘篇斷簡，細評千古英雄。功名富貴笑談中，回首一場春夢。

---

① 原注：王宗衍詩"月明如水浸宮殿"，元人傳奇仿之，作"月明如水浸樓臺"。
② 原注："湛湛輝輝浮玉雲"，亦宗衍詩也。

昨日香車寶馬，今朝禾黍秋風。誰强誰弱總成空，傀儡棚中搬弄。

其一七

落日西飛滾滾，大江東去滔滔。夜來今日又明朝，驀地青春過了。
千古風流人物，一時多少英豪。龍爭虎鬥漫劬勞，落得一場談笑。

其一八

道德三皇五帝，功名夏后商周。英雄五伯鬧春秋，秦漢興亡過手。
青史幾行名姓，北邙無數荒丘。前人田地後人收，説甚龍爭虎鬥。

其一九

豪傑千年往事，漁樵一曲高歌。烏飛兔走疾如梭，眨眼風驚雨過。
妙筆龍韜虎略，英雄鐵馬金戈。爭名奪利竟如何，必有收因結果。

其二○

颯颯西風渭水，蕭蕭落葉長安。英雄回首北邙山，虎鬥龍爭過眼。
閑看壩橋楊柳，凄涼露冷風寒。斷蟬聲裏憑闌干，不覺斜陽又晚。

其二一

六代瓜分世界，五胡雲擾中原。縱橫三百有餘年，幾度交鋒索戰。
馬過生靈齏粉，血流河洛腥膻。耳聞猶自不堪言，有眼休教看見。

其二二

追想千年往事，六朝蹤迹茫然。隋唐相繼統中原，世態幾回云變。
楊柳凄迷汴水，丹青慘淡凌煙。樂游原上草連天，飛起寒鴉一片。

其二三

千古傷心舊事，一場談笑春風。殘篇斷簡記英雄，總爲功名引動。
個個轟轟烈烈，人人擾擾匆匆。榮華富貴轉頭空，恰似南柯一夢。

其二四

三百餘年宋史，遼金西夏縱橫。爭强賭勝弄刀兵，誰解倒懸民命。

富貴草梢垂露，英雄水上浮萍。是非成敗總虛名，一枕南柯夢醒。

其二五

山色消磨今古，水聲流盡年光。翻雲覆雨數興亡，回首一般模樣。清景好天良夜，賞心春暖花香。百年身世細思量，不及樽前席上。

其二六

細思三皇五帝，一般錦繡江山。風調雨順萬民安，不見許多公案。後世依他樣子，齊家治國何難。流芳百世在人間，萬古稱揚贊嘆。

（一四至二六錄自《二十一史彈詞注》）

轉應曲

雙燕，雙燕，金屋往來長見。珠簾半捲風斜，何處銜來落花。花落，花落，日莫長門寂寞。

其　二

黃鳥，黃鳥，飛過花枝裊裊。綠陰青子初新，流水斜陽晚春。春晚，春晚，望斷東城上苑。

其　三

促織，促織，聲近銀牀轉急。薰殘百合衣香，消盡蘭膏夜長。長夜，長夜，露冷芙蓉花謝。

其　四

青鳥，青鳥，來自十洲三島。樹頭梅蕊春催，枕上殘妝夢回。回夢，回夢，城角曉聞三弄。

其　五

落葉，落葉，滿院西風時節。秋聲攪盡琅玕，秋雨催成早寒。寒早，寒早，城角驚霜奏曉。

其 六

江水，江水，昨夜風驚浪起。眼看估客歸舟，腸斷征人淚流。流淚，流淚，離恨江沙共碎。

其 七

歸路，歸路，遙隔鐵橋銅柱。樓頭秋霽無塵，陌上愁看去人。人去，人去，心斷千山碧樹。

其 八

採菊，採菊，且醉尊前醽醁。百分舷棹船空，萬慮銷沉酒中。中酒，中酒，又度客邊重九。

風入松 途中遇雪

夢回燈燼旅衾單，鷄唱五更寒。一夜裏雪花飛遍，曉來時千里漫漫。野色遙連玉樹，清光炯映銀鞍。　　行人休道路歧難，酒盞自須寬。一種風流堪畫處，溪橋兩兩漁竿。樓上笛聲吹起，天涯梅蕊飄殘。

其 二

刺桐花裏咽新蟬，方響落寒泉。遠山凝黛修蛾斂，誰妝點淡粉濃胭。嫩水靴文蹙浪，嬌雲卯色烘天。　　碧池荷葉又田田，藕在阿誰邊。蓮子擘開須見意，香絲到底相牽。留取團團寶月，西樓共醉嬋娟。

其 三

噴香瑞獸小妝臺，只尺天台。芭蕉不展丁香結，閉春心眉鎖難開。銀蠟燒燈過後，金釵鬥草歸來。

其 四

徘徊花月可憐宵，天近人遙。有情芍藥含春淚，夢回時一枕無聊，王母池臨翠水，雲英家住藍橋。

其 五

月窗花院好風光，謝女檀郎。朝朝暮暮遥相望，殢人嬌羅帶留香。青鳥解傳消息，銀河不隔紅墻。

其 六

繡羅紅嫩抹酥胸，此夕重逢。妒雲恨雨腰肢裊，暈眉心獺髓分紅。蠟燭寒籠翡翠，麝香暖度芙蓉。

其 七　小游仙

紫煙衣上繡春雲，鶴馭成群。碧桃花片隨流水，引漁郎煙霧紛紛。一曲瓊音懶奏，半瓢金醴先醺。

其 八

疏松隔水奏笙簧，灑面清凉。步虛聲裏無人和，是仙家別樣宮商。習習風生巽户，纖纖月出庚方。

其 九

山風吹盡桂花枝，好夢醒時。玉童報道黄芽熟，喚鄰翁一笑伸眉。緑水青山閑話，清風明月佳期。

其一〇

洞門深鎖碧窗寒，一枕槐安。梅邊讀罷黄庭了，起來時宴坐蒲團。愛看琴中舞鶴，懶從海上驂鸞。

（以上四詞録自《陶情樂府》）

點絳唇

雪暗江郊，小燈孤館長宵半。真珠酒艷，凍作紅冰片。　　曉夢驚回，畫角聲初斷。南枝畔，梅花開遍，誰見春風面。

其 二

暮鼓晨鐘，春花秋月何時了。七顛八倒，往事知多少。　昨日今朝，鏡裏容顏老。千年調，一場談笑，幾個人知道。

（録自《二十一史彈詞注》）

小重山

番馬屏風睡燕梁。更籌何太促，酒杯長。花明月暗裊餘香。賞騰裏，醉眼怯燈光。　相憶阻橫塘。今宵憑伏夢，到伊行。玉山無賴隔巫陽。天又曉，蝴蝶爲誰狂。

如夢令

屏底歌殘金縷。座上花催蠟炬。春枕酒醒時，又是綠波南浦。春去。春去。簾外潺潺微雨。

其 二

雲影月華穿過。雨意鐘聲敲破。洞户捲簾時，飛透流螢一個。孤坐。孤坐。白雪金徽誰和。

少年游

紅稠綠暗遍天涯。春色在誰家。花謝蝶稀，柳濃鶯懶，煙景屬蜂衙。日長睡起無情思，簾外夕陽斜。帶眼頻移，琴心慵理，多病負年華。

月中行

月華靜夜思悠哉，夜靜滅紛埃。窺人不待畫堂開，圓影隙中來。細軒珠綴香塵滿，重門掩露滴金苔。洞房未曉且徘徊，清漏不須催。

賣花聲　別金治卿

驟雨打新荷，綠漲清波。風蒲獵獵映金莎。池上玉尊移晚興，共倚林柯。　莫惜醉顏酡，聽我離歌，長亭回首碧雲多。千里懷人思命駕，何日重過。

漁家傲

雲掩遥山山掩翠，雨聲急戰荷聲碎。綠錦離披紅錦墜，花葉背，波間驚起鴛鴦睡。　瀲灩芳尊人共對，碧筒凉沁初消醉。濕煙香霧籠歸袂，聯玉轡，南風馬上聞蛙吹。

其　二

永日閑亭誰與共，吸殘寒露冰壺凍。倒影雲峰潭影空，湘箔動，茶蘼架底清香送。　篆縷薰殘衣霧重，黄梅潤透紅綃縫。枕上醒回池上夢，開雪洞，瑶琴一曲江南弄。

其　三

水晶簾外炎烆永，紗厨斗帳神仙洞。酪粉蔗漿分碧瓮，瓊罌奉，玲瓏弦上傳嘽嗢。　歌罷酒闌行雨送，銀盆浴水煎金鳳。懶髻鬖鬆雲亂擁，凉意動，暗驚團扇生秋夢。

其　四

千里有家歸未得，可憐長作滇南客。愁見陌頭楊柳色，傷遠別，當年故國曾攀折。　望斷鄉山音信絶，那堪烽火連三月。夜夜相思頭欲白，心似結，五更夢破聞啼鴃。

其　五　滇南月節

正月滇南春色早，山茶樹樹齊開了。艷李夭桃都壓倒，妝點好，園林處處紅雲島。　彩架鞦韆騎巷笮，冰絲寶料星毬小。誤馬隨車天欲曉，燈月皎，碧雞三唱星回卯。

其　六

二月滇南春嬝婉，美人來去春江暖。碧玉泉頭無近遠，香徑軟，游絲搖曳楊花轉。　　沽酒寶釵銀釧滿，尋芳爭占新亭館。棗下艷詞歌纂纂，春日短，溫柔鄉裏歸來晚。

其　七

三月滇南游賞競，牡丹芍藥晨妝靚。太華華亭芳草徑，花餖飣，羅天錦地歌聲應。　　陌上柳昏花未暝，青樓十里燈相映。絮妥塵香風已定，沉醉醒，提壺又喚明朝興。

其　八

四月滇南春迤邐，盈盈樓上新梳洗。八節常如三月裏，花似綺，釵頭無日無花蕊。　　杏子單衫鴉色髻，共傾浴佛金盆水。拜願靈山催早起，爭乞嗣，蛛絲先報釵梁喜。

其　九

五月滇南煙景別，清涼國裏無煩熱。雙鶴橋邊人賣雪，冰碗啜，調梅點蜜和瓊屑。　　十里湖光晴泛艓，江魚海菜鸞刀切。船尾浪花風捲葉，涼意愜，游仙夢繞蓬萊闕。

其一〇

六月滇南波漾渚，水雲鄉裏無煩暑。東寺雲生西寺雨，奇峰吐，水椿斷處餘霞補。　　松炬熒熒宵作午，星回令節傳今古。玉傘鷄樅初薦俎，荷芰浦，蘭舟桂楫喧簫鼓。

其一一

七月滇南秋已透，碧鷄金馬山新瘦。擺渡村西南壩口，船放溜，松花水發黃昏後。　　七夕人家衣襏綉，巧雲新月佳期又。院院燒燈如白晝，風弄袖，刺桐花底仙裙皺。

其一二

八月滇南秋可愛，紅芳碧樹花仍在。園圃全無搖落態，春莫賽，玫瑰彩縷金針纈。　　屈指中秋餐沆瀣，遥岑遠目天澄派。七寶合成銀世界，添爽快，凉砧敲月勝竽籟。

其一三

九月滇南籬菊秀，銀霜玉露香盈手。百種千名殊未有，搖落後，橙黃橘綠爲三友。　　摘得金英來泛酒，西山爽氣當窗牖。鬢插茱萸歌獻壽，君醉否，水晶宮裏過重九。

其一四

十月滇南栖暖屋，明窗巧釘迎東旭。速魯麻香春瓮熟，歌一曲，酥花乳綫浮杯綠。　　蜀錦吳綾薰夜馥，洞房窈窕懸燈宿。掃雪烹茶人似玉，風動竹，霜天曉角肌生粟。

其一五

十一月滇南雲冪野，漕溪寺裏梅開也。綠萼黃須香趁馬，携翠斚，墻頭沽酒橋頭瀉。　　江上明蟾初凍夜，漁蓑句好真堪畫。青女素娥紛欲下，銀霰灑，玉鱗皺遍鴛鴦瓦。

其一六

十二月滇南娛歲晏，家家玉餌雕盤薦。安息生香朱火焰，檳榔串，紅潮醉頰櫻桃綻。　　苔翠氍毹開夜宴，百夷枕燦文衾爛。醉寫宜春情興懶，妝閣畔，屠蘇已識春風面。

其一七　　夏日曉起

鷄唱未圓天已旭，伯勞杜宇聲相續。殘月籠花風裊竹，眠未足，千金難買臨明宿。　　葉上露華紛綴玉，青松雨後如膏沐。思爽神清來往獨，幽徑躅，休教踏破苔錢綠。

其一八　寄李中溪仁夫

春色已隨銀樹去，點蒼千里行雲暮。四顆明珠行復聚，歌舞處，鶴橋便是秋娘渡。　　青鏡紅顏容易去，老年芳景須珍護。服食求仙多錯誤，君記取，九州大錯休教鑄。

菩薩蠻　西瓜

鉛華浮沁涼波濕，翠槃分處鶯□澀。座上水晶寒，天邊玉露團。瓊珠容易碎，紅子紛紛墜。屈指又西風，霜藤臥晚叢。

其　二　大理普寧寺中秋

花宮露下秋如水，月明千里人千里。莫上最高樓，天涯添別愁。一時今夕會，且共尊前醉。蹤迹似飄蓬，明年何處逢。

其　三　楚雄春歸

來來去去無千里，屏風萬疊青山裏。流水賽流霞，桃花夾杏花。蕪平芳草短，一望春如剪。回磴是回程，鶯聲報一聲。

其　四

裊裊腰支渾似柳，碧花茗碗勞纖手。清晝小橫陳，陽臺夢未真。一聲鵾鳩暮，兩槳催人去。新月曲如眉，黃昏悵望時。

其　五

夢雲溶曳巫陽夜，蘭臺風起春寒乍。花鳥莫深愁，笙歌聊寫憂。蛾眉梳墮馬，象口薰殘麝。濃睡帶餘酲，翠窗啼曉鶯。

烏夜啼　梅雨

雨來江漲波渾。沒沙痕。淹過竹橋莎徑，到柴門。　　孤煙起，千樹裏，幾家村。牛背一聲長笛，報黃昏。

望江南

梅蕊好，冰玉出煙塵。裊裊孤芳塵外色，盈盈一朵掌中春。只少似花人。

其　二

明月好，流影浸亭臺。金界三千隨望遠，雕闌十二逐人來。只是欠傳杯。

其　三

晴雪好，萬瓦玉鱗浮。照夜不隨青女去，羞明應爲素娥留。只欠剡溪舟。

其　四

故園好，最憶世耕亭。樵斧丁丁驚鸑雀，釣絲裊裊立蜻蜓。百曲建長瓴。　　來往慣，蓬户不教扃。山屐過時穿嫩蘚，野航移處破浮萍。炬火晚熒熒。

其　五

故園好，最憶力耕亭。徑路喜逢樵叟話，蹊田一任牧童經。渾不限畦町。　　螺澗底，鳴玉漱清泠。千里清風來曲几，一方明月挂疏欞。欹枕酒初醒。

其　六

故園好，最憶約耕亭。曲水流觴穿竹細，奇峰側島泛花馨。喚作小滄溟。　　長夏日，獨往亦消停。仙醖一壺傾綠醑，蠻箋十樣寫黃庭。落魄儘忘形。

其　七

故園好，最憶閲耕亭。流水兩池分麗澤，好山四面列圍屏。修竹繞青青。　　松檻外，鷺渚與鳧汀。茅屋不愁經夜雨，草堂還喜帶春星。歌詠滿林坰。

其 八

故園好，最憶是恩波。月映漣漪天映水，霞翻菡萏露翻荷。風景占偏多。　茅屋小，斜枕碧山阿。蕙冷松寒聞夜鶴，藻香萍暖下天鵝。不羨懶雲窩。

其 九

故園好，最憶是毗江。夾路青蘿藏古寺，半林紅葉照清淙。煙社枕雲杠。　霜景霽，何處遠鐘撞。扣月漁榔寒軋軋，祈年社鼓夜逢逢。幽夢起山窗。

其一〇

故園好，最憶是龍門。洞底漁舟藏夜壑，山頭佛剎挂朝暾。曖曖遠人村。　登頓處，蘿磴幾回捫。蒼葡林中消永日，松篁影裏蔭芳尊。歸路已黃昏。

其一一

故園好，最憶是中洲。宛在中央渾絕俗，登茲四望可銷憂。丘壑擅風流。　涼吹滿，六月早知秋。仙侶泛花曾共醉，野人刻竹記同游。何日問歸舟。

蝶戀花

雲雨楚臺容易散。斗轉星沉，玉漏迢迢斷。別語未終雞已喚，珊瑚枕上鉛華淡。　剪剪秋波燈下見。淺笑輕顰，一似花枝顫。屈指歸期重疊算。多情翻作春閨怨。

其 二

玉貌合教金屋貯。天上仙姿，謫在人間住。九霞山下曾相遇，瓠犀笑破櫻桃注。　別來青鳥知何處。豈有仙蹤，好寄相思句。海月團團生碧樹。夢隨驚鵲南飛去。

其 三

好夢難成雲易散。玳瑁筵前，當日親曾見。金杯滿捧香醪勸，朱唇半吐櫻桃綻。　　別後佳期天樣遠。夜夜相思，寸寸柔腸斷。徙倚畫樓千萬遍。落梅庭院飄銀霰。

其 四

名園雨過晨妝洗。冶葉倡條，何處閑桃李。斜日簾櫳風滿地，紛紛又逐東流水。　　搖蕩春心幾千里。欲網韶光，喚取游絲起。燕懶鶯慵春有幾。丁香枝上含新紫。

其 五

夭似花枝輕似霧。香爐燈昏，夢入瑤臺路。枕上眉山重碧聚，偎人若把離情訴。　　乞巧樓中携手處。夜夜相思，今夕重相遇。最恨五更留不住。一帆風送高橋渡。

其 六 　足范文正公遺句

香頸垂雲眉倒暈。珠翠叢中，没個他風韻。浪蝶狂蜂偏有分，爲誰偷把紅綃印。　　錦字花箋難問訊。一寸相思，只與黃昏近。薄倖負人終不忿。何時枕上分明問。

其 七

璧月瓊枝風韻在。皎皎盈盈，自拗梅花帶。一笑傾城迷下蔡，暗香疏影春難賽。　　年紀無多情性快。翠袖金杯，滿勸深深拜。禪室散花元不礙。道人還了鴛鴦債。

其 八

月白珠玄成一派。灼灼紅燈，光映猩猩菜。天女從來銀色界，肌膚冰雪牽人愛。　　護粉羞黃如有待。鏡約釵盟，只恐旁人怪。弦上分明傳意態。何時許解香羅帶。

（以上兩詞録自《升庵詞補遺》）

其　九

簡盡殘編並斷簡。細數興亡，總是英雄漢。物有無常人有限，到頭落得空長嘆。　　富貴榮華春過眼。漢主長陵，霸主烏江岸。早悟夜筵終有散。當初賭甚英雄漢。

（此詞錄自《二十一史彈詞注》）

長相思

十里亭，五里亭。長短亭邊暮雨零，離人不忍聽。　　夢初醒，酒初醒。夜半清寒入綺櫳，凄凉掩畫屏。

其　二

雨聲聲，夜更更。窗外蕭蕭滴到明，夢兒怎麼成。　　望盈盈，盼卿卿。鬼病懨懨太瘦生，見時他也驚。

荷葉杯

枕上一聲鷄唱，天亮，好夢忽驚殘。錦帳香消翠被單，寒麼寒，寒麼寒。

其　二

遠寄音書一紙，千里，一字一徘徊。淚眼愁眉不忍開，來麼來，來麼來。

宮中調笑

銀燭，銀燭，錦帳羅帷影獨。離人無語消魂，細雨斜風掩門。門掩，門掩，數盡寒城漏點。

其　二

香篆，香篆，碧縷青煙不斷。鴛鴦被底寒生，雲母窗前月明。明月，明月，千里音塵愁隔。

河滿子

　　通燕梅梁寒峭，藏鴉柳岸春陰。南國東風偏到早，香消晝漏沉沉。紅滿試燈庭院，青回鬥草園林。　　入眼風光堪賞，困人天氣難禁。一枕柔情牽斷夢，覺來慵理琴心。白雪新詞易閱，碧雲舊約休尋。

其　二

　　玄灞長松繫馬，青門高樹藏鴉。紅雨鞦韆香徑軟，樂游原上誰家。客裏心情撩亂，愁看風外楊花。

其　三

　　夜夜遙鐘促漏，朝朝急管清笳。行見月圓還月缺，鄉關猶隔三巴。客裏形容憔悴，愁看匣裏菱花。

其　四

　　欹枕夢回春晚，倚闌人在天涯。迢遞關山千萬里，佳期水渺雲賒。記得羅巾別淚，愁看帶雨梨花。

其　五

　　鶗鴂催成綠雨，鸕鷀啼破紅霞。馬上韶華真似夢，惱人春思交加。記得曉妝臨鏡，愁看映水桃花。

昭君怨

　　樓外東風到早，染得柳條黃了。低拂玉闌干，怯春寒。　　正是困人時候，午睡濃於中酒。好夢是誰驚，一聲鶯。

浪淘沙

　　春夢似楊花，繞遍天涯。黃鶯啼過綠窗紗。驚散香雲飛不去，篆縷煙斜。　　油壁小香車，水渺雲賒。青樓珠箔那人家。舊日羅巾今日淚，濕盡鉛華。

其　二

靈鵲噪重櫓，幾度虛占。錦江春水隔鶺鴒。怕見雕梁雙燕子，常下珠簾。　　離恨惱江淹，彩筆慵拈。碧雲離合暮山尖。伴我歸心和別夢，只有銀蟾。

其　三

去燕又來鴻，節序匆匆。秋聲半夜攪梧桐。驚起南窗千里夢，滿地西風。　　敧枕聽寒蛩，離思無窮。歸期又誤菊花叢。遙想玉人腸斷處，屈遍春蔥。

其　四

鴉晚又雞晨，最惱離人。添花補柳爲誰春。飛鵲鏡中妝態減，窗鎖朱塵。　　璧月幾回新，慣照眉顰。青山隱隱水粼粼。萬水千山經歲別，遠似星津。

其　五

歸思滿琴心，幽恨難禁。月兒樓下海棠陰。想見纖纖弦上手，羽咽商沉。　　青鳥寄歸音，一字千金。離鸞別鳳謾沉吟。花發月圓須寄取，好在春深。

其　六　富順縣羅漢洞諸公相送

良會阻天涯，水渺雲賒。歸途喜見臘梅花。又醉當時羅漢洞，一曲琵琶。　　浮客似浮槎，到處爲家。魯峰高興更南沙。[①] 有約肯來無宿諾，細酌流霞。

---

① 原注：魯峰，徐侍御世瞻；南沙，熊祠部叔仁也。

其　七

芝山以其慧中所提團扇贈行，侑以蜀錦一幅，詞以寄謝。

李願本詩仙，列屋爭妍。肯分團扇翠帷邊。想見清香凝燕寢，秋水明蠋。　　絲縴繫蘭船，回首江天。浣花春水膩魚箋。何以報之青玉案，錦字遙傳。

（錄自《楊升庵南中集鈔》）

其　八　別金治卿

驟雨打新荷，綠漲清波。風蒲獵獵映金莎。池上玉尊移晚興，共倚林柯。　　莫惜醉顏酡，聽我離歌。長亭回首碧雲多。千里懷人思命駕，何日重過。

回文菩薩蠻

遠林平望明霞，曉晴野渡雲輕。夜凉新月挂，星點數流螢。　　螢流數點星，挂月新凉夜。輕雲渡，野晴曉。霞明望，平林遠。

水調歌頭　靈寶縣賞牡丹

春宵微雨後，香徑牡丹時。雕闌十二，金刀誰剪兩三枝。六曲翠屏深掩，一架銀箏緩送，且醉碧霞卮。輕寒香霧重，酒暈上來遲。　　席上歡，天涯恨，雨中姿。向人如訴，粉淚半低垂。九十春光堪惜，萬種心情難寫，欲將彩筆寄相思。曉看紅濕處，千里夢佳期。

好女兒

柳似腰肢，月似娥眉。看千嬌百媚，堪憐處，有紅拂當筵，金蓮襯步，玉筍彈棋。　　心事一春誰問，同心結，斷腸詞。嘆雙魚，不見征鴻遠，蕉心綠展，櫻唇紅滿，梅子黃肥。

其　二

錦帳鴛鴦，繡被鸞凰。一種風流，千種態，看雪肌雙瑩，玉簫暗品，
鸚舌偷嘗。　　屏掩燈斜香冷，回嬌眼，盼檀郎。道千金一刻，須憐惜，
早漏催銀箭，星沉網户，月轉回廊。

青玉案

盈盈春水桃根渡。問芳信，來何暮。青翰舟上，錦鴛波底，總是關情
處。　　合歡新種中庭樹，相思欲寄南雲句。爲問佳期何日許。飛鴻洲
渚，流螢院宇，銀漢雙星渡。

其　二　昆明酈尹陞萬州守歌

昆明春水盈盈渡。咫尺又，銷魂路。金馬碧鷄遺愛處。臥轍攀轅，留
縶解佩，望望仙塵去。　　鵬海鯨波天一柱，紞紞鼓聲催欲曙。金紫重來
還肯許。帝加三錫，民歌五袴，早沛清時雨。
（録自《升庵集》）

行香子

秋色蕭蕭，秋氣寥寥。漸江頭，露草萋萋，霜楓槭槭，風柳條條。望
水茫茫，舟泛泛，櫓搖搖。　　蟲語要要，蝶夢飄飄。問家山，鹽崖渺
渺。魚波寂寂，雁陣嘹嘹。但月溶溶，煙漠漠，路迢迢。

踏莎行　貴州尾灑驛元夕

羅甸林中，新盤山下。村燈社鼓元宵夜。東風捲地瘴雲開，月明滿野
寒星挂。　　白雪歌聲，青錢酒價。當年樂事憑誰話。寂寥孤館坐愁人，
小窗橫影梅枝亞。

其　二　甲午新春書感

異國光陰，暮年羈旅。鬢絲禪榻今如許。羞將白髮惱青銅，慵把流霞

烘綠醑。　　舊侶凋零，新歡間阻。東風楊柳縈愁緒。天寒獨立詠蒼茫，銷魂正在斜陽處。

其　三

白雪墙頭，紅雲水面。匆匆花事看看半。去年花對斷腸人，今日有腸無處斷。　　蕭寺雙文，巫山一段。舊游回首空長嘆。曉屏燈燼峭寒天，夢爲遠別啼難喚。

驀山溪

送君南浦，繫馬垂楊樹。攀折贈行，忍聽道，一聲別去。愁眉淚眼，一步一回頭，團山路。高橋渡。總是銷魂處。　　清風明月，好景成虛度。重會在何時，算只有，夢中相遇。衾寒枕冷，和夢也難成，思千縷。愁無數。亂似風中絮。

生查子

金匱失玄參，無約何時會。爭道破楸枰，心爲佳期碎。　　楊柳困三眠，終日常如醉。露泣纏枝花，滿眼嬌情淚。

其　二

兩朵活蓮花，一對相思卦。裙底耍鴛鴦，巧筆難描畫。　　春困步蒼苔，背立鞦韆下。心事倩誰傳，花落西厢夜。

江城子　丙戌九日

客中愁見菊花黄，近重陽，倍凄凉。强欲登高，携酒望吾鄉。玉壘青城何處是，山似戟，割愁腸。　　寒衣未寄早飛霜。落霞光，暮天長。戍角一聲，吹起水茫茫。關塞多愁人易老，身健在，且疏狂。

其　二

滇南春似錦江春，水魚鱗，柳蛾顰。千樹梨花，花底草如茵。晴日暖風濃勝酒，薰媚眼，醉游人。　　柔絲弱絮軟紅塵。惜芳辰，倦游身。啼鳥驚心，何事喚歸頻。不是不歸歸未得，愁望遠，淚沾巾。

柳梢青　東橋送客登樓

朝雨輕陰。拖藍遠水，寸碧遙岑。南浦懷歸，東橋送別，並起鄉心。高樓且共登臨。愁思滿，行杯謾斟。黃菊丹楓，白蘋紅蓼，何處家林。

其　二　李菊亭將軍席上

雨歇仙家。香塵隨馬，晚靄迎車。玉樹歌春，金屏笑夜，銀燭烘霞。流年兩鬢霜華。且爛醉，東籬菊花。不學江州，青衫司馬，淚滿天涯。

其　三　次遙岑樓韻答姜夢賓、楊從龍、張天翼

異國光陰。登龍憶孟，泛溁陪岑。一髮中原，孤蹤萬里，折盡丹心。雪殘亞歲將臨。一掬淚，離杯共斟。紅佛桑邊，刺桐花底，腸斷炎林。

其　四

酥雨才收。猩紅謝館，蛾綠秦樓。忙殺東君，牡丹纏脚，芍藥梳頭。藏鴉楊柳風流。正好係，斑騅紫騮。窈窕洲邊，溫柔鄉裏，莫負歌喉。

其　五　杏花

暈雪融霞。若煙非霧，何處人家。宋玉墻東，文君壚下，占斷韶華。梅梢已罷橫斜。柳條猶未藏鴉。錦樹烘春，瓊枝裊月，留醉仙娃。

慶春澤　安寧元夕

魚市笙歌，螳川燈火，又看滇海元宵。剪剪輕風，綺羅十里香飄。彩雲影罩冰壺地，人家在，月戶星橋。恣經過，一刻千金，玉漏迢迢。

柳金梨雪催春早，嘆他鄉異節，回首魂銷。今夜相思，玉人何處吹簫。錦江煙水迷歸望，綠琴心，愁恨慵調。夢回時，酒醒燈昏，月轉梅梢。

滿江紅 梨花

露重風香，韶華淺，玉林無葉。誰剪碎瓊瑤，滿園胡蝶。嬌淚一枝春帶雨，粉英千片光凝雪。伴鞦韆影裏月明中，傷離別。　　花在手，腸如結。人對酒，情難說。憶故園游賞，清明時節。今日相逢滇海上，驚看爛熳開正月。更收燈，庭院峭寒天，啼鵑歇。

其　二

覆雨翻雲，紛紛輕薄何須說。眼見兒曹富貴，灰消煙滅。百事有隆還有替，一毫無玷元無缺。把濁醪粗飯任吾年，看豪傑。　　也莫羨，炎如熱。也莫笑，涼如雪。自掃雀羅門巷，世情都隔。借問東華塵與土，何如南浦風和月。報山濤，不用問嵇康，交情絕。

其　三

隱括潛夫詞，憶李中溪種玉園梅。

角寂鍾沉，清夢到，羅浮翠麓。種玉園中同醉處，暗香猶撲。月落參橫增悵望，天寒日暮悲幽獨。訝隴頭不寄一枝來，縈心曲。　　茅屋穩，辭金屋。藜燭焰，羞銀燭。嘆出塵風韻，背時妝束。爭羨東鄰姬傅粉，豈知空谷人如玉。問揚州，何遜有新詩，誰堪續。

其　四

詠菊，效稼軒詞論體。

喚醒靈均，爲問餐秋菊，落英消息。秋英元不落，妙筌誰識。要悟靈均言外意，此花珍重殊難得。待英蕤零落始供餐，休輕摘。　　九月律，當無射。黃落盡，無顏色。惟茲獨秀冷，露寒霜側。不肯悠悠隨宿莽，只將凜凜爭松柏。把《九章·橘頌》，試同觀，方奇特。

其　五

十一月六日，魯泉董太守過宿高嶢。

王子回船，還只是，戴公無興。試思之，雪中林壑，瓊輝玉映。佳客沖寒來半夜，主人掃雪開三徑。便擁爐命酒炙車螯，才相稱。　　前古事，休重詠。翻舊案，行新令。喚官奴秉燭，肉屏圍定。畫角吹梅天未曉，金釵剪燭人初靜。更新詞，一曲《滿江紅》，君須聽。

南歌子　和王海月

黃鶴蓬萊島，青鳧杜若洲。愁人寂夜夢仙游。不信一身流落，向南州。　　萬里家山路，三更海月樓。離懷脉脉思悠悠。何日錦江春水，一扁舟。

巫山一段雲

背壁羞嬌影，回燈脱薄妝。暗中惟覺綉鞋香，解佩玉丁當。　　好夢雲將結，幽歡夜正長。遲遲懶上鬱金牀，故意惱檀郎。

其　二　紹途遇雪

梅柳春相近，關山雪正飛。寒光朔氣冷侵衣，玉塞隔金微。　　久戍人將老，長征馬不肥。帛書欲寄雁聲稀，禿節幾時歸。

其　三　暑夕

星的妝金靨，雲梳綰寶鬟。長蛾新月鬥彎環，風度佩珊珊。　　小玉香煤爐，飛瓊扇影閑。鱗霞練靄錦斑斑，畫出晚來山。

賀新郎[①]　沐上公生子晬帳詞

彩燕睇華屋。兆朱門，鬱葱佳氣，鵲聲相續。綉帳雕弧懸網户，元是

---

① 案：原失調名，依《詞譜》《詞律》補。

天朝錫釐。正春仲，光韶景淑。共道充閭千載慶，個姓名，先在神仙籙。
真英物，何須卜。　　玉簪珠履賓階麼。拜魯侯，燕春壽祉，文衳暢戴。
急管繁弦休聒耳，只奏南山一曲。好記取，絨麟天鹿。挈印提戈，似向花
前，勸醻杯中綠。斟北斗，爲三祝。

（錄自《皇明文範》）

水龍吟　詠梅

漢宮嬌額塗黃，風流早露春消息。鉛華瑩雪，冰肌照水，盈盈無力。
弄影輕顰，向人微笑，芳心誰識。對珠簾不掩，綺窗半露，嫣然一笑傾
國。　　最恨昏黃月黑，迷花叢，枝南枝北。壽陽妝減，羅浮夢斷，春宵
一刻。皴玉誰溫，凝脂自暖，空勞相憶。正香殘漏俏，燈昏酒冷，此情
何極。

山花子　詠軟枝條同心山茶花

裊裊同心巧笑分，粉霞紅綬藕絲裙。軟翠柔藍擎不定，曉妝勻。
醉露屛前雙朵朵，舞風庭下一群群。不肯嫣然回一顧，爲思君。

其　二　詠紅邊分心小朵山茶

瑞雪晴林暮靄消，錦雲香塢彩霞飄。絕代佳人空谷裏，路迢迢。
鶴頂研砂添赤髓，猩脣滯酒暈紅潮。小朵分心堪採掇，當瓊瑤。

搗練子　集句傷亂

花亞朵，柳垂絲。樓上風和玉漏遲。春困苦多無處賣，日長惟與睡
相宜。

其　二

風料峭，月朧明。滴破春愁壓酒聲。猶有誇張年少處，醉聞花氣睡
聞鶯。

其 三

長寂寞，獨徘徊。抱病起登江上臺。萬户千門春色閉，誰家桃李亂中開。

其 四

銷午夢，減春愁。上盡重城更上樓。日暮鄉關何處是，寒鴉飛去水悠悠。

其 五

金碧岸，錦香叢。紅白花開煙雨中。今日亂離俱是夢，六街塵起鼓鼕鼕。

其 六

愁對酒，懶看花。病入新年感物華。萬里寂寥音信斷，山樓粉堞隱悲笳。

其 七

春夢淺，夜籌添。懶唱新翻阿鵲鹽。黛角歌眉顰翠減，綉尖絨舌唾紅甜。

無俗念 游仙二首

十年奔走向紅塵，何處可尋蓬島。一枕青瓷驚夢起，幻迹都如□掃。七返還丹，千齡大藥，昧者難精討。餐霞伴侶，飄然遥在天表。　　長生須住仙村，誅茅賀厦，迥出層雲杪。翠水藍岑渾不夜，紫府丹丘常曉。玉豉金鹽，瓊英珠液，種種供難老。乖龍莫懶，爲我先耕瑶草。

其 二

匏瓜河上問津時，半夜朝先歸晚。鶴倦鸞慵行且住，誰遣昌容迎憚。朝采簾掀，夜光杯舉，留醉青霞苑，玉顏掩嫭，笑看泓水清淺。　　謫來塵世何年，青精紫葙，舊侶懷同寨。靈境壺天飆霭隔，座上玉書塵滿。赤鯉琴高，青鸞阿母，問訊行當反。五潢似鏡，白榆歷歷秋剪。

沁園春 己丑新正

甚矣吾衰，嘆天涯歲月，何苦頻催。奈霜毛種種，三千盈丈，丹心炯炯，一寸成灰。三徑秋荒，五湖天遠，儒術於吾何有哉。君知否，盼行雲不住，流水難回。　　寂寥，誰與徘徊。好事者，惟輸麴秀才。恁昏花老眼，底須窺牖，支離病腳，最怯登臺。思發花前，人歸雁後，百感中來強自裁。狂歌好，只清風和我，明月休猜。

其　二

自壽一杯，休行吟澤畔，兀坐山隈。笑窮兵獨舞①，干戈載戢，却胡長嘯，鉛槧何才。歸去來兮，嗚呼老矣，生入玉門何日哉。新春好，且提壺沽酒，共賞花開。　　催花，擊鼓如雷。酒色似，蒲桃初發醅。任天河水瀉，流乾銀汁，月輪桂老，撐破珠胎。島上紅雲，洞中香雪，醉倒花娘錦被堆。與君約，這醉鄉深處，不飲休來。

其　三　壽內

勸汝一杯，關山迢遞，我馬崔隤。想玉堂金馬，曾同富貴，竹籬茅舍，也共塵埃。事過眼前，老來頭上，卿不見吾白髮哉。故園好。更彩衣稱壽，何日同回。　　天涯，勸我寬懷。欠酒債，拔卿金雀釵。笑孔肩薄首，夫人書法，嵇心羊體，仙子琴才。道韞家聲，黔婁夫婿，此怨休將造化埋。六如偈，□打開夢幻，新拜如來。

其　四　醉書

愁汝休來，且天邊高寄，地下深埋。自戊申吾降，酒星正照，辛壬師授，酒誥蒙開。若下烏程，蘭生桑落，行輩都將兄弟排。二豪者，□螟蛉蜾蠃，如我何哉。　　酒中，興豈無媒。要月戶，風亭白雪階。況鸞腔鳳調，浮丘按拍，霞漿金醴，王母添杯。洞裏春濃，壺中夜永，童子休將鶴

---

① 原注：唐于頔撰《順聖樂》，行綴皆伏，一人獨舞於中央。幕官韋綬笑曰：何用窮兵獨舞。

駕催。玄真侶，煩諸君爲我，築醉仙臺。

其　五　自壽兼謝鈍庵

初度今年，遥集勾東，丹壺洞天。記京國俊游，築金臺上，鄉亭舊話，濯錦城邊。兩地萍蓬，十年煙月，欲往從之如絆然。今何夕，□滿堂花醉，重對華筵。　　新陽，窈窕春妍。□緑萼，梅花開最先。況鳳侶潘楊，兆呈瓊齒，龍媒秦晉，應在冰泉。畫裏蕭郎，瓮中畢叟，絳帳風流群桂仙。上雲樂，傾壺簫管，白髮重玄。

其　六　送卜蘇溪歸敘州

歸去來兮，羨公高致，栗里堪齊。記繡斧行邊，風生貴竹，青油開府，月朗雕題。黑髮功名，丹心事業，卿棘公槐行可躋。問何事，急流勇退，力挽難稽。　　公言，某豈栖栖。奔走紅塵早歲迷。況夜鶴帳中，滇雲直北，春鵑花底，蜀日平西。布襪青鞋，水邊林下，尋壑經丘一杖藜。喜吾鄉，散仙多侶，勝日招携。①

瑞龍吟　杏花

東風峭，誰倩水剪餘霞，日烘殘照。妝成窺宋東墙，傾城傾國，嫣然一笑。　　輕籠罩，葉底煙開冉冉，枝頭春鬧。燕泥香裏斜陽，酒旗映水，天涯一棹。　　消息繁華誰報。記曲江池上，長安古道，愁落愁開，雨橫風暴。沉吟無語，時把朱闌靠。知誰伴，單衫露冷，醉紅簪帽。倚醉狂歌浩，悠悠盡是傷離調。花艷爲誰好。春又晚，可惜華年空老。關山迢遞，故人難到。

款殘紅

花徑款殘紅，風沼縠新皺。有意惜餘春，無計消長晝。　　香醪瀉玉窪，瑞腦噴金獸。誰與共溫存，寂寞黄昏後。

---

①　原注：吾鄉綿州高瓦屋、富順謝右溪、成都許玉林、遂寧黄梓谷皆未老力求歸。

其　二

頻移帶眼空，只恁厭厭瘦。不見又思量，見了還依舊。　　為問頻相見，何似長相守。天生並頭蓮，好結同心藕。

天仙子

憶共當年游冶樂。小小池塘深院落。相親相近不相離，花下約，柳下約，一曲當筵金落索。　　回首歡娛成寂寞。驚散鴛鴦風浪惡。思量不合怨傍人，他也錯，我也錯。好段因緣生誤却。

其　二　夢作

蓮葉為舟絲作索。渡口梅風歌扇薄。一聲留得滿城春，金鑿落，銀鑿落，醉裏不知離緒惡。　　別後那回華表鶴。一點芳心無處着。雲中誰寄錦書來，春寂寞，人寂寞，綠遍汀洲生杜若。

其　三

浪颭桃花風滾絮。春色可能留得住。四眸相顧兩埋冤，金齒路，金馬路，總是銷魂離別處。　　紅雀蜻蜓難共樹。紫燕伯勞相背去。一翻新恨又從頭，他也誤，我也誤，孤館亂山愁日暮。

人月圓　泛大理海子

好風兩日相迎送，渺渺碧波平。玉几雲憑，金梭煙織，寶刹霞明。　　邀散神仙，尋閑洲島，上小蓬瀛。海流東逝。海天南望，海月西生。

誤佳期　壬辰元夕

今夜風光堪愛，可惜那人不在。臨行多是不曾留，故意將人怪。雙木架鞦韆，兩下深深拜。條香燒盡紙成灰，莫把心兒壞。

滿庭芳　感通寺贈承道玄、楊伯清

環海煙霞，冠山樓閣，天涯萬里憑闌。瑶臺高處，携手躡飛鸞。病起帶圍寬盡，朱顔改，青鏡羞看。風情減，停歌罷笑，愁對酒杯寬。　　清歡。聽牛背，一聲牧笛，雲散漫漫。問玄谷冰壺①，禪伯仙官。庭下丁香樹子，花開後，又見花殘。從吾好，玉毫光裏，一粒現金丹。

其　二　效東坡作

歸去來兮，半生歧路，天涯南北西東。弋人何慕，造化任冥鴻。曾是先朝執戟，今衰矣，白首楊雄。休點檢，並游英俊，五相一漁翁。　　丹衷。舉頭望，長安萬里，一朵雲紅。把致君堯舜，付與諸公。贏得老身强健，儘驅使，明月清風。浣溪畔，先生醉也，拍手笑兒童。

其　三

天地側身，風塵回首，何年夢落南荒。家山千里，煙月記微茫，萍水蓬風無定，隨處倘佯。葛藤話，浮生半日，且卧老僧房。　　門前。來往路，嘆迷蹤羈旅，混迹漁商。看海波渺渺，曲似回腸，玉關外多愁易老，算不如，沉醉爲鄉。旗亭下，千金斗酒，一擲買春芳。

（録自《陶情樂府》）

木蘭花

遥鐘促漏難成寢。殘月疏燈寒凛凛。鏡添華髮似愁潘，帶減腰肢如病沉。　　玉簫塵鎖無心品。故國經年書斷錦。欲尋石上一柯棋，共醉山中千日飲。

其　二

枝頭百舌寒猶喋。病起心情無賴甚。乍看南浦月名娟，記得東園花姓沈。　　枕肱不枕鴛鴦枕。倚醉偎人偏越恁。如今憔悴背花眠，只有餘香

①　原注：玄谷，伯清別號；冰壺，道玄別號。

留燕寢。

其　三

曉寒倦倚相思枕。絲雨織愁愁欲稔。綠楊橋畔覓誰家，油壁香車迎阿沈。　　莫教錯送回文錦。密地重將青鳥審。流螢庭戶嫩凉天，月許再圓花再品。

其　四

弓鞋一掬凌波迴。冉冉盈盈羞顧影。擎茶步緩乳花凝，鬥草歸遲苔露冷。　　雪皺雲鬆倩郎整。羅帳燈昏蓮瓣暝。掌中無力搦瓊枝，渴思半消殘酒醒。

玉蝴蝶

> 梁生鎮園亭有蘭名玉蝴蝶，即席賦一首。

蝴蝶不隨春去，玉英瑤蕊，猶自娟娟。瀟灑水邊林下，洗净朱鉛。嫦娥來，梁園月下，青女降，楚畹霜前。更山陰，婆娑一老，觴詠群賢。
當年。紫莖綠葉，紉華雜佩，故事陳篇。何似今宵長歌，石磴瀉紅泉。醉歸去，香携滿袖，似相逢，解佩江仙。散塵緣，猗猗一曲，瓊軫冰弦。

虞美人

檀槽鳳尾龍香撥，一串驪珠落。風流傅粉媚何郎，解唱春風一曲，杜韋娘。　　溶溶陰鎖梨花院，宋玉愁空斷。虛無只少對瀟湘，却似滿城風雨，近重陽。

薄　倖

碧鷄催曉。正話別，匆匆未了。又咫尺，銷魂橋上，南浦綠波芳草。記昨宵，醉褪羅襟，玉山判爲金樽倒。愛皎皎當窗，盈盈隔水，那個人兒窈窕。　　自油壁香車去後，路遠西陵月悄。恨同心帶緩，露蘭啼歇，多情却被無情惱。最縈懷抱。把雙雙骰子，重重喝采占佳兆。桃花有意，前度劉郎未老。

滇春好 寄李南夫、錢節夫、毛東鎮

滇春好，韶景媚游人。拾翠東郊風裊裊，採芳南浦水鱗鱗。能不憶滇春。

其　二

滇春好，百卉讓山茶。海上千株光照水，城西十里暖烘霞。能不憶滇花。

其　三

滇春好，翠袖拂雲和。雅淡梳妝堪入畫，等閑言語勝聽歌。能不憶滇娥。

其　四

滇春好，最憶海邊樓。漁火夜星明北渚，酒旗風影蕩東流。早晚復同游。

千秋歲 壬寅新正二日壽内

瑤池阿母。本是神仙侶。謫向人間官府。住攝提。貞孟月。中子逢初度。琅霄宴。春回北斗斟雲醑。　　麟筆春秋譜。彤管毛詩語。女洙泗，閨鄒魯。五福中天聚。百帙從今數。最難得，芝蘭庭下斑彩舞。

好事近 煮茶進和蔡松年韻

彩綫利如刀，解破團圓明月。蘭薪桂火筠爐，聽松風翻雪。　　喚取眠雲跂石人，賽十洲三絶。焚香朗誦黃庭，把肺肝清徹。

霓裳中序第一 雨中劉珥江送鷄頭裁

青霞裁霧縠。正錦瀲瑤潘碧澳。水底鮫人織女。當翠房深處，新妝乍沐。塵消羅襪。冶步盈盈出鱗屋。向何許，滿身瓔珞，雲轍轉風轂。皎鏡。全澄獨瀲。相掩映，荷裳芰服。昨夜龍宮失曉也。養天鷄，啓明傳旭。啄糧無半菽。算只有，明珠滿腹。江妃把金針穿玩，遞與素娥掬。

錦纏帶 集句

誰家紅袖倚江樓，手捲珠簾上玉鈎，眼波嬌溜滿眶秋。笑抬頭，頭上花枝顫未休。

六州歌頭 吊諸葛

伏龍高臥，三顧起隆中。割宇宙，分星宿，借江東。祝春風。端坐舌戰狙公，激公瑾，連子敬，呼翼德，揮白羽，楚江紅。烏鵲驚飛，虎踞蠶叢地，炎焰重融。吞吳遺恨在，受詔永安宮。盡悴蒼穹，鑒孤忠。　念行營，草出師表，心匪石，氣凌虹。歲去志，年馳意，早成翁。目斷咸潼，出五丈，屯千井，旗正正，鼓鼕鼕。天亡漢將，星隕卯金終。巾幗食槽，司馬生魂走，死壘遺弓。遣行人到此，千古氣填胸。多少英雄。

江月晃重山 壬寅立春

臘尾金杯灩灩，春頭彩勝翩翩。裁紅暈碧動嫣然。風日好，偷眼艷陽天。　一曲玉簫明月，幾弦錦瑟華年。故鄉迢遞水雲連。歸未得，思發在花前。

其　二

金馬九重恩譴，碧鷄二十春風。江花江草每年同。君不見，憔悴已成翁。　白髮戴花休笑，紫髯說劍猶雄。欲箋心事向天公。賒美酒，長醉玉壺中。

其 三

屏翳烘雲靺鞨，羲和敲日玻璃。韶風麗景畫橋西。春色早，南國且黃鸝。　　瀟灑蕙樓菌閣，繁華杏塢桃溪。多情楊柳露新萸。堪一醉，騎馬欲鷄栖。

其 四

龍馬山前草長，螳螂川上花開。霜天曉角報春回。傳菜手，先進蕩寒杯。　　金縷絲絲染柳，玉英片片薰梅，流光容易把人催。吾老矣，何日賦歸來。

個 儂　艷情

恨個儂無賴，嬌賣眼春心偷擲。蒼苔落花，一雙先印下，月樣春迹。聞氣不知名，似仙樹御香，水邊韓國。羅襦襟解聞香澤，雌蝶雄蜂，東城南陌。何人輕憐痛惜，窺宋玉鄰墻，巫山寧隔。　　尋尋覓覓，又暮雲凝碧。良夜千金，繁華一息，楚宮盼睞留客。愛長袖風流，鍾情何極。唱道是，鳳幃深處附素足，顛畟周旋惡，憐伊儘傾側。叫檀郎莫枉春夕，恐佳期別後青天樣，何由再得。

瑞鷓鴣　詠柳

垂楊垂柳管芳年。飛絮飛花媚遠天。金繭抱春寒食後，玉蛾翻雪暖風前。　　別離江上還河上，拋擲橋邊與路邊。游子魂銷青塞月，美人腸斷翠樓煙。[①]

其 二　集句詠巫山高

望中孤鳥入銷沉。宿處津亭楓樹林。江草江花豈終極，巫山巫峽氣蕭森。　　爲雲爲雨襄王夢，愁水愁風商婦心。客去客來天地老。無朝無暮有猿吟。

---

① 原注：楊柳有花有絮，詩古今例多謬稱，予之此篇始析體物。

太平時

溯流納溪，舟宿玉林寺。憶昔劉參之與弟承之、梁騰實相送至此，參之、騰實墓已宿草，感愴賦此。

回首徂征出塞前，甲申年。故人相送蜀江邊，共留連。　廿載舊游非舊雨，銷魂處。晨星朝露各風煙，淚潸然。

灼灼花

誰把纖纖月，掩在緗裙褶。鳳翠花明，猩紅珠瑩，蟬紗雪疊。顫巍巍一對玉弓兒，把芳心生拽。　掌上呈嬌怯，痛惜還輕捻。戲蕊含蓮，齒痕斜印，凌波羅襪。踏青回，露濕怕春寒，倩檀郎温熱。

於中好　元宵後獨酌

千點寒梅晚角中。一番春信畫樓東。收燈庭院遲遲月，落索鞦韆剪剪風。　魚雁杳，水雲重。異鄉節序恨匆匆。當歌幸有金陵子，翠斝清樽莫放空。

其　二　己酉新春試筆

早歲登龍氣吐虹。花磚紅采映青葱。西崑綸綍都經手，東壁圖書盡在胸。　驚退鵒，悔雕蟲。煙波萬里一絲風。桃夭杏艷村醪嫩，方丈蓬萊是此中。

塞垣瑞鷓鴣　騾括唐詩以補唐曲

秦時明月玉弓懸。漢塞黃河錦帶連。都護羽書飛瀚海，單于獵火照甘泉。鴛閨燕閣年三五，馬邑龍堆路十千。誰起東山安石臥，爲君談笑靜風煙。

雙調翠樓吟 代送大理蔡太守

月晃蒼山，風清黑水，花滿原鱗城雉。燧松明夜火，歌來暮似成都市。五華樓閣，看五馬迎恩，雙鴻送喜。遲遲暑，行春金碧，照春金紫。

此邦宜有循良，擁玉麟銅虎，旌旗旖旎。葉榆難借寇，望登仙香塵遙起。攀轅處，正紅頰窺簾，華顛臥軌。畫圖外甘棠陰裏，心馳千里。

憶王孫 重宿禄品

落梅風裏玉鱗皴。牛背寒鴉過別村。樵笛聲中暮靄昏。掩重門。翠被香寒酒正溫。

其 二 大理九日

滿城開遍粉西施。節近重陽客未知。裊裊凉風攪鬢絲。倚樓時。長笛聲聲莫遣吹。

其 三 九月八日邀客賞菊

西風庭院咽玄蟬。薄霧濃雰採菊天。老去悲秋強自憐。假嬋娟。且向樽前醉管弦。

其 四 落花集句

繡葩紅蒂墮殘芳。蝶醉蜂痴一簇香。盧家少婦鬱金堂。對斜陽。雲雨巫山枉斷腸。

賽天香

芙蓉屏外，倒金樽，滿座艷歌凝咽。半面新妝香透幌，環佩珊珊步怯。接黛垂鬟，低聲小語，問採香仙妾。柳裊花婷，鶯鶯燕燕標格。媚眼射注檀郎，雙鴛全露，裙底凌波襪。萬斛燕脂傾在水，染就銀河一色。天作紅墻，山爲翠幕，生把伊儂隔。離魂牽，夢回南浦凉月。

錦鷓鴣

三更一笛一聯，胡仲父落梅之句也，詞人所稱。予惜不見其全篇，遂爲足之。

夢斷羅浮綽約叢。玉龍鱗甲綴簾櫳。自孤花底三更月，却怨樓頭一笛風。　寒料峭，曉葱瓏。勸君莫放酒杯空。雪兒清唱山香舞，要把霜毛暈醉紅。

落燈風　正月十七日留簡西嵒

柳外落燈風乍起，杏靨梅鈿紛墮蕊。彩架閣鞦韆，紅繩緊，香塵滿地，春一分休矣。　銀塘初暖湔裙水，催莫愁，蘭舟遙艤。沽酒趁梨花，聽雙歌温柔鄉里，且住爲佳耳。[1]

喜遷鶯

寄胡在軒，且約高嶢之會。

東風如剪。早見芍藥努牙，牡丹生卵。雕檻深籠，茅屏曲護，珍重春工猶淺。回首上林何處，金蕊玉房心懶。吟筆健，認香山白傅，徘徊華館。

看花君具眼，擊鉢詩成，刻燭無妨短。目送孤鴻。手提雙鯉，一水盈盈未遠。何日棠舟蘭棹，飛下雲濤千轉。日暮也，望昆明天外，碧雲初捲。

其　二　賀薛曲泉撫臺旌獎

青陽有脚。喜五馬重臨，江陽城郭。南定雲開，西岷波静，簾捲風清幕。旱魃化爲甘雨，露禱不須泥鶴。兆萬寶，詠千箱四野，豐年如約。

斟酌曾見説，老手劇郡，利器無盤錯。犬吠花村，魚游春水，桴鼓長閑却。仁聞考績薇垣，復報薦名荷橐。計晨夕，鶯遷燕賀，金明紫渥。

（録自《升庵集》）

---

① 原注：此詞予自度曲也。

鶯啼序　高嶠海莊十二景圖

　　碧鷄唱曉，霞散綺重關幀畫。環村步，幾簇生煙，空翠幻作仙界。茭草蕩，灣環洲渚，輕風送幅蒲帆快。看舞鷗飛鷺，聯翩向沆瀁外。　　晴兆須臾，雨信頃刻，問水椿山帶。樹羽颮風展青帘，駿雲銷睆日曬。浪花平，洛神襪襪，紅妝涌出青羅蓋。浮修眉，約略黛螺，映盤鴉髻。　　海花汀藻，文石錦沙，綸組迎船絓。漁火焰，漣漪倒影，歸棹穿方罟。蒲牢昏吼，栖鴉結陣，八村九寺鳴宵籟。提筠籃，金綫穿魚賣，松燈點點互月彩。臥玉塔浮瀾，素娥窈窕千態。　　翠巖深靄，禪室僧歸，杖錫微徑隘。月黑白林明處，香軟寒輕，薏苡缸中，梨夢縈唄。南巒老松，遙看晴雪，似銀龍下斲玉瀅。洗塵襟，着得乾坤大。輞川何似吾廬，海變春醪，償風月債。

木蘭花慢　春日閑居寄簡西崑

　　重三今日是，寒食過，又清明。念故國關心，歸期難卜，望遠愁生。天留煙霞勝處，匯平湖，列岫碧縱橫。花裏筆牀茶竈，松間漁影樵聲。　　可人。咫尺喜逢迎。來往片雲輕。看柳埧長綃，茭塘歸棹，雙塔高城。長安水邊不記，想綠珠，碧玉事堪驚。笑弄豚兒犬子，飽餐燕麥魚羹。

醉蓬萊　代壽黔國上公

　　看金波遙映，玉鏡高飛，昆明池沼。近天上中秋，人間蓬島。建節堂深，籌邊樓迴，正雨晴風杳。青鳥喉歌，紅鸞掌舞，仙音繚繞。　　白鶴南來，錦書爲報。雲動三山，星飛五老。漢節唐符，拜重華天表。玉塵談詩，金釵壓鬢，向瓊枝齊禱。願歲歲長春，年年此日，恩波難老。

糖多令　中秋與二客泛舟

　　飛鏡露雲頭，金波水面浮。水晶宮，今夜中秋。喚取官奴吹玉笛，香霧濕，錦雲留。　　二客亦風流，螂川泛小舟。問何如，赤壁黃州，坡老有靈應撫掌，天地寄，一蜉蝣。

一七令

舟中閱唐詩人王起、李紳、張籍、令狐楚於白樂天席上各賦一字至七字詩，以題爲韻，遂效其體，爲花風月雪四首。

花。摛錦，鋪霞。邀蝶隊，聚蜂衙。金瓔漢女，寶髻吳娃。風前香掩冉，月下影交加。曲水名園幾簇，宜春下苑千家。北里金屏成坐笑，南朝瓊樹不須誇。

其　二

風。偃草，飄蓬。過竹院，拂蘭叢。柳堤搖綠，花徑飛紅。紅缸殘焰滅，碧幌嫩涼通。漆園篇中竽籟，蘭臺賦裏雌雄。無影迴隨仙客馭，有情還與故人同。

其　三

月。霜凝，冰潔。三五圓，二八缺。玉作乾坤，銀爲宮闕。如鏡復如鈎，似環仍似玦。蘭閨少婦添愁，榆塞征人怨別。漢家今夕影娥池，穆穆金波歌未闋。

其　四

雪。凝明，澄澈。飛玉塵，布瓊屑。蒼雲暮同，嚴風曉別。深山樵徑封，遠水漁舟絕。南枝忽報梅開，北户俄驚竹折。萬樹有花春不紅，九天無月夜長白。

河　傳　詠隋堤

東楚，南浦。隋堤游處，龍腦飛霙。明珠濺雨，彩女殿脚三千，青娥吳絳仙。　梅黃雨細楓香老，江都好，忘却長安道。不堪回首，芳魂已斷迷樓，怨揚州。

酒泉子

避暑江山平遠亭，招簡西嚳不至。

西嚳不來，負却紅墻垂手。懶當歌，慵對酒，倦登臺。　　石城艇子又空回，溪鵡一雙驚散。藕花汀，桃葉岸，獨徘徊。

442

花犯念奴

司空南坦、劉公元瑞卜居湖州，寓慎帖云：“吾友某公作高樓千餘楹，諸文房服餌庖湢悉具樓上，數十年不下。子登甲榜，亦止於樓上叩頭。麟心慕之，而不能構。吾友文衡山爲圖一樓，俾神栖焉。射陂朱子作清調曲七解，所謂神樓一何峻也。”并緘以示慎，慎謂：尻輪神馬，正不須駕；雲級霞隥，亦何用樓。乃隱括爲近調一闋，以白石譜《花犯念奴》按之可歌也。

雲軿不輾地，仙居多麗譙。湖海廿年龍卧，錦漣清雪苕。甫里筆牀茶竈，山陰楸枰方罫，香籀記昏朝。醉鄉無畔岸，北斗挹天瓢。　　樓中人，誰是伴，有松喬。靈文緑帙，齊物與逍遥。肯念草玄寂寞，暫遣喜公縮地，風御蒕琅霄。闌干憑到景，共和曉仙謡。

四塊玉　高嶢水泛夜歸

遠水明如鏡。流螢點似星。喜吾廬地偏人静。趁漁燈歸來風露冷。聽農談四鄰相應。

晝夜樂　中秋董太守席上

螳郎川上清秋節。爽襟懷，消煩熱。香醪桂馥蘭薰，官妓舞瓊歌雪。五馬風流華筵設。金屏燕頷鶯頡。軟語勸飛觴，有如花蓮舌。　　座中豪興稱三絶。高陽並，斜川埒。且偕仙侶逍遥。肯嘆群兒圓缺。未害廣平心似鐵。看霜鬢半成旄耋。倩横玉叫雲，把寥天吹徹。

漢宮春　菊席

采采黃花，向龍山高處，淺泛金巵。秋容老圃堪賞，插鬢參差。楊妃沉醉，苧蘿更比西施。可笑群兒凡目，品題污却高姿。　　千古陶家清興，有何人提著，冷落東籬。炎皇曾書本草，壽域仙葩。明堂月令，挺孤芳，四字標奇。歌一闋，悠然自適，無弦琴是心知。

思佳客　西莊

秋水澄清勝酒醅，野煙籠樹似樓臺。彈聲林鳥山和尚，寫字寒蟲水秀才。　　乘興去，興闌回。夕陽影裏記徘徊。正思修禊明年約，無奈鳴騶得得催。

江城梅花引　夕宿江門

漏聲沉，雨聲沉。滴滴空階碎客心。擁單衾。擁單衾。病骨寒侵，爭教不斷魂。　　静聞櫪上嘶羸馬，巴童熟睡荒雞啞。旅游難。旅游難。白首衰殘，何日歇征鞍。

一剪梅　戲簡西罌宿杏花樓

宋玉墻頭杏子花。香也堪誇，艷也堪誇。東風鳥外一枝斜。問是誰家，江上人家。　　肯信流年鬢有華。詩詠紅霞，酒泛流霞。低聲呢語似雛鴉。人在天涯，忘却天涯。

定風波　霑益冬至

客中冬至夜偏長，寒爐坐擁待晨光。心似死灰飛不起，愁裏，路迷心折望吾鄉。　　玉几由來天北極，曾直，五更三點入鵷行。何事白頭猶道路，誰訴，天高難問只蒼蒼。

其　二

雨汗淋漓赴選場，秀才落得甚乾忙。白髮漁樵諸事懶，蕭散，閑談今古論興亡。　　虞夏商周秦楚漢，三分南北至隋唐。看到史官褒貶處，得趣，不搖紈扇自然涼。

（録自《二十一史彈詞注》）

444　**百字令**　病中起登樓填詞一首

遙峰青染，見天外樹杪，餘霞紅閃。小謝輕埃喜屏翳，層陰才收有濬。鍾鼓新晴，樓臺暮景，快聽漁陽摻。酒市旗亭，何處青帘飛颭。惆悵枕病凋年。㡬几塵生，荊扉晝掩。藥裹關心，詩總廢，誰問東皋西崦。過却重陽，籬邊都不見，玉瓖金鋏。峭寒無寐，沉沉細數更點。

酹江月　和坡仙韻贈陳廣文致政歸

陽關休唱，且須盡，陶令杯中之物。宦海無津喜君歸，仙叟紫房青壁。泉石新盟，煙霞舊夢，懷抱皆冰雪。清風堪挹，斜川栗里爭傑。緬想松菊門庭，田園幽事，興頭先發。情話琴書消遣處，笑看浮漚生滅。棋局酒樽，桑榆境相對，朱顔玄髮。行歌坐嘯，一任抹風批月。

歸朝歡　敘南李將軍園海棠

鷦鳩聲中春已盡。蜀國海棠猶有韻。已將淡粉換龍□，漸看綉纈成香暈。臉霞紅半隱。紫錦經雨胭脂潤。□清歡，雲歌柳舞，聊解朱炎愠。　十二金釵花作陣。不怕周郎回首問。薛濤臨鏡意先慵，黃荃渲筆愁難近。緑樽傾翠醖。青蘋風起波文皴。望高城不見。遙寄香霏閣信。

（以上三詞録自《楊升庵南中集鈔》）

其　二

秋盡汀洲蘋未歇。掩映荻花相向折。一枝好贈朝天人，還如鶺鴒樓前雪。瓊凹連玉凸。五城邊銀爲宮闕。墀聲寒，非煙叢裏，卿藹瑞雲纈。

五馬驕嘶虬漏徹。鞘静佩鳴鵷篛列。朱衣引隊奏彤幨，天言清問堯階切。俞音傳袞鷩。賜金增秩干旄子。把勛名，昭回青簡，身如稷如契。

鳳栖梧 送薛曲泉之鎮雄勘夷手卷

借寇歌廉春有脚。皂蓋朱輻，輝映江陽郭。一啽清泉斟且酌。候人無事閑鈴閣。　　瘴域嵐方勞鎖鑰。静柝沉鋒，虎兕成鸞鶴。風颭歸旌詩滿橐。休遲竹馬兒童約。

（以上兩詞録自《升庵集》）

謁金門

風漸陡，排比殘花春酒。憔悴一枝紅欲皺，問花花戀否。　　寂寞漸長清晝，無計與他拖逗。猶勝銷魂人去後，折來還在手。

（録自《歷代詩餘》）

减字木蘭花

烏衣椎髻，龍女改妝歌薜荔。立近梅花，弄粉團香襯臉霞。　　真真喚醒，便出墨池登雪嶺。醉寫烏絲，齊唱東風第一枝。

失調名

中秋夜小酌，即席示二弟小詞二首。

江樹無煙，清輝寒影在中天。謝池家宴，休教辜負今夜十分圓。一樽相對静娟娟，分得金波漾酒船，更闌酒盡不成眠。一枝仙桂，好事説明年。

其二

月照三更，鵲繞南枝雁亦驚。庾樓高興，休教辜負今夜十分明。凄清何處管弦聲，仿佛燕臺紫陌行，便從今夕話離情。明年此景，又隔鳳凰城。

（以上詞除注明者外，皆録自《升庵長短句》及《續集》）

楊柳枝

漢東門外柳新栽，拂曉長堤露眼開，野老攀條相向語。去年曾被賊燒來。

其　二

臨水臨風漾碧漪，含煙含霧一枝枝。戰塵收後無離別，又見長條到地時。

（上兩詞録自《升庵集》）

其　三

結根元自在青冥，裊裊依依映紫庭。怪得古來天帝醉，柳邊高揭酒旗星。

（此首録自《列朝詩集》）

黄　峨

　　黄峨（1498—1569），亦作黄娥，字秀眉，遂寧人，文學家楊慎之妻，亦稱黄安人。工詩詞，散曲尤有名。有《楊夫人樂府》，但其中多與楊慎《陶情樂府》所收者相混。近人乃將兩人之作合編爲《楊升庵夫婦散曲》。另有《楊狀元妻詩集》。

風入松

　　一絲雨氣病襄王，枕上時光。風流自古多魔障，幾時得效對鸞凰。覓水重來崔護，看花前度劉郎。　　千嬌百媚杜韋娘，惱亂柔腸。昨宵夢裏同鴛帳，醒來時依舊凄凉。歡會百年嫌短，離愁一夜偏長。

巫山一段雲

　　巫女朝朝艷，楊妃夜夜嬌。行雲無力困纖腰。媚眼暈紅潮。　　阿母梳雲髻，檀郎整翠翹。起來羅襪步蘭苔。一見又魂銷。

　　（録自《楊升庵夫人詞曲》）

王化龍

王化龍，字封可，廣漢人，生平不詳。

蝶戀花

小院幽窗風弄曉。柳織煙籠，開罷棠梨了。枝上流鶯啼更早。惜花人共春花老。　　金鴨香深簾外晨。綉到鴛鴦，轉惹儂情惱。鏡掩孤鸞羞獨照。眉山一點愁多少。

（錄自《明詞綜》）

楊珩

楊珩，成都人，生平不詳。

滿江紅

挑盡孤燈，寶鼎內紫泥香歇。望銀河，牛斗參差，爲誰激烈。廣寒風送九秋香，虛堂簾捲三更月。憶美人，家住翠雲深，相思切。　　煉黃芽，烹白雪。說空無，斷生滅。更何人日夕乾乾，補完天缺。西域遥牽象馬來，東周空灑麒麟血。好相携，掉臂祝融峰，金鰲闕。

（録自《補續全蜀藝文志》）

姜　恩

姜恩（生卒年不詳），字君錫，號篆江，廣安人。嘉靖二年（1523）第進士，授武功知縣。歷衛輝知府、雲南按察使和福建左布政使。著有《篆江先生存稿》。

水調歌頭　次韻寫懷

游子抖征衣，驛使走函關。報道鵷行有缺，心喜到長安。只爲是非混沌，使他公道沉淪，這去錦衣還。憑他風浪起，奈我寸心丹。　　宮草綠，爐煙細，漏水殘。況君恩深似海，肯放此身閑。霖雨終爲大旱，舟楫仍濟大川，操節凜冰寒。看來功名分定，御筆點中山。

其　二　游都城

匹馬東華道，單衣北勝關。看這煙花套裏，獨綉户偏安。融融層樓日曉，裊裊紫陌香飄，游人倦不知還。巧温存好風景，不暇訪仙丹。　　紅桃嫩，綠樹軟，錦囊殘。縱有規塵滿眼，蔽不着心間。南陸歌場酒肆，西角博帶峨冠，北極紫薇寒。歷遍都城市，更望走西山。

千秋歲　贈朱拙齋太守考績帳詞

蘭臺佳氣，肅肅秋霜屬。瘡痍蘇，狐豕寂。一道東風開，九天南斗避。法星臨，照耀西川今古地。　　鳳詔來宣室。遂不得，攀輪意。因此上，飭丹漆。江城帶脚春，銀漢留雲旆。恩無極，篆煙香裊長生砌。

喜遷鶯　送舜原楊僉憲北行帳詞

碧天風動。正紫陌飄香，祥雲擁從。處處桑麻，家家禾黍，遍地弦歌誦。攬衣栖東山，把酒朝陽洞。盡道是，甘棠秩滿，畫舸相送。　　父老垂頭，兒童拍手，止不住，千門痛。黃蓋臨星，朱袍映日，丹詔今銜飛鳳。臺柏振聲新，省薇增價重。此去願借寇西川，早回金鞚。

（以上詞録自《篆江先生存稿》）

熊　過

　　熊過（生卒年不詳），字叔仁，號南沙子，富順人。嘉靖八年（1529）第進士，選翰林院庶吉士，累官至禮部祠祭郎中。坐事貶秩，復除名爲民。與陳束等有“嘉靖八才子”之目。著有《南沙先生文集》。

鷓鴣天　宋中丞凱旋帳詞

　　銀鏑臨風蓏葉飛，金蓮籌筆夜蚩知。攬裘寒角吹初日，緩帶新度檢握奇。　　餘勇賈，凱歌齊。石林回暑障煙希。且須朱白描麟閣，猶待夔龍集鳳池。

合曲蘇武慢　壽中巖李先生樂府

　　符月呈鈎，流螢逐火，恰逢物候迎秋。對酒當歌，逢場作戲，蒼胡乾闥齊謳。擊壤閑身，懸車遺老，塵網等閑能觳。空斷送，白日黃鷄，消除翠璧丹丘。　　曾記得，柱下猶龍，殿中如虎，九關烈豹番休。天上青童，匣中黃老，年來叢桂堪留。陟岵瞻雲，傳觴戲彩，邀歡鼓缶相求。且休論，劫石銖衣，先看海屋牙籌。

　　重剖繫不住，烏飛兔走。尋不到，馬渤牛溲。學不得，龍驤虎驟。算不定，蛙角蠅頭。有味清時，無能白首。庭中種槐，門前栽柳。英雄伎倆，待一筆與都勾。　　坐獵尉遲杯，起把郭郎袖。且謀一甌滿浮。則便是，堂開錦書，却問郭郎知否。可復道，錦重重，花滿樓。[①]

無俗念　賀戴守中帳詞

　　茅屋秋風，問民力，西南幾回消歇。欲分憂，漢吏稱良，會須有真豪

---

① 此首合曲，前部分爲《蘇武慢》詞，後部分（自“重剖繫不住”始）當爲散曲。爲保持原貌，散曲部分姑存於詞後，不予刪除。散曲部分，似由兩支組成，今分爲兩闋。

傑。歷井捫參，度奎聯璧，正懸弧時節。斟酌元精，斗柄倒垂天北。杜若洲橫，烽候靜西樓，長嘯談風月。但青史芳名，博得丹丘真訣。劫石鐵衣，桑田滄海，笑等閑奇特。更堪論壽域，重開壽臻平格。

　　（以上詞錄自《南沙先生文集》）

姜玉潔

姜玉潔，四川劍閣（今四川省劍閣縣）人，生平不詳。

水龍吟

　　靈濟廟，在劍州西去百里許，龍潭之東，乃宋人禱雨之所。第歲久廟廢，過者太息。每遇旱荒，有禱輒應。邇者即舊址而重新之。余亦嘉其濟物利人，厥功甚偉，遂忘衰腐，信手成詞，以紀歲月，以俟將來。時嘉靖十七年戊戌仲夏之吉也。

層巒疊嶂栖煙霧，一曲清溪回互。天光雲影，森羅萬象，優容無數。禹穴規模，桃源境界，傅巖風度。就中涵養化龍魚，春雷動，飛騰雲路。

膏澤八埏遍布。我是端拱，無西顧。疲癃全愈，枯稿還蘇，豐饒貢賦。廟貌增輝，閭閻胥慶，民歌五袴。將峻宇宏檐，茂林修竹，都付與山靈呵護。

（按調似不合律）

醉蓬萊

　　靈廟落成，復會於此。再用前韻，勉賦一詞，並述鄙懷。

望葱葱佳霧，知水仁山，蒼茫環互。靈廟森嚴，喜濟人無數。遠遠登臨，鄉醪野蔌，休把韶光虛度。拍手高歌，仰天大笑，醉忘歸路。　　景色熹微，雲霾密布。嘆良驥巨材，幾人垂顧。且遣興舒懷，向清流謾賦。鼓腹優游，也不慕貂裘紈袴。回首躊躇，加餐寡欲，順時調護。

（以上詞錄自《劍閣縣續志》）

朱讓栩

朱讓栩（1501—1547），蜀王椿五世孫，正德五年襲封蜀王。讓栩喜儒雅，不邇聲伎，卒諡成。著有《長春競辰稿》（附詞）。

玉溪清

艷麗韶陽景。無限風光濃盛。深春攬轡踏芳塵，青巒碧水，正是供吟詠。　　歸來日暮銜西嶺。敲入重門静。回看已被月明，照徹一簾杏花影。

齊天樂　夜景即事

簌簌秋聲聞樹杪。啾唧蛩吟階道。梧葉飄颻。塞鴻音杳，況是年華來到。月浸闌干，影漸射檐頭，光斜屋角。芭蕉分綠，明映虛窗渾似曉。

悶思惟書最好。沉濙若長生，武帝在否。畫堂美宴，公子王孫，慢聽悠揚輕巧。芙蓉耀日，映水錦流霞，風光內苑。覽勝樓中，試看沉醉倒。

賀新郎　晝景即事

院深簾未捲。倚危樓，笑傲乾坤，慢將書展。垂柳陰中風仿佛，静聽蟬琴鳴遠。唱午窗，鷄聲散倦。階砌庭除塵弗到，伴幽軒，那用歌喉囀。萬億韶華無限。　　新抽細筍輕稍顫。涵虛亭，一水縈回，層波叠亂。予心頓覺渾無熱，坐久焉勞紈扇。看角端，爐香結篆。遙憶清江舟裏夢，暫憩蘆叢深臥晚。縱是月明何遠。

隔浦蓮　雪夜即事，擬周美成韻

芭蕉風摇翠葆。院宇沉深窈。萬徑滅人蹤，千山絶飛鳥。雪漫壓砌草。疏窗外，落霰如鳴沼。　　短牀小。簾幕輕寒，夜榮燭影斜倒。推枕時看，凝積闌干渾曉。傾耳忽聽敲檐鈴，驚覺。何羨身居江表。

二郎神　擬徐幹臣韻，紙鳶

紙鳶異鵲，偶舉放，拽天邊影。似暖欲輕衫，看憑隨手，青柳東風解冷。拂掠端，其然何曉。雲外播揚真無病。呈彩色繫腰，纖毫爲鬢，影茫如鏡。　何省。急奔汗浥，衣襟仍凝。渺渺倦神厭，鷁鶴飄起，忪笑叢中解醒。走綫弗來，晚光難駐，聊應一時佳景。延久立，四望行雲，目遍待歸聲静。

對芳樽

酌金樽。萬事寬懷何理論。家山眼界尚初醒，恨欲短歌天又昏。

菩薩蠻　詠漁

遠岸兼葭風瑟瑟，孤舟活計煙波客。巨口細鱗鮮，霜飛秋早天。謾烹沽美酒，極樂何能有。萬里碧江清，今宵月正明。

其　二　詠樵

生涯身世奔忙裏，煙霞漠漠爲清侶。曉步入雲岑，丁丁斸木深。夕陽光返照，每聽玄猿嘯。明月上前山，迢遥負擔還。

其　三　詠耕

春初南畝方東作，穡事農家生計薄。好雨浥新畇，勤犁足苦辛。柘桑鳴布穀，漸看秧抽綠。秋壠稻雲黃，雍熙樂歲康。

其　四　詠牧

煙凝渡口垂楊綠，露浥山桃紅剪褥。曉起過遥山，頻游曠野間。數聲風外笛，清景幽然寂。拂面晚風凄，歸來日已低。

風入松 春暮

碧紗窗外五更風。滿地殘紅。杜鵑叫落朦朧月，一春今見將終。眷戀茶蘼檻側，徘徊芍藥亭中。　　晝長香爐博山銅。日轉簾櫳。何由挽得青皇住，韶華若江水流東。逸興惟憑酒斝，寫懷猶寄詩筒。

456

糖多令 春游早起

新月起東樓。殘星爛不收。聽鷄聲，三唱悠悠。拂面寒風霜力勁，晨鴉群，集城頭。　　紅杏嫩香浮。淡煙凝密柳，清溪橫擊一輕舟。穩坐雕鞍驅俊驥，杜鵑催，惹春游。

憶秦娥 新秋晚色

晚霞赤。晚霞遠映孤鴻隻。孤鴻隻。長空萬里，晴光咫尺。　　羈懷目斷天涯客。平川草色連雲碧。連雲碧。殘陽西下，又過今夕。

點絳唇 春

麗日遲遲，午風披拂侵衣袖。暄和清晝。嫩柳堤邊秀。　　倦倚雕闌，靜看雲飛岫。斯時候。繁華錦繡。觸目春光富。

其 二 夏

小閣涼亭，荷香裏薰風微動。閑時相共。一枕池塘夢。　　醒到斜陽，竹裏禽聲哢。頻嗟頌。縱有修篁，何見栖雙鳳。

其 三 秋

露下天高，染林巒遍觀成赤。晝容蕭索。杲日光顏白。　　望水尋山，不到先生宅。書萬册。竹深當户，時報平安客。

其　四　冬

萬壑千巖，響松濤夜風成惡。朱門深閉。猶自掀簾幕。　　雪落漫漫，屋溜懸珠珞。寒威作。紅爐初熾，謾把金樽酌。

臨江仙　春

疏瘦柳枝芽已滿，聲聲布穀催農。草堂幽僻面雲峰。鶡冠同野態，輪鞅絕塵蹤。　　風捲輕陰朝雨霽，紅酣滿眼春濃。橫橋新水漲溶溶。得魚回釣艇，引鶴拄吟笻。

其　二　夏

午枕涼生林薄雨，泠泠雲碉泉聲。殘書讀罷立前楹。鈎簾通返燕，欹榻聽流鶯。　　數日未經溪上徑，蒼筤個個新成。桑麻暢茂可怡情。前村煙樹裏，茅屋午雞鳴。

其　三　秋

風撼庭柯驚曉夢，起看落葉盈階。晴暉皓皓照西齋。雁行投古淑，鶴韻度層厓。　　試問黃花開未也，侵人顏色殊佳。秋醪新熟勝茅柴。滌觴酬素景，吟句遣清懷。

其　四　冬

霽色經簷初雪，庭梅幾點疏花。籌詩筆閣謾咨嗟。時光雖冷淡，水木自清華。　　獸炭添紅焰暖，呼童汲井煎茶。幽居簡出脫紛嘩。一樽娛盡日，千卷是生涯。

長相思

山迢迢，水迢迢。山水迢迢一望遙，梧桐葉早凋。　　風瀟瀟，雨瀟瀟。風雨瀟瀟院寂寥，晨鐘啓麗譙。

其 二

天渺茫，雲渺茫。雲天渺茫萬里長，雲影共天光。　　槐花黃，桂花黃。槐桂兩芬芳，金風玉露凉。

其 三

遠途平，近途平。遠近塵途一樣平，花外杜鵑聲。　　曉星明，曉蟾明。星月鬥華精，催歸萬里程。

其 四

夙別離，今別離。綠柳陰中鶯亂啼，長安芳草迷。　　日沉西，月升西。一出陽關匹馬嘶，愁人倍慘凄。

滿江紅　詠幽軒夏景

竹徑生凉，薰風遞，蟬琴悠切。當午晝，小樓兀坐，静中虛白。片雲輕拂袖衫寬，纖塵不染神清潔。謾呼童，汲水煮龍團，消炎熱。　　琴歇操，書停揭。敞葛襟，揮紈雪。細點螭爐，香燼無添設。几間書滿未縱橫，階下陽微時暝滅。看光華，耀户轉蒼穹，太陰月。

（以上詞録自《長春競辰餘稿》）

折楊柳曲　月節　正月

谷風振鳴條。鳦鳥初飛來，料峭作寒朝。折楊柳。幾度倚闌人，空閨獨難守。

其 二　二月

夭桃破玉顔。春光净茬苒，轆轤鎮日閑。折楊柳。悵望天一方，徘徊獨自取。

其 三　三月

暮春引華桐。三更月上枝，杜鵑叫東風。折楊柳。人遠岐路遥，簾籠日沉西。

其　四　四月

紅蕖開滿池。下有雙鴛鴦，游泳自相隨。折楊柳。人生若浮雲，別離那可久。

其　五　五月

葵榴砌畔植。爭開數朵花，薰風來靜室。折楊柳。艾虎懸長門，佳辰強杯酒。

其　六　六月

炎暑雲張火。萬國紅爐擁，啓窗對北坐。折楊柳。金碗盛蔗漿，祝融爾何有。

其　七　七月

涼風起天末。牛女當斯會，靈官催曉發。折楊柳。地久與天長，一歲一携手。

其　八　八月

大火西流熒。夜涼天似水，露草度疏螢。折楊柳。靜聽搗寒衣，斷續來風牖。

其　九　九月

黃華甘露移。皆言令人壽，九九度上期。折楊柳。開遍東籬傍，千秋爲君壽。

其　十　十月

凛凛寒威薄。雲陰天不雨，嚴風徹夜作。折楊柳。惟松與竹柏，青青映林藪。

其十一　十一月

地凍北風號。萬木皆枯悴，惟檜獨其操。折楊柳。擁爐酌薄酒，樽寒浹春否。

其十二　十二月

水澤腹堅時。四序難言盡，除夕又元期。折楊柳。年華荏苒過，窗前日陰走。

其十三　閏月

積日成閏除。三秋復一度，日月何居諸。折楊柳。人生能幾何，清尊莫停手。

古調轉應曲　七首

雙燕。雙燕。畫棟朱簾深院。春風拂拂差池。飛去飛來影移。移影。移影。青草長安路永。

其　二

鶯語。鶯語。輕囀垂楊叢處。幽人午夢初醒。照眼榴開滿亭。亭滿。亭滿。納涼靜依窗畔。

其　三

秋草。秋草。秋草近來黃老。階前階後蟲聲。千里萬里雁鳴。鳴雁。鳴雁。邊城度空夜半。

其　四

衰柳。衰柳。凜凜北風巷口。堆簷朔雪茫茫。扁舟獨駕夜長。長夜。長夜。回首小村幽舍。

其　五

銀漢。銀漢。飛轉玉輪光燦。旅人望斷家鄉。天涯海角道長。長道。長道。鷓鴣啼時路芒。

其　六

羅袂。羅袂。舞向東風還麗。于今歌舞罷休。不説層樓遠悠。悠遠。悠遠。日上觚棱光烜。

其　七

鸞鳳。鸞鳳。百鳥相隨鳴動。翩然飛下雲空。停身栖在碧桐。桐碧。桐碧。六翮朝陽光赤。

憶江南曲

春去也，野馬無所羈。試看碧桃輕逐水，更兼飛絮化流漪。閑情只自知。

（以上詞録自《長春競辰稿》）

趙貞吉

趙貞吉（1508—1576），字孟静，號大洲，内江桐梓壩人。嘉靖十四年第進士，授翰林編修。擢左諭德兼監察御史，奉旨宣諭諸軍。會嚴嵩以事中之，廷杖謫官。隆慶初，復起禮部尚書、文淵閣大學士。與高拱不協，乞休歸。卒諡文肅。有《趙文肅公集》。

蘇武慢 隆山驛次韻

嶺外歸來，祁陽病後，添得數莖華髮。抱膝摧藏，閉關吟卧，屢見中天圓月。鎖匣陰符，染塵長鋏，不似向時英發。但删定，肘後諸方，聊作南游筆札。　　乍聽得，新蟬一弄，短牆斜日，疏雨亂雲摇曳。苔迹溜痕，暝蒼煙藹，忽到早秋時節。寂寂蓬蒿，青青松竹，還我故吾則那。又何須，嘆世心勞，怪事書，空咄咄。

（録自《趙文肅公集》）

姚繼先

姚繼先，成都人。中隆慶元年（1567）鄉試，累官平涼知府，陞太僕少卿。著有《紹庵文集》。

蝶戀花　秋景

雲綴長空飛鷺小。落日回光，倒挂青山杪。北去歸鴉聲漸悄，寒蛩一路吟衰草。　　新月陡看澄素表。聯絡疏星，晃映西南角。碉水驚拖銀漢杳。流螢點點穿叢巧。

念奴嬌　中秋前望月

盈盈秋月，幾時圓，我先寄語風伯，急把天邊狂霧掃，莫釀山南雨蘗。直放蟾輝，安迎兔魄，八表涵虛碧。開簾四望，清光到處融液。更見流水連霄，輕煙淡鎖，容我飛雙舃。小駕扁舟搖淨影，眇視蓬壺仙迹。五斗鯨吞，一航鷗運，九萬溟鵬擊。興來長嘯，可知今日何夕。

（以上詞録自《補續全蜀藝文志》）

黃　輝

黃輝（1555—1612），字平倩、昭素，號慎軒、無知居士、雲水道人，南充人。自幼聰明機警，被視爲神童。弱冠中解元，萬曆十七年（1589）中進士，選翰林院庶吉士，爲編修，遷右春坊右中允，爲皇太子講官，升少詹事兼侍讀學士，卒於官位。輝攻詩文，善書畫，與陶望齡、董其昌齊名。著有《鐵庵集》《怡春堂逸稿》等。

大江東去

綸巾東下，看倚天長劍，朝虹新沐。燕頜虎頭飛，到處偏餐彊肉。喚起陽侯，掃清腥霧，一洗回潮辱。釜山無恙，龜兹依舊鱗屋。　　入關誰伴孤琴，有龍蛇百疏，烽煙千幅。頌滿南山身不受，並作君親華祝。麟閣神情，鳳臺風況，冠上烏三足。文園多暇，爲君聊汗青竹。

其　二　大司馬昆田邢公帳詞

站鳶初過，正乳烏啼夢，忽看彎觸。笑揮羽扇，風偃嶽，滄波成陸。拂拭神山，提携影國，弓挂扶桑木。愷歌雷動，燕齊爲壽相屬。　　當年箕子如生，從公拜賜，遙祝如天福。日月兩斾名不朽，勒向媧皇青玉。鵲印乍南，潘輿行北，八翼天門矗。霞艫飛處，葵香萱笑桃熟。

（以上詞録自《黃太史怡春堂逸稿》）

朱之臣

朱之臣（生卒年不詳），字無易，號菊水，又號青樵老叟，成都人。萬曆三十二年（1604）進士及第。歷官德安知府、貴寧副使、江西左布政使、刑部右侍郎。後退隱石城，年九十猶著書不輟。

水調歌頭　九日作

風日正淒緊，木落未全殘。因何咄咄孤坐，不把落英餐。五柳門風未遠，我亦秋懷不淺，怎怕客衣單。何事牛山會，空使涕泛瀾。　　把茱萸，撐老眼，盡情看。年來鬢禿，無復吹落孟嘉冠。因底南來北往，一任東塗西抹，只此黑團團。誰是安心處，好煉大還丹。

（録自《倚聲初集》）

范文光

范文光（？—1651），字仲闇，號兩石，内江人。天啓元年（1621）舉人，除并州學正，署醴泉令，累官至戶部員外郎、右僉都御史、巡撫川南。清兵克嘉定，文光仰藥亡。著有《齒風考略》。

浣溪沙 再贈梁姬文正

夙世剛修半面緣，西風吹上五湖船。秋來瘦骨倍堪憐。　　痴想只教魂孟浪，閑情空對影留連。相思同入藥爐煎。

（録自《明詞綜》）

搗練子 贈金陵楊姬能

曲兒高，月兒斜。春風場上説楊家。自是調高難得和，誤將人面比桃花。

桂殿秋 贈金陵姬劉娟

不在艷，不須多。尊前一擲與橫波。梨花着雨春容冷，應喚金陵小素娥。

其　二 春日過寶瓶寺

一溪水，滿山雲。空林花放寂無人。不堪茅屋稀煙火，處處春風盡掩門。

瀟湘神 月夜箐江

旅魂驚，旅魂驚，空山獨臥倍傷情。月到紙窗纔一綫，夢回草閣恰三更。

（以上兩詞録自《詞覯》；作者誤署爲范文美，下題"仲闇，内江人"，亦收《浣溪沙》《西江月》等詞，可知應爲范文光）

阮郎歸　贈西湖梁姬文芷

天然素質裊風鬟。梨花雨後山。只消眉黛翠雙灣。博得一吳山。
濃淡意，有無間。人在畫中山。別去衣裳想像難。幽夢落巫山。

其　二　贈西湖孫姬文石

堤邊楊柳漸凋絲。逢卿較已遲。伊人夜雨剪燈時。姓氏早先知。
微雨霽，澹煙姿。風日恰相宜。尚書飲酒棄如泥。只顧美人期。

西江月　贈西湖袁姬蕙如

幾疊歌聲醉绿，三更燭影摇紅。旋呼畫舫太匆匆，了却湖山一夢。
人在西陵橋畔，猶然想見餘風。飛來不合有孤峰，帶得片雲相送。

少年游　贈儀真張姬七卿，用仄韻

弱柳腰肢雛燕性。朱解傳芳信。莫道無情，正爲情多，翻作愁和恨。
酒闌携手穿花徑，忍心成薄倖。七夕難逢，一枕孤舟，夢比銀河近。

望江東　贈金陵顧姬

作眉如作蘭與字，筆影偏饒香味。多材多趣兼多藝。十載江南名士。
到門詞客俱懷刺，宛與良朋相似。圖書鐘鼎俱環伺，難記起風流事。

姬工詩能書，善作蘭，每對客揮毫，頃刻立就，又能高談驚四座。凡文人墨客之聚，必姬與俱。而姬亦雅意自託，思與諸才人伍。每有文酒會，必流連不肯去，故吾黨益重之，每當含毫伸紙，其眼光鬢影，與筆墨之氣，兩相浮動，今年年廿有六，而得名已十年。姬又好樓居，諸友爭詠之，故有《眉樓集》行世。

其 二 贈金陵馬姬曉寒

花月名家楊柳樹，猶見舊時行處。談茶説酒眉兒聚。多是深閨情緒。　金錢常把良人卜，但恐少年耽誤。誰人修得鴛鴦福，好把春風拾去。

> 姬與女喬俱湘蘭裔也，而姬居姊行。余與女喬既已目成，而姬更從中調護。曾謂余云："世間惟情字最説不盡。"姬蓋深於情者也。

浪淘沙 折梅花

寂寞對東風，獨向芳叢。一枝斜倚小墙東。料得伊人心緒懶，也若花慵。　而我亦孤蹤，雨下飄蓬，憐伊未已轉憐儂。折取殘英窗下對，當與伊同。

（録自《詞覯》；亦作范文美詞）

（以上詞除注明者外，均録自《倚聲初集》）

吕 潜

　　吕潜（生卒年不詳），字孔昭，號半隱，又號石山農，遂寧人。崇禎十六年（1643）進士及第。官大理院評事。入清不仕。

清平樂　題顧臨川春江草堂圖

　　溪花竹樹，點染成佳趣。漠漠紅塵門外路，一任閑雲來去。　　鳧鷖占斷清泉，鷓鴣啼破蒼煙。莫問秦宮漢館，從君散髮江邊。

　　（録自《詞綜補遺》）

夏雲弱

　　夏雲弱（生卒年不詳），字蓮娘，錦城妓。少敏慧，嘗就楊初南授書，能詩詞，與苟宣子等詩游。後從何象辰爲妾，何宦楚，卒於官。雲弱更適黑牛渡黄金榜者。

訴衷情　贈苟宣子

　　潭水清泓客鬥茶。草閣月初斜。二月中旬春好，開遍碧桃花。　　閑題句，亂塗鴉。泛流霞。暗悲往事，緑雲冉冉，夢繞天涯。

山花子　寄楊初南先生

　　誰惜紅顔薄命娃。一身滯楚竟爲家。秋來良夜窺明月，怯羞花。巫峽夢回雲絮絮，錦城鶯老雨些些。異鄉青冢空芳草，悵年華。

　　（以上兩詞録自《衆香詞》數集）

雪　灘

雪灘（生卒年不詳），俗姓陳，名盟，四川富順人。明末入清爲僧。

水龍吟　招鶴

仙翁胡不歸來，搏風瞬夕辭蓬島。竹籬茅舍，青松白石，於今尚好。舊日江山，半銜落景，半沉衰草。記西湖西畔，雪中去後，塵世事，幾雲擾。　　趁此月明如練。想令威、歸來華表。玄裳縞袂，惠然顧我，一聲林杪。朝飲流霞，夕餐沆露，相期縹緲。待梅花栽就，成林何似，洞天清曉。

（録自《全清詞鈔》）

劉　氏

　　劉氏（？—1661），富順人，雅州參將蕭某妻。南明永歷帝走緬，劉取壁間“驛梅驚別意，堤柳暗離愁”爲首字作十絕詩，慷慨激烈，氣冲牛斗。以七歲子付家人，手刃幼女而自縊。

472　**浪淘沙**　絕命詞

　　滿眼干戈繞，身如籠鳥。手携子女伶仃小。立坐悲傷莫苟活，此生休了。　鄉國雲縹緲，妝臺夢杳。一死何難天地老。刀鋸不避命須臾，投繯去好。

　　（録自《衆香詞》禮集）

京師妓

成都人。

瑞鷓鴣

少年曾侍漢梁王。濯錦江邊醉幾場。拂石坐來衫袖冷，踏花歸去馬蹄香。　　當初酒盞寧辭滿，今日閑愁不易當。暗想勝游還似夢，芙蓉城下水茫茫。

（録自《明詞綜》）

成都女郎

成都女郎，名字不詳。亂時避兵他處，夫以遠賈爲活，以詞送之。

鷓鴣天　送夫

三春落魄苦經營，月月縫衣送遠行。一雁忽分隨夢斷，雙篙架緑趁潮生。　　嗟別去，重叮嚀。臨岐無語獨含情。山遠水遥音早至，相思萬疊暮煙横。

（録自《衆香詞》御集）

清　代

李　蕃

　　李蕃（1621—1694），字錫徵，號懶庵，通江人。順治十四年舉於鄉，康熙九年官山東黃縣知縣，因刑案失律流戍遼西。後歸里而卒。著有《雪鴻堂文集》十八卷。

念奴嬌　登蓬萊閣

　　蓬萊閣上，問潮聲，幾時是歇。引多少游人登此，便欲乘槎泛月。安期羨門，鶴飛何處，惟留壁上帖。勞生紛擾，營營無限根節。　　還憶驅石秦皇，求仙漢武，枉造男女孽。圓嶠方壺盡森茫，誰見銀宮珠闕。任他奔忙，由我瀟灑，自成御風客。相告詞壇，詩翁依我分説。

滿江紅　榆關寄内

　　寄來寒衣，件件自，蕪湖城畔。正值新霜滿地，西風如箭。多是綫針因淚濕，暗添酸楚傷心換。想人生，富貴總無常，思量遍。　　榕葉賦，蒸羊飯。霜風急，鬚眉健。半世功名吾舌在，百年杖履卿身見。好安排，幾部未殘書，歸來看。

滿庭芳　和長山壁上韻

　　劍氣摩雲，浩歌悲月，牢騷塞滿溪山。英雄本色，逼露數行間。記得楸枰幾子，雙睛早，覷破機關。到頭來，冥鴻翔鶴，往事在塵寰。　　秋風到旅館，綿衣儘著，却似嚴寒。多因長篇壯句。勝冰弦，天外遙彈。讀罷也，光摇四座，無地覓金丹。

（以上詞録自《雪鴻堂文集》）

張吾瑾

　　張吾瑾（生卒年不詳），字石仙，號鶴洲，金堂人。順治十二年（1655）進士及第，官山東夏津縣令。著有《鵲符齋集》。

菩薩蠻　官閑讀書

　　雲幽板靜門如水，擔饑無藥堪療鄙。十指似懸椎。探閑下重帷，紛紛何足數，把臂交千古。萬卷惜分陰，揮麈擁百城。

望遠行　縴夫嘆

　　己亥夏，大兵南發，縴夫死傷甚衆。聞有嫠婦子新娶，竟隕於役，作此哀之。

　　飛符一紙，如星火，報到貔貅南下。預徵芻粟，齊駕樓船龍驤。虎賁人馬，郡邑編夫，拉縴逐門排户，日夜震驚城野。道王師伐罪，安民義也。　　嗟訝。赤子那堪渴暑，稍越站，即遭鞭打。贖放無錢，病來莫訴，水次枕屍狼藉。誰惜高堂懸望，孤兒別後，誤殺娥眉初嫁。奈繪圖無鄭，痛哭思賈。

　　（以上詞録自乾隆《夏津縣志》）

先 著

先著（1651—?），字渭求，號遷甫，又號躅齋、染齋，別號之溪老生，瀘州人。晚居金陵，自號遷夫。著學識博洽，尤工詩賦，著有《之溪老生集》《勸影堂詞》。

南 浦　春水

芳事到池萍，雨聲柔，一夜煙痕添滿。風定織鮫絲，雙飛羽，偏把平波輕剪。移舟舊日，呼鐙藏酒人家遠。一任游魚吹暖浪，睡老鴛鴦誰管。

還將愁比春江，算春江，盡是盈盈淚點。花後少沿洄，山溪約，應恐半篙難挽。揉藍淨染。飛香茜血如何浣。堤畔陰陰無柳路，天際歸帆更晚。

其 二　登孝侯臺用玉田韻

埋寶起雄城，算荒臺，閱盡多番昏曉。磯水染榴紅，鐫題字，簫鼓風流如掃。長干兒女，嫁時不記芳年小。望裏樓臺蕭寺遠，都化白門煙草。

追思孫皓降幡，只斬蛟，射虎英雄事了。柳影闌雙扉，青溪轉，三四酒人頻到。舊歡雲渺。捲來敗葉歸鴉悄。拼向風前多灑淚，無奈淚從今少。

其 三　方塘荷雨

斜柳倚平橋，樹參差，別是澄泓煙浦。新雨湊風來，明珠碎，荷蓋亭亭翻舞。檐前瀉玉，梁間定阻歸飛羽。渾似巫山巫峽半，清簟疏簾無暑。

偏宜小艇垂綸，候游魚，吮浪往來堪數。乍憶採香人，紅衣艷，避入笑花何處。紗廚夢午。醒回清潤圖書府。一霎收雲晴更好，天角彩虹初吐。

水龍吟　白蓮

煙汀月轉無聲，深飛鷺起人纔見。橫波靜悄，芳容澹雅，亭亭意遠。

水國淒涼，錦香何處，笙歌臺殿。待採菱人過，纖腰素面，應暗訴，西風怨。　　瑟瑟風裳斜捲，惜因何，羞紅一點。同時姊妹，舞衣零落，鮮妝已變。幾瓣隨流，不成題句，誤他愁眼。恐蘋花吹老，涼螢掠影，響枯聲岸。

其　二　萬竿蒼玉

渭濱千畝蒼涼，此間日有凌雲勢。錦繃繾褪，抽梢一夜，滿園龍子。密葉交加，風吟不到，月穿無地。向深林坐聽，琅玕奏響，入耳處，皆生翠。　　嘆想子猷高致，真不愧，此君知己。行天赤日，炎蒸頓失，幽襟如洗。參尋玉版，多年公案，不妨拈起。趁逍遙靜日，吮毫重與，撰淇園記。

珍珠簾　泛雨

半篙淺水城陰路。又添得，船頭一簾絲雨。煙樹遠迷濛，望橫橋斜浦。陌上鈿車堤上騎，是晴日，冶游佳處。無數。爲朝來泥潦，頓成妨阻。　　還將老眼臨風，問江南山色，模糊何許。零落到天香，正殘春無主。長條濕盡垂楊重。恐早晚，要成飛絮。歸去。甚紫藤花發，留君不住。

其　二　詠瓶中芍藥

殿春但覺春歸駛。爲手把，芳枝客愁撩起。名字喚將離，是惱人名字。曉雨停時膏沐罷，都艷絕，不能平視。斜倚。又回肩轉面，漢宮誰比。　　揚州自詫輕來，竟拋却鄉園，百分花事。白白與紅紅，沒一些眼裏。珍瓷旋注清泉滿，作片刻，寵花之計。何意。有一聲慰我，黃鸝入耳。

其　三

晚泛紅橋，聽鄰舟吴僧龍吉度曲。

畫橈停處長橋暗。聽嫋嫋，鄰舟歌珠一串。橋外柳風清，又近前吹亂。脆竹柔絲全附肉，似乳燕，流鶯相喚。嬌軟。把廿年情事，片時兜轉。　　休言此地神仙，縱明月依然，玉人誰見。賭酒憑闌干，映紅燈幾點。邂逅今宵豪士會，是吳下，名僧拍板。歸緩。已十分羈思，消來多半。

其　四

周師農盆中秋蘭一枝特異，自以同心合歡爲名，屬爲詞以詠之。

荊溪陶器砂凝紫。愛端然，靜置蕭齋棐几。取土向山家，帶雙峰雲氣。費盡幽人心力養，算雨潤，泉滋不計。開矣。正秋棠時候，露零風細。　　幾莖自挺新苞，縮同心雙結，一枝尤異。綽約藐姑仙，更兩三倁倚。客來坐近清芬遠，有豐草，長林意味。深醉。已停杯欲去，又還難起。

長亭怨慢　　望後湖用白石韻

想江上，飛黏蘆絮。待覓毛公，問他三户。錦翼鴛鴦，舊時曾識淺深許。芰荷空矣，憑見說，千章古樹。早是蕭疏，更莫遣，愁人來此。景暮。有霜紅一段，略與夕霞充數。漁罾冷落，更誰把，釣竿交付。只較量，一掬湖波，況無數，溪山無主。嘆近日臨風，衰比垂楊絲縷。

其　二　　題蔣波澂折柳贈行圖

是一曲，清溪澗處。老柳西風，不能低舞。攬衣磬折，書劍匆匆就前路。伊誰寫贈，爲搖落，江南秋暮。欲慰離愁，肯更唱，尊前舊句。來去。還北走燕臺，千里關河淒楚。折來幾縷，相伴送，清霜紅樹。想西湖，亦有垂條，總牽惹，無情鷗鷺。且明歲春衫，染上禁城煙雨。

解連環　　詠江城閣秋海棠

曲欄幽砌。想伊人不在，清平調裏。曉露正，晞煙尚困，艷紅潮滿頰，昨宵未洗。姊姊姨姨，聽不出，依肩密語。是結璘宮內，十萬霓裳，教歌仙子。　　切莫驚他秋思，恐玉階中夜，寒蛩傷耳。倩飛螢，幾點相尋，料羅襪生愁，悄然私起。閣外疏楊，波意遠，濃雲如米。任明年，蜀府嬌紅，看時倦矣。

其　二

前闋頗爲人所傳，客有復徵是詞者，再用前韻。

秋陰滿砌。恰葉飛井畔，苔侵廊裏。禽迹少，來蟲意静，怕畫檐凉雨，淋鈴欲洗。夜月潛過，似階下，有人怨語。却誰知是當年，手種下斷腸種子。　　重省舊時情事，記輕紅一捻，從腮透耳。念個人嬌小，闌干偎遍，風露壓翠裙難起。此際波光，正漂折，蓮房菰米。怎當得，十分寂莫，教人瘦矣。

其　三　詠水仙花

凌波不起。乘昨夜曉寒，偷過湘水。白石離離江路永，猶自有冷雁，啼聲在耳。家近蒼梧，幾相見，皇英帝女。黯銷魂延佇，淡色金翹，緑雲衫子。　　清思一生無寐。已休糧絶粒，道家風致。春事難分誰個早，與羅浮遠客，天涯同至。風峭簾昏，猶蟬著，玉肩群倚。算江天，煙程何許，來應不記。

其　四　蝶影

彩衣縞袂。脱却當年，只一魂未退。是生平，愛抱花鬚，便蹤迹來回，不離香隊。滿地春陰，冉冉共，落英浮蕊。誰行遺照，暖日呵成，冷雲裁碎。　　不入畫羅扇底。有時又挨上，美人肩背。幾星兒，悄悄冥冥，被風漾過，還湘裙裏起。一到黄昏，任夢寐，思他不至。恐漢武，夫人前殿，眼穿環佩。

其　五

清明日歸自南園遇雨，折西府一枝，同輩索賦海棠詞。

庭除纔濕。虧他護惜，到清明寒食。爲杜陵野老無詩，料應亂離漂泊，焉消得。自許知名，都不在，嬌紅膩白。問人前酒底，似余亦有，半面之識。　　秋水春雲無迹。正懨懨未損，娟娟殆絶。想錦江，流出殘脂，反借看，深宫玉環睡色。一絲一瓣，直想出，化身千百。便特煞，雨風零落，有誰輕拾。

清·先著／481

其 六　詠銅雀瓦硯

鄴宮傾盡。只千年漳水，尚流殘粉。想臺成，初日鮮妝，鱗鱗萬段鴛，樣銜鷗吻。雨洗沙沉，有一片，埋藏未損。却從誰琢就，追思往事，惹人情恨。　　霏霏麝煙生潤。漲滿身濃霧，半溝清潘。記曾窺，才子應劉，也陪輦抽毫，最饒文韻。牢鎖嬋娟，作不得，分香憑準。又何嫌，繡帷晝困，侍兒偷枕。

其 七

臘月十七夜，臥琴閣聽王青雯度曲。

安仁酸楚。爲連宵孤枕，夢無尋處。又歲闌，殘雪初消，輝輝夜色寒，月窺簾戶。一闋清歌，早牽動，情絲恨縷。算生生死死，只有臨川，斷腸詞句。　　緗梅半含半吐。傍瓶花倚笛，幾聲低度。任筵前，聰絕周郎，也拍遍紅牙，料應無誤。南北鶯花，把少日，冶游追數。但相對，自傷才盡，難拈舊譜。

其 八　梅屋烘晴

溫房迎曉。好園林雪後，幽花纔笑。待種滿，千樹羅浮，任短折微吟，煙橫月罩。靜處香生，試較問，夜來寒峭。壓雙垂銀蒜，酒入玉山，不覺敧倒。　　春回郭南最早。惜瑤英飛墜，未容輕掃。傍晚高，下長廊結，一片孤神，禁當殘照。轉眼繁陰，睹枝上。青青豆小。許詩成。並傳官閣，何郎爭妙。

其 九　送程鞾老楚游

水腥波滑。向大江千里，楚天空闊。念故園，春已無多，又值銷魂，南浦人將發。津岸停舟，花數點，飛君素袷。啓蓬窗坐臥，一路青山，有如黛抹。　　天門大魚吹沫。過臨江絕壁，石鐘鞺鞳。算何年，江漢西回，重得見仙人，飛來黃鶴。吊古留題，心目墜，蒼煙叢雜。料故人，客中歡見，浩歌相答。

其一〇

杜書載以篆石二方見貽，賦此謝之。

斯前籀後。費錕刀幾許，經營避就。百年間，妙絕文何，居然漢人姿，態生心手。綠沁氍氀，曾遍見，當時斷紐。要氣合神行，分鋒度刃，溫醇樸茂。　此生寂寥杯酒。豈思量姓字，金石同壽。荷君家，極意雕鐫，便博得流傳，其人迂謬。畏墨相磨，還讓爾，硜硜獨久。更誰覓，宣和血色，珊瑚不舊。

其一一　青溪別館作

娟娟霜月。向青溪良夜，最宜橫笛。借醉鄉，闌入溫柔，何來深藏密，館人聰絕。霧鬒煙鬟，更接坐，衣香親切。為病酒憐歡，翻歌不就，非關生澀。　吾徒謔浪蹤跡。已高城落日，莫能云別。想昔時，北里風流，也咫尺興愁，難尋巷陌。雪後明妝，作高會，重來可必。寫片幅，新詞贈與，道予曾識。

雙雙燕　詠乾蝴蝶

學仙去也，怎勾攝將來，輕輕彈醒。一生迷戀，堪葬粉坑香井。可惜春風亦冷。吹不返，遮腔枯夢。嘆他命薄輕綃，再得雙雙相趁。　料是。生前無病。看舞衣絢爛，十分猶整。杏館無人，休想天明過影。應恐年深自認。留譜與，芳針細忖。傷心姊妹相尋，還向舊時花徑。

尉遲杯　繡鞋

香泥沁。擎來掌上結成幽恨。芳心可認針痕，滅盡也絲難隱。第一侵階印。花陰悄，月到裙拖準。是夢中行雨，彩索鞦韆，如何恁穩。　休污燭痕酒暈。到羅襦襟解，幾曾輕肯。每夜燈前，背人藏過，不離枕邊一寸。可煞踏青期近。東風得見，也應吹損。為歡情贈與，須妨人見，又妨人問。

花　犯　綉被焚香獨自眠

舟中夜，迢迢清漏，無語耿悲咽。嚴霜苦月。却送向淺水，蒹葭栖泊。畫堂人花嬌玉怯。怎遽經離別。更孤燈，搖搖不定，照眼影將滅。

空馥郁百合鷄蘇，對回環文綺，頸交股疊。挨枕天明未也。料兩地，生寒不減，無夢與，沉沉水驛接。但抱取，紅綿展轉，淚點裹清血。

其　二　瓶蘭秋海棠

膽瓶小，養花銷日，注水偏宜淺。數枝嬌倩。不比舊叢中，綺羅人面。國香零落騷心怨。楚畹何由見。是誰向，幽谷尋來，與海棠爲伴。

眼中餘卉皆塵土，還避却風露，泠泠庭院。小立悠然自遠。但縹緲，清根浮水，似蓬山弱海仙姝現。最牽惹，寒宵魂夢，明月紗窗轉。

其　三　題梅花畫卷

人何在，一枝斜照，空江煙浪水。愧余相對。持來素卷，不復能題此。月苦霜高清不寐。積雪明千里。此時神韻且漫擬，作美人高士。
三十年靈谷人家，塵土花飛惹，春風老淚。夢想空山天地。絶壑流，漸行未到，强巡檐，索笑爲知己。還認取，垂垂千樹，盡飽風霜味。

滿庭芳　送春

葉積爲煙，花摧作水，一番收拾春回。只因臨去，物色便多違。莫謂盧家人老，幾何時，燕懶鶯肥。連朝裹，撲天飛絮，不敢暫開帷。　　依依。當勸別，詩懷欲盡，酒伴俱稀。把一杯在手，清血沾衣。忍使匆匆負却，暗傷予，景是情非。春何處，綠雲萬里，望不透重圍。

其　二　懷友

楊柳青枝，海棠紅樹，小樓三面春鬟。故人眉目，葱蒨過於山。盡日水沉香縷，譜新聲，字字潺湲。幽簾下，香封翠掩，只有燕交還。　　流連。歸棹淺，須臾春盡，可惜花殘。雖舊詞宛轉，新興闌珊。零落交游已久，便追歡，不似當年。君須取，銷魂一句，寄我使開顔。

其 三

城南汛雨，有所期不至。

山雨欲來，江風已亂，米家生墨淋漓。橫橋直浦，煙樹晚痴痴。漫擁酒爐紅發，繞城南，一棹逶迤。悠然聽，驚魚撥剌，腥氣泛人衣。　　佳期。昨有約，阻他巾佩，勞我相思。尚想伊人，宛在溯從之。誰在巫山巫峽，清簟疏簾，看弈棋。只饒似，高吟杜老，頭上黑催時。

蘭陵王　詠虞美人花影

傍荒陌。薄片輕紅舊色。甚心情，弄影春邊，可憐下與草同質。虞兮歌正咽。美人呼喚不迭。總游魂，血化休題，略記認隨身蹤迹。　　四面楚聲徹。嘆兒女情深，英雄氣折。嬌柔慷慨兩俱絕。為輕生一劍，夢碎難行，而今怎敢遠飛越。低頭對細月。　　恨結。天與泄。也入地猶存，臨風未滅。泣向江東見故國。任昏昏野蝶，漫來勾攝。斷腸千載，除青冢明妃共説。

二郎神

病起賞建蘭，時主人亦沉痾初愈。

維摩病起，遣曉露，清芬相伴。正赤日柴門，一牀冰玉，魂夢先教暗換。我亦東鄰扶病客，問消受，君宜健飯。似人在幽林，氣高神遠，風休拂亂。　　鼻觀。坐來潛近，悠然不斷。念春草離披，寒微早見，萎絕東風哀怨。道遠開遲，易傷後發，百朵曾無少倦。須愛護，漠漠煙空塵净，小鬟捲幔。

水調歌頭　七夕

乞巧是今夕，天孫相見稀。兒女性情，如綫縷縷復絲絲。長恨人間會少，却也雙星天上，數定不能移。歡然陳果餌，柳子外庭歸。　　隔長河，此終古，以爲期。難得含情獨守，從不下支機。盼到西風一度，可惜橋邊言語，烏鵲拙於詞。精衛填滄海，空銜弱木枝。

其 二 壬戌中秋與南村對飲

疏篷壓寒雨，江上逼中秋。昨日扶携泥淖，采石古磯頭。何意維舟近泊，各自張帆共下，有酒未相謀。入門晴意好，傍晚月華流。　　一輪上，一更後，一庭幽。天似越窑，青翠風露一時收。高唱南村詩叟，屬和東鄰病客，何暇更言愁。飲須百杯滿，影有十分留。

其 三 題周元龍像

瀟灑金谿客，放浪大梁生。爾有山林骨相，雅不慕浮名。春則滋蘭藝蕙，秋則餐英養菊，清事費經營。獨醒忘下若，小倦試中泠。　　補茶錄，續花史，較丹經。坐君綠天，深處繞屋種蕉成。此是書家縑帛，常帶詩人風雨，宜玩復宜聽，呼童洗漳瓦，草聖勢縱橫。

其 四 壽天井山雲庵長老

天井山何處，太白別抽峰。常被白雲橫斷，不與衆峰同。聞説開山老宿，在日鉗椎爐輔，蹴踏象兼龍。寫經人到處，穿過一枝笻。　　雲庵老，今兩世，繼家風。倦枕鉏頭，熟睡本色住山翁。只管栽田博飯，不用商量佛法，枯淡是真宗。一燈明不已，百歲健無窮。

千秋歲引 睡不著詞用別館寒砧韻

醉語千回，衣香一角。酒紅上耳侵輪郭。濃笑細書歌扇字，風前自剔燈花落。七年事，悵而今，情非昨。　　柔腸任斷無由縛。當杯已舉還重閣。整衣欲去多前却。就中雨意煞分明，行時翻是含糊約。口難言，心自省，禁持著。

其 二

無限嬌憨，逗將眼角。腮痕深淺分郛郭。可因春事去人遥，黃鸝纔叫櫻桃落。海棠詞，藏在篋，有如昨。　　小語殢人如解縛。遠山只在眉棱閣。經心認處偏忘却。新詞知我秦黃手，憑將險韻爲佳約。欹半枕，費更長，怎頓著。

其 三

此情天畔，伊情海角。茫茫摸索無邊郭。燈青月黑引無聊，爲因爲想從空落。急追尋，夜來會，已成昨。　　春蠶作繭層層縛。一番又恐虛沉閣。那能決絕輕拋却。終須點檢一身愁，還應問取前生約。首楞嚴，思病痛，句句著。

憶秦娥　詠蠶繭

繭兒薄。麥雲已老桑煙闊。桑煙闊。繰成白雪，玉人親著。　　相思有地從今縮。抽心至死應埋却。應埋却。千回萬轉，是伊自縛。

驀山溪　板橋流水人家

板橋流水，漸近遥猜擬。及到却生疑，奈臨水，家家相似。柳邊高閣，殘日對輕煙，門悄悄，巷深深，記了還重記。　　杯酒相逢，問得真名字。乍見便生憐，早嵌在，眉間心裏。叮嚀別去，不是等閑愁，橋不斷，水長流，兩意應如是。

蘇幕遮　佛臘日過友人郊閣

豢龍人，潛虬地。寒遍江南，林下無多翠。不辨盧家前後水。雪意橫空，山勢模糊內。　　塵外眼，天邊思。豪語如鐘，打動蒙頭睡。閣上風嚴難更倚。感激相逢，樂極翻成淚。

蝶戀花　曉夢

本是跟尋尋不見。一意回旋，兩境俄然遠。黯黯曉寒筋力倦。雨聲貼地如花片。　　纔得言情成繾綣。非不相關，却不教人便。特地名兒橫在眼。衛郎愁絕因中現。

其 二 詠蝴蝶花

飛絮游絲妝閣靚。草細風柔，栩栩生香徑。夢裏花魂枝上影。比他頭上釵難定。　　裁剪輕綃雙袖並。不似牽牛，開向秋河冷。嬌小垂鬟渾未省。誤將團扇輕相趁。

疏 影 游靈谷寺，用姜白石韻

哀泉響玉。引石路迂回，山寺投宿。殿壁雲昏，腥草牛羊，蟲喧廢院葵竹。驚心但指南朝迹，總一抹，天風吹北。已歷年，剷盡松脂，野老不逢黃獨。　　留得景陽斷紐，土花蝕甚久，苔點封綠。賴得年年，雪片飛香，千樹梅花村屋。金輪塔户初開日，夢聽演，梵音仙曲。待賦將，悲恨重重，要滿庾郎長幅。

甘 州 九日冶城道院登樓，用張玉田韻

放寒霜，一點透絺衣，乍冷未思裘。恰仙院吹簫，黃花翠竹，令節悠悠。墓草碑深八字，此地古西州。銷沉多少事，我始言愁。　　縱眼石頭城下，有江潮怒拍，徙盡沙洲。儘亂山如插，莫對孝陵秋。辛苦長生化鶴，便忘情何似，狎輕鷗。翻思向，夕陽紅處，特起高樓。

其 二 高閣松風

聽幽揚隔水遞笙簧。塵思灑然空。已蒼皮剝落，修柯直上，盤屈如龍。畫裏朱闌高閣，疏敞受天風。偃仰忘愁處，身到崆峒。　　低咽涼雲細籟，拂纖梢不動，翠影重重。乍幽濤鼓怒，如泛海門東。選秋根，嶙峋佳石，直相招雙鶴，步從容。還思要，結巢松頂，滌耳其中。

其 三 送獨任師北游

看公特地去，不惜草鞋穿。特煞爲人心切，老厭縛茅閑。問取即今脚下，不涉程途一句，把住不通關。隨身瓶鉢慣，千里只蕭然。　　北游事，忞與琇，盛流傳。那更帝師，充斥龍象雜其間。好借橫肩欏櫟，一一撥開分出，高唱正宗還。待師甘露下，洗足望鍾山。

（此首疑詞牌有誤，應爲《水調歌頭》）

暗 香 登莫愁湖閣，用白石韻

晚波净色。却因何絶少，扁舟漁笛。幾葉荻蒲，不比田田可擎摘。猶記上公行樂，費多少，濤箋江筆。倚危亭，露下湖心，明月照移席。

家國。好夢寂。任姓字莫愁，舊感偏積。西風暗泣。山影招人尚能憶。休過秦淮夜泊，料霜澗，收痕同碧。再夾岸，花發樹，是誰待得。

探芳信

西華門僧庵看秋藥庵，爲李太師故府，門前石狻猊，其舊物也。

秋艷絶。看一畝澆培，紛披茜色。乍扣響庵扉，蛩聲偶然歇。宮城怕見凝紅處，却對忘情客。總輸他，補衲閑工，勘經静日。　　衰柳漸無力。任搖曳因風，飄黄墜碧。門外轔轔，車近馬蹄疾。東家爲有羈人坐，倦步來如織。問興亡，故府狻猊知得。

其 二 詠鷄冠花

啓蕉院。是一鋪番錦，秋深裁剪。看髻偏冠重，力未嫌嬌軟。多時侍立瑶階下，省記長門怨。又宵來，檐馬丁東，砌蛩凄斷。　　絳紫争深淺。怕新霜暗摻，芳容偷減。老去徐娘，越覺風情艷。胸前密密懷人意，第一明愁眼。但飄零，難共炫妝團扇。

瑣窗寒 燈花

薄酒銷春，新寒惜夜，一莖煙穗。平頭絳吐，不借畫欄香氣。障銀屏，開落午時，幾番待結相思字。想故人厚約，風前挑盡，楸枰空費。

熏被。真無睡。似蠟炬成灰，能禁多淚。勞叨鵲語，慣説深宵寄卉。放蘭膏，滿炧短檠，銅盂貯水浮墨蕊。等明朝，切聽青驄，驗玉郎歸未。

其 二

張山來輯清淚痕撰七療，皆爲悼亡姬作也，並索予詞，以此寄之。

脂盉留芬，領巾凝汗，可堪憔悴。蛛絲冒遍，妝閣三年深閉。是緣何，促損妙齡，來時誤帶多生慧。見鐖銘削誄，安仁舊日，神傷如此。

燕壘。春爲水。有學語籠鸚，替人愁睡。柔毫吮盡，一字欲招魂起。等多時，瑟瑟帷燈，夜堂仿佛姍姍至。但詞成，復是纏綿，恐君重漬淚。

其 三　雙株文杏

控暖晶簾，收香金屋，杏雲高吐。仙姝艷麗，忽地訝逢雙樹。是天工，絳綃剪疊，曉來又濕涓涓露。認微風笑臉，依稀一點，有人羞妒。

曾誤。深紅路。爲賞春沽酒，遠村何處。粉廊戲蝶，錯過幾番閑步。但而今，吹笛夜明，疏枝影裏柔聲度。怕暫時，零落胭脂，翠尊成間阻。

減字木蘭花

吳吳興江上載小鬟至，走筆戲之。

江南游好，載得娉婷能暖老。一水秦淮，雙槳知從畫閣來。　　水亭密護，不教雪色侵窗度。夜盞應多，渡口明朝起艷歌。

其 二

阿誰迎女，擬伴春來長久住。未苦風波，百里邗溝是鵲河。　　白頭詞筆，人前莫更悲蕭瑟。剩與心情，一滴風流有十成。

其 三

平江狹院，幾家繡被房櫳暗。柳府深門，弦管新聲夜月溫。　　探芳滋味，白門尚可留人醉。翻笑龍鍾，特地栖香戀舊叢。

其 四

孤眠生怕，客中一倍添佳話。恐是虛脾，枯木寒巖未可知。　　歡場易苦，人如不妒天應妒。錫命難居，麈尾還愁配犢車。

其 五 夢克宏

孝陵西去，人家千百傷心樹。暖日烝香，携手看花唤酒狂。　　欲游還止，今春風雨顛如此。夢裏平生，忍向西州舊路行。

其 六 題沈崑銅土音集

蕪陰烈士，毀家能作捐生事。慷慨相從，室内三人一死同。　　悲風淺土，雨花臺上夫君墓。夢裏魂游，嗚咽江聲日夜流。

其 七 題周雪客《遺谷聽松圖》

攝山秋好，採藥聽泉誰最早。共説梨莊，文采風流繼侍郎。　　何分車笠，身到山中仍是客。十萬蒼松，待著書成盡化龍。

其 八 贈程天臺

欄杆橋北，落日鍾山横紫色。武學門前，春草人馳射圃煙。　　新詩幾首，要與秋蟲争氣候。一幅生綃，但寫梅花伴寂寥。

其 九 爲劉九水詠木瘦冠

非椰非籜，巧木蟠成何用琢。菌蠢離奇，栗玉雙桃匪我思。　　科頭也好，髮不勝簪寧待老。爲語山人，配個陶公漉酒巾。

西 河

王成公携酒范十山寓，是日聽十山談黨禍甚詳。

桐雨洗。首夏頓生秋意。有人携酒過僧寮，推書而起。瀾翻麈尾閃雙眸，瓶花座畔如醉。　　南朝事，傷馳水。煩君指點就裏。因誰始禍中邊疆，依稀牛李。黨人一網痛衣冠，血濺黄門北寺。　　紛紛半局殘棋止。長太息，過江名士。隻手河山送與。且揮杯，話盡吾能穩記。大有悲蟲草間涕。

金井梧桐　次韻贈范十山

東京黨籍。以先公名氏。厠於陳李。最後見，海濱高士。已賈禍，因文破家爲客，總成奇致。　　掀髯一笑，深締念過去。靈巖瓣香，誰屬無限傷心，向空王決矣。雙丸勇，逝能幾得，聚頭私語。種秫移家，來於何日，待之忍涕。

念奴嬌　次韻送孫無言歸黃山

黃山天半，是終古埋雲，攀躋徑絕。三十六峰迷處所，短笛頑仙吹鐵。鶴怨游頻，松愁人老，招隱勞溪舌。興公賦好，幾年深悔行轍。人間詩卷常留，掉頭不住，堅與友生別。況是烽煙天地苦，不許歸心不熱。寒只披蘿，飢惟煮石，生計何妨拙。吾家安在，峨眉六月深雪。

木蘭花慢　送別周儀一

故園花事好，寧不爲，故人留。悵幾日殘春，片時携手，未是歡游。眼底南樓舊侶，問使酒爭棋興在否。綠遍江南如此，送君仍到磯頭。情柔已慣客揚州。明月夢難收。還四月吳門，雨肥煙重，去聽清謳。從此天涯路熟，怕逐漸忘歸彼美愁。分付桃根桃葉，不如趁上輕舟。

其　二　贈汪鈍予

武昌城對岸，還老作，食魚人。曾有意移家，都梁山下，竟爾因循。謀生苦無百畝，把毛錐昔也漫從軍。手種江邊楊柳，飛花亂撲空津。似君猶未是衰身。爽朗發天真。看酒醉吟詩，家貧結客，滿眼精神。巴河一帆風雨，趁新晴十日白沙村。正好重逢語笑，未須怯向風塵。

其　三　高式南五十

蘆村茅屋好，記相訪，七年前。奈積潦狂霖，河魚大上，水奪秋田。携家來歸故里，整殘書俯仰一蕭然。不用牽船岸上，且須行藥城邊。三間屋似陸平原。君恰住西偏。羨老大相依，白頭兄弟，聽雨閑眠。咨嗟更思偕隱，但何從部署買山錢。料得黃金可變，也應華髮還玄。

滿江紅　李楚章六十

磊落髯夫，大好是，雙肩飄雪。問平生、老拳安在，壯心猶熱。昔日崖山舟覆處，一官曾到槐安國。已成人，十七始從師，真奇絕。　　文字有，先民脉。面貌帶，嬰兒色。把參同契玩，思量丹訣。我覺粗疏偏嫵媚，神仙固是痴人得。且從今，小試驗還童，鬚重黑。

其　二　送車佳玉游秦

匹馬春衫，從不識，西秦風景。喜年來，道途無阻，煙塵纔靜。塞上將軍金不數，天邊游子魂能定。藉桃花，柳色送君行，相遮映。　　愁緒少，機神警。年歲長，風情省。論從前游冶，多成薄倖。小妓彈箏容易醉，健兒吹角悲涼聽。料柴門，歸日菊初黃，霜華冷。

其　三

雪夜同菲泉從夢老飲後，宿无咎齋中。

聽雨前宵，又今夕，圍爐待雪。念輕裝，北游半載，未多離別。天上已無愁可寄，酒間剩有情堪說。向夜長，慷慨沃深杯，燈花結。　　枰上局，何難決。屋下夢，徒痴絕。嘆我心比水，浩然東折。放膽又談來日事，舉頭誰是今時傑。藉六花，飄灑送君歸，江山白。

沁園春　趙客庵七十

七十行藏，萬千悲笑，莫話神京。把今古澆殘，杯深似海，乾坤坐斷，榻穩如城。鐘鼓銷聲，園陵閉氣，一帶牛羊闊路青。天留在，只晨星數老，足慰人情。　　弄丸餘暇游行。似邵叟，車兒到處迎。但村舍飛花，逍遙覓句，門庭積雪，辛苦傳經。不恨衰遲，偏增倔強，遜國春秋眼最明。遲遲待，比伏生正早，有日河清。

其　二　張僧持六十

幼却膻肥，老耽風雅，大江以東。似入社陶公，偏欣酒盞，持齋白叟，不廢詩筒。賣藥行來，買花歸去，拍手兒童盡識翁。南郊外，是庭橫幽草，門對寒松。　　當年耆舊人龍。曾亂後，傳經比鄭公。既婚嫁粗完，專尋泰華，支干重起，還見黃農。回首河山，驚心歲月，忍看鍾陵野燒紅。花時候，但門生兒子，日日隨從。

其　三　王斯村八十

舊曲風光，舊京人物，先生俊才。記彩棚角技，歌聲如沸，華筵宴客，燭淚成堆。樹轉青溪，水通朱閣，荷鍤嘗教香粉埋。當年事，論明珠買艷，十斛輕哉。　　而今八十形骸。便金盡，無家豈繫懷。已身忘寵辱，猶耽簫板，眼空興廢，獨戀尊罍。健可當仙，飲斯入聖，誰敢風流繼後來。何言老，還杖穿花市，屐印苔階。

其　四

次韻李水樵八十，兼柬句曲張鹿牀。

我曾見君，垂帶當風，拄杖角巾。是畫裏昂藏，邈成隔代，人中蕭散，老作遺民。得酒相招，裁詩必和，倍長忘年意最親。秦淮上，恨紫簫寂寂，碧水潾潾。　　作歌爲壽庚申。有絲網，時魚色勝銀。念下箸開筵，十年彈指，扶牀憑几，兩足隨身。蔣尉山高，謝公墩近，忽起茅峰一縷雲。遙相望，喜兩翁並健，百里爲鄰。

其　五　方南董五十

指屈才人，耳熱狂名，方干儻豪。任一門甲第，都言烜赫，半生懷抱，獨占蕭騷。少日金陵，中年棠邑，沉鬱篇章託短毫。昂藏甚，也星星短髮，不免閑搔。　　還應磊塊難澆。羨令子，翩翩有鳳毛。每江上船歸，桃花片鮓，堂前客到，竹葉香醪。拇陣稱雄，酒家作史，爛醉生涯勝錦袍。從今去，算六千三萬，半未支銷。

探春慢

欲訪萬松庵梅花，以雨阻不果，柬庵主邀南村和。

埋雪群山，壓霜獨樹，幽居寒甚南野。炙研冰流，懸燈火滅，空憶天街寶馬。閑却元宵節，都未有，新詞填寫。齋中凍死瓶梅，一枝誰領佳話。　　聞説松多竹密，開幾點素花，清絕堪把。古佛莊嚴，髯僧蕭散，梵界不同春冶。曉起愁人雨，忽窗外，廉纖飛下。待得晴回，孤香已飄中夜。

鵲橋仙　題李董自耕煙圖

院裏風光，渡頭煙水，五十年前仙李。老來何以事耕犁，要踏著，自家田地。　　草樹痴迷，江山睥睨，扣角呼牛且起。不辭努力向東郊，另闢個，桃源人世。

其　二　壽九十有五曹翁

花月昇平，衣冠淳古，九十春秋逾五。神宗廿載曆方長，記起覽揆初度。　　説事能新，聽歌無誤，門外青山緩步。對翁不覺笑張蒼，老未多時食乳。

摸魚兒　春陰坐丸閣竟日

已收鐙，豈嫌微雨，長干浮動煙樹。推窗放入春山影，走出一絲香縷。南郭路。望不斷，含青細草黏天處。輕陰似暮。對古寺平岡，高城峻塔，閣上任延佇。　　長淮北，游興遲回且住。此心全屬梅故。酒徒零落襟期少，又費上元簫鼓。來不去。好易得，扣門言笑無違阻。一杯共取。嘆惋話當年，舊歡如夢，渺渺在何許。

其　二　同黃虞在過吳寶樹新齋留飲論文

正門掩，杏花村裏，聞聲相訪而喜。小紅吹盡枝頭蕊，樹色盎然浮几。春老矣。還得意，近來天氣晴無比。鳳臺在邇。向禪室徵心，旗亭賭句，已別又重至。　　新成屋，修竹蕭蕭斜倚。牀上亂堆圖史。徐陵庾信千年遠，江左流傳佳製。非漫擬。論從來，玉堂沿襲無文體。時名糠粃。去者總如斯，休橫醒眼，爛醉生涯是。

其 三 寄懷何公望歷陽

記相訪，城南冒雨，經年望隔雲樹。思君幸是交緣淺，已有情絲縷縷。淮北路。尋不見，龍蛇慣鬥英雄處。長河日暮。每矯首無人，孤來獨去，鬱鬱少傾吐。　東濱子，行李依人暫住。鬚眉拂拭如故。桃花曾識文昌宅，泠泠朱弦再鼓。悲暗去。難盼轉，年華爾我天心沮。千秋覽取。寧肯付蹉跎，金篦在手，先剖眼中霧。

其 四 放舟三山看打時魚作

傍落日，漁舟無數，三山浮動煙樹。來時潛入清江底，自爲銀鱗珍護。絲網舉。正筍市，千錢一尾爭先取。江深幾許，問何意年年，海潮輕上，不過小孤去。　詩人老，還感腹腴停箸。園陵舊事凄楚。雪鮮粉膩侯鯖美，纖手厨娘親煮。飛騎路。也比他，荔支喘汗沾塵土。霏霏梅雨。恐五月鳴榔，乘潮欲變，游泳少尋處。

其 五 桐軒延月

啓疏窗，莫教遮住，遲遲憑月來至。幽痕寸寸隨人步，轉入曲闌干裏。光未已。倘有恨，難圓應不明如此。星河萬里。看荇藻交橫，纖雲無翳，不照別離事。　修桐樹，數幹亭亭欲洗。此中宜置高士。良材剖作空山雪，金石淵然赴耳。風驟起。恐暗換，先秋一葉飄階砌。狂歌徙倚。天影正蒼凉，醉餘散髮，清夢非塵世。

西子妝慢　月夜泛秦淮

洗出青天，呼來白月，雨後又添簫鼓。十年香夢斷秦淮，認水館，畫欄多誤。相憐酒伴。借良夜，扁舟留住。望煙中，只舊時垂柳，低腰如舞。　長橋外，滑槳柔波，逐明鐙來去。有人帶病瘦於花，重與説，偷聲新譜。沾襟零露。是一段，盈盈愁處。續情游，來日佳期果否。

金縷曲　守歲和異木兼兩德驤諸子

放浪予心得。任平生，人行我止，好竽工瑟。點檢從前詩酒累，何待知非半百。每興到，自稱巴客。幾闋新詞閑比擬，遇關心，景物偏生色。勞愛賞，時傳説。　　凍餘薄雪松梢白。正欣然，拈杯守歲，主賓高絕。臘去郊南人早臥，柏子椒花陳説。屈指計，花燈堪必。三調疊成殊未已，覺春風，先入諸君筆。元夕會，休教隔。

其 二　題寶樹秋吟詞次原韻

種種顛毛矣。念君家，情懷慷慨，淚同鉛水。猶及留都文物盛，故老銷磨餘幾。常話舊，凄然含涕。手種齋前青青竹，有窺檐，白月能知此。思古道，傷今雨。　　新聲苦調凄人耳。憶昨年，驚疑烽火，謀歸鄉里。千古悲秋惟宋玉，異代又逢之子。工絕處，才人心死。滿卷離憂重疊和，是楚天，移入君詞裏。我欲唤，湘娥起。

其 三　柳愚谷七十

瀟灑河東客。問從來，幾人得似，鄭虔三絕，借景樓中頻選句，書法秀藏於拙。但洗研，焚香過日。一幅輕綃生計足，向閑窗，寫盡青山色。老且健，蒼而澤。　　平生見賞文章伯。記陳公，林寒磵肅，品題心得。一自冠巾抛棄後，吹裂李謨長笛。又宛轉，清歌付拍。夢裏京華君尚見，覺風流，未墜遥相接，敬爲壽，涌浮白。

其 四　張南村七十

懷抱人間少。十年前，作詞稱壽，爲君寫照。但有名山都到眼，閩越煙霞搜討。算清福，平生不少。天竺先生容入座，便糟丘，何礙真談道。仿佛是，明僧紹。　　詩吟萬首何其妙。論宗傳，浩然摩詰，關心默笑。多少人爭南宋派，風雅塵氛誰掃。有一説，堅持到老。與我周旋寧作我，恰望衡，對宇憐同調。更十載，詞尤妙。

其 五　喜程坵區病起見訪

扶杖驚相見。喜維摩，經年示疾，初冬平善。特地呼藤爲問答，藤曰先生強飯。還照我，雙瞳如電。老矣神明真未隔，送清談，斐亹曾無倦。羲皇近，滄溟淺。　　膚淳蟠泰流風遠。數中朝，衣冠名士，周旋略遍。滅没龍精飛去久，耿耿許身長劍。家移住，秦淮橋畔。昔日紅亭存舊址，每肩憑，童子青溪轉。渭南叟，上團扇。

其 六

疊前韻，酬垢區，兼懷通州范十山、鄞縣周鐵珊。

十載思重見。是人中，俠腸知己，私心所善。傳說崇川痴老子，但辦餘年喫飯。回首憶，光陰抹電。落落諸君無恙在，似黃花，不爲輕霜倦。交何幸，感非淺。　　　　天耶正色蒼蒼遠。想古來，黑風吹倒，崑崙多遍。燈下歌殘金縷曲，引起牀頭鳴劍。海水淼，五狼天畔。還有明州途路客，嘆黃塵，撲面征車轉。因話舊，聊題扇。

其 七

李素圍招飲，兼惠詩集。

白下抽簪早。十年來，把青山付與，丹霞一老。款步石頭城下路，花藥園扉幽悄。便不用，筍輿能到。寒日開尊招客醉，侑清歌，十五吳伶小。捐禮數，雜諧笑。　　　　作家自信詩篇好。喜而今，人間猶有，李唐高調。大曆開元都絕響，耳底淫蛙聲鬧。把若輩，一齊推倒。在日茶村强項者，肯傾心，贊嘆如公少。光怪甚，浮梨棗。

其 八　送元子之彭城

二月輕帆挂。好風光，柳初搖曳，梅多飄灑。分日郊南游未足，告別牢騷情話。把清酒，藉花傾瀉。千里長淮君舊客，莽河流，箭疾爭東下。馬陵山，當眸也。　　　　彭城我亦曾游者。問當年，樓空燕子，臺存戲馬。醉向黃茅岡上步，亂石群羊如畫。鐵佛院，鐘聲静打。地控中原多事迹，料題詩，吊古生嗟訝。才調美，誰酬價。

其 九　庚午四月就江村之招

古柏垂香葉。正新篁，奮然出土，苔階拗折。枝上青梅肥欲墮，墙角紅榴笑發。夜雨過，鳴泉不歇。百里黃雲齊卧畎，整輕篷，來就江村月。君念我，三旬別。　　　　高樓静倚飛塵絶。晚風前，依稀望見，江南山色。中有著書人放筆，似覺予心先得。將此意，衘杯共説。酒點淋漓襟袖滿，夜何其，星轉微雲滅。纔就枕，東方白。

其一〇　送吳聽翁移家黄子陂

白鳥青山影。向湖陂，栽田種秫，都非人境。收拾綸竿移小艇，道是行天入境。有漁父，殷勤致請。賤不論錢鮭菜易，算而今，始遂煙波興。時被酒，風前醒。　　從前宦况如雲冷。久專家，齊梁體製，文章聲病。白下舊迎桃葉曲，十載猶能記省。算滴滴，風流猶剩。昨日名卿東海畔，恰歸來，清俸能分贈。重就訪，期難定。

其一一

疊原韻酬證山，兼寄去蕪廣陵。

長夏音書得。又涼秋，荻花楓葉，江波瑟瑟。相見開懷唯痛飲，待覓青錢三百。君正是，四明狂客。驚喜英雄猶未老，盡銷磨，面有嬰兒色。別後恨，從頭説。　　鬢邊我亦疏疏白。幾年來，人前説夢，轉增痴絶。近向天邊聞底事，蛇足又成添設。須自信，千秋堪必。突兀詩成詞復健，寫蠅頭，慣使雞毛筆。今視古，無懸隔。

其一二

殘柳絲絲挂。坐江樓，深窗要聽，雨聲飛灑。慷慨論心還附耳，不是田園私話。久矣恨，崑崙低瀉。倔強偏多閑歲月，肯因而，老至居人下。三四個，昂藏也。　　粃糠陶鑄空言者。笑莊生，僅能窺破，塵埃野馬。舉眼纖纖頭上月，一段傷心難盡。更木葉，紛披霜打。我不如君君念我，問行藏，俗子相驚訝。奴與婢，應同價。

其一三

縮地無由見。不思量，好風吹到，歡然稱善。憔悴三人同計拙，但想栽田博飯。奈日月，疾於奔電。九載以還全似昔，總窮愁，相泥無衰倦。酒量改，隨年淺。　　初冬一雁橫空遠。氣蕭森，舊都故國，多曾吟遍。何日東歸安穩卧，不用囊書携劍。到此際，牢愁縈畔。揮手蕪城難遽去，指潯陽，君又孤篷轉。西日烈，還遮扇。

其一四

霜剪芙蓉早。嘆如斯，乾坤莽蕩，漸無遺老。兩夜挑燈僧舍宿，聽徹鐘沉漏悄。人到處，無煩重到。湯鑊冰山時局是，總紛紛，蠻觸看群小。並不直，閑僧笑。　　別來文筆君逾好。眼揩摩，深心厚力，穆然孤調。去去都無開口處，若輩名心方鬧。望東野，低頭拜倒。仗策仲華吾不羨，羨遨游，得似文淵少。戲擲栗，先投棗。

其一五

再疊前韻，送別證山。

失也休論得。幾何曾，驩虞飲酒，高堂挾瑟。日日窮愁如亂草，一歲六旬三百。千載内，予爲過客。舉首酸風眸子倦，好江山，仍是南朝色。興亡恨，鴉能說。　　輕霜天宇雲英白。喜君來，淹留不去，黄花瘦絶。辛苦家人衣食計，來日鼎鍾徒設。是懵懂，天心難必。欲倩麻姑搔背癢，有杜詩，光焰兼韓筆。形共影，何憂隔。

其一六

蕭字空齋挂。剡溪藤，陽冰小篆，墨光濃灑。未有茅堂先製扁，此是證山佳話。聽東海，濤聲傾瀉。料理家山堪作主，見稱詩，才士群相下。五男兒，非凡也。　　憐予寂莫摧頹者。早安排，閉門絶迹，神車尻馬。多少蛾眉矜絶色，誤盡漢宮圖畫。棋局上，連環劫打。蒼狗浮雲從變滅，要置身，鹿豕無猜訝。還待索，玄珠價。

其一七

感慨消聞見。到中年，藉他絲竹，陶情差善。填海移山曾不悔，並屬炊砂搏飯。問列缺，因何名電。山鬼嘯時天帝醉，嘆漫漫，長夜人都倦。昨夕夢，誰深淺。　　半生道路飢驅遠。向蕭條，大河南北，君皆客遍。義士孤城存日録，地底沙沉戈劍，來往念，曹娥江畔。吳越真王雄故里，射錢塘，萬弩潮頭轉。霜氣脆，收紈扇。

其一八

苦恨浮名早。煞强如，寸長莫見，憂來頓老。病雁荒洲飛不起，短日寒江波悄。七載外，豫章曾到。打鼓津頭重作別，抱人間，奇癖非輕小。風雪裏，梅應笑。　　長身偉貌依然好。倚新聲，有懷畢吐，各成淒調。

只有痴頑能混俗，塞耳任人喧鬧。也漸學，玉山頹倒。擁被篷窗携小阮，待吟成，屬和何能少。我嗜酒，君貪棗。

其一九　和證山韻送漁村

既見何言去。算此番，兩鄉千里，真成奇遇。正是江村搖落候，衰柳殘陽幾縷。重覿面，不禁狂舞。顛倒南來連夕話，剪風燈，却喜深窗護。鷄共唱，雁同住。　　琅邪臺下君歸處。草堂前，看雲對海，懷人得句。明歲新詩能寄到，我病纏綿應愈。念別後，無情烏兔。越客雖留留不久，各凄然，踐踏霜華路。勞夢想，添愁緒。

其二〇　對月同證山

寒月當樓見。近初更，浩然如水，清光零亂。原上森森高樹影，落葉橋邊堆滿。又村犬，吠聲遥斷。隱隱隔江山似睡，正無風，不浪江聲懶。百蟲死，群鴉散。　　可知有月難同看。算從前，相思千里，何如對面。總是身衰懷抱惡，却被閑愁移換。更禁得，鄉思展轉。還念琅邪今夜客，繫孤舟，獨宿荒凉岸。雁一叫，人三嘆。

其二一　爲鄭半痴詠榆贅，用沈兼山韻

贅也雕而樸。是天然，枯株結就，採於深谷。比似月支爲飲器，顱骨腥隨箭服。頓使我，雄心奔逐。遍體隆窪紋蹙起，有晶光，髹色如璊玉。君得後，雲陽哭。　　王台兀者能忘足。賀山人，從今寶此，枵然大腹。携向前溪偕隱伴，應免耳污牛辱。待新釀，田家告熟。滿泛一瓢差不愧，便盛雲，舀月猶嫌俗。是榆液，非榆肉。

其二二　送鄭半痴歸東臺

日照霜山紫。送歸人，滿船家具，隨身生計。水國微茫三日路，鷄犬圖書兒子。漸海岸，青煙近矣。採蛤捕魚無不可，寫生綃，一幅營鹽米。鄉情好，故人喜。　　江村別去情難已。幾年前，騎驢追鶴，都成韻事。對月挑燈嘗瞌睡，笑落當門一齒。有多少，痴懷點思。可惜榆瓢將却去，豈山人，不飲空留此。詩藏稿，書題柿。

其二三　和韻種紙庵主

雨是春愁料。恰歸來，故園生恐，牡丹殘了。幾載虛羸江畔客，常是臥多游少。但夢裏，高臺芳草。社火叢祠三月路，便障泥，油碧人頻到。香氣亂，鶯聲早。　　相求寂莫惟同調。趁花期，披衣漉酒，怕成孤笑。霢霂悠揚村徑滑，山色不晴原好。更休憶，錢唐蘇小。大小長干君記否，有飛鴉，只向垂楊繞。南國恨，橫西照。

其二四　和萍灣六十自壽韻

誰可爲君比。把乾坤，儘情嘲笑，掀翻無已。腐臭神奇全覷破，怎肯隨人悲喜。免造化，小兒驅使。難向人間求竹實，便將雛鳳，亦遭飢耳。茫昧甚，生人理。　　開張磊落奇男子。有古來，荆高一輩，竟忘軀體。伯道中郎俱偶爾，何足區區挂齒。要砥柱，中流在此。過去英雄猶活現，論兒孫，豈必毛兼裹。君大笑，真超矣。

月華清

> 元夕璿在招飲次韻，同王子龐、鄭夢老、冀天放。

百步香街，一字高樓，慣見車如流水。珠箔輕明，無數雲鬟偷倚。恰相逢，手弄玉梅，有扶路，太平人醉。誰記。已多時夢冷，京華舊事。

纔聽鞭春鼓吹。且密坐圍爐，休吹燭淚。踏月觀燈，不是少年情味。幸招來，逸客同心，算此會，良宵無二。情字。有新詞宛轉，愛君先寄。

渡江雲　寄懷石濤上人廣陵

長干塵外境，高僧瓢笠，曾借一枝栖。放南山入眼，小閣如拳，落葉閉門時。情深得句，寫峰巒，尺幅淋漓。有隨身，澄泥研子，日日啜喩麋。　　何期。我來卜築，師去孤游，念往還無幾。知愛向，蕪城久住，煙水凄迷。昨年垂柳虹橋畔，奈輕舟，過去纔知。相思甚，因風託寄新詞。

其　二　喜杜書載携家歸廣陵

栖遲感風雨，十年秋草，見爾客中情。付生涯片研，豆棚花白，窗下苦吟聲。閑驅童子，望門前，一點山青。高處近，冶城仙院，時復響鸞笙。　　歡迎。故園重到，庭除花藥，有往還親串。更別來，妙顏未減，骯髒應平。簫聲宛轉予爲客，喜君歸，我亦愁輕。邗溝水，春痕一寸纔生。

其　三　汪礎仙六十

高堂歡正永，希韝將養，華髮映修髯。覆清陰几案，丹黃甲乙，插架萬牙籤。南山北郭，遇花時，窈窕躋攀。曾料理，棕鞋芋衲，畫扇擬前賢。　　留連。良朋來去，命酒挑鐙，有頻年蹤迹。把君家，雨聲月色，盡入詩篇。新詞淡雅惟予和，但矜持，一卷張炎。還相訂，百年言笑溫然。

其　四　王成公六十

老狂渾不減，布衣謔浪，座上狎公卿。是盧郎八米，縱橫敏捷，弱冠有才名。著書苦我，任群兒，作意爭鳴。千百字，莊生孟叟，聊復寄深情。　　忘形。酒人相見，襟袖淋漓，便持觴發令。能約束，邾縢曹鄶，竟酒無爭。竹林人去無高致，對閑雲，雙眼常青。交歡久，惟君惬我平生。

其　五　張抑高五十

蕭然守環堵，於人寡合，於世復何求。土風秦地厚，望遠懷歸，遁迹在真州。浮華可耻，又焉知，風雨窮愁。茅檐下，數莖勁竹，炙背木棉裘。　　清修。兒童丫角，几案丹黃，伴先生雊誦。只少得，平田半頃，負耒牽牛。江村曲曲飛花路，有春山，獨自閑游。容顏古，霜毛不上君頭。

高陽臺

雨中，蕭岡招同去蕪夜話。

檻竹分陰，瓶梅落點，蕭齋有約簇燈。半月春寒，逢花難得堅晴。客來準擬東郊興，未成游，客又將行。聽簷聲，急雨潺潺，響徹空庭。直須苦與天爭。要牽船避地，獨去逃名。坐對今宵，深談略盡平生。兩君不飲看予醉，笑生涯，此事關情。別休輕，住過清明，再出江城。

其　二　同去蕪眺雨花臺，次磴仙韻

芳草高臺，殘經古寺，近郊多有煙巒。飄落疏梅，未開早已頻探。六朝山色全當眼，莫苛求，江左清談。景宜耽，勸緩歸期，少爲情淹。玉田詞卷沉酣。比香新閩荔，液美吳柑。聽雨前宵，君家修竹垂簷。徘徊踏遍城南路，向僧厨，小嚼春藍。未須嫌，落日梅岡，猶剩松杉。

其　三

看桃花坐蒼翠庵，疊前韻，時磴仙攜有周草窗詞選，予疑其贋。

日氣烝花，煙光著草，芳郊淡靄輕嵐。曲折山溪，從前並不曾探。枇杷樹下無人到，覆清陰，相向閑談。最情耽，地既忘塵，分外能淹。此心未飲先酣。思古人渴甚，誰擘霜柑。暮雨將飛，愁他殘杏高簷。詞家北宋開南宋，要論量，青出於藍。又何嫌，細蕊新葩，怪柏奇杉。

其　四

寒食日磴仙樓頭，賞西府海棠，疊前韻同志山。

艷絕東風，種移西府，惜開還擬籠燈。雨絲寒食，看花正不須晴。高樓對面枝枝入，繞樓頭，手把杯行。落無聲，惘悵將殘，苔襯閑庭。少年欲共春爭。嘆人經老大，漸耻狂名。一醉忘懷，等閑不許愁生。柳邊隔日同誰去，有纏綿，啼鳥言情。往來輕，三里柴門，但限郊城。

其　五　送璿在北試

花市收鐙，歌樓墜月，春風早拂吟鞭。北首征塵，好音定擬明年。怒濤曾泛江心月，醉瓊簫，驚起龍眠。倍相憐，才氣縱橫，所向無前。讀書折節一變。有菲泉夢老，古道周旋。突兀金臺，未應專妒嬋娟。藏身屋下如予拙，恐飢驅，亦欲游燕。轉茫然，萬一能來，但看西山。

其 六 次答蕭岡贈別

春水初生，荻芽將茁，磯頭獨自呼船。十里江梅，因循又悔今年。白沙歸客無多日，許關心，知己能憐。但依然，簇簇青山，縷縷輕煙。揚州幾許游迹，便感深舊夢，空說樊川。明月吹簫，惟拼醉倒壚邊。故人有約同相待，向僧寮，把卷忘眠。恐疏簾，透過鐘聲，又復聞鵑。

其 七 留別子璡

古寺門東，空山雨後，君來我恰將行。話舊停杯，牽連別緒叢生。龍河歲月無人記，但墻頭，飄過書聲。最關情，少日朋儕，老眼分明。海棠又已零落，趁春潮揚子，喚渡江城。密筱孤花，僧窗漸有啼鶯。辭親作客同依戀，恐閑愁，鬢入霜莖。特丁寧，君急成名，我早躬耕。

其 八 金粟幽香

雁欲來時，楓將變候，小山詞賦殷勤。細蕊烝開，層巒一片浮金。郊扉豈便容高枕，料繁花，幽樹耽人。更添情，共喙爭飛，下上鳴禽。薌林居士當年植，爲老彌芬烈，寄慨雄心。杯底清光，月中殿影沉沉。西風漸續黃花興，到黃花，秋更堪吟。急登臨，日啓南園，共醉東鄰。

月下笛

七夕前一日，飲寶林庵酒家，同志山。

直下梅岡，草深寺古，早縈秋步。纔得臨風。衣袂漸銷餘暑。山頭瀲瀲長松影，照一片，殘紅入暮。見屋角帘懸，門前水繞，墻邊蠻語。曾是春游路，憶挈榼鋪茵，蘸花澆土。酒美人閑，不醉相看何苦。頻年絶，愛郊南住，秋又到最撩吟處。夜色起，月彎環來日，天孫河鼓。

其 二 夜塔燈輝

佳麗長干，望中蕭寺，插天金碧。平岡落日。收盡微茫山色。忽明燈

萬戶光生，蜃樓海市渾未識。記赤烏往代，康居僧到，遂標神迹。　遙
空徹夜，似寶樹雕花，堆成千尺。飛觴漏永，恰對平原主客。要移尊，小
舟繫門，一灣淺水通舊闕。儘沿洄，燃盡波中點點，天放白。

采桑子

　　壬申秋日，蕪城客舍，酌酒雜成。

蕪城作客今三載，八寶耕農。抱犢山翁，去住行藏略與同。　君家
兄弟偏予愛，鶴和堂東。蠟炬微紅，不放香醪一夕空。

其　二

扁舟喚渡將歸去，陂水西東。稻畝橫縱，留看江郊夕照紅。　佳晨
共把黃花嗅，蝶舞西風。身繞霜叢，知己情如酒味濃。

其　三

西莊有客尋榆薋，親手磨礱。遍體窪窿，得酒能生琥珀紅。　一瓢
滿泛予應足，巢父家風。漫叟行蹤，滅没杯湖淺浪中。

其　四

平山堂下秋芳好，錦色蒙茸。蜀井甘融，雁未來時葉早紅。　重來
下鑰書堂裏，清露凄蛩。長夜堪終，又聽霜華到遠鴻。

其　五

我家南郭青山下，蠻楮詩筒。酒伴相從，普德門前落落松。　張翁
董叟偕田子，言笑時通。吟賞何窮，常送溪田薄暮鐘。

其　六

紫峰閣下金吾老，飲酒心雄。未是衰翁，説著前朝兩眼紅。　江聲
常到深山頂，秋盡初冬。策蹇携筇，約看栖霞萬樹楓。

其　七

春牛廠外梅岡路，老樹臨風。木落秋空，鴨脚黃非烏柏紅。　酒帘

斜暈疏籬畔，扶醉人逢。淪茗僧供，幾簇芙蓉細雨中。

其 八

政黃牛却今時在，紙被霜封。橘盞湯濃，冷面飢腸憶井公。予生直合逃禪去，零落無功。磊塊填胸，消得雲門跛腳宗。

予生

其 九

年來怕作傷心句，候鳥吟蟲。藉以銷鎔，但唱新詞耳便聰。缺月當窗墮，笑我疏慵。休說雙童，酒暈生潮頰上紅。

連宵

其一〇

飯牛牧豕人休矣，天意顓蒙。長此安窮，浮海人傳皂帽公。醉臥鄰家哭，別有深衷。太息英雄，不與清狂放達同。

酒家

清平樂　送汪樂園游商丘

輕衫席帽，雨後新鶯早到。日海榴紅欲笑，可惜牡丹遲了。搖斷吟魂，莫辭前路傾尊。惟有江南草色，青青直接中原。

鞭梢

其 二　詠山楂膏

融膏濾液，巧奪猩紅色。十六女郎親製得，要比鏡中雙頰。指印嫣然，餖飣特上牙盤。兜動春情多少，因他一點微酸。

齒痕

其 三　題蓴泉小照

昂藏傲兀，自命千秋足。但向高空時屬目，何有人寰局促。雲海重重，蓴泉沃我心胸。拄腹撐腸萬卷，莫教老却英雄。

家山

其 四　題綫楸閣

楸根擁腫，清影時搖動。石畔一株綿杜仲，都是先人手種。忽報新涼，幾番過雨斜陽。葉底垂垂短綫，可能繫住秋光。

蟬聲

清・先著　／

其　五　題秋林落葉圖

霜林葉脆，不待西風墜。落日山光橫紫翠，遥雁天邊斜綴。　　郊原蕭瑟如斯，乘高指點爲誰。唯有白頭詞客，承當萬古秋悲。

其　六　題樹南黏瓣梅花

宵來月色，照見花狼藉。總是春風無愛惜，自向閑庭收拾。　　道人木石心腸，爲伊幻出新妝。留得苔心墜粉，重來楮面生香。

其　七　題周宸臣海日圖

唐封漢襌，越觀連秦觀。把火齋宮游夜半，直造峰頭待旦。　　悠然嘯引天風，盤桓手撫孤松。借此雲濤萬頃，蕩君如海心胸。

踏莎行　贈元静上人

秋海棠紅，春蘼蕪綠。高杉古寺廊西曲。驅烏未了已能吟，焚香先禮詩人足。　　磬外煙沉，窗間雲宿。此中歲月娛幽獨。灌花掃葉有餘閑，湯休綺語何妨續。

其　二　眺梅岡後飲寶淳堂即事

落木中間，歸鴉前後。斜陽只在人衣袖。寺樓飛出一聲鐘，蒼茫不辨還搔首。　　苔紙題詩，布袍翻酒。長歌曼嘯尊前有。若將清瘦比黃花，輸他展却霜心皺。

其　三　孫伯琴五十

老屋三間，空枰一局。好書不厭千回讀。生涯濩落性情迂，每成佳句人難續。　　梅塢探梅，菊田採菊。往還只有鄰翁熟。斜陽巷口舊青山，與君百歲供吟目。

惜黃花　集顧友星水館

水痕初淺。霜天欲變。望鍾山，都倚在，欄杆東面。郊南追逐近，城北扶携遠。争忍負，黃花幽艷。　　煎香浣研。傾尊折簡。再留連，恐惹起，笛聲清怨。人傳枯樹賦，家有寒松卷。便昔日，風流何減。

青玉案　次韻柬陶庵客中

窺窗冷月人無寐。遠雁斷，雲中字。鄉思千番愁一味。長安買笑，吳門逞醉。夢好情難已。　　墨痕酒迹衣間寄。欲解相思憑縮地，玉子楸枰誰與對。膽瓶花朵，乳爐香氣。我輩憐君意。

憶舊游

> 將之白沙，留别文虎，次来韻。

正春郊凝雪，夜陌收鐙，吾意遲留。狼藉山庵樹，剩殘梅一點，難作清游。可堪又因知己，添得別離愁。看春水潮生，何曾燕到，惟見鷗浮。
真州。讀書地，有柳下虛亭，花外平樓。默默東風裏，背山城解纜，百里輕舟。故人料應數日，遲我立江頭。但與子相思，杜康未必真解憂。

其　二　疊韻酬别文虎

擬開帆昨夜，停屐今朝，似爲君留。聽過元宵雨，只南山僧寺，半日晴游。積陰未閑楊柳，漸漸染成愁。嘆老我無成，真同才盡，生恐名浮。
昇州。送行處，每人到長橋，酒問高樓。雪後春風厲，奈石頭城下，早泊江舟。言情最工吾子，數夕白予頭。莫真正憂天，人間無地埋此憂。

浣紗溪

> 文虎以眼鏡見惠，謝之。

碾就頗黎徑寸圓，因何明暗有虧全，得來應自海南船。　　作字漸妨昏有翳，觀書今可夜無眠，不愁交到丑寅年。

其　二　七夕食新胡桃、銀杏作

肉嫩香清悅口新，一杯花乳沃秋心，不須纖手憶佳人。　　銀杏潤能除宿疾，胡桃澀可益衰身，故園今夜薦天孫。

其　三　詠素心蘭

浣硯傳瓷絕點塵，盆中石畔比山深，素心花媚素心人。　　淡雅一苞
生遠韻，離披幾葉散清芬，春初培養到春深。

聲聲慢

> 將之真州，風雨甚橫，不得解維，留別諸子。

泥深委巷，雨壓窮檐，草堂惟恐天傾。未理輕裝，妨他艤棹相迎。飛
書幾人問訊，總殷勤，慰我將行。無聊甚，是梅花零落，有約難成。
來去年年作別，只催人，白髮如草潛生。病起衰多，春來仗爾葠苓。園中
徘徊雙鶴，料窺余，屢到溪亭。待霽日，動江風，纔算去程。

其　二

> 友星攜具，偕无咎冒雨相送，並邀志山同坐師乳庵。

停舟未發，著屐來看，寺門沽酒同傾。香飯炊成，庵僧作禮歡迎。多
情雨風如此，又何妨，十日遲行。留連意，正含毫賦別，好句先成。
眼底吾儕老矣，任形骸，放浪呼作狂生。歌起西方，美人託詠榛苓。東園
幾株瘦柳，有春風，還曳旗亭。但百里，隔江天，勞爾計程。

其　三　留別子璥位三文虎、三徐氏

論交問齒，把臂言歡，寸心全向君傾。雪後江船，推篷面與山迎。前
宵一尊話別，擬行行，重詠行行。江村去，有高臺望遠，築土將成。
坐臥不離鉛槧，也緣他饘粥，勞我平生。九節昌陽，引年敢任豨苓。春洲
未青細草，野梅開，獨照空亭。借遠鳥，帶飛雲，相伴一程。

一斛珠　再別文虎

顛風猛雨。是他巧作臨行阻。落盡梅花全不顧。一尺春泥，夢隔江頭
樹。　　邀來信宿聯牀語。燒燈炙酒重歡聚。晴日却搖孤艇去，憶著君

家，走上銷魂路。

其　二　寄懷金沙香光庵主

茶山一老。關門細細哦才調。齏盂粥鉢心幽悄。帳裏焚香，几上攤詩草。　　與君未面縈懷抱。何時却買金沙棹。有目不妨長閉好。新句成時，只向迂翁道。

掃花游　留別徐留仙

寒潮逆上，有江豚吹浪，每愁來去。驟衰幾許。幸晴秋病骨，少驚風雨。塔矗煙平，最愛郊原樹古。醉游處。總裹足閉門，倦抽吟緒。　　新月又橫路。纔百里津程，不消重數。飛鴻淺渚。正依依欲下，楓江蘆浦。問舍求田，都覺中年酸苦。更憐取。也聯牀，剪燈虛語。

其　二　春郊水漲

高城野水，既曲可通門，闊堪呼艇。四山遠映。在風前翹首，石梁重整。浴燕浮鷗，滅沒波心不定。碧天静。總潮落潮生，如在明鏡。　　浩然江海興。擬說與漁竿，愁他難省。何曾獨聽。有垂楊往往，笛聲初暝。綠竹名園，人指輞川絕境。響幽磬。復深埋，隔林雲影。

行香子　題顧友星水館

長嘯何嗟，晏坐無嘩。愛山人筆底龍蛇。春醅初撥，細剪芹芽。又聽清歌，思舊事，問鄰家。　　老屋攲斜，淺水周遮，恰詩成妙不容加。呼兒掃地，對客煎茶。但護芭蕉，種楊柳，養梅花。

金菊對芙蓉　程丹問四十

竹影鄰墻，書聲客館，幾年握手傾心。嘗一尊深夜，相向論文。聰明冰雪人如是，更蕭疏，水袖山襟。隱囊塵尾，名香妙墨，事事無塵。纏綿姜史周秦。只清詞七卷，一字堪珍。想虹橋煙月，久擬重尋。江村咫尺無來迹，但蒲帆，數葉秋雲。聊採黃花，因風爲壽，惆悵思君。

琵琶仙　冬日聽无咎摘阮

四弦清潤，是仲容，神解以人名器。遥想作達林間，睥睨視天地。放幽泉，一道潺湲，聚嬌鳥，千聲細碎。不比哀箏，老大情懷，繁音傷耳。

正地爐，撥火生紅，又蛤汁，魚羹釜初沸。插將蠟朵橫枝，裊膽瓶香氣。憑君家，妙手柔絲，重喚取，晉時人起。只應老去高娘，舊曾工此。

哨　遍　題匯村集唐詩

一卷風詩，七字三唐，不辨誰何氏。就其間，離合妙形神。論詩乎，莫奇於此。相與説，詩亡刪後事。屈子陶潛真種子。但屈子離騷，陶潛五字。曲折且從渠意。似搜珠採玉更無遺。總天然毫髮不羞違。千載賞音，古人如見，首肯心死。　　勿謂先生戲，文心託寄難輕擬。介甫集悲笳，蔡琰生還憔悴。共子瞻聯句，巧匠斲山，沉思敏手猶然避。後此指南人，少陵信國，兩兩淚眼相視。對殘春飛絮攬游絲。到霜深葉落杜門時。拈來吟諷三四。無端觸起煩冤，嚀嚀吾愁矣。藉他杯酒澆除，愛而擊節，繼之流涕。君家家集有忠宣，作匯村，別體可耳。

瑶臺聚八仙　汪華岡生日

墙角紅榴。花最盛，曾記聽雨高樓。愛君清瘦，雙鬢不著閑愁。短草秋深天闋路，手遮西日一人游。訪林丘。斷碑古碣，是處淹留。　　弟兄依依子舍，正婆娑壽母，九十平頭。百幅青山，煙雲篋內常收。幾年呼酒渡口，也消得伊人一笛謳。移舟去，趁新潮欲上，明月堪浮。

揚州慢

送證山赴泇河，兼懷子樹別駕。

水滿蒲荒，雨多麥爛，江村四月連陰。有故人重到，相對話愁身。聊復坐竹間亭子，濕雲不散，飛墜鳴禽。能淹留，幾日扁舟，又送河津。

戚城傲吏，想別來，懸榻凝塵。向簾閣攤書，毬場撚箭，意度深沉。天與因緣見面，高樓夜，兩度傾心。好江山近在，風前側耳佳音。

洞仙歌 七夕

微雲淡淡，見長河低轉。衣袂凉生人欲倦。指雙星，瓜果筵前針綫，私語處，兒女含情何限。　　老來無巧乞，病與衰俱，藥爲丸手多遲緩。池上起飛螢，掠扇西風，便作弄，秋光幾點。只從今，有願屬天孫，願疾少愁輕，餘年飽飯。

南鄉子 江村七夕

纖月到庭柯。蟢子縈盤巧若何。天上一年如一日，銀河。只算雙星夜夜過。　　老去恨消磨。歷歷天垣望欲訛。亭外西風橋下響，池荷。道是秋聲却未多。

其 二

庭角嫋蛛絲。草露如珠熠耀飛。樓上穿針廊下望，佳期。賺殺從來痴女兒。　　一笑卧書帷。雖則荒唐未可非。牛女但知耕織事，何疑。乞得人間巧已遲。

其 三 病後作

門外稻花新。桐井纍纍結乳匀。幾日秋來容易覺，江村。五載纏綿一病身。　　蛩語動莎根。牀下階前意漸親。不用更添風葉響，驚心。我是多思少睡人。

其 四

浩渺望沙洲。蘆荻鴛鴦總白頭。對面南徐山不斷，高樓。添得斜陽一段愁。　　來去有漁舟。郭璞焦光近可求。虛擬月明同載酒，清游。縹緲金焦兩點浮。

其 五 雪中東硜軒

薄雪糝春巒。一幅王蒙著粉山。想見幽人高閣上，清歡。携有佳兒愛婿看。　積雨作真寒。幾日相思曳屐難。洗得紅梅如杏白，將殘。要待橋東滑路乾。

其 六 次日雪大作，再用前韻

雪重失岡巒。高下模糊没骨山。最憶少年高興事，貪歡。狂倚危樓醉眼看。　詩句敵高寒。一盞茅柴入口難。野外風來篩竹樹，飛殘。響作空林落葉乾。

其 七

小閣望峰巒。一帶枯林幾簇山。絳萼開時逢艷雪，添歡。勝似疲驢背上看。　納手自知寒。欲出柴門半步難。不忍復言詩酒興，闌殘。炙硯填詞墨易乾。

其 八

硜軒辱和前詞，再成二闋奉答。

郭外有煙巒。尤愛毛公渡口山。爲有耦耕堂上客，邀歡。坐卧樓中十日看。　爐火炙春寒。天意慳晴變轉難。落處不分梅與雪，摧殘。凍雀銜花撲地乾。

其 九

突兀是群巒。埋我惟須負郭山。合口不關人世事，言歡。只有青山用眼看。　花信任遲寒。乍可游時勿憚難。轉眼郊南芳草遍，春殘。啼鳥催人舌亦乾。

釵頭鳳　不寐

山窗下。如年夜。凄清病子孤眠怕。長廊窄。回欄闊。滿庭零露，半墙殘月。白。白。白。　纔徂夏。俄驚社。與他一鬼常休假。鷄聲寂。

蟲聲急。紙聲窸窣，鼠聲在篋。點。點。點。

其　二

殘陽墜。西風脆。低飛雁與雲分背。江波白，蒹葭折。一天歸思，幾番病色。怯。怯。怯。　　霜林內。秋聲碎。晚來山似人憔悴。樓中客。傷今夕。此身老死，有何奇特。惜。惜。惜。

惜秋華　次韻答汪礔仙

病骨西風，但江邊預算，重陽歸棹。身帶愁來，正是葉飛林杪。門前滿地秋山，望山上晴松夭矯。咫尺。曳枯藤難去，登高誰早。　　事遠舊歡杳。對黃香酒熟，最憐同調。幾點黃花，白蝶兩三紛擾。展君片幅新詞，把濃艷，一時驅掃。欹倒。休笑我，鬢間絲嫋。

折紅梅　看迎春作

見幾行彩仗，百手花鞭，喧聲如沸。春近在，馬上平靴，官妓秀眉橫黛。煙靄南山，也幫助，一分姿態。土牛過後，兒童爭記，引雅詠來朝，青絲生菜。　　風光未改。只昇平佳話，無人領會。當時繡幕珠簾，一帶高樓傾壞。懵懂天公。便訴與，東風不解。老去情悰，追惟往事，有閑愁似海，常和酒害。

卜算子　送證山返戚城

到也尚聞蟬，去也剛逢雁。千里殷勤何事來，垂老思頻見。　　空有酒禁當，難藉書消遣。兩樣衰身一種愁，人病秋花健。

其　二

船頭初日生，帆腳清風轉。行過高郵決口深，滿眼秋雲亂。　　辭巢燕自驚，徙穴蟲相喚。煙火荒涼津岸寬，月近泇河遠。

其 三

人從樹杪栖，船在田間過。長堰崩時百怪多，掣斷支祈鎖。　千年碣石湮，萬里崑崙破。秋水洪河又橫流，此地憂方大。

其 四

柿熟棗林紅，露冷霜華白。地在龜黿碰磉間，身是乾坤客。　三嘆隙中駒，一笑褌中虱。那有仙方治得愁，還用愁將息。

虞美人 江村對月

少年月滿香街窄，元夕春燈宅。中年明月照高樓，幾番起舞狂醉度中秋。　昨來恰是重陽過，皎月山窗臥。不曾改變舊清光，未免歡娛寂莫費思量。

其 二 病中對月

閑中見月多清思，把酒吟詩對。愁中見月實堪憐，初圓半缺花後雨餘天。　病中此際難消受，月到深窗久。蒙頭不願復來窺，且須待我愁處與閑時。

其 三 聞雁

雲深月缺誰能見，枕上偏聞雁。舊行淒斷不堪呼，只有數聲嘹唳獨驚予。　冬宵又比秋宵別，病骨眠將折。雁聲過了復鷄聲，却怪江城夜柝欠分明。

江城子 次答硾軒送別

年年春首別家難，理輕帆，石城邊。一尺無情，潮長舊沙灘。解纜匆匆催我去，獨自個，向江天。　園梅如雪又將殘。灑簷間，落樓前。只爲淹旬，苦雨失謀歡。此後風光多少恨，花縱好，不同看。

醉太平

用獨木橋體，次答人日見招。

詞場韻人，歡場俊人。狂來放眼無人，管今人古人。　　花前老人，尊前故人。春光潑眼撩人，喜相招鄙人。

滿路花　蔡岡南六十

黃塵薊北天，白眼江東客。君曾多日看，西山雪。紛紛冠蓋，有刺從漫滅。似髯何處得。皋比相府，一時禮數稱絕。　　鄉園好在，歸計何其決。留賓元夜被，同尊設。米家書畫，虹貫滄江月。去去春秋百。縱情標舉，半星愁沒交涉。

其　二　徐留仙六十

苔生古路磚，茶響空廊竈。對君三嘆息，英雄老。飛蟲滿院，月在僧牆好。浮名忘不早。胸中往事，海潮湏洞傾倒。　　追風逐電，驥子應能到。搖搖風木裏，心悲悄。千年蠹簡，遺漏人多少。此意從誰道。白頭惟我，共君慷慨懷抱。

其　三　顧友星六十

雲生几席多，潮浸闌干半。移將佳絕句，題君館。甘蕉十本，綠葉搖長扇。渡口吹香滿。蕭然偃仰，卷書筆墨凌亂。　　老懷不減，溪上常行散。吳伶輕俊殺，如春燕。新聲要眇，未覺風流散。莫問身衰健。兩行鐫字，瘦筇早擬爲伴。

其　四　送吳雲逸歸里

歸程上水船，別緒殘春候。何堪真折贈，隋堤柳。紛紛雪絮，飛上君衣袖。雄劍隨身久。十年客況，人情幾多薄厚。　　鄉園筍蕨，正是斯時有。黃山曾不數，匡廬秀。到家一醉，月出澄溪口。懷人惟某某好。詩頻寄知，君意興如舊。

其 五 張止稚七十

坡陀古觀山，淅瀝空潭雨。下帷相訪地，曾題句。春城早長，薄靄凝芳樹。落日岡前路。飛花惹袖，高人去來容與。　　千年仲蔚，竹徑低蘿戶。眼空餘子輩，猶塵土。青衫往矣，白首情如故。老健忘遲暮。煙雲供養，衡山子久爲伍。

唐多令 題泰初少壯兩圖

白晢美丰姿。翩翩耿自奇。有驚人，滿腹珠璣。仔細對君三處看，同一笑，總心知。　　少壯異今時。年華去莫追。好風光，白下青溪。還有蟠胸千古事，說不出，但吟詩。

其 二 題顧南原《哦詩圖》

側坐正哦詩。悠然有所思。望修途，整駕將馳。千卷隨身忘百好，糾史誤，考經疑。　　京洛那能羈。田園未肯違。到官來，釋奠先師。不與時人論得喪，吾愛我，彼爲誰。

三姝媚

　　三月一日飮雨花山房，醉歸，途間與踏歌者相逐。是夕樂甚，作此詞以紀之。

雨餘春靜悄。趁人閑賭酒，興酣攲帽。傍晚山晴，向竹梢松頂，淡橫斜照。開處緋桃，知已是，落來堪掃。垂柳青青，故應有意，暗爭芳草。消減老狂懷抱。原不易禁當，一聲歌嫋。夜色蒼茫，但依稀辨得，風前曲調。路轉燈明，恰覿面，覷他年少。空惹情愁，今夕夢中縈繞。

長相思 題畫

南山深，北山深。幾處樵歌響白雲，風前斷續聞。　　遠柴門，近柴門。歸路蒼茫望不分，回頭月趁人。

綺羅香　錦谷芳叢

　　翠葉嬌翻，鮮葩笑倚，芍藥空庭開遍。百輦妝鬟，不是舊宮愁伴。惜難携，綉被熏籠，喜絕稱，畫屏弦管。費黃金，刻刻張筵，雲階月地任教見。　　花風今番較晚，便數洛陽衆譜，芳姿誰減。殢酒留春，肯放香醪斟淺。總嫣然，濃淡傾城，早回首，李桃無艷。問闌珊，心事如何，黃鸝喉舌軟。

　　（以上詞録自《之溪老生集》附《勸影堂詞》）

陳　書

陳書（1656—1697），字御簡，自署丹書氏、思涇子，鹽亭人。康熙十二年從軍，曾參與討平三藩之亂。康熙二十七年進士及第，授內閣中書，擢禮部郎中，卒於官。後人輯有《鵑聲集》。

如夢令 秋閨

一盞孤燈獨坐。萬點砧聲碎剁。左右掩愁容，不教侍兒瞧破。無那。無那。打疊鴛衾且臥。

其　二 旅懷

落葉裁詩且吊。好景出門且眺。人靜鳥歸栖，也哭也歌也笑。誰告。誰告。我與影兒知道。

鷓鴣天 秋閨

梧桐葉落漏初長，夢見郎書愈憶郎。半夜秋聲鳴蟋蟀，滿池秋水宿鴛鴦。　　小窗外，曲欄旁，貪看月色濕羅裳。歸鴻過盡無消息，撥碎燈花掩洞房。

其　二 冬閨

霜烏啼徹欺聲長，半是憂郎半憶郎。夜雪衾單寒翡翠，朔風帳冷動鴛鴦。　　彈別淚，坐燈旁，欲眠愁解麝薰裳。殷勤囑付冰壺箭，莫遣更聲到妾房。

滿江紅 中秋

宋玉胸懷，原難禁，半分秋色。誰信道，此生今夜，依然他國。珠露滌明瑤鏡影，碧雲煉出銀蟾魄。向姮娥，把盞問牢愁，何時歇。　　侯霸起，皇王絕。千古事，那堪説。望瓊樓玉宇，壯心嗚咽。才照秦宮興二世，更催漢殿亡三傑，慨浮生，滿目盡干戈，腸空熱。

憶秦娥 悶懷

心如醉。帝王事業全無味。不堪評駁，只堪鼾睡。　　干戈擾擾山河碎。天涯盡説人憔悴。人憔悴。才愁舊役，又愁新税。

浪淘沙 春

春樹媚春晴，煙淡春岑。花間嬌鳥弄春笙。無奈春萍栖不定，春水飄零。　　春斾拂春雲，馬踏春塵。絲絲春柳繫春情。莫問春愁多與少，春草青青。

踏莎行

君住閩西，我家川北。江湖浩渺山層疊。三生不是有緣人，那能日作登龍客。　　數載談心，一朝言別。灞橋南浦何須説。只愁把臂夢中時，更聲驚散莊周蝶。

鵲橋仙 別徐右鉉

高堂父母，連枝昆弟，多少天倫樂趣。願君彩袖效萊衣，還繼武，姜家被絮。　　孤帆一片，征途千里，心不隨身俱去。須知無限旅人情，不止是，相思詩句。

（以上詞録自《鵑聲集》）

費 軒

費軒（生卒年不詳），字執御，號成齋，新繁（今成都新都區）人。流寓揚州近三十年，返蜀前夕，作《江南好》百餘首以追記之。著有《夢香詞》。

江南好 並引

> 廣陵佳麗，偶成流寓之鄉；江左飄零，偏值銷魂之地。賢者乃能識大，小人終是見卑。既無山川民物之懷，豈乏月露風雲之趣。然而胸無掌故，耳食居多，聽豈言鯖，笑牒而已。偶爲牽合，奚暇儷紫妃青；乍可相聯，便付零硃剩墨。客終是客，真同夢中囈嚖之吟；花已非花，尚作香外徘徊之句。

揚州好，第一是虹橋。楊柳綠齊三尺雨，櫻桃紅破一聲簫。處處繫蘭橈。

其 二

揚州好，重問廣陵濤。但可團龍烹素練，不曾騎馬舞銀袍。瓜步對金焦。

其 三

揚州好，南郭柳初嬌。走馬試來騷狗地，聽鶯宜近美人橋。那處不魂銷。

其 四

揚州好，橋接聽簫園。粉壁漫題今日句，水牌任點及時鮮。能到是前緣。

其 五

揚州好，憑檻喜雙蛾。小隊文魚圓似蛋，一缸新水翠於螺。上下躍清波。

其　六

揚州好，燈節唱秧歌。一朵花依人面好，九條龍賽月明多。打鼓慢篩鑼。

其　七

揚州好，七夕曝衣樓。入夜輕衫風似剪，望雲高樹月如鈎。瓜果滿水甌。

其　八

揚州好，恰是仲春中。軟脆蜒蝀西子舌，丁香蘿蔔女兒紅。回憶總惺忪。

其　九

揚州好，羊臑最膻香。貴客下車親指點，庖丁操切代商量。莫厭踏冰霜。

其一〇

揚州好，小喫味相兼。白米江蝦經酒綠，淡香海蛇入糟甜。但好不論錢。

其一一

揚州好，住近選樓傍。閑把遺文分石匱，漫拈鏤管蘸春江。流寓久頹唐。

其一二

揚州好，笑語隔湘簾。高旻寺中看御幄，小東門口上湖船。携榼養花天。

其一三

揚州好，除夕慶門闌。硃紙便裁財喜字，金錢爭買吉祥丹。歲歲保平安。

清・費軒／

其一四

揚州好，銀鹿總妖嬈。亂撒銀錢貪結束，慢隨蘭筍鬥身腰。誤認鄭櫻桃。

其一五

揚州好，小大總堪看。十里荷花裝酒店，一間亭子鎖浮山。得空便來頑。

其一六

揚州好，妝就下層樓。羅漢高鬆偏穩稱，漁婆小勒最風流。那道懶梳頭。

其一七

揚州好，秋九在江干。接得黃花高出屋，拾來紫蟹大於栟。香膩共君餐。

其一八

揚州好，茗戰有吾徒。鶉鴿炭烹揚子水，鷓鴣斑對大彬壺。棐几小風爐。

其一九

揚州好，雅致最堪思。瘦縐陋添蘭草石，輕涼賤換帽胎兒。又好又便宜。

其二〇

揚州好，糖食冠名都。葉氏上方青果脯，汝家逸品核桃酥。入口定教無。

其二一

揚州好，佞佛太爭奇。化命變成泥皂隸，站肩齊賽粉孩兒。老少半成痴。

其二二

揚州好，秋仲漏遲遲。廢瓦入秋堆寶塔，畫欄有月盡瑤墀。砧杵不曾提。

其二三

揚州好，今古未殊然。脫空諒無真祖師，步虛恰有小游仙。入地與升天。

其二四

揚州好，曾共小流連。量酒唱籌通夜市，採蓮打漿破朝煙。直教夢魂牽。

其二五

揚州好，忠孝合成祠。碧葬尚留亡國恨，血刀難得割肝兒。千載有歌思。

其二六

揚州好，三友記年華。瓔珞珊瑚天竺果，貫珠菡萏蠟梅花。傍襯是山茶。

其二七

揚州好，服御最精奇。禿袖深衫蝴蝶繭，雨纓涼帽判官鬚。行走外邊宜。

其二八

揚州好，花月紀春秋。禪智寺邊無活計，邗溝廟近莫窮愁。底事不風流。

其二九

揚州好，蜀嶺愛徘徊。江北無山遮望眼，川西有水渡仙杯。跨鶴幾時來。

其三〇

揚州好，同坐晚涼時。新漬木瓜欺玉液，將開茉莉綴銅絲。香草妳孩兒。

其三一

揚州好，端是勝郇厨。清冽酒傳喬氏釀，輕鬆糖讓董家酥。風味記還無。

其三二

揚州好，繩戲妙風姿。柔骨變成金鎖子，收香倒挂玉籠兒。日日水邊嬉。

其三三

揚州好，廟觀戲場開。幾處士官酬願起，一班子弟挂衣來。喝采打歪歪。

其三四

揚州好，楚尾與吳頭。樓閣璽書皆北望，茱萸銀浪直西流。一半下瓜洲。

其三五

揚州好，河下教場些。鹽課填門徽客店，包燈市里水仙花。不借不能賒。

其三六

揚州好，曾記過頭家。裝點雙蚨裁杏葉，挑開四鬢是蘭花。腸斷嫁天涯。

其三七

揚州好，小屋可憐生。接户窗櫺留客座，移居爐竈伴人行。恰勝葛仙人。

其三八

揚州好，佳句記還無。名士總勝三斗酒，貧家都有五車書。領袖有鴻儒。

其三九

揚州好，記取好年時。燕筍正香牙筍淡，鱘魚未出鱭魚肥。寧道不思歸。

其四〇

揚州好，壁上有蛇龍。七畝池塘通舊井，三山樓閣隱新松。賢守有高蹤。

其四一

揚州好，北郭冶游場。但許游船通畫港，試騎寶馬到山堂。蘭筍對邀牀。

其四二

揚州好，服御逐時興。裙摺繡拖彈墨畫，衫痕紅淺出爐銀。人物況淒清。

其四三

揚州好，幾處冶游場。轉爨大秦梆子曲，越鄰安息棒兒香。一覺十年長。

其四四

揚州好，草葛勝輕綃。香在汗餘偏覺好，色經浣後轉添嬌。禿袖晚涼饒。

其四五

揚州好，新樂十番佳。消夏林亭雨夾雪，冶春樓閣蝶穿花。大鼓問誰撾。

其四六

揚州好，論陌賣燈茶。秋色檐牙千片錦，晚香籬落幾叢花。鬆脆有糖麻。

其四七

揚州好，生小不知貧。盆買餵金籠蟋蟀，門攤錦袋鬥鵪鶉。破産覓將軍。

其四八

揚州好，香泛落花紅。搖漾美人春一曲，風流刺史酒千鍾。盡日有相逢。

其四九

揚州好，終日可憐鄉。碾玉小盒收艷粉，砑綾紋袋貯甜香。觸著便思量。

其五〇

揚州好，不費買花錢。玫瑰早香紅玉軟，素馨晚市綠珠圓。字漫趺來鮮。

其五一

揚州好，春日手相攜。麀眼籬笆花姊妹，鶯聲巷陌酒娘兒。聽見便如痴。

其五二

揚州好，樓閣接雲霞。親睦坊中公主第，永和宮禁貴妃家。不是舊繁華。

其五三

揚州好，蔬食倚山園。豆豉瓜當攢十景，金虀玉板會三鮮。但喫不須錢。

其五四

揚州好，轎勝七香車。軟扛一肩珠瀉掌，虛窗四面月籠花。看煞是誰家。

其五五

揚州好，製作總玲瓏。香溜煙筒雙勒馬，鰲毫戲杆一條龍。式樣不曾同。

其五六

揚州好，年少記春游。醉客幽居名者者，誤人小巷入兜兜。曾是十年留。

其五七

揚州好，是處總難忘。柳巷過來盤馬地，松棚直接鬥雞場。弦索夜根根。

其五八

揚州好，教化亦稱肥。行乞市中金作碗，斑斕懷裏錦成堆。遮道問爲誰。

其五九

揚州好，歌舞幾曾休。贈客離愁金帶粉，膩人香夢桂花油。直合死揚州。

其六〇

揚州好，評話晚開場。略説從前增感慨，未知去後費思量。野史記興亡。

其六一

揚州好，宵市小橋西。八座名園如畫卷，一斑時調唱黃鸝。竹樹總迷離。

其六二

揚州好，伎倆少年多。豈有楊枝拴寶塔，尚餘郭技打巢窩。撲手笑呵呵。

其六三

揚州好，湖上可逍遥。千處園林千處景，一株楊柳一株桃。可但是春宵。

其六四

揚州好，茉莉一頭花。冉掩漫搖鵝鸛扇，輕空都換子兒紗。水閣晚涼些。

其六五

揚州好，香徑有人量。滿袖窄帮花樣巧，薄檀微襯底兒香。裊娜趁行藏。

其六六

揚州好，問鶴小樓前。入夏恰宜盤水妙，侵晨還喜過橋鮮。一箸值千錢。

其六七

揚州好，功德好樓臺。十九一年三次鬧，百千萬隊幾回來。勝會結清齋。

其六八

揚州好，履舃鬥新奇。結綫攢棕宜夏日，納雲踢雪近冬時。別處不曾知。

其六九

揚州好，佛會本無遮。繡繖黃羅三百柄，錦綳紫襖十千家。直是太繁華。

其七〇

揚州好，暖閣貯名姝。薄襯掩襟紅袒服，微薰籠袖錦烘爐。一幅美人圖。

其七一

揚州好，博古有兒曹。乍白香爐過漢鼎，祭紅瓦片等柴窰。賞鑒最稱高。

其七二

揚州好，法海寺前嬉。水鴨捞頭喧綠縐，晴鳶剪股起黃絲。那得不相思。

其七三

揚州好，重九憶年年。羊是棉裝高似指，菊因梅舊矮於拳。換取不須錢。

其七四

揚州好，年節到元宵。曾許拈香燒十廟，好因却病走三橋。姊妹坐相邀。

其七五

揚州好，香事最難忘。燕尾魚鱗宮錠式，龍涎虎喇女兒香。留得好思量。

其七六

揚州好，年小記曾經。杏子園林瓜子面，藕花衫袖墨花裙。常是繫人心。

其七七

揚州好，靡麗富鶯花。十里垂楊臨水次，一分明月讓天涯。腸斷欲栖鴉。

其七八

揚州好，畫舫是飛仙。十扇紗窗私月淡，兩枝柔櫓撥波圓。人在水雲天。

其七九

揚州好，點綴畫圖家。窈窕窗櫺添竹笏，寬閑庭院夾花笆。蹕事日增華。

其八〇

揚州好，端是賀新年。元寶酒杯斟瀲灩，雕金菜盒鬥新鮮。春色上芳顏。

其八一

揚州好，物件有佳名。懶凳司閽多厭客，唱船贈板最勾人。過客最消魂。

其八二

揚州好，新舊二城遥。郎住連墻雙脊廟，妾家三步兩條橋。莫道路蹊蹺。

其八三

揚州好，重五憶兒家。釵上綠搖蕎麥虎，臂間紅縱彩絨蛇。符剩一些些。

其八四

揚州好，二月月初頭。土地祠前燈是錦，淮鹽店裏酒如油。歌吹不曾休。

其八五

揚州好，曾賦賀新郎。倚醉倚狂恣褻媟，如花如月許端相。分贈棒兒香。

其八六

揚州好，古桂説黃園。十八里中香不斷，二三更後月初圓。來往盡神仙。

其八七

揚州好，花鳥足勾留。十丈錦帆都入夢，萬縉赤仄等閑休。贏得是風流。

其八八

揚州好，游冶玉驄驕。二十四橋歌舞地，一三六酒可憐宵。暮暮與朝朝。

其八九

揚州好，勝地得閑游，北郭寒煙凝鶴唳，南關春浪響龍頭。説起令人愁。

其九〇

揚州好，夏日晚妝妍。睡態巧梳招頂髻，香囊愛帶倒垂蓮。件件劇堪憐。

其九一

揚州好，女將住東鄰。千朵芙蓉團綉襖，一叢蝴蝶晨金裙。靴子細盤雲。

其九二

揚州好，古寺説天寧。千個琅玕留睿藻，幾回巡幸駐鸞旌。好記曲廊行。

其九三

揚州好，夏日市聲齊。蘆葉香粳包玉筍，桂花豌豆煮金泥。糖屑滿銅匙。

其九四

揚州好，游戲總神仙。白鏹店中真土地，黃金壩上假都天。艷想最堪傳。

其九五

揚州好，城郭與江鄉。到處園林開箭道，幾多義學傍琴堂。藝苑任翱翔。

其九六

揚州好，夫婦有仙蹤。年月日時生死共①，悲歡喜樂去來同。況是老龍鍾。

其九七

揚州好，夏日近黃昏。株秫稭籠聽紡績，柏苓香爇辟蚊蠅。消得兩三文。

其九八

揚州好，扶醉夜踉蹡。燈影看殘街市景，晚風吹下筍而香。② 剩得好思量。

其九九

揚州好，春鳥喚提壺。細顆早櫻和絡賣，巨舜時酒論簁沽。風味一時無。

其一〇〇

揚州好，梅對小山堂。三十年中何婉娩，八千里路太凄凉。有夢定

① 原注：青龍井傍一家陳姓，子孫皆諸生。夫婦歿時同一訃狀，生死年月日時無一不同，雍正元年親見之，歿時七十六歲。

② 原注：婦女及小男女夜歸，輿中必然息香三五枝。

生香。①

其一〇一

揚州好，聊作碰頭嬉。便可旋腌麻鴨蛋，不妨細掐旱團魚。那畏客來視。

其一〇二

揚州好，關外列騾行。斜抱琵琶新格調，半開門扇懶梳妝。過客最牽腸。

其一〇三

揚州好，春色上街坊。筠籠鯽刀和獲筍，棘針螺靨撥茴香。別處不曾嘗。

其一〇四

揚州好，寶玩到文房。端石細評鴝鵒暈，澄泥最愛鱔魚黃。雕琢勝琳琅。

其一〇五

揚州好，小物寄戔戔。和美覓鞋非假好，清風得扇是真圓。子細得君臨。

其一〇六

揚州好，端是九秋妍。近郭短籬多種菊，傍湖小艇夜收蓮。莫負嫩涼天。

其一〇七

揚州好，結客少年場。繡石天泉茶蕊嫩，浴池清水菊花香。無日不同行。

---

① 原注：余僦居□家近三十年矣，庭前古梅一株近百年，今□亡而樹亦槁，行將捃拾還蜀，因作《夢香詞》。

其一〇八

揚州好，嬉戲少年時。桃李喧風番鷁子，芙蓉凉露侉驢兒。携手上階墀。

其一〇九

揚州好，年少繫相思。惱我閑情清曲子，當人戲語湛彎兒。別人不曾知。

其一一〇

揚州好，市語亦何多。赤仄無音成撲竈，青蚨有翼跳飛情。聽去不曾訛。

其一一一

揚州好，十座列閑人。小看但教分五葉，夢游那得解三酲。相識定輸贏。

其一一二

揚州好，畫舫到山堂。屈膝窗花黏翡翠，折腰盤子飣鴛鴦。花月總生香。

其一一三

揚州好，果碟是名園。佛跳墙來春餅薄，人歸湖上夜燈圓。回首一林煙。

其一一四

揚州好，帽頂亦爭奇。冰料陸離欺寶石，沙銀仿佛亂硨磲。邁等有暇思。

其一一五

揚州好，宜雨又宜晴。小雨石街堪着履，多晴油壁不生塵。誰更説瑤京。

其一一六

揚州好，燈虎巧三番。字字單圈無絳綃，團團一個滑頭禪。廣社有真傳。

其一一七

揚州好，記取一年時。伏火醇醪紅似蜜，咬春蘿蔔紫於梨。端是費相思。

其一一八

揚州好，側帽逐香車。快薄鑲鞋都米店，倩方摺扇亦周家。同問五泉茶。

（以上詞錄自《夢香詞》）

唐榛

唐榛（生卒年不詳），字玉亭，達州人。長子縣令唐甄（字鑄萬，順治十四年舉人）女，宜興周書占室。

浣溪沙

深掩重門白晝清，東風午院落花輕。碧紗窗外雨新晴。　　煙鎖垂楊愁欲結，夢回香閣恨初生。枝頭黃鳥一聲聲。

清平樂

江南三月，好雨知時節。一夜小樓聽不歇，桃花李花俱發。　　重樓山外青山，春光多在珠灣。試問清風明月，何曾拘管人間。

浪淘沙

把盞餞東君，綠皺紅顰。爲春憔悴不憎春。嬌鳥避風翻葉底，狼籍花茵。　　細雨濕香塵，柳魄梅魂。今年花伴去年人。只有心愁如織錦，別樣翻新。

（以上詞錄自《眾香詞》射集）

周其祚

周其祚（生卒年不詳），字承祉，號東巖，瀘州人。康熙丁酉（1717）舉人，官安徽休寧縣知縣。著有《偶存草詩餘》。

滿江紅　金陵懷古

指點江山，匆匆看，六朝傳舍。誰嘆息，宮移蒼草，燕巢王謝。玉樹歌殘王氣盡，長流鐵鎖征帆下。問當年，虎踞與龍蟠，南都罷。　　長干里，郎游冶。桃葉渡，舟咿啞。笑杏花村店，酒旗高挂。月照青溪宮夢冷，鐘鳴蕭寺臺城夜。悵鍾山，嵐翠尚依然，堪圖畫。

清平樂　桃花澗

千峰翠裏，洞口橫雲鎖。仿佛峨嵋山外山，剩有石牀堪坐。　　仙名杳絕人知，道書貪看心怡。欲問當年蠟屐，飛來花片參差。

其　二　芭蕉雨

曉天映碧，取伴幽人寐。萬木栽成書欲覓，窗外聲來淅淅。　　秋風先怯寒侵，何堪雨下常陰。最苦五更殘夢，空階滴碎愁心。

鷓鴣天　太白酒樓

寒淑秋風響晚灘。磷磷碎月映回瀾。[1] 仙蹤飄緲知何處，陳迹蒼茫付指彈。　　休感舊，且開顔。眼前四顧好溪山。登樓我亦心神曠，應有詩魂戀此間。

---

① 原注：樓下有碎月灘。

山花子 　國屯浦

水面輕舟挂晚風，山花爛熳漾波紅。鐘報黃昏飛翠靄，薄深叢。幾處漁家收曬網，夕陽歸客駐征篷。羨殺無心鷗上下，任天工。

虞美人 　偕委賑

庚癸同呼皆赤子，鳩鵠圖如此。爲問窗下夙心盟，忍使峩冠紳帶、負生平。　鴻雁哀嗷中澤好，春意回秋草。從茲困頓賴人扶，博得民間户口，共歡呼。

鵲橋仙 　感事

爲官萬里，休官一紙，贏得頭顱如許。讀書今日竟何成，膽顫我輩殺人語。　蠅曰玷玉，蛇曰吐霧。底事傷心千古。破除樽酒讀離騷，長太息，滿窗風雨。

踏莎行 　苦雨

竹尾翻墻，花枝零亂。連宵陰雨疑無旦。呼晴到處鵓鳩啼，爭奈墨雲彌漫。　腸斷西風，魂銷無限。淋鈴一曲聲頻喚。碧天何日襯紅霞，推窗撒去愁千萬。

菩薩蠻 　端陽旅感

羈栖斗室愁如許，天涯節換逢端午。底事不思鄉，鄉思彩縷長。升沉都有數，嘆被微名誤。角黍餉盤多，千秋吊汨羅。

卜算子 　楊柳風

野外揚清風，披拂垂絲亂。遮莫隋堤送好歌，幾度鶯聲換。　搖曳想當年，輾轉樓頭看。不道青青一夜吹，折得長條半。

好事近 <small>梧桐月</small>

　　佳樹鬱青蔥，貪看龍門百尺。疏影落階前，擁出一輪冰魄。　　高枝斜漏照琴書，四座皆成碧。閑倚小窗深處，問鸎栖幾隻。

畫堂春 <small>梅花雪</small>

　　丰標冷艷占群芳，幾番驢背難忘。瓊瑤滿目綴珠光，飛映虛堂。玉骨真成絕世，天花散有奇香。月明林下美人妝，淡淡羅裳。

　　（以上詞録自《偶存草詩餘》）

江宏道

江宏道（生卒年不詳），字司秘，大足人。康熙庚子（1720）舉人，累官雲南曲靖府同知。著有《雪香樓詩集》等。

蝶戀花 古佛巖

古佛仙蹤森狀怪。如喜如嗔，各有神通賣。風雨莫磨塵莫壞。羅叉把斷咽喉隘。　　畫手無從施狡獪。絡繹人游，惟學米顛拜。心寫心藏何等快。毫光放出金沙界。

其 二 維摩頂

一臥雲堂呼不起。貝葉枕頭，龍象常圍倚。默默千秋無半語。問尊豈是禪心死。　　總爲人難通法旨。與我多言，何若忘言美。兩字真經打破矣。閻浮富貴皆糠秕。

其 三 佛迹池

八德池塘開自昔。明鏡無塵，照見鬚眉赤。浪縠清泠揚冷碧。毗廬萬古留芳迹。　　印破蓮臺三尺壁。直似沙泥，那討人工闢。化去於今如隔夕。波光四岸流幽石。

其 四 萬歲閣

御閣龍翔霄漢外。翠擁皇圖，五色龍華蓋。沉乳蒸雲佳氣靄。青山綠水環冠帶。　　斗拱栖霞仙筆繪。樂奏蓬萊，梵唄傳清籟。萬落千村甘雨霈。地天永慶春秋泰。

其 五 無頂塔

峰頂既然誇獨踞。何事飛來，倏爾又飛去。莫是人間多孽慮。昂頭急早馳風馭。　　禿兀千秋留妙譽。十級凌雲，好作磨天鋸。一段神機誰得覰。煙霞剪下晴空絮。

其 六　無憂石

抱樸深山隨造化。涉世無心，那懼初平叱。淡薄愚溪休也罷。黃金難買身閑暇。　　却笑輕狂遭虎射。不弄幽姿，任彼機關駕。風雨幾番春復夏。茫茫忘了繁華舍。

其 七　龍頤山

氣象崢嶸凌杳冥。不卧重淵，欲待風雷作。一夜煙雲迷碧落。甘霖灑遍千巖壑。　　萬古寒光昭劍鍔。牛斗當頭，瑞映圖形閣。豈向蹄涔安尺蠖。怒來驚散河橋鵲。

其 八　觀音巖

昔既化身南海去。不合今來，重向人間駐。踏破鐵鞋無覓處。何期忽遇寒巖路。　　古木陰陰森幾樹。座下蓮花，苔蘚生無數。猿鳥聲聲啼日暮。緣何不見將人渡。

其 九　鷄子峰

壁立雲峰撐鐵幹。傳語當年，群虎生時難。天遣趙公爲逐竄。古今人記磨巖贊。　　怪石峻嶒龍骨璨。野草閑花，盡識菩提案。鷄子一聲山寺旦。遥瞻紫翠蜂腰斷。

其一〇　毗盧峰

誰嚮雲峰分一座。金粟如來，天上垂法果。松梵自吟還自和。飄然滿笠煙霞卧。　　亘古挨排休則過。色相虛空，幾個人看破。喚不搖頭非懶惰。乾坤盡在肩挑荷。

（以上詞録自民國《大足縣志》）

吳　慎

吳慎（生卒年不詳），眉山人。乾隆元年（1736）進士及第。官河北豐潤縣令。

點絳唇　春日得雨即事

雨意瀟瀟，綠遮階砌花裀濕。捲簾小立。領取香風襲。　　遙稔田間，添得農夫咥。青堪挹。盈疇粒粒。管教倉箱溢。

（録自乾隆《豐潤縣志》）

李化楠

李化楠（1713—1769），字廷節，號石亭、讓齋，羅江（今四川省綿陽市境）人，乾隆辛酉（1741）舉人，次年進士及第，官至順天府北路同知。著有《石亭文集》《石亭詩集》和《醒園錄》。

十六字令

歸，萬里鄉心劇箭飛。愁兼雨，一夜減腰圍。

其　二

舟，一葉難盛百斛憂。瀟瀟雨，送我到揚州。

生查子　醒園

不夢何云醒，醒來猶夢未。只今破夢關，方識夢中味。　　有夢誰無醒，醒來猶是夢。爲愁夢境多，那見醒人眾。

黃鶯兒　雨

霄霄送新凉，雲去疾雨來忙。霎時水著窗櫺上。隔斷花香，掩却山光，幾回閑倚闌杆望。有何妨，乘風弄，正好聽笙簧。

菩薩蠻　端午前一日

邇來細雨朝朝落，一片閑心何處着。幾度向花前，花下水濺濺。明日划舟會，知天晴也未。不道小園荒，相過醉蒲觴。

一剪梅 詠懷

幽齋静坐泊無求。孰與爲儔，書與爲儔。渾無一事罣心頭。山自悠悠。水自悠悠。　一天舒卷白雲浮。纔聽雨鳩，又聽晴鳩。得閑游處且閑游。過此春秋，樂此春秋。

其　二

幾卷詩書樂性天。種我心田，養我心田。自然瀟灑遠市廛。何事相牽，何物相牽。　十分意趣在眼前。花也翩翩，鳥也翩翩。酒香茶熟一爐煙。不是神仙，也是神仙。

千秋歲

桂香飄渺。澹蕩輕風繞。月初明，人未老。紫氣望中來，文星窗外曉。光皎皎，連城白璧終歸趙。　小陽天色好。春酒多傾倒。鋪綠草，披錦襖。北闕重師儒，南山祝壽考。知老少，詩奏九如聲嫋嫋。

（以上詞録自《李石亭詩集》）

楊勛

楊勛，蜀人，生平不詳。

滿江紅　贈月仙校書

一曲清波，喉囀處，鶯聲嚦嚦。問芳齡，今才十二，瓜遲破碧。愁緒不縈情態好，天真未散丰神逸。莫等閑，真令我銷魂，冰弦急。　　眉柳細，金蓮窄。雲鬢淺，星眸活。再笑談更覺，引人憐惜。風絮無根何日了，煙花有陣今成劫。問他年，能否出風塵，渾難必。

浪淘沙　再贈月仙

何幸得重逢。樓上春風。桃花紅似去年紅。人面依然無恙在，掩映簾櫳。　　相見兩情濃。各訴離悰。江湖何忍令飄蓬。但覺樽前增感慨，誰與憐儂。

其二　暮春有感

落日上層樓。枉用凝眸。落花飛絮惹閑愁。獨有雛鶯啼不去，百囀輕柔。　　舊爭悔從頭。着甚來由。眼看春色去如流。便索有人能挽住，誰與綢繆。

其三

百尺上層樓。日暖風柔。水光山色蕩吟眸。只恨一江青未了，溶樣春愁。　　別緒記從頭。歸路無由。年來何事喜遨游。贏得紅閨春怨足，悔覓封侯。

浣溪沙　有贈

路柳墻花不繫情，青樓今又見卿卿。動人風格可憐生。　　掠鬢秋蟬難比翼，喚人鸚鵡欲傳聲。為除番唾咳來輕。

其　二

青黛眉長彎似柳，紅酥手好嫩如薑。納凉深院晚妝時。　　湖海豪情原灑脱，猙獰途徑偶相隨。相逢情意有些兒。

其　三

一度相逢一聽歌，舊曾相愛近如何。且張瑤席酌紅螺。　　無病尚愁雙靨淺，有情還勝昔年多。爲縈舊恨斂雙蛾。

菩薩蠻　江陽書懷

酒尊詩卷天涯路，離緒滿懷無説處。幸有最高樓，能消羈旅愁。俯臨湖水碧，浸作玻璃色。紅藕貼波凉，繞闌風露香。

其　二

紅燈緑酒青樓夜，緩歌漫舞無閑暇。别有惡情懷，美人殊費猜。廿年湖海客，淚肯相思滴。燭炧便歸休，莊生夢裏游。

其　三

一湖煙花蒸華月，四更畫舫摇空碧。游賞竟忘歸，露濃寒撲衣。清歌互酬唱，餘韻澄潭樣。縱不醉紅裙，酣嬉達夜分。

其　四

襟懷灑落仍蕭爽，酒地花天住來往。未見意中人，無妨辜負春。閑花本無主，莫定尋花語。幽竹故園青，清陽今滿庭。

其　五

最難抛却湖光去，湖樓一載曾親住。山水畫圖看，又添風雨寒。芙蓉城北道，都道歸來好。臨去莫回頭，回頭生別愁。

大江東去

西湖消夏和鶴農作，兼呈少黼甫司馬。

一年萍泛，消受盡樓外，水光山色。畫舫追陪曾未負，紅藕碧蓮時節。竹筇傾茶，華燈照酒，水上笙歌激。瓜期已近，使君何忍輕別。

幸我橐筆來游，樓臺逢哲，匠換成金碧。水榭風廊凝眺閑，四面雲山羅列。清夜無塵，憑闌增興，味澄波浩魄。錦城歸去，回頭無那追憶。

柳梢青

與璧生侄話舊，有懷從甥張少谷。

最是傷情。十年前事，觸處堪驚。剪燭高談，聯詩永夜，舊夢如塵。
即今咸籍雖存。奈無忌，長歸玉京。一曲悲歌，兩行清淚，三尺孤墳。

其 二 陽安旅舍聞歌有感

旅館淒涼。秦箏乍逸，聲隔紅墻。有似舊人，珠喉銀甲，歌繞塵梁。
孤眠一陣淒惶。念美人，天各一方。蜀水巫雲，音塵遼闊，征雁南翔。

錦堂春 衙齋臘梅

蠟瓣才舒，寒香漸吐，回廊宛轉風來。玩賞無人，問爾却爲誰開。縱使避他春色，亦合謝絕塵埃。怪冰霜老處，疏影橫斜，惟傍幽齋。　始知昇沉有定，要孤芳得地，宜剪蒿萊。幾度携鋤端，對影徘徊。一樣銅瓶紙帳，暫屈爾，共破岑寂。忍令殘香，盡入莓苔。

夢江南

金爐溶，煙篆裊紅紗。猶記去年春好處，小窗和雨聽琵琶。離恨已天涯。

其 二

人不見，情緒更纏綿。最是望湖樓上月，冷吟閑醉伴嬋娟。萍水又何年。

滿庭芳

掣電年光，浮雲世事，轉篷今又江陽。舊人相見，聊共舉瑤觴。話到別來離恨，空驚嘆，飆轉輪忙。傷情處，天涯寥落，朋輩幾淪亡。　　猜詳。念爾我，情緣未斷，後會重商。問此去京華，道路何長。妾住青樓大道，居止處，門掩重陽。君倘趁，江流東下，雙槳好迎將。

其 二　正月十三日

暖薄東風，寒堆餘雪，凍雲乍合還開。枝頭嬌鳥，時送好音來。佳客幾時繞到，闌干外，屐齒痕埋。斜陽下，朱檐寂靜，樹影轉閑階。　　徘徊。延望久，歸鴉數點，歷亂爭來。竟銷瘦竹，月滿高槐。料是無人伴我，年時恨，棖觸襟懷。問何日，琵琶重聽，春雨掩茅齋。

一剪梅

美人相見總相親。家住桃津，門掩蘋汀。眼波無限故傳情。別有風神，棖觸離人。　　客中何幸遇佳人。消遣閑情，滌蕩愁吟。可憐無暇與傾襟。家憶蓉城，路遠都門。

其 二　十月杪

小院濃雲送曉寒。金鴨香殘，玉漏聲殘。近來誰想帶圍寬。愁滿眉端，吟懶毫端。　　故園回首亂峰攢。歸去原難，不去還難。何時重返百花潭。明月重看，人月同看。

賣花聲 重午日正定旅次

高樹緑陰涼。滿泛蒲觴。者回客裏過端陽。菖葉榴花看比屍，大好排場。　　莫衾懷故鄉。路遠天長。蘭閨兒女燦成行。五色彩絲縈繭佩，菰棕飄香。

其　二

淺草襯平沙。轂轉輕車。計程不日到京華。賭酒賦詩朋輩在，忘却天涯。　　十丈軟紅遮。莫便思家。漁陽桑共洛陽花。倘得一官堪借箸，暫別煙霞。

其　三

薄暖更輕寒。煙雨迷漫。困人天氣一憑闌。惟有閑愁能伴我，心上眉端。　　山色有無間。變態閑看。忽然雲放一絲間。漏出夕陽紅不斷，花鳥欣然。

其　四

此地足盤桓。岱色齊煙。明湖千頃碧連天。短棹曲隨蘆葦岸，搖破鷗眠。　　碧瓦亞紅闌。掩映澄潭。笙歌暗送木蘭船。映水紅妝憑畫檻，風動瑤鬟。

其　五

驀地起鄉愁。莫莫休休。浣花溪上小紅樓。更拉髯仙招杜老，太白同浮。　　無奈白蘋洲。令我淹留。落花飛絮滿船頭。春早欲歸人不去，着甚來由。

其　六

同上酒家樓。斜日帘鈎。珠喉宛轉玉箏搊。稱時閑情縈得恨，一響勾留。　　舊事莫回頭。離恨悠悠。錦城絲管釜江秋。飄泊玉人何處所，草緑芳洲。

賀新涼　寄內

萬里天涯遠。怕回頭，故山雲隔，亂愁交掩。十口支持良不易，幾度為卿籌算。況兒女，成行婉孌。剮肉猶嫌瘡未補，更捉襟，肘又從斯見。愁萬疊，腸千轉。　看來還是天留眼。難頻年，米珠薪桂，費人敷衍。今日功名有路，微禄許分花縣。便努力，向前奔趨。就使前生真績債，也芳卿勉了前生欠。長忍受，毋嗟怨。

其　二

轉瞬秋風換。問征人，歸來消息，但看鴻雁。不是燕臺風景麗，只為山遙水遠。者萬里，程途怎趕。好向蘭閨勤護惜，待還家，人月光同滿。愁與恨，自袪遣。　滿懷離緒渾難剪。笑臨箋，語藏千句，書才才簡。總為清貧摒擋苦，事便縛人成繭。問何日，讓儂游衍。窗外黃花開有信，到花開我定回鄉縣。離別味，料卿慣。

其　三　和桂柏庵見贈

浪迹胡為者。笑無端，萍飄梗泛，忽來歷下。書劍天涯將萬里，歲月風墻陣雨。且對酒，尊罍自瀉。若問王孫歸何日，算茫茫，前路難知也。渾不用，淚盈把。　性情投契如君寡。記相逢，高秋客館，剪燈清話。痛飲狂歌消積悶，肝膽相看未假。更何用，悲涼嘆詫。世味從來參詳慣，詎一身淪落才牽挂。唾壺缺，猶非雅。

其　四

性不耽岑寂。最關情，高齋日永，孤吟抱膝。但得相逢傾談處，乍喜糝花霏屑。早破我，愁腸千疊。湖上春殘追陪處，記垂楊，岸葦搖空碧。風送晚，艤蘭楫。　煙波澹蕩堪尋歷。更難忘，畫船簫鼓，游人如織。我輩偕來非近戲，藉把襟懷蕩滌。湖水印，胸中冰雪。他日還鄉思此地，便清勝游賞重追憶。人共景，悵別離。

醜奴兒令

夜寒小院霜華重，玉漏沉沉。庭砌無人。獨對吟窗一點燈。　　明朝祀竈祈司命，爆竹連城。齊送雲軿。又是天涯餞歲辰。

其　二

去年猶記江陽住，勝地重臨。客子光陰。游賞難辜地主心。　　今朝落拓來清濟，七十齊城。九點煙橫。登岱常懷一覽情。

其　三

幾時重饉蓉江棹，衣浣征塵。杯佐豪吟。好對繁花豁素襟。　　故山萬疊還千疊，劍閣橫雲。鳥道浮青。長把崎嶇隔夢魂。

其　四

浮生去住應難定，齊魯徑行。萍水蹤停。何物天涯解絆人。　　千紅萬紫當重見，到了新春。總是勞辰。料得寒威換曉晴。

西江月　正月二十日

萬里故園何在，滿懷離恨難消。昨宵過了又今朝。夢醒數聲啼鳥。衰鬢和離漸短，壯懷藉酒頻澆。奈何天裏易魂銷。又把春燈過了。

其　二

花月歡場散盡，京華舊友無存。終朝不語只銷魂。輪轉柔腸寸寸。那得重逢話舊，酒闌茶熟香溫。掃空愁思對華尊。再訴別來離恨。

蝶戀花

歲月催人忙似箭。才遇春初，又是春將半。小院黃昏腸易斷。入雲幾度聞歸雁。　　芳草天涯青未遍。未礙行人，何事歸來緩。枝上流鶯啼又懶。下簾明月花稍見。

其 二 二月二十日

記得風光三月暮。簾外桃花，簾底春愁訴。一曲琵琶何處去。天涯芳草述歸路。　滿眼游絲兼落絮。縱有書來，良會應難赴。山外斜陽江畔樹。桃根桃葉當時渡。

其 三

每到春來愁未减。客裏春殘，更覺春愁遠。燕又不來鶯又懶。下簾一任楊花點。　小院風來花外颭。有限殘紅，更被蒼苔掩。花易飄零人易散。舊時月上清輝滿。

其 四

何日重逢消別恨。往日閑愁，此日還相問。浪迹萍蹤渾莫定。無聊中酒懨懨病。　十幅蒲帆千里信。人未歸來，信也難憑準。聽說征鴻容易倩。緘愁且待秋宵影。

其 五

樹上流鶯枝上蔻。爲怕卿行，却怪卿行驟。水似畫圖山似綉。凄凉斜日人歸後。　似水年華將盡柳。愁向天涯，轉向天涯久。離別不知人健否。錦鱗迢遞書沉候。

其 六

暖風只助春情緒。怕惹愁來，却在多愁處。蝶抱殘紅鶯啄絮。相思綠滿天涯樹。　江上雲帆沙際鷺。無計歸來，敢厭征途苦。燕子果知人恨否。朝朝飛入疏簾去。

南鄉子

綺席醉瑤鬟。簾外桃花別樣寒。一曲奏來歌扇綠，嬋娟。知是霓裳譜又翻。　玉立骨珊珊。淺笑輕顰離即間。轉到秋波縈到恨，情牽。道是魂銷尚等閑。

（以上詞見《歷代蜀詞全輯》）

何明禮

何明禮（1717—1768），字希顏，號愚廬，別號化城山人，崇慶（今四川省崇州市）人。乾隆己卯（1759）解元。著有《浣花草堂志》（附詞）、《太平春新曲》、《斯邁草》、《心謂集》等。

西江月　源流

錦水滔滔東去，岷江浩浩西來。浣花溪上百花開，留取芳名百代。曩昔一江風月，而今滿岸蒼苔。滄桑陵谷漫疑猜，共指當年境界。

蝶戀花　舊迹

玉壘浮雲朝復暮。白石青湍，舊是題詩處。翠竹檀林凝曉露。蒼煙滿院迷行屨。　茅屋當年留暫住。此日追尋，恍似桃源路。莫道浣花人已故。江花歲歲江頭吐。

行香子　勝概

一帶銀沙。兩岸奇葩。更何須，別問仙槎。大游江上，碧水殘霞。看古柏森，官柳細，畫橋遮。　三秋桂子，十里荷花，是誰人，浪詡繁華。憑欄眺處，逸興偏賒。恰草堂前，梅閣外，夕陽斜。

燕歸梁　碑碣

斷碣殘碑歲月深。竹暗松陰。一回搜討一回吟。筆成冢，墨如金。　光芒萬丈羅星斗。相傳誦，到而今。單詞隻字總堪珍。恐埋没，舊時心。

鷓鴣天　名人

造物何爲苦忌名。高臺落日大江橫。空懷稷契許身願，辜負拳拳每飯情。　　人已往，事無成。非非是是任閑評。還餘陶謝驚人句，艷重芙蓉百雉城。

唐多令　群力

一曲抱村流。人隨逐浪鷗。賴故交，時地淹留。劃徑誅茅勤料理。雖一日，可千秋。　　世事幾沉浮。英雄土一坯。舊茅堂，屢煥新謀。我欲泛花重載酒，憑太守，作邀頭。

醉春風　忠烈

往事傷心甚。天公難借問。忠魂一旦赴江流，恨。恨。恨。高浪蹴天，大聲吹地，淚流難盡。　　海宴兵戈靖。史册繙新論。姦雄早已委蓬蒿，幸。幸。幸。猶有當時，一腔清白，照人方寸。

一痕沙　僑寓

萬里關山人老，落日柴門古道。訪古浣花溪，草萋迷。　　坐對茅堂楟樹，擬作行窩安寓。風景鎮留情，惹詩名。

臨江仙　名媛

夢裏懷珠姝子，江頭綉佛女郎。仙衣浣處百花香。潘妃空學步，西子枉凝妝。　　烽火西川方急，鬚眉到處逃亡。成城偏是傾城娘。紅裙都失色，彤管永留芳。

虞美人　麗人

繁枝嫩蕊花蹊滿。都付東風管。嬌鶯戲蝶舞間啼。笑指五雲深處畫樓西。　　攤書閉户枇杷下。紙貴三都價。紛紛詞客浪揮毫。借問幾人分得鳳皇毛。

畫堂春　名繪

蜀山奇峭水漣漪，飛龍雲氣相隨。誰留真迹景迷離，雷雨頻垂。更有驊騮戲掃，或騰或齕或嘶。霜蹄真致共驅馳，直到瑤後日。

梅花引　方外

華陽洞。夏口瓮。馳驟百年塵一閧。春風顛。春花然。竹林深處，陳參玉版禪。　　曾聞挂錫懷林壑。何時振翮隨雲鶴。爇爐煙。理琴弦。盈樽濁酒，長齋繡佛前。

青玉案　藝文

才雄敢倚題鸚鵡。豆壠下，麟文取。氣勢騰蛟兼攫虎。數椽江閣，一銜工部，百代風騷主。　　從兹溪上垂門户。對景懷人來吊古。彩筆競拈傳藝圃。半軒簷冷，滿潭花吐，笑看分旗鼓。

迎春樂　物産

溪邊物色知多少。端愛的，鶯篦好。鳳樓添我修成了。卧百尺，天香繞。　　入目遍，紅蕖翠篠。更古柏，蒼松夭矯。若問枇杷花下，閉户春光老。

月當廳　詩話

盈盈一水，書遍花溪紙。端的這場閑話，言詩云如此。　　襪材吾竭矣。江頭閑徙倚。異日文壇嘲笑，好事者爲之耳。

三字令　軼事

人誰在，意遲遲。暮春時。流水遠，碧梧垂。展桃箋，分香劑，寄心知。　　花落盡，靚魂離。惹相思。臨島嶼，對瓊卮。述前聞，羅往事，守公祠。

（以上詞録自《浣花草堂志》）

李調元

李調元（1734—1803），字羹堂，號雨村，又號贊庵、鶴洲、墨莊、醒園、童山蠢翁，綿州羅江人。乾隆二十八年（1763）進士及第。累官廣東學政、直隸通永道。因得罪權臣和珅，充軍伊犁，後以母老贖歸。著有《童山全集》《雨村詞話》《蠢翁詞》等。

定西番

萬里沙漠誰至，都説道，有人來。李陵臺。　　漢使昔年持節，雁回人不回。聞道玉關此日，塞梅開。

長壽樂　聞謫伊犁作

無端掩袂。記去年，壽域宏開之際。弦管聲中，珠簾門内，負恃千嬌百媚。又誰知，今日離愁，萬般牽繫。空幾度，遣人投玦問筮。　　總難憑，怕對錦衾綉被。聞人説。此一去，萬里邊城迢遞。忙檢箱寄春衣，未曾全檢，先盈眸攬涕。

鳳樓春

好事太匆匆，纔共房櫳。笑春風，一朝離別去如鴻。珠粉墜，髻雲鬆。那得誤人年少日，日守綉幃空。　　雨聲中，簾霧溟濛。倚闌斜望，一雙蝴蝶，趁花飛過牆東。莫個書通，生恨千里五花驄。慣馱即去，欺我鞋弓。

好事近　荷包牡丹

個個小香囊，誰做這般精緻。想見嫩紅輕茜，費盡春心思。　　牡丹雖唤不同開，何況色香異。却怕問他根底，題當歸名字。

錦堂春

風動簾鈎響月，雲籠寶鴨吞煙。門外轔轔車至，疑人到堂前。　　對鏡翠蛾再點，啼珠紅蠟重燃。相逢各訴相思夢，啼醒夢依然。

定風波　寄內

日暖風和柳絮香，一池春水浴鴛鴦。誰遣狂風兼驟雨，波起，陡教雙翼各分張。　　一霎雲開塵似洗，波止，只應作主有東皇。重整菱花當日鏡，心定，繡茵深處話淒凉。

感皇恩　被赦放歸作

湖上載扁舟，早決此意。非爲浮家泛宅計。蓑衣臥月，任我日高慵起。問先生醒未，茶煙細。　　潞河雖好，風波無際。不如歸來潯江裏。花汀竹嶼，繞艇無非香氣。同心如少友，鷺鷗替。

滿庭芳

裊裊亭亭，香車初卸，移步上瑤階。洞房初見，便聽別離催。真個無緣會合，背地裏，含淚疑猜，春歸也。空幃凝望，腸斷日千回。　　乍狂風驟雨，尋花已倦，忽地抽回，問桃源洞口，桃可先開。早見猩紅滿地，衣浣處，露濕蒼苔。還相問，難逢玉趾，今後可常來。

千秋歲

春愁如海。海讓愁來大。波拍處，心先碎。任酒澆胸壘，醒後愁仍在。何況又，空瓶小市無人賣。　　耿耿休言介。呫呫休書怪。人世事，多機械。足恭吾不恥，匿怨吾當戒。回頭笑，今生總是前生債。

後庭花　聽王四兒歌撲蝴蝶

日長金縷垂深院。滿庭花片。一雙蝴蝶南園見。溜波偷眄。　　和身倒撲去，輕羅扇。腕露黃金釧。纏得又飛情猶戀。一聲鶯囀。

其　二　贈王四兒二首

當筵一曲如珠串。面流香汗。六幺催唱重呼喚。櫻桃微綻。　　滿堂賓欲散，重開宴。遏雲聲達旦。歌舞教成炎凉判。回首雲漢。

其　三

姻緣雖小同親眷。肯教人見。且留侍我書香案。拭箋擎硯。　　人間天上遍，何曾見。恁百長百擅。爭不教人心兒戀。雙眸雙腕。

更漏子

春夜闌，春雨歇。柳外一鈎殘月。春露墜。春風斜。曉鶯啼落花。
春日媚，苦思睡。金鴨篆香縈穗。春色老，燕泥殘。燕還人未還。

解連環

此身誰託。嗟郵亭驛閣，半途飄泊。憶昨歲，華宴繁吹，乍雲散雨收，恁般寥落。鸚鵡樓前，燕泥污，一牀弦索。想春將盡也。繞砌應生，手種紅藥。　　人生苦爲名縛。看楊花點點，飛過墻角。暗屈指，驚換流年，把拖紫紆青，總待高閣。錦里花開，定不少，茶爐酒杓。拼歸來，看水看山，全憑草屬。

昭君怨

畫裏宮人老盡，未得翠華巡幸。遠嫁出宮門，是君恩。　　莫恨匈奴遠臨，去留行未晚。底事拍琵琶，尚憶家。

憶秦娥

邊城裏。匆匆此去何時抵。何時抵。空教老了，繁花細蕊。　　愁來怕把闌干倚。馬蹄萬里猶不止。猶不止。幾多風沙，幾多煙水。

江神子

落花飛絮又成團。倚闌干，晚妝殘。錦字無憑，再細把書看。節到清明人準到，寒食過，尚長安。　　別時容易見時難。空誤妾，一春閑。生怕遠山，添恨上眉端。寄語歸來須趁早，梅結子，半含酸。

減字木蘭花

韶光去了，杜宇聲中春悄悄。一枕輕霞，尚有紅妝不讓花。　　蘭閨夜永，獨背銀缸和淚寢。纔夢還家，又被窗前鬧曙鴉。

其　二　爲含笑娘作四首

小梅十二，未解人前偷送媚。含笑含羞，却把珠簾下玉鈎。　　靈犀一點，惹得回身門半掩。莫便輕狂，不是陳家小素娘。

其　三

司空見慣，偏是分司腸欲斷。欲遣楊枝，白傅情懷尚屬伊。　　那堪巾帬，瓜字含瓤不禁剖。玉杵無緣，從此藍橋路隔天。

其　四

驟來濃雨，滿地芳菲誰作主。託與東風，莫遣楊花入綺櫳。　　蝶殘蜂去，畢竟春光留不住。捲盡餘花，梁燕喃喃也咒他。

其　五

天邊遠戍，海樣深恩難細述。感荷情親，煩將錦字寄良人。　　尚聞消息，恩放歸來不須憶。縱有明珠，恨不相逢未嫁初。

其 六 <small>涿州店中記所見</small>

雙鬟覆額，小小楚腰裙衩窄。只在墻邊，望斷桃花洞口泉。　　喚人佯問，翩若驚鴻終不近。底事風狂，爲見喬家小窈娘。

謁金門

春雨細，滿院梨花深閉。黯黯簾櫳慵不起，睡擁鬌墮髻。　　已聽鶯聲學語，又見燕來凝睇。看看穿簾飛盡絮，尚無歸信遞。

其 二

風過處，吹落一庭輕絮。簾外歸來雙燕語，又是黃昏雨。　　蜂驚蝶舞，往往來來無數。試問落花誰作主，只流鶯未去。

菩薩蠻

紅爐暖閣笙簫沸，隔屏影影饒春氣。歌罷出門行，長途芳草生。夢裏時時戀，何日重相見。天曉有烏啼，天涯人未歸。

其 二

京華一去無歸信，嬌兒向母牽衣問。問爺幾日回，欺他說便來。忽聞驄馬返，又過燕山遠。教送復教歸，回車涕滿衣。

其 三

天晴四野煙光媚，兩行柳色濃陰翠。麥浪不多翻，趁人蜂尚喧。野翁溪上住，繞舍桃花樹。疑有武林春，更無人問津。

塞翁吟 <small>代内</small>

聞塞翁此去，邊上雨雪霏霏。正是燕語鶯飛。忍獨守空閨。縱有木蘭從軍志，恐被認出雄雌。只落得，淚沾雙袖，檢寄征衣。　　非非。縱靡鹽，不遑自主，也應念，白髮慈幃。況樂廣，羸休文瘦，潘郎鬢，不爲純鑪，也合來歸。倘能歸去，願守春暉，甘老柴扉。

點絳唇

冷屋香銷日長，簾幕光陰過。夜來慵臥。暗卜金錢課。　　針綫慵拈，却背燈兒坐。情無奈。待他歸來。爛嚼紅絨唾。

浣溪沙

滴滴花光潤欲酥，迷迷草色淺成鋪。一年好事在春初。　　樹聽鵯鳩呼婦侶，巢看燕子試新雛。薄情一去肯歸無。

其　二

斜掩金鋪日影移，水晶簾子盡長垂。春愁一半化游絲。　　淺黛畫成楊柳妒，細腮匀罷杏花嗤。獨立無人不語時。

其　三

紅減雙腮翠蹙眉，夜來春雨小樓知。更無魂夢到空幃。　　玉步搖收攏鬢懶，金泥裙卸解腰遲。人間無藥治相思。

蝶戀花

夜雨空留花一半。春睡遲遲，喚醒梁間燕。霞印枕痕留玉臉。眼波斜溜身猶倦。　　猛聽書來愁已散。淚迸書詞，更界胭脂面。越替解心心越亂。除非此刻真相見。

釵頭鳳

春光冥。寒宵永。小園驟雨聲聲猛。東君惡。無人託。杏腮啼紅，新柳怨弱。薄。薄。薄。　　晨初起。風猶勁。一池漁藻天如鏡。花開落。今非昨。萬般皆命，何厚何薄。各。各。各。

怨東風

鳳帳薰爐冷，菱花羞對影。魚書一去竟浮沉，恨。恨。恨。雨夕風朝，幾番春愁，幾番春病。　　閨裏空多困，簾前人語静。待將心事倩賓鴻，悶。悶。悶。無影無聲，半天月朗，半天星耿。

鷓鴣天

滿院春風鎖綠楊，一雙嬌燕語雕梁。纖纖玉筍拈花嫩，步步金蓮帖草香。　　勻睡臉，洗殘妝。薛箋親寫寄檀郎。儂家春色深深閉，不許狂蜂過短墙。

酒泉子

花笑東風，何事任他狂絮。捲成團，深柳處。雨濛濛。　　纔見花開又花落。洞房仍寂寞。掩香閨，垂翠箔。月明中。

南歌子

篋簌釵垂鏡，玲瓏玉捲簾。鸚鵡伴凉蟾。憶君君不至，淚痕添。

生查子 憶舊

君家住那邊，妾住清溪曲。一自送君歸，春水年年綠。　　上灘還下灘，目斷雙蛾蹙。畢竟幾時來，淚灑江邊竹。

其　二

斜陽獨倚樓，一江風雨細。草色動清愁，黯黯生天際。　　鎮日悄無言，誰解人憔悴。惟有睡鴛鴦，知我憑闌意。

南鄉子 估客樂

綠水漲平橋。橋下年年度畫橈。葉葉風帆俱不是，無聊。早晚愁隨早晚潮。　　潮水有時消。愁似潮來刻不饒。寄語乘潮來去客，纖腰。不是當年舊柳條。

歸朝歡 涿州春游

人過桃園宜載酒，盡道樓桑深處。正杏花零落怨東風，十分春色今無九。綠野明似繡，看看飛絮皆辭柳。問紅樓，牧童遙指，正是他家有。
　何須撥撚曹綱手，不用咿呀樊素口。但教滴破小槽紅，澆愁一斗愁何有。他鄉須得友連鑣，況復親和舊。笑人生爲名爲利，空把春辜負。

百字令

路平沙軟，正芳郊雨過，綠陰初滿。無奈東風吹落絮，細逐馬蹄輕捲。墙外鞦韆，橋邊碌碡，又是誰家院。垂楊枝上，一聲驀地鶯囀。
且向野店青帘，無心更去，趁蜂狂蝶戀。宦海風塵，知負了，多少良宵歡宴。兩鬢堆霜，雙眸籠霧，忍使芳菲晚。遥村何處，賣花聲裏人遠。

清平樂

遠山頻皺，乍覺纖腰瘦。怕見同心羅帶舊，猶繫別時紅豆。　　畫梁燕子呢喃，聲聲爲報春三。乍聽初回塞北，傳聞又去江南。

訴衷情

落花無主春已去，雨霏霏。芳草濕，風起。杏交飛。滿院蝶蜂稀。依依。玉門歸未歸，寄春衣。

夢江南

千萬恨，日暮望歸舟。無限波濤無限恨，幾回風雨幾回愁。一雁去汀洲。

其　二

千萬恨，垂柳復垂楊。長絆春風牽客恨，慣和煙雨斷人腸。無語倚斜陽。

十六字令

清，柳際秋蟬不斷聲。無人聽，又向別枝鳴。

搗練子

風過處，雨初收。柳外煙汀蕩小舟。一曲採蓮歸去晚，夕陽猶在水西樓。

漁家傲　留別陳韞山

夢裏南柯休再述，百年轉瞬如一日。交盡黃金無典質，歸計必，山中奴婢千頭橘。　　得失人間蟲唧唧，龍邱訪得還丹術。若待向平婚嫁畢，甚時節，漁樵一見應遭詰。

臨江仙

送岳梅巢之任山左參軍，仿東坡體。

管鮑只今君第一，一言九鼎誰同。人生真是馬牛風。去來都是走，順逆總難逢。　　此去青齊煙九點，大明綠樹濛濛。勸君一飲拼千鍾。先生真醉也，喚取密雲龍。

其 二 憶萬姬

雪是香腮雲是鬟，杏油輕點檀唇。一回相見一回親。無言推剌繡，有淚怕沾巾。　記得蘭閨情定日，楚宮柳樣腰身。爲他眉黛遠山春。自應非蜀客。不解愛文君。

其 三

眼底韶光心底路，天涯芳草凄然。斷腸春色是今年。清明愁滿地，風雨睡連天。　何日此身真我有，峨眉看月巔。不求成佛不求仙。酒中消永日，花裏樂餘年。

其 四

三月初三日，喜大兒朝礎携孫至通來迎，相遇於涿。

面帶紅塵衫帶淚，疑從夢裏相逢。不須信字亟開封。平安唯問竹，荒廢尚非松。　來往雲山幾萬里，衣經慈母親縫。從今歸去作山儂。孫兒如犢健，老子未龍鍾。

行香子 送六弟九皋歸蜀

圓月當空。歸興何濃。拼今宵，須倒千鍾。煩君歸去，傳語山僮。添屋邊桂，塢邊竹，澗邊松。　名利場中，爭看匆匆，十年來，勘破窮通。從今歸去，作個漁翁。釣一江月，一江雨，一江風。

眼兒媚

一捻纖腰是柳揉。無力織新愁。秋波乍溜，遠山半皺，長是低頭。　曉來底事開唇笑，問着却含羞。綠窗深處，樗蒲齒裏，贏得頭籌。

調笑令 送汝聰兄歸蜀

君去，君去，正是垂楊飛絮。那堪兩鬢風塵，千里迢迢苦辛。辛苦，辛苦，屈指抵家端午。　　分付，分付，説與東津漁父。茅廬結傍雲山，塞上行人要還。還要，還要，添個石磯共釣。

　　其　二

　　風攪，風攪，驚散沙邊鴒鳥。波平一隻回飛，一隻獨留未歸。歸未，歸未，應識人間風味。　　聽語，聽語，堂上倚門望汝。須知家本孤寒，要把愁懷解寬。寬解，寬解，書看五車親買。

西江月

　　時序疾於奔湍，人情險過峰巔。等閑打破利名關，只在黃梁枕畔。不必君平善卜，何須管輅如仙。窮通只看鄧通錢，命定不由人算。

　　其　二

　　懶把雲鬟重理，羞將粉面輕勻。不言不笑慣嗔人，喜鵲從來無信。曲檻絲垂金柳，小窗弦閣銀箏。閑聽小巷馬嘶聲，遣婢門前試問。

如夢令

　　人去天南天北。兩岸蘋花初拆。春水滿塘生，不見歸舟消息。空憶。空憶。飛起一雙鸂鶒。

　　其　二

　　幾點海棠初吐。粉蝶雙雙飛舞。獲取小猩紅，莫教拂殘鶯語。記取。記取。又是一庭疏雨。

　　其　三

　　記得寶鞍輕別。恰是小春時節。春去又清明，兀自杳無消息。何日。何日。江上滿帆風疾。

　　其　四

　　庭下丁香初結。屈指半年離別。最怕是黃昏，一點孤燈明滅。嗚咽。

嗚咽。窗外子歸啼月。

其　五

陳華國聞予出京，由務關追至涿州，旅店話別。

塞外行程將動。百里故人趨送。孤館話三更，但道一聲珍重。誰共。誰共。惟有月明隨鞚。

其　六

草草長亭鞍馬。繫在綠楊橋下。此地一分襟，回首斜陽高挂。休怕。休怕。到處雲山如畫。

一剪梅　三月十八日涿州作

春氣融和放柳綿。花也嫣然，鳥也翩然。平郊一望草芊芊，山也光鮮，水也明鮮。　　多病多愁已半年。絕少人憐，長得人憐。無拘無礙樂天全，詩裏神仙，酒裏神仙。

甘州子

夢回午枕畫簾前。拈翠管，寫銀箋。惜紅詞就日痕偏，換袂艷陽天。春漸暖，團扇一番圓。

其　二

踏青時節放風鳶。繩斷也，倩誰牽。盼郎心逐半空懸，何日續膠弦。春漸暖，又近麥秋天。

沁園春　新號蠢翁自贊

朱紫叢中，富貴皆嘗，此日休題。便前頭各有，風雲際會，何妨勇退，甘老蓉溪。新舍初成，開尊行樂，任我狂歌醉似泥。回頭笑，這蠢翁真蠢，覺路長迷。　　此翁蠢更難齊。負骨氣何曾頭略低。有羊腸熊耳，甘遭傾跌，龍鱗鳳翼，懶去攀躋。山嶠蝸廬，水村漁舍，歸去應無別個擠。官休做，莫蠢將極處，送去伊犁。

摸魚兒 感懷

嘆平生，向人肝膽，他心難似他口。雲雨翻覆思前事，處處老拳毒手。蝸左右蠻觸鬥，十年夢覺徒搔首。此生大謬。算燕許文章，范韓功業，素志竟空負。　潺江水，難滌衣間積垢。秋風開遍菱藕。五十齊頭今衰矣，只可鷺朋鷗友。聽擊缶。君不見，紛紛鷸蚌爭何有。漁翁在後。問昔日陶潛，歸來爲甚，非爲一杯酒。

木蘭花

今年春事關心事。月未圓時人未至。閉門花落雨聲中，鎮日昏昏只思睡。　曉來窗外有烏啼。百日歸期恰應時。黃鶯久住成相識，細把離情訴柳枝。

滿江紅 癸卯四月初八日回通州作十首

笑問青銅，誰使汝，鬢添霜雪。人住久，驛亭春過，幽禽調舌。刮地風猶連日橫，中天月是何時缺。望九重，誰送赦書來，燈花結。　兒女淚，悲休咽。昆弟勸，言何切。要田禾親種，園花親折。不課成丁，黃犢飲，且求向丙嘉魚穴。待鄰翁，曝背話君恩，從頭說。

其 二

去暴何嚴，誰令爾，如湯灌雪。今始悔，不如馮道，但深藏舌。皦皦由來原易玷，嶢嶢漫說終難缺。笑從前，談笑伏兵戎，深相結。　非痴絕，由忍咽。非性直，由心切。奈天加憐惜，人偏磨折。勛業站鳶，愁墮水，利名鬥鼠餘空穴。想當年，炙手輒遭嗔，低聲說。

其 三

不合時宜，嗤越犬，從來吠雪。曾五嶺，兩經龍窟，多遭鵂舌。漫說可磨圭不玷，難言已破甌無缺。笑年來，無計洗煩愁，腸千結。　　三更淚，寒泉咽。千條計，雲山切。悔寧爲柔廢，何爲剛折。墮鳥顧巢頻認樹，邱狐守舊唯思穴。話知心，除是鶺鴒原，同他說。

其　四

少列金閨，曾共忝，梁園賦雪。休再憶，步趨螭首，口銜鷄舌。丹筆已書安國背，黑衣誰補舒祺缺。對窗前，仰看日光移，香煙結。　　曾直把，危言咽。曾直把，忠言切。記當年廷檻，朱雲曾折。魏博即今悲鐵錯，鴻臚自昔嘆金穴。賴何人，乞得此身回，真難說。

其　五

非見青天，誰便許，沉冤一雪。何必又，巧言如鳥，向春饒舌。蛇足添來翻是累，兔唇補去終嫌缺。算此生，都是命安排，前因結。　　離虎口，翻悲咽。思鳥道，轉淒切。笑顏真難厚，腰真難折。杯酒易生蛇角影，風波難信鰍魚穴。笑從今，有話只三分，逢人說。

其　六

塞外荒寒，今幸免，陰山踏雪。前數定，蓍龜難信，不須搖舌。水到滿時當必覆，月將圓處先妨缺。待從今，春過定歸期，黃梅結。　　花滿地，鶯吟咽。楊穋徑，蟬鳴切。看蕭敷雖好，蘭摧甘折。劍氣已離雷煥獄，枕邊早夢盧生穴。要生還，須問紫芝翁，聽渠說。

其　七

負債如山，誰教爾，清如冰雪。須信道，於垣防耳，厲階防舌。毀豈能傷曾子孝，過須學補周公缺。欲澆愁，沽酒典春衣，衣鶉結。　　蠐食李，由他咽。鮎上竹，非吾切。要人情嘗遍，如肱三折。只道橋平驢穩跨，不妨堤壞螻穿穴。笑平生，亦有范張交，誰先說。

其　八

江上簑翁，常勸我，寒江釣雪。從此去，築廬高臥，閉門藏舌。只倩長繩將日繫，何須煉石愁天缺。問他時，歸去作何人，爲元結。　　春釀熟，新槽咽。春雨過，提壺切。要陶潛巾漉，林宗巾折。天外翔鴻，防下藪，水中智獺居高穴。問行藏，漁父最知幾，休浪説。

其　九

自笑髫年，何苦學，囊螢映雪。今老矣，硯田猶在，只宜耕舌。文字不留他日謗，殘書尚守當時缺。望峨眉，萬點蜀山尖，歸思結。　　三月暮，鵑聲咽。三峽暗，猿啼切。想家園垂柳，行人都折。鶡冠子，唯貪著述，鹿皮翁本甘巖穴。待回時，讀盡各奇書，同兒説。

其一〇

雖是安貧，何便少，烹茶掃雪。如見問，但隨張口，教他看舌。起舞原須鞭着早，高歌漫把壺敲缺。笑去年，爲我寄征衣，憂思結。　　鶯再囀，笙簫咽。鱸再膾，鸞刀切。幸前番生別，未成簪折。天上何曾，銀作漢，人間尚有丹成穴。問謀生，推醉只搖頭，醒來説。

賀新郎　懷歸

借得誰家屋。更閑將，舊時經史，剪燈重讀。忠孝原皆吾儒事，誤我子張干禄。看古今，人情翻覆。已悔亡羊遲未補，又安知，失馬非爲福。燃灰事，思爛熟。　　將軍恩重難書牘。問何人，賢如晏子，解驂爲贖。三徑蓬蒿荒也未，歸去雲龍山麓。正故里，鄰翁酒漉。得失雞蟲何日了，如以爲，未足今知足。辭去隴，只望蜀。

其　二　落鳳坡吊龐士元墓謁龍鳳祠

白馬原非馬。是坡前，將星應落，箭鋒齊下。猿鳥至今號日暮，澗水滿山哀瀉。更苦雨，松風瀟灑。試問劉璋今何在，鹿頭關，百戰空堆瓦。三分事，一蘭若。　　綸巾羽扇雖風雅。想當年，伏龍鳳雛，共齊聲價。魚水君臣千古契，應悔酒間閑話。得益州，君謀是也。盡道名成八陣少，又豈知，三策功高寡，爲此論，是誰者。

浪淘沙　三月十八日移居吳宅紀夢

無意理絲桐。人困東風。窗前又見月朦朧。夢裏渾忘身作客，只似家中。　　幸有主人翁。花滿簾櫳。酒興不如歸興濃。雨已辭雲雲更遠，回首千重。

小重山

選得幽居聊避諱。槐陰深碧處，是誰家。朱扉翠箔綠窗沙。人聲悄，燈下按琵琶。　　恨煞繞枝鴉。不知心裏事，苦呀呀。隔簾又見月痕斜。魂銷也，一曲後庭花。

阮郎歸

鳳衾鸞枕似當初。郎心恨不如。去年猶有數行書。今春書亦疏。眉倦畫，鬢慵梳。愁懷不自書。消愁有酒只成虛。那堪和酒無。

水調歌頭　送陳韞山任永定河道之任

無笑白圭治，天子重河防。驚聞九重，舞鳳下詔簡賢良。百里潞河風快，千里渾河浪涌，喜氣共洋洋。賈讓疏宜上，平當策尤長。　　昨陳來，今李去，後先望。黃雞白酒，吾正歸興動家鄉。一處朝朝相聚，兩處悠悠相憶，兒女況成行。勛業看廊廟，蹤迹隔滄浪。

水龍吟　決計歸山

男兒奮翅騰驤，封侯萬里平生意。一朝斂縮，功名豪興，付之流水。匣裏龍泉，枕中鴻寶，總歸拋廢。看擁書萬卷，酒經茶傳，閑來讀，無窮味。　　杜甫草堂深處，想浣花風流未墜。橙林籠竹，直須縛個，茅廬傍寺。犀浦晴煙，雞坊晚雨，足供詩思。倘逢李八百，相期汗漫，話煙霞事。

西　河　乙巳三月二十九日贈沈老

蕉窗外。朦朧一聲啼鳥。何人携榼款吾門，隔墙沈老。酒闌多慨聽清談，殷勤留語真好。　　問君去，何太矯。歲寒漸看生春草。平陂往覆理當然，何爲苦惱。請看巧宦勢薰天，羸飢何似肥飽。　　田園歸計直須早。在家縱貧，亦云好。世路閱人多矣。看南來北去，何時方了，去也峨眉天之表。

（以上詞錄自《蠢翁詞》）

王汝璧

王汝璧（1741—1806），字鎮之，別號銅梁山人，銅梁人，王恕子。乾隆三十一年（1766）進士及第。累官安徽巡撫、刑部右侍郎。嘉慶十一年卒。著有《銅梁山人詩集》《銅梁山人詞》。

念奴嬌　觀演《赤壁賦》，和東坡大江東去韻

洞簫聲裏，乍銷凝，一片江山人物。鐵綽銅琶都付與，今日旗亭畫壁。添個吳娘，歌他水調，舞袖真回雪。文章何處，秋風老盡豪傑。

誰料。八百年餘，樽前人唱，又清風徐發。賦手摩空憑吊處，滾滾秋濤明滅。逝者如斯，誰能解此，千丈晞予髮。周郎一顧，三生同此明月。

其　二

六月廿四日，相傳爲蓮誕日。用白石韻，歌以爲壽。

碧天如鏡，是何時，飛下霓裳仙侶。想像晬盤初出浴，捧出神珠無數。月姊偷來，冰夷抱送，出入多風雨。妖鬟傳宴，綠綃剪出佳句。

朝暮。游冶如雲，亂紅古蕩，深掩輕鴻步。此日年年歌曼壽，飛夢珠還仙浦。碧琯吹春，紅螺釀酒，丹頰千秋住。杯中太華，玉蓉遮滿雲路。

其　三　素心蘭，同前韻

絕代佳人，是生來，姑射神仙儔侶。瘦影丁伶神戍削，辟却鄰虛無數。白玉雕心，緗煙沁骨，暗逗秋霄雨。清揚邂近，素心人爲題句。

爲想。空谷無人，星沉月暗，了了飛仙步。方寸靈璧描不得，影入洞庭秋浦。雪碗冰甌，晶簾玉簟，伴我詩魂住。相思遠道，採芳休問行路。

其　四　螢火，疊前韻

飛星一點，乍吹來，無緒無情無侶。一痕忽上樓陰去，撩亂階榆無數。花徑輝輝，荔墻唊唊，修竹纔過雨。坐人衣上，贈君無此佳句。

好是。珠箔飄鐙，娟娟小玉，暗照屏山步。又逐菱花隨月去，掩映漁汀煙浦。露冷荒亭，風凄別苑，長共青磷住。最宜山店，導人深夜行路。。

凄涼犯 舟夜聞歌用白石韻

鷺飛桂陌。孤吟處，江天萬里森索。邪歌乍起，拿音漸遠，一聲哀角。西風太惡。更撩逗愁魚噴薄。立多時，蘭魂蕙魄，杳藹動冥漠。偏是雲窗下，月落人眠，楚烏聲樂。爲誰宛轉，怕相逢，翠釵凋落。恨血絲絲，正重疊凉綃護著。想玉人，一夜瘦損，褪臂約。

其 二 沙洋阻風，仍依前韻

鴻樓燕陌。分飛處，楚魂一片蕭索。木蘭騁望，江楓向暝，自然犀角。鯨天浪惡。弄秋影凉吹鬢薄。漫招呼，圓沙宿鷺，冉冉下煙漠。遙想空雲裏，鳳笑猿啼，幾多哀樂。宋郎未醒，黯悲風，自傷搖落。七澤猥香，料應有天花蘸著。遠峰青，一點暮雨，似舊約。

買陂塘 題讓山和尚山舫

馭泠風，暝煙千里，一坳水在何處。疏鐘敲夢饅糊覺，霜葉打篷如雨。禪味苦。更底事，句留太乙蓮花住。風幡漫舞。笑矮笠枯蓑，圓蒲斷葦，依舊在雲塢。　　蘆中士，近在南山隱霧。凄涼忘了柔櫓。春巖潑綠三千尺，便擬拍浮飛去。還問取。可載得，輕軥半面西家女。阿師念否。恁鄂被香凝，騫槎星冷，話盡翠微曙。

其 二①

記年時，桃花潭水，多情送我行處。黄金難鑄相思淚，腸斷六橋風雨。塵思苦。悔不就，當初五百松風住。駒馳電舞。更饒舌豐干，無言師利，白塔泠江塢。　　十年事，一覺空迷曉霧。耳邊猶聽雙櫓。文章何處秋風哭，飛夢凉雲歸去。還記取。笑結習，維摩唐突拈花女。而今否否。但撥盡寒灰，燒殘半芋，目極海天曙。

---

① 此詞有長序，限於篇幅，未録。

其 三　別明湖

正盈盈，一篙新綠，煙波又惹離思。碧天照澈玻璃净，一片空明無滓。難忘是。是鏡裏，華不樹外橫螺翠。予懷似水。看涼雨鷗波，冷風鷺羽，相對共清致。　　銷凝處，落日荒煙亭子。濟南何處名士。一年清夢微茫見，恍惚當時杜李。行且止。看逝者，如斯終古人間世。茫茫對此。笑東望蓬萊，南尋禹穴，不盡溯洄意。

解連環　雙慶詞有所贈

慶雲多麗。試卿卿借喚，小名雙美。有艷歌，争唱江風，是桃葉桃根，一雙姊妹。織女黄姑，正相見。月嬌雲膩。比驚鴻略瘦，些些一樣，鈿筝年紀。　　一對做鵷鵜鰈鰈，相與游戲，本是個兩小無猜。更教綰同心，可憐丫髻，白石青溪。訝此夕，粉栀同蒂。又還怕，幾聲吹散，伯勞燕子。

（此詞後半闋不合律，疑有誤）

其 二　風雨書懷，用白石韻

曼聲誰倚。正雨嘯風哮，亂縈奇思，似長歌，飛遏行雲，短歌激空山，澗泉流水。塵抱風襟，仗屏翳。一時湔洗。想君山擫笛，溟海刺舟，舊夢猶記。　　青燈夜霞欲霽。訝天娥咫尺，花影抛棄。試兩腋，飛上清泠，看風馬雲旂，有時來至。鳳泊鸞漂，正悵望，竹梢松底。羨此夕，翠螭古壁，抱珠自睡。

臺城路　餞秋同錢待之孝廉作

西風做冷吹寒早，可憐漢南衰柳。七夕星還，中秋月杳，收拾斜陽重九。蠻天雁友。正遠影差池，絮聲傺愀。落葉如花，亂紅不忍似春瘦。

銷凝送春未久。放些涼意，思離恨還又。菊佩初紉，蘭心未謝，夢裏梨雲厮勾。殘歌剩酒。嘆老盡秋娘，杜郎依舊。換了顰眉，等梅花暗逗。

其　二

余所蓄車羸，服役十年矣，今以老死，歌以瘞之。

十年蹢躅春明路，一心與人奔走。臺省星霜，關山汗血，都訝先鞭飛驟。昨宵雨後。正兔魄幾望，兒觥盈手。我僕云何，西風灑淚向空廐。

方輪可憐累久。冷官錢不給，常減箕豆。駱爾勿嘶，騅兮不逝，慚説英雄如舊。唾壺碎否。更老驥心傷，敝幃恩厚。看刷高雲，向斜陽古柳。

沁園春　生日自壽

蓬矢桑弧，三十六年，予懷渺然。算十年湖海，翩翩佳士，十年京洛，蠢蠢神仙。安得眉低，自知袖短，氣態羞人箕帚間。銷磨盡，是紛紛雁鶩，紙尾人前。　　無端自與流連。愛粉蠹，文蜋別有天。笑漂零詩酒，白真無敵，摩挲鉛槧，元故難傳。立且無錐，坐還有刺，如此心情夢也慳。無聊甚，只拼他茗芋，過了年年。

其　二　餞冬同錢待之孝廉作

今夕綢繆，昏星暮天，參橫斗南。正梅花數遍，半開九九，雪花吹散，全破三三。銀箭更長，銅街路遠，多謝紅樓弱綫添。裝裹處，是冰天月地，忘了寒嚴。　　多時與我愁淹。愛玉篆，香篝冷夢酣。笑詩壇老佛，腸枯酒脯，元亭子墨，氣盡瓶甒。莫打灰堆，且須泥飲，赴壑年華醉醒兼。遲遲意，怕招來春恨，不捲珠簾。

其　三

與滎澤諸子夜游廣武山，仍用前韻，各賦一闋。

送將歸兮，臨水登山，未爲不然。與二三子者，縱觀古壘，百千年下，憑吊荒原。兩腋風生，一鞭電掣，不覺生衣馬上單。回頭望，正酒旗低挂，老柳西邊。　　平生蠟屐情牽。笑一諾，山靈未了緣。看長河似帶，高雲溿沄，遠峰如髻，小玉嬋娟。月冷敖倉，沙沉鴻塹，赤帝當年此入關。森然拜，是紀公遺廟，碧火蒼煙。

其 四

滎陽道中見村女採紅藍花，漫賦，再疊前韻。

醉纈蔫紅，楚楚星星，風吹欲然。是子規血灑，煙綿芳草，紅鼕繭化，紙剪荒原。贈芍風流，秉蕳天氣，遮映輕衫杏子單。多情處，看燕支一捻，剛到愁邊。　　知他赤綫誰牽。想流水，桃花自有緣。怕洗多色淡，文綃未染，嚼來茸細，碧唾尤娟。乍可盈襜，安能樹背，一縷情絲弱命關。無聊甚，是悄頭立馬，送盡昏煙。

其 五　邯鄲旅店題壁

拊缶悲歌，此夜何其，燈花正然。嘆才人千古，傷心厮養，英雄一世，俯首平原。有酒難澆，無絲可綉，一枕黃粱客夢單。銷凝處，是風雲兒女，堆垛愁邊。　　多情何處情牽。任書劍，飄零汗漫緣。正回車委巷，伊人慕蕳，扣舷官渡，彼美思娟。月冷桃笙，風凄翠被，一夜雞鳴客度關。裝裹意，看蕎花如雪，搖蕩秋煙。

其 六　秋圃買花

水北花南，邂逅清揚，香生蕙衣。正秋之爲氣，松青竹老，仙乎來暮，菊瘦蓉肥。圃落青璣，畦分文貝，小白團紅雲錦圍。裝裹意，是數錢姹女，細說因依。　　相思遠道如期。似臨水，登山相送歸。便牙籤甲乙，安排絳帳，金鈴左右，位置花瓷。青女霜嚴，素娥月冷，花雨紅於三月時。殷勤望，有仙人萼綠，延伫春暉。

其 七　甲子生日自壽

酌酒高歌，憮然自思，當年阿蒙。向若耶溪裏，秋高說劍，生公石上，月午聽鐘。詩瘦能狂，花腴有恨，倚遍樓臺煙雨中。飄然去，又東華廿載，香土飛紅。　　而今忘了春風。笑飲獵，前塵夢不同。看牙旗高擁，煙清細柳，冰廳獨坐，日照孤松。運甓猶能，歸田未可，舉趾捫心戒必恭。徘徊處，是蟂磯白浪，滾滾江東。

其　八

過正定感懷。時奉命赴陝州鞫獄。

柳色依依，宛爾溥沱，紛吾慨慷。嘆纍纍邱冢，重來丁鶴，穰穰畏
壘，昔日庚桑。骨肉蘭摧，親交露冷，觸緒懷人盡可傷。銷凝處，是風雲
兒女，輾轉回腸。　　鷄聲又別恒陽。看舊夢，重尋趙魏疆。正斗杓南
指，空明貫索，天弧西直，永靖欃槍。火馬星馳，風鬟雨急，不覺皇華驛
路長。前旌去，有嵩雲華月，迎渡清漳。

望湘人

主秋塍茂才，以吳門女士潘湘雲小影索題，爲賦二闋，次首用賀梅
子韻。

正風天亂笑，香雨欲啼，真珠飛下清廓。冉冉梅魂，亭亭月貌。無那
空花吹着。塵海愁牽，罡風夢斷，眉山依約。只幾絲，恨骨如煙，還共曉
雲飄泊。　　偏是天寒袖薄。便爲伊痛哭，問天難說。算千古傷心，第一
邯鄲人錯。秋娘墓側，星星碧火。燒出紅蓮雙萼，待說與，畫裏湘娥，幾
度木蘭花落。

其　二

怪愁春殢雪，寒夢未醒，暗香空在天半。彩筆誰傳，翠眉膩眼。獨共
么禽傷晚。白璞雕心，紅綃織淚，冰天呵暖。有我家，玉雪王郎，卷月懷
雲相伴。　　不信纏綿未斷。嘆琉璃易碎，水流花遠。奈督護清歌，宛轉
夜深寒淺。大巫峽裏，小姑溪畔。一樣飛煙神觀。只可惜，蝶羽蟬衣，不
是當時雙燕。

其　三　題潘湘雲遺照

正玉梅開盡，夢斷羅浮，驚鴻飛下寥廓，冉冉芳魂，亭亭倩影，留得
眉痕依約。千古傷心，桃花命短，楊花力弱。只絲絲，恨縷如煙，還共曉
雲飄泊。　　偏是天寒袖薄。便爲伊痛絕，天心難度。算五角六張，第一
種情人錯。休教墓側，星星碧火，更幻紅蓮雙萼。待說與，畫裏湘娥，幾

度木蘭花落。

（録自《清詞綜補》）

春從天上來　丙申除夕

怕見春回。又幾番雪掃，幾陣風篩。尺五城南，大千沙界，年年草色天街。今夜短檠牆腳，都一樣，金粟花釵。好銜杯。正殘寒心事，疊鼓如雷。　徘徊。望春未見，但緑了丁香，暗結愁胎。憶煞梅花，恨他柳絮，依然渺渺予懷。廿四番風吹盡，纔盼到，紅藥翻階。儘堪哈。是鈿車寶馬，糞土豐臺。

其　二　丁酉元旦

多謝東君。做空煙一片，染出芳辰。夢破桃都，望穿樗木，幾絲纔照寒門。不道年年依舊，偏此日，黯黯懷新。儘銷魂。有妖紅稚緑，次第撩人。　前塵。知他記否，但彩勝金花，各自醋春。玉鏡無言，紫姑何處，空噓箕斗能神。不信茫茫如此，剛一縷，愁繭初分。最無因。是車如流水，碎碾春痕。

步　月　閏六月十五日立秋

歲籥平分，斗杓虛指，一番虹雨初收。暮蟬淒緊，多事近妝樓。乍金井，一聲葉落，正玉灣，三點星流。漂零意，誰家碧樹，知閏復知秋。悠悠。斷腸處，算來半月裏，添得多愁。不知今夕，風雨孰離憂。最無奈，枯楊短厄，好祝他，小月常留。冰輪滿，相思先在白蘋洲。

倦尋芳　詠冰碗同錢待之作

碧筒雨過，金井瓶收，商意微動。不捲晶簾，偏是峭寒偷送。了了如聞鮫室語，泠泠遠怕銖衣重。最無聊，似銅杯石壁，斷腸孤鳳。　悄不覺，香銷風颭，檐馬丁東，迤逗秋夢。熱惱都蠲，乞與主人清供。羌笛吹殘梅子落，唾壺敲碎酸心共。一聲聲，一雙儘人磨弄。

掃花游　響竹

巑筒細剖，訝鳳羽毺毛，灑然如此。晝眠未起。笑琉璃簟影，側飛輕翅。亂颭湘瑟瑟，涼雲似水。費纖指。擘千縷萬絲，清籟誰似。　　拔劍成底事。但嫋嫋筵筵，竹竿魚尾。扇邊袖裏。怕離離膩粉，誤他成字。密雨驚風，只許流螢夜止。念君子。待秋涼，掃清花地。

洞仙歌　月下聞鄰人度曲

玉壺擊碎，廿五聲秋刻。冉冉行雲正愁絕。甚紅弦，淒咽白紵飄揚，傾聽處，一抹墻腰淡月。　　眉痕誰換綠，憔悴周郎，怕聽陽關第三疊。宋玉在東鄰，搖落悲秋，偏逗出，清商一闋。更子夜，聲聲太多情，縱不爲魂銷，也應心折。

其　二

滎陽舊城西，有漢紀信墓碑，唐盧藏用八分書。予迹得之，亟拓數本，文字雄奇，完整可愛。碑陰載耕者得古石，螭首龍文，仿佛生動，非世工所爲，遂刊勒斯頌云云，餘漫漶不可讀。紀公漢無封卹，殆不可曉，疑班、馬闕略云。

桓桓偉烈，論奇勳誰似。天下英雄一人耳。看蚪文，斗篆嶽色雷聲，恍惚見，黃屋當年帝子。　　酬庸寧弗及，火伏龍飛，詎比蛇亡介山死。史闕久傳疑，天遣雙螭，撼一片，河山英氣。若不是，精魂永維持，甚獵獵員員，黝然如此。

其　三　秋竹得筍

宿雲掃翠，又幾番涼雨。小小龍孫未離母。正娥英，水畔露泣煙啼，新篁動，一簇秋痕如許。　　青光勤護惜，莫寫離騷，但寫伶倫鳳凰語。五月已先秋，過了三庚，早迸出，春心寸縷。問吹管，何人喚春風，看破壁驚雷，翠螭飛舞。

其　四

風雨連宵，獨坐成詠。

小春良夜，正滿庭風雨。丈室檠花向誰語。看青虬，挂壁綠綺無聲，相對處，此意悠然千古。　　海濤聽遠籟，忽度天風，竹院摻枹鳳鸞舞。漏箭一聲聲，檐馬丁東，早便似，太平筎鼓。料消息，春風定先知，待律琯吹開，玉梅無數。

其　五

同人皆有和章，適新晴可愛，倚聲繼和一闋。

夠尼報曉，正紅樓收雨。四照花開聽佳語。看松陰，滴翠竹影篩金，雲駐處，一曲陽春千古。　　新聲傳逸響，同願齊心，頡頏朝霞意飛舞。舊雨最情多，目送雲鴻，又盈耳，澗泉重鼓。愛繡綫，五花正添長，更雜組聯吟，往還無數。

其　六　臘梅，用姜白石韻

藐姑伴侶，正嬌雲團雪。滿院花開墮霜葉。似蜂黃未退，蝶夢初融，彌望處，一抹疏星淡月。　　春風消息早，暖玉溫麝，放出檀霞更奇絕。萬斛寶珠圓，誰與調酥，儘點綴，蒼虬鱗鬣。更有人，午睡改梅妝，待染額人來，品題優劣。

南鄉子

詠晚香玉。同人皆作香奩體，因反其説示之。

冰雪自傳神。薝蔔林中別有春。道是玉簪簪不得，無因，梔子同心正惱人。　　楚楚認腰身，幽草斜陽晚更親。遮莫夜香香未已，銷魂，紙帳梅花笑此君。

四字令　桂花

釵蟲膩黃，雲衫淡妝。小山曲弚飄香，近仙娥露窗。　　優曇半牀，兜羅上方。麴塵夢斷垂楊，笑東風較忙。

西江月　秋海棠

恨血泠然陰家，淚花紅疊荒城。鴛鴦瓦上古苔春，綉出鮑家秋錦。
唾碧嬌餘茸淡，浣花淺汗煙青。寒蟾瑟縮展秋屏，生怕斷紅臨鏡。

其　二　晚香玉

浴罷香鬟裊裊，醉餘星的熒熒。秋空月午浸花心，小玉亭亭無影。
雅稱牽蘿補屋，居然微步生塵。溫馨合稱玉人情，憔悴文園秋病。

醉落魄　菊花

閑情漫憶。東籬老盡南山色。黃金難鑄秋無極。裛露飧英，香入騷經
濕。　　花瓷位置秋庭窄。櫓搖夢指秋鐙北。白衣相遇秋風客。一盞延
齡，屋角大星白。

其　二　石竹

此君大怯。碧天碎碎涼綃揭。雲根皺瘦苔衣褶。古錦斑斕，寸寸秋心
折。　　愁煙泣雨情難說。湘雲墮粉團紅雪。丁香夢冷巫陽別。恨縷交
關，愁抱玉屏蝶。

江城子　玉簪花

玲瓏屈戌月朧明，倚銀笙，撥銀箏。簇簇嬌鬟，十二玉樓春。不用金
釵歌宛轉，敲冷月，下花陰。　　唾壺風入遠山颦。是春聲，是秋聲。玉
自堅牢，花自不勝情。惆悵瑤簪天外夢，三峽雨，一窩雲。

其　二

夜發三十里屯，曉次林水驛。

臥龍岡外雨冥冥，暮煙凝，暮愁生。顛倒機舂，一片碎蛩聲。冷夢荒

屯三十里，聽刺促，到天明。　　嵩雲歸去楚雲迎。曉烏鳴，曉鴻驚。淯水愁牽，林水驛邊亭。曲曲灣灣流浪處，相送我，下樊城。

少年游　牽牛花

玉清偷剪絳宮羅。碧月冷瓊梭。絡緯籬邊，蜘蛛樓上，一樣秋多。散花不到黃姑渚，狼籍夕陽坡。蘆笛風遥，豆花香淡，敲石誰歌。

好事近　蘭花

江遠暮天空，戌削銖衣猶濕。好是清揚零露，蘸幾分秋碧。　　無弦琴上寫香痕，香澹更無色。杳杳吹春不見，倚半枝風笛。

朝中措　芙蓉花

花裙六幅抹湘雲，雜佩重瑤瓊。多謝芳卿寄語，冥冥一段煙痕。錦屏重疊，紅霞三變，無限移情。便欲搴芳木末，空江黯黯愁生。

浣溪紗　鷄冠花

磊落秋星照曉眠，花庭彩伴罷鞦韆。金風無語冷鵾弦。　　石鏡舞衣縈昔夢，冊鷄雲樹隔塵緣。桃都紅暈十分圓。

金縷曲　月桂

鷲嶺秋無際。是何年，天風吹墮，蕊珠仙子。色界恒沙香霧滿，金粟前身寶地。甚夜夜，雲樓孤倚，揉碎中秋端正月，儘長年，做弄愁滋味。眉葉換，共生死。　　婆娑開老人間世。病維摩，六時供養，道場游戲。絮白槐黃彈指過，蒥莢青青十二。讓吳質，一生花裹。鷰佩相逢香陌杏，但蓮蜷，曲弰添離思。滄海夢，抱珠淚。

其 二

廣武山下多安石榴，相傳爲寋槎遺種，志載河陰石榴舊名三十八，謂一房僅三十八子也。予來正值花時，雲錦爛然，神觀飛越，因用竹屋韻，倚聲高唱，抒其瑰異，以侑山靈。

火樹屏山擁。記年時，花房擘處，紅冰漸凍。溪女染雲花又發，一點酸心暗縱。微逗得，階榆森動。鶉首天中剛五月，料花神，早得星官寵。懷碧實，倚丹鳳。　瓊觚正要玻璃捧。問幾時，留仙裙褶，絳綃偷送。悵望張郎三十八，不肯輕拋廢隴。但碎玉，零珠團弄。嚼遍紅霞山正午，訝笙囊，繡出花猶夢。機上淚，錦雲重。

其 三

少林司馬同年攜示見和近詞，古情亮調，令人低佪，詞中有記念先兄之句，沉痛不能爲懷，倚聲悲歌，黯然淒斷也。

廿載長安道。燕飛來，兩三伴侶，夢依春草。鄂渚銷魂攬手處，不盡江雲浩渺。都迸入，連牀懷抱。屈宋銜官吾豈敢，算吾家，名士如君少。只一笑，漫堂小。　鬢絲且未愁衰老。正相逢，春風鳳管，玉笙清皎。莫話巴東秋夜雨，三峽猿聲了了。爭忍誦，看雲殘稿。千古人琴今夕痛，卷長河，瀉淚南山倒。孤月上，大星曉。

疏　影　菊影，用張玉田梅影韻

疏籬淡月。寫一枝瘦影，相對幽絕。無色無香，黯黯融融，素心人更心折。飄揚蝶羽芳花晚，正夢冷，霜零時節。剩醉來，倒臥南山，滿袖碎雲明滅。　誰與花神問答，贈之以雜佩，同抱貞潔。秋骨如煙，暗著銖衣，不怕西風寒澈。美人冉冉青雲立，待喚取，騷魂如活。想夕陽，飛鳥還時，一樣夜來鴻雪。

扁舟尋舊約

同人賦梨花，索予同用門字韻，走筆應之。

弱不勝愁，嬌宜含笑，薄陰偏耐黃昏。翠羽香銷，玉人夢醒，幾番錯認梅魂。峭寒欺瘦骨，儘凝想，啼痕唾痕。五銖衣上，天花散處，別是藐姑春。　　爭奈又，玲瓏催曉月，恁空煙碎碎，殘雪當門。長卿游倦，新來病渴，酸心正待秋釀。一枝微帶雨，問□處，朝雲暮雲。子規啼澈，丁香亂放江外村。

慶宮春

詠黃薔薇花，用張斗南韻。時寓保安崇慶寺。

蜂子初酣，蝶衣新染，麴塵亂點湘波。花已如秋，春還似病，嬌鶯爭奈愁何。粉栀誰締，只莫誤，蘼蕪怨歌。歸期未準，依約遠山，展了雙蛾。　　黃昏夢散槐柯。幾點曇霞，自剪兜羅。染額人歸，垂香月小，老仙長自情多。曼陀花雨，料相識，黃姑淚梭。檀心無語，金粟可憐，沙影恒河。

其　二　迎秋，用白石韻

丹嶂初收，金颸乍拂，俏涼漸動寥廓。杳杳行雲，姍然欲下，美人猶在天末。暮蟬凄切，正搖曳，清商亂發。玉笙吹去，青鳳遄飛，湖雲低壓。　　井闌獨自徘徊。一葉錚然，砌蛩微答。恒陽昔夢，山城暝影，簫鼓家家難遏。雲階月地，笑跕躧，塵生素襪。江南秋好，翠蓋迎來，仙裳颯霯。

其　三　送暑

凍雨纔過，濕雲半捲，奇峰吹墮何方。畫角聲高，碧霄煙澹，做成景色蒼涼。冰綃初浴，正花下，風來暗香。新彎小月，換了秋蛾，桂葉方長。　　北窗彈指飛光。伏雨霉風，幾番料量。悠悠火傘，雲車風馬，送君歸去炎荒。休嗟團扇，待來歲，重逢艷陽。銀河一霯，露下支機，星冷扶筐。

柳梢青

偶經野人花圃，流連成詠。

半面桃花。一瓢春夢，是也非耶。小白長紅，團焦方罦，點綴清佳。
愁人芳草天涯。正無奈，殘陽亂雅。黯黯銷魂，娟娟泣露，黃四
娘家。

唐多令　别廣武

虹雨送歸裝。油衫粉漬黃。跨嵩雲，馬首荊襄。招子嶺邊無限恨，滴
不盡，淚淋浪。　　幽草戀斜陽。孤花殢晚香。對愁人，偏更情長。遮莫
青山渾不語，最依黯，儘悲涼。

其　二

七夕宿長葛石固驛，次日立秋。

碧月遲雲郵。誰家望玉鈎。逗離悰，鈴馱驚秋。此夜回腸長似葛，算
織得，許多愁。　　野水咽荒溝。三星倚驛樓。夢分明，鵲語河洲。願得
郎心如石固，待鑿石，問牽牛。

水龍吟

夕渡汝水，曉發紅石岡，過紫雲山寺，小憩馬跑泉。

汝南催起荒鷄，翠微一片雲屏影。泉痕磴迹，人心馬意，曉涼先趁。
積雨新晴，故人初別，愁魂猶凝。問龍門山下，神仙伴侶，巾角墊，誰堪
並。　　敲石光陰半頃。嘆洪厓，拍肩難近。支機夢遠，銜碑淚咽，傷心
重省。枕上關河，胸中濠濮，眼前參井。倩紫雲作佩，颷然飛去，立巫
峰頂。

其 二

過葉舊縣，宿保安驛。

輪困火傘燒空，丸泥廢堞荒山道。離離蘚磴，翩翩石籟，萋萋蔓草。仙令鼃雲，野人禾黍，風流綿邈。但崇岡往復，遮留少住，圓影卓，槐陰小。　　晞髮青山未老。助高吟，泓崢娟妙。龍腥噴薄，蕩胸白雨，飛泉樹杪。列宿森羅，英風颯爽，昆陽古廟。正解衣磅礴，半弦弓影，挂雲峰峭。

其 三　題佩刀

夜深冷焰青紅，似聞壁上饑蛟語。鮫胎映水，鵚光截玉，一生風雨。文褓瑤環，晬盤戈印，兒時伴侶。更壯游山海，操鉛挾槧，搴裳處，虹文古。　　斗北星芒欲舞。正宵中，元枵當户。大房在手，輝輝電影，嗷嗷鬼母。烽火巴夔，雲煙商洛，波濤荆楚。看欃槍掃净，元戈携取，向招搖去。

其 四　閏春觀梅，和孫湘雲韻

凍雲如墨如煙，水邊林下幽尋遍。玉龍吹斷，么禽啼徹，素娥魂返。記得前塵，彩蟾圓候，珊然初見。又逗留小月，添些涼影，重省識，春風面。　　不是年華婉晚。是春宫，剩飛灰管。清明過了，歸來玉蝶，月嬌花滿。彈指光陰，一杯海水，幾回清淺。倩仙人蕚緑，杏花深處，共紅樓宴。

風馬兒　赫陽不寐口號

短長亭外短長更。聽風正泠泠，泉正泠泠。又是騾綱牛鐸雜雞箏。聲聲。　　空山古驛旅魂驚。况燈又青青，月又青青。夢裏河梁執手句難成。行行。

其　二

雨中聞禽言，漫作。

鈎輈格磔度厓阿。看山又嵯峨，雲又嵯峨。況是泥深行不得哥哥。如何。　鵜鴣喚雨怨聲多。奈姑也嘍囉，婦也嘍囉。還怕叩門啄啄動嗔訶。延俄。

湘春夜月

博望廨舍舊有崇史人云：昨某郡函宿此，嚶嚶素欸，膠擾達旦。予籌燈坐待月落參橫，未有異也。漫歌題壁，用黃雪舟韻。

問西明，剪燈深夜離魂。可奈霧鬟風鬢，冷雨度朝昏。怕是槎仙歸後，有玉清淪謫，古驛埋春。訝昨宵好夢，裓薰唾迹，薌澤猶存。　群雞亂叫，饑齲嗅客，瘦樹支門。鳳杳樓空，惟剩有，一行蠶紙，深鎖魚雲。愁天恨海，笑幾生，能斷情根。但痛飲，倩離騷唱出，女蘿薜荔，窈窕眉痕。

其　二 清陽阻水，仍繼前韻

遠波明，黯然南浦銷魂。爭那一片遙峰，虹氣正昏昏。三十六陂飛雨，看蓬蓬瓜蔓，秋水如春。悵漢皋佩冷，愁眉淚眼，枉用相存。　客星去後，荒臺墜石，野水侵門。待喚襄仙，容借我，蕉裙半幅，飛渡涼雲。天長道阻，望美人，更在天根。聽好語，漸瀨兒漲落，危橋古柳，一丈沙痕。

八聲甘州 南陽滯雨，用吳夢窗韻

卷銀河倒瀉，撼秋濤，天中繫槎星。正煙迷楚望，雲屯宛口，雨打申城。可笑龍岡破屋，石蘚篆蝸腥。雛鳳荒臺下，蛙鼓聲聲。　不恨淹留覊旅，恨四愁唱斷，元魄難醒。縱江山情厚，客眼爲誰青。雁雲低，翦開魚浪，且伴他，鷗鷺宿前汀。西風起，趁朝霞去，回首沙平。

一萼紅

過花少伯祠，憶范湖舊游，淒然成調.

早歸來。仗鈴韜七策，身事亦奇哉。陶隱天中，鴟浮海上，管樂無此仙才。笑當日，千絲結網，送銜花，鹿女上蘇臺。一舸飄然，楚雲鴻杳，越被鷥偕。　　曾記客兒游處，想苧蘿月冷，檇李花哀。有黛難描，無金可鑄，飛夢重見天涯。料昨夜，渭陽風雨，與嚴陵，同話浙江雷。借我魚經釣譜，歸老湖隈。

其　二　人日，用白石韻

弄輕陰。有猗蘭小小，碧玉未勝簪。人冷於花，天寒若鏡，羽風還更森沉。正香雨，含春亂笑，颭幡花，釵上挂么禽。素友同心，時晴快雪，柬絹閑臨。　　此日此情何限，看嶽雲澄水，是處關心。眉黛縈青，裙腰未綠，幾分春意侵尋。乍凝望，年光似水，向東風，柳眼漸紓金。燕子來時杏花，院落紅深。

其　三　花朝夜雨，再用白石韻

暮雲陰。看玉蘭耿耿，戌削颭瑤簪。依黯飄鐙，濛淞入夜，檐花春酌沉沉。儘窗外，吹松灑竹，正香凝，漏斷不驚禽。凈洗華不，高盤螺髻，相遲登臨。　　剛是百花初度，怅長紅小白，一樣關心。寄語天娥，飛箋屏翳，休教風雨侵尋。好加意，調酥染茜，更麥苗，抽碧土如金。待倩緋衣到來，錦幔春深。

其　四　杪秋夜坐書懷，用白石韻

小庭陰。喜跫音不到，抽暇解冠簪。人澹如僧，天寒似水，霜漏遙聽沉沉。待欲倩，燈花吐鳳，怕高吟，驚起曉栖禽。有句難成，無觴可醉，底事登臨。　　不盡江皋落木，念淮南楚北，忽忽關心，橫槊敲詩，銜杯說劍，昔夢依約休尋。好凝佇，秋空無事，正融融，冶冶菊如金。結習難忘曼陀，花影深深。

青玉案 宿瓦店

去年水没津亭柳。怕秋漲，今年又。梁挂車箱門倚臼。酸梨葉禿，苦瓜棚倒，一個狸奴瘦。　　僕夫囈起看南斗。餓馬枯萁雨聲驟。蟾魄暗將星去後。西風瓦店，濕螢冷磷，燒碎鴛鴦甃。

其　二

雁風凄緊魚波溜。料錦字，催難就。石闕可憐碑在口。愁絲縈夢，淚痕凝袖，綠換秋眉皺。　　解衣且貰旗亭酒。唱到陽關令人瘦。一點來帆遮馬首。相逢漢女，乍聞楚咻，百舌花間鬥。

其　三　湍陽漫興

酸心怕見江蘺瘦。正冷落，搴芳手。天近樊襄藍色透。茫茫對此，別無可戀，只戀江潭柳。　　秋娘相過情殊厚。餉我秋瓜大如斗。姹女數來辭不受。盧胡一笑，夜凉河鼓，有個匏瓜守。

其　四　過通南鋪入楚境

水回沙複通南鋪。正行盡，中州路。柳外斜陽聞楚語。連岡衰草，半陂殘漲，送我愁鄉去。　　江山信美非吾土。戰壘詞濤足風雨。暫向大堤船上住。峴山人哭，銅鞮人唱，別有關情處。

其　五　柳陰

鬢雲眉葉濃於畫。想傾蓋，長亭下。斗酒雙柑鶯語姹。玉箏停舫，珊鞭繫馬，各自相依藉。　　挼藍蘸碧煙光貰。薰染春衣暗香惹。門外水流花未謝。翠鈿微露，青帘低亞，別有銷魂者。

其　六　七夕偶題

年年此夕耽佳句。畫不出，黃姑渡。指點銀灣清淺處。半弦高挂，奔星飛度，顥氣清如許。　　人間笑絕痴兒女。盼想雲樓巧難遇。中夜有人方起舞。三星芒角，兩旗搴舉，玉帳明枹鼓。

其 七 五龍潭祈雨誌喜

木郎誦徹雷文咒。問蘋末，風知否。膚寸雲興天宇覆。雨工飛上，電車驚走，神馬風鬃驟。　　秋潭弄影虹珠溜。似欲移湫走靈獸。嬴得吳兒齊拍手。紫山祠下，烏龍洞口，惠我元金又。

其 八 月陰

粉痕一抹墻腰展。乍移照，深深院。風露滿庭人不見。流螢忽去，暗蛩微怨，莫放行雲散。　　單栖蛺蝶飛來晚。冉冉花魂半身現。送去纖阿天共遠。疏星幾點，宿煙一片，人立青霄倦。

其 九 午陰

相逢飯顆人何瘦。笑笠子，如天覆。火傘纔圓羲馭逗。輝難成鬻，雲方出岫，扶寸爲霖否。　　游絲野馬何紛糾。夢醒槐根正長晝。無雨無風藍色透。遲遲鳥意，愔愔花候，涼影裴徊久。

滿江紅 襄陽

一片江山，正界破，南荊北豫。流不盡，騷魂毅魄，艷歌狂舞。十里風煙巴客淚，萬家樓閣樊川雨。看連檣，大艑似蜂屯，襄陽估。　　方山下，雲歸渚。大堤上，愁連暮。笑風流冠蓋，紛紛泥土。鳳眼林空天自杳，鴨頭波遠人何許。剩明珠，翠羽小雅雛，襄陽女。

其 二 樊城

風雨三臺，展十幅，襄江畫屏。銷凝處，曹顛劉蹶，天險空爭。嵐色猶依山甫國，沙痕未沒鄧侯城。看迢迢，碧漢自東流，無浪聲。　　雲邊堠，江上汀。南烏去，北鴻驚。正檣竿月落，馬首參橫。十二壘空長惹夢，廿三堤遠最牽情。定有人，催鬢怨分釵，長短亭。

其　三

憶乙酉夏阻風康郎，曾和秦淮海《惜竹軒》詩並白石翁巢湖詞，乞風於湖神，鄣人至今能誦之。茲泊荊門，南風浹晝夜，舟不得前，因復和前調，扣舷孤吟，以抒煩鬱。信得回風，當更倚聲，爲江神壽。

一勺潛江，又涌起，千疊怒瀾。愁不了，掌中雲夢，天外巫山。屈曲自將河作帶，低昂真以鉢爲冠。笑馮夷，狂舞雨工歌，鳴劍環。　斗杓下，又手看。星一點，鵲飛南。縱美人蘭澤，於我何關。欲共湘靈通一語，老魚吹浪錦書瞞。好寄箋，惜竹乞分風，俄頃間。

其　四

詞成，素練澄空，北風迫然起蘋末。少焉，江雨晦冥，帆薄不敢張。凌晨倚篷，高唱疾書，風檣俱駛，未敢謂硜硜之信及於波濤，意者神聽和平白石樂歌，有所感召云爾。

一曲峰青，依舊是，千里鏡瀾。神游處，竹軒秋浦，前度廬山。正直敢誰夸勁筆，龍鍾應自笑頹冠。謝鷄竿，五兩運神功，如轉環。　揚帆去，背櫓看。早吹送，到荊南。近家江風色，魚鳥情關。昨夜黃頭猶夢語，箕脣畢耳怕遮瞞。却怎知，江姥有歡顏，談笑間。

三　臺 題羊杜祠二首

偏是書生多感，登高容易心悲。自與此山不朽，何須清淚沾衣。

其　二

不解杜郎好事，功成焉用文爲。果使滄桑陵谷，誰知更有沉碑。

荊州亭

愷之以絡緯索詞，漫賦此解。

玉杼何人淚倚。碧月可憐天際。魚目幾曾眠，側側機頭梭尾。蔓草無邊露委。中夜鮫綃驚起。寡女不成絲，哭倒牽牛花裏。

其 二 泊樊城，仍用前韻

木末露裳醉倚。飛夢灑然天際。長嘯水星臺，高跨井冠鶄尾。撲撲冷雲碎委。一片鯉魚風起。十二古城煙，半落江妃弦裏。

其 三 書所見，再依前韻

玉笛一聲峭倚。雙屬斷紅雲際。無那九秋心，都在眉頭眼尾。小唾殘茸半委。一隻孤鳳飛起。倒影入江煙，人在芙蓉花裏。

木蘭花慢 襄江夜雨

閃涼燈一點，掠篷背，雁風訛。問蔡女林邊，蕭郎樓上，古恨誰多。愁娥。淚衫寄遠，正鮫綃暗浪剪橫波。爭奈珠沉佩杳，玉人潦倒秋河。

悲歌。湘血瑩香，羅鄂被，殢雲窩。想斷魂今夜，匡牀八尺，冷到瓊梭。羌何。怨聲四起，似琵琶碎語泣駘它。莫怪江峰太瘦，阿儂帶眼銷磨。

其 二

宜城有七十二冢，相傳爲漢唐古迹，無姓氏可考。予謂古冠蓋里遺魄猶存，視鄴城疑窟，良可悲巳。乃命小奚就杜康臺釀酒，歌以酹之，仍用前韻。

問纍纍古冢，浪淘處，幾傳訛。笑征西漢將，曹侯之墓，無此情多。秋娥。炬灰蛻羽，似分香鉛淚灑簾波。買得杜郎酒酹，夜臺悵隔山河。

巫歌。古鬼拜雲，羅缺月，瞰愁窩。是誰家蟬玉，唐碑化碧，漢劍騰梭。如何。唾壺碎響，想霸才詞客最憐它。好是無魂可些，不愁雨蝕風磨。

七娘子

女冠山有七娘廟，不知爲何神也。雨泊東津，不得往觀，漫寄此解。

浪聲偌偌歌聲苦。小烏蓬，一夜風吹雨。滯我東津，恨人南浦。七娘飛佩無尋處。　　中宵想像凌波步。似七盤，半展銖衣舞。宋玉風悲，伍胥濤怒。個人只在雲樓住。

新雁過妝樓

荊江晚泛，擬夢窗，即用其韻。

雁宇清寒。湘雲動，冰弦暗趲華年。玉鈎一搖，幾番誤唱刀環。鷺眼涼窺帆影外，蝶魂殢泊浪花間。抱愁眠。佩遙漢渚，人老江干。　　堪悲牆東宋玉，甚半生夢裏，月瘦花娟。淚蓉向暝，九辨漸下寥天。秋眉尚留黛淺，似巫女嬌雲低鳳鬟。銷魂處，又莫愁村近，飛上孤鸞。

瑞鶴仙　帆影，用梅溪韻

片痕低掠鬢。看側臥橫陳，楚煙涼潤。凌波乍相近。奈輕陰離合，暗牽遙恨。遮遮隱隱。似人意，飄揚欠穩。逗西風，纔罨汀花，又逐暮江潮信。　　驚問。鮫娥別去，鳳子飛來，較誰顛俊。仙裙寸寸。魚素遠，寫難盡。料紅樓午睡，柔魂千里，不怕檣烏叫醒。怕晚來，愁疊烏篷，夢雲悶損。

其　二　櫓聲，仍依前韻

鏡雲斜刷鬢。是欸乃聲中，木蘭芳潤。清歌竹枝近。助伊鴉幽耦，倍添離恨。風花悄隱。撥軟浪，輕圓快穩。最淒然，非木非絲，激羽呼商偏信。　　還問。烏啼子夜，猿語丁香，阿誰嬌俊。回腸幾寸。瓊籤咽，恐搖盡。任煙波哀怨，風流銷黯，都被纖柔弄醒。更撩人，瑟瑟江花，淚容暗損。

石州慢　江夜聞蛩，用賀方回韻

葦織宵愁，星逗暗煙，吟弄幽闃。衰燈斷岸無人，絮語夜闌心折。誰家淚抒，錦字刺促雲機，槲階零落昏黃雪。獨客又天涯，誤秋娥芳節。　　飆發。蘭蓀古鬼，樓櫓殘磷，怨離傷別。冷吊空江，更比荒城淒絕。有人不寐，獨自徒倚船唇，商弦撥斷相思結。不語更悲凉，剩枯莎殘月。

其 二 立冬見燕

凍合芹泥，雲暗杏梁，天意蕭索。誰家燕子差池，似訴旅情寥落。伯勞去遠，幾番夢雨愁煙，天涯兄弟多漂泊。獨自繞紅樓，鎮傷心如昨。

依約。江干蓉老，嶺表梅開，浪游聊託。蘆管誰吹，一點東風微覺。冷雲罨畫，又是柳絮因風，玉人深護重簾幕。褰袂語征鴻，訂春來芳諾。

紫萸香慢 荆州

勒風檣，熊王古渚，角聲杳杳吹寒。問章華臺殿，但白雨，灑枯菅。是處荒雲殘黛，儘沙沉香骨，淚盡幽蘭。更婆娑，老柳獨自立秋潭，念往昔，竟誰可堪。　　江關。井絡雄藩。高浪擁，恨江南。看靈旗古堠，雲狸霧捲，龍戰猶酣。杜宇一聲凄斷，俞城月，麥城煙。鎮茫茫，怒濤東去，萬人仰首，千古如此江山，孤日正懸。

南 浦 曉發蝴蝶背渡長湖

秋汀夢蝶，正茫茫，愁海結重雲。小鳳辭歸清曉，苦竹冷蕉裙。怪底石尤飛迅，攪長湖，怒浪拍煙昏。更目窮遥薺，路迷荒汊，九十九條分。

弱歲轉蓬萬里，只而今，息影戀榆枌。漸覺波濤難信，枯淚灑游鯤。縱好茭風蒓雨，剪吴淞，也只暗消魂。任片帆容與，翠蜓間繞荻花村。

過秦樓 買魚得蟹

翠籬呼燈，碧沙穿罶，舊游寒了盟鷗。但軟紅霜落，待海客來時，畢甕先謀。江雨又歸舟，卧滄浪，飽唊槎頭。怕臺荒爾雅，蛑蝑空誤，璞蛞難搜。　　正一蓑跳白，鳴柳下，問伊人尺素，雙鯉知不。羌忽逢公子，似遠山夢裏，賦筆橫秋。銅斗拍還浮，但持螯，莫問監州。趁半鈎冷月，同薦黃花，酣醉蘋洲。

摸魚兒[①]

又相逢，苧袍霜鬢，空秋無限離緒。剎那十載渾如舊，長鬢但添蒼古。愁共語。抱一卷，青縅枯淚凝如露。傷心斷縷。念蓬轉無根，蘭摧到骨，似我更酸楚。　　江天晚，落木蕭蕭似雨。西風吹夢無據。柔絲空戀優曇影，那得繡成悲母。詩思苦。縱七寶，須彌難報慈恩故。奇情舊雨。甚兩葉青蒲，一枝碧藕，鬼唱斷魂句。

其　二　七夕立秋分賦

正針樓，玉弓初挂，銀灣涼影微度。心心結愛深深拜，痴絕中庭兒女。還記取。是冉冉，雲軿分手河橋去。扶筐伴侶，道秋以爲期，姍何來暮，莫滯洗車雨。　　人間世，又是一年愁緒。瑤笙帳望何許。一聲琅葉敲金井，搗帛風傳玉杵。行且仁。怕鵲語，無憑不到牽牛處。三星在戶。正脈脈西流，盈盈北向，依約似河鼓。

其　三

> 余獨居竹院，日惟쵔尼鳴集，忽來雙鴛，結巢竹間，締構經營，風雨不輟，此亦奇也。漫歌一闋，以紀斯致。

鎮跏趺，團焦丈室，濃陰慈竹低護。滿天花雨春歸後，獨共쵔尼晤語。吾與汝。又底處，文鴛邂逅成相遇。湘波鳳舞。正瘦玉干霄，膩香融粉，戢翼最深處。　　幾回顧，別了荷裳伴侶，青雲同此延仁。三十六陂煙水闊，莫逐浣紗人去。飛且住。看錦佩，仙裙舊是凌波步。綢繆牖戶。想綠意紅情，幾番飛夢，一夜赤欄雨。

醉蓬萊　自題《空山讀易圖》

掃玄亭秋葉，奇字蟲書，古情無偶。休問爻辰，正月居南斗。石氣泓崢，芒寒鐵鏑，浸蒼筤森瘦。京律微吹，焦林始晝，孟圖誰授。　　碧影來時，白雲飛處，目送孤鴻，柳生雙肘。摘洛鈎河，笑龍龜知不。一寸周

---

① 此詞有長序，限於篇幅，未錄。

髀，一盤折矩，向環中閑叩。幽象難摹，圓著無語，笠天枯守。

水調歌頭 重九登千佛山遠眺，用東坡韻

誰得驚人句，呼吸可通天。不知天上李白，酣醉幾多年，欲訪釣鰲磯去。空有蓬萊仙宇。孤影矗高寒。寄語翠微客，仙境在人間。　　最高頂，敷松坐，據梧眠，年年此會，長看黃菊紫茰圓。千疊雲山回合。幾許苔碑殘缺。清福古難全。舉酒屬新月，人影正娟娟。

南樓令 寒露偶題

玉露已瀼瀼。寒衣絮未裝。儘銷魂，蔓草清揚。宛轉瓊梭人不寐，共絡緯，細商量。　　風色正蒼茫。雲樓飄古香。倚青霄，袖薄天涼。樓外一聲縫過雁，料今夜，有新霜。

翠樓吟 秋陰

月暗蚩階，煙沉蝶徑，滿空做成愁思。寥天吹夢雨，細縈繞蒼蒼松桂。高樓誰倚。但一片魚雲，幾行鼂紙。多疑是。霧鬟風鬢，迢然來至。　　水際。應有扁舟，寫綠蕤青箬，鏡湖高致。相思蘭澤遠，待挐取芙蓉多麗。無聊情味。似楚峽凝煙。中山沉醉。燈花墜。踆烏飛上，海天開霽。

蘇幕遮 春陰

曉寒輕，雲影膩。花氣冥冥，春似朱顏醉。薇帳逗煙眠未起。胡蝶飛來，香滿人間世。　　雨飄絲，風掃翠。何處紅樓，罨畫垂楊裏。莫道春愁愁不已。杏梁雙燕。細訴春風意。

其 二 杜桐子

葉方零，花未老。點點秋心，暗向花邊繞。疑是青蓮開木杪。菡萏如舟，滿載琅玕小。　　露泠泠，煙皎皎。輸與青娥，百琲穿珠巧。鳳去樓

空仙韻杳。天街歷歷，榆莢光相照。

其 三 蘭子

秋星明，秋月皎。誰夢徵蘭，蘭已含胎早。最似綠沉爻柄小。碧幢風靜，花箭奇香裊。　　子生遲，花不老，玉樹庭階，添得宜男草。一蒂一珠青未了。心心結愛，比丁香肖。

殢人嬌　花陰

曲徑煙沉，輕暖餘寒猶峭。香界裹，夢雲圍繞。細飄酥雨，繪幾枝紅嫋。勾一半，斜陽晚晴回照。　　鴛履弓弓，蝶魂了了。算只有，玉清人到。苔茵唾碧，逗紅茸休掃。明月下，胎禽步來清皎。

杏花天影　棕拂

蒼藤細繞枯栟樹。過幾陣，疏煙澹雨。朝蠅暮蚋不須揮。告汝。有塵生，便拂去。　　本來是。旃檀舊侶。更鳳尾，龍鱗自古。絲絲悟到剝蕉心，看取。散天花，億萬縷。

其 二 韻牌

等閑難得驚人句。待運取，雲斤月斧。玉爲楮葉錦爲章，數數。九張機，五雜組。　　纔一霎。圖分客主。似列宿，羅胸探取。雙聲疊字好安排，縷縷。布靈棋，握算矩。

其 三 花澆

縰笙不共湘靈去。但覆手，絲絲細雨。不須鶯舌喚春風，漫與。弄芳菲，已滿塢。　　乍看似。花奴羯鼓。忽倒瀉，珠泉歡怒。泠泠玉露簇蓮房，滿注。似鮫綃，挂萬縷。

其 四 艾把

菖蒲花老過端午。尚留得，靈符伴侶。綢繆多謝艾先生，啓户。爇香雲，似隱霧。　　聽煩壞。雌雷暗聚。更鬼母，荒溝亂吐。鶴翎塵尾總難麈。少住。共焦螟，付一炬。

瑞鶴仙影

京寓中秋，用白石韻寄孫湘雲、陳遠香索和。

玉輪露陌。相逢處，空秋無限蕭索。涼蟾依舊，故人何在，幾聲清角。霜華未惡。恰點綴伊人澹薄。正銷凝，疏星幾點，黯黯度煙漠。
昔時明月下，三五虧盈，許多哀樂。廿年重到，莽西風，盡都搖落。看取燈花，正翠幕深深護著。料有人，此夕把酒，話舊約。

梅子黃時雨　懷洪桐生太守，用玉田韻

香土紅塵，向桑下宿留，聊爾中隱。想未了青山，蓬萊孤影。仙客定知神馬速，書生不礙鵝籠病。懷佳景。江樹遠帆，天際歸艇。　牽引。天都高興。念仙禽別後，音樂誰聽。正藹藹停雲，海波千頃。待得來時同載酒，滿天風雨新秋近。南飛緊。舉杯月來清暝。

霜花腴　冬菊，用吳夢窗韻

重陽過了，望皖公，黃花開滿秋冠。冶冶融融，晚香佳色，群芳比並都難。客懷正寬。聽雁聲，吹過花前。正小春，點綴韶光，團紅小白未知寒。　青女散花纔到，笑霜風掃盡，楚蝶齊蟬。杜鬢簪香，陶巾濁影，羊裙更當花箋。漫持酒船。似櫓搖，背指嬋娟。不多時，綻了江梅，老仙相對看。

其　二　雨後觀菊，用前韻

小庭過雨，有衆仙，紛紛墊角頹冠。逌爾神凝，珊然意遠，銖衣繪影都難。翠微路寬。看南山，飛墮花前。似淵明，醉倒東籬，淋浪襟袖正凌寒。　芳草美人何限，嘆香消碧唾，鬢冷秋蟬。甘谷延齡，金英駐景，好風寄祝雲箋。拍浮酒船。正三人，對月嬋娟。待瑤姬，剪玉飛霙，晚香尤耐看。

其 三 燈下觀菊，用前韻

畫屏疊疊，颭晚煙，陸離長佩高冠。綠酒紅鐙，金昆玉友，一時嘉會良難。帶圍儘寬。笑舉杯，舞影花前，頓裝成，寶地香光，流蘇深護雨花寒。　　　記得秋庭舊夢，有高鬟大髻，淺鬢低蟬。今夕何宵，花然錦帳，憑誰彩筆傳箋。想移畫船。向斜川，滿載嬋娟。正夕陽，返照南山，也如燒燭看。

玲瓏四犯　皖城元夕，用姜白石韻

爆竹煙沉，金花香颭，銷凝春色如許。試燈風信早，祭耒民情古。梅花正邀作賦。又舉杯，月圓江浦。萬頃光明，大千寶地，未覺廣寒苦。

銅鞮唱，來盈路。笑兒童拍手，簫管當户。採茶纏過了，又逐漁歌去。江山信美非吾土，好料理，春風行旅。憑説與。相思有，軟紅伴侶。

（以上詞除注明者外，録自《銅梁山人詞》）

何人鶴

何人鶴（1745—1808），字鳴九，號雲浦，又號九皋，綿陽人。廪生，乾隆三十九年入國子監。著有《臺山詩集》（附詞）、《臺山文集》。

滿江紅 <small>題《漁樵圖》</small>

兀坐幽思，嘆人壽，鞭催馬脚。幾個是，姓傳青史，像圖麟閣。柳岸煙籠漁叟卧，峰頭月唱樵夫樂。賣了時，沽酒是生涯，傾杯酌。　　風波急，舟拴索。崖谷峻，林停蹻。任山迎水送，無拘無束。竿上鯨鯢長不斷，檐頭煙霧時相續。信天游，得地便安身，心歡足。

訴衷情 <small>對月</small>

百歲光陰銷半百，仗糟邱。邀月勸。消悶。訴衷愁。生受是前修。休休。似他紅雨收。懶登樓。

憶江南 <small>春閨</small>

眠不得，散步倚前楹。濕透春愁花上雨，説殘芳信柳梢鶯。誰與訴衷情。

其　二 <small>春閨</small>

春日睡，銀蒜壓簾遮。嬌燕亂銜紅杏雨，小鬟偷折碧桃花。雲墮玉釵斜。　　鶯啼樹，偏長在儂家。宛轉歌喉撩枕畔，迷離情緒繞天涯。別淚濕輕紗。

其　三 <small>閨怨</small>

妝臺鏡，不語對愁眠。點點淚盈花着雨，絲絲情挂柳含煙。真是斷腸天。

其　四　春閨

鶯語隔窗催喚促，熨展越羅。細裁春服，彩繩斜挂柳梢頭，鞦韆架上足風流。烏雲滑溜寶釵簇，蓮步輕移，行到南國曲。荼蘼花下惹芳塵，一隻蝴蝶趁佳人。

桂枝香

重九。泰安署中，酬李散牧、唐陶山。

身如轉燭。憶去歲今朝，望海馳目。把酒蓬萊閣上，笑拈黃菊。香飄兩袖仙風翠，嘯丹崖，浪平蛟伏。醉眠方丈，潮翻島嶼，夢魂酣足。
一霎間，身栖岱麓。嘆重九催人，教飲千斛。折得茱萸，幾許悵懷蘭玉。天涯作客何堪此，盼登高，樂事誰促。恁多愁緒，偏偏收貯，遠人心曲。

甘州子　憶舊游

秋光留我醉蓬萊。參玉局，嘯丹臺。碧天無際一帆開。仙侶共徘徊。從別去，明月爲誰來。

江城子　海棠

佳人不愛着珠鈿，愛春天，海棠妍。未起梳妝，先密咐丫環。帶雨漫將雙朵摘，輕放在，鏡臺邊。　　烏雲理罷妒嬋娟。浴芳顏，掃春山。捲上簾鈎，倚照細回旋。却怪檀郎酣未醒，斜插就，待他安。

歸國謠　懷兄

秋雨滴。遙怪薊門書悄寂。一聲聲送誰家笛。　　歡愉懊惱偏相逼。歸來息。途長驥老難輸力。

山漸青 題王利川書屋

待白雲。送白雲。一一高峰放出群。青尖窗上分。　　竹聲聞。水聲聞。谷風嘗遞蕙蘭薰。只堪持贈君。

减字木蘭花 閨情

清明節近，無計翻將鸚鵡問。誰賣花來，疊疊榆錢酒緑苔。　　難消宿願，舊恨新愁煩自勸。爲想當初，一片芳心託素書。

一葉落 秋吟

一葉落，秋光薄。白衣送酒我先約。待他玉露團，開放籬邊菊。學個陶潜酌。

如夢令 題陳伯崙珦玉照書屋

繞屋圍屏青嶂。幽鳥幾聲高唱。最愛雪來時，醉倒梅花作帳。心貺。心貺。一片白雲籬上。

搗練子 寄嚴劍齋

依佛殿，惹香煙。捉筆抄書近午天。先生慣作周公夢，松花吹落枕頭邊。

點絳唇 夏夜

月上孤桐，碧陰鋪徑流雲掃。猛然心了。寺近鐘聲早。　　歷遍炎凉，野趣盟鷗鳥。風塵表。個中纔曉。耳畔蚊來繞。

鳳凰臺上憶吹簫　感懷

老坐巴西，煙霞作主，閑評一段前因。暢飲燕臺月，六館同群。別去遙登鳳嶺，鞭叱撥，踏破連雲。功名事，幾番搔首，落落風塵。　　傷神。一場夢也，試看古今來，孝子忠臣。若個能安穩，不受酸辛。直待名垂青史，將幾點，碧血長春。憑真宰，如何發付，敢詡超倫。

齊天樂　寄兄

天教月近人千里，泛泛淚懸秋露。足種京塵，鬢生薊雪，幾擲年光飛度。憑誰賣賦。嘆孤客淹留，託新攀故。浪自推排，亦知前定有成數。

歸來籬畔採菊，白衣送酒香，染半庭寒素。倚石看雲，隈蘆把釣，一艇漁翁家具。清陪沿鷺，任潮打秋江，鱷游鮫怒。漫舉輕篙，浩歌煙外渡。

洞仙歌　本意

壽名禄位，四中偏壽迫。愁殺人生不滿百。痴絶漢武秦皇，男女載，送入瀛洲泛宅。　　眼穿無藥到，萬里風濤，不似人間好馳驛。得問爾栖遲，若個仙招，遷延了，恁多歲月。全不念，霜雪鬢邊乾，那玉宇瓊樓，何時署額。

調笑令　客天津

沽酒，沽酒，客到津門住久。夜聞泛宅南船，兒女歡呼月圓。圓月，圓月，照見歸心似鵠。

（以上詞録自《臺山詩集》）

陳德純

陳德純（生卒年不詳），字希文，金堂人。乾嘉時在世，未仕。著有《無事且靜坐齋集》。

眼兒媚　和霖雨題《芸香閣詞》

静觀恰稱芰荷衣，乘雨納秋颸。一枝禿筆，半丸殘墨，幾幅烏絲。滿江紅調隨心寫，唱和慶攸宜。三秋遣興，七言合格，千古新詩。

其　二　再和芸香閣，前調韻

秋風一陣緊吹衣，萬籟盡披颸。雲遮竹徑，星垂蓮浦，雨落銀絲。推窗細玩情偏爽，字字得便宜。志穿金石，氣衝霄漢，筆畫閑詩。

蝶戀花　和霖雨詠靜觀書齋詞原韻

玉宇金風吹破暑。滿眼晴光，倏斂來時雨。漫道火流逾廿五。已傳秋信千家户。　晨刻淒淒聲到午。衆鳥投林，不向檐前舞。懶問碧雲誰作主。聊乘綠水將茶煮。

其　二　和霖雨靜觀書齋寫懷，原調韻

我不誚人誰我誚。摘句尋章，開口心先笑。近水遠山真個妙。萬千氣象情難料。　無敵詩才非易到。魚躍鳶飛，莫作閑憑眺。修竹聞聲來虎嘯。靜觀秋色歌新調。

其　三　再疊和霖雨靜觀書齋寫懷，原調韻

劈面無私多惹誚。斷絕夤緣，怒極偏長笑。袖裏機關真個妙。逢場預把他人料。　寸步不容奸乍到。坐臥言談，伺隙時窺眺。閑暇何妨提筆嘯。好將曲譜陽春調。

其　四　和霖雨題余事且静坐齋匾額，疊前韻

誰願冤家長抱住。隔路江河，惜少舟人渡。排解自來生活處。那愁怨結非朝暮。　　遇難成祥無別故，方便時行，切莫辭勞苦。臨事不疑才自裕。循環天理常來去。

一剪梅　和霖雨立秋，原韻

桐葉知秋應候凋。剛被狂飆，又被凉飆。一年寒暑判深宵。料得來朝。不似今朝。　　夜半聞聲萬念消。懶把琴挑，懶把棋敲。清泉新汲帶丹燒。左有茶瓢。右有仙瓢。

其　二　疊和原調韻

翠柏蒼松總來凋。不怕金飆，却愛金飆。我吟秋信興連宵。話滿三朝。猶約明朝。　　夏往秋來暑漸消。山把雲挑，雨把窗敲。清心凉夜晚香燒。樂守簞瓢。又弄詩瓢。

其　三　除伏夜再疊前調韻

廿五時臨木漸凋。江浪飛飆，柳浪飛飆。伏逾三日到今宵。熱不終朝。凉不終朝。　　握管沉吟大火消。燈炧頻挑，韻字頻敲。何人今後耳猶燒。酒飲盈瓢。水飲盈瓢。

（以上詞録自《無事且静坐齋集》）

高明遠

高明遠（生卒年不詳），字靜一，號敬亭，新都（今四川省成都市新都區）人。庠生，乾嘉時在世。著有《古訓亭詩鈔》（附詞）。

610

賀新凉 春夜獨坐

隱几聽鼉鼓。最清圓，星稀月朗，悄然無語。展轉愁腸千萬結，那更風敲瓊戶。過眼處，不堪指數。擬把桑榆收晚景，嘆年來，骨立瘦如許。筆難盡，盡尤苦。　　王侯螻蟻總塵土。算人間，榮枯得失，老天爲主。料理湖山生活計，翠竹青梧別墅。課園丁，細翻花譜。運甓量沙心事密，好勛名，屬與英雄補。柴門裏，鋤荊去。

其 二 柬劉子均、閔達天

去住分鴻侶。嘆浮生，流光如寄，新晴薄霧。猶記鬌年同步屧，千疊雲山當戶。怎落落，晨星可數。況復炎凉翻覆也，有幾人，肝膽相期許。惟我輩。共甘苦。　　百年螻蟻同抔土。願從今，豆架瓜棚，迭爲賓主。櫻筍魚蝦隨分耳，暢好嬉春別墅。最怕是，身肥詩窶。鐵板紅牙都絶調，只芳尊，一缺終難補。駒過隙，又陰雨。

其 三 春雨

好把湘簾捲。喜軒前，清風細雨，愁煩頓遣。滴瀝檐邊聲漸急，注入花枝嬌軟。堪憐也，扶來笑捻。解事細君謀斗酒，這心情，合付檀香篆。花如雨，腸應斷。　　龍公斂手雲師返。看芳郊，酣紅嫩綠，蔚然深淺。最是蒼山翻作態，添上畫圖濃滿，一縷炊煙，出微巘。知是人家生米熟，坐牀頭，醉飽青瓷碗。巫咺草，漫長短。

江城子 乙巳重九

盈盈綠蟻倩誰酬，碧水流，青山幽。清凉況味，一歲是三秋。黄菊開時天氣好，風乍歇，雨初收。　　從來名利水漚。蘇子舟，庾公樓。江空月上，恰好與心謀。猛拍闌干追往事，興廢事，古今愁。

點絳唇　暮春即事

滿目青青，沿溪一帶鶯啼樹。才看春至。那便將春去。　　歲月如流，莫再韶光誤。腸誰訴。落花飄絮。都是關情處。

燭影搖紅

友人爲他事所累，旋釋，却寄，兼以自警。

身世遭回，風波定後心猶悸。一聲驚鵲到寒枝，依舊山圍翠。獨坐焚書凝思。漫怪他，狐疑鬼忌。惺惺不昧，水靜雲閑，月明花媚。　　黯淡斜陽，那堪更説銷魂事。瓊州笠屐滇南戍，滴盡青山淚。拼上高樓盡醉。看漁子，搖舟深港。凉飀微至，在莒難忘，大家省記。

滿江紅　暮春感懷

滿目芳叢，記聽得，春分鳴鳩。乍郊外，垂楊半老，飛花如雪。辜負了韶光幾度，尚添個閏年三月。這懊惱，情懷倩誰知，逢難説。　　痴癖性，難銷没。繁華事，且休歇。漫侵尋得失，閑愁萬疊。細雨酥園新膩草，遠風著樹輕揉葉。約清游，紅紫正紛紛，傷離別。

金縷曲　獨坐遣懷和韻

兀坐湘簾捲。愛窗前，春風徐揚，閑愁頓遣。翠竹青梧都影直，花露嬌人征泫。正雨過，蠶桑未繭。一縷爐煙縈畫本，補倪迁，着墨疏林淺。文木上，雙鈎展。　　千秋功過分微頭。漫憑他，摳星漏日，論圓説扁。偏是清高人轉怪，雪月原來吠犬。須省識，蓋棺難免。流水青山長自在，更沉檀，静裏尋寬典。荆榛路，要頓剪。

臨江仙 寶光寺遇雲峰上人

古寺陰森花滿徑，又驚春去匆匆。梵王原是萬緣空。犬聲青嶂外，獅吼白雲中。　　何處老僧如鐵塔，塔前試叩宗風。天龍一拍悟圓通。淵靜水空白，雲開日正紅。

朝玉階 春日遣懷

最好新晴卵色天。來禽青李，寫遍鸞箋。新茶活火自烹煎。白榆飛滿地，不算錢。　　吹鐵笛，弄朱弦。有時看牧豎，下層顛。書空咄咄是何緣。只當春雨夜，抱花眠。

（以上詞録自《古訓亭詩鈔》附詞）

萬　氏

　　萬氏（生卒年不詳），成都人，李調元篷室，著有《唾絨小草》。

楊柳枝

　　紛紛櫻筍已登盤，人到湖頭春已闌。好倩長條爲綰住，韶光留得幾分看。

其　二

　　一瞬韶華逐曉風，春郊三月柳陰濃。湖橋他日飛殘絮，獨指浮萍認客蹤。

其　三

　　愧我松楸久寂寥，年年空把旅魂招。杜鵑聲裏征人淚，容易春前插柳條。

其　四

　　鹿角紅圍迤邐開，綠楊深覆雨餘苔。朝官散後芒鞋軟，若個拖筇緩步來。

其　五

　　禁柳絲絲拂苑牆，龍津一水泛銀塘。晚來倒影波光裏，萬樹鴉聲送夕陽。

其　六

　　晴日輕煙照綺羅，玉簫聲裏奈愁何。長條跴地朱闌繞，到底春歸太液多。

（以上詞錄自《國朝全蜀詩抄》）

張雲彥

張雲彥（生卒年不詳），蒲江（今四川省蒲江縣）人。乾隆丁酉（1777）拔貢。

黃鶯兒　春日書舍成

滿岸列荒叢，小書齋曲徑通。千竿綠竹橫窗動。花飛綺櫳，雲歸井桐。捲朱簾，社燕雙栖棟。漫游中，江頭遠望，何日克乘風。

西江月　窗中聞桂香

金粟非同夏發，仙葩獨向秋開。清風細雨雜香回，巧透輕紗影外。馥郁濃添石硯，芬芳淡入金杯。呼童繞徑問何來，路僻雲深杳靄。

（以上詞録自乾隆《蒲江縣志》）

芮福嶸

芮福嶸，字東山，成都人。生平不詳。

賀新郎 題《美人濯足圖》

　　報道池荷放。喜滋滋，鞋鬆金縷，琉璃輕樣。滑膩春雲温玉琢，初試碧波清漲。却又怕，檀郎偷向。瘦影自憐還自惜，倚澄泓，私取春弓量。恰便是，凝酥樣。　　昨宵婉轉銷金帳。最關情，鴛鴦被底，紅蕤偎傍。綽約芙蕖初孕露，瘦怯梨花雨釀。玉纖纖，珠瑩雪亮。斜靠氍毹扶不起，整雙翹，懶把香階上。情脈脈，盡惆悵。

　　（録自《歷代蜀詞全輯》）

李鼎元

李鼎元（1751—1814），字和叔，號墨莊，又號味堂，羅江（今四川省綿陽市）人。乾隆四十三年（1778）進士及第，改庶吉士，授翰林院檢討，官兵部員外郎。著有《師竹齋集》。

金縷曲 闌干

宛轉情何極。襯花陰，春藏幾許，蝶蜂曾識。曲録玲瓏呈幻影，低護青青草色。正睡起，海棠無力。偏共柔腸爭九轉，便陽烏，午影扶難直。桃源路，一灣隔。　　玲珣鶴步還愁入。算惟有，槐邊蟻度，柳邊鶯織。月夜縱橫添斷竹，羽客憑虛弄笛。早絆住，花間游屐。酒點茶痕人去後，更誰憐，粉唾黏塵迹。留淺蔭，蘸苔碧。

倦尋芳 題永州司馬李虎觀梅梁漁隱

軟塵滾滾，吹老鄉心，欲避無計。好夢江南，漾斷一天煙水。常記園林春二月，不堪關塞人千里。借丹青，把狎鷗生計，傳來畫裏。　　豈真能，卧游消酒，如此溪山，端合重醉。試與商量。究竟卜鄰何地。幾個蘭舟垂柳外，數椽茅屋長松底。盍歸乎，混漁樵，足音先喜。

（以上詞録自《清詞綜補》）

王承志

王承志（生卒年不詳），字藕船，閬中人。嘉慶十八年（1813）拔貢。

滿庭芳　諸葛銅鼓

刻鷺雕螭，磨就奇文異狀。經剝蝕，陸離光怪，到今無恙。七縱攻心擒孟獲，千秋貫耳稱丞相。想當年，振旅渡瀘江，軍聲壯。　　雷霆舞，排駭浪。金石擊，開邊瘴。只征南多少天威，震薄地上。沉埋音響寂，蠻中懾服明旺。嘆偏安，古物試摩娑，增惆悵。

（録自民國《閬中縣志》）

楊繼端

楊繼端（1773—1817），字古雪，別號西川女史，廣元人，蘇州知府楊輯五女，張問萊妻。繼端工詩詞，著有《古雪詩鈔》《古雪詩餘》等。

618

畫堂春 晨起

啼鶯那管別愁濃，催人小立墻東。落花和雨攪飛紅，撲上簾櫳。況味強消尊底，形容怯向匳中。昨宵有夢話離衷，記得喁喁。

其 二 憶別

春山春水繞離思，垂楊新綠絲絲。索居情緒半成痴，懶譜新詞。記得蘇臺分袂，樽前強自扶持。桃花落盡有誰知，暗蹙雙眉。

其 三 新燕和周碧霞韻

東風簾捲杏花開，忽驚燕子飛來。瑤光散向翠屏隈，宿近三台。①領紫襟紅猶昨，營巢認主低佪。烏衣經過舊樓臺。芝草新胎。②

十六字令

春，懊惱深閨客裏身。難排遣，落絮況愁人。

醉太平 夜坐

拈花辟塵，題箋拂雲。携琴月上蘭薰，對春風酒樽。　　傷心病身，懷清養真。三高六逸儂欣，爇名香自焚。

---

① 原注：《春秋運斗樞》云瑤光星散爲燕。
② 原注：《酉陽雜俎》云句曲山有神芝種五，其三名曰燕胎芝。

謁金門

關心事，流水落花春去。可惜一年風景，暮教人愁怎訴。　　別後幽思幾度，自恨此情誰誤。錦字而今空屬付，鴻飛留不住。

荷葉杯

十月塞邊寒雪，初別，淚痕新。滿懷離思對誰説，腸絶，是何因。

開元樂

惆悵階前梅樹，今年幾度春花。猶帶別時淚影，郎行何日還家。

傷情怨　秋夜

夜靜庭空月轉。曲欄干倚遍。惹著幽思，滿天來去雁。　　消息於今夢斷。待寄書，雲水程遠。淚濕羅衣，西風寒撲面。

南柯子

澹蕩和雲上，光明擘霧開。驀地透窗來。入幃驚夢醒，起徘徊。

河　傳　擬百末詞詠閨中十二月詞

曉起妝整，新樣翠鈿，又翻華勝。頌椒堂上，迎禧問寢，繡袿頻斂袵。　　鬧蛾半月鐙期近。良宵永，雲母開玉鏡。綺疏梅萼香噴，試花風一信。

其　二　又一體

送春何處，一池微雨，依依落絮。踏青還約鳳侶，寄語，湔裙臨洛浦。　　彈棋笑指金蟬賭，偏輸與，偷掐花枝補。蕩春愁，木蘭舟，休休，春歸不可留。

其 三 又一體

團扇團扇，影形相伴，蘄簟紗幬。浮瓜沉李晚風初，永壺，迸明珠。絲絲茉莉簪璠朵，蟬翼嬋，夢也香無那。起來殘月下西樓，梳頭，露華清鏡流。

其 四 又一體

雨過林霽，嫩涼初到，新秋天氣。穿針恰上曝衣樓，同倚，晚霞如織綺。 七襄軋軋何時歇，經年別，人世休嫌拙。渡銀河，靈鵲多，蹉跎，海枯情不磨。

其 五 又一體

桂華籠霧，廣寒高處，珠宮琳宇。夜何如，聽取素娥歌舞，誰偷仙樂譜。 秋分恰喜人圓也，金樽把，拂袂天香惹。碾元霜，蟾影忙，吳剛，應知不老方。

其 六 又一體

夢短，春遠。晝長人倦，葦箔蠶勞。桐花鳳懶，忺困忒煞無憀，亂紅飄。 茶香焙得山前後，花瓷鬥，茗飲清於酒。輕雷過雨，池畔細數荷錢，入梅天。

其 七 又一體

繡户，重午。彩絲纏玉，寶釵簪虎。拂薰風，石榴紅，簫鼓。錦標看競渡。 一霎炎蒸蕩波面，珍珠濺，浴竟新妝倦。理雲翹，試生綃，偷描，遠山痕暗銷。

其 八 又一體

重九，携手。繡窗蘭友，玉罌香醵。小園亭榭，也登高相邀，詩緘方勝招。 人人過盡長天雁，無書盼，不管西風晚。月籠紗，映秋花，休遮，鐙屏菊影斜。

其　九　又一體

林杪，春小。丹楓色老，黃梅信早。瓦溝霜影，寒意深閨不少，翠裘紅衲襖。　　瑣窗容易殘陽墜，猧兒吠，夜永愁無寐。倚熏籠，鴛被重，香融，細然沉水烘。

其一〇　又一體

冬至，亞歲。粉脂添，九九圖開鳳盒。雪花五出輕可拈，叉尖，錦心吟絮鹽。　　晴旭翻疑聽雨急，懸簷滴，冰筋堅盈尺。月三更，寒色凝，驀驚，玉釵風折聲。

其一一　又一體

歲臘，樽檻。蘭閨酬答，百子桃符。宜春又貼，終夜笑酌屠蘇，蓮花聽漏壺。　　不眠等得新妝換，銀缸燦，爐火頻添炭。願人生百歲，厮守此今宵，莫輕拋。

其一二　又一體

春仲，春陰如夢。翦翦輕寒，一雙燕影下雕欄。香殘，鷓鴣斑。棠梨早向東風嫁，新紅罣，閑趁花朝暇。小樓聽雨又清明，關情，餳簫處處聲。

驀山溪　寒夜聽雨

紙窗風裂，攪碎簷牙鐵。更凍雨廉纖，和長夜，欺人情劣。心頭耳畔，打迸著銷魂，小梅邊，修竹裏，點點真愁絕。　　關山夢遠，斷送人輕別。待卜與晴時，只除是，五更微雪。鴛衾耐冷，準擬不成眠，篆香殘，譙鼓澀，鐙影看明滅。

蝶戀花　春陰

料峭春風還做冷。煙雨空濛，花睡何曾醒。幾樹綠楊深院影。濕雲如幕愁天近。　　鳩婦呼晴晴未準。載酒蘇堤，遲了尋芳信。貝葉學書消晝永。小窗閑試泥金粉。

江神子　新柳

柔情不斷恁年年。小池邊，曲欄前。誰撚絲兒，搓得綠陰圓。邐迤六橋橋畔影，宜帶雨，更拖煙。　　纖腰齊舞鬥嬋娟。糝香綿，別離天。無那春愁，三起復三眠。不是東風偏愛爾，真嫋娜，受人憐。

百字令　海棠

彩絲誰縮，似紅兒待聘，錦帷春鎖。粉本燕支爭畫到，無此輕盈婀娜。弱不禁風，嬌還帶雨，春有痕難裹。玉纖摘去，絳雲飛上釵朵。早又時節中和，清明漸近，香減熏奩火。欲繫好春無氣力，遲日懨懨低軃。殘夢初回，宿醒猶倦，判得銷魂我。高燒銀燭，夜深休放花臥。

綺羅香　病起

對月愁眠，看花懶起，病損東風人面。藥鼎茶鐺，春與病魔相伴。過宿雨，猶帶輕寒，喜朝旭，乍回新暖。且消凝，掃室焚香，開簾飛出畫梁燕。　　琴書還自檢點，閑煞鞠通脉望，芸箋湘管。寂寞韶華，彈指艷陽更換。歌宛轉，紅杏妝殘，舞褭娜，綠楊煙軟。恁無言，似譖多情，曲欄時倚遍。

瑤　花　詠梔子花

塗香暈色，膩粉團酥，產瑤池仙境。梅風乍拂，看六出，差與雪花相近。晶盤貯水，常伴得，玉纖清潤。笑綺窗，對此同心，也算合歡躅念。　　朝涼恰好梳頭，稱蟬翼輕分，斜壓雲鬢。菱花月滿，釵朵重，不減舊時丰韻。多情蛺蝶，又栩栩，飛來相並。誤幾回，夢醒紗幮，尋遍小屏山枕。

滿江紅　過林和靖先生墓，次香嚴詞韻

千載湖鄉，天賜與，孤山一曲。憶當日，梅花深處，先生華屋。丹詔不來心似水，白雲留住人如玉。悵而今，風雨墓門荒，春波綠。　　擬傲骨，淵明菊。標勁節，坡仙竹。問古今同調，清流誰屬。枝上殘香吹未盡，堤邊疏影看難足。且携將，春酒酹詩魂，梨花熟。

買陂塘　西泠送春

最難忘，六橋煙柳，清陰搖蕩如許。東風吹得春來早，怎不繫將春住。成寄旅。聽記拍，紅紅唱徹黃金縷。深沉院宇。漸拾翠人稀，添香夜短，獨自甚情緒。　　渾無據，惆悵鶯啼燕語。韶光容易飛去。青山綠水還依舊，瞥眼頓成今古。傷別否。試問取，春歸可是春來處。摧花落絮。又並作黃昏，疏疏淅淅，幾陣打窗雨。

金縷曲　憶母

兩載萱闈隔。夢魂中，相依歡笑，宛然疇昔。痛煞椿庭長逝後，蜀嶺吳山分翼。聽杜宇，催歸聲急。身不爲男終遠別，看慈烏，返哺悲何及。知甚日，侍晨夕。　　浮生薄宦萍蹤迹。念隨行，天涯夫婿，也同爲客。兒已半生愁病裏，白髮那堪相憶。惟默祝，康强逢吉。故里重經門巷改。幸眼前，愛護佳兒媳。思往事，淚頻拭。

綺寮怨　寄懷仲嫂韻徵

雨細煙霏日暮，小樓空斷魂。京華夢，迢遞鄉關，舊時燕，難認重門。驪駒記曾催唱，淚滿巾，蹙損雙黛痕。悵無端，滯迹湖山，又頻歲，六橋看送春。　　爐火餘香半温。連娟月色，鎖窗只照離人。詩酒情真。知刻燭，韻常分。新詞愁吟紅豆，誰記拍，和回文。箋成寄雲問。何日花下，同挈樽。

（以上詞錄自《古雪詩餘》）

賈秉鍾

　　賈秉鍾（1777—1839），字綏禄，一字屏山，渠縣人。嘉慶六年舉人，十三年成進士，由翰林院庶吉士改授山西孟縣知縣。著有《屏山詩文集》等。

624

念奴嬌　游三教寺

　　小庭花放，等閑間過了，重陽佳節。極目長江秋色回，隔岸好山叢列。古木參天，危峰矗地，雅是真仙宅。相將臨眺，灑然心曠神悦。
寺後謖謖松聲，青苔鋪徑，幾畝盤陀石。俯瞰澄江明似鏡，時有漁舟一葉。聞説當年，高僧化去，趺坐飛雙舄。及今誰見，只留三尺殘碣。①
　　（録自民國《渠縣志》）

---

　　①　原注：寺後有舍身巖，相傳松雪和尚飛身坐化處，碑碣猶存。

汪漱芳

汪漱芳（1786—1830），字潤六，號柳橋，別號長松山人，
簡州人。嘉慶十八年（1813）拔貢。道光十年卒。著有《十梧
山房集》《檀林堂稿》等。

賀新郎 丙戌元旦試筆

忽漫春風度。依舊是，韶華滿眼，青山紅樹。到處人聲喧不已，彩勝
銀幡載路。只有蕭齋如故。不插桃符聽爆竹，閑拈毫，獨自題新句。梅花
下，幾回步。　　年光冉冉留難住。那堪更，藍衫破帽，愁吟感遇。馬足
車輪南又北，歲歲歸來歲暮。還剩得，蕭然儒素。何日征塵纏暫息，向吾
廬覓個煙霞趣。頤情志，在武庫。

金縷曲 挽內兄劉樹勛作

楚些聲淒切。悵音容，瓊瑰泣罷，武擔石折。三十年華泡影事，瞥眼
雲煙變滅。爭當此，寒風冷雪。杳杳重泉何處是。盼明朝、薤露還應結。
塵榻在，人永訣。　　糟邱臺畔觴飛月。念平生，瓮頭春色。中山千日，
我與徐公曾有舊，記取含杯時節。早知道，黃爐一別。莫恨流光天不假，
嘆劉伶荷鍤堪愁絕。噬臍否，憑誰說。

百字令 前題

人琴未遠，遣青蠅，憑吊，呼之不起。子敬風流安在也，腸斷招魂一
紙。愛日情長，履霜操短，儂是君知己。無情天地，古今大抵如此。
儘把碎苦零愁，盡行拋撇撒手，寥空裏煩惱。城開千萬仞，從此圓圞歡
喜。筆硯前程，桑麻世澤，付與嬌兒理。乘鸞碧落，逍遙且作仙子。

怨東風　清明前四日思親作

幾日清明近。心事憑誰問。思親何處不傷情，悶。悶。悶。杏花村前，東風陌上，難尋芳訊。　　春光如一瞬。夜睡何曾穩。枕邊珠淚幾時乾，恨。恨。恨。獨有窗前，照來明月，纔知方寸。

（以上詞録自民國《簡陽縣志》）

王懷孟

王懷孟（1787—1840），字小雲，大竹（今四川省大竹縣）人。嘉慶十五年（1810）舉人，官長寧縣教諭。著有《零礫詩存》《小雲詞剩》。

驀山溪　有憶

眼底斜陽，人在欄杆後。容易動相思，是孤院，無人時候。平原如此，何處更登樓，幾多恨，幾多愁。得幾多消瘦。　潦草情懷，強半交杯酒。酒盡却愁來，便醉也，閑愁如舊。無情春色，和醉上眉頭，日西去，水東流，真個成孤負。

其　二　漫興

一院梧桐，廿四枇杷下。山色不知愁，聽落日，西風去也。闌干傍晚，細雨打檐牙，風中柳，雨中花。一霎傷心話。　等閑春色，便伴梨花嫁。任杜鵑聲聲，血灑誰家，燕子輕薄不歸家。城頭燕，樹頭鴉，人正愁來夜。

（按調疑有脫漏）

其　三

一弄單于，畫角聲吹罷。門掩盡黃昏，獨背立，石楠花下。桐梢月轉，偷影上窗紗，消魂否，不消魂。爭個消今夜。　銀鈎低卸，瘦骨憑衾亞。好夢便如煙，總強似夢，都無也五更風緊。更柝冷蝦蟆，人愁煞。一聲聲，雨過荼蘼架。

貂裘換酒

元夕不出，與熙堂對酒。

此刻真無奈。嘆何物，能令公喜，不如杯在。把酒長天招月上，不道茫茫人海。換一片，琉璃世界。可惜團圞今夜月，也隨人，流落天涯外。人與影，自相對。　　六街如洗銀河帶。聽人家，傳燈走馬，猜花結彩。只我沉吟拼一醉，酒入愁腸覺快。看蒼狗，白雲情態。骯髒胸中多少事，是人間咄咄真奇怪。君不飲，更何待。

其　二

都門晤徐琢齋丈，重話皖江舊事，却賦奉贈。

歷歷江南路。是兒時，騎墻打鼓，舊曾游處。自捲行雲歸隴首，惟有長江東注。問消息，鴻魚修阻。不料燕臺春草長，恰落花時節人重遇。談往事，漫回顧。　　堂堂歲月留難住。對樽前，幾回仿佛，當年眉宇。眼底王郎成措大，是否吞牛乳虎。一轉瞬，匆匆婚娶。萬里西江牛渚月，想龍山大小應如故。誰與此，共千古。

其　三

次坡舅氏招集陶然亭，即席同賦。

歷歷瑤臺路。是去年，蘆花聲裏，送秋歸處。瞥眼流光曾幾日，綠滿平原煙樹。又送取，風風雨雨。滿地榆錢過百萬，挽垂楊，難買春風駐。拼一醉，送春去。　　醉來獨繞危樓步。倚闌干，長天人影，茫茫相顧。爲問此亭中過客，共得幾人千古。驀眼底，斜陽無數。且拂鵾弦歌水調，倒金尊莫把詩腸誤。呼秉燭，未嫌暮。

其　四

晚春偕李伯子漫步，傍夕獨歸，用謙父韻。

眼底春光老。趁斜陽，芒鞋踏遍，天涯芳草。往日歸期常屈指，此刻偏愁歸早。漫記取，風檐摘藻。一瞬光陰忘苦樂，到閑來，偏覺多煩惱。消永日，忙中好。　　酒徒人數年年少。只狂吟，悄然對影，一簏燈小。爲想百年星散後，萬古此情難了。忽撥碎，虛空一笑。惟有雄心銷不得，把吳鈎三尺頻顛倒。問此意，幾人曉。

其　五　有夢予與同登第者再戲，用謙父韻

無夢多忘曉。聽人家，一回好夢，爲之傾倒。我正羨人人羨我，夢裏

定多歡笑。算浩劫，名場會了。雁塔三年人一過，漸風零雨蝕，題痕小。前不見，古人少。　　千秋夢境邯鄲好。問盧生，封侯時節，可曾煩惱。願借磁州三尺枕，不許黃粱熟早。又那費臨川詞藻。落得局中真自在，任酣眠何借游仙草。樂可敵，華山老。

其　六　羈思，用蒲江韻

禿盡漢南柳。舊攀條，行人去也，近歸來否。莫問春風何處也，便此秋風不久。只江上。斜陽如舊。冷露繁霜都過了，到歸來。已是三寒後。一年事，幾回首。　　近看水落江聲瘦。莽長風。魚龍不起，雲昏星晝。滿地蒓鱸歸不得，笑煞滄浪釣叟。算北雁。猶相廝候。送我洞庭湘水曲，到衡陽南浦纔分手。猛憶得，離時酒。

百字令

得魯之兄書，悵然作此。

昨宵好夢，怪魚風吹到，天涯尺素。讀得平安三兩字，不覺眉飛色舞。一度春風，一回明月，離別經年苦。郵筒幾字，去年幾日題署。可惜日暖南窗，陸家兄弟，不得東西住。一任桃花春漲發，付與黃流東去。草草金臺，梁園秋色，舊日消魂處。看雲憶弟，別有傷心無數。

其　二

風雨渡河，旅中淒然，題此遣意。

不知歸夢，竟歸不醒後，茫無尋處。繞遍雲山千萬疊，送人長河東注。細雨如煙，長天似夢，問客將何去。一年春色，客中堪否回顧。可笑夜半聞雞，平明走馬，歲月銷行路。便把黃金生鑄我，只有柔腸難鑄。百斛相思，千回望眼，難挽車輪住。征衫著破，得添多少塵土。

其　三

勸君沽酒，且高歌歌罷，拂衣起舞。指點河山揩倦眼，萬里直如庭戶。大道鳴鞭，中流擊筑，腰劍龍鳴怒。茫茫天地，此身應置何許。不見兔走烏飛，雲奔風轉，天亦匆匆苦。若抱長繩空自繫，碌碌怎成千古。髀肉宜銷，詩腸未瘦，頭角森如故。人生快意，此情休説兒女。

其四　題畢媛梅月小影

淺妝低憑，恰夢逐雲空，人天清净。花影扶人人影瘦，人與梅花相稱。露濕苔鋪。風回蘿帶，明月圓如鏡。凝眸何事，對花能否無恨。

惟有萬點花香，千年月色，曾此親風韻。紙上香殘兼墨退，一角紅銷猩印。才子歌聲，佳人黛色，畢竟留名姓。舊家亭館，此時却向誰問。

念奴嬌　十六夜月

人間何世，但舉頭天上，月如人意。小院空寒愁對影，那得團團如此。冷露無聲，明河低轉，夜已三更矣。瓊樓玉宇，有人高在天際。

遙想七寶欄邊，緑蘿宮畔，此恨同兒女。脉脉流光長照我，似勸人同歸去。多少凄涼，疏煙冷霧，引入愁懷裏。長天萬頃，照人魂夢千里。

其二　十七夜月

仰天大笑，且驅愁撥悶，狂歌而起。海闊天空心似鏡，不讓片雲來去。左引長風，右招明月，盡把塵心洗。茫茫人事，任他少許多許。

知否詩善窮人，情多累己，從古皆如此。潦倒東坡多滿腹，不合時宜幾字。富貴在天，神仙無術，曠達爲佳耳。懵騰且過，醉鄉真可歸矣。

其三　用改之韻

玉塵萬斛，更何時聘取，蕊宮深處。好向東皇爲侍立，看盡瓊花一路。休向人間，誇香鬥粉，轉眼愁風雨。年華耽誤，空惹沈郎詩苦。

一自詠冷眉山，石湖絶筆，誰是知心語。若問林逋妻妾輩，已是江南塵土。今日玉堂，評花御史，且讓君爲主。寫芳詞就，橫笛短簫吹去。

其四　用希真韻

一分春色，聽西風吹作，紅紅白白。種玉莊頭曾憶否，鶴氅羊裘舊客。露冷揚州，玉簫吹斷，塵土江南隔。水邊籬落，但留得舊時雪。

多少苦霧愁煙，多情都付與，霜禽粉蝶。去矣何郎辜負了，東閣千年風月。日暮天寒，一般心事，忍使知音歇。斷橋流水，去年却爲誰折。

蝶戀花

小院蕭蕭春欲暮。無柳無花，只有塵和土。看盡斜陽留不住。昏黃又到消魂處。　　薄醉心情拼睡去。怕是宵來，數盡沿街鼓。昨夜無眠今夜補。夜來幾陣西窗雨。

西江月　枕上偶記

往事怕人提起，自家得意思量。落花飛絮太匆忙，落得閑時一想。驀地排成好夢，醒來付與東風。烏啼人靜月明中，何處鐘聲初動。

其　二

題扇，戲集美人名。

如是菊香清照，澹容宛若黃花。道憐阿懶太柔些，阿小嫣然入畫。柳葉桃根夢幻，春兒惜惜芳華。寒香巧巧伴娘家，往往雙翹合下。

其　三

解語盈盈花姊，菊英許負秋芳。謝秋娘阿杜秋娘，紅綃莫愁月上。艷艷淡如秋水，凌波可可招涼。合歡尚帶夜來香，宛轉雙文妙想。

賣花聲

一角小簾櫳。情思匆匆。春寒兀自客愁中。作意傷春春又暮，細雨斜風。　　檐馬聽東東。午睡迷濛。醒來孤枕負情儂。待要何時從夢裏，真個相逢。

賀新涼

余偶得萊石杯，製甚精雅，日以自酌，忽復失去，醉中憶及，因成此闋。

脫手高陽路。憶伯昇，觴飛大雅，轉頭風雨。留得青州從事，在烏有先生何處。對明月，茫茫賓主。去向何人傾瀉盡，怕眾人皆醉君常苦。誰識得，酒中趣。　平原携手剛三五。笑手頭，空空萬事，依然如故。李白死生曾與爾，一醉飄然千古。可笑是，堂堂漢武。手把玉杯還賣出，況人間得失全無據。酌大斗，折花數。

其　二　與周子堅話舊

總角交游處。錦城中，碧梧翠竹，幾多風雨。隴月湘雲縷小別，便爾匆匆婚娶。但搔首，金台一路。颯颯天風吹不斷，只斜陽衰草傷遲暮。笑傲骨，尚如許。　關河點點紛如霧。十年來，陳人半作，長安塵土。談笑吾曹須努力，彈指便成千古。要青眼，高歌不負。醉撥銅琶長丈六，倩尊前一曲周郎顧。更拔劍，爲君舞。

甘　州

撥銅琶，無賴且長歌，歌罷奈愁何。怪大堤楊柳，不知別恨，儘意婆娑。知否蟬聲陣陣，絮語説秋多。想南飛雁子，近渡滹沱。　可惜堂堂歲月，向槐花影裏，盡送飛梭。認涼風疏雨，滴滴是愁和。問年來，魂銷何處，指斜陽萬點，上青莎。人望遠，闌干獨倚，月滿關河。

水調歌頭　對月

搔首讀天問，讀罷起長嘆。不知天亦何事，日夜走雙丸。我想綠蘿妃子，也似瑤池阿母，華髮下垂肩。海水幾深淺，未必似從前。　只明月，猶渾似，白玉盤。茫茫身事，便隔天上與人間。待向赤城山頂，看取千秋萬歲，更得幾回圓。彈劍且狂醉，何事禮金仙。

其 二 再賦前題

我亦爲鴻鵠，陣勢起長天。橫風吹我不散，雲繞路千盤。贏得十年爪迹，印遍河雲棧雪，清響動人間。寄語故山鶴，莫作夜啼鵑。　君不見，九萬里，有鵬搏。魚龍何在，回看海水隔雲煙。若似野田黃雀，住向高籬短柵，長聚亦何難，且共養毛羽，飛去化青鸞。

其 三

嶰堂老樹忽來群鶴，嚮曉始去，爲填此解送之。

塵海莽如霧，何事更飛來。莫非丁令歸也，城郭一徘徊。不見眼前鴻鵠，插足泥邊雪裏，指爪費疑猜。皎皎好毛羽，休便染塵埃。　爲長嘯，高風起，月如揩。送君千里，歸去雲路指蓬萊。笑我只如一鶚，日盼青雲萬疊，倦眼幾回開，寄語向鸞鳳，相約在瑤臺。

其 四 中秋對月

明月只如故，今古幾中秋。古人無一存者，今我復登樓。獨倚長天高處，歷落風聲雲影，幾點認齊州。極目小天下，六合此神游。　把尊酒，招月上，共遲留。月圓如此，惟願人月兩無愁。爲問西江牛渚，比似黃樓赤壁，風景可同不。起舞莫惆悵，河漢暗西流。

長亭怨慢 北新店題壁，和何子貞韻

又孤負，東風幾許。莽流光，多向輪蹄誤。雨雨風風，勾留無計留人住。平原何有，惟有長亭煙樹。驀淚灑征衣，點點是，臨行針縷。　絮絮。問何時歸也，人事不由人主。千山萬水，鎮日讓，斜陽歸去。待歷歷，指遍飛雲，奈眼底，征塵如霧。便有夢還家，知又家山何處。

金縷衣

酒樓餞秋，同魯之劉莘農、翟宣三、鶴生、讓溪昆季、彭小山、陶六泉飲歸作。

曉日浮林表。倚高樓，紅塵不動，目窮飛鳥。手拍欄杆心萬里，忽地歌成燕趙。彈指認，十年鴻爪。逆旅主人還識我，問顛毛可似賓王老。説往事，愴懷抱。　　勞勞車馬棋盤道。恨古來，英雄惟苦，致身不早。眼底窮愁千萬斛，付與長風揮掃。有大白，何妨傾倒。醉向乾坤揩倦眼，便酒徒得似吾徒少。出門去，已斜照。

喜遷鶯　題金子長同年《來雁圖》

不如歸去。似杜宇春山，聲聲喚取。細雨衡陽，清霜絶塞，都是帶秋來路。那道回峰千疊，更有龍沙隔住。便字字，寫懷人難盡，相思無數。

休訴。爲我道，頭白慈烏心，比離鴻苦。日落城頭，月明樹頂，欲喚歸雛何處。可惜秋風稻熟，却向天涯團聚。看一一，者鷗弦，撥遍離情幾許。

浪淘沙　爲宣三同年題《睡美圖》

深院鎖梧桐。花氣矇矓。短衫低映臉波紅。春思扶頭濃似酒，悶裹愁中。　　衾枕有誰同。昨夜空空。者番花下定相逢。囑咐東風休動竹，夢也匆匆。

其　二

雲鬢晚煙和。鈎襪橫拖。眉山低壓蹙雙蛾。想是天涯尋不見，依舊關河。　　好夢儘婆娑。知定如何。苔花寂寂夕陽多。合便化爲蝴蝶去，夢裹同他。

其　三

小睡不成歡。花底人單。手扶花影背花眠。一半春愁擔不起，搭在闌干。　　　一縷彩雲寬。莫到巫山。要知醒後別離難。知否封侯人萬里，夜夜邯鄲。

其　四

綠礎晚涼生。香霧冥冥。畫圖休更喚真真。怕倚闌前還小立，格外娉婷。　　　詞客本多情。況對卿卿。醒來斷夢屬誰人。若轉秋波真見我，眼定青青。

如此江山

瞿七弟以趙直夫相壽南田水仙畫軸屬題，即拈壽字爲韻。

碧桃華落罷風厚。紛紛俗人稱壽。何似娉婷，凌波仙子，貌得詩人八九。屏前硯後。願七寶莊嚴，冷香熏透。的的冰心，歲寒與爾永相守。
爲君忒心醉久，算只有幽蘭，還稱小友。呼我爲兄，梅花是我，我比梅花清瘦。奇情如舊。忽飛化長松，雲天聳秀。橫捲風濤，聽蒼龍夜吼。

其　二

生花浪説黃筌手。相傳百年前後。却憶東坡，趙家松鶴，畢竟物因人壽。流年似驟。問何日圖形，丹青畫某。七尺鬚眉，莫教草木嘆同朽。
君心亦同我否，須研取仙漿，平傾十斗。醉撫瑤琴，高彈一操，仿佛成連去候。雲濤輻湊。恰人在蓬萊，天風兩袖。説與鍾期。要知音不負。

金縷曲 題直夫《西溪載酒圖》

十萬蓮花頂。駕茅龍，黃河飛度，盧龍天迴。五嶽雲煙撐腹底，付與一杯銷盡。問何事，趁搖歸艇。詩酒難將君志了，怕笑人，寂寂溪山冷。且畫作，卧游景。　　　不如解纜浮東溟。約群仙，閬風高酌，明霞千頃。醉把瑤瓶天上立，灑作醍醐萬井。念菰鱸，便乘秋興。携得君家琴鶴在，儘江山，照我鬚眉影。一萬古，共酩酊。

其 二

偕劉莘農、李武子登墨瑤臺，大醉輒賦。

直掃浮雲坐。倚天風，飄然一席，長空飛墮。落拓乾坤高會少，得意人纔幾個。聽鳥唱，提壺聲過。勸我春醉須釀盡，洗青衫，莫讓紅塵涴。有大地，容君臥。　浮空宮闕連青瑣。望嵯峨，雲臺在右，凌煙在左。突兀雄心千萬疊，惟有青山似我。一長嘯，龍吟入破。欲駕尻輪游八極，奈日輪，西轉天如磨。詢後約，幾時果。

其 三　送莘農歸楚

風急驪歌起。恰黯然，銷魂惟別，秋之爲氣。蓴脆鱸肥歸不晚，我待何時歸去。想葉落，洞庭天際。雪水峨嵋流欲盡，大江來，更在斜陽裏。去君處，幾千里。　零雲斷夢休重憶。仰高天，茫茫着我，愁來無地。三五明星原落落，落那更東離西異。算十載，見君曾幾。把酒黄樓招月上，向東坡，爲説悲歌意。道我輩，有如此。

其 四　濟南送陳石士丈

動地秋風起。憶昔年，揚州月滿，燕臺雪霽。我醉長歌君短嘯，寫入河聲江氣。算十載，忧心能幾。輪鐵消磨看不見，却如何，日月頻銷去。看雙鬢，不同矣。　衫頭塵土難量取。問長風，年年御我，究歸何地。塵海昏茫難插足，何處更尋知己。羨高卧，元龍絶計。西望峨眉東岱嶽，有江山，識得千秋意。且傾盞，送夫子。

其 五

宿南角淀邸，見題壁詞甚佳，中夜不寐，次韻自遣。

夢落蟲聲外。記陳游，一回酒醒，一簀燈在。彈指重陽佳節近，不覺流光又改。剩萬種，心情無賴。馬不隻蹄輪不角，儘風塵，磨不輪蹄壞。早磨去，廿餘載。　名場熱惱原難耐。忽仰天，冠纓笑絶，虛空粉碎。睡便成仙醒便佛，不樂問君何待。但留取，痴呆莫賣。客裏雲山原不易，是青年，換得黄金買。且歸去，看滄海。

其　六

黄河涯旅舍，憶甲戌侍次坡舅偕石士、午垣、雲帆三君醉處，年華
轉轂，往事飛煙，嘆逝懷人，不能無紀。

繫馬垂楊外。廿年前，客同游者，今無幾在。莫嘆黄爐人易散，不見
長河先改。算大地，茫茫誰賴。黄土搏人人化土。便媧皇，煉石終須壞。
只十萬，有餘載。　　人生哀樂殊難耐。儘吾身，化爲木石，柔腸争碎。
合化吾身爲混沌，概以無情相待。好風月，隨人賒賣。且解酡顔①開笑口，
有青山，到處何須買。水深淺，聽滄海。

燭影摇紅　有寄，用蓮社韻

南浦遥天，東流不認愁深淺。幾回驪曲唱孤鸞，三疊離亭宴。記得香
簾夜捲。小樓門，掩秋桐院。芙蓉出水，楊柳當風，一聲絲管。　　可惜
青年，縷衣莫惜千金换。才人千古望江南，目送秋波遠。可是凉風吹斷。
一回首，揚州夢短。伯勞東去，燕子西飛，幾時相見。

其　二　元夕旅况，用吴大年韻

何不歸來，大江聲送斜陽晚。北風吹起一帆寒，奪盡綿衣暖。萬里雲
陰不捲。空回首，吴山楚苑。洞庭上，七十二峰青，美人不見。　　憶得
刀環，幾人月下團圞宴。一年得十二回圓，十一回圓滿。更苦秋宵不短。
聽水驛，角聲吹懶。道飛鴻，或爲寄書來，一聲聲遠。

其　三　寄内，用晉卿韻

芳草王孫，春風留得愁痕淺。杜陵人别久斷腸，一寸頻千轉。看幾疊
雲山入。盼落花片片，流水年年。幾人曾見。　　往事前歡，比將離恨誰
長短。茫茫瑶雨望巫山，山遠人還遠。只有涙痕飄散。似珍珠，脱離綫
眼。朝朝暮暮，總是斷魂時，無人院。

---

① 酡顔：原作"佗顔"，疑"酡"誤刻作"佗"。

木蘭花　用于湖韻

　　玉人何處也，幾回拍遍江樓。恨露洗瑤臺，雲飛玉岫，好夢誰收。秋江恨，芙蓉冷，愛花人多只爲花憂。到得再來時候，落花都是東流。零香剩粉夜悠悠，從莫捲花籌。甚一寸柔腸，兩行清淚，便了春游。近來可相思勾，是一分流水一分愁。更有三分無賴，二分月滿揚州。

滿江紅　雲帆臨別索贈

　　唱徹陽關，千萬遍，留君不住。但滿眼，雲帆幾疊，送君行去。落拓天涯游子恨，一天清夢都無據。想江南，江北幾相思，揚州路。　　冷落了，凌雲賦。揮灑盡，傾囊句。只清風明月，江山不負。莫飲離筵臨別酒，淚痕早入柔腸鑄。看太湖，三萬六千餘，公無渡。

其　二

　　一路行雲，驀江上，橫風隔住。便南浦，西江前後，水流東去。同憶峨嵋山上月，幾回圓缺無憑據。問者番，雲散幾時歸，瞿唐路。　　君莫恨，江淹賦。我爲誦，杜陵句。但高歌青眼，有人不負。游客漫將珠履跋，詩人自合黃金鑄。到山陰，爲問小王家，桃根渡。

其　三　乙亥元日

　　吟瘦秋毫，又寫到，人間春色。算千古，幾人不負，春花秋月。屈宋衙官今已矣，三千餘載全消歇。甚六朝，兩漢與三唐，空狼籍。　　懷古事，悲歌裂。半天下，浪游迹。看江山，回首都非疇昔。題遍郵亭詩滿地，茫茫白眼風塵積。不如挽三石鐵胎弓，投之得。

玉樓春　落葉用梅溪梨花韻

　　滿山落葉全無主。一樹飄零經幾許。匆匆又過九秋時，流水斜陽留不住。　　碧陰憶否春明路。一路魂飛知幾處。江潭搖落幾多愁，分付西風同細雨。

感皇恩　賦紅葉題詩圖

莫道不消魂，凉風吹碎。恨是秋來太容易。一分秋色，便得一分憔悴。十分提不得，關心事。　欲寫秋思，相思無際。寫出秋風待誰寄。便從寄取，誰見者時情意。是黃昏後也，無人地。

惜餘春慢　本意，用逸仲韻

報罷梨花，桐花風近，底事春風潦草。今朝花下，却憶前花，曾過幾回昏曉。何況風瀟雨瀟，不管落紅，粉單脂小。問一番春水，幾番花去，是誰多少。　却不道，一花開遲，一花開早，開不開都煩惱。一回花發，一半花殘，明日殘花煙掃。何況今年去年，看花人，能不隨花老。楊花如夢復如顛，中有百花魂繞。

東　仙

留別魯之兄氏，集毛詩句。

兄曰嗟哉，予季行役，謂之何哉。嘆式相好矣，惟予與汝，無胥遠矣，曷云能來。而月斯征，我日斯邁，日月其除伊可懷。將仲子，曷月言還，勿使我心悲。　我姑酌彼金罍。出自北門陟彼崔巍。遠父母兄弟，山川跋涉，道之云遠，我行不來。楊柳依依，維風及雨，豈不懷歸曷至哉。日予豈未有家室，亦置予於懷。

薄　倖　本意

亂山無數。遠芳草，王孫舊路。留一片，斜陽不住，却讓斜陽歸去。勸莫到，長短亭邊，斷腸人昨宵愁處。正嫩柳挼煙，落花膩雨，應有淚痕如故。　但轉過紅梨院落，是碧桃，門戶想個人。斜倚瑤臺，倦搖花霧厭厭，春困愁如許。勸伊休顧。問劉郎，旅況何如，道從伊送取。一回酒醒，今日依然南浦。

清．王懷孟／639

真珠簾　用放翁韻

桐花占斷春山路。軟東風，吹去殘雲如絮。撲面柳煙，一縷是愁來
處。碧樹無邊青鳳杏，望紅樓，瑶箋誰署。遲暮。只鶯痴蝶捲，更無人
語。　　草草春光擔誤。怕春歸不與，人同歸去。流水年年，但送江頭沙
鷺。春色一分留不得，漫留下，幾分塵土。回顧。想杏花時節，江南
春雨。

瑞龍吟　用美成韻

年年路。望斷江北江南，亂雲春樹。登樓望平原，如此流水，帶寒煙
歸處。　　爲誰仁。倚遍闌干，十二銅臺戶。黃昏更有誰人，只檐牙與鈴
鬢絮語。　　似訴桃花渡口，淚胭脂但長楊，尚多情自舞。公莫舞，但多
情不應如故。西風殘照，傷別何年句。灞陵上，古人送別，芳塵絕步。一
步春風去。回頭瘦盡，少年張緒。衣疊鬆金縷。剩兩路雲山，一天風雨。
更無花落，更無飛絮。

選冠子　題扇用敏叔韻

露洗瑶瓶，風凉綠磴，冷艷一枝花畔。緋衫倚紫，碧絹飄紅，座久秋
香庭館。人本多情，花頻顧影，影例芳顏嬌軟。有淡香，飛上搔頭，兩鬢
秋雲高捲。　　曾憶得，簾下昏黃，籬邊月白，玉枕夢回紗幔。去年把
酒，今日花開，花下去年人遠。一自漢闕西風，每到花時，懷人腸斷。看
橫波秋轉，晚山秋淡，爲憐花晚。

水龍吟　代人題扇，用次膺韻

秋心合作愁文，秋容到此誰相問。西風吹起，羅裙人與，黃花相近。
半臂芭蕉，晚凉新得，幾枝芳信。者秋花不比，春花光景，爭作厭，厭春
困。　　是否舊時風韻，早香減，鸞釵烏鬢。近來心事，花如憐我，和花
瘦損。銷瘦龐兒，明年秋色，花都難認。怕黃昏風雨，玉人歸去，淚珠

偷揾。

其 二 用叔安韻

長亭幾度東風，銀河偷轉南星斗。碧紗清夢，紅闌月滿，記曾携手。路遠天臺，送愁有水，合歡無酒。剩匆匆別恨，不分新舊，心頭事，眉頭皺。　　人到斜陽時候，一樓煙，半樓楊柳。苟腰瘦盡，怕從今後，無腰可瘦。今夕何年，去年今日，不堪回首。嫁與蕭郎，愛遠游，孤負花前香咒。

其 三 用逸仲韻

高情付與東風，橫斜月影雲鬟凍。大家倚取闌干，不管瑤臺霜重。如許香魂，好風吹醒，翠禽啼動。悵眼前，更得傷情是月明，彈起單于弄。
　　好信海仙別久斷腸，已是憑么鳳。算來惟有高山流水，此情堪共。千古有情人，花前數得，前何後宋。好歸來，共入梨雲緒，取那回春夢。

過秦樓 用美成韻再題扇

鬢上花殘，眼前花冷，人到花前魂斷。平頭淡服，閒煞雙鸞，不是梨門桃院。無別語兩魂銷，坐到黃昏，更無人管。對花若憶，折花人屈指，重陽近遠。　　為看取，淡盡秋容，早眉梢上，擔起秋愁一半。漸消金粉，點碎香檀，疑是黃姑新變。但莫教潘郎見，得恐難開，樊川笑面。者花香人影，惟有斜陽數點。

其 二 代和

一樣蕭疏，一般憔悴，一望一回腸斷。此花開後，惟有秋風，吹到吳娘庭院。從此更不須開，若比黃花，瘦時誰管。又花如解語，人如花瘦，多應不遠。　　知近日，茜褪雲衫，玉鬆寶釧，花鬢香消多半。半肩秋色，一袖新涼，腰下紅羅都變。待早歸來為伊，寫出檀心，描成粉面。怕凌波一步，明日殘花點點。

菩薩蠻 回文

一枝花對人愁極，極愁人對花枝一。人倦欲黃昏，昏黃欲倦人。斷魂秋色晚，晚色秋魂斷。愁是看花秋，秋花看是愁。

其 二 回文

軟羅紅冷秋香淡，淡香秋冷紅羅軟。儂比瘦花容，容花瘦比儂。妾憐花恨別，別恨花憐妾。憐妾自年年，年年自妾憐。

翠樓吟 杜鵑亭

我若成仙，君如化鶴，放鶴亭邊足矣。茫茫千里恨，盡付與，夕陽荒草。斷橋流水，怎天下傷心，勞勞亭子。猶如是，一年年啼血，春風裏。

此地。若得消魂，應無魂可消，荒凉到此。一枝紅躑躅，抵多少，短亭五里。長亭十里，帝子不歸來，憑君喚取。江山恨，留與啼鳥飛起。

疏 影 桐花

琉璃萬片。蕩碧雲一色，桐仙高住。淡白拖紅，斜捲雲縧，別有膩人妝束。鉛華净洗瑤臺露，拂畫閣，井闌香度。自凉陰，轉午夜月流蘇，點點芳魂飛處。　　彩鳳從伊別去，盡消受人間，清凉院宇。回首梨園，桃塢六朝，金粉一分塵土。秋風不見吳宮路，花自落，瑤琴聽取。且商量，今夜三更，一葉一聲風雨。

換巢鸞鳳 杜鵑橋上，用梅溪韻

一抹青山。一彎流水，説是杜鵑橋。隴頭嗚咽，何須羌笛秦簫。茫茫恨血碧山腰。想紅淚，都交流水消。流不盡，是一片，大江斜照。　　斜照。關河杳。千古最傷心，是何懷抱。情盡橋頭，盡情啼，爲點點寒煙芳草。但聽離聲似消魂，灞陵東浦青春老。況聲聲，向枕頭，月明天曉。

魚游春水　用莊文韻

愁煞同心草。望徹歸帆歸不到。油花卜盡，可是去年消耗。道不消魂，垂楊不老。滿地桐陰不掃。　　苦雀殷勤窗外噪。憐伊夜合花開。端陽過了，每逢佳節人孤負。無限情思，眉上挑到。得歸來，秋風不早。

洞仙歌　用龍雲韻

行雲一片，飛不到巫山。雨灑黃梅黯江甸。漫漫時節從頭算，明朝和後日，總隔今宵不遠。　　最憐三五夜，故國他鄉，月華一樣都圓滿。天上與人間，可笑嫦娥，孤住在，綠蘿宮半。多少恨，待交付青衫，早不忍流出，天涯望眼。

永遇樂　題梅花宮扇，用賓王韻

一霎清風，玉妃吹出，昭陽庭戶。香冷綃衣，雲慵翠袖，懶作瑤臺舞。海棠酣睡，梨花落莫，那敵春光多許。一枝斜，嶺頭人遠，寂寞軟香塵土。　　與卿同是，江南物色，憶否江南煙樹。若問何郎，甚時重到，花月空千古。揚州城畔，館娃宮北，都是斷人腸處。且折取，相思待寄，與誰人去。

倦尋芳　用夢窗韻

九霞帳裏，約住春情，苦魂繚亂。萼綠仙人，知在瓊宮幾苑。月一半籠冰玉骨，人間照出宮妝面。那生修得仙緣，怕是羅浮山遠。　　莫與作，梨雲夢短，十二闌干，月明風軟。幾度東風，吹得花前人倦。待折同心人寄取，茫茫落葉空山畔。只年年，到花時，數殘春燕。

石州引　用仲宗韻

知否東陽，人瘦帶圍，今更寬闊。眼前霜膩冰嬌，空說五分花發。何郎去久，幾回愁倚春風，羅衣香冷長眉疊。贏得一枝愁，是無人時節。

清切。此情誰識，惟有東樓笛，西樓雪。更有江南江北，惱人風月。未曾攀折，先得多少淒涼，斷魂冷眼同誰說。況結子成陰，又十年離別。

玉燭新 <small>題鐵甫舅携琴訪梅仕女宮扇，用清真韻</small>

瑤臺新雪後。正染玉裁冰，素綃薰就。東風生怕人寥落，故把春情挑漏。多情如舊，是夢逐曉雲空後。風淡淡，月朧朧，霏霏香霧沾紅袖。

爲誰凝望黃昏透，塞北與江南，斷魂知否。閑妝懶鬥。憔悴也，人比梅花還瘦。欄干立久。待歸去，頻頻回首。嫵媚比得文君，琴心誰奏。

絳都春 <small>用希真韻</small>

梨雲夢曉。報燕雪吳霜，寒梅開早。玉骨襯輕，綃粉痕鬆脂痕小。九霞帳裏香溫好。萬斛玉塵何日到。一枝折取，歸來問取，瓊宮消耗。

神仙。裝束人間少，肯許壽陽爭巧。枉費廣平評較。玉環肥，飛燕瘦。看水月橫斜照，渾不同華光老。待彈入水仙操，風流絕了。

（以上詞錄自《小雲詞剩》）

計恬

計恬（1795—?），字静康，一字社庭，號寓章山人，別號野鶴老人，計良季子。道光初，設教館於什邡，遂家焉。著有《不自是齋詩鈔》附《詩餘》等。

水龍吟 友人畫龍屬題

萬丈珠潭横身，膽力嘗探頷下寶。問君何時，熟睹龍顔，繪此鱗爪。之而隱約，空中夭矯，者番騰拿。來播弄兩丸，尺幅天地爲小。　　請君點睛勿瞭，恐龍君，破壁雲表。致雨心腸，拿雲手段，熟君懷抱。他日龍門，霎時焦尾，騰身一掉。此際濡毫，精神磅礴，與他繚繞。

桂枝香

題鳳巢畫蝶，即餞其赴秋闈。

清才雋雅。羨才子襟期，疇堪同把。況復薰香摘艷，殷勤描寫。偷將彩筆爭天巧，頻描就，天香使者。桂林此際，香風縹緲，遍身縈惹。
祝姮娥，天香早假。訝頃刻仙凡，風雲兩跺。盡力文戰仁看，奪標廣厦。郗詵之言君記取，但莫忘，寒山詩社。來日相逢，笑予戴笠，看君乘馬。

惜黄花 吊芳貞娣墓

誰鋤蘭圃。橫加折楚。聽杜宇，喚春風，一天愁雨。不忍見慈闈，無言傷肺腑。憐爾死，非由二豎。　　柏舟同譜。孝娥共苦。倘不死，也得比，黄家崇嘏。亭亭一碧蓮，謝去歸塵土。明月夜，有兄陪汝。[①]

---

① 原注：瘞先兄惺墓側。

紅窗聽　題敘樂園聽花吟館

　　梅雪爭春春有迹。天湊與，詩人聲色。細雨敲花花欲笑，怎肯忘言說。　　數聲花上聞鶗鴂。誰知道，花能解語，何須饒舌。吟情不負，飛瓊花玉屑。

西江月　題敘樂園枕琴閣

　　流水高山調罷，清風明月周旋。洞天春曉小游仙，一任放情嵇阮。清夜焦桐獨抱，緑陰玉軫同眠。松風入夢枕流泉，驚起朦朧睡眼。

巫山一段雲　題敘樂園宿雲亭

　　閑雲來一片，檐宿伴蒙莊。卷舒原不介行藏。暫作黑甜鄉。　　從龍還作雨，出岫便飛揚。大風喜起到林塘。仍要濟時康。

惜秋華　題敘樂園晚香圃

　　紅葉蕭騷，憶春前，冷看花嬌柳翠。脱去繁華，不逐東皇嫵媚。霜枝淡雅宜人處，有高人標致，顧他寂寞，直到秋季。　　惜花公子至。訝西風一夜，黃金布地。秋色一園娟秀，清香撲鼻。重陽釀就芳醪，釀就芳醪坐東籬。與他同醉。

青玉案　題敘樂園竹笑廊

　　猗猗玉立浮筠干。宛窈扶，疏深院。依稀懈谷淇園畔。拿雲作韻，牽風敲戶，哄然聲不斷。　　青瑩萬個琅玕滿。頻報平安宛爾粲。無端惹起春鳩喚。化龍邀鳳，生孫抱子，歡喜成親串。

漁家傲　壽楊山人八十

溪山好處爲仙府。漁水樵山居樂土。何須別訪桃園塢。也比洛，耆英管領春風主。　　一泓甘水流衡字。無數青山環室宇。耕雲鈎月忘今古。此趣自，延年何須獺髓補。

滿江紅　入道吟

蹤迹原奇，文字緣，孤雲留住。饒消受，煙霞爲供養，有何憂怖。從此徜祥人海裏，何時更覓桃源路。悔從前，三十好年光，等閑處。　　性通脫，輕泉布。志疏慵，卑章句。視天地萬物，都如旅寓。昨非今是幾人知，生寄死歸誰得悟。乞山靈，爲我小經營，藏身固。

大江東去　送楊拙存明府歸山西

小試牛刀，幾年來吟遍，錦官城郭。此日蠶叢山共水，搜來盡歸囊橐。猪肝縶人，蒓鱸適意，歸興情何若。清風兩袖，呼童收拾琴鶴。　　却羨歸去來兮，松菊猶存，也村醪漫酌。鄰里傳看衣錦客，清白家風猶昨。漁父樵兄時慰語，寶劍且漫藏鍔。山中宰相，還要匡時略。

醉花陰　二月敘樂園酒後漫興

春到名園花正放。香色盈亭幛。不須羯鼓催，且待春深，紅錦桃花浪。　　春巢亦向名園傍。時與漁樵唱。莫道不相思，才別騷壇，引領還惆悵。

錦堂春

綿竹元宵，燈火甚盛，十六夜入城訪友，有感而作。

連日連宵燈市，人山人海重重。春光不夜城中市，金鼓鬧汹汹。

似萬火牛出陣，若千戎馬争烽。龍雲風馬今何在，萬事轉頭空。

相思兒令 二月敍樂園酒後唱和有感

昨臘來游雅集，杯酒共消寒。談笑鴻儒誰子①，兩日與般還。　　對酒不防盡飲，興來醉倒吟壇。此日春風坐上，就中責備從寬。

648

虞美人

三闋。武司馬過敍樂園賞虞美人詠懷，和者甚夥，芳谷丈收録爲《虞美人唱和集》一卷，屬題。

頳顔娟好如酣醉，數朵迎春媚。桃腮杏臉妙争妍，詠到虞兮芳概想當年。　　楚歌四面淚如雨，勉作婆娑舞。漢王千古遜重瞳，應是芳魂含恨舞東風。

其 二

春到名園花似錦，對此相思甚。紅顔薄命若芳華，司馬江州哀怨泣琵琶。　　憐花又復憐才子，詩人來百美。山中宰相費平章，吊古傷今花鳥意難忘。

其 三

牡丹漫許如妃子，那及虞兮美。美人當日似花枝，此日看花仿佛想容儀。　　年年此際東風娶，游來多佳趣。有香有色滿園春，風風雨雨未忍見飄零。

意難忘 題聽濤司馬繪蘭竹障子

着手成春。自夢堅而後，妙手重逢。居然幽谷底，瀟瀟拂東風。石骨瘦，竹心空，相伴兩三叢。訝何時，移來座右。如此葱蘢。　　香色暗相通。不防凡草伍，終異蒿蓬。笑他桃李樹，香色一時濃。隨潑墨，興無

---

① 原注：謂内江李楓團師。

窮。疇具此天工。似者般，幽芳雅操，廬陵醉翁。

阮郎歸

晉卿自江陽歸田，招同社友人宴集。

當時飛絮散楊花。憐君自別家。紅榴灼灼正含葩。歸來景更賒。
彈綠綺，弄琵琶。阿儂酒量加。者番不比在天涯。情真笑語嘩。

其　二

花間月下共徘徊。春風依舊回。故人家下故人來，含杯月共陪。
忘夜永，漏聲催。諸君詩漫裁。征鞍搜取錦囊開。高歌暢滿懷。

浣溪沙　端午同舊年綠尊梅齋酹花神

花果無多不計春，詩人相與最鍾情。歡逢佳節酹花神。　　明月清風
時顧盼，吟朋酒友肯來臨。枝柯連理動吟魂。

杏園芳

前期杏臉桃腮。不須羯鼓相催。春風抬舉上妝臺。助吟懷。　　二十
四番春信息，花中姊妹頻來。佳辰將酒酹莓苔。兩徘徊。

醉桃源

南園苑賞群芳。春來興自揚。今朝才得奠壺漿。同渠入醉鄉。　　蒲
酒綠，棕絲香。何能到楚江。閑愁澆去快詩腸。梅蘭兩情長。

齊天樂　題易笏山丈《函樓詞卷》

銅琵高唱江流去，又宛轉洞簫聲脆。賀雨情深，望雲意遠，誰識使君
心事。黔嵐擁翠。聽唱遍蠻童，抄來小吏。為政風流，玉田春水都知味。

　　盡教建節東川，開藩南國，聊吐書生氣。紅燭填詞，青山側帽，不道鬢絲如許。湘波正綺。怎一棹秋風，便歌歸去。憑他絲竹，催謝公再起。

千秋歲　題敘樂園飽經堂

　　殷勤不惰。茹古情無那。意太饞，心何大。撐腸糟粕厭，南面書城坐。鎔禱了，便便腹笥北窗臥。（按調應爲半闋）
　　（以上詞錄自《不自是齋詩鈔》附《詩餘》）

劉泳之

劉泳之（1807—1847），原名榮，字彥沖，號梁壑，梁山（今重慶市梁平區）人，居吳門。能詩詞，以寄籍不事舉子業。著有《歸實齋遺集》。

南鄉子　中秋前一夕感雨

雲影下長洲。萬斛天香掩素秋。晴雨休提明日事，低頭。怕道姮娥也是愁。　　殘夜水明樓。冷焰垂花燭淚流。疑是雨聲驚夢曉，回眸。一半風簾響玉鈎。

燕歸梁　爲玉甫寫《桃花依舊圖》

撲面長條拂水濱。雙燕話頻頻。來時衣上欲生雲。一半是，去年塵。肩飄飛絮，手搓朱蕊，能有幾多春。小桃紅似酒微醺。何處覓，去年人。

眉　嫵　新月

看殘霞洗盡，冉冉孤煙，練影挂秋暝。隔著重簾下，方留戀，秋光漸下東嶺。照人端正。訝柳梢，娟魄初孕。縱良夜，不作嬋娟樣，漾銀蒜風冷。　　猶幸。靚妝堪並。恐朱顏變也，鏡裏悲省。何事愁人意，倘風雨，莫也便傷幽境。幾番掩映。乍倚樓，又度花影。況三五團圞，何限別時佳景。

（以上詞錄自《歸實齋遺集》）

浪淘沙　溢浦送客圖

映水是平沙，過盡歸鴉。青衫紅燭對咨嗟。送客不知身是客，却望天涯。　　舊日莫愁家，今夜琵琶。潯陽江上月初斜。不信悲歌頭易白，請看蘆花。

（録自《清詞綜補》）

孫纘

孫纘（1808—1831），字夢華，綿州人。幼穎異，年十五，通五經，旁及子史。年十七，入縣學。工詩古文詞。道光十一年，遘疾遽卒。著有《夢華詩餘》。

滿江紅　浣溪樓秋眺

井絡天彭，論地勢，堪資豪傑。經多少，浮雲變態，灰飛煙滅。白馬羌連雙劍聳，黃牛峽鎖長江折。對青城，三十六芙蓉，峰巒凸。　王氣也，都難説。霸氣也，真愁絕。任蛙張井底，供人一瞥。吐鳳纘成才子賦，啼鵑灑盡降王血。看英雄，畢竟讓神仙，卦臺設。

其　二　青羊宮

二萬頭巾，貪利市，來探虎穴。想一片，腥風腐氣，秋墳幽咽。筆硯堆成山後冢，襴衫嘔盡心頭血。到天陰，雨濕夜啾啾，酸聲裂。　綉腸出，文人舌。榜花鑄，森羅鐵。被祖龍坑盡，又遭屠滅。點鬼姓名當日慘，秀才種子西川絕。讓銅羊，雙角挺崢嶸，興亡閱。

其　三

況有崔馮，已表裏，相爲鬼蜮。自古宦官能肆毒，亦藉權奸之力。元祐朝空君實死，黨人碑竪臣京泐。看請君，入瓮盡衣冠，任羅織。　經略也，冤都抑。朝士也，氣都塞。又登臺點將，姓名堪識。十二陵中神共憤，九千歲在天無色。恨五人，未袖擊秦椎，誅此賊。

賀新涼　夢游青城山

栩栩身無主。忽乘風，隨蝴蝶化，翩躚而舞。雲裹芙蓉三十六，冰雪綉成天柱。更萬畝，琪花初吐。巖罅丹芝肥似掌，剝煙蘿石髓流如乳。香氣沁，滌腸腑。　轉來橋畔逢仙姥。笑問客，何緣至此，洞天第五。瘦小書生無俗相，贈以松枝玉麈。頓拂去，情絲萬縷。採藥春山須認路，俗襄王只幻巫峰雨。鶴喚醒，月當户。

其　二

閲《明史》，感璫難諸賢事。

莫道椒山苦。請君看，茄花委鬼，政由薰腐。東廠東林相抵觸，雜以五彪五虎。生死簿，錦衣鎮撫。大難首徒楊左發，截中流一網漁人舞。纔讀到，毛髮竪。　　藐孤駿戀原童殺。賴諸公，輔詡親賢，爲主挺擊。□□□□□跳出，奄兒保姥。把天子，門生暗侮。擲下銀鐺飛赤棒，似當年矯詔收蕃武。一腔血，如何吐。

百字令　少陵草堂

浣紗溪畔，有唐朝野老，杜陵茅屋。十八李花開謝矣，剩有紅蕖翠竹。大兒房公，小兒嚴武，不入先生目。茫茫千古，應嘆替人唯僕。後世詩鬼詩魔，冒公宗派，公應吞聲哭。廣廈萬間寒士庇，那許腐儒留宿。耿耿孤忠，淺人難解，只作詞章讀。稱史稱聖，皮相皆堪捧腹。

其　二

錚錚烈烈，應山公一疏，堪稱鐵漢。鹿馬隨他顛倒指，那怕英雄扼腕。趙李袁周，高黃繆顧，先後俱同難。清流盡矣，可惜乾坤局散。當日竟聽公言，立誅客魏，其後終將亂。君有童心迷不悟，鼠輩因無忌憚。漢寵江充，唐襃林甫，宋用髯童貫。一般鑄錯，更牢似森羅案。

釵頭鳳

眉兒秀。腰支瘦。鳳頭鞋滑金釵溜。胭脂薄。殘絨嚼。一分憨態，被郎嘲嘘。樂。樂。樂。　　銀針綉。群花皺。退紅窗幔東風透。珠絲絡。雲鬟掠。春潮暈頰，怪他微削。弱。弱。弱。

蝶戀花　蝶

十二闌干花影瘦。瞥下羅裙，慣把甜香嗅。兜惹玉人紈扇候。飛來故掠紅綾袖。　　金粉年年錦繡。夢繞南朝，一片斜陽逗。喚醒芳魂雙翅皴。令人畫比滕王秀。

臨江仙　秋柳

往事東風吹夢去，纖腰尚學娉婷。淡黃疏碧短長亭。楊花飛碎碎，客鬢感星星。　　燕子樓空人怕上，年年繫馬曾經。天涯何處不飄萍。黛眉猶我畫，冷眼爲誰青。

水調歌頭　感懷

慷慨自搔首，頑鐵屢年磨。未識茫茫，身事窮達竟如何。我欲黃精辟穀，我欲金丹煉汞，雲裏跨青騾。虛名文苑傳，腐氣秀才科。　　按銀箏，呼美酒，聽鳴珂。也曉紅塵，富貴一夢付春婆。竟使侏儒飽死，不顧英雄潦倒，彈鋏且高歌。才子古來少，天下恨人多。

其　二

上下古今事，橫踞寸胸中。結作疑團，一塊何日得消融。善惡莫談果報，聖賢難知命理，任爾碧翁翁。旁人休替哭，幻影總成空。　　讀詩書，弄柔翰，醉花叢。看破吾儕，事業都是可憐蟲。既未腰弓飲羽，又未扶犁叱犢，旋轉類飛蓬。高低茵溷落，南北馬牛風。

念奴嬌　接家書

鯉魚風起，喜素書一寸，飛來遠道。生怕秋心欺我弱，屢屬眠餐自保。門絕巫醫，園收芋栗，都上平安草。讀之百遍，不堪回憶襁褓。望我不僅科名，奈星星霜鬢，也要科名早。一領青衫磨瘦骨，三世酸銜絕倒。富貴何時，年華逝水，浪説男兒好。略無善狀，每愁起家書稿。

其　二

歲云秋矣，怕開看行篋，兒衣母綫。七歲范滂常自許，飄泊依然微賤。夢裏書聲，夢中機影，猶共寒燈戀。熊丸數顆，沁鯁喉中苦難咽。

當日截髮留賓，總由孤露，未識靈椿面。自古名賢多母教，我更親承祖硯。兩世恩勤，還艱答報，愧煞蘭陔。膳烏頭百丈，永護慈雲一片。

其 三

梧桐月上，想畫眉筆冷，卿都拋却。莫怪萍蓬蹤迹慣，只爲名繮束縛。嬌女嬌兒，雙雙玉雪，索果都堪樂。君姑健否，食性近來奚若。遙想倦倚妝臺，五紋刺繡，慢把紅絨嚼。夫婿秀才家世也，累汝荊釵冷落。若問潘郎，風塵憔悴，瘦損龐兒。削一枝斑管，尚堪留壯文稿。

酹江月　薛濤井

枇杷猶是，望蘼蕪滿徑，墓門誰表。兩字香名傳不朽，賽過文人多少。李民紅兒，盧家少婦，遜汝詩才矯。一泓秋水，曾照驚鴻窈窕。也是節度憐才，金籠不閉，放出雪衣鳥。霞帔星冠游戲耳，莫比錢塘蘇小。堪笑當年，庸脂俗粉，翠簇珠圍繞。只陪傖父，究竟而今誰曉。

邁陂塘

古今來，忠臣報國，當初那計生死。明知履虎遭其噬，無奈此情難已。誰得似。人簇簇，爭看世上奇男子。同文獄起。把一片丹心，千秋碧血，照耀董狐史。　至今日，功罪方纔定耳。恨伊餘黨無恥。三朝要典常翻覆，義子乾兒自喜。真狗豕。與公等，爲仇報復無時止。調停非是直。相軋相傾，時消時長，送到國亡矣。

（以上詞除注明者外，均錄自《夢華詩餘》）

江國霖

江國霖（1810—1859），字雨農，號曉帆、小帆，大竹人。道光戊戌（1838）探花，授翰林院編修，累官湖北提學使。歷任惠州知府、兩淮鹽運使，官至廣東布政使，署廣東巡撫。著有《夢甦齋詩集》《隨山房詩文集》等。

滿江紅

余生四十九年，未習長短句。己未秋，眉君將泛海之瓊，別時縱談及詞律，因試作此闋以贈其行，未知於節拍有合否也。

萬里長風，吹不轉，青天碧海。南望去，紫瀾飛涌，中流船在。聞説鯤鵬能變化，鱗而乍見生光彩。問古來，銅柱與珠崖，何曾改。　　登西華，心猶倍。浮東浙，人難待。算年來游歷，此番瀟灑。須斫珊枝成筆架，題詩未遍歸應悔。較大蘇，居住海南村，誰千載。

（録自《夢甦齋詩集》）

劉碩輔

劉碩輔（生卒年不詳），字孟興，又字紫左，德陽人。道光八年（1828）副貢生。著有《浥江詩鈔》。

漁父詞

賣魚換得綠蓑衣，正是鱸香鰤又肥。一夜桃花紅過水，載將煙雨滿船歸。

其　二

自泛煙波人渺冥，那須茗碗喚樵青。羊裘也復干天象，添個桐江老客星。

（按調係《漁父引》；録自《國朝全蜀詩鈔》）

何盛斯

何盛斯（生卒年不詳），一名淞，字蓉生，中江人，道光八年（1828）舉人，著有《柳汁吟舫詩草》。

漁父詞

那有風波到釣船，苔椿隨意繫江邊。醉來倒掩孤篷臥，流水桃花去杳然。

其 二

不愁風浪不乘潮，不挂蒲帆不用橈。一葉小船划淺水，晚涼天氣種魚苗。

其 三

忘機鷗鷺聚平沙，麥飯香浮日已斜。欸乃一聲舟去遠，紅橋西畔落橿花。

其 四

荷蓋田田幕水光，烏篷四面繞蓮房。柳陰一鉢魚生粥，亭午風來隔岸香。

其 五

斜風細雨泛扁舟，碧水青山慰白頭。歷盡暑寒蓑一領，不知人世有春秋。

其 六

一色平流蕩晚煙，文波縐綠起螺旋。等閑十里漁謳合，兩岸青楓月滿天。

（按調系《漁父引》；以上詞録自《國朝全蜀詩鈔》）

劉楚英

劉楚英（1814—?），字香郎，原名焕，字湘芸，中江人。道光十一年（1831）舉人，官廣西梧州府知府。著有《石龕詩卷》《石龕詩餘偶存》。

660 **水龍吟** 題許粵樵孝廉《懿林風雨懷人圖》

多情怕聽瀟瀟，側身四望心難表。陽關西出，大江東去，恨無人曉。滴碎蕉心，吹殘柳絮，聲聲未了。問懷人杜甫，江湖秋水，離愁更，添多少。　　厚禄故人書杳，望鄉山，又烽塵擾。一時百感，麋來麕至，幾番縈繞。花落不知，酒闌無伴，心隨飛鳥。並此情此景，裝潢一幀，煙雲縹緲。

念奴嬌

> 重九寄内並益舟三弟，成都。

九秋歸去，又一度，重陽屢經佳節。故國清平，人道是，制府將軍功烈。[①] 崔苻剗盡，簠簋肅然，我輩聞風悦。兩川西北，軍興多少離別。[②]　　遥想藍李當年，妖氛猖獗[③]，幾處城如鐵。調練選鋒不數載，螻蟻一空巢穴。家室團圞，鄉山依舊，安樂何容説。歸田無計，拙生何日藏拙。

憶江南

> 作家書，用李後主懷舊韻。

心頭事，一例白箋中。不翼而飛翔玉壘，墨猶雲霧筆猶龍。老子御長風。

---

① 原注：謂駱籲門宮保崇樸山將軍。
② 原注：余籍隸川北，家住川西。
③ 原注：謂髮逆藍大順李短搭搭。

百字令

陽月官軍收復山澤，班師經梧上張粵中丞。

大軍南下，又嶺梅重放①，蟠桃再結。②邕管清平輿頌是，江夏中丞功烈。力拔堅巢，親臨賊壘，灑幾腔心血。中秋督戰，指麾多少英傑。③

回憶山澤當年，妖氛蔽野，白骨堆如雪。電掃雷轟風捲處，伏莽煙銷燼滅。氣奪崑崙，功高銅柱，歸值千春節。民躋壽宇，鐃歌吹遍南粵。

一七令

你我詞贈內，初四日白馬泛作。

我，一肩，擔荷。家國事，多相左。解九連環，熄三昧火。宦海慎風濤，世途防轍軻。縱教心迹雙清，安得去留兩可。蜀山粵嶺雁奴通，夢中識路卿尋我。

其 二

你，客秋，歸里。因嫁娶，攜兒女。一陣焦勞，一番歡喜。夏褥繡芙蓉，秋房結蓮子。向平願了三生，冢介姻聯二美。看他對對小夫妻，白頭惟祝我和你。

賀新凉 送蔣燕齋廉訪澤春收復山澤後由邕旋桂

大快人心矣。爲邊疆，削平戎寇，書生有幾。三十登壇當一面，叱咤風雲萬里。算惟有，君家兄弟。人道難兄多遜讓，又誰知難弟亦如是。謀與略，總相似。　　三軍授我灘江裏。想當年，烽連楚粵，浪翻梧桂。在事荷戈從戎者，豈料澄清及此。當此際，中興喜起。不爲蒼生君不出，君出洵足慰蒼生耳。青眼實，望吾子。

---

① 原注：上年十月初旬出師亦經梧郡。
② 原注：小春十七中丞壽辰。
③ 原注：中秋收復山澤。

滿江紅 <small>五十二歲自祝詞，用薩都刺《金陵懷古》韻</small>

余授梧州已八年矣，中間權桂林郡纂辦捐輸局務者兩載有餘。前番蒞此，群盜如毛，此次重來，百廢具舉。自顧庸劣，何勝樂劇。梧人諒我愚，竟前後相安，由亂而治，幸出望外。茲值生日，輒用蕪詞自祝自歌。

半百年華，拋去也，堪長太息。誰指望，詩名官職，依然曩昔。老守梧州卯金子，低心斂版無人識。惹滄桑，變幻許多愁，光陰急。　　刀已賣，勸耕織。錢已選，證心迹。幸梧山桂海，堯天舜日。三管頭頭都撥正，八州面面餘歌泣。到而今，惟祝鱷江青。鴛水碧。

瑤臺聚八仙

嘉平十九約祝東坡生日以事不果，迨二十二日陳丹林、唐小松、陳小蕪、家秀軒復邀湯敬亭、何鐵琴及余並于勉之，燕集葵心向日之齋，作補祝之會。

天地悠悠。生日酒，麯來酹向梧州。同人尸祝，千古第一名流。莫浪稱尊無佛處，蘇山山下繫蘇舟。使人愁。大江東去，水調歌頭。　　自從景祐丙子，便儒宗一代，節挺千秋。八百年前，韻事赤壁全收。至今文星佛界，同來薦松醪各一甌。才人盡，俯首高處望，玉宇瓊樓。

玉漏遲 <small>題吳穎函觀察昌言《獨坐圖》</small>

八閩帷幄望。江鄉羨煞，投林歸鳥。大樹將軍，勛業寄諸雲表。獨倚秋陰靜坐，似別有，心胸懷抱。時自笑。浮名負我，我負年少。　　幡然放下屠刀，再不許煙塵，畫中縈繞。攬轡澄清，此志幾時能了。試看水窮雲起，又恰對，山高月小。人易老。清福是林泉好。

惜分飛

嘉平浴佛日，得舍弟益舟成都書，知秋闈薦而不售。

桂苑西風花冷露，誰把佳期錯誤。阻了蟾宮步，看人歡喜登雲路。

白雲陽春曾幾度，那得周郎一顧。雲外香飄處，寶山重到空歸去。

西江月

春山訪友，利璨廷協戎屬題王伯樹畫冊。

策杖飄然遠引，看山獨自春游。層巒滴翠瀲江樓。尋個能詩良友。
眼底知無餘子，豪端定有千秋。小山葱蒨水亭幽。碗茗爐香杯酒。

漁家傲 孤城夜泊

一片嚴城千嶂裏，霜飛畫角秋聲起。夜夜聲聲驚客耳，心却喜，半江
紅樹鱸魚美。　　小泊煙霞姑料理，停杯對月釃江水。未報深恩難自已，
家萬里，征夫強作奇男子。

天仙子 同望山寺

回首萬山惟道院。上有道人將藥煉。望仙仙去幾時還，思一旦。謀一
面。鸞鶴蕭蕭雲一片。　　石作蒲團山作殿。相對佛光如隱見。樹根敷坐
當參禪，丹幾轉。經幾卷。貝葉閑來繙幾遍。

謁金門

五月十六日奉檄回省，曉雨發梧州。

三已矣，三仕亦何曾喜。宦海去留聊復爾，行行還止止。　　心似灰
吹不起，羽檄無端相委。[①] 且放扁舟煙雨裏，長征從此始。

過龍門

檐溜夜來添[②]，朝復廉纖，官程迫我雨師嫌。臥轍攀轅留不住，淚點

---

① 原注：上憲委解越南貢差。
② 原注：十五夜雨。

泥黏。　　夾道萬民瞻，未忍垂簾，重來重去舊劉寬。消受郡人杯酒意，愁上眉尖。

鳳栖梧

株守梧江霜鬢老。重建蘭堂，結構依然好①。手種庭梧青蔭小。他年準掛桐花鳥。　　忠愛堂中書上考②。未免懷慚，官職殊難了。一路壺漿真軟飽。離情更被多情攪。

御街行

蕭蕭江岸嘶官騎，客送客，心先醉。同舟人聚木蘭舟，天遠火山浮翠。年年此地，回環相送，都有翀霄志③。　　連朝好雨含深意。替人灑、英雄淚。一家眷屬兩家分，獨領孤舟滋味。錦江非遠，鴛江非近，長寄回文字。

離亭宴

　　三次留別梧州士民，《離亭燕》用張昇懷古韻。

耕織圖猶難畫。心事倩誰揮灑。三次去梧皆捧檄，牛斗文光相射④。携帶火山雲，重到秀峰書舍。　　帶水溰溰牽挂。情緒有心陳亞。戎莽十年還未盡，漫説二疏佳話。能費幾多才，憂樂後先天下。

　　（以上詞録自《石龕詩餘偶存》）

---

① 原注：府署遭兵燹後同治乙丑余始重修。
② 原注："忠愛"二字，余署梧州大堂之額。
③ 原注：火山一名衝霄，梧州迎送與山相對。
④ 原注：提調文闈。

楊光坰

楊光坰，別號啖雲老人，蜀人。生平不詳。

鷓鴣天　秋蝶

舞勺年成夢蝶年。偶然墮落有情天。而今栩栩翻留恨，恨不當時化杜鵑。　新悟得，鏡花禪。名花浪蕊等閑看。東風才爛西園樹，宵宵春心又邈綿。[①]

其　二

只為幽花誤一生。不牽情處總牽情。禪心未定逃常久，愁緒方須醉又醒。　誰畫得，態輕盈。深紅淺綠一枝橫。篆煙裊裊珠簾捲，活色生綃燕子驚。

一萼紅　感昔

燕雙飛。更黃鶯轉柳，回首好時光。虛白題詩，夜光斟酒，惆悵月朗銀塘。洞門外，桃花帶雨，又竹蘭，橋畔挹梅香。書味餘甘，茶香散馥，往事空傷。　整頓雪花吐艷，向溪山深處，探取瓊芳。冷月昏黃，黔驢僝僽，縱鞭猶滯橫梁。伊誰者，錦韉絲鞚，早一枝，攀折轉高岡。如待市來，駿馬柯葉青蒼。

其　二　題彭昇之刺史、鄭小橋別駕《梅花喜神後譜》

一枝斜。傍喬松翠竹，寂寞卸韶華。樂廣冰清，袁安雪臥，標格似耶非耶。縱而今，和羹事遠，且百花，頭上吐璃葩。月冷波寒，暗香浮動，疏影槎枒。　早被孤山詩句，將性情丰致，繪出些些。斑管傳神，文明

①　原注：予八歲學作詩，十四歲學作賦，二十一歲始學為詞，音律未調，但抒胸臆，何敢問世也。自改業申韓以來，此調不彈蓋二十餘年矣，今以附先君詞後以遺子孫焉。庚申季夏啖雲老人識。

寫意，板橋墨渖無瑕。看幾幅，花枝古峭，恍羅浮，夢裏逼仙家。試問冬心二樹，此藝誰加。

白蘋香　自調

范叔一寒至此，馮驩無以爲家。顔瓢丹甑莫咨嗟。鼎食鐘鳴不下。明月松陰弄笛，清風竹裏煎茶。朝來夢醒誤啼鴉。喚醒南柯無價。

水調歌頭

我本魯狂簡，一任性天行。生來恬澹清曠，富貴不關情。讀書不求甚解，作詩不知工拙，酒亦未嘗醒。惟有濟人志，劃畫更還生。　　猶蠖屈，待雷雨，筆尖耕。儒生心大，休笑宇宙事非輕。韓信淮陰垂釣，仲淹微時沃面，將相豈高閎。志不在温飽，被褐蘊珠瑛。

憶江南

花光好，好不獨春時。含露海棠秋有韻，傲霜籬菊冷饒姿。莫賦怨秋詩。

其　二

花光好，好不在名花。月季有情晨雨足，水仙無力晚風斜。何事牡丹誇。

其　三

花光好，雅淡勝鮮濃。萼綠華來深院月，杜蘭香至綺窗風。休説鬧春紅。

其　四

花光好，少許勝多多。一樹桃花濃帶雨，半池荷芰艷橫波。鎮日好風過。

其 五

花光好，好不在深叢。石盎酥泥添細細，玉瓶活水貯溶溶。人靜畫簾中。

其 六

花光好，好不在名園。山谷幽姿風露飽，水灣艷質蝶蜂喧。留與雅人看。

其 七 <small>岳池作</small>

瓜未破，脉脉見天真。嬌小不知愁裏味，輕盈恰稱掌中身。付與惜花人。

其 八

金屋邃，何日貯芳卿。錦帳春風銀蒜押，畫屏秋月玉簫橫。相倚到天明。

其 九

歡會短，秋老轉儂家。離恨天慳長赤綫，可憐人比瘦黃花。何日醉流霞。

其一〇

情落寞，羞澀且低眉。笑我持杯頻止止，泥卿壓酒故遲遲。又道淺些兒。

其一一

年十五，鬢髮映蛾眉。帶雨梨花癯意態，迎風楊柳小腰肢。豆蔻孕香時。

其一二

人不見，相視眼凝青。莫倚千金酬駿骨，且將尊酒慰飄萍。一點達犀靈。

蝶戀花　車市書所見

繫纜江邊人日後，風雪勾留，莫怨勾留久。池上鳧鷖門外蔻。垂楊裊裊佼人懰。　舞勻年華棹秀。無限丰神，爛漫天真候。有意偏從無際漏。春山凝黛秋波溜。

其　二

帶雨桃花煙外柳。張緒當年，崔護題詩有。花落無言人立久。瓠犀小露朱櫻口。　瞥見銷魂莫回首。回首魂銷，覿面能重否。江上征帆交甫玖。離懷悵觸風檣驟。

滿江紅　揚州贈別彭中之

三月鷗波，舟泛泛，水天空闊。悵回首，巫山奇秀，暮雲層疊。君有高情留後輩，我慚無術歸先骨。問何時，攬轡數郵程。黃花節。　偏惹恨，揚州月。猶繫念，江干雪。提淮堤春柳，那堪離別。楊敞沙丘帆早掛，彭宣渤海朝天闕。計重逢，恐是岸楓丹，洲蘋白。

望海潮　憶舊

岑寂茅齋，蔥蘢園樹，到來盡絕囂塵。池上雪梅，窗前霧竹，芭蕉夜雨曾聽。最好過清明。盡薔薇露馥，楊柳風輕。亭上鴛鴦，鸚哥低喚雨三聲。　春來燕就紅英。有樓高望月，洞曲藏鶯。茶沁詩脾，花增客恨，可憐蝴蝶多情。蹤迹幾飄萍。剩十五舊夢，屈指堪驚。流水駒光年華，爭似桂枝青。

搗練子

池面曲，洞門斜。姑射多栽萼綠華。腰弱迎人風裏柳，顏酡中酒雨前花。

念奴嬌　悼亡

恨絲萬縷，錦衾舒相並，文鴛未久。三萬六千剛百日，寶鏡塵生何驟。鬢髮余梳，眼波凝否，翠展修眉柳。梨渦宜笑，不忘相對紅友。覓夢銅漏沉沉，音容闃絕，涕淚霑雙袖。斯守白頭同有願，誰道卿先儂後。尉體荀郎，畫眉張尹，近似黃花瘦。生生重聚，只愁歡會依舊。

賀新凉　別情

性不耽岑寂。一聲聲，不如歸去，子巂啼急。枯坐無言人伴影，賴有孤燈向壁，便夜夜，家山非隔。魂夢迷離才聚首，褪晨鷄，喚起難覓。笑共語，旬然失。　　多情自古傷離別。況相宜，輕寒薄暖，落花時節。鶼鰈乍分如許恨，付與照人明月。應笑我，孤飛鵾鳩。自怨不如雙燕子，縱銜泥，也共芳洲息，誰贈我，飛鳥舄。

杏花天　春燕藤花

秋歸春至殊蓬梗。又兩兩，飛來芳徑。東風不似西風勁。欲落還斜仍定。　　讓雕鶚，搏雲萬仞。笑蜻蜓，釣絲頻近。畫梁香壘深深静。故向花前弄影。

醉花陰　荷花白鷺

飛上青天雲共色。倦向荷邊立。挹馥更迎凉。君子相依，何減芝蘭室。　　亭亭翠蓋隨風側。遮却流金日。將偶不須歸，蓮子堪餐，莫啄游魚食。

浣溪沙　鴛鴦芙蓉

如鏡橫塘净絕塵，乍醒雙夢逐香純。紋波採羽逗清新。　　楊柳秋風初送冷，芙蓉曉日尚餘春。相憐羨殺浣紗人。

清平樂　紅梅雙鵲

飲風餐雪，點綴溪山色。寂寞自芳誰訪折，雙鵲解相憐惜。　　聲聲似喜新晴，枝頭並立含情。省識東風院落，冲寒齊謝瓊英。①

好鳥巢林

玉漏音凝。銀檠焰冷，長宵誰伴寒衾。記相逢夢裏，被鷄聲啼破，倚枕杳難尋。願學長房縮地，縮來同處，不脹分襟。　　甚愁離怨別，知相思、兩地同心。同倩女離魂。腰圍依舊，是否如今。縱説歸期不遠，這凄清未易消沉。轉羨他。雙宿雙飛，好鳥巢林。②

旅夢雨驚回

一樣長宵，最難處。是孤客凄凉，獨寐無人語。記鴛夢沉酣，二更直到天明，還共説，長宵不過如許。今宵旅夢乍驚回，正街柝敲三，凄風苦雨。又恐明朝路滑漣難行，累我輿人，泥他行旅。憶人意，自傷情，一齊都上心來，這滋味，渾不辨，酸咸辛苦。　　夢中事，心中意，愁中恨，欲理都無頭緒。醒時歷盡迍邅，到夢裏，依然齟齬。朝酣暮死等浮蛆，此境那能領取。甚不願一沉黑甜安眠。到朝旭烘窗，但願落拓盧生，霎時聲聲華飆舉。縱然是夢，夢也風流，人説怎如非夢，却不道人間富貴。真如夢耳，到頭來，幾能延仁。③

（以上詞録自《歷代蜀詞全輯》）

---

① 原注：戊戌夏，館於敘府，楊金坡世丈以花鳥四幅索題，爲譜四闋如上以應之，藉以抒懷，工拙不計也。金坡子廑世伯之堂弟。

② 原注：右詞乃己亥冬所作也，時館宜賓，姚季陶以詞見示，作此和之。詞譜未在行篋，不知有合古調否也，以無名故名之曰好鳥巢林。

③ 原注：甲午秋闈報罷，九月十三日赴潼川，十五日夜宿樂安鋪，枕上不眠，作此以寄悲憤，自抒胸懷，不能與古調吻合也。爰名之曰旅夢雨驚回，自我作，古詞人往往有之也。

黃　樸

黃樸（生卒年不詳），字芃山，簡陽人。道光己亥（1839）
舉人，官名山縣訓導。著有《龍山詩集》《樂我齋遺草》。

風中柳　題畫

手把芙蓉，幻出雲頭霞脚。酒樓中，青峰對酌。南山採藥。北山縱
鶴。更添來，招仙一閣。　　綠松影裏藏却，斜陽萬壑。問漁船何人卧。
着流泉耳。泊流霞口嚼。是仙乎，漫認還錯。

臨江仙　題畫

古寺斜陽雲漠漠，高山流水何年。綠莎倒挂翠崖邊。孤帆臨野渡，松
子落漁船。　　樹色陰陰人悄悄，露根露石苔連。携琴彈破廣陵煙。成連
何處去，情澹已如仙。

望海潮　挽王某

戴嶲巢成，瓊瑰泣罷，人琴邈若雲煙。江左風流，山陰勝迹，都教付
與啼鵑。幾唤奈何天。見棠梨寂寞，野草芊眠。白玉樓頭，月色天上也難
圓。　　憶蘿蔦情牽。羡槐堂蔭滿，綉陌雲連。玳瑁裝書，芭蕉作畫，公
然太學英賢。人去忽如仙。令緱山一曲，華表千年。惆悵風風雨雨，幽恨
隔重泉。

西江月　挽王某

三月煙光欲暮，飛花片片念愁。深情都付水東流，怕讀停雲感舊。
一曲虞歌淚滴，聲聲杜宇魂留。樓間月色未盈鈎，那是招魂時候。
（以上詞録自民國《簡陽縣志》）

黃履康

黃履康（生卒年不詳），字達夫，號似懶，榮經人。道光庚子（1840）舉人。

臺城路

太湖春盡日，空院無人，落花如雨，拈得此調，懷酉陽冉石雲。

東風不管愁多少，昨宵催將春去。人怕登樓，蜂慵覓徑，一樣深情誰訴。仙雲舞處。被白柰枝頭，流鶯含住。嗚咽長啼，斜陽有客共幽語。

天涯舊雨遠隔，諒清吟思懶，同此情緒。漱石泉溫，煎茶火活，聊向個中參取。傷春戀友，看瘦減腰圍，倩誰相慰。今夜痴魂，飛來還怕誤。

（錄自同治《增修酉陽直隸州總志》）

岳　照

岳照（1815—1863），字東嶼，一字麗湘，成都人，資陽陳國器繼室。著有《桂香閣遺草》。

春日吟

桃漸謝，柳初齊。燕鶯互相語，蜂蝶亂離迷。滿地梨花歸信杳，連天草色雨凄凄。畫眉偏對曉窗啼。

西江月

> 霑化地近北海，暮春聞子規聲與蜀無異。驚訝之餘，烹茶以遣鄉思。

雪沼方看凍解，梅窗已報花零。半牀鄉夢曉初成，又被子規啼醒。滿地殘紅客瘦，一庭嫩綠春深。簾櫳不捲晝沉沉，消遣情懷試茗。

四字令　招遠署中春日遣懷

風輕雨輕。花嬌柳顰。倚欄小立殘曛。望螺峰又青。　　鶯聲燕聲。離人悵春。那堪草綠如裙。更瘦儂幾分。

南柯子

> 道光庚子仲春，託愛山中丞閱邊抵拓境，外子赴朱橋迎候久，感作。

綠軟春風細，紅芬曉露妍。韶光不管戚悁悁。消息難憑，可惜杏花天。　　一寸心期遠，十分病骨綿。綉帷才夢又驚殘。却是雙雙燕子，語簾前。

其　二　有感

十年歷宦海，壯志都消折。空囊莫笑惟余拙。賺得清聊。滌煩悶襟熱。　　望家山萬疊，悵羈懷百結。蓬茅此日猶淹輊。況是困人天氣，蟬聲咽。

其　三

無情成久別，抱病猶疑設。霎時悟徹平生拙。萬緣俱寂，處處心如鐵。　　睡起詩懷健，吟罷愁腸絕。仍他赤日炎炎烈。不附權門豈有，熏心熱。

搗練子　立夏

心耿耿，漏遲遲。月窗梅影弄參差。悄語燈花休浪結，明朝還不是歸期。

其　二　立夏前三日題新城縣壁

春色暮，客程遙。杜鵑聲裏促歸軺。心期一寸難成夢，月落垂楊過灞橋。

其　三　爲外子題扇

秋色靜，露華融。霜飛老圃葉初紅。一枝偶向淵明乞，消受安仁扇底風。

誤佳期

　　時嘆逆至東海滋擾，託愛山中丞赴登州防堵，外子往迎朱橋，並雇募鄉練，因之感作。

約定佳期今誤，望斷錦書沒負。欲煩雙鯉寄相思，題起愁難數。十二晚峰青。三分春色暮。悄將消瘦告東風，吹去爲儂訴。

小重山　燈夕有感

鼓報燒燈月透牖。柔腸一寸結，沉沉漏。人生最是春難購。嘆年年，虛擲好時候。　　雲樹隔蓬岫。遮不斷情千縷。傷春更比梅花瘦。怎禁得，良夕同佳畫。

落盡梅花悵晝遲。韶光羞獨對，鎖雙眉。東風有意揭簾帷。芳草綠，寒嫩瘦人時。　　鎮日病還痴。憑錦字寄相思。紅箋難罄夢中辭。君知否，又到杏花期。

雙魚兒

一輪皓月正圓時。慶懸弧，奉玉卮。鱗鴻遠致自滇池。開錦字，展愁眉。　　寶釵不寄寄新詩。藏繾綣，寫迷離。參透秦嘉懷徐淑，書未達，意先馳。

風中柳

卉月參商，無限相思繚繞。望雲山，三千古道。別離情緒，待相逢細告。不忍書，恐傷郎抱。　　陋室淒涼，最是黃昏天曉。隱歡愁，夢中啼笑。花前月下，暗爇心香禱。祈百歲，伴君偕老。

賣花聲

睡起午風涼。爐鼎餘香。一雙燕子舞簾旁。應是笑人幽獨坐，辜負時光。　　道遠日偏長，縮地無方。自從別後懶梳妝。守着窗兒愁默默，難度昏黃。

（以上詞錄自《桂香閣遺草》）

陳爾弟

陳爾弟（生卒年不詳），字介之，號小堯，金堂人。咸豐六年（1856）監生。官陝西高陵縣知縣。著有《風雨懷人館詞》。

浪淘沙 本意

閑立小樓東。一陣薰風。輕帆飄泊亂流中。綠水青山誰作主，漁父樵翁。　　沽酒路相通。遙望孤松。亭邊帘影繞紅霞。這是游人多得意，醉後囊空。

十六字令 金銀花

香，一朵如霜一朵黃。金銀燦，富麗滿庭芳。

其 二 榆錢

鮮，樹上誰拋遍地錢。無人用，飄泊晚風前。

其 三 竹

清，瘦勁橫斜態自生。千竿翠，瀉影月籠明。

其 四 藤花

陰，綠葉垂垂紫蕊深。藤子繆，風雨作龍吟。

其 五

清，靜坐閑聽最有情。金蓮瘦，貼地響聲輕。

虞美人 戲代友人病中贈歌者

桃花臉薄眉橫柳，素啓朱櫻口。琵琶聲裏訴衷情，勾引相思無那可憐生。　　朝霞俏比人如玉，別久勞心曲。怎經一病瘦懨懨，短嘆長吁方寸倩誰傳。

其 二 戲代歌者答友人

閑花野草憑人折，誰把同心結。倩郎情重莫情輕，柳絮從今羞向晚風迎。　芙蓉錦帳春光惜，肯使虛拋擲。更闌好夢兩鴛鴦，玉漏頻催不盡話衷腸。

其 三 歌妓

落花飛絮憐儂薄，舞柘腰肢弱。淺斟低唱倩郎聽，一曲琵琶無限短長亭。　春風秋月增人惱，這夢何時了。纏頭多少少年郎，放下珠簾對鏡理殘妝。

極相思 本意

金風送雨絲絲。寂寞細尋思。纖纖玉筍，鬖鬖翠黛，淡抹胭脂。鶯語秋波斜盼轉，倚門兒，瘦小腰肢。十分春色，三分月色，恰是當時。

誤佳期 閨情

辜負韶華幾度，憑教繡衾重護。五更驚醒睡難成，暗把歸期數。織女牽牛郎，填鵲年年度。這青春不忍輕拋，那解相思苦。

畫堂春 春閨

春風桃李綻芳芽，輕煙澹蕩晴霞。鏡臺閑對捲窗紗，何處吹笳。楊柳陌頭新綠，杏花樓外初葩。香閨最是惜年華，閑數栖鴉。

其 二

朦朧新月影橫窗，深宵獨坐蘭房。燈前無語繡鴛鴦，遙寄蕭郎。春夢惱人清夜，韶華催老紅妝。寒增錦被怕敧牀，多少淒涼。

其 三 報捷

春風煙柳映征袍，英雄躍馬橫刀。一竿紅日擁旌旄，殺氣滔滔。金鼓角聲雷震，鐵戈劍氣鴻毛。紛紛鼠輩盡潛逃，酬績恩高。

其 四

鮑吉齋福昌大令，以觀戲法二律見示囑和，才竭，勉以詞一調應之。

呵居然小枝堪誇，傾間碗內生花。呼青青酒何曾睄，條紙飛蛇。旋轉針鋒相對，鐵毬上下交和。鋼刀錯落亂如麻，毫髮不差。

其 五 客中作燈謎消遣

消閑無計日偏長，聊將啞謎評章。迷人多半不尋常，沉費思量。燈影月光初上，倚欄九曲回腸。猜來恰好是鴛鴦，醋笑如狂。

阮郎歸 病中有感

秋風香遍桂花。怕看燕雙飛。倚牀瘦蹙病中眉。心情訴與誰。愁縷縷，淚絲絲。孤燈鮮蕊垂。呼童收拾戰時衣。六年今始歸。

青玉案 喜家鳳雨兄超宗書至

別來八載關山隔。這蜀樹，秦雲碧。憶舊時蓉城共客。賭棋煮茗，酌杯邀月，那問縱橫策。　昨朝忽訝魚書尺。如夢如痴情脉脉。羨煞阿兄豪猶昔。老當益壯，未雄心已，珍重分陰惜。

其 二

一行作吏鄉關別。最易盡，輪蹄鐵。自愧謀生何太拙。勞形案牘，鬢蟠髭白，若計離情結。　漢南昔日音塵絕。戈枕刀橫騎汗血。幸沐天仁殘槍滅。景雲湛露，好風涼月，多少英豪傑。

其 三

一官潦倒秦關客。笑我幾，曾籌策。曲水流觴江月白。種蕉學字，讀書看劍，氣壯凌霄柏。　　縱觀眼闊天涯窄。從古來今車過隙。誠意休生堅金石。調琴飼鶴，竹風桐露，不改煙霞癖。

憶秦娥　詠蟬

蟬嗚咽。清音入耳清心悦。清心悦。槐陰柳綠，夕陽城闕。　　晚庭風細嘶尤切。聲聲叫起天邊月。天邊月。紗窗透影，伴燈花結。

人月圓　題玉樹柏政敏少府《秋高桂子多圖》

香飄金粟清秋爽，明月證前身。一輪高卧，光輝萬里，恰是芳辰。仙風道骨，冰心朗□，不老精神。安排定做。經綸事業，小謫紅塵。
　　（以上詞録自《風雨懷人館詞》）

朱鑒成

朱鑒成（1820—1874），字眉君，富順人。同治甲子（1864）舉人，官內閣中書。著有《題鳳館詩文稿》等。

鳳凰臺上憶吹簫

梅妃小像，顧聽雷囑題。

誰稱寒香，玉人禁得，不因開早群花。甚靈和風日，暖逼兒家。孤鶴夜深微嘆，金屋裏，一樣天涯。休相笑，蘋花嬌小，點點根芽。　　斜斜。雪花如幕，日短上陽宮，眉月籠紗。儘珍珠淚灑，望斷寒鴉。他日棠梨照墓，馬嵬路，何處爭差。春風面，君王何事，不念些些。

疏簾淡月

奈何天裏。不曉待如何，悶人昏晝。偎玉成冰，正是嚴寒三九。仙雲甚處籠香月。裏長江，一山幽秀。有情黃土，無靈綠字，成灰朱繡。祝遍地，都生紅豆。月明風定，人來如舊。舊日香囊，並不共金釵朽。依然是貯盈香蔻。算平生，此番成就。梨雲早兆，蓮心不改，蓮根成藕。

霜華腴

情原似水，借卿輩，堤防冉冉盈盈。碧玉方流，偃虹圓折，飛花隨浪相迎。水雲忽蒸。是中心，嗚咽難平。笑痴兒，騃女聰明，再生又懞懂今生。　　同命難爭三命，枉悲涼萬古，燕燕鶯鶯。清淡幽姿，繁華金屋，天然不稱娉婷。底須暗驚。看明明，河漢雙星。想天孫，尚費周防，況人間夙盟。

荔枝香近

一樣青山，偏是傷心處。蘼蕪滿地，紅心更不迎風舞。生時少睡多醒，可覺長眠苦。怕異日，牛羊單上墓。　　人欲去，落照半林紅駐。最近滄江，知我浪游行旅。甚日重來，清淚深深濕黃土。喚起幽禽共語。

賣花聲

花氣撲簾紅。影淡香濃。屏山屈曲阻驚鴻。眼角眉梢矜重處，越是從容。幽恨大家同。暫樂相逢。酒痕春意暖融融。瞥見侍兒簾外立，小鹿撞胸。

惜雙雙令

何事亂鶯啼也蠢。驚夢覺紅冰。偷搵遮莫般般忍。零星花雪勻香粉。春風不許花身穩。羅襪劃，心頭再忖。絲羨春蠶盡。春人到死思難泯。

傷春怨　題耦香畫蘭

雨雨風風處，記得瀟湘曾住。不道別時蘭，翻得鎮長相聚。　　葉葉啼紅露，無奈春光暮。幸是早歸來，不見你，移根去。

臨江仙　午睡起口占

倦壓羅裯春困定，憨憨抱影如煙。臨星玉艷又當年。攬衣推枕低，髻鳳簇湘蓮。　　剝啄驚回香夢碎，惺忪不識誰邊。扶人花影可知憐。夢中如是，爭不一晌留歡。

其　二　題良箴侄海棠橫幀

淚眼啼紅根蒂弱，斷腸知爲誰來。十年前事首重回。淒迷留妄照，描畫費人才。　　珠露羅雲春八月，累他雁影徘徊。謝庭蘭玉茁枝。纔微詞歸去好，還向草堂開。

賀新郎　三月十七日調人戲作

老矣潘郎鬢。悵無端，語輕燭笑，酒靈花潤。不是枇杷門外路，羅襪小樓塵印。關不住，玉兒春困。狼籍東風京兆手，鎮難尋，獺髓朱顏暈。班犀點，桃花嫩。　　徐娘尚是雛年近。訴喁喁，爲人憔悴，腰圍帶褪。算準雙栖略耽慮，花外流鶯問訊。料不道，因歡成忿。我有玉龍三尺水，笑可兒錯把黃衫認。如意事，憑君信。

其　二　立秋，次茂陵秋雨調元韻

盼得秋光轉。猛驚聞，西山萬疊，同雲流霰。怪煞秋風來何暮，讓過銀河花散。好去也，銅仙辭漢。一葉梧桐飄不定，待安眠，漸怯龍鬚展。簾影下，透如捲。　　八千雲月行原懶。怎乘風，秦城柳折，錦城花浣。玉具金貂間放下，且祝新涼人健。剩皎皎，團團班扇。賞雪難禁寒威甚，種秋花香過春風院。明月候，中秋滿。

金縷曲

雨夜獨坐，賦寄聽雷。

眉重懨懨雨。太蕭然，烏巾岸坐，三更譙鼓。褪盡殘紅春欲老，別淚天垂如許。只一曲，尋君何處。短燭籠花花匿焰，喚吟魂，默默淒淒語。解相愛，惟儂汝。　　年華三十今何取。是蕭郎，騎兵自健，侍中難與。吳楚旌旗燕趙壘，未是尋常情緒。又狼籍，好春無主。我淚雙紅隨雨下，把鶯花，併入英雄譜。欹枕處，小兒女。

其　二　題周伯蓀蘭孝廉帳額

楊柳千絲裊。趁清游，園林雨霽，長安春曉。紅濕春煙花十里，乳燕一群嬌小。抵多少，佳人燕趙。處處酒家堪買醉，看狀元，不似尚書老。風景麗，游宜早。　　三春費盡營巢巧。儘雙雙，評花選柳，料量蘋藻。曾向紅閨看絡秀，大似依人飛鳥。添半臂，春寒漸少。歸去枝頭新結子，笑諧聲，早是宜男兆。聽燕語，先知道。

其　三　和伯蓀書感原調原韻

萬古滔滔去。漫思量，孟嘗舊客，春申遺浦。自笑縱橫三萬里，誤却神仙官府。卷壯志，傷今懷古。靜女東鄰無宋玉，其楚歌，便把桃花蠱。

君試聽，應心許。　　風情顛倒憑天與。早消磨，香溫茶熱，斜風細雨。大好海天兜率伴，暫借旌旗樓櫓。更莫問，人時眉嫵。醒了釣龍臺上夢，倚篷窗，同撿金荃譜。誰能解，歌聲苦。

其　四

伯藘詞賀移居，步韻奉答。

一曲何人寄。拍欄杆，掀髯而笑，掃空心地。我是當時曾死過，肯管而今閒氣。澆墓酒，何防來試。鳩占鵲巢鸞鎩羽，看芒鞋，無綫隨流徙。算我法，自如是。　　家無儋石談何易。任猜疑，終南奇醜，勾金風致。夜雨波濤生四壁，一葉漁舟水裏。恰好把，秋心安置。親酌義尊誰對影，笑江山，只有儂兄弟。邀顧曲，那人裔。

其　五　醉言，用吳蘭修韻

吾命原如此。豁雙眸，向人乾笑，肯拋紅淚。踏遍神州無淨土，醉後頗褱鄉里。指大海，猶吾江水。血糝桃花香染劍，苦精神，都是間人事。九霄上，覆盆底。　　酒杯到底難拋棄。狎王侯，糟邱高築，重來仙李。蟣虱何勞生介冑，大可老吾褌裏。語未竟，我將眠矣。揮手諸卿休問訊，只菱花，識得人憔悴。明月暗，罡風起。

其　六

聞鄂生炯守夔州，賦此寄之。

海客歸來矣。好因緣，清香晝戟，故人逢此。君比臨邛官更貴，儂却馬卿羞比。溯舊詠，有如江水。破碎家山勞保幛，便閒身，也要卿料理。何暇問，琴心美。　　長安當日誇連騎。俊翩翩，孫郎帳下，鄂君被底。消息如何，怕都被，鶴語嚴寒驚起。並世事，我聞如是。昨倚扶桑觀日出，掣釣竿，無復珊瑚紫。相見嘆，肉生髀。

其　七　次鐵君韻

是歲將除了。臥蓬艙，千絲萬緒，究如何好。座有塡篪尊有酒，不是天涯雲杳。待商略，又無人曉。鶯語啼魂銷不盡，儘安排，忘却流年老。更不計，江關道。　　明年自是歸來早。漫思量，西清簪筆，東華侍草。

山水嘉陵誇眼福，認得掠波雙鳥。但有情，便無拙巧。世有一人知我淚，誓酬卿，拼灑珠多少。況夢魂，爲顛倒。

其 八 送梧村行

誰負紅兒意。笑難禁，不成游興，不成歸計。風月江山君我客，處處離憂成例。寫不盡，蠶眠千紙。無可奈何終是別，作英雄，忍住心頭淚。姑且去，視鄉里。　　風情減去三分矣。怎忘得，推襟送抱，故人情事。輾轉旗亭眠不得，幾度呼燈坐起。理愁緒，又無些子。夢裏楓林梁上月，石湖仙，定解悲歌思。雪消後，泛春水。

倦尋芳

偶憶舊作栖梧曲，拈此。

幺弦一曲，南内梧桐，蕉萃誰種。花盡桐孤，也是舊曾栖鳳。萬里玉人春水隔，十年金井秋霜重。不歸來，想平山月冷，簫聲淒痛。　　思量遍，春人濃笑，秋士清歡，歷歷魂動。香沁華池，臉際荷花親捧。惜病嗔儂偷睹酒，泥人伴睡甘同夢。近何如，只儂詩，暗中低誦。

孤鸞

再與吳次姑飲酒。七年前之作也。

有人如玉。恰小聚江城，共調絲竹。腸斷卿家姊妹，伴微吁，返魂同祝，不道而今獨自，又換鸂鶒族。一串歌喉，明珠萬斛。只博我天涯，清淚盈掬。黃土胭脂，色染紅綃一幅。夜來恁般顛倒，下香階，錦靴微蹴。座客傷心怎解，只強猜生熟。

水龍吟 與聽雷子夜話作

天風送到佳人，蕭蕭偏是芙蓉暮。長江浪闊，空山樹老，此中何處。籠鳥縞襟，鰥魚潑刺，朱門篷户。算生平不管，山屐雙雙，總付與，前生數。　　一點殘釭默對，記來時，幾多細語。留卿小憩，天涯一榻，嚴秋風雨。舊夢雲深，那人情重，英雄心苦。儘鷄聲喔喔，暗催更，較勝似，軍門鼓。

其 二 感事，用幼耕題余《煙花如意圖》原韻

香名艷福如何，迷離夢裏雙雙見。紫雲唱徹，佳人如我，通眉未展。何事黃花，都勞翠袖，人天種遍。待撿樓羅歷，英雄淚下，辭不了，三生眷。　　更問故人甚處，大歡喜，種成騷怨。冠玉丰姿，畫家世漫身花片。試看殘楊，風流頓絕，幾時重轉。樂淵明且過，王宏嗔與，笑緣深淺。

永遇樂

送聽雷之督學幕，督學爲湖南何子貞太史。

錦里芙蓉，漫天匝地，紅香成海。虹戶高嚴，虎頭磊落，幕府真瀟灑。江東才筆，關西夫子，盡飽章臺沆瀣。訝何來，玉顏本色，勝如宮樣眉黛。　　江山萬里，年時行邁，賦著子虛誰解。東閣梅花，長宵銅鉢，恰有蛾眉在。秋水雙鉤，春風尺地，看爾臯頭天外。笑故人，荆州未識，頭顱老大。

齊天樂 用小松題管夫人墨竹韻

居然洗硯池邊樹，林園好春漏迹。色勝胭脂，聲停翠羽，蕩漾墨雲千疊。春風詞筆。儘消受林家，舊時風格。問爾瀟湘，幽蘭相較伊誰碧。
宣華携手幾日，桂花香滿候，梅龍與説。醉怕人嗔，狂羞我懶，大似卷中顏色。吹花作葉。肯辜負神仙，月明手植。第一仙姿，更何人不識。

摸魚子 首夏夜偕友人荒園小酌

莽乾坤，幾多清境，恰好明蟾三徑。小園最怕秋風候，如此清和猶幸。宵正永，更莫道，天涯芳草風塵橫。君須酩酊。肯辜負寒簧，憐人寂寂，一笑開金鏡。　　黃州夢，二客東坡可稱。身世蜉蝣旋醒。春愁不共

春歸去，心事自家淒哽。君且聽，問何處，相思明月心相映。閑愁不定，願萬里空明，微雲不翳，心共太虛净。

其 二　和伯蓀憶春明舊事

挂輕帆，鷗波萬里，水風江月如寄。回頭京國繁華夢，未共周郎游戲。天亦醉，怎返日，牽絲捄轉。歡筵地小名尚記。記君採華芝，儂收鐵網，高燭幾堆淚。　　年華老，羞説風光細膩。輕塵短夢心事。排當寂寂詞人遠，浥浥香縈愁思。如有意，煩寄與，紅紗繫臂書名字。天涯再至，看學佛花王殿，春花相共，慰客憔悴。

其 三　和伯蓀朝雲墓詞原韻

點桃花，小墳三尺，當門坡老遺宅。六如説偈虛空碎，地下應無香魄。甘共謫，嘆名士，相傾海嶽。羞巾幗卿心似石。甚駱馬悲鳴，楊枝晚嫁，抛去病中白。　　吾憂甚，滿腹天真誰識。此虧今古同吃。吳儂鄉里湖山曲，近亦不浮歸舶。埋玉迹，且笑把，周郎各認同鄉客。傷心自昔，看湖上危亭，亭中黄土，還帶净光色。

其 四　和伯蓀雪炭原韻

甚天公，助寒欺客，都因人在湖海。巨鼇凍殺金鈎卸，三百酒錢誰丐。休悲慨，想故舊，朝官不少紅籤在。交情大慨。看黨氏銷金，羊家炷麝，賞雪自無礙。　　空山侣，忘却前時舊債。素心還念窮隘。梅花折下瓊花裹，笑寄故人自解。卿大耐，便熱不，因人莫戀奇寒界。掀髯一快，恁紋縐胡桃，香流爆栗，煉雪作銀買。

其 五

典裘不納，作一詞，用前韻。

笑荒城，大纔如斗，無端鋪作愁海。千金手散年時屢，平視玉皇流丐。情慷慨，道美酒，尊空豈少金貂在。纖兒一概。任司馬驪裘，荆王翠被，擲去也相礙。　　無憀甚，欲覓田文舉債。富兒門巷都隘。胭脂坡上宵馳馬，袖券叩門誰解。時且耐，看大雪，漫天冷透南荒界。輕裘自快，定銀裏承安，錢攤開寶，走向冷人買。

其 六

伯蓀見和典裘詞，疊韻奉報。

翦天孫，七襄雲錦，拂袍吟遍江海。洛陽一覆裘千丈，太尉府門如丐。吾豈慨，便餓死，東方萬古斯人在。人情大概。甚被髮襄荊，元冠適越，自走棘中礙。　九州帑，又累生平恨債。卅年狐白真隘。療饑脉望蒸壺鴨，此意惟君能解。天且耐，看滿地，江山半換冠裳界。霜鋒不快，怎虎豹藏皮，鯨鯢抉目，寢處任人買。

其 七　和伯蓀七夕詞原韻奉慰

把今古，綺愁清算，誰如天上歡慰。神仙忍利真消受，怎不爲人成例。君暫醉，莫夢繞，西泠悶捐人夫婿。初經此歲。想大婦操琴，么弦先咽，離恨沈娘倍。　天公俗，幾萬天錢儘累。潮州衣服還製。人間靈巧何容乞，儂不拾人牙慧。看大意，但含笑，分瓜掃語言文字。前言豈戲，願稍減相思，安排聚首，憐愛不相棄。

其 八　和伯蓀四十初度原韻奉賀

信先生，具天人相，平生言語無諱。掃除三十年來夢，四十日方東起。天下事，在幕府，征南深繫安危矣。英雄短氣。問一紙功名，千年竹帛，誰寫步兵淚。　歸休好，三竺雙堤游戲。飛騰還仗文字。老成大好龍頭選，就熟自投壺矢。看改歲，合杏蕊，芝香另作稱觴計。蘇辛同世，定舉觶高歌，淋漓跌宕，壽者笑傾耳。

其 九　步伯蓀韻題《逸士參禪圖》

遍三千，大千世界，有情都被纏縛。白雲逸士聰明種，肯替世人挑腳。無處著，且打倒，如來壞色除瓔珞。人天苦樂。仗法顢虛空，靈修夢幻，是處足堪託。　生如寄，不問神君宛若。此身原有真覺。老婆禪妙參難盡，有酒攢眉誰學。花雨落，想筆底，煙花畫意如昨。同聲一噱，定暗袖冠巾，戴公圓頂。善飲去糟粕。

其一〇　步伯蓀韻題《白雲隱迹圖》

好山中，自家怡悦，誰管門外風雪。神仙福地隨人到，卿自洞天緣絕。風凛冽，怕引逗，閑人陣陣敲檐鐵。風情打疊。且暖抱雲眠，香同梅醉，何用倩人決。　　何如世，還可聰明漏泄。也非洗耳高潔。龍嬌鳳懶春將暮，讀倦道書當歇。森玉骨，甚情短，情長好向虛空説。何人笛厚，莫偷傍宮墙，小兒好事，怯冷任趨熱。

其一一　步伯蓀韻題《幻園逸士圖》

任阿姑，少年善幻，結廬還在人境。纖鱗拍檻聽詩出，魚婢也知幽勝。當考訂，問震澤，南州文物如何盛。因心成景。看石瘦郎腰，花嬌婦貌，偕奉板輿興。　　周郎我，共踏羊求雙徑。個裏風裹各領。周郎揮筆吾揮盞，筍豆味同清省。真福命，問甚處，吾廬眉綠文君井。白雲卧定，怎翩上征帆，輕離射圃，逸士與儂等。

其一二

次伯蓀支重陽原韻，即送其之京師。

怪江湖，不生風浪，暫羈之子行迹。九回腸斷無由説，管甚綠尊瑤席。剛一夕，便樂也，無多況是飄零客。惺惺可惜。算石上三生，天涯半載，長記南屏鯽。　　君行矣，關塞楓林不隔。夢魂也累雙屐。瀟瀟秋氣茫茫酒，守定曉鐘休擊。居苦仄，願走馬，春風喜迓晨風北。金臺駕息，快覓我素，心雲眉趙李。

一萼紅　和伯蓀詠一丈紅原韻

上青天。砌珊瑚四面，樓閣半空懸。俯瞷塵中，星星海上，誰吹爌火枝邊。是千年，老蛟遺血，被花風，吹恁纏綿。日躍扶桑，露穠方丈，南國多妍。　　笑我丹成年老，每看朱成碧，折藕爲船。大月三分，長軀八尺，絳囊螢火徒然。伐百本，裝成劍柄，斬紅彝，天外氣無前。剩向珠娘笑語，纏臂團圓。

綺羅香

咯血不止，友人咸謂酒過，拈此解嘲。

老天先派，愁如海，長醒教人無奈。下馬揮毫，調鶯弄舌，難遣文章粉黛。當爐可愛，怕心血，冰寒損人瀟灑。四十平頭，賀蘭氏外本無債。

人間醉鄉最大，黃鸝知勸飲，劉妻爭戒。舉酒三升，酬他斗血，儘見生平廉介。神游世外，看澆墓諸君，捧觴深拜。始嘆狂奴，對椒漿不再。

菩薩蠻　無題

酒波灩灩燈花紫，奴奴我我深宵裏。莫勸玉東西，添他紅淚題。未肯由人去，先怕歸來暮。是病是離愁，盈盈載滿樓。

江　山　題璧生《依稀似我圖》

人生面目無憑據，消磨斷愁零恨。做個頭陀，飄然游去。踏碎虛空飛遁，何人接引。把家具全擔，重輕休論。篛笠棕鞋，舊時談柄尚堪認。

鰥生游屣，十載遍江河海嶽，捲來盈寸煩惱根。多空靈穴窒，沒個導師參問。吾宗遠韻也似我，依稀與君差近。笑拍肩來，且回頭問訊。

仙女搖玉佩　和潘篆仙中秋詞

圓靈瀉白，意蕊凄紅，放着青天誰問。歲歲中秋，沉沉絕島，心事也同春病。怕看芙蓉鏡。待篸花四海，共知霜鬢。便拍劍，高歌水調，料沒人知，聽都無分。憑藏過羈愁，強做歡娛，眉舒不盡。　　猶幸海天一嘯，鐘吼鯨鳴，霎覺襟情佳勝。一片韓陵，誰堪共話，只有悲秋潘令。願坐燈花爐。約絳紗，弟子量珠無剩。怎新晤，翻成久別，已涼天氣，好通芳訊。慰情甚。月華共照不孤另。

高陽臺　題潘老人詞稿

鶯燕痴魂，蛟龍恨血。搏成半世年華。休矣先生，年年琴劍天涯。江東獨步真名士，問瀛洲，大好浮楂。驀回頭，息了心波，白了髭牙。霓裳三疊何人聽，付雙荷葉掌，不罩紅紗。我亦惺惺，相逢親擷江花。蘇辛待學秦黃語，咽鸞簫，悲勝霜笳。照盤龍，一樣佳人，風韻差些。

探春慢　寄敖靜甫小司寇，次張炎韻

回首金臺並游，珠勒醉瞰，銀河天澹。絳雪宵香，白雲夜寂，紅凍櫻桃淚霰。問別來何事，恁瘦了，沈腰一半。蘇門真個風寒遙，天星影吹散。　　司馬倦游梁苑。便賦就長門，料無人見。壺嶠歸查，瀟湘擷茝，相見聽儂清怨。何處尋君去，斜陽曬，長沙餘暖。關心消息軍中，早來庭院。

瀟湘夜雨　舟中作

江水如天，江天如墨，夜深雨密風斜。紅閨應是響檐牙。添半臂，何人凝睇，燃盡燭寒夢搖花。真心痛，江千多麗濕了蘭芽。　　蕭閑無着，相思有味，何況天涯。祝鯉魚風順，送到長沙。天不管，孤蹤苦滯，人待見，情話留些。嗟卑濕才人舊例，去叩賈生家。

薄　倖　次幼耕韻

無人得見。碧雲合，秋心一綫。說不盡，九秋情事，咽住柔腸千轉。漸亭皋，幾度清霜，芙蓉隱約佳人面。甚錦襪凌波，銀箏勸酒，且把紅闌倚遍。　　到夜深和愁坐，越自覺，凄涼無限。聽玉階一帶，寒螿語苦，多情也似知哀怨。卿休我眷。但解吟愁賦，便應幽咽無人管。燈花何事，偏作櫻桃紅綻。

天仙子 夜雨有感

暮雨瀟瀟門外路。醉倚短童籠燭去。紅毹咫尺閃簾波，花身露。靈犀度。但是周郎誰顧誤。　　蟬翼修裙都有數。龍媼鴉娘空自妒。空齋燭影太寒生，難小駐。歸來去。絮語碧玲窗外訴。

滿庭芳

刻玉爲人，將金鑄屋，思來總是無聊。雲陰雨細，何處教吹簫。儘有芳尊法曲，難暮暮，便也朝朝。君憐否，宵來寒重，雪頰凍紅潮。　　十年湖海客，驕花寵柳，韻事原饒。漸風情銷歇，脂夜誰妖。一綫狂奴故態，虛無路，銀漢迢迢。還相笑，檀槽代搯，雙見阿龍超。

其　二 有感贈菀盦

細語銷魂，高聲命酒，君家浪迹何爲。楚江華嶽，誰勸不如歸，請看干戈滿地，八年事，細數全非。家山破，吾曹羸老，悵悵欲何之。　　我經滄海後，蛟龍鶯燕，醒睡依稀。又爐煙裊裊，花影離離。且把鬟鬟對撚，天涯夢，都付新詩。噴霜竹，孫郎帳下，同唱比紅兒。

浣紗溪 無聊賦詞四闋

暮雪天陰燭漸紅，碧琅玕裏小房櫳，酒波春意暖溶溶。　　搖落幾番良夜過，迷離一笑昨宵同，金尊日日不曾空。

其　二

香是蘭芽淡水仙，不容人愛自家憐，酒酣尋意枕花眠。　　數到華年瓜乍破，再來明月果能圓，問君征信幾時還。

其　三

綺歲姑蘇玉映郎，緋雲一朵小名香，可憐容易擲韶光。　　廿載風花重過眼，三生眷屬九回腸，衣新人故費商量。

其　四

又是盈盈夜雨時，依然華燭照瓊卮，湘簾如畫故垂垂。　　夜是嚴寒難強酒，人因病酒強填詞，不如眠去夢些兒。

念奴嬌　賀幼耕却扇，用赤壁韻

692

非卿詞筆，問誰合消受，如花人物。竟日彈琴看鬢影，仍是成都四壁。格寫籤花，歡生對酒，暖透黃昏雪。小喬夫婿，肯輸當日英傑。
可記詩詠懷人。桃潭江左，雙比芙蓉發。以我憐卿憐見在，寶帳籠香不滅。雲熱寒輕，春嬌睡美，珍護心如髮。杏花開後，聽談歡喜春月。

其　二　題《夢硯圖》，用東坡赤壁韻

斧柯一片，繫先後，二百年來人物。近又如何，天下事，豈但東南半壁。入夢神閑，教忠語壯，聲帶前朝雪。雲腴根厚，又傳忠孝豪傑。
可記聯轡西山，夜闌劍飲，詞鋒飆發。此硯何甘，詞客用，當共山河興滅。戎馬書生，飛騰露布颯，爽看鬢髮。功成枕硯，臥題珠海明月。

其　三　東坡生日，赤壁韻

峨眉依舊，問誰見，慶曆文章人物。下界何人，吹鐵笛，可似當年赤壁。楊柳湖頭，桄榔海外，我亦留鴻雪。蓉城高會，笑看今日豪傑。
豈意湖海歸來，金蓮玉局，逸興因公發。玉版齋厨蕉葉盞，一瓣心香不滅。公自千秋，我原鄉里，先後縣如髮。瓊樓玉宇，一般高詠明月。

百字令　次梧村送行詞

花寒雪動，是留人不放，促人歸里。殘照西風征客出，忽忽年光到尾。名士高文，可兒憨態，牽挽情如水。未能免俗，便辜多少游事。
莫恨千尺桃潭，蹋歌不絕，斷鞅真無計。轉蕙風光些子候，或者間雲再起。花市春濃，粉江波暖，離合關天意。儂來相覓自今，歡聚成例。

洞仙歌　默坐次辛稼軒韻

　　春陰欲暝，望離亭前路。便是人人斷腸處。漸梨花，瘦了燕子偏來，禁不得，細細一簾煙雨。　　前塵真夢裏，醉倒芙蓉，心許瀟湘挂帆去。畫燭爐，水仙沉，悶悶懨懨，喜與恨，憑誰分取。縱待到，天涯有時還，又生怕東君，不留春住。

　　其　二

　　　鐵君出和昨調詞，余亦再作。

　　夭桃花下，漸紅香成路。點染春流黯然處。看雙雙，彩燕飛去飛來，可記得，客裏雙聽秋雨。　　人生如夢耳，解了連環，便把連環暫拋去。奈酒盡，又香温，勻黛裁紅，誓再把，櫻桃携取。只怯怯，離亭此宵寒，有誰下羅幃，把花籠住。

西子妝

　　　題鼎臣妹倩，秋棠畫幅。

　　腸斷莫辭，夜凉不睡，倚着紅闌無語。鄲肩低袖太憨生，稱幽人，愛憐如許。如何意緒，更不曉，芳雲墮處。揣腰圍，是爲伊消瘦，春嬌難睹。　　真凄楚。細細勻紅畫史，心亦苦。露濃雲重潤秋心，界玉姿，幾絲微雨。金尊欲舉，推不却，離情黏住。幸雙雙，尚有芙蓉伴侶。

臺城路　水口寺賦

　　空山細雨春寒薄，與君浮白聊且。鴨褥將勻，鵑聲更脆，幾處剛呼秧馬。客愁謾惹。看游遍天涯，還栖故社。似此清閑，生平願老香臺下。
　　浮雲天際誰問。便香名艷福，一切都捨。舊日丹鉛，逼人富貴，卿輩莫提此也。如何遣得。把慧業華嚴，瀾翻鈔寫。打倒如來，先生沉醉者。

　　其　二　題徐鐵孫梅花册葉，用王銀臺除夕元韻

　　天寒地凍何時候，蕭蕭獨過殘歲。賞去無香，窺來有影，一例姬姜憔

萃。蕭齋静對。任早鬥風狂，餘留霞綺。不分而今，人人私説爲花醉。

英雄幾點真淚。去羅浮已遠，幽夢隨寄。戰退玉龍，揮開翠鳥，異樣詩人風味。幾番欲睡。又坐展殘編，未能暫棄。老樹花留，引孫枝再起。

玉漏遲 無題

玉人來路杳。春情散蕩，和香縈繞。宵雨微寒，憐殺隔林嬌鳥。已似紅窗那日好。共聽瓶笙低嘯。君莫笑。天涯眼底，清溪同調。　　便携縱縱雲輕，早付與兒郎，已辜年少。人事蹉跎，恨把玉兒拼了。都是裙釵大事，但夢醒，回燈親照。天又曉。夢裏得歡多少。

謝池春慢 壽鏡成弟

春深時節，又三五，蟾圓後。笑指阿連看，香篆銀盤壽。如此韶華麗，待結文鴛偶。玉堂春，須記取。歸來黼佩，綺歲偕將母。　　阿兄老矣，時欲暮，紅成竇。青鬢感華年，君正如儂舊。傳風雅，須君否。百年此日，對酌飛英酒。

漢宮春 無題

第一西風，引酒人仙去，新解金龜。紅窗夜夜卧雨，佩褪衫垂。是誰擫笛，助秋聲，蕭瑟些兒。珍重甚，天涯伴侣，秋花當是開時。　　疏影一枝如畫，怎捲簾人瘦，不覺風吹。傾杯半宵薄醉，可要新詞。無言淺笑，惱人懷，知是儂誰。君莫問，驪歌動矣，斷腸更莫教知。

其 二

似水華年，怎鬢絲容易，濃染元霜。中秋皓月易過，越覺淒凉。海天太遠，插茱萸，同感重陽。人意懶，群仙劍佩，郎當不稱三郎。　　親擷花枝籬下，奈一番露潤，一倍風狂。沉酣可知幾日，折了丁香。清裁艷福，料人間，無此仙鄉。魂不定，愁心望眼，順風一雁南翔。

（以上詞録自《題鳳館詞稿》）

余祥鍾

余祥鍾（1825—1860），字覺峰，敘州府（今四川省宜賓市）人。咸豐庚申（1860）進士及第。著有《覺峰剩稿》。

憶舊游　登城北半山寺

愛危樓一角，傍水依山，巧費經營。挾得朋儕到，儘沙鷗野鶴，締就詩盟。曲闌徒倚將遍，拂袖水雲生。極目遠山晴，鬢鴉擁翠，眉黛分青。

飄飄。欲仙去，況酒碗詩筒，齊列閑庭。勸客須尋樂，怕綠波春草，偏惹離情。流連竟日歸去，宜待月華明。指桂槳蘭橈，依依繫在楊柳汀。

燭影搖紅　秋夜

露滴空階，小窗時有涼風透。柔情輾轉睡難成，聽徹高城漏。往事不堪回首。檢青衫，啼痕依舊。邇來活計，一卷新詩，幾杯濁酒。　　腸斷今宵，問伊人可曾知否。倚樓默默數歸鴻，已是三更後。此境如何禁受，黯銀釭，燈光似豆。個儂無奈，與月同孤，比秋還瘦。

（以上詞錄自《清詞綜補》）

李鴻裔

　　李鴻裔（1831—1885），字眉生，號香嚴，晚號蘇鄰，中江人。咸豐元年（1851）順天舉人，爲兵部主事，曾入曾國藩幕府，擢淮徐道，升江蘇按察使，後以疾引退。眉生善書法，工詩文，亦作詞。著有《香嚴詩稿》等。

滿江紅

　　何以家爲，老去也，一廛始築。門外見，松毛亭子，便堪醫俗。浩蕩鷗天栖夢穩，參差燕侶窺簾熟。對雲林，二十五峰奇，揮珠玉。　　萬頂帶，非爲福。五鼎食，蛇添足。趁西園櫻筍，舉杯相屬。爲月圓遲迎社火，防花睡去歌仙曲。甚春愁，鶴髮老猶狂，無拘束。

　　（録自《憩園詞話》）

國家社科基金重大項目《巴蜀全書》（10@ZH005）

四川省重大文化工程《巴蜀全書》（川宣〔2012〕110號）

巴蜀詞新編 下

李誼 編

四川大學出版社

SICHUAN UNIVERSITY PRESS

王增祺

王增祺（生卒年不詳），字師曾，一字也樵，號蜀西樵也、聊園老樵，華陽（今屬成都市）人。清廩貢生，官陝西韓城、石泉、洋縣知縣。著有《聊園詩詞存》《樵説》等。

滿江紅 蕪湖寄昭如女弟

如此江山，送游子，扁舟去也。驀眼底，波濤汹涌，泊蕪湖下。斷渡風高羊角舞，嵌空雪亂鵝毛灑。記年時，雙屐踏瓊瑤，同心者。　　盧阜畔，蓮開社。郟亭外，梅橫野。怪移家多事，共長流瀉。夢境已隨雲影散，冰天更覓霜豪把。抵南朝，明遠大雷書，和愁寫。

其 二 淮安哀王孫

試看淮陰，者便是，英雄榜樣。出胯下，居然無語，是何情狀。合向中原同逐鹿，懷恩遇尉陀甘讓。作真王，仍守漢家封，人功償。　　雲夢計，行偏誑。陳豨語，心應諒。有龍門遺史，證君誣枉。寄食少年誰愛士，藏弓此際難爲將。恨一般，偏受婦人愚，秦亭長。

其 三 戲贈朱少軒

措大心情，是真個，自家不解。插腳向，春明塵裏，看空人海。好色拌爲名士累，聞歌好是群兒在。倒金尊，一醉一歡呼，渾無奈。　　痴絕處，都驚怪。愁深處，難擔戴。問乾坤如許，有誰能再。鎮日流連端恨別，從今擺脱休言悔。願天公，償取舊清狂，風流債。

其 四 題西陽高惠川提督占彪《把釣圖》

一抹清江，誰道有，英雄把釣。驀地裏，兜鍪擲下，仰天而笑。赤手鯨鯢曾縛取，功成只合垂綸老。拂珊瑚，吾意欲東行，蓬萊島。　　襟帶水，涼痕罩。蘆荻岸，寒聲峭。趁無邊秋色，別開懷抱。二寸魚肥應適口，雙丫兒小同舒眺。望風濤，瀛海未全平，遲游棹。

其　五　寄懷南昌萬少園立鈞、豐城歐陽阮齋元熙、都昌李秀峰乘時

肯信耽吟，便生把，科名折去。怪執手，同聲驚嘆，一般言語。我似雲英身未嫁，君疑月旦評無據。太難堪，南北屢分馳，空期許。　　襟上淚，痕都洿。江上路，行殊苦。幸篷窗相對，悶懷傾吐。送客還家剛惜別，從人召飲頻歡聚。算天涯，知己有逢迎，真詩助。

其　六　烏江吊憤王

莽莽寒流，是西楚，霸王戰地。誰再遣，八千弟子，自江東至帳裏。烏騅鞭不起，聞歌痛灑虞兮淚。破重圍，慷慨嘆天亡，非人事。　　亭長待，頭顧寄。舟人過，波濤避。想鴻門高會，竟成兒戲。亞父空思提玉玦，淮陰解鬥高皇智。怪重瞳，冤憤未全消，雄風肆。

賀新郎　采石磯懷古

迤邐山橫黛。是螺紋，盤成髻樣，小姑遙賽。積雪纔消煙影活，放出光明境界。憑看取，朝陽紅曬。牛渚清江同勝迹，問何人，寫作丹青賣。聽遠浪，走天外。　　謫仙償盡風流債。想扁舟，宮袍坐月，岸旁驚怪。三百華年彈指頃，別具英雄氣概。要整頓，乾坤隳壞，巨艦衝波橫戰鼓，笑南朝大敵金人敗。憑吊久，有餘快。

其　二　賣書畫詞爲友人作

名父之兒也。夢醒從，嬝嬛福地，興耽風雅。待詔黃庭臨繭紙，妙筆臨川手把。更絹素，諸城揮寫。論畫山陰童二樹，對春風，拜倒梅花社。同秘惜，錦囊者。　　朝朝展玩情難捨。劇無奈，天寒袖薄，淚隨聲下。道上何曾逢駿骨，便學名姬易馬。纔羨煞，千金陸賈。檢點齏鹽生計足，向芸窗痛惜相知寡。憐措大，枉愁惹。

其　三　泣鳳詞爲資陽羅志禮姬人金鳳作

羅官陝西通判，差權涇陽榷稅病歿。金鳳故蘇妓，歸羅隨任。殮畢朝家人而語之曰：主死我當徇銀物若干，予某某戶而閫焉，遂自經也。時方寇亂靖後，羅弟志杜赴陝，三月乃得二柩歸葬也。樵子聞而義之爲製斯闋。

要作雙栖鳳。儘隨郎，章臺走馬，者般情重。秋雨相如翻病渴，拆散鴛幃好夢。忍案上，鷗弦重弄。檢點羅衫同錦襪，笑蠻奴，蠢婢知何用。人未死，腹先痛。　　錚錚硬語真奇勇。便深夜，空梁雉經，報郎恩寵。回首蘇門楊柳綠，勸客螺杯笑捧。肯性命，鴻毛輕共。解下青樓飛紫燕，女貞花早傍檀奴種。瑤島上，素鸞控。

其　四　惜桂詞爲南昌故妓趙桂保作

桂保稚齒豐肌，眉目娟好。巡檢某艷之，予其假父銀五流，約梳攏焉。將寢，保伏泣不止，某驚問之，曰："兒雖賤，知從一義，君誠見憐，俾脫煙花籍，婢妾惟命。不則假父得金無償理，君失金無拒理，計惟遂君，欲畢命青縧已耳。"某度不辦謝去。久之，保與富人某善矢終身，假父格之，求無厭，富人計得保償金數百。人多保之貞而又艷，富人之能得保也。乃不三月富人死，保至今以節稱也。樵子嘉其志而哀其遇，亦製前調。

道是蟾宮桂。落風塵，栽成弱柳，更饒風致。豆蔻葳蕤芳信早，要得溫柔快婿。怪逐浪，桃花無味。三五華年弦上指，恰輕狂，杜牧紅樓醉。君聽取，妾心事。　　妾身肯作漫天絮。但休把，楊枝再嫁，儘憑君意。粉蝶過牆春自守，別有尋香客至。又鶼集，林端偷俟。纔得嬌藏金屋裏，灑瀟湘斑竹都成淚。妾薄命，柏舟誓。

其　五

旅况，賦寄曾篤齋。

快作江南客。挂輕帆，風來水面，晚晴雲白。滕六飛花冰結塊，悶煞沿途野泊。渾不算，勞人安適。盼得金陵城艤棹，想烏衣，好覓瑯琊宅。偏病惹，漸加劇。　　因緣解脫生公石，硬拋撇，磯頭燕子，目隨飛鷁。兩點金焦星火裏。認取瓜洲旅夕，者便是，鰤生行迹。説與文房應悵絶，數年時好事多虛擲。前領取，綠楊色。

其　六　女伶

塵俗渾如戲。一般兒，男男女女，更無殊致。試看當場真面目，只有裙釵本事。扮演著，冠裳交際。服婦人衣翻惹笑，笑何郎，傅粉初無味。猜不透，雌雄異。　　木蘭替父從征未。任崇嘏，參軍強署，枉爲佳婿。

不過纍纍黄土耳，硬把陰陽倒置。問造物，摶成何意。最是西方多狡獪，自修成鎖骨人間世。除幻境，没些子。

其 七

德州旅夜不寐，寄懷奉節鄧希唐徽績。

是事皆緣也。七年前，君來錦里，正相知寡。絳帳春風欣識面，别緒逢秋便惹。只不見，聽君行罷。滿地槐黄君又至，痛更番，鎩羽青霄下。襟上淚，共君灑。　　君歸我亦東游者，泊夔門，尋君無路，把天涯話。君賦西征應幾日，我更燕齊走馬。一例裹，微名牽挂。桂子君家元故物，想清標玉映情難捨。眠不穩，相思乍。

其 八

荒港雨泊，寄漢陽邱炳垣吉安。

灑遍青衫淚。莽書生，孤身萬里，一家三地。巫峽潯陽同逝水，雙鯉傳書不至。更夜雨，敲篷聲碎，最怕春來成斷夢，折梅花，莫遇江南使。誰寄我，平安字。　　翩翩忽憶劉書記。枉消受，琴亭月朗，鑒湖風細。漢上輕抛神女佩，又盼西山眉翠。便算作，相思無二，儘説情深端惹恨，只團圞兩字都難遂。問久別，果何事。

其 九

懷遠宫公農山命題《叱馭圖》，圖爲光緒三年公上延安府事時作。

叱者胡爲也。看烏延，峰巒萬疊，仄難容馬。要展書生平生志，鞭向驕驄亂打。便九折，何須驚怕。況值春深無青草，聽哀鴻，一片聲盈野。憂國淚，仰天灑。　　時平暫乞歸田假。十年間，煙波畫鷁，儘情游冶。驀記邊關艱危事，重指青門税駕。笑髀肉，居然盈把。爲問牧龍川前水，更渠儂牽飲清流下。長嘯處，筆横寫。

其一〇

雲生於洋署納姬蘇氏江寧士女，年才十八，美秀而文字以若梅艷，兹清福足娱老景。爰檢長調嘉名倚聲賀之。

不向西陵住。正春纖，拈花十八，弱齡偷數。同姓羞將蘇小認，獨自朝朝暮暮。偏愛把，璇璣圖補。合與若蘭呼連理，小名兒，一任酸含醋。遲喚取，鵲橋渡。　　姻緣兩地天分付。恰參詳，楞嚴妙旨，曼殊重晤。絕勝蕭山毛太史，沒個夫人狠妒。只調舌，嫌他鸚鵡。窗下咿唔爭教學，八分成又道摹臨誤。還留待，問夫主。

其一一

　　星府席大納姬長安楊氏，字以柳若，時星府教某女公子讀，楊因自請學詩，其慧黠有若此者。予來會垣復承珍饌之貽，爰即賀雲生納姬長調倚聲賀之。

　　繡閣青青柳。鎮葳蕤，防人問姓，是隋家後，閉户雙蛾新偷畫，夫婿章臺馬走。恰認得，眉痕低透。牽挽游絲成連理，會藍田，玉暖長廝守。湘畹①去，幾年久。　　羹湯更喜調纖手。笑風塵，便便大腹，此行無負。只惜瑤英偏難見，空羨餘芬裹取。儘老子，今番消受。聞説昭華詩弟子。讀唐詩嬌婉香生口。應共學，作閨友。

齊天樂　大雪憶聊園梅

　　聊園此際梅開矣，筠簾半垂風小。樹綴枯枝，枝添素蕊，更有天花繚繞。南華夢好。當粉蝶尋香，悄過林表。誤引芳閨，探春憨向綺檐繞。
　　無端吹出柳絮，恰孤舟坐冷，別惹懷抱。翠鎖遙山，黃眠宿草，抵得瓊樓多少。凌波步杳。只一派空江，剩寒光照。欲訪羅浮，縞衣人漸老。

其二　清河人日立春

　　問春何處迎來也，還思草堂人日。濯錦江邊，收回彩仗，早是鞭春時節。春衫乍易，稱呼作春人，探春消息。一派清江，故鄉西望太遙隔。
　　春歸也同漏刻，愛晴光照遍，峭寒消釋。不許春游，因春惹病，誤却無邊春色。春情漫説。只挑菜光陰，料應難得。誰採芹香，整辛盤薦客。

其三　登車第一日宿衆興驛

　　好春不管人行也。驪駒試歌聲苦。慷慨登車，輕雷隱隱，似向雙轅齊

①　原注：此星府故姬字。

赴。聞根頓悟。要喚睡魔醒，免侵風露。寄語清江，早潮分付早回去。

離情且休亂語，只遙傳尺素，向雙魚付。看一鞭催，桃源到了，問避秦人何處。呼名總誤。笑滾滾黃塵，那容仙侶。瓦屋三間，是征夫合住。

其　四　桃樹

一聲剛聽鶯兒語。東風不隨春嫁。把好韶華，都辜負了，誰管夭桃開謝。啼痕漫惹。正柳解抽條，向青驄打。崔護行來，錯疑人面倚花下。

枯枝只憑繞舍，沒心情軟款，說天臺話。笑綠隨梅，拈紅數豆，識得相思還怕。由天也罷。怪根葉呼名，有人牽挂。肯逐東流，學他輕薄者。

其　五　凍魚膾

一江風緊漁收網。當筵試尋珍膳。縮項鯿魚，堆盤搗汁，受得今番糜爛。冰霜耐慣。更骨肉無多，問誰憐念。歷盡奇寒，個中滋味轉留戀。

甘鮮臠割早盡，看晶瑩似玉，儘樂清咽。想禁煙時，分明一樣，冷食人家傳遍。風情好見。雪夜倍淒清，熱腸都換。凍破春回，又桃花鯉泛。

拜星月慢　月夜風雪中聞雁有感

獸炭煨紅，螺杯浮白，遣此寒宵清絕。漏箭聲沉，忽哀音淒切。是征雁，忍受殘蘆破葦蕭颯，叫徹空江明月。休向姮娥，說頻年孤子。　　打頭風，解散同心結。尋香夢，恰墮梨花雪。試想行整瀟湘，又天涯飄忽。甚啼鵑，嘔盡春歸血。鍾情者，一樣傷離別。只三五，玉鏡高懸，任無端盈闕。

其　二　黃天蕩懷古

燕子磯頭，是黃天蕩，出港揚帆風利。想宋中興，忽烏珠軍至。望天塹，不異秦師百萬之衆，可以投鞭而濟。直下江南，小朝廷休矣。　　戰船橫，擁出梁家婿。援桴急，更助舟師氣。試看夫婦當時，奪金人聲勢。老鸛河。但阻書生計。長江上，便作擒王地。肯居士，坐守西湖，把疲驢身寄。

點絳唇　雪

一抹晴天，半空玉戲真奇幻。早梅剛綻。已打梅花瓣。　　説是春回，又值殘冬半。瑤階畔。有人看慣。搓粉成香片。

鵲橋仙　漁婦圖

素衣浣雪，青裙拖水，玉手提籃半露。籃中有個細鱗兒，偷眼把，花容小覷。　　絲竿斜倚，低頭却顧。笑靨盈盈欲語。緋桃落瓣打腰輕，生恐怕細腰酸楚。

祝英臺近　大勝關守風望江寧

數征程，三十里，偏又朔風起。目斷寒江，一派西流水。爲憐日射秦淮，冰融脂粉，只應快，把扁舟艤。　　魂消矣。何須袖翠裙紅，恰瓜破年紀。但説江南，湖山總清美。情多到處牽愁，封姨解笑，引將去，莫愁家裏。

滿庭芳　《紅樓夢傳奇》題後

天上人間，心頭眼底，情從甚處生來。些兒牽惹，跟定不分開。縱有生離死別，隨説著，珠淚盈腮。真無奈，風懷萬種，恐被落花猜。　　悼紅。軒下客，愁隨夢醒，推去仍回。怪緣慳分淺，淑女清才。禁受多般苦惱，纔悟徹薄命應該。將頑石，填平缺陷，精衛錯含哀。

水調歌頭

風雪中登岸尋藥，跨蹇歸舟。

逆阻向江岸，熱惱滿胸中。旅人端的成病，一味要防風。求取伯休賣藥，携取東山著屐，踏碎玉玲瓏。健步敵寒意，似立五禽功。　　歸路遠，人力倦，跨山公。斷港荒原，行轉一白影濛濛。試想烹茶學士，更有尋梅野老，雅興未能同。儘被有身累，無事讓篙工。

沁園春　病臥江寧下關舟中

二十年中，艷煞江南，常將夢來。覺莫愁湖裏，滿船月載，秦淮河上，萬柳春回。頭洞風塵，凄涼煙水，花落華林燕子哀。新亭泣，賴群公戮力，重鄨蒿萊。　　吹餘劫後寒灰。恰帆挂西風半面開。怪雨雪盈途，一身多難，窮愁惹恨，二竪爲災。咫尺天涯，欲行不得，誰吊南朝庾信才。艙頭立，向金陵望氣，鬱鬱佳哉。

其　二　寄賀葉小渠新婚兼調汝諧

誰喚卿卿，抱暖寒宵，鴛鴦夢尋。更額間梅點，起來蠟凍，眉心黛展，畫處螺侵。結就新歡，生成艷福，雙桂堂中一曲琴。難消受，愛催妝句好，擁髻低吟。　　簫樓別聽清音。是猶子閨中燕婉心。想鴨綠春江，蟹黃秋里①，錦城譽起，繡閣文深。只恐佳人，未能索解，天壤王郎怨不禁。偏憐取，有蘭亭妙腕，替把花簪。

風入松　揚州懷古

行人堤上説隋家。城郭綠楊遮。迷樓是處春風早，暖吹宮女艷如花。廿四橋邊明月，剛連著玉鈎斜。　　無端改歲紀龍蛇。鼙鼓競喧嘩。蕭娘持鏡阿聤笑，好頭顱，看不爭差。凄寂雷塘數武，我來重想繁華。

其　二　贈腰踾歌者張桂仙

鶯鶯燕燕那人家。問取好年華。拈花十八嬌無語，把三條弦子輕撾。心上連環誰解，聲聲慢眼波斜。　　梨雲低傍鬢邊鴉。淡抹暈痕遮。素娥戲喚句愁起，廣寒天，舊夢爭差。試拜階前新月，可抛粉黛生涯。

---

① 原注：汝諧婦張幼有"一江春水鴨頭綠，十里秋花蟹爪黃"句。

河滿子

發揚州，過高郵，吊沿堤枯柳。

可是隋家舊種，東風吹得如林。錦纜牽羊飛絮繞。借來殿脚清陰。偏學絳仙眉嫵，畫成翠黛深深。　　送盡瓊花觀客，飄零直到而今。三十六陂煙不斷，枯枝亂點寒禽。心苦怕人攀折，好花留待春臨。

謁金門　揚州粉

揚州粉，抹上腮渦紅暈。到得檀奴交頸時，賺他推枕認。　　可是花香暗襯，却又無花插鬢。笑掩嬌姿纖爪近，掐將妃子印。

奪錦標　自題《省覲集》後

自九年前，高堂遠宦，竟缺隨時溫清。試問難爲人子，拋撇妻孥，旅懷端整。溯東流去也，鎮消受扁舟風景。此行安穩到西江。見大人，真家慶。　　纔向巴渝攬勝。巫峽輕穿，又入彝陵城境。漢上欣乘黃鶴，直下潯陽，百篇成詠。大孤山畔路，喜團欒，今番僥倖。向鄱湖，屢棹章門，還動邺亭詩興。

其　二　丐新建范藕舫金鏞繪蝶

此樂仙乎，蕉騰一晌，幻作翩翩花使。去向鞦韆院落，檀板輕敲，粉香低墜。恰芸窗眼快，儘多事將春游戲。喚春駒紙上閑行，拂素毫，春風起。　　真個天然畫意。安樂窩中眷屬，更番携至。舞罷彩衣身倦，藉草鋪茵，認酣眠地。到蘧蘧覺後，是南柯，何曾忘記。溯神游，舉棹章門，飛上滕嬰圖裏。

晝夜樂　六漫閘晚眺

來時未向東風祝，爭得水波浮綠。尋幽小步湖堤，轉過一重茅屋。枯柳高低溪影曲，儘傍晚釣船歸宿。看看早春回，鴨頭深處浴。　　江南江北隨游矚，便村居，勝巖谷。怪他雞犬人家，慣受劉綱清福。任有故鄉佳勝處，此間樂不須思蜀。痴想結雙椽，恐風塵人俗。

其　二　帆車

錯疑陸地行舟也，一幅布帆低挂。從前枉費推移，到手東風好借。便北人何須使馬，飛車穩向奇肱跨。歷碌走輕塵，似波濤傾瀉。　　清游慣說江湖話，浪聲喧，轉驚怕。愛他自在中流，却只行來原野。水面生涯都奪取，渾不管榜人偷罵。異製想西夷，又輪船高駕。

水龍吟　閘上除夕

一年容易今宵，聲聲爆竹維楊道。本來不睡，偏教守歲，憑人失笑。試想家園，爐煨獸炭，團欒剛好。却黃金費去，鑄成離別，買不住，流光杳。　　説是陽平近了，認邗溝，隔湖波小。湖頭草屋，者般時節，醉人多少。漏點迢遥，燭花添喜，早新年到。問吳兒賣取，痴呆也末，莫沿堤叫。

燭影搖紅　述病

阮瑀精神，張衡愁病，都輸我。分明好事總難憑，要可如何可。爭耐得心頭火。待一陣，罡風躲過。偏生奇禍，却被封姨，輕輕覷破。　　吹上身來，肉麻也教人無奈。幾回搔癢想麻姑，又在方平坐，要逐詩魔則個。正鄉人，迎儺道左。是春時節。辜負嬉游，任天摧挫。

換巢鸞鳳　自題壬申冬《北征集》後

詩卷隨身。似神來洛水，別有丰神。只龍標調換，一味愛翻新。怕他成病儘長呻。爲江北江南愁煞人。真堪笑，算一例，艷情勾引。　　金粉。流不盡。綺語懺除，未必馮夷允。鐵板銅琶，一聲高唱，幸得燕齊地近。回想山川出夔巫，寫將奇險才偏窘。文章事，叩車輪，寸心相問。

翠樓吟 _{夜雨}

一樣淒清，鐙前寂坐，不應喚他春雨。想層樓夜靜，忽驚醒，架頭鸚鵡。聽風吹去。灑上杏花梢，嫣紅剛吐。應憐取。旅懷根觸，向清江浦。

試數。漏轉更深，有幾多眉皺，儘天分付。聲聲和淚斷，算淚珠，滴來如許。三三五五。要打疊詩囊，把愁同貯。朝看取。滿江波綠，送人行路。

其 二 _{皂河元夜不寐}

火樹千株，鐙山萬疊，看來錦官城裏。正金吾不禁，引少少，玉人歡喜。笙歌聲起。覺酒地花天。人間何世。沉沉醉。鈿車歸去，月明如水。

不意。浪擲流光，住皂河行館，有何滋味。元宵辜負了，惹心上人兒遙憶。料應難悔。要遣夢還家，移缸先睡。偏無寐。算今年錯，想前年事。

薄 倖

> 雨後泥淖難行，乘舟向宿遷。

無多行李。穩駕短轅雙黑衛。舉鞭向，黃沙堆裏，認一片鍾吾地。怪飛塵，和雨成泥，輪翻大雅扶難起。又買得扁舟，更番忙亂，乘夜移居似戲。　　只一葉都容我，端悶煞，西風不利。算難憑人意，乍臨馬背，齁齁愛傍船頭睡。到來安置。覺殷雷過處，山亭水驛無留滯。征衫脫却，還數鄉園味美。

其 二 _{本意}

一聲長嘆，誰分遣柔腸寸斷。便斷也，教人憐惜，忍把負情儂喚。奈罡風，吹下梳翎，天涯認作將歸雁。縱酒滿金尊，花飛玉笛，贏得淚珠偷咽。　　端怕煞淒涼境，渾不耐，些時不見。怪來遲片晌，佯嗔忍笑，寒更數盡重開宴。者般留戀。算鰍生薄倖，櫻桃錯打黃金彈。從今過犯，折却相思一半。

海天闊處　代題嘉應饒鏡塘祖培《航海迎養圖》

海天闊處行舟，茫茫四顧渾無際。煙痕亂點，中原如髮，魚龍影裏，繞過瀛洲，又逾桂嶺，認鄉園地。入門同失笑，含飴大母，摩孫頂，慈顏喜。　　細數春來近事，幸波翻，水仙隨逝。螺山暫別。蛋船更換，鯉庭遙至。多謝飛廉，颶風吹散，向吳淞水。到團欒眷屬。重幃健飯，把征圖繪。

多　麗

夜發張家集，道中懷古。

趁宵征，一天風月淒清。更無人，驅車道左，鞭梢指向彭城。想重瞳，中原逐鹿，恃神力破滅秦嬴。南控江淮，北連齊魯，名都建置勢崢嶸。奈芒碭，真人氣盛，一劍了平生。誰憑吊，英雄兒女，同此傷情。燕子樓空，春寂寞，呢喃莫聽雙聲。縞衣羞把，紅襟繫，隨窗外喚徹流鶯。多謝香山，新詩却寄，十年幽夢驀然驚。是垓下虞姬魂返，携手合偕行。無窮恨，烏江野渡，東洛前程。

春風嫋娜　滕縣道中聞鵲聲

問東風幾日，便到郊原。乾鵲喜，喳聲繁。正遙山睡醒，推開宿霧，柔條抽起，挂上朝暾。語燕偏忙，呼鶯尚早，算是春來第一番。未必笙簧許同譜，端愁桃李太無言。　　寂寞滕陽故址，誰馳馬去，征夫過，跨懶雙轅。黃塵裏，好音喧。思量此際，何處庭軒。蟻酒篘成，金尊香泛，蝶衣舞倦，玉蕊枝翻。聽餘新調定，佳人惹笑，鸚哥教學，渾不嫌煩。

綺羅香　元旦泊界首

日麗風和，波平浪靜，癸酉春正元旦。是好時光，聽一片鉦聲亂。舟行處，夾岸茅簷，雙扉半掩，桃符換。愛兒童，逐隊嬉游，彩衣爭著引人看。　　中懷近日難遣，放眼東南大局，江湖身倦。對此茫茫，樂事讓渠行遍。怪少年，一樣心情，回頭驀地，光陰短。向陽平，且賞陽和，酌金尊酒滿。

其　二

汶上旅，夜雨即事有贈。

十七年華，劉家妹小，試把名兒偷數。只解行雲，羅襪淺凌波素。便息嫣，無語魂消，誤認作，緋桃盈樹。甚思鄉，夢影迷離，巫山高處暮行雨。　　太守多情如許，疑是前身玉局，朝雲携取。欲侍才人，又被亂鶯爭妒。屬卿卿，消受春風，等郎歸，作楊枝主。好姻緣，成就今宵，謝披衣玉女。

其　三　茌平贈雛妓

綠暗紅稀，東風懶舉，當作晚春時候。宿鳥群飛，忽改調新聲奏。看早鶯，遷向高枝，把一串，珠流檀口。鎮慇痴喚起閨情，登樓人，怕折楊柳。　　却是暖調纖手，只四條弦子上，教人消受。走遍風塵，總落奈何天後，怪他生小，不知愁，數金錢，替掀雙袖。有餘音，儘繞梁間，算清歌侑酒。

其　四

登臨川擬峴臺，敬瞻曾文正公粟主並公手書南豐序。

一笑登臨，烽煙早靖，城郭人民如故。遥想當年，相國督師親駐。整軍暇，憑眺山川，更携取，羊公賓侶。看今番，緩帶輕裘，長江指顧收樓櫓。　　文章也勝子固，説甚裴君政績，抽毫重序。墨瀋淋漓，競把碧紗籠護。是奇人，天與風流，問墮淚，一碑何處。中興功，總過三分，拜龕中木主。

喜遷鶯　索舊稿寄昭如

秀才文字。是一片心肝，莫輕拋棄。十載哦成，連篇寫就，此事解人無幾。爲有左家阿妹，閨閣居然名士。恰知我，儘搜羅古錦，詩囊親製。

珍秘。都當作，長爪郎君，尚在人間世。詠絮庭前，扁舟送別，强半舊吟忘記。小住景州城北，勾起浪仙前事。想剩稿，恐推敲未穩，煩君遥寄。

摸魚兒 寓齋夜坐感事聞歌

鎮思量，錦官城外，燕鶯啼滿春色。携壺醉倒青羊市，醒過荷花生日。頻結客。巾扇桂湖來。近水鋪歌席。天香露裹。又子落湖心，梅梢信早，探向少陵宅。　　傷今夕。何處鄉園雅集，偏他寒意蕭瑟。鐙紅酒綠尋常有，奈被兩層城隔。愁倍劇，歡喜地，算來總變清涼國。櫻桃誤摘。正欲夢還家，拋除綺思，鄰壁一聲笛。

高陽臺 《酒闌賦》贈德化程曉川元昌

笑指長安，紅塵十丈，選人隊裏逢君。置酒歡呼，醉來疑假疑真，大孤山畔分飛處，也同他，征雁離群。問閑雲，出岫何心，忍別柴門。三年苦憶還相見，便徵歌選笑，隨處留髠。北地風寒，可堪瘦骨長貧。憑君細述從軍樂，奈阿蒙，久不能軍。再休論，花滿芳園，月滿芳尊。

念奴嬌

喜晤武抑齋，賦贈。

故鄉何處，喜故人相見，拋除離恨。握手纏綿纔數語，又把牢愁勾引。君上春官，我隨秋賦，已隔雲泥分。鬚眉如許，風塵中有誰認。休論。碣石題詩，燕臺縱酒，意氣空悲憤。試數家園多少事，一任平安無信。月滿南樓，遥憐兒女，苦被青衫困。且因君笑，蓬萊望裏將近。

其　二 羅麗生屬題《美人把鏡圖》

問卿何事，對青銅細細，勻成嬌面。任説朱顏長美好，没個檀奴偷看。淺鬢鴉堆，淡眉蛾掃，畢竟教誰管。者般情況，自家都合難遣。那解。就裏風流，盈盈一水，慣將雙瞳翦。我愛卿卿卿愛我，悄地沉吟多遍。坐怕花羞，眠防蝶妒，争把全身現。肥環輕薄，小名休誤同喚。

蝶戀花 憶昨

天半朱霞驚乍見。旖旎風流，眼角含嬌盼。問姓便將儂姓喚。争禁得者般溫婉。　　小坐餘芬都不散。靄靄春雲，慣逐東風轉。只惜芳名生小擅。宵深忍病陪歡宴。

其　二

雅俗憐渠都得半。撥盡檀槽，又把絲桐按。彈到仙翁腸欲斷。臨風肯逐霓裳伴。　　艾艾期期聽總慣。喜遇知音，一鳳當筵喚。莫道登場歌婉轉。青衫濕透紅顏浣。

其　三

喜是杏林春日燕。個甚憨痴，解捧雲郎硯。袖底芬芳渾不辨。偎肩故故防人看。　　一笑登場妝束換。酒後茶餘，却又清談慣。別樣聰明流到眼。十三年紀今剛滿。

其　四

記得歌場剛一見。秀人眉峰，更瘦腰輕倩。儂爲情痴應趁願。宵深强便持箋喚。　　亦有悶懷難自遣。誰分琴徽，中道鵾弦斷。無限花飛春不管。重歡已是離亭宴。

其　五

生怕秋深花事短。漏泄春光，幻作紅襟燕。削額髮垂剛不掩。朱唇小結櫻桃半。　　道是蕊珠仙被譴。絮語呢喃，妒煞新鶯囀。嫋娜妝成偏汝慣。儘呼醋醋將誰怨。

其　六

玉笛悠揚聲不斷。順口歌成，愛個兒清婉。窄袖短衣妝束慣。登樓忽露紅妝面。　　一體靈貍誰解辨。綺麗叢中，且把胡琴亂。只是從人邀拇戰。當筵依舊豪情見。

惜黃花 題友人《勘書圖》

先生休矣。底須如此。儘埋頭，把陳編，又重翻起。書已誤人多，筆誤尋常耳。管落葉，打窗聲碎。　從來名士。未除習氣。問誰能，攫金錢，不談文字。魚魯試參詳，纔識詩書味。但莫誤，古今圖史。

712 ## 金縷曲

赴都謁選福五兄師，以詞贈行，謹次元韻。

此責真難釋。痛無端，靈椿樹殞，把孤雛擲。身世艱危多少事，何止微名未獲。誰宦海，還思游歷。只爲慈烏須反哺，況荊花，更值田家厄。拌倦鳥，奪空翮。　光陰已後看看迫。最撩人，男錢女布，不眠終夕。未必弦歌夫子笑，悔遣胡笳亂拍。剩愷惻，長縈胸膈。儻許河陽花早種，儘先人治譜能追憶。吾去也，意何極。

其　二

韓城縣署花木，大都予所種植，去未三載，十無一存，竹菊根荄胥絕。悼嘆良深，春正二日，又值亡兒承吳生辰，巡署一周，感成斯闋。

去不多時也。怪更番，種花客到，果何爲者。滿塢綠雲都鏟盡，孤負蟾輝朗瀉。休再問，蓮塘葡架。木假山頭蒼蘚沍，甚春深，也作神龍化。官署裏，信傳舍。　重來是事堪悲詫。縱花竹，無情鮮恨，離憂端惹。剩有白丁香兩院，一樣含苞月下。行聽徹，杜鵑啼罷。應否故鄉枝上血，喚人歸遥向長安灑。還獨自，酒杯把。

尉遲杯 有贈

甚心情。者時節，更有花事興。當場顧影娉婷。渾未到十三齡。尊前試携取，愛個兒，素口淺含櫻。伴誤認，春燕重來，向人嬌語生生。
我已舊夢都醒。問禪心泥絮，撲打何曾。一縷柔絲偏惹恨，幾番橫笛暗飛聲。怪無端，天與風流，任何哉，絕倒亂呼傖。便從此，爛醉芳叢，不須聽説飄零。

倦尋芳

四月二日，偕仲錫出永寧門至興善寺，看牡丹感成。

逼人富貴，誰料繁華，一例消歇。好景元多，草草過將三月。柳煙輕，梨雲瘦，十分醖釀堆香雪。甚嫣紅，更勻成粉面，故增妍絶。　　怪遲去，東風吹老，黛暈脂痕，何處生活。剩得將離，獨自吐苞春末。唄鼓經魚都寂寞，滿庭麥穟無僧捋。不如歸，把蓉城，舊游同説。

（以上詞録自《聊園詩詞存》）

秦代馨

秦代馨（生卒年不詳），字薦香，一作劍湘，合州（今重慶合川區）人。同治六年（1867）優貢生。卒年二十七。著有《薦香遺稿》。

714 醉春風

遠樹綠成幄。修篁青入閣。十分春色一分無，錯。錯。錯。柳約花期，燕昏鶯曉，等閑拋却。　　鳥向枝頭說。也似尋春脚。痴心欲倩換歸來，莫。莫。莫。芳草青時，落花紅外，山光如昨。

其　二

白看柳絮揚。紅認桃花漲。過眼韶光又一年，想。想。想。芳草粘天，落花滿地，夕陽原上。　　嫩寒春醞釀。舊愁時蕩漾。燈花一夜結不成，悵。悵。悵。詩外嘗愁，酒邊尋夢，人同影兩。

薄　倖　慰荷詞

一番離聚。竟閃得，秋光無主。自別後，玉容蕉萃，鏡裏鉛華羞御。到而今，兩地西風，何心再展凌波步。嘆故我重來，舊游不再，珠露但拋淚雨。　　亦識故人來否，知不惜，幽芳暫吐。怕乍逢還別，紅衣褪盡，一腔幽怨無從訴。道花心苦。願媧皇再世，搏花共我成黃土。那時玉井，銷盡離愁無數。

鳳凰臺上憶吹簫　送別周子鑒

明月無情，罡風太惡，一時並到離筵。嘆楊花別苦，蘋梗留難。同住鷓鴣聲裏，行不得，喚綠春山。何堪我，客中送客，年復一年。　　綿綿。離情似繭，被驛路風繅，千里猶連。況征帆未發，尚共盤桓。生怕愁驚鳥語，將進酒，近闌干。偏偏裏，猛聽人道，今夜月圓。

卜算子

何處杜鵑聲，人在深深院。乾坤能有幾多寬，被春愁塞滿。 春夢似飛花，忒自無拘管。隨風一夜遍天涯，不識天涯遠。

荆州亭 十五夜月

天净一方卵色。星點數行珠列。雲軟不成膠，難粘住當頭月。 今夜圓從金闕。有時還如玉瑰。鑿破有情天，補不了明宵缺。

霜天曉角

綠窗又黑。貯愁腸太窄。等得燕兒到後，把闌干，□倚熱。 天吝今宵月。人悔昔年別。欲將此情緘與，重開又，還重折。

醉花陰

燕外黄昏鶯外曉。綠盡閑庭草。天只是無情，忽雨忽晴，做弄得春老。 園林剩有春多少。又謝荼蘼了。便是不知愁，花落酒醒，無奈愁知道。

踏莎行

春色難留，春光莫丐。梢頭剩有些兒在。花自無情戀舊枝，拾花故把流鶯怪。 淚粉彈珠，腰圍减帶。輕寒乍退情無賴。夕陽已自可憐紅，銷魂更在夕陽外。

其 二

餳市停簫，社田罷鼓。瑣窗强自調鸚鵡。帘前一霎酒旄風，人共落花俱不語。 湊綠成煙，敲紅做雨。那堪杜宇聲聲苦。將晴又雨雨還晴，春歸天也似無主。

滿江紅

過了花朝，春只欠，三分之一。看芳草，剗地曲青，連天薰碧。江山敞開詩世界，燕鶯漏盡春消息。亂陰晴，釘餖百花天，風無力。　　山萬疊，青亂立。桃千樹，紅垂泣。道催花妒雨，天公不必。南浦波生人渺渺，東風夜人春寂寂。到頭來，閑愁似柳絲，密如織。

燕山亭　雨聲

密密紛紛，冷冷淒淒，驀地將春斷送。一陣悠揚，一陣蕭疏，做出許多神勇。落盡荼蘼，猶自向，園林放縱。無用。便明月多情，天教虛空。　　千點萬點風飄，到日暮幾曾，許人成夢。雲是無心，天如有耳，何至通宵簸弄。如此淒凉，問滋味，者番誰共。珍重。記明歲，芭蕉莫種。

賀聖朝　別意

花飛紅雨胭脂落。又負今年約。一番春色一番休，憑地東風惡。那回相見，而今何處，夢醒天涯各。捲簾忽見燕雙歸，怨楊花飄泊。

其　二

明月無人深院鎖。熟盡櫻桃顆。消愁除是夢留人，鳥語夢還破。當時林麓，排紅比翠，都沒些幾個。便燕鶯也費疑猜，況是多情我。

琴調相思引

未得尋春忽送春。便無杜字也愁人。不如歸去，況又一聲聲。　　楊柳門前花一尺，芙蓉天外月三分。楝花飛盡，猶自為花晴。

其　二　春閨

罘罳六曲障龜紗。侍兒斟過雨前茶。鞦韆高挂，一半綠楊遮。　　笑唾紅綾拾蛺蝶，時揎翠袖捉楊花。桐陰小憩，坐到草茵凹。

西江月

過隙駒同逝水，當頭鵲噪晚風。懷人心事雨聲中，一春長被鵲哄。
消得門庭寂寞，有時衾枕朦朧。趾離世界太匆匆，是夢不如無夢。

唐多令　閨情

風雨樹花雛。韶華看看休。乍添衣，薰罷香篝。簾幕重重欄十二，闌
不住，許多愁。　　庭院鳥鉤輈。日長倦倚樓。忍春寒，卷上簾鉤。欲打
流鶯教起去，拾花片，不肯揉。

點絳唇

記得春來，東風吹處枝枝綉。猶恐春瘦。添個鶯兒凑。　　如此多
情，便合長相守。偏又難久。燕傔鶯傯。春解憶人否。

御街行　詠燕

香泥重壘去年閣。春未老，情如昨。闌干花暖日初長，嬌語傳將雛
學。夕陽門巷，曉風楊柳，對坐杏梁説。　　身輕不共飛花角。綺羅陌，
往來數。每為借巢問主人，底事依人命薄。羽毛秋健，紫薇影裏，辭海棠
院落。

桃源憶故人

韶華閱盡心情懶。放了春光一半。十二湘簾齊捲。柳外東風軟。
海棠已預東君選。低亞闌干紅短。滿地落花誰管。心和芳草遠。
（以上詞録自《薦香遺稿》）

林毓麟

林毓麟（1841—1891），字濤如，號韻秋，華陽（今屬成都市）人。少厭科舉，博涉載籍，晚好釋氏書，惟與數高僧往來。著有《澹秋集》。

阮郎歸　小園夜月

小園情絕夜分時。敲門過客稀。明蟾有意把人窺。當樓故故遲。桐露重，柳煙低。畫橋影半敧。輕涼不管上秋衣。欲眠未忍歸。

鳳凰臺上憶吹簫　秋海棠

涼夢初回，新吟未就，開簾小步庭磚。看綠垂砌畔，紅暈階前。絕肖誰家少女，斜立處似畫如仙。渾忘却，風飄翠袖，露濕珠鈿。　堪憐，秋光叢裏，一種痴情，占此春先。恰籠輕霧，低鎖微煙。試問梅花，知道否，快辦妝錢。還休教，挨殘歲月，錯過姻緣。

金縷曲　題闇滋庵茂才悼亡詩後

滿紙凄涼意。是秋來，離鸞別曲，斷鴻哀思。天上人間何處覓，莫怪潘郎憔悴。貴海誓山盟輕世。幾度吟成應悵絕，對妝臺，忍失雙眉翠。湘管下，愁先寄。　傷神我亦曾親制。最難堪，香閨悄掩，總帷深閉。誦到低言無奈句，宛轉分飛血淚。多只怕，心肝都碎。漫說招魂能有術，嘆蓬萊縹緲渾無際。隔世約，知誰遂。

賀新郎　戲調闇滋庵續娶

最好眠香室。趁輕寒，煙微霧淡，貯藏佳質。鴛帳溶溶歡不淺，真個名華第一。携玉手，妝臺小立。細剔銀缸悄地揣，待平章費東君力。巫峽夢，何如昔。　檀郎雅有凌雲筆。料夜來，催妝早就，定情新集。試擘鸞箋分一覰，略露春風消息。切莫被，雙鬟探得。恐惹玉人憎春，薄發嬌嗔，怎比雙飛翼。準比着，黃金縢。

翠樓吟　王也樵大令索題《春色桃花卷子》

顧影生寒，無言欲笑，那是三春風味。偏冰綃半幅，恰描出，者般奇異。晶瑩穠麗。似薄醉斜攲，琉璃輕蔽。渾難記。不知溪上，怎能回避。

尚記。冒冷天街，覓舊游新賞，小窗深閉。趁詩狂酒渴，聊揮灑，徐黃佳技。相思堪寄。試一度披來，恍然前會。凝眸來。莫教梁畔，燕泥飄墜。

驀山溪

嬌鶯雛燕，綺閣餘春晝。憨絕未知愁，恰十五，盈盈時候。斜攲小坐，採映玉雙雙，妝初就。影俱瘦。自是天然秀。　　停針擱綉，急切開簾後。底事縮芳心，柳如昔，夭桃似舊。紅香綠豐，無那最難拋，秋波溜。寒添袖。冷盡金猊獸。

（以上詞録自《澹秋集》）

陳配德

陳配德（生卒年不詳），字星伯，郫縣（今四川省郫都區）人。

惜秋華

乙亥重陽，虞山望海樓登高，倏見夭桃一株，倩妝凄絕，越日至兆豐園，則櫻花艷發，若不勝情。回憶十年前秋杪，漫歷扶桑，曾遘兹遇，比歲客舊京，亦感於稷園牡丹不以時放，氣數之變，有渺乎其不可析者。依夢窗韻，爲賦二解。

舊訪仙源，誤芳時，怯訊南雲歸雁。寄意故叢，銷魂最憐秋晚。登樓乍豁吟眸，望海國，煙嵐舒卷。深淺。話滄桑，淚波盈盈一綫。　　指點上林苑。問滇渤鯨牙，待教誰翦。零落盡，漫付與，幾回腸斷。東風奈不重來，礙倚闌，恨蕚偷展。還勸。聽啼鵑，武陵江岸。

（録自《國學論衡》1935 年第 6 期）

東風第一枝　臘八前適新曆改歲，梅溪韻

臘鼓催年，霜鐘警夜，青衫夢遍塵土。鬢華空換千樽，淚眼倦看萬户。官梅驛柳，望不見，行人來處。聽玉關，一曲銷魂，啼損舞衣金縷。吟未定，渡河舊句。腸欲斷，天涯情緒。漫悲酒黯生平，解惜歲寒俊侶。江山如此，待消與，番番風雨。又誤了隔歲歸期，莫便塞鴻飛去。

（録自《詩經》1936 年第 1 卷第 6 期）

李超瓊

　　李超瓊（1846—1909），初名朝昱，字紫璈，號藤軒，五十歲後更字惕夫，合江人。光緒五年（1879）舉人，歷官溧陽、元和、上海、長洲等地知縣。宣統元年卒，年六十四。著有《鴻城集》《石船居剩稿》《詩餘剩稿》等。

一落索　喜雨作，用周邦彥韻

　　滌盡炎歊潦苦。頑雲未去。夢回檐溜尚瀟瀟，更喜聽，蕉窗雨。想像溪橋村樹。堪描絹素。新秧插遍綠盈畦，料定有，歡歌處。

其　二　疊前韻

　　節候瓜生菜苦。燕飛來去。鳩聲喚破隔林煙，正釀足，黃梅雨。滿郭青山碧樹。誰傳尺素。招邀笠屐看溪雲，共立向，橫橋處。

訴衷情近　晚眺有懷

　　晚涼氣爽，小立斜陽影裏。青搖細蔓含風，紅泫孤花上露。還見香鬚粉翅，兩兩春駒，結隊深叢去。　　孤煙處。隱隱雲峰無數。四圍山色，翠靄都凝住。天將暮。遠鐘過了，可人有約，至今遲誤。怎得傾情素。

沁園春　和子緩韻

　　帕首靴刀，十載遼陽，寧非快哉。笑文章無用，怕傷長吉，神仙難遇，未訪方回。腰折先生，眉攢道士，九年蹀躞姑蘇臺。更何人，肯臨風索韻，趁月傳杯。　　豪英有約同來。喜春雪山茶紅漸開。問京華望斷，還依北斗，家山夢去，可到離堆。轅馬案螢，酒龍詩虎，且學江城賦落梅。關心事，盼銀河倒瀉，共我徘徊。

蝶戀花

殘暑如煙吹不盡。月轉空廊，攬夢蚊成陣。臥冷花陰情似困。無端紕扇牽芳恨。　　欲覓仙槎無處問。幾度星期，望斷青鸞信。蠟淚難銷心一寸。屏山轉遠天涯近。

其 二

三面闌干都倚遍。十二瓊樓，夜夜金尊宴。銀燭紅窗題畫扇。銀蟾頗似今宵練。　　去日桃花門裏面。一晌沉吟，稀罕平生見。幾寸柔腸愁萬轉。但將紅淚銷恩怨。

其 三

拳鵲和蛩催漏晚。風掠藤梢，簾影分深淺。月又將圓人尚遠。空憐淚眼斜陽滿。　　空際雲軿勞望斷。最易天明，偏是眠時短。冰簟銀牀情緒亂。坐聽銀箭隨更換。

其 四

千里音塵還省記。見面偏難，見月還容易。苦惜清輝長不睡。離魂飛過遙峰翠。　　步繞回闌看卍字。暗握柔荑，密裏傳芳意。莫管姮娥成錯計。桂花那見盈盈淚。

其 五

留得彩雲長不去。待到團圞，深拜無人處。舊夢重尋知未許。怪他好夢飄風雨。　　虛室尚牽情萬縷。略惹纏綿，愁更渾無緒。曾約星期偏自誤。而今怎怨天涯路。

其 六

幾陣啼烏驚遠樹。九曲紅闌，都是心頭路。宛轉情絲歸一杼。流黃莫照分攜處。　　香印成灰仍結縷。燈外銀蟾，不管孤燈苦。已識舊歡成墜緒。雲箋且費霜毫露。

其 七

欲下疏簾還又住。別易銷魂，夢裏愁相遇。極目長空時已暮。填橋鵲未銀河去。　　更念流紅花外路。畫舫簫聲，有客傳幽素。白露霑衣霜滿渡。回橈都是傷心處。

其 八

翠羽還迷花下路。怪底重來，莫見當時遇。雙照淚痕知幾處。芳心總被秋風誤。　　錦雁何曾傳尺素。來日思量，醒醉全無據。願摘藕絲抽繭緒。憑伊繫上冰弦柱。

醉花間　枕上聽雨作

小院淒清寒漏苦，孤眠還聽雨。蕉葉隔窗櫺，滴碎閑情緒。　　愁方隨夢去。淅瀝驚何處。鐙殘人自語。譙門更靜，半篆香散，鴉啼天欲曙。

浪淘沙慢

得遼友書感賦，即步子綏，用清真韻。

憶舊日，游蹤遠度，萬里霜迹。燕草春深未綠，龍沙雨過更碧。見八月，胡天飛雪白。最易撩，蚤暮鄉心，是數聲楊柳怨羌笛。憔悴去時色。　　脉脉。壯懷怎肯消釋。任鞍馬，髀肉都磨盡，還作遼陽客。更鴨江東渡，鴻泥留迹。世情易變，名利路，險比羊腸尤窄。何事逐，風塵無計，抽身與，家山久隔。驀回數，邊城幾巷陌。嘆故舊盡矣，燕雲曠望極。相思怕聽胡笳拍。

（以上詞錄自《石船居剩稿》）

張慎儀

張慎儀（1846—1921），字淑威，號芊圃，成都人。著有《今悔庵詞》等。

摸魚兒 晚春詞

經幾番，雨絲風片，東皇無意留戀。惜春灑盡青鵑淚，誰道黃鶯能勸。勞繾綣。畢竟是，夭桃穠李難重現。春情太短。只賺得零星，濕紅墜粉，鎮日寫幽怨。　　春夢亂。夢繞畫闌千遍，只愁春去無伴。遲回將酒花前餞，那不使人淒斷。東風懶，吹不散，游絲反被游絲罥。仙軺且緩，待絕代才人，鈎心鬥角，撰出春歸卷。

其二 凌雲話別，和胡玉津韻

理征鞭，又將去也，驪歌唱得聲破。別懷根觸渾無俚，況又自傷軫軻。生憾著。問此去，青衫更有誰知我。欲留未可。且落葉扁舟，聯吟拌醉，悵玉津漁火。　　記傾蓋。正是那時雪墮，歲華還慮虛過。嵐邊行榼花間屨，準備嬉游最妥。君戀麼，便風絮，浪萍淒悄荒郵左。明年春娜，有殘月曉風，蘆溝楊柳，尋夢正無那。

其三

乙巳春選兒偕玉潤田赴都，輪船至南通州失火，兒沒於水，予適臥病，驚聞靈耗，既傷逝者，亦行自念也。

誤浮榮，乘槎東去，風來與火相引。百年奇劫今一遇，可是數由前定。怕重省。怪五百，舟人也者般同命。水天暝暝。何處去招魂，魂兮歸否，試向巫陽問。　　支病枕。我已忡忡愁損，那堪更耐哀哽。回思臨別丁寧再，總說歸期早訂。心耿耿，盼不到，錦還盼到騎鯨信。聰明不幸，私懺汝他生，貞貞徯福，補今生遺恨。

其四 和鄧華溪、方鶴叟自壽詞

兩詞仙，後先初度，餞秋纔過幾日。秋花秋柳今猶健，想像泉明丰格。曾親見。錦綉好，江山忽變狉榛俗。愁添白髮。每星晚霜晨，把年時事，向索郎重説。　　休太息。輕負林栖歲月，清閑終是難得。好精著述名山業，殊與塵勞有別。強自懍，聚洛社，耆英自壽詞先拍。各歌一闋，盡白雪陽春，興高采烈，欲擊唾壺缺。

水龍吟

游薛濤井，尋桃花林墓不得。

可憐最是嬋娟，遭時淪落如蓬梗。過庭續句，竟成讖語，何堪追省。十色鸞箋，七弦雁柱，閑情自領。算愛才不少，騷人墨客，終莫慰，青樓恨。　　去錦城東差近，是太和，薛濤古井。五雲深處，昌蒲一碧，蕭蕭搖暝。訪古人來，登高憑吊，傷心薄倖。問桃林何在，年年杜宇，只餘悲哽。

其 二　游城北蕭寺

携尊欲上層樓，曲廊深掩疑無路。那知姑射，詞人三四，居然占據。我自消閑，隨緣最好，何勞相妒。只荒凉池館，衰菱壞芰，也算得，賞心處。　　經過重重殿宇，好一似，夢中曾住。幾絲垂柳，幾竿修竹，扶蘇如故。五十三參，逢僧一笑，拈花頓悟。羨蒲團坐破，壺天小隱，暫游仙去。

其 三　殘菊

夕陽紅褪秋痕，枝枝低壓閑階重。芳心幾度，暗中偷減，愁來補空。徑曲漸蕪，籬欹欲斷，不堪調弄。悵晚香幽獨，白衣人杳，陶情酒，誰爲送。　　叢額新寒早中，到小春，猶含餘凍。捲簾花瘦，尖風吹過，似聞凄諷。寄語枯螢，倦蜂痴蝶，謾尋香夢。待落英留與，歲寒三友，一充清供。

其 四　漁蓑

夫須碎織成蓑，鳴榔去釣西巖下。添將葛屨，配將蒻笠，短竿自把。轉過灘頭，又尋沙觜，蕭然整暇。趁滿天荻絮，滿身煙霧，邀幾個，鷗鷺話。　欸乃一聲歸也，穿浪花，引船入汉。解衣槃薄，裁青補翠，亂堆篷罅。曬月眠雲，消閑誰共，但憑老瓦。奈賣魚市散，無錢沽酒，藉伊償價。

臺城路　感秋詞

待涼小立鞦韆外，爭如舊年秋態。怕説秋來，還愁秋去，可是秋心無賴。賞秋至再。費忙裏秋吟，枉嬰秋痗。好疊秋箋，和他秋露寫餘慨。

問秋今尚餘幾，又重番秋雨，把秋揉碎。花詫秋魔，月嗟秋蝕，醖釀秋情如醉。秋蟲苦吠。似對我悲秋，淒然秋籟。秋夢支離，恨秋宵無睡。

其　二　哀張紫帆

芙洲與共停吟屐，落拓客懷難遣。選勝評棋，買春敲韻，消去旅愁何限。浪游已倦。又敗笠衝寒，殘陽策蹇。萬里蠻荒，鄉心怎禁悲蘆管。

俊才信多命舛，甚繞枝軋軋，昏鴉破卵。腸斷鬌雲，心驚瘴雨，都入牛腰行卷。鬢絲搔短。悔病誤相如，茂陵秋晚。淒絕天西，剩方諸淚滿。

薄　倖

女士賀雙卿，才貌清絶，詩詞娟秀，誤嫁農人，備嘗艱苦。史悟岡《西青散記》述其崖略，讀之淒黯。

綃山閨媛。有如此，錦心繡口。造物忌才成慣例，怎得雀屏嘉偶。任憑伊，餉黍浣衣，遂令人比梅花瘦。把炯炯痴情，鰥鰥私恨，和淚寫詞多首。　自唱了隨鴉曲，應合與鴉相厮守。信畫樓金屋，謫仙無分，欲銷魔焰誰能救。事喧皖右。付西青妙筆，便傳芳澤千秋後。魂兮知否。莫悔青春虛負。

賀新涼

壬申季夏客居邛廨，蕉窗送雨，煩襟灑然，張紫帆枉存，同賦此解。

身世如藻寄。被炎風，吹來此住，飽參涼意。一桁蝦鬚鈎上未，人坐午陰疏際。細點檢，蘭煤檀粹。借取金猊熏最好，裊煙痕，篆作回文字。驀一陣，妙香遞。　　瀟瀟夜雨聲淒戾。倚胡牀，睡魔未穩，客心先碎。海樣深愁都攪起，贏得泛瀾清淚。只羨煞，買山引退。築個團瓢書可讀，却此生長在清涼地。勝今日，惜憔悴。

滿江紅　題胡雪漁山水畫

畫裏卜居，消不盡，尋常風月。還暇日，呼鄰聚話，茶凹酒凸。殘雨過林雲不定，霽虹落澗日將没。有前頭，觀瀑野人來，飛雙舄。　　古刹外，榕陰闊。短亭外，杉陰窄。又渡旁村店，酒旗盈幅。淼淼江流回幾曲，巉巉石磴盤千折。似莽蒼，三百里嘉陵，雪漁筆。

其　二　磷火

鬼馬風旋，驀然見，磷光萬斛。似點點，星星螢火，風中起伏。狐拜斷碑殘月冷，鴟巢古木頹煙緑。忽翻空，攪起祈營聲，髑髏逐。　　有幾隊，在楓隩。有幾隊，在藤谷。有幾隊來去，速如轉轂。游戲不勞韓愈送，回羝怕被鍾馗捉。聽啾啾，群唱鮑家詩，歌代哭。

其　三　題《讀書秋樹根圖》

渲染新圖，猶略有，孟家風味。弈局久，荒琴不御，蟫籤重理，静對盆蘭花氣襲。倦依籬豆茶香遞，正風吹，落葉似翻書。可人意。　　朝讀向，秋陰底。暮讀向，秋聲裏。分剛日柔日，讀經讀史。疑義偶通開口笑，訛文隨訂從頭記。指天邊，雁字一行行，誰編次。

解連環①

春晴騎宕。愛雜花生樹，香隨路轉。爲探幽，來訪茆庵，正藜杖泥鬆，芒鞋塵軟。百級巖根，幸腰脚，自來清健。拜一十六丈。古佛金容，達摩羅漢。　　惜惜禪房晝掩。在薜蘿深處，有碑漫漶。取幾多，拴帚棕毛，且揩蘚披嵐，搜尋殘篆。迤坐梵樓，面山展宴，嘗齋饌。欲歸也蒲牢

---

① 此詞有長序，限於篇幅，未録。

乍吼，暮煙撩亂。

金縷衣　別友

同是東川客。又誰知，臨滄祖餞，轉勞惜別。買得短艐沙岸艤，恰好波添數尺。最無那，風前鐵笛。吹徹碧空雲寸裂。看垂楊，也帶愁顏色。龍鍾淚，我先滴。　如今旅況真蕭瑟。憶相逢，鬥茶説餅，荷晨菊夕。僂指西遲才幾日，又屆落紅春寂。慨携手，河梁贈策。一紙家書修未得，報平安幸代傳萍迹。歸期在，橘涂月。

大酺　留別王子楚

那斷鴻聲，寒蟲語，惱煞蕭齋孤客。雲山重疊處，悵年年羈旅，梗蓬蹤迹。潘鬢稀疏，沈腰清減，消受橋霜店月。今番歸期卜，正梅花夾路，一鞭得得。嘆羞澀空囊，蒼涼短劍，萬般凄惻。　征輪前暫歇。便與君，解構同朝夕。還記取，篝鐙説鬼，煮茗論花，託新知，渾如舊識。無奈又輕別，別俊侶，情傷今昔。計此後鶺枝，借未知。南北驛使，天涯如遇。尺藤幸通積臆。

滿庭霜

題雪竹畫幀，爲崔劭方作。

薄日栖寒，朔焱攬夢，滿階枯翠冥冥。暮鴉盤未，空際了無聲。霏過一回晴雪，瘦筠蕭，槭也愁醒。憶琴外，玉梅同調，寄語細丁寧。　倚闌。人去後，枝搖瓊屑，冷透疏櫺。問平安誰報，依舊亭亭。橫抹蒼寒不斷，儘幽絶，好繪丹青。增惆悵，春風鸞尾，知更愴吟情。

憶江南　建南雜詠

建南好，乘興躡青行。蟲果儈榷村有市，蠟花開遍廟無靈。春會記分明。

其 二

建南好，北望海冥濛。蜃氣曉團雲百色，蛟雷晝激雹千峰。光怪一重重。

其 三

建南好，危閣綠陰中。淺水稻田尋蛤菜，夕陽杉路採鷄塅。載酒醉秋風。

其 四

建南好，別有一乾坤。涼靄不妨花醃馤，嚴飆翻助草精神。冬意略如春。

其 五 漁家樂

漁家樂，生小便浮家。野岸曉風迎鷁艇，紫潭春漲試魚叉。處處有桃花。

其 六

漁家樂，遠住碧雲村。千頃荷香薰午夢，一繩棕網挂當門。菰飯聚兒孫。

其 七

漁家樂，織罟自營生。霜市賣鱸新論價，煙篷擘蟹漫調羹。依夕起歌聲。

其 八

漁家樂，風水好相逢。罶略斷流分荇界，蓑衣冒雪釣蘆中。謀飲憶郵筒。

其 九 田家樂

田家樂，櫟社話鄉情，笅卜豐年魚入夢，春融綺甸鳥催耕。天氣半陰晴。

其一〇

田家樂，日日飽三餐。繰繭車翻收麥後，薅秧鼓打落梅天。無事不平安。

其一一

田家樂，自擬葛懷民。菊釀瓦瓶釃白酒，稻香秋壟曝黃雲。婚嫁洽爲鄰。

其一二

田家樂，歲晚務閑居。戲習大儺驅疫鬼，多藏舊曆當農書。饋歲有寒葅。

南　浦

送姚曉林入都，用《山中白雲譜》。

客意太闌珊，驀飛來，天棘枝頭啼鳥。啼醒夢歸人，依稀似，報到不如歸好。旅緣未了，而今送客邛崍道。爲問天涯芳草處，多管是愁根繞。

何須商酌前程，者謝草江花，綺年才妙。九萬里，鵬搏扶搖上，眼底瀛州還小。相看莫笑。不才擬向煙波老。一葉青蛉蓑一領，分付蚤宵漚曉。

月下笛

聞葉汝諧談西湖訪友事，悵然賦此。用張玉田贈仇山村韻。

君自蠶叢，揚舲去訪，西泠詞友。竟慳聚首。懷人真令人瘦。東風吹醒參差夢，可吹得，春愁散否。任孤山一點，寒梅栖鶴，隔林招手。

雪後湖光舊。看蘇白堤邊，猶餘煙柳。畫船儘有。艷塵還問篙叟。靈襟莫謾傷枯寂，正可借，花天住久。算只我，太無緣，未到六橋載酒。

浣溪沙　送余詮卿歸雅郡

瑣尾流離廿四霜，年年送客在他鄉。峨嵹山色兩茫茫。　　驛柳依依如怨別，垂絲十丈繫斜陽。離情更比柳絲長。

其　二　和胡玉津韻

泣露荼蘼滿架香，香緣風綫入虛堂。引來醉蝶一雙雙。　　門外新霆驚蝶散，劇憐春色黯無光。愁城無處可相羊。

其　三

同室紛爭似戰場，不堪淚眼閱興亡。何如從此遯魚鄉。　　坐雨披星常落落，烹鮮煨酒自陽陽。釣竿閑搭在榑桑。

百字令　登凌雲絕頂

衣江江上，正層層蒼靄，翠嵐欲瀉。佛寺深藏蒼翠裏，別有留人小榭。泉急漱蘿，風回擺竹，清籟發巖罅。群漚驚起，遠隨帆影東下。　漁鄉權當驢場，相逢舊好，屢枉看山駕。山已租蝯樓寓鶴，也許吾仇暫假。稚飈吹羹，紺茄佐酒，薄醉消長夏。離枝紅處，一聲都了吟罷。

其　二　除夕守歲

寒消三九，甚江城爆竹，歲華草草。客邸光陰容易過，一過一番人老。燒燭檢書，呵冰滌硯，自遣閑懷抱。鄰家兒女，歡聲終夜翻倒。　明日怎又新年，料知淑氣，處處催黃鳥。應有暖風如我意，吹得官梅開早。寒具留賓，春椒逐頌，強作團欒笑。對花訴與，冰鬚添了多少。

其　三

鶯花無主，看百般紅紫，怎生愁苦。蜂蝶紛紛凋瘵盡，莫怪春無情意。憶否當年，杜鵑橋上，懺語曾重訴。危闌休倚，夕陽紅盡將暮。　謾道金粉樓臺，衣香人影，多少閑歌舞。樂極悲來曾一瞥，又變祆氛處處。狼顧鷹瞵，波譎雲詭，魂蕩蠱叢路。周遑鬼運，此愁那便銷去。

其 四

朽月苦雨，空負登高，展期十九，補作重陽。

黤靄騎月，悶懨懨使我，亂愁無際。佳節重陽愁裏過，消領枯禪滋味。栖雀驚寒，旅鴻送響，終夜不曾寐。禱晴應準，卜期再補秋禊。
補禊雖已嫌遲，笑歌隨意，也當西原會。簪菊佩萸仍故事，重整者番游屐。厨進壺飱，友聯園綺，一醉情應慰。憑高念遠，文通恨賦休寄。

其 五　消寒第三集宴閑園

柴門養痾，伴藥爐儘有，閑愁千疊。深感漁洋情誼重，亂後苦勞相憶。擁篲掃園，刈茅茜酒，賡續消寒集。欲題短柱，冰花冱硯如鐵。
詘計十五年前，曾觸此地，履印都磨滅。慘緑群英餘幾輩，放怫一回棋劫。古柏傲霜，修篁耐雪，猶識重來客。春光眴轉，相偕再話風月。

湘春夜月　瞿印山席上觀繩伎

忒殷勤，檐際一抹秋痕。引上金粟月娥，真個也銷魂。重整螺鬟波襪，向雁繩斜處，步碎羅雲。還疑是渡鳥，舞衣顛倒，如夢如塵。　　飛瓊伎與，回丸承溜，騁巧翻新。嘅此生涯，儘去來，飄同輕絮，點綴芳春。蹋歌和罷，了歡場，已過黃昏。驀又惹起，紅愁碧怨，有誰憐汝，只自温存。

慶清朝慢

秋初，崔劭方約同高澂蘭、余詮卿宴集高嫖峰。

螺外穿雲，蜆邊躡露，此身忽到高峰。憑臨萬景，微茫秋意浮空。知是昨宵雨過，添新凉好咽荷筒。怪道人，不知留客，打起疏鐘。　　前度清盟訂後，已星分苔袂，歇了游蹤。暄暌幾換，餘興翻又惺忪。遍訪石湖遺事，把吟情付與西風。久凝佇，濕磷飛散，雨又濛濛。

秋宵吟 蟋蟀

早凉天，天欲暝。藻井桐陰青冷。頹墙外，正機杼繰繰，做番凄景。一聲尖，一聲緊。只有離人怕聽。易添恨，恨渺渺予懷，天涯路梗。還問王孫，何自苦，悲秋成病。替螿絮雨，對蛩啼咽，有幾許情韻。都在夢初醒。傾耳驚心，更深人靜。最難忘，鴉髻兒時，籬落呼鐙弄霜影。

惜黄花慢 孤雁

淡淡湖天。只荻花千里，不似春鮮。自從孤另，怕拖秋色，那知羈苦偏在霜邊。悠悠夢冷瀟湘水，省往事，更許誰憐。問鴛鴦。幾生修到，良好因緣。　離群吊影凄然，剩襜褷碎羽，飛並何年。摩空警獵，趁風曳櫓蕭寥，最是遠塞荒煙。漫漫不見南歸路，縱歸去，恨也綿綿。倦欲眠。撇雲飄下菰田。

東風第一枝 次孫伯勃秋思韻

燭影搖魂，琴心寫怨，幽惊歷亂無緒。夢回月下清砧，書斷霜前碧樹。素心人遠，知更在，何時歡聚。且權把，寸寸相思，先付與雲歸處。　簾冪冪，殘花香膩。檐撲撲，碎玲風細。可憐爛錦華年，猶戀倉皇襖被。炎凉閱盡，有種種，新愁來去。問誰家龍竹蛬聲，吹起那人秋思。

念奴嬌

雷仲宣庚子感懷，次坡韻見示，依韻奉答。

青羊一變，又駸駸厄到，中原文物。八道狼氛連海角，破壞幽燕半壁。矗矗瓊樓，翁翁玉宇，高處寒如雪。躊躇四顧，可有回天英傑。也曾搔首問天，問天無語，孤憤憑何發。瑤草琪花亂成陣，怎不豪情都滅。三尺吳鉤，幾編樂府，俯仰悲霜髮。宵分人悄，忍看劍外殘月。

其 二 水亭觀白蓮

棠舟蘭槳，向銀塘蕩入，水雲深處。四面花光同一色，慣與鷺鷗爲
伍。纖佩喝煙，淡妝浣露。欲效霓裳舞。鬧紅不到，晚隨凉月同住。
仿佛仙子凌波，亭亭小立，含意愿無語。一陣野風吹欲墮，香泄水邊琳
宇。藕雪輕絲，筒薰冷酌，款客成佳趣。素鬟互唱，幾回消盡殘暑。

喜遷鶯 重九小飲丞相祠堂

重陽無雨。向別徑偵秋，靈祠載酒。滿地紫苔，半庭黃葉，掩映夕曛
如繡。不似少游風景，對此那堪回首。低回久，嘆惠陵古木，寒鴉依舊。
偕友。登高去，怳悵心情，問有人知否。落帽且嘲，採萸聊袚，已在
酒闌時候。思量一年一會，今日之游已殼。人散後，欲拈毫題壁，西風
正驟。

醉花陰 秋雨書悶

秋雨凄凄天欲暮。一滴一聲苦。捱坐到鐙昏，人已無憀，況近芭蕉
住。　慘白夫容開幾樹。不是遣愁處。愁是先秋來，秋老將歸，怎不先
秋去。

湘 月 早梅

雪天如醉，有明明滅滅，半林殘照。引得游蜂煞蘦亂，似訝東風太
早。瘦影扶春，媪香破凍，遣盡閑煩惱。萬緣俱静，願我與花長好。
絕憶錦里廢園，蠣牆低處，魂斷無昏曉。隔住鷺涇飛不去，清夢幾時纏
了。竹意相憐，松情自慰，遙索巡檐笑。綺窗客到，吮毫再續吟稿。

青玉案 讀《陳沅傳》

香輿粲粲迎簫鼓。薄命例，成風絮。錯嫁將軍如腐鼠。蓮花池裏，曇
花庵側，都是堪傷處。　文人好事摅滇故。曾訪五華爲沅敍。稗史已殘

無可補。前圓圓曲，後圓圓曲，乃付銀箏度。

其　二

無端春去閑花落。鶯飛過，鞦韆角。人倚鞦韆渾不覺。覺來無著，鄰鶯曾約，還去將春捉。　　驟寒饗晚顛風作。處處芳林同一虐。韶景輕拋真是錯。自傷遲暮，青衫如昨，有淚痕斑駁。

玉樓春　春盡日

一春寂寂春人惱。燕子來遲春已老。環庭芳草碧無痕，糝地落花紅莫掃。　　別離況味都嘗飽，怎奈又編離別稿。春蠶絲亦有窮時，獨怪情絲抽不了。

高陽臺

悼亡室人李蕙，字漱芬，歿於光緒丁未十二月二十四日。

枯柿翻風，殘梅濺雨，黃昏不住啼鴉。問卜瓊茅，酸辛知是今朝。卅年歡戚皆成幻，細思量，怎不魂銷。甚潘郎，皤然老矣，有涕如潮。逢逢臘鼓催年㕙，正鸞離珠鏡，鳳慘玉簫。杳杳泉臺，酒從何處來澆。痴情欲把哀弦訴，算哀弦，訴也無聊。儘鐙前，四卷楞伽，誦到深宵。

一叢花　梨花將謝漫賦

小園花事太匆匆。渾不見春紅。沉沉院落溶溶月，隔珠簾，一樣玲瓏。雅素不妝，穠華汰盡，悄倚粉牆東。　　冰魂飄泊尚留蹤。蝶意也都慵。重門雲護無人到，只詩情，息息相通。冷雪幾枝，餘香一綫，無語咒斜風。

瑣窗寒　花戶油窗

茜牖紗輕，碧櫺紙脆，不宜冬晚。爲翻新樣，添換琉璃片片。任信風，吹過重番，總疑遮著一層絹。只書牆暖日，玲瓏透影，硯冰能泮。

爛漫。供清玩。似雲母畫屏，花濃目眩。燕寢凝香，最便消寒瓊宴。縱周遭，掩映如雲，仍朗朗隔窗易辨。到春時，窗外桃開，好覷春人面。

其 二 消寒第四集

凍圻瓦淞，香溫爐篆，最宜朋酒。歲涂當丑，小聚槃科如斗。莫再譚，而今何世，而今猶是唐虞否？且相沿舊例，琴歌棋局，聯驪還又。

雅有。同岑友。染數點梅花，按圖數九。尖叉閑鬥，差與聚星爲偶。有許多，麗語清詞，歐蘇合鑄爲一手。付與他，畫壁旗亭，可流傳久久。

徵 招 雪意

迷濛天色和雲凍，凍破遥林松影。幾隊鳥拼飛，尚繞枝未定。晴光了無信。纔一抹，殘曛又暝。送到角聲，怎吹不散，霓寒成陣。　　甚市。遠愁沾，晚來也，欲飲一杯瓶罄。擎簡去徵詩，當髣花良醞。社盟原未冷。應不少，爪郎嘲詠。風正緊，獨自跦跦，在梅邊閑等。

邁陂塘 題《趙松雪煎茶圖》

悄芳園，松陰欲墜，疏疏頗適人意。旗槍摘向松陰裏，霑上一襟凉翠。閑無事，喚便了，來尋安銚支爐地。行行且止。任敲火石眉，調泉井底，趁著晚天霽。　　偶觸撥，莘草勞薪身世。因而於此愴憇。輕甌相對祛煩慮，想到槐南應悔。休也未。莫再戀，芬華久被囂塵累。披圖自哇。姑濯筆鈔經，焚香頌佛，更與鶴隨喜。

其 二 閏花朝宋芸子柬約宴游花市

甚閏餘，平分春色，花期分外明媚。暖風拂面香塵膩，寶馬鈿車成市。信多麗，與耆舊，同來疑入江南地。韶光彈指。計祝罷靈芬，月剛一匝，樂事又重舉。　　花叢裏，開遍深紅淺紫。此間最好諧戲。年年游迹都如夢，夢也無頭無尾。吾衰矣。剩老眼，看花不少傷春意。好春難再。今題竹哦松，更須盡興，莫負此良會。

齊天樂　葺蕝園粗完題壁

避囂小隱林深處，近在少城城畔。廡浼蟻營，屋煩蝸戴，題作慰蹉跎館。回廊涉遍。上樹杪茅茨，一揩倦眼。燕燕鶯鶯，自來自去誰拘管。

浮生莫慨蓬轉，者閑適風景，讓我先占。新綠最陰，頹紅閡馥，都與好懷相綰。塵緣隔斷。有兩版叢書，足供消遣。高臥北窗，覺羲皇未遠。

其　二

胡玉津邀同宋芸子、趙堯生、鄧華溪、鄧雨人、路金坡、江子愚宴集天倪閣賞白秋海棠。

當年曾訪凌雲去，小住海棠香國。轆轆井邊，鞦韆亭畔，簇簇疏花如雪。蕭晨蕙夕。剩清怨幾分，閑情一霎。春睡醒來，夢華破碎秋心仄。

光陰回首都幻，又古驪重締，飽看秋色。冷艷弄晴，素馨吹息，銷盡紅塵炎熱。無言脉脉。有籬豆吟蛩，伴伊幽寂。畫箔低垂，玉階涼露白。

其　三　壽呂字彬

翩翩濁世佳公子，無怪得名能早。撥亂多才，愛人以德，自是天人通曉。知音太少，惜海上成連，吝彈古調。冷落魚龍，黽蛙閣閣鬧津要。

葭吹春風到了，聽雙雙乾鵲，繞庭喧噪。漸入中和，驚紅駭綠，恰好歲星臨照。居然蓬島。定飯熟胡麻，果薦安棗。疊晉匏宣，祝使君壽考。

其　四

戊午九月同王詠齋、張子高仿行宋文潞公，丙午同甲會。

人生知己從來少，笑我交游更寡。況是衰齡，適丁危季，同甲問誰屬馬。天緣幸假。有丙午三人，又嫻騷雅。寄興閑園，望雲依戀潞公駕。

石湖亦馳名者，詩注熙朝事，播爲佳話。自後銷沉，豈知今日，再見吟述聯社。暮秋清暇。正酒綠鐙紅，連宵未罷。醉墨淋漓，補當年圖畫。

金縷曲　七十生日自述

七十平頭矣。記少年，零丁孤露，不勝況瘁。食指夥頤難一飽，笑殺昌黎五鬼。處處是，揶歈滋味。自愧鼠蛙生計拙，誤窮塗，莫下萬雙淚。恐挫了，元龍氣。　關河浪迹尋知己。但憑著，隨身竿木，逢場游戲。幕府栖遲綿歲月，老我瑀琳書記。瞬息滄桑如鼎。那更有桃源可避，道不如長作平原會。消塊壘，蕾騰醉。

其　二　贈宋芸子

自恨逢君晚。卅年前，聞風傾倒，曾披行卷。鎔鑄古今珠一串，才分今無其選。早博取，湘潭青盼。並世知交星散盡，只寥寥，殘客稱同伴。結吟社，通情款。　明年此會知誰健。但相期，花前月下，清尊頻勸。麥秀黍離休再賦。留著一枝斑管。待占領，彬彬文苑。我對淵雲甘俯首，幸駢鄰，好共諮疑難。道珍重，加餐飯。

探芳信　丙辰人日集籛園懷工部草堂

春來路。在杏萼梅梢，東風一度。有多情燕子，探春對花舞。招來舊雨兼今雨，莫便分賓主。快安排，茶臼詩筒，花間久住。　游券渺難據。慨人日草堂，五年未赴。今日嫩晴，又阻浣溪步。麗春更有花無數，再去尋工部。自丁寧，未可芳期又誤。

解語花

　　黛黛花，吳淞茗名。與趙堯生同賦。

風描碧髓，露染璃酥，應是天工巧。二分春早。爭炫出，楚楚緗花清峭。疏香吹到。正竹裹，爐煙裊裊。比他代，醉綠昌明，沁詩脾更好。　也學千雙淡掃。對清人宮樹，倍增窈窕。雲魂月貌。單只是，不夜鶴心知道。裴懷絕倒。吳淞創，錫嘉名妙。可能低唱鬥茶歌，賺周郎不曉。

惜紅衣　殘荷和江子愚

瑟瑟西風，無端吹墜，半池紅膩。慘絕舞衣，猶向曲闌倚。零香剩粉，渾不似，舊時嫵媚。知否。花底雙鴛，也爲花蕉萃。　清盟易替。

芳夢難回，寥寥甚無俚。愁絲幾縷，梏入秋心裏。剩有荒黃缺月，只焰枯檠鉛涕。且摘將紫药，權當作相思子。

琵琶仙　拜月

碧落融融，帖寒玉，倒浸二分月色。正罷璇閣晚妝，下階步虛白。焚真降，下風遙拜，有入骨，相思莫釋。穿榭蟲聲，依廊花影，愁老蟾魄。

黯然訴，不盡幽情，訴一番，更一番凄絶。細語自憐自問，問今夕何夕。冷露濕衣嬌欲顫，倩煙絲，扶入珠箔。却把心事重重，吹入橫笛。

催　雪　珍珠蘭

露點苔紋，雨跳荷蓋，開到新秋蘭雪。想蝶褪粉輕，鮫彈淚熱。尚醞幾絲幽怨，逗眉月，纖纖更清絶。玲瓏透處，噀花風過，散來十斛。低綴。乍明滅。愛嫩蕊静娟，妙香膩滑。在薜荔墻陰，葡萄架隙。取瀹碧瓷花乳，伴凉夜，螢窗人岑寂。正簾垂，銀蒜琴停，玉柱一聲啼鴂。

疏　影　芭蕉

蟲秋閑晝。正小亭漠漠，輕陰猶逗。未到黃昏，人憑闌干，青翠冷黏吟袖。秋心慣向斜陽捲，怎不與，斜陽同瘦。隔疏簾，誤認嬋娟，漫約茗窗話舊。　　正是愁來時候，悵屏風遮斷，問愁知否。寫韻題箋，墨點參差，難寄相思一斗。夫容未放梧桐老，只鳳尾，霜前雁後。夜凉不雨也颼颼，孤夢甚時纔就。

宴清都　秋陰

慘澹秋容苦。有狼籍，野雲飛散還聚。菊荒松暝，清清冷冷，寂無人語。深深槅掩紅蠻，掩不住，過墻砧杵。更遥空，陣黑歸鴉，悠然拼没煙樹。　　自憐中酒情懷。不勝騷屑，怎禁秋暮。沉寥天氣，冥濛山色，夕陽何處。者回盼斷霜晴，獨自聽，暗蟲叨絮。説題糕節近，要釀滿城風雨。

無 悶

眷西近有東野之戚，詞以慰之。

冷雨淒其，悲風蕭條，幾日釀成奇疢。君忽賦杳殤，事難逆審。應是曇花一現，可再世，羊環來重證。化機幽眇，無非氣運，試憑天問。自省。六旬近，也蟬蛻。輕拋鳩巢拙損。頻根觸老懷，曩時餘恨。今日爲君傷逝，慂黃歇，江天淚還扨。無可奈，強致溫詞，千萬破愁無悶。

淒凉犯 秋夜紀夢

雁聲斷續。殘更後，一檠相對枯坐。思量往事，淒淒切切，又聽葉墮。蟲喧風大。只播弄愁人一個。聊倒樽，遣懷自酌，引夢孤衾卧。夢逐浣溪去，去去來來，被人驚破。相思何益，問相思，可能銷麽。想到團欒，最酸辛如何是可。向雙飛蛺蝶，説他生因果。

夢橫塘 別趙堯生

九峰醉月，萬景呼雲，記曾共留鴻爪。一旦分襟，念舊雨，時聞嘉耗。信是飛黃，騰驤遠去，才華絶妙。看蕉彈霜蕭，袞補風清，功名事，讓年少。   何期變起倉唐，道蒪鱸鄉味，盡堪終老。擺脱朝簪，不屑共，虮群爭飽。還載筆，來游錦里。評竹撩花恣吟嘯。無奈離多，橫吹又起，促乘風歸棹。

燭影摇紅 黃葉和趙堯生

幾日沉陰，疏林殘葉寒成陣。蟬鳴鴉點不勝秋，秋色和煙暝。片片斜斜整整。借西下，頹陽繪影。風摇不定，漸起商聲，憑闌試聽。   凋盡蒼顏，江南舊夢今初醒。小園寂歷飽新霜，又蓼疏葵冷。襯出十分幽景。好料量，檀爐莽鼎。更携筆硯，小坐林間，著書養性。

石湖仙　月夜花影

月明如水。漾滿地花魂，橫斜輕妙。知人幻浮蹤，乍窺人，欲嗔還笑。幾番惆悵，似畫裏，相看尤好。清悄。任丁丁蓮漏催曉。　　依稀醉紅不遠，上闌干，芳心自抱。犬吠鄰家，驚亂塵緣草草。彳亍屧廊，娉娉嫋嫋。茅亭宿了。驀一覺。夢隨色相俱杳。

天　香　初冬尋梅和胡玉津

未到小寒，暗催芳信，又經幾許昏曉。料得南枝，應先開早，穿竹傍籬來找。隔林翠羽，似夢裏，一聲聲報。且過野橋探看，逋仙同我孤悄。
追思去年花好。怎今年，者般花少。不見玉人信息，共誰索笑。莫怪舊盟易杳，只怪得破馨風力小。人爲花勞，花遲人老。

月華清　水仙

漢月暈黃，沇雲吹白，花與仙子同姣。環佩姍姍，顧影嫣然含笑。證前身，曾住蕊宮，又何事，人間輕到。誰料。是謫完香債，業緣未了。
不怨美人遲暮。怨疊石搏沙，託根潦草。梅後蘭前，留得芳魂嫋嫋。有許多，綠意紅情，都化作，冰心雪貌。庸峭。怕襪塵漂盡，春華又鬧。

眉　嫵　蠟梅

甚茅檐竹塢，磬口孤芳，樹樹酣晴雪。乍見翻疑是，藐姑射，仙人道妝殊別。弄寒愁絕。剩檀心，半點猶熱。閑經歷，破臘幾風信，正吹律時節。　　年例。風光先占。知隔墻凍艷，早傳消息。帶些些秋怨，又帶得，些些醖釀春色。垂垂自發。慣句引，探奇吟客。偏夢裏相逢，索句仃殘黃月。

永遇樂 <small>餞竈</small>

裂竹聲中，又逢漢臘，喧傳竈祭。樺燭兩行，椒漿一斝，淺醉神應喜。憑虛馳驟，雲車風馬，説上九天言事。奏送迎，短長弦曲，餘音繞梁飛起。　　此風溯自，黃羊託始，俗尚沿今猶爾。荔捻粉團，脯融豆乳，表敬隨人意。吉蠲致禱，也都不是，浪學王孫私媚。但只願，乞來利市，普分餘惠。

一枝春 <small>歲除感懷</small>

壯不如人，算輪囷，肝膽都成孤負。今垂耄矣，過去韶光難又。迎春餞臘，只賺得，青氈依舊。但將一縷縷心情，寄與斷霞髠柳。　　我同浪仙比瘦。甚千山萬水，客游已殼。幡然歸隱，吟守一鐙紅豆。年年詩祭，倘竊取，詩名不朽。還是怕，莫遇昌黎，顧能償否。

掃花游 <small>籑園觀梅</small>

今朝雪霽，者籬角墻頭，暗香漸泄。天寒未已。有千竿修竹，容花自倚。無語相看，領略盈盈丰致。心獨喜。喜幾日不來，風光如此。　　迢遞孤山裏。念老去林逋，離思難理。一枝欲寄。經幾回攀折，莫逢驛使。試倩春風吹，夢委隨到彼。夢圓未。又被他，翠禽驚起。

洞仙歌

<small>詠湯婆子，和鄧華溪。</small>

布衾如鐵，倩牀婆營幹。清夢初回人自暖。笑枕函，香溢夜夜行雲，也算在，那個温柔鄉畔。　　熱中寒不到，轉轉旋旋，却比薰籠倚尤便。醖藉自風流，何異鸂鶒，憑兩兩，相偎成伴。恐到了，千金好春宵，就棄等閑花，愛情中斷。

玲瓏玉　雪聲，用劉芙初韻

飛絮漫天，掩紙閣，坐到宵深。獰飆漸緊，蕭蕭竹也難任。半晌擦檐搔瓦，與丁東鐵馬，併作清音。寒侵。怪玉廔，凍合不禁。　　多少空江征棹，料征人衣碎，煮酒孤斟。萬玉騰糅，正四垂，陰霾沉沉。聽取灑篷聲脆，定觸撥，千端離緒，感慨遥吟。吟未已，還理弦，彈付蜀琴。

大江東去　壽坡詞

眉山秀拔，想公靈應與，山同不朽。山外梅花梅外雪，正是春催三九。重辯瑶情，斜川瑰句，引起臺萊祝。習成風尚，只今猶在人口。翁畢觴詠而還，我來麋介，亦步人塵後。玉版筍肥鷄粥美，更以水仙爲侑。心爇瓣香，圖懸笠屐，肸蠁能通否。待春强半，還爲同叔稱壽。

探　春　丁巳人日集浣花草堂

殘凍初銷，輕陰欲暝，又見蕚開七葉。惆悵草堂，當年杜老，猶剩梅邊吟魄。曳杖來重訪，算行樂，無如今日。一般選石安棋，一般倚竹吹笛。　　欲問舊游蹤迹，奈林鳥池魚，已都不識。十里柳風，幾條莎路，惟有軟塵猶昔。往事不堪憶，知此後，韶華易擲。俯仰興懷，沽春浮一大白。

翠樓吟　梅魂

雪裏暗香，水邊疏影，霏霏化爲煙霧。靈根抛未盡，料猶在，畫檐低處，墜紅無數。悵蛻後游蹤，悄然誰顧。家何所。羅浮縹緲，是伊歸路。　　日暮。栩栩夢中，儘情絲牽絆，了無頭緒。相思從此始，向紙帳，如聞凄訴。清修自苦。信明月前身，麵塵難住。春無主。且邀仙蝶，過墻尋去。

乳燕飛 二月十五日游花市

花市花如堵。況花朝，春光當午，又無風雨。千萬春魂齊喚醒，婉娩昵人欲語。問誰與，群芳爲主。酹醑徵歌還起舞，正毋庸，金璧酬初度。只要把，春留住。　紫騮嘶斷城西路。正沿堤，杏蕾弄旭，桃鬟浥露。茗舍酒帘仍幾處，但換了幾今古。總覺是，繁華非故。算百五青陽未暮，趁鞭絲帽影尋詩去。搜不盡，奚囊句。

壺中天 蛺蝶花

南園夢醒，看翩翩鳳子，欹斜蘭砌。應是東皇曾屬意，長就輕盈靈卉。百和草薰，一痕蘚亞，幾簇嫩如水。金鈴護惜，怕被曉鶯捎毀。薄暝鬥罷芳菲，粉腰嬌困，扶著暖煙起。欲與殘春商久住，春也恐難輕許。宛約柔情，敧旎靚影，不覺迎風醉。是花是蝶，滕王彩筆難繪。

六幺令 清明

棠梨開了，香雪飄池閣。白楊向西自舞，颯颯東風惡。寒食清明到也，謝豹應先覺。啼聲嗚嗚。苦催春瘦，惹起愁腸周匝。　如此良辰美景，度若隙駒雲。況又時事變遷，種種無從説。自去荒郊祭掃，焚紙灰飛蝶。望空躑躅。淒魂不定，依約猶留冷松角。

曲游春 春寒

過春分天氣，怪奢雲乍護，酥雨難霽。寒噤花遲，尚曲園晝寂，重門深閉。燕子忙無比。尋故壘，栖香穩睡。睡醒來，梳羽窺簾，簾波滉漾如水。　斜憑。廔櫳吟望。望野色林光，一齊都閟。冷逼春衫，喚小童賒酒，飲教微醉。一笑陶然起。漸樹樹，橦花凍矣。何日暖送新晴，餘暉滿地。

燕山亭　春陰

不是雨天，不是晴天，只是天低如晦。謝了杏花，又謝櫻花，花事尚餘有幾。鶯燕無聲，惟有個，鵓鳩聲碎。引企。見修塔茂林，蒼煙濃起。

鎮日料峭東風，使游屐游驄，都無興致。拋毬約爽，鬥草會閑，怎耐此時情味。一酒一琴，聊伴我，海棠樹底。感喟。近薄暮，又將雨矣。

祝英臺近　踏青

正雨餘，風翦翦，霽色濃於染。古道平蕪，時有落花摻。重三蘭伴相邀，尋幽緩步，各自把，繡鞋點檢。　　騁游覽。目送一片淒迷，牽動情天感。已怨斜陽，況是斜陽暗。歸來帶得春駒，醉撩春艷，又飛上，釵頭輕颭。

八聲甘州　次宋芸子閨花朝宴游詞韻

知天公，也是愛芳菲，未遽令春深。展唐唐如月，繡林錦野，閣住光陰。潭外百花蜂午，蠟屐走相尋。正小寒食節，幽思難禁。　　一歲兩逢花壽，記前吟栲杻，蘭襲歡襟。人花鬥健艷，說到如今。時徙倚，孝祠祠畔，撫花幡，無限惜花心。待紅藥，濃開有日，買醉量金。

酹江月　春愁

春愁何似，似離離春草，蔓延無已。心上眉尖堆不盡，沒個銷除良計。病鳥顫聲，枯花賫恨，只助人歔欷。烽煙不熄，中宵夢寐猶悸。今古變故難知，錦江綺麗，極目皆萑葦。最苦是創痍垂絕，付與青磷吊慰。縱有賢豪，空拳莫救，日掬西臺淚。淚也無益，挽回還視天意。

其　二　成都再亂

黑風底事，忽更番吹滿，江城戾氣。慨自米梟讎蜀後，今又離披至此。赤鼻劫灰，咸陽焦土，併作傷心淚。鳩鶉載道，天胡夢夢如睡。

應是龍漢數奇，無端鄒魯，鬩視同兒戲。故鬼煩冤新鬼哭，遥趁茅鴟聲起。月黯煙荒，崩榛塞路，慘不成都會。遺山老矣，欲修野史猶未。

梅子黄時雨 亂後懷友同江子愚作

看盡飛花，正梅子漸黄，乍暖還雨。春去不多時，已無覓處。猶是清和天氣，個儂休向閑中誤。林亭住。燒筍焙茶，也饒風趣。　　望裏。層層雲樹。念故人千里，一别難聚。矧燹後江山，又傷慘沮。欲待追尋除是夢，夢中不辨西南路。情莫訴。拍一闋離騷譜。

聲聲慢 紅葉

柏含煙重，楓舞林嬌，郵程點綴寒巑。艇停車西風吹，老酡顔餘。霞孤鶩明際，有茅茨，隱現其間。詩意好，好琢成，錦句題上綺紈。　　纔見濃陰千樹。甚童童如蓋，黛色參天。一雁叫霜，因何變作春妍。天若嫌秋寞落。爲秋人，少助清歡。又何必，嘆飄零，鵑淚輕彈。

綺羅香 臘八日消寒第五集

急景凋年，頹飆噴雪，料檢野游酒榼。爲怯嚴寒，驢券書成未押。不如假，廛海幽栖，重占到，易爻簪盍。算來只，十數知心，廛談娓娓情殊洽。　　今朝正逢臘八，想招提浴佛，猶循故轍。寶粥香花，供養忙煞僧衲。願遍布，萬朵慈雲，緊護定，百層危塔。再翻倒，澡德新槃，洗大千兵甲。

水調歌頭 和鄧華溪除夕詞

困踣南城闕，愁欲問青天。病魔何事相嬲，老景逼殘年。北向壞雲蔽日，東向腥風滚雪，井絡不勝寒。獨羡息機叟，長醉在花間。　　知今夕，是除夕，不成眠。斑衣衆稚，來舞未解賀團圓。自綴一編春頌，自倂一厨春飣，我與我舟旋。乍見瓶梅放，對笑兩翛然。

（以上詞録自《今悔庵詞》）

吴德潚

吴德潚（1848—1900），字筱村，達縣（今四川省達州市）人。清同治十二年（1873）舉人，歷官浙江山陰、錢塘、西安縣知縣。死於亂。

念奴嬌 童關途次呈同行諸子

天垂大野，蠶雄關納盡，中原秋色。虎踞龍爭今在否，千古興亡一瞥。紫雲凌霄，黃流帶地，形勝真英絶。憑高試問，誰是當年人傑。笑我十載驅車，浮名似夢，銷盡輪蹄鐵。五嶽圭陵河氣盛，剩有襟懷雄闊。玉女洗頭，金仙抗手，曾作峰頭客。排雲直上，與君同踏龍脊。

滿江紅 爲薛次申題《枕經書屋圖》

大好溪山，展畫卷，百端交集。記海上，孤城斗大，沉沉雲黑。手挽東南全局轉，功成拂袖無人識。盡歸來，老屋枕荒江，才容膝。　重森雙。開講舍，陳經籍。門第盛，芝蘭植。看睨雲驥子戟。天塹飛翠籌大計，朝來更運陶公甓。祝君家，堂柎繼前徽，平泉石。

（以上詞録自《歷代蜀詞全輯》）

陳 瀇

陳瀇（1850—1920），初名緯元，字經漁，號辛湄，綿陽人。光緒戊戌（1898）進士。歷任浙江孝豐、湖北黃安知縣。辛亥革命後，返綿家居。著有《屏亭詩集》和《窳廬詞鈔》。

浣溪沙 題范梅君《琴臺問月圖》

十丈紅塵走傳車，男兒何必注蟲魚。囊中詩，指頭畫，腕底書。琴臺片石俯荒墟，前身明月問今吾。求友吟，思歸引，臥游圖。

一剪梅 詠婦病

秋風一夜捲塵埃，莫上強臺，又逼債臺。 荊釵憔悴病魔催，蠟淚成堆，心緒成灰。

鷓鴣天 憶家

細雨霏霏草色萋。蟹螯已老飽團臍。最怕月斜風定後，一聲清磬數聲雞。 蝴蝶夢，鷓鴣啼。何須玉膾與金虀。記得郫筒家釀熟，阿儂舊住錦城西。

滿江紅 題吳立卿明府《蓉溪釣隱圖》

急雪飄蕭，打老屋，悄無人迹。驀觸起，滿天離恨，一腔熱血。神女孰詒交甫佩，名流空飲新亭泣。記當年，把酒話春酣，今非昔。 才子鳳，元池墨。仙人鯉，虹橋碧。好料理梅花萬樹，扁舟一葉。桑梓劃分盤古氣，蘋蘩合薦陳芳國。待抽簪，重訪讀書堂，我亦客。

其 二 挽丁辰五

辰五名績凝，滇南人。庚子率健兒勤王，未達行在，以巡檢分鄂，鬱鬱以死。

烈烈轟轟，滇徼外，挺生人傑。杖義旅，鼓行西上，飆馳電掣。棧雪
呵將魚齒凍，燕雲望斷烏頭白。慨諸公，江上擁旌旄，楚囚泣。　　囊中
智，六州鐵。城下盟，侍中血。且歸來嘯傲，一蓑一笠。鵠板詔書三寸
管，鶴樓仙檻雙飛舄。料泉臺，奇氣茁芝植，莨宏碧。

其　三　武昌懷古

鼓笛棚車，依然是，南樓風月。問夏口，鯨波毒霧，空餘赤壁。魯肅
冢青城畔草，禰衡洲染刀頭血。算古來，時勢造英雄，流芳烈。　　點鬼
簿，槍毛瑟。鮓人瓮，礮辟歷。幸一編檮杌，抑揚人傑。[1]　誅却黑龍行水
怪，展開黃鵠翀天翼。願峴山，不樹黨人碑，楚天碧。

水調歌頭　再題伯良詩集副本

臨行遍覓不見，近忽得之，狂喜，為題一闋。

故人今已去，曾送故人行。忽見故人詩卷，璀璨峙前楹。是否蛟龍攫
得，帝遣六丁護送，趙璧返秦庭。黃花開口笑，文字信通靈。　　花月
夜，忽感嘆，琵琶亭。安得西江，升斗灑潤渡雲軿。我亦罡風吹下，借鶴
樓，哀笛同譜落梅聲。酒痕襟上在，休忘武昌城。

其　二　壽日本楠木碩水先生八十

禹貢賓陽鳥，周官利蒲魚。旁薄江山秀氣，海外有扶餘。君子衣冠佩
劍，更且太平人智，礛碔產才諝。先生牖後進，古國樂華胥。　　論語
疏，孝經本，古文書。直躋神武，企皇初研悅程朱。篤學不比陸王，心悟
皓首一精廬。飴耆仁者壽，龍威丈人居。

金縷曲　重九黃鶴新樓同人登高會散作

人散酒闌矣。驀抬頭，殘陽如血，晚楓沉醉。滾滾江流淘不盡，幾許

---

① 原注：石庵著有《革命實見記》。

英雄酣睡。悔莫解，參軍蠻語。臨高樓灑盡唐衢淚，雲自在，鶴高舉。

朱明尚記琴臺禊。不多時，黃花白雁，霜天憔悴。風月主賓真率會。來年未知誰是。還只恐，東西彼此。鳳與鷗好，振鷄玹響。黯然別，我將去。

鳳凰臺上憶吹簫　送伯良明府之任長陽

勞燕分飛，驪駒已駕，同人競賦新詩。憶狂奴後裔，側帽工詞。觸起一腔離恨，效朱陳，唱和闌題。奈明發，西陵煙雨，鬢影鞭絲。　　心知，二難並美，偏長公豪放，不合時宜。又微官落拓，虛與委蛇。莽莽滇雲萬里，松菊老，休問歸期。濡染芳碑棠棣，草滿春池。

意難忘　題亡友劉健卿舍人詩集

冷雨澆愁。嘆一編塵榻，雲散風流。問招魂何處，壑谷久藏舟。披紫綺，傍香篝。舊夢冷紅樓。空凄咽，山陽笛韻，朝菌春秋。　　幾曾自行束脩。仗聰明冰雪，神與天游。鴻文擘秘閣，虹采噴靈湫。湘樓綺，吳苑留。溫李合同儔。賸一枝，雕龍健筆，冠冕西州。

其　二　爲惲懺庵挽小桃子眉史

往事休論。悵鏡奩脂盝，莫畫眉痕。雛鶯花外雨，乳燕柳邊春。一彈指，麝成塵。恨海暗銷魂。憶綺窗，唐詩親授，檀口櫻唇。　　彝陵來往頻經。記綠陰滿樹，未遇娉婷。飆輪三萬里，月戶七千人。鮫綃淚，裹紅雲。鳳去玉臺溫。願他生，鬢絲禪榻，來侍司勛。

雨中聲慢　雨夜無聊用山谷韻度此

灑棟飄槐，鏗琴擊筑，判向空階亂滴。正一燈紅豆，薰籠火滅。繡被無香自理，寒衾多年似鐵。悵膩粉零脂，浣紗人去，莫迎桃葉。　　潘郎憔悴，鬢絲那覰，盟鴛誓鰈奈著書。鍵户清娛減色。赫蹏莫喚真真，艷曲空繙昔昔。祇因賒聘黃姑，遂使洗車雨隔。

湘靈怨　夜雨

孤燈熒熒，市析暗不鳴。雨淋鈴，腸斷聲。　　風入幕冷，桃笙尖乂，詩難成，病婦藥爐青。

西江月　自慨

恨不鬼吞丹郭，那能羽化黃能。坡公豆粥庾郎鮭，直是愁山恨海。
北郭徒穿破屨，南宮莫避諛台。貧無司業送錢來，傲骨嶙峋自在。

醉春風　雪夜，用養一齋韻

一白重霄混，暝入孤僧定。風穿蔽席薄吾門。病。病。病。鵠渚吟梅，龍門送酒，良緣天吝。　　四海瘡痍净，憲法澄清運。苦寒奇癢逼書生。命。命。命。冷骨支牀，清光入肺，梅花夢醒。

春雲怨

> 辛亥入春以來，連月苦雨，拈此寫悶。

霹靂一聲。恨除夕驚雷，埋來雨腳。獻歲剛斟春酒，陽和忽被陰霾毒。東郭花遲，南樓草滿，試燈風裏成蕭索。著屐阮孚，開門元宴，一枕形骸獨。　　牽牛忽被蹊田奪。[1]更滇雲片馬，蠻旗逐鹿。芒碭陵寢妖蛇逐。圖裏爪分，杯中茗戰，長江流域。慘慘萍號，冥冥荊渚，何日光騰大陸。

百字令　題胡石庵《馬上女兒》小說

義心俠骨，惹燈前老淚，潸潸而滴。東市朝衣西蜀館，我值故人流血。阻路多歧，拊棺一慟，竟未生離別。酹酒燒錢，讓君肝腸似鐵。

---

① 原注：指去臘漢口槍斃華人事。

叱咤當道虎狼，旖旎柔情，翻注鴛鴦牒。娘子軍中求靄翠，豈是柳枝桃葉。陵谷滄桑，雨雲反覆，月蝕妖蟆闕。莽莽邊烽，誰把蜈蚣旆揭。①

木蘭花慢　題《漢上消閑集》

玉唾壺擊碎，嘆鐵硯，太磨人。偏入甕苦吟，嘔心鬼句，肝膽輪困。勃窣。天臍地肺，把漢江變作酒杯吞。試問大堤唱後，伊誰叱咤風雲。

郢中。一曲和陽，春珠玉，愴峨岷。對晉室銅駝，昭陵石馬，哭吊沉淪。一樣。批鱗折檻，判讀書種子作尸臣。猶幸聖朝寬大，能容豪放蘇辛。

如此江山　臘月二十五日感事

一篇痛苦淋漓詔。別有傷心懷抱。宋室呼庚，越人棄甲，但聽老猿長嘯。古稱燕趙。也跋扈飛揚，橫戈舞纛。蒙恥救民，中天堯舜稱仁孝。

不把銅駝陌吊。作無愁天子，自娛帝號。萱幄春長，椒蕃露衍，坐看乾坤新造。何人煬竈。恨長腳有孫，阿瞞作盜。帝殛神姦，告堂堂九廟。

（以上詞錄自《窳廬詞鈔》）

---

① 原注：石庵囑作序，懶病未果，以此代之。

張祥齡

張祥齡（1853—1903），字子苾，一字子帯，號芝馥，漢州（今廣漢市）人。光緒二十年（1894）進士，改庶吉士，歷任大荔、南鄭知縣。著有《受經堂集》《前後蜀雜事詩》《半篋秋詞》《受經堂詞》《子苾詞鈔》《和珠玉詞》。

三姝媚　次王夢湘和叔問詞韻

香綿吹滿地。罷銀箏高樓，杜鵑催淚。舊日嬌驄，過綠楊門巷，喚誰重繫。中酒情懷，禁幾許，楚腰纖細。片片哀雲，橫竹何人，莫天吹起。

燕子紅襟能記。認闌干憑處，舊留香氣。細嚼寒梅，似那回樓畔，別時滋味。不恨愁多，恨只恨，鉛華易銷。寄語長門休賦，天涯倦矣。

其　二　和王幼霞用文道義韻

眉鶯春恨苦。念風前，纖腰對花慵舞。枉費依依，贏得幾篇詩句。做不成花，但解弄，盈盈飛絮。休問雷塘，一片斜陽，暮鴉終古。　　長記紅英隨步。自隔斷章臺，相思無路。悔識纏綿，半生幽恨，淚痕無虞。到而今，憔悴損，籠煙籠霧。更聽高樓哀曲，誰家按譜。

泛清波摘遍　次小山

柳惹愁煙，花啼恨雨，誰道一年春最好。玉蘭依舊，一樹雕瓊弄姿早。吹笙道。尊邊粉黛，歌裏樓臺，曾誤少年今倦了。曲屋香銷，密炬無情暗流少。　　暮雲渺。清淚暗拋畹蘭，秀句懶吟池草。細語丁寧負他，枕邊啼曉。佩環杳。孤鳳自恨永離，雙鴛怕難重到。寫恨紅箋幾次，錯書顛倒。

小重山　次白石道人寄李碩

深樹無鶯葉老時。柳絲飛嫩綠，織簾漪。楚騷心事問蘭知。香巢冷，雙燕背人歸。　　歡事夢枕非。誰憐花落盡，蝶無依。五更殘月亂鴉啼。平生恨，都在小桃枝。

其　二

願送人行扇早歇。征車門乍到，又心性。關河萬馬舊曾閱。從未見，這凄惻情節。　　截得寸腸絶。盈腔心似火，頓成雪。今生要見怕虛説。真舍得，臺上昨宵月。

珍珠簾

與叔問踏月，過吳趨坊，聞樓上按歌，徘徊良久。與夢窗過貴人家，隔墙聞簫鼓事相類。用其韻，付雙六玉簫度之。

綠雲簾裏嬌鶯裊，紅墙隔，脉脉凉蟾知道。銀浪静無聲，恨絳河人杳。怪得劉郎吟秀句，似夢裏，元都曾到。清峭。訪幽坊名姓，定是蘇小。　　誰念已鋭吳鹽，愁邊偏惹，柔絲千繞。舞燕柳驚穿，醉蝶花狂抱。一顆明珠無價比，料擲盡，黄金難笑。音杳。怕踏月重來，青蛾暗老。

其　二　放翁韻

千山北棧來時路。水東流，便做東流萍絮。我獨重游，曾記那人行處。短棹煙波三萬頃。怎慣栖，郵亭官署。天暮。把名兒偷换，憑闌自語。　　悔被多情誤。恨英雄，到老風懷難去。擺袖脱烏紗，伴野鷗閑鷺。早識封侯無我分，況富貴，城頭黄土。東顧。逐西施湖上，矮篷眠雨。

江梅引　次白石，寄冷香簃主

花前相見幾何時。對花枝。動人思。不意那回，花下是分携。今日花開人不見，繞闌下，低聲唤，總不知。　　陳箋蠹管舊時題。下珠簾，憎燕飛。斜陽縱好，戀衰柳，已是殘暉。夢總無憑，何況夢全非。軟玉年華閑裏過，悔當初。憑闌久，露點衣。

虞美人 南唐後主韻

關心春事匆匆了，酒伴驚稀少。枉持玉盞祝東風，拾得膌香殘粉燕泥中。　　年年花落花長在，怎似人情改。料量無計解君愁，但與鏡中眉黛淚分流。

其　二 次片玉

雲階月地尋思遍，不見桃花面。何須明月叩窗門，願換滿庭風雨掩燈昏。　　鴛衾涼夜思裝絮，獨自空幃語。去如流水斷如雲，不念襤衫衰帽立花人。

其　三

分明枕上關山路，一霎無尋處，檀林涼月滿前溪，露點雲鬢相嘗四更時。　　林塘空憶家山好，續醉沙頭倒。春蠶因甚吐絲忙，怕睹妝臺詩卷斷無腸。

其　四 石林

楊絲媚曉花嬌晚，離恨和煙遠。夔笙傷心早願化飛紅，淚盡何須持酒祝東風。子苾　　眼中歷歷關山道，郎馬何時到。半塘拼將海水瀉樽前，醉倒扶桑日爛不知年。次湘

其　五 東坡韻

冰奩静掩青鸞舞，簾外荼蘼雨。夔笙游絲著意冒飛紅，不道春風歸去總成空。次湘　　長星天外頻招手，勸爾杯中酒。半塘語君休再戀歌眉，縱到揚州也是夢醒時。子苾

其　六 無住

銀瓶不灑鬢天露，冷透同心樹。次湘杏花已是嫁東風，底事含嬌猶吝一絲紅。半塘　　團團明月年年好，誰見嫦娥老。子苾帕羅留取定情詩，郎去如潮妾是橹雙枝。次湘

其 七 蔣竹山韻

今朝潮没帆檣上，歸夢尋鴛帳。明朝携手綉樓中，玉軟未温釵裊燕兒風。　暫時委曲孤燈下，便是姑蘇也。拼將憔悴爲多情，一刻難挨離枕到天明。

其 八 和坡老

江山亂後愁歌舞，落葉紛如雨。胭脂流盡六朝紅，惟剩無情孤月照長空仲實。　闌干憑罷閑叉手，那有消愁酒。從今不再畫蛾眉，酒後花前長記別伊時。子蕋

其 九 同前

生涯鎮日愁中過，深井鷟瓶破。被頭休怪淚闌干，多少温存都付枕衾寒。子蕋　拼得冷落償嬌媚，不肯和人醉。青溪九曲似回廊，試把回腸寸寸與伊量仲實。

其一〇 同前

青溪縱比秦淮美，偏愛吳娘里。湖山何日可重來，却羨他人歧路得徘徊子蕋。　珠簾十里燈齊上，暮雨瀟瀟唱。江南過盡冶春時，空把春魂照人碧玻璃仲實。

其一一 同前

秦淮夜白如初曉，月似人魂小。問他何事却西流，只爲愁人流淚到西州仲實。　柔鄉也擬疏狂醉，偏惹聽歌淚。何曾寶馬逐香埃，總把無端恩怨上心來。子蕋

其一二 次小山，武邱歌舫

紅牙彩扇山塘路，鶯燕分門户。煙拖潮尾逐嬋娟，一片斜陽芳樹送歸船。　調筝理曲生來慣，銀燭梳妝晚。可憐嬌俊攏頭時，贏得淚珠多少費人思。

其一三

韶華一段如流水，婀娜隨風倚。常將靈鵲卜歸期，偏是子規啼遍不曾歸。　前宵鏡約丁寧在，怎奈人情改。自今無復理朱弦，空把舊時雙淚落君前。

其一四　次小山，題虔共宦

夢中忘却江無路，枕上從容去。綠窗鸞鏡理蛾眉，依舊玉闌攜手似平時。　韶年只道花長好，不識飄零早。忍看紅淚滿簾飛，還算剩香殘粉燕晗歸。

其一五

篋中詩句箋頭字，都是傷心事。早知秋菊是離時，因甚石榴開後尚歸遲。　古簾明月長依舊，百歲誰能有。夜深千轉繞回闌，長恨眼前羅帳是蓬山。

其一六　次山谷，三月五日返棹惠山寄孟昭

檐前靈鵲傳芳信，重報歸期近。桃花不恨得春遲，只恨五更結子滿青枝。　花花葉葉風前妒，金屋雙姝住。老夫無故也愁深，覓得心小蠻謔，解愁心。

其一七

　　阻冰惠山，十五日乃與仲容返棹，晨從金匱，晚到閶門。用後主韻賦之。

溫柔鴛夢匆匆了，總恨歡時少。計程遠近但聽風，一霎畫橈衝過萬煙中。　花前幾度叮嚀在，怎奈歸期改。做成江水也應愁，昨夜送君東去又西流。

卜算子　用石帚和吏部八詠

釵畔數花期，帆送斜陽路。除却朝雲解識春，吟賞誰能與。　胥浦笑乘潮，夕泊山青處。約得通仙共酒杯，何必吟愁賦。

其 二

溪曲入山深，江月隨人回。珠幕鸞鳳共鶴栖，那覺山中静。環佩過瓊林，隱約仙家景。紅袖雲鬟倚碧枝，畫出明妃影。

其 三

塘暖宿鴛鴦，百樹珊瑚覆。乍見東風便別離，怪得和人瘦。香頸乍回時，粉額初裁就。占得江南第一春，一夜眉梢透。

其 四

故里試春衫，桃李堆如雪。花到江南分外嬌，力弱香難徹。携手幾徘徊，未忍高枝折。也是尋常一種花，因甚清偏絶。

其 五

本是覓詩來，不爲花開落。銀海香浮日有聲，鶴夢都銷却。野曠鬢絲酥，市僻春醒惡。若過孤山處士家，莫使高人覺。

其 六

不費緑蛾顰，自寫春風樣。頭白江邊一樹春，只語詩人賞。野老話南朝，此恨何堪想。不問家山屬與誰，只愛庭花唱。

其 七

粉淚滴樓頭，流水嗚嗚咽。羌笛無端片片飛，千里關山别。高士古衣冠，獨抱孤芳潔。貯得詩囊萬斛愁，休與他人説。

其 八

草甲雨煎酥，柳髮風搓細。調鼎空勞宰相家，畢竟何滋味。邊塞動悲笳，含淚花前醉。老子湖山十一年，莫個人知意。

其 九　阻雪梁溪寄孟昭

買卜問歸人，總説期難定。殘月無憀到瑣窗，畫出相思影。春信阻梅梢，欲寄憑誰省。雪鎖溪橋斷櫓聲，落照千家冷。

菩薩蠻

君恩已斷情猶悵，春風夜夜疏羅帳。燈暗雁歸時，故宮長夢辭。_{叔問}
關山飛急羽，馬上琵琶語。醉後莫思家，江南春正花。_{子苾}

其　二

春來爭擬還鄉好，無家可奈春將老。花褪雨餘天，曙空人未眠。_{叔問}
年華如滿月，桃李堆成雪。何處覓仙鄉，車輪翻我腸。_{子苾}

其　三

人生恨極須行樂，花殘不信春輕薄。歸路夢津橋，斷魂無計招。_{叔問}
金樽歌一曲，且覓桃源宿。孤負好梅枝，倚鞍長醉歸。_{子苾}

其　四

遠游偏是無家好，多才自斷飄零老。芳草暗長堤，馬蹄殘夢迷。_{叔問}
少年雙鬢綠，試暖春衣浴。殘月減清暉，姮娥猶未知。_{子苾}

其　五　_{初寮}

御溝流水無聲繞，垂楊翠冷鴉啼曉。別後幾春風，音書付去鴻。_{夔笙}
離亭歌折柳，慵抱琵琶奏。酒味莫嫌濃，忘憂汝有功。_{半塘}

其　六　_{飛卿韻}

心期未定偏惆悵，深房處處垂羅帳。杯興到濃時，腰肢無力辭。
春蔥梳扇羽，閑坐閑言語。碧玉在他家，可憐瓜未花。

其　七

蒼天長保紅顏好，蒼天莫遣紅顏老。携手祝蒼天，百年同枕眠。
蟾蜍圓幾月，潘鬢驚凋謝。桃葉是同鄉，相親無別腸。

其　八

人情每忌當時樂，情懷易變春冰薄。烏鵲不填橋，彩舟何處招。

深坊門巷却，鄰舍驚人宿。五色綉花枝，贈君懷袖歸。

其　九

女郎正似春花好，高堂漸逐秋花老。行慣綠楊堤，馬蹄應不迷。花堆雲鬟綠，香噴蘭湯浴。明月滿清暉，缺圓人自知。

其一〇　次小山

春光斷送黃鶯語，天斜飛絮風頭舞。記得小橋西，錦韉衝粉泥。愁多人易老，幾見花長好。莫浣別時衣，可憐紅淚稀。

其一一

珠喉休唱長干曲，楊花飛盡萍花綠。玉手弄湘弦，暗將芳信傳。聲聲歌轉慢，幾次調斜雁。人去落燈時，畫樓簾箔垂。

其一二

乘鶯歌扇生綃白，張燈翠幄花留客。疑是夢中逢，細看寋錦中。尺鱗休寄信，聽說歸期近。額髮未分時，弄嬌頭慣低。

驀山溪　次堯章

皋橋羈客，零落雙釵展。何處有靈山，問石上，仙株誰值。秋風一夕，白髮數莖生，去無迹，似并刀，剪斷情千尺。　　天涯易見，眼底無從覓。湘竹裂哀雲，淚吹滿，梅花舊笛。此生誤了，休更卜來生，但無從，今但無言，暗裏沉沉憶。

其　二　次空同

閑情無著，夢轉聞街鼓。簾底幾重芳，眼迷離，籠煙罩霧。半塘狂歌縱酒，拌作薄情人，山萬疊，水千重，莫寄傷心語。子苾　　紅遮綠映，春去疑無路。苦恨杜鵑聲，却喚出，妒花風雨。夔笙歡爲沈水，儂是博山爐，拼玉手，撥成灰，不斷煙雙股。次湘

其 三　次片玉，問二泉

雲根石脉，梳透瓊瑤路。自載木蘭舟，問歌橈，誰憐舊處。虹橋一過，便不是梁溪，臨流語，少凝佇，休竟無情去。　　仙源別後，幾度吹紅雨。笑鹵簿迎神，送一陣，村簫社鼓。松崗華表，曾是舊游人，杯不舉，淚如注，獨理愁千緒。

醉落魄　和坡老

游情非昨。吳橈又向山橋泊。春夢多管單衣索。花落花開，休怪東風錯。叔問　　吟箋賦筆閑拋却。斜陽漁網收村落。樽前長記蛾眉約。分付銀箏，低唱南飛鶴。子苾

其 二　次竹屋

新亭淚濕。危樓上放歌聲急。子苾羿弓漫射堯時日。劍氣成虹，斫斷暮霞碧。次湘　　一樽遙酹虯髯客。暮雲南望天無極。半塘干戈豈爲和戎息。笑取單于，不許返輪隻。子苾

其 三　次益公

詞場俊傑。紅牙更按宮商節，消愁何只金杯闊。夔笙紅到榴裙，紈扇漸親切。　　珠簾一霎人驚別。西樓無用團圞月。子苾歡情回首冰消徹。因甚攀花，偏忍帶枝折。半塘

其 四　次東坡

溪山猶昨。雲沉月換誰評泊。秋懷不是耽蕭索。臨水登山，此意當時錯。半塘　　詩書一例都删却。西園無奈花飛落，結芳休負臨江約。堪羨羊公，猶是毰毸鶴。子苾

鶯聲繞紅樓　次堯章

不見珠簾燕子飛。等閑裏，拋却芳時。好風本在柳條西。何事又東吹。　　沉水爐煙斷，空箱剩有舊薰衣。纖纖已瘦沉腰肢。重添鬢絲絲。

沁園春

易仲實以湘社集寄示，紫翱喜之，次其韻呈李君，並柬篤庵。

銅爵荒涼，一世之雄，今安在哉。笑八千子弟，天亡項籍，三千徒衆，命短顔回。虎阜殘山，鴟夷剩水，草緑姑蘇舊日臺。人間世，只泰山作枕，東海爲杯。　野鷗與客偕來。問杜甫蓬門幾次開。嘆鸞坡選俊，名心久死，雁門罷戍，戰骨猶堆。我早頽然，君真健者，三友寒松竹並梅。高歌罷，望白雲高處，一鶚徘徊。

其　二

用劉潜夫韻呈篤庵，壬辰十一月廿六作，將至惠山，馳寄之。

爾汝英雄，君隱屠刀，我居釣臺。嘆伍員憤懣，乘鮃破國，屈原忠諫，呼鴆爲媒。項羽重瞳，高帝隆準，羹笑而翁分一杯。披衣起，嘆地無異寶，世乏奇才。　爲君失箸聞雷。如意事人生能幾回。慨凡金鑄劍，吴王痛哭，盤車駕駿，燕市誰來。釃酒臨江，賦詩横槊，曹阿瞞今安在哉。衝風雪，且登臨嘯傲，莫慢興衰。

其　三　擬後村

滿目山河，何處黄金，燕昭舊臺。嘆浩蕩誰知，有鷗似我，幽憂空賦，令鴆爲媒。銅斗高歌，玉山自倒，寂寞花前酒一杯。半塘登高淚，恨劍埋虎氣，馬乏龍材。　不聞耳畔驚雷。齊物論何須分蹠回。笑神仙被劫，甘隨朔死，王侯薄命，誰喚横來。子苾髮欲衝冠，歌還斫地，國士橋今安在哉。天涯路，剩英雄心事，管急弦哀。夔笙

滿庭芳　和淮海

西崦花疏，南園雪老，半春尚自飄零。側寒茸帽，心迹五湖清。欲問鴟夷舊侶，輕盈載，愁滿煙汀。蘇臺柳，行人漫折，空染鬢星星。叔問　仙源，無地覓，夭桃笑我，塵裏勞形。嘆城郭，蒼波都付流萍。莫弄落梅玉笛，關山怨，總不堪聽。從君借，江湖一枕，狂夢還須醒。子苾

其 二 次小山

楊葉香眉，桃花粉面，畫樓羅綺千重。誰言春短，春易一年逢。長記懷人妙句，今須信，渭北江東。分携後，尺書縱有，無奈缺賓鴻。　　江郎，多少恨，光陰夢黍，身世枯桐。嘆吹盡，梅枝一笛江風。試問陽關幾疊，千千遍，不盡歌中。傷心見，珍叢影底，雙燕啄殘紅。

滿江紅　趙希邁韻

三百年來，好骨董，好書好畫。曾幾見，螳螂無敵，蝸蠻稱霸。羅綺滿船裝美女，傷心昔日千金價。鎖千門，宮女話先皇，槐陰下。　　真怪事。堪驚訝。妖孽信，忠良詫。看青天霹靂，繞頭堪怕。上有佞臣千百在，尚方寶劍無由借。任書生，經濟説千篇，欺君詐。

一落索　次訟齋韻和片玉寄冷香

窗外數峰清苦。盼雲歸去。曉來出岫本無心，便化作，人間雨。桃葉桃根雙樹。總輸樊素。夜凉獨自倚闌干，者便是，天涯處。

其 二 篤庵和前韻，次答之

鵾鳩千山催苦。竟將春去。淚花飛上海棠枝，挂縷縷，絲絲雨。搖落庾郎枯樹。塵涴紈素。玉階怕見月團圞，願別照，人圓處。

其 三 徐鑄庵丈見此詞再索次韻

伴我影兒能苦。不隨人去。一生兩事最銷磨，鏡裏月，燈前雨。望盡幾層雲樹。亂煙堆素。武陵只隔一重花，但路遠，無覓處。

其 四 再呈訟齋

燕子定知人苦。未秋先去。翠藤幽鎖一壺雲，緊閉着，風和雨。孤雀欲栖無樹。月波流素。白雲淡處是銀河，想定有，仙居處。

其　五　寄冷香

人世早知離苦。鄉關應去。怪來羅帕不曾晴，淚暗滴，紛如雨。雁斷楚天雲樹。怎酬帛素。夢中蝶路不教迷，總會有，相逢處。

其　六　本事賦示孟昭

何必人間纏苦。任他仙去。可憐羅綺滿東園，斷送盡，殘風雨。月滿玉階瓊樹。倍添幽素。鳳箋終日寫相思，欲付與，知何處。

定風波　和稼軒

燕市狂奴興不濃，短衣衰帽態龍鍾。細數光陰須縱酒，誰有，爲呼歌管出簾櫳。子苾　　愁似絮花飄不定，空恨，曲屏難障夜來風。半塘　惆悵暮雲人不見，歸燕，畫樓西畔夢魂中。夔笙

其　二

鵑鳩催春帶雨歸，落英芳草欲生泥。中酒情懷怵醉醒，爲問，人間何許武陵溪。半塘　　枉記夢中來去路，無處，天涯應在夕陽西。子苾　蠹篋紅吟愁更看，塵遍，綺窗清課負梅妻。夔笙

其　三

自掩流蘇爇篆香，雨餘攤飯據匡牀。狼藉落英猶未甚，休病，眼前風月待平章。半塘　　欲借疏狂圖小醉，偏自，關心花事一春忙。休戀長安名汗漫，無伴，獨彈長鋏意蒼涼。子苾

其　四　用衮公韻贈錫山船娃

水閣珠燈隔茜紗，捲簾人面爛朝霞。後約叮嚀情不盡，難忍，拼將寂寞度年華。　　幾曲秦箏歌與亂，腸斷，怎言人好不如花。試把歸期燈下問，無信，怕人曲罷說還家。

破陣子 珠玉韻

滿院落花無主，啼鵑喚遍東風。_{張祥齡子苾}等是天涯惆悵客，莫憶芳時錦繡叢。詞箋慘淡紅_{況周頤夔笙}。　　醉墨猶沾吟袖，怨歌空寫孤桐。_{王鵬運半塘}都説仙源無處覓，也在風沙漠漠中。但遮花一重。_{子苾}

其　二　寄南花吳妝不用燕支

織女那愁河漢，班姬不怨秋風。醉後玉釵敲幾股，舞罷真珠掃一叢。淺妝嫌粉紅。　　怯病漸辭樽俎，貪歡愛理絲桐。無限昨宵恩寵事，都在人前一笑中。淚箋封幾重。

其　三

春長也謅詩句，威加海內歌風。斜日咸陽原上望，漢殿惟堆瓦一叢。風磨日不紅。　　生意幾行衰柳，光陰半死枯桐。圖畫凌煙真不值，醉臥柔鄉粉黛中。望君門九重。

八聲甘州 樂章韻

恁芳菲，乍換綠陰時，荒涼似殘秋。_{夔笙}悵歌紈零亂，清樽罷飲，風雨西樓。_{子苾}誰識長懷抑塞，拔劍意還休。_{半塘}憑弔金臺晚，多少英流。_{夔笙}　　幾日南園無主，問落英滿地，珠玉誰收。_{子苾}記搴芳前度，裙屐儘勾留。_{半塘}底于卿，愁心萬里，笑茂陵，屋小不如舟。_{夔笙}更誰念，玉階人老，泪掩星眸。_{子苾}

其　二　次東坡，別篤庵

正清明，穀雨好花時，登山送將歸。向湖邊柳眼，樓頭杏朵，看足斜暉。慷慨蘭成身世，一笑昔游非。閑與白鷗話，忘了天機。　　最愛蒼崖入眼，況二泉滴翠，煙靄霏霏。算春秋佳日，似此百年稀。早招邀，三高伴侶，訂笠蓑，盟莫白頭違。同携手，仙源深隱，共翦荷衣。

西江月 <small>東坡韻</small>

誰把沉陰手抉，素蛾光徹重霄。<small>半塘</small>幾番風雨夜寒嬌，欹枕亂愁如草。<small>夔笙</small>　一自採芝人老，十年枉抱瓊瑤。<small>子苾</small>楊花如雪謝娘橋，夢裏鵑聲催曉。<small>半塘</small>

其　二

仙犬隔花迎客，亂鴉冒雨歸林。<small>次湘</small>幽居如在萬山深，何必湖邊喚艇。<small>子苾</small>　隨意酣歌一曲，誰家春漏千金。<small>夔笙</small>雲開月上方醒，圖畫難描美景。<small>半塘</small>

其　三 <small>于湖韻，答少谷</small>

爲甚侯封萬里，何須藥搗千年。雲英分載綠蓑船，風緊楊花撲面。半卷兵書已矣，一篇酒頌依然。胡麻應熟白雲天，留得桃花幾片。

訴衷情近 <small>次訟齋寄蜀章</small>

數番病損，換了春山鏡裏。蛛絲弱挂疏星，螢燭涼吹薄露。因甚夜池孤倚，脈脈銀蟾，怯向空房去。　　愁來處。不計關河里數。綉簾朱閣，付與他人住。高樓暮。對花對酒，沉思往事，是誰耽誤。短鬢凋玄素。

搗練子

殘酒醒，夢還空。幾樹芭蕉幾樹風。燈影茜紗簾不捲，滿庭花鎖舊房櫳。

浪淘沙慢 <small>次片玉</small>

感旅思，飄零似度，紫塞霜磧。淚滿吳波漲綠，愁堆楚岫擁碧。更一夕，星華黏鬢白。算只有，明月情多。過小梅依舊照吹笛，釵朵弄顏色。脈脈。此情此意難釋。嘆苔綉，院荒無人管，身世如行客。問佩環何處，追歡無迹。寸腸九轉，情萬千，海水難量寬窄。思寄遠，賓鴻音斷。蓬山近，片雲又隔。昔游地，鶯聲換綉陌。未幾日，到了而今，嘆怨極。箏弦已斷難終拍。[①]

浪淘沙

翠陌款餘紅。掃盡珍叢。江山風月往時同。惟有香銷人不見，燕子樓空。　　羅幕隔千重。夢也慳逢。愁腸迷著酒杯中。深鎖朱門消息斷，翦翦斜風。

點絳脣　次小山，代人幽怨

難保君恩，對花枝笑人新舊。自來腰瘦，怎怪纖纖柳。　　金屋裝成，付與他人守。從今後，按歌行酒，別換春衫袖。

其　二

摧折無端，鏡中誰念紅顔老。美人芳草，怎敵凡花好。　　地角天涯，總是情難了。屏山渺，此情知少，獨守燈兒小。

其　三　西樵韻

爛醉關河，長安尚有荊卿酒。吳鈎冷透，閑煞英雄手。次湘　　滿目山川，花底携紅袖。半塘歌酒後，莫憐花瘦，海上橫來否。子苾

其　四　清真韻

一夕西風，綠蕪凋盡行春地。亂愁誰寄，眼底人千里。半塘　　幾曲陽關，那盡離人意。長亭際，莫揮霜袂，愁損秋娘淚。子苾

其　五　東坡韻

背錦尋秋，新詞譜出離亭宴。次湘秦川晉甸，莫忘玄都觀。子苾　　懷古登高，憂樂長相半。離情遠，暮雲飛亂，眼冷隨陽雁。半塘

---

① 原注：此調爲清真又一體，按平仄譜之，不知當否。

其 六 丹陽韻

老去登樓，亂花遮眼愁如霧。清風未許，分付清塵雨。半塘　　誓脫朝簪，江上尋煙語。推不去，官蛙無數，又鬧黃昏鼓。次湘

其 七

余子厚從西安還蜀，遣使迎之，用俞商卿韻先寄。

望斷長安，計程應到褒城路。雨聲催暮，雲棧無船渡。　　鳥道盤空，天也難成步。今如許，更聞人語，漲了溪橋水。

其 八

前意嫌其質實，又擬此闋。

富貴功名，先拼多少關山路。休嗟歲暮，擊楫中流渡。　　浪涌千峰，快意蛟龍步。君應許，把杯狂語，喚酒巴江水。

其 九 次片玉

蛩院螢階，舊時都是尋詩地。柳條誰寄，江燕空歸里。　　休矣今生，未卜來生意。分携際，粉霑羅袂，千點靈均淚。

其一○ 次清真

城堞籠煙，淡霞拖水帆輕舉。幾灣菱浦，便出橫塘路。　　月護花香，不便風吹去。人驚顧，練空飛素，那識仙游處。

霜葉飛 次片玉

濕螢黏露。簾衣潤，雲鳩啼遍煙表。薄寒生翠點蟬紗，香護鸚籠悄。更幾度，鴉昏燕曉。蓮房低墜宮衣小。喚夢裏姮娥，闌干舊處，桂華新照。　　城闕萬户星河，乘槎客去，佩玉仙姝誰到。暗燈蟲網挂釵梁，正滿懷凄抱。嘆寶匣，哀弦閉了。瑤臺難譜清平調。漫登臨，銀屏上，萬疊雲山，比愁還少。

其 二 夢窗韻

遠天芳緒。懷人夢，相思縈遍江樹。半塘一枝清笛破茶煙，凄入吳篷雨。甚十載，栖塵倦羽。側身天地仍懷古。次湘漫屈指歸期，玉戶挂，銀河寶扇，莫凋紈素。 花下換了鵑聲，紅消翠減，宋玉愁極須賦。子苾小鬟刻意喚愁醒，夜靜鷗弦語。便吐盡，吳蠶怨縷，情絲入骨揮難去。半塘待隔年，湘筠長，認回欄，泪斑勻處。次湘

尉遲杯

用清真韻題虔共室，憶梁溪舊游。

梁溪路。挂暝色，雪暗山無樹。荒城緊送斜陽，遮斷寒鴉歸處。秋娘巷陌，携手送，呼燈向煙浦。任雙鴛，踏破冰尖，五更船尾催去。 匆匆自理香奩，尋歡夢，前宵檻邊重聚。我本多情，年來消磨，怕殘歌剩舞。從今對，薰籠玉枕，總含悲向夜語。更誰知，柳外霜娥，也成凄獨無侶。

南鄉子 小山韻

鵙鳩替春悲。爲惜花飛不上枝。知否春歸人亦老，如期。白髮催人那肯遲。半塘 何用更籌思。死去還應勝別離。自此登山臨水去，良時。不悔妝臺誤畫眉。子苾

其 二

蛛網黯針樓。塵蠹紈縑淡未收。枉設蕉花人不飲，輕颼。絳蠟初燃淚自流。 往事上心頭。未盡蠶絲怎好休。只隔天涯雲一片，開眸。錯把歡期做了愁。

其 三

殘雨酒微醒。暗數雲軿別後程。自此唐宮無七夕，閑聽。敗井闌邊有哭聲。 仙迹總難憑。立盡銀籤枉費情。冷淡星河今夜會，秋亭。落盡

幽花懶送迎。

其　四

愁似絮輕飄。破砌寒螿共閴寥。不管銀濤幽咽水，良宵。甚處朱樓按曲高。　　虛瘦沈郎腰。淚墨重題費彩毫。欲覓麻姑音信杳，來朝。獨去潯陽候早潮。

其　五　放翁韻

哀角起風檣。橫海鯤身萬里長次湘。記得承平前日事，歧陽。彩鳳還應報聖昌。半塘　　空自鬢成霜。清夜何人奏帝香。費盡新亭多少淚，悲涼。不爲封侯到此鄉。子苾

其　六

白日黯神州。浪打三山却倒流。醉裏忽聽商女唱，無愁。璧月瓊花又一秋。次湘　　何事説仙游。縱掩菱花也自羞。請劍請纓都枉事，輕舟。換盡山川恨不休。子苾

其　七　次歐陽炯

嫩柳搖煙，繡簾又到好春天。翠刷蛾彎蟬鬢綠，如新浴，鎮日相看猶未足。

其　八

巷陌人家，高鬟圍插小絨花。那日樓前乘馬去，過前浦，淚粉隨鞭低自語。

其　九

柳葉樓中，玉蘭三面繞簾紅。歌力漸微人醉後，燈如豆，個裏光陰冰過手。

其一〇

扇翦輕綃，踏青芳侶早相邀。採得真珠和露滴，陳瑶席，正是三朝無事日。

南歌子 <small>東堂韻</small>

　　月小山窺牖，燈孤影伴人。花殘莫漫惜餘春。長夏新陰簾幕，絕纖塵。<small>半塘</small>　　粉膩歌弦澀，香憐舞袖輕。玉釵金爵枕邊橫。生怕夢中相見，看分明。<small>子苾</small>

蘇幕遮 <small>次片玉戲篤庵</small>

　　錦屏寬，羅帳小。新得嬌娃，一顆明珠少。弓履輕柔菱樣峭，正熟朱櫻，鶯嘴留心早。　　鏡鸞嬌，釵鳳裊。笑問桃夭，甚日春風到。香護雲簾籤漏杳。睡穩雙鴛，那覺屏山曉。

月上海棠 <small>放翁韻</small>

　　司勛不患傷春病。奈無端，春夢少人醒。枉費啼鵑，喚春歸，總無歸信。東園裏，太息空階繡錦。<small>子苾</small>　　雲窗月淡高梧冷。隔欄杆，寂寞鞦韆影。夢裏餘歡，儘流連，翠屏山枕。愁生處，泥他畫梁藻井。<small>半塘</small>

少年游 <small>次片玉</small>

　　釵橫壓枕散春絲。眉睫弄柔姿。枉費鶯啼，酒邊休惱，花好故開遲。腰肢似翦初裁就，珠露爛霞枝。爲問前時，隔簾初見，心事可曾知。

其　二 <small>次壽域</small>

　　惱人鶯燕共朝昏。柳色暗重門。指點落花飛絮，春又過三分。<small>夔笙</small>管弦如夢，簾櫳似水，庭院轉槐薰。<small>半塘</small>雨酣新竹長龍孫。看玉版，更尋君。<small>子苾</small>

其 三

次少游韻，贈田郎官太湖。

山中虎迹，湖邊驢背，牛鼎猶能扛舉。重瞳本不是英雄，枉負了鴻門亞父。　　兵書一卷，弓衣三尺，分付潮頭風雨。凌煙姓字聽銷磨。把事業漁樵換與。

其 四

乙未五月十七過玉賓，主人以事出，爲守其室，獨坐無緒，忽憶十年前所遇，神爲之往，用白石韻紀之。

尋鄰訪里，櫻桃門外，車馬駐城西。弄扇窗前，簪花簾底，初識避人時。　　低頭念母，垂鬌依姊，籠襪步青溪。笑擁香衾，愁寬羅帶。鸚鵡未曾知。

其 五　次小山

青開柳眼，春分已過，容易又清明。杜鵑啼罷，海棠開了，芳侶没心情。　　蘭成老去，歸期久誤，不似雁南征。金釵分斷枉叮嚀。風笛繞離亭。

其 六

尋消問息，天涯雁斷，雙淚水回流。蛛絲枉巧，鵲橋空駕，河漢冷新秋。　　香銷翠被，深深院落，斜月上簾鈎。晚來無復倚高樓。風煙滿城愁。

早梅芳近　清真韻

宿雨收，園林好。載酒頻番到。畫橋煙外，一抹殘陽正留照。綻花紅蕊嫩，結子青梅小。儘聯吟盡醉，相與忘昏曉。半塘　　酒杯停，喚去了。鳥囀吹笙道。欄杆一霎，没似孤鴻在雲表。帕香隨手散，粉淚盈襟抱。數殘更，枕邊尋夢杳。子苾

陽春曲　梅溪韻

霧籠花，雲籠月，無定雨晴天色。淒咽玉簫聲，天涯路，竹實稀少鳳何食。十年萍迹。愁悵望，雁鴻南北。_{夔笙}何意繫馬紅樓，更追尋，舊游路北。　欲輕解同心，鸞緺空結。花落盡，高樓玉笛。閑庭苔衣未掃，掩菱花，黯淡誰拭。_{子苾}番風次第漸息。嘆此恨，慨慨誰識。便絲鬢，縋得春住，愁消舊碧。_{半塘}

側　犯　白石韻

碧天雁去。挽將燕子花間住。聽雨。試伴我樽前誦詩句。_{半塘}欄杆倚四面，莫覓香留處。底語。枉賺得傾城幾回顧。　千條折盡，何意臨風舞。_{子苾}憐弱絮，忒多情_{半塘}，著意入芳俎。繡幕珠簾，更無重數。怨曲清商，謾移簫譜。_{夔笙}

水龍吟　酒邊韻

杜鵑聲裏關山，倚欄愁對春歸路。_{半塘}單衣試酒，相逢自笑，看花如霧。_{次湘}路隔漁郎，夢稀仙女，幾株桃樹。_{子苾}憶笛聲依約，暮雲縹緲，空神往，橫江步。_{半塘}　東望蓬瀛甚處，觜腥風，老魚吹雨。_{次湘}欃槍未掃，羽書頻至，勸君休去。_{子苾}匣裏鋒棱，酒邊芒角，槎杈欲露。_{半塘}嘆無情霜月，一眉依舊，上垂楊縷。_{次湘}

其　二　蒲江韻

騷魂已是難怡，依然令節長安路。_{次湘}華堂日麗，鮫綃新試，猊煙未吐。_{子苾}翠艾猶懸，彩絲頻續，奇徵荊楚。_{半塘}把欄干猛拍，向天重問，人間世，無今古。_{次湘}　酒罷花前醉舞，喚湘靈，更操弦鼓。_{子苾}江榴又放，櫻桃幾見，依然栖旅。_{半塘}歸話鄉關，黍盤分餉，老蛟休據。_{次湘}喚長沙伴侶，蒼苔石上，訪投詩處。_{子苾}

更漏子

問名驚，相識遍。樓在小橋西院。花對笑，槳斜飛。好風船載歸。曲中心，弦上意。相對問春何事。銀燭短，玉釵凉。相思愁路長。

其　二

鳳窠柔，鴉髻小。輕似燕身飛到。朝舞倦，曉妝晴。拂牀琴有聲。漢宮稀，秦殿少。除却玉奴誰好。驚去早，怨來遲。六街人靜時。

其　三

玉箏停，銀漢遠。窗眼茜紗休捲。須續醉，莫辭慵。滿懷花氣濃。酒杯深，羅袖重。拼把淚珠拋送。雙鳳杏，兩蛾愁。夢魂長繞樓。

鬲溪梅令 次白石，寄季碩

問花曾見摘花人。淚粼粼。幾日西園深閉換清陰。夢中無路尋。半簾殘絮一絲雲。向誰陳。最憶瑤階逢處，月盈盈。此生辜負春。

好事近 放翁韻

斜日正高樓，何意晚風吹落。那得魯陽戈力，笑玉蟾輕薄。子苾
蛛絲著意網春還，紅滿屋簷角。我欲尋春消息，奈鞦韆搖索。次湘

其　二

知稼翁以讒罷歸，賦此調，有“故園桃李爲誰開誰落”，蓋指家中二侍兒也。予客江南，逍遙雲水，無翁泉幕之苦，和其韻，命仲姬度之。

梅柳隔年歸，不用魚箋重約。袖底自携仙種，任人間花落。　　桃根桃葉一雙人，纖手引春酌。付與玉簫金管，莫一朝閑却。

江城子

次東坡，壬辰十月初三。

隔花燈颭影微茫，思難量，怎能忘。庭院繁華，都換了荒涼。未到中年誰願肯，將綠鬢，變新霜。　　到今應悔戀殊鄉。望晴窗，舊時妝。紞蠹飄零，依黯不成行。華屋山丘無限恨，空灑淚，眺連岡。

湘春夜月　　次瘦碧韻

數荒更。那堪殘酒燈昏。又是葉落江楓，霜信到吳門。只爲少年羈旅，把舊愁新恨，誤了光陰。自彩鸞去後，吟箋賦筆，都換啼痕。　　文君久別，相如臥病，心比孤雲。柳葉樓頭，猶剩有舊時雛燕，重認紅襟。禽填恨海，縱海枯，難補辛勤。怕此後，飄零更甚，花殘月缺，還念而今。

漁家傲　　書舟韻

細雨銅街塵欲濕。峭風涼透羅衫碧。_{夔笙}杯酒疏狂無處覓。香夢寂。雀來分啄階前食。_{子苾}　　苦恨光陰如過客。啼鵑那有留春力。_{夔笙}蜜炬何心終夜泣。壺箭急。捲簾不管爐煙息。_{子苾}

念奴嬌

用東坡韻，題裴伯謙藏韓幹《十六馬圖》。

目無凡馬，乍開卷驚見，唐家神物。萬里長風提劍匣，呼起龍吟古壁。伯樂無存，燕昭已去，血汗毛烝雪。傷心先帝，苦求開國英傑。因甚韜晦千年，何人能畫，骨毫端風發。杜甫東坡靈氣盡，名字人間磨滅。拂絹生芒，寒沙滾滾，懍然毛髮。投鞭長嘆，一窗橫插梅月。

燭影搖紅 惜香

風燕窺簾，藤陰一燈移清晝。次湘天涯春去甚時還，愁賦津亭柳。半塘去國光陰易久。正才人，沉淪失偶。子苾水天閑話，幡影收纜，棋聲殘候。次湘　新綠扶疏，篆煙自在飄香獸。半塘楊枝禁得幾回攀，況爲東風瘦。子苾老去心情異舊。漫贏得，江湖載酒。次湘裙屐流連，劍歌悲壯，恁時纔又。半塘

蝶戀花 西樵韻

葦岸風來聲帶雨。海燕留人，一晌僧房住。半塘塵海無端成散聚。亂鴉又逐殘陽去。子苾　壞壁殘題還獨覷。醉問西山，來歲人何處。次湘斫地無聊休浪舞，天涯抑塞傷離緒。半塘

其 二

仲容年十二，隨姊孟昭媵予，女君授以藝文。壬辰十二月五日，馮惠山雲起樓誦白石詞數闋，有出塵之慨，嗟其弱質而好栖遁，用永叔韻付以詠之。

雙六年華才幾許。隨我煙波，看盡山無數。幾度吳篷携手處。銀屏夢熟梁溪路。　玉指憑闌懷日暮。倚袖叮嚀，約買青山住。葉底翠禽能解語，雙雙飛入花叢去。

其 三 用延巳韻

丁亥春仲偕季碩送客梁溪，今六年矣。

畫舸排停堤上樹。楊葉眉嬌，密護春千縷。獨抱秦箏移雁柱。眼波暗逐黃衫去。　水面紅鱗吹柳絮。龍吻濺濺，玉碎飛香雨。隔坐避人弦解語，關心只有春知處。

其 四

弄月溪唇時未久。不見人來，只見花依舊。小病懨懨非中酒。玉顏甚

比梅花瘦。　　前度歌橈曾繫柳。因甚湖邊，心事新來有。日暮捲簾招翠袖，憑闌立盡黃昏後。

其　五

那日扁舟曾共去。惆悵而今，空對荒江暮。有夢不尋堤畔路。傷心忍見花開樹。　　獨自沉吟還獨語。如此相思，消息人知否。一別渾如風裏絮，屏山即是天涯處。

其　六　次延巳韻

淚裏被頭窗不曙。已盡蠶絲，寸寸抽春緒。咫尺遂迷三里霧。彩鸞已斷無書去。　　針上猶存金綫縷。深閉房櫳，再見真無路。仔細思量花下語，等閑做了銷磨處。

其　七

雨點瀟瀟和淚墜。不肯饒人，假我些時睡。已到殘陽猶未起。光陰不惜如流水。　　攬夜燈前驚絡緯。忒小杯兒，那解愁腸閉。雨打風吹平白地，教人怎替花憔悴。

其　八

弦索正高成別宴。淚粉飄零，有日還能見。只要桃花逢一面。蓬山不恨千重遠。　　枉説從前恩與怨，剩了殘香，添印還辭懶。試問愁期何日滿，西風片片吹衣斷。

其　九

花底流雲吹夢斷。剗襪潛來，生怕苔紋亂。次湘捲起紅紗驚一看，今宵不信蓬山遠。子莁　　自有天台仙侶伴。早勸君歸，漏箭偏嫌緩。子莁繡帳鈎輕銀漢轉。斷腸輸與司空見。次湘

其一〇　擬小山

醉不成歡愁亦盡。春夢重重，隔斷狂花陣。叔問天不困人人亦困。別離只是人間恨。印白　　百二關山都不問。但祝飛鴻，莫阻江南信。畫舫分明移寸寸，誰知便與長安近。子莁

其一一

水榭山樓經醉遍。怕折梅枝，又近離亭宴。_{叔問}向夕屏山開六扇。儘看素月無文練。_{印白}　一霎欄干抛粉面。甚處陽關，笛裏依稀見。已罷高歌弦更轉。吳姬不解關山怨。_{子苾}

其一二

無計勾留星又晚。且倚青樽，莫問斟深淺。_{印白}燈火城南天樣遠。任他夜夜冰輪滿。_{半塘}　獸炭香銷更漏斷。月落霜空，盡夜猶嫌短。禿樹啼鴉鷄唱亂。東方漸覺明星換。_{子苾}

其一三　_{屯田韻}

隔舍鄰家人語細。幾簇炊煙，傍晚生櫓際。秦蜀安危分洞裏。① 往來無限英雄意。② 　事業不成成獨醉。已斷柔腸，斷處尋滋味。種得相思難懺悔。比伊諸葛還勞悴。

其一四　_{次小山}

寶炬燒殘三五盡。紫蝶黃蜂，陌上花飛陣。薄醉香醪隨意困。柳眠似解人眠恨。　斷雨殘雲休更問。燕子殷勤，繡閣傳芳信。綠子釵梁斜半寸。紅泥小院衣香近。

其一五

草眼衡皋青易遍。狂醉沙頭，坐續芳茵宴。縠浪箏船開六扇。春衣瑟瑟裁新練。　整日簾櫳閑一面。憑暖闌干，淚粉誰人見。香印懶添煙自轉。成灰難解相思怨。

其一六

非一時作，原集彙歸一調，故致重沓。

柳熱抛綿花事晚。春透眉尖，偏弄蛾彎淺。數尺屏山天樣遠。珠簾嬌

---

① 原注：石門爲秦蜀棧閣，洞未開時，行人不易。
② 原注：用杜"淚滿巾"句。

月團團滿。　　一炷沉檀風翦斷。暗卜燈釵。怪得花開短。剩枕閑衾詩夢亂。池塘秀句秋雲換。

其一七

酒戲詩鬮猶半記。倦蝶慵鶯，忘却春歸易。隔院梨花和雨睡。醲釀更結空亭翠。　　學繡鴛鴦教寫字。舊日鶯花，解得當時意。細算多情真失計。天涯灑遍傷心淚。

其一八

節物驚心人又去。一半春休，都在鶯啼處。暫住春旗春已許。褪紅斷送無情雨。　　柳足三眠垂縷縷。水驛煙村，更惹愁千緒。商略歸期靈鵲誤。玉綿遮斷長亭路。

其一九

一簇人煙花幾樹。翠渚紅灣，宛似仙源路。錦字回紋勞玉杼。織成欲寄知何處。　　孔雀尾飄金綫縷。賦買千金，難寫長門苦。已蛻吳蠶重理緒。韶華一去如朝露。

其二〇

曲屋矮窗曾小住。燈炷親移，稀罕平生遇。紅索鞦韆庭院暮。鮫綃暗寄無人去。　　冷落青溪橋畔路。雨怯雲嬌，瘦約纖腰素。若過前時桃葉渡。爲予尋覓銷魂處。

其二一

一段紅闌西去路。獨自行來，不見當時遇。夢裏相逢仍舊處。淚珠閣定方驚誤。　　勻掠心慵衣更素。欲畫雲英，模樣渾無據。墨淚拋殘如墜緒。枉將雄筆題楹柱。

其二二　放翁韻

暗記紗窗臨別語。一過欄干，莫忘回頭路。我憶行人無定處。行人憶我全如故。　　早已安排游釣具。寫得鶯箋，不識無由付。花落花開皆命遇。何須恨寫江郎賦。

其二三 <small>次珠玉</small>

過盡清明無一燕。穀雨來朝，柳外鳩呼亂。墙角碧桃才一見。今朝一雨成空院。　　翠蘚弓彎曾踏遍。静閉户櫳，綉幄遮三面。人散夕陽歸棹晚。湖邊夜市春燈遠。

浣溪紗

百丈空牽上水船，夢中山翠遠浮天。<small>半塘</small>一身恩寵抵三千。　　水殿管弦方罷奏，<small>子苾</small>玉關書檄莫頻傳。思量何似醉花前。<small>夔笙</small>

其　二 <small>和況夔笙</small>

香織簾衣寸寸斜，玉簫吹徹那人家。未春怕見隔墙花。　　故國已看成去水，暮山猶自戀殘霞。拼將煩惱做生涯。

其　三 <small>石帚韻</small>

樓外分携未幾時，玉階兩見小梅枝。何曾閑過一些兒。　　燭短偏逢凉露剪，花殘還被惡風吹。此情未到不曾知。

其　四

絳蠟成灰淚不垂，光陰偏是世間遲。西樓月墜有人歸。　　枉負多情成病繭，愛思閑事損靈犀。拼將憔悴度芳時。

其　五 <small>擬南唐嗣主</small>

春去楊花亦倦飛，營巢舊燕補新泥。病蘇凉夜怯單衣。　　萬里未乾胡馬血，十年不聽蜀鵑啼。心腸誰説有天知。

其　六

楚柳吳梅一雨收，褪紅剗地更誰留。瑶窗漲緑似窮秋。　　不見舞花爭狹徑，乍聞賓雁過殘樓。翠箋題句寫新愁。

其 七

墙角孤花影自危，早風偏向別枝吹。午晴蝴蝶做團飛。鵲語誤占
辜好事，蛛絲閑挂惱心期。鎖鶯深院落燈時。

其 八

六代江山彩筆收，酒名狂欲動千秋。壯游心事付閑鷗。暮雨孤斟
澆古淚，夕陽殘霸起雄愁。滿天芳草接高樓。

其 九 次小山

記得園花次第開，玉奴著意小盆梅。闌邊撲蝶憶前回。漫把牢愁
消酒恨，枉將清淚費詩才。半衾長待夢魂來。

其一〇

芳草萋萋綠到城，自携雙槳渡頭迎。翠煙紅袖倚樓明。戲拍香簧
教笛譜，橫敧錦被數花名。如雲如夢此時情。

其一一

未解眉峰學遠山，嬌籠小袖怯春寒。燒燈打馬那能閑。方向曲闌
尋蝶去，又從芳徑採花還。對人無奈聽歌殘。

其一二

褪盡繁紅綠掩門，帕羅香歇舊啼痕。錦囊緘字寄天孫。試鬥詩牌
爭勝負，靜修酒德度朝昏。夜來風雨泣花魂。

其一三

被裏狂醒夢不醒，午鷄猶當昨宵聽。丁香間結雨中青。南月約花
來曲屋，東風催柳上離亭。舞衣歌扇没心情。

其一四 次少谷，寄胥門舟中

坐對閑花晚日趂，百年無計奈愁何。錯將心事戚雙蛾。報答好春
惟有淚，拋殘良夜厭聞歌。芭蕉微雨兩三窠。

其一五

霸業銷沉一笛風，<small>實父</small>秋高塔影雁橫空。<small>子莐</small>客愁吟老月明中。<small>由父</small>劍氣久隨神霧化，<small>叔同</small>燈痕如與鬼磷通。<small>實父</small>可憐吳月太匆匆。<small>子莐</small>

其一六

潭黑松龍屈怒枝，<small>子莐</small>愁波曾見沼吳時。<small>實父</small>劈空雲影到山遲。<small>叔問</small>殘霸宮城秋寂寞<small>由父</small>，斷魂煙水晚淒其。<small>子莐</small>池邊虎去幾時歸。<small>實父</small>

青玉案

次呂聖老韻，偕仲容放舟作。

勸君莫惜花前醉。鎖萬事，伊還是。帶眼頻移腰漸細。閑情閑事，古來多少，都付東流水。　　搗愁萬斛勻眉際。休更灑，憑高淚。昨夜西風成愁計。青陰片片，忍將吹盡，何況春前蕊。

其　二　<small>和方回</small>

南朝舊日秦淮路。夕陽外，聽歌去。買醉何須桃葉渡。且隨鴛鴦，畫樓過盡，偏愛煙深處。<small>子莐</small>　　重來偏又年光暮，花月依然舊題句。欲不銷魂天不許。平生幽恨，被風吹去，化作沙邊語<small>仲實</small>。

其　三　<small>張榘韻</small>

天黏草色崖懸樹。古洞愁猿禪學處。亂石鞭驪上天去。萬山秦蜀，千年唐漢，個個由斯路。　　漁樵事業朝衫誤。早買青山也應許。醉到花間歌且舞。芙蓉玉碗，葡萄美酒，萬歲何朝暮。

其　四　<small>次方回</small>

平生夢斷揚州路。載明月，醒時去。撰得新詞惟自度。落花庭院，夕陽門戶，魂斷無銷處。　　玉闌幾曲高樓暮。剩有才人舊題句。獨有紅兒心暗許。滿階芳草，半簾香絮，空鎖黃昏雨。

其五 次山谷

二月廿六，再携雙六之惠山，扣舷而歌。

楊枝看熟堤邊路。又載得，瓊英去。十日不辭三四度。江山風月，賞心衹在，一霎無多處。　荊臺夢早醒朝暮。倦賦荒唐宋郎句。抱得仙才衹自許。澗飛嵐翠，上人眉萼，遠帶橫拖雨。

木蘭花慢　竹齋韻

問千絲萬縷，垂楊樹，是誰栽。更休倚暮闌，遠山向我，著意青排。天涯玉驄嘶倦，念琴尊，飄泊十年來。_{夔笙}那得故人長健，相從盡日銜杯。　舊游燈舫憶秦淮，夜夜管弦催。問花外雕闌，歌邊玉樹，誰與低徊。_{半塘}慷慨目無凡馬，嘆燕昭，枉用築金臺。囑咐簾鈎莫下，堂前小燕須回。_{子苾}

其二　夢窗韻

問青天片月，定知我，此時心。正恨滿奚囊，寒生畫舫，魂斷朋簪。重攀白門舊柳，被西風，換了幾回陰。欲把秦淮比淚，淚深還是淮深_{仲實}。　淒音。試問南朝，仙侶也動愁吟。更水邊緩緩，歌弦散去，鴻杳魚沉。霜前漸飛木葉，念遼陽，有夢到秋砧。怪得腸回似結，夜闌無酒堪斟。_{子苾}

花犯　清真韻，與仲容，兼寄孟昭

倦相如，年來作客，聽歌總無味。玉釵蟬綴。還算是文君，偏自姝麗。寶蟾照雪銀箏倚。燈花頻送喜。囑鳳帳，獸香休爇，春多辭翠被。　閑拋剪刀怨東風，朝來對玉鏡，花憔人悴。蝴蝶舞，珠簾掩，香綿飄墜。佳期誤，恨成小別，空曠望，疏煙殘照裏。嘆負了，小園池上，梅枝橫臥水。

望江南 金谷韻

殘醉醒，記夢碧雲灣。疏樹長於新種日，短亭猶在舊居山。啼鳥落花間。_{半塘}　狂興減，無處覓開顏。酒國應能供嘯傲，仙源未必得消閑。坐待白雲還。_{子苾}

784

解連環

用玉田韻，留別壯陶閣，戊子二月與叔由別亦用此韻，兼寄之。

恨逢君晚。嘆聽歌幾度，又驚離散。亂暝色，樹影沉沉，望人阻謝橋，隔籬燈遠。見又無言，只剪燭，催千行淚點。正煙波旅宿，空江舞蝶，暗窺窗眼。　　光陰水流苒苒。算追歡俊侶，總成哀怨。念此夜，明是燈前，問潮尾飄紅，甚時流轉。莫弄梅花，怕笛裏，渭城重見。把相思，分付蕉心，雪中替捲。

酹江月 散花韻

綠陰如幕，看江榴紅綻，漸催新暑。擊劍長歌誰與和，聽取角聲悲處。雲曳遙空，塵生大漠，愁思還多許。故人來未，竹風敲遍窗戶。_{半塘}
休說屈子吟騷，江郎傷別，辭賦標千古。醉唱山丘華屋句，霸業已成朝露。月冷庭蟾，風凄檐鵲，慘淡星河曙。十年游倦，荊臺夢怯雲雨。_{子苾}

數花風 玉田韻

與君沉醉，彈劍悲歌動色。滄洲憔悴釣鰲客。_{夔笙}甚日歸舟如葉。長吟漸瑟。抑塞恨，伊誰見得。_{半塘}　眼前芳草事，無限長紅小白。紅樓惆悵暮雲隔。_{夔笙}鴛枕夢痕何處，相思千驛。又數盡，歸鴉一一。_{子苾}

清平樂　用後主韻寄碩甫

小梅開半，片玉春敲斷。萬斛客愁和雪亂，淚盡海枯難滿。
消息無憑，枕邊尋夢初成。離緒幾人能剪，縱教剪令重生。　個人

其　二　次小山韻

留春且住，莫向天涯去。舊日南湖堤上路，都是玉驄嘶處。
綠漲梅青，黃鶯獨自關情。錦雁久無消息，空持書信無憑。　西園

其　三

君恩已盡，枉說潮頭信。輕送年華凋綠鬢，不願司勛夢醒。
淚滿高樓，誰家曲弄伊州。一自燕兒無主，夜闌閑了簾鉤。　斜陽

其　四

平蕪望處，不見征橈去。柳眼花鬚寒食路，引起韋郎離緒。
陌上花開，香車幾度曾來。休問如今心事，小園開過紅梅。　自從

其　五

綠蛾輕皺，總在黃昏後。拾得落花盈翠袖，記取他年人舊。
不放梢頭。柳綿細裏春愁。燈火千家舞席，管弦十里歌樓。　東風

其　六

滿池謝草，悔不飄零早。紫陌花鈿猶未掃，幾日燕慵鶯老。
畫箭宵長，殷勤玉手擎觴。不是忙修花譜，等閑睡過斜陽。　錦壺

其　七

玲瓏心事，都似冰敲碎。玉筋千條思往事，不是流波能寄。
橫臥秋桐，荒階暗雨朦朧。試劈桃穰無力，心兒原在仁中。　古簾

其　八

個人那去，不惜輕如絮。委曲雲鬟愁裏住，今日自尋安處。　銷磨

漏盡燈昏，古苔深鎖千門。夜夜虛他半被，恐妨月夜歸魂。

其九

關山夢醒，枕上風濤定。香印成灰燈滅影，細聽南譙更靜。　　那回水驛初征，千帆難記鷗程。不自素弦彈折，從今休聽箏聲。

其一〇

啼鵑喚遍，不見春旗轉。細檢匣中花幾片，代寫風人哀怨。　　春光又到梅邊，桃符彩勝年年。那知畫樓人苦，江頭猶望歸船。

其一一

燕梁私語，苦戀雙旌去。非是故人攔馬住，翠黛亂遮行處。　　漢臺風暖花飛，畫堂晝永春暉。雖是皇恩不許，郡人總望公歸。

六　醜　片玉韻

換明妝向晚，卸鬢影，鸞釵輕掣。玉蟾替圓，羅雲纖翳滅。耀彩清節。綽約紅菱小，乍冰奩喚，取玉奴低揭。花光悄熨頗黎熱。夔笙黛映眉痕，青分眼纈。雛鸞信音闕。似清秋夜郎，霧靄吹徹。　　雲闌雨歇。倚銀屏弄髮。暗省檀心舊，容恁別。花事似催鶗鴂。半塘自銷沉古井，暗塵生襪。深宮聽，羊車聲絕。戀恩寵。悔識團圞，枉抱舊時明月。煙榛裏，重展冰雪。忍淚痕，拾得妝臺粉，柔腸寸結。子苾

關河令

梅枝封雪更夕照，萬般清冷。沒了銀蟾，庭空無鶴影。　　千門深巷晝靜，起一簇，炊煙孤映。夢早催醒，重聽霜柝永。

荔枝香近　千里韻

喚取孤雲同上，叢臺去。望裏漠漠遙峰，多事遮霧霧。前游記得披襟，深澗鳴飛雨。爲洗，十斛緇塵泛仙乳。半塘　　斜日裏，怕短笛，吹

南浦。不爲傷春，因甚玉樽頻舉。休怪江郎，老去無才賦鸚鵡。笑把離騷一炬。_{子苾}

蘭陵王

倚晶箔。香霧輕籠畫閣。高寒處，誰念素娥，碧海青天誤靈藥。天涯客懷惡。紅瘦燈花半萼。和衣起，惆悵夢雲，無限離心付樽勺。　　前游憶嵩洛。_{夔笙}自婪尾開殘，芳事無著。小池新燕雙雙掠。記月地携酒，花間同載，幾回腸斷念往約。況良夜漂泊。_{半塘}　　渺寞。且尋樂。正晝裏朱櫳，墙外紅索。年華錦瑟誰如昨。雪冷梅老，負伊孤鶴。而今何意，理舊恨，漸謝却。_{子苾}

其　二　_{文溪韻}

捲羅幕。人立空庭燕落。簾旌上，蛛網暗縈，惹得楊花意輕薄。昨宵風雨惡。不管殘英命弱。臨妝罷，記得倚欄，不語雙眼淚珠泊。_{子苾}湔裙忘前約。漫說鏡冷青，鸞釵彈金鵲。錦箋寫恨愁心各。認遠渚煙樹，去程鞭影，夢中欲覓幾回錯。況畫裏池閣。_{半塘}　　宵酌。劃釵脚。嘆鳳管虛拈，鴛字孤學。相思有味誰同嚼。待星底盟誓，背花焚却。怕理鴛衾，舊夢在，忍負却。_{次湘}

臨江仙

用淮海韻，雲起樓偕魏頌作。

前度湖西折楊柳，何堪此地重經。二泉依舊在山清。人聞夸並玉。天上妒雙星。　　此日江頭誰送客，琵琶傳語清泠。聲聲都是斷腸情。王孫歸不得，芳草接天青。

其　二　_{六一韻}

樹杪泉翻山雨霽，隔城飛到江聲。半梯殘照亂溪明。甘蕉修竹。一夜過檐生。　　細算佳期將七夕，盼他雲裏霓旌。曉星東上與闌平。烏雲堆枕，鳳鳥任縱橫。

其　三

數尺珍叢春夢，一場彩局芳情。相思和雁計行程。料量雲外路，牢落水邊亭。　　舞困柳眉嬌影，歌殘鶯舌新聲。香箋小字舊芳名。風煙沉古渡，鐘鼓掩重城。

其　四

竟夜金缸獨照，終朝玉筋雙垂。梨雲一枕懶梳時。酴醾連院落，蝴蝶上階飛。　　小閣抛閑夜剪，夾羅裁罷春衣。些兒間候便尋思。無風花自舞，斜日燕空歸。

其　五　次小山

> 季碩喜誦粵歌“但見風吹花落地，不見風吹花上枝”之句，每憶及此，重爲淒惻，仿其意賦之。

東閣燈寒香冷，西園酒散人稀。爲言何遜漫裁詩。上元今已過，休負採蘭時。　　錦軸淚書空勞寄，繡衾幽夢誰知。杜鵑何用勸人歸。水難回別浦，花不上枯枝。

謁金門　洛水韻

情漠漠，自悔多才生錯。歷亂星辰都有著，相思無處摸。子苾　　點點淚痕衾角，離恨來時難却。療妒醫愁如有藥，藍橋仙不約。半塘

其　二　審齋韻

煙漠漠，花外幾重羅幕。紙帳定輕聞斷角，夢和香霧薄。夔笙　　怨別陽關慵學，寄恨微波難託。滿眼芳芬誰共酌，鶴聲渾不惡。半塘

其　三

燈暗坐，畫出愁人一個。茶飯不曾無淚墮，淒涼誰似我。　　聽盡鷄鳴不寤，拼把人兒不做。玉碎花殘今怎過，君懷中長火。

其 四

臺上坐，不見人兒一個。奇事似從天上墮，如何怪得我。　　莫説旁人不瘥，真把事兒錯做。豈肯些須容得過，蒼天如何火。

金鳳鉤　用補之韻贈素濤

冰翦羽，雪深處。倚翠袖，記曾聽雨。夢寬春窄，惹人離恨，花落啼鵑聲住。　　前游曾認清明路。鳳襪小，亂紅隨步。五更相送，任人沾露。無語挑燈歸去。

踏莎行

> 阻雪二泉，用淮海韻寄孟昭。

桃葉牽衣，桃根載渡。吳船兩槳分携處。玉釵歸夢卜燈花，幾回望斷高樓暮。　　月照流黃，人工織素。尺書縱短情無數。安排鳳枕待歸家，不須夢入梁溪去。

其 二　元夕次東堂韻

翠袖招春，錦衣行晝。銷魂總在人稀後。春心急欲到眉梢，玉綿偏裹將蘇柳。　　鴉鬢偏梳，鳳頭新綉。家家綺閣間金斗。昨宵沉醉未醒來，殷勤又勸屠蘇酒。

其 三　答文叔問送別，即用其韻

吳苑鶯花，越溪煙雨。湖山風月誰爲主。本圖弦管送年華，那期箛鼓成羈旅。　　似舊樓臺，依然雲樹。游人只當看花去。綠楊三百九十橋，無橋不是相思處。

其 四

自恨眉嬌，誰憐腰細。夢魂萬里隨鞍轡。銷愁強飲酒千鍾，不期到眼都成水。　　紅葉題箋，茜紗封淚。燈花剔罷熏籠倚。三更猶自望羊車，黃昏早過宮門外。

其　五　次小山

雨點澆愁，煙絲做暝。尋巢燕語商量定。峭寒勒住柳搖金，鞦韆閑搭春陰靜。　　身世枯棋，年華半鏡。蠻箋莫寄雙魚信。凍醪一盞酹淵明，仙源幾見桃花醒。

謝池春　姑溪韻

嬌雲照眼，珠錯落花前後。窺鏡兩心知，拈帶雙眉皺。乳燕驚落幕，臍麝飄香袖。子苾耐閑情，忺永晝。泥人醒醉，無奈樽中酒。　　除他鏡裏，誰省識，新來瘦。半塘寫怨碧箋長，按曲紅簫舊。夢怯芙蓉老，盟付鴛鴦守。吟興減，歡事偶，暗愁萬縷，縈損天涯柳。夔笙

其　二　放翁韻

乍解征鞍，又理漢江歸棹。不思量，厭厭病倒。今宵歡盡，怕雞窗催曉。柳絲愁，恨花偏笑。　　東風轉眼，開了酴醾須到。約重來，還須去早。餐風眠露，囑蛾眉休掃。最傷心，袖邊人老。

玉梅令

壬辰十二月十九日，紫翔招聚定慧寺蘇文忠祠爲公壽。美李君勤而多暇，用堯章壽石湖韻，歌以賽神。

仙霞片片。擁翠長洲苑。開尊覓，傍家池館。任蜀山萬點。蜀水更千重，靈旗一雯，那知近遠。　　公真達者，長生休勸。嘉賓喜，主人更健。把具區換酒，北斗作金卮。狂酹水，付江流轉。

月下笛　用片玉韻和淚薦季碩

雪弄山容，湖光飛翠，蕩搖空碧。離懷阻抑。隔浦何人橫笛。倚危樓，低問歸鴻，可曾伴侶逢舊識。嘆塵箋蠹管，飄零都盡，恨填膺臆。
　　因思往事，記小角紅闌，玉葱曾拍。長楸走馬，那念青衫羈客。把從

前，粉痕酒迹，暗和蜜炬成淚滴。枉啼鴃，喚遍春歸，萬里無信息。

調笑令 <small>次毛東堂韻</small>

冰斷，冷妃瑟。月到窗櫳如舊日。剛逢酒醒愁來逼。垂簾長背燈兒立。莫放翠蛾輕入。

碧牡丹 <small>次小山</small>

舞蝶隨歌扇。香絮籠釵燕。靜對屏山，不用登高臨遠。幾日郊原，芳草濃青遍。間鎖謝娘深院。　　恨無限。病起斜日晚。年華綠鶯偷換。一寸春心，更被燭花燒短。淚結紅冰，難了平生願。高樓誰弄箏雁。

春光好 <small>歸愚韻</small>

好花不與分愁。怎怪得，蕭郎白頭。莫唱吳娘秋雨曲，腸斷蘇州。<small>子苾</small>　青溪那解西流。漫負却，芳園夜游。醉倒杏花疏影裏，莫問更籌。<small>半塘</small>

六州歌頭 <small>龍洲韻</small>

青山終古，曾幾見豪英。悲宿莽，懷芳杜，撫臣膺。黯愁生。回首太平日，甲兵洗，琛贐貢，鯨鰐浪，豺虎氣，失虜廷。羽翼上京。玉帛塗山宴，麟鳳炰烹。<small>夒笙</small>感大風歌罷，威懾故鄉民。改置三軍。九州歌傾。
大言劉季，成事少，罵豎子，假王真。指白日，誓海水，上帝臨。保赤心。乞賜朱雲劍，攀殿檻，泣孤臣。<small>子苾</small>更何日，公論定，是非明。持節萬里海上，鯨波息，劓面謝恩。看皇州花滿，天下一家春。大禹如神。<small>半塘</small>

洞仙歌 <small>龍川韻</small>

畫簾疏雨，只有春人困。燕子飛來訴幽恨。<small>半塘</small>乍冰弦綠潤。寶鼎香寒，東風裏，惆悵亭花落盡。_{夔笙}　　釵痕山枕畔，無限歡娛，到了而今總成悶。_{子苾}記荼蘼一架，架底鞦韆，人去久，紺唾榴裙猶潤，忍拋石，臨池打紅鴛，怕點入波心，蕩圓成暈。_{夔笙}

歸田樂　_{友古韻}

纏綿絲斷香銷細。輕薄玉甌雲氣。_{子苾}珠露翠盤擎不似，微波恣魚戲。_{半塘}調小玉雲垂鬖。較淡濃情意。風味鏡湖西，漚鷺何日尋鄰里。_{夔笙}

醉太平　_{石屏韻}

醉翁有亭，醉鄉肯醒。人間唯酒多情_{半塘}，泥雙鬟勸聲。　　殘花半茵，遙山四屏。_{夔笙}書出心事難明，計征鞍幾程。_{子苾}

燕山亭　_{海野韻}

春老無花，羅扇未涼，燕子雕梁栖候。高樹玉蟬，伴我疏狂，階下酒斟盈斗。_{子苾}雨細塵香，看溪水，綠侵苔甃。吟又。算一樣茶煙，鬢絲非舊。_{次湘}　　花裏前度留春，記月色侵簾，酒痕污袖。清□抱影，燭鳳煙飛，歡情近來何有。_{半塘}雁柱塵生，剩幽怨，陽春誰奏。鴛偶。儘占取，花天玉漏。_{夔笙}

隔浦蓮　_{逃禪韻}

爐香低裊繡幄。隔院喧晴鵲。過雨霞天碧，孤桐秋意先覺。_{次湘}愁鄉尋酒樂。春醒薄。縱目憑高閣。燕穿幕。_{子苾}　　蕭騷短鬢，閑情慵付脂藥。烏絲寫怨，錦字共誰斟酌。_{夔笙}簾外雞聲信不惡。愁託。燈花黯淡飄落。_{半塘}

朝中措　_{介庵韻}

長攜玉手立花前。何用尺書傳。_{子苾}願得個儂心事，依依同住情天。_半

塘 香濃偎鴨，釵橫倚鳳，好夢依然。一樣銅琶聽慣。青衫莫上商船。

次湘

眼兒媚　平齋韻

鵑聲啼遍綠桑村。枕畔夢無痕。子苾錦衾斜角，繡罷清淚，都是離魂。

半塘　越溪誰浣鴉頭襪，人去石猶溫。次湘一聲杜宇，杏花開後，幾度黃

昏。子苾

采桑子

未春先問花消息，不見鴻飛。試倚苔枝，貼體輕寒繡襪知。　　　　簾鈎

一面金環閉，望斷人歸。休計愁期，過盡韶光莫了時。

其　二

暗塵羅額拋鴛枕，淚裏紅綿。心事眉邊，無限關山鎮日懸。　　　　百年

容易尊中過，怕到春天。流水樓前，應見芳汀去日船。

其　三

繡圈脂滑葱尖冷，又見春歸。雪霽煙扉，暖了南枝冷北枝。　　　　閒來

數遍堤邊柳，有淚誰知。休惜風吹，蜀魂千山不住啼。

其　四

闌邊一等春風到，先笑桃開。鳳蠟心厭，那有工夫再畫眉。　　　　樺煙

分處箏船過，歌扇低徊。相見初回，正捲風簾看落梅。

其　五

梅枝自是貪梅子，莫罵東風。斟酌橋東，剩有殘陽一霎紅。　　　　長留

半枕栖雲鬢，覓夢都慵。到了晨鐘，不見荊臺鳳枕中。

其　六

從今莫上歌樓去，妃瑟丁丁。誤了今生，費盡思量畫不成。　　　　柳縬

閑結千條恨，搭上銀屏。不似人情，猶勸流鶯三兩聲。

其　七

紅紗燈影還依舊，燕落空樓。墨淚難收，半斷簾旌半斷鈎。　黃昏
更灑無憀雨，做盡閑愁。蠟淚空流，誰寄詩牌到象州。

其　八

和雲和雨三竿竹，風色淒淒。鄂破孤栖，霜落空江無雁啼。　粉檀
玉筋縈千縷，欲醒還迷。燈穗垂垂，鳳帳煙飄落未知。

其　九

一重繭紙情難裹，禁得千重。暗雨朦朧，池面纖鱗戲落紅。　方亭
久杳雙鴛迹，辜了春風。月挂孤桐，失却芳期夜半鐘。

其一〇

釵頭彩燕籠雙鬢，自惜年芳。特地荒凉，斷盡蘇州旅客腸。　不因
紈扇驚人句，本自無雙。没處商量，獨向沙頭醉夕陽。

其一一

如今心事秋雲懶，冷淡歌前。未醉先眠，一任梅窗月自圓。　篋中
拾得齊紈句，小字雲箋。雁斷箏弦，無限傷心没個圓。

其一二

梅枝不解人憔悴，浪蕊偏濃。細雨迷濛，魂斷關山萬里同。　無心
弄影溪橋去，忽見春風。寵綠嬌紅，都入江郎恨眼中。

其一三

年年鄧尉花開日，伴侶登臨。醉帽香襟，軟踏紅綃一尺深。　自從
不見雲英面，直到而今。搗碎芳心，怕聽寒閨月下砧。

其一四

荆臺重見驚鴻影，夢枕依稀。寂寞苕溪，絮老花殘各自飛。　一壕

水漲春城脚，夕照微微。孤負芳時，猶有殘香在舊衣。

太常引 克齋韻

雙鬟睹唱漫旗亭。試歌取，麗人行。半塘花霧夜冥冥。問玉漏，皺鸞暗驚。夔笙　雙栖正穩，碧紗催曉。呼婢打流鶯。次湘拼得醉夢剩。紫雲見，狂心頓生。子苾

絳都春 芸窗韻

眉痕泥柳。展簾外綠陰，檀奴消瘦。鏡倚小菱，牒問靈苑三生舊。夔笙夷光合是君家有。證取五湖歸後。次湘夜涼人去，珠燈午上，淺杯分酒。子苾　忺否。簫郎疏懶，鎮凝對，却似鷺閑江堠。滅盡綺懷，應也低徊香消候。半塘春宵珍重長於晝。繡被波翻紅皺。玉困花柔圓蟾，隔窗照久。夔笙

感皇恩 竹坡韻

夜色認看旗，潛回樹杪。喚到林鴉北窗曉。酒醒夢轉，悵望倚歌聲悄。怕羅香尚在，人空杳。半塘　還算月裏，姮娥能少。自古英豪更消早。舊時坊陌，千樹楊鶯老。拍欄杆更見，花開少。子苾

其 二 張子野韻

白石山人役鬼工。須知龍在處，有雲從。擬他蹤迹赤松同。都南鄭，燒棧道，助而公。　王氣滿關中。憐渠功未就，已成翁。楚歌下霸王窮。神仙事，且休問，吊江東。

情長久 聖求韻

溪桃澗水，前游再到尋鄰里。尚記得，小紅題葉，林外飛墜。舊歡思渺渺，聽短笛，都把離愁喚起。夢痕遠，涼蟾側影，新雁橫空，頻目斷，遙天際。半塘　拼得疏狂，酒國尋生計。午枕倦，翠屏香散，懷人滋味。

故國夜月，料水檻，花枝笑倚。茜窗外，梧桐細雨，灑遍天涯，偏不肯，饒人睡。子荵

賀新郎 東浦韻

小院槐風靜。敞紋紗，羅衣太薄，桐絲自冷。門外斑騅嘶漸咽，慵問舊時香徑。誰念取，茂林多病。夔笙可是姮娥嫌夜短，倩輕雲，低護欄杆影。愁正在，酒休醒。 榛蕪勿翦偏佳景。更依依，垂楊千縷，似斜還整。半塘別意天涯芳草遍，消得雁昏蜑暝。空見說，銀河波回。靈鵲填橋長使在，料綢繆，也怨秋清冷。青鳥信，隔窗倩。子荵

其 二

次後村，虞山寄李元和。

枉說公頭黑。憶舊時，征遼擊粵，鬢絲堪織。殺賊還能書露布，著得兵書一尺。更愛弄，燕支顏色。龐統真堪才百里，忍千行，熱淚萊衣滴。誰望見，白雲迹。 簿書辱領偕刀筆。笑而今，齊王殿下，不分竽瑟。閉戶閑修循吏傳，氣短平原門客。嘆聖世，麒麟稀出。東有夔門西劍閣，向故山，高隱甘岑寂。同採藥，姓名匿。

阮郎歸 琴趣韻

沙頭微雨上燈時。紅襟簾外飛。次湘鴛鴦倦繡待郎歸。山爐香氣微。子荵 拈楚竹，倚胡梯。樓深月到遲。爲郎消瘦怕郎知。淚盈濕絹衣。次湘

其 二 次小山

柳眉彎鬥兩頭纖。慵梳却粉奩。春愁春病一時兼。香殘不耐添。情歷歷，夢厭厭。斜陽界畫簾。昨宵圓缺卜銀蟾。抬頭鵲噪檐。

其 三 題人書札

自知恩愛不如初。多情總說如。欲邀憐寵訴音書。翻抬情義疏。金斗重，玉屏孤。眉攢待慰舒。寫恩寫怨總成虛。何如一字無。

其 四

暗將殘鬢換吳霜。春饒柳正長。一番風色送斜陽。人兒在甚鄉。蘭幕翠，杏衫黃。多情老更狂。斟來白醴玉舟凉。高歌灌熱腸。

荷葉杯 次端己

憶否水晶簾下。秋夜。同坐納凉時。絳河樓角一繩垂。携手話星期。
次湘　　只爲殘花留月。難別。門外掃車塵。黃衫多少少年人。偏愛是何
因。子苾

一斛珠 次東坡

傲霜花晚。空庭月白宵剛半。參差弄影侵苔篆。淺酌低吟，儘勝登高
宴。半塘　　幾曲屏山香不斷。紅闌一段關山限。甚特重結尋春伴。莫換
雕梁，好待銜泥燕。子苾

渡江雲 用玉田韻寄龔藹仁

瓊消梅浪發，懷人正在，江國試燈初。少年拈彩筆，誤了青衫，悔不
弄春鋤。江山自主，又何須，強占明湖。憑寄問，仙源門巷，添種幾桃
株。　　嗟余。偏巾破帽，久客殊鄉，笑留連甚處。枉負却，鶯催春老，
雁吊秋孤。海潮不阻雙魚信，奈故人，懶報閑書。人自遠，相思酌酒
能無。

壽樓春 次梅溪寄冷香

尋房櫳芬芳。正晴烘寶鏡，春弄瓊窗。已是蔫紅病葉，怎禁驕陽。空
把淚，搜枯腸。悔那時，楊花輕狂。嘆剩粉啼珠，殘釵斷碧，虛自設梳
妝。　　歡期短，愁程長。但輕凋綠鬢，偷換紅腔。枉說江淹恨老，奉倩
神傷。嗟客舍，悲殊鄉。算佳期，難遇韋郎。怕啼鴂清明，堤邊柳黃飛
絮香。

巫山一段雲　擬唐昭宗韻

鴉逐將歸日，松留欲散煙。愁鄉知有幾重天，況堆千萬山。　　蟲網經風吹絕，又向簾旌重結。一絲分做一條心，教人怎麼禁。

一葉落　後唐莊宗韻

舞鳳落，驚珠箔。小鬟喚起整弦索。漏殘夢未成，花冠啼簾幕。啼簾幕，甚事心頭著。

如夢令

玉府丹霞生洞。碧樹雙栖彩鳳。鴛枕半隨郎，拼把泪珠分送。春夢。春夢。花落爲伊珍重。

其　二　嚴蕊韻

說是無情不是。說是有情不是。苦惱自家尋，愛受難捱滋味。休說。休說。杯酒怎能成醉。

相見歡

樓頭囑咐流紅。莫匆匆。慣自飄零休恨，雨和風。　　深杯淚，難成醉，暮雲重。又是斜陽西下，月兒東。

其　二

矩齋新得麗娃，次韻調之。

眼波密約尊前。麗窩圓。錦幄背燈調笑，壓香肩。　　鶯且住，蝶還去，掌中仙。撩亂鬢雲扶起，覓釵鈿。

減字木蘭花　<small>次後山</small>

楊絲裊裊，照水輕盈雙翠小。<small>子芯</small>愛月眠遲，花護雙鴛冷不知。<small>半塘</small>脂香襲酒，笑祝檀郎今日壽。<small>次湘</small>欲勸還休，酒靨輕紅聲帶羞。<small>夔笙</small>

其　二　<small>次小山</small>

高樓罷送，燈火分明人做夢。不見伊家，但剩釵頭贈別花。　　明知易過，到了歌前誰看破。姓字俱忘，長記門前對夕陽。

鷓鴣天

<small>次小山，壬辰除日。</small>

玉手纖承琥珀鐘。幽窗蠟炬更嬌紅。柳移彩舫深深路，花引朱弦款款風。　　愁裏見，病中逢。香腮還與舊時同。韶華正是春時候，斷送歌殘酒罷中。

其　二

欲下高樓月已殘。殷勤款語倚闌干。如何別候梅初吐，開過荼䕷尚未還。　　雛易懶，總長閑。幾回花下惜紅顏。金籠薰罷餘香散，依舊雲綢夜夜寒。

其　三

失却清明陌上游。野花無奈送行舟。滿湖萍葉隨郎棹，半架藤花傍妾樓。　　情萬種，淚雙流。兩蛾禁得幾多愁。春來已覺腸堪斷，況復班姬易感秋。

其　四

消受蘭情怎忍歸。衫兒鎮日淚淋漓。唐宮縱有三千寵，那抵當筵舞一回。　　嬌弄帶，別牽衣。分携長記謝橋西。湘妃另有無窮恨，浪蕊浮花那得知。

其　五

花下偷吹碧玉簫。問名應合字嬌嬈。老夫無故多煩惱，借汝歌喉次第消。　　花寂寂，漏迢迢。銷磨帶眼沉郎腰。分明記得當時路，醉誤清溪第幾橋。

其　六

薄暮輕寒酒力微。孤花殘露螻蛄啼。雕籠莫向鸚哥説，教得歌成耴次飛。　　辜密約，誤良時。牽牛開過不曾歸。桑田幾次栽黃竹，流水何曾有了期。

其　七

寒食依依細雨飛。七年不聽蜀鵑啼。粘花繫月因何事，誤了生平却恨誰。　　朝露薄，夕陽微。河橋側帽柳吹衣。相思自理懨懨病，携得藤籠採藥歸。

其　八

千朵嬌扶豆蔻春。真珠採得贈何人。可憐一枕蕉花雨，化作千絲柳葉雲。　　剛半睡，帶微醺，歌橈酒點石榴裙。眾中一等誇年少，眼角橫波總屬君。

其　九　酒邊韻

高隱青門幸不侯。西園麈尾盡英流。當筵酒陣飛千盞，藏匣詩牌剩幾籌。　　青雀舫，紫貂裘。安排琴劍老蘇州。與君重訂鷗邊約。早占青山買莫愁。

其一○　自韻

錯把江南作故鄉。十年鶯燕識王昌。聽歌醉酒尋常事，到了而今做斷腸。　　花亦笑，水都香。甚時重到訪吳娘。老懷本自無牽挂，却引閑愁上夕陽。

鶯啼序

夢窗本意。半塘詠事之作，沉鬱蒼老，愛而和之。

橋紗玉蟾照眼，弄清暉透戶。夢醒早，何處高唐，楚山雲冷朝暮。帕羅怨，紅冰浣粉，鵑啼血染千山樹。正蘭橈波暖，橫塘柳絲飄絮。　回首吳雲，畫橋繫馬，蹴珠塵擁霧。短箋寄，班扇題香，舊恩長保紈素。倚熏籠，雙鴛罷綉，折秋藕，搓成千縷。捲簾櫳，低問班行，早羞鶒鷺。

皋廡落拓，水國淹留，舊巢認燕旅。試再訪，舊時坊陌。廢池空壘，寶瓮苔荒，雁煙蚩雨。幽蘭泣露，寒螿啼月，銀箏腸斷烏栖曲，恨潮回，不過闇胥渡。瓊枝玉蕊，無端雨橫風狂，錦綉委棄坏土。　壺催畫箭，燭短銅薬，理亂愁似苧。擁綉被，香殘臍麝，管蠹箋塵，鳳紙愁書，蝶衣憐舞。探梅訊柳，銀屏深井，仙鄉消息音信斷，譜離鸞，弦澀如膠柱。年年烏鵲填河，彩袖盈盈，那人見否。

其二

和夢窗。西雲還山，作此送之。

樽前漸稀俊侶，倚蒹葭問水。蒨花謝，爲覓春魂，燕泥收得殘蕊。怯弦響，雲間雁落，空堂峭壁蒼鷹墜。念青山無恙。蓴鱸忽動秋思。　紅鎖鞦韆，一簾嫩雨，正黃催杏子。嘯歌罷，門掩松陰，九街車騎稀至。笑東門，何須帳飲，淡煙外，鞭絲遙指。縱離亭，千疊陽關，那知人意。

鷄啼月曉，問夜如何，正萬家熟寐。宮樹暗，翠沾衣潤。喚曉鶯語，指點銅仙，老懷孤淚。玉階獨立。銀河悵望，腰肢非爲君恩瘦，自池邊，照影成憔悴。江村暝宿，燈昏客夢驚回，此身在煙波裏。　回頭甚事，錯把年華，付翦紅刻翠。且放浪，鷗夷湖水。喚我盟鷗，柳外沙邊，伴伊眠起。天台採薬，仙源種樹。從今休問人魏晉，看雲山，携杖柴門倚。閑將斷盡柔腸，譜入漁謳，淚封故紙。

繞佛閣　次片玉

試燈夜近。梅弄小萼，香散吳館。寒沁花短。鳳釵時引，蘭薰度羅幔。素期漸滿。珠淚夢冷。樓外人遠。芳意淒婉。綉鞍酒醒，垂鞭繞堤岸。　畫閣憶如昨，乍剪愁絲勞理綫。猶念去年，桃花逢半面。奈白露光陰，流似催箭。水楊羞見。嘆伴侶殊鄉，霜鬢蓬亂。寫蠻箋，既封重展。

其　二　同上

淡煙夕起，華月挂樹，先照山館。壺漏嫌短。榻移傍甃，開軒卷羅幔。短籬菊滿。涼簟露冷。班扇疏遠。弦澗歌婉。只分一水，斜河渡無岸。　七夕盼靈鵲，好倩蛛絲搓巧綫。樓下柳梢，當時人一面。嘆個裏光陰，弦急催箭。夢稀難見。寫雁字成行，風又吹亂。看簾旌，欲收還展。

攤破浣溪沙

已見西園蕊半殘。東風偏急落花間。端做人間殘忍事，與誰看。羅帕淚挨雙臉熱，鏡奩愁重兩眉寒。依舊無情天上月，到欄干。

其　二

水面紅鱗欲上鈎。登臨無處覓高樓。庭院梨花春不管，夢悠悠。那有紅顏能百歲，憑他杯酒解千愁。空把鏡中雙臉淚，各分流。

西子妝慢　白雲韻答

滾滾長江，堂堂去日，白首幾人如意。新亭那個是英雄，對河山，勸君收淚。天垂四碧。漸銷盡，胡牀豪氣。聽高吟，自中山仙去，人間無此。　桃源外。早納閑人，洞口雲休閉。偶然詩思到蒹葭，展琴書，不知何世。甚處倦倚。藤花下，須謀百醉。指煙波，明日舟船萬里。

憶江南　南唐後主韻

多少事，付與亂煙中。羅扇追涼芳樹底，驟驚雙燕落釵龍。衫影漾池風。

其 二

多少夢，鴛枕淚霑頤。無限關山羌管裏，落梅何用更頻吹。狂醉莫猜疑。

望江梅　_{南唐後主韻}

京國去，辜負許多春。簫鼓畫船排柳下，草熏蜂蝶逐香塵。花氣隔船人。

其 二

星錯落，銀燭一簾秋。菱芡滿船明月上，攔江吹笛夜橫舟。燈色上城樓。

法駕導引

> 陳與義和赤城韓夫人作，非人世語，廣爲三闋，寄仙府。

藍橋路，藍橋路，貝闕玉晨君。玉鼎才添檀一炷，琪花萬樹已生雲。光景四時新。

其 二

雲芝扇，雲芝扇，池上玉蓮搖。香露花飛珠萬顆，並無一點著冰綃。銀漢路何迢。

其 三

桃花樹，桃花樹，開落幾春秋。不識靈旗何處去，至今遼海剩仙舟。古洞絳雲流。

拋球樂　_{次馮延巳}

元夕無燈夜易闌，千街寂歷獨盤桓。柳依邃館清清地，花向朱門故故寒。不用聽歌去，自有雲英解弄歡。

其 二

彩燕釵頭做嫩晴，膩鬟蘭麝帶香輕。風光勒住花心放，春事偷從鶯嘴聽。自不思鄉里，杜宇聲聲枉費情。

其 三

小景盤梅列綉庭，春分花事早關情。杏梢嬌臉初勻就，楊葉香眉欲剪成。一餉尋芳緒，歌囀鶯兒學尚生。

其 四

花掩西蘭曲曲紅，畫屏金額隱簾櫳。鞦韆柱挂千絲雨，勝子幡招半篘風。没處尋春在，偷入緗桃細核中。

其 五

整頓吟箋燭未殘，酥花芋葉倦盤桓。總留佳句春來賦，偏到芳辰興已闌。檢點羅衣薄，過了燈期晚更寒。

其 六

自鎖雙眉蹙遠山，何曾花鳥解相干。非關薄倖緣先短，不爲清歌酒易寒。且莫思閑事，枉爲傷春損玉顔。

東風第一枝　次玉屏葉恭樊樹韻

燕□金盤，鷄絲綉户，曲闌風颭燈影。獸香飄麝簾深，鳳蠟溜珠漏永。鄰娃俊侶，費一夕，商量游興。笑舊家，桃葉桃根，艷質問誰能並。懷杏朵，舊盟誤證。憑柳眼，探春末乍省。弄箏銀甲猶寒，掃雪畫簷未净。雲鬟甚處，枉負了，龍梳鸞鏡。倩翠袖，爲换深杯，醉裏倍饒佳景。

其 二　再用前韻寄玉屏主人

菜甲春蘇，松腰雪嫩，隔城帆送山影。燕憐珠閣歌長，柳愛畫橋畫永。銀花鐵鎖，準一月，游酣燈興。算踏青，伴侶都非，鬥草更無人並。

好夢斷，袖邊錯證。閑醉醒，帳中漫省。遠尋芳緒難憑，欲掃舊愁未淨。穠妝桃李，怎得似，池梅窺鏡。問甚時，料理歸艎，再賞故園風景。

壺中天　石帚韻，再答少谷留別

故山抛却，把南花分做，荆臺仙侶。斜日照殘樓外柳，柳外青山無數。繡户春燈，畫羅秋扇，淚點吹成雨。蘭成已老，斷腸難寫愁句。

薄暮千疊陽關，梅花片片，分散長安去。早是客懷無著處，空望煙波迷浦。鷗夢三生，蝶魂孤枕，留也無人住。欄干幾曲，大堤南北分路。

思遠人　次小山，寄仲由

貪愛殊方無意去，杜宇枉催客。藍橋夢斷，朱門春鎖，相見甚時得。

淚珠日費花前滴。粉壁剩詩墨。嘆手種碧桃，爲伊憔悴，消損舊顏色。

玉樓春

殘衾酒醒高樓暮。冷淡斜陽閑閉户。只饒苦味似桃仁，無復穠情栽柳絮。　從來宿粉栖香處。煙冷風凄無夢去。分明人自不歸來，怎怪藍橋堤上路。

其　二

花開次第香成陣。陌上尋芳期又近。難邀鴛夢枕中逢，試返鵑魂香裏問。　才多薄命今方信。寄語江郎休賦閑。不辭玉盞十分斟，昨日花開今日盡。

其　三

繁華已倦尋幽靜。靜裏啼鵑偏攪聽。陰晴天氣釀成愁，薄劣春醒還易醒。　塵篆蠹管閑妝鏡。缺月窺簾驚半影。商量百計奈伊何，倚遍危欄心莫定。

其 四

萍漪小鳥窺池鏡。碧玉當窗閑刷鬢。春鴻那解寄人書，靈鵲空言傳好信。　拋閑彩局新年盡。又向百花生日問。每思秀句賦春華，到了拈毫還寫恨。

其 五

千方無遣相思計。接遍天涯芳草地。憑君解說不心甘，坐對殘英無限意。　風光歷歷思前事。怎勸花前休捨醉。任他紅藥弄嬌嬈，供得一春多少醉。

其 六

故衣已破誰能綻。繡被餘薰香漸散。拚填恨海作冤禽，不寄尺書勞錦雁。　醉扶紅袖辭金盞。消受溫存今怎慣。節名因甚取春分，春到分時誰不恨。

其 七　次珠玉

飛紅帶得殘春去。酌酒聽歌無意緒。自從拋別玉真來，下九初三無過處。　本來天上瑤臺侶。委曲人家曾小住。持杯不用祝東風，花落花開原有數。

其 八　次片玉

飄零也願江南住。天爲安排詞客處。綺羅無主月窺簾，蜂蝶逐人香滿路。　嬌紅籠綠春無數。送酒微歌朝復暮。輕衫郎面似蓮花，團扇妾懷吟柳絮。

角 招

張子苾上和以此調贈別，用石帚韻答之。

嶺梅瘦。東風帶雪飛花，綠又催柳。綺窗生遠岫。萬種好春，都寫君手。鷗去久。更買空，湖邊三畝。匹馬關河古道約，憶風雲灞橋西，寄詩篇千首。　　還有。倚欄翠袖。吳霜染鬢，難擷芳枝秀。玉釵敧枕溜。倦倚薰籠，予懷愁候。年新客舊。況十載，疏狂傷酒。笛裏陽關莫奏。便重怕，香消花，殘歌後。

步虛詞　次季碩韻

沙草依依淺渚，水楊曲曲高樓。月圓人共愛中秋。辜了中春時候。愁裏已憐杜牧，夢邊又見蘭枝。鳳衾竟夕苦相思。推與明朝無計。[①]

其　二

泥落梁空燕杳，歌殘苑冷鶯稀。休將清淚洗花枝。著意閑眠淺醉。鳳枕誰憐夢斷，鴛樓不見人歸。從前春水泛杯時。再會蘭亭有幾。

烏夜啼

秦淮聯句。和夢窗，十月十五夜。

紅樓壓得波紅。水脂濃。吹盡南朝花影，是西風仲實。　　金粉地。漫都付。酒杯中。燈下分明人在，怎成空。子苾

生查子

次小山。寄仲由海上示仲藍。

紅樓夾道旁，認熟黃衫馬。翠幄各留人，閑却千燈夜。　　寶髻擁花梁，偷試花開謝。明月有誰看，背落寒潮下。

其　二

繡幕慣溫存，乍別荒江浦。明日海濤頭，新月知人苦。　　携手倚梯闌，欲下還留語。心事萬千重，説得三分否。

---

① 原注：前二平一仄，後又換韻，此夢窗體。

其 三

抛却自家心，占了他人住。江岸寂無人，燈火搖煙浦。　　枕淚濕雲鬟，醞造絲絲雨。耳畔尚嬌啼，乍換殊方語。

西 河 和夢窗

花雨霽。城陰柳色融洩。銀灣幾曲送斜暉，綠樽酹水。試憑新燕問江南，樓臺何處佳麗。子馥　　攬香絮，按恨蕊。一春夢也零碎。東風萬一度璃簫，玉容尺咫。綠陰滿院又黃昏，啼鵑來話身世。夔笙　　落英力弱自委地。春華淒斷紈綺。惆悵留春無計。儘清歌妙舞，泥人欲醉。誰惜芳林花如洗。幼退

其 二 稼軒韻

南朝水。總是南朝人淚。清溪仿佛似桃源，不知幾里。與君寂寞強尋歡，苦茶還當甘薺。　　夜方長，漏催易。把酒月來何意。莫將衮衮羨諸公，半成殘李。五湖一舸是生涯，前驅不願千騎。子蕊　　況相逢，尚能共醉。儘淒涼，拼耐愁味。照影莫傷憔悴。指鍾山一角，精靈來往，對此嬋娟銷魂未。仲實

蝴蝶兒

兒女輩拓墨蝴蝶，桀帶仿之音者，無以辨，製此志之。

蝴蝶兒。正時栖。香宿粉染金衣。怕春傷著伊。　　已向梁園住，何圖漢苑飛。莊生心事有花知。一場仙夢非。

後庭花 孫光憲韻，送傅桐丞太守之任西安

少年裙屐誇鄉國。酒痕衫色。劍閣煙鬟千點綠。甚日歸得。　　使君名姓在，小兒能識。雨絲如織。別後相思燈下憶。漢水無極。

杏花天

大雨三日，遲之不至。用江開之杏花天韻，又寄此闋。

瓦溝翻浪穿花徑。古城空，行人絕影。已逢南雁猶難準。況走天涯不盡。　燈花報，征鞍路近。喚煮酒，來朝醉穩。老夫無限前朝恨。要把長安細問。

賀聖朝　葉清臣韻

好花一餉仙家住。被鄰鶯爭去。羅巾香帕，一離樓閣，便抛風雨。舒眉強向人前語。暗牽衣低訴。欄干明月，碧紗燈影，尋伊無處。

桃源憶故人　王之道韻

春蠶莫解絲纏處。怕見城南高樹。淚綫暗抛如雨。出入房櫳户。尋思百計難留住。只有斷腸無數。眼底江南人去。就是樓前路。

探春慢　寄憶實父金陵兼簡次湘

葭浦停雲，藕塘斷雨，遙天星景垂野。_{子荄}笛倦西樓，書還南國，偏道風帆似馬。_{叔問}江上愁多少，算潮水，平分陶寫。_{由父}有情休向秦淮，月明清夢無話。_{子荄}　還憶漂零蜀客，知別後湖山，吟袂誰把。_{叔問}紫曲門荒，青溪人遠，賺盡老懷嬌冶。_{由父}尊酒重携處，定念我，相思吳下。_{子荄}怕載秋歸，蘆花吹滿涼夜。_{叔問}

摸魚兒　擬稼軒

正江南，畫簾煙雨。空階良夜人去。問他攀折長堤柳，應記別離回數。留不住。漫囑付，桃花休隔仙緣路。綠鶯漫語。試拾取香萍，與伊重認，盡是繞街絮。_{子荄}　年時約，休道春期易誤。好花風雨曾妒。賦情

便遣深於海，别恨向誰深訴。狂欲舞。算有酒，澆愁可到劉伶土。清吟自苦。問斜日欄杆，啼鵑門巷，何許散愁處。半塘

惜奴嬌 石孝友韻

久斷情緣，驀忽地，著冤家遇你。水性情，本來恨你。費光陰，受熬煎，都爲你。問你。自己痴，那個害你。　煮茗焚香，背燈立，偏勞你。再來麽，全憑在你。子結桃花，並無人，憎嫌你。痛你。自此後，誰人管你。

憶秦娥 石湖韻

誰敲缺。不留半個天邊月。天邊月。嫦娥縱在，鬢應如雪。　淚痕添做流泉咽。冤禽怨是何人結。何人結。欄干轉角，孤帆天闊。

其二 于湖韻

吹清角。天涯游思今非昨。半塘今非昨。夢中雲遠，酒邊醒薄。　通辭惆悵微波託。夔笙疏狂早擬親弦索。親弦索。縱春歸去，好花休落。子苾

夜游宫 坐冷香夥次夢窗

泥落梁空燕杳。淚雨滴，梨雲夢覺。猶記紅窗鏡妝曉。喚吴篷，奈愁多，載不了。　草緑池塘早。比謝客，詩情還少。鎮日相思向誰道。看春來，又春歸，人暗老。

其二 放翁韻

錦帳朝朝睡起。罷梳洗，落花鋪地。帕染燕支紅在水。怕纏綿，總生疏，抛冷際。　暗度回廊裏。恨明月，照人窗紙。虎阜山塘才七里。算生平，幾人兒，都害死。

千秋歲 淮海韻

芙蓉塘外。脈脈輕陰退。新月漾，簾波碎。歌聲回舞扇，題句拈裙帶。歡乍見，驚鴻顧影翩無對。半塘　鬱鬱京華會。九陌馳冠蓋。塵乍起，人何在。夢回關塞遠，淚灑山河改。天縱老，冤禽此恨難填海。子苾

其　二

丁亥偕季碩游惠山，今六年矣。春仲重來，用淯翁哭少游韻哭之。予與季碩文字之交，更勝於黃、陸也。

恨彌天外。白日驚風退。金釵斷，瑤環碎。荷搖雨含淚，柳轉銷魂帶。青草遍，荒園蝴蝶飛成對。　約待瑤臺會。珠玉黃沙蓋。簾影底，無人在。彩雲樓閣換，冷霧山川改。年未老，桃花幾見塵揚海。

其　三

次六一。夢中哭孝莊作。

幾聲啼鳩。漸漸春芳歇。一枝梅，未當時折。褪紅流水去，長恨清明節。綉簾外，香綿又點蒼苔雪。　解語琵琶撥。指上殷勤說。弦未斷，音先絕。憔悴香桃骨，芳實枝難結。枕淚濕，鳴雞未曉弧星滅。

望江東

次山谷，雲起樓付雙六。

紅袖樓頭弄芳樹。隔幾疊，蒼雲路。朝朝看足夕陽去。不勝似，移家住。　倡條冶葉春無數。賦秀句，難分與。小箋書就託誰付。兩三點，歸鴉暮。

夜半樂

次屯田。偕仲容別惠山。

遣愁酒醒無計，携來麗質，雙槳尋芳渚。挽柳繫蘭橈，畫船稀處。晚

霞帶水，蒼然落照，望中城堞依稀。酒旗飄翠。更幾點，漁燈出煙浦。

舊游載雪訪戴，斷雁荒蘆，冷煙枯樹。煙浪裏，無人潮頭孤去。驟驚重到，嬌紅寵綠，倚樓翠袖層層，艷姬妖女。爛堆錦，嬌歌雜鶯語。　　念我因甚，帶眼頻移，玉驄輕駐。縱卜他，生也無據。對東園，臺榭有興仍銷阻。空悵望，隔斷瑤臺路。杜鵑啼遍千山暮。

夢揚州

次淮海。三月二十五寄孝莊。

寶箏收。掩鏡奩，幽恨難休。怕寫舊詞，總是傷春悲秋。倚闌閑立，斜陽外，望綠楊，芳草煙稠。空箱裏，羅巾黯，庾郎無字題愁。　　追憶芳時俊游。傳小字紅箋，楚尾吳頭。淚粉暗銷，悔爲當時淹留。玉堤柳老綿飛盡，落燕泥，閑鎖簾鈎。鄉夢令，萍飄梗泛，腸斷蘇州。

惜分飛

次東堂。四月廿六偕韻和訪虞山舟中寄憶。

帆影遲移風力小。淡送夕陽芳草。夜短偏難曉。春花秋月無時好。
獨樹荒村人悄悄。怎奈凄涼又到。往事閑抛了。眼前歡事驚稀少。

撥棹子　尹鶚韻

情迫切，呼明月，怎不留人人暫歇。費盡護花心力。還剩得，恨事新蟬風裏説。　　相思縱害冤休結，肝腸一霎成冰雪。盟與誓，竟成虛擲。無好計，後世今生都想徹。

少年心　山谷韻

萬事莫解煩悶。斷柔腸，不留分寸。算秋娘今得意，杜郎薄倖。怎料得，鳳喜鸞嗔。　　越客西施休問，網得了，贈人幾分。對鏡中花笑，誰愁誰恨。些兒裏，做兩面人人。

駐馬聽 屯田韻

錦帳香衾。總虛設，傷心只有天知。千山萬水，帆檣鞍馬，關河抵死相隨。最憐伊。背地裏，會也些兒。磨折千端，不成還罷，況又分離。

銀瓶那收覆水，平地難追。恨露水緣分，誰教伊爲。一任鴛鴦卅六，歷亂何忍思維。再見面，怕桃花，開過繁時。

安公子 放翁韻，爲歌僮耐香作

酒陣排詩社。當關客到呼僮謝。清簟疏簾，攜一局，藤花滿架。臥看牽牛，簷角飛星下。涼夜枕，一刻真無價。看露華欺燭，獨步回廊深榭。

真個魂銷也。昨宵香染鸞帕。見慣司空，絲竹內，甘心都罷。聽鼓應官，又走蘭臺馬。潘鬢疏，提起相思怕。但放懷歌酒，舊事明朝再話。

傾杯令 呂渭老韻

病蝶飄魂，啼鵑吊影，恨事眼前都到。花落風狂偏掃。春枕雨還催曉。　花憐白髮人俱老。嘆餘光，樓頭殘照。明知此恨人有，怎奈我當不了。

訴衷情 次小山

鳳箋清淚減深紅。情與寫時同。落花庭院無主，惱恨雨和風。　人隱約，酒朦朧。別情濃。燕兒池畔，蝶子闌邊，不見驚鴻。

其　二

春紅無奈鬢邊秋。香絮笑盈頭。非關病酒無力，有淚不堪流。　山疊疊，路悠悠。做成愁。半簾落日，一院黃昏，莫憑危樓。

其　三

掠波江燕剪湘裙。花氣隔簾薰。玉階滿地梅粉，收暝一庭昏。　人獨影，淚雙痕。杳芳魂。一爐沉水，數尺屏山，夢斷巫雲。

留春令 次小山

一番春信，柳苗弄玉搖煙水。數繞花枝問流鶯，想曾見，當時事。猛拍闌干誰再倚。悔輕離鄉里。紅燭休然到天明，省幾點，傷心淚。

清商怨 次小山

愁深無奈醉淺。負鳳衾春暖。費盡思量，妝臺人自遠。　　楊絲休付燕剪。怕剪斷，玉郎歸晚。十幅蠻箋，書來猶恨短。

愁倚闌令 次小山薦冷香籹

花邊柳，柳邊鶯。水樓明。多少暗愁都付與，短長亭。　　料理歸計難成。紅綃一曲，買歌綾。一炷龍涎和淚點，寄多情。

燕歸梁

雙槳雨，一絲風。羅帕剩啼紅。一溪煙水暖溶溶。花釀燕泥中。思前事，香銷字。模樣圖中誰似。夢中滋味淡還濃。依舊畫樓東。

御街行

次小山。二月十七偕仲容之惠山，至是四游矣。

晴雲釀就枝頭絮。鷗認前游路。傍花梳掠閑船窗，宛似綠簾深戶。彩鳶風裏，人家寒食，隴上新移樹。　　餘紅戀水重來去。梅粉搓成語雨。一年花好正清明，怎奈好春難駐。欲知鴛被，歡情多少，眉尊生嗔處。

其 二 贈雙六

聰明眼角眉尖露。睡足房櫳暮。碧桃紅杏是凡花，怎比自栽珠樹。年華二六，争憐争寵，更勝紅兒處。　　低窗曲屋曾雙住。長記城西路。不知吳蜀隔千山，笑問幾時歸去。相如已老，多情空説，悔把芳卿誤。

六幺令 次小山

夕陽紅翠，山腹飛丹閣。柳邊玉鬢低唱，鶯語誰偷學。静繞朱闌四面，太息無人覺。錦幬周匝。圍花倚玉，翠管尊前幾回掐。　　長恨佳期未準，偏是空書答。私怨幽約難成，不盡芳盟押。回憶春燈似夢，一寸流波霎。屐須重蠟。千山踏遍，休遣閑愁上眉角。

其　二 次小山，泊望亭

夾衣裁就，春好人將息。長堤幾行新柳，還似去年碧。紅燭船窗妝罷，蘸粉勻圓的。月拖帆席。扣舷歌嘯，我是乘風舊仙客。　　前度江邊一樹，玉朵香初坼。此日樓外千條，素手枝重摘。自古陽關幾曲，不厭千回笛。暮江空寂。燈疏市遠，獨倚蘭橈暗中憶。

武陵春

　　二月二十一，携雙六弄棹梁溪，游女如雲，雙六避舟中。予獨啜茗山下，用漱玉韻賦之。

船密無風花氣熱，狂蝶上釵頭。春事看看一半休。省淚爲誰流。龍吻霏香垂玉澗，一柳一停舟。不是朝雲共彩舟。怎奈得，萬千愁。

玲瓏四犯 石帚韻

月老石荒，雲空山冷，詞仙今在何許。但驚才語傷，不讓斯人古。長門爲誰賣賦。喚扁舟，肆游煙浦。五百樓臺，八千弦管，風月那論苦。　　樓前水關山路，認尋香紫陌，敲韻朱户。越溪橋畔水，不向長安去。　　飄零也是江南好，願同作，吳皋羈旅。須訂與，琴臺結，簪花老侶。

其　二　和前韻

試暖香篝，怯涼羅扇，離魂續得供伊斷。自家尋著走天涯，如何儘把山川怨。　酹水無情問天難。管玉釵，能否今生見。風沙豈止損朱顏，離憂直怕肝腸換。

水調歌頭　和山谷

携手爲君語，家在浣花溪。風暖春衫團扇，隔葉聽黃鸝。喚我花間休去，醉臥緑陰芳草，酒氣吐雄蜺。起舞狂歌罷，松翠滴羅衣。子苾　寫鄉心，消旅思，託琴徽。軟紅十丈，幛愁惟藉掌中杯。拂袖星辰錯雜，極目關河澒洞，身世豈人爲。浩蕩愧飛鳥，倦羽尚知歸。半塘

其　二

壽蘇次日，瘦碧用東坡韻見示，和之。

天上問明月，一笑幾春秋。休提元祐間事，仙去不知愁。老子數行清淚，留得千年佳話，荔橘祀眉州。何以奉卮酒，煙水弄蘋洲。　賢使君，招野客，解貂裘。古今作者，公後曾有幾人留。何昔日之芳草，今直爲此蕭艾，吾欲反離憂。醉倒要離冢，莫上讀書樓。

其　三　次稼軒贈篤庵

武庫排文戰，杯酒餞君行。我是蜀中狂客，鐘鼓發雄聲。收取龍鸞杞梓，好扶麟鳳臺閣，金殿領群英。惟有梁溪水，堪濯使君纓。　萬卷書，三尺劍，千古名。大兒何重小兒輕，試看銜枚萬馬。快賞衝霄一鶚，彩筆賦豪情。留取青山在，爾我白頭盟。

瑞鶴仙　次片玉

漏微陽半郭。收夕暝，做弄輕寒漠漠。燈前怨花落。忍和煙和雨，拋殘籬角。春嬌柳弱。似向人，尋問舊約。嘆陰晴未準，芳侶踏青，漫費斟酌。　幾度桃花不見，一面簾垂，暗塵生閣。銀蟾覻幕。嫦娥悔，誤靈

藥。自分携，好夢難逢，單枕晨鐘偏送夢惡。莫金尊謝却，還算醉鄉最樂。

其 二

壬辰十二月五日，携仲容惠山，次陸子逸韻。

翠波釵溜枕。浴罷時，衣裳重對鏡整。弓灣印苔冷。正泉温暖玉，雪疏吹粉。樓高日永。望蕪城，煙沉萬井。與山花，早約重來，客裏莫教吹盡。　　尋省。鷗邊幽夢，蝶外香魂，那回情景。紅墙隔迥。仙路遠，更難準。試吹簫低唱，清詞數曲，縱到黄昏莫問。問何時，醉擁螺髻，綠窗睡穩。

其 三 樵隱韻

嫩涼消得晚縟。猩紅綻，四月荆桃初熟。清吟興難足。儘舞回彩扇，聲留瑟玉。_{半塘}年芳轉燭。怕夕陽，催客縱目。生憎旅燕，又辛苦啄泥，穿過階竹。_{次湘}惆悵湔裙人去，絮冷廊腰，蘚荒欄曲。相思調促。彈幽怨，奈弦獨。_{夔笙}嘆楊枝攀盡，留伊三疊，陽關誰爲再續。況天涯，老去王孫，大堤草録。_{子苾}

失調名

古臺生暝，甚野花，多情愛挂臣冠。_{次湘}狂展苔茵，醉呼萸盞，山頭再會應難。_{子苾}放懷境寬，只懼情不似從前。_{半塘}刻松脂，細數年華，一龕燈火背人寒。_{次湘}　　籬外晉人，何處採，殘英一掬，莫戀貂嬋。_{子苾}望遠供愁，吟秋易醉，清游付與誰箋。_{半塘}更揮玉船，唤隔簾，眉月娟娟。_{次湘}倚雕鞍，有約歸來醉題，留待看。_{子苾}

（以上詞録自《子苾詞鈔》《半篋秋詞》《受經堂詞》等）

曾懿

曾懿（1852—1927），字朗秋，一字伯淵，華陽（今屬成都市）人，曾詠女，湖南提法使袁學昌妻。著有《古歡室詩詞集》等。

818

菩薩蠻　春日病中寄叔俊四妹壽春

東風已綠西堂草，詩魂爭奈離情攪。好景艷陽天，年年愁病兼。畫屏金縷鳳，香鎖深閨夢。別緒滿關山，人閑心未閑。

其　二

玉樓聽雨儂心碎，杏花零亂嬌如醉。小婢不知愁，折花泥上頭。珠簾垂悄悄，一縷爐煙裊。眉黛不勝春，輸他柳色新。

其　三

朝霞紅映清暉閣，曚曨香霧松如沐。怪底弄妝遲，開窗爲索詩。海棠春睡足，粉頰消紅玉。莫去倚闌干，春陰料峭寒。

其　四

沙明竹净煙波闊，故鄉夢繞花溪月。夢見故鄉人，牽衣問假真。情真恐再別，話舊聲嗚咽。啼醒五更鐘，離愁更惱儂。

其　五

笛聲吹醒梅花夢，瑣窗月魄清相共。桃李太無憀，春前逞意驕。誰家歌舞院，風捲笙歌亂。良夜倍多情，詩成睡未成。

其　六

天涯長憶同懷子，緘愁寄恨傳千里。夢逐壽陽春，庭花開紫荆。珍珠泉脉脉，離緒紛如織。不縮綠楊條，吟魂已黯銷。

其　七

雙雙玉笛臨風弄，羅襦同綉金泥鳳。綉倦倚雕闌，披香紉蕙蘭。
留春頻繾綣，淚滴琉璃盞。生小太多情，多愁多病身。

其　八

海棠褭娜情絲軟，垂楊拂地和愁卷。扶病過花朝，開簾魂欲消。
尋芳題麗句，莫負韶華去。惆悵爲花痴，問花知不知。

其　九

碧天一抹連芳草，落英滿地愁慵掃。燕子惜殘紅，爭銜上綺櫳。
晝長無意緒，綠寫蕉箋句。莫誦葬花詩，玉籠鸚鵡知。

其一○

珠簾垂地瓊鈎空，棗花香膩詩人夢。杜宇一聲聲，教人不耐聽。
倚闌閑試茗，酒醒愁難醒。莫道歇群芳，酴醾滿架香。

雙雙燕　次白石韻

春痕尚淺，正夢鎖梨雲，釀成凄冷。玉釵斜鬢，曾與畫眉人並。初入
華堂綺井。覓舊壘，驚飛不定。由他掠碎簾紋，認得去年纖影。　　芳
徑。苔衣綠潤。襯一縷春魂，憐伊嬌俊。絮語溫柔，催起柳眠花暝。贏得
栖香睡穩。儘消受，廿番花信。雙飛莫上高樓，樓上有人愁憑。
（案：此闋乃次梅溪韻，而非白石韻）

賀新郎

> 蜀章三弟宦從長安，遠寄詞章，忠愛之情，溢於言表，作此答之。

蕭瑟蘭成賦。嘆飄蓬，悲歌感慨，激成詞句。回首鳳城春似夢，凄惻
上林春樹。想此際，君懷更苦。荊棘銅駝悲浩劫，怕重來，風景都非故。
遺恨事，傳千古。　　新愁舊怨和誰訴。憶當年，春衫吟屐，幾曾離阻。

夢碎花溪尋舊侶，溪水無情東去。剪不盡，愁絲千縷。且把芳醪澆塊壘，偏惹人，雁陣櫳前度。聲嘹唳，向何處。

玲瓏四犯　次白石韻和三弟

戍鼓沉雲，秦簫咽月，新愁迸得幾許。望珠宮不見，但夕陽終古。淇泉初歌麥秀。更魂銷，江郎南浦。中酒心情。落燈天氣，難寫此中苦。
風兼雨，蒼茫路。剩江山殘粉，寂寂庭戶。舊時歌舞地，燕子空來去。江南風景年年好，曾記否，昔年羈旅。頻寄與。青驄載，雙雙詩侶。

齊天樂　蟋蟀

琴絲誰寫秋聲怨，宵深聽來疑雨。喚醒蘭心，啼殘桂魄，不道纏綿如許。隔紗絮語。也不管離人，愁捐眉嫵。月冷燈昏，蕪煙簇簇鎖重戶。
幽閨幾多別緒，恨玉人天末，羈遲邸旅。涼夢墜秋，濃愁壓酒，同是一般凄楚。銷魂何處。正欲寄征衣，敲殘砧杵。唧唧啾啾，助儂情太苦。

謁金門　寄季章四弟

春欲半。領略春愁何限。寂寞梨花開已遍。鎮日無人管。　正是草芳夢暖。詩繫紅襟燕。一縷情絲和淚卷。魂飛邊塞遠。

好事近　和蜀章三弟漁父

疏籬插江干，笠影釣絲相得。一片蒹葭秋影，寫出荒寒迹。　生涯水國寄行蹤，笑傲江湖側。昨夜酒醒何處，看柳梢殘月。

其　二

小艇不驚風，雙槳劃開寒碧。網得鮮鱗歸去，沽酒村南北。　由他名利不關心，煙水樂朝夕。祇合沙鷗爲侶，任斜陽明滅。

其　三

秋水碧於螺，波鏡一奩晴色。棹入蘆花深處，驚起雙鷗白。　蒲帆箬笠任遨游，凉夢過江笛。結屋願成漁隱，憶蓴鱸歸得。

其　四

經慣水雲鄉，贏得滿頭霜雪。江上青峰釣罷，舟繫疏楊磧。　蕭蕭楓葉打孤篷，渲染半江秋色。一幅輞川圖畫，倩維摩臨得。

琴調相思引　和王夫人屈蕙纕蘭露詞原韻

深鎖葳蕤妒蜜官。夜凉香沁夢魂寬。露珠欲墜，輕裊碧雲冠。　玉質紉秋思屈子，素心抱雪比袁安。凝愁含媚，脉脉識春寒。

其　二

影拂窗紗暈畫功。芳心應共寸心同。滴酥暈碧，點綴奪天工。　春到瓊閨香愈潔，花生彩筆夢先通。替卿寫照，香潤畫圖中。

其　三

空谷幽姿静裏過。美人心緒忒蹉跎。魂招楚國，清怨隔湘河。　低鬐雲鬟相並立，依微塵夢暗消磨。盈盈珠顆，香淚爲誰多。

其　四

浦漳移來夙本留。當年曾共載行舟。碧華素萼，香襲客中游。　仙魄也知離別苦，靈胎不耐歲寒收。煙愁露泫，憔悴幾經秋。[1]

如夢令

柳暈新眉痕淺。簾外東風如翦。瘦損細腰肢，縛得春愁成繭。難遣。難遣。閑撥爐煙成篆。

---

[1]　原注：閩南所出素心蘭，芳馨無比，昔曾由閩移皖，百般珍惜，不花兩載矣，殊爲悵恨。

其 二

紅綻海棠剛吐。寂寂春陰庭廡。新恨上眉端，忽地鶯聲遥度。無語。無語。紅豆拈來細數。

其 三

一片竹聲敲碎。不管離人憔悴。斷夢渺於煙，燈影隔紗紅脆。無寐。無寐。香爐寒生半臂。

其 四

春水粼粼波皺。南浦銷魂時候。風雨阻歸期，隔住行人那岫。消瘦。消瘦。鎮日簾垂永晝。

湘 月

> 詩於表弟秋闈報罷，隻身來桐，才人未遇，抑鬱不平。歡聚數日，悵然又別。別後寄來詩詞諸作，慷慨悲歌，憂思如擣，遂和其韻，聊當陽關三疊。

征塵初拂，悵驪駒又駕，黯然言別。俊骨崢崢，秋共瘦，怎耐一鞍風雪。紅樹黏天，白雲匝地，佳句盈塵篋。海鯨吹浪，吟魂和夢飛越。轉瞬獻賦龍樓，先鞭並著，捷足蕊珠闕。莫效騷人，悲坎坷，放浪詩豪酒傑。凄楚吟囊，蒼涼短劍，珍重蓬瀛客。春華努力，故人遥望消息。

其 二

> 前調吟成，以未賡原韻為歉，夜闌析杳，偶擬一闋。

捄天摛藻，正韶年超逸，有誰能此。滿目江山，供飽玩，贏得詩囊充矣。笠影團雲，鞭絲挹翠，諳盡凄清味。驚霜征雁，低昂遥度苔水。傳到錦字千行，貫珠累累，險韻吾輸子。愧我效顰，賡俚句，搜索枯腸而已。衰菊描秋，殘螿咽露，釀就纏綿意。新聲題罷，一鐙紅瘦欲死。

鳳凰臺上憶吹簫　殘菊

雨濕荒苔，霜封曉徑，離披素艷摧殘。伴鳴螿啾唧，絮到更闌。欲把一腔幽思，盼梅花，遥憶江南。最銷魂，斜陽冷落，傲骨禁寒。　　何堪，芳心一縷，共吟窗朝夕，秋味同諳。拼詩人瘦損，悄倚闌干。剩有零金碎粉，空繾綣，萬種辛酸。拾繁英，釀成香枕，鴛夢雙酣。

憶江南

家鄉好，家住浣花溪。錦樹琪花春嫵媚，月臺風榭水漣漪。詩夢草堂西。

其　二

家鄉好，花市鬧青羊。瀶沱春陰連竹嶼，酥紅膩粉醉斜陽。車碾麴塵香。

其　三

家鄉好，煙雨暮春天。萬里橋西啼杜宇，落花糝徑柳拖煙。無恨也纏綿。

其　四

家鄉好，雲擁草堂深。一帶寺墻紅映水，蔽天高竹晝陰陰。秋月冷詩心。

其　五

家鄉好，蕭瑟惠陵西。月黑秋高翁仲語，閟宮窈窕隱雲霓。草長鷓鴣啼。

其　六

家鄉好，池館晚凉時。菡萏扶風香瀲灩，霞光紅襯柳絲絲。花底坐尋詩。

其 七

家鄉好，惆悵薛濤家。十色蠻箋留醉墨，胭脂井冷轆轤斜。人面想桃花。

其 八

家鄉好，錦水接滄浪。白石粼粼清見底，冰絲浣得縠紋香。浪影蕩斜陽。

其 九

家鄉好，避暑水心亭。池草春深藏睡鴨，素馨香撲隔溪人。倚檻釣游鱗。

其一〇

家鄉好，城外碧雞坊。玉樹圍春歌管脆，西郊旖旎馬蹄忙。花放白雲香。

其一一

家鄉好，縹緲武侯祠。溜雨輪囷雙柏古，臥龍遺恨韻琴絲。潭水響風漪。

其一二

家鄉好，罨畫子雲亭。香透重簾開夜合，露濃滿地長冬青。秋月淡黃昏。

其一三

家鄉好，蠶市鬧花朝。玉鑷龍梭圍錦里，東風吹暖紫雲簫。聲過浣花橋。

其一四

家鄉好，黛影奪眉峰。天際晴雲浮玉壘，霜高犀浦落銀虹。風景草亭中。

其一五

家鄉好，故里最宜秋。淺淺芙蓉低蘸水，蓼花紅吟釣魚舟。人影澹如鷗。

其一六

家鄉好，春滿錦官城。南浦波長情渺渺，故園風景半銷沉。有夢也難尋。

鵲橋仙 題自繪《聽鸝圖》

稚柳搓煙，夭桃喫雨，釀就春光如許。憶年時罨畫樓臺，聽窣地，綠陰鸝語。　　載酒携柑，聯吟擊筑，驚起江干鷗鷺。東風吹夢到花溪。空賺得，錦囊麗句。

南　浦

> 春水用玉田韻，寄幼安渦陽。

風軟漪萍開，釀離魂，綠滿天涯方曉。浦口送征帆，愁與恨，煙縷雨絲難掃。參差碧柳，鏡中偷眤眉痕小。惆悵浣花溪上夢，尋遍西堂芳草。

飛紅逐浪争流，儘掠波小燕，温存不了。花霧漲青溪，迷畫舫，恍似舊游曾到。仙源路渺，碧桃開後餘情悄。試問曲池觴詠處，贏得新詩多少。

貂裘换酒

> 蘇州張叔田太守以家藏蚑劍屬繪其意，並繫以詞。此劍爲李鑑堂中丞所贈，原題附録蚑劍古器，舊爲令先尊人所藏，東南塵劫，衡得之他姓，又卅年矣。今君將之官安慶，遠道來别，無可相贈，敬以奉完，願如金之吉，如器之利，兼以誌君家舊業之復，金石之交即於此徵之，努力循良，是又天末故人所拭目者也。

磊落高歌徹。效王郎，酒酣斫地，風悲愁絶。莫照春坊科斗字，凝碧土花殘蝕。嘆個里，興亡曾閱。走馬東南幾萬里，就腰間，檢點光明滅。豪俠氣，填胸臆。　　當時駐馬離亭側。夕陽邊，幾行雁字，助人悲切。匣底也生他日感，驛使誰傳消息。又況是，幾翻塵劫。易水蕭蕭人已去，到而今，底事憑誰説。回首處，總淒惻。

采桑子

甲辰秋七月，邀旭初二哥、静宜二嫂游秦淮，並錢振華女侄滬濱游學。用歐陽永叔體。

追凉避暑秦淮好，柳拂纖枝。水皺風漪，一陣新凉透玉肌。　雙雙畫槳任游移，藕雪冰絲。酒泛瓊卮，四面看花醉不知。

其　二

湖山罨畫秦淮好，王謝臺前。雙燕呢喃，芳草斜陽水拍天。　六朝金粉銷魂地，桃葉溪邊。撫景流連，亞字闌干丁字簾。

其　三

青溪雨霽秦淮好，雲散天空。晚照鋪紅，刮耳笙歌映水中。　凉波漾綠侵衣潤，燕榭鶯櫳。恍似珠宮，羅幂沉沉花氣濃。

其　四

輕陰漠漠秦淮好，掩映垂楊。煙水微茫，斷續蟬聲噪夕陽。　柔情十里春波軟，倩影紅妝。膩水流香，三兩嬋娟笑倚窗。

其　五

流觴曲水秦淮好，妙舞清歌。酒醉顔酡，翠妒紅嬌畫舫多。　煙沙篆裊風兒細，人隱簾波。扇掩秦娥，茉莉香濃吹過河。

其　六

秋宵朗徹秦淮好，曲罷峰青。綠酒頻傾，水閣迤邐初上燈。　穿花小艇如梭急，錦瑟泠泠。燕語鶯嗔，閑煞天街月一輪。

其 七

清秋澹冶秦淮好，瘦了青桐。紅了江楓，金碧樓臺醉夢中。　　山河舊影依稀在，凉月惺忪。廿四橋東，一片秋心玉笛風。

其 八

君行惟戀秦淮好，柳色悠悠。離緒悠悠，並作臺城一味秋。　　相思染得波痕綠，影上樓頭。愁上心頭，不信湖名教莫愁。

（以上詞録自《浣月詞》）

顧印愚

顧印愚（1855—1913），字印伯，一字蔗孫，號所持，別號塞向翁，華陽（今屬成都市）人。光緒五年（1879）舉人，官洪雅縣訓導，後至武昌通判。著有《成都顧先生詩集》。

蘭陵王

癸丑春分前一日，程十髮武昌書來，不能忘情於石巢舊居，依周美成蘭陵王詞韻寄之。

相風直。煙裊湘竿篆碧。芝楣在，垂桁衍波，明月窺簾舊時色。予懷寄酒國。曾是圖中主客。重來日，翻惹別情，一路桃花水千尺。　青苔履綦迹。恁我屋爭墩，同舍爭席。休論魚尾猩唇食。乍七曜潛通，九華持去，江梅惆悵寄書驛。繫愁北山北。　悲惻。歲華積。抵一夢華胥，驀地喧寂。江花江草何終極。且畫捲螺黛，譜留漁笛。玉蟾蜍老，伴漫士，與淚滴。

（錄自《全清詞鈔》）

浣溪紗

近訊江春遞嶺梅，消寒乞與酒淋灰。翠禽宿夢綴枝苔。　疏影更尋君復句，紅情合泛石湖杯。巡檐繞樹日千回。

（錄自《詞綜補遺》）

李炳靈

李炳靈，字可漁，一字我魚，重慶墊江人。光緒五年
（1879）中舉，授德陽縣教諭，後任忠州學堂堂長。著有《松菊
齋詞録》。

點絳唇　春日遣興

日日登樓，煙雲供養除煩惱。樹幽池小。春意付花鳥。　　鳥囀花
濃，一刻千金少。休計較。世間萬事，只有安閑好。

水調歌頭　登樓雨後看山

高樓何所有，三面看青山。不知出谷雲氣，入岫幾時閑。縹緲蓬萊異
境，羅列萬重煙樹，空碧撲螺鬟。雨奇晴更好，畫意寫荊關。　　屢移
坐，頻散步，輒開顏。不知何事，偏與山靈緣不慳。山色終古常在。人心
終朝相對。嵐翠有無閑。但願如山壽，長年共往還。

其　二　浮圖關兵變吊甘秉誠

叛兵何所恃，天險扼浮圖。準備槍林彈雨，一鼓克巴渝。北平衝鋒陷
陣，興霸負傷中目，愛國獨捐軀。河嶽日星氣，浩然充四隅。　　探虎
穴，裹馬革，得驪珠。君雖一死，激動全軍振臂呼。鏖戰遺愛祠下。歌凱
受降城裏。定亂在須臾。至今輿論允，鐵血真丈夫。

賀新郎　剪髮

鶴髮蕭蕭叟。忽無端，翦除令下，亂頭蓬首。去國佯狂箕子怨，禾黍
故宮盈畞。問壯士，曾衝冠否。綠鬢朱顏容易改，嘆婆娑，人似桓公柳。
攬明鏡，驚老醜。　　鬚眉漫落他人後。看種種，刈如秋草，春風生又。
髮短心長暮年客，非復髫齡書受。倘遮帽，應羞重九。等是髮膚天付與，

豈截去，留賓學陶母。惹妻兒，開笑口。

其 二 　宵長夢少曉步池邊漫賦

小閣垂蚊帳。感今宵，蛩吟四壁，惹人惆悵。伏枕幾回無夢到，書案銀燈溷漾。把過去，從頭思量。六十年來成底事，算近日，胸次增超曠。好容易，雞聲唱。　朝暾漸漸東方亮。起來時，散步林塘，秋光別樣。只有黃花無意緒，節過重陽才放。已經過，霜風醞釀。破曉乾坤清絕處，好樓臺，領略幽閑況。一鈎月，林梢上。

其 三 　秋涵宗弟新婚

滿酌合歡酒。問今朝，彩筆催妝，新詩成否。恰是小春天氣暖，嶺上梅花開候。莫孤負，暗香盈袖。畫燭堂前人似玉，舞萊衣，雙雙看舉手。博慈闈，舒笑口。　廿年孤館嗟無偶。應難忘，風雪空山，書燈獨守。此日鴻光聯眷屬，隨倡賢夫佳婦。祝齊眉，天長地久。更願吾宗繁似續，石麟兒，明歲早生就。湯餅筵，叨君又。

其 四 　硯丞生日拈此賀之

歲月滔滔去。正今朝，強仕年華，筵開初度。佳候及瓜天氣好，況值金風玉露。喜高樹。迎涼卻暑。多少閑愁消得未，悵天涯，烽火鳴鼙鼓。曲一闋，勸君舞。　春風一棹渝江路。記同行，疏星淡月，微雲薄霧。一自倦游分道返，回首聯牀對雨。問碧筒，可能寄與。我避深山君老屋，仗往來，魚雁相傳語。望壻水，歌金縷。

其 五 　癸丑九日遇雨

離亂三重九。喜歸來，松菊猶存，風光依舊。穭穤登場秋野闊，正好題糕時候。況有客，東籬載酒。底事陰雲將雨釀，杜蓬門，故步仍株守。腰腳健，成孤負。　登樓一覽推疏牖。看四邊，綠樹成幃，青山當戶。遙憶渝江財賦地，烽火不堪回首。問消息，近平安否。醉把茱萸思骨肉，為饑驅，又向天涯走。能幾度，笑開口。

其　六

重陽阻雨，十九日門人郭楚仙載酒展登高之會，拈此酬之。

重展茱萸會。累門徒，元亭載酒，先生多事。釀熟蟹肥風日美，大好
菊花天氣。況紺閣，凌宵而起。強續墜歡扶杖出，閒佳辰，俗人知也未。
浮生夢，貴適意。　　索居最易增憔悴。到而今，南國蝸爭，西川鼎沸。
一月幾回開笑口，俯仰休嗟身世。看滿眼，遙山近水。鳳嶺登高狂落帽，
尚依然，彭澤舊游地。東籬下，謀一醉。

其　七　餘興未盡再拈一闋

又約題糕會。任城南，城西走遍，詞人好事。紅樹青山風景好，正是
深秋天氣。扶藜杖，看雲而起。屈指重陽過十日，問蕭齋，菊花開也未。
矜晚節，憐芳意。　　催租民力嗟深悴。況又逢，鷸蚌相爭，蝸蟷尚沸。
重佩茱萸成隱逸，何處桃源避世。且莫問，殘山剩水。座有門人供酒盞，
共往尋，曩歲登高地。杯浮螘，呼君醉。

其　八　送胡深如之任鄠都管獄員

君又之官去。憶年來，推襟送抱，金堅石固。赤日黃塵驪唱起，珍重
長途炎暑。只可惜，攀留不住。却望平都山色好，惹離情，雲嵐如疊絮。
酌瓊液，歌金縷。　　于公治獄行仁處。定光大，門庭駟馬，馳驅星路。
獨悵嬰兒慈母失，多少罹囚憔悴。想臨歧，依依淚雨。嗟我轅駒甘櫪伏，
賦歸田，自謀生活計。送君別，閉蓬戶。

一剪梅　初夏登樓

干宵百尺好樓台。氣象雄哉，風景幽哉。餞春迎夏盡徘徊，玫瑰花
開，子午蓮開。　　消閑何事足生涯。山水關懷，詩酒縈懷。蒼然暮色莫
相催，鳥囀歌來，雲破月來。

醜奴兒　閑階步月

晶瑩玉鏡穿雲出，碧海青天。圖畫清妍。樹影蕭疏貼地圓。　　良宵

賞月承天寺，古有坡仙。風景依然。我亦嬉游仿昔賢。

其　二

笑他名利場中客，赤日紅塵。如此佳辰。可否仙凡判兩人。　　喁喁兒女空階語，樂敘天倫。閑玩冰輪。認取前身或後身。

其　三　六月十二夜玩月

去年逭暑鍾州頂，看月松邊。弄影蹁躚。自詡蟾宮折桂仙。　　今年步月瑤階上，依樣嬋娟。借問青天。玉鏡何妨夜夜圓。

踏莎行　鍾成寨寓秋涵宗弟宅

柳浪鳴風，松濤瀉雨。幽廬暫借阿兄住。北窗炎夏趁閑眠，夢游恍與羲皇晤。　　山澤縈懷，詩書耽趣。看雲扶杖朝還暮。功名萬事不如人，錦囊賸有新吟句。

永遇樂　過易海涵山莊

冒雨衝泥，綠雲村落，舊曾游處。廿載分襟，一朝把袂，感風萍散聚。鴻妻治饌，霸兒携酒，快慰別來情緒。嘆年時，關山烽火，老我蓬門蓽戶。　　故交寥落，二三知己，碩果晨星堪數。夢冷圍爐，宵深玩月，增曠懷幾許。撫塵談心，香溫茶熟，任報魚更鼉鼓。須記取，晚節黃花，清霜紅樹。

其　二　大江東茶園聽曲

滬瀆鶯花，海天風月，舊行樂處。廿五年前，金尊檀板，有良朋歡聚。吳儂淺笑，楚娥低唱，顧曲周郎識誤。嘆歲華，一去如流，回首朱顏非故。　　渝江重到，巴女如雲，依舊太平歌舞。白紵新詞，錦弦高調，惹閑情若許。春夢漸闌，良宵易曉，快報紞如更鼓。還記取，南國相思，豆紅幾樹。

其 三　余壽嶽邀重至大江東聽曲

霧閣雲窗，衣香鬢影，電燈紅處。兒女英雄，繁弦急管，唱大江東去。黛娥嬌小，雪兒嫵媚，宛是吳娘丰度。趁良宵，月白風清，一刻千金休負。　　重來舊館，良友多情，又爲群芳小住。白傅琵琶，謝公絲竹，悵美人遲暮。鴻爪因緣，鸞蹤飄泊。暗記妝樓無數。還囑付，四照花光，金鈴穩護。

其 四　午日感事

求艾嘉辰，浴蘭令序，人歸故里。繪甫辟兵，絲還續命，小閣病良已。盤堆竹粽，尊浮蒲酒，家宴團圓可喜。嘆醉鄉，舉國若狂，誰是獨醒屈子。　　亂世粗安，良時易過，鶴唳風聲又起。艷羨山農，石榴當户，似桃花源裏。便欲移家，清溪采藥。長作巢由洗耳。君休誚，紈扇揚仁，宮紗稱體。

其 五　到清士弟山莊避暑

赤日行天，黃塵撲地，招涼何處。翠柏蕭疏，紫薇燦爛。叩阿連門户。鳥語啁啾，蟬鳴斷續，架上葡萄結乳。喜芳園，小住爲佳，忘却人間煩暑。　　李郭深交，籍咸雋品，屈指前蹤堪數。酒吸藤枝，看蒸荷葉，伴山蔬野蕨。此地清幽，茲游污漫。休説夕陽歸路，須記取，銀杏千章，綠楊一樹。

滿庭芳　九月廿九日生日自壽

桂水傳經，蓉城秉鐸，回頭六十四年。故園歸去，松菊尚依然。試看烽煙滿目，一刹那，滄海桑田。真草草，蹉跎往事，顧影忽華顛。　　喜捧觴兒壯，含飴孫衆，舉案妻賢。況江山大好，風月無邊。從此遂予初服，樂餘齡，肆志林泉。有多少，清閑福分，按拍寫新篇。

其 二　二月廿日壽內

桂水栖貧，蓉城隨宦，匆匆六十三年。儒家風味，長物只青氈。安排蘆簾紙閣，勉同心，偕老歸田。還堪笑，鹿車辛苦，人羨地行仙。　　後百花生日，兒孫舞彩，紫萬紅千。正親朋滿座，設帨開筵。記否菊秋壽我，謀濁醪，惟賴卿賢。一彈指，春風介爵，喜溢畫堂前。

其　三　壽蕭寶之內侄五十生日

蠻觸紛爭，雞蟲得失，幾人高隱林泉。輸君頤志，知命樂夫天。思昔花晨月夕，一彈指，倏五旬年。曾記否，少時文酒，蓮社共流連。　　商量行樂處，負薪有子，種秫餘田。更齊眉舉案，伉儷稱賢。聞說嘉賓式宴，祝難老，春滿瓊筵。應笑我，躋堂跡阻，鶴曲補雲邊。

其　四

縱酒終朝，談詩竟夕，思量往事成塵。知音有幾，白首樂天真。庾信生平蕭瑟，到暮年，詞賦清新。八十載，齊眉夫婦，閱世飽艱辛。　　匆匆駒隙影，悼亡纏詠，嘆逝俄聞。愴人琴俱渺，歷歷記前因。太息晨星碩果，零落處，宿草荒墳。悲秋意，無端根觸，感舊涕沾巾。

其　五

正月十三日，重過春鮮侄山莊，賀侄孫緝熙軍官學校畢業之喜。

海棠數枝，山梅一樹，城東又作春游。園林瀟灑，清福幾生修。小子初嫻韜略，歸去來，笑展眉頭。廿餘載，鯉庭詩禮，今始慰封侯。　　竹林歡聚處，喜新蔬剪徑，臘酒盈甌。憶荷花時節，歲月逝如流。太息人生離合，蜚鴻跡，雪裏重留。功名事，付之兒輩，擊節且歌謳。

沁園春　壬子除夕

蟻磨前塵，鴻泥浪跡，蹉跎一年。憶迺暑鍾山，松濤晝吼，消寒堉水，藜火宵燃。重午稱觴，中秋說餅，飲啄人生都有緣。匆匆甚，忽彈指除夕，風景新妍。　　門前臘鼓春聯。又爆竹聲聲雜管弦。喜餳進膠牙，分甘孫衆，酒斟藍尾，偕老妻賢。淡泊生涯，寬閑日月，守歲團圞休早眠。難忘却，是隱居初服，已辦歸田。

其 二

二月廿六日，過蕭保之園亭看花留飲而歸。

日麗風和，鶯啼燕語，二月佳辰。有蒔竹栽花，蕭疏小圃，望衡對宇，咫尺芳鄰。能從我游，兒孫姻婭，杖履追隨健在身。暫偷暇，得清談半晌，濁酒三巡。　　浮生碌碌風塵。喜歸耕荷鍾桂溪濱。趁布襪青鞋，游蹤汗漫，論詩說劍，壯志嶙峋。山茶晝醊，海棠春醉，白髮尋芳莫厭頻。應笑煞，踏軟紅十丈，草草勞人。

其 三

門人江綬先歿於涪陵，拈此悼之。

絲盡春蠶，命薄秋雲，噫嘻悲哉。憶渝江茗話，銀缸夜對，涪陵萍寄，玉樹風摧。幾載別離，廿年師友，莽莽關山噩耗來。忍說到，剩一身泡影，萬念寒灰。　　即今時局艱危。只天意蒼茫尚忌才。望家園千里，猿驚鶴怨，親朋兩地，雨絕雲乖。死誤庸醫，生爲上客，瑤草曇花一現纔。還堪幸，有麥舟高誼，旅櫬早回。

其 四　甲寅元旦

民國三年，中華萬歲，歲在甲寅。快風日清朗，兒孫舞蹈，杖履閑暇，花草精神。爆竹沿村，屠蘇進爵，永作太平無事身。曾記否，有巒江浩劫，渝水宵人。　　而今浪靜波平。更毒物除根世界新。想河山錦綉，一家五族，蠻夷砥定，百襀千春。位正元陽，氣和端月，難忘吉日與佳辰。堪娛老，尚妻孥無恙，松菊爲鄰。

其 五　乙卯四月朔日游巴縣李氏宜園

竹徑初通，茶煙乍歇，迎夏辭春。快字水塗嶺，江山似畫，蕉牖荷沼，光景常新。地枕浮圖，祠鄰遺愛，繁花如綉草如茵。增惆悵，奈叩門有客，倒屣無人。　　頻年兵燹紛紜。喜望中樓閣尚嶙峋。慨酒友詩敵，誰談風月，籠鳥檻獸，半付劫塵。金穴銷沉，銅山傾倒，桑田滄海只逡巡。聊小住，酬濁醪一盞，共醉吟身。

浣溪紗 登樓有感

几静窗明萬象幽，壺中日月畫中樓。片時登眺一昂頭。　易代增人興廢感，憑高滌我古今愁。四山雲樹入吟眸。

其 二 清明展墓

挈榼提壺出郭行，落花飛絮又清明。松楸展拜不勝情。　遠宦頻年虛祭掃，薄田今日幸歸耕。東風愁聽杜鵑聲。

其 三

坡壠崎嶇豆麥香，踏青時節好春光。瀧岡何日表歐陽。　兒輩釣游尋故跡，先人廬墓戒荒莊。子孫世世永蒸嘗。

其 四 雨霽登樓

花意闌珊鳥語幽，怪來六月似新秋。好山如畫夕陽樓。　世界清涼經雨洗，人生富貴比雲浮。何須投筆覓封侯。

其 五 三月晦日登樓送春

扶杖登樓望眼明，四山雲樹入窗楹。東風噓暖雨初晴。　酒熟茶香聞客至，鳥啼花落送春行。一年韶景畫難成。

摸魚兒 暮春水行赴渝

大江東上春來水，寂寞游子行路。杜鵑何事聲聲急，喚到不如歸去。征人苦。感浩劫滄桑安有桃源處。知音誰遇。嘆惘惘出門，川原錦繡，信美非吾土。　　愁何許，連日石尤相阻。遠道十分凄楚。乘風破浪懷宗愨，功業何等建樹。君莫舞。君不見淵明和靖亦千古。中流容與。對澎湃濤音，蒼茫暮色，雲暗前山雨。

奪錦標

送春日登樓，聞浮圖關兵變，感賦，時寓江北旅中。

隔岸烽煙，重闈鎖鑰，一葦難通消息。底事驕兵反噬，建纛何人，止戈無力。正落花天氣，春去也，閑愁如織。莽天涯，一笑登樓，城郭江山歷歷。　　問說令傳今夕。虎旅龍驤，滅此群魔朝食。準備昆侖夜奪，萬馬風嘶，五師火急。仗健兒身手，端不負，從戎愛國。祝明朝，一鼓蕩平，莫再彎弓同室。

西江月　由渝返里

渝水往年停轡，茲番還作春游。匆匆隴麥又成秋，歲序那堪回首。
今夕故園明月，有人憶遠登樓。客途垂橐笑歸休，贏得洗塵杯酒。

念奴嬌　六月鍾山避暑

前年嶺上，記袁安高臥，一天風雪。此日重來清曠地，容我疏狂散髮。雲作奇峰，松生遠籟，興爲看山發。斜陽未落，牛背有人橫笛。
源桃雞犬桑麻，問津漁父，不覺塵襟豁。自笑浮生拘束甚，俊游今番獨絕。靜對林巒，暫拋書卷，暑氣全銷歇。羲皇上人，渾忘山中歲月。

其　二　癸丑除夕

飛騰暮景，又匆匆到了，今宵除夕。爆竹鄰家關底事，枨觸平生通塞。獸炭添爐，蟻尊陳几，臘去真堪惜。蹉跎一載，閑居自適其適。
亦有壓歲錢分，餽年物至，強笑今殊昔。羅雀門前風景異，桃符黯然無色。偶發牢騷，付之歌詠，鴻雪留蹤跡。渝江二子，平安新報消息。

高陽臺　癸丑七夕時在鍾山避暑

萬古相思，雙星佳話，又看烏鵲成橋。玉露金風，人間天上良宵。一泓漫説銀潢浅，阻紅墻，暮暮朝朝。陡經年，歡會三秋，離緒千條。浮蹤我亦鄉園隔，便詞人老大，也覺無聊。如鈎新月，清光却透林梢。誰家乞巧痴兒女，穿針樓，拜禱含嬌。悵佳辰，寂寞空山，一葉梧飄。

其　二　鍾山讀書

萬壑千崖，高凌霄漢，紅塵半點全無。尚志讀書，人生此是良圖。東山第一最佳處，問嘉名，肇錫香爐。儘流連，屋宇幽深，松竹紛鋪。間尋疊嶂層巒裏，看白雲如帶，明月如珠。扶笻散步，綠陰凉遍仙都。果然造物鍾成妙，深山静，太古何殊。應笑他，勢閥權門，奔走馳驅。

其　三　癸丑中秋時月蝕

玉宇凝塵，銀河没采，重輪蝕盡如鈎。奔月嫦娥，何人仙樂能瘳。光陰彈指更凉熱，悵佳辰，候届中秋。問吳剛，廣寒丹桂，曾幾時修。年年碧海青天外，爲誰家圓缺，今古常留。欃槍滿地，照人多少離愁。浮生難得團圞節，祝河山，再奠金甌。夜深時，綠槐風露，還上高樓。

其　四　二月十九夜教匪劫城感賦

烏合窮黎，饑寒爲盜，深宵振臂狂呼。城闉洞闢，警兵忽失頭顱。風高月黑聞刁斗，憐村氓，膽大心粗，更堪嗟，民牧誰司，不教而誅。五人身首膏鈇鉞，笑紅燈無焰，碧血長污。書空咄咄，眼前赤子何辜。禍起蕭墻關大局，怕聞風，郡縣堪虞。禱蒼天，洗净欃槍，掃盡崔苻。

其　五

屏成佢招飲看牡丹，兼爲緝熙餞行，時二月十八日。

二月春中，群芳生後，東風瞥見花王。阿弟清才，賦來國色天香。平生富貴浮雲視，白髭鬚，羞對紅妝。笑時人，多買胭脂，競詡文章。男兒蓬矢桑弧志，況中原鼎沸，大勵戎行。艷吐雙枝，征途定有輝光。斗酒隻雞同餞別，祝他年，晝錦名堂。願此後，花如人壽，歲歲稱觴。

其 六

清士弟爲緝熙祖餞，共飲牡丹花下賦此。

蟻釀浮尊，驪歌載道，偷閑來看鼠姑。慷慨出門，男兒爲國馳驅。穠艷數枝真得意，助征人，焜耀前途。賞心事，美景良辰，爛醉狂呼。桃李芳園群季宴，看雲霞絢采，錦繡成圖。一曲清平，謫仙後有人無。平地樓臺爭崛起，從軍樂，樂也何如。願歲歲，名花長好，春酒盈壺。

其 七

有老夫娶少妾涉訟，拈此嘲之。

白髮多情，紅顏薄命，又添公案一重。老去香山，楊枝曲倍愁儂。貧家碧玉年嬌小，生憎伊，偷嫁龍鍾。更無端，吹散鴛鴦，幾陣罡風。由來好事多磨折，奈鼠牙雀角，速訟衰翁。滿樹香桃，可能夕照留紅。護花使者應相惜，將金鈴，穩繫芳叢。肯教他，鶯鶯燕燕，閑煞簾櫳。

江南好 鍾成山書事 夏

鍾山好，六月好追涼。崖壑天然環几榻，軒窗洞達列松篁。高臥傲羲皇。

其 二 秋

鍾山好，好景在初秋。斷續蟬吟花外樹，蕭間人倚竹邊樓。無處不勾留。

其 三 曉

鍾山好，清曉好扶筇。桐帽棕鞋三徑露，莊襟老帶一天風。殘月在簾櫳。

其 四 夕

鍾山好，晚景好重論。夕日紅燒千萬嶺，暮雲青鎖兩三村。燈火閉柴門。

其 五 士

鍾山好，最好讀書廬。花鳥一生呼作友，雲霞萬變繪成圖。得句且提壺。

其 六 農

鍾山好，好去訪農家。村女提筐輕拾豆，牧童放犢笑簪花。閑話有桑麻。

金縷曲 曹君叔豫攝影索題拈此

濁世翩翩度。賦遠游，短衣匹馬，灞橋風雨。禁暴詰奸成宦績，目擊閭閻安堵。尚記否，長安聽鼓。一自秦關烽火逼，視卑官，偓瘗輕如羽。携書劍，還鄉土。　故人捧檄招同侶。又輕裝，重踏軟紅，桂溪小住。難兄難弟聯袂至，子建才猷獨步。佐琴閣，無雙擅譽。面目書生留本色，向吾家，展轉索題句。英雄貌，欣把晤。

其 二 送曹叔豫回定遠

君又還鄉去。嘆人生，離合相逢，水萍風絮。賞菊蕭齋纔幾日，轉眼濃冬天氣。訊綺窗，寒梅開未。肯使門閭虛盼望，便垂橐，歸來亦心慰。舞萊彩，奉甘脆。　元龍湖海才如許。憶曩時，馳驅關隴，搜奇覓句。一自倦游返粉社，漫說囊空裘敝。爲故人，拂衣而起。偶住桂溪工借箸，看積牘，掃除如風雨。問何日，能重遇。

其 三 感事

遍地烽煙起。問中原，了無净土，誰爲禍始。黃燕白狼猖獗甚，普格夷人接趾。又披沙，僞皇出矣。錦綉河山蠻觸鬭，莽天涯，何處桃源是。民國運，難未已。　太平歌舞還如許。渾忘却，燕巢幕上，魚游釜底。將不知兵兵避賊，空聽鐃音盈耳。更聞說，建昌多事。南結滇酋西藏衛，怕瓜分，豆剖強鄰喜。猛思索，淚如水。

其 四　送陳君庶咸返忠縣

舊雨頻年別。喜今朝，相逢握手，落花時節。海内朋簪餘幾輩，彈指滄桑浩劫。把往事，從頭細說。君屈卑官吾退隱，尚廊廟，江湖如一轍。蕉鹿夢，雪鴻跡。　　鄝梁墊石供游歷。最難忘，閭閻疾苦，災祲消息。一幅流民圖慘淡，大局關懷饑溺。可想見，深情若揭。强欲留君君不住，聽聲聲，杜宇催歸急。離筵酒，還鄉客。

臨江仙　憶菊

辛苦廿年常作客，故園孤負花黃。霜風獵獵過重陽。枝拈紅豆粒，酒盼白衣郎。　　三徑秋容還寂寞，懷哉在水一方。高風圃外幾回望。寒葩如有意，早為吐奇芳。

其 二　探菊

今歲深秋風日美，東籬消息何如。菊叢應合燦成圖。知音彭澤後，千載有人無。　　濁世阿誰全晚節，此花清潔不渝。佳名壽客好相呼。淡宜敦友誼，瘦亦伴吟軀。

百字令　九月二十九日六十五歲生辰

浮生如寄，況百年旦暮，無非幻境。去日拋梭成底事，不過飽餐安寢。舊徑竹梧，故鄉猿鶴，伴却田間隱。風清月白，助余多少吟興。差喜兒尚知書，婦堪謀酒，樂弄雛孫永。藜杖芒鞋歸去也，路指雲山遠近。熱客不來，閑居合賦，窮達都安命。菊花深處，從茲閉門息影。

瑤臺醉八仙

舊曆十月初五日，曹君叔豫，曾君叔鼎，胡君深如、喬梓，王君韻濤，朱君雙林，出城觀菊，辱臨敝齋宴集，因賦俚詞以誌盛會。

節候小春。晴日暖，看菊先到西鄰。客來不速，翩翩裙屐丰神。野鶴閑雲招雅侶，芒鞋竹杖稱吟身。厭囂塵。偶離城市，却訪隱淪。　　新知如舊相識，笑隻雞斗酒，亦款嘉賓。老我陳編，歲寒留伴松筠。難得朋簪聚會，快湖海交游意氣新。梅花放，還殷勤訂約，重與論文。

浪淘沙　小春賞菊

秋老菊花期。芳信遲遲。小春天氣朔風吹。白白紅紅堆錦綉，開遍東籬。　速客醉瑶巵。日對寒枝。人生晚節莫差池。三徑歸來香滿袖，還和陶詩。

其　二　六月十九日雅集春鮮侄山莊納涼即事

步出郭門東。宛轉溪通。一家人住綠雲中。芝秀蘭芽隨意種，掃却塵紅。　消受藕花風。酒吸碧筒。竹林真個罨游蹤。獨惜此間秋景好，聚散匆匆。

其　三　過岳祖蕭子山先生故宅地名青杠林

瓜種邵平疇。華屋山邱。廿年作客始重游。門巷蕭條風景異，農唱樵謳。　甥館昔停驂。惠澤長留。平生知己誌心頭。莫漫滄桑嗟易代，循吏千秋。

其　四　大足道上逢雨四月八日

浴佛屆佳期。望慰雲霓。一天煙雨看扶犁。料得故園新漲後，秧綠平堤。　何處足幽栖。茅屋高低。江山仿佛桂花溪。底事欲歸歸未得，杜宇頻啼。

陌上花　三月三日偕吳化龍游雲岫寺

良辰上巳，無端惹起，閑雲出岫。布襪芒鞋，正是踏青時候。詞人便作尋芳計，古寺長廊依舊。笑村嫗佞佛，山僧傲俗，嬉游白晝。　正天融氣淑，竹幽林密，一載春光暗逗。節近清明，無數鶯嬌花鬪。粉壁籠紗期異日，憐我風塵消瘦。三百年坐見，崇禎字蝕，苔紋如綉。

其 二 寒食游風月亭

茅亭一角，四時風月，呼之欲出。廿載重游，梁棟丹青改色。主人投轄殷勤甚，小閣琴尊雅集。正落花飛絮，夕陽芳草，今朝寒食。　　嘆浮生如寄，及時行樂，九十韶光可惜。杜宇無言，童子催歸太急。扶杖過橋腰腳健，雲外勞君送客。春服成遐想，舞雩高詠，點狂猶昔。

如夢令

外孫鄧旄殤於三月二日，拈此悼之。

庭户乍看騎竹。郊野旋聞埋玉。一個寧馨兒，骨肉化爲異物。無禄。無禄。忍聽壻鄉宵哭。

其 二

天上彩雲易散。人世曇花條現。百結女兒腸，鞠育付之一嘆。凄斷。凄斷。夢裏時時誤喚。

滿江紅 七夕感事

斜漢微雲，又到了，今宵七夕。聞説到，歐洲列服，龍争劇烈。汽艦曉屯滄海沸，電車夜逼嚴城失。有誰憐愛國好男兒，輕離別。　　德奧意，羽飛檄。英俄法，鐵成血。問逐鹿重洋，何人巧得。彈指百年奇局變，驚心佳節繁憂集。挽銀河洗盡甲兵愁，天咫尺。

其 二 中秋對月

積雨初晴，早湧出，冰輪皎潔。又誰料，家園風景，這般清絕。萬象俱涵明鏡影，一年最好中秋節。喜兒孫繞膝慶團圓，餅堪説。　　歌水調，永今夕。舉杯酒，對華月。問前身可是，東坡太白。碧落雲開河漢净，玉壺天近塵寰隔。算良霄片刻抵千金，休虛擲。

其 三 重九感懷

雷雨昨宵，有誰料，重陽風日。供一笑，菊枝吐艷，棗糕佐食。籬下喜來携酒伴，門前幸少催租客。算千秋隱逸幾人賢，陶靖節。　　中原劫，今猶昔。歐洲戰，今未息。縱茱萸插帽，予懷如結。攬勝前途筇杖健，避災何處桃源覓。且命題間裏寫秋懷，鴻雪跡。

鳳凰臺上憶吹簫 九月二十九日生辰志感

墙角樓添，籬邊菊綻，我生又屆芳辰。正樸簾秋雨，入座嘉賓。話到滄桑浩劫，又列邦，虎門龍争。朝廷小，却緣中立，愛起東鄰。　　悠悠。幾番遠思，底事尚憂天，貽笑杞人。任伯鸞高隱，元亮清貧。莫問阽危時局，江山好，光景常新。杯中物，且殷勤酬酢，爛醉吟身。

（録自《松菊齋詞録》）

楊　銳

楊銳（1857—1898），字叔嶠，又字純叔，別號蟬隱、聰弟，綿竹人。出身於書香門第，幼承父兄教養，少年時代即開始顯露頭角。參加院試時，張之洞將楊銳與其兄楊聰二人比爲蜀中當代的蘇軾和蘇轍。後任職兩廣總督張之洞的幕府，以其卓越的才華與高尚的品格深得張之洞的器重，成爲其重要幕僚，凡送呈朝廷的奏疏與重要文獻，大多出自楊銳之手。光緒十五年（1889），楊銳考取内閣中書，獲章京記名，協編《大清會典》，書成後晉陞内閣侍讀。楊銳身入政壇以後，即義無反顧地投入救國活動，是戊戌變法六君子之一。著有《説經堂詩草》。

念奴嬌　雁來紅

菊花村晚，正斜陽一抹，向人凄絶。萬里衡陽秋信遠，盼到重陽時節。岸柏酣霜，橋楓染燒，詩思同凄切。長空錦字，落霞高傍明滅。

堪嘆作客隨陽，春生溢浦，又值征鴻發。塞北江南何處是，悵想山堂濃葉。照檻非花，烘簾似錦，祇剩鵑啼血。墜歡如夢，幾時芳意重説。

（録自《全清詞鈔》）

吳之英

吳之英（1857—1918），字伯揭，號西蒙愚者、老漁，名山人。光緒七年（1881）優貢，次年赴京朝考，列二等。曾爲《蜀學報》主筆，歷任資州藝風書院、簡州通材書院講席、灌縣任學官訓導、四川國學院院正。著有《壽櫟廬叢書》。

浪淘沙　觀荷

殘荷弄晚香，風露清凉。美人衰病損容光。無限新愁付長夜，羞理衣裳。　曉雨破寒塘，催照晨妝。腰輕如許乳爲房。强傅薄脂成底事，慚愧六郎。

其　二　張祠賞荷

緑衣已半捲，十頃寒煙。凌波猶自見神仙。如許風華如許瘦，待我三年。　別憾正霜天，又是離筵。玉臺新屜謝丹鉛。從此相思頻洗泪，倘有後緣。

齊天樂　暮秋觀荷

卿是何時初出水，遲我芳名在耳。黛色裝青，脂痕潤紫，尤憐楚楚纖腰。清肌膩理。記解佩定情，佳期重矢。忍媚含嬌，相思滿貯橫塘裏。
　無緣與卿偎倚，到憾上眉尖，瘦入裙底。照景秋波，支離如許，招得歸魂已是。香心半死。儘絲引腸柔，霜從鬢起。減却容華，賴風情勝爾。

摸魚兒　咏芭蕉

拼憔悴，心情撩亂，報導韶光又換。春風勸妾解羅襦，只説不曾障面。回頭看，才裝得小髻，新成垂淺絆。呈身未便。況纖腰欲斷，且待儂，褪出約襪一半。　立不慣，想來是衣單人倦。懶對落紅庭院。儗明月，照熱青苔鬟，怎禁雨珠如串。悄引起，泪痕淅瀝流春怨。昨朝墻畔。儘教儂，斜倚碧桃短枝，奈王孫不見。

望海潮 再咏芭蕉

修眉掃黛，新笄綰雲，誤托清高情性。春陰怯寒，春晴怯軟，知道幾時不病。亭亭立玉臺，肯翩翩爲郎作韻。辜負半衾，是揚州三月別離憾。

妾住此間君莫問。那更有良宵，對菱窺荇。憑誰寄信，開了又封，止層層委曲題不盡。任羅巾淚浸。聽説秋風太勁。算瘦骨銷成，柔腸斷定，終不泄芳心一寸。

宋育仁

宋育仁（1857—1931），字芸子，號道復，富順人。光緒十二年（1886）進士及第，改庶吉士，授翰林院檢討，任英、法、意、比等國參贊，四川商務局、礦務局監督。與潘祖蔭等創辦《渝報》，出長尊經書院，與楊道南等創辦《蜀學報》。辛亥革命後，任國史館纂修。有《問琴閣叢書》傳世。

西江月

銀押放鈎麗籹，金環嚙鎖葳蕤。博山爐子裊煙微。春與梨花同醉。鸚上瑤軒對語，燕窺銀桁雙飛。春駒褪減玉腰圍。昨夜海棠新睡。

風入松

小樓一雨作春寒。獨自倚闌看。東風又綠樓前柳，一絲影一憶華年。泥酒情懷似絮，焚香心事如煙。　　流光彈指記華鬘。揮手向人間。夢身猶著天花雨，認綠楊，魂往江南。覺後追尋迷路，屏風無限關山。

卜算子

燕去故人稀，蜑語殘更轉。夕向涼蟾話到明，愁爲鐘聲限。　　秋柳鬢新霜，夢瘦江湖遠。笛裏關山一雁無，字更風吹斷。

其　二

涼月上初更，又到愁時候。掩鏡生防見淚痕，難掩燈前瘦。　　門外散歌塵，深院蒼苔舊。不怨羅衣舞後單，此瘦年來久。

其　三

漢轉夜無人，心事微雲卷。欲約涼蟾説到明，愁被殘鐘限。　　簾動有微波，夢瘦江湖遠。南去霜天一雁無，字更風吹斷。

朝中措

照槐青火夕陽痕。人柳似當門。眠起隔花漏斷，綠窗守盡黃昏。夜闌燈滅，香銷篆冷，心字猶溫。依舊開簾見月，不知何事銷魂。

點絳唇 用夢窗韻

圖上江淇，微波先認秋來路。春天雲樹，記是題詩處。　雁送秋聲，沒入蒼煙去。琴弦貯，一行如縷，胃上風簾絮。

其 二 庚子避亂西山作

舊時驛路，荒煙斷水無人渡。角聲悲苦，吹落譙門戍。　寒雨荒雞，人在山深處。秋鐙語，營魂知路，傍繞台城樹。

其 三

荒村獨樹，傷心殘騎經行路。殿鴟鈴語，似説無生誤。　殘梵魚山，更聽清鐘苦。深山雨，漏聲何處，春輦當年駐。

其 四

燕飛傳語，紙鳶風斷秋來路。青烽魂訴，似唱公無渡。　月黑烏啼，斗挂城南樹。休回顧，夜潮津鼓，易水蕭蕭去。

其 五

草間蛩語，離宮吊月傷心處。亂山無數，不見高城暮。　極目桑乾，腸斷回潮去。咸陽炬，可憐焦土，淚灑燕山路。

相見歡

井桐一葉初聲。夜鴻驚。正是下弦無月，已三更。　哀笳亂，譙鼓斷，少人行。依舊五更過了，又天明。

醜奴兒

門前走馬長安陌，日下西峰。塵鎖春櫳。只隔屏山已萬重。　　如今更望長安遠，不見歸鴻。彈淚西風。莫誤銅仙憶斷虹。

人月圓

填詞漫漏傷春語，鸚鵡喚低簾。蛤蜊且食，離騷熟讀，痛飲須酣。金貂典去，荷衣着上，便解朝衫。煙波歸路，青山隱隱，黃葉江南。

清平樂

暮雲隱岫，月戀栖鴉柳。不信饑來還病酒，只道龐眉勝瘦。　　憑欄青羽飛回，隔簾語燕驚猜。西去玉關無信，誰尋雁路歸來。

酒泉子

月沒簾衣，風緊一聲南雁。五更頭，孤枕畔，聽思歸。　　背燈薇帳垂煙重，天遠別，長無夢。病新來，愁舊種，信今稀。

菩薩蠻

黯然南浦銷魂別，畫屏夢見關山月。背鏡不須啼，隔簾鸚鵡窺。漏聲花下露，淚盡天明去。心字麝成塵，爐薰斷續聞。

其　二

馬蹄不見車塵路，雙鴛徑滑蒼苔雨。羅幕故低垂，班騅聞遠嘶。夜涼偷卜鏡。小語防人聽。無月照流黃，風開虛幔涼。

其　三

層樓風雨憑欄望，斷虹西角堪惆悵。傳語怨青禽，天長海水深。

隔河星幾點，花露盤中見。銀燭自心知，照靨休絡絲。

其　四

羅襟密掩丁香結，春寒病轉回潮熱。單夢悔愁痴，靈犀不自持。
霜娥同耐冷，驚照嬋娟影。細膽怯天明，五更扶枕聽。

其　五

玲瓏窗檻方紗白，明燈醒對心如月。閑坐憶來時，畫眉妝起遲。
蟲聲驚入幕，翠袖天寒薄。破鏡誤刀環，蘼蕪山上山。

其　六

口生石闕如何語，生前只有傷春苦。莫唱華山畿，秦王未捲衣。
燕梁塵自落，密語惺惺覺。殘月夢醒時，亂蟬如馬嘶。

浣溪沙　押元韻

雨潤桐陰晝掩門，碧天苔色近黃昏。隔簾見月最銷魂。　　薇帳煙垂
風自揚，蘭當灰陷夜初溫。此時心上畫愁痕。

其　二　押豪韻

棗實離離謚洞簫，黃鐘春轉柳條條，長干來路是江皋。　　手冷玉靴
詩合譜，心涼綠綺縵初調，對鐙人影補離騷。

鷓鴣天

空局悠然照淚乾。今宵才是夜如年。明河直戶如鉛水，洗面單留對鏡
看。　　防膽怯，照心難。狸奴深坐對長嘆。夢驚自爲羅衾薄，蚩絮燈昏
誤雨寒。

踏莎行

心字雲衣，眉妝月扇。夕陽畫鏡催簾捲。晚涼捲地落花風，一時離袖

君心變。　　寶鏡妝慵。玉簫聲怨。舞衣照水紅深淺。青天碧海夜無人，牽牛偏向西堂見。

眼兒媚

遙天一雁下秋晴。露曉帶殘星。邊聲四起，寒燈吹角，日淡蕪城。亂愁白髮如青草，宿處剗還生。苑螢飛處，宮鴉歸路，都在邊營。

小重山

菊瘦如人畫不支。西風吹鬢影，亂如絲。雁聲搖暝落天涯。平沙遠，風斷故依依。　　望遠倚筇非。晴蕪雲斷處，是斜暉。淡山寒翠拂人衣。漚邊夢，憑說畫欄知。

一落索

一曲琴心千里。萬重雲水。愁聲幽咽下桑干，喚夜夜、哀鴻起。屏洗斷山橫翠。疊愁成淚。海雲目斷是平蕪，又落日，孤城閉。

秋蕊香

誰倚高樓聽雨，寄與塞鴻知處。斷腸人在剪燈語，苦是愁無夢做。柳絲不綰雕輪路。亂愁緒，秋池紅蕚怨無主。鉛水盤傾泣露。

太常引

回風搖蕙怨江皋。風月落南朝。愁重倩春銷。笑叢桂，小山未招。帳羅畫出，燭花夢見，春水半蘭橈。眉月過花梢。聽雁落，秋燈夜潮。

燕歸梁　用夢窗體

秋色銷魂一院苔。塵冷斷金徽。愁腸深護不輕回。願隨風，入君懷。

雷塘喚醒宮槐夢，翠約負花開。天風東海打潮回。引浮雲，使西來。

夜游宮

簾捲花蚤絮雨。暗凝咽，殘燈人語。苦對芳尊訴弦柱。縷金銷，碧紗涼，聽漸楚。　　燕去梁塵暮。恨疊疊，翠微江路。夢繞行雲結愁去。月光回，照離腸，知斷處。

霜天曉角

蕉蔭補屋。一搦西峰綠。化鶴歸來城郭，聽鐘處，戀雲宿。　　轉轂。愁繭足。天寒泉水濁。日暮秋燈胡語，愁散人，漢宮燭。

其　二

簿燈讀曲。凄斷秋眉綠。一夢西風錦水，聽雨處，結荷宿。　　轉燭。年箭促。綺書緘又讀。訴與南枝翠羽，無人見，倚修竹。

戀綉衾

蟬羅捲幕沁暗涼。倚綉韉，盤馬試妝。車過處長楊暗，鎖千門，猶認夕陽。　　鏡瀾寒約凌波襪，鈿生塵，蟾蒸斷香。換江水銷寒漏，月平西，猶夢夜長。

好事近

吹水落秋陰，亂葉響林聲濕。笳暮雁驚寒雨，憶燕簾風入。　　玉關橫柳怕飛霜，笛暗倚樓月。何處木蘭烽火，記冷楓人立。

其　二

蛩雨落燈昏，簾濕月黃風急。夢入蒼煙人語，動梅根消息。　　平蕪立處是天涯，愁剩一江碧。鴉外青青數點，似樓蘭山色。

訴衷情 用夢窗韻

蒼茫煙海點浮漚。鄉夢墮西洲。黃昏低訴殘角，弦入漢宮秋。　　風過雁，水明樓。隱簾鈎。數聲涼月，一夜蘋花，夢白烏頭。

謁金門

春斷漏，夢咽風燈如豆。不見斷腸單見瘦，怨紅君見否。　　誰信畫眉新鬥，翻怨春慵人舊。一樣落花人去後，見蓮休見藕。①

鬲溪梅令

別腸堪斷憶來初。見時疏。記得數行雲雁，報雙魚。鸞綃當鏡梳。花枝閑繡夢雲孤。遠山扶。無分報君分鈿，重還珠。咽聲和淚無。

海棠春令

翠欄回合愁春遠。舞衫在，香銷繡斷。幕燕幾時來，待夢重簾見。楊花細落流鶯怨。傍春草，歌塵又散。絲卷待成蛾，欲起春情倦。

柳梢青

倦醉都醒。斷雲一夢，殘月三更。燈外鴻冥，吟邊鶴瘦，聲在層雲。清游孤負春盟。縮煙柳，東風又青。約恨瑤箋，支愁山枕，銷盡紅冰。

鳳來朝

回笑破櫻顆。掩眉顰，翠雲半軃。更撥弦記節花深坐。釵和淚，倚聲

---

① 原注：一作"心見蓮房絲怨藕。取蓮將刺手"。

墮。　　夢裏一春閑過。理雲箋，雁期又左。暗粉枕指痕浣。悔鏡約，負蘭舸。

杏花天

西樓凉雁浮清吹。望雲起，回風掩淚。題紅霜滿都無字。吟斷秋風錦水。　　怨空鏡，長蛾洗翠。帳殘夢，蠻熏浣被。玉闌解識斜陽意。影畫回腸萬里。

少年游

花前綠酒借芳顏。簾捲看秋山。鶴醒霜高，雁凉月墮，江海各飛還。重陽又近關山冷，愁字寄人看。弦語西風，書沉渭水，十指幾聲寒。

畫堂春

海棠薄睡護春晴，隔花香綺雲輕。綠窗斜月一聲鶯，歡夢頻驚。喚起妝傾銀燭，來時羞傍雲屏。多愁天與是多情，愁伴花醒。[①]

河瀆神

平地海塵吹。一篙春水來時。竹斑千點濕花啼，霧下雲翻畫旗。秋逗漏天回雁斷，靈風千萬吹轉。不怨彩鸞歸晚，漏長海水清淺。

更漏子

錦回春，屏畫夕。當月蘭燈初息。箏雁冷，翠眉低。爐香消綉衣。蠟緘箋，金囓鎖。尋夢一春閑過。花密密。月纖纖。燕歸深下簾。

① 原注：一作"知爲誰生"。

武陵春

雙鬢驚秋從一笑，且飲且當歌。少年三五夢成婆。無計奈春何。漫醉燕支銷與淚，風景問銅駝。花間稱補一漁蓑。紅樹有詩麼。

愁倚欄令

蘭閨寂，幕重張。怨秋長。留住雙煙絲不斷，水沉香。　　風止雨住花涼。枕函淚，莫似瀟湘。畫取綉屏山一角，是斜陽。

蝶戀花

花隱櫳明更乍定。月下簾旌，先畫鞦韆影。漸展花枝行漸近。娟娟扶上屏山枕。　　轉向窗心移入鏡。燭暗西帷，前後花交印。滿眼離愁窺夢醒。綠塵一夜苔生徑。

賀聖朝

微波傳語人誰見。怨夢長春短。枉教紅淚訴春機，濕西飛雙燕。玳梁月照，解如人語。奈隔花人遠。相思自有夢成時，只堂深天遠。

紅羅襖

對鏡春魂遠，夢見隔花招。悵再到劉郎，自修簫譜，私窺卓女，可有琴挑。　　記簾外，小袖鸚調。人前學語輕教。屏麝晝長消。憶往事，再莫説前朝。

燭影搖紅

霜月欺燈，竹聲篩淚搖窗曉。衰蘭送客怨荒涼，莫指咸陽道。　　落葉堆愁不掃。似人走，空堂雨嘯。語疏欲斷，夢來何處，鐘聲尚早。

金縷曲

　　門掩東風柳。甚長條，繫春不住，繫愁依舊。芳草無人深一寸，庭掩綠苔深綉。看掃到，殘紅一斗。花落如潮春如水，剩棟風，吹夢梨雲瘦。聽鸝去，載春酒。　　閑情坐與春斯守。鎮難忘，影窗絳蠟，記屏銀豆。擱下江關蘭成筆，留記初三下九。問仔細，春能留否。一架酴醾開遍了，倚闌干，怕短銅蟲畫。夕陽院，綠陰逗。

　　（錄自《庚子秋詞》《問琴閣詞》《南亭詞話》等）

朱德寶

朱德寶（1859—1942），字枕虹，酉陽（今重慶市酉陽縣）人。光緒二年中舉，曾任二酉書院山長。著有《選夢樓詞》。

賣花聲

香撲繡街塵，綠暈紅醒。東風著汝爲妝成。彩露九華雲五色，圍住春人。　蜂蝶暖芳魂。生就情根。麗人小影認前身。願乞江郎生色筆，畫出娉婷。

菩薩蠻

碧闌干外秋衫薄，金蟲暗嚙燈花落。凉月浸紅橋，銀河風露遥。　海沉香細裊，冰簟塵空掃。□雁度西樓，背燈人自愁。

其　二

> 文小坡招晏寓宅，偕芸子、子苾聯句。

玉階露冷桐陰薄_{子苾}，冰蟾凉侵紅蘭角_{芸子}。生小便工愁_{小坡}，翠蛾雙點秋_{虹父}。　金河沉雁羽_{子苾}，掩抑星星語_{芸子}。自是不思家_{小坡}，枉開紅豆花_{虹父}。

其　三　都門春暮

貂裘遠上燕支道，錦囊珍貯吟香稿。消息杏花知，美人春夢時。　落英紛似雪，倦了孤飛蝶。愁聽杜鵑催，春歸人未歸。

其　四

小樓昨夜春寒重，海紅衾薄偎殘夢。鸚鵡喚梳頭，流蘇帳半鈎。　玉釵敲枕細，鬢嚲蘭雲膩。强起畫蛾眉，知他甚樣宜。

其　五

題李石君畫。時辛丑三月，同客上海。

錦茵春老鳥籠睡，玉局宵涼白猧去。輕俊小狸奴，拗花強自娛。
紛紛蠻觸斗，一笑銷尊酒。何忍說滄桑，津沽半夕陽。

其　六

倚闌顰損雙蛾綠，郎心比似闌干曲。字字是雙文，如何少一人。
愁來天也瘦，紅淚凝成豆。花氣濕羅幃，嗔他蟢子飛。

醉花陰

簾影沉沉花影逗。人座秋陰瘦。疏雨一絲絲，才入新愁，恰似湘紋
縐。　　單情如月雙難就。又是填橋候。昨夜夢星辰，天上人間，如此鎖
魂殼。

其　二　揚花

薄倖東風吹日暮。愁損多情樹。素粉拭啼痕，已讓桃花，還被東風
妒。　　萍蓬生遍橫塘路。和水和煙去。夢影細如塵，離却闌干，都是相
思處。

滿江紅

白石昔泛巢湖，用平韻譜此調，予江湖載酒，翠倦紅闌，春情自凄，
秋愁如訴，每一按拍，只令人悲增切怛耳。

酒冷香銷，忍回首，春風畫樓。是十載，青衫憔悴，杜牧揚州。綠葉
成陰空寫恨，青袍如草易含愁。甚洞簫，聲裏送華年，如水流。　　桃花
命，任沉浮。楊花性，忒勾留。只奈何文裏，悄度春秋。夜夜鵑聲花有
淚，彎彎蛾怨月□鈎。又蕭蕭，暮雨吊吳娘，愴舊游。

其 二

甲午二月偕芸子薄游蘇州，與凌鏡之丈、李紫璈、張子芯、李少眉、文小坡、陳伯發諸君詩酒流連，歡然道故。洵旬芸子將去，予亦沂流至江夏謁南皮尚書師，臨別填此詞，以詒同人。

曾記來時，正燕子，桃花細雨。最相愛，阮狂嵇懶，迁辛短李。游子頻移徐稚榻，鄉人爭倒中郎屐。更高燒，銀燭照填詞，情何綺。　　五餌説，非長計。萬言策，猶餘枝。儘花明酒釀，細修簫譜。駒隙光陰河射角，羊腸仕路車生耳。但短衣，匹馬送流年，無他語。

其 三

當日金臺，都説我，春風詞筆。誰更料，江關羈旅，蘭成蕭瑟。羞共鷄蟲爭得失，苦隨鸞鳳傷飄泊。問人生，何事最銷魂，花前別。　　休浪賦，梁園雪。且高詠，蘇臺月。聽踞牀三弄，笛聲淒絕。伍相祠前波似練，春申浦上花如雪。悵櫻桃，開過未還家，愁心疊。

其 四

長鋏來乎，且挾汝，天涯奔走。況因伊，戟門絳帳，傳經白首。第子升堂情似昨，故人薦禰言何厚。便明朝，歸去駛飇輪，江風吼。　　樓船志，成孤負。珍珠字，盈懷袖。①上鶴樓吹笛，羽衣凉透。六代詩篇吟鮑謝，中年絲竹調秦柳。更草玄，亭上去尋秋，一尊酒。

鵲橋仙

啼紅人杳，流紅信杳，芳事和誰商略。一彎蛾影瘦於秋，照不到，畫樓西角。　　琴心彈冷，笛心吹冷，燕子輕陰簾幕。春痕如夢著梨花，又記起，翠羅衫薄。

---

① 原注：小坡、子芯、芸子皆贈言。

買陂塘　懷毛菽畇同年山左

黯彭城，幾年飄泊，傷秋又聽風雨。綠眉瘦損紅心銷，儘亂夢飛如絮。空憶汝。恨夢裏，關河來去無憑據。帆波馬路。望東海鷗群，南天雁影，零落舊歡緒。　　明湖月，夜夜吟魂縮住。醒來淚似鉛水。明知相見增愁嘆，爭奈獨愁更苦。誰可語。料祇在，歷下亭皋落木飛。雲處商量。歸去把珠江，煙柳陵陽山黛，吹入寒洲譜。

眉嫵

睇殘紅啼雨，嫩綠鬘煙，春去如流水。東風夢短，換了困人天氣。桃花薄命楊花弱，怕一樣，香樵粉碎。怎何處簫聲，又聽畫樓吹起。　　曾記芙蓉屏底。見繡裙飄蝶，金翹貼翠。説與相思，都是蓮心滋味。幽情慾倩青鷥寄。却防取，小紅偷覰。但珍護衫痕，爲有別時情淚。

金縷曲　作書答秋棠並媵此調

雙淚彈紅豆。怎蕭娘，遠來一紙，春痕愁透。水樣年華花樣命，都是斷腸時候。又怨粉，啼香抱逗。字字風花和淚剪，睇遠山，如見雙蛾皺。春去了，怎禁受。　　年來儂亦銷魂甃。更那堪，鶯憔燕悴，玉人同瘦。一寸情天無限碧，願乞彩雲補就。又私向，坤靈稽首。收拾鳳鷥飄泊恨。便月圓花好，人長壽。秋來了，莫僝僽。

其　二　偕菽畇什刹海觀荷

春去京華路。儘無聊，留花殢月，徵歌闘句。一夜海風香不斷，吹放紅衣無數。又笑領，搴芳新趣。十斛玉塵輸却了，酌碧筒，涼沁仙盤露。波鏡裏，好容與。　　菱歌依約花叢度。聽聲聲，淒紅怨翠，愁縈秋緒。水佩風裳湖澱外，若有人兮絮語。似惜我，吟吟何苦。醉依鵝笙吹月上，待更闌，便宿花深處。清夢悄，狎鷗鷺。

其　三　送吳寄髯德瀟入都謁選

載酒金臺下。記相逢，烏衣白袷，麗都嫻雅。絶代王郎拔劍起，同醉紫櫻桃榭。可尚憶，園官菜把。^①鳳靡鸞吪遺恨在，剩哀鴻，是我知音者。搔短髮，淚如瀉。　　一朝合併讀經社。又那堪、飢寒杜甫，飄零白也。四海風雲都鬱鬱，星斗沉沉紅妣。甚春雨，杏花愁惹。讓爾抱琴携鶴去，擁黃紬，聽鼓銷清夜。算佳味，如啖蔗。

其　四

忽廢書而嘆。莽乾坤，塵揚東海，滄桑幾變。補救當爲根本計，髯也許超群彦。幸勉作，循良佳傅。斗大花封休自笑，料河陽，報最先諸縣。也償了，書生願。　　更從暇日開清宴。點霜豪，碧山吟瘦，烏絲寫遍。燕寢香凝弦語静，琴外落花風捲。可念我，江湖蕭散。往日凄涼猶有淚，睇瓊樓玉宇，仍天半。問長夜，何時旦。

其　五　與楊叔嶠同年言别

黃鵠翩然逝。恨難禁，不成游興，不成歸計。畢竟東風無氣力，一任落花飄棄。便處處，離憂成例。無可奈何終是别，甚黃金，能短英雄氣。襟上有，傷心淚。　　河山一片夕陽裏。料君才，青油幕下，自高位置。剩我旗亭眠不得，幾度呼燈坐起。已領慣，江湖滋味。誰省潘郎吟鬢冷，祇菱花，識得人憔悴。相愛意，爲君醉。

其　六

> 雨夜感懷。偕羅大邠峴、羅二建衡賦。

眉重懨懨雨。太蕭然，烏巾岸坐，江城笳鼓。褪盡紅芳春欲老，别淚天垂如許。卷壯志，傷今懷古。不信軟紅塵堁裏，把珠光，劍氣常埋沮。解相愛，惟儂汝。　　師門屬望情何已。是當年，南豐文伯，西江詩祖。^②白馬銀濤遺恨在，何處旌旗樓櫓。又狼藉，好春無主，十二萬年仙鬼劫，料卷施，草死心難腐。應相吊，歌聲苦。

---

① 原注：庚辰在都就官菜園作寓，君與雪澄亦就其左。
② 原注：先太高祖宰南豐，後遂家焉。邠峴鄉人也。

其　七

儂本痴情者。又無端，靈犀一點，琴綿香惹。清夢隔花瓊月悄，仙露冷凉夜。記共結，秋紅吟社。眉黛口脂拈詠遍，問幾曾，真個銷魂也。兜軟語，錦屏下。　　鵾弦如聽銀屏瀉。儘用心，撩雲撥雨，淚珠紅灑。彈碎相思紅豆曲，頻喚奈何子野。有多少，綺愁難寫。嬌鳥聰明花旖旎，正盈盈，十五春無價。好珍重，鈿車駕。

其　八

秋風京國，予懷悵然，酒醒燈昏，輒成此解。

目斷秋雲外。莽關山，重重疊疊，故園何在。誰識春明前度客，葉葉青山未改。縱留戀，軟紅無奈。玉貌錦衣驢子背，被黃塵，黯黯飄零壞。往還路，又三載。　　勞生歲月何堪耐。怎禁他，風鈴獨語，月梆敲碎。何物千秋名不朽，祇恐年華難待。甚詞賦，從今休賣。不信黃金同鑄鐵，看澆愁，有酒無從買。欹枕想，夜如海。

其　九　贈義寧陳伯嚴同年

舊事吾能説。記當日，買紅纏酒，春濃香幕。冠玉風神橫槊氣，笑倚雙鬟吹笛。便坐嘯，西南山色。惆悵應留詞賦手，倏悲秋，哀逝同潘岳。忍回首，玉山閣。　　文場乳虎方騰躍。[1] 遇憐才，丈人行輩，譽予一鶚。恨別兩篇花管賦，卿子冠軍標格。又門館，十年栖息。誰省杏花夢醒，桂枝香，吹冷霓裳拍。剩垂淚，絳帷客。

其一〇

海雨涼疏鬢。記相逢，弦詩讀畫[2]，花慵舊是。三閭騷弟子，呵壁補成天問。笑槐國，冠裳俄頃。玉字瓊樓秋漸瘦，但何時，掃去浮雲影。可禁得，高寒甚。　　江湖魏闕情難盡。好家居，纖兒撞壞，嫠憂周隙。叔嶠裴村都已矣，枉説挽詞凄哽。總輸却，蓴鱸歸穩。此去武皇臺畔過，料

---

① 原注：予年十五。

② 原注：侍卿能詩嫻書畫。

通天，有表鳴孤憤。休便叩，□空磬。①

風入松

> 黄浦春游，舊歡如夢，拍成此解，渺渺分予也懷。

鴨頭波軟蘸晴霞。風裊荇絲斜。落紅吹作相思淚，倩啼鵑，説與桃花。處處餳簫巷陌，年年燕子人家。　　水晶簾子玉交叉，鸚鵡記呼茶。紅蘭一角垂楊影，剩斷腸，人在天涯。惆悵尋春杜牧，重來愁訴琵琶。

其　二

> 追憶舊游，簡茂宣、菽畇兩同年。

洗桐捧研殢人腸。何處問雲郎。東風不管垂楊恨，捲飛花，隔斷紅牆。記得羊車過去，風來微度衣香。　　歌殘金縷惜流光。猶憶按霓裳。鬢絲漸覺華年換，任櫻桃，吹落銀牀。惆悵舊時月色，夜深來照淒涼。

其　三

柔情似水個儂知。化作綠楊絲。鏡奩皆住明妝影，甚峭寒，猶鎖南枝。笛裏春歸何處，花前鼓奏移時。　　曉風吹雨亂紅飛。幽恨易顰眉。怎能吹轉枝頭上，算東風，無比情思。千古紅顏一哭，斜陽芳草迷離。

解連環

> 清江舟次，寄秦柚蓀王苹珊都門。

片帆催發。望衰柳沉煙。寒蘆貼雪。嘆年年，劍泊琴飄，更齊尾吳頭，孤吟天末。領受淒涼，衹夜夜，寒潮冷月。縱載得清娛。也愁捐秋蟬鬢薄。　　相思寸心暗結。問魚箋鳳紙，誰寄緘札。待夢魂，飛度豐臺，已綠葉成陰，杳無紅藥。搗麝成塵，甚心字，香痕未減。有如此，西風忍做就，青衫新別。

---

① 原注：臣罪當誅，君王明聖；人生到此，天道寧論。予挽同歲生楊鋭、劉光第聯也。

小桃紅

愁極嬌無語。忍放劉郎去。絕代花枝，此後誰爲主個，兒郎薄倖。似東風，將夢影吹成絮。　芳意和燈訴。幽恨將書寄。顛倒春饗，會得人情緒。怎聲聲，滴碎女兒魂，簾幕外，黃昏雨。

國香慢　得書後又寄

此恨綿綿。衹相思相望，相見相憐。已過了幾回腸斷，更何堪重訴尊前。我是楊花蹤迹，君是桃花生命，好夢怕難圓。奈何許，今日啼鶯，明日啼鵑。　嬋娟在空谷，牽蘿補屋，白石清泉。任從此天寒，倚竹問。何時火宅生蓮。休説雪兒歌舞，負了紅兒情分，往事易成煙。愁無那，一箭流光，一鏡流年。

其　二

酒樓望海，再別芸子。

望遠連天，睇滄溟萬里，知在誰邊。儘才調美如宋玉，甚功名浪説張騫。我是文姬漂泊，君似明妃遠嫁，一樣感年華。[①] 還有那，澤畔湘累，相望相憐。[②]　嬋媛同太息，海雲一碧，都化愁煙。但執手，道聲珍重。便傷心與夢周旋。休説少年聽雨，換了中年心事，情味不如前。奈何許，今日啼鶯，明日啼鵑。

臺城路

玉容不借桃花釀。紺碧香津粘袂。涼月吹簫，香塵試屐，笑賭荷囊雜佩。干卿何事。記冶袖藏花，練裙書字。青翰初停，銷魂都付鄂君被。
離懷未飲先醉，任雙携素手，對彈紅淚。玉笛吹雲，銀屏話月，銷得幾回沉醉。爲君憔悴。甚羅帕香温，錦箏聲脆。夢影紅蕉，靈狸花底睡。

---

① 原注：時同人有此謂浯。
② 原注：渭實父。

其 二

通州春曉，舍舟就車，風沙薄人，惘惘成弄。

大通橋畔絲絲柳，做盡無情寒碧。短鋏隨身，驚沙撲面，那是尋春芳陌。游蹤慢憶。正花滿江南，杜鵑催別。憔悴天涯，長卿今已倦游客。

江關經過千迭，海風吹月瘦，易成愁色。鬢影縈香，鞭絲揚翠，腸斷鳳城寒食。青衫淚漬。祇檢點吟裝，亂紅吹濕。喚起春魂，付高樓一笛。

木蘭花慢

倚醉狂吟，録示同輩，芸子謂豪過稼軒也。

問胡牀譚嘯，可比得，晉風流。看滾滾黃塵，茫茫白日，萬古羈愁。金臺。駿骨年年，冷住梨花，落盡成秋。惘悵三生杜牧，迷離一夢莊周。

休休。破帽籠頭。空結想，五湖游。嘆年華盡無能，鸞還可鍛，鳳也容囚。忍向。紅窗沉醉。喚雙鬟，彈碎箜篌，瘦却垂楊多少，何人尚説封侯。

西子妝

香徑尋鴛，玉巢鎖鳳，寂寂落紅庭燕。征鴻難到江南。笑閑鷗，怎知辛苦。新詩漫與。盡分付，十三箏柱。最銷魂，有故人相約，紅樓聽雨。

樓頭望。隔着重簾，便抵天涯路。桃花已自惜飄零，甚劉郎，尚思前度。流光易誤。況鵑語，苦催歸去。只贏得，青衫猶有，淚花無數。

其 二

芸子書來，媵之以詞即和其意。

夢碧粘天，愁紅綉地，便是傷春時候。一襟幽恨送斜陽，畫簾垂，任他波縐。煙僝雨僽。盡搖落，晚風楊柳。更何堪，玉簫吹咽，冰絲彈瘦。

滄桑又。白馬銀虬，風定濤仍吼。浮雲多處是長安，問今日，華胥醒否。弦詩賦酒。祇吾輩，疏狂依舊。又何時，同跨烏犍，去尋耕耦。

沁園春

津門解維，寄毛菽畇同年。

宋玉悲秋，江淹賦別，黯然魂銷。記香牽粉惹，綺情密織，茗談瓜戰，花片私招。北海荷枝，南城香冢，紅葉長亭酒一瓢。傷情處，是囊書蓬轉，匣劍萍飄。　青山歸夢迢迢。便學仙成佛也無聊。盡華筵呼酒，醉燒銀燭，秋衾獨偎，夢逐寒潮。白鐵雙輪，黃塵十丈，長憶東華折柳橋。苦心語，願潘郎愁鬢，休共獨凋。

其　二

或謂先生，終朝讀書，無乃近痴。念久與周旋，法應用我，別無嗜好，情在於斯。僕射不知，尚書不顧，鄉里安能向小兒。狂奴態，道千篇詩在，萬戶侯卑。　將軍曾揖征西。[①] 記翠袖傳觴草檄時。便聊城遺矢，魯連却敵，西江對月，袁虎哦詩。妙伎清歌，元戎高會，銀燭當筵寫麗詞。十年事，剩南漢楊柳，猶認鬚眉。[②]

其　三

休矣先生，未滅匈奴，何以家爲。任苜蓿闌干，鄭虔官冷，芙蓉城闕，杜老吟悲。錢鳳何人，董龍何物，相士由來但舉肥。憑高望，正浮雲歷亂，衰草迷離。　休嗟宦海來遲，有漏盡鐘鳴一嘆吁。想華亭唳鶴，機雲頓盡，箕山飲犢，巢許堪師。禪榻茶煙，藥欄花韻，歌罷楊枝又竹枝。憑誰省，道長卿游倦，謝病多時。

疏　影

濮瓜農孝廉惠春蘭水仙，時抱騎省之戚。

清愁似綺。儘粉思珠情，拼花乞與。夢裏玉人，醒來明月，託根知在何處。東風一剪春痕暈，應省識，琴心最苦。向湘靈，含睇通詞，撩起騷

---

① 原注：謝友鵠提督。
② 原注：友鵠任鄂鎮及統襄河水師全軍。予迭參幕府。

人鰥緒。　　便是國香服媚，只返魂燕郊，化身儷汝。並蒂何年，同心再也，記取白頭終古，生憐環佩無消息，算負了，春山眉嫵。倩凌波，羅襪盈盈，喚起夜來私語。

浪淘沙　漢皋舟中寄秋棠女士

楚女接吳船。無限江關。宵宵流夢到君前。過了元宵三五夜，月又團圓。　　影事隔屏山。天上人間。朝朝有恨到儂邊。憶着年華三五候，人最嬋娟。

其　二　題《紅綫圖》

北斗影闌干。寶劍光寒。彩雲飛去復飛還。一片漳河風霧氣，涼透雙鬟。　　匕首土花斑。羅袂姍姍。采菱歌散水如煙。我亦三河游俠侶，寥落人間。

其　三

久不得仲珊書，填此奉寄並問秋棠母子。

夢裏楚山孤。煙水模糊。天涯知到有愁無。昨夜星辰今夜雨，後夜江湖。　　珍重掌中珠。好繫紅襦。美人晚嫁解憐渠。紅豆有情應化淚，莫化蘼蕪。

百字令　題宋芸子《問琴閣詞》卷

洞簫吹醒，記前身明月，今生才子。冰雪聰明蘭氣息，領取柔情似水。酒綠澆愁，燈青煮夢，漂蕩江湖味。東風昨夜，畫橋楊柳吹起。須識蠶吐情絲，蛩工愁語，結習都如此。畫壁雙鬟歌一闋，門外落紅如雨。花國呼鶯，木天騎鳳，聊吐書生氣。蓬山不遠，小宋有人喚取。

其　二

舊游如夢，記芙蓉鏡下，櫻桃花底。殘月曉風同領略，爭唱着卿名字。慘綠衣涼，小紅歌咽，一掬瓊瑰淚。江湖載酒，輸君先我歸去。

堪嘆庾信江關，長卿詞賦，更較君憔悴。水樣才名花樣命，贏得鬢絲如許。瘦怯逢秋，狂難人世，孤嘯風雲裏。買絲繡汝，一生能幾知己。

其　三

　　秋宵若水，秋情若絲，倚拍成聲，傷心人別，有懷抱也。

　　玉階月上，正湘簾初捲，蕩成波影。一曲銀笙吹夢覺，依約綠窗人靜。鷄枕紅綃，鴛幬翠黯，凉入燈花暈。去年今日，旅懷無此凄冷。
寸心能有多愁，好天涼夜，都向愁中盡。燕去傷春情未歇，又是雁傳秋信。中酒衫青，吹簫淚碧，獨自閑愁省。吟腰瘦了，沈郎未老先病。

如夢令　題美人春睡册子

　　滿院春陰如水。悄把桃笙倦倚。嬌婢不知愁，又報海棠開矣。慵起。慵起。人瘦落紅堆裏。

闌干萬里心　秋夜坐月偕韻云

　　碧雲界破情天秋。不倒金尊明月愁。黛掃雙蛾恰斂羞。擁篝坐到更深，懶卸頭。

好事近

　　深院悄無人，紅冷秋千一桁。畫簾開處，在曉涼池閣。　　盡教幽夢如雲，猶自思量着。甚日却歸來，向梅花細説。

其　二　和南唐後主

　　花外笛聲凄，喚醒梨花雲白。月子纖纖，今夜做凉碧。　　啼鵑休怨東風，吹夢都無迹。一片小桃花，紅作傷心色。

絳都春

文小坡有牧之之感，賦寄答意。

梨花夜月，又蒙蒙香霧，釀作輕寒。記約踏青，一春惆悵不曾閑。啼
鵑莫怨東風惡。聽銷魂，唱到陽關。甚回文錦澀，墮林粉涴，瘦了朱顏。

一任湘簾不捲。但沉沉幽魂，隔斷屏山。零落桃花，倩魂依約認雙
鬟。春歸未抵相思遠。恨無人同倚闌干。只青棠枝下，合昏樹底，花片
成團。

其　二

京華嬉宴，酒釀香溫，重拾墜歡，都非往日，惘然按拍，分寄實父、
菽畇、紫璈、芸子。

旗亭冷醉。又回首夢華，舊歡兜起。銀燭金尊，鎖受玉郎風味。情天
一曲珍珠淚。半灑向，春紅花底。俊游何在，三生晴省，杜郎憔悴。
流年暗換又誰見。當日紫雲歌吹，櫻桃如雪。甚東風吹送流水，善才零落
龜年老。嘆如此風光，忍銷沉醉。祇留得，前度青衫，酒痕未洗。

湘春夜月　春暮寄易實父

悄無人。落花風裏，啼倦流鶯。怕惹紅慘綠，細訴飄零。一夜一番月
色，流照舊旗亭。料嫦娥應笑，當年玉貌，兩小惜娉婷。　　湘波尚綺，
幽篁自韻。叢桂猶馨。況紅豆詞工，玉溪詩麗，能賦幽情。祇我江潮聽
雨，換了歌樓情味，都是可憐聲。料故人。應許，中年柳七，斗酒易
浮名。

高陽臺

流寓武昌，秋已深矣。旅窗聽雨，百緒縈懷。良夜自淒，歌以當哭。

鶯燕痴魂，蛟龍恨血，銷磨如許光陰。又近重陽，秋痕易上秋襟。花
枝不管人憔悴，甚傳杯，還勸深深。奈秋聲，不住如箏，彈碎蕉心。

客船換了歌樓味，負碧羅紋帳，紅浪香衾。漸近中年，何堪細聽秋砧。鸞飄鳳泊茫茫感，剩孤鴻，解和愁音。訴心情，斫地哀歌，擊節狂吟。

其　二　憶李紫璈蘇州

黃浦聽潮，青溪蕩月，夜闌夢滿江湖。花落蘇臺。相思苦怨離居。傷春刻意還傷別，看瘦來，一把俱無。意如何，有書尾填詞，詞面緘書。

臨風多少傷心淚。附鮫奴寄與，都化珍珠。費盡商量，情天依舊身孤。[①]離魂尚識三生面，甚今生，貌瘁神癯。悔從初，錯喚河子，妄認阿奴。

其　三

> 庚辰南旋，與紫璈、闇伯薄游海上。孤帆再泊，舊夢如塵。予懷愴然，感慨今昔，倚拍成弄，凄艷橫生，書寄故人，亦應愁絕也。

鈿閣留雲，珠簾蕩月，垂楊前度青青。淺夢濃香。都將紅豆搓成。重來便有飄零感，甚東風，流水無情。況琴心，箏尾無端，換了秋聲。

杜郎漸覺風情減。帳俊游零落，玉笛誰聽。憔悴青衫，十年影事成塵。鬢絲禪榻江南夢，待醒來，已是三生。怎匆匆，飛絮飛花，吹冷春城。

柳梢青

無可思量。酒醒人遠，夢短宵長。淺碧闌干，落紅庭院，嫩綠池塘。

羅巾猶繫餘香。有多少，相思斷腸。鸚鵡前頭，杜鵑昨夜，燕子他鄉。

其　二

記否相逢。春山畫裏，春柳陰中。繫馬樓臺，藏鴉門巷，歸燕簾櫳。

好春生怕匆匆。花落也，鵑啼亂紅。藍尾杯深，紅牙拍緊，沉醉東風。

---

① 原注：丙戌出都過紫璈溧陽縣署，時有牧之之感。

其 三

同年彭仲珊既罹寶倩輪泊之灾，越數年，予主《滬報》編輯事，排
印遺文，泫然成此。

詞賦江關。紫煙凄楚，碧雨辛酸。[①] 白玉樓高，青山淚盡，翠袖天
寒。[②]　　江郎花管闌珊。又誰問，丘遲錦殘。一卷招魂，身萍世絮，命
葉愁山。

摸魚子

舟過龍陽，風利不泊。武陵邸舍，填寄實父。

渺輕帆，鷗波千里，水風江月如寄。蕭蕭斑竹湖光冷，回首舊游能
記。愁無際。怎母綫兒衣，轉眼都成淚。[③] 人間何世。悔香國呼鶯，花天
騎蝶，鴛夢冷無味。　　春華褪。誰信風光細膩。換了荷衣涼翠。一聲鶗
鴂秋風起，多少紅蘭憔悴。卿自慰，試喚醒湘累，莫抱蛟龍睡。披蘿帶
荔，把笛語吟風，劍光彈雪，同上鶴樓醉。

其 二 萍

沒來由，好風多事，教伊蹤迹無。準今生分是飄零，慣爲底易離難
並。君試問。問別後重逢，可訴天涯恨。甚時才定。看吹盡楊花，送殘流
水，春夢杳無影。　　魚天闊。絮果憑誰圓證，空剩一層情暈。人生到處
應相似，鴻爪雪泥偶印。君試省，君不見，桑田滄海真俄頃。斜陽易暝，
尚漾碧魚，落紅捎燕，煙水棹孤艇。

其 三 漢上與李姚琴言別

怎一抹，長亭煙樹，畫出鄉愁如許。湘天雨過秋容碧，換却斜陽歸
去。吟思苦。記聽慣，商聲叶叶菰蒲雨。騷情幾許。衹半幅涼襟，數莖冷
鬢，管領秋如此。　　人何處。空寄韋郎新句，玉笛吹成凄楚。雁邊多少

---

① 原注：詩文之外，有《碧雨亭雜記》《紫玉煙傳奇》。

② 原注：遺女寄雲僑鄂。

③ 原注：此時居憂。

飄零感，並作一緘愁語。君且住，看水國，霜楓紅人銷魂路。流光易度，記畫槳眠雲，錦帆蕩月，曾縶桃根渡。

望湘人

莜昀書來，極道泰山之勝，賦此寄意。

正鷗邊夢雨，蟬外吟風，綠楊絲老如許。瘦不成詩，病常中酒。別是今年愁味。劍冷星紋，珠沉月魄，幾分憔悴。恨別來，千里雲羅，一點相思難寄。　　凝睇舊游尚記。剩梨花如淚，桃花如醉。道潘鬢全凋，問訊沈腰何似。日觀霞青，雲門氣紫。那處仙人游戲。須待我，跨鶴東來，同賦曉寒新句。

虞美人　子苾寓齋夜集聯句

尊罍餞別匆匆了，老去離愁少。_{子苾}晴天容易又秋風，記得昨宵春暖畫樓中。_{虹父}　　玉璫錦字分明寄，難盡纏綿意。_{子苾}綠陰庭院寂無人，遮莫濕雲如夢雨如塵。_{虹父}

阮郎歸

綠楊生就有情絲。纏綿君自知。夜涼親薦小姑詞。楚儂紅豆詩。金錯落，玉參差。是君銷遣時。春深不敢怨歸遲。憐儂金縷衣。

醉太平

情深意真，眉勻鬢青。畫樓多少紅裙，解傷春幾人。　　長亭短亭，離魂怨心。垂楊無數啼鶯，把閑愁喚醒。

其　二

星明月瑩，空庭夜深。倚闌私語丁寧，有紅鸚暗聽。　　雲情雨情，花陰露零。斷腸愁度黃昏，況秋宵五更。

其　三

滬津夜發，寄李伯元、吳研人。

風聲水聲，三更四更。今宵偏最分明，夢將成未成。　　花痕月痕，雲情雨情。負他桃葉桃根，去江南幾程。

醉金門

春陰如墨，春愁如水，春情如醉。燕子不知愁，冷抱梨花睡。　　昨夜月明鵑有淚，也不管香心碎。夢影細於煙，悄共燈花墜。

大江西上曲

題《乘槎訪星圖》，送芸子奉使泰西。

情天一碧，怎做就萬古，傷心顏色。縱把支機相贈與，無奈人天終別。袖角星青，槎頭波綠，枕尾紅霞闊。冷冷風露，彩鸞愁思何極。君今去泛滄溟，膽簿書生，叱咤魚龍國。剩有故人飄泊慣，自倚小紅吹笛。錦樣徒工，聘錢未貸，秋冷璇宮織。讓君鑿空，織女況曾相識。[①]

清平樂　春暮題寄閨人

落花如雨，送了春歸去。盡日陌頭飛柳絮，游子也無情緒。　　夜來休倚闌干，遙憐翠袖草寒。無限別離心事，家書猶說平安。

其　二　紅花埠曉發

月斜鐘動，馬上溫殘夢。曉角一聲涼露重，滿地霜華初凍。　　前宵月子彎彎，今宵月子團圞。休問夜長夜短，有誰同倚闌干。

其　三

香釀酒釅，幽恨和雲捲。夢又不來人又遠，淡月梨花庭院。　　玉階

①　原注：時挈一姬行。

風露冷冷，紗窗一點燈青。最是無聊時候，搴簾自數春星。

其 四

畫屏人悄，香夢和雲繞。宛轉流鶯輕弄曉，一樹海棠開了。　　絲絲柳色纏綿，可能織就情天。無那故鄉千里，只餘夢裏團圓。

其 五　覓湖舟中寫下閨人

湖天綠净，影寫冰奩靚。依約綺窗涼月浸，琴外落花風定。　　垂楊生就情絲，堤長一碧相隨，誰省方回腸斷，江南梅子黃時。

其 六

蓮房綠小，萬縷情絲繞。一點苦心君未曉，深院蝶多人少。　　新詞幾疊回腸。情大容易斜陽，不信流鶯薄倖，偶然喚轉春光。

慶宮春

沅江夜泊，吊影懷人，燈暈篷窗，淒然成弄。

笛尾收涼，篷腰繫暝，湘流一碧如煙。鏡裏鴛情，尊前鳳約，今番負了嬋娟。青衫依舊，却又爲，琵琶惘然。愁無那甚，露桃年命，風絮因緣。　　墜歡尋到愁邊，兩處秋燈，一樣孤眠。紅袖添香，綠窗夢月，銷磨幾許華年。屏山路遠，更凝想、千山萬山。人何處，只夕陽衰草，斷雁寒蟬。

聲聲慢

感事。用蔣竹山體。

短鬢吟風，疏燈話雨，江湖慣領秋聲。好夢驚回，雷音何處車聲。幾點劍花青澀，枉費他，催舞鷄聲。茫茫感，甚天寒日暮，獨聽江聲。更上高樓眺望，任暮笳曉角，吹冷邊聲。海國驚濤，並成十萬軍聲。誰信飆輪鐵甲，夢華胥，仍作鼾聲。秋無際，睇斜陽，又送雁聲。

鷓鴣天

露重風多悵別筵。秋情如夢夢如煙。香燈紅綻花雙笑，明鏡青浮玉一奩。　歌宛轉，恨纏綿。星孤月寡奈何天。從今不賦銷魂句，冷落成都十樣箋。

其　二

眉月舒黃夜漏分。芙蓉帳暖水沉薰。銀缸暈碧花宜笑，繡被蔫紅玉乍溫。　蘭氣息，柳腰身。幾曾真個說銷魂。枕函四面安紅豆，留取相思賦冶春。

其　三

飆管吟成夜有霜。迷離花影近西廊。野禪不作秋風客，螢火相逢夜度娘。　人乍別，漏初長。單情但與夢商量。風淒露冷銀河闊，欲訴雙星又渺茫。

其　四

檢點青衫有淚痕。一生長負玉兒恩。十雙蝴蝶詞人影，千樹桃花倩女魂。　歌宛轉，夢溫存。畫簾微雨又黃昏。誰將碧海青天恨，說與當時李少君。

其　五

睡破眉山不更描。鬢雲縹渺韠鮫綃。青溪一舸迎三妹，紅豆雙聲唱六幺。　潮有信，夢無聊。綠陰似水落紅銷。鳳笙吹冷西樓月，愁憶揚州廿四橋。

玉京謠

舟泊江南，天色就映，小雨急來，悵然成弄。

花落春歸去，杜宇聲聲，又喚羈魂起。酒令香消，一縷柔情如水。問今夜，聽雨江南，有幾個，飄零才子。愁不語。杏花零落，先生歸矣。

　燕臺空灑春風淚。甚華年，便感紃懺綺。玉貌蛾眉，也對汀洲蘭芷。算當年，憔悴江潭，還有那，湘靈知己。誰料理。劍飛天外珠沉海。

釵頭鳳

　珠簾遠。銀屏淺。紅闌一角閑庭院。楊花雪。梨花月。翠袖天寒，空房愁絕。怯。怯。怯。　　香魂倦。情絲亂。雙雙燕子釵頭顫。春宵闊。春心窄。絳蠟將殘，翠簫初咽。歇。歇。歇。

蝶戀花

　玉簫金管揚州路。十里春風，小杜傷心處。禪榻鬢絲愁幾許。鷓鴣啼過紅樓去。　　待得春來春易暮，無處無花，無處無風雨。辛苦流鶯枝上語。美人猶自朝慵起。

其　二

題《春郊送別圖》。時予亦將楚游矣。

　花外青山林外度。一片斜陽，都是銷魂路。寫出江郎臨別賦。子規啼到無聲處。　　滿地落紅君不住。離緒如雲，細向酴醾訴。携手河梁春又暮。扁舟一棹瀟湘去。

洞仙歌

　娉娉裊裊，正妙齡十五。合付東風作香主。記粉雲乍濕，脂雨初調，便撩起，寵燕嬌鶯情緒。　　湘弦清夜撫，花影紅窗，共坐疏燈聽春雨。生小不知愁，學畫雅黃，都道是，天然眉嫵。恰嗔人，軟語故嬌獰，待説與春情，又防鸚鵡。

其　二　寄蕭龍友山左

鵲華秋曉，數蘭陵詞賦。多少銷魂斷腸句。儘黃紬聽鼓，紅燭修書，償不了，三十蕭郎心緒。　　蓬萊清淺未，若大乾坤，槐國冠裳幻如許。清夢繞明湖，瘦了斜陽，便瘦到，舊時鷗鷺。記春水，生時送君行，合雁語鴛吟，細修簫譜。①

其　三

　　客中春感，用稼軒韻，寄鄂幕同人。

　　蘇臺春暮，只柳堤月曉。便是銷魂黯處。漸梨花瘦了，燕子歸來，怎禁得，漠漠一簾煙雨。　　人言歡是夢，夢醒多時，却追憶少年情事。銀燭寫烏絲，俊語如花，有舊時，冷燕猶記。想綠水，紅蓮任沉浮，試悄問東君，何留春住。

紅　情　寄何棠孫同年

　　夢爲蝴蝶。盡怨粉栖香，受花憐惜。一點紅情，除是文鴛許相識。絮盡春愁燕子，趁花落，月明相憶。記雪滿梁園，有人淚珠濕。　　秋冷。芙蓉國。憶翠管分題，斷腸詞客。三度桃花。青鳥孤飛易白頭。② 多少珠宮清怨，算只有湘靈知得。便夢入君山，一笑掬明月。

青玉案　春暮用賀方回韻

　　東風來自天涯路。又吹向，天涯去。草草流年愁裏度。碧無懷夢，綠陰虛約，都是銷魂處。　　美人容易傷春暮。盡懺了題紅句。苦欲留春春不許。星星梅子，絲絲柳絮，點點桃花雨。

秋波媚

　　女墻西畔又啼鴉。門巷問誰家。東風簾幕，更無人影，惟有桃花。春魂紅瘦雙蛺蝶，零夢記些些。翠袖天寒，青衫人老，一樣生涯。

---

①　原注：春水初生，又看君去，錦鴛夜語，湘雁秋吟，予頌龍友結婚詞也。夫人湘産。
②　原注：予時喪偶。

念奴嬌

東坡生日，用赤壁韻，示兩湖書院諸子。

峨眉冷翠，猶想見，慶曆文章人物。下界何人吹鐵笛，可似當年赤壁。紗縠門前，玻璃江上，我亦留鴻雪。錦城高宴，幾時重覯英傑。　更憶載酒凌雲，呼吸江光，詞鋒飆發。七百年來無此樂，詩卷姓名難滅。笠屐依然，江山如故，風景催華髮。瓊樓玉宇，一般高詠明月。[①]

滿庭芳

洞庭風厲幾瀕於危，按拍高歌，投水涘，將以詫湖神色。

雲壓帆沉，風掀水立，茫茫大沫吹昏。翩然一葉，擲入亂波心。禁得馮夷狂嘯，掣靈旗，鼓浪飆行。驚天險，訝短弦太脆，柔櫓無聲。　龍宮，應可往，況瀟湘清淺，何減蓬瀛。隨懷沙屈子，偕作波臣。只恐夜深吹笛。渺滄江，無處招魂。又誰見，風鬟霧鬢，煙外畫娉婷。

其　二

簡黃楚枬、牟笈珊同學，所謂此中人語也。

踏月盟鴛，偎花楚蝶，春風幾度銷魂。綠窗私語，親目與溫存。雙靨芙蓉羞暈，逗芳心，一點氤氳。含情處，臂紅初褪，依約守宮痕。　情深，緣似淺，藕絲宛轉，都化愁根。便鮫綃封淚，鸞鏡含顰。休向畫樓凝望。甚垂楊，一碧無情。憑傳語，玉兒心事，不忍負東昏。

臨江仙

記得班騅花下別，斷腸怯唱陽關。離愁訴與鏡中鸞。多情天上月，猶自照人間。　瘦損腰圍春不管，黛痕又減眉山。相思不斷似連環。多情江上柳，何日送人還。

---

① 原注：曩在尊經講舍爲東坡作生日，與同社諸君置酒高會，今十九年矣。

點絳唇

漢陽秋望，簡吳星陔侍御、梁節盦同年。

清曉江山，幾行雁帶瀟湘雨。滄波東去。綠鎖晴川樹。　北馬南舟，牽引愁成縷。中原暮。霸才無主。寥落登樓賦。

其　二

綠稚紅愁，東風簾外花枝軟。個人無伴。嬌抱裙絲捻。　但願春長，不願相思短。柔腸轉。隔在人遠。容我真真喚。

其　三

吟瘦西風，碧天雁過書難付。旅懷正苦。□葉青桐雨。　多謝啼螿，會得人淒楚。更殘處。絕無頭緒。替我模糊訴。

四字令

送人柳絲。懷人藕絲。新愁寫上烏絲。悵星星鬢絲。　已過花時。又及瓜時。去年明月圓時。是卿卿別時。

其　二

紅樓燕歸。碧天雁飛。携來玉笛愁吹。怕春人淚垂。　楊枝柘枝。紅兒雪兒。半生清淚如絲。付傷心與誰。

其　三

中年感多。歡場剎那。鶯花容易銷磨。問人生幾何。　春華逝波。秋愁織梭。照人惟有星河。付傷心與他。

長亭怨慢　送陳元睿孝廉崇哲歸里

最銷魂，長安送客。不見自家，歸去徑思。匹馬隨君返，偏被啼鶯留住。江湖滿地，忍重把，相思訴。剩華髮星星，誰□韋郎前度。　　遲暮。任杏花零落，冷却枝頭風露。羈愁萬縷。恰半響，花前無語。嘆君才，如此飄零，我分是，比君更苦。問酒醒燈昏，今夜天涯何處。

其　二　姚琴齋中與顏伯秦夜話

甚西風，瘦人天氣。底事淹留，軟紅窩裏。一寸春塵早，換了十年秋淚。家山歸來，總孤負，蒓鱸味。想別後明湖，一樣柳枝憔悴。[1]　　才人。未必天俱忌，只李家通眉長爪。偶然仙去，鬢絲漸老，合向佛燈懺綺。甚旗亭，畫壁浮名，但贏得，雙鬢知己。便靜對南華，悟到馬蹄秋水。

玲瓏四犯

施鶴笙三兄招飲寓齋，時冀太史心釗同坐。

冰弦下撫，便瀟却東華，幾分塵土。一角西山，青到舉杯處。只應同望白雲，倚閭人老，故園何所。甚瓊樓玉宇高寒。未忍乘風歸去。　　招邀芝麓記潯皖。名家蓬瀛仙侶。海國班春旌節黃龍舞，再來開府西川。試鄉味郫筒清醑。容杜陵，長揖嚴公，却話巴山夜雨。[2]

減字木蘭花

淞波一剪，海樣離愁天遠。人去宵凉，燕子歸來帶夕陽。　　粉雲香霧，啼瘦紅鵑春不住。小病懨懨，藥氣花香漾一簾。

湘　月　滬上贈宋芝洞侍御

神羊一角，是朝陽鳴鳳，咸陽才子。誰遣桂冠神武士，辛苦君臣魚水。蒼狗看雲，紅羊話劫，橫海蛟龍肆。淞濱孤嘯，與君聊且謀醉。

---

① 原注：予與伯秦先後游濟南。

② 原注：仰蓮侍郎曾任川藩，出使時駐節滬。黃愛棠大令、宋芸子參贊屬予爲文壽之，並修《士相見禮》。

便教簾額留春，屏腰度曲，一例空中絮。太華秋高，清渭碧，鄉夢月明千里。怨去吹簫，狂來說劍，多少滄桑淚。哥歌歸矣，學希夷五龍睡。

鳳栖梧

去滬之隆昌，答仲淵。

別情恨事才人賦。君自栖栖，儂也涼涼去。昨夜月明今夜雨。人生那得長如故。　　中年哀樂憑誰訴。酒袚清愁，花與消英氣。剩有文君差可語。彈琴鬢影春風裏。

師師令 題周吉珊鎮使敘南閱兵

句驪萬里。續十洲游記。[①] 馬湖襟帶古戎州，又織就，弓衣新句。[②] 火井儲胥金沙津。渡目光如炬。　　寶山舊日將軍壘。想炮車雲駛。誓師匹立秋風，軍樂催，江城月起。細柳條候，小喬夫婿。英雄兒女。

意難忘

獨游馬潭，懷趙櫆邨巡使、鍾文叔太守。

一鏡如環。有靈風夢雨，冷翠晴嵐。乘雲龍上下，蹴浪馬趫趨。二分修竹，三分水，一分屋，映帶煙鬟。空濛處，安排豪素，吟嘯溪山。
使君風度消閑。記鶴與琴書，共一船。幽花涼蝶路濃，絮羃魚天。春時觀漲，秋觀稼。[③] 縱情游，不忘民艱。惆悵鐘期琴渺，誰聽流水潺湲。

解佩令 自題《嘯海樓集》

繹帷都講，紫薇書記。又橫江，軍艦看磨盾。灑淚千秋，有多少，才

---

① 原注：鎮使作《朝鮮行記》。
② 原注：記中附詩二十餘首。
③ 原注：太守建樓，潭顏曰觀稼，與巡撫刊有《江陽酬唱集》行世。

人無命。學江郎，即賦成新恨。　　詩家仲則，文家容甫，數詞家，茗柯差近。也難解，碧翁情性。學靈均，草成天問。

（録自《選夢樓詞》）

胡　延

胡延（1860—1904），字長木，號研孫，成都人。光緒十一年（1885）優貢，曾官平遥、絳縣、永濟知縣，陝西鳳邠鹽法道、江安糧儲道。著有《蘭福堂詩集》《長安宮詞》《苾芻館詞》等。

南　浦　春水，和玉田韻

堤柳拂愁絲，染春波，綠到江南纔曉。天上坐船回，煙和雨，千頃空濛誰掃。差差碧蕊，鏡中鷗點圓紋小。還看天涯，新綠換，夢斷一汀芳草。　　年年花月春江，只江樓月在，江花謝了。休説兩無情，流紅去，應賺阮郎重到。蕡歌韻渺，采香幽徑依然悄。試問傷心南浦淚，抵得麯塵多少。

其　二　用魯逸仲韻和樊山

一聲去也，望江牆，冷鎖月華門。聽説昭陽雙燕，風雨過山村。誰信天津橋上，尚叢絲脆管日紛紛。自花卿別後，金戈鐵馬，都似渡江雲。　　憶否九關虎豹，恐嫦娥也有未招魂。處處冰荷承淚，夜館泣羅裙。恨煞婆娑仙桂，掩瓊宮，歷歷是愁痕。盼寶花千樹，碧燈影裏度黄昏。

睡鶴仙　賦得“燈前細雨檐花落”，和王壬師韻

綠蕪萋滿院。更翠簾低護，愁痕難捲。風燈隔窗颭。又薦紅枝底，背墻吹斷。煙絲雨綫。但欺人，春寒尚淺。想如今，春已無多，飛盡落花千片。　　休縫燈占釵卜，盡日因他，粉愁香怨。紅樓恁遠。倚遥夜，數虯箭。儘芙蓉瘦盡，芭蕉聽老，教伊如何消遣。再消他，幾個黄昏，有時相見。

其　二　適園遣興作，用美成韻

喜官園倚郭。池館迥罨畫，輕陰漠漠。薔薇背人落。裊裊長條，柔蔓

斜牽簷角。幽蘭自弱。證素心，空谷有約。趁香風入袂，重檢舊詞，對酒斟酌。　　此是當年邸第，迤邐銅街，萬春樓閣。珠簾繡幕。而今剩，滿闌藥。記王孫失路，料量花柳生涯，猶自不惡。嘆園名劃却，贏得使君獨樂。[①]

其　三　春日即事，用美成韻

隱青山半郭。沙洲外煙雨，如連大漠。天邊幾帆落。弄參差，誰傍津亭吹角。花慵柳弱。最無憀，鶯燕嫩約。問何年池館，燒燭射魚，碧罞同酌。　　鎮日懨忕困損，午夢回時，片雲沉閣。濃陰似幕。聊灌圃，種紅藥。莫思量閑事，因春偒偛一春，長是作惡。且芳尊自勸，獨醒不如醉樂。

長亭怨　詠紙煤，和壬師韻

糝香屑，纖纖輕抿。綉袋平裝，畫屏嵌緊。蜜炬燒纔，翠篝薰罷起圓暈。一絲縈曳，輕嫋過，風無準捻。著儘相思，便爇到，葱尖不省。　　留爐。把銀筒護取，一寸碧茸堪引。輕吹細撚，記長與，絳唇相近。夜正冷，呵了還擎，恁烘向，熏爐猶潤。想落下餘灰，還若雙鴛微印。

其　二　沙市望遠寄茂份

憑高處，迢迢春眼。幾陣魚風，瞑愁鋪滿。笛外孤樓，鼓邊雙舸捲燈幔。判他欹枕，愁攪醉，渾難遣。禁得不相思，算祇有，并刀能翦。　　人遠。怎宵長夢短，夢更比人行遠。深顰淺笑，又誰道，夜來都見。鴛枕畔，密寫烏絲，知定解，瞞人偷看。儘織淚拋梭，休把回文輕綻。

其　三　題張次珊《日望樓餞別圖》

指當日，都門帳飲。幀裏山光，酒邊愁影。一棹蠡吾，棣花如雨亂潮信。菰鄉此去，鷗夢闊，魚天暝。蹩躠御街塵，算不抵，扁舟人穩。　　招隱。把朝簪抽了，一任煙蘿相引。樓高謾倚，怕隣笛，夜深哀迸。空記省，蕙爇蘭燒，便有夢，難尋天問。祇寫個橫看，聊把舊愁重印。

---

① 原注：司馬文正洛陽有獨樂園。

洞仙歌 詠支子花

珠房滴粉，正輕輕籠霧。誰翦冰綃綴幽樹。綉簾欹，一陣香氣迎人，人不見，扇底鉛腮微露。　　是誰倫掐了，巧縮蟲簪，任爾迷藏盡知處。風味酒醒宜，好泥檀奴，留夜久，枕函私語。便解道，同心最關人，待看過花時，定知人苦。

甘　州 憶舊

又匆匆，風雨洗芳園，一庭落花深。甚紅嚬翠妒，鶯昏燕曉，總伴愁吟。可惜鏡盟寒却，孤夢戀鴛衾。自玉梅三九，算到如今。　　十二闌干倚遍，只憊憊殢酒，冷了芳襟。恨銀箏解語，説不盡傷心。嘆東陽，帶圍輕減，恐玉人知道，更難禁。怎知我，覓愁尋夢，誤了光陰。

其　二

　　余曩作《六憶》詞，樊山和之，復續憶愁、憶笑、憶起、憶醉、憶行、憶浴六解索和，仍寄《甘州》舊詞。

憶愁時，都在上燈初，恩多被愁侵。看煙鬟一簇，山眉兩點，砌做秋心。除是盧家少婦，不解翠樓吟。自小時僝僽，惹到如今。　　築個城兒同坐，縱無苗可種，有夢相尋。記華鬘小住，彈指誤光陰。莫長教，怨離傷別，祇送春風雨，便難禁。情何重，替他量取，比海還深。

其　三

憶笑時，一笑揭珠簾，斷紅注圓渦。記靈妃初見，粲然啓齒，略展雙蛾。不似漢家宮裏，吃吃夜聲多。珍重千金價，語送風和。　　但使芙蓉長對，便冷猶可愛，乾又如何。莫比花相惱，輕把牡丹挼。向儂家，學書唐字，記當時濃處，有人歌。嬌憨態，不須巧倩，也合憐他。

其　四

憶起時，斗帳熟紅櫻，憊憊困人天。看銀荷盞底，亂堆蠟淚，蘭蕊猶圓。應是昨宵夢短，微壓鬢雲偏。静掩香裾坐，緊裹紅鴛。　　移向鏡奩悄對，又安黃染黛，輕蘸油檀。約尋芳伴侶，預辦買花錢。揭羅衣，臂砂早褪，尚伴羞諱道，枕郎眠。嚴妝罷，便逢周昉，畫也應難。

其　五

憶醉時，國色愛朝酣，臉霞印輕紅。記金盤膾鯉，侍兒捧到，酒興方濃。誰注螺杯深勸，看看鬢雲鬆。不待芳筵散，星眼朦朧。　　靜掩羅幃側坐，把檀奴肩憑，泥語噥噥。問沉香亭畔，可似館娃宮。注爐煙，勸他早臥，怕明朝醒解，更惺忪。推鴛枕，吹蘭噙蕙，幾縷香風。

其　六

憶行時，裊裊復亭亭，春郊踏青回。記前宵歸去，提鞋劃襪，輕下香階。不信雙鴛不到，一夜長青苔。愛芳塵印處，月底蓮開。　　一瞥驚鴻無影，甚凌波穩步，又過瑤臺。怪穿花太速，溜下翠鈿來。比蘭芝，柳腰更細，作纖纖精妙，稱身材。知何日，水邊林下，共探江梅。

其　七

憶浴時，愛潔本天然，畫屏有人窺。喜槐陰轉午，蘭湯正沸，羅幌低垂。一朵蓮花出水，碧液浸紅肌。悄握榴巾皺，軟困腰支。　　半晌纔開繡戶，把綠雲重捵，短襪斜披。摘晚花插鬢，香氣一絲絲。笑文人，祕辛描寫，輸小鬟親見，解衣時。真難畫，臨風玉立，不似環肥。

瑣窗寒　用玉田韻

水院呼燈，單衣試酒，畫闌愁憑。花陰似水，蕩漾一簾春影。總相逢，莫提春事，入春早覺芳心冷。費東風逗起歡情，又為那人消盡。休問。尋芳徑。儘拋梭織淚，鑄愁成鼎。分明眼底，隔個曲屏無信。倚樓陰，移盡月明，佳期無據偏教等。不信他，孤擁鴛衾，夢魂安放穩。

其　二　詠蠟梅

絳蒂圓雕，金罍側迸，殢嬌先舞。霜條正瑩，且把冷情鎔聚。看仙姝，乍離碧霄，淡黃褶稱凌波步。更靨輕暈薄酥融，鉛碎淺籠香霧。休誤。西園路。正繭葉纏羅，蟾苞含乳。羅浮夢遠，燭淚偷彈無數。又看看，月泛金波，共誰錦幄熏麝炷。待商量，驛使重來，爲寄丸書與。

祝英臺近

玉梅慳，金柳懶，小立整風幔。酥雨烘晴，花氣撲人面。背春無限思量，闌干悄待，鎮空想，畫屏相見。　　總凄黯。門前驄馬驕嘶，游情恁難倦。倚遍瓊疏，心只逐伊轉。也應緩緩歸來，綠陰庭院，只留得，斜陽如綫。

其　二

薛次申饋惠山泉，黃方伯饋君山茶，同時並至，輒賦此解。

月初三，泉第二，雙甕抱將至。碧液瀲瀲，渾帶美人氣。玉纖倩啓泥封，一派靈香，便招得，涼風生袂。　　雀芽細。笐頭剛點瓊塵，搴來楚山翠。輕拭圓甌，沆瀣恰相配。笑他花外湘娥，黏雲迷霧，莫也染，個儂風味。

其　三　用草窗韻

理秋衣，探秋耗，圓月剖將半。病綠欹紅，秋在謝娘院。幾番雁外殘砧，漚邊倦鼓，打疊起，閑愁成串。　　甚時見。小屏壓酒蒸香，雙擎合歡扇。快拂箏塵，邀個采香伴。可堪脆柳無絲，酸風做冷，一徑把，夢痕吹斷。

驀山溪　病中口占

瓶笙嘶盡，隔幌鐙飄霧。寒氣逼紅衾，但注想，銀屏歸路。荑香桂洌，芳瀝沁詩腸，縈倚枕，旋拋書，展轉渾無據。　　窗棱嵌月，冷照題紅句。夜久覺秋深，聽草際，蟲聲如雨。凄涼況味，爭得薄情知，被荑氣，懺芳情，殘夢迷離處。

其　二　訪明故宮感賦

龍盤虎踞，轉眼都無據。燕子乍飛來，便催得，東君歸去。小船如葉，斜欹水關頭，波森森，柳依依，去國消魂處。　　一聲畫角，日落江山暮。寂寞滿宮花，問禁得，幾番風雨。萋萋煙草，綠上壞牆來，尋斷甃，聽哀湍，個是朝天路。

水龍吟

庚辰渝州，飲於桂園。座有陳綢者，東川名伎也。

翠煙吹近清明，綠楊破了東風眼。玉餳笛外，絲絲夭棘，和煙拖軟。嬌蕊黏蜂，綉茵撒蝶，尋芳還遠。想流蘇曉揭，試鬟弄黼，呵鸞鏡，重相見。　　門外花溪漾暖，遡鷗波，亂紅千點。寶弦低撥，珠喉輕引，畫簾教捲。此際難情，當時已惘，那堪春晚。怕嬌音暗度，愁波不動，被相思染。

其　二　吊薛濤墳

野鵑啼過清明，玉鈎夢斷東風峭。春煙冷處，一墳香聚，門荒春悄。幾日重來，煙花堪蔚，小桃開早。想蠻箋染後，詞人如許，傷心句，知多少。　　竹外紅樓恁小，倚朱闌，井花空笑。如今休說，松風魚眼，瓶笙音渺。翠燭勞光，銀泉咽恨，思量還好。縱韋郎尚在，枇杷謝盡，也應愁老。

其　三　七夕感舊

綺筵高敞針樓，九微涼透雕窗眼。玉鵝笙外，一弓月瘦，三篙波淺。羅扇擎風，碧瓜瀉酒，涼情新展。想鳳梭機靜，鵲梁駕穩，回啼鴷，重相見。　　猶憶天街漏轉，跨星橋，彩鸞停輦。寶雲垂翠，畫裳啼玉，古愁重衍。[1]翠檻盛秋，蛛絲縮巧，漢宮唐苑。更金風，送到承華仙樂，散人間滿。[2]

---

[1]　原注：京師梨園每逢七夕，必演“雙星渡河”一齣，絡彩以爲橋，施錦以爲幄，華燈畫燭，備極靡麗。生旦皆一時名脚，先期選定，揭名於市。徵歌選色之輩，屆日畢至。好事者又播之詠謌，以誇其盛，更唱迭和，往往遘佳什焉。

[2]　原注：余去年七月六日引見乾清宮，見蘇拉四人分舁二巨楹，青綾罩之，不辨何物。叩之直廬諸人，云宮中明夕乞巧，所陳瓜果，先一日，例由內務府進之。陳筵時，且有笙簫佐之也。

其　四

京師亂後，有人在山東見某王子徒跣涉水，感而有作，即用稼軒韻。

葦簫一片秋江，斷霞落日天無際。鵲華隱約，遙峰幾點，亂堆愁髻。脚底清波，腰間寶玦，失途王子。望東平雲樹，北樓烽火，真難解，蒼蒼意。　　莫憶侯鯖雪鱠，問長安，建章燒未。荆棘久窺，幾時重睹，五陵佳氣。風裏殘花，雨中敗葉，飄零如此。謝旁人，休問姓名無有，有興亡淚。

其　五　春日適園有感

糧儲依約三年，等閑險鬥都盧字。[①] 鶯春雁夜，粉名情戰，避愁無計。海素籠窗，碧油糊槅，坐花聽水。恨棠梨淹雨，薔薇銷雪，輸多少，東風淚。　　颯颯頻驚芳桂，損微吟，鶴聲蘭氣。靖安新怨，啼紅泣素，替他憔悴。流水文章，草蟲絲管，舊歡塵裏。望永甯池閣，露凝風擺，最傷心地。

其　六　莫愁湖餞李方伯

莫愁還有愁時，更教愁與春潮滿。離筵敞處，荷香如潑，山容疑染。蔭柳吟韉，穿花游舫，眼前人遠。看鬟垂鳳尾，裙飄蝶粉，千金影，屏間見。[②]　　簾外波光漾軟，聽誰歌，瓊絲霜管。金船坐酒，偏教送客，賦情都懶。幾疊雲衣，一汀煙芷，盡含騷怨。算并刀稱意，平分直剖，把相思翦。

摸魚兒

翦東風，夢痕吹斷，情絲千縷無緒。開顏一笑君歸早，那又淚珠彈雨。依黯處，記攜手當年，萬綠迷人路。年華如羽。待更不傷心，相看瞪目，試把別愁數。　　恩和怨，説著都成激楚。恩深曾有人妒。償君多少纏綿意，猶道君爲情誤。君記取，看那有鶯嬌燕婉，留春住。知誰最苦，

---

① 原注：白香山詩"骨月都盧無十口，糧儲依約有三年"。
② 原注：樓上有莫愁小影。

算惟有依依，愁風怯雨，一點乍飛絮。

其　二　食黃花魚

問江壖，棣花黃遍，銀刀彈水初出。調蘭爇桂金盤薦，頓令玉鱸鮮失。輕去乙，看老枕玻璃，細嚌濃香溢。休誇蟹蛣。只石首宜春，絮根肥後，泗水繞沽七。　　青苴密，滾滾車塵去疾。春明催到天術。[1] 聯絲雪膾傅蓬宴，御譜食單盈帙。芳饌餒，記滬浦新嘗，美過槎頭擘。鬆花脆屑，算六斗河泥，凍成顂鯉，風味略堪匹。[2]

其　三　蕩湖船用郭頻伽韻

小蜻蛉，掉回沙尾，青篷排並如許。荷香深處浮萍裂，來訪越溪仙侶。棠作柱，看入夜涼燈，搖曳松陵路。蓮珠擲與。算惟有鴛鴦，掠波飛起，認得榜船處。　　天涯夢，驚斷黃頭津鼓。風帆翦翦無數。鏡中一片西湖影，畫出六橋煙雨。花外語，指鬥鴨闌邊，翠柳斜陽渡。漚盟證取，待覓個人兒，丫叉菱角，雙髻坐搖艣。

法曲仙音　桂溪寺吊明宮人冢

野粉黃輕，露螢紅冷，花落雲堂秋滿。金馬橋傾，碧雞坊没，匆匆市朝輕換。嘆桂與人俱謝，溪回玉鈎遠。　　總淒黯。想當年，碧城堆錦，絲管沸，春宮翠娥隨輦。花裏豎降旗，看劫火，摩訶紅染。井底胭脂，葬清泠，拼却不轉。更長留青冢，千古冷香吹怨。

其　二

玉賓招飲，以西施舌佐酒，席間漫賦，用白石韻。

春影飄燈，夜香浮酒，繫馬紅蕉深處。翠殼新挑，瓊尖細擘，群鮮點餒芳俎。記一醉吳宮沼，扁舟五湖去。　　笑相顧。笑君家，大夫多事，輕網得，佳麗教伊歌舞。試問嗌妃脣，吮香津，滋味何許。半捻紅纖，恨詩人，特少妙句。譜榕鄉珍錯，一洗蠻煙腥雨。

---

① 原注：每年三月，例由崇支門入進。
② 原注：顧印伯聞嗜魚膾者云曾遍天下，惟河鯉味與黃魚埒，他皆不及也。

三犯渡江雲

印伯甫北歸，又有敘州之行，倚此送之。

綠陰初過雨，深燈挂壁，簌簌墜檐花。斷紅吹欲盡，又送春歸，月落酒船斜。荷衣換了，纔洗盡，京國塵沙。人算在，曲屏風底，魂夢尚天涯。　　堪嗟。前懽重省，待譜苔箋，早扁舟東下。一樣是，尊邊作客，橘後思家。黃金不鑄相思淚，問綠窗，多少年華。春未老，隨春且住些些。

減字木蘭慢

邸鈔近事有可詠者，倚此賦之。

瀨江三百里，暮榔合，峭帆收。漸麝粉吹香，鶯綃翳錦，低咽清謳。含羞翠蛾半歛。睨仙郎宛轉洩溫柔。剛炙蘭燈旋滅，柁樓暗響珊鈎。
風流不羨封侯。金鑄范洞迷劉。喜越網牽絲，石梁采藥，消盡閑愁。休休，釣臺共隱，況仙娥曾此伴羊裘。莫怨薇花夢遠，五湖煙水宜秋。

其　二　過金鼇玉蝀望西苑有作

彩霓雲外落，跨銀渚，瀉秋光。漸天上涼歸，玉荷噙露，錦樹流霜。蒼茫仙查路杳。指紅泥亭子水中央。員嶠方壺咫尺，怳聞駕鶴驂凰。
宮牆走馬響鳴璫。花映羽林郎。説福海波枯，神洲島没，一瞬滄桑。君王釣鼇甚處，喜琅玕翠竹滿瀟湘。十丈虹腰不遠，便橋煙雨相望。

減字木蘭花　用呂渭老韻

風花亂捲，暮雨沉沉屇候館。驛柳當樓，淚眼愁眉送晚秋。　　珠歌翠舞，好夢留人天上住。瘦損腰支，寒到身邊未到衣。

探春慢　詠水仙花

玉斗勻沙，冰瓷貯水，斟酌畫屏春意。暈額黃輕，低鬟翠淺，禁得夜寒風細。幽夢了無影，但撲撲，粉香吹膩。儘教簾幕重重，長伴一菽燈穗。　莫慢冰絲彈徹，恐月地霜天，向人憔悴。素襪塵飛，瑤簪凍折，記否漢皋游戲。瘦影自矜重，怕輕見，礬兄梅弟。待綴銀筒，還愁檀奴偷覷。

其 二 十一月

階葉吹乾，井花凍冱，翻做空明一片。日脚垂黃，冰澌槼白，冷處偏宜人艷。纔動些春意，便覺蔨，春愁不斷。日長暗省相思，何須紋繡添綫。　玉蒿冰梅香淺，待酌水匀沙，與伊厮伴。金箔尋書，翠袸獻襪，除是那人相見。不道黃昏又，怕生受，錦衾孤暖。試數蘭期，看燈應在梅院。

聲聲慢

題王壬父師《枝江紀夢》詩後，本事見《夜雪集》。

玉田種恨，紫洞迷香，春風一枕仙游。翠羽明璫，回腸人在紅樓。相逢似曾相識，側花冠，軟語綢繆。塵夢遠，訝許拈鳳紙，怕捲蚊幬。回首驚鸞身世，悵絳都，小別瓊樹先秋。試覓靈香，無言空注星眸。眉娘未應忘却，叩青童，休管人愁。仙路迥，恐重來，直恁白頭。

憶舊游

客有述渝伎之美者，感而有作。

記吟邊狎蝶，醉裏調鶯，輕擲春紅。一霎揚州夢，怪生成薄倖，肯避芳叢。使君護香情薄，輕惹落梅風。算依約當時，雲絹葱蒨，珠絡玲瓏。　蘭茸。已勝折，謾帳裊金絲，髮冷青蟲。喜賦情人近，説門前垂柳，堪繫青驄。斷鴻肯傳新恨，生恐綠陰濃。更寶瑟湘靈，秋波不見江上峰。

其 二 和片玉韻

記幽房淡月，網戶深深，來共凉宵。數隔牆風柝，把秋心互證，兩鬢刁蕭。雀爐半冷香篆，帷静一燈搖。漸説到家山，猜鴻詫燕，特地魂消。

延　　迢迢。隔秦蜀，喜作客長安，時得連鑣。況伯鸞隣近，瓶空無酒，休厭頻招。露珠暗點紅燭，星色冷銀橋。莫漫訪仙源，狂花落盡溪上桃。齡

其　三　題金陵瞻園，用玉田韻

看波文壓潁，石氣屘嵩，玉圃新晴。古堂疏豁處，隱九楹花礎，點墨蒸青。鳳檔窅窱虛掩，翠榜釘繁星。更柳蘸蘭汀，苔黏橘島，琴溜秋清。　　攀尋。過薇省，記姚幄張時，曾駐鶯聲。展畫開雙鏡，把陶窗弘閣，關住江春。故侯多少佳麗，倚檻聽幽禽。① 剩灑牒神宵，翠螭長護三畝雲。②。

綺羅香　詠蠟梅

巧孕檀心，嬌開磬口，一夕春生庭樹。絳雪初凝，簇簇麝臍微露。驚冷艷，蜜乳齊含，洩芳意，玉鱗空舞。待寒蜂別院歸來，采香千萬莫黏住。　　宮妝曾點新額，無限夕陽映得，眉山如許。鬢鬒蟲簪，最愛鵝兒微注。休再翦，緗帔黃絁，恐玉奴，被伊輕誤。等歸時，細嚼寒香，說他無味苦。

其　二　用梅溪韻

驟雨驚花，深煙妒柳，依約催將春暮。燕子重簾，都被綠陰關住。愁送別，玉笛東門，喜人在，畫船南浦。最難忘宮燭分煙，金蓮送到玉堂路。　　依依樓上望遠，何日銀槎穩泛，重尋仙渡。只恐秋深，冷落翠嬌紅嫵。還記得，青瑣門邊，是舊時，紫騮嘶處。祇如今，風縮簷燈，夜深鈴自語。

---

① 原注：園本明中山王邸，今存舊聯有"小苑春回鶯，喚起一庭佳麗"之句，相傳中山王撰。

② 原注："瞻園"二字，高宗御筆。

四字令

擬《花間》，和周草窗效顰十解。

支郎眼黃。蕭娘豔妝。畫屏掩處聞香。許姮娥覬窗。　　花鈿委牀。羅衾摺方。春心搖曳垂楊。笑文鴛太忙。

西江月

擬稼軒，和周草窗效顰十解。

簇簇金絲步障，鱗鱗碧瓦花城。瓊簫吹徹絳都春，七十二行鴛錦。昨夜玉輪新碾，畫闌桂樹青青。仙娥斜立水晶屏，紅杷一方遮鏡。

其 二　擬花翁

萬縷情絲細裊，兩行別淚先熒。門前殘月玉驄聲，花外一雙人影。從此羅衾夢遍，珠籤奕奕塵生。瓊肌暗減善妨人，不是傷春舊病。

江城子

擬蒲江，和周草窗效顰十解。

碧錢窗槅透花明，旋吹笙，旋調箏。生小何曾，閑過一番春。携手並肩雙玉立，紅蔌蔌，綠陰陰。　　安黃呵蕊總含顰。簌錢聲，賣花聲。閑處關情，越煞定多情。一霎春風香夢遠，春似夢，夢如雲。

其 二

碧窗紅點謝娥燈，鳳皇綾，掩銀屏。軟蹋落花，悄悄隔簾聽。試證相思傳到否，微嘆了，兩三聲。

少年游

擬梅溪，和周草窗效顰十解。

蘭薰幾疊皺香羅。纖手夜飛梭。曲曲花房，月明如水，那是愁多。吳鹽處處黏芳草，銅輦夢鸞坡。春風多事，吹來吹去，別院笙歌。

好事近

擬東澤，和周草窗效顰十解。

芳樹綠低迷，香裊一簾雲濕。正是心情倦憊，忽看朱成碧。斷虹過盡雨初晴，樓外遠山色。樓上佳人愁倚，早一枝哀笛。

其 二

行到戟門邊，轉過畫闌干角。忽見刺桐花罅，露星兒一撮。今宵風露又涼些，簾冒鬆花落。披件銀紅衫子，襯玉人如削。

醉落魄

擬參晦，和周草窗效顰十解。

憶憶憶憶。屏山褪盡浮金色。夢回雞塞情無極。鏡裏花殘，靨碎粉痕濕。繡簾微露湘裙窄。飛心暗逐江南北。桂梁雙燕都如客。獨立庭陰，斜月杏花白。

其 二 擬二隱

春寒小怯。湘簾窣地風輕揭。麝塵暗褪香紅褶。露井風桃，愁重不堪折。箏調雁柱情難說。空庭一夜堆香雪。年年柳色傷輕別。草綠南園，羞見粉黃蝶。

朝中措

擬夢窗，和周草窗效顰十解。

銀絲裊裊嚲香雲，瑤殿落飛瓊。月映鉛腮暈薄，低吹一捻秋痕。細揉芳餅，輕穿小絡，直恁閑情。摘向一階涼月，翠盤的的珠生。

浣溪紗

擬梅川，和周草窗效顰十解。

雪白猧兒撼晝眠，藤花風裏揚鞦韆。一春心事付鷗弦。　釵卜鏡占新懊惱，酒痕香帊舊因緣。花陰拜月幾回圓。

其　二

草夢初回柳未眠，飛蜂嘶蛓響晴天。送春中酒又經年。　門外綠陰深似海，窗前紅影淡如煙。些兒情事要縈牽。

其　三

檢點病中身。莫負芳辰。落燈天氣月華新。約定玉梅花下，見有個人人。　瞥見故含顰。破笑情親。鼇山火底玉鵝笙。昨夜羅幃聞獨語，今夜雙聲。

其　四

驟雨狂風捲落花，御溝流水夕陽斜。送春直送到天涯。　萬里雲山悲帝子，五更煙月鎖宮娃。逢人垂淚問京華。

其　五

聽說何戡委路塵，重來縱有米嘉榮。斷絲零管不勝情。　有夢難尋垂手曲，無家易惹斷腸聲。平時都在鳳皇城。

其　六

一樹圓陰冒蠨牆，游絲篩影趁殘陽。閑看燕子去來忙。　羅帊暗兜紅豆蔻，寶釵低亞紫丁香。去年今日耐思量。

其　七

杏子生人蕙葉雕，小花院子隔宮簫。可憐儂也可憐宵。　　舊事淒涼
餘翠帊，獨眠容易怯冰綃。向他梁燕説無聊。

其　八

898

丁字簾旌亞字闌，冷清清地夜香殘。一絲幽恨透心酸。　　圓月照人
端正好，彩雲入夢別離難。幾時想到帶圍寬。

其　九

深院葳蕤十丈紅，翠絲茸帽逼尖風。花房青豆一叢叢。　　珠網篩愁
妨翠燕，釵梁顫恨縮金蟲。慣思閑事奈何儂。

其一〇

簾隙新凉透一絲，深燈隱壁颭銀枝。個儂無可奈何時。　　柳外殘星
寒欲滴，窗棱缺月挂如痴。愁痕夢影覺參差。

其一一

落盡燈花不捲簾，隔牆誰弄笛聲尖。撩人心緒教人嫌。　　潑乳倩誰
擎翠筦，劈橙強自濾紅鹽。昨宵兀己坐慵憸。

其一二

宛轉簾櫳小小花，謝孃庭院沈郎車。畫屏掩處一燈遮。　　支子相關
春有主，秘幸初試玉無瑕。燒香囓臂且從他。

其一三

濃幄陰陰絮作泥，葬花天氣乳鶯啼。一雙愁鬢向人低。　　隔幌傳期
疑未穩，倚闌得句苦無題。斜陽懶懶又趁西。

一萼紅 冬至夜坐有懷

數寒更。訝銅籤滴水，減了兩三聲。爐火分煙，葭灰候管，春意潛向寒生。倚孤幌，檐冰細落，聽夜久，簫鼓滿空城。金縷開箱，翠盤獻襪，觸處關情。　猶記茸貂圍坐，對鎔脂羔酒，旋炙鸞笙。青鳳嬌嘶，玉龍暗舞，珠光香汗盈盈。祇今剩，湘簾棐几，且相伴，梅影一枝清。夢覺銀屏路隔，鴛瓦霜明。

一枝春 題壓綫圖

香鑷吹絲，玉葱寒，慣怯朝來酥雨。停針暗數，撩亂斷腸情緒。金花謾翦，怕輕綉，翠嬌紅嫵。緣底事低掐輕搓，終日眉峰愁聚。　遙憐畫屏深處，恁盈盈碧玉，慵拈針縷。花罍蜜暖，那記冷蜂辛苦。羅袿掩淚，鎮長是，弄鬘伴妒。還只怪，垂著雙珠，泥人恣取。

酹江月 憶舊

鳳城月午，喜湘簾輕揭，驀地重逢。一曲珠歌春酒暖，夜深花氣濛濛。薄睆傳愁，微醺攬媚，側鬢顫金蟲。尊前微笑，千金心已微通。後約空指薔薇，佳期誤了，仙夢忒匆匆。檢點羅衣惟有淚，麝熏愁疊春紅。葦曲香消，玉簫聲斷，萬一綠陰濃。雲鴻空過，教人痴立東風。

高陽臺 寄茂份

飛葉敲窗，啼螿縈甃，教儂無那凉宵。一綫銀雲，早知烏鵲填橋。別離未久情懷惡，況又非，水遠山遥。但難禁，錦幔燈昏，綉被香消。鈿車不到湖邊路，念笙多未炙，眉倩誰描。不信匆匆，蘭痕粉漬都銷。深憐密愛偏縈夢，儘思量，夢轉無聊。定知他，疊斷銀箋，瘦盡纖腰。

其二　草堂口占題壁

花氣薰禪，林風醒酒，閑愁惹到吟邊。曾幾多時，看春兩度三年。題詩莫望籠紗日，冒墨痕，蘚綉蝸黏。怪門前，萬里東風，不整吳船。當筵久斷笙歌夢，但風琴戛竹，哀築鳴湍。何況佳人，如今也化春煙。酒徒縱在經年別，便重來，祇合潸然。算飄零，滿院梅英，猶似從前。

其 三 落梅，用李萊老韻

薄靨雕紅，圓腮褪粉，凄凉芳樹凝塵。一縷魂香，當年曾絆行雲。東風吹笛人千里，步玉階，月冷煙昏。黯銷凝，殿鎖含章，寂寞珠沈。春嬌端合藏金屋，怎苕華小字，漏洩飛瓊。祇戀恩多，那知今日愁深。銀泉夜雨埋傾國，掩珠襦，猶染啼痕。最傷情，青子難圓，翠葉無陰。

燭影搖紅 食臘八粥

橡火吹煙，玉厨火碧雲堂午。瓊糜三斗泛銀甌，香粳霑花乳。謾把榆根雜煮。比中條，清風較古。夢闊天遠，似羽年華，匆匆看暮。　　風雪關山，魚書乞米知無據。誰憐長典少游衣，難免聽鐘苦。且喜分飴割蜜，更輕挑，銀絲翠縷。待他明歲，杏釀芹香，試催腰鼓。

其 二

象口吹煙，心頭滿爇沉香火。小蘋初見點燈時，淺立雙蟬嚲。衩底銀泥半抹。謾猜他，葳蕤儘鏁。露春香蕊，蓄意風蓮，看看將破。　　不待端詳，蹋青挑菜相逢過。琵琶弦上與商量，試數真珠顆。那又整鬢貼翠，掩羞顏，嬌雲欲墮。怪他掩抑，曾不分明，甚時纔可。

三姝媚 櫻桃，和王聖與韻

煙絲縈綉荼。更筠籠盛多，宮鶯銜少。一寸相思萬斛珠，不管霍家春老。試嚼芳津，輕掩却，唇朱嬌小。莫問連心，紅雪初消，翠煙空裊。
前度西園宴早。正杏酪分香，赤瑛低照。細褪香膚，但舌尖輕觸，一時消了。也似花紅，偏未許，蝶眠蜂抱。謾想佳人，空記東川句好。

其 二 詠十姊妹花

花房聯錦衱。看攢枝垂趺，香苞微罅。鏡裏更番把翠眉，宮譜背春偷畫。白袷諸郎，笑扇底，相看成亞。菊婢窺籬，蜂媒叩槅，幾回催嫁。

纍纍珠叢無價。任顧盼分明，芳名難寫。秀靨相偎，愛一般痴小，一般嬌姹。斂露藏煙，約暗地，濃妝齊卸。謾想吹香簾外，紅絲牽乍。

天香　龍涎香，和王聖與韻

鸞尾翹煙，虬須噴火，冰瓷不貯沉水。搗遍鮫宮，劙回龍嶠，也解篆成心字。試攪寶屑，又一樣，氤氳遶指。依約縈簾翠縷，絲絲溘些雲氣。

幾回沁脾破醉。泛楂風，玉痕吹碎。袛恐騄姬輕爇，鳳吭教閉。韓掾如今頓老，鎮夢想窺簾舊滋味。儘著溫存，熏餘翠被。

其　二

> 樊山先生自出新意，以龍井茶絮雞絲為羹，席間索詞，輒成此解。

細析銀絲，輕攢翠莢，松牌早調泉水。袛配雞蘇，不攪黍米，那數范家風味。試挑碧蹢，又漉漉，香塵繞指。間憶西泠撥乳，傾酥帶些雲氣。

幾回沁脾破睡。泛冰鷗，雉膏吹沸。袛為兩雛充膳，玉肪嫌膩。斟酌桐君食譜，與竹葉梟羹定相類。好語廚娘，紅鹽密記。

菩薩蠻

如今却悔相思錯，傳愁送笑都難摸。不語但形相，風吹裙帶長。相看纔一語，待把無情數。聽說覓佳期，教人憐殺伊。

其　二　和溫飛卿韻

雀壚灰冷蘭煙滅，纏金半褪膚凝雪。倚枕戚山眉，嗔郎眠太遲。曉妝慵對鏡，羞與郎相映。悄坐掩紅襦，落花聞鷓鴣。

其　三

宓妃何事輕留枕，多應子建才如錦。塘上草眠煙，相思莫問天。愁深歡笑淺，轉盼雙波翦。搵袖沁啼紅，恩情隨曉風。

其　四

憶郎轉念郎相憶，含情出戶嬌無力。燕草碧萋萋，玉驄花外嘶。
蹋青還拾翠，莫制相思淚。夜夜背燈啼，夜長春夢迷。

其　五

相思試問何時歇，錦屏夜夜桃花月。織錦字難成，春天不肯明。
睡餘霞印臉，膚瑩香羅掩。揾淚倚闌干，金壺清漏殘。

其　六

簾前春月淒涼白，紅牆一角秋千隔。隱隱絮花飛，薄寒還透衣。
香雲垂鬢綠，怕按相思曲。春好夢相依，可憐春又歸。

其　七

菖蒲葉底眠鸂鶒，後湖春水連天碧。風暖揚晴絲，江南花落時。
遡紅仙路斷，繫馬垂楊岸。金縷換空枝，此情鶯燕知。

其　八

禁煙時節池塘冷，楊花過盡春無影。強學漢宮妝，翠釵釘鳳皇。
春深愁未淺，春近行人遠。花落總關情，滿園風雨聲。

菩薩蠻

梅花結子原來好，祇愁拋棄東君早。日暮倚闌干，有人心帶酸。
金鈴花底護，繫在誰家樹。開落不由人，可憐孤負春。

其　二

梅花未落桃開早，桃花纔放梅花老。一夜雨兼風，飄零兩樹紅。
玉樓人獨醉，獨爲花憔悴。辛苦送春歸，淚痕吹滿衣。

其　三　和稼軒韻

紇干山下東流水，盈盈都做相思淚。回首望長安，暮雲千萬山。延

簫聲留不住，夢逐楊花去。鄉思渺愁予，休歌雙鷓鴣。_齡

糖多令

微廠綺窗紅，桂堂蘭梢東。翦琅玕，葉葉晴風。正是相逢一氣好，情已竭，意纏融。　　愁沁笑聲中，笑濃愁更濃。鎮嫌他，酬意從容。莫道相思難達到，生瘦了，玉芙蓉。

掃花游　詠苔

翠衣簇簇，問白石巖扉，繡成文否。幾番過雨，又依依黏得，落花無數。傍砌依牆，深鎖綠陰院宇。謾凝佇。怕舊日墜鈿，尋總無處。　　參差知幾許。更病葉飄零，冷蛩私語。故林晚步。喜斜陽返景，照人歸路。別有凄凉，總在頹垣斷礎。莫相誤。這青錢，療貧無據。

青玉案　夜來香

雲鬟婑媠簪還溜。算不似，丁香瘦。卍字攢心誰掐就。繡簾垂盡，畫屏遮久，猶有香盈袖。　　返魂莫是靈芸又。底事芳名尚依舊。六曲屏山凝望久。薄颸徐引，兩心微逗，總在移燈後。

玉女搖仙佩　題《杏花雙白燕卷子》寄印伯

晶簾漾水，繡幄攢珠，舊是雙栖伊處。皎潔誰憐，差池堪戀，玉樣翦刀微露。謾把歸期誤。總相逢不同，烏衣儔侶。好移伴，楊家白鳳，午夢醒時，一般能賦。丰姿倩誰描，宛轉開襟，紅絲一縷。　　應是羽仙夢汝，喚去蓬山，點綴瑤林珠樹。絮語匆匆，佳期翻遠，負了紅窗眉嫵。省識相思苦。也應念，明月雕梁無主。爲報道，梨雲滿地，盧家人在，一雙依舊，金堂住。從今不遣蹴花去。

采桑子

匆匆遣得春歸去，風送桃花。雨送梨花，綠盡垂楊不繫車。闌干 劃遍相思字，夢也因他。病也因他，庭院深深日易斜。

其 二

當初怕染相思味，何況如今。到了如今，纔著春寒瘦不禁。香簧 翠被渾閑事，觸事關心。觸處傷心，雨打回廊夜又深。

其 三

櫻桃花下廉纖雨，曾聽吹簫。曾伴吹簫，已分當時暮與朝。斑騅 遣了阿環去，心事全消。恨事難消，儘逐楊花夢謝橋。

其 四

棠溪一舸斜陽渡，拍拍聞歌。隔住風荷，誤把花孃喚麗哥。回橈 却扇雙聲笑，笑饜微渦。裙帶親挼，一夕新歡溢絳河。

其 五

紅窗兩扇開鸞鏡，花在中央。人在中央，左右回身影總雙。蓮燈 螺甤沉檀火，醒也聞香。醉也聞香，恣意溫存恣意狂。

其 六

絮蹤蛾性迷香夢，費煞相思。負却相思，再著相思病不支。酒痕 香帊依然在，莫説當時。怕説當時，一縷茶煙兩鬢絲。

其 七 題韓侯嶺館壁

驅車晚上韓侯嶺，白了秋光。黃了斜陽，著個愁人古戰場。一天 落葉樓門閉，門外雲荒。天外風長，吹起哀鴻過太行。

憶江南

成都好，珠轊夜如流。柳外笙歌飄紫陌，花邊燈火閟紅樓。煙月古梁州。

其　二

成都好，錦樹罨青溪。白白圓沙花市路，灣灣苦竹草堂西。煙雨鷓鴣啼。

其　三

成都好，晴日賣花天。玉局觀邊羊角舶，黃師塔畔鴨唇船。橋市小游仙。

其　四

成都好，糝地刺桐花。紅布斜通丁字術，墨池香噴子雲家。晴日響繅車。

其　五

成都好，鳳鑰少城開。粉蛤墻陰紅桂落，玉虹橋畔翠蓮堆。金碧隱樓臺。

其　六

成都好，石馬漢皇陵。翠柏陰陰春晝暝，雜花紅處杜鵑聲。香葉小茅亭。

其　七

成都好，花粲鬥雞場。挏酒釅攪羊酪白，鷹鞲毷氌出生羌。三帶石橋長

其　八

成都好，紅蠹薛濤樓。蟹喫烹泉揎翠袖，蠻箋研錦扔銀鈎。春入小

桃愁。

其　九

成都好，緑泛浴蘭盆。花下僧翻摩謁咒，紵衫輕稱放生人。魚鼓佛堂深。

其一〇

成都好，錦纜奪龍標。午日籠霓江水活，彩煙縈曳坐吹簫。雙頰暈紅潮。

其一一

成都好，幾桁棗花簾。黄月滿階香霧濕，素馨斜彈鬢雲忺。行宿阿誰邊。

其一二

成都好，春月碧雞坊。翠箔籠燈歌管歇，武擔石鏡貼雲凉。花落百家塘。

其一三

成都好，蜂蝶逐游人。果下馬嬌芳草嫩，桐花鳳小彩雲輕。錦繡錦官城。

其一四

成都好，楠木翠雲堆。麂眼籬笆紅巷屋，天孫錦石壓花開。曾自絳河來。

其一五

成都好，春樹錦禽飛。十畝芙蕖江瀆水，一絲香夢落紅衣。花裏釣魚歸。

其一六

成都好，拍拍采菱歌。萬里雲羅鴻雁響，小船搖曳入摩訶。風雨戰枯荷。

其一七

成都好，寶塔矗明光。四壁龍蛇金碧影，檐垂薝蔔滿身香。晴日出僧房。

其一八

成都好，雲日早秋天。水木參差涼雨洗，輕舟蕩破桂溪煙。來證木樨禪。

其一九

成都好，四面簇煙鬟。雉堞層層花樹蔽，晚霞晴雪看西山。山色有無閑。

其二〇

成都好，兩水夾沙堤。柳覆長橋橋聚雁，花明遠浦浦沉犀。濯錦日將西。

鶯啼序　春日即事

懨懨困人媵酒，正春歸懊惱。度苔徑，花撲晴軒，幾聲鈴颭枝杪。禁煙過，清明已近，樓陰一架薔薇老。問他時挑菜歸來，載愁多少。　苦憶前宵，剪盡畫燭，共題詩纖縞。遡紅遠，迷路桃源，錦兒私贈瑤草。到今朝，青鸞信斷，又還盼，雲鴻來早。聽花間，油壁驄驕，個人剛到。

鶯簧急溜，顫落紅英，墮芳泝碧沼。數峭步，麝飄香散，亂蕊爭笑，側帽情酣，攏弦意渺。金鬟欲墮，嬌音偷沁，桂梁雙燕無心噪。聽鶯槽，象撥喧還悄。愁波暗送，芳犀隔座潛通，玉葱隱把愁掃。　風簾揭起，笑語憑肩，舞倦腰更裊。見說道，今年愁夢，盡在儂邊，雨偬風僝，負他春好。浮梁促醉，甂甌圍暖，行厨深竹風喧葉。漸琉璃，窗析烘殘照。休辭明月清宵，柳色迷春，聽歌到曉。

蹋莎行

倚扇障羞，搴帷放笑。低回費煞情多少。緋桃一樹近前池，鏡中暗泣紅顏老。　　書是愁痕，歌成凄調。此情未必春知道。夢魂慣得忒無拘，幾回踏遍銀塘草。

其　二

樹密蟬驕，簾深蝶妒。晚雲不做些兒雨。粉光疑與玉同凉，汗香却被花黏住。　　簟浪輕翻，鑪煙久駐。芰荷風定池塘暮。畫屏六扇悄無聲，碧天如夢星如語。

奪錦標　題易實父《西泠訂隱圖》

披雪尋香，吹雲選夢，一灑雙襟都豁。可愛濃妝淡抹，推出西施，泥人顏色。問湖光幾許，也儘給詞仙呼吸。恰携將艷侶移舟，那要盈盈旋覓。　　千縷梅魂若織，怕縮同心，又向西陵松柏。莫恁鴛盟輕負，紿壑欺巖，翠禽能説。正仙娥仁望，休教他，鸞簫吹徹。祇薇花，萬一相留，却道孤山孤絶。

其　二

隣水深坊，依花小艇，去住都成陳迹。試吮霜毫點染，春影梅天，頓殊風色。忍寒雙玉瑩，早收拾狄裝馳褐。向茶邊配個樵青，定把湖山艷絶。　　難怪逋仙冷澀。鶴子梅妻，祇是當年虛説。却恐荷衣輕棄，芒屬撈鰕，畫中空憶。甚垂楊易老，又連番，紅樓聞笛。便披圖，逗起相思，僅費春風詞筆。

其　三　十二月樂府·正月

銷雪欺寒，飛香選夢，萬里春容疑濕。樹外青旛凍掣，雲外條風，蕩開空碧。看黏雞畫燕，早迎過高禖太乙。又安排陸海壺天，十萬紅蓮喧夕。　　圈眼瓊花若織。炫轉熒煌，總是暗塵隨月。忍撇當年嫩約，花底低窺，眼波偷擲。祇如今依舊，沸紅樓，亂絲叢笛。便歸來，院院燒燈，誰省輕寒簾隙。

其　四　步五蘭花下有感，用張埜韻

頹玉千卮，雕瓊萬斝，照眼珠光新拭。倚檻瓏璁欲墮，日晃煙凝，破開春碧。撲芳塵幾斗，隱仙肌鮫綃同織。問何人獨詠高寒，悵望湖樓煙夕。　　知否平泉剩客。月冷筵空，自抱一襟幽寂。莫憶唐昌舊事，紫鳳車回，羽衣塵積。恨神霄路斷，蹋繁英，微聞蘭息。奈從今，鶴遠笙稀，夢想巖扉泉滴。

南歌子

笑裏呵黃蕊，歌邊曳畫裾。簸錢打馬你都輸。輸却砑羅銀扇，鏤金梳。　　鳳髻飄珠粟，鸞綃襯玉膚。等閑小別又生疏。知道昨宵春冷，怨儂無。

其　二

柳意垂垂懶，花心躍躍春。晴煙如綫逐雕輪。也要羅窗人識，遶街塵。　　燕子栖難穩，鸚哥喚莫嗔。乍來還去兩無因。知否愁多偷換，少年心。

其　三

翠谷涓涓水，黃坪淡淡秋。有人低唱白符鳩。兜起鳳頭鞾子，下并州。　　寶髻燈前恨，狨裝馬上羞。暗傳消息到秦樓。祇恐秦娥簫譜，不曾修。

其　四

繡枕紅鸂鶒，銀屏白鳳皇。春風蘇透冷心腸。還道那能禁得，阿奴狂。

其　五

偎頰絲絲語，盟心點點香。花開才解戀春光。難怪前宵兀自，惱人狂。

虞美人

蓮衣褪了池塘綠，菱帶銷香玉。相逢記得拍闌干，記得生綃同倚竹風寒。　臨風誰更篩香屑，屧子應非昔。斜陽紅到白鷗邊，句起濃愁一縷逐秋煙。

其　二

紅贏碧蟻花枝戰，生耐芳筵散。雪肌暈了倩人扶，剪燈還要賭摀蒲破工夫。　玉籤轉盡蠻氈冷，獨自倚山枕。歸來便好莫嗔他，壓衾紅蠹繡鞋斜一些些。

其　三　回文

贏紅浸酒添香篆，倚色歌聲曼。夜深風碎蝶眠花，碧樹隔簾疏影月橫斜。　年來候雁無書寄，塞遠天寒未。秀蘭芳菊斷腸多，歷歷亂愁新曲度汾河。

其　四　題柳如是畫象

嫁得虞山叟，風流奈老何。青幗綠鬢影婆娑，笑問西山可有采薇歌。姓是風前柳，家居白下河。題詩人是命中魔，說我蘼蕪山下故人多。

荷葉杯　仿薛昭蘊體

風攪竹聲惆悵，月上。翠笛壓寒枝，度成幽怨一絲絲。知摩知，知摩知。

其　二

燈颭紅紗一點，漏短。涼雁報新秋，淚花紅綻枕函鏤。愁摩愁，愁摩愁。

其　三

記得當初相見，花院。生格學鴛鴦，纖羅粉汗玉肌香。狂摩狂，狂摩狂。

其 四

門外玉驄怨別，殘月。春老楝花飛，淚痕濕盡縷金衣。歸摩歸，歸摩歸。

其 五

一寸衍波愁疊，五色。宛轉學回文，愁他説不盡傷心。吟摩吟，吟摩吟。

其 六

山枕獨聽嬌鳥，春老。紅院長莓苔，手拋瓊玖擲金杯。來摩來，來摩來。

攤破浣溪沙

銀漢紅墻蹋得開。馬塍香底剗金鞋。倒摺鴛鴦書謎子，可能猜。欲探相思差夢去，每逢逃學問花來。願化餳珠黏住你，不教回。

相見歡

匆匆些子巫雲。語娉婷。鸚鵡前頭莫要，惡憐人。　　紅蘭院，夤緣見，再丁寧。漏洩相思，總道不宜春。

其 二　和南唐後主韻

兩行別淚垂紅。劇匆匆。腸斷滿城絲雨，一江風。　　長干路，催儂去，恨重重。正是落花時節，別江東。

其 三

黃昏獨倚層樓。看吳鈎。無奈一庭風竹，滿園秋。　　思往事，渾如醉，惹人愁。可是眉頭纔上，又心頭。

更漏子

碧闌干，紅抹麗，黃月一庭香氣。輕暈煩，淺含顰，見春翻怯春。
蠻茵軟，鴛衾暖，應是今宵更短。禁不得，暫時離，笑啼都要伊。

其　二　和溫飛卿韻

胡蝶兒，花底歇，花外一丸黃月。箏柱雁，幾行斜，夜涼人似花。
燈甫上，隔窗望，誰管個儂惆悵。山不斷，水無窮，夢魂山水中。

小重山

越煞來來春又春。那回行障子，䰐烏雲。呵花撲蕊又從新。嬌無力，
忘掩翠羅襟。　　斜照貼紅茵。去年今日高，髻當門。個時猶自盼黃昏。
含愁怯，明月奈而今。

上行杯

紅窗咫尺銀河界。偷眼生嗔花葉礙。不合當時，支子闌邊，輕放伊。
玉肌如削看看病。對了文鴦春不肯。夢裏佳期，肯信還教，鸚鵡知。

女冠子

晚風池閣，繡戶低垂箓簌。夜來人，偎臉雙雙玉，兜鞋點點金。
柳邊三尺水，花外一枝燈。莫撼猧兒睡，悄相尋。

南鄉子

嫩約總難憑。恨煞東風喚不應。辛苦得教花下見，輕輕。再把前歡墊
一層。　　池上小紅亭。亞字闌邊駐翠軿。放眼送他歸去也，星星。楊柳
陰中幾點燈。

其 二

春恨掠眉尖。無語常陽轉畫檐。似醉似醒還似病，懨懨。燕子歸來不捲簾。　　睡起額黃黏。心事如香細細添。不暖不寒還不黑，忪忪。萬種相思一夢擔。

其 三 和朱堯章韻

風暖畫堂扃。隱約紅窗打馬聲。心上可人偏不見，春晴。祇有垂楊眼恁青。　　榍子鳳凰綾。一瞥驚鴻目又成。多分夢魂飛得去，尋盟。緊抱花枝軟抱雲。

杏園芳

膩鬟低冒金蕤。鈎人兩點山眉。玳筵一曲唱黃支。莫來遲。　　檀唇香吐同心語，今宵莫是佳期。櫻桃花落雨絲絲。閉門時。

定西番

滴滴春情滿眼，佯不俫，倚銀屏，做嬌嗔。　　低問昨宵底子，羅幃顫膩聲。忽破紅渦一笑，墮懷輕。

後庭花

珠軿翠轄紅香陌。月高催發。薄寒吹透檀黃靨。落燈風急。　　歸來故要雙肩疊。嚲鬟無力。笑他小性生嬌劣。把人偷掐。

玉瑚蝶

雲鬟斜篸，紅蕤鏤鳳戰金篦。特地學相思，看看凋玉肌。　　坐簾當雪臉，呵鏡蹙山眉。花落雨如絲，一階胡蝶兒。

柳梢青

眉孃翠笛，膽孃簫合，住謝家橋。相逢長是，江兒白白，月子高高。東風吹斷天台，夢花遠，玉驄遥。相思長似，庚辛歲酒，子午時潮。

其　二

　　京師鞠部以徽人爲妙，以晉人爲能，至蹋蹴之戲，則徽不逮晉也。丙戌春日，觀瑞盛部演東平戰一齣，妙技百出，口占一闋以記之。

錦襪纏金，反腰貼地，妙舞天魔。蛺蝶穿花，魚龍出水，曼衍婆娑。錢塘破陣高歌，動人處，花孃麗哥。菩薩稱蠻，觀音姓謝，同唱呵那。

其　三

紅粉牆陰，銀泥屏小，終日顰眉。無限思量，猧兒撼後，燕子來時。小名争道楊枝，多管是，眠遲舞遲。自説如今，金釵屢卜，玉笛羞吹。

齊天樂　魂

黯然愁誦江郎賦，頻聞夢中囈語。怕裏潛銷，吟邊悄斷，衹是無尋伊處。輕霏若絮。又裊裊如煙，幾絲殘縷。度暝穿愁，倩孃別有往來路。　幽窗又吹濕雨，只情黏恨殢，離合無主。頓覺身輕，還妨魄怨，試爇心香留住。痴兒騃女。倘色授無憑，定須勞汝。也合歸來，大招招恁苦。

其　二　淚

是誰提起傷心事，熒熒目光如泚。去去來時，心心夢裏，揮灑如斯容易。疑痴訝醉。縱滴得成珠，料難穿起。暮織晨彈，搵將羅帊尚堪寄。　湘江竹心未死，儘恨染蒼煙，魂化秋水。漬粉成痕，拭眉易冱，軟語撩他還墜。愁來謾倚。便感極歡深，也霑羅綺。可有晴時，臉波明鏡裏。

其 三

成都鞠部中有名蟬者，以善歌稱，聞其名久矣。丁亥四月，劇飲尹王祠，始見之，演三休一齣，切切幽怨。以曼聲度之，其拗捩處柔曳如絲，恐飲露吹風之儔，未必如斯宛轉也。

綠陰橫羃紅氍地，濛濛酒香吹起。寶扇潛移，哀絲乍拂，一縷涼雲飛墜。搏珠數淚，更訴出秋情，浸人若水。裊裊金蟲，薄衫婀娜晚風媚。

酡妝羞傍翠珥，只情根未蛻，宮怨重理。漫詡聲輕，還愁命薄，憶否斜陽身世。盛筵有幾。道碧樹無情，別枝堪徙。萬一相逢，鬢雲青鏡裏。

其 四

七夕同吳仲懌、徐叔鴻諸君飲於壺園。

辟疆園裏多修竹，今年恰逢秋早。石磴聯裾，花臺挂屬，雲際涼蟾纖小。塵緣未了，但偷得閑身，片時都好。況有詞仙，畫屏促坐飲清醥。

回思舊家乞巧，聽搥琴噴笛，聲度林杪。影底留香，歌邊倚玉，轉眼針樓人渺。公應不惱。倘訴出相思，萬言還少。且學山翁，接䍦拼醉倒。

其 五 題徐叔鴻《蝶仙雙影圖》

叔鴻盧墓時，太常仙蝶屢至。倩人對影寫照，徵詩成卷。相傳仙爲元時忠臣，殉張士誠之難。

麝煤輕蘸紅蘭露，偷將蛻仙描取。幻若空花，飄如墜葉，來便贏杯深注。湘臯日暮，趁龍去瀧岡，慰人凄苦。瘦影凌秋，碧雲黯淡夜帷素。

遼東又聞鶴語，莫前塵頓憶，相向愁舞。鼠子年非，蒙哥帝渺，察罕孤城何處。蓬蓬栩栩。且游戲人間，結些吟侶。笑問莊生，夢痕能畫否。

臺城路 甲申十二月作

一枝雪照光初凝，梅魂乍還莎徑。日嫩塵清，煙微暈薄，格格裊尼相趁。瓶花畫靜。喜晴入冰奩，倚妝人瑩。翠甲看擎，注香微擰玉蜍領。

條風漸回鳳琯，且商量碧醅，先剪春勝。净浣緇衫，輕翻眉譜，且把閑歡重省。思量也幸，笑打鴨猜鴉，未應情冷。莫訝春遲，杏花雲外近。

念奴嬌 聽琴

月明池館，喜樺煙高羃，青光凝燭。素爪一揮龍繞指，驚颭七條寒玉。豁若濤奔，剨然電駛，聳聽人如鵠。幽音吹迸，隔林僵立森木。

誰又重拂虞絲，冰甌巧泛雲，送春嬌入。不是心閑綠調緩，萬朵瓊花縈目。四座無言，一更向盡，么鳳嘶聲促。戛然輕拭，勸君休握箏築。

其 二 詠蒲席

搓蘭繰綺，悵年時謝却，冰紋花底。八尺香茭青截玉，軟拂涼波微起。荻港翻風，竹陂過雨，夢落湖煙裏。蕉衫剛稱，一方綾褥鋪膩。

嬌娬暗省閑情，輕承晶枕，橫枕纏金臂。瘦盡琅玕誰寄與，孤負回文連理。百合薰殘，九微照冷，剩漬熒熒淚。涼聲催暮，小窗閑付濃睡。

其 三 和樊山用稼軒韻

一繩涼雁，引西風吹近，中秋佳節。三十六宮秋草没，處處空房人怯。翠袂牽香，紅巾揚淚，忍與宮車別。千金求賦，舊愁歸燕能說。

不怨團扇恩疏，湘娥不見，怕見湘江月。更恐霓裳天上曲，偷換陽關三疊。網户燈青，玉階苔碧，花冷無人折。翠樓凝望，幾絲殘柳如髮。

其 四 和山谷韻

斷河飲馬，望蕭關愁斂，狨裝蛾綠。聽說王孫相對泣，能葬驪山便足。寶鞚封塵，珊鞭墮月，往日人如玉。朱門何處，更誰同醉醹醁。延

窗外一樹涼蟬，西風乍到，說故家喬木。萬事無如杯酒好，除却君懷誰屬。垂老年華，半殘山水，忍聽陽關曲。采薇歌罷，倚闌憑吊孤竹。齡

其 五 再和山谷韻

灞陵古道，度危橋愁沁，涼波平綠。三十五陘都過了，算把雲山看足。鳳泣秦樓，螢窺漢殿，冷貼天邊玉。層城回首，那時曾瀉芳醁。延

猶是年少青衫，雕鞍扶醉，歌詠驚林木。我欲乘潮東入海，拋却雲英無屬。滿地干戈，一天星月，吹破龍吟曲。時招隱渭川，餐盡千竹。齡

八聲甘州

沈休文《六憶》詩，僅存其四，今以“憶去”“憶立”足成，而以倚聲傳之。

憶來時，點點綉幃旁，錦帮蹙雙鴛。只安釵掠鬢，依微閃爍，故意遷延。待把相思説與，他合儘他先。悄對無言處，暈頰紅添。　　雨匊幽情微逗，但濃時轉淡，斷處仍連。怪紅袪一抹，巧意蓄春綿。恁嬌獰，芳犀早露，是儘人消受恣人憐。休孤負，夢催書喚，不是空言。

其　二

憶去時，只赤隔銀潢，玉纖託愁渦。恨微雲偷月，芳叢泫露，怎度青莎。褪枕依然紅印，尚暖錦鴛窠。思量應不是，夢裏經過。　　惹得殢魂歸也，料慨忡明日，定蹙彎蛾。記星星泥語，只是逗愁多。忘丁寧，膩痕嬌漬，怕不妨輕浣舊緗羅。幸留得，薰香小像，要待還他。

其　三

憶眠時，宛轉怯更深，開奩强匀妝。看蘭釭炙了，還挑螺甲，作意添香。試問蚪籤第幾，偎頰道宵涼。笑搦紅藥袪，斜睨文鴛。　　最是帳鈎撤處，鬆釵抛釧，一例丁當。喜月依懷墮，影裏識檀郎。掩瓊酥，暖芬輕溢，只綉袪半抹隔紅墻。須珍重，今宵歡會，別後思量。

其　四

憶食時，歛笑出羅幃，机邊坐還羞。但輕挑粳玉，香黏櫻顆，慵顧觥籌。兩兩鴉雛無語，悄立睇蓮鈎。下箸無堪處，猩鯉都愁。[①]　　聽説石梁春永，有胡麻幾點，輕泛寒流。喜元霜搗盡，長得傍温柔。早安排，茗槍蔻匕，看殷緔莫漬絮羹油。多情處，睨儂猶悆，故爲擎甌。

其　五

憶坐時，坐久落紅多，繞簾麝煙沉。看春葱徐動，鞋尖微點，莫是閑

---

① 原注：李昌谷詩：“郎食鯉魚尾，妾食猩猩脣。”

吟。兩握錦褌紅瘀①，動處觸橫琴。問海棠開未，懶去窺尋。　幾疊熊氈蔽錦，撫綠絨壓久，軟塌難禁。笑猧兒戀暖，偷傍翠羅襟。忒聰明，肯思閑事，怕無端逗損惜春心。寒正峭，泥他同㤪，圍住簾陰。

其　六

憶立時，獨立翠樓陰，影兒取人憐。怪蒼落深處，垂楊搖曳，不怕風尖。敢是小紅未返，花裏等書傳。恁瘦如輕燕，不露些偏。　認得離魂何許，任鳳釵溜也，冷貼腮鉛。便飛花似雨，也不值情牽。揚紅巾，暫移蓮步，祇轉腰未肯作纖纖。畫闌外，躡蹤尋到，笑拍香肩。

其　七　燕京八景詞·瓊島春陰

罨春陰，澹沱釀花天，去年燕來時。愛闌干東角，棠梨一樹，淡抹胭脂。任寫回心院本，莫唱十香詞。空倚妝樓望，長日簾垂。　祇道瓊華先剗，甚蓬壺碧島，尚蠱風漪。惹啼鵑那樹，紅淚一絲絲。望輪臺，紫馳西去，問玉真前世幾人知。晚煙沍，夕陽難透，欲下還遲。

其　八　燕京八景詞·居庸疊翠

渡沙河，遠指十三陵，一鞭自東來。看重巒回巘，雄關兀兀，高傍雲開。忽碾長安細轂，到此響晴雷。遙念黃花塞，笳管吹哀。　往日防秋何處，怎紅亭粉堠，半委蒿萊。祇山光難畫，千疊碧於苔。囀銅烏，畫竿風細，問屬車誰是勒銘才。這回去，雁門還好，莫向龍堆。

其　九　燕京八景詞·玉泉垂虹

敞蠡窗，一角玉泉山，雨餘夕陽紅。聽涓涓細溜，穿花過竹，香引連筒。又見魚雲散盡，碧鏡曳雙虹。影落芙蓉沼，愁照驚鴻。　一樣長安逋客，蒻黃襟紫帶，不辨雌雄。問玻璃天上，何事挂雕弓。嘆翠華，搖搖無定，也曉來西現晚來東。玉橋外，翠甌誰泛，寂寞秋宮。

其一〇　燕京八景詞·金臺夕照

上高臺，滿眼夕陽紅，杜鵑一聲聲。自燕昭去後，池荒煙冷，樹古雲

---

① 原注：《方言》：“蔽膝，江淮之間謂之褌。”

平。到底千金駿骨，馬重故人輕。空灑興亡淚，極目重城。　　聞道招涼閑館，住緱山伴侶，衹學吹笙。聽金丸花外，驚斷上林鶯。一霎時，大紅門裏，任柳風吹散亞夫營。倚闌望，雁行斜處，可是歸程。

其一一　燕京八景詞·薊門煙樹

薊門東，樹色靄煙霄，曉來染新霜。望臨榆關外，松衰杏老，齊報淒涼。往日青墩紫陌，細雨麴塵香。雙闕雲中鳳，煙柳成行。　　莫問平泉綠野，與秋風賭墅，負了林塘。累紅襟雙燕，無處覓雕梁。莽天涯，寄愁何處，向野鷗重賃荻花莊。夜飛鵲，一枝難穩，冷繞宮牆。

其一二　燕京八景詞·太液秋風

望淋池，遠接甕山湖，便橋掩風荷。比芙蓉三泮，鴛鴦兩瀿，清景偏多。昨夜西風乍緊，玉鏡蹙微波。處處紅衣褪，歷亂黃螺。　　一自璇宮人渺，任桃奴杏婢，暗泣銅駝。怕胡笳羌笛，輕換采菱歌。早安排，畫船簫鼓，共白雲秋雁濟汾河。却忘了，玉牀冰簟，好夢由他。

其一三　燕京八景詞·盧溝曉月

指天邊，破月冷如刀，一彎挂幽州。嘆新亭愁侶，梁園倦客，都上橋頭。到處鸞飄鳳泊，慘淡帝城秋。嗚咽盧溝水，長是東流。　　試倚危闌凝望，望芙蓉鏡裏，殿狎江鷗。恨窗前朱鳥，不爲玉人留。隱悲笳，山樓粉堞，問赤眉銅馬幾時休。過橋處，曉霜如雪，冷逼貂裘。

其一四　燕京八景詞·西山晴雪

擁西山，殿閣鬱崔嵬，玉樓幾層霞。看璇宮銀榜，纔題德壽，還署重華。處處天吳紫鳳，倒碾白龍車。堆起千峰雪，高對黃衙。　　冷落天邊髣髻，早慵描翠黛，細綴梨花。喜鵶班融濕，流出御溝斜。酌紅蕋，碧窗凝望，莫玉梅方好不歸家。衹愁是，灞橋相見，約略寒些。

其一五　和樂章韻

看絲絲，細雨送斜陽，晚來忽成秋。甚天邊鸞鳳，也隨涼雁，飛度南樓。莫問嬌黃稚柳，俊侶一時休。空有銅仙淚，知向誰流。　　試上高樓長望，瀉相思滿地，似水難收。感天涯芳草，無地可句留。報佳音，誤他靈鵲，欲寄書難覓上天舟。畫檐外，挂銀蟾處，脉脉凝眸。齡。

漢宮春 十二月樂府·二月

暖影煙花，漸薰花染柳，做弄成春。春情半寒半暖，也自忺人。重簾乍揭，忽驚看䴉粉蛾顰。渾未泛，銀螺碧醽，可教閑了桑津。　　森森鷗波蘸緑，是宵來一雨，新漲愁痕。都緑碧桃坼早，驚斷梅魂。薇雲沁夢，畫惜惜忘却湔裙。空自倚，湘樓淡月，照人一點如燈。

曲游春 十二月樂府·三月

看水沉薰處，又坼桐黄裊，煙景初冪。杏醠榆香，祇隣娃記省，明朝寒食。柳染新晴色。悄未道，蝶慳鶯澀。看樓陰，幾處秋千，輕洩送春消息。　　繡陌。游情如織。莫嫩約難憑，嬌樣空憶。易駛韶華，怕梨雲夢冷，鳳簫吹徹。迢遞重城隔。又説是，蘭宵岑寂。正恁暖月葹花，教人怎撇。

夏初臨 十二月樂府·四月

枕膩驚梅，巾涼浣藥，愁邊偷遣春歸。篩地濃陰，緑雲如水侵衣。翠爐閑駐煙絲。看雕梁，乳燕争飛。殘紅吹處，山香雙曲，猶夢朱扉。清和臺榭，俙惷心情，望殘絮影，輕誤蘭期。龍華過了，何曾畫舸青谿。猶記當時。在燈旛，隊裏潛携。有誰知。摩歌施食，薦祝都非。

五彩結同心 十二月樂府·五月

鷥釵飛翠，燕髻盤雲，纖袿軟繉明綃。斜掩秦娥扇，依稀隔，煙窗踱過蓮翹。靈符雙縮同心縓，勞纖手，輕掐輕挑。但私祝，兜歡駐愛，替他緊繫紅縧。　　映階若榴紅蹙，夏泉花浮玉，潤漬甘蕉。還叩珠孃問，牽絲鳳，多也圍在裙腰。彩霓籠午家家醉，畫橋外，鷁尾龍標。休辜負，夜涼羅帳，斷紅一頰春潮。

其 二　賃居僧房丁香花盛開

琳宮堆錦，紺宇攢珠，輕輕點上春心。休訝東風緊，從伊把，嬌雲團住瑤簪。潘妃剛嫁情猶弱，綰香結，拼與愁深。還分付，仙肌穩貼，莫教濕霧斜侵。　　隔簾綉衣霏紫，有輕煙低護，直恁陰陰。長記娉婷樣，拋紅豆，供取薄倖閑吟。宛陵前夢都難覓，怪芳意，容易消沉。聊相伴，維摩香室，夜凉撒滿羅襟。

其 三

> 齋中珍珠蘭盛開，因憶菱娘所居，此花尤茂，往時索賦詩而未果也。
> 感時憶恨，以詞補之。

搓綿吹露，搯粉垂珠，檀欒巧護朱罍。休怨瀟湘曲，任彈徹，薰風撒滿花城。樓東輕放黃昏入，灑愁淚，還恁晶瑩。趁簾底，銀絲細絡，透簾綠霧旋生。　　夜來珈衣朗照，更同心隱扣，試問芳卿。鮫泣霑羅帕，魚胎迸，從與密誓星盟。燕姬香夢從今種，把柔情，恣意相傾。猶記省，珍珠小字，教儂莫説飛瓊。

夏雲峰　十二月樂府·六月

簟紋清，釵聲膩，人面隱隱簾波。纖手雪瓟細擘，盞滴青荷。博山雲滃，挑寶屑，祇覺添多。坐久但唇朱易涴，秋水頻挲。　　碧塘的的黃螺。透珠網，凉聲時夏鳴柯。題帕舊痕久冱，汗粉妨搓。晝長人孱，愁夢影，怎度煙羅。又那況，雲廊水殿，如隔天河。

澡蘭香　十二月樂府·七月

朱罍浴蕙，翠箔飄桐，露氣一絲入瀉。蛛繰冒恨，鵲影穿愁，一樣去年今夜。笑雲間，月姊彎眉，旁邊窺人做嫁。疊果雕瓜，且任閑情揮灑。　　莫恨佳期太遠，井底吹燈，鳳簾休下。輕傳燕語，密遞風情，只在一聲歸也。已無心，玉鑷金梭，誰管鬆釵溜袎。要省得，不是黃姑，勾歡來乍。

其　二

閏重五，和次珊。用君特韻。

榴房半坼，繭館重開，畏景襲人未覺。繰花疊綺，翦艾簪符，買醉再申僮約。對霉風，還惹鄉思，愁連煙眉兩萼。甚日鷗邊倚榜，同搴蘭蒻。

記否江心鑄鏡，悄握圓冰，又生蟾魄。雕槃玉冷，畫扇風香，檻外綠雲垂幕。問誰爭，鷁尾龍標，贏得蒲觴更酌。驗翠葉，乍徙桐陰，斜遮簷角。

月中桂　十二月樂府·八月

萬里無塵，糝金波玉沙，逼正秋色。泠泠素籟，灑一襟涼闊，疏狂留客。桂陰侵座碧。又甚處飄來一笛。應想鴛帷裏，蓮燈碧斝，珠翠聚瑤席。　　文簫瘦來非昔。悵青鸞謫滿，碧巇遙隔。精魂夜濕，便御風歸去，還難尋覓。海潢查影斷，恁滿眼，衰蒲病荻。莫問回汀雁，橫穿水雲吹冷月。

龍山會　十二月樂府·九月

滿目寒山雨。隱約楓林，冷醉紅香舞。黃昏容易數，簾羞倚，灑地金英無主。翠鬢早諳秋，又肯信，眉峰猶嫵。最難禁，風燈綠瘦，一絲蛩語。　　分明雁過南樓，寫得成書，那得商量處。狂蹤飄冷絮，縱將去，也只累他翹羽。莫繡紫茱囊，更誰與，張帆蘭渚。定何時，持螯把酒，玉甕霜杵。

玉漏遲　十二月樂府·十月

綠房通宛窱。虬壺漸覺，冰莖垂早。繡被重添，紅浪暗生寒峭。好夢何曾有據，又底要，缸花凝笑。霜乍老。冷鴉暗叫，井闌迎曉。　　月底試探庭梅，又幾片璚英，被風吹到。駝褐狨裝，恰稱玉兒花貌。賦就新愁堪寄，問白雁，新來偏少。落徑悄。斷魂又隨煙裊。

玉燭新　十二月樂府·十二月

珠簾風漾皺。看畫燭高擎，寶光吹透。嫩糕釀粥，年時事，約略東京風候。爐圍軟火，誰更數寒宵清漏。燈熖底，人影參差，偏他眼波斯溜。

今年將盡今宵，問送故迎新，舊愁消否。鏡詞謾咒，愁明歲，也是一般儜偢。花句月逗。那不要，人間春久。須信道，寒暖隨情，春風返又。

其　二

裏湖泛舟，邀印伯同賦。

一溪春影皺。看柁尾分開，翠痕懸溜。水如薄練，雲如紙，直把離人愁透。湘臯路近，漫淚灑叢篁成繡。空回首，斜月危亭，絲絲斷雲巫岫。

芳春難得湖塪，況白勃催詩，玉鯿供酒。雨聲聽驟，怕繁鼓，點點宵來敲又。吟程小逗。愁也不，關他花柳。且莫負，煙水閑身，雙舷共叩。

解連環　十二月樂府·閏月

瑞萱添葉。又珠杓倒指，日輪回轍。正夢想，留駐芳春，喜佳節重重，彩幡休設。七候循環，算只有，春光堪惜。數花風第幾，九十韶光，早已過百。　　依依謝橋怨別。但嘉期引遠，翻成愁絕。倚翠幌，難數黃昏，甚入月新潮，斷紅重接。一寸相思，渾不似，黃楊逢厄。待明年，落燈影裏，看花早發。

臨江仙

花似黃金人似玉，何曾知道秋風。如今愁損翠眉峰。依然花可可，祇是恨重重。　　煙斷謝橋縈冷夢，覺來如水房櫳。風燈瘦盡一絲虫空。霜華禁不得，那更五更鐘。

其　二

月子彎彎偷覷着，個兒欸乃聲中。水花漂泊泣顏紅。無人知鄭季，祇是怨樊通。　　煙鎖苧羅村外水，不逢那要相逢。野桃狼藉五更風。可憐初覆額，孤負若爲容。

其　三 和六一韻

柳外笙歌花下酒，去年多少春聲。如今滿地夕陽明。吟鞭墮處，胡馬蹋塵生。延　　滿目山川千騎擁，綠楊風颭龍旌。烽煙四塞仗誰平。灞橋東望，老淚任縱橫。齡

其　四 後湖荷花，用蘇後湖韻

亂插水芝明鏡裏，葉濃花艷波清。柳堤彎處小橋橫。菱絲千萬縷，漁笛兩三聲。　　載得滿船蓮子去，夕陽紅挂臺城。衣香不斷臉霞明。餘情猶戀酒，新月起前汀。

采綠吟　昭君村

峽轉空泠峭，望遠樹一簇煙高。香村何處，樵蘇難覓，青限風霄。畫圖愁莫認，東風笑。瓠史儘伴芳醪。想天生，紅顏卜，須胡兒定娟妙。
遙望苧羅山，香涇外，風流差許同調。嘆命薄鷗夷，恨逐伍員潮。只琵琶彈盡邊關，羊河水，東流向天朝。千秋意，青冢草春，依依怨苗。

滿江紅　舟行金陵山水間有感

如此江山，著兒女，英雄無數。記當日，東風吹夢，早游佳處。花外畫船烏曲水，竹西歌管青塘路。算而今，真個載愁來，來還去。　　天黏草，樓北顧。煙籠柳，人南渡。甚一襟芳思，對春無據。古意儘憑清淚灑，少年也任京塵污。聽隔江，吹笛破雲飛，聲聲暮。

其　二 聞京師某公園亭被焚感賦

朱邸平津，舊曾在，銅駝陌東。敞圖畫，月階雲地，縹緲玲瓏。蠻府參軍珠履客，鰕亭別墅筆頭公。聽柳邊，嘶馬早朝回，花正紅。　　華胥夢，隨曉風。渭城曲，太匆匆。嘆鬐天樓閣，彈指成空。欲覓當時歌舞地，亂雅槐市夕陽中。算西來，白鶴有新居，三畝宮。

其　三　同端午橋中丞登黃鶴樓

江漢雙流，驀一望，煙樹鬱蒼。何人倚，暮雲飛觀，高擁牙幢。浩蕩秋聲排素浪，蜿蜒山勢接黃岡。看庾公，談笑鎮東南，城武昌。　　騎黃鶴，天際翔。噴龍笛，韻悠揚。笑頑仙一夢，換了滄桑。樓下水通千萬國，驚焱無定走艅艎。嘆老憂，王室泣銅駝，歌慨慷。

其　四　詠春江花月夜

春水生時，正兩岸，桃李夜開。天邊擁，一輪明月，江上潮來。千里鶯花新世界，六朝風月舊樓臺。看煙籠明月月籠花，春酒催。　　江流去，春又回。花旖旎，月徘徊。喜月邊春暖，夜夜尊罍。花落花開誰是主，月圓月缺謾相猜。趁月明，高唱大江東，春莫哀。

其　五　禁字格

波滑如紈，襯幾點，鷗外畫橈。天留與，六朝煙水，縈繞蘅皋。兩桁翠欄招燕子，一灣紅雨長魚苗。對東風，十里捲珠簾，香霧飄。　　青溪路，長板橋。有情客，可憐宵。更滿天星斗，匝地笙簫。金碧樓臺人遠近，紅牙紫玉競相邀。問少年，能有幾多魂，真個銷。

其　六　春日登烏石山

陰鬱池臺，更掩翳，雕檻綺櫳。花深處，閣雲藏雨，嚙石攢峰。半畝涼聲喧翠篠，一林殘葉舞丹楓。看對門，烏巘壓頭來，山氣濃。　　春朝暝，扶短筇。陟雲磴，聽煙鐘。望碧羸千點，出沒洪濛。測鏡應知窺蟻磨，駕濤渾欲蹴鮫宮。問鼛鯤，何日返神州，愁向東。

金人捧露盤　金陵懷古

是人間，傷心地，望中逢。過石頭，春眼匆匆。南朝佳麗，興亡都付酒旂風。斜陽照冷，蒜山色，忒可憐紅。　　佛貍祠，烏衣巷，莫愁艇，寂無蹤。剩水沙，煙月寒籠。何曾天塹，漫誇龍虎控江東。無情楊柳，有情客，算古今同。

百宜嬌　書上海靜安寺所見

電馬飛紅，畫輪渲碧，花底淺深朱户。乍揚簾塵，細傾茶嘆，歷歷羞顏來去。同心艷覓，莫漫負，如今黄浦。祇憑伊，低唱銅鞮，冒關歡子如許。　　流水樣，官人細數。① 問萬柳千花，好春誰主。擅舞衫兒，承歌扇子，儘與裁量花譜。登樓望極，正甲煎，星星歸路。定知相將，折檻垂鞭，訪吹簫侣。

其　二

　　　鄉人招飲劉圍，牡丹盛開，用白石韻。

指長干橋畔，石子岡邊，撩亂望春眼。修竹侵苔路，珍叢底，娶春人正開宴。舊情共款。對芳尊，偏我多感。更躧履，紺緑輕紅地，漸香氣吹暖。　　何限。林亭蕭散。看樹藏朱榭，舟艤青翰。丹頂依稀似，天彭闕，何年同解歸纜。倚樓指點。有會心，濠濮非遠。便長擬來游，簾底月，倘重見。

二郎神　詠電燈

珠胞射，恰細雨，銅街微灑。漸入夜，銀輝黄道，正噓冷熖，星橋高挂。玉女投壺看不定，哆一笑，神光出罅。趁影底鈿車如織，也有輕雷相亞。　　真假。燒從鏡底，繞樞照野。看眈眈新開巖下目，應早共王戎論價。鬥月欺風，天不管，任分繫回廊芳榭。願鞭起冰虬，捧到驪宫，春宵閑話。

---

① 原注：梁《那呵灘曲》：“各自是官人，那得到頭還。”

鳳凰臺上憶吹簫

申江歌樓之盛，甲於吳越。丙戌春日，聽歌顏玉樓，有雛姬自擊小鼓，唱西秦調。以吳儂而傳擊缶之音，亦曲盡鳴呃之妙，又歌場之變調矣。

燕子身材，鶯兒喉舌，朱樓一曲黃支。覷越箏掬歇，宮譜偷移。誰喚花奴解穢，揎翠袖，金豆參差。音飄處，秦臺鳳落，洛浦龍吹。　　顰眉。唱殘暮雨，回首憶江南，惜取芳時。想捲衣秦女，一種相思。莫要皋橋仡別，愁損了桃葉楊枝。思量否，依人態憨，兀兀肩垂。

其　二　火輪船泛海

颷輪震響，銅斗轉煙紅。吳淞盡，金泥爛，碾洪濛。捲天風。深薄黿黽窟，噲黃霧，吹陰火，攀緜檻，憑樓桷，眼真空。劍蠱三山，向晚嵌斜日，光倒灩灩。又者邊月吐，對浴兩丸同。雲暝鮫宮。眯西東。　　正宵當午，黑洋近，禺魖宅，吼疑龍。機鉼緊，網腸縮，繳雙筒。走蠻工，渾似金鵬擘翅，與明祝鬥雌雄。千里霎嶠，雲變渤杯窮。再看搏桑，晃耀煙臺埔，簇擁深瞳。指丁沽只赤，春樹蜃雲濃。更覓青篷。

六州歌頭　和張于湖韻

高城四望，秋色接關平。孤雁過，邊笳起，盡悲聲。夜霜凝。長望鑾輿至，沛恩澤，詢耆舊，殊未料，東來氣，帶兵腥。頓使長安，日落門空閉，豺虎縱橫。恨昇平諸將，軍令失嚴明。班馬宵鳴。客心驚。齡　　嘆江南北，折楊柳，空搖落，庾蘭成。霜後草，風中絮，任飄零。夢瑤京。傳語張都護，款關好，莫論兵。茶馬使，橫搜括，太無情。知否南冠囚客，懸雙淚，望斷龍旌。勸諸君戮力，釃酒恨填膺。大廈將傾。延

探芳信　食蜜櫨

饜青醥。又玳瑁筵邊，瑛壺捧到。喜蜜晶紅裏，酣浸蔗霜老。攢苞剔盡珠珍核，擘脯勞纖爪。恁酸漿，一縷生津，味回甘抱。　　聞說海堧早

早。夢繞丹林，薦羞梨棗。更有芳薈，攪共赤霜搗。霞膚嫩卧冰盤冷，醉莫憂唇燥。劃并刀，析向茶邊更妙。

木蘭花慢

丙戌六月二十日，泛舟南河泊觀荷，還飲天寧寺。同游者劉比部鎬仲、吳編修幼農、喬比部茂護、毛農部實君、秦水部幼衡、方比部長孺、吳大令筱村、吳孝廉文鹿、顧孝廉印伯、周茂才孟侯，真一時之盛也。

紫闥開鳳鑰，鸞響促，錦機張。競撤却香篝，催來畫舸，臨曉追凉。仙潢遡春不遠，指亭亭青蓋隱紅妝。杳藹瀛洲只赤，一枝柔櫓悠揚。
雲堂喜滿引霞觴。花樹贊公房。聽塔鈴梵語，囉囉款客，躧履相將。華筵預籌下若，記搴蓮同染指頭香。繡勒爭門未晚，蟬聲唱入斜陽。

月邊嬌　食瓜

紅絹揩刀看幾疊，黃晶冰槃推膩。蜜篘浸汁，金房刮膜，亂擘細瓤如薤。芳心剖盡，漫鏤得相思成字。煩襟乍滌，莫再任，黃奴眠水。　　當年夢繞南皮，翠肌凉抱，絳綃長醉。一楂輕泛，三仙證約，噀霧濛濛縈指。天山雪種，又底要羊骹寒髓。相如渴解，謝露槃休賜。

感皇恩

試殿廷者，例賜克食，古之紅綾餅也。臣延恭與朝考，敬領天珍，喜賦此闋。

曉暈上鑾坡，彩毫花吐。粉酪團酥照銀署。鵝冠頒到，尚帶猊糖冰縷。隱堆雲篆樣，絲籠舉。　　毳褐小臣，餅師曾問。喜擘蟾肪大官莆。搤霜捶玉，莫述王郎新譜。丹心經醞釀，恩同鑄。

沁園春

丙戌七月初六日，引見乾清宮，紀恩作。

花外鯨鐘，聲出紅牆，銅扉洞開。看龍池柳起，舒眉展眼，鳳城車動，挈電驚雷。萬瓦鱗鱗，琉璃晃曜，日擁紅雲天上來。雲開處，聽中官哨遍，齊上珉階。　　九重殿閣崔巍。有吐鱷金猊氣壯哉。喜芙襖影帶，蓮裶綴綉，鷄冠引隊，蜼袞擎簿。御座呼名，天顏乍睹，深覺文章慚上臺。朝金闕，幸荷旃被毳，親到蓬萊。

其　二　燕支詞五首·一

錦陌深坊，雲母燈微，紫扉半開。看幾叢野蝶，遙牽翠幌，一聲獰鳳，引上花臺。劃襪簾前，整鬟窗外，一朵嬌雲去不回。傳呼遍，道蹋青歸晚，油璧停纜。　　怪儂心小多猜。怎慚倚雲屏未許挨。顧錦駕帮細，綉韠緊束，靈虵盤穩，腕玉慵擡。眾裏端相，愁邊迤逗，舉舉師師一字排。重來也，睇輕盈珠箔，踱過香階。

其　三　燕支詞五首·二

迤邐銀屏，一笑燈前，錦筵待開。自昨宵瞥見，都勞夢想，今宵重遇，隱惬儂懷。茶㗖才傾，煙紗細裊，碧醞呼傳鸚鵡杯。并刀瑩，看甘瓜割罷，纖手親揩。　　匆匆良宴追陪。便麟脯鴛漿僅意猜。喜訶黎斜倚，聞香漸近，錦襦乍握，促坐曾偕。爾汝多情，淺深任意，把酒濾柔腸日一回。殢人處，怪蠻箋疊疊，細轂頻催。

其　四　燕支詞五首·三

十二樓中，青鳥能飛，錦箋自裁。喜王昌得侶，紅牆不隔，泰娘有妹，畫轂勞催。叱撥聞嘶，阿環遣報，搖曳藕花衫子來。相偎傍，把勝常道了，笑溜金釵。　　鴛鴦六六休猜。看遞盞傳情若個諧。愛新橙半擘，斜叉親付，素馨微顫，替整佯推。壺箭無情，錦筵易散，携手迎風下玉階。相偎久，幸綉輿同載，莫任徘徊。

其　五　燕支詞五首·四

北斗闌干，今夜倡家，月華倍佳。指銀屏屈膝，也都倚遍，桃羹杏粥，幾度勞催。鵲篆頻消，魚更疊報，畫轂無聲猶費猜。凝眸久，見燈飄蓮箔，簇上層階。　　倚奩倩卸鸞釵。笑久渴相如願始諧。喜微醒略解，蓮膚帶暈，衣香更辣，杏靨羞回。被浪輕翻，帳鈎急窣，莫認桃源夢裏來。休辜負，待明朝酥頰，射日妝臺。

其　六　燕支詞五首·五

白玉堂前，腰鼓冬冬，畫筵夜開。看花陰正午，燈枝如晝，十番圍響，八角新排。酒霧迷濛，臉波隱約，履舄翩躚往復回。阿姨笑，喜銅山合徙，迭喚傳杯。　　妝成半面猶佳。嘆影裏恩情彼此皆。更西施刻畫，幾人提挈，倩娘瘦損，一綫身材。疊雪羅輕，遏雲曲妙，可是曾施步障來。偎郎久，道風流夢幻，一霎登臺。

其　七　詠孩兒菊

露後霜前，密釘圓珠，奇花始胎。喜雙璋對列，參差錦石，男錢細綴，歷亂蒼苔。閑戲東籬，提戈弄印，都是黃金鑄得來。湯餅會，記白衣曾至，迭喚傳杯。　　移從女几山隈。向夾馬香塋手自栽。看襁褓碎葉，新綳繡裸，斕斑絳跗，穩跋僧鞋。居士菊邊，美人蕉下，醉倒西風學舞萊。佳子弟，似芝蘭玉樹，要在庭階。

其　八　詠女兒酒和樊山

花面丫頭，刻畫西施，金貂換來。看千絲網後，光浮琥珀，掌珠擎處，香泛玫瑰。揀茗爲媒，插花作聘，嫁與東鄰麯秀才。好滋味，是隨郎別母，莫任徘徊。　　合歡且酌雙罍。有宋嫂魚羹早晚陪。嘆恩情融洽，無非是水，相思蕩漾，總要成灰。那似當年，楊家有女，滿引一杯紅繡鞋。真堪笑，笑麻姑手裏，送到蓬萊。

其　九　舟發龍駒砦

水落龍津，曾不容刀，一葦杭之。記藍關宵度，雨中躡葉，商山曉躡，雲裏搴芝。萬籟笙竽，兩行酒樏，腸斷青門送別時。呼雙棹，又眠桅拽签，灑雪回颸。　　寒湄髣柳差差。有冷雁哀蝯和竹枝。望漢皋千里，汀洲宛轉，題襟解佩，都費相思。裂餅臨風，掣鈴向月，多恐佳人鬢有絲。空赢得，秀蘭芳杜，惹夢勾詩。

花發沁園春　用劉圻父韻

　　光緒壬寅夏日，吳仲懌方伯出其外女孫冷蕙貞畫秋花長卷屬題，且曰："蕙貞年未二十，娟潔無雙，性尤聰慧，女工之事，一見輒精。能作小楷書，其父權江北知縣，官文書多出其手。偶然學畫，超妙勝於時流。戚郡見者，詫爲神仙中人。惜其姊怛化，傷悼太甚，不數日亦同歸忉利矣。曇花一現，六黨盡傷。畫爲余内子茂份所見，自愧作畫十餘年，無此工力。爰賦《浣溪沙》四闋云："幾穗幽花颭草蟲，冷紅涼綠一叢叢。小屏風上畫豳風。　如此秋光如此艷，者般畫筆者般工。者般工有幾人同。""也似當年葉小鸞，秋風橫翦燭花殘。生綃八尺剩琅玕。　聞道焰摩歸去早，浮提容得此才難。寫圖留與阿娘看。""樹蕙滋蘭記小名，些些年紀忒聰明。一天秋韻畫中生。　殺粉調朱真個好，吹花嚼蕊若爲情。南樓斂手憚冰鶯。""好女兒花好女兒，幽花特與素秋宜。華鬘一現使人思。　儂也愛花耽畫癖，寫生也在少年時。祇慚工麗不如伊。"傾倒至矣。余代書幅端歸之。茂份竭數日之力，臨摹一幅，繁縟與原卷無異。今夏褾成，出視顧印伯、易實甫兩親家，各題詩詞於上。印伯跋尾有"坡詩仿谷"之喻，茂份笑曰："女學士倘在人間，造詣所極，恐南樓清于尚難抗手三十年，老娘將北面儞弟子矣。坡、谷云乎哉！"余無以易其言，因賦一闋，而識其始末如此。

　　曉暈蠹窗，研光鵝絹，筆花漉漉飛起。安枝配葉，殺粉調朱，心在十眉圖裹。凝神静想，渾不辨花香人氣。寫幾簇鴛甃秋芳，艷如棠殢春睡。　祇恨金風雕翠。認驂鸞仙娥，小篆靧字。商量剩稿，約略香姿，應是燕嬌鶯脆。鬘天可意。笑一瞬，浮提塵戲。抵多少，錦鰈靈鶼，倚簽人也心醉。

玉京秋　食蟹

　　秋稻熟。團團伴尊俎，赭襟包玉。碧螯試擘，香宜銀菊，吹面金風爽豁。酒塵飛紅，暈簾燭、薑花撲。紫虀輕搗，謾攪鹽蔌。　　爾雅何人繙熟。但羞陳，璨臍螬肉。望故鄉，寒饕休負，輪囷堆簇。一籌宵沉，想郭索，來去蘆根燈綠。桂枝馥。仙樂重題舊曲。

侍香金童 兩小詞·贈小蓮

京師鞠部有雛伶曰小蓮，年才八九，而色態殊佳。北里中又有名小菱者，貌相同，年相若也。好事者戲令以伉儷稱，且登氍毹而交拜焉。余聞而粲然，為二詞以贈之，他日果能綰合，亦一佳話也。

菡萏含苞，一匊春情澀。看緊裹，紅衣波影窄。付與吳孃深護惜。并蒂先攢，苦心休說。　　喜如今，繡渚看魚羞掩泣。把彩綫盤珠串纈。移向瑤池春穩貼。打鴨無驚，證鴛成牒。

傳言玉女 兩小詞·贈小菱

嫩角丫叉，錦帶兩心堪結。碧塘初種，愛紅膚襯雪。休怨刺手，氣息生疏還澀。翠絲牽處，細花猶綴。　　不定浮萍，結根同，問誰惜。晚涼歌起，度芙蓉木末。胭脂一叢，鏡裏不須愁折。映成雙影，畫屏生色。

水調歌頭 游陶然亭

日下此亭古，買酒潑東風。可憐樓外山色，高入五雲紅。換了魚兒瀲宴，又看瓊華殿坼，赤氣兆三豐。鬱鬱甕山麓，苕遞起神宮。　　壓黿梁，超鴨綠，故都雄。奉春演策，從此風雨九州同。不負向西而笑，無愧登高能賦，莫訴黑貂窮。歲歲花前醉，喝月吐青虹。

尉遲杯 夜坐有懷

碧雲晚。甚透簾，新月人意懶。幽花院子深深，拼教夢魂天遠。銀爐香泛，輕挑撥，玉葉宮煙淡。記當年，合股鸞釵，正逗春人心眼。　　蘭期欲續還斷。何時定，妝鬟笑倚飛觀。一蕊紅燈雙枝翠，笛特地，做成幽怨。深杯酒，紅醁斟淺，更愁沁，梨花玻璃軟。倚疏寮，醉夢薝騰，祇待魚更相伴。

倦尋芳

同羅丹信都尉，吳季清、顧印伯兩孝廉游興龍寺，玩龍爪槐。季清指葦林深處曰："此都中名伎某埋香之所，往歲易實甫比部、宋芸子吉士同往吊之者也。"感賦此闋，兼示芸子，並寄實甫蘇州。

兔槐轉午，鴛甃分塵，清影零亂。暫卸金轠，乘興試尋青苑。笋豆新翻香積譜，葦菱遙拂行車幔。灑涼襟，憑闌干望極，夕陽天遠。　　記隔岸，葬紅香塢。詤柳追花，煙雨堪翦。莫問嬌顏，只有燕兒曾見。澆酒要知春是夢，訪碑抵得情如綫。寫紅情，又驚回，故人清怨。

徵　招

游陶然亭，有懷易實甫比部、陳伯嚴進士。

碧臺花樹愁邊近，登臨強攜烏帽。涼雨正催詩，奈賦情人杳。瓊壺擎紫鳳，記別筵，翠深紅窈。說到題襟，斷腸驚窄，夢天都曉。　　年少。庾郎愁，青袍黯，拼與先尋征棹。嘶馬又無聲，更無邊殘照。簀花吹漸老。任分付，湘弦凄調。試重省，會少離多，定被春偷笑。

風流子　寄懷易五順鼎蘇州

風流替花吹。花邊酒，愁倚鳳凰兒。記險韻壓成，金猊香瘦，斷腸語盡，絳蠟心知。漫回首，薇廳吟瑞雪，畫舸泛文漪。正盼泥金，又傷席帽，依然送別，那不相思。　　重逢知何日，題襟在，愁看酒淚參差。還羨坐亭，買鶴說劍臨池。奈夢隔海深，心摧春老，暗驚綠鬢，怕寫烏絲。珍重繡巾寶玦，可待歡時。

御街行　和高竹屋詠簾元均

珍珠一桁丁孃院。了不辨，燈深淺。相思似水慣生波，偏隔住，雲葱花蒨。蘭煙暗逗，繡旌低颭，玉鈎響，風吹滿。　　怪他斜界朱闌畔。鎮蕩漾，愁難捲。幽情來往兩無痕，祇隱約，桃花嬌面。陰陰恁地，似天涯遠，羨煞雕梁燕。

六幺令

酒腸愁直，淚釀花陰濕。幾時燕忙鶯懶，芳樹漸成碧。昨夜冰輪窺戶，彷彿疑顏色。隔牆吹笛。一聲聲怨，懸淚風前未歸客。　　便是笙歌此際，醉倚雲鬟側。一樣密愛深憐，芳意如今別。都爲玉釵綉帊，幾度無消息。不堪重說。臂盟屢誤，尚有天涯個人憶。

萬年歡　過驪山華清宮浴溫泉作

瑟瑟琮琮，聽前朝恨聲，香殿嗚咽。十畝斜陽紅染，滿山寒葉。管户金漚蛻嚙，又窈窕文窗風裂。玟階畔試匊靈泉，鏤魚雕藻都活。　　臨流解衣暖徹，喜侵肌碧液，溶洩輕擘。峭立當風，還憶古愁難雪。當日塡宮絕色。澆洗盡，瓊脂香屑。多只爲，曾濯真妃，玉池千古瑩潔。

無悶　過扶風織綿巷

紅女街頭，青悶一燈，時正征車夜過。問織綿人家，草深碑臥。試把璇璣闇誦，恐點逗，緇流從來左。翠眉宛變，蒼頭囑付，那人能破。憶懦。恨難和，想軋軋。當軒幾更蕭火。只想碎心肝，篆成芳唾。莫道連波善悔，看粉淚，凝成珍珠顆。念弄杼，他在寒閨，忍要茂陵爭坐。

金縷曲　過馬嵬坡詠楊太真墓

枯死紅梨樹。佛堂深，斜陽探入，最傷心處。錦襪羅囊土花蝕，一點幽墳香聚。更莫怨，三郎相誤。鈿盒情堅重逢否，嘆金砂，玉骨都無據。[①]嗟命薄，悼春暮。　　前宵繫馬驪宮路。匊靈波，低回想像，玉肌曾注今古。繁華俱消歇，憐爾同枝血污。只播得，霓裳如故。西去還經郎當驛，

---

① 原注：相傳明皇服葉法善丹，骨俱化玉。

譜秋風，好和淋鈴句。拈粉石，寫愁賦。①。

夜合花

蠅鼻燈垂，虬須香燼，畫屏輕倦紅紗。瓊塵細碾，冰甌碧乳新加。釵索墮，角巾斜。倚珠簽，手綴瓶花。不成閒話，還成吟思，今夜涼些。

金刀象尺誰家。應是寒衣寄到，雪滿天涯。萍根未穩，獨憐早晚三巴。京洛馬，海橫楂。奈從今，離思方賒。一官雞肋，三年雁戶，空惜春華。

換巢鸞鳳

龍溪別墅，余之寄廬也，幽潔擅林水之勝。茂護、季平將不遠來過，喜賦此闋。

輪棹平生。喜草衣槲庌，夢換瑤京。魚租三畝足，雁戶一家輕。寒梅三九逐年更。軟紅浣將，緗雲架楹。閒歡省，又照眼，一枝春迸。　　重賃。開蔣徑。蓬鬢樵奴，看倦茶鐺冷。荔帳鈎煙，蕙榻榜月，時有扁舟乘興。村釀還開玉泥封，芥兒菱母冰壺映。好溪山，棹吟身，暫聊桐軫。

過秦樓

夏日過張氏池堂，題懺雲軒壁。

漏閣籤沉，碧窗眠起，隔樹晚蟬吟斷。夢影煙空，情絲雪淨，雁柱翠韝休怨。臨檻自寫鳩經，琴懺前心，帶看愁眼。喜莓風扇暑，殘虹消雨，鏡奩光展。　　思往事，枕宿紅雲，懷投明月，直任柳絲吹軟。分綃洛浦，投玦湘皋，早把斷腸揉慣。新覺真如曼天，空憶星盟，風情頓倦。聽驚秋鶗鴃，鈎起牢愁那管。

其　二　贈似園主人，用美成韻

柳拂簾旌，竹侵窗網，隔沼晚蟬嘶斷。風荷聚處，滌蕩吟懷，素手笑

---

① 原注：墳土如粉，春間士女拾之，謂可耤面。

擎團扇。倭墮綠鬢垂雲，低撥蘭叢，悄尋新箭。向闌干徙倚，漚波煙闊，水花紅遠。　　聞道是，渌水名園，青山居士，不許俗塵相染。壺公市隱，巢父枝栖，那要姓名輕變。還羨仙娥伴伊，判酒評花，文詞清倩。更芙蓉靜對，紅映山眉兩點。

清平樂

玉簫聲咽，又到愁時節。昨夜紅霏銷蕙雪，撲帳春雲正熱。　　翠樓人隔煙紗，東風燕子天涯。閑煞一庭暖月，照殘滿地蔫花。

其　二

花深竹窈，簾捲爐煙裊。一徑落紅風代掃，又是春歸人老。　　犀奩象局三三，晝長兀自消閑。點籤暗兜心事，銀屏無限關山。

鬲溪梅令

玉樓笙管月明吹。舞傲傲。兩點愁波愁煞，鳳凰兒。撥弦心自知。九微紅粲夜歸時。作相思。可要銀箋湘管，寫新詞。鬲簾花影移。

其　二

晴光幾日染樓臺。盼春回。央及東風快遣，牡丹開。那人兒正來。相逢一笑溜金釵。暫徘徊。說與幽階雨過，長青苔。緊兜雙繡鞋。

明月引　夜游桂湖作

玉荷干點翠雲嬌。暗香銷。褪紅綃。一曲蘋歌，瑟瑟動涼飈。雨過便成秋樣子，秋恁早，桂花香，雲外飄。　　何人倚闌吹洞簫。一聲聲，魂黯消。彩鸞無信青冥闊，梯迥途遙。碎佩玎琤，曾聽月明宵。夜漏長，塵夢遠，空佇想，駕秋風，銀漢橋。

緑蓋舞風輕

白蓮爲秋笛生賦，蓋有夜度娘而爲女冠子也。

綽約道家妝，玉立亭亭，便擬凌波舉。出水天然，明璫搖素月，欲語羞語。試點胭脂，早輕逐西施偕去。奈芳心，別抱凄凉，腰弱愁舞。

誰語。玉井移根，竟洗净鉛華，潔净如計。憶否當時，錦涇邊，夢裏並頭連蒂。一匊幽情，須深記，風前休訴。甚青房，輕擘苦心還露。

琵琶仙

夜飲張氏園，牡丹盛開。

紅繭稍頭，弄春意，染就千里雲葉。珠箔揚輕風，重樓鬥顏色。春正暖，良宵怎獨。可還要，翠樽紅拍。一曲鶯歌，雙行象撥，休問何夕。

畫屏外，銀燭吹煙，雜冰麝，絲絲度簾隙。蕩得寸心如酒，早惺忪無力。偷覷處，紅酣醉靨，莫禁持，膩粉香滴。更恁花氣濃熏，要人消得。

緑　意　美人捧茶

冰瓷漉漉。想膩鬟候火，煙絢蛾緑。付與樵青，細瀹春泉，剛好碧槍盈匊。安排雪竇休輕戞，正翠鼎，松風吹熟。看玉纖，點出瓊塵，捧到一甌春足。　　知道紗幮午倦，正低擁象簟，頻睞雙睩。笑憑訶梨，倩撇浮花，試與重翻銀粟。回廊竹影隨陽下，乍入耳，蟬聲清觸。喜頰津，潤漬餘甘，静對遠山紅玉。

送我入門來　愛妾換馬

黃褶雙兜，珠鬐緊束，柔情不耐豪公。舍却朝雲，金勒快乘風。嬌啼忍聽喁喁別，怎照眼，拳騧花旋紅。況雪天正好，黃獐血暖，霹靂關弓。

從此休輕宋玉，今宵笑看苜蓿，夢冷芙蓉。莫怨文鴛，蹤跡矯如龍。開襟噀墨，書駬券，把粉盉脂籤撇向空。笑烏雛別贈，楊枝難遣，俱愧英雄。

紅　情　于闐采花

天山殘雪。正漢家信到，春融香國。笑喚玉鑾，雙臂聯歌與攀擷。垂耳秦珠似豆，影搖處，紅酥堆靨。爲底恨輕奪胭脂，花鬟恁嬌滴。　　駝褐。界金勒。愛撒地態憨，翠籠慵結。莫愁少別。香玉堆中做生活。垂手芳叢試舞，揮突袖萬紅羞澀。問窈窕金屋裏，幾時迓得。

風入松

文窗窈窕石榴紅。背立看春風。流蘇香染連環玉，點花氍，穩貼蓮弓。腰瘦難禁蹀躞，眼嬌不礙瓏璁。　　相思何必定相逢。隔幌兩心同。芳期多是空拋却，遶屏山，幽夢能通。待卜他生更好，此生縱也匆匆。

其　二　後湖泛舟送人，和徐叔鴻韻

小蜻蛉艇坐霉風。飛入藕花叢。出城跬步皆名迹，儘供人，刻翠吟紅。漚外山光如潑，酒邊詩興偏濃。　　魚標亂插泛鳧翁。雁户幾家同。湖堧無處尋樓閣，證華嚴，思叩天童。借問靈和張緒，何如谷口司空。

其　三

菰蒲獵獵戰湖風。疑入紫蘭叢。渚蓮也惜分携苦，一堆堆，怨緑愁紅。花外鴨唇船小，天邊魚尾霞濃。　　何妨沉醉學山翁。煙水習池同。酒酣還想傾茶㔢，没樵青，聊遣漁童。聞説西泠堪借，休嫌阮籍囊空。

思佳客　赤山道院口占

滿院松風晝掩扃。巖泉仙佩響泠泠。玉釵敲折因貪道，碧篆燒殘待誦經。　　猿擲果，鶴梳翎。玉峰峭落步虛聲。紅雲塞路人來少，白芨花香春又深。

慶宮春

歸燕巢稀，啼螿門靜，小花滿地秋色。釃酒澆愁，鈔詩編恨，帶圍新減一捻。玉屏紅冷，謾長夢，瓊簫錦瑟。青鸞何處，直恁凄涼，那堪重説。　　畫闌桂樹婆娑。猶記宮鬟，壓肩看月。度玲瓏夜，風揚處，千顆珍珠飄泊。夢天難覓銀渚，紅塵峭隔。盈盈密愛，持底相償，斷腸千疊。

雙雙燕

　　庚子七月，余與樊山自都入秦，途間樊山贈詩，有云"等是上林春後燕，秋來還作一行飛"。因廣其意而成此解，即用史梅溪原韻。

過秋社了，問門巷烏衣，畫梁巢冷。翩翾欲去，那要蝶隨鶯並。漫睇江都舊井。挽翠袖，留仙不定。樓臺一霎關山，顧盼都成愁影。　　芳徑。煙深雨潤。記蹴柳捼花，那時輕俊。邊風何苦，捲得夕陽西暝。應是紅絲繫穩。肯來報，青門霜信。還語莫愁，莫向曲闌長憑。①。

其 二

已如客了，恨無限關山，笛聲吹冷。飄蕭倦羽，暫入杙梁相並。纔聽梧風過井。便簌弄，簾漪不定。殷勤只爲將雛，一路擔些秋影。　　苔徑。鴛鴦甃潤。記款語輕飛，個人同俊。如今消瘦，怎受得雨昏煙暝。還算西樓夢穩。早通了，梁園花信。閑拂玉闌，且伴翠鬟斜憑。

其 三

翠簾押小，忽探入斜陽，一絲紅冷。輕窺淺睇，不見玉奴肩並。還笑飛花墮井。又傍晚，陰晴不定。商量翦破蒼煙，冷落江天雙影。　　三徑。闌干綠潤。記對理紅襟，也如人俊。芹泥猶在，祇是玉樓關暝。應爲眠香太穩。便招得，西風寒信。拼趁雁程，付與驛樓閑憑。

---

① 原注：用《絕妙好詞》本，下闋與時本不同。

歸朝歡　和樊山用馬莊父韻

　　一箔珍珠紅夜酒。紫曲心情年少有。可憐零落到詞場，秋花黃處逢歐九。篆煙銷永晝。斜陽穿過疏疏柳。度新腔，偷聲減字，恰是點燈候。
　　當年我亦栽花手。一樣寒天籠翠袖。吳孃襻口幾時鬆，韋郎帶眼今來瘦。涼雁過隴首。愁吟不辨愁新舊。最無憀，重幰藥鼎，更遣相如守。

其　二　用張子野韻

　　翠水琳宮雙藻井，曉駕斑虬牽彩絙。密香潛導上元來，鵝笙吹度桃花徑。寶燈冰盞冷。鴛漿麟脯殘膏凝。集群真，十洲三島，同賞九靈景。
　　蠆髮垂腰腮玉瑩。弄電驅雲誰管領。啁啾青鳥引吭鳴，傳言侍女回香頸。膽娘驚乍定。姮娥終怨春宵永。説當年，奔月倉黃，魂斷羿弓影。

繞佛閣　用美成韻和樊山調子芯

　　夕楯翠斂，紅映簓簌，高敞涼館。蘭炷薰短。小蘋倚處，風燈隱紗幔。茗甌注滿。閑詠楚雨，眉黛山遠。簫韻低婉。舊游忽憶，皋橋水楊岸。　　俊侶換茸帽，冷落駞裝紙彩綫。還喜倦游，香詞留鏡面。待靜守鴛幰，暗數虯箭。故人重見。正茉莉香濃，緗帙零亂。拍新詞，碧蕉心展。

紅林檎近　用美成韻和樊山

　　衰帽招秋影，古簾留篆香。別鶴警宵露，流螢度寒塘。絳河一繩挂閣，缺月半璧嵌窗。畫閣愁理殘妝。無意按銀簧。　　昨我游鳳闕，躞蹀五雲鄉。城頭畫角，催人送別河梁。嘆兔園羊勝，酒邊賦柳，共誰擘紙抽碧觴。

重疊金

　　雁門關冷秋歸燕，燕歸秋冷關門雁。紅葉落乾風，風乾落葉紅。

淚珠凝錦帔，帔錦凝珠淚。樓上月多愁，愁多月上樓。

其　二

鳳頭釵裊珠花凍，凍花珠裊釵頭鳳。呵手托紅渦，渦紅托手呵。蕊香梅沁齒，齒沁梅香蕊。雙影月臨窗，窗臨月影雙。

其　三

水乾桑落秋霞紫，紫霞秋落桑乾水。辛苦訴行人，人行訴苦辛。袂紅揩粉淚，淚粉揩紅袂。來雁要霜催，催霜要雁來。

其　四

麗人愁見長門閉，閉門長見愁人麗。紅樹隔樓東，東樓隔樹紅。譜琴參調苦，苦調參琴譜。殘月向花寒，寒花向月殘。

其　五

小花春院香簾繞，繞簾香院春花小。容比玉兒紅，紅兒玉比容。酒邊花掩柳，柳掩花邊酒。貂玉襯輕綃，綃輕襯玉貂。

卜算子

纔到竹竿坡，又向風陵渡。穆滿生來愛遠游，也悔飄零苦。　候館上燈初，幾點傷心雨。萬水千山過趙城，淚盡深宵語。

其　二　用程正伯韻

匹馬渡桑乾，漸與家山遠。記得東門帳飲時，草草離亭燕。　落日下寒蕪，畫角聲聲怨。漢使遮關不肯開，淚盡君恩斷。

其　三　和東坡韻

寶瑟倚寒簧，夜久璇宮靜。彈向遥天恨轉深，一桁繩河影。延　上別離情，那遣人間省。祇有嫦娥不戀家，落月關山冷。齡

天

卓牌兒

西風太無情，橫趲送，寒塘暮雨。寂寞候館，虛籠暝色，深深荒驛，暗聞人語。哀鴻碧雲邊，攪幾點，嚴城夜鼓。黃葉十里，青門秋又晚，拼把流年，和愁閑度。　　別離最苦，待夢裏，相逢無據。甚時重遇，東京舊歌舞。頃刻華筵如流水，不許愁人不去。何處。望薊門雲樹。

眉　嫵　新月用王碧山韻

看西南樓角，一掐秋痕，雲破碧池暝。巧掩班姬房，香煙外，微光斜度苔徑。半鉤未穩。怎碧天，猶號離恨。更誰念，翠袖雙雙拜，桂華夜深冷。　　門鎖金蟾誰問。嘆藁砧誤了，天上飛鏡。莫憶連昌事，風林外，纖纖良夜清景。畫樓漏永。待看他，瓊樹端正。更移過疏寮，雙照淚痕鬢影。

昭君怨　和樊山詠茉莉

好是中秋逢閏，倍覺花香月近。花縱比人強，怕輕霜。　　一朵冰蓮香透，越小丰神越秀。恐惹蝶蜂來，不多開。

壽樓春

太湖徐芷帆於丙戌之歲，與其弟攜朋游於京師崇效寺，賭酒聯詩，流連碧楸之下。三載於茲，尺波電謝，靈修不居，其弟俄從怛化，朋輩亦蕭落向盡，如檻外秋煙。芷帆傷之，作《楸陰感舊圖》以寄恨，屢屬余題詞，因循未就。今余已出都，芷帆亦不知所往，秋窗紙鳴，輒成此解。宣南回望，愁雲萬重，又百端交集矣。

催鳴珂當當。約春明俊侶，來訪僧房。笑指凌雲孤塔，隔花深坊。斟下若，調清商。看碧池，風荷紅妝。喜競擘銀箋，同吟秀句，一醉累千觴。　　秋風起，愁人腸。聽邊笳隴首，鄰笛山陽。更恨蟬都無語，雁難成行。悲去國，思還鄉。望畫闌，青楸離霜。便招隱淮南，披圖怎忘三宿桑。

其　二　用梅溪韻

雕叢蘭秋芳。更啼螀繞甃，蟲網黏窗。怎信人歸秦苑，夢回遼陽。三
疊曲，千回腸，恨上林，花飛風狂。甚淡抹輕描，啼眉墜馬，都是入時
妝。　　回頭望，關山長。恨飄零紫曲，難奏紅腔。縱使何戡還在，黯然
神傷。鷗鷺夢，菰蘆鄉。那得逢，桃源漁郎。便留住薇花，江湖不忘蒓
菜香。

其　三

登通天臺高。看金盤露掌，孤聳雲霄。極目南山宮闕，沈郎魂銷。空
奏表，真無憀，望故鄉，歸期迢迢。嘆東馬嚴徐，承明久厭，還上灞陵
橋。　　重陽過，風蕭蕭。又甘泉夜警，烽火連燒。可恨輪臺空悔，玉關
人遙。沽美酒，愁能澆。聽月明，秦樓吹簫。更迎得神君，帷燈夜搖歌
大招。

其　四

　　輪舟與西洋女郎同食，漫賦。

張鬆闌朱罳。正東風掠鬢，神雨來時。瞥見驚鴻雙影，彼何人斯。擅
皓腕，橫山眉，對鏡屏，顧而長兮。愛抱月飄煙，纏金約素，一捻小腰
肢。　　蜂隨蝶，雄同雌。喜銀刀玉俎，花飣參差。試注冰醪深勸，笑驚
金厄。空送睞，勞相思。待託他，微波通詞。奈青鳥難尋，柔荑許持些
子兒。

其　五　為繆小珊題改《七薌畫雙紅豆圖》

擎雙雙相思。恨紅閨春老，南國生遲。莫是玲瓏骰子，剝殘些兒。窺
玉合，搴朱罳，倩小鬟，鴉鋤親持。愛赤黍圓珠，瓊田細掌，楊柳軟腰
肢。　　擅羅袖，傾金厄。咒東風薄倖，忘我奚為。悄把情根深種，伴他
江蘺。澆淚雨，牽愁絲。賺玉郎，花間填詞。等開了湘簾，鸚哥喚時偷
畫伊。

喝火令

玉殿花空落，銅盤淚自傾。彩雲深處是瑤京。去得幾時兔葵，燕麥滿空城。　越調悲莊舄，秦侯問邵平。背燈欹枕聽秋聲。夢也難成，夢也不分明。夢也不知南北，何處是歸程。

酷相思

玉勒金韀游俠早。戀風月，長安道。嘆知己，如今真個少。花放也，歸來好。花落也，歸來好。　柳外池塘池上草。盡砌就，相思稿。嘆金谷園空，芳事了。春至也，催人老。春去也，催人老。

行香子

槐市蕉衫，綉戶珠簾。聽笙歌，好夢江南，髻偏帽側，意暖情酣。恰玉無雙，花第一，月初三。　詞寫雲藍，弦撥春纖。繫恩情，翠柳鬖鬖。滿斟蠡盞，莫報虬籤。況婉兒嬌，紅兒小，寶兒憨。

安公子　讀《兒女英雄傳》傳奇戲作

盛世佳公子。夜深蘭若逢仙姊。電撇金丸，弦響處，檐花飛起。看燈下，空空妙手雙幡比。掣劍光，亂擲麻姑米。把碧雲掃淨，月照僧寮如水。　兩牒鴛鴦匹。換弓留硯匆匆。裏彩鳳輕，鸞雙蓋遞。前盟重理。更沉醉，東風紅杏瓊筵醴。論恩怨，翻把神仙累。記香閨豪俠，認取瓊瑜人美。

如魚水

金碧樓檀，檀欒婀娜十畝，嫩綠池塘。五柞長楊紅橋，白塔相望滿身香。排仙仗，驚起鴛鴦。椏桓外，蓮葉成堆，水花飄泊似瀟湘。　風起處，劇蒼茫。殿影倒波光。劍佩相將，聲聲如戛宮商。羽林郎，持畫戟，來往仙鄉。到今日，歷數春明夢影，此景最難忘。

金明池

丹鳳城南，銅駝巷陌，寶馬香車填路。蛾兒鬧，收燈昨夜，麯塵凈，天街酥雨。過宮牆，杏坼梅飄，數樂事，多在五雲深處。又沁木園開，扶風筵敞，夜夜教歌催舞。　滿眼春光誰是主。把浪蕊浮花，一齊留住。紅巾揚，佳人淚濕，飛鳶斷，春愁誰訴。唱陽關，玉笛聲聲，嘆斷梗飄萍，生離尤苦。聽柳外啼鵑，花間嘶馬，直把東君催去。

偷聲木蘭花　用張子野韻

緗羅裙淡纖腰瘦。那有香尊浮白獸。草逐愁生。滿眼青蕪故國情。
離宮缺月窺簾小。欹枕不眠長到曉。曲度南唐。風裏落花人斷腸。

河　傳　用溫飛卿韻

樓上。凝望。草蕭蕭。鄉國山遥水遥。沈郎瘦腰魂暗銷。前朝。雨聲來似潮。　萬里神京歸路遠。秋又晚。烽火音書斷。白雲溪。敷水西。柳堤。夕陽蟬不嘶。

其　二

花落池閣燕交飛。樓外山圍水圍。翠煙繞衣新綠肥。依微。送春何處歸。　竟日懨懨如病酒。風度柳。怕到黃昏後。斂雙蛾。低皂羅。奈何夜長春夢多。

三字令

敷水店，菊花時。孤雁影，浸愁漪。空佇立，望淋池。瓊華島，瀛秀苑，繫人思。　霜葉冷，亂紅飛。關塞遠，鳳車遲。歌寶鼎，采新詩。公無渡，公竟渡，幾時歸。

夜飛鵲 用美成韻

重陽客中過，風景淒其。斜日遠帶寒輝。登高迢遞望京國，香塵猶染征衣。長安古行樂處，看翩翩王母，晝下雲旂。星壇道侶，側花冠，猶恨來遲。　　回首玉樓瑤殿，黃竹動哀歌，何日東歸。還恐填宮禾黍，搖風臥雨，來往都迷。異鄉異客，插茱萸，帽與花齊。祇花溪夢遠，鄉心又落，萬里橋西。

月當廳 用梅溪韻

半玦樹杪纖纖月，三星在户，添做秋心。幾處角聲，吹起粉堞雲深。遙想帝城此夜，照宮溝，冷浸一鈎金。怎知我，風窗虛掩，獨自愁吟。

連環緊扣無人解，望蕭關，幾時歸路重尋。一疊雨淋鈴曲，那是知音。猶有北來庾開府，忍看華髮縮朝簪。休再說，金盤漢殿，寶鼎汾陰。

番槍子

闡某官夫婦攜女出奔，女爲亂軍所掠，感賦。

咫尺家似雲山隔。掩淚上河橋，淒涼色。落花還被風吹，沆泥飄水有誰惜。昔日貴千金，傾人國。　　本是趙李名家，閨閫弱質。待與嫁王昌，如何得。石壕村裏荒涼，夜深燈斷怎尋覓。祇恐委清波，埋香魄。

夜半樂 用柳耆卿韻

碧雲黯黯秋色，樓船幾艦，簫鼓喧蘭渚。望玉女明星，嶽蓮開處。繞秦八水，山河似鏡，共看林外飛鳶，畫竿高舉。擁鳳蓋，張帆度雲浦。

可憐故國不見，極目燕臺，幾重寒樹。金馬客，匆匆揚鞭歸去。鐵柱摧塌，銅槃剝落，祇餘鳲鵲樓邊，上陽宮女。搵紅淚，深宵背燈語。　　念我何事，乞米長安，玉驄空駐。問斷雁歸期，杳無據。逐鷗夷江海，欲去煙塵阻。拼貰酒，落葉青門路。幾回愁醉無朝暮。

雙紅豆 見人以千金購珊瑚珠感賦

揀珊瑚。剔珊瑚。擊破石家三百株。千金纏一壺。　思故都。望故都。我有風前雙淚珠。絲繩穿得無。

其　二

思長安。望長安。丹鳳城頭春夜寒。樓高人可憐。　淚潺潺。摧心肝。天上人間相見難。斜陽莫倚闌。

其　三

長相思。傷別離。正是江南花落時。垂楊千萬絲。　長相思。傾金厄。聞道花迷客也迷。雙雙胡蝶雌。

其　四

滻水橋。灞水橋。橋上行人折柳條。有魂都要銷。　風飄蕭。雨飄蕭。孤館寒燈第一宵。有魂都要招。

其　五

倚東風。怨東風。吹落庭花一樹紅。綠陰分外濃。　漏丁冬。月朦朧。絲管無聲剩草蟲。華筵難再逢。

其　六

悲遼陽。夢遼陽。夢裏還家路渺茫。水長山更長。　松花江。鴨淥江。恐有漁人乘野航。釣絲深夜量。

連理枝

　　京師某郎慕西城一妓，春夜張筵，流連不去，而妓閉戶自臥。某郎不得歸，坐於檐下，天明始踉蹌邁，聞者傳以為笑。戲填此解，即用程正伯韻。

不見香肩髀。不見櫻唇破。祇見天街，蛾兒鬧處，滿城燈火。倚銀屏，閑待到三更，問香車歸麼。　　花院深深鎖。元夜匆匆過。雙鬟吹笙，翠袘解襪，甚時纔可。却調成，巧舌學黃鶯，向柳陰深坐。

鹽角兒

去年花間聞杜宇。望不斷，垂陽千縷。斜日絲絲雨。碧雲吹盡，樓外山無數。　　今日分携花落處。空回首，蕭闊秋暮。黃葉青門路。亂愁如絮飛，夢天涯去。

綺寮怨　用美成韻

覆盎門邊宮館，玉簫吹夢醒。禁籞暗，月點金鋪，垂楊瘦，驛露紅亭。秋槐落時門閉，人語靜，夜久燈火青。聽隔墻，屢報蟆更。思前事，帕羅紅淚盈。　　屈指山程水程。宮花不掃，飄零滿地瑤瓊。莫問西清。天上曲，忍重聽。樓東弄珠人，在夢裏見，若爲情。西風滿城。檐鈴九子響，愁雨零。

其　二　用石瑤林韻

夢峽啼湘無語，淚珠兜滿襟。漸玉骨，一把都無，瑤京遠，雁渺魚沉。誰栽漢庭苜蓿，平津暮，路斷苔蘚侵。嘆秋林，挂劍無人。麒麟臥，夕陽松影深。　　省識調琴苦心，青蒲舊事，神君帳語堪尋。倚瑟沉吟。輟楚舞，返唐音。而今月明不改，長照見，翠華臨。池塘暝禽。休將舊日怨，啼柳陰。

霜花腴　用夢窗韻

翠屏夢覺，聽短籬，嘹嘹報午花冠。秋日懸晶，秋花團玉，秋懷欲訴應難。酒腸乍寬。謝亂愁，休到尊前。漫思量，旅宿荒江，隔城二十五鉦寒。　　誰念杜郎憔悴，與閨人並老，莫綴飛蟬。何處誅茅，無心拾椒，閑情且擘吟箋。玉觥引船。想昨宵，涼月嬋娟。映階墀，滿地黃英，捲簾垂淚看。

金菊對芙蓉

西安晤余子厚同年，聞都事，感賦。用康與之韻。

韋曲秋深，柿紅飄葉，斜陽倒映寒輝。正東華倦客，悄帶愁歸。金鑾莫問殘燈事，立釣磯，欲語還遲。五更三點，隨鴉逐鷺，忽憶年時。念我柳下書幃。有牙籤緗帙，盡逐雲飛。記天都題識，夢影都迷。秦關燕塞征車苦，累文君，暗損豐肌。如今祇有，霜花獨對，珠淚雙垂。

陌上花

成都江叔海寄書來，訊喬茂萱、趙堯生蹤迹，感賦。用蛻巖韻。

狨裝卸了城南，杜曲又驚霜晚。隔幌燈青，秋在碧蘿閑館。衍波莫寫相思字，早已怨紅流斷。嘆銅駝俊侶，狂蹤渾似，絮花吹散。　　自都亭泣後，南徐北庾，苦被浮雲羈絆。病蝶蕭疏，夜抱冷枝難暖。玉璫縱有書堪繫，怎付失群孤雁。況伶俜幕府，井梧搖落，賦情都懶。

蝶戀花　和六一韻

誰遣畫梁雙乳燕。翦翦西飛，浪逐風花亂。柳外樓高人不見。斜陽鋪滿蒼苔院。延　　滿地淚痕花落遍。流水宮溝，寂寞芙蓉面。收拾殘春春已晚。闌干更比長安遠。齡

其　二　和阮亭韻

滴滴胭脂紅欲凍。蝶抱花枝，不見花枝動。一刻千金郎與共。博山爐小沉香重。　　滅燭不妨窗有縫。郎自求凰，妾自凰求鳳。誰道同衾還異夢。夢中同唱江南弄。

減　蘭　和淮海韻

紅橋春漲碧波柔。瀉離憂。雨纔收。欲采蘋花，人在木蘭舟。燕子不

來來又去，多少恨，水東流。延　　落紅何事爲春留。夢悠悠。淚難休。猶剩一彎新月到西樓。惹起傷心春不管，平白地，種千愁。齡

泛清波摘遍　和小山韻

銅街貯月，綉户圈花，真個帝城春夜好。亂絲叢笛，催得鰲山試燈早。紅塵道。飛鳶斷後，細馬馱來，輕放鳳輦歸去了。拍遍闌干，立盡東風淚多少。延　　別魂渺，虛捲滿簾落花，剗盡一池芳草。鴛枕香銷畫樓，夢長難曉。信音杳。庭院靜鎖不歸，釵鈿甚時重到。換取深杯濁酒，醉時拼倒。齡

玲瓏四犯　和白石韻

萬馬蹋霜，雙貂垂月。閑愁零亂如許。舊京天樣遠，一霎成今古。三都有誰再賦。莫輕誇，雁橋犀浦。百二秦關，幾重燕塞，嘗盡別離苦。延　　長安道，傷心路。嘆秋邊客雁，難寄門户。漢家陵闕在，有夢無由去。人生總戀家山好，又誰願，飄零羈旅。應共與。江湖約，煙波俊侶。齡

金盞子　和梅溪韻

畫鷁乘秋，看幾番催趲，怕招風色。慣撲御街塵，鷗波外，還認柳疏燈密。怎把皇都鶯花，向空山尋覓。誰更念，一路怯霜愁露，最難將息。延　　銀杯酒浮白。弦聲住，青衫淚痕濕。秋高數聲落雁，寒雲外，新霜草色凋碧。已是醉倒山公，欲狂歌無力。傷心處，更闌愁夢醒，深燈挂壁。齡

八　歸　和梅溪韻

皋橋倦旅，并門羈客，千里各懷幽獨。相逢一笑新豐市，還把墜歡拾起，好夢重續。畫裏溪山歸未得，任悵望，桃花連屋。剪蜜炬，深夜聯吟，慷慨噴龍竹。延　　原想歡歌盡醉，偏離亂，有淚涔涔雙目。一庭秋

色，半窗燈影，兩鬢刁蕭摧綠。況關河阻隔，又是西風動林木。投鞭去，買舟東下，又爲多情，遲回羈驥足。齡

西河 和王子文韻

宗社事。跳梁戲弄如此。蓬萊移不到南山，此心不已。雄師百萬擁貔貅，輕輕似折蕭葦。　　瞻王氣，今已矣。清流都付淮水。與君日日醉牀頭，不須灑淚。蓬蒿權當久埋魂，何游不快吾意。延　　可憐盡在醉夢裏。縱橫誰似檁里。絳蠟書成難寄。舊將軍那得廉頗起。問百城於今收未。齡

其二 金陵懷古，用美成韻

芳草地。臺城舊堞曾記。千條楊柳覆長堤，亂鴉颭起。野花妝點小姑祠，青溪煙裊無際。　　廢園樹，牆半倚。段家姓字猶繫。六朝勝事去如飛，祇餘故壘。傷心誰問莫愁湖，當門一片春水。　　燈船酒舫沸夜市。記長干，當日隣里。商女不悲身世。向桃根，桃葉渡頭，相對吹竹彈絲，東風裏。

壺中天 和玉田《夜渡黃河》韻

誰拋一綫，把中原界破，橫分南北。流到龍門流更濁，不道昆侖曾歷。萬古牢愁，堆填不滿，腸曲何由直。斷槎凝望，茂陵何處歸客。延　　誰信穆滿重來，八龍巡幸遠，天涯無迹。鼓角聲聲嘶萬騎，岸挾濤頭矗立。月鎖秦關，雲開漢殿，秋静山逾碧。亂鴉驚起，五更啼樹霜白。齡

引駕行 和耆卿韻

門黏蟲網，尋常巷陌悄悄暮。記來時，畫橋外，千枝宮荷風舉。愁睹。認翠蛾雲耕，隨煙逐雨過南浦。瑤京不見，見浮雲，擁秋樹。若許。延　　長安倦客，抱璞難逢知遇。紫曲尋香，藍田種玉，盡成辜負。西顧。橋通萬里，曉來歸夢渺何處。算祇有，煙波一舸，逐鷗夷去。齡

滿庭芳 和徐君寶妻韻

未見勤王，那聞哀詔，老懷無淚堪流。佞臣誰斬，一笑看吳鉤。昔日
太宗宏業，龍旂舉，個個貔貅。興王地，而今不意，衰草暮雲愁。_齡
三郎沉醉後，劍門西去，尚念韓休。怎奉天小住，還向梁州。鎬洛衣冠何
在，榆關路，重到無由。空贏得，玉冠金軛，一鳳落秦樓。_延

其 二 用胡蒙泉韻

雀轉銅竿，鴛眠玉阢，紫扉微度爐煙。金蟾深鎖，離別又經年。一自
瑤池歸去，春愁重，盡在儂邊。空回首，嶽蓮開處，慘淡送行天。　　黃
塵隨鳳輦，千官隊裏，別淚潛然。奈而今燕如人瘦，鶯占春先。聞說瓊臺
夜宴，珠簾底，趙瑟羞彈。知何日，曉珠替月，奉牽玉堂前。

月下笛 和玉田韻

賃廡梁鴻，平日也在，五雲深處。青旂貰酒，還夢梨花水邊路。飄零
景味何曾慣，又況要，愁風怯雨。喜驚魂乍定，更闌剪燭，閉門深語。_延
　　無緒。逢秋暮。正驚散，朝班亂零鵷鷺。無家倦旅。賊中來自辛苦。
怕聽天寶當年事，問杜甫，今朝似否。便永夜長吟，一任殘星挂樹。_齡

梅花引 和万俟雅言

笛聲酸。淚難乾。古驛無人門不關。曉車單。曉車單。回首玉京，祇
愁來日難。_延　　驚看仙掌秋飛雪。行宮閑挂秦時月。夢痕寬。夢痕寬。
人在月邊，夜深憑畫欄。_齡

霓裳中序第一 和夢窗韻

南山雲幾疊。日暮長安堆落葉。秋冷愁腸百結。又畫轂碾霜，洞簫吹
月。宵寒似雪。嘆沈郎，青字盈篋。重臺迴碧。天如夢，恨與漢皇說。_延
凄絕。角聲悲咽。柳陰外，殘星明滅。當時南浦賦別。早被冷香篝

囊，抛瓊玦。唾壺敲易缺。算抵得，陽關幾闋。東籬畔，幽花無語，冷抱粉黃蝶。_齡

解蹀躞 用美成韻

又是龍山吹帽，冷逐霜花舞。籬畔無數，黃英笑羈旅。祇我不語垂鞭，暗思往事傷心，比花還苦。_延　理幽緒。應問南山曾否，陶潛舊時遇。紫萸堪摘，重陽少風雨。縱有歸雁多情，可憐難寫成書，暮江空去。_齡

塞垣春 秋日宿藍橋驛，用美成韻

暝色藍田野。望候館，征轡卸。幽湍繞屋，古藤迎客，風物堪畫。四山落木秋深也。夏暮雨，沿溪灑。盼南鴻排繩去，一行愁字難寫。　應念乞漿人，神仙眷，酬詠清雅。玉杵搗元霜，未輕負良夜。祇如今，岸斷橋圮，郵童獨汲泉松棚下。瀹茗自懷古，翠甌還笑把。

蘭陵王

燕檣直。飀影眠莎浸碧。銅鞮路，遙指石城，泊向沙頭候風色。殘菭墮水國。愁識。襄陽估客。垂楊外，罛網晚喧，潑剌霜鯿不盈尺。　龐村望無迹。問野老江鷗，誰與爭席。炊菰頻伴長年食。愁石子彈馬，棗團尋店，寒煙遮斷數點驛。攏船市橋北。　堪惻。萬齡積。怕暮碇楓灣，霜月凄寂。戍瓶裊裊煙無極。又隔隖星火，亂鉦殘笛。倚篷支枕，悄坐對，燭淚滴。

其二 寄懷易實甫，用美成韻

雁行直。凝望寥天紺碧。江皋路，曾記送君，執手相看可憐色。蘭茳夢楚國。空識。幽并俠客。京塵軟，衣素變緇，應念紅閨厭刀尺。　東華寄萍迹。笑幾綴朝班，長伴歌席。鸞凰雞鶩同笯食。剛禁漏聽倦，紫騮將發，無邊山館更水驛。望雲五溪北。　依惻。亂愁積。恨海闊江深，音信都寂。邕州萬里情何極。有拂面絲柳，斷腸羌笛。思君無寐，聽檻外，夜雨滴。

其 三 　吊張子苾，用美成韻

夢程直。千里楓林夜碧。雕梁畔，殘月弄輝，夢醒猶疑照顏色。哀弦戀蜀國。相識。平津剩客。分攜處，黃葉半船，秋水才深兩三尺。　　蓬山渺無迹。嘆一枕仙游，衰帽猶席。匏瓜空繫誰能食。愁側鬢潘令，折腰彭澤，頻招風月宿敗驛。候塵散關北。　　心惻。淚痕積。恰剖鯉傳書，差破寥寂。春濤隔處天何極。恨子敬琴杳，但聞隣笛。重泉知否，縱有酒，祇一滴。

氐州第一　題王半唐《春明感舊圖》

丹鳳城南，方朔舊隱，回思二十年事。蠹管塵箋，依微和得，當日瑤篇錦字。筠榭松廳，更寫出薇郎高致。日下思玄，雲間嘆逝，此圖應是。　　泊翠評紅吟嘯地，憶年少絮蹤曾寄。白馬清流，紅羊浩劫，換却人間世。驀相逢，驚歲晚，淒涼處聯拼一醉。試昕煙霄，叩靈修，無言有淚。

十二郎

秋夜宴吳氏園，是夕月蝕，用夢窗韻。

采虹枕水，浸岸影，水楓碧凝。漸野色煙封，城陰曛斂，沙尾蜻蛉坐艇。絕好青溪三三曲，聽燕語，新巢剛定。看竹陰隱燈，花房垂網，窅然人境。　　乘興。纔磨玉斧，補完金鏡。恰步屧君家，斜敧仙桂，同攬山河舊影。燭淚荷傾，酒槎銀泛，微覺夜深琴冷。約後日，躡葉重來，莫待並禽栖暝。

八犯玉交枝　福州即事，用仇山村韻

高艑衝波，斷槎流火，宛轉卸帆沙渚。孤塔擎空尖似削，風過時聞鈴語。南天鼇柱。翠壁高挾奔瀧，長門開欲吞煙霧。回望海山爭矗，青螺堪數。　　傍巖候館半欹，壓檐老樹。冥冥花藥深處。躡烏巇，披雲聯步。訪崖篆，輕扶蠻女。驛亭外，丹楓醉舞。駕潮渾欲鞭龍去。怪滿院梅英，雷聲忽送千峰雨。

清波引　春夜福州候館晤范玉賓，用白石韻

暖雲凝浦。鎮空想，玉龍夜舞。故人心許，彩幡翦紅嫵。把酒更深勸，惜我輕來輕去。記曾秋唱橫汾，是當日，送行處。　　新詞贈與。共燈燭，知得幾度。問春歸否，怨春向誰語。今宵漏偏短，又聽浪浪檐雨。算有新歲庭梅，伴人羈苦。

花　犯　用美成韻

笑頻年，浮江泛海，飄零太無味。華旎高綴。愁一載長安，孤負佳麗。褐來孃向晴窗倚。芻尼浪報喜。但鎮日，翠簀相對，黃紬長擁被。
羅幃小開罵春風，輕輕拂翠鬢，教人憔悴。齊著力，催花放，還催花墜。憑高處，偶吟秀句，都沒入，蒼煙殘照裏。問何時，一瓢容我，箕山同飲水。

疏　影　綠陰

留春且住。有夢痕幾縷，飛胃芳樹。旖旎迎人，門巷惝惝，渾迷舊日來路。壚煙不斷琴絲潤，慣惹得涼雲低洿。愛柘塘，一畝清圓，蕩漾畫橋深處。　　猶憶林亭煮酒，那回更掩靄，苔徑閑步。罨畫樓臺，暮影沉沉，不放斜陽偷度。樊川已恨尋春晚，怕又被，玉簫聲誤。趁衆香團扇風前悄，把斷紅重賦。

其　二　題石刻白石道人小象，用白石韻

清詞戛玉。記慶元樂府，推此尊宿。唱入煙波，過盡松陵，參差漫譜橫竹。南湖共拜騷壇將，笑范陸詩翁都北。祇馬塍，一朵名花，雪夜伴君幽獨。　　添得三豪頰上，待君自製句，閑賦芳綠。鶴氅如煙，羽扇風

流，乞與琴邊雲屋。[①] 長留翠影西泠水，按幾闋，醉吟商曲。更配將秋菊寒泉，併入老巖雙幅。[②]

其 三 芭蕉

何年種玉。看畫闌冒住，人影都綠。細剝香膚，如展輕紈，參差不礙檐竹。重重緊裹東風影，算不似東風輕薄。愛翠陰，濾入窗紗，悄把鬢雲微掠。　　猶憶書堂人倦，摘來當枕簟，凉襯芳褥。莫聽三更，夜雨浪浪，葉上心頭漂泊。還愁惹得秋聲至，又偓促，砌根牆脚。問甚時重過僧寮，與寫貝多經袱。

宣 清

　　春日宴胡園，用柳屯田韻。園爲明中山王別業。

擔甕行厨，一桁晴軒，抽簾修篁森森。度花蹊，芳露點衣，閟春寒百舌猶噤。瘦壁橫空，穠紅伴醉，風漪待枕。對平川，最堪游，金沙煙草如錦。　　記策馬秋金，寶尊甲夜，蘭燈曾照飲。亂鏡影簫聲，弄春香寢，紫駝去塵，也口[③]任舊日東園，祇新蟾，笑人還恁。

大 酺 送顧印伯游日本，用美成韻

正佛桑濃，薔薇老，乳燕初飛華屋。峭帆天際落，喜釣鼇客至，珠簾鏗觸。酒霧霑筵，茶聲沸鼎，碎影金篩檐竹。相逢開顔笑，説蓬山春暖，仙醪方熟。準橫翦鯨波，直攀蜃嶠，壯游成獨。　　駕濤來往速。乍回棹，花底聽鳴轂。莫謾認，抱琴求侶，泛斗尋源，披雲且縱看山目。祇恨櫻桃謝，空悵望，夢游仙曲。怕霑惹，魚龍氣。孤館坐雨，相對明燈垂菽。莫然生犀當燭。

---

① 原注：白石《琴銘》有"雲入我室"句。
② 原注：白石同時有黃巖老，亦號雙白石，時稱雙白石，見《香祖筆記》。
③ 按柳永原調，"也"下當脫二十三字。

秋宵吟 春日適園漫賦，用白石韻

漏丁丁，月皎皎。畫閣無人春悄。香塵外，漸露濕紅蔭，井闌迎曉。步珍叢，對繡葆。一宛春情難表。春情亂，似剗盡還生，夢池芳草。錦瑟休彈，五十柱，華年半老。滿庭花影，靜瀹新泉，兩鬟翠煙繞。紅藥飄零早。水漲江湖，鴻雁信杳。倩東風，替主閒盟，沽酒申約買便了。

皂羅特髻

詠津妓翠菱。翠菱有艷名，友人裕君眤之，後歸鮓商王某。用東坡韻。

采菱拾翠，問生小橫塘，錦鴛知得。秀眉曼臉，擲春心調客。綠雲撒地，挽香鬟，替縮玲瓏結。珠歌夜暖，愛小唇微合。　　拼與四鐶浪贈，把東東肩拍。甚輕逐，鴟夷一舸，泛蠡吾，照影鷗波滑。十離倘賦，待恁時重覓。

爪茉莉 茉莉，用耆卿韻

素縵朱罍，識涼夜氣味。庭煙散，月波橫地。小小銀蓮，締翠萼，冰壺撒碎。更纖手，摘向燈前，似珠滾鮫帊淚。　　瓜瓞挹粉，枕函邊，悄無寐。熏茗桉，喫清芽細。雲鬟待篦，插釵梁，倩人遞。綴玉毬，近在畫屏風底，趁香氣，來影裏。

雲仙引 江干送人

斷塔眠莎，悲笳隱堞，停橈且駐初程。浮雲駿，酒瓢輕。江皋慣來送別，怕見橋頭風幔青。仙警夜裝，握蘭早贈，斑淚無聲。　　梅酸蘗苦同情。這離恨，并刀裁得平。雲定無根，石應難轉，去住關心。明日煙波，穀君應接，兩岸春山雙黛顰。盼來鈎月，遠飛瑤碧，莫待秋深。

孤鸞　用馬莊父韻

鶯喉嬌軟。掐紅豆私量，玉區剛滿。欲駐行雲，祇恐繡簾偷捲。還愁碧油催去，壓蛩茵，蝶裙纔暖。攏鬢伴扶釵溜，聽杏奴低唤。　待鳳箋，重召紅樓晚。怕電轂無聲，香闥燈遠。裊裊蘭煙，又隔海棠隣院。遞情強拈鈿合，隱鸞屏，翠翹微顫。何日銜花巢裏，問玳梁雙燕。

山花子　和南唐中宗韻

璧月凄凉玉樹殘，宮花飄泊落人間。素面祇教紅淚洗，怕君看。篥鼓疊聲催暝色，樓臺無主鎖春寒。傳語東君歸去好，莫相干。

其　二

寶帳空懸悲翠鈎，五更螢火下紅樓。腸斷江南歌舞地，水悠悠。柳絮迷人如有意，桃花結子定無愁。説著秣陵煙月事，淚雙流。

浪淘沙　和南唐後主韻

巖竇水聲潺，仙佩姍姍。綠陰如海夏堂寒。此是當年游衍地，多少清歡。　日暮倚雕闌，悵望湖山，美人消息得來難。莫是迢迢千里月，長在雲間。

歸國遥　和溫飛卿韻

春臉。祇有牡丹能比艷。兩眉終日愁斂。懶將螺黛染。　錦襪綠金微掩。粉香侵枕簟。鏡中羞見啼靨。夜長聽漏點。

最高樓　用毛東堂韻

驚午夢，啼鳥綠陰中。襟半斂，眼微重。芭蕉不展丁香結，畫樓西畔桂堂東。望湘人，思郢客，譜薰風。　吹不盡，煙江帆似葉，忘不了，

綺窗人似月。彈錦瑟，隱雕櫳。玉郎倚玉輕拋撇，膽娘有膽亦惺忪。疊紅
箋，欹翠鬟，盼青峰。

雨零鈴　種柳，和成容若韻

春波橫練，對池塘暮，翠簾高捲。新從堤上，拖煙帶雨，舒眉開眼。
可是靈和舊種，乍移來深院。向檻外，添樹桃花，喜煞翩躚一雙燕。
竿頭又聽風烏轉。搭闌干，不礙春痕淺。嫌他縮人離別，三疊曲，渭城歌
遍。拂面依依，應念扁舟，江上如蓋。祇等到，月上梢頭，約那人相見。

賀新郎　贈人，和王阮亭韻

花磋落如綉。看園林，濃陰欲滴，暑風吹透。一桁紅樓留客住，籠得
涼雲滿袖。又還被，鞭絲牽走。流水文章同一哂，論才名，我願居王後。
聊攀折，白門柳。　　慶元有黨論新舊。嘆一例，褌中處蝨，籬邊穿狗。
東海三山杯底水，也祇一拳一皁。不妨爾，春心如酒。都說淺斟低唱好，
問浮名，抵得溫柔否。還看舞，小垂手。

竹馬兒　送人，用葉夢得韻

送君去，門前驪駒小駐，彎絲輕挽。正朝霞映閣，殘月依樹，晴光迷
巘。此別重會何年，匆匆一語，眼前人遠。分手獨歸來，剩熒熒殘淚，偷
抛階蘚。　　五月蕉花瘴，干戈滿地，鷓鴣啼晚。綸巾渡瀘都懶。愁向楓
根炊飯。且喜老屋江邊，釣魚招隱，風月吾能辦。羊裘況在，有仙娥
相伴。

鳴　梭　用譚明之韻

碧城如水月如梭。涼宵騎馬過。青油年少，聽曲坊幽院笑聲和。笑倚
流蘇屏暖，人影隔簾波。皂鬢嵯峨。帳煙鈎翠蘿。　　殢歡尤惜醉顏酡。
思量能再麼。玉潭秋漲，蘸粉光，依舊萬枝荷。莫問浮花輕蕊，狼藉更如
何。風雨金河。斷紅吹更多。

醉蓬萊 和奚秋厓韻

恨東風無賴，簸弄楊花，助成輕薄。劃地欺寒，又偷翻羅幕。鳳紙相思，天涯渾忘，了灞橋前約。煙裏瑤華，玉樓深鎖，無人評泊。　莫問湘娥暮寒，依竹寶瑟空彈，淚隨花落。輦路雲遮，望雁程綿邈。誰念江南，煙水外，有人如削。一醉薈騰，鈞天夢久，何時纔覺。

調笑令

無語，無語，獨立花陰月午。春風太恁顛狂，到了秋來夜涼。涼夜，涼夜，鏡裏殘妝齊卸。

其　二

無那，無那，花底愁人獨坐。愁他五角六張，顛倒教人斷腸。腸斷，腸斷，煙雨鷓鴣啼遍。

其　三

春暮，春暮，可惜劉郎前度。美人贈我南金，省識當年苦心。心苦，心苦，淚灑西州如雨。

其　四

休說，休說，江上風波正惡。無言桃李成蹊，剛到花時別離。離別，離別，惆悵秣陵煙月。

八六子 用鄭幼霞韻

夢麟洲。燕簾鶯幕，晴絲罥住高樓。記紫陌青鴛訪塔，銅街白馬穿花，少年俊游。　如今併作離憂。翠豝尚霑香漬，苔箋漫譜春愁。問定子霞腮，也都憔悴，舊家庭院，再來難覓，多應電轂疊喧樹底，花幡飛颭城頭。謾凝眸。春煙又迷玉鈎。

太常引 題茂份畫荷花卷子

當年賃廡桂湖居。繞户種芙蕖。記與個人俱。斜憑著，紅闌釣魚。

青墩相送，別離情味，回首十年餘。花葉莫愁余。正打疊，相思畫渠。

惜餘春慢

友人喜鬥雀牌，倚此調之，用魯逸仲韻。

綠玉彈棋，銀鐙點籤，夜夜芟愁如草。翠管牽絲，金泥絡縫，瑤籤鎖香迷曉。猶憶搴簾見時，么蝶裙邊，兩帮紅小。個情懷長，恁春縈花骨，怨多歡少。　　終竟是，輸却東風，贏將春恨，白雀欺人堪惱。融酥褪腕，鬢翼飄絲，幾疊暮雲誰掃。休倚闌干那天，檀露滴，殘翠陰吹老。怕玲瓏骰子相思，嵌緊夢魂猶繞。

花心動 用梅溪韻

花掩鸞窗，霽鬟低，愁邊墮紅如雨。天氣軟人，篝火猶温，誰更倩歌央舞。倚籤看挽攢珠髻，定昨夜，夢隨雲去。促雙膝，金船坐，暖肯相憐否。　　悄問巫峰甚處。指碧户愔愔，試花桃樹。么蝶困飛，懶傍珍叢，撩亂采香情緒。尊前俄頃人千里，訂後約，浪傳鶯語。把翠袂，空牽紺霞幾縷。

望海潮

同治甲子之歲，湘軍收復金陵，籍偶王家。某姬色絶艷，而挾重貲。曾侯欲以賞將士，姬言非顯官才子、年少而美容儀者弗嫁。時蜀中某公方權管糧儲，四者皆備，姬慕之，遂委身焉。一時大江南北，傳爲佳話。同鄉李芋仙賦詩云："不是東風桃李子，更無一事稱江南。"蓋紀實也。余奉命管儲，履昔日采香之徑，風流舊事，故吏能言。爰賦一闋，以志艷迹。

吳眉娟孌，秦鬟駊騀，簫聲二八華年。憨極轉嬌，垂肩軃袖，琵琶請上么弦。烽火鬢雲邊。正宅潴李錡，人嫁崔圓。除是卿卿，更無一事稱江南。　　迎來舊邸名園。有鶯挑翠柳，燕選珠簾。驄馬乍嘶，鐃笳正沸，妝樓看颭城鳶。花月艷江天。更蘭芝箱裏，玉蝶金蟬。欲洗兵戈，要他桃李鬥春妍。

瑞鷓鴣 　用小山韻

鳳城春暖月明時。玉堂花發萬年枝。可惜樓東，一樹相思子，落盡相思人不知。　　淚珠擾和珍珠顆，封將羅帊還疑。微聞塘上鳴車，迎取儂家妹，度青溪。祇恐桃源路又迷。

其　二

十分丰韻淡妝梳。殢人腸斷半生疏。準擬見伊，訴盡相思苦，偏是相逢一語無。　　知他也有憐人意，祇愁夢影模糊。那回花下偕行，手把生綃扇，倩儂書。也算知音不負余。

新雁過妝樓 　詠漢雁足鐙

樹繞黃宮，秋風起，長安落葉年年。幾枝冷焰，萬户静鎖金鐶。小語朱唇簾影底，高擎翠脛漏聲閑。照無眠。黛蛾半斂，紅淚闌干。　　重重樓臺甲帳，恨素書莫繫，誤了嬋娟。玉門紫塞，明月望斷胡天。蚖膏夜長禁點，錦機畔，低垂雙翠鬟。銅花古，幾行愁字，飛上苔箋。

十拍子 　和珠玉韻

露屑風香不斷，燕情鶯意分明。金縷鳳翹花下見，又聽鸞窗鼓笛聲。眼波拋處輕。　　見説桃根有姊，雙雙打槳來迎。尤惜殢歡都未慣，財酒方輸鬥草贏。相思別後生。

其　二

稚柳眼纔如豆，梅紅幾粒椒圓。春意而今真個小，如許相思負荷難。斷魂歸那天。　　天氣乍寒乍暖，恩情如水如煙。鳳尾香鬟愁壓重，銀撥安排廿五弦。傷心莫要傳。

烏夜啼

依微鬢影鬢香。隔紅牆。更灑茸茸絲雨，隔橫塘。　春意透梅如豆，倚銀牀。又聽叫雲橫玉，做淒凉。

憶秦娥

春人瘦。愁心暗與春相凑。春相凑。杏鈿兒小，柳眉兒皺。　粘天梅浪空如綉。倚簾手摩雙紅豆。雙紅豆。相思無益，把東風咒。

婆羅門引　秋日憶事，用曹友古韻

畫棚高揭，晚花香泛小房櫳。篋屏静敞秋空。槏外翠娥斜倚，疑在蕊珠宫。正銀沙滲月，凉霧朦朧。　貂茸乍逢。彷彿與，玉京同。猶記梅箋蠟字，對影傅紅。金鋪苔紫，想如今，深鎖冷煙中。思往事，愁問西風。

四園竹　用片玉韻

鶯櫳燕榭，日暖闔朱扉。柳拖碧沼，花卧曲闌，雲護重幃。思那年，登峻閣，宫煙影裏。玉籠鸚鵡先知。　總淒其。如今月冷秦川，仙游更與誰期。漫想終南碧館，帖翦宜春，看寫春辭。拈鳳紙。路又迴，宵長夢也稀。

（録自《苾芻館詞集》，吴洪澤點校）

盛世英

盛世英（1860—1933），字偉人，號篁樗，別號守約老人，成都人。光緒二十年（1894）舉於鄉。晚年與駱公驌、馮雨樵等結觀瀾詩社，目爲詩將。著有《守約庵詩文集》。

秋蕊香　夏閨

芳草茸茸綠亂。又報薔薇滿院。鴛鴦繡罷魂欲斷。獨倚雕闌人倦。晝長且自停針綫。酣冰簟。枕痕濕透胭脂汗。睡起重勻粉面。

望江南　採蓮曲

採蓮去，遠浦錦帆張。碧浪沄沄嬌黛色，薰風淡淡送脂香。金釧響琅瑲。　凌波襪，應濺水痕黃。笑看蓮房巢翡翠，戲拋蓮子打鴛鴦。惆悵立殘陽。

珠簾捲　秋懷

珠簾捲，暮天寒。有人悄立闌干。目極夕陽衰草，芳心一晌酸。多少幽歡密約，而今月缺花殘。待寄回文錦字，人杳杳，思漫漫。

其　二

珠簾捲，碧天秋。檻前蕉雨聲稠。無那夜凉似水。背人閑倚樓。吉兆莫憑乾鵲，閑情慾訴牽牛。籍令烏頭盡白，魂已斷，夢難留。

滿江紅　書悶

萬斛牢騷，搔首處，天高雲杳。肯則效，窮途阮籍，書空殷浩。歲月易令絲髮變，功名只恐青衫老。問此生，結局竟如何，憑蒼昊。　世上事，終須了。眼前遇，太潦倒。一酒杯消得，閑愁多少。貧賤亦曾知命定，死亡爭不令心惱。待椿椿，情事語從頭，誰分曉。

其　二

秋末冬初，易感動，情人心意。更那堪，瘦煙零霧，斷雪微月。曲人新弦原易好，塵埋故劍難重覓。記當初，如此冷寒天，嘆新結。　　翠帳暖，鴛衾疊。恣留戀，相憐惜。不多時回首，頓成今昔。三月春殘花命短，五更風冷鵑聲咽。問人生，何事最傷人，長離別。

其　三

六載長離，幾曾把，卿卿忘記。猶仿佛，腰肢瘦怯，柔情旖旎。著幾分愁眉黛蹙，帶些子病容光退。記喁喁，軟語枕兒邊，留人意。　　傷讒毀，添憔悴。憐蠱毒，驚蜂螫。嘆紅顏無福，幾成定例。一縷魂銷呼不起，三生命劣情難遂。想重泉，追憶斷腸人，還歔欷。

其　四　姬人怨爲王玉生作

今日重逢，可憐處，容光無恙。猶記得，佩萸時節，破瓜模樣。宿粉栖香歡意足，留雲選月新詞唱。奈錦衾，同夢不多時，遭離放。　　郎情惡，雨雲揚。妾命薄，風波莽。儘拗花折柳，將人送葬。覆水重收誰護惜，游絲雖定無依傍。欲待將，薄倖數檀奴，空惆悵。

其　五　題左冰如《錫嘉老人集》

如此才華，是男子，已堪名世。況更出，江南望族，通侯門第。道韞能令安石喜，彩鸞幸得文簫配。伴仙郎，出守大江西，兵戈瘁。　　叛卒叫，重城潰。元戎檄，羈臣淚。正持籌軍府，玉棺橫墜。焦尾青桐孤鳳泣，破巢黃口慈烏累。待他年，蘭桂繼芸香，心傷碎。[①]

其　六　寄悶

綺歲春華，強半被，干愁準折。猛省識，晚晴殘照，自家憐惜。冷眼爲誰揮熱淚，靈心際此成頑鐵。莽乾坤，萬事已全非，休饒舌。　　仙佛果，遭塵劫。聖賢種，飛煙滅。是陸沉數到，斷鼇難立。梟傑忍爲讎國

---

① 原注：老人子光岷成進士，孫中副車。

論，鰌生恨乏回天力。儘冷吟，閑醉送餘生，真長策。

其 七 和繆筱孫明府步元韻

舉世昏昏，惟此老，惺然大覺。解識得，綱常名教，立身本末。子慶不爲新室浼，靈均那受污泥濁。一封書，鐵案定南山，非苛虐。　　禰衡操，難摸索。陳琳檄，重披讀。把乾坤正氣，揭來衆目。白日青天公論在，忠經孝傳傳人作。恨霜毫，不即化霜鋒，誅群惡。

賀新郎 友人王玉生納姬人

碧漢秋河徹。正良宵，彩雲飛下，鈿車停轍。月殿仙人偷下嫁，喜得文簫夫婿。暢好是，生成伉儷。莫怨紅鸞耽誤久，是才人，自有傾城匹。早綰就，同心結。　　天生我亦鍾情客。幸綠窗，曉妝罷了，得容平視。一寸星眸秋水膩，裊裊瓊枝似雪。欣羨煞，狂奴攀折。玉軟香溫須痛惜，可人兒一世難多得。爭肯許，重尋覓。

其 二 和繆筱孫並步元韻

萬事隨緣分。記年時，朱弦斷絕，有勞殷問，著意栽花花信阻，不許藍田納聘。強半爲，華年太遜。人重昌黎門下客，舊金蘭，代理氤氳任。聲與價，準公定。　　婦翁清白貧何病。只堪慚，頭顱如許，比肩鸞鏡。鴻案相莊娛暮齒，評跋伊誰持贈。是學道，愛人賢聖。和我催妝詩旖旎，廣平公鐵石饒風韻。携玉手，細吟詠。

其 三 再和前闋

艷福生無分。四條弦，續來仍斷，有天難問。宛宛嬰嬰人自好，肯受衰遲匹聘。漫自詡，聲華非遜。絜短比長須熨貼，者量才，玉尺誰擔任。閑省取，意難定。　　多情慣抱傷心病。那能諳，溺灰再熱，畫眉臨鏡。一綫紅絲終綰合，虛譽總由公贈。酌大斗，濁賢清聖。狂笑掀髯揮醉筆，玉壺冰敲作琅玕韻。薔露鹽，煥房詠。

其 四 三和前闋

冷落安吾分。賦閑情，泥沾絮惹，不堪重問。在昔昌黎年老大，多事柳枝曾聘。論個裏，低昂原遜。竊比江東垂釣叟，喜烹茶，得個樵青任。容與否，敢前定。　　梅酸齼齒閨人病。最難他，調脂弄粉，許盛妝鏡。乳子燕兒巢幕穩，雜佩慨然分贈。姒氏女，胡緣稱聖。不買鶬鶊供饌品，抱衾人樛木調音韻。消受得，美髯詠。

其　五　四和前闋

妃匹當如分。漫關心，詩人老去，蹇脩誰問。端爲落巢雛已健，未可嬌鶯輕聘。豈寒士，故爲不遜。荆棘滿懷桃李面，到頭來，難煞調人任。思及此，愈無定。　　傾城哲婦前賢病。戀温柔，皇孫燕啄，覆車懸鏡。僥倖宜家人窈窕，配得周南詩贈。獨不見，子輿宗聖。生恐履霜辜愛子，倚絲桐甘作孤鸞韻。公聽取，再煩詠。

（録自《守約盦文集》）

王乃徵

王乃徵（1861—1933），字聘三，又字平珊，號病山，中江人。光緒十六年（1890）進士，改庶吉士，授翰林院編修，官至貴州布政使。著有《嵩洛吟草》和《天目紀游草》等。

霜葉飛　金椇園即事，寄懷漚尹侍郎前輩

署後荒輔十餘畝，相傳爲古之金椇園，不解命名何義，已見晚唐詩詠中。前夢湘守郡時，有集句楹聯云："謝公行處蒼苔没，金椇亭邊綠樹繁。"園中故有懷謝亭，亦古迹也。

煙銷六代衣香散，秋陰濃罩霜樹。月亭風榭幾滄桑，花外驄誰繫。覓謝屐，行吟着處。江山合讓蒼苔古。祇攬勝登臨，對夕照，而今短筇，荒徑誰與。　此際日遠長安，觚棱追憶，夢華驚換如許。江湖愁緒雁飛初，目渺寒林侶。正寂寂，冰弦罷撫。商量載酒滄浪去。問一舸，今無恙，賀老風流，鑑湖秋嫵。

金縷曲

依韻酬《彊邨詞集》書感見寄之作，兼柬晦鳴。丁未新秋。

篠翠凌寒揭。黯長天，晨星幾點，秋清鶴髮。滿眼乾坤瘡痍裏，忍逐鴟夷一葉。料終古，相思難滅。魚龍寂寞秋江晚，照冰心，應有姮娥月。瑶瑟怨，總凄咽。　年年細柳江亭發。尚依然，曲闌偎處，春芳共閱。海角西風鴻雁影，催換夢中蝸甲。莫再話，枯棋殘劫。艷煞江東蒓鱸味，笑淵明，五斗腰還折。驚笛暗，夜聲裂。

菩薩蠻

流鶯似惜春光老，開到荼蘼花事了。楚畹露華滋，瑣窗生意遲。菱花持作照，絲鬢催人早。好月故來窺，初三弦上時。

被花惱

東君着意破春愁，寒數斷，鐘遲曉。芳節陰多艷陽少。拋書午倦，纔溫蝶枕，栩栩驚成覺。鶯未語，燕初飛，玉闌憑暖新晴照。　　一夜楚江春，風度微溫沁幽草。當軒却坐，慣捲珠簾，怕有生香到。是澹雲微雨養花天。漫相對，樽前被花惱。消凝處，鏡裏酡顏人易老。

古黃花慢

> 夢湘同年見過岳陽，賦此詞。數日悵別，步和一闋爲寄。

目極征艎。正楚天圍碧，叢桂栖香。去程今夜，落帆遠嶼，鐙窗黯黯，煙浦茫茫。黛螺愁鎖君山晚，倦醒對、煙柳風篁。甚短長，撩人笛韻，還咽瀟湘。　　樽前古瑟分張。悵逝波歲月，倦矣津梁。雨風回首，短笻笠屐，天涯客枕，沽夢行將。賦梅莫恨揚州遠，仗飛騎，分我奚囊。最結腸。鬢邊堆疊吟霜。

念奴嬌

> 中秋後三日，偕夢湘同年游君山，宿崇勝寺待月。用于湖韻，夢湘成二闋和此。

遙青一點，是天教管領，楚鄉秋色。招我扁舟雙玉斗，來訊西風木葉。水石凄清，魚龍寂寞，萬象宵同澈。湘靈何處，應須邀笛能説。　　却憶霸楚雄風，三閭哀怨，孰遣沉冤雪。渺渺沅湘無盡水，一碧天搖波闊。蘭畹今情，竹枝古調，等是悲秋客。待懸霜鏡，分輝同醉佳夕。

虞美人　冬夜

> 用東坡韻四首。

漏聲和雨催寒曉，敧鬢蘭缸小。流年不惜付東流，願得年年清睡枕神州。　　頻溫魯酒拼閑醉，醉淺能禁淚。琴心劍膽久灰埃，何物亂書堆送古愁來。

其 二 新葺擬峴臺落成

玉壺收盡江山美，休艷襄陽里。古碑苔蝕又今來，恰有等閑風日且徘徊。　參差竹檻梯雲上，兀傲飛新唱。酒闌人影夕陽時，涵向一江清漲碧玻璃。

其 三 漫興

携尊莫待圓時月，一夜圓還缺。樽前不借好花枝，便是好花開放易離披。　月圓花好同君醉，解盡君歡事。問儂情緒祇儂知，憐月惜花不願有醒時。

其 四 除夕

霜寒情緒依依在，迫甚催年改。停琴香燼坐更闌，解得陽春新曲有人彈。　瑤觴飛餞妨催曉，檠影雙花小。怕聽蓮漏換春聲，添得惱花心事又縱橫。

八聲甘州 秋感和歸安宗伯，用柳屯田韻

蕩愁襟，付酒黷西風，蕭蕭又逢秋。最天低衰草，雲黃遠磧，笛怨高樓。柳悴吟蟬競響，夕照不曾休。霜菊寒無語，依媚泉流。　甚事天涯羈旅，慣逝波易縱，逆棹難收。覷歸鴻寥闊，殘映幾星留。溯回風，蘭摧芷變，慨夜行，何地卜藏舟。殘春夢，再凝思處，淚染醒眸。

水調歌頭 己酉六月独游焦山作

孤棹欲何適，翻作海門游。江光萬頃如瀉，一點時中流。千里火雲當午，四顧驚濤拍岸，到此足夷猶。竹院逢僧話，六月是清秋。　俯空閣，凌絕頂，眺高樓。山川風物，今日歷歷眼中收。襟帶江淮猶昔，門户東南殊舊，魚鳥欲生愁。長嘯倚松石，心事寄沙鷗。

霜花腴

秋霽，偕夢湘同年游廬山，和歸安宗伯韻。

挂餞杖側，共好秋，尋幽路俯江皋。賢社池荒，謫仙人去，摩娑吊古無聊。浩歌倚簫。正霽空，飛落虹橋。仗精誠，拜識真形，翠微措洗雨煙絛。　生也有涯如寄，嘆丹青窟宅，讓與僧樵。天展金蓉，風懸銀派，虛深籟息蕭蕭。靚峰試招。盡蕩銷，襟淚如潮。近寒霜，締想雲松，數期休誤巢。

惜紅衣

杞園初夏，和漚尹寄示用石帚韻寄晦鳴靖州作，即柬晦鳴。

細檢閑愁，分排醉日，者番功力。捲起湘簾，無情樹還碧。聽鷗事近，翻觸忤，眠琴幽客。耽寂。孤羽倦飛，憶煙林群息。　春絲柳陌。如夢回思，牽離劇紛藉。罡風一墮，望國阻書北。已逐怒濤槎泛，肯計斗邊捫歷。料踏莎漁父，醒眼曉江風色。

（録自《王病山先生遺詞》

朱策勛

朱策勛（1861—1947），字篤臣，一字青長，號天頑居士，江安人。光緒二十九年（1903）中舉，曾任國史館顧問、長寧縣縣長、川軍第一混成旅顧問官、四川省三軍聯合辦事處顧問官、成都高等師範學校及四川大學中文系教授。著有《還齋詩》《東華學派全書》等。輯録其詞者有《北來詞稿》《南北之間詞稿》《炊餘集》《南歸詞稿》《南歸以後詞稿》《錦水集》《筱堂詩餘》等共 28 卷，東華學社刊爲《朱青長詞集》（《清詞珍本叢刊》第 19 册，鳳凰出版社，2007 年），今據以整理。

高陽臺

御柳舒眉，宮梅笑靨，游人歸夢江南。無幾多時，春花又入今年。婆娑且作荼蘼主，到荼蘼，花已闌珊。只凄然，風裏樓臺，雨裏河山。當年景物全非也。但紅心草長，碧血花團。天上新愁，而今也到人間。嫦娥應悔偷靈藥，斷魂天，可有些寒。向尊前，愁了還愁，減了還添。

其　二

自海棠開，荼蘼又落，東風能有多年。鄉夢無憀，連宵暗度燕山。留人偏召婆娑月，載春風，同挽歸船。最堪憐，劫火模糊，淚點斕斑。江神頤夜歸人晚。貯柳花渌水，待我歸看。拼着流連，何時得到江南。夔門尚隔三千里，酒醒來，仍在天邊。只窗前，蟾魂多情，缺了還員。

其　三　仿梅山春夢

得酒爲媒，同是小別，惱人情緒厭厭。爐冷香焦，蘭膏莫許人添。杏花銜月和春睡，只一窗，風露娟娟。愛多情，護帳雙鸞，護枕雙鴛。絮蹤雲影來何處，學東風行徑，行到花邊。一笑相逢，諄諄歡語流連。團欒千態旋消減，易片時，天上人間。最濃時，夢裏思量，夢也教員。

其 四　十刹海荷花市場

禁樹凋青，瀛臺墮瓦，荒荒芰浦蓮塘。碧浪千層，依然葉店花莊。游人濫醉斜陽角，祇晚鴉，啼亂宮墙。説些兒，舊夢冥迷，舊雨郎當。最多情是詔兒女，任笙樓穿遍，又逗歌場。簇地衣裙，鬢雲還學西妝。鸞車輕快人憔瘁，到夜深，無夢還鄉。太凄清，花少蒲多，哭死啼螿。

其 五

暖雨雕花，晴風畫柳，好春今日歸來。拼着年華，年年拓落燕臺。漂零且作鶯花主，到荼蘼，花已成灰。更堪悲，滿眼河山，滿眼烽埃。良辰美景全消落，但頹垣破瓦，殿閣生霉。九豹天關，重重倚着雲開。龍族鳳帚無人管，只殘花，亂落里垓。莫徘徊，一代興亡，一代歡哀。①

金明池

荷雨收汀，蘆煙霽渚，步上旂亭小立。遥山近岫，儘摻入，幾點蓑笠。倚闌干，把冷酒吞完，閉老眼，吹裂驚天長笛。想水底魚龍，潛來聽了，没入蒼波垂泣。　　寸寸光陰誰與惜。輸好景良天，斷橋荒驛。歸途阻，幽梁萬里，歸計剩，一枝詞筆。況新來，添分愁思，恨破碎河山，少歡多戚。只斷雁啼江，亂鴉塗塔，畫出西風斜日。

臺城路　梅花

凍雲不暖連珠樹，羅浮夢魂初醒。露蕊垂邊，破寒雪外，早報春前花信。瓶窗漸滿，但碎點疏紅，粉苞香緊。受得寒夕，畫孤山作美人影。
　今宵明月最冷，逼清眸雪亮，隔水來認。花隔年多，花多人老，紅了西湖千頃。相思不定。應折寄霜枝，裹春遥問。江北江南，故人歸可盡。

其 二　蟬

披風步入臺城路，興亡半停歌泣。玉軸鶯飛，香巢燕老，枝底魚蟲悲

---

① 原注：慨清、袁同盡之作。"歡哀"二字本稼軒。

激。離情如織。只今歲明年，夕陽荒驛。最好妝樓，冒花蒙柳聽雙笛。

曉煙新雨霽後，忍低春前弄，紅雲吹碧。夢女精魂，才人心血，嚌詩歌珠千滴。啼痕休惜。想十度西風，比今還密。脫蜩閑尋，去花梢一尺。

其　三　楊花詞十八首·第一

三年陳迹醒完夢，楊花不知春老。故國干戈，帝城絲竹，流淚來拼笑。桃花謝了。數槐陌沙堤，雪夜風帽。獨獨無他，綉鞋怕踏迎春草。

新愁舊恨難掃。傍珠歌翠舞，歡聚年少。唱到酣時，回眸一睞，長記花邊人小。別離偏早。便百度尋伊，都無人曉。添了些愁，爲他愁也好。

人月員

金鳧銀雁停車地，憑眺付衰翁。幾堆青草，縱橫今古，埋盡英雄。夕陽冷只，河山默默，衫影匆匆。江南陵寢，今年寒食，誰剪枯蓬。

攤破浣紗溪

冷月蒙龍露濕苔，趁香尋影到東齋。數過早春三月半，海棠開。倚翠偎紅成習慣，當人看待不妨詒。自算此生能幾度，爲花來。

水龍吟　白蓮禁體

滿湖重葉千縈，亂花映日紅霞碎。波光蕩漾，蔢邊蘆外，幾枝斜欹。香□般濃，色千分澹，別饒風味。想肥環罷浴，欹人淺笑，唇脂一點都徙。　　遙共水仙來去，夜深時，淺商歸計。鴛鴦誤入，紺羅黛黏，華妝西子。乍觸凌波，腥回香動，滴通身翠。只多情莫解，盈盈人面，照人千里。

春從天上來　聽供奉邀曲

萬里天涯。看草樹頹垣，幾處人家。所餘惟有，巢燕寒鴉，歌吹早竭繁華。問殿前名部，只羯鼓，鐵板琵琶。撥鷉弦，比楊妃手快，彈落宮花。　　而今内庭人散，幾碎枝零葉，解唱皇荂。舞蝶歌蟬，前朝新夢，聽來淚濕袍紗。説興亡，如話凄凉，不用胡笳。月光斜。認斷腸音節，歸馬窮沙。

安慶摸

記年時，看花時節，春風曾逐飛絮。綠蜻蜓小引雙蝶，款款入花深處。花欲語，只欲語還休，已去仍還住。惹人情緒。把今夜游魂，明朝詩債，都準付伊去。　　流水渡，指小河磚巷陌。煙柳如霧。花外兩重樓，轉北端，是望春簾户。頻空顧，偏只笑尋香燕子，年年誤。飛紅如雨，是花也銷魂，柳魂銷否，人更比花苦。

拜星月慢　仿清真

小月籠花，窄橋通塢，竹裏人家隱暗。路轉燈回，忽笙歌亭館。最深處，有蓬萊伴侣，約我今生重見。一笑相逢，悔相逢稍緩。　　別些時，便覺夢魂飛散。偏垂念，冷寂無人管。漸金粉忘花痕，卒天風吹斷。忍今宵，孤槳蘆花岸。敲篷雨，點點穿心坎。想纖纖，翠葉柔腸，更難消今晚。①

其　二

刺眼風裁，黏腸言笑，記得蛾眉初畫。默默相逢，識桃花無價。已是新凉晚月，尚着煙羅裙袴。粉滌肌明，直天人初化。　　雨燈中，頗憶曩時話。風光好，共往西泠下。自馭小小油車，接青驄郎馬。突匆匆，小別成牽挂。思前事，淚點淹羅帕。念自兹，萬水千山，總思量此夜。

綺羅香　春雨

澧芷將苗，芹沅待潤，忽看孤巘雲裊。暖日收紅，簾外乍霏還小。柳絲重，暗騂纖眉，晚梅濕，別生濃笑。獨憐伊，乳翠胎紅，娟娟做出花多

---

① 原注：周詞多"雨潤重温"四字，不守分際，故仿之。

少。　　綿綿連日不住，真喜花天節候，陰晴難料。約佳杏梢，殘點文氈芳草。江驟漲，添綠扶樹，轉青帶煙肥島。可相約，同訪江南，畫船聽到曉。①

百字折桂令　玉蝀晚歸

一天寒月照波心，行人獨我歸遲。水店漁燈，蕩漾綠楊絲。好樓臺，曾公愛妾，司馬家兒。今朝竟付與，老樹寒暉。三朝兩朝，只荒煙萋萋，地冷人稀。　　玉蝀橋頭，破小舟，無復龍旛畫旆。枯荷衰草，蘸寒流，一行宮樹依依。更無所謂，金殿黃衣。肯让酸吟緊攢眉，去作些詩。

壺中天

玉蝀晚歸，悲二姓也。

雁飛雪霽，自登樓一眺，蒼茫千里。金殿瓊臺，只臥虎死龍，倉煙冢裏。鬼母腥風，驢兒惡夢，直算樗蒲戲。興亡不痛，取河山太容易。獨有星海天長，嬌娥夜冷，寄愁思沒地。盜藥飛空成悔字，清淚雙流難止。十子蕭鸞，千軍陶侃，能否真皇帝。空勞死寂，土宮三尺而已。

蘭陵王

蜀江客。長與家人作別。詩囊好，風篇兩句，滿貯離愁與山色。無多淚點滴。都在雲車鐙驛。旂亭青了又青，惟有歸人沒消息。　　飄搖向東北。祇痛海珠沉，眼花頭白。扁舟投箭穿灘磧。經百折流水，萬重門戶，回首天涯是鄉國。塞天晚雲黑。　　凄切。恨難雪。更走烏龍淵，馴虎蛇穴。南槐鬼，焚天烈。笑新收詞料，略沾腥血。秦淮歌苦，聽一字，兩袖濕。

---

① 原注：史梅溪作，音節凄涼，古今之所無，然是名作，不是合作。此則以一喜字取東風魂魄，美叔咸。

賀新凉

整整三年別。忽飛來孤館，惹人愁怯。冷被一窗霜月。澹耀暈波簾乍揭。行去還來還滅。柳外鶯邊，偏又是，舊羅衣翠袖青眉窄。多少話，難終說。　　錦江堤上蘆花白。想生前，纖指臨波，冷箋遺墨。我輩本來無艷福，留此如何消得。却難忘，雨魂雲魄。綉枕妝環收拾在，在當時，倚笑屏箱角。情未死，可重活。①

湘春夜月　茉莉

最分明，個儂頭上星星。一串綠蒂蠙珠，消盡美人魂。欲共雪蘭評泊，怕素仙嬌慢，不到床裯。念小憐半醉，冰綃冐雪，人睡花醒。　　春來過了，荷香桂馥，明日秋分。獨此難忘，仍紉就，玉魚粉蝶，巴結鬟雲。膚馨夢冷，認覺來，可有些痕。者數歲，老風塵没分，偎人粉指，指點籬根。

步　月　茉莉

嬌小南强，貪腥愛膩，莫天吐出濃麝。雪花六出，現炎天冰瑞。也無多，露顆零香，消得美人陪睡。銷魂在，開滿一頭，酒邊煙尾。　　明朝香已褪。還是到牆衾重結芳蕾。長珠扁玉，祇心情零碎。傍雲鬟，細數單雙，迥高出，畫眉風味。難忘是，夜凉催睡。

惜霜華　牽牛花

天上多情，到人間種下，一籬秋影。也不是花，橫斜戰風難穩。依希喚醒鵑魂，揉活曉煙一餅。遥認。只荒村月黄，鳴雞時分。　　渾不似紅槿。合輕藍淺紫，把春華銷盡。瀟灑出塵心，北避秦人冷。高吟別君歌儔，吠綠雲，報雙星信。好亂剪魚霞，織成天錦。

---

① 原注：燕山夢鳳姬之作。

真珠簾　本意

花陰淺淺留春地。房櫳密度炊煙細。仿佛春雲行，只隔痕秋水。風動層波搖冷月，纖手織，珠綃泉底。妝卸。許飛螢潛度，着人衣鬢。　　時有蝶影蜂客，只幽蘭心秘，遞香浸被。坐到夜涼生，也有些風意。回念雲英初認識，露皓腕，輕挑還避。晨起。呼褧煙來，捲冰絲梳洗。

浪淘沙　前人作素未當同仿

二月小晴天。雲影如綿。海棠花下子規前。兀被乳鶯招惹去，小小樓間。　　香合翠雲閑。暖被才掀。梅邊柳下久周旋。沒地尋他歸去也，留一行箋。

浪淘沙慢

讀書竟，紅箋淚綫，滴了還滴。南北烽煙太密。干戈苦躪小邑。算整整，三年三避賊，念兒女，過受磨折。自錦水披寒走天外，而今未歸得。　　留北。此間地冷霜冽。到酒醒燈昏無人處，耿耿寸心難忘。是金沙橋一堆血。螺孫嬌小，有甚人，與做梨花寒食。　　回憶當年芝蘭並。詩安解，一雙兒媳。到今朝，三家千里隔。沒雁字，遠寄隴州，問一問，卷眉老子真消息。①

江亭怨

燈息酒醒獨起。牽起一腔愁緒。往事不堪言，磨薄要間秋水。　　拔劍放歌大醉。自奠河神山鬼。明日返江南，要借長風千里。

---

① 原注：自燕山示蘭兒、喆兒，兼問馬劍州。

慶春宮　水仙

弱不宜風，寒來愛暖，通身渾似香雪。安頓窗前，參差畫外，玉葱纖不勝捻。隔三年了，今才得，相逢訴別。熏腸冷艷，的的教人，骨馨魂澈。　　夜深弄影燈邊，招得梅花，也呼清絕。簾下層波，爐添宿炭，傍蒂棣花才白。留伊久住，縱偏朵，休教人折。開齊整化，雲托金身，一肩披月。

沁園春　冰花

深夜難瀕，曉來偏薄，滿窗畫生。爲紙幔輕拈，鬆鬆玉影，文玻淺篆，密密魚鱗。也不成霜，更難言雪，恰似松花膠水痕。葱蘢處，愛樹同針刺，山學雲皴。　　重簾爐火休溫。留客到，同看新畫屏。着朝陽送暖，模胡步法，霜風膠冷，召返花魂。十樹芭蕉，半枝桃杏，還點池塘春水萍。千般好，但繁濃萬華，餖飣難分。

其　二　和聖與龍涎香

倉澥還槎，蜑鄉浮覓，冰珠瑞馨。想沾石餘津，煉霜成液，學花飛片，借暖白雲。翠甲盤空，馭風夭矯，仿佛爲霖呼雨行。靈山遠，念唾珠朝佛，濤馥波腥。　　驪宮曾記三秦。約傍薰墟小畫屏。許描眉曲折，松梢細燕，傳書辛苦，麝月私分。最是銷魂，玉宮零淚，空染桃娘紅繡巾。何時去取氤氳。海鷗去證鴻盟。①

市橋柳

送客去，天將雨，只迫望岸花孤槳。祝君兩字平安，到江南，寄書問青長。　　再到可携桃葉，不着釵裙，也是宜男相。定甚日，君重來，不重來，我同君往。

---

① 原注：此大難題也。宋人始之，而清人和之，疑不及，因製三解。

瑞龍吟

京華道，還是劫火前頭，訪花初到。茫茫煙雨笙歌，咈地匝天，珠纏翠繞。　　日斜照。鞭馬走西，山遠窺亭沼。堂堂唊海吞岡，幾生得此，河山大好。　　偏我三游燕市，晾鷹尋狗，漚朋都老。惟有謝娘歌，秦謠隔江調。寡龍媾鳳，瑟瑟新詞料。憐他曲終和淚，説興亡天造。只惜英雄少。玉宮慘澹孤飛早。衰柳斜陽暮，雙雙無語，如説人生難料。粉金院落，也無人要。

齊天樂　書所見

莫春暖日停風雪，草與百花同至。堤樹才菁，游人隊隊，爭拜瑤池仙母。花間流覽，突舊夢重員，斷香熏炷。占斷東風，繡簾初捲萬花妒。
風流標格，説艷評濃，只恐怕青蓮難作。扶柳量花，欹梅整鬢，橫覺玉飛香舞。雙眉更韻，撇曲細宮長，別饒風趣。目斷歸魂，悵今宵何處。

其　二

老來千種無情緒，蕭蕭唳雲何處。一綫衣江，千峰瘦月，應認蒙嵋薺樹。清吟正苦。等孤客無憀，把愁絲吐。斷了還連，帶星帶露和天語。
長宵不辭淒楚，聽來孤枕上，初停街鼓。去臘飛還，今春又到，哭了羈人無數。鄉魂遠阻。只寄得淒凉，四更風雨。更有淒凉，是今宵兒女。①

瑞鶴仙

自楊環仙去，天整千年，不見尤物。相逢託花底，而今又到，花礄柳窟。蘭情水盼，看得游人眼熟。自來陌上，誘羅裙與衣觸。　　細認冰羮雪腥，長短纖穠都奇不。杏邊梅畔，偏遥指，前山緑。凑回眸一笑，春風狂了，江河桃花都俗。更姗姗，閑坐買茶，細評花目。

---

① 　原注：夜中聞雁。

其　二

老來無一事，僧寮静，細念劫灰。野草紛紛，似晴絮逐春風，尋得風雲萬里。丰裁楚楚，儼是生龍着虎翼。曾幾何時，富貴煙消香滅，滴淚歸去。　默數才人名字。頭白衰翁，也來拼命。而今怕問，門前爪土。記湘濱粤嶠，皖南江北，流落幾家臣子。只新年，御柳依舊，鞾煙無際。[①]

西子妝

璧月將員，露萃初笑，費詩調襯。問世間有幾多春，儘都伊一稿收盡。詩腸久潶，苦不得爲花描影。緩歸來，正眼回觸，露顋雲鬢。　夜香近。路轉墻叁，又覺車塵滚。曼來花底再相逢，竟認的春肥霜嫩。枯腸鐵鑄，比前度十分難穩拼。從今後，愛花如性命。

夜合花

續夢尋詩，添梅補畫，可知近日無懌。征衣重疊，重重別恨難銷。思前日，悔今朝。又春風，吹動歸橈。把英雄淚，和天咽下，閑看并刀。

垂楊日鞾新條。誰問草間卧虎，波底潛蛟。紅巾揾眼，多應濕透鮫綃。漫漫歲月難銷。只長歌，風雨漂摇。問儂心事，荒雲冷月，略比人高。

解連環

錦江長別。竟匆匆，渡河來北。念小閣，人到秋深，正寒雁早飛，蓼花翻白。酒熟重陽，偏消受，足粉枝羅，葉滿籬角。尊前任我東西，舐香饕雪。　而今老懷無力，更詩荒屋冷，倚枝長笛。踏曉陰，尋到花邊，只物是人非酒難吞滴。絕好西風，幾時到，淵明茅宅。者愁緒，苦思直要，旅人消得。[②]

---

① 原注：衰翁，指湘綺。爪土，洹村帝業不成，深恨爲群肥所賣，咸守之以兵，將以謝天下，死乃已。

② 原注：燕山秋日之作。

惜春客 宏寺牡丹注見原本

美心好花雙艷福，只怕詩魂無管束。攀垓細細問花，花究爲誰紅，爲誰綠。　　闌小更有金相玉，淺墨芳紅盤西曲。同心一結解難開，化作鴛鴦交頸宿。①

一叢花 海棠

燕山春老百昌遲，紅蕚翦青絲。春風暴長催花力，太無慘，粉厚香肥。如雪點多，千枝萬葉，只怕樹難直。　　行來還去自嫌痴，爲到月來時。花開到中分濃處，奈枯腸，總是無詩。如此可憐，徒令別後，惟有寄相思。②

七娘子 北州有懷女弟子蕙若女士

蓉江一別成今古。魚書斷絕無由付。過了三朝，渺無頭緒。憑誰去問乖兒女。　　舊詩讀盡當重補。填詞應買西溪譜。多誦藏書，待歸還蜀。挑鐙煮雪重教汝。

侍香金童

玉屑温言，忽淚窗前立。説兩字平安，雙眼濕。深念我年衰影隻。此去經年，萬山千驛。　　想城南，舊館藏書厚於葉。與李易安家甲乙。賜柬不妨書幾筆。老眼饅胡，也還能識。③

---

① 原注：寺有綠牡丹、太极茁二株，通京所無。

② 原注：遷齋，助蜀館之茶齋，有海棠一株，余居是齋，花盛開，不見樹。自徙城北，花不開，亦惟若有知覺者。

③ 原注：右，追懷錦江送別雨田女士。

蘇武慢　寄示倩冰鄉里

破碎河山，斷殘經籍，天海讀書人死。秦灰魯壁，雨打風吹，怕問百年前事。偏有衰翁，風情澹遠，借詩書傳此。恰相逢，玉頂豐犀，是我舊時桃李。　　曾苦說，末造人材，如君甚少，當困學風塵裏。煎雪教詞，圍爐煅句，增長鳳毛龍氣。寄語鄉人，江南江北，添了一家游子。斷腸今半數方回，算我後來人矣。[①]

望江南　同蘭兒等下鄉逃兵之作

揩老眼，天外望江南。烽火家書含淚讀，亂離兒女託天看。尤幸是平安。　　詩稿密，生死護凋殘。故舊荒唐風鶴聲，江程艱阻去留難。何況萬重山。

透碧霄

漢安州。剪煙飛棹盡吳頭。大杯短紙，留人稍住，淚綫難收。而今風雨燕臺路，屢促買南舟。說人生不比浮漚。況家中兒女，山頭蝯霍，盼苦雙眸。　　百年無幾日，巴山夔雨，來往動經秋。滿載詩詞歸去，矜冷澹，壓名流。艷歌韻事，爭傳江漢，璀燦神洲。與故舊流戀嬉游。揀秋籬菊後，春酒香時，最多情由。[②]

夢橫塘

破衣勝雪，殘紙鈔詩，老來忘却鄉井。野寺分花，占取了，荒城風韻。行不車牛，食無魚肉，長年歌詠。任芙蓉淥水，綠到江南，游老没歸興。　　家山烽火經年，問衰翁何苦，匿影長遁。忿血填咽，爭忍說，綠蓑歸隱。念磧畔，孤棺冷骨，何日囊頭雪幽恨。耿耿心情，汝難知解，更

①　原注：時冰兒詞學將成，尚未繼膝下。
②　原注：門人來北勸歸，因代述其意。

何人問。①

録要令

北來人老，昂首望鄉國。游人萬里千里，總是清明時節。流淚天涯青草，念紙灰蝴蝶。城南芟墓，江南陵寢，自有兒孫薦魚麥。　　偏我歸塗屢阻，坐看紅羊劫。草際鬼炎靈星，與漆鐙同滅。銀雁金鳧安在，難認英雄血。何如野老，空山埋骨，種得青青好松柏。②

其　二　西山懷古

買驢西去，高柳夾駝道。園林舊家王謝，問子孫都少。行過雲樓深處，眼底煙塵渺。斜陽村樹，英雄今古，幾點荒堆長秋草。　　翻起風雲噩夢，只覺愁難掃。没甚虎鬥龍爭，還是長棺好。收拾三朝兩姓，付與寥鴉鳥。舉興亡事，仰樹枝頭，問都了。

蝶戀花

記得青梅如豆嫩。對坐紅闌，眉翠纖纖認。眼角心頭摸不定。相逢惟看相思分。　　明日還來探柳信。雙燕呢喃，巧語無憑準。一夜爐香熄又冷。捲桃花雨添衣潤。

夜飛鵲

寒更響殘夜，遥問栖烏。從塞北過穹廬。飛翔此地避霜雪，遼東還多城卒。同栖錦堂玉樹，竟青鸞生子，翠鳳將雛。河山浪影，巧相逢，偏有徐吳。　　默默老天無語，推玉樓金殿，甘讓人居。今日重尋宫闕，斜陽澹白，池沼蒼枯。野芟麥飯，痛心遥哭，剩孀孤。笑循環天眼，經彈指，須殺費工夫。③

----

① 原注：答前勸歸者。平生心腑，惟風三、劍華、平周、伯年四君，外則李、熊二公，餘不矣。

② 原注：燕山初度清明。

③ 原注：時清亡，上陵之典已三年不舉矣。

氐州第一

環玉柳煙，如畫傍水，閑行大有風趣。玉蝀長橋，石王禁邸，都入興亡家數。荷葉衒花死，破碎斜陽荒浦。乞飯王孫，窮途詩客，模糊今古。

錦綉河山還故主，儘靈落詩鈴詞鼓。鬼母腥風，胡兒眼淚，舐舐生龍虎。但家山，咫尺零丁，思鄉歸没路。夜女琵琶，曲終時，餘音最苦。

荔枝香近　東直門外水次

直瀆彎橋，衫影鞭聲碎。傍岸緩緩同花，蓬底雙珠翠。伊誰點綴湖船，大有江南味。約小小，桃根柳葉妹。　風展水，曼指渚腰沙觜。愛看鴛鴦，波裏魚頭衒尾。浪捲斜楊，柳外歸人自成隊。落影行行如繪。

倦尋芳　楊花詞　合下十二調

楊花柳絮，消得東風，多少殘淚。往事茫茫，辜負一灣流水。夢影模胡摸不定，海棠何處貪春睡。聽麗譙，到殘更剩點，人孤如鬼。　漸合眼，尋花小路，雲氣蓬蓬，迷障燈尾。旋得相逢，笑損兩看纖翠。嘗同心期全不管，只今惟多愁滋味。莫天明，怕鬼明，和魂難會。

眼兒媚　楊花詞·第二

還記年時聽囀鶯，絲柳細難禁。一番愛惜，人爲花瘦，瘦到而今。
而今舊夢牽新夢，來去最分明。明明獨有，楊花蹤迹，荳蔻心情。

調笑令　楊花詞·第三

寒薄。花初落。千種思量無處着。梅邊柳畔尋前約。只有斷腸簾索。雙鈎不挂檀欒月。有話同何人説。

祝英臺近 楊花詞·第四

柳堤長，春雨露，雙燕向人語。語得分明，員轉最淒楚。雞絲龍竹雙鳴，銷人魂魄，絕不問，甚時歸去。　　晚天暮。行過窄板千分，留不住。至盼珠波，耽閣小蓮步。細認心事，都教先到，可不用，語言分付。

帝臺春 楊花詞·第五

煙柳吐，飛抛人，向何處。剪葉滌枝，費束千分辛苦。檢點詩筒零淚點，也曾作海棠花主。憶當時，玉面星眸，風情楚楚。　　愁難訴，天莫補。夜漏寂，夢雲阻。便寫盡相思，甚紅箋，也當不得人言語。數柳東花北凈盡，偏不見枇杷簾户。且私祝東風，願仙客如故。

情久長 楊花詞·第六

桃花謝了，英雄客子鋼腸裂。卷向日，短詩才筆，齊用銷滅。夜長翻錦被，大不解，兒女心腸冷熱。尚贏得，秋星默許，去了還來，春未莫，花時節。　　窗月沉雲，漏盡孤燈黑。最没個，妙方抹滅，凄涼心血。夢中冷咽，只不定，今宵有無魂魄。待逢伊細問，枕角牀沿，當可有，夢蹤迹。

二郎神 楊花詞·第七

對東風説，又過了，一年春影。記窄窄羅裙，雙鷺織就，虧得殘花暗襯。久不相逢何敢問，怕想起，從前光景。門外小板碯，柳邊花下，立斜陽影。　　誰領。欲歸又住，徘徊難穩。竟拼着勾留，整衫扶鬢，延到昏鴉歸盡。厚親不忘，用心良苦，是我負恩無信。憑燕子，寄語楊花，只許有相思分。

烏夜啼　楊花詞·第八

殘香不斷餘紅，半空中。化作楊花，全不念東風。　　朝霞臉，銷魂眼，最玲瓏。盼我而今才三月，一春通。

鎖窗寒　楊花詞·第九

萬樹分春，千山晝雨，濃雲墨染。桃消柳息，依約尚難猜算。獨亭亭，如月個人，香秋夢少音塵斷。記年時默默相逢，尚借杏花遮臉。寒遠。思量久，與我今甚時相見。莫莫朝朝，翻入熱腸千遍。最銷魂，斜陽冷風，凄涼立盡黃昏院。縱研摩，眼淚塗詩，淚也無多點。

滿路花　楊花詞·第十

春風無幾日，小坐剔孤鐙。翳窗雲搏漏，一粒疏星。芳期密約，前夢隔銀屏。等我回眸處，仍在南園整衣，攏鬟兜裙。　　燕箋鶯語，消息太無憑。當留前日淚，付羅巾。楊花心性，遮莫嫁浮萍。難怪行蹤緩，寶帶腰圍，硬教瘦損三分。

百宜嬌　楊花詞·第十一

月墜金篦，柳陰濃淡，初夏尚無微暑。獨坐剪燈，細思前事，錯作芙蓉花主。而今間阻，忘不時，年時前度。兩重心，離合去來，惹鶯兒隔花妒。　　三四次，撩人情緒。縱百度相逢，默然無語。兩秋星解說，恩夜傳，得千分清楚。車忙日暮。又凝睇，迢迢歸路。將詩魂澈底銷完，放人家去。

漢宮春　楊花詞·第十二

瀟洒風流，自大羅何處，漂墮人間。蒼天百種調護，厚與詩箋。雛鶯好事，把游魂呼到花邊。單儘着，尋尋覓覓，年年病病忳忳。　　搜盡鐵腸苦句，比玉盤鏗脆，珠顆清圓。傷心教人怕聽，味苦聲酸。情天艷海，時荒疏涌出金蓮。殊自幸，楊花眼見，乖張却不生嫌。[1]

虞美人

紅巾細揾英雄淚，酒好人難醉。登樓長嘯水波鯉，一陣狂風吹破半天雲。　　虎關萬里無人閉，鍛落摩天翼。去年今日劍光紅，多少骷髏盡然角聲中。

花心動

誰把英雄，幾點興亡淚，來澆詞稿。換了兩朝，餘得幾家，室冷婦孺兒小。鐵葉燈火千年夢，掩不着，旁人嘲笑。而今只，神碑鬼殿，野矢秋草。　　點點殘腥未盡，偏冷飯餘墨，落腸能飽。犬馬舊奴，搖尾人家，不念主人潦倒。錦州宮觀秋蕪滿，空留與，夕陽斜照。黑夜上高樓，極東一眺。[2]

大酺

漂落天涯，張雙眼，望江南親故。新年春已暖，問鶯花兒女，可如前否。蘇小坟邊，花神廟外，青了幾柯堤樹。當時吟詠地，莫愁湖轉北，藕花深處。有酒怪詩王，自排歌隊，大張旗鼓。　　豪情偏激楚。取雙劍，斫地和花舞。怎奈何，風塵三載，委頓凄涼，等閑磨，死生龍虎。只鐵腸難斷，函淚寄，陳同甫。也應解，新詞苦。重逢何日，天外聲聲歸櫓。我隨白漚一路。

六醜

從嘉州別後，直處處，訪君無迹。裹詩探梅，經江南冀北。渺無消

---

① 原注："楊花眼見"四字，見宋詞人程正伯。
② 原注：胡后生年，有鐵葉電燈葡萄架。

息。記得於箋裏，餖飣蝴蝶，畫出花魂魄。而今回首只留得。淚點胭脂，斑斑滴滴。林禽李花都好，但昌州驛使，天底遠隔。　　東君前日。挾風雲組織。剪鬢修眉，綴紅成粒。三番兩次梳掠。竟盈盈欲笑，笑生還默。朝陽暖，工夫費盡，才得畫簾粉妝，潑動出鉤輕揭。含羞帶兩三分怯。念褪紅尚早，將前事同伊説。[①]

風蝶令

　　朗朗春冒月，茫茫照夜寒。長江如練樹如煙。遥想乘雲飛過，小孤山。　　雨夢重員缺，雲衣再見難。可憐人老鐵腸乾，只好權將初二，當初三。

春草碧　本意

　　漸萋萋緑遍，大江以東，天遠無極。春來處，野店孤渚，斷橋荒驛。茵花襯石，儘量盡，弓鞋淺迹。惟有白傅離離句，寫得太生色。　　何處最多黄塞垣，有駱駝羊馬，萬里戈壁。斜陽暖，看疊幕西迤，落青騎碧。明妃冢外，更氈地，叢叢茂密。大翠迫天，中原烟點何窄。

卓牌兒

　　　　時家山大亂，然兵匪尚不相犯。

　　茶香酒醒，衰翁獨坐，柳花庭臺。掉首望南國，風雲莫測，蒼生流血，鄉思正苦。兒女共賓朋，天以北有人歸否，爲我帶行書。從江北傳過江南，付與蒼眉婦。　　問伊兒母，避烽火，移家何處。傳言漚鷺，爲我語群虎。當解尊賢休戕我，手栽規矩樹。遠阻。怕聽宵鼓。

望雲涯引　聞雁

　　雲鴻飛過，到何處。盧汀去，可有家鄉，一樣漂零煙雨。尋江覓海，

──────────

　　① 原注：在院内，滄州海棠怯春，遲遲作花。

認得來時，集甚遠渚。約得群漚，西行隔天語。　　問今年，塞北當有雲南渡。等是天涯，應久念，風塵苦。多寫平安，告甫母。莫望歸人解甲，歸期還阻。①

千秋歲

春來天外。紅杏花如海。扶杖去，茅檐矮。一溪流水窄，水緊漁舟退。凝望裏，半江落日紅雲墜。　　村酒尋常，燒筍嘗魚會。歸道遠，鴻聲碎。錦江來書渺，錦水分難滙。街鼓動鴉，畫角催人睡。

賣花聲

何處問興亡。雲水湯湯。借乾坤作小歌場。戲鼓花旛零落盡，頭上堆霜。　　生死兩茫茫。虎倦龍殭。談兵沒分遇周郎。只有西山黃土好，埋盡君王。②

醉落魄

江南人問江南路，在斜陽處。銀環綉闥雙朱户。窄板礄西，門外兩柯樹。　　天涯自說傷遲莫。爲伊總把歸期誤。白茫茫地江流注。水外天低，天底山無谷。

塞翁吟

偶拾金綫看，遙憶若別儂時。桃雨重，杏花稀。淚向酒邊垂。申江月月逢美水，相見誼後來期。怕索看小箋，潦草不成詩。　　何知。分明是，東風吹絮，經一歲，歸來未遲。甚萬里，封侯計短，已多分，採藥仙洲，並載蛾眉。英雄不值一唾，抽身應早些兒。③

① 原注：時北軍方南下。
② 原注：赤壁之敗，五官尚成大業，識洹村之不及阿瞞遠也。
③ 原注：送友往日本，其人悍而無學，因不薦姓字。

選冠子

瀝豹盟詩，屠龍罄座，豪氣尚橫天壤。隨花學佛，借酒逃生，多少激昂悲壯。還是少年游客，譎輭性情粗莽。甚英雄兒女，短期長命，蟻蟲龍象。　　經幾度，雨打風吹，骷髏臺榭，無過早埋晚葬。兒孫落魄露泣，波漂千里，一泉何江。何不煙波，先買魚天，垂竿下網。得半船冷月，吹白蘆花千丈。

過秦樓

縱火村頭，磨刀嶺上，古今天意茫茫。早野空民社，更浩劫重來，喚醒豺狼。遍地血花如雪，天陰鬼哭淒凉。問英雄事業，果真如此，天怒人殃。　　有鐵衣虎黨，金池鷥客，經文講武，規畫堂堂。偏舞臺歌蹙，得雨打風吹，斷送新邦。倉猝四年中，恰黃粱旅飯初香。只烏烏玉术，丹鼎哀鳴，長念君王。

驀山溪　客北凌霄風雨霏露

城根蕭寺，風景最酸楚。窗外兩聲濃，杈枒古槐高樹。深宵華燭，散影半垓紅，三更四更風，明日銷魂霧。　　柳綿萍點，分散來還去。零露最堪傷，只今宵，淒凉難度。萬支千葉，總不敵相思，花如命，命如花，悔作荼蘼主。

洞花歌　荼蘼

采香調雪，挽春風稍住。諒遲來合遲，會聽排紅湔綠。洗盡繁華，叢陰裏，呼出雲衣仙女。　　問瑶花玉朵，所得瓊肌，絕少天然束風味。傳語莫愁堂，偎傍飛瓊，還較鬱金濃十倍。但尊重，柔美莫輕翻，教刺破梨蕊，滴燕支淚。

雨零鈴　日本櫻花

東瀛花事，送香魂渡，小蓬萊外。奇葩乍識古，得來三面栽。千枝繡繡，萬樹垂紅，看名澈霞天粉姿。想島浦，三月晴天，蝶女蜂兒萬舟載。

移根泛今宵蛟浪，洗詩眸，細認芳蕊。海棠分得，長蒂尖瓣，博得愛美人偏愛。舍過桃花，勻點胭脂，柳腰眠怠。試拆下，自上妝樓，送與憑伊戴。

鴨頭綠　慨清之易得易失

掉頭看，念往日胡塵起。淮北猛虎鬥江南，赤露流血君王死。降囚獻，垂手河山，姓不再。興時難久恃，難久恃，高陵紅草野風寒。新宮闕霏金成雪，五鳳千鸞。　　自南巡，金錢枯竭，子孫將次凋殘。漸海氛大作，迫燕燕，逃影花間。笑茲後風雲，邪穢封敕太難言。辛苦雙雛，淒涼孤鳳，胡蘆依樣學臨安。夢醒也，百年盤據，久假當還。

剔銀燈

夜宿金陵更盡。樓外水天，難認浦口魚燈。臺城粥皷，牽引旅愁無定。此間舊好，思桃葉莫愁成病。　　游子心情不穩。夢裏相逢還醒。過得今宵，定遣柳花來問。萬難排解，將新約換頭重訂。

西江月慢

春宵漫漫，龍漏永，有時還滴。欹枕憶當年，小舟橫笛。度野橋，嘗酒我不。教歸去，瀉紅斟碧。醉入城，銜尾驄車，花氣襲窗鼻。　　漸大亂，烽火密弅冡。香消玉泣。荐篋新衣，還未着，儘斷腸消息。剩紙上，雨墨雲情，柔黃如雪。點點痕迹。最難問，有草半堆，寒食節。

晏清宮

小雨淋花點。時自滴，似離人淚珠綫。春心尚苦，慳紅吝緑，做寒裝暖。花信念番將半，早弄得，梅疏杏懶。燕子飛來，又説江外洲邊。麥蓋還淺。　堪念竊粉雛鶯，待香蝴蝶，無地消遣。煙煙雨雨，朝朝暮暮，乍晴還變。金爐潤，香然斷，玉手儘輕翻幾遍。捉弄得，上巳風光，零零款款。

傾杯令

賖酒評詩，吹鐙説鬼，共數麗譙宵鼓。香爲夢醒人散，窗隙點雲來去。　淋漓涂故新詞譜。付明朝，鶯花兒女。珠唇玉管相和，爲我花前楚部。

江城子慢　告韓金喜作

相將出城去，遥問燕燕，近日蹤迹。漸遠漸難覓。孤負了，一春詞筆。甚時節。紅板清歌杯酒座，輕輕爲，韓娥吹短笛。唱澈陽關停雲，舞入窗壁。　堂筵今怕問，想淒凉音，弄幾人垂泣。多心力。定爲汝，搜新詩成集。永收得。紅袖才人充弟子，同蘇小小，千秋相抗敵。念伊骨韻姍姍有來歷。

江城子

別體，冬一首，仿五代人。

繞園西角買餳聲，雨前春，放新晴。芳草野在，蝴蝶綉鞋輕。[①]　尋着小梅，呼紫簫，兩卿卿。　買花城外學聽鶯。來去太分明。兩眉青蹙金鞋子，祇映綉花裙。今日見他，明日見空，眼熱莫多情。

---

①　原注：化二白爲句。

雙調江城子

柳花池館燕教雛。早春初，亂紅鋪。悶悶忻忻，能飲一杯無。竟日倚闌無一事，尋女伴，没工夫。　　渴腸誰去問相如。鯉魚書，合歡珠。來有來時，去也有歸途。細馬扁舟無不可，千里遠，寸心徐。

飛雪滿群山 後門吉祥寺臥雪

晴絮滿空，駐岡人滅，酒醒詩興還濃。鐵腸非冷，凌寒不死，一生惟愛妙風。短歌乘妙定，灞橋誰畫，紅顏一翁。遠引孤嘯，神趣味，羞死幾英雄。　　曾記得，紫金山頂路，看大江南北，玉虎銀龍。秣陵關外，瓊樓萬柱，只疑魂魄踏天宫。到今宵此地，鎖蕭寺，綿綿聽鐘。壓檐三尺，荒枝冷葉無鳥蹤。

昭君怨

昨夜錦江春到。今日燕山人老。金鏡夜來看，不擅長。　　種樹花枝未發。雪水新波浩浩。驚起自長吁，好頭顱。

添字昭君怨

密約尋春香伴。自把出城期算。上春前後柳，垂絲不多時。　　莫着明金腹子。妨礙草污泥沚。晚歸争棹木，楠橈兩纖腰。

明月逐人來

長江今日，桃花流水。紅波點點英雄淚。户哭村啼，避豺狼蛇虺。不解蒼生何罪。　　還是燕山，殊有太平風味。長安市，游車成隊。吹暖玉簫，頭上宫花墜。尚説官家未醉。①

———————

① 原注：公府在西長安街，故云。

探春慢

　　宮樹凋青，短墻來月，天涯人在蕭寺。半榻埋灰，破衣成葉，天下英雄都死。偏我漂零慣，自春盡，淚箋紅字。故園柳色青青，盼人長阻千里。　　爲問零星朋輩。給盜賊虎狼，蹂踐連歲。哭國新詩，呼天殘稿，可共破廬焚未。當剩東風，好爲我行行偷寫。待着歸來，鋤荊自種桃李。①

念奴嬌

　　北來久矣，歷年年，長問江南煙樹。五十四秋，人已老，未必鶯花留估。滴淚研詩，傾腸貯酒，冷落京路。滅磨龍性，費雕多少詞句。　　春莫將近清明，鄉愁旅思，重疊無重霧。況是野風吹鬼火，明滅關梁閩楚。懸自天邊，盼老年尾，終是音塵阻。長空無礙，駕輪好月歸去。

八聲甘州

　　問蒼天，今古幾英雄，曾否在人間。只乾坤多事，出沙灸醢，殘碎堪憐。未是龍爭虎鬥，蝸戰血痕鮮。尚吾新羿鬼，黑夜號天。　　翹想看花節，有好詩好夢，延過三年。到今朝，人老才退，酒錢慳滿。無人尋蹤問迹，僅雲司玉犬去流連。斜陽好，祇帝王墳墓，近在西山。

其　二

　　問江南，楊柳到春來，應比舊年肥。想花神廟外，鶯鶯燕燕，都共春歸。細把興亡前事，都向杜鵑啼。總淚乾啼血，死也南飛。　　冷落金陵王氣，剩斷山一角，荒草成堆。等何時，鞭馬揮劍，掃陰霉，列牲牢，三軍哭奠，願蟄龍驚蟄走風雷。英雄恨，此生難了，不了尤非。

其　三

　　錦官城烽火近，如何無地問鄉老。念花孫嬌小，干戈長大，能識之無

---

① 原注：時京川不通電十數日。

定到。金沙磧畔，鋤舊夼廬。可惜英雄鬼，駿骨先枯。　　夜半南飛烏鵲，看封龍血首，腥點饃胡。夜蒼天黑眼，名士究何辜。縱他年，峨碑志痛，只瓣香孤冢。共徐吳魂，知否北來啼苦，淚也無珠。[1]

其　四

問神洲何变，有奇男傾海滌妖氛。數珠江滇桂，銷沉舊代，百萬精靈。突地嵩生嶽降，冠戴下天門。再灑英雄血，來整乾坤。　　不當尋常兒戲，只鐵肝鐵膽，甘死忘生。漸旄頭星落，腥海敗龍呻。莫教他潛波遠遁，願朱泙早晚拾殘鱗。南風緊，北獨飛，倦没地栖身。

其　五

問南屏山綠到今年，還記老翁無。念漚盟萬頃，牛屠幾輩，久斷魚書。獨我漂零京國，含淚學胡塗。把教簫評玉，來做工夫。　　不是揚州杜牧，活剪磨虎性，巴結歌雛。吾新箋流播，殘淚點千珠。儻江南旂亭唱到，願將些歡笑當啼呱。須知得，痄小奇痛，抵死難祛。

其　六

問淮南雞火盡神心，何苦滯飛升。自六公魂碎，金丹玉鼎，全是欺人。可惜吠堯嗥舜，徒目速爆烹。栗栗無人狀，未死先呻。　　劫慌含香深殿，弄豢龍手段，修小方鱗。乍蜿蜒失水，殘腰擁骨陵。漸紛紛蛇驚鼠竄，只藥爐鴻寶誤今生。堪憐是，翠娥嬌小，流落風塵。

其　七

借春風輕快到吾廬，傳語慰妻兒。合四年間事，霜饕雪食，全載歸詞。最苦也莫人問，只淚落千絲。第一難消遣，惟有花時。　　弄得生涯無着，與楊花柳絮，公共漂離。把平生壯氣，收拾付蛾眉。甚彬彬歌雛酒客，只借花銷恨鑄新詩。三年淚，半澆紅粉，半注金卮。

其　八

別鄉間，長此住，天涯何日買歸船。儘數年流落風塵，瘦損茅店。僧

---

① 原注：天下人於民國之興，公認徐錫麐、吳祝禎、朱山爲漢興三大傑，無孫表也。至朱山，而民兵始起，吾蜀之死國事者七萬，而滇、荆、吳乃應之。

庵自轉，鐵腸千折，天意若留難。未管羈人老，不放還山。　　近日龍殭海竭，任金沙萬里，綠到江南。願蓑衣斗笠，煙水覓漁竿。把星星英雄眼淚，傍蓼花親切對漚談。乾坤事有人擔負，與家何干。①

其　九

向風塵囊劍覓人頭，燕市發悲歌。問近來燕市，雞棚狗曲，可有荊軻。黑夜鐵龍鳴匣，辛苦爲誰磨。雪練太無用，夜起摩挲。　　試叩冰宮吳質，甚少員易缺，黑影婆娑。踏青天上去，携手問姮娥。問心頭零星血點，要幾時含笑濺山河。思量久，倚天長嘯，誰惜廉頤。

甘　州　楊花詞十八首·第二

甚老繭，拼命鑄漂零，詩花暗塵侵。只傾囊賸酒，裋袍痛飲，了些餘生。壯氣豪情每在，一劍擁孤鐙。問十州父老，可念承平。　　自分買山南道，偏楊花多事，留住詩魂。把千愁萬恨，收入兩秋星。許尋常，小闌開坐，漫無言默默，遞溫存。流連久，到斜陽落，最怕黃昏。

月下笛　楊花詞十八首·第三

故國峨眉，沉江冶綠，近來可有蒼雲護。記別青城不多日，蓉江幾度霏紅雨。尚裹着，新詩未補。更收些寒雨，孤舟流入，凄涼詞譜。　　遲莫。歸何處。只點點，雙舊盟漚鷺。愁魂酒魄，有千分萬分苦。卧紅巾裹英雄淚，并鐵膽，一齊交與。踏着月歸來，準明朝又去。②

其　二　楊花詞十八首·第十七

漂湯楊花，耽誤了許多春信。尋蹤問迹，罵東風晚來緊。粘釵撲鬢或輕薄，願珍重，蘭情水性。便無情似我，偏憐過愛，都也難問。　　微冷。寒猶淺，當晏起添衣，莫教添病。香銷玉減，須防他日難認。葳蕤歌

　　① 原注：此章微露同丁義舉。君阻止二次革命不行，大不滿意於時流，知其不學無術，棄禮革命，必有人患，長江大河將去支流而來榦水。　同社生黃仲權。
　　② 原注：自此始合七館游人，結每日必至南園之約。

豆還在否，可裹着，同心麝餅。記曾許，小往調花，想此番應準。①

渡江雲 楊花詞十八首·第四

新年春漸老，小樓獨去，煙澹柳陰迷。記到尋常行處，尚剩啼鶯，認得客來。非楊花，夢影憑空，想象東西。依稀兩株紅杏子，高與屋檐齊。

淒其。歌雲舞雪，畫箔殊鐙，更遷移何地。惟有點苔痕瘦，襯落花肥。今宵夢裏應未見，甚新來，連夢都郤。重有夢，休教帶着雲歸。②

垂楊 楊花詞十八首·第五

春雲晝日。又阻風閣雨，清明時，記得輕車。石橋初度，花如雪。逢人谷底，無言説。手攀着，綉鞋兒窄。漸偷將言笑了，仍還默。　　過了燒鐙一月。只音夢兩稀，斷人魂魄。等是天涯，那禁啼淚還啼血。淒涼況是天將黑。想未必人人受得。柔情不死，深宵來看月。

大聖樂 楊花詞十八首·第六

深柳殘花，小窗垂玉，最留人處。自那回，簾角相逢，夜夢魂飛，在林之山行雨。夢也惺忪難記，記前度桃谷幽院裏。悔當日，太辜負了人，不同伊去。　　而今此情最苦。看花自漂零春欲暮。罵輕狂無用東風，懶作荼靡主。燕子有情當傳語，苦心思飛向梁間細語。問伊可莫把清明期誤。

瑶華 楊花詞十八首·第七

濃雲幔綠，香海霏紅，正燕都春老。花開花落，人夢醒，似隔清明還早。尋詩評酒，問誰記，珠歌人好。經幾回，傾甕澆腸，醉死肩關年少。

何嘗細酌酣歌，只愛惜鶯喉，憐伊嬌小。春風已暖，應約舊，溫鶯朝

---

① 原注：玉於還齋無所不可，而余今年所許頁之者深。
② 原注：時移民，不知所往。

朝同到。掉頭怕問已往事，惟花知道。儻説來，又斷人腸，自是不提還妙。

掃花游　楊花詞十八首·第八

玉絲寶帶，繫綉藕花裙，個人如月。去人咫尺。會風情默默，千分奇渴。走過花邊，又倚闌杆腰密。心思縱鶯坌燕，猜也難着。　　偏我成狂薄。甚詞客歌兒，怕旁人説。蘭清水盼最分明，没有箋來約。閣到今，添引珠簾綉箔。此情悄問天公，幾時交割。

謁金門　楊花詞十八首·第九

花車空。簾外霏紅無縫。一笑相逢簾子動，有頭無尾夢。　　記得金釵斜攏。自把鳳弦鈎弄。夢裏夜歸雲氣重，去來無燭送。

西湖月　楊花詞十八首·第十

窗前落盡桃花，又四載京華，共詩蕉萃。鐵腸紅彩，清歌冶句，帶英雄味。玉梅應笑我，爲底事流乾雙眼淚。只錯愛，流血蒼生，長讀楚詞招鬼。　　老天太不憐人，聽盜賊虎狼吸膏咀髓。鳳兒龍女，雛花嫩蒂，葬紅流水。凄凉偏獨我細，撫痛呻吟魂魄碎。起來看海角群龍，九淵濃已睡。

秋蕊香　楊花詞十八首·第十一

歲歲清明見面。翠髮壓眉猶淺。柳花萍點小心眼。惹得愁腸百轉。合歡帶結鴛鴦綫。交雙燕。寄函春去人不遠。只隔楊花一院。

曲游春　楊花詞十八首·第十二

何處尋芳信，正桐華寒食，凍雲天底。客子多情，聽千聲杜宇，何如歸去。合算人生事。都不及，畫歌評戲。戲數幾個英雄，雨打風吹難記。

不若詩人無奈。借燕子鶯兒，銷磨龍氣。獨座寬杯，任狼吞虎據，都每人議。大笑春風裏。到天晚，尚悲歌未已。問冠冕，奴才何如老子。

綺寮怨 楊花詞十八首·第十三

獨坐蕭條庭户，密簾看雨絲。茶煙裏，輕割鸞箋，避人辛苦造生詩。花邊酒邊魂斷，玉師兒，拼澆酒滿巵。剩雨令，一院凄凉，更何處，訪雲腰月眉。　　問錦囊中玉徽。靈犀仙弄，只教人瘦花肥。芬密心期，全莫讓別人知。天天真來無淚，無半點，滴相思。殘紅亂飛。止不住，門前驄馬嘶。

霓裳中序第一 楊花詞十八首·第十四

清明第九日。海角狂風吹水立。如聽天昊號泣。看亭脚柳根，殘紅堆積。舊愁如織，記那回，眼波簾隙。費多少，燕尋鶯覓，小會尚難説。
何必酒醒鐙息。數龍管，冰絲自滴。長宵如此孤寂。並雨夢雲魂，不來荒僻。翠眉山幾華讀。不似温柔咫尺。思量苦，萬難成睡，倦眼落珠粒。

一萼紅 楊花詞十八首·第十五

玉觀音。① 是何年風雨，吹落人間。艷海酟香，花林辨笛，幾回抛盡金錢。又換第二番芳信，默會處，珠盼隔重簾。是否尤人，或真憐我無計到花邊。　　漸漸緑肥紅瘦，把玲瓏蹤影，餤食詩箋。讀了銷魂，聽來滴淚，婀娜好夢難員。多謝心期眼諾，衹誰遣，病病厭厭。還怕小鶯看破，低抹眉尖。

醜奴兒慢 楊花詞十八首·第十六

年時別去遲，過清明。寒食到，杏子棠梨開後，才會花陰。刺目難忘，丰裁言笑兩伻妗。高座先通，無言自解，情味惽惽。　　落到近來，

----

① 原注：玉觀音，美人名。

玉人無恙，偏我漂零。問何日，新詩重寄，冶夢重賡。定是相逢，月員花滿酒盈瓶。天憐人否，文祺艷福，盡在今生。

醜奴兒

巢金臺下風塵路，幾樹斜陽。煙滅雲荒。倚着青天看太行。　　江南詩好無人寄，辜負年光。別有心腸。閑勾西江洗潑張。[1]

攤破醜奴兒　楊花詞

去年今日無尋處，花謝東風。柳謝東風。琴冷香銷萬念空。也囉，難得是，不相逢。　　兒無書，託雙飛燕，雲也無蹤。夢也無蹤。海天間，没信通。也囉，難得是，不相從。

憶舊游　楊花詞十八首·第十八

甚年時莫事，覓空裁詩，曾過妝樓。[2]乍識鶯雛小，正盈盈秋水，迭送新愁。浮生祇此年命，經得幾回眸。況淒婉詩腸，纏綿歌脛，百轉千周。　　明朝準來否，祇愁在眉頭，人在心頭。任風風雨雨，前前後後，不見難休。相逢仍自歸去，兀地没情由。[3]許夢裏相逢，深更長夜稍久留。[4]

買陂塘

向西湖，貰些楊柳，漁人認得歸路。丹陽夢澤都無定，將就養群漚鷺。閑住處。在柳園荷鄉，簾管修詞譜。無心北顧。笑刀口英雄，花邊兒

---

① 指小軒。小軒之忠，人所不及。

② 原注：從所居樓下過也。

③ 原注："兀地"句，冶詞之最多界限者，可少爲法。

④ 原注：《自青臺城路十八詞後二絶句》："愁懷千疊鬢將華，淚點零星西望家。流落燕山作詞客，旁人爭説參楊花。""京華蕉萃兩眸酸，自碎新詩塞酒壜。我對名花發慚晚，千秋休作等閑看。"

女，趕得老翁否。　　風雲路，滅了幾家旅鼓。蝸争又是何苦。但雕新句傳來世，也共帝王千古。吴並楚，剩餘子寥寥，誰是生龍虎。春天漸暮。要一鶴馱琴，兩童擔酒，同我踏雲去。

其　二

託春風，寄函書去峨嵋，問古時雪。平羌水緑幾多年，長與夢魂疏闊。歸信確。要沙鳥煙帆，蓼岸蘆花月。早女排着。唤螯曳漁郎，羊裘石子，迢遞向天未。　　英雄事，大有詩朋擔任。漚邊無用多説。風雲劫火尋常見，只恐蟲沙雜活。塵土惡。怕虆血，朝衫不敵孤飛鶴。柳花初落。看錦帆衣，蒼茫雲水，差比帝王樂。[①]

琴調相思引

滄海蓬萊當小溪。采花歸去絮雲衣。青鸞無事，和月寄行詩。　　記得子高初到日，玉簫栖鶴導蛾眉。晚來風雨，雲護一龍歸。

喜遷鶯

春風無力。但逗雨酥花，揉紅添碧。不解摇天，平山捲海，波浪打蛟龍泣。五十四年落拓，五十四年詞筆。問世上，幾英雄未死，烽煙難熄。　　何必看老子。渌水移舟，畫裏披蓑笠。鷗海盤雲，熏天放月，自有神仙蹤迹。帝王只餘弁墓，鬼火宵明陰緑。短蓬裏，石馬同冷骨，曬枯殘日。

喜遷鶯令

城外路，柳逼礁。花底正吹簫。玉鈎簾角種芭蕉。濃緑太無憀。銷魂處。斜樹。夢也多時不做。年年寒食接花朝。孤枕夜迢迢。

---

① 原注：連用帝王，所以規小人者大。

摘紅英

花如命。詩如命。笑歌抹滅蛟龍性。起來早。鷺來早。才過清明，海棠開了。　　行難卜。留難卜。蒼生半死無人哭。天多事。人多事。赤龍飛起，祖龍當死。①

感皇恩

江氣白如煙，晚山將暮。小板橋西暮橫渡。大風吹水，飛燕入雲拾雨。冥冥天似流，能留否。　　過江也好，同誰共去，細把離愁向伊訴。無情漚鷺，不解異鄉人語。今宵鐙息，夜長難度。

摸魚兒

問蓉江，近來楊柳，依依尚有多少。洞庭震澤凋零盡，辛苦還尋青何處好。只戰血模胡，爲我添詩料。歸心定了。趁畫舫堆去，小樓傳學，緩緩就江道。　　繁華夢，早已風塵忘吊。英雄改作強盜。不如瀟灑尋梅鶴，尚與林逋同調。年未老。也難得，罵人冷眼觀年少。天邊樹杪。看欸乃歸船，更比古人早。

其 二

瘁京華，鼓生風雪，冰心鐵膽都瘦。玉鱗剝落玄龍死，流爛鄧林遺臭。②閑掉首。看雷雨風雲，瑣瑣生涯醜。不如屠狗。喚壓齁名雛，囊頭俠客，痛引爛腸酒。　　羞人多，只恨衣冠馬牛。舔痔承餘都有。封侯未就先枯骨，死去鬼呵難受。懷故舊。只掇螯澇蝦，兩個滄州叟。隱波千畝。也四海爲家，隨漚逐鷺，漂入五湖口。

---

① 原注：赤龍，丙辰也，時洹村尚在。
② 原注："流爛"句，指洹村部下諸將。

胡搗練令 柳花

自來身價比天高，頗有飛空情□。也送畫樓春信，簾角風初定。
明朝乘曉入雲中，望絕蒼溟難認。傳語雪廬煙梗，只有秋池分。

其 二 舊出京時小事

十年煙雨夢江南，認得桃根桃葉。一對小鶯花底，繡領雙蝴蝶。
而今老了教歌人，尚記櫻桃歌拍。傳語薛紅孫秀，不定相逢別。

望月婆羅門影子 海棠初乳

霞珠乍綴，一枝一葉唾絨絲。東風釅抹胭支。薄雨細風經過，點點帶
香垂。以春心正穩，不解愁思。　　朝陽影遲。剪嫩綠，細如眉。仿佛猩
羅細裹，紅豆稍肥。今宵濃露，想明日，應長一分兒。香透了，即是
開時。

雪獅兒

春風婍妮，可吹送游子新詩。江南江北，上有零星鬼火，饅胡人血。
英雄路窄。漸老大，膽消才怯。只可惜，荆州部伍，龍驤王業。　　幾多
心事難説。笑孤兒寡婦，化家爲國。曾幾何時，一樣淚珠凝睫。不能歸
去，廝守銅臺妾。繁華夢到，雞鳴凄絶。

奪錦標

火市挑魚，鐙樓貰酒，萬里情難滅。選得珠唇嬌脆，楊柳曉風，倚花
橫笛。只銷磨不了，劍函裹，模胡腥血。要何日，赤手恩仇，仰問天空明
月。　　誰是悲歌俠客。黑夜磨刀，映得一天霜白。老大漂零難返，煙雨
歸船，迤南邐北。把詩囊詞稿，託鶯花尋消問息。待他年瀝血弈頭，強魂
應泣。

露　華　本意

燕山風雪，笑斕熳韶光，不準時候。落盡楝氣，才覺春心初構。便來喚綠呼紅，萬粒綴枝如豆。霞衣從瑤圃經過，滴通身露。　　連朝已覺紅透。自並吐雙開，粉擠紺湊。不識去年，人去得歸否。儻竟誤入仙源，恰恰與花爲偶。者冶福，真許阮郎消受。

眉　嫵　送別

已重重斟酒，細細裁詩，心裏總難處。便有多情月，長相送，知君行到何處。小舟北渡。聽得聲聲，斷腸柔櫓。把孤客，兩尾煙頭，送入天底荒浦。　　今古。離愁誰。只要人滴淚，揩了還住。舊酒痕猶在，銷魂句，梁州羼雜吳楚。一箋萬里，受多少，塵土風露。沉星點文交，能夠幾回餞俎。

三姝媚　食桃

荼蘪花落盡。正朱櫻垂垂，滿枝鮮艷。綴露凝紅，捲袖紗生，怕染衣成點。白雪柔腸，思得陽關人遠。自折千垓，花白雲青，翠絲還淺。　　剛與芭蕉同院。直萬綠陰中，動人心眼。粉蝶飛來，問江南落盡，幾家亭館。堆滿晶盤，偏合着，唇脂同泫。付筍厨多調蜜，浮員一盞。

綠　意　詠吉祥寺凌霄花古柏

淺青泠碧。是一株兩葉，亭亭交疊。千歲銅柯，不老霜心，偏有艷根情蘗。從低處密纏連理，恐引動，凉閣腸熱。一絲不斷花開晚，少小同根節。　　回念溫公玉樹，小青蓋脫盡，依松性格。薜荔黏蘿綫垂溪，難學倚霞奇絕。玲瓏長笑鴛鴦，畫不出紅羅衣褶。看四圍，百子纍纍，到肯讓他先結。

眉峰碧 　楊花詞

畫得眉峰碧，眉下雙眸淺濕。不用思量已斷腸，斷了仍無益。　　處處尋蹤迹，難得真消息。風裏楊花風裏飛，風也有，吹還日。

玉玲瓏 　楊花詞

城南遇，礄南住。靈籠心眼招魂路。朝相對，莫相對。嚼條咀果，可知情味。未未未。　　今朝去，明朝去。推晴推雨將人誤。千難慰，萬難會。水萍根節，石頭心肺。愧愧愧。

擷芳詞

花露濕。簾波密。可憐人眼青青滴。花無縫。蘽無縫。只看模胡，雨魂雲夢。　　千山隔。莫天黑。綠楊花學人爲客。詩無用。酒無用。聽愁來去，不能相送。

江月幌重山

枕上江聲戰鼓，酒邊落日歸船。少年豪氣冠東南。金鞭馬，一日踏長安。　　老去漸生悲感，旌旆又變河山。行舟須貯酒千罌。朝莫飲，澆透鐵心肝。

玉漏遲

華陽歸夢渺。而今也慣，風塵潦倒。紅豆生涯，道是不如歸好。不學英雄，拼命割取，煙波垂釣。時冷笑。虛名是福，不生煩惱。　　了了彈觜刀鍔，看沙場，許多年少。蟻戰史争，説與高人應笑。黑夜神洲鬼哭，祇一領龍衣新造。殘冷唾，此物竟無人要。

太常引

四年身世學浮雲。磨劍覓朱泙。衣上點微塵。自疑是，杭州酒痕。英雄也少，更無名士，大局待何人。莫唱太平春。算今歲，明年丙丁。

大江西上曲

鶴飛雲死，剩星星劫火，燒來荒土。健筆崔郎呼不起，怕聽東東鼙鼓。坐斷東南，投鞭橫槊，談笑驅龍虎。胡塵汩滅，卷河山付新主。遙想高祖當年，雲謀兩將，費盡千辛苦。鼎革星移無幾日，又見紅旆飛渡。孟岳精神，李徐兵力，直取黃龍府。金陵王氣，照天千丈如炷。

漁家傲

孤艇長篙來又去。半江落日前山雨。波底白鱗多不數，留不住。蘆村沽酒尋劉裕。　修至神仙年已暮，不妨且作魚龍主。清夢一天同月做，莫欲曙。隨雲流下柳花浦。

其　二

漠漠輕寒生小閣。閑翻玉鼎添沉屑。簾多縫開紅浪潑，桃花落。桃花落厚青苔薄。　小鳳依釵金尾綽。未歸雙股防人覺。潛向西垓尋指約，闌干角。闌干角憶前宵月。

月上海棠 本意

日光驟暖花心惱，夕陽渾，偏愛晚風好。天意更多閑，索性把素娥，邀到清光裏，北葉南枝梢。　露叢詩客孤吟飽。只微置，幽香滿懷抱。紺玉染霜，輝白娟娟，粉多紅少。家何處，此去滄州甚早。

御街行

今年漸老天涯客，住蕭寺，磨殘墨。一行二字一行詩，頑艷更加凄惻。模胡只五月。神宮鬼殿，幾點客里血。　仲謀兒好袁家劣。也都化家爲國。英雄忍死不低頭，到底河山崩裂。畫雲小輦，仙歸何速，剩短角一聲嗚咽。

寶鼎現

昇平三伯。年迹春夢，重重才覺。試返念，羶酋群貉，浩浩窮沙連雪窖。何曾夢見，人間天上，鬱簇龍樓鯨島。會運斷朱明，自失九邊南詔。

父老猶記金陵事，復千秋炎漢旆歸，英雄雲繞。二水三山龍虎抱，留季子北都謀斷老。羽檄天山上道。引算灘，嵩呼廊廟。萬里胡塵净掃。

深恨十八孩兒，空自毀，天壇靈沼。把神洲交付番雛，值孤僧一笑。今我隔江聽苦調。嘅報施何巧。更奇是，隣舫琵琶，愁死霜眉一姥。[①]

楊柳枝

白白梨花淺淺生。正清明，緘灰蝴蝶念新芬。動鄉心。　擬買歸舟浮峽口，數江程，不能客易上荆門。水初渾。

添一字柳枝

展研凝妝不語遲。愛吟詩。自拈宮本鬥，潛思愛填詞。　音諧譜合深相問，愛生疑。解得還來，强不知。可憐伊。

踏青游

寄問南屏，可有還江新雁。帶錦字，破空飛去，落城邊。孤僧院，光

---

① 原注：景帝殂，慈禧病，不服藥，知其數盡也。

陰淺，客塗遠。回首騫宮別殿，只夕陽鴉點。　　畫餅不成，空留許多恩怨。悔早別，婁樂池館。到今日，匆匆並志分香伴。莫自遣，墓出五官。相近鬼宅，細尋杯盞。

魚游春水

梨花開如雪。記得輕舟，新詩初就，殘月上窗三尺。薄睡吹鐙夢見伊，醒來還是無蹤迹。輕就枕函，重新來覓。　　月底花邊，久望沒君，甚柳消蘭息。又聽釵聲，穿簾度壁。擾人魂夢成風絮，去了還來還立。千宵萬宵，不如今夕。①

華胥影

荒茫無際萬里難，量與天同遠。浩瀰波濤雲帆，只露三兩點。深處可有魚龍住，貝宮珠殿。何不橫飛，鼓風雪，試心膽。　　縱不能來，甚番陽酒鐙詩卷。我偏無分，難逢飛花鬼燕。定約吳城詞友，踏玉波來見。萬丈非深，比情絲短多半。②

玲瓏四犯　夜聞布穀

鐙小更深，正剪素搜枯，催耕聲急。幾寸秧針，田作繡痕初密。泥淺不受犁鋤，儘費盡老農心力。自遠村喚到天明，先報插禾時日。　　柳邊梅畔乾冷咽。只聲聲，苦呼蓑笠。芳心比大司農好，留意先收遲。食天也，大可憐人，四字分明親切。杏子黃時候，香稻綠可稍歇。

一枝春　詠柳

碧柳撕春綠垂垂，畫活一堤煙雨。江程千里，一一送人來去。吳頭楚尾，便濃密，萬絲難數。直捨舟飛渡黃河，一片綠無他樹。　　長條漸白

---

① 原注：一夕之中，再見鳳姬而作。
② 原注：右大沽口夜泊。

清·朱策勛

/

1009

如苧。女兒箱染就，柔荑親作。① 風腰太輕，最愛打簾窺户。青青媚眼，記何處，我歌君舞。終莫問，新插汾陰，十圍如柱。

聲聲慢

賣裘尋劍，換譜教歌，風塵汩滅英雄。往事茫茫，和愁付與東風。楊花受成萍點，最難忘，南北游蹤。留恨處，只芙蓉別殿，花柳新宫。
長此冥冥天意，聽劫灰燐火，起滅西東。冷鐵無靈，不堪屠解蛟龍。殘局寥星，幾子笑，黄粱好夢難終。最嫋嫋，是雲車仙島，没路能通。

憶少年

風風雨雨，朝朝暮暮，茶茶酒酒。英雄没處尋，向蒼天叉手。　　戰鼓笳聲聽未穀。辜負了短歌哀叟。長劍鋏中鳴，化一龍東走。②

鞓　紅　梅

愛霜延雪，生來受冷，别具般，英雄血性。玉樓寶苑，十分調護，比不上荒江斷埂。　　畫月千林，丹山五嶺，笑古怪，虬枝鐵硬。綠陰結子，有閑心事，出手調和玉鼎。

法駕導引

蓬萊水，蓬萊水，千古隔塵囂。惟有白雲來去熟，雲邊欹月聽吹簫。應是董嬌嬈。

步蟾宫

人間靡靡風雲細，閣些子琴書没地。清凉只愛廣寒宫，仰頭笑向吴剛

---

① 原注：作，音助，一字三音。
② 原注：天頑居士自丙辰後始信天下無人才，所言所行皆亂有餘而治不足，悉清之餘氣，乃苦心立救世學派。

借。　　嫦娥沉睡呼難起，自踏着青雲飛去。桂花亂落洒鱗紅，看見五洲如粒米。

鳳栖梧

　　綠杏青蒲春已卸。點點楊花，飛過江南去。燕子鶯兒留不住。秣陵關外千條路。　　花信詩箋兩無據。休訪城南，細柳橫磻渡。短笛作弦三十部，人間莫個銷魂處。

花　犯　丙辰午節

　　太漂零，新詩短稿，天涯住孤寺。他鄉又寄。對紅酒青蒲，牽人歸思。老妻弱女無音字。三年人萬里，想不得，錦舟飛下，環杯相對話。　　萍花柳絮入東風，天南地北有時還相遇。人更苦，千山萬水無歸計。今宵夢，踏波上峽，晨鐘驚睡起。起去更，不堪回憶，鮫絲污冷被。[①]

遠朝歸　二次宏孝寺看花

　　東北春遲，看鼠姑盈盈，一寺珠樓綺。瓣深淺，和勻紅紫。花車綉馬，引出雪兒雲子。香裙屐。任遺釵落麝，佛前花底。　　惆悵蝸戰龍爭，坌美景良晨，老天鄉事。歡場淚眼，交付那家才是。梟雄狗客，到今日，何如名士。烽煙外。尚携着，大杯短紙。

大　有

　　玉蝀橋邊，石鯨池畔，客子三回買蒲酒。算初來，西山翠色還夠。風塵幾度遭磨滅，都鳳鼛鼓車難候。百里萬里奔馳，一分兩分消瘦。　　餘羹粥，殘瀝酒。酸苦味偏能，塞人飢腔。長笑長啼，一院乳兒嬬婦。誰問零星家口。試念念，淥水青龍，尚能來否。[②]

---

　　① 原注：此平生第一險也。沺村六日不死，余七日不可問。有細語，存自書大字原稿。
　　② 原注：午節過清故宮小青龍、宋官舫。

青杏兒

游客太郎當。握管筆，愛説興亡。勸君且把英雄淚，花邊涂抹，酒邊涂抹，奪了詩王。　　心事兩三樁。選名山閣研安床。種花漉酒教兒女，讀書也好，讀詞也好，最多心腸。

貧也樂

楊李木，前朝物，生人歌舞死人留。玉堂苑，帝王家，歌新含啼，流淚作生涯。　　黃雲紫氣全消滅，千里家山歸不得。新夯廬，舊夯廬，牛踏羊穿，挖得草根枯。

甘草子

春早。在莫愁湖，碧柳籠船小。四白萍香，一枕江南覺。　　今日北來舊朋好。半雨絮，風萍難召。書渺飛鴻渡江去，説尚游燕趙。

山花子

冷雨微風不解愁。凄涼人正入新秋。回首長江無一浪，向西流。鄉路八千雲黯黯，柔腸千折恨悠悠。天外夕陽紅盡處，是涇州。

（録自《朱青長詞集》，吳洪澤點校）

宋輔仁

宋輔仁（1864—1916），字友樵，宋育仁胞弟，富順人。著有《逃園拾殘集》。

摸魚兒 重九用稼軒韻

近重陽，滿城風雨，扁舟來又將去。秋深花木徑槁，只剩榆錢堪數。閑不住。那怕是，波潮險阻無平路。含情無語。游倦了長江，布帆收捲，對酒也煩絮。　　心中事。仔細思量不誤，問誰何事相妒。相如爲作長門賦，付與阿監一訴。當軒舞，問誰種，相思紅豆盈畦土。拈來盡苦，翹首望鄉園，巫山十二，字水斷流處。

浣溪沙 過江陰

江上連綿不斷青，江干紅紫蓼花明。西風日暮過江陰。　　幾點風鴉如亂葉，一渠流水繞孤村。故鄉無此好園林。

其　二 過蕪湖

紅樹蒼山寫素秋，瓜州風景似揚州。月明江山酒家樓。　　數點風雅如亂葉，兩三星火誤浮謳。好天良夜最勾留。

（録自《逃園拾殘集》）

馮　江

馮江（1867—1907），字星吉，華陽人。光緒丁酉（1897）舉人，官雲南平彝縣知縣。著有《寫定樓遺稿》。

菩薩蠻　月夜思親

紅燈如豆搖孤影，空齋獨抱秋心冷。一點一聲秋，桐陰雨未休。
夜闌窗忽白，坐對關山月。何處問歸程，思親無限情。

其　二　閨情

簾波漾碎花陰月，沉檀半炷爐煙歇。風揚錦裙斜，花間課碾茶。
不嫌春夜冷，故故偎梅影。瞥眼見檀郎，笑從花外藏。

其　三　亡婦忌日

誰言死日猶生日，椒漿桂酒陳虛室。奠酒淚盈尊，卿知也斷魂。
人亡花似舊，未免傷春瘦。心事訴花知，花應笑我痴。

其　四　秋日晚眺，時家君于役京師

萬重山路千重水，短衣匹馬秋風裏。昨夜夢親歸，醒來斜月時。
名利催人老，那及躬耕好。何處是京華，紅雲一道遮。

其　五　夜讀

一年幾見梨花月，十千沽酒君休惜。進酒爲君歌，人生能幾何。
不辭燒畫燭，要見山頹玉。萬事醉方休，醒時無奈愁。

其　六　春郊即目

梨花一樹無人路，依稀夢裏曾游處。記得那人家，去年無此花。
折花人不管，驚吠籬邊犬。驀地有人窺，墻頭小女兒。

其 七 新月

初三初四樓頭挂，有人花下雙雙拜。簾捲一痕秋，黃昏上小樓。
嫦娥何太巧，描就天然好。偷樣畫雙眉，誰家最入時。

其 八 無題

露華滿地啼螯咽，雲和夜半湘靈泣。薄醉不成歡，香消翠袖寒。
涕多衣半濕，凝作無情碧。月缺有圓時，郎心妾不知。

其 九 閨情

雲階月地春無影，簾纖霄羅襦冷。來看風收香，夜深花底藏。　　鴛
衾愁獨睡，暗蹙雙蛾翠。生怕理箏弦，春寒上指尖。

長相思 感舊

憶王孫，怨王孫。金碧樓臺空復存，一春長閉門。　　香懶溫，酒懶
溫。斷盡嬌鶯雛燕魂，捲簾煙雨昏。

其 二 題畫

朝倚樓，暮倚樓。渺渺蘆漪一片秋，夕陽紅不流。　　身悠悠，事悠
悠。萬頃煙波任去留，江湖一釣舟。

其 三

近山青，遠山青。四面青山列畫屏，傍山開小亭。　　睡半醒，酒半
醒。閑看垂楊裊碧汀，楊花欲化萍。

其 四 夜行即景

夜雲生，暮煙橫。一點疏紅小店明，酒家初上燈。　　風乍輕，雨乍
晴。最愛宵來帶醉聽，小橋流水聲。

搗練子　秋夜寄内

風雨夜，早秋天。孤館燈昏人未眠。遥憶昨宵鴛夢醒，玉釵聲墮枕函邊。

其　二　秋日江上即景

風裊裊，水悠悠。雨霽歸船晚渡頭。一路斜陽疏柳外，曝衣誰立小紅樓。

其　三　游多寶寺

人迹杳，梵音沉。古寺清幽耐客尋。雨意剛晴雲意晚，數聲風磬出疏林。

如夢令　贈内

慰藉情深伉儷。拭淚勞卿舉袂。風雨不禁秋，一樣芭蕉身世。無計。無計。嫁個工愁夫婿。

其　二　閨情寄内

斜月一窗夢覺。沉醉懶燒銀燭。酒醒喚烹茶，侍婢捧來菱角。親剥。親剥。送與檀郎解渴。

其　三　秋夜飲江樓

説甚金章紫綬。且盡螯霜菊酒。欸唾倚危欄，驚動滿江星斗。知否。知否。明日又逢重九。

其　四　春夜即景

銀箭聲多漏永。金屋香温酒冷。簾捲月溶溶，花卧一庭春影。人静。人静。殘醉玉簫吹醒。

采桑子 芭蕉

窗前莫種芭蕉樹，雨雨風風。雨雨風風，帶得秋聲入夢中。　　窗前須種芭蕉樹，綠浸簾櫳。綠浸簾櫳，不受紅塵一點通。

其 二 秋夜遺悲懷

紅蕤枕畔愁無限，才著秋凉。便覺宵長，幔捲銀河近碧窗。　　閑呼小婢詢遺事，一陣思量。一晌凄惶，花影扶疏月半牀。

其 三 閨情

一春長是雙蛾斂，減盡容光。別有柔腸，不種芭蕉種海棠。　　遮遮掩掩花深去，轉過斜廊。倚着紗窗，戲教鸚哥罵王郎。

其 四 贈內

蘭閨日暮花叢裏，種罷蘭芽。閑鬥新茶，贏得檀郎玉畫叉。　　晚來薄醉嬌無力，掩却窗紗。剔了燈花，學寫宮詞字半斜。

其 五 秋夜桂花下作

滿身金粟前身月，清影婆娑。閑倚庭柯，驗取天花著體么。　　瓊樓玉字高寒夜，風露如何。試問嫦娥，天上人間秋孰多。

阮郎歸 夏日即景

亂蟬聲裏樹陰圓。日長如小年。一簾風雨篆茶煙。枕書人欲眠。　　花徑外，草亭前。荷香雨過天。有時松子落衣邊。敲鳴琴上弦。

望江南 觀新妝

侵曉起，無語對妝前。半晌嬌羞開寶鏡，一番仔細理花鈿。模樣不勝憐。　　梳洗罷，香汗濕胸邊。眉黛綠將爭柳嫩，唇珠紅欲比櫻圓。分外覺新妍。

一剪梅 閨怨

三疊陽關萬里程。便不銷魂，也覺銷魂。梨花院落易黃昏。想起前情，没個心情。　　不道家書抵萬金。望過前春，直到今春。年年強半爲行人。風也關心，雨也關心。

虞美人 秋夜悼亡

夜長秋釀愁滋味，欲睡人難睡。最銷魂處最淒涼，第一芙蓉帳裏舊香囊。　　太常近日清齋病，没個人來問。枕痕紅漬淚痕斑，不枕函和淚寄重泉。

其 二 風懷

桐階一夜風兼雨，酸透愁腸裏。夢回支枕起挑燈，只恐一般情景兩般心。　　花箋寫得想思字，觸發心中事。玉璫緘札問秋娘，是否爲郎憔悴却羞郎。

桂殿秋 春感

思往事，總成空。落花無計戀殘紅。飄零脂粉妝臺掩，蟢子飛來第幾重。

風光好 秋夜

雨初晴，夜微明。起視銀河轉玉繩，近三更。　　背人悄立梧桐井，花遮影。遥認紅窗一點燈，讀書聲。

醉公子 閨夜

坐傍紗窗静，月寫雲鬟影。私語對銀釭，燈花紅一雙。　　賭酌新醅好，酒户嗤郎小。半醉擘鸞箋，題詩贈小鬟。

其　二　春閨

人静畫簾垂，香氣盤雲縷。梁燕自多情，竊聽紅窗語。　　繡倦未成眠，一枕梨花雨。最恨杜鵑聲，不到郎行處。

昭君怨　感舊

瘦削柳腰蓉面，零落舞裙歌扇。試與話悲歡，十年前。　　此夜金迷紙醉，明日酒痕衫淚。殘月曉風時，兩相思。

山花子　無題

愁上眉尖黛懶描。壓殘金綫只無聊。蝴蝶不來花信晚，魂易銷。司馬無心挑緑綺，影鸞有意嫁文蕭。蓮漏聽終人不寐，奈長宵。

紅窗月　秋思

一簾疏雨滴芭蕉。秋意蕭騷。況醉原無賴，醒亦無聊。今夜月明，何處玉人簫。　　阿環曾下雙星拜，私誓中宵。惜今生夢斷，何處魂招。從此紅塵，碧落恨迢迢。

太平時　秋閨

雨過流雲吐月華，倚窗紗。晚妝新戴玉簪花，鬢邊斜。　　四顧天光如碧水，噪林鴉。還憐蕩子在天涯，宿誰家。

減字木蘭花　江樓晚眺

路長山遠，獨上江樓秋已晚。滿目山川如畫，斜陽水墨天。　　避亂天地，人未來時愁已至。除是無愁對酒，高歌太白樓。

朝中措 <small>寄黄少鶴</small>

一年容易又秋天。詩債要吹還。爲報故人憔悴，近來買酒無錢。孤燈紅得愁無賴，隨意理吟箋。怪道夜深蕉雨，打窗故攪人眠。

醉思凡 <small>秋閨</small>

秋燈雨凉，羅幃夜長。小姑學綉香囊，畫鴛鴦一雙。　蟲聲在堂，烏啼有霜。剪刀猶自縫裳，聽鄰家曉妝。

烏夜啼 <small>詠妓</small>

寶燭明分鬢影，珠簾暗捲衣香。琵琶撥到低眉處，淚袖濕鴛鴦。近坐嬌羞模樣，停尊軟語商量。爲言病酒才起，昨日尚眠牀。

西江月 <small>憶舊</small>

記得初逢碧玉，牡丹亭子欄傍。鳳頭鞋子綉拖幫，姊妹争看花樣。彈指別來幾日，爲誰瘦減容光。背人花下淚雙雙，灑向海棠枝上。

其　二 <small>秋夜江樓有懷</small>

幾日西風又到，商聲漸落寒梧。嫦娥夜半驚蟾蜍，秋在水天凉處。倚醉閑憑畫檻，樓台影浸虛無。楚天迢遞少魚書，目送瀟湘雁去。

風蝶令 <small>草堂紀遇</small>

徑草裙拖綠，林花袖拂紅。淺斟低唱醉春風。妒煞一雙鳳子，近芳叢。　玉立花驚艷，欄回路轉通。鈿車歸趁夕陽中。真個衣香人影，太匆匆。

其　二　<small>秋興</small>

邀月閑橫笛，臨風獨倚樓。一簾疏雨做閑愁。正是檐邊梧葉，冷生秋。　　往事遲青鳥，前盟誤白鷗。此身何日付扁舟。作個浮家泛宅，五湖游。

南鄉子　<small>感舊</small>

昨夢小紅樓。説着前歡淚不休。妾似桃花郎似柳，飄流。一樣春來兩樣愁。　　無語只低頭。怕近紅燈話舊游。不解多情翻薄倖，難留。背面相思對面羞。

其　二

<small>客夜遇故人，歌筵話舊，吟調。</small>

話舊數悲歡。一種飄萍近十年。斗酒徵歌君莫惜，金錢。難買今宵一醉緣。　　霜重燭花寒。又是星稀月曉天。唱到陽關魂欲斷，纏綿。淚濕琵琶第幾弦。

南樓令　<small>無題</small>

春夢只如痴。春愁不自持。送梅花，人叩柴扉。知是玉人和月折，看花瓣，有胭脂。　　喜極轉生疑。風懷淡若斯。擘鸞箋，聊謝新詩。並寄一雙紅豆子，料此意，兩心知。

其　二　<small>春閨</small>

露重滴花梢。春寒坐半宵。倚紗窗，欲墮蘭翹。消受女兒香一點，金爐裏，帶愁燒。　　倚醉弄瓊簫。含情繡懶挑。最亭亭，玉婉珠嬌。笑並肩通軟語，顰翠黛，暈紅潮。

憶王孫　<small>閨怨</small>

羅衫減盡舊腰圍。白玉闌干盡日依。小院無人燕對飛。欲斜暉。開謝梨花郎不歸。

柳梢青 詠柳

春到江濱。年年柳葉，眉樣翻新。願化啼鵑，遍銜飛絮，去勸行人。而今攀折風塵。念幾輩，天涯客身。慘綠年華，軟紅塵土，到處傷春。

春光好 閨夜

人倦繡，月初明，啓窗櫺。和花私語怕人聽，不聞聲。　　背却銀釭獨睡，揭開羅帳輕輕。推枕故教金釧響，攬郎醒。

相見歡 贈閨人

等閑過了三春。笑和顰。稱個破瓜時節，綺羅身。　　終日睡，長如醉，愛依人。教買櫻桃幾顆，與嘗新。

清平樂 題竹裏撫琴圖

一溪修竹，風捲寒雲綠。遙夜月明聲戛玉，中有仙人結屋。　　回一曲瑤琴，泠泠獨有餘音。彈到高山流水，翩然老鶴來聽。

其　二 夏日丞相祠堂即景

雨聲初上，月上蓮塘裏。人影衣香何處是，遙隔盈盈一水。　　酒懷如醉如醒，尋凉更上閑亭。一陣垂楊風起，柳絲冒個蜻蜓。

其　三 秋杯

蟲聲唧唧，似伴傷秋客。滿地月華如水白，總是凄凉夜色。　　玉階多少蒼苔，當時印遍弓鞋。今日海棠依舊，摘花無個人來。

其　四　代題秋雨出峽圖，送人之楚

峽雲丞雨，四面橈歌起。十二晚峰低映水，頭白夜猿聲裏。　　畫圖省識行舟，煙波一片離愁。記取明年此日，遲予黃鶴樓頭。

其　五　月夜

清清冷冷，一陣愁心警。桐子滿階風露靜，曲曲闌干月影。　　棗花簾映橫波，盈盈似隔星河。試問妝樓十四，今宵秋在誰多。

浪淘沙　閨思

葉落小庭幽。獨自登樓。彎彎眉樣月如鈎。記得去年當此夕，相對聽秋。　　耐得五更愁。冷透衾裯。淚如銀漢曉才收。剛道忍心生分了，却上心頭。

其　二　春閨

別後奈春何。燕語鶯歌。柔情一片易銷磨。不分閑愁偏似鎖，鎖住雙蛾。　　花信幾番過。慵數庭柯。海棠開了兩三窠。小婢不知人意懶，催教鸚哥。

其　三　秋閨

秋思許多般。秋意闌珊。金風玉露自年年。愁倚高樓看皎月，郎面同圓。　　無雁寄書難。遠道三千。防秋聞道玉門關。昨夜征袍曾至否，寒到儂邊。

其　四　秋江晚眺

塵境幾回閑。俗慮都刪。夕陽猶在亂流間。雪樣蘆花霞樣寥，點綴江天。　　高柳數聲蟬。一抹蒼煙，谿邊老屋屋邊船。何日綠簑青篛笠。來傍鷗眠。

其　五　閨情書扇作

花外月微明。蕉雨初晴。倚窗閑按小銀箏。曲奏相思防竊聽，指上輕

輕。　　簾捲玉鉤鳴。觸撥釵聲。深顰淺笑若爲情。戲奪檀奴宮樣扇，偷撲流螢。

於中好　聽客話西湖採蓮

見說西湖舊住家。紅欄十里畫橋遮。摘來蓮子羅衣濕。唱罷菱歌璧月斜。　　從寂寞，聽繁華。江南却恨在天涯。今宵倘有西湖夢。願化鴛鴦入藕花。

其　二　有贈

春睡懨懨起夕陽。妝成理遍女兒箱。彩箋新養芙蓉粉。寶襪濃薰豆蔻香。　　花淡白，月昏黃。雨眉只覺瘦來長。閑開玉盒拈紅豆。斜靠銀屏擲玉郎。

風入松　秋思

芭蕉院宇晚涼時。酒醒夜眠遲。徘徊悄立珠簾外，一鉤月，一寸相思。爲愛清香撲鼻，渾忘冷露侵肌。　　不關秋士慣秋悲。舊恨有誰知。鬢絲禪榻單寒甚，更何人，將息添衣。掩却瑣窗獨坐，嫦娥笑也來窺。

太常引

鄉心一夜破春驚。無計可留行。細數合江城。有多少，山程水程。　　荒郵曉起，孤舟晚泊，一種是離情。歸路近清明。況禁受，風聲雨聲。

其　二

秋夜偕少鶴飲酒家，往歲與植夫飲處也。

高陽故侶幾人存。怕聽憶王孫。重扣酒家門。休孤負，消愁一尊。　　昔時明月，今宵濁酒，强半是銷魂。剩有一襟無恙。請君驗，新痕舊痕。

臨江仙　詠秋海棠

誰道海棠秋更好，墻陰一樹開殘。和煙和月畫來難。可憐紅滴處，猶作淚痕斑。　曾記玉人新睡足，晚妝簪上雲鬟。只今相對憶前歡。凄涼風雨裏，不忍倚欄杆。

其　二　感舊

記得春江花月夜，嬌羞百樣逢迎。醉時紅笑目先成。聽歌常擊節，勸酒不停箏。　今日尊前重話舊，依依强作歡情。十年羅隱未成名。那堪俱老大，無計慰飄零。

卜算子　閨情

春曉不勝寒，只把羅襦着。特地催將半臂添，翻笑郎輕薄。　對鏡理雲鬟，嬌腕可憐弱。忘却妝臺金鳳釵，佯怒向郎索。

其　二

停却綉鴛鴦，人静花陰午。倒影池塘映鬢花，魚唼時吞吐。　日暖愛微風，故故穿梅塢。折得梅花兩袖寒，尚帶朝來雨。

生查子　無題

湖水軟於羅，湖艇輕於葉。一陣棹歌聲，驚起鴛鴦歇。　花映錦裙紅，水濺羅衫碧。尋得並頭蓮，笑背鄰舟摘。

一叢花　游山亭

青山紅樹白雲鄉。老衲足徜徉。小橋流水通幽寺，聽疏鐘，打罷斜陽。下界煙封，上方月起，風送一襟凉。　清泉白石舊膏肓。瑶草爲誰芳。齋魚粥鼓平生願，幾時逃，利鎖名繮。清景來遲，歸途去早，猿鶴笑人忙。

高陽臺　秋晚望江上蘆花

細落輕波，濃遮遠渡，濛濛欲化秋煙。一白空江，微茫月上沙灘。數聲旅雁秋無際，料雙雙，夜宿荒寒。認深叢，一點紅燈，知有漁船。
年時記得春江裏。有孤舟迷柳，晚泊堤邊。回首斜陽，楊花一樣愁牽。江頭不少單寒客，莫輕盈，去撲征衫。怎如他，棉花有用，衣被人間。

其　二　江樓晚眺

水氣凝寒，橈歌聚晚，誰家少婦江頭。翠袖無言，含情似望歸舟。珠簾瞥轉驚鴻影，怎行行，却又回眸。惹今宵，客子天涯，幾許鄉愁。
居然點綴江南景，有幾行衰柳，團住紅樓。畢竟輸他，二分明月揚州。想當孤棹樓前泊，聽玉簫，吹破凉秋。戀清游，明日重來，此地勾留。

其　三　春煙

淡抹山青，濃遮水緑，依稀欲化輕雲。記得瀟湘，幾回春曉船行。推篷滿眼風和雨，悵帆飛，影不分明。只模糊，楚火沿流，散點星星。
頻年客裏逢寒食，慣花村酒問，柳墅芳尋。無奈斜陽，偏多馬上黃昏。生憎大道紅樓暮，更垂楊，暗護旗亭。到如今，竹裏煎茶，歸伴樵青。

其　四　初秋過蓮池感舊

凉露催秋，輕波蕩雨，銀塘霽色澄鮮。水面芙蓉，盡伊容貌清妍。想思欲採蓮房寄，怕愁絲，被藕還牽。悵盈盈，天樣銀河，只隔花前。
舊歡已逐萍蹤散，剩凌波步處，無數田田。暗裏餘香，氤氳不似衣邊。緑雲一夜紅芳換，恐重來，盡化寒煙。算輸他，薄情明月，猶照嬋娟。

其　五　初夏題某氏別業

緑暗陰簾，紅疏燕户，一般煙靄黃昏。前度東風，送他春去無痕。亭亭不見桃花影，問斜陽，何處招魂。怪連朝，客怕登樓，人怕開門。
舊游如夢難尋覓，剩綺羅池館，檀板金尊。杜牧遲來，成陰枝葉獨存。多情應是天涯草，尚萋萋，解憶王孫。算年華，啖荔重逢，買夏論園。

東風齊著力　秋夜不寐作

燭影搖紅，衫痕碎碧，總覺無情。十年鴻雪，倚枕最分明。漫道人生蕉夢，偏不解，夢也難尋。聽檐外，碧梧搖落，漸起秋聲。　　孤館太凄清。思量起，舊歡都是飄零。美人名士，尚有未招魂。算只前生明月，猶照留，五夜蘭衾。無聊甚，一天風露，何處瑤笙。

一萼紅　秋晚看打稻有感

看村莊。正新晴打稻，處處趁斜陽。喜溢兒童，歡騰父老，那更雀噪空倉。算只有，衣粗食糲，是人間，第一好時光。富貴浮雲，功名流水，傀儡登場。　　堪嘆今來古往，有幾多青史，夢熟黃粱。急典琴書，早營養笠，從今計決農桑。但得個，清閑日夕，便詩壇，酒國與平章。若問先生世，不下羲皇。

其　二　書懷

數華年。嘆雲飄雨泊，辛苦幾曾閑。味嚼秋茶，愁牽春繭，晴易白髮朱顏。漫說甚，雙全福慧，是匆匆，一枕小游仙。歲若長春，天如不夜，月亦常圓。　　從此參禪證佛，或幾生修到，不謫華鬟。慧劍勤揮，智珠半握，何時斷却塵緣。買樵斧，耕蓑漁艇，早安排，去占好溪山。笑謝青雲儔侶，天上人間。

聲聲慢　秋夜有懷，時客戚家

高梧雨霽，小院秋澄，夜深冷逼闌干。徒倚瑤階，侵衣玉露如團。天涯幾聲來雁，被西風，吹散雲端。堪嘆我，別來聽慣，莫到伊邊。　　不問蒼蒼何意，只由他月魄，終古長圓。那得茶香酒熟。一晌追歡。相尋擬從夢裏，奈迢遙，不辨山川。空寄信，者相思，難寫與看。

滿庭芳 秋望

雨白蘆汀，煙紅蓼嶼，縹緲江上漁舟。浪翻黃葉，舊恨觸飄流。多少英雄抱負，行藏事，慵問沙鷗。高城上，茫茫回顧，一片水雲秋。　悠悠。天競各，劉蕡及第，李廣封侯。況無限山林，白了人頭。漫說才華福命。知此事，如畫鴻溝。何須恨，金尊買醉，去覓酒家樓。

其 二 秋夜柬少鶴

月色移窗，秋聲倚枕。夜闌寒雁初來。十年塵夢，是夢也驚回。說甚山林臺閣，想天公，早已安排。君不見，眾人欲殺，千古謫仙才。　擬尋。燕市去，賣漿屠狗，携手金臺。嘆昭王安在，滿目黃埃。恨不吹笙駕鶴。乘風到，弱水蓬萊。君知我，一樽何日，相對話寄懷。

桂枝香 梨花

數枝臨水。化一片春雲，白鋪波底。醉眼朦朧遥認，華如穠李。朝來帶雨疑新浴，似華清，玉環扶起。山蹊雪後，嬪宮煙外，有人先指。任開謝，憑誰管理。笑夢中雲散，物猶如此。最怕黃昏門閉，一天風雨。如今院落都依舊，剩溶溶，清影而已。誰憐往日，中庭淡月，玉人同倚。

渡江雲 讀兩當軒集吊黃仲則先生

文章千古事，驚天動地，屈指幾才人。工詩窮有例，不道人間，薄命是聰明。謫仙而後，推時輩，便算先生。但一事，青蓮獨占，早歲飲香名。　飄零。吳山楚水，雨宿風餐，遍天涯客裏。磨折了，工愁善病，一個吟身。蛟龍不敢吞詩卷①，料皇穹，未負有心。空灑淚，一編如對吟魂。

---

① 原注：板經河患殘缺。

浣溪沙　無題

字字相思寫出難，淚痕不和墨痕干。錦麟何處問平安。　　　別後梅花
春較瘦，愁時月影夜添寒。與誰同倚玉闌干。

其　二

夢斷青天碧海身，鏤金箱在半栖塵。淚痕紅疊碧羅巾。　　　落地無聲
花怨客，營巢未定燕依人。可憐孤負廿年春。

其　三

寶鏡難同月再圓，繁華一夢娛嬋娟。回思舊事總凄然。　　　羅襪愁看
風雨夜，玉臺空掩艷陽天。海棠謝也又經年。

其　四　春游

意外紅樓似畫圖，綠楊深處記尋蘇。明珠曾爲繫羅襦。　　　蝴蝶光陰
原是夢，鴛鴦情性不宜孤。一春何處採蘼蕪。

其　五　綺春

門掩春風燕子梁，月明幾度鬱金堂。定情詩句綉香囊。　　　蕉葉閑邀
游子飲，梅花曾伴美人妝。雨淋鈴夜忍思量。

其　六

夢裏啼紅有淚痕，鈿蟬金雁半無存。花圍臺榭柳遮門。　　　錦瑟空彈
心上恨，玉簫長斷醉中魂。多情猶唱憶王孫。

其　七

數盡銅龍夜話長，羅衣搵淚懶熏香。可憐清瘦不成妝。　　　寂寞老蟾
窺寶鏡，等閑天鳳上釵梁。而今事事只回腸。

其　八

腸斷斑騅送陸郎，青禽盼久信茫茫。金輪咒誦只尋常。　　　天上瓊樓

無錦字，人間銀漢是紅墙。樊川夢覺十年狂。

其　九

碧玉誰言是小家，生來慧質本無瑕。鸞飄鳳泊奈天涯。　　愁聽玉驄
嘶大道，別來銀河阻香車。至今紅淚在琵琶。

其一〇　有寄

一曲瑶琴對月彈，玉梅花下譜離鸞。翠蛾無限爲誰攢。　　瘦對菱花
羞獨照，別來楊柳夢同攀。錦魚空解勸加餐。

其一一　春閨代和

修到鴛鴦白了頭，夢爲蝴蝶醒方休。懶邀鄰女踏青游。　　芳草落花
千里夢，篆煙簾影一春愁。怯聽羅帳響金鈎。

其一二　春郊即目

芳草連天展綉茵，青青未斷馬啼痕。冶游何處不銷魂。　　春水緑添
漁父宅，小桃紅亞酒家門。夕陽歸路易黄昏。

其一三　客中寄内

書劍飄然遠別離，他鄉又見月如珪。滿身風露夜眠遲。　　最憶行時
猶帶病，無多話對只如痴。爲郎清瘦怕郎知。

其一四

病骨秋來病不支，關心藥裹誤歸期。鄉愁幾夜雁來時。　　封罷素書
情脉脉，寄回紅豆子離離。知卿一看一相思。

其一五　漁父

愛棹漁舟泊釣磯，蘆花如雪撲蓑衣。朝來網得鯉魚肥。　　紅樹幾行
青笠挂，緑波一道白鷗飛。愛看月上唱歌歸。

其一六　游山

爲愛名山人翠微，松陰如沐濕人衣。忽聞鐘磬上方飛。　　樵客閑擔

紅葉出，山僧笑指白雲歸。貪看晚景竟忘饑。

其一七　遣懷

雨雨風風冷綉帷，年時靜好憶蘭閨。相憐只有兩情知。　　代擘花箋
謄舊稿，伴燒銀燭詠新詩。閨房不櫛有鐘期。

其一八

不是傷春便病秋，彩鸞生小自風流。轉因消瘦惜溫柔。　　愛摘新花
教插鬢，強詢舊事惹低頭。半緣嬌墮半緣羞。

點絳唇　江行即日

昨夜涼飆，冷風吹盡紅如燒。數汀蘋老。頭白鴛鴦草。　　倦客江
湖，讓爾漁家傲。鄉心惱。幾聲沙鳥。一碧秋江曉。

雙紅豆　本意

採新枝。擷舊枝。妒煞雙雙並蒂時。背人偷眼窺。　　長相思。兩相
思。一似兒身一似伊。團團無定期。

金蕉葉　旅懷

芭蕉不管離人睡。和雨和風，驚夢醉。起聽鄰笛，一聲聲似琉璃脆。
酒盡不堪重醉。　　故園此夜流紅淚，拼錦字，織殘蘇蕙。只應歸日長
齋，共懺平生慧。覓個佛龕相對。

百字令　客中七夕

一波銀漢，似輕雲界破，碧天微白。修到神仙猶有恨，況是江湖行
客。綉戶針穿，珠盤果進，笑語鄉園隔。那堪今夜，鬢絲添了微雪。
書札漫寄當歸，等閑萍梗，未醒周和蝶。半世才華憔悴盡，多少曉風殘
月。玉笛吹愁，金釭照淚，好夢從銷歇。誰憐兩地，鏡鸞長恨分析。

其 二 秋夜對月

舉頭明月，問高寒誰與，嫦娥爲侶。玉宇瓊樓人不到，落霓裳無數雲。帶香飄天，開鏡朗全，金粟飛如雨。錦囊人渺，紗籠上界題句。一自插腳紅塵，更無好夢，引我清虛去。欲覓煙波乘畫舸，秋水不通湘浦。詩卷光陰，酒鄉天地，彈指成長住。靈根未墮，廣寒猶是歸路。

其 三 秋暮登濯錦樓感懷

舊游重到，算乾坤身世，交游誰熟。樓閣遠收全蜀勝，不比阿房空蠱。雪嶺西來，大江東去，井絡輝靈宿。憑闌四顧，鬖眉俯映波綠。眼前濤井猶存，枇杷不見，校書當年屋。疥壁詩篇誰李杜，堪笑畫蛇添足。錦里天寒，錦坊雲散，勝事膠難續。故人曾此，紅牙夜度新曲。

臺城路　秋感

瘦筇獨立蒼茫外，倚樓幾重煙樹。落葉成團，栖鴉似墨，詞客空吟愁句。林端小住。有畫出斜陽，謝娘眉嫵。指點閑雲，遙峰一角忽遮去。

溪山問誰管領，想青鞋布襪，猿鶴應許。白社無人，紅塵誤我，舊隱不知何處。天涯倦羽。恐長嘯蘇門，鳳鸞非故。誰抱瑤琴，夜深和月撫。

東風第一枝　江行即目

夢雨鷗閑，倦煙雁靜，江光野色澄霽。日斜剛被雲收，風靜不聞潮起。是誰潑墨，寫一幅、晚天愁意。笑兩峰，隱約濃妝，暗鬥尹邢眉翠。看數里，楓林霞膩。更幾點，蘆花雪細。猿啼峽裏三聲，鳥倦林間雙翹。緇塵待浣，怕重昭、在山泉水。算客程，歸及新春，正宴故園桃李。

其 二 和友人春水之作，即送歸江南

楊柳顰煙，桃李怨雨，縠紋新漲微暖。問春流到江南，水與離愁孰淺。歸帆安穩，勝塵土、東華紅軟。笑呢喃，似欲留人，照影一雙檣燕。逗朝翠，波橫淚眼。延夜白，月窺妝面。好破浪乘風，遠到瓊林上苑。送君南浦，奈攜手、夕陽如綫。約甚時，三月揚州，二十四橋相見。

剪湘雲　春過戚家題壁

竹瘦欹花，雲陰閣日甚幾度。名園好景空遇。抛却家山猿鶴，怨此日移文應許。笑茫茫人海，等飄萍，那得風吹聚。　眼前四壁圖書，銀蟫誰護。剩香繞蒲團，空裊雲縷。別有相思人不解，錯道傷春情緒。想重來，又換綠陰，時問眠琴何處。

賀新涼　送友人歸江南

折盡天涯柳。問春風，綠到江南，故人歸否。樂府旗亭傳唱遍，舊業紅橋住久。喜松菊，田園依舊。更有才華供吟詠，把湖山，妝點逋仙後。多少事。漫回首。　眼前郊島仍寒瘦。料難忘，草堂人日，幾番春晝。一棹蘋洲漁笛晚，讓爾煙波釣叟。恰好有，忘憂時候。不是蒓鱸牽鄉思，是逃他覆雨翻雲手。離別恨，付杯酒。

疏　影　感舊

闌干倚遍，認枇杷幾樹，花下門掩。楊柳樓台，鸚鵡簾櫳，又被春光妝點。紅裙去後紅芳改，笑愁緒，絲梦還亂。想黃昏，醉不成歡，獨自翠蛾偷斂。　問訊西園雅集，有人明月夜，寂寞憑檻。未老風情，難近嬋娟，輸與玉簫金管。倩誰寄與相思句，寫上畫羅春扇。奈侯門，似海深沉，那得蕭郎重見。

其　二　白燕

雙雙舞倦。記差池上下，詠絮庭院。蹴過梨花，飛近荼蘼，艷色問難深淺。白描擬倩黃筌寫，向粉本，朝朝偷眼。隔晶簾，欲認還疑，語傍雪衣娘畔。　轉眼秋風似客，蘆花殘照裏，掠水重見。盡洗鉛華，全褪紅襟，月照雕梁泥滿。素心不礙朱門住，恐王謝，輸他澄淡。奈重尋，盼盼高樓，一樣縞妝人遠。

其 三 綠蝴蝶

翩翩善舞。愛臺階一色，掩映如許。滿地蘼蕪，滿院芭蕉，欲撲渾無尋處。雙飛秀奪春波影，鮑姑遠，湔裙遲暮。問何人，怨切黃裳，離離莫更深深去。　　記得桐花院落，收香靜夜裏，幺鳳曾誤。採綠遍逢，拾翠仍迷，多少南園情趣。生綃試仿滕王畫，趁黛筆，描殘眉嫵。怕尋芳，葉又成陰，繡卷紗窗私語。

綺羅香 秋感

徑仄藏煙，簾疏逗月，天氣微涼新換。綠透窗紗，蟲語猶疑春暖。聽玉漏，點點聲清，爇沉水，絲絲香軟。憶年時，同倚闌干，露華浥冷紅泫。　　風浪誰是同調，無那西園蛺蝶，尋芳都倦。一縷離魂，消向舊家庭院。人已去，羅襪塵生，夢無據，錦衾雲爛。奈柔腸，縱有并刀，剪愁愁不斷。

楊柳枝 遣懷

一夜風聲雜雨聲。夢頻驚宵寒。輾轉擁紅衾。對孤燈。　　消瘦沈郎心緒懶。吟懷減。新詩誦與玉人聽。舊風情。

（錄自《寫定樓詩餘》）

趙　熙

趙熙（1867—1948），字堯生，號香宋，自稱休庵先生，榮縣人。光緒十八年（1892）中進士，殿試列二等，選翰林院庶吉士。次年，應保和殿大考，列一等，授翰林院國史館編修。爲蜀中“五老七賢”之一，世稱“晚清第一詞人”。“工詩，善書，間亦作畫。詩篇援筆立就，風調冠絕一時。偶撰戲詞，傳播婦孺之口”。著有《香宋詞》《香宋詩集》等。

齊天樂　榮德山

是誰鋸下蒼龍角，晴空一坪秋廣。萬古無風，小池不涸，青入四禪天上。鱗原一掌。指貼地婆城，藥膏圓樣。影落東南，天臺四萬八千丈。

唐年祠廟尚在，薛碑今蝕盡，苔翠無恙。州以山名，砦猶宋建，老去希夷安往。洪荒坐想。定絶島孤撑，海浮千嶂。倘扣玻璃，日球空外響。

其　二　乾龍洞

亂山青出榮州界，界邊水流穿洞。石乳含秋，雲胎化碧，苔色六朝梁棟。人天萬種。定結自洪荒，海潮吹凍。想見龍蟠，爪痕深入翠巖縫。

詩人從古不到，晉時獠據了，還問唐宋。靈境多年，老樵探路，説有陰河水涌。西邊一孔。便縋火無光，紅珠似瓮。怕是驪宫，角根銀柱聳。

其　三　成都雨夜

竹梢留得西風住，千山萬山涼雨。頭白驚秋，燈紅碎夢，遮斷江關前路。簷聲太苦。算一月離家，明朝白露。枕上榮州，夜潮心涌亂松處。

橫流滄海四注，我思兮不見，人在黃浦。[①] 烏鵲南飛，闌干北望，來時陰晴難悟。皇城動鼓。更戰馬頻嘶，砌蛩如訴。曉廓芙蓉，萬花誰作主。

---

① 原注：松坡、孝懷。

其 四 香篆

多生此味難灰盡，濛濛一絲沉水。虛白窗深，小紅身熱，辨不分明花氣。垂簾到底。正倦綉無眠，銀荷春醉。晨入聞根，靈犀縷縷透心字。

相逢者般火色。個儂添炷否，幽緒難理。新夢縈邊，回文幻出，宛轉柔腸春膩。霞思散綺。願世世蘭因，梵煙成穗。正爇梅檀，步搖風又起。

其 五

休庵屋爲流彈所破，持傘禦雨，辛子有詞云："形影相偎，陰晴偶換，便是滄桑一度。"嘆其諧妙之情，戲賦此闋。

詞人例夢高唐雨，秋前一庵先破。漏盡三間，窮生百巧，不買油衣能躲。牽蘿計左。仗笠樣圓撐，鏡台雙坐。宛醉湖堧，手遮荷葉蕩煙舸。

媧皇補也無術，亂來天不管，全付兵火。紅日燒空，黑風吹海，野哭千家怎過。如君尚可。祇盼到晴天，又排詩課。頭上淙淙，一簦誰借我。[1]

其 六 今宵酒醒圖，和頻伽韻

明朝此客知何地，樽邊畫橈先動。醉淺無眠，愁多畏曉，柳下月明相送。雙星一夢。忍帶淚牽衣。喚聲珍重。小小燈花，結將紅豆做情種。

陽關休勸更飲，酒闌思昨夜，鴛被還共。隔水雞聲，收風魚浦，消盡臉潮紅涌。離亭樹擁。問甚日歸妝，紫騮親控。我亦屯田，畫中眉翠聳。

其 七

屋漏，得哲生詞，因寄辛子。

天光透縫如星點，晚聞碎珠飄瓦。鐘乳巖泉，醉頭春酒，細響依微燈下。宵情暗寫。似花外蚪簽，荷邊蠏舍。與婦移牀，約參禪味過今夜。

晴朝風意送爽，渡江雲曲子，吹動騷雅。去日歸心，凌雲渡口，黃葉聲中跨馬。征鴻到也。並遠夢峽山，買書無價。菊又將花，幾時杯共把。

其 八 秋荷

水窗無避秋聲處，田田半宵凉雨。翡翠無家，玻璃浸月，欲逼西風何

---

[1] 原注：顏師古曰：大而有把，手執以行，謂之簦。

路。生涯恁苦。記小疊青錢，一群鷗鷺。轉眼銅仙，玉盤圓貯淚如許。

託根曾隸太液，翠華三海地，都化南浦。暗綠搖天，枯香換世，葉葉洪荒一度。情天漫補。便戰地黃花，也愁霜露。老付禪心，妙蓮華萬古。

其　九　揮扇

涼生幾疊湘裙樣，春葱動搖朱夏。側翅鴛鴦，閃花蝴蝶，展出宋時聲價。泥金細寫。更點筆櫻唇，淡描宮畫。子夜聞歌，欄干按拍背人打。

秋來裝入繡套，萬千針綫眼，曾刺遙夜。無分團圓，不時開闔，紅裹淚邊羅帊。蕭郎醉也。慣撩向風前，聚頭低話。玉骨香桃，瘦來無一把。

其一〇　和季吾賦枇杷

江心一枕烏尤雨，中秋去年蕭寺。佛火寒星，漁燈古汊，綠透仙陀山水。離堆如此。攬萬古江聲，三峨雲氣。似醉金焦，白銀盤裏一螺翠。

瀟瀟今夜又雨，錦城無月坐，空守雙桂。白棓芟刀，紅旗露布，妙演咸通年事。年光夢裏。盼雁外新裝，黃花歸騎。放棹嘉州，法饒天半起。

其一一

辜懶雲竹西精舍。"竹西佳處"，白石《揚州慢》句也。

十年三換蓬萊綠，依然此翁無恙。翠羽巢煙，紅蟬蛻葉，劫外籜龍新長。仙方定講。近八十流光，生兒珠樣。倘傳高人，只除倪瓚世無兩。

圖中名士若鯽，數竿茅屋影，天色還亮。五硯風香，小欄花笑，勝我無家安往。山門自榜。問水調揚州，月明誰唱。釣定幽篁，百年清露響。

其一二　清明寄山腴皈公

送君小幅榮州畫，山城百花春雨。北郭人歸，東方日出，格磔渚頭沙路。魚陂四五。漸遠漸無人，豁開平楚。一壩晴蛙，宅邊倪瓚數株樹。

山從西角落下，翠尖尖似筆，天半撐住。倒影於溪，各家之竹，水碓綠蔭人語。思君路阻。奈小店依稀，草堂佳處。又過清明，亂山啼杜宇。

其一三　留別渝中知舊

夕陽紅是愁來路，依稀數峰青峭。個是榮州，算來公井①，陌上萋萋春草。清明近了。正秧馬田荒，杜鵑山笑。相對陽關，一回離別一回老。

霓裳中序第一，故人清唱裏，何限懷抱。② 紅雨沾衣，白頭扶杖，還想花崖重到。河清尚早。問來日清明，幾人知道。歸去來兮，送行詩定好。

其一四

眼前了了無生法，君看此樓深處。苦海元乾，禪天不壞，去路依然來路。新蟬自語。坐萬綠陰中，早涼高樹。枯蛻無聲，不知人世有風露。

香台微雨乍歇，客來拼痛飲，休更心苦。人各一回，劫凡千變，我亦恒河小住。江干戰鼓。甚造出蟲沙，漸台郿塢。世外金容，翠巖天萬古。

其一五

知非藥店飛龍骨，苔邊委衣橫地。薄片冰花，碎光雲母，蛻處可勝憔悴。餘腥未洗。看點點斑斑，草根攢蟻。苦盼長春，那知微命竟如此。

攔腰分下一劍，酒闌經大澤，逃得劉季。添足求工，殘鱗換世，身價今輕於紙。焚灰化水。怎醫遍金瘡，蟲沙萬隊。蛇子蛇孫，祖龍新穢史。

其一六

餘生真讖台城夢，風前紙鳶無路。共命分飛，同心解結，有淚不知流處。衰年病苦。算別不多時，一般黃土。託命他人，新人未熟故人去。

詞仙似談法要，白頭相慰藉，空相留住。鏡影將花，琴心應節，換了張先詞譜。霜柑閣主。儘花會娛春，草堂聯句，壽到梅邊，有情天萬古。

其一七　生日

命中郊島天寒瘦，生來菊花秋晚。萬事皆非，一身無着③，冉冉百年

---

① 原注：車路通井後，還家僅一日餘矣。
② 原注：唱和成帙。
③ 原注：無一亂之覆。

今半。衰兄强飯。説夢裏重心，淚邊親面。雨過停雲，故人一一比天遠。

重陽今又五日，夜涼雙雁語，風葉山館。機上流黄，鏡中垂白。一樣遼陽征怨。桑田水淺。難墜地如斯，夕陽何限。失笑閨情，一杯酬大雅。

側　犯 登華陽山

翠陰四月，入山十里春秧净。樵徑。引一綫松風到山頂。遥天沆瀣色，冷日玻璃性。端正。合唤作，榮州主人影。　山名近古，想是南齊定。如夢醒。算興亡，荒縣闢靈境。澗石生花，水禽過嶺。風韻。綠得玉娥妝靚。

其　二 唐池，清真韻

數花襯葉，小風活了紅兒靚。香定。幻弄玉施朱照妝鏡。新蟬抱樹響，雨歇苔生徑。波静。渾印出，湖州萬竿影。　劉兼句裏，綠水唐年瑩。閑自省。幾朝人，池上認家令。半箔清風，老來夢迴。煙暝落日，一甌龍井。

水龍吟 浴佛日佛崖作

望中天半莊嚴，嘉州定落榮州後。大哉僧力，自元豐始，迄工元祐。玉斧修雲，金容滿月，華鯨夜吼。恨青山不語，道君時事，斷碑字，蒼苔銹。　臺上放翁載酒。問如來，梵天誰救。支那小影，銅仙淚落，咸陽月瘦。十六丈身，一千年事，黃梅雨候。祇紅裙裊裊，榴花一色，拜龍華壽。

其　二

一山蟠作獅身，就中笠子天光小。洞當凹處，海濤常響，法雲難掃。斷溜生苔，疏風替扇，客同秋到。想有唐人住，其名曰皈，空巢結，金光草。　南渡那堪重道。認摩崖，荒煙落照。當時名士，新亭淚落，旭陽天老。樹倒栖禽，鐘清唤月，依然古廟。聽酒邊人語，佛貍當死，匣中龍嘯。

其 三 題路瓠庵《仙山濯髮圖》

一官凉到秋光，蘇髯擧似都曹句。依然秋士，一牀秋夢，一燈秋雨。絕頂茅庵，七籤雲笈，瑤池阿母。只一瓢一笠，一般雲水，何地訪，萬松樹。　即此萬松瀑布。把榮州，畫成天姥。杳然仙碧，聽風聽水，洧盤今古。劫換紅羊，身騎白鹿，是君歸路。定君秋約我，七弦山響，認摩崖處。

其 四 題《稼軒詞》，即用集中登建康賞心亭韻

風吹太古秋聲，手捫星斗行天際。荒荒下界，齊州九點，萬山如髻。元晦論交，疊山請謚，齊名蘇子。有龜堂詩骨，龍川文筆，唾壺響，鐵如意。　志取長鯨爲鱠。問中原，虜塵消未。蒼天老矣，趙家宮殿，錢塘王氣。小試滁湘，可憐王藺，謗書忘此。逗叢編夜雨，天驚石破，化黃河淚。

念奴嬌

清風萬個，占一城高處，宋時僧屋。解借此君名此地，便卜此僧非俗。茗砌延秋，風廊響月，苔色琴弦綠。涪翁往矣，禪房香剩花木。有弟時到軒中，虛心直節，合抱琅玕宿。自列黨人碑上狀，成就一家清福。絕代歐蘇，片時章蔡，斷送神宗錄。翠雲三畝，榮州第一修竹。

其 二

偶檢舊籍，得向仙僑海上詩云："一念家山百感俱，吳江楓落渺愁予。杜根滌器甘窮死，梅福成仙定子虛。大錯鑄成新造國，餘生留讀未燒書。乾坤自此多長夜，只夢桑田見海枯。"飛徐鳴悲，然不損翀天之氣。今三年矣，天下事又大變，世亂仍未已也。夜中無寐，用玉田夜渡黃河韻。

蒼龍星没，望神州不見，小欄杆北。似聽孤鴻天外語，十六燕雲歷歷。承露銅仙，朝天銀燭，馳道如弦直。忍拼孤注，幕巢秋燕如客。歲歲南北烽煙，茂陵歸路遠，馬嘶無迹。宛轉古城蒿影下，裊裊白狐人立。空穴來風，漫天作雪，火笑巢中碧。雄鷄尾斷，一聲天下皆白。

其　三

秋光告別，便曉鐘交代，一杵新冬。略似陽關三進酒，天涯寒士途窮。螢火長門，蛛絲團扇，三十六離宮。並無餘地，一聲南雁愁中。
白帝歸向何方，欲留不得，如夢杳無蹤。不信有情天不老，鍊成頑石鴻濛。萬念如潮，五更吹角，黃葉下西風。河梁枕上，聞雞漫蹴司空。

其　四　重題繙書圖

蠹叢仙眷，隔兩年不見，別成天地。小册夾乾胡蝶翅，也算夢華身世。露粉香蔥，風簽亂葉，一卷拈花旨。盤龍鏡角，恒河漾漾春水。
却喜無恙林逋，神清骨冷，生就梅花婿。酒後頰紅留舌劍，歐九劇談風味。綠綺琴心，青蓮巷口，重轉華嚴字。將雛報信，片時書課收起。

其　五

杜陵風貌。令半生無著，只緣詩好。一枕官身前世夢，雞唱汝南天曉。石筍書香，花潭笠影，水換蓬萊島。功名蒼狗，山中自種瑤草。
便擬石恪維摩，一龕端坐，洗鉢祇園保。我是僧雛曾指月，也到恒河邊老。肝膽向誰，鬚眉無恙，華頂歸雲少。河清人壽，不言心下了了。

其　六

月中滴液，是妙香仙子，化身羅幕。得氣自天成釀法，翠孕人形靈藥。碧井華泉，黔山麴院，露似金莖作。欲斟還借，一尊量取犀角。
此地是古犍爲，如今天遠，不贈那能酌。未揭瓮簽心已醉，霸子鴻妻齊樂。千里交深①，通身春沁，花外鳴乾鵲。大茅君洞，幾家移此村落。

其　七

古唐秋味，自雁飛來處，彼汾一曲。花滿堯祠山掃黛，晉水春流碧玉。石髓清甘，冰心醞釀，小瓮鸚哥綠。酒星紅照，略陽無此嘉麴。
前世記醉長安，銀屏笑索，下馬垂楊屋。重見貌姑仙子面，淚點夢華新錄。獨夜斟時，太行天外。香夢陶潛菊。白雲飛去，漢皇何地仙躅。

---

① 原注：熊錦帆鎮使饋。

其 八

鏡中花貌。盡紅紅白白，張家好好。四面涼雲風皺酒，心在玉壺天曉。借竹爲牆，呼山入郭，秋沁瑤華島。蜻蜓款款，游魚唼唼芳草。

亭子宛似湖心，放翁詩境，壞砌苔痕飽。七百餘年留一舸，多少闌紅遺老。南泊尋香，西湖飮淥，夢影三生少。茫茫萬事，知非我輩能了。

其 九

故侯遺貌，記錦城秋集，月圓花好。自別成綿龍茂道，明發碧鷄春曉。節鉞三邊，人天萬古，客散田橫島。招魂湘水，五年墓已荒草。

春夜黃浦潮聲，相逢一嘆，晚飮吳羹飽。夢裏空花秋後葉，年少周郎俱老。鯨海重波，鶺鴒兩地，白雁音書少。交情昆季，也應來世難了。

其一〇

仙山樓閣，枕函邊歷歷，方壺員嶠。一色水天如翡翠，爾忽雙鳧飛到。世外秋心，湖邊簹氣，笛裏韓湘笑。塔鈴風定，梵聲留住雲表。

醒後槐雨颼颼，亂山吹角，路斷蓬萊島。欲問永禪師坐處，紅得劫灰成窖。委地黃雲，飛燐碧血，廢井群蛙鬧。羲皇窗北，約將陶令終老。

摸魚兒 風琴，和約叟韻

弄星星，一盒哀玉，未須雅管同調。七音鱗次鋼弦細，空處自含天巧。清了了。看錯落春蔥，雪點飛鴻爪。夷歌曲肖。動一顆櫻桃，千絲琥珀，低按峽猿嘯。　何戡老，曾拊開元一操。雲和月中斜抱。生兒近學鮮卑語，舊日龜玆人少。孤鳳噪。似細語嬌嬣，柳態蠻腰好。天風嫋嫋。配畫篋梨園，電燈如月，鐘打壁間早。

木蘭花慢 虎洞

古來荒可想，只城角，似巖鄉。入石戶深深，雲阿寂寂，玉溜鏘鏘。洪荒。自融氣母，想風吹，一泡裂崖岡。留作菟裘佳處，六時心地清凉。

焚香。小步禪堂。消夏氣，領秋光。嘆碧玉壺中，黃斑徑裏，此亦滄桑。蒼茫。放翁著句，甚無人，鑴字綠苔旁。不用飛霞題壁，我生已似雲將。

其 二 寄休庵

散仙羊市宅，綠槐影，閉柴關。自消夏其中，竹山竹屋，花外花間。誰彈。半塘舊調，笑沙哥，油碧引東川。生就方城舊尉，嘉名天付金荃。

鄉園。何日歸年。羅帶水，玉簪山。買茅屋三間，杉湖一角，先坐無錢。人傳。祖龍已死，願蒼天，無鹿逐中原。世局那知魏晉，禪心自定風幡。

其 三 竹夫人

青奴扶正了，仗清節，擅專房。喜入眼玲瓏，回文織就，好夢相將。溫香。有人到老，守冰肌，無分配冬郎。簟展一家眷屬，情根節節瀟湘。

書牀。瘦並琴張。高枕臥，北窗涼。學碧玉回身，綠珠入抱，顛倒鴛鴦。新妝。小紅漫妒，盼銀河，一點沒心腸。歲歲從他薄倖，秋來慣撒秋娘。

其 四 杜鵑花

萬山紅似血，是誰染，蜀宮花。想望帝聲聲，冤魂夜月，幻作根芽。天涯。欲歸未得，嘆如今，歸去也無家。多事宣城客子，三春三月三巴。

鉛華。一種著銀紗。清絕玉無暇。問生成薄命，淡妝濃抹，誰勝些些。飛鴉。故宮鬢影，爲東皇，都付玉鈎斜。北望燕山亭杏，可憐人不如它。

其 五 紙煙

海山瑤草碧，爲仙種，喚龍耕。取葉葉相當，雪衣一片，圓裹單層。妝成。玉簪樣子，學辛家，整整玉盤盛。點得小紅心熱，花前頓歇書聲。

親擎。香氣襲卿卿。一寸逗圓櫻。比春葱還瘦，情根節節，香火三生。惺惺。半噓半吸，論仙才，端合號雲英。錯認非煙小像，畫簾鵝管吹笙。

賀新郎

九霄頂，北山第一高處。

一朵榮州翠。是人間，埃風净處，萬年秋氣。大勢山形雄西北，亂阜鑱天無次。似大海，鯨牙千隊。盲左腐遷傳戰紀，縱文瀾，百怪渾如此。松風響，天鵝翅。[①] 高臺合向峰尖起。坐臺中，呼來皓月，問開天事。一臂蒼蒼陵州界，橫絕鐵山圍地。鐵山下，擁斯茫水。晉代蠻荒諸葛迹，灑長空，不盡神州淚。陣雲在，江聲裏。

紅　情　鳳仙

紅兒欲活，是蕊珠内史，託生丹穴。對對明妝，和就猩猩守宮血。一片霞痕正午，濃綠襯，朱欄千葉。商畫稿，配入香風，金粉玉蝴蝶。花國。又端節。正唾絨碧窗，酒潮新發。玻璃指甲，染上麻姑更嬌絕。却笑生來性急，小紅豆，一房秋裂。好夜夜秦樓裏，玉簫喚月。

聲聲慢　荷池清曉

睡紅乍洗，涼翠新裝，清晨出浴華池。露影含嬌，無人故作風欹。將開未開更好，幻巫山，嫩到瑶姬。纖鱗動，把銅華皺了，片片胭脂。半世曾看太液，記殿頭紅日，花外黃旗。各認前生，個中心苦憐伊。清墩一條波路，説君恩，西海爲期。吟未已，葉田田，飛下鷺鷥。

其　二　風琴，和約叟韻

鴉翻落日，電笑群山，熱風傳響高槐。作勢翻停，一燈蚊亂蕭齋。雲垂九天如墨，入三更，星豆齊篩。檐溜決，似馬陵箭發，黿子潮來。萬事須臾過眼，聽柝聲在水，波路平街。屋漏無乾，移書百費安排。阿香駕濤又作，料村田，秧翠成堆，人倦矣，夢醒時，涼月照階。

---

① 原注：俗名天鵝抱蛋。

其 三　菖蒲

苔礓净暑，藥澗流澌，午風一道清芬。葉葉干將，參差緑就龍文。新芽乍吐努白，又叢叢，芳渚長春。玉泓水，合湘蘭風露，採供靈均。歲歲京華佳節，遍家家兒女，挂艾當門。寸蒂朱絲，香囊扣近羅裙。芳醹至今味苦，任羅浮，山下移根。仙夢遠，一莖花，如見故人。

其 四　補衲庵聞蟋蟀

苔階咽雨，草閣延秋，夜深人似枯僧。梅子黃時，居然四壁蛩鳴。回欄鳳仙花發，變井梧，落葉無情。孤燈裏，念鵲巢卜歲，雁字知兵。歷歷美人名士，訴青春薄命，一樣平生。燕子紅樓，爲卿長嘆漂零。前身溧陽仙尉，到白頭，還做蘭成。吟正苦，柝凄凄，遙應數聲。

其 五　水煙

金壺翻浪，瑤草炊香，松風潤水聲。小注芳茸，春纖縷縷團成。煙濤化爲一氣，妙天然，水火相生。微倦後，似一甌花乳，春夜瓶笙。　　裝在閨繡袋，乍琵琶一樣，斜抱雲屏。玉箸圓齊，小鬟催唤嬌鸚。清芬妙於花氣，過來風，吹出紅櫻。消魂味，願供它，茶罷酒醒。

惜紅衣　紅練

鳳尾翩躚，鴉頭籠簌，乍拳新竹。竟體深紅，無端入叢緑。緗桃浸水，應昨夜，瑤池新浴。哀玉。清脆一聲，引金蟬秋曲。　　黃筌小幅。生自羅浮，山丹不同族。榴開似火，艷色鬥三伏。可惜桐花鳳去，半世耐君幽獨。有赤心人在，莫惹西臺痛哭。

祝英臺近　白練

剪霜葼，施綿綏，叢竹作清哔。俊影分明，飛處緑陰動。怪它年少羊欣，翩翩裙褶，好風韻，一時名重。　　坐香宋。憐卿一色冰翎，多應玉鷺種。度葉穿枝，涼透雪衣夢。有人粉絮奩邊，素馨花外，約今夜，沈郎騎鳳。

鳳凰閣 蝙蝠

寄人檐下，才到黃昏便出。秋蚊濃處繡窗黑。弄影斜捎一瞥，一巢紅日。笑一世，如何見得。　　萬松崖洞，千歲如鴉翅白。明砂還掃餉仙客。春入香匾百福，團團雙翼。問鳥鼠，誰家一脉。

1046

紅娘子 紅晴蜓

生小珊瑚質。倩影嬌憨極。已去還來，欲飛猶住，茜裙人側。倚身裁，款款不禁風，借榴花裝飾。　　畫出輕無力。巧託霞綃色。赤鳳身輕，紅鸞樣小，夕陽如織。惹鄰娃，認作絳河仙，問丹砂消息。

眼兒媚 道旁樹

蕭然風葉古時春。來往閱行人。垂瘦在頸，當年老馬，磨癢瘢痕。空心蘚隙留蛇路，頹石倚山神。黃茅店子，依然渡口，無恙花身。

清平樂

　　石筍，城西七十里。

掀穿地殼，此石何年斷。莫是媧皇親手握，放出籛龍頭角。　　冶官蒼翠無邊，古來驛路嘉楗。認取蘇仙風骨，空山支拄青天。

蘭陵王 題唐寫金光明最勝王經堅牢地神品第十八卷子

李唐筆。千歲香嚴手迹。何人考，年月姓名，惟有堅牢字千百。宣南四立壁。收得。禪心一篋。是楊雲，宣統二年，手割敦煌萬山色。　　秋風滿京國。嘆諫草無功，天黯南北。傷心馬角烏頭白。便水遠山遠，一聲去也，燕雲如夢萬里隔。剩身外經冊。　　榮德。故山碧。準白髮頭陀，身傍諸佛。梵天花雨峨眉宅。只甚日携手，卷中詞客。金光明字，月一片，照净室。

瑣窗寒　涼篷

織篾如帆，緯作屋，半空撐住。齊奴步障，輸我北窗眠處。坐全家，
宛然綠陰，水香茉莉鐺午。卷斜陽半角，殘經補課，寸心黃苦。　　逃
暑。清風宇。祇酒幔高樓，隔牆人誤。同心五彩，便有笙簫徐度。敞涼
宵，明月在天，鬢沾花影衣泫露。話孤舟，夢落江南，脆打青荷雨。

其　二　紙窗

書影堆山，詩材劈雪，一房天亮。玻璃六扇，壞了貧家色相。選溪
藤，薄於素紗，淡妝人坐秋光爽。祇嬌煞住覷處，旋地撕補，亂癍如掌。
　　風幌。月初上。印幾幅方空，竹莖花樣。涼添冷布，還買千絲越網。
小蜂兒，鑽了又鑽，可憐來路將眼障。配蘆簾，帳子梅花，坐領西風響。

其　三　次辛子見寄韻

燈盡方花，詩來引夢，露華霏雨。懷人半枕，楊柳風前張緒。響譙
樓，一更兩更，杜鵑啼遍相思苦。望邛山西角，兩三星點，算君來路。
　　遲暮。愁鄉住。念錦繡成都，託身無所。東城向晚，新鬼多於人數。掃
山中茅屋半間，小禾四月天未暑。到榮州，一醉紅香，笑作榴花主。

鵲橋仙

舊曆六月六日，新曆七月七日也，戲賦。

曝衣人小，曝書人老。各送荔支紅了。算來一月過端陽，又小盒，蛛
絲乞巧。　　秋期尚早，佳期却到。牛女自然知道。曆頭天上不雙行，止
一渡，銀河怎好。

清波引　豆粥

一盂花乳。小厨净，玉纖自煮。豆稭紅處，綠陰潑庭午。雪色糝雲

子，菜把新含風露。片時香嫩瓊酥，翠匙滑，佐瓜瓠。　　溥沱夜渡。者風味，時一領取。野人清趣，笑冰雪中苦。何須問丹鼎，此即淮南家務。萬一春賣藍橋，乞作仙杵。

其　二　燒茄

紫腴鄉圃。仗纖手，竹籃摘取。是崑崙脯，落蘇得名古。葉葉繡荷裏，味在松毛烘處。恍擬燒苟春蘭，坐香積，飽禪箸。　　詩人肺腑。合貧薄，填此風露。懶殘知否，勝糠火煨芋。晴天破魚子，種自新羅收貯。一笑山葉宵紅，更餐番薯。

滿庭芳　蚊煙

香屑籠衣，苦蒿縛柱，擔頭不費多錢。小窗天黑，飛響作雷顛。薰取氛氳一室，蟋蟋泣，細管殘弦。紗幬小，法雲沉處，清凈坐諸天。　　亭邊。池草合，平頭奴子，搖扇無眠。盼秋風不到，夜月如年。那用銀荷裊篆，便貧家，夢也成仙。籌燈畔，一群宵小，功德掃狼煙。

其　二　重三

新綠生秧，亂紅吹雪，春如房老爭妍。久忘佳節，處外報啼鵑。出郭晴蛙在水，紙鳶放，烏牸耕田。湔裙路，悠然會意，人物永和年。　　芳原。心萬里，青山直北，雁路橫天。想銅街三月，門外榆錢。忍聽潭邊禊事，徘徊到，怪鳥湘川。鄉愁近，青羊小市，風鶴八公山。

其　三　清明

春雨連宵，凍雷驚筍，落紅堆做清明。香街十字，鄰女賣朱櫻。歲歲東風柳綫，韓翃句，送老山城。無憀甚，棠梨社酒，吹角下江兵。　　春耕。齊綠野，經年似夢，妖鳥羅平。又野烏銜紙，墳草青青。已過桐花凍了，芳原晚，人望天晴。羲皇世，村童八九，榕墩讀書聲。

其　四

風替花愁，春隨人老，酒醒中夜思歸。故鄉吹綠，秧水縣門西。似別燕山未久，新亭宴，風景依依。東華夢，香山病酒，崇效牡丹期。　　玻璃。江上棹，河橋忍別，楊柳千絲。奈不平心事，争近彈棋。細語誰家燕子，江南怨，朱雀斜暉。荼蘼雪，佳人爲我，低唱縷金衣。

其　五　<small>甲子除夕感舊</small>

紅燭深宵，青山行客，爆竹催送年華。廿年除夜，風雪到山家。争向堂前問訊，親歡喜，餐飯先加。喁喁處，香篝翠被，温酒話天涯。　西瓜。山一角，荒墳冷翠，疏竹啼鴉。到如此烽煙，落日西斜。今又聲聲臘鼓，除夢裏，何處尋他。宮紈在，消魂畫扇，金井水荭花。

其　六　<small>葉煙</small>

梔子含苞，蕉心卷節，天然飯後胸寬。但挑容澤，雲葉勝油檀。最是新來吕宋，中人産，一屯西餐。鄉風古，于闐玉嘴，湘竹碎紅斑。　微煙。香裊裊，能消國力，酒税同頒。怪塾師雲霧，酸味流涎。吸得灰痕似雪，吹簫樣，還拗漁竿。君休笑，枝枝破瘴，功退小龍團。

其　七　<small>得哲生歐洲來書</small>

驛市花西，魚書天外，書生婉婉離憂。倚天長劍，伸足踏全球。一笑胸無博望，杯中瀉，海緑眉頭。佉廬字，倫敦夜展，星火九層樓。　扁舟。尋舊約，青山雁尾，歸夢榮州。念伊人同宿，何日烏尤。聽得咸通戰否，酋龍去，銅鼓聲愁。思君處，凉蚕一穗，黄葉漢宫秋。

其　八　<small>冬夜</small>

茅屋霜團，管城春滿，夜雪初霽房櫳。峭寒人寂，燈影坐衰翁。倦倚紅泥小火，無衣者，怎過深冬。烏啼悄，更闌夢遠，天上景陽鐘。　花驄。趨曙雪，雞鳴紫陌，曉闢銅龍。正玉梅三九，瓊海香紅。誰分桑田送老，夢華録，空憶京東。宣皇句，亭前垂柳，珍重待春風。

其　九　<small>清明</small>

春老鵑聲，秧開雀口，百花紅過山城。香街十字，鄰女賣朱櫻。一色東風柳綫，韓翃句，適到清明。無憀甚，鶯飛草長，雲白萬山青。　春耕。齊緑野，經年一夢，錦水交兵。剩千家野哭，無定河腥。又是棠梨社酒，連宵雨，人望天晴。羲皇世，三間小塾，榕徑讀書聲。

探 春　問休庵消息

穤稏吹香，音書隔月，孺人稚子安否。校尉摸金，將軍負腹，風捲亂鴉飛去。小小春燈影，偏幻出，梨園幾部。不應韻事唐宮，一枰猢局終古。　彈盡哀弦何補。將破子家山，琴換珠柱。憎命文章，腐儒天地，誰把草堂賮助。且載花潭酒，作生日，荷花紅處。轉眼西風，笠頭吹上秋雨。

其　二

數日下體忽瘡，如堤之潰，夜中無寐，噫，甚矣，憊。

蛩語供愁，僧規習靜，夜長秋味如許。斷酒生寒，催租吟近，天又凄凄微雨。燈爐魂先瘦，怎禁得，銀虵還訴。未知仙蠹餘生，古今安置何處。　新定巢痕半畝。思種遍菊花，兵又橫住。鑿穴台佟，休官陶令，老至百端仍誤。風定梧桐落，笑病葉，相親惟汝。太白星高，不知好夢誰做。

霓裳中序第一

清時官翰林院在成都者，群出宋前輩芸子後，八月攝影，命曰《五雲秋禊圖》。

三清一夢隔，但説西京雙鬢白。回念蓬萊縹碧。送春夜漏聲，璇霄風色。卿雲故國。擅玉堂，天上詞筆。群仙會，八方使節，擂笏玉皇側。

凄絕。鏡中人集，認錦水，銅駝巷陌。臨江還少廢宅。剩託魚陂，送老禪伯，九秋悲也得。勝萬古消愁示疾。[①] 貞元影，不祥同被，喚取五雲客。

---

① 原注：余酒病不語。

尉遲杯

以蕎爲千絲湯餅，成都治之最精，顧無表微者，賦之詒好事者品焉。

銀灰綫。乍出水，一碗香雲漩。條條小榨抽絲，紅撒椒痕星點。春山細筍，纖玉手，并刀截千片。笑仙人，好煮青精，上清無此嘉饌。　回念碎白嬌紅，花開侯，山城四野都遍。擬學農家勤收拾，何處聘蠻姬主爨。成都市，今提酒榼，好風味，長尋福建館。準坡仙，茗例佳人，二喬名字親唤。

月華清　眼鏡

秋水爲神，春冰託月，藉君還我青眼。半世流光，何止閱人千萬。插雙鬢，軟襯珊枝，綉小盒，細盤金綫。書卷。逗心光夜夜，紅檠一點。
老去晶窠恨淺。嘆春夢無痕，恒河都換。五色雲華，別罩桃花人面。尚歐式眼界翻新，幻海市鏡清猶遠。衰晚。仗淚痕遮住，玻璃兩片。

其　二　和休庵中秋見懷韻

叢桂鄉心，萬松秋色，夜中都到愁眼。來雁傳書，路繞雲羅三萬。料相看，絡角明河，定暗惱，知心紅綫。吟卷。正巴山夜雨，絲絲點點。
不信鈞天夢淺。把大地河山，月宫重換。團扇無情，苦借彦回遮面。木蕭蕭，九辯空悲，山淡淡，重陽未遠。天晚。指蘆梢鬢白，不成花片。

惜秋華　白秋海棠

若有人兮，把秋魂化出，瑶姬前世。風影露華，依然淡妝如此。惺惺自惜惺惺，爲誰漬盈盈珠淚。相思未相逢，便滴晶奩成水。　紅韻對君洗。恁鉛華斷了，藐姑心事。欲叩素娥清净，送它何地。凉宵試拂銀箏，定唱入雪兒歌裏。仙子。月明中碧城十二。

薄　幸

八十松風館海棠最勝，吟者多尚白，蓋標其好之清也，余有議焉。
補紅秋海棠詞。

小紅猶小。甚脉脉芳心便好。費多少鮫綃濃淚，化出靈芸丰貌，倚新
妝何事含羞，嫣然名裏鸞星照。問怨葉分嬌，圓櫻淡點，那個秋娘能肖。

曾記欲仙姑水，香艷處，胭脂難指。絳河三世影，娟娟風蝶，茜痕還
認裙腰抱。玉奴微笑。似前宵畫燭窺人，一枕酡顏俏。心心結子，臉上春
潮動了。①

露　華

黛黛花，吳淞茗也，青城石室約賦。

翠籤露葉。泛一溜嬌波，別樣清絕。細領淡香，人與春山如活。似花
却是非花，昵昵小名雙疊。裁照影，文君鏡中，令我消渴。　　思君上海
時節。定夢裏樵青，顰態能説。慣了玉川，消受一彎新月。有人又點輕
螺，滴滴絳唇親接。春味好，甌邊試描兩撇。

其　二　　蒙山茶爲漢僧吳理真手植

露芽翠滴。是漢代高僧，挈自西域。夏禹舊山，青染川南天色。仲春
漸漸槍旗，日照一團仙碧。靈氣孕，蓮花半空，萬古蒼石。　　生株細數
凡七。過四月橫梅，香嫩堪摘。歷盡歲年無算，短柯盈尺。祖洲當採神
芝，葉葉遠傳京國。風味損，如今碎包餉客。

其　三

夜中大雷雨，用碧山韻，明日清明節也。

萬花盡圻。過廿四番風，綠遍山色。夜雨作寒，遙想刺桐披佛。夢中
怒到阿香，濕透碧油窗格。春浪軟，城西半陂，定漲溪骨。　　衰年到耳

---

① 原注：仙姑池在峨眉山，海棠如紅雲。

心惻。算去日災祥，愁動詩魄。剩把翠蒿和露，晨起親摘。杜鵑又囀清明，一色水田秧出，天道遠，饒歌甚時住得。

迷神引　題胡高甫墓石

片碣青山傳萬古。斷送一條歸路。魂兮鑒否。是前朝墓。卅年來，君家事，久非故。破屋圍書坐，留老父。亂草冷秋陰，傍慈母。　　第一嘉州，歷劫傷心處。記九峰雲，烏尤雨。海棠香國，好風日，吟煙渡。幾何時，滄桑影，幻朝暮。留我作孤臣，悲杜宇。月夜錦城東，白楊樹。

南　浦　中秋泛舟浣花溪

一水沁詩心，坐扁舟，天容綠遍秋半。煙樹滿城南，玻璃皺，消得酒痕風軟。從來此地，少陵一一經行慣。草堂路轉奈寒碧，千畦浣花人遠。
春風小市青羊，記水葉晴絲，酒旗雙燕。劫外奉誠園，重來夢，紅剩海棠香畹。歸鴉領月，過江人是新亭伴。水風聞碾知別後，溪光何年重見。

其　二　春柳，玉田韻

新雨淡黃生，占嬌鶯，已報枝頭春曉。煙葉逗雙眉，紅樓上，依樣麝煤輕掃。東風力軟，小蠻生就腰支小。誰遣千條西向恨，添出一奩詩草。
深宮漸漸藏鴉，夢魂邊，忍見臺城換了。飛笛縮離心，黃驄曲，飛絮灞橋重到。三生事渺。蘋花種出池塘悄。我亦勞勞亭畔客，愁送玉關人少。

其三　朱藤，用張春水韻

松架滿庭芳，嫩晴天，隱映多羅窗曉。瓔珞一團雲，蜂聲鬧，苔上鳳靴人掃。玲瓏透雨，淡陰篩出明珠小。描取影兒釵索外，胡蝶亂依芳草。
懸來串串春心，鞦韆下又數，花風過了。寒食絮香羹，擷芳處，吹得沈郎錢到。東華夢渺。金風亭長書黁悄。何地龍蛇蟠瘦骨，前代紫金魚少。

其 四 和聖傳寄內

山花笑客，笑春來，門外即清明。惹得檀郎吹笛，千種玉關情。樹樹淡黃楊柳，雨和風，攪夢到三更。算哥哥行迹，半湖青草，濕了鷓鴣聲。

一曲草堂按拍，問黃金，誰鑄閬山形。望斷臨邛歸路，眉黛遠山青。兩度百花生日，百花潭，載酒泛清泠。料怨紅凄調，玉簫陰有小紅聽。

其 五 次韻調辛子

相如病較，料春山，橫黛鏡華明。葉葉花花當對，綠意逗紅情。識字早關憂患，判頭銜，世外署田更。莫近彈棋局，一枰如夢，半夜有潮聲。

鑄得金甌無縫，到如今，瓜剖已成形。不卜浮家何地，生計穩樵青。我是有詩漁父，泛風波，一舸當西泠。盼玉台新詠，小荷花底寄人聽。

其 六

廖芷才大令招飲鏡香亭，用張春水韻。

天在玉壺中，自唐年，已照旭川春曉。楊柳綠於人，青錢外，依舊濃煙梳掃。田田弄影，風裳入夏迎蘇小。葉上明珠花上雨，心上美人香草。

涼雲一片瀟湘，念夫君，曾讀離騷未了。儂也夢西華，蓬萊殿，今問採芳誰到。前生路渺。一樽官閣雲廊悄。此時人間乾淨地，却笑主人來少。①

其 七 燕

年年春夢，嘆主人，渾不異卿卿。花外雙雙來往，玉剪剪愁生。訴盡玳梁身世，算香巢，未定已清明。勸小心飛去，黃金彈子，牆角打流鶯。

是處烏衣舊第，到如今，葵麥滿空營。萬里家鄉何在，遼海亦論兵。②却笑金河歸雁，尚天涯，南北趲前程。守一簾紅雨，踏青風裏又鵑聲。

其 八 別江樓送者諸君子

花外小紅樓，古今來，堆得離愁多少。唐代轆轤聲，吟香地，元九韋

---

① 原注：池上開局修志，余主其任，乃不長宿此。
② 原注：時傳東三省謠警。

皋曾到。枇杷翠晚，玉人魂斷生秋草。留與陽關三弄笛，樓下綠波雙棹。

元戎小隊郊坰，置行厨，叢桂香中更好。轉柂秀山光，平羌上，換盡年年懷抱。壺天尚早。大旗落日紅霞照。燕子生涯如客樣，一醉一番人老。

桂枝香 中秋無月，和休庵

嫦娥愛客。怕素月一天，人暗鄉國。何處瓊樓玉宇，露華空白。八荒都入西風裏，說良宵，陰晴共色。蟄蟲千足，雄虺九首，去年天窄。渡浩劫，遼空四碧。又桂香成海，今夕何夕。花好月圓人健，此情誰覓。悠悠獨秀峰頭路，泛花潭，先辦簑笠。所思何限，燕山吳水，舊交南北。

其 二 桂

西風艷發。記舊日小山，人醉香國。珠子星星碎顆，鍍將金液。詩心又領如來境，散天花，額黃千粒。麝塵驚夢，螢霏弄曉，身世非昔。遍宙合烽煙未息。便招隱能歌，何處安宅。夜冷無聲露點，畫欄微濕。月中漸老山河影，勸吳剛留取秋色。素娥知否，年年花下，也應頭白。

徵 招 薛濤井和瓠庵送歸之作

春風一井桃花水，離亭古今南浦。人到畫欄秋，吊香魂何處。漂零卿未苦。付身世唐家節度。世外埋愁，草間偷活，亂山無主。　　前路。漢嘉程，人歸也，風聲水聲無數。莫唱桂華詞，剩月中田土。蘋洲漁笛譜。羨君在，錦江頭住。倘重對，茗碗花箋，念白頭開府。

翠樓吟

江樓送別三十九人，愴然賦此。

月過中秋，茶香碧井，登樓又尋洪度。木犀黃噴雪，醉金栗，如來風露。高丘無女。試北望闌干，神州前路。煙江樹。雪山西斷，海潮東注。日暮。當代名流，合黨賢遺者，淚邊留住。枇杷門巷古，各澆取，桃花人墓。明朝何處。算入畫津關，知心鷗鷺。西風苦。酒醒人遠，一帆歸去。

夜行船 江樓未曉南發

夢裏搖搖天乍顫。枕函欹，一聲離岸。幾點漁燈，十里巴峽，心上萬山齊轉。　　前路不知何處旦。望東方汝南雞喚。老去哀時，倦來翻寐，明月一般相伴。

渡江雲 彭山道中

月中搖夢去，亂灘一葉，風起雪花飛。曉螺山泫翠，小小江樓，綠水渺天涯。恒河鬢影，十年來，吹上霜華。東去也，江聲日夜，流不盡蟲沙。　　堪嗟。官燈白舫，夜雨青神，憶西京情話。真落得，漁翁滿地，燕子無家。船頭又指彭山縣，想太平，青遍桑麻。如願否，平羌草履撈蝦。

其 二 于鐵華所作安書

玉閨人健否，井榦半月，孤客未還家。酒闌松所夜，人似春明，門外即天涯。蛛絲藥裹，鏡奩邊，知斷鉛華。無限思，蘭缸一點，書不到秦嘉。　　窗紗。銀尊注處，錦水歸來，笑當年初嫁。誰料得，秋水瘦燕，病比寒鴉。朝飛蟢子松裙帶，送暗香，明月疑它。幽夢醒，窗前一樹梅花。

其 三 得景喬書

新篁搖醉影，端陽過了，涼雨四山秋。故人天際去，幾日荷花，紅到鏡香樓。林西月子，未黃昏，先上簾鈎。煙寺暝，夜堂吹角，知白老僧頭。　　雙流。當官驛路，望子燕山，坐一燈人瘦。定幾時，吳淞覓句，江樹歸舟。邛崍有客清如玉，昨書來，寸寸離愁。[1] 全按苦，思君一騎眉州。

---

① 原注：聖傳于念存極聞聲相思之雅。

其 四 柳

雙溪紅雨過，綠煙金穗，燕子掠晴沙。小風三月影，裊裊腰肢，春醉美人斜。心中萬縷，縮離愁，不在天涯。歸臥久，罷官陶令，垂老尚無家。　　悲笳。妖烽劍閣，劫火夔關，定楊椿繫馬。吟不盡，金城過客，板渚栖鴉。前生做下江潭夢，算七年，人去京華。天萬里，青門歲歲飛花。

其 五

　　錦城諸遺老，和春柳韻成帙，却寄。

錦城耆舊傳，相思兩地，桑梓當龍沙。送春春已去，去日春人，都付玉鈎斜。貞元夢影，剩燕山，一綠無涯。休望遠，噴蓬萊閣道，雙鳳萬人家。　　哀笳。經年患氣，竭地軍需，勝西來銅馬。誰更念，催耕野扈，劚土金鴉。婆娑老樹如人樣，賴新詞，傳唱瑤華。晴又雨，花潭且醉榴花。

其 六

　　以《香宋詞》寄辛子代柬，春柳韻。

七年愁裏過，春鵾秋蟀，斷本付麻沙。紫雲前代曲，花露宮鶯，星淡玉繩斜。無和奏雅，譜霓裳，早艷王涯。第一才，金風亭長，蘭藻世名家。　　驚笳。江翁狗曲，蜀魄鵑聲，趁田哥秧馬。閑自笑神仙化蠹，事業塗鴉。如君劍氣孤虹白，正豐城，夜卜張華。胸萬古，冶亭春夢生花。

其 七

　　辛聖傳不遠五百里省我山中，無以鳴吾喜，即春柳韻聯句。

畫中人似玉，恒河影裏，身世悟團沙。香宋 旭陽山翠重，小閣天中，雨細又風斜。聖傳 三年一聚，有涯生，幻作無涯。香宋 深夜語，唐安入夢，佳節未還家。聖傳　　悲笳。江程一路，畫本三蛾，半蕭蕭戰馬。香宋 誰念取芳田衆綠，牛背爭鴉。聖傳 故人汐社知無恙，盼書來舊苑宣華。香宋 南望否，燈前醉落檐花。聖傳

其 八 送辛子，疊春柳詞韻

七天人又別，詩心一路，秋色吊蟲沙。筍將穿翠去，古鎮三江，隋塔日西斜。仙山秀立，照銅河，綠到天涯。回望否，題襟夜館，清過梵王家。　　金筅。哀弦蜀國，彈鋏并州，問高生鞍馬。應寫遍風流秦七，流水栖鴉。龍頭名士多於鯽，幾人吹，玉琯昭華。吟寄我，江城五月梅花。

其 九 答峨眉令，春柳韻

此山仙吏管，葛洪一樣，勾漏請丹沙。七年山外路，畫角聲中，寸寸度褒斜。雲濤似海，白茫茫，不見津涯。曾記寫，秋邊小幅，紅葉段侯家。　　鳴筅。當陽虎帳，落照烏尤，借還官官馬。偏事阻，紛紜似猬，歷亂如鴉。風流地主旌陽裔，坐江亭，夜讀南華。留後約，河陽一縣栽花。

其一〇 答榆生

相思黃浦信，早秋片葉，意外轉山家。舊吟春未損，又報東風，點綴柳條斜。聲聲布穀，喚過客，都在天涯。歸去兮，北窗陶令，夢斷武陵花。　　吹筅。三官堂下，五老峰前，苦西來銅馬，忻又聞，飛鴻突然阿雪，突鷺團沙。如君劍氣孤虹白，望斗牛誰是張華。天萬里，魚書更達三巴。

秋 霽 玻璃江

煙水空明，合四遠天光，盡染秋綠。鷺白欹風，葉紅黏網，野凡未收平陸。亂山細竹。記探荔子螟頤宿。漾翠玉，爭怪老坡，南海夢紗穀。

江路向晚，棹入平羌，遠聞丁丁，樵唱雲木。動幽心，樵青一屋。江魚新釣飯新熟，香鬢代簪陶令菊。此願奢矣，身世但少兵荒，借船沽酒，抱琴沖瀑。

鬥百草 過中巖

笑問青神，借居黃葉君應可。下噢無田，上泂賒酒，何事與天盡左。

好中巖，稱笠影鴉鋤，僧農雙課。便瀑徑尋碑，經壇採藥，世誰知我。

年少青衿如昨。來往嘉州，長向此間搖一舵。幾杵鐘聲，兩朝山色，盡消向江樓佛火。如今老，何計能陪應真坐。寺門鎖。夕陽煙，鷺鷥飛破。

透碧霄 江中望峨眉

白雲邊。玉人濃翠藐姑妍。半山以上，九霄同色，一碧如煙。銀河秋老，芳蛾蘸綠，菱鏡嬋娟。夕陽時金色浮天。併猿也通靈，禽能誦佛，大嶽西川。　　昔尋仙古寺，山僧留我，一月嶺頭眠。半夜鐘，千巖瀑，晴血皓，立諸蠻。蔡山即此，心通禹迹，歷歷嘉犍。到如今重泛江船。嘆白頭吟望，青嶂摩空，鶴唳千年。

三姝媚 下平羌峽

涼煙秋滿灞。出平羌，山光水光如畫。近綠遙青，襯小灘蓑笠，夕陽桑柘。雁路高寒，閑動了，紅湖情話。半世天涯，無福移家，海棠香社。

前渡嘉州來也。指竹裏龍泓，酒鄉鷗榭。一段天西，想萬蒼千翠，定通邛雅。斷塔林梢，詩思在，烏尤山下。淡淡青衣漁火，寒鐘正打。

其 二 題胡鐵華大山松所卷子

松風吹夢遠。記金山焦山，聽潮秋晚。九月江南，挂片帆西上，楚天回雁。艾葉灘聲，流不盡，桑田清淺。即此生綃，前世今生，史材千卷。

今又鄉城春暖。悵燕子東風，雜花圍縣。谷口王官，賴草堂貲助，故人心眼。海國風濤，愁祇在，玄黃交戰。共爾何年安枕，鬐龍翠館。

其 三 題休庵《秋雁詞》卷

休庵姓鄧名鴻荃，字雨人，清觀察使，工詞，詞人王半塘妹婿。

西京如夢短。似金銅仙人，露盤辭漢。四壁成都，爲五陵芳草，酒邊腸斷。故國驚鸞，魂一夜，簪山千轉。庾信生涯，蕭瑟江關，一聲秋雁。

贏得中仙詞卷。笑記曲箱中，可收田券。按拍花前，賴小紅知己，玉簫春暖。我亦愁鄉，嗟半世，齊諧同傳。若問虛名身後，嵇康性懶。

其 四 城南看桃花

春山紅似海。是天台仙人，化身香界。萬蝶迎風，鬥午妝晴處，寶衣齊曬。艷絕人間，渾夢到，瑤池天外。過去生中，曾歷昆侖，水蒸霞彩。

前度劉郎猶在。嘆歲歲花朝，苦填詩債。看竹王家，問武陵何地，洞天能買。魏晉如今，休更笑，秦皇時代。祇剩桃根桃葉，芳心未改。

其 五 寄楊子曼陀樓

蓉峰歸臥否。展金光明經，夢君南浦。小築延真，問散原經亂，梵天何處。採藥西崦，憑喚我，山中樵父。老趁狂歌，江上秧田，杏花春雨。

連歲佳兒文度。料手版療饑，軟紅香土。破屋宣南，有燕巢痕在，一官曾住。故國榮州，無地種，蒼松千樹。夜夜知心誰是，啼鵑萬古。

其 六 哭寧河高文通公

千山啼杜宇。北風蕭蕭兮，報公歸去。記別涼秋，正六飛西幸，玉京無主。二十年華，全換了，地維天柱。半世咸陽，清淚銅仙，灞陵秋雨。

春到梅花紅處。問鬢雪三生，夏峰年譜。運厄龍蛇，竟一箋如讖，玉棺天路。馬鬣新封，乾淨是，先朝黃土。謚取江淹名字，燕山萬古。

其 七 聞喬損丈卒法源寺

幽州天外遠。望魂兮歸來，武擔山畔。古佛同居，總半生英氣，法華千轉。柳色依然，春未了，臺城先換。第一傷心，泉路交期，十三峰館。

三度同經兵亂。記舊國黃塵，夜深長嘆。小閣延秋，有相公來去，履痕都滿。是色皆空，全付與，鐘聲腸斷。歲歲尋碑唐寺，丁香淚點。

其 八 日本美人小相，用半塘唱和韻

蓬山相望苦。乍奇花初胎，鏡心眉舞。小幅唐妝，惹斷腸人詠，鬢去鬆句。燕舌和音，怎訴與，玟梁吹絮。一種英姿，秋水雙蛾，夐無前古。

春到櫻花徐步。著小風裙屐，蝶邊紅路。採藥三山，意舊隨徐福，水仙來處。片月烘雲，留妙影，非煙非霧。更欲移情何地，冰弦暗譜。

其　九　新荷

阿蓮心最苦。愛翩何珊珊，玉兒工舞。净色嫣然，著碧紗籠上，冷香詩句。蓋得萍蹤，遮不到，前生飛絮。自小團圓，難怪紅衣，此花千古。

風際凌波微步。閃一鏡涼痕，綉狗魚路。採綠前陂，問舵樓消酒，涉江何處。護熱鴛鴦，秋思在，洛妃乘霧。渺渺揚荷新怨，騷心待譜。

其一〇　美人蕉

層層心緒苦。隔煙紗亭亭，倚風慵舞。俊極波紋，向翠羅衣上，織成愁句。醉血猩紅，新染透，粉綿香絮。似此花心，魚緟鳳釵，定撩柯古。

荷外輕移蓮步。誤夜雨聲聲，一條溪路。蝙蝠飛來，也變成仙種，綠天深處。秀色傳餐，蒸氣噴，露華霏霧。贈取虞兮名字，鐃歌夜譜。

其一一　鳳仙

丹山歸夢苦。美人兮娟娟，絳河仙舞。衆綠生時，便守宮先染，定情新句。艷蝶泥金，魂斷了，午痕芳絮。念佛成珠，修到紅鸞，小星終古。

風露朱欄鴛步。逗蒨色榴裙，翠苔封路。爪漬麻姑，怕癢時搔損，淡脂籠處。夜月秦樓，簾半捲，雲鬟香霧。笑倚珊瑚鈎坐，瓊簫細譜。

其一二　端午寄錦江詞社

春心攢萬苦。又菖蒲花開，彩舟龍舞。咫尺前塵，盡華陽奔命，庾蘭成句。亂葉爭風，偏更攪，漫天飛絮。未省餘生，江北江南，幾回盤古。

思向雲中橫步。奈正則如今，夢天無路。大局文揫，念去年今日，祖龍何處。歷劫群仙，聊共醉，澡蘭香霧。破子家山重按，銅琶斷譜。

其一三

偶以小絹寫樹石，有似薊門山者，聊短述。

荷花紅向午。寫青山如龍，掉頭西去。斷角殘鐘，著老僧三兩，戒壇煙樹。大瀑淙淙，知半夜，渾河飛雨。是夢全消，長樂花深，六龍何處。

遺事宣和箋注。仗斷幅收將，舊家墳土。故國歸來，任亂山無縫，幼興難住。大錯而今，傷聚鐵，九州還鑄。^① 奇與南朝家令，星娥認取。

其一四　雨水節寄山腴

仙桃紅破口。問青城山中，石堂修否。應節春霖，是野人生計，種花時候。下食生臺，僧去也，烏鳶如舊。似此年華，何地能耕，五湖三畝。
齊向南能低首。爲護法禪天，一池風縐。未識春人，作樂昌啼笑，眼波誰溜。舊曲橫吹，虧異代，蘇威長壽。羨而圖書端坐，松風勸酒。

其一五　地仙洞

春香尋洞址。嘆空山無人，落花流水。半截苔癬，剩斷碑猶敍，義門王氏。草色紅心，知染盡，桓螫雙淚。不負生平，清鯁家風，白蟬身世。
謝送徽欽如此。想白髮傷心，靖康遺事。舊集無傳，只挂名丁部，藝文重志。落葉歸根，巖上稱，黃涪翁字。忍信陽秋身後，元修宋史。

秋宵吟　嘉州

展青山，臥畫艫。向晚移舟煙渚。離堆影，似鏡裏仙鬟，翠生眉嫵。水過村，雁外雨。斷幅居然秋浦。詩來處，在樹色凌雲，寺樓鐘鼓。
萬馬灘聲，是舊日，開明故府。有情吟嘯，歷劫興亡，冷蒙讓漁父。誰作黃花主。半塔鈴音，吹送萬古。喚坡仙，載酒歸來，涼月吹笛夜正午。

其　二　醉和石帚韻

雨聲稀，月色皎，噀酒黃花香悄。涼雲裏，送一枕秋心，斷鴻天曉。挽春羹，弄綉葆。倦鶴栖栖華表。知何計，有背郭三間，對鋤煙草。
五載西風，斷送得，天荒地老。漸臺星影，塢壁軍聲，引淚夢痕繞。黃葉榮州早。冷落殘山，親故半杳。幸鄰僧喚我題簽，慈竹西角盡醉了。

金菊對芙蓉　抵家

雁外青山，馬頭黃葉，嘉州兩日三榮。算程程歸夢，節節離聲。菊花

---

① 原注：時以復辟動天下之兵。

催老悲秋客，誤幾人，身後詩名。一鞭殘照，中原北望，前世西清。無策消遣餘生。集錦江耆舊，各各淵明。唱迷陽舊曲，有恨誰聽。行裝一卸鴉先喜，向枝頭，如喚樵青。寸心遙夜，屋梁月落，山火寒星。

其 二 復約叟

蠻語詩心，雁天霞腳，傳來片玉山城。乍霜花黃瘦，風葉紅驚。意中各有傷春夢，到白頭，都是蘭成。不堪腸斷，重陽雨色，萬樹秋聲。相對忍說瑤京。剩五雲秋禊，鏡裏前清。勸麻姑老了，休管蓬瀛。明年也念花潭約，怕去時，月落潮平。灞陵銅狄，禪牀一覺，鐙火三生。

甘 州 寺夜

任西風，吹老舊朝人，黃花十分秋。自江程換了，斜陽瘦馬，古縣龍游。舊夢今無半月，蔬菜滿荒丘。一笠青山影，留我僧樓。　　次第重陽近也，記去年此際，海水西流。問長星醉否，中酒看吳鉤。度今宵，雁聲微雨，賴碧雲紅葉，識鄉愁。清鐘動，有無窮事，來日神州。

燭影搖紅 翠筆山

插筆空中，秋光寫出瑤池影。野人生性愛孤高，洗耳松風淨。未午藍橋試茗。白雲深，希夷睡醒。魚邊集客，猿外摩天，一絲巖徑。　　獨立峰尖，無邊天地榮州迥。年年秋雁落江湖，老共黃花命。萬事愁登絕頂。醉西風，禪心入定。五千年史，八百聲鐘，此時深領。

其 二 答青城石室

秋雨重陽，舉家黃葉聲中過。一詩和夢到榮州，人語江樓坐。誰遣君悲似我。訴知心，涼蠻兩個。峭帆擂鼓，煙寺鳴鐘，不聽猶可。　　八十松風，甚時傍而圖書臥。菊花尋到鬢邊霜，顧影如何躲。消得江心幾舵。送浮生，兩三漁火。石田茅屋，棋局神州，判將長臥。

其 三 答休庵

秋老詩心，無多黃葉敲窗雨。荒池半月過重陽，人比青荷苦。兩處愁如一處。念家山，殘年樂府。一千畝竹，八百株桑，有生全誤。　　白者聲中，尋君月底修簫譜。似聞夜嘯有寒鷗，碧火徐州路。不久西風又去。勸江淹，休吟恨賦。此中差樂，一瓮搖天，羲農終古。

紫萸香慢　重九前一日得休庵書

滿城山，青如人意，不晴不雨秋光。勸三年歸客，待明日，醉南岡。半世身如飛雁，爲莓苔菰米，誤盡瀟湘。嘆於今老矣，鬢白菊花黃。歲又暮，一天早霜。　　天狼。箭落星茫。桑梓影，净龍荒。只無家棄婦，愁量海水，夢冷宮裝。猶剩一行遺老，忍寒餓，碧雞坊。唱新詞，作龍山會，百花潭外，何地同作重陽。人望故鄉。

龍山會　九日雨中懷任父，用夢窗韻

一雨青無罅，滿廓秋光，卍字苔痕亞。閉門温宿酒，詩性冷，澆向驚鴻弦下。天鑄古今愁，合彭澤，彭城一冶。①　戰場花，香叢綴淚，涼珠露灑。　　垂老尚夢燕雲，萬翠天西，走太行如馬。五噫人到否。經歲裏，身世漫漫長夜。心上洞庭波，付藍水，玉山齊瀉。數年華，半霜木葉，夕陽紅挂。

望湘人　得芷孫學使書

正黃花舊日，紅豆一燈，故人到鄉縣。濺淥銅瓶，醉香玉茗，記挽蝦蟆山半。一夢天荒，八年人老，蓬萊清淺。帶淚痕回數，前生萬劫，紅羊難算。　　君抱湘雲一片。嘆如今未死，幾時重見。便摧却亡新，未了范磚書卷。巴山路隔，洞庭波冷，夜雨傷心秋晚。倘歲暮有信江淹，幸託衡陽飛雁。

---

① 原注：時徐州多憤議。

疏　影　黄葉

金風弄色。又樹頭曬晚，歸雁時節。緑意全非，人立黄昏，枝枝照眼明滅。詩家合號秋邊影，妙繪出江南清絶。悟打頭，笠子聲輕，片碣老僧寒月。　門外青山瘦了，酒家一二里，林際空闊。各送秋光，菊本花殘，莽莽燕方微雪。霜寒一片琉璃殿，定落遍，萬鴉宮闕。甚美人眉蕚舒春，祗覓御溝紅葉。

其　二　簾

千絲透簾。逗小風隱隱，湘水如活。隔斷秋光，珠箔銀屏，貧家個裏無別。看書密坐留香久，聽點屜紅情三折。只片時，不放駝鈎，便積滿窗黄葉。　花外阿儂住處，素紗淡淡影，人更清絶。莫認疑城，百子裙邊，鞞地分明仙蝶。門外客到鸚哥喚，乍一笑，玉纖親揭。等夜深，丫角張琴，引入玲瓏秋月。

其　三　自題萬松深處卷子

松風萬斛。送此生老了，吟卷中屋。玉樣蒼苔，榔栗千聲，全家笑語花竹。新香粒是洪崖飯，抵聖樂桐君仙録。訪四鄰，谷口春深，便叱穎川黄犢。　長記林逋好我，有山有水處，攢此新幅。[1] 劫外蒼龍，鶴去巢空，淚染雙虹飛瀑。楊憑宅子香山住，盡汐社，白頭人讀。[2] 等萬年真得幽棲，餉客再鋤煙茯。

其　四　春人攬鏡圖

圓冰化月。問是它是我，心事怎説。莫道無雙，香玉分明，呼將妙子如活。新妝作意窺儂樣，向鬢角秋波斜瞥。笑夜來，百種春情，都怕與卿相涉。　明是空花一片，畫中畫不到，如此清絶。錯認郎心，觸了江頭，兩兩桃根桃葉。梨花濕透真真影，想浴後，微遮裙褶。漫等它夜月魂歸，放出寸光全攝。

---

① 原注：卷爲畏廬翁畫，來劄云：齋三日，以八十年紙成之。
② 原注：海内知舊皆題辭。

其 五 鏡情

圓冰抱月。問是它是我，心事難說。莫道無雙，香玉分明，端相妙影如活。新妝事事窺儂樣，向鬢角秋波斜瞥。笑夜來，百種春情，都怕與卿相涉。　　明是空花一片，畫中畫不出，如此清絕。一意爭妍，錯喚真真，兩個桃根桃葉。屏紗隔處梨花軟①，想浴後，微遮裙褶。待普天倩女離魂②，放出寸光全攝。

五福降中天 生日

命中郊島天寒瘦，生來菊花秋晚。萬事皆非，一身無着③，冉冉百年今半。青山淚點。共白髮衰兄，夕陽紅泫。咫尺荒墳，老親顏色夢中遠。

新晴重九五日，夜涼雙雁語，風葉山館。機上流黃，鏡中垂白，一樣遼陽征怨。桑田更淺。幻月影河山，春華九萬。失笑雙閏，一杯酹大衍。

其 二

> 壽蘇兼壽朝雲，此八百年第一韻事也，戲和鄧約齋前輩。

小星紅得奎光笑，春風一堂雙壽。蘇小鄉親，維摩天女，名在魏城君右。蠻腰素口。愧九死無家，百年相守。黨傳篇篇，掃將眉翠大峨秀。

羅浮前世道士，慧根磨不盡，重奠杯酒。白鶴新居，綠毛幺鳳，記禮塔仙時候。梅花半畝。拜百子裙邊，上元燈後。裊裊香魂，幹兒攜到否。

其 三 壽季吾

眼中年少今都老，將杯起爲君壽。江瀆消涼④，汾陽納祜，炯炯一星南斗。瀘川舊友。似滿地飛花，一池春皺。廿載桑田，歲寒幾個誓相守。

芙蓉城裏過夏，小涼吹夜雨，香遍紅藕。碧玉當家，朱雲受學⑤，鶴

---

① 原注：穿衣鏡。
② 原注：伍博士藏影。
③ 原注：無一亂之覆。
④ 原注：君居近江瀆池。
⑤ 原注：朱雲四十乃力學。

料養饑還够。榮州退叟。笑飯顆山中，笠邊人瘦。若訪桃源，好花分半畝。①

其　四　壽尹仲老五十

夢華可記東京錄，當年保安同住。趲路通州，浣花別墅，曾醉生朝甲午。秋風路阻。便卅載西風，夢縈秦樹。到老誰知，更尋黃蘖苦中苦。
横流滄海立足，落紅三月晚，君又初度。一卷埋頭，萬山吹角，白髮幾回重聚。偏忘壽汝。約城北徐公，武侯祠去。浮白山青，寸心持萬古。

其　五　壽蘊華

如將五十吟詩例，君今十年還欠。平遠山光，英華文苑，名字性情都占。桑田萬感。付一卷人間流轉。嘯傳史上生涯，六朝南北在心坎。
花朝才過一月，少城春未老，初度皇覽。竹屋家風，草堂人日，一奏小秦王犯。茶香夜檻。笑古畫娛賓，鏡邊人念。長命雙杯，醉霞紅照臉。

情久長　和休庵見壽

前生落葉寒花，薄命將秋化。忽一夢好風吹過，斜日西下。重陽新五十，結茅地，難選青苔半架。算來日，聞雞不舞，絏馬何山。邀酒伴，尋僧社。　　獨秀仙人，節是陶潛亞。怎忍寄一篇河滿，珠淚盈把。低顏入市，對年少，休問金貂酒價。共君去耕煙谷口，賣卜橋亭，身後事，香姜瓦。

石湖仙

林子山腴見壽，賦謝。

生涯無岸。又垂老相知，人似天遠。彭澤認前身，只荒田同無下喫。黃花秋雨，問此後，歲寒誰管。飛雁。共畫梁燕子長嘆。　　蒼蒼以何位我，付今生，虞初小傳。五十無聞，歷歷桑田經眼。紅豆詩材，碧桃人

---

① 原注：君家丹山有桃花村，向彀公爲作記。

面。藥爐經卷。^① 香火伴。青城早築山館。

其 二 和青城室主見壽

涼雲飛雁。望松際圖書，人遠天遠。彭澤認前身，只荒田，同無下
噀。黃花秋雨，問此後，歲寒誰管。仙琯。枉人琅響遏天半。　　嗟公近
年亦老，付今生，虞初小傳。黛黛花香，賴有翻書人面。鬢絲禪榻，藥爐
經卷。歲華如箭。香火伴。青城早築仙館。

大聖樂　題霽園

黃葉西風，白頭遺老，小園身世。算五年，清淺蓬萊，在水一方，除
却漏舟何地。對雪自驚堯年鶴，盡城廓，人民清淚裏。悲秋氣，試橫攬八
荒，女蘿山鬼。　　前塵莫談癸巳。問誰是花潭誰栗裏。歷兩朝人事，一
般煙雨，何年晴霽。苦信幾行龍溪錄，剩元子，荒亭堆戰史。談經所，百
年後，夏峰蒼翠。

法曲獻仙音

雨中聞樂錚錚然，京都聲也，去國五年，人老矣。

仙樂悲涼，善才零落，舊日鈞天何處。綉幕黃花，夜燈紅月，愁心一
片簫鼓。忍撇笛，宮牆外，霓裳羽衣譜。　　一窗雨。此時心，酒邊敲
碎，誰信道，庾郎身世恁苦。內殿按梁州，問何戡，哀怨怎訴。醉眼洪
荒，聽昆侖，酣睡終古。祇山城今夜，鬥破情天無補。

秋思耗

霜降明朝節。坐雨聲，紅閃一燈如血。蝴蝶夢中，轆轤心上，頭白如
雪。嘆欹枕文園，五更還起問病妾。一綫風，窗紙裂。甚蘚砌俋蛩，荻波
回雁，共把古愁今恨，向人低說。　　黃葉。秋光又別。照故人，那有明
月。錦官詞客，黔南天外，浙東西粵。各一幅千山萬山，垂老歸路絕。望

---

① 原注：翻書吟卷、黛黛花詞皆青城石室新典。

夜色，香篆滅。已喚却鄰雞，聲聲簷溜未歇。淚濺銀屏萬疊。

綺羅香　紅葉

秋艷於花，霜濃似酒，萬樹鮮明山態。斜日爭春，幅幅綠陰全改。出射堂，詩笠還堆，上樵擔，酒家能賣。問群仙，幾日還丹，赤城標起白雲外。　　南朝金粉一片，還記太平十月，翠尊曾載。碾碎珊瑚，燒得萬山成海。自歸來，吳水空寒，縱落去，御溝何在。祇詞人，老景相看，斷霞留幾塊。

綠　意　破蕉

碧雲寸裂。甚半宵剪取，羅衣千褶。寒雨聲聲，碎到紅窗，秋意者般淒絕。情知百事難堅固，更莫問，此心層疊。信美人，脆過琉璃，命薄鷺邊荷葉。　　回首芳緘乍展。綠天外，蓋盡茅庵明月。扇扇涼陰，清護書櫥，香醉紫花時節。無端撕破青衫影，竟不解，西風何說。賴畫中，一個詩禪，染就輞川晴雪。

慶春宮　和壺庵師見寄

僧粥炊香，宮梅含笑，小紅乍吐新蕚。微雨黃昏，奇疆青峭，楚蘭遙訂詩約。歲華催晚，夢猶在，樨香小酌。白頭吟社，三疊陽關，水邊樓閣。　　夜寒一寸冬心，今到堯年，月明仙鶴。如此生涯，大難來日，吹浪江豚還作。數枝篁翠，好拳住，宣和凍雀。萬松深處，雲水孤僧，一庵無着。

其　二

得蘆墟師書，感十八年之別，賦寄此詞。

山蛻真吾，天容遺老，雁聲遠渡榮州。臘鼓荒村，官梅濃蕚，歲寒無奈詩愁。夢華新錄，付身世，天人一漚。餘生如葉，隨分漂零，風雪荒丘。　　盧龍賣了田疇。除却寧河，何地埋憂。劫外西臺，蘆中窮士，出門滄海橫流。夏峰談道，料扶杖，今生已休。蘼蕪青徑，薇蕨香風，心上春秋。

其 三 意釣亭

流水桃花，故園修竹，鱉魚兩兩春初。山翠搖天，苔香出筍，一竿偕老吾廬。鏡中雙笑，判同號，煙波釣徒。秋風永逝，鄉夢無歸，月落沙虛。　　滄桑換盡皇都。三月黃花，重賣丁沽。擘粒盤針，誅茅縛柱，畫欄紅到江湖。寸心濠上，問誰認，今吾故吾。白楊煙樹，青笠風標，留吊荒墟。

慶宮春 寄山腴

紅蕚孤山，青蓮雙盞，妒君淺醉寒宵。知否冬心，蕭然斑鬢，故人僧況無聊。萬松深處，剩行卷，天風海濤。思量如我，雲白山青，何限窮交。　　茶名黛黛花嬌。春到屏山，蛾翠應描。平地生波，千聲吠犬，趙州有酒齊澆。草堂冲雪，送驢背，長橋短橋。新詞多少，香閣霜柑，紅玉吹簫。

其 二

知休庵辟新都室廬未毀，既哀且慰。

重疊兵荒，蒼茫天問，剩君矮屋如舟。青眼高歌，赤眉新史，舉家兒女蓬頭。桂湖招隱，又歸路，西風送秋。故鄉無夢，門外湘漓，一樣橫流。　　崔楊轉轉恩仇。唐家此例，蜀局誰收。刀上生涯，火邊屍氣，一城鮑照新愁。休休居士，幸歷劫，休庵未休。此身何託，南北爭樁，蛋殼神州。

（案：“慶春宮”和“慶宮春”乃同調而異名，今仍按原詞分別錄之。）

高山流水

懷冀州趙湘帆衡，是名能古文辭者，自宣統後不相見。用夢窗韻。

故人一別五秋風。老餘生，雙鬢如蔥。前世望長安，涼天碣石歸鴻。年年是，戰血腥紅。西飛燕，身世依然似客，寄迹雕櫳。撰東京雜記，一一夢華濃。　　霜中。寒梅作花了，茅屋在，鴨漲牛宮。天外冀州山，澗石定採蒲茸。畫峨眉，攬鏡難工。唐經事，應仿昌黎素業，閑氣天鐘。莽燕雲杳杳，消息雁書慵。

其　二

寄桐城馬通白先生其昶，步夢窗韻。

夢痕日日數花風。滿城山，春氣葱葱。三載故人書，南天路隔煙鴻。衰顏似，病葉霜紅。亡新世，江上經時鼓角，浩劫烏櫳。剩人間棄婦，血滴淚珠濃。　　山中。研朱點周易，今莫問，漢館隋宮。坊徑委銅駝，盡綠亂草茸茸。後千秋，且付天工。龍眠翠，聊守方姚故册，斷送龍鍾。憶宣南萬念，如雪比僧慵。

其　三　寄彊村侍郎

凍春十雨九兼風。釀晴鄉，千樹青蔥。歸雁渺南天，皋橋賃宅梁鴻。橫塘路，酒綠燈紅。秋風起，携去銅仙漢月，淚落房櫳。浸冬青十二，葉葉露華濃。　　花中。群鶯亂飛了，生活計，半化秦宮。芳草古榮州，野鹿自養香茸。海山心，寫斷琴工。六年夢，空繞香灣小屎，老去情鍾。唱金荃苦怨，當日美人慵。

陽春曲　熏籠

織香筠，煨宿火，椒眼巧於珠絡。消受十分春，銀荷外，鎮日相守翠雲幕。不成孤酌。新上臉桃花濃萼。同是一片冰心，者溫存小紅方覺。

坐清漏南宮，羅巾單薄。誰化得春冰淚落。窗前餘灰撥處，印鞋尖緩步妝閣。獝兒解伴寂寞。甚暗裏鑽人裙角。祇深夜撇了冬郎抱，怎生睡着。[①]

陽臺路 戲詠湯婆子

貯紅浪。任布衾似鐵，心頭春漲。論身材穩過鐺形，錫制巧鎔金匠。燕玉也知情，自占這頭，儘它心賞。壺公樣。到五更相偎，忘了天亮。

笑我渾疑京邸，傍綉枕，新移火炕。是鄉堪老，慎漏洩，夜情搖蕩。東風到，新恩便奪，已過一冬無恙。梅花帳。者温存青奴休想。

瑶 花 雪

寒天潑墨，風剪僵雲，壓高城西北。夜烏聲寂，清曉望，門外千巖俱白。四鄉春雨，可明歲遲來芳陌。問幾村紅到梅花，望斷灞橋詩客。

一筇思踏峨眉，把天地裝成，銀樣仙國。松杉蓋頂，邀酒伴，群玉峰頭吹笛。燕山風大，想埋盡長安銅狄。嘆兩層鶴夢都非，凍盡堯年春色。

其 二 銀耳，用草窗韻

苔枝斷節。芳意叢叢，倩瑶姬分別。蒼花千朵，親摘處，認取玉肌籠雪。濃澆米泔，化秋氣露盤清潔。生不逢四皓商山，負了採芝人傑。

木雞還玷佳名，想一種仙香，傳自仙闕。冰甌浸水花乳放，一一冰蠶成蝶。素娥嚇否，好風味，銀河邊説。誤鏡中粉捻針窠，戲弄小璫明月。

喜朝天 餞竈

一年心。送君上重霄，濁酒聊斟。歲聿雲暮，有銀罍翠管，前夢沉沉。垂老長逢浩劫，問生涯，梅花笑難禁。燈一點，厨娘下拜，應斷灾祲。 行程止七天路，算日歸除夕，春又駸駸。爲問天上，羲輪一轉，可判陽陰。帝所曾聞極樂，又何事，群仙煉黄金。玉皇笑，紅雲護我，躲到而今。

---

① 原注：梅溪集依王氏校，汲古閣本小異。

萬年歡　長樂花

春韻盆花，傍寒梅數枝，開遍殘臘。天與燕支聲價，紫雲誰壓。應透香風指甲，屠蘇醉雙鬟偷掐。前生是長樂宮人，九華燈照金鴨。　　沉思去年浩劫，對葳蕤細朵，愁訴紅蠟。無草忘憂，將賦小園先怯。今又新叢半榻。才熟了，鐺心羊肝。羞人是，馮道長生，借它名字無法。

其　二　壽休庵，方回韻

末路鄉關，先朝宿莽，壽觴紅藕花妍。銅狄摩挲，知是前漢何年。禄盡空餘苦命，剩池塘留取阿連。餘生事，錦里烏巾，榜門別號天全。香山雅會，夢華遺老，重歌水調，一奏冰弦。漫把桑田新怨，堆上吟箋。小傳齊家定了，分詩窮，早注生前。聊相醉，孤鶴南飛，一庵人外窅然。

宣　清　元日

天在山中，六換年光，依然千門送喜。似兒時，還祝歲豐，願人間普銷兵氣。燕子生涯，桃花世界，鈞天夢裏。領全家賀新春，尊前心事提起。　　念正朔隨人，衣冠易代，不才今老矣。自紫陌朝天，烏臺削草，歷定哀間，一一中華麟史。到餘生，斜川無地。舍陶潛，義熙誰記。一杯酹長命，問此後東風，過丁年是誰丁巳。

孤　鸞

張篁溪有哀逝之作，自京師託題墓道。

香魂秋晚。道過了重陽，瘞花東莞。細草燕絲，綠得檀郎腸斷。棠梨殯宮一所，哭春雲粵山回雁。留下文姬小集，印淚痕千點。　　算此生，離別事何限。總滄海無家，人遠天遠。未老篁溪，夢裏釣絲全亂。牽牛鑿天不到，盼銀河，碧鸞飛轉。渺渺愁心，萬古有佛桑花見。

彩雲歸　和休庵訪薛濤墓，次韻

疑呼妙子過稠桑。小桃花，舊葬江鄉。看陌頭，草色唐年綠，魂夜夜，定到君旁。榮州廓，一聲風笛，可重吟夜郎。[①]便幻作蕊珠仙子，路入唐昌。　　堪傷。從銷石鏡，算人間，不盡興亡。古今一例，身世流落，鎖骨埋香。爲井邊，風流艷史，艇子曾繫橫塘。銷魂處，輸與芳銘，好事東陽。[②]

其　二

正月廿九日懿姬生日感賦，用休庵前韻。

麻姑到海販紅桑。便蓬萊，不算仙鄉。思十年，此日長安去，愁病在，酒後燈旁。勞生味，遍餐黃蘗，是羞郎怨郎。奠一滴紙錢風裏，可認王昌。　　神傷。當年奉倩，到如今，悟盡凡亡。玳梁燕子，含去花片，落水無香。自別來，揚州一覺，處處螢火雷塘。神京事，春風春雨，夢冷昭陽。

瑞鶴仙

正月十九成都詞社展壽蘇之會，用韻和之。

錦城燈又歇。南飛鶴，過了蘇門一月。岷峨此高節。借松醪三奠，香通奎闕。多時戰血。坐中人，都換素髮。似仇仙命否，經八百年，一般磨蝎。　　凄絕。金蓮玉局，孟博淵明，夢痕重疊。風波片葉。三生影，託禪窟。望西眉下拜，上元春暖，梅花同社盡發。記熙寧丁巳。公正濟南詠雪。

其　二　開元寺

今城山寺古。正屏風轉角，碧巖嵌處。交流會南浦。似苕苕伊闕，洛川門戶。禪家掌故。問唐年，伽藍記否。幸知二佛香龕，宋史盛傳甘露。

---

①　原注：薛濤竹祠王詩，榮州作也。
②　原注：沈君立碣。

荒塢。鄉儒設塾，村嫗祈男，白頭僧住。秋邊畫譜。立斜照，郭熙樹。記清時吟望，花宮信梵，曾聽傷春杜宇。到如今黃葉，西陂破樓夜雨。

瑞鶴仙影 寄趙濟民

別來半月思君苦，春痕綠遍山郭。幾番夜雨，渝州乍霽，定開紅藥。泉珠似絡。向孤枕，如何睡著。算君行，巴歌下峽，寶劍淬湘鄂。　寒舍今無恙，祇苦饑鷹，繞村行攫。告緡未已，想嗷嗷命將何託。鏡裏香亭，藕花放，應懷舊約。望天涯一紙寄我，趁雁落。

霜花腴

向道院分木芙蓉種，用夢窗韻。

四鄉漸綠，趁早鶯春原，一訪黃冠。荒冢農歸，斷碑牛臥，貧來出世都難。四圍范寬。引亂山青到窗前。似當年，二月嵩陽，雪晴三十六峰寒。　牆角一株何樹，認霜餘破葉，蛻抱枯蟬。香國移春，丹房分種，花名記入魚牋。待栽石船。築鏡漏新號思娟。到秋深，艷錦圍城，道人來醉看。

水調歌頭 壽康南海六十

太華五千仞，雄壓三神山。金天西下康老，嶽嶽切雲冠。腳踏全球地殼，胸貯中華聖證，星斗摘心肝。一卷大同論，太古燭龍然。　敲紅日，玻璃響，九霄寒。百花十日生日，六十鬢毛斑。身立支那劫外，人指梁鴻天際，佛國祖師看。春酒介眉壽，星宿海同乾。

其　二 生日

天地此秋色，人老菊花風。生前生後無際，何法款鴻濛。半世山河一夢，七載蟲沙萬劫，寸寸煉衰翁。海水一泓綠，搖蕩酒杯中。　榮州郭，今自壽，老為農。萬方一概，何必皂帽老遼東。天際雲來雲去，世上潮生潮落，如劍斬虛空。五十二年事，頭上五更鐘。

瑤臺聚八仙

仙人山在縣北七十里，寺曰仙人寺，余掃松葉烹茶於此，題其區云：
"明月來投玉川子；曉雲遮盡仙人山。"山之高，環望百里外，既刻詩壁
上，補紀此詞。

1076

翠嶺如苔。煙霄外，森然萬古雲胎。夜堂清磬，疑自石壁中來。此地
唐年仙子會，寺門巨茯手親栽。認磨崖，杜鵑二月，紅上瑤臺。　　盤盤
蒼龍瘦脊，合亂山嫩綠，海氣浮杯。太清壇上，人在第一蓬萊。群真定朝
絳闕，算碧落，芙蓉花正開。滄桑感，剩四圍丹氣，霞護天臺。

東風齊著力　雨水節種花

春雨知時，山桃含笑，夢醒貧家。無方送老，種綠報年華。不辦黃金
作屋，風流債，點却群花。三三徑，量枝數葉，汲水勻沙。　　失喜到雙
丫。爭劚土一鋤，忙盡金鴉。分香引蝶，剩本餉鄰娃。便當村農稽事，一
壺酒，自勞生涯。陰晴外，成陰結子，且自由它。

絳都春

花朝，雙溪看桃花。

明霞照澗，向春水弄妝，鏡中人面。細雨乍晴，高閣橫溪香風遠。瑤
池仙子芳華宴。醉瓊屩，仙源紅蒨。禊潭佳地，王家洞壑，宋朝坊院。
天暖。花朝正午，濃艷處，燕子鶯兒俱懶。綉陌勸耕，芳樹催人春光
半。年年心上玄都觀。翠苔路，崔徽愁看。更堪前度龍華，絳河淚浣。①

珍珠簾　英人招聚清富山看櫻桃花

繁英素雪春千畝。照簾櫳，開遍花朝前後。晴嫩午蜂喧，伴玉窗人

---

① 原注：壬子上海看花龍華寺，正國變後。

瘦。瓣瓣雕鏤珠錯落，待夜月香囊親扣。携酒。又幾日金鶯，便含紅豆。

誰分別館歐西，占榮王宮殿，小山清富。今古一東風，嘆上蘭非舊。海外櫻花人自樂，正上野新裝時候。相守。付一卷心經，唐宮鸚鵡。

其 二 梨花，山中白雲詞韻

白人白過銀娘未。白衣裳，又浣銀河邊水。晴雪一株香，傍瑤窗斜倚。月色溶溶雲漠漠，甚帶露微含珠淚。欄外。似親見蓬萊，九華春睡。

名字莫混黎渦，向姑山山上，分來仙氣。雨打不開門，問傷春何意。淡極鉛華偏艷絕，合譜入霓裳聲裏。誰是。又一念思凡，千花紅蘁。①

倒 犯

二月又，棠梨作花，殯宮春曉。蕭蕭墓道，王家地，亂紅誰掃。多年未就，寒食東風徵君廟。訪遺事，宣和失載簽求稿。共蘇黃，幾人吊。

天予令君，種樹扶碑，欽公風誼少。② 綠水照繡陌，計同穴，人偕老。定化鶴，歸華表。鳳凰原，年年啼謝豹。指宋室青山，四下孤墳抱。古香生勁草。

其 二

萬古認，高人舊居，翠溪雙抱。春山不老。桃花外，又生芳草。家連戚里，將母辭官榮州道。任奸黨，成碑一付蘇娘笑。地仙樓，暢游釣。

樽酒縱談，宋到邦昌，天公真醉了。學士此共讀，念王室，憂心搗。舍痛哭，如何好。過三朝，交流仍半島。借素閣魚陂，社事鄉農醮。墓邊來大鳥。

---

① 原注：六一有《紅梨花》詩。
② 原注：廖芷才大令方修治塋境。

雙瑞蓮

李哲生思純，辛聖傳楷，賦才清發，天下之好也，合照小相，休庵
云：國士無雙而有雙矣。用讚是辭。

風神如此秀。合雙玉名龕，雙柑携酒。供作雙仙，一代才人低首。比
似云龍韓孟，認不出盧前王后。絲縷縷，甚時花下，佳人雙綉。　　我欲
照影恒河，奈壯不如人，衰顔今皺。黃金鑄像，拾得寒山誰偶。二妙春蘭
秋菊，可念到萬松青否。開笑口。待定歲寒三友。

望海潮

用淮海韻，題南海戊戌與雪庵絶筆書。

當年衣帶，如今禾黍，囚堯忍夢東華。含血噴天，椎心蹈海，青牛遠
放流沙。書籍故人車。託白頭老母，餐飯先加。不是金輪，更誰纖手送唐
家。　　江湖歲歲吹笳。又六旬進酒，二月飛花。知己半生，靈光一座，
先朝信史空嗟。煙柳上洋斜。剩血痕淚點，濃墨翻鴉。柴市招魂，大星芒
角耿雲涯。

其　二

題香草籤辛亥書後，淮海韻。

無名風浪，全家兵火，浮天四壁橫流。千犬吠聲，三巴度劫，承平自
此長休。身世付扁舟。正小桃迎客，花外天游。夢醒良痴，一肩擔盡古今
愁。　　山窗净洗雙眸。笑蠶叢地隔，蠹粉香留。高誼太邱。余生上海，
憑它天下陽秋。紅日射潮頭。恐國門東望，人瞰仇猶。藏作名山信史，麋
鹿待長洲。

憶舊游　海棠花落

竟胭脂作雪，蛺蝶飄香，春老芳卿。如此風流樣，奈多生薄倖，短夢
清明。茫茫緑章封事，催送步虛聲。嘆天上人間，煙消弄玉，月落飛瓊。

仙屏。睡初定，記艷燭更闌，曾照華清。又晴妝午醉，化紅雲一桁。濃裏金鶯。日日雨絲風片，人望錦官城。似厄閏黃楊，空念二月花又生。

其 二 漁村圖

認橫灘老樹，曬網誰家，人影沙汀。破笠圓於蓋，便維舟細竹，載酒雙瓶。近鄰到即圍坐，紅蓼富春亭。嘆斷鰐旋翻，撈蝦漸險，舉世潮生。

西泠。過橋去，問洞口桃花，何計重經。忍數湖天事，盡嚴陵知舊，無限飄零。上官自寫清代，鷗影一帆星。剩小幅風流，江雲自白山自青。

其 三 和皷公公園師弟攝影

舊游如夢裏，夢影重重，先後邯鄲。省識前清味，怪飛鴻印雪，大氐東川。秀才半出巴縣，薪火一燈傳。自夜色神州，鄉音戰鼓，兩鬢潘安。

公園。衆星聚，又鏡底滄桑，重換朱顏。老了儒酸命，便方翁身價，怎抵村官。道將近纂新志，春柳玉門關。算水驛山程，梅花送客千萬山。

其 四 除夕贈張夫人

記丁年守歲，子夜同心，人在雲安。向夕沙灘下，聽千峰爆竹，淚數鄉園。素裙半榻同夢，江雨徹宵寒。笑漢臘催程，巴船送影，悔嫁朝官。

桑田。幸留命，又四遠鷄聲，今夜今年。滾滾新潮大，望神州何地，橫界闌干。夜堂對酒閑話，兒女集燈前。便咫尺天涯，歸帆上峽山外山。

其 五 題《靈谷從游圖》

記凌虛訪戴[①]，冒險游峨，招我榮州。翊日山堂會，共禪居素酌，夜火烏尤。醉中禁說愁字。思榜石遺樓。自戰伐頻年，華嚴半嶺，影事全休。　　悠悠。剩諸彥，問燕子橋邊，人唱漁謳。莽莽乾坤大，祇韓門師弟，猶認從游。數花舊指梅樹，潮打秣陵舟。嘆點筆圖中，山圍故國天地秋。[②]

---

① 原注：航空至蜀。

② 原注：前半指石遺與不佞游峨眉。過片後，據童藻孫所撰圖記。

探芳信　寄哲生聖傳，用草窗韻

坐春晝。慣雨過尋山，僧來貰酒。念仙庵前世，如今夢華舊。吳妝争照春波影，人比黃鶯瘦。木蘭舟，杜老清祠，薛濤香甃。　　花外玉驄驟。看珠樹臨風，峽雲歸岫。一對簫聲，曾唱小紅否。紅羊都換青羊市，爛醉同犀首。譜新詞，休道屯田是柳。

掃花游　寒食，用清真韻

冷煙社日，又夢裏清明，雁歸南楚。柳條細縷。記燕山綉陌，紙鳶晴舞。巷口餳簫，送老臨安夜雨。醉春去，指一色酒家，紅杏花處。　　城外知里許。嘆墓草萋萋，百年歸路。嫩蒿薦俎。聽啼鵑喚客，淚沾衣素。杏酪催人，那識家鄉更苦。暗延佇，閏花朝，錦城簫鼓。

踏青游　清明，用王晉卿韻

明日花朝，今朝百花晴曉。紙錢飛，秧水霽，山山啼鳥。愛俊影，新裁鳳皇綾子，溪上夾衣齊照。　　一碧烽煙，滿茫茫十洲三島。事萬種，愁腸先繞。上河圖，春社醉，新亭人少。夢未穩，明年海棠紅候，惟有杜鵑知道。

塞垣春

蟲草，吳季愚大令夐見寄。

釀雪魂蠕動。到九夏，新苗聳。孤根太素，一莖生翠，駝背微腫。是藥根，又是春蠶蛹。究物化，區何種。沍寒天，陽和性，一鋤身世如夢。

芳宴錦筵開，花樽畔，今作清供。故國指西番，凑山路無縫。笑官園，菜把成例，勞千里，寄來青絲籠。別族待秋影，露螢飛碧壠。

玲瓏玉　白蒲桃

仙露明珠，似尋得，絕色冰肌。秋光一箔，水精懸架離離。展舊青籐書稿，記山園深翠，松鼠含伊。相思。合樽前，親喂雪兒。　　任買涼州別種，到拈來玉子，多染胭脂。沉濯無瑕，伴梨花，好貯哥瓷。携將蒲萄牙去，辦仙釀，晶珠千顆，味勝紅澌。美人醉，看風鬟吹動鷺鷥。

氐州第一

　　　綠菜，葆青饋。

飛瀑如虹，清到萬古，空巖夜響風水。濺雪生花，寒雲護磴，重疊苔衣澗底。黎雅山中，散不盡洪荒秋氣。淺碧筠籃，新香菌閣，露華蒼翠。

　　大好月明松吹裏，度仙徑應逢仙子。浸到春纖，齋時晚飯，比素芝猶脆。採芳人，詩夢冷，憑持餉涪翁一醉。石上叢叢，記揚帆，吳中淡紫。

鶯啼序

　　　聞成都川滇軍警，用夢窗韻紀痛。

何幸錦江萬戶，漲滔天禍水。戰塵起，腥色斑斑，濺血紅綻花蕊。遍郭外，衰楊挂肉，驚風亂颭城烏墜。嘆無邊空際冤雲，盡疊秋思。　　三月春濃，正好載酒，泛花潭艇子。二更後，芒角天狼，萬千珠彈齊至。自皇城鱗鱗破屋，火龍挾金蛇東指。放修羅，刀雨橫飛，問天何意。　　奇哉去日，被甲川南，共枕戈不寐，應記取，納溪力戰，誓死前往，喚鶴聲中，路人揮淚。妖烽蕩淨，刀瘢合縫，回頭啼鴂千山響，喚同袍，互酹軍容悴。如何自伐，中宵畫角頻吹，亂屍無擔山裏。　　西南大局，化作蕪城，剩鬼燈照翠。問此世花卿知否，豆煮萁燃，海外鯨牙，怒濤方起。迂辛羹苦，今應無恙，峽山遙數春樹影，忍雙親，懷遠門閭倚。千秋認此殘灰，大劫昆明，萬魂在紙。

六 么

辛子被困亂軍，卜云死矣，一書告存，喜訂榮州之游，並問諸遺老。

杜鵑聲苦，叫得春如客。相思美人天外，十日魚書歇。險說漁陽揭鼓，踢到鸚洲色。六朝六夕。千花百草，一片腥風萬燐碧。　　故人天幸無恙，個個城西北。祇恨血染髑髏，不向崔家擲。大渡河邊一哭，世比唐年黑。秧歌滿陌。一肩行李，請踏青陽舊封國。

眉 嫵

聖傳歸邛崍，夜中入夢，用碧山韻。

正花西星點，樹杪鵑聲，燈老半窗暝。倦裏渾無睡，相逢處，依稀工部祠徑。翠苔步穩，訴錦城千萬幽恨。畫欄響，一角濛濛雨，覺鴛被微冷。　　人醒沉思音問。又暗移山月，遙挂天鏡。風信哀牢轉，邛山外，伊人知甚光景。送春路永。算四鄉，忙了農正。待消夏峨眉，搖一棹，漢嘉影。

東風第一枝 櫻桃

玉子圓勻，珠胎點滴，幾天紅到如許。醉時三月登盤，霽色萬星照樹。筠籠上市，恰才聽，賣花聲住。算幾村，杏子枇杷，一色淡青煙雨。　　曾夢入，上蘭舊句。曾擎出，大明歸路。老來新筍初香，銜得亂鶯最苦。蔗漿除熱，剩留贈，歌唇樊素。認此心，瑪瑙春痕，顆顆淚綃難數。

其 二 山公梅信

十斛松風，小春梅月，數椒紅萼新吐。雁傳一闋清歌，人坐萬山寒雨。暗香疏影，早妝就，林家新婦。問幾生，修到仙香，簪到繙書人否。　　清夢入，石湖煙浦。香雪海，是儂吟處。夜寒皺玉誰温，照得月明萬古。蒼苔白鶴，漫驚起，傷春情緒。願種遍，石室青城，頭白待君爲主。

繞佛閣　游唐開化寺懷辛子

斷巖瀉翠，枯坐老衲，花外禪宇。芳意如許。最憐夢裏，鵑聲喚春去。梵鐘報午。香送半盞，泉味牛乳。閑聽蛙語。宛然萬里，橋西杜祠路。　　雁足盼天末，縹渺邛崍山遠處。何幸故人，因風傳尺素。想玉樣清標，消減豐度。買將茫屨。趁豆壠秧塍，消夏煙樹。浣龍淵，洞天涼雨。①

其　二

　　鄉游得京中書，知彊村近問。

上泂下噢，雙鬢已白，煙翠無主。沙燕新乳。對門店裏，鄰翁葬何處。破籬未補。窮到世處，生計蔬圃。秦漢如許。甚時送老，桃源數株樹。　　片玉報京國，夢引吳娘携酒去。遥念夢窗，江南芳草渡。慣藥味宵濃，香似仙露。幾家人住。問劍水星紋，花下蠻素。杏楓橋，舊年秋雨。

金人捧露盤

　　王文安公墓瓦俑，以宋紹興六年葬，去今七百六十二年出土。

古人墳，今人屋，後人耕。如夢裏，此夢誰醒。宋陶留像，鳳凰原穴土花腥。同時舊侶，杜鵑啼，翁仲無聲。　　紹興年，徽猶閣，南渡恨，大官銘。過三朝，重見三榮。問今何世，春山無地種冬青。蟲沙萬劫，血痕斑，紅過魚燈。

醉思仙　兇觥

問犀觥。有靈心一點，分水何方。算相隨南北，半世詩囊。形又古，凋還瘦，花片水浮香。儻鐫名，篆款式，便稱王績家鄉。　　少小西京

---

① 原注：寺有洞，五百年來標爲龍湫夜月。

夢，春風乍賦霓裳。是詩龕雙玉，遠奉高堂。興亡影，人琴淚，萬壽絶無疆。百年身，幾醉月，此中一寸滄桑。

夏初臨

木馬分秧，杜鵑啼月，四山紅過千花。細雨黃梅，玉人初換蟬紗。夜來晳井鳴蛙。井幹邊，變作長蛇。音書人事，咸陽大火，天地飛沙。禊潭佳節，錦水名邦，正攜俊侶，同醉年華。青蓮鉢底，如來不咒賓迦。西望長嗟。數詞流，夢老天涯。笑啞啞。千聲銅鼓，洞子黃家。

梅子黃時雨 黃溪閣，用玉田韻

煙柳雙溪，展殘捲半窗，叢話漁隱。逗夜雨朝晴，四鄉篝影。沙上飛禽知我意，勸延山翠療詩病。畫中景。微欠浣花，花外漁艇。 琴引。相思成興。問凄涼犯裏，哀韻誰聽。[1] 願老唱農歌，秧塍千頃。無恙臨邛應早到[2]，自眉州下江程近。歸心緊。野田鷺鷥飛暝。

鳳凰臺上憶吹簫 漱玉韻答辛子

虎口生涯，鳳毛文彩，峽山綠到天頭。借好風吹送，寸版銀鈎。滿眼雍陶句子，蠻嶂遠，隊隊歸休。芙蓉郭，春濃似病，人瘦於秋。 扁舟。渡來弱水，清净四禪天，慧業人留。補杏花紅處，春雨登樓。江上鯉魚風起，雙流路，盼斷雙眸。銀蠡酒，思公子兮，代畔牢愁。

消 息 答辛子望月寄懷

君不來兮，又看春盡，清夜無睡。玉葉從風，缸花笑客，閣閣蛙鳴水。麥黃雲過，梅紅雨綻，都入杜鵑深意。立花前，相思一片，謝郎愁到千里。 柝聲樓閣，三更天净，想得佳人都起。玉臂雲鬟，青天碧海，

---

① 原注：休庵紀亂詞最工。
② 原注：聖傳。

圓了姮娥味。天南地北，蒼龍星没，慘慘鏡中田地。劍光寒，荒雞遠叫，萬山夢裏。

夢橫塘 次劉苕溪韻報辛子並寄休庵

月明千里，人坐空山，好風吹送瓊瑟。煮藥香中，看衛玠，天生英物。荷氣生凉，麥秋含潤，浪痕魚没。笑春風鬢影，一點琴心，怎消受，臨邛客。　簪山白髮詞仙，洗貧家似水，冷透詩骨。布穀聲聲，知喚出，故人相憶。碧紗外，榴花勝火，笑比紅裙最初色。且醉釵邊，晉陽笳吹，只胡兒聽得。

花心動 粉紅綉球，梅溪韻

霞色千星，黃梅過，依稀杏花春雨。倦枕乍羞，中酒微酣，勾引蝶兒嬌舞。宛然珠彩攢心鬢，蒨裙皺，定留仙去。臉潮向，香癡動了，個儂知否。　雜組分明剪處。籠做月華圓，碎黏珊樹。淡裏艷妝，錯落玲瓏，和合一團心緒。漢陽宮外三郎醉，仿新樣，大唐新語。描綉譜，催它早拈絳縷。

換巢鸞鳳 五色鳳仙，梅溪韻

金屋阿嬌。又偷長絳雪，軟醉藍橋。明珠千樣錦，弄玉一枝簫。星星叢露小蠻腰。泫然午痕，脣脂未消。同心彩，試換取，朵雲紅照。　風悄。春思渺。非是小家，翻作回身抱。艷絶端陽，沁將纖指，生就香奩仙草。休道鑲藍復鑲黃，日華消盡旗妝老。雲霞衣，耐卿卿，著到秋曉。

其 二 夾竹桃

非竹非桃。甚眉舒翠玉，淚掩紅綃。新妝明灼灼，嫩葉影蕭蕭。天台仙子降湘皋。淚痕酒痕，春情未消。瑤池果，定惹得，鳳凰兒笑。　詩巧。圖更巧。春在武陵，人自彈琴嘯。萬綠叢中，小紅心上，和合瓊株瑤草。知是雙仙化身來，夏中開到秋難老。潼江邊，杜陵翁，作杖尤好。

洞仙歌 　戲問休庵疾

　　向聾丞笑，得耳根清净。是事關門不須聽。甚浮雲，翳了秋水生時，明明月，又報蟾蜍蝕影。　　傷心崔盰傳，劈栗頻吹，自惹多愁復多病。種種悟空花，法眼依然，本來是，無明無盡。但祇負，清娛弄新妆，逗鏡裏橫波，乃公難省。

泛清波摘遍

　　　　榮之北山産綠茶，香色一如龍井，借小山韻張之。

　　雲腴養碧，月液含秋，誰分老來鄉味好。美人新摘，春到千山萬山早。牛牛峰道。蒼苔冷處，紅雨香中，才近露華先醉了。少個樵青，莫笑煙波釣徒少。　　舊游渺。湖上記開寺門，井畔遍生瑶草。曾煮松聲澗聲，翠樓鐘曉。夢痕杳。煙蕊餉客自佳，風篁其時重到。且當龍泓片葉，寸心傾倒。

湘江静 　竹簟

　　净展流犁天正竿。倦攤書，翠陰籠樹。娟娟帝子，情根淚點，倩紅斑留住。纖就笛材匀，春葱亂，文漪千縷。涼雲半枕，清風半簾，詩來在，夢中路。　　晚醉醒，茶味苦。最承恩，汗香聞處。紋幬未掩，蟬紗乍脱，襯冰肌如許。玉腕嫩紋生，荷花樣，臉潮含露。秋心到此，青奴漫領，瀟湘夜雨。

婆羅門令

　　　　兩月來蜀中化爲戰場，又日夜雨聲不絶，楚人云：后土何時而得乾也。山中無歌哭之所，黯此言愁。

　　一番雨，滴心兒醉。番番雨，便滴心兒碎。雨滴聲聲，都裝在，心兒裏。心上雨，干甚些兒事。　　今宵雨，聲又起。自端陽，已變重陽味。

重陽尚許花將息，將睡也，者天氣怎睡。問天老矣，花也知未。雨自聲聲未已。流一汪兒水。是一汪兒淚。

綺寮怨 吊杜步雲、樊孔周，清真韻

喚此人間何世，老天知醉醒。爲往日，二老銷亡，山河影，步步新亭。思君如今更酷，光天下，夜黑燐自青。竟先後，化作長星。空山叟，破屋珠淚盈。　　去歲記尋雁程，江樓坐上，當官盼到黃瓊。按拍三清。善才韻，有誰聽。甘人乍逢魑魅，酒後語，夢中情。茅齋少城。芙蓉萬樹外，風露零。

玲瓏四犯 含羞草，清真韻

酥了春心，但有物相挨，收盡嬌艷。碎葉搖風，花粲女兒宮臉。無意挂到裙釵，未飲醉妝全亂。問甚時，玉骨偷換。香軟任它廝見。　　似聞仙液苔根薦。繫金莖，露珠圓蒨。依稀樹癢搔無力，慵送秋波眼。休認夜合性情，況翠柳章台千點。僅向人迎送，吹作雪，隨風散。

還京樂

得王豹君督部詩函，用美成韻紀感。豹君名人文，大理人，清光緒癸未進士，治蜀非久，其德量則不知嚴武、韋皋孰先後也。今春川滇之難，當軸微公察辦，至渝而川黜又闋。公遂檢五年詩見寄，誓隱補陀山，訂它日相從，以峨眉爲死所。嗚呼！哀矣。

竟無計。作個鄉農，荷笠歸大理。嘆彩雲春散，愛晴一草，潘安才費。耿使星天際。渝州四月千花委。爲杜宇，穿了望眼，銅仙鉛淚。甚巴雲底。又扁舟東下，蒲團面壁。從今消盡世味。生生誓撇殘書，補陀山，自挑行李。問何年，仍挂衲峨眉，淘灘灌水。自失潛庵約，南天何限心悴。[①]

---

① 原注：湯蟄老約兩年一聚，今薨矣。詩曰："人之云亡，邦國殄瘁。"噫！

傾杯樂　用耆卿韻寄錦城

蝸角軍聲，鴻毛民命，龜城舊鄰犀浦。傷心是，二三耆老，大劫荒荒，幾時快聚。問天公，何忍將人折磨，禍水又橫江，與鷗爲侶。半月風影頻吹，火雲兼怪雨。　　想舊京，初年光緒。尚萬方無塵，村農多吉語。如今者般，送老崦嵫去。將此恨誰訴。勞天外雙玉清詞，殷勤魚素。[1]流光且醉憑飛羽。

采綠吟　鏡香亭用蘋洲韻

此調過片處，半塘定脆字，仄叶，謂與渡江雲換頭正合。是仍叶氏天籟軒說，非創獲也。前段裏字，仄叶，余亦主叶氏說。熟繹塞垣春，知草窗旨矣。

水活魚先喜，弄影藕葉東西。尋仙入夢，飲香疑雨，消醉成詩。此心涼欲化，龜巢裏。萬花舉國紅璃。美人兮，湘江浦，亭亭清露怨誰。煙筱四圍秋，書簾動，時聞嬌鳥聲脆。晚色忽篩金漏，一徑苔衣。待西風吹老蘋洲，何人譜，漁笛舊年題。狂呼酒，明月在天，親酌少微。

掃地花　雞樅菌

亂松透日，正雨氣晴蒸，萬釘苔罅。土膏孕夜。乍含苞似卵，巨根盈把。傘頂微尖，雪臂嬰兒姹姹。翠陰下。羨別業海西，人種平野。　　風味消九夏。共銀蒜登盤，玉芝論價。鼉裙欲化。倩櫻唇細品，藕花香榭。雜本青紅，全付煙燻火炙。醉吟社。代蘑菇食單慵寫。

其　二　送春，用夢窗古江村韻

紫鵑喚客，道爛錦年光，夜歸瑤島。素緣未了。似陽關送別，馬嘶芳草。夢裏天涯路，比山中更小。翠雲窈。問昔日萬花，今爲誰好。　　門淨風自掃。且料理吟身，寺鐘催小。錦江漫棹。念橋通萬里，故人書少。

---

[1]　原注：哲生、聖傳書至。

作客家山，過活依然皂帽。訴圓照。幾時春，太平同到。

拜星月慢 七夕

夜鵲飛時，天狼紅處，小閣還搴羅幔。萬古成雙，指微雲河漢。笑聲動，似覺盈盈鶴駕來往，脉脉鴛幃恩怨。儘訴情天，忍經秋才見。　　自洪荒，便結風流眷。今宵會，幾度成圓滿。爲問那個星兒，是機頭新產。嘆嫠蟾抱月年年伴。銀潢路，漸學蓬萊淺。只落得瓜果蛛絲，賺羅池香案。

玉京秋 牽牛花，草窗韻

銀浦闊。黃姑渡河候，此花心切。蘇砌仙根，竹籬露蔓，凉叢千葉。秋色名藍半盞，海棠陰，微沁紅雪。夢中別。鵲橋心事，欲提羞說。　　日照東南先怯。綴金鈴，苺牆半缺。翠染薑梅，香生蘭菊，容華都歇。碧玉娟娟，又送過，靈匹匏瓜時節。冷蛩咽。還等雙星抱月。

其　二 葦，用蘋洲韻

秋影闊。沙邊夜潮退，雨聲親切。岸閣魚舠，石橫蟹簖，梢梢凉葉。身入江南畫稿，卷西風，無限飛雪。故人別，一行征雁，昔游休說。　　劫後家山尤怯。莽天涯，魚賤又缺。斷澗人家，新霜天氣，吟情先歇。白髮聽潮，夢不到，當日黃花清節。櫂歌咽。回首江村夜月。

選冠子 白露

水氣凝珠，仙心濃夜，月明蘐渚蒼蒼。把有情紈素，頓換了無情，被謫空房。沉瀣綠荷，香透羅衣，葉葉生凉。傍籬根清坐，無窮心事，都付寒螿。　　算半年，夢境箛聲裏，漬方諸淚點，如此紅羊。嗟未來身世，任天南地北，我住何方。前路問銅仙，祇衰蘭送客咸陽。剩秋娘一笑，黃菊花開，依樣成霜。

一寸金　秋分月夜

秋色中天，乍數蚪簽又平列。正小園金粟，霏霏染袂，西風瑤井，蕭蕭鳴葉。回想春分節。桃花下，夜深醉月。從今後，客枕如年，照影嫦娥定頭白。　　何限征人，千山搖夢，腥吹戰場血。念玟砧香杵，紅燈如豆，刀鐶馬策，青絲成雪。千種心頭苦，涼蛩外，向誰細說。何堪念，往日秋分，漢嘉浮翠艓。

酹江月　草窗中秋韻

一年今夕，說陰晴，萬里八荒同色。燭外青山笳鼓靜，細雨旌旗微濕。兔魄銜雲，龍頭瀉酒，劍氣孤虹白。蒼生誰問，漢家夜半前席。檻外桂樹婆娑，萬香如海，漸掃前朝迹。① 星斗以南人幾個，一曲琵琶消得。故國花潭，遺民酒舫②，短夢殊今昔。明年明月，笛聲猶裊空碧。③

花　犯　紅蓼，碧山韻

點秋心，疏紅細朵，星星照池水。鷺鶯鄉里。記中酒西湖，無限詩思，斷橋過雨萍蹤寄。欄干人倦倚。泛釣艇，夕陽天色，漁家如畫裏。

年年雁聲送西風，懷人念此際。涼波空委。歸夢遠，江南路，令人心悴。何時更，夜親蟹火，香穗影，清螢飛又起。便喚取，月明相伴，蘆花偎素被。

其二

荷池曉望，得鶴叟詞，用美成韻却寄。

幾番風，宵來送雨，羅衣透秋味。露荷紅綴，將半老徐娘，猶愛姝麗。瘦筇向曉池邊倚。親晴鴉報喜。嘆照眼，綠雲千片，寒香消翠被。

①　原注：飲桂林山。
②　原注：去年中秋事。
③　原注：客有吹笛工琵琶者，雍容刁斗之外。

西園桂花過中秋，勞公唱水調，年華凋悴。心最苦，南雲外，暗愁天墜。青山似，向人勸酒，君自管，功名詩卷裏。待凈洗，甲兵完了，應乾銀漢水。

新雁過妝樓

小隊西風，年年是，秋晴一字排空。自春別去，應訝戰血飛紅。羨而無家天地外，計程萬頃水雲中。又相逢。亂山畫角，身世霜楓。　人言瀟湘似玉，問翠苔夜宿，曾夢蘆龍。萬方多難，何地更着漁翁。聲聲喚人淚落，況鐵甲，沙場書未通。三更雨，正向南飛去，千巖佛鐘。

高陽臺 舊日聳雲山

秋老黃花，風吹畫角，高雲聳出蒼巒。凈土無多，青留片席苔斑。燭龍含火千山裏，送阿香，彈路闐闐。祓聞根，一徑雲璈，風吹巖關。
六年如夢西風苦，算幾番吹帽，頭白尊前。墮笏司空，移家未卜王官。飛鴻底事分南北，遍人間，落葉天寒。紫萸香，如此蟲沙，如此江山。

其　二 寒竹，和頻伽韻

清節争春，虛心領雪，美人翠袖天寒。萬綠凋年，亭亭四照明玕。窮陰不結孤生伴，孰花予，芳歲今闌。拗孤山，梅外斜枝，紅片花殘。
情知正則幽篁命，奈見天無路，石冷苔乾。淚點瀟湘，露華滴滴銅盤。拳枝忍讀宣和畫，紇乾山寒雀争喧。錦繃斑，將尾捎雲，誰作龍看。

其　三 病酒，頻伽韻

小劫壺天，空心藥盞，思量自取無聊。多謝閨情，葛花煎似紅綃。風流那比相如渴，欲消愁，愁聚眉梢。誓今朝，杯底休乾，墳上休澆。
百年一泡成歸客，算海山兜率，簾影齊招。坐炷香蛤蜊牆外，偏撩。乾坤納納無醒法，判湘纍，身世風騷。酒盤高，未到重泉，仍泛雙橈。

其　四 病夜

檐葉僵秋，缸花翳夢，人言病忌生前。一樣西風，偏催蒲柳人間。命窮鬼亦憎同路，奈夕陽，紅到中年。負蒼天，開遍黃花，妝遍青山。茂陵歲歲禁秋雨，便齋心強飯，也瘦文園。易脆玻璃，故人多半重泉。情知黃九泥犁獄，勝白頭，青是烽煙。叩群仙，還返芝龕，還守桑田。

霜葉飛　生日，夢窗韻

少年光緒。鑾坡舊，如今身似枯樹。過來重九又生朝，歸雁千山雨。看綽約妖鬟翠羽。金沙全換宮裝古。剩斷葉蘼蕪，忍淚泣，秋風半世，漬它縑素。　　何況萬落千村，新紅血海，浩劫都自天賦。可堪湖海噴潮聲，未了沙中語。繫落日難憑斷縷。西崦怎轉東方去。記夢中，黃花候，醉客香龕，戰雲深處。

其　二　題雷實夫小相，夢窗韻

亂離秋緒。黃花外，遥天吹下瓊樹。華山仙掌是前身，靈氣青柯雨。愧鶴骨凄凄病羽。書叢身世花蟲古。送半百流光，老淚滴，班姬命似，篋中紈素。　　追念故國承平，霓裳曲裏，舊日兄弟同賦。① 紫駝留影臥銅街，換了宮鸚語。挽碣石絲楊寸縷。西風愁捲中華去。夜醉時，思君甚，夢落燕雲，太行飛處。

其　三

病如秋草。驚霜信，雙溪長夢霞表。去年重九又今朝，爲故人心悄。記霹靂千山破曉。腥雲三面孤城小。望亂鴉茫茫，醉帽落，西風萬感，不禁殘照。　　依舊令節茰香，音書天遠，甚日飛雁重到。鏡中人老似黃花，碎子山懷抱。唱落葉哀蟬未了。吹笛聲誰同調。但暗祝，明年會，尊酒人間，戰瘢紅少。

夢芙蓉　木芙蓉，夢窗韻

秋光霞散綺。做黃花步障，晚香栗裏。綉猗臨鏡，低亞短牆外，錦叢風露醉。瓊娘新換鴛被。艷絶高城，將仙雲萬朵，催喚曼卿起。　　　　倘照

---

① 原注：君兄爲壬辰齊年。

風荷影底。名字相攙，定結雙珠佩。趙昌圖好，紅暈勸休洗。嫩晴窗眼翠。霜華隱，逗春意。漫怨冬寒，知山梅夢醒，欹枕笑溪水。

壽樓春

十月十七日，十六子士禔生。

勞清娛多情。似爲期斗子，多數先贏。喜是身前身後，蔡邕張衡。家似水，書爲城。老復丁，丁年添丁。算蠹簡尋仙，鴉鋤劚土，隨分做蒼生。　　完婚嫁，何時清。甚商瞿受福，元凱知名。但願無災無難，讓人公卿。橫吹曲，平林兵。自祝它榴房星星。到修得梅花，衰翁任呼劉景升。

曲游春　約園

好個潛夫樣，占錦城佳處，因樹爲宅。大略荒園，祇梅花粗就，便安詩客。一幅黔山碧，望不盡戰雲紅隔。著此間幾片籬笆，全換玉平天色。　　古德。禪師風格。夢前世長安，空剩銅狄。何事開心，有慈嬭壽酒，老萊家集。天遠榮州國。甚日訪中仙頭白。嘆有人破衲庵居，殘年四壁。

金浮圖　臘八粥

殘年飯。何緣夢見。且做梅邊，懶殘僧饌。擷園蔬，併入沙鍋爨。雜沓香風，樂到小兒爭喚。喜當給孤園，看神鴉放口，飢火風吹散。　　謀生賤。哀鴻叫斷。轉粟青天，戰雲千片。問何人，坐擁如花眷。李郭樽前，小齣長安亂。還我伊蒲，自辦頭陀半飽，消受山妻勸。

海天闊處　挑耳

妙音新透清虛，靜憑風日當窗几。到深深處，作泠泠響，會惛惛意。鐵拔鷗弦，銅仙蟬蛻，鴻蒙初地。掃聞根净盡，洞天無垢，仙人障，層層啓。　　也愛痴聾風味，奈螱螱飛蚊膜裏。杳然探入，麻姑鳥爪，癢時搔背。坐領無言，梅花香候，鼠膏傭治。笑小王都尉，底須磨劍，割乖龍耳。

壽星明　東坡生日

丁巳徐州，公四十二，熙寧十年。作防河小録，長堤亘水，改元新表，獻歲朝天。孤鶴南飛，大江東雲，老至難耕陽羨田。傷心事，過建中靖國，宋室江山。　　人間萬事奎躔。又尊酒梅花香壽筵。算幾朝如夢，歷盡新臘，千家盡哭，血染西川。畫角連營，紫裘腰笛，詩卷長流天地間。南榮夜，問何人異代，配食仇仙。

春從天上來　祀竈日立春

春又人間。坐畫角聲中，聊飣辛盤。土牛佳節，風鶴殘年。戰血一片關山。更刮毛何地，向龜背，千度成氈。有誰憐。盡野梅紅處，青是烽煙。　　東皇也應如舊，見珂馬當當，銀燭朝天。祀竈黃羊，名官青鳥，今夕都變桑田。問醉時司命，忍凝睇，鬼妾花前。倚欄干，望香南雪北，如此西川。

其二

新城王晉卿先生樹枏，製句見贈，云："劇憐杜老無安策，永憶陳公是霸才。"維君向不爲人書，其詒我書，創舉也。賦謝。

天外驪珠，借一陣東風，吹送山居。卅年相望，孤抱誰如。合鑄許鄭韓蘇。是茗柯同調，算絕藝，詩思還輸。帝城南，見靈光一坐，昭代鴻儒。　　於今七經年矣，喜寰海爭傳，舊樣霜須。北徼開藩，西山辟粟，綠意全換蘼蕪。問錦江花發，舊游地，有夢來無。曙星孤。占太行高處，山翠藏書。

轆轤金井　薛濤酒，戲和休庵

艷天清福井華香，但喚小名先好。沁透春心，有春人魂到。江樓弄

棹。定翠勺玉纖親舀。合注鞋杯，香壇奠取，桃花紅笑。　　枇杷下秀眉
自掃。想韋郎對飲，臉波齊照。添個篆兒，賽臨邛風調。唐家夢杳。借詩
約，醉它遺老。却恐休庵，微之一樣，通身酥了。

莊椿歲　除夕

全家挭到今宵，雨聲尚打譙樓鼓。怒濤中坐，劫灰中老，陣雲中住。
履道坊深，景陽鐘動，夢痕盤古。算春花秋月，彎强寸寸，如雲捲風吹
去。　　祇有烽煙如故。問蛇年蛻將何處。百年過半，縛船送鬼，萬山無
路。爆竹聲銷，官梅寒重，銀虯暗數。似新人近了，舊人將別，在雞
鳴渡。

玉燭新　戊午人日答問琴閣

青城歸客瘦。道井絡經時，坐探星宿。一笻在手，山中路，識遍千年
樵叟。仙雲萬畝，是水脉江源蒸就。如夢醒，茅屋魚陂，歸來市朝非舊。
　　人間濺血陳陶，嘆六郡良家，義軍誰救。破書自守，公還近，晉代桃
花紅岫。青衫淚透。爲笛韻，山陽哀奏。① 春思苦，人日題詩，花前雁後。

奪錦標　高蹻

紅畫雙竿，花妝小隊，弄影高於簷角。故故攲危作勢，將動還休，欲
行先却。乍輕軀半轉，似黃葉，梢頭吹落。向苔階墮地無聲，妙手空空扶
着。　　千狀魚龍競作。在古元君，列子一篇留謔。請看金獅搖處，跳出
青猿，舞成仙鶴。是山經樣子，信長股奇肱如昨。戰雲邊，畫鼓春風，一
笑今宵行樂。

獅兒曲　獅戲

大儺新典，西凉妙舞，金毛奇絕。瓦鼓聲聲，頭尾百般靈活。團團笑

---

① 原注：同傷湯蟄老。

屜，要演過燒燈時節。波斯影，五臺鑽處，白題高揭。　　有宋風嬉未歇。欠婆羅門隊，教坊圍列。點綴昇平，一派龍衣齊掣。江東浩劫，問耍到孫郎幾摺。春夢熱，聽取野干饒舌。

雪獅兒 貓，借書舟韻

倦眠仍醒，危蹲似懶，憨憨簾幕。試爪花陰，抓得蝶邊紅落。佳人漫謔。笑洗面嬌容清削。思春苦，屋山聲動，隔林姑惡。　　毯上紅絲戲掠。畫茵香數朵，彩纏金索。一綫雙睛，午驗虯簽方覺。春葱秀弱。慣攬向香裙兜着。孤付託，鼠子夜中逃却。

（案："獅兒曲"和"雪獅兒"係同調而異名，今仍按原詞分別錄之。）

湘春夜月 花影

問春痕。爲誰留下春魂。想得絕代魂消，愁壞了春人。不辨是空是色，但化身如活，活到前身。印重重疊疊，春歸一夢，怎不傷春。　　生綃畫取，芳池倒出，明鏡橫陳。欲掃還留，空付與薄情游子，低喚真真。瑤京路遠，到悟時，微有香聞。静坐久，看夕陽新月，一般幻景，猶判寒温。

其 二 簾

挂雙扉。一層真是天涯。祇惜隔住花關，關不住相思。出外小紅先笑，道海棠吹落，没個人知。妒猧兒巧入，仙裙瞥露，銀蒜聲低。　　生來命薄，香斑竹子，曾漬湘妃。化作波紋，任數遍千條萬縷，愁樣絲絲。香消夜永，料漢宮門巷如斯。蕩漾處，便真珠織就，銜花燕子，都要嫌伊。

滿路花 山寺，美成韻

芹香燕子低，柳色鵝兒破。沿溪花引客，紅如火。山藏古寺，綠意將人裹。佛像欹苔座。一扇門開，斷碑無字橫卧。　　桃源何地，白髮禪心左。增城關縹碧，葳蕤鎖。王符末路，戰鼓聲中過。此情僧語我。塔上風鈴響，定知幾時呵。

其二 <small>懿丘，次美成韻</small>

天晴蝶換衣，池碧魚吹雪。砦荒無地住，人蹤絕。西瓜綠處，柏老風吹折。宅邊苔徑闊。落盡千紅，杜鵑尚喚佳節。　香魂惺否，停冢花如雪。低低前代堰，群山接。人今漸老，泉下應關切。經亂和誰説。七年苦吹，戰塵親故傷別。

魚游春水 <small>墨魚</small>

烏尤江心起。夜火鳴榔空翠裏。游鱗成隊，三月綠搖沙嘴。下網初尋郭璞臺，載酒休斫琴高鯉。煙潘半籃，春潮千尾。　古刹誰將硯洗。蘸偷一篙桃花水。年年吞盡雲光，鸕鷀堰底。認來班鬢秋還到，畫就香腮圖難擬。樵青鏡中，黛螺如此。

長亭怨 <small>帆</small>

是誰挂離愁千片。寸寸魚天，欲行還懶。小雨微低，嫩晴先峭雁邊遠。一船風影，春未老，桃花怨。畫出水行程，看葉葉煙中齊展。　別岸。記檣竿白處，轉過樹梢猶見。天涯燕子，送餘日泊何鄉縣。更不信五兩翩翩，絕無法將他吹轉。羨港口人家，撾鼓潮回江面。

凄凉犯 <small>苦雨</small>

百花拌出明妃樣，春山一例漂泊。古苔乍長，寒燈自照，夜堂無酌。檐聲碎黿，對天井銅槃正落。似空巖泠泠瀉玉，古盎韻秋壑。　天意渾無霽，暖暖墟煙，水村山郭。萬家夢裏，九頭鳴，夜深還作。路少人行，忍重聽，空倉噪雀。正無聊，一枕又雨，動畫角。

月邊嬌　美人小相

春影華鬘竟不分，三生修來如此。黛痕山笑，細窠露飽，何限六朝風致。瘦絕單衫，又妙是清和天氣。家常梳裏，透雪腕，雙籠珠子。　似曾相識非耶，鏡中依約，聖湖煙翠。淡妝無語，香霏欲滴，無法安他名字。將身靠幾。任起坐都如人意。桃花小樣，請戲猜年紀。

一萼紅　鳳仙

比紅兒。自經年不見，風露最相思。葱佩仙妝，牟珠佛頂，依約前度來時。畫欄外嫣然笑靨，似中酒，微暈淡胭脂。俊極蜻蜓，夢邊蝴蝶，香處晴飛。　誰信此花身世，也胡僧話劫，血濺苔衣。雨過黃梅，籬開素槿，今歲人又逢伊。更誰浸春纖翠甲，錦城裏，猶譜悼紅詞。忍說非耶是耶，弄玉魂歸。

澡蘭香　重五，夢窗韻

啼鳩送雨，小鳳新花，一枕半年夢覺。朱符篆古，彩鷁波翻，老剩歲華如約。更何心風彩蕭家，人如菖蒲秀萼。楚糉廚空，負了香菰青蒻。
不意仙風遠送，上客能來，解衣槃礴。心圓似月，夢好於仙，喜氣庚蓮吹幕。是平生第一天中，狂引離騷痛酌。只悵斷峽雨江雲，天南吹角。

芰荷香　荷花雀，用介庵韻

釣船歸。正紅情露重，綠意花迷。一群纖翅化身，渾食胭脂。蓮娃鬥影，爲採香，新換羅衣。人外忽地紛披。鴛鴦結伴，翡翠齊飛。　百樣都成劫運，嘆綱羅空誤，刀俎群揮。水鄉詩味，晚涼空餉深閨。小名先好，勝陶莊黃雀堪思。良夜酌向瓊杯。桐花鳳子，來世仙期。

夜合花　寄辛子崇慶

　　客路青山，詩心紅豆，計程今也還家。蛛絲報喜，消除病裏才華。銀液酒，玉川茶。掩屏山，低勸秦嘉。怪蘭缸影，干人何事，連夜雙花。

　　知君才筆無加。爭奈登樓慣了，體弱些些。峨眉便好，如何消受天涯。香篆裊，月輪斜。聽蟲聲，新透窗紗。指明河，笑生生世世，休便瞞它。

解語花　夢窗韻

　　晴蛙喚客，睡鴨拳沙，斜照城西岸。燕兒雙剪。波心影，掠得斷霞天淺。前村唱晚。淡煙引，稻畦人遠。飛電邊，雲又如山，雨意中宵見。

　　歸去涼風散暖。乍吹來荷芰，花氣清婉。路通禪院。饒歌響，應也翠顰紅怨。田家四面。任點染王儲詩卷。知甚時，重訪青墩，吟水晶鄉館。

其　二

　　荷花生日。記宣統三年游西湖，以是日遷駕濤新館，蟄仙約也。其冬國變，今蟄仙又蔑一年矣。

　　涼雲透綠，畫閣延秋，人病壺天醉。壽華卮裏。蘇堤路，一舸鬧紅猶記。衣香舵尾。西子樣，南高眉翠。樓外樓，山外青山，領盡杭州味。

　　門對錢塘江水。望西興紅樹，潮信風起。駕濤新里，潛庵在，共數歐陽遺事。三秋桂子，果送到，冬青無地。荷又花，人化長星，嗟萬方如此。

羽調解語花　鏡香亭荷花，用草窗自製曲韻

　　雲紅作壁，水綠搖天，憑欄晚陰客寂。萬葉扶花。薜蘿衣，都被露華吹濕。唐時皓月，渾抹出，西湖卵色。冷處却輪魚翠，占秋影，先偷得。

　　年年亭上，載酒人坐，亂香心苦似蓮菂。往日吳娃襪羅邊，多恐戰時塵藉。休彈寶瑟，誰惜湘靈仙路窄。醉掃碧苔碑上字，還等崔斯立。[1]

――――――――――

　　① 原注：謂芷才大令。

八　歸 <small>哭江杏村侍御春霖，用石帚韻</small>

燕山夢裏，閩山天末，連歲淚雨未歇。當官抗清朱雲劍，親見舉朝風動，老臣心切。下澤歸兮天墜去，望九廟，愁雲難撥。剩草色，夾漈青青，枉送了鷤鴂　　誰分春風進酒，椒山祠下，便做今生長別。母哀誰養，子飢誰飽，信史傷心來葉。近如花衆女，改着鴉頭嫁時襪。人間世，未知胡底，幸挽龍髯，中天懸皓月。

天　香 <small>六月廿一壽閨人，次夢窗壽笤塘内子韻</small>

紅荔風香，金萱露醉，銀河影挂珠斗。十載從官，兩朝經亂，算抵半生知舊。故鄉夢遠，微記得柯山晴岫。多病嬌兒自樂，凉鞋壽星親綉。

牽蘿費卿素手。愧榮華，肖他天秀。笑指小星，三五夜凉占候。何處芝田蕙畝，且伴我齊澆趙州酒。春在瑶池，桃花耐久。

夏雲峰

萬山青，斜陽影，金色返照東城。天意晚凉似洗，淡點疏星。老雲西上，千萬種巧簇奇形。似古鐵鎔成大嶺，橫亘長鯨。　　一峰菌子孤撑。最高處，宛然三兩人行。凝望半天漸黑，怒碾雷聲。露凉侵座，花徑外，且撲流螢。算倚枕，淙淙快雨，知待三更。

玉簟凉 <small>立秋</small>

天又新凉。似久別故人，喜會他鄉。梧桐知信息，便暗響銀牀。吟蛩深夜咽碧，透斷砌，草露聞香。仙夢冷，共畫屏無睡，牛女河梁。　　吟商。年徂扇底，人老鏡中，雙鬢色半如霜。西風催畫角，賴大野雲黃。荷花應做怨女，算此後，日褪紅裝。將進酒，當早鶯，迎到春光。

八犯玉交枝

盛樹人大令工刻印，今陳鴻壽也，刻天山逸民見饋，蓋別十二年矣，感寄此詞。

仙隱生涯，石交名宿，送老隔朝官府。曾到江源峰第一，正作青城山主。離堆煙樹。記與孤客尋秋，詩心黃葉風吹去。誰分浪聲淘盡，浮雲千古。　　白頭夢冷洞天，怕聞杜宇。欣然君尚如故。占三徑芙蓉深處。借消暑，銅斑摹取。印花色，千紅成譜。一條生活周秦路。且兌酒餘杭，燕然定勒誰家土。

夜飛鵲　七夕

微雲淡河漢，庭樹鴉栖。紅燭點盡深閨。年年一度美人怨，人間天上相思。西風拜花下，嘆秋生涼早，夜短來遲。痴心送巧，做雙星仍是分離。　　橋上問誰先往，瓜果到如今，應換佳期。誰信桑田千變，仙家作夢，才過些時，一般命薄，料長生，有個人知。笑閑心休管，鴛鴦帳底，月挂蛛絲。

大　有　秋收

秋水龍鱗，晚風牛背，散新晴，郊外芳晝。幾多時，春原嫩綠如綉。如今活計汗珠裏，說經年，一家南畝。幸靠得天恩，酸心剩此升斗。青黃斷，捱餓久。度日更無糠，白泥哄口。還刮龜毛，半死命根誰救。莫更笑，鄉中叟。軍歌響，如何將就。趁今日，鄭俠圖中，斟杯濁酒。

擊梧桐　白露，鶴田韻

朝色將霞，染紅未已，天際烏雲深淺。漸漸梧桐樹，淚痕樣，瀉出啼珠萬點。寒隨老至，愁多夢怯，身世磨牛轉轉。白露今朝節，嘆物華換了，秋邊人遠。　　搖落見江關，漂零歲晚。各各燕山吳苑。七度哀蟬曲，涼葉下，顧影銀屏雙掩。遙望兼葭何處，大旗殘照，但濕雲翠斂。任西風霜花吹到，齊響刀剪。

月中桂 八月十四夜月，介庵韻

又老三年，記中秋未中，酒半傷別。花潭夢冷，是一般歸燕，西風如客。小山叢桂發。認不定秦時舊月。休説人間世，青天碧海，呼影醉瑶席。　姮娥近應猶昔。問河山鏡裏，今是何夕。狼星掃未，到八荒無事，烏頭先白。露凉知夜久，伴角枕，新添鬢雪。漸漸烏雲上，情知雨聲催曙色。

紫玉簫

<blockquote>階前五色鳳仙，落子重生，秋來第一勝事。</blockquote>

仙女思凡，秋娘生子，與誰重化香魂。年華轉轉，似小紅猶小，依舊腰身。笑白頭客，消受了兩世佳人。三生事，似靈不靈，結下情根。相思正自無路，偏命續鸞膠，過夏猶春。秦樓夢好，趁碧天凉月，彩鳳歸雲。問香奩裏，曾記否，俊指留痕。韋郎醉，親挽玉簫，各訴前因。

安清都 龐靖侯祠

翠玉封庭蘚。山灣抱，古祠來拜英彥。瑩然水鏡，南州品士，自來冠冕。人心萬古思漢。惠陵路應穿望眼。倘大年，長奠三分，降王爭到劉禪。　如今石溜延秋，晴天幻雨①，人醉花院。魂兮不沫，云騎白馬，宋碑猶見。梁州艷説巾扇。是丞相通家眷晚。共斷崖，靈棗相望，英雄淚滿。

陌上花 胭脂花

生來不上櫻唇，紅過一秋誰管。小朵新抽，長自挂名妝院。血痕點向壺心淚，怎畫牡丹千瓣。似南朝廢井，景陽鐘動，玉人魂斷。　甚西

---

① 原注：寺壁名晴雨崖。

風，又臉霞吹處，淡白嬌黃相半。粉子成丸，圓到香奩空轉。絕憐北地青山色，勻上徐娘羞面。愧芳叢，尚點春纖銀甲，鳳仙成畹。

風入松　雁

一繩拖字叫新霜。風起不成行。楚天長短黃昏雨，甚年年，飛泊瀟湘。萬里悲秋作客，不知何處家鄉。　　七年頭白臥秋光。無夢到漁陽。人今那識蘇卿苦，盼音書，地老天荒。賣却盧龍古塞，憐卿不管興亡。

其　二　九月二十八日懷江叔老

病中無客款秋香。花冷古重陽。十年此日桑乾路，納松風，石景僧莊。小市橐鈴聲裏，一鞭驢背山光。　　西風如夢海生桑。明月照流黃。白頭江令今應健，奈歸人，臥老清漳。枕上孤鴻落葉，天邊綠樹紅牆。

其　三　草堂留別

江梅新扮小紅看。指日趁花還。明知歸亦無家住，號司空，且占三官。一擔將書作伴，半頭向岸牽船。　　算來冬至去三天。夢裏漢嘉山。何年再似今朝醉，望檞林，不盡憑欄。風雪離人頭白，尊前一步陽關。

其　四　懷辛子嘉州

淙淙檐角瀑泉分。山雨夢中聞。今宵漢縣南安宿，有煙鬟，親侍夫君。一枕聽風聽水，詩心曉落凌雲。　　少年王粲學從軍。青羽送回文。殘書左擔行裝古，別峨眉，三日新津。藥草香浮內院，榴花紅待歸人。

慶春澤

九月二日，雨窗思飲，閏人誤斟石炭酸，既吸而覺。西醫言，死法也，迄無恙。戲紀。

香劫回春，罡風渡海，安然中蠱餘生。苦盡仍甘，思量竟死何名。藍橋不換神仙骨，笑求漿，微戲雲英。惜惺惺，元自多情，偏似無情。平時共命迦陵。怕真埋鍤下，苦勸劉伶。噩夢何堪，誤書雖適猶驚。菊花留得淵明在，似倉庚，療妒無靈。乞卿卿，還為鬢兮，儲就雙曇。

清
·
趙
熙
/
1103

其 二

休庵審予致疾之由，秘不示人，懼傳之徒取譴也，詞有佛心，戲和以懺此厄。

風語關人，詩心化劫，維摩甘認災星。小偈吹香，護花字字金鈴。鮑家倘唱秋墳句，累故人，怎草新銘。諱風前，脉脉盈盈，春水干卿。李陽祇作冰山倚，算瑶臺露氣，多謝飛瓊。一呷情波，風流險卜它生。客來此後將茶代，任小鬟，聲不停箏。笑儂家，真個春禪，身毒曾經。

西子妝

菊中有名醉西施者，以君特自製曲韻寫之。

秋軟一畦，露融雙臉，夢裏非花非霧。化身重九作宮妝，苧蘿村淡紅香堁。妖魂倦舞。請蝶影將它絆住。問東籬，似浣紗人否。芳心如許。

前生誤。越艷西江，盡送明月去。一枝枝向屧廊空，剩碧尊，晚吟霜樹。陶家斷句。幾曾爲吳娘重賦。望江南，怕聽瀟瀟夜雨。

滿江紅 鴉

風響千翎，噪落照，秋影一團。高城上，晚天初霽，霞色無邊。陣陣黃昏投宿處，村村紅葉當花看。借米家墨點點詩心，濃淡間。   昭陽夢，冷長安。胡笳怨，莽高原。坐太平牛背，吹笛何年。作隊成群飛歷亂，壞營殘堞寫荒寒。況夜深歸雁語邊愁，千萬山。

四犯剪梅花 立冬

吹老西風，乍開門，又是一番天地。一色同雲，換千山秋氣。黃花病裏。鎮長守，藥爐風味。宵夢驚回，嶺梅胎玉，嫩紅香裏。   年年是春陽信暖，甚冬心乍抱，雪天霏絮。夜柝空村，奈無衣何計。新霜雁尾。送哀角，八方寒吹。鷸蚌還持，雞蟲未了，歲華如水。

漢宮春

階前娟然一蝶，容色相鮮，意其仙也。

花底秦宮，向霜中忽現，仙影惺惺。迎風乍蘇乍困，如醉如醒。天清海碧，信香魂真化韓憑。梅樹下，羅浮俊種，一般蝙蝠成精。　莫羨美人長壽，爲南朝金粉，曾夢瑤京。淒涼太常舊寺，百樣飄零。春華萬劫，耐徐娘猶自風情。身世事，哀蟬清怨，歲寒各有平生。

慶清朝　十六子晬日

脉望傳家，努尼報喜，霜天晴轉佳晨。零星破物，晬盤羅列紅茵。漫學乃翁自苦，命如王霸祇愁人。金銀氣，左戈右印，年少從軍。　何事破書到手，又似曾相識，古義今文。鮮卑正語，誰問明月前身。尚憶老親愛我，至今如夢拜荒墳。梅花下，邴原斷酒，心上回春。

東風裊娜

怪東風無力，總蕩愁邊。吹作雪，軟於棉。一條條，縮定萬絲千縷，非花非霧，情海漫漫。綠鳥吳音，黃驄征曲，欲挽生涯難上難。拾翠佳人洗眉黛，一鞭游子怨關山。　知有宮鶯噪起，銜來忽溜，未央事，密愛輕憐。金堤上，玉臺前。春魂一樣，離恨千般。薄命三生，碎池萍葉，離魂雙醉，秋苑榆錢。年年飄轉，便成球成隊，風流因果，不算團圓。

玉漏遲　梁園春夜

酒醒燈作伴。中年照影，寂然僧館。四遠無聲，薄冷自開窗扇。坐久疏疏細雨，覺庭樹栖鴉微嘆。池氣暖。紅魚戲唼，幾星花瓣。　静中想到洪荒，奈獨夜驚心，南朝人換。一縷游絲，挂遍柳梢風顫。暗省愁根似我，不言處，綿綿難斷。銀漏轉。生涯比春還短。

尾 犯 梁園送春，夢窗韻

夜雨一聲鐘，從此問春，如界秦越。客子梁園，縋紅心千纈。看鏡影，催人更老，唱金衣，無花漫折。似陽關路，馬上故人，彈到聲聲咽。司勳頭半白，何事刻意傷別。地北天南，已三年離闊。太平夢，何時重做，雨中愁，丁香半結。共春歸去，故里麥秋黃四月。

一枝春 芍藥，草窗韻

春在風詩牡丹前，第一珠叢香雨。飛紅細數，燕子正無頭緒。瑤臺夜暖，乍濃染，太真眉嫵。真未枉雲想衣裳，艷得萬花魂聚。　前生鳳池開處。記翻階照影，承華金縷。仙根地老，素侶剩尋醫譜。將離恨晚，更誰念，漢宮人妒。天萬里，空夢豐臺，擔頭膩語。

一簍金 和季吾賦枇杷

解醉西園新摘取。爪漬蜂黃，珠彈將金鍍。杏子衫兒兜住否。蠟瘢點面防蟲蛀。　校書門巷江樓路。冷處先花，額是唐妝古。一樣玉堂冠頂誤。如今晚翠蘭成樹。

醋 月

庚申九月十三，方鶴叟、鄧約園、林山公、鄧休庵、胡玉叔、龔慧修、唐仲咸、龔向農、李季訥招同宋問琴、向般公，泛舟百花潭，憩二仙庵，歸飲唐氏桐花館。越日，問琴、約園、鶴叟以詩詞見壽，遂依西麓此調紀勝，因錄質政。

浣花秋聲，載一潭詩思，碧玉壺中。綠合水天涼一色，泊船仙梵花宮。蠨嵷吟香，鷗邊泛棹，江閣樹蔥蔥。秦淮宿本，魚天蓮葉西東。佳節又過重陽，明年此會，耆舊可重逢。得意萬鴉盤陣黑，亂霞殘日城紅。大劫昆明，孤生皇覽，人老菊花風。一椽歸去，月明吹笛青峰。

千秋歲

賀玉津閣病起。玉津別有詞來也，此復矣。附記。

百花香里。偏把偏罷疾。禹踦步，湯圊體。花潭偏有約，花市偏難醉。天倪閣，梧桐一半留生意。　　花外乌居喜。花下詞仙會。靈藥健，枯禪起。花風幾番信，花社千秋歲。偏提挂，花朝一話維摩趣。

邁陂塘　宋壩

出春城，秧歌幾日，芳原一綠如剪。四山圍作棋枰樣，閣閣鳴蛙不斷。塍一綫，裛百畝，衡從樹小蔭如傘。吳裝短捲。看人影鴉鉏，車聲龍骨，物外散雞犬。　　謀生賤，五十歸田未晚。學耕空守枯硯。傾家難買柴車住，頭白王尼誰伴。君不見，自晉後，漁郎幾見桃花岸。游民在眼。坐豆葉村邊，稻花風外，黃送夕陽遠。

其　二　江恭人墓

亂花邊，卿應認我，一杯來奠黃土。紅心滿地蘼蕪草，遮得檀郎無路。卿且住，是雨雨風風，漠漠霾愁處。人間更苦。算非死非生，不夷不惠，留命草頭路。　　傷心事，我是十年無父。廿年先已無母。紙錢風裏黃門淚，託而朝朝暮暮。天萬古，更好好相將，泉路雙兒女。逢春掃墓。剩茅屋雞聲，水田牛迹，腸斷白楊樹。

其　三　《香宋圖》資中蕭慈筆

怪東風，萬山吹綠，一團乾净無土。哀哀寡婦誅求盡，老去低頭臣甫。朝復暮，聽啄盡，空林大觜饑烏怒。高人自古。不信戰雲中，巖栖有福，能做自家主。　　橫溪閣，三里城邊煙渡。王家舊讀書處。水中曾照蘇娘影，花外一窗紅雨。翻畫譜，賴好我，蕭郎安頓盧鴻住。生涯未苦。借一角柴扉，一條野彴，一塢墨梅樹。

其　四　題蕭佛意外衲庵圖

問頭陀，一身無着，水田衣在何處。八方都坐驚烽裏，那有禪龕容住。君聽否，已澗底浮屍，尚自刊章捕。窮檐恁苦。又滿市夷歌，酒邊罷簃，城上奏笳鼓。　　幡然笑，是事從頭先誤。此官今爲誰做。心如蕉葉風撕盡，破得千頭萬緒。勤自補，仿石恪維摩，風雪黃巖路。誰賓誰主。請折腳鐺邊，袈裟伴我，枯坐萬松處。

其　五　題駱公驌修撰清猗樓

舍荒陂，此生何着，一樓中有天地。蕭然堞影波光外，斷爛遺經自理。南郭子，受無限滄桑，老揭清猗字。一奩生翠，看白鷺欹風，紫鱗衝巘，香夢藕花底。　　飛鴻迹。休問子京詩意。顧痴無復鄉里。硯田轉轉魚租例，寥落香山生計。門外事，君試問，浙江潮信橫流未。千秋萬歲，數第一人居，升庵相望，秋色桂湖水。

臺城路　蛇衣端午翌日作

知非藥店飛龍骨，苔邊委衣橫地。薄片冰花，碎光雲母，蛻處可勝憔悴。餘腥未洗，看點點斑斑，草根攢蟻。苦盼長春，那知微命竟如此。　　攔腰分下一劍，酒闌經大澤，逃得劉季。添足求工，殘鱗換世，身價今輕於紙。焚灰化水，怎醫遍金瘡，蟲沙萬隊。蛇子蛇孫，祖龍新穢史。

其　二　涅槃樓

眼前了了無生法，君看此樓深處。苦海元乾，禪天不壞，去路依然來路。新蟬自語。坐萬綠陰中，景凉高樹。枯蛻無聲，不知人世有風露。　　香臺微雨乍歇，客來拚痛飲，休更心苦。人各一回，劫凡千變，我亦恒河小住。江干戰鼓。甚造出蟲沙，漸臺鄩塢。世外金容，翠巖天萬古。

其　三　和山公見慰

余生真識臺城夢，風前紙鳶無路。共命分飛，同心解結，有淚不知流處。衰年病苦。算別不多時，一般黃土。託命他人，新人未熟故人去。　　詞仙似談法要，白頭相慰藉，空相留住。鏡影將花，琴心應節，換了張先詞譜。霜柑閣主。儘花會娛春，草堂聯句，壽到梅邊，有情天萬古。

金縷曲 寄約叟

心字銀灰熱。算而今，麝臍搗盡，搏山塵滅。同是玉皇香案吏，比向明珠似月。一顆顆，羅襦親結。往日宮鶯隨春去，柳陰濃，移弄章臺舌。殘花片，萬蝴蝶。　　飛霜白了前朝髮。五年來，蟲沙染遍，幾番紅血。君坐蜀山無歸路，我亦雖歸猶客。總一例，草間偷活。扇底清尊秋又近，唱瑤華，忍負青荷葉。開元夢，霓裳拍。①

其　二

四壁秋蟲嘆。似栖栖，衰年才盡，病貧傷晚。伴我愁心無眠夜，思婦勞人合傳。又凉雨，聲聲河滿。老去匆匆神州路，甚濤頭，尚噴魚龍戰。風信黑，海無岸。　　九霄封事三更半。記歸輪，譙樓挂月，御河南轉。曉約酒人城西去，石景戒壇僧飯。忽落葉，一身天遠。短劍牀頭蒼龍吼，哭荒雞，小拍秦王犯。天又曙，數聲雁。

其　三 欄干

一段朱絲格。接回廊，玲瓏入畫，緗裙同色。夾路高低隨水曲，妙自文心偷得。惜界破，苔錢千百。只有相思欄不住，閃羅衣，一半疑城隔。排亞字，眼疏密。　　碧城十二通仙籍。記前朝，醉看紅芍，沉香香國。調寄霓裳風露下，字字春纖親拍。天萬里，雙鴛無迹。花影月移依舊照，莽神州，一樣心頭窄。嗟此地，有南北。

其　四 惜別

濕了春歸路。正淒淒，牛毛細雨，草生南浦。白日當天三月半，偏又陰晴無據。望自井，重重煙樹。半載慈香將進酒，算餘生，第一開心處。楊柳岸，唱金縷。　　諸公儘作詩人主。奈荒年，邊聲隱隱，曉風如訴。眼中之人吾老矣，苦爲向平留住。到今朝，子規催去。此去榮州書伴我，夢醒時，故舊如相語。蕭瑟極，庾開府。

---

① 原注：叟新賦《瑤華》詞。

其 五

濕了春歸路。甚今番,青青楊柳,渭城朝雨。不盡陽關三疊唱,三月
月圓三五。未分手,便思重聚。知有前期那忍説,請青山,攔着斜陽暮。
君信否,夢中語。　　　車聲碾出鷹關去。到榮昌,行程一半,小餐留住。
回望酒旗風絮影,知道故人何許。況鄉關,半年如霧。是事口中銜石闕,
莽神州,老淚無流處。千萬緒,別君苦。

吉了犯　拜宋王周彥墓

二月又,棠梨作花,殯宮春曉。蕭蕭墓道。王家地,亂紅誰掃。多年
未就,寒食東風徵君廟。訪遺事,宣和失載簽求稿。共蘇黃,幾人吊。

天予令君,種樹扶碑,欽公風誼少。① 綠水照繡陌,計同穴,人偕老。
定化鶴,歸華表。鳳凰原,年年啼謝豹。指宋室青山,四下孤墳抱。古香
生勁草。

其 二　橫溪閣

萬古認,高人舊居,翠溪雙抱。春山不老。桃花外,又生芳草。家連
戚里,將母辭官榮州道。任奸黨成碑,一付蘇娘笑。地仙樓,暢游釣。

樽酒縱談,宋到邦昌,天公真醉了。學士此共讀,念王室,憂心搗。舍
痛哭,如何好。過三朝交流仍半島。借素閣魚陂,社事鄉農醮。墓邊來
大鳥。

百字令

石門,是胡節愍鄉居路。

石頭城破,任青天墜了,一拳撐住。入地高皇肌未冷,忍噴燕山塵
土。烙鐵橫燒,皮囊四裂,十族齊聲去。犬羊崩角,斑然一只黃虎。
莫論忠字橫心,即關師友,義亦同終古。馮道褚淵寧有血,廁裏落花紅
腐。一縣鄉山,雙門石寶,此地東川路。十三陵上,夕陽人確煙樹。

---

① 原注:廖芷才大令方修治塋境。

其 二 梁杭雪畫

蒼巖列岫，似鏡中，描取小鬟妝束。皴法全抛山乍笑，西子苧蘿新浴。石色鸚哥，篙聲漁父，夜雨生飛瀑。了然瘋性，水中添個茅屋。
雲是一角羅浮，羅含宅子，借畫消三伏。自別宣南成泡影，夢裏人歸西蜀。白鶴新居，紅羊浩劫，一絹春山綠。鈎輈如叫，黃梅雨霽雲木。

其 三

> 約齋叟得南城廢園，葺之曰約園。用竹垞韻寄賀。

約齋守約，借小園消受，秋光淡泊。占定浣花溪作號，天予花溪栖託。① 愚谷非愚，老萊未老，請賦閑居樂。阿稽阿段，爲花先補籬落。
同是汐社中人，嫦娥耐寡，秋色誰斟酌。早晚栟櫚刊合集②，頭白論功書幕。小玉司香，牟珠入夢，將硯安巖壑。青山浮白，不知門外蝸角。

其 四 寄山腴

青城石室，把前生記否，花朝南泊。六度流光千種夢，心事微波難託。白石簫聲，綠珠眉樣，羨爾文園樂。海棠秋禊，去年紅雪開落。
今幸留命桑田，松風八十，依舊紅蠡酌。我自無錐能卓地，醉擬借天爲幕。一局康狙，百年書蠹，生計雲歸壑。一言難盡，山頭夜夜吹角。

其 五

> 寄吳念存祖沅，兼答鄢公，復祥祐。

少年爲客，計三秋黃浦，海潮邊泊。家計鷦鷯覷一飽，更苦一枝無託。字水渝山，春華秋實，差剩新交樂。計程相望，瓮頭先辦桑落。
生此亂世衰年，懷人最苦，夜不成孤酌。短李迂辛書久斷，燕子香巢珠幕。素湍無源，青荷作鏡，自分鄰溝壑。西風滿眼，劍虹雙吐芒角。

其 六 答休庵

一庵秋雨，嘆此翁頭白，鸞漂鳳泊。從古詩人多寓蜀，第一花潭依

---

① 原注：叟元字花溪。
② 原注：叟與休庵人稱二鄧先生。

託。智井鳴蛙，蠻山騎象，損盡崔駟樂。命中晞髮，我曹生就流落。
公有紅綫知心，不時需酒，雙笑還雙酌。甚事干卿春水皺，燕子從爭危
幕。大月中秋，小山叢桂，夜半舟藏壑。嗇夫無恙，扣門時聽張角。

其 七 　寄聖傅

月圓花好，料文君井畔，鴛鴦名泊。水調歌頭今夕酒，玉宇瓊樓堪
託。紅豆香簽，碧山樂府，妙領琴心樂。程垓李石，蜀才宋後遼落。

我是識字田夫，老兵留飲，當勸長星酌。不信劫灰吹不盡，刁斗千山戎
幕。大野哀鴻，長城飲馬，雲臥無丹壑。蒲山公子，漢書應挂牛角。

其 八 　寄壺庵師

草荒吟社，注一汪秋雨，亂蛙鳴泊。舊夢青羊沽酒路，尚有蜻蛉堪
託。隴水肝腸，秋風鱗甲，黨傳全偷樂。水仙彈罷，九州愁變夷落。
大好良夜秋光，壽星如月，繞膝從翁酌。藥下雙騎紅尾鳳，七寶香團珠
幕。蠹粉花蟲，鶡弦蘆雁，事業占松壑。城南聲戛，好詩偏出麟角。

其 九

　　　　亂中受一廛而不得，感紀。

卜居何地，似柳花著水，隨風栖泊。命到溧陽無躲法，家具一車誰
託。雁是勞人，龍名怪物，今止從軍樂。五湖三畝，但除天外飛落。
早識一把無茅，風飄挂處，悔不貪泉酌。多少侯門森畫戟，花鎖九微香
幕。荒翠三弓，小紅雙盞，紙上專雲壑。太平終老，馬頭夜夢生角。

其一〇 　松花石

龍身一段，尚殘鱗未蛻，亂斑銅綠。生近洪荒知幾代，定孕雲雷成
茯。氣母蒸時，土山埋處，琥珀消紅玉。有緣相對，石貧青峭巖谷。
曾見古柏精忠，岳王墳畔，斷塊占星宿。一例媧皇收不到，五色康乾留
浴。九節菖蒲，三山蓬島，合榜洪崖屋。鐫銘苔背，歷陵心事枯木。

其一一

自題光緒中小相，用《江湖載酒集》韻。

施身自謂，問是真是幻，廿年朝士。自覓蘆川花下句，已似閉門無已。歌行路難，念家山破，樹老人如此。青蜺扣額，九關橫塞天耳。後事都到今朝，可憎面目，重照恒河水。不盡海潮吹地轉，閃閃青紅蜃市。野火空心，銅盤注淚，自老殘僧事。絳雲樓上，柳家爭對如是。

其一二

謝哲生見壽，哲生詞有郁峥不平之氣，吾謂此夢窗旨也。人率以詞求夢窗，惟彊村一著一機，斷無謂之語。梁蕭德施云：「事出於沉思，義歸乎翰藻。」哲生宜有以契夢窗者。

草間偷活，算此心灰盡，歷陵枯木。墮地不辰絲樣命，一傳滑稽誰讀。蠵蚗冥頑，琵琶老大，各幻彈棋局。無麟無角，畫龍多少蛇足。君有南宋騷心，吳歌昨夢，佼佼爭奇服。五百里山青隔縣，不斷唐衢歌哭。三度蓬萊，千年華表，知我陶家菊。紫裘腰笛，鶴飛愁聽仙曲。

其一三　石缸

石函雙斛，就偷他一片，碧天無迹。巧匠琢成山骨瘦，恰好紫藤安置。小泡浮花，四圍生蘚，漸染沙蟲膩。么鬟親舀，井華親汲親洗。一寸二寸之魚，於中唼喋，便滄溟萬里。靜極夜涼秋更遠，收得恒星在底。半載渝州，一漚書屋，笑我江湖氣。將歸何事，斷飄思注春水。

其一四　竹垞韻

故人知否，檢前生卷子，花朝南泊。萬種相思千種夢，心事微波難託。白石簫聲，綠珠眉樣，鏡底翻書樂。去年今日，海棠紅自開落。誰憶浩劫如斯，桑田留命，還對松風酌。我更無錐能卓地，醉擬借天爲幕。一局康猳，半生塵蠹，生計雲歸壑。幾時重聚，山頭夜夜吹角。

其一五　地震

誰搖大塊，忽壁聲戛戛，四聞噫氣。恍自東來西北去，新鼓洪爐大輔。千幻生愁，五行志怪，睛轉靈鼉地。令人肉顫，杞憂難怪天墜。萬世陵谷誰知，景皇中葉，蜀道長如此。[①] 火在地心成海嘯，一例洪荒前事。石縫蜇啼，燈頭花爐，久病人無寐。記將夜半，冬前十月初四。

壺中天

壺庵師自題六十七歲小像，次韻。

杜陵風貌，令半生無著，只緣詩好。一枕官身前世夢，雞唱汝南天曉。石笥書香，花潭笠影，水換蓬萊島。功名蒼狗，山中自種瑤草。便擬石恪維摩，一龕端坐，洗鉢祇園飽。我是僧雛曾指月，也到恒河邊老。肝膽向誰，須眉無恙，華頂歸雲少。河清人壽，不言心下了了。

其 二 鏡香亭

鏡中花貌，盡紅紅白白，張家好好。四面涼雲風皺酒，心在玉壺天曉。借竹爲牆，呼山入郭，秋沁瑤華島。蜻蜓款款，游魚唼唼芳草。亭子宛似湖心，放翁詩境，壞砌苔痕飽。七百餘年留一舸，多少鬧紅遺老。南泊尋香，西湖飲淥，夢影三生少。茫茫萬事，知非我輩能了。

其 三 紀夢示芷才

仙山樓閣，枕函邊歷歷，方壺員嶠。一色水天如翡翠，爾忽雙鳧飛到。世外秋心，湖邊篁氣，笛裏韓湘笑。塔鈴風定，梵聲留住雲表。醒後槐雨颼颼，亂山吹角，路斷蓬萊島。欲問永禪師坐處，紅得劫灰成窖。委地黃雲，飛燐碧血，廢井群蛙鬧。羲皇窗北，約將陶令終老。

其 四 沈巡撫遺相

故侯遺貌，記錦城秋集，月圓花好。自別成綿龍茂道，明發碧雞春曉。節鉞三邊，人天萬古，客散田橫島。招魂湘水，五年墓已荒草。春夜黃浦潮聲，相逢一嘆，晚飯吳羹飽。夢裏空花秋後葉，年少周郎俱老。鯨海重波，鶺鴒兩地，白雁音書少。交情昆季，也應來世難了。

① 原注：乙未春，己亥冬，各動數十次。

其 五 茅苔酒

月中滴液，是妙香仙子，化身羅幕。得氣自天成釀法，翠孕人形靈藥。碧井華泉，黔山麴院，露似金莖作。欲斟還借，一尊量取犀角。

此地是古犍爲，如今天遠，不贈那能酌。未揭瓮簽心已醉，霸子鴻妻齊樂。千里交深①，通身春沁，花外鳴乾鵲。大茅君洞，幾家移此村落。

其 六 汾酒

古唐秋味，自雁飛來處，彼汾一曲。花滿堯祠山掃黛，晉水春流碧玉。石髓清甘，冰心醞釀，小瓮鸚哥綠。酒星紅照，略陽無此嘉麴。

前世記醉長安，銀屏笑索，下馬垂楊屋。重見藐姑仙子面，淚點夢華新錄。獨夜斟時，太行天外，香夢陶潛菊。白雲飛去，漢皇何地仙躅。

其 七 此君軒

清風萬個，占一城高處，宋時僧屋。解借此君名此地，便卜此僧非俗。茗砌延秋，風廊響月，苔色琴弦綠。涪翁往矣，禪房香剩花木。

有弟時到軒中，虛心直節，合抱琅玕宿。自列黨人碑上狀，成就一家清福。絕代歐蘇，片時章蔡，斷送神宗錄。翠雲三畝，榮州第一修竹。

如此江山

焦山圖，程白裳觀察室劉夫人繪。

高人一去山留姓，蒼蒼海門關鎖。萬古風濤，六朝煙樹，輸與松寮僧臥。寒鐘翠裏。怕下有蛟宮，洞雷驚破。月落潮平，瓜州三兩照星火。

秋清無夢半夜，一行京口雁，天外吹過。故國青山，神州黑子，望斷夷吾江左。蘇髯誤我。便彌勒留龕，古今誰坐。絕代仙鬟，鏡奩裝畫舸。

---

① 原注：熊錦帆鎮使饋。

其 二

圖中人競題詞，問琴閣獨高，依前韻志謝。

筆尖活了江心綠，依稀二喬春鎖。水亮魚天，霞紅雁路，冷透衣裳雲臥。行縢快裹。約榔栗聲中，白雲穿破。夜鵑呼風，揚州隱隱見燈火。

南天從古重鎮，酒邊歌殺瘭①，愁夢應過。六代江聲，長淮樹影，是計如今都左。青山笑我。指劫後焦先，浪淘中坐。老泛花潭，海天憑戰舸。

其 三

傅度大師新構一樓，榜曰“如此江山”，即賦此調爲賀。

天開圖畫烏尤寺，江心一螺孤峭。方外疏鐘，秦時片月，萬綠孕茲瑤島。峨嵋翠掃。趁玉宇初揩，銅河先照。如此江山，海天秋色一長嘯。

高僧提舉一切，曠怡亭故址，闌檻新造。春水魚天，洞庭龍穴，豁出雷塭杭道。香臺縹緲。待日落將西，幽篁更妙。如此江山，一樓天下好。

鵲踏枝 芋②

病中戲取園圃間物詠之，此調向推馮正中十四闋，若近若遠，合於古謠諫之義，吾意當日必胥有所指擬者。率以空中語當之，則哀樂不生於己，所謂意內而言外者，非矣。吾此作，其細已甚，固不當通識者論定焉。二十闋。

葉葉雨聲清罩水。只欠荷花，解孕專房子。種在王孫山下地。一鋤秋養文君膩。　　分半栗園收錦里。玉糝香羹，新法傳詩味。添得夜堂多少事。老僧撥火寒巖寺。

其 二 冬瓜

失笑兩頭齊似杵。自賣身材，鄭重懸高樹。摘下橫陳應怨汝。分明孤枕無眠處。　　名像消寒心避暑。粉碧如灰，雅謔尋張祜。印出圓櫻紅一縷。茶邊片片糖霜煮。

---

① 原注：殺瘭，孝然歌也。見《魏志·管寧傳》注。
② 以下二十闋所詠“園圃間物”原在詞尾，今移作詞題。

其 三 茄

開過紫花垂兩兩。矸色汪汪，黛淺衫兒絳。幾日不來身又長。光圓乍剃僧頭亮。　　魚子剖時攤半掌。俊種如銀，素手調新餉。小小阿侯心上癢。彩繩牽出吳牛樣。

其 四 南瓜

節節蒼藤花數朵。走上茅檐，恣意青黃臥。一隊嬌雛擁一個。風吹雨打秋痕涴。　　荒歲全家憑扺餓。土銼潮生，苦費廚娘火。大肚渾如彌勒坐。羞羞碧玉紅潮破。

其 五 籬豆

網遍臨牆新雨後。小樹棚邊，纂纂蛟蛇紐。一串魚兒提在手。山童戲唱蔬香候。　　紫白爭花新間舊。絡緯爲家，入夜凉聲久。採擷羅裙兜處皺。秋來直恁蛾眉瘦。①

其 六 蘿蔔

紅白肌膚區作界。各自生兒，秋露縲縲矮。②晚飯鄉儒搜故債。佇談諸葛營中菜。　　歲到軍荒蔬市改。裊裊香肩，擔向街頭賣。③戰後無家逃病外。一叢叢當仙芝採。

其 七 海椒

白似椿花開細朵。④七子攢星，小炷燈頭火。集蓼申椒無不可。辛家風味農書課。　　一點櫻桃紅欲破。莫勸吳娘，誤蘸丹砂顆。嚼處殘絨香使唾。吁吁蘭氣如何過。

其 八 葵筍

密裹酥胸芳襪緊。似撥剝蕉心，護葉層層盡。花外初胎秋玉褪。水鄉

---

① 原注：方言"蛾眉豆"。
② 原注：里人呼苗爲縲。
③ 原注：軍行迫，遣農夫運物，市中男子絕迹。
④ 原注：吾家椿樹三花，若訊其狀，見椒花知椿花矣。

生脆鱸魚信。　　樣子偏於鵝卵近。近日裙邊，也改纖纖筍。握入柔荑卿細認。一般白膩誰家嫩。①

其　九　菱②

品第小名當紫玉。以水爲家，生長湖光綠。瘦損鞋尖思艷福。洛靈纏就凌波足。　　刺手相呼防斷鏃。試揭羅襦，嫩過楊妃肉。一色船頭人出浴。水紅綾子新裝束。

其一〇　蓮子

生就相憐誰似汝。褪盡紅衣，勻在蜂窠住。蚌裏珠胎才擘取。小夫人乳花頭露。　　薄薄生綃春意護。白玉爲肌，秋水香時煮。抛去空房知甚處。芳心一點從來苦。

其一一　晚香玉

白玉搔頭花一箭。戴上黃昏，攏鬢開新瓣。香動帳紋風自顫。一星星事饒它見。　　小字仁皇將汝喚。此日昭陽，一樣于闐遠。③　玉几金牀天又晚。餅師可有宮人怨。

其一二　雜組花④

雜錦一叢鋪碎彩。甁子安花，五色分無界。借問家鄉何處在。新加坡外珊瑚海。　　性畏秋陰偏喜曬。小妒南强，香逗珠娘戴。細子一苞無菽大。自家生出心頭愛。

其一三　金銀花⑤

黃白相攙成畫幀。滿架牽藤，細朵娟娟影。何福春纖剛曉淨。摘來風露和香茗。　　無分釵梁休怨命。修到仙方，一一清涼性。添上苔錢鋪滿徑。憐卿不療貧家病。

---

① 原注：依《世説》季鷹鱸魚之思，係菰非蒓，菰即茭矣。
② 原注：菱，吳中呼水紅菱。
③ 原注：本西域種。
④ 原注：雜組花，海西種也，即其色名之。
⑤ 原注：金銀花，許君所謂蔥也。

其一四　茉莉

金絡一團香夢惹。小小冰蓮，滿屋吹蘭麝。寶襪鬆時妝半卸。枕邊釵上聞遥夜。　　艷福花田專九夏。淡著銀紗，水味評茶社。日暮鷦鴣飛去也。憑伊絮起降王話。

其一五　鳳尾蕉

花下夜騎紅尾鳳。一滴情根，化作丹山種。蝙蝠飛來將影弄。紅鸞命裏星兒動。　　躲過綠天尋舊寵。半臉酥霞，醉欲和它擁。新約額黄秋色重。[①] 重重心事秦樓夢。

其一六　紫薇

虛白堂前香半畝。紅過三秋，第一瓊娘壽。戲爲怕搔偏試手。知它癢得心兒透。　　合抱依然仙骨瘦。月上如鈎，鈎動花心否。一笑紫微郎坐久。香山爭過黄昏後。

其一七　紅桂

誰斛蜂黄星點碎。換了真珠，紅撒麻姑米。瑪瑙杯中攪酒氣。小山丹鼎淮南味。　　月子彎彎新報喜。一鏡朱霞，粒粒燒魚尾。暈得嫦娥羞臉醉。瑶池好浴桃花水。

其一八　雞冠花

碎碎香瘢茸簇簇。也占花名，紅皺珊瑚肉。到眼群雌今粥粥。狸膏便浴頭先秃。　　小玉生來冠似玉。竟體羊脂，配上胭脂綠。栽向庭前知别族。伊家不够興亡局。

其一九　雁來紅

才咽霜痕先醉了。扮出紅兒，强向西風笑。一色敗營凉血飽。雁飛時節年年到。　　葉自如花身是草。冷入蠻邊，不久秦宫貌。老去少年終要老。有人早畫傷秋稿。

---

① 原注：花有黄者。

其二〇 荻花

每到花時驚瑟瑟。一半丹楓，老却潯陽客。畫裏魚標鷗一色。西風作雪無南北。　　才上河豚芽吐白。雨折霜乾，此是秋魂魄。自古英雄生草澤。寄奴王氣新洲碧。

（録自《香宋詞》《近代蜀四家詞》《趙熙集》等）

吴嘉謨

吴嘉謨（？—1931），字蜀尤，井研人。光緒十七年（1891）舉人，二十九年進士，爲趙爾豐度支部（財政部）主事，充任關外學務總辦。民國時期任四川巡按使署秘書長。

鳳凰臺上憶吹簫 賀友新婚

錦帳春濃，玉堂晝永，風流彩結同心。特鸞嬌鳳麗，兩兩留神。寬却胸前寶襪，逗巫山，一段雲情。芙蓉綠縟鬟油膩，絳面潮頰真真。　千金一刻，算人間天上，消受新生。最曉妝羞鏡，偷覷伶俜。故把侍引退，語檀郎巧送鶯聲。雙尖鳳鞋弓樣，是否時新。

金縷曲 送別

匆匆春光老。況對着，酒闌人散，香銷龍腦。一片歸心俊于鶻，徑被離愁絆倒。怎滿地，胭脂却掃。真個銷魂腸不轉，倩柳枝，遮住斜陽道。別後書，抵多少。　寶馬銀鞍君興好。驀塵起，須臾千里，虛增儂惱。努力少年行樂耳，莫説相逢特早。怕夢裏，玉顏先渺。蹤迹天涯何處覓，苦宵來啼徹相鳥。西樓上，月空皓。

賀新郎 當風

滌我塵襟耳。惟大王，當日之雄，乃能若此。清人情懷無限好，真恁秋凉似水。遮莫瑤琴聲裏。一曲南薰生殿閣，把阜財，解愠都包矣。因偃草，思君子。　者般消息情難已。直令我，荷衣葵扇，一齊捲起。把酒憑欄消白晝，恰好二三知己。足相與，聯吟擘紙。正喜鴻毛今遇順，看扶搖瞬息九千里。故人意，聊復爾。

迷神引

夜静雕闌身獨倚。一瑶琴慵理。銀河多處，生恐濃雲起。寶篆溫，蘭香燕，情無已。這眼兒穿破，九霄裏。這心兒傾自，五更起。　　攔筆停杯，脉脉無寧思。顧曲如梳，凉似水。金波玉彩，照盡了，相思淚。不減團圞，醉羅綺。天上也，嫦娥不死。人間也，鴛鴦長並倚。

滿庭芳

緑碎窗蕉，翠摇樓竹，隨風送到聲嬌。檐牙屋角，正好於此。闔誄拈韻，添多少，錦泛珠跳。家濛裏，江山如畫，蓑笠數漁樵。　　景饒。當此際，煙絲密散，霧縷全消。只淋漓一陣，水漲三篙。是熟扁舟者也，疏篷外，煙柳條條。關情在，家鳴澗鶴，聲出小紅橋。

蘇幕遮　焚香

院宇深，雲鬟小。風案塵消，更把爐煙裊。三沐三熏時最好，篆怕風嘘，簾下銀鈎早。　　玉漏遲，銅壺沓。鬱鬱葱葱，一縷情多少。記得鴛鴦衾慣抱。午夢醒時，細細添龍腦。

桃源憶故人　懷人

青山送遠紅橋別。往事何堪細説。懊惱鷓鴣啼徹。况是花時節。離腸九轉無時歇。江上錦鱗曠絶。教喻愁心千疊。惟有窗前月。

清平樂　送友

曉風殘月，無那人將別。三疊陽關歌未闋，啞啞栖鳥喚客。　　花前盡此離樽，愁多怕斷花魂。珍重布帆無恙，贈君惟有青春。

其 二

青山一路，歷歷煙迷樹。握手旗亭鶯解語，代把離情細訴。　寄書好趁魚肥，有人遙夜相思。生怕腰肢瘦損，緘愁莫忌當歸。

燭影搖紅　話別

錦纜牽情，芳樽怕唱驪歌曲。一天風雨送將歸，極浦湘裙綠。堤畔誰催華轂，真碾破，離愁萬斛。胡天雁到，江渚潮生，遲君寸牘。　渺渺浮蹤，幾時共剪西窗燭。琵琶江山笛樓中，直恁歡情促。往事題襟不復要，花前獨酌。月下孤吟，相思更續。

最高樓　即景

江漠漠，雙塔露孤峰。倒射夕陽紅。疏篷晚弄人爭渡，遠樹煙生鳥喚風。這遙情，沙渚外，笛聲中。　切莫向，櫨頭辜負酒。切莫向，岸頭辜負柳。浪擲了，總成功。閑話種桃尋道士，安排傭菜學英雄。近黃昏，鐘初動，月如弓。

好事近　送人征軍

細柳漢家營，帳下健兒召募。畫角嚴城動也，正軍符遠戍。　單衣短後請長纓，目早無胡虜。安排上馬賊，更下馬露布。

三字令

燈焰悄。夜迢迢。弄玉簫。凉意凑，酒痕銷。入鄉愁，增旅思，月兒高。　紅豆冷，故關遙。人落落，雞嘹嘹。祖生鞭，士行斃，真吾曹。

多　麗　登水際竹邀樓有感

好江山，相逢一笑開顏。正落日，樵兄漁弟，歌聲流出溪灣。林檎無力紅艇小，野籬初收白鷺閑。明月不來，滄波無極，樽前莫漫唱陽關。門樓外，山形依舊，獨鶴幾時還。空留得，白雲天末，黃石人間。　　我本是，去年崔護，經秋飽看煙鬟。題詩筆，蘸峨眉翠，劚藥苔，欺竹淚斑。沙嘴撈蝦，殿頭撲蝶，並將心事付孤鴻。一層土，斜陽獨倚，身世況多艱。悔不似，模棱老子，生成痴頑。

臨江仙

負手尋訪芳草岸，榕陰漁父垂綸。孤竿影瘦水成紋。不關身外事，忌却眼前春。　　一襲羊裘灘七里，神仙佳婿前因。有時沽酒斫銀麟。放歌江上月，醉臥隴頭雲。

十六字令　押寒韻

寒，日薄雲輕午夢殘。無人管，花影上欄干。

如夢令

簾捲春寒曉雨天。紅襟雙燕子，態翩翩。一年一度落花前。主人無恙也，話纏綿。　　愁來正苦窘吟箋。便將心裏事，對伊喧。思量真個病同憐。那堪萬里，月重圓。

（按律非"如夢令"，存此待考）

江南好　餞春

春將晚，梁燕語呢喃。白粉檐前新竹活，綠陰墙脚小眠酣。燕尾月當簪。

（録自《歷代蜀詞全輯》）

彭光遠

彭光遠（生卒年不詳），字鳳和，重慶長壽人。光緒十五年（1889）舉人，清季官諮議局議員，辛亥後爲西充縣知事。

漁家傲　凌雲山東坡讀書臺懷古

嘉隆翠撲峨眉掃。長江萬里回環抱。多少劫灰亭不倒。尋遺稿。當年人在蓬萊島。　晏嬰曾祖尼山道，東坡又忌伊川老。一聖一賢坐枯槁。休懊惱。用世何如傳世好。

謝池春　工部草堂

每飯思君，難得歲寒松柏。浣花溪，淚痕猶漬。自居稷契，奈天涯落魄。望長安，劍門雲隔。　凄涼幕府，嚴武那知好客。稱詩王，古今創格。騷壇史筆，是春秋一派。恨名流，半多流謫。

虞美人　薛濤井

十一節度消磨久，卿井長不朽。萬里橋邊歌舞空，尚有詩箋茗碗動王公。　流離瑣屑難歸去，抔土埋香處。錯過少陵莫漫愁，須知美人名士各千秋。

點絳唇　塗山

綏尾龐狐，西蜀文章從此始。唾餘棄地。篆成巴字水。　巢縣會稽，紛爭迷故址。啓穴自分明。鳥聲猶把呱呱擬。

浪淘沙　司馬長卿

題橋幾躊躇。馴馬高車。意氣凌雲獻子虛。當年不受王孫辱，終老蓬蘆。　　病渴茂陵，兒女欷歔。篋中惟有封禪書。空勞天子求遺稿，經濟何如。

錦堂春　揚子雲

草玄空説心淡。美新何事面諛。旁人嘲笑憑君解。難解莽大夫。奸雄多愛文士，權門易玷名儒。一朝託足成千古，眼孔怕模糊。

（録自民國《長壽縣志》）

周岸登

周岸登（1872—1942），字道援，號癸叔，威遠人。光緒十八年（1892）中舉，歷官廣西陽朔、蒼梧兩縣知縣，全州知州。辛亥革命後，先後任四川省會理、蓬溪，江西省寧都、清江、吉安等知縣知事，江西省盧陵道尹等。工於詞曲，兼善詩賦，博學專精。其作品“博雅矜煉，語出已鑄，律細韻嚴，氣度弘遠”。著有《蜀雅》《續蜀雅》等。

高陽臺　過邛徠九折坂

雪嶂參霄，冰苔篆樹，山深寂不知春。谷響雲孤，高寒路隔紅塵。回車舊轍今猶昔，上青天，叱馭如聞。算千秋，通道西南，終屬詞人。長卿自有凌雲氣，縱長門諫獵，未稱高文。諭蜀何功，端宜筆掃千軍。南荒更續驂鸞錄，繡弓衣，愁染蠻熏。待歸來，城上芙蓉，紅競秋旻。

其　二　和簡庵中秋倚月之作

康老生雛，姮娥鏡海，古愁吹滿魚天。譜掐霓裳，春纖冷怯冰弦。迷茫莫辨山河影，但夢驚，免寐蟾眠。嘆凋年，鬢點吳霜，衣換吳棉。驂鸞舊侶今何在，認蘭魂竹淚，路杳湘川。獞錦蠻花，羈懷暗損凄妍。塵襟未浣當時酒，記汜人，茶鼎親煎。問胡然，蜀魄長孤，桂魄空圓。

其　三

清江尋向伯恭蓱林，用夢窗韻。

招隱淮山，離騷楚服，眾香把臂來游。江北江南，詞心本謝閑鷗。光堯聖藻砭泉石，換半規，夜壑藏舟。管興亡，滿地青蕪，猶鎖春愁。芳洲百卉今何在，問酒邊香草，蕙掩蘭羞。橘頌重翻，三閭遺恨高丘。饒君戚畹能滋樹，共沁園，廢綠荒秋。剩無情，黃鳥披綿，唧唧江樓。

其 四

安慶東郊白牡丹，予嘗往觀，未有作也。嘯樓以詞枉示，感和却寄。

曇幻西清，花深故苑，離情欲訴春風。結想今年，還如隔歲珍叢。海棠睡冷梨雲散，怨難禁，滿地猩紅。太惺忪，月下瑤台，枉負玲瓏。巴雲蜀雨迷丹景，指天彭一掌，夢繞灊宮。淚粉緘綃，孤懷懶託煙鴻。西方千種仙難問，誤蓬婆，雪外青鐘。思悲翁，絕唱清平，寫寄愁中。

其 五　公園冶春詞

翠柏脂枯，紅桑纈幻，東華芳事驚心。金水橋西，衣然罨畫園林。天邊夢逐年涯換，洗朱鉛，露掌愁侵。共銷沉，送盡春人，喚盡春禽。游塵麨漲虛壇靜，帶宮牆斜轉，屧徑幽尋。燕啄紅巾，鶯兒銜得遺簪。御溝蹀躞題怨，驗微潮，暈淺痕深。動孤吟，半是傷春，半是傷今。

江城子　擬蒲江

羽衣霞帔倚通明，鳳排笙，雁排箏。合舞鈞天，同踏絳都春。千乘載花紅一色，虹作蓋，蓋成陰。　遙憐電笑與星顰。佩環聲，步虛聲。認是多情，偏自又無情。舉酒問天天也醉，天似夢，夢疑雲。

尉遲杯

富林檢行篋，得曾剛父書扇及亡友匡伯鹿、丁叔雅手迹。次剛父韻。

沈黎路。動庾信，蕭瑟情如許。淒涼落月梁塵，愁絕流光鶯羽。關山笛裏，吹別恨，初聞乍眉聚。展湘筠，篋衍葳蕤，褪金猶戀紈素。　留得宛轉清吟，認哀麗，傷心字漫香故。隔世新銘思舊淚，誰解説，亡書大去。殷勤是，誰家燕子，似相識，頻來昵人語。遍天涯，旅夢今宵，海山何地延佇。

其 二

秋夜無寐，用晁補之琴趣外篇體。

暮江潮。帶嗚咽，哀角吹麗譙。寒侵露井疏桐，誰與度可憐宵。推琴傍山枕，夢遠人，玉骨損春腰。還起弄，明月霜天，夜風凄斷紅簫。添做倦客魂銷。又空階蛩語，碎杵霜敲。小極成慵拋藥裹，舊情無緒卜叙翹。重回望，北斗京華，奈霧橫，一髮隔層霄。儘吟到，幕府清秋，淚釭花暗愁挑。

西子妝

富林本沈邊長官司舊治，前臨大渡，後負邛崍，左阻阿露，右限飛越，蘭家、渥窪二營爲犄角，釜底蘊蒸，尤動客感，用彊村韻。

飛嶺切雲，陷河折柳，倦旅蘭營春晚。漏天疑雨復疑風，駐驂騑，雁程驚換。花邊淚濺。攪別緒，危腸寸斷。夢依依，繞玳梁芳壘，曾巢雛燕。　　愁何限。濁浪金川，膾錦鱗雪片。一杯聊爲撥離懷，醉不知，紫溟三淺。文園未倦。撰征賦，關河經眼。洗蠻熏，好句弓衣繡滿。

八聲甘州　感南中事賦春水

聽涓涓暗響度冰澌，春溶赤闌橋。正銷魂南浦，凌波雛步，捐佩湘皋。干爾東風底事，皺了一江潮。休遣迎桃葉，愁打蘭橈。　　誰破藍光千頃，是翠禽偷下，驚散魚苗。乍流紅輕漾，知姹雪初消。誤傾城，橫波眉黛，定有人，飛淚濕龍綃。湔裙侶，試蘋花唱，怨斷今朝。

其 二　臨淮道中

吊長淮逝水恨滔滔，清流亂黃流。看東瀦洪澤，南連揚越，西控吳頭。蚌埠雲屯虎落，躍馬喜高秋。天塹臨江表，襟鎖咽喉。　　千古英雄成敗，幾鳳陽濠泗，說項歸劉。問青天無語，沉醉撫吳鈎。染燕支，薄描金粉，付酒徒，乘興畫滄洲。重回首，話興亡事，霧慘山愁。

其 三

故鄉人來，婁聞亂耗，夜窗聽雨，倍覺黯然，賦示克群。

怪騎秋一雨漲明河，凌波夜寒生。笑人間兒女，天邊牛女，相望盈盈。幾見乘槎鑿空，犯斗不占星。今古茫茫感，休訪君平。　　多少殘雲心緒，記故山翦燭，曾話沉冥。向陽阿晞髮，無夢到仙城。九回腸，依稀歸路，待醒來，魂斷隔江青。重携手，上窑臺去，雁影秋橫。

其 四　净社拈題，雨聲限韻

怪今宵到耳倍淒涼，春聲變秋聲。是勞人羈緒，啼妝遠別，尋夢難成。響逗檐花落處，暈冷逼愁鐙。隔雨紅樓迴，欹枕江城。　　十載關河塵土，凡素心翦燭，瀟晦雞鳴。帶金笳鈴索，相和似鏖兵。酒尊空，吳娘歌罷，定有人，和淚卜歸程。昏連曉，向無眠裏，兩地同聽。

其 五　爲鄭霽林題其先德輔堂《吳淞放艇圖》

酹清杯問水是何年，仙翁賦仙游。領滄江虹月，松陵琴趣，詩卷輕舟。也似雲衣石帠，借酒祓清愁。休比玄真子，狎主盟鷗。　　我亦煙波徒侶，笑廿年泛宅，直釣難酬。譜蘋洲漁笛，吹起一天秋。試披圖，江山依舊，定有人，欹羽繼風流。君知否，拂珊瑚樹，祖硯同收。

其 六

禊飲莫愁湖，客有話阮凌華及徐祁故事者。用元遺山韻。

玉京琴危弦起哀歌，胡笳拍中傳。對明湖澂鏡，殘棋收局，金盞垂蓮。重按銜箋燕子，曲裏葬嬋娟。中有烏孫語，淒感千年。　　不似芳華幽怨，是漢妃出塞，青冢藏妍。羨盧家猶得，蘭室篆沉煙。數遺聞，編留董鄂，更愧他，飛燕有伶玄。偏輸我，自低回處，擁鼻花前。

八六子

深溝故清溪關，韋南康所築。

俯危臺。一江春浪，滔滔噴雪驚雷。又毒草搖煙自好，野花侵鬢如銀，旅魂暗摧。　　蛇盤羊寶誰開。仄徑迷陽却曲，危梯滑磴昏苔。怎奈向羌歌，斷腸聲外，瘴雲如纛，舊愁如海，更看挂練玉龍自舞，陰崖蒼鵑徘徊。蕩悲懷。朝暾破山下來。

其　二

臨春念遠，效杜牧之。

望春歸。奈春無語，梅雪虛鬥芳菲。半醉醒冷日含煙，宮漏虬催短箭，西山黛鬟恨眉。　　緇塵久淹憔悴。舊燕新鶯芳訊，參差影吊天涯。斷雲沉江空，夢游魂瘁，畫屏山樣，寸心千里。愁見漬酒，練襟未浣，泥金寶扇曾題。更凄迷。紅蘭露零未晞。

其　三

峽江雨望，用杜司勳體。

望孤城。挂山依水，惟聞相杵聲聲。見傍柳穩繫樵舟，柔櫓輕搖鯉浪，空江恨潮暗生。　　攲篷雨迷煙冷。社樹鴉翻村渡，人歸古岸沙平。李花繁如雲，萬妝齊競，露桃微笑，半鬟臨鏡。誰念故里，春遙夢遠，瑤瑂錦字難憑。雁風橫。凄然淚飛上京。

惜紅衣

自海棠成以西，沿官道，野木香正花。借石帚韻賦之。

半嫵迎人，穠姿睏日，冒春無力。十里繁香，吹魂蕩空碧。孤芳淡冶，應解慰，南來詞客。幽寂。天上玉京，失青鸞消息。　　梅邊柳陌。殘溜冰澌，苔衣暗塵藉。刀州夢遠故國。在雲北。可惜好春空過，獨自道途綿歷。問此行何事，羞說百蠻山色。

其　二　題黃忠端東坡詩刻殘石研

石有能言，天無二日，藎臣心力。嚼血鐫銘，三年化幽碧。溪藤斷語，還借慰，南冠羈客。岑寂。風雨晦冥，閱滄波聲息。　　銅駝九陌。斜照觚棱，鵑啼怨紅藕。金仙淚灑故國。哭窮北。拂拭紫瓊凄艷，如見五朝經歷。便自將磨洗，同認古人顏色。

其 三 <small>神武門殘荷，和繭廬</small>

草長紅心，鵑啼恨魄，夢殘凝碧。寸藕長絲，娟娟露橋北. 金仙淚
灑，曾慣聽，枯魚泉泣。沾臆。霞佩水裳，哭秋風歸客。　　湘靈鼓瑟。
哀怨如聞，宮溝送潮汐。餘姿婉孌自惜。映寒日。冷入粉雲涼翠，不似井
華顏色。怕墜房欹蓋，猶怯薄鉛偷滴。

其 四 <small>再題冬樹畫梅，用石帚韻</small>

桂管凋年，梅邊送日，嫩寒猶力。燕寢凝香，南枝破愁碧。生綃淡
染，聊自寫，清寒仙客。疏寂。冬樹遠懷，託栖霞游息。　　青蘿古陌。
茶爨桃薪，泥香怨紅藕。魂歸路遠瘴國。郁江北。貌出幾枝冰雪，留證劫
灰經歷。向茜紗櫥畔，爭識故人顏色。

揚州慢

<small>聞新津、臨邛變耗。依白石譜，自寫愁懷。</small>

雲戀琴台，麵濃脂井，買春曾駐初程。喜臨邛酒美，剔古甕苔青。指
嚴道，征驂未返，壞雲山壓，童豎驕兵。聽喧喧，筱鼓危心，飛度層城。
　　倦游厭旅，計歸途，屈指堪驚。怕玉斧金甌，黃泥紫地，關塞無情。
料有失群哀雁，難成字，咽斷離聲。盡書空何計，囊琴前去愁生。

淡黄柳 <small>纂葉坪，用石帚韻</small>

初纂展葉。聞笛新鶯陌。柳綫愁牽春悱惻。瞥眼梢頭豆蔻。除是司勛
更誰識。　　雁程寂。塵沙伴朝食。聽嘶馬，短籬宅。恨東風，不住催行
色。怕上征鞍，有情流水，淒映蠻花自碧。

霓裳中序第一 <small>越巂鶴田</small>

逋仙冷舊約。怪得南天亡大鶴。應怨藏舟夜壑。喜千頃翠深，九霄霜
薄。甃甀漫噱。嗣谷音，遙寄孤邈。嵇情遠，廣陵散雪，古逸韻韶籥。

寥廓。石田栖託。嘆往事，揚州夢覺。華亭嘹唳更惡。任大雪堯年，皓首京洛。稻粱謀未錯。便足繭，荒山自樂。春溮滿，遺音天際，飲恨在城郭。

其 二

借南雅樓所藏琴川翁氏慵盦舊本珂雪詞，手錄成帙，即次集中，李分虎題詞韻書後。

烹南更煉北。素月流黃中婦織。薇省清詞弟一。笑延露藝香，猶慚箏笛。排虛叩寂。艷想通，疑謝鉛澤。長安道，玉珂散雪，庾信最蕭瑟。

伊昔。練裙春屐。動舊感，鶯堤燕陌。風流題遍壞壁。石老苔昏，往事追憶。古歡今倦客。怕病損，芝田賦筆。絲闌裏，墨花和淚，弄影鬢添白。

其 三　紫極宮寫韻軒

璇官罷夜織。弄玉催停驂鳳翼。歸去鍾陵舊宅。算唐韻四聲，曾傭仙筆。瑤台弟一。問綉襦，甲帳誰識。陪清課，疊箋試墨，此福最消得。

予亦。救貧無策。嘆紙貴，研都價失。絲闌愁與共擘。脉望何功，字枉三食。賦情空自惜。況亂久，漂蕭鈿尺。雙飛遠，江山如夢，坐對兩淒惻。

蝶戀花　和鶖翁

卜得歸期歸未定。畫裏吳船，夢裏瀟湘影。消息楚雲迷遠近。斷魂夜夜驚秋枕。　喜說刀頭圓破鏡。照見啼妝，淚粉腮紅印。長託春醒慵不醒。閑花無數飄芳徑。

其 二　和漚尹

絲雨濛濛香篆定。隔住屏山，細寫傷心影。恨比天長除夢近。夢回淚溢鮫綃枕。　且慢焚琴還咒鏡。鏡匲琴囊，歷歷春纖印。殘酒醒來愁未醒。飛紅撲簌迷鴛徑。

其三　和忍盦

枯坐冥心疑入定。電火飆輪，歷歷華鬢影。昨夜星辰天路近。斷雲和
夢迷山枕。　　淚滴苔衣侵石鏡。綠滿江潭，不浣殘紅印。杜宇啼春春未
醒。涓涓暗水流花徑。

其四　曉發登相營至冕山

邊月如鈎風似剪。鈎起新愁，欲剪應難斷。病酒臺登山枕遠。曉來啼
鳥聞孤館。　　露網行軒緣絕坂。飛浪崩崖，路逐懸崖轉。仰視白雲當露
冕。落梅風急笳聲短。

露華　節園冬青花

剪冰鏤雪，記移根上苑，曾賦菁蔥，瘴雲恨苦，辭春花雨濛濛。料有
翠禽珍偶，戀小巢，愁惹珠茸。鴛徑悄，飛瓊乍識，萼綠驚逢。　　西臺
更揮如意，吊宰樹長青，皋羽孤忠。蠟灰淚冷，鎖沉共認沙蟲。怕底麝塵
香減，誤柳綿，輕逐花驄。幽意遠，孤芳自惜露叢。

塞孤

用《樂章集》韻，二解。

黯魂銷，折柳聲初歇。可奈驪駒催發。十里長亭千里行。聽倦鳥，呼
泥滑。山城晚，噪昏鴉，江練曉，疑新月。度關山遠，旌旆風裂。　　蒙
段古柏祠，禩主芙蓉闕。夢剪兜羅香徹。晼晚佳期凝望切。休忘了，星回
節。蘆笛響，遏銀雲，粞火舞，霏丹雪。問邛池，奩鏡誰設。

其二

織烏飛，暮雨蘭芳歇。淺淺芹芽初發。笛裏關河工賦別。斠翠罦，真
珠滑。鞭絲飽，染南雲，雕鐙冷，敲邊月。賦從軍苦，腸斷肝裂。　　消
息渺玉京，醉眼看星闕。聒耳金笳淒徹。豆蔻蠻江新恨切。應記省，歸時
節。欹角枕，慰勞塵，酌梅盞，融酥雪。照流黃，縑素雙設。

換巢鸞鳳　憶桂林訾家洲，次梅溪韻

煙雨藏嬌。記香迷象渡，柳罨花橋。遠山慵學黛，近水坐吹簫。奪娘纖手偭娘腰。醉時按歌，無魂與銷。爭知我，恨獨倚，碧潯清照。　　人悄。波渺渺。漓水釀春，澆得愁懷抱。入握葰苗，散香裙衩，同踏仙洲芳草。眠翠巢空雪妃遥，鬥雞臺遠青娥老。相思江，溯流紅，一夢秋曉。

二郎神　憶梧州鴛鴦江，次彊邨韻

碎瓊蕩月，簇萬艇，碧天如瀉。記雨過梧城，霞生冰井，描就鴛江入畫。濕遍青衫琵琶恨，洗恨滴，淚珠塵罅。天遣忒有情，燕娘風調，鳳娘聲價。　　休話。灘江影事，洞簫吹罷。趁玉魷愁新，荔枝香近，沉水餘薰共惹。紫峒春深，碧潯秋淺，爭並露華嬌夜。歌宛轉，適怨清和，似有汜人來下。

其　二

　　憶語溪舊游，和眉山楊西村恢作，寄叔子。

玉虹倚碧，吞萬頃，澄湘如練。是廣國雄才，斯文元氣，方許楊妃捧硯。漫叟高文平原字，示萬古，華芝金箭。看色正芒寒，日星河岳，動搖舒卷。　　吾倦。驂鸞十載，湘灘都遍。便詩續春陵，酒行湖沼，未抵騷心九辨。碑字生金，篆英垂薤，剝盡頑苔昏蘚。蕭瑟音，擬傍三吾，買宅息柯同遠。

婆羅門引　螺髻山

愁雲魘黛，萬螺高簇佛頭青。月明鶴背吹笙。柯爛仙人去也，幽夢醒瑤京。但凝妝不語，霞表亭亭。　　芙蓉翠擎。款天闕，摘春星。飛去峨眉獨秀，十二層城。霧橫煙鎖，是藐姑仙子，擁愁顰。奩鏡敞，邛海盈盈。

三姝媚

午夜無寐，獨往東園，彩雲櫛櫛，月華流照，遙聞絲竹之聲，益增
寂感。次彊邨韻。

哀弦調子夜。正城鳥驚飛，夕蟬淒迂。喚起姮娥，襯海紅輕幔，彩雲
無價。不管清寒，幽恨襲，齊紈綃帊。錦瑟空長，弦柱華年，爲伊輸寫。

芳沼銀蟾光射。又咽斷靈風，幾聲櫓馬。萬疊遙情，逐廣寒霓羽，佩
環同下。病酒愁腸，憑挽取，天河傾瀉。只恐文園消渴，琴絲怨惹。

其 二　玄武湖櫻桃花下賦

香山遲悟道。正樊姬新逢，試妝嬌小。紺萼初胎，漸粉裳煊畫，素肌
凌曉。喚錯梨雲，春意與，杏梢同鬧。細數花鬚，無賴游蜂，被花輕惱。

誰似蕭郎殊抱。問盡伐柔柯，賦情何矯。送却南朝，墜玉兒清淚，數
聲啼鳥。鳳笛休吹，唇未啓，朱顏先老。待熟重來摘取，瑛盤頓了。

其 三　攝山栖霞寺，和古微龍華韻

流光驚過眼。算江南春風，已輸一半。散策幽尋，任浣雲生袂，鏡波
皺面。稚綠疏紅，台殿悄，華嚴輕換。燕語梁間，鈴語檐前，驗愁深淺。

誰道蠻春曾慣。甚傍日看花，老懷難遣。舊續虞衡，嘆補蘿栽桂，九
芝題遍。步入香林，魚唄渺，斜陽都懶。坐久霞城深處，齋鐘共轉。

憶瑤姬　蒙段祠古柏，用定公韻

巢鳳栖鸞。掩銅柯黛嫵，坐閱人寰。古祠臨碧海，儼上清仙侶，時下
雲軿。蒙愁段恨，知自何年，鍊玉銷素顏。聽夜笙，吹夢瑤華遠，嗳鶴驚
寒。　　定冷露，暗滴金盤。似磨笄趙女，節顯邦媛。飛昇隨款段，倩海
門孤月，長伴清眠。香霏翠羽，影鼉瓊肩，苦心寧自全。悄暮雨，猶送雲
愁墜世間。

其 二

蘇小墓，依梅溪體。

松柏西陵，翠燭冷，幽蘭露眼盈盈。同心誰共結，唱燕銜春去，魂黯愁肩。南齊黛嫵，依稀幾曲，眉山向晚青。料有人，油壁曾偕，暮潮淒斷馬蹄聲。　　一抔暈蘚飄螢。雁齒裙腰，草心紅到橋亭。煙花和夢翦，對鏡波寒碧，淚染湖綾。遥堤却傍誰家，隔代風流合讓卿。借酒澆，香骨成灰，浣緑題繡屏。

其 三

太平湖廢邸，丁香花詞仙顧太清妝閣故物也。借定公無著詞舊韻賦之。

疑有歸鸞。碾瑶宮淚粉，示現人寰。浣雲珠袯冷，傍露華闌檻，曾駐仙軿。前塵夢影，碧化何年，暖玉羞素顏。解佩璫，飛下青鸞侶，高處禁寒。　　算幾度，恨逐移盤。定鉛傾漢狄，竹染湘嬡。神思休浪寫，縱鏤銘行雨，山静琴眠。瓊絲縮結，翠珥垂肩，散香兜率天。怕倩女，猶趁離魂到此間。

長亭怨慢　夏日賦邛池柳

早飄盡，亂絲繁絮。翠老陰多，莫愁門户。已晚年芳，杜娘淒唱惜金縷。向人青眼，争識舊時眉嫵。此樹太婆娑，動客感，依依如許。　　凄楚。隔關河不恨，恨隔夢魂歸路。青青瘴草，更愁斷，陷河西去。賦情到，伯也蓬飛，想應是，鉛華弗御。儘折柳歌殘，休問當年張緒。

望海潮

星回節，邛海觀炬，題孤雲閣。

疆分邛笮，天開蒙嶲，千秋兒女風雲。身殉故衣，骸歸鐵釧，珊瑚骨化飛磷。攢火海城濱。映水天一碧，鰲駕嬉春。燼冷松明，事遺彤管怨蠻熏。　　年年六詔佳辰。吊阿南蹈義，慈善能軍。霜柏段祠，猗蘆襘主，香銷莫返貞魂。千炬舞波臣。共萬星珠迸，迎送潮神。換了紅桑幾樹，朝日上暾暾。

其　二

行縣慈竹臺，觸緒淒感。用淮海韻。

籬殷朱槿，汀疏紅蓼，秋容共惜秋華。楓老雁來，霜濃蝶蛻，離腸自篆蟲沙。行幰憶隨年。向錦川梅冶，餐飯同加。初熟心情，已涼天氣倍思家。　　鸞弦韻合金笳。恁瓊簫怨斷，羞殺蠻花。雲鬟未秋，風懷漫寫，重逢再世堪嗟。邛海柳絲斜。記石橋駐馬，依約藏鴉。休嘆蓬山路遠，煙浪送年涯。

其　三　寧都

梅江南注，琴川東匯，雄封自古陽都。峰合翠微，城環雪竹，郊原罨畫成圖。潮落見雙魚。問錦鱗七二，應解傳書。桂海游悰，蜀山歸夢阻江湖。　　凌風暫住仙凫。正雲當露冕，天近玉壺。經說易堂，玄談覺院，詩題水竹幽居。蓮嶽碧芙蕖。笑使君腰腳，笻杖輕扶。愧負名山，管領渲染謝倪迂。

其　四①

年徵開寶，王維吳越，西關祖塔新修。資福貝多，鐫經寶篋，莊嚴窣堵千秋。剞氏巧雕鎪。印魚篆八萬，舍利光遒。虎氣朝騰，爵離宵毀出閻浮。　　何人訪古搜求。贈西江帥閫，曾伴兜鍪。飛騎夜來，嚴城夕入，琳編戰利同收。滕閣俯江流。嘆阿房秦火，遺址空留。剩付修羅，賢劫閑話記南州。

其　五　蜀都賦

江山天塹，提封天府，華陽黑水梁州。霞簇錦官，雲橫玉壘，芙蓉城郭清秋。通道自金牛。問蠶叢杜宇，今古悠悠。邪界金堤，縈迴巴字帶雙流。　　雄都勝迹經游。記仙人藥市，太守遨頭。詩說草堂，玄談卜肆，枇杷門巷尋幽。崇麗望江樓。借薛濤箋色，烘染芳洲。聽取蠻歌渝舞，神

---

① 此詞有長篇序文，限於篇幅，未錄。

筆定邊籌。

其　六　徐州

雲沉芒碭，天低淮泗，雄藩自古徐州。山暝斷蛇，臺空戲馬，王圖霸氣全收。雕鶚陣盤秋。問逐餘秦鹿，誰是英儔。戍鼓聲中，落鴻霞外見黃樓。　　中權扼鎖咽喉。有三軍辮髮，上將兜鍪。絲管夜闌，旌旗晝静，連營坐擁貔貅。琴客最風流。想射堋分的，箏隊飛毬。醉指東南半壁，談笑看吳鈎。

一萼紅

> 蛙瀘產秋海棠，澗阿巖罅處處有之，紫白花者尤異。

寫秋魂。問離人血淚，何日長靈根。花候猶遲，山寒自媚，無語空怨黃昏。拂苔徑，迷陽却曲，甚楚楚，如見薛靈芸。化碧生苗，種愁緣子，猶漬啼痕。　　長記玉鈎斜畔，伴紅心草長，薄命花分。粉暈龍綃，霞皴黛岫，拾來瓊唾猶温。斷腸語，緘珠待寄，怕香殘，餘麝已成塵。縱向江頭化石，恨種長存。

其　二

> 乙卯人日，用石帚淳熙丙午人日韻賦西園官梅。

曲池陰。折橫枝幽萼，華髮不勝簪。檻腳苔皴，瓶眉石凍，還似春睡沉沉。照疏影，寒泉古甃，喚夢回，應有並栖禽。桂管簫聲，宣華龍影，誰與追臨。　　十載魂銷無地，伴含章一卧，飛近眉心。姑射冰姿，羅浮蝶怨，遺事凄絶重尋。撫時序，燒燈漸近，貼春人，華勝簇祥金。只恐歸來佩環，感慨同深。

鶯啼序　用夢窗韻紀夢

神清洞天縹緲，款蘿扃岫户。藐姑射，冰雪仙人，夢驚春換年暮。黯無語，潜申怨抑，琴絲宛轉歌芳樹。倚回闌愁眼，茸茸話言低絮。　　再世瓊簫，夢裏見了，似輕雲罩霧。故環在，筍束黃柔，廿年重展心素。倩魂離，華鬢幾劫，淚痕濕，鮫絲千縷。恨難禁，風露高寒，上清鸂鶒。

瑤宮謫久，故國依稀，寄燕鴻倦旅。別恨在，蜀魂鵑拜，桂管鶯遠，爨玉炊矛，瘴江煙雨。蠻花自冶，蠻熏愁重，文園持節邛都道，鏤靈關，駕鵲孫源渡。蛙瀘海日，星回勝節曾來，浣筆醉題風土。　游春夢覺，錦瑟歌長，費練裙白苧。漸滿地，愁苗含艷，瘴草抽紅，惱亂琴心，鳳鸞雙舞。清真舊譜，蘋洲漁唱，周郎披扇還顧曲，變新聲，鵝管調鷗柱。乘槎便溯河源，聖約靈期，定教證不。

其 二　三海觀荷，和夢窗荷韻

鉛紅夜傾露掌，渲銀潢暗水。妒仙影，太液芙蓉，麗詞休誦花蕊。映夕殿當歌旋折，宮衣半捲餘霞墜。仭歸魂環佩。天風動我遐思。　簫鼓橫汾，置酒痛飲，吊秋風帝子。縱灰冷，猶憶昆明，泛槎人遠莫至。怕牽愁，機絲夜月，已殘劫，華鬢彈指。怪深叢，眠定鴛鴦，未諳涼意。哀蟬怨葉，恨井沉瓶，繫九霄窈窕。西望阻，璧臺不見，穆滿何往，駿足遲回，報君無淚。真妃舉袂，凌波微步，聽風聽水霓裳舞，奈璇宮，路鑰蕪蕪悴。愁魚易泣，冰肌玉骨都銷，萬妝鏡迷空裏。　房擎粉滴，蓋濕盤欹，賈老紅舊翠。漫省記湘皋捐玦。斷浦分雲，冷麝潛熏，瘦蛟慵起。石華攬袖，龍香吹鬢。留仙裙底歌送遠，撫當時，闌檻今孤倚。驚心菊秀蘭衰，更續秋詞，恨題鳳紙。

其 三　爲楊韻芳賦

> 韻芳字琴蘭，以紫稼聲華冠燕臺樂府。庚子之變，遂巡墮落，不復自振。其致敗皆由傅彩雲也。用玉梅詞，人贈彩雲舊韻爲之寫怨。

春明夢華更寫，認衰楊倦嫵。似張緒，淒絕當年，怨笛風外猶訴。記三見，鶯花浩劫，華鬢轉瞬成今古。憶靈和春殿，愁絲暗引千縷。　十載京塵，鏡裏鬢影，問青青在否。洞天事，窺錯儀鸞，黐瀾飛潤脂雨。永豐西，星移柳宿，大堤北，花驚游女。幻紅桑，血染闐浮，亂雲迷絮。

音希紫稼，露泣紅蘭，故巢訊燕侶。閑共訪，叛兒芳迹，對酒傷往，散雪焚琴，小腰慵舞。歌迎赤鳳，窗虛朱鳥，瓊瓊呼月臨秋影，費橫波，淚竭人天路。牽蘿倚竹，梅妻耐得單寒，衛郎瘦骨如許。　昆侖睡覺，顧曲重逢，嘆舊人剩汝。怕點檢，葳蕤宮扇。宛轉清吟，灑涕觚棱，夢遙年暮。玄都觀裏，春隨桃換，勞生多少新故感，太婆娑，枯了江潭樹。傷心斷譜霓裳，梵夾誰繙，等閑付與。

其　四

和夔笙，贈梅郎蘭芳之作。

東京夢梁乍醒，感金尊浪語。溯簫管，煙月前朝，爲誰虛費延佇。記曾向，歡筵顧曲，鬖天易老春難駐。問貞元供奉，心驚怨遥年暮。　　吹笛梅邊，大瑣二瑣，話斜街舊雨。故巢背，梅竹櫻桃，問梅招共幽素。醉鄉寬，鷁船送日，酒兵接，絲闌尋譜。似桃源，雞犬皆仙，柳裙迎路。

青鸞去國，倦鶴無家，市朝尚是否。愁見了，鞠臺妝謝，戲鼓歌板，楚玉燕蘭，倡予邀汝。真妃夢誤，嫦娥藥在，當年奔月今猶悔，被芳襟，寫入霓裳序。空花自落，從渠葬却東風，淚滴已無乾土。　　蘭魂露泣，鎖骨梅清，伴海漚暫住。倩點染，江南風景。杜老相逢，想像開天，念奴聲度。承平事往，恒沙劫換，紅桑生纈花眯眼，怕歸來，京闕霾青霧。依然翠暖珠香，定子當場，曼詞贈與。

其　五

重建思莊樓，用夢窗豐樂樓韻。

飛梁駕鰲瞰斗，俯川原綉綺。左雲石，右揖蓮花，錦標高建霞際。敞八牖，璇穹鏡海，春城畫本開新霽。幻參旗天外，軍封鳳翎遥墜。　　孤塔干霄，萬瓦卧雨，更名山四倚。易堂近，泉壑金精，翠微霏潤嵐翠。訪雙魚，仙洲信息，正三月，梅江春水。傍雲風，臺畔弦歌，暫忘身世。

泉烹麝月，酒酌羸尊，具主賓四美。同記省，文山墨淚，晦叟詩板，雪竹荒坪，古今人事。陽都舊治，莊翁遺愛，爲臺爲沼徵民樂，剩千秋，小劫華嚴地。中階旦復，肇飛秀發江山，露沉象移星緯。　　凌雲概日，佩玉鳴鸞，尚賦才共遲。待染翰，離家王粲，倦旅蘭成，吐鳳千言，卧虹十二。危闌自憑，烏紗重岸，春朝秋夕同望遠，御泠然，風引仙衣袂。回頭蜀道青天，滿目關河，夢歸萬里。

其　六　春晚，追和趙儀可韻[①]

痴心盼春到了，甚匆匆又去。算輕負，柳約花期，賺人偏是風雨。問

[①]　此詞有長序，限於篇幅，未全録。

清
·
周
岸
登
／
1141

誰見，清明霰雪，穠桃艷李摧芳樹。鎮鶯兒愁坐，交飛燕子無語。　十載章門，最苦厭旅，共流光暗度。懺惜似，蕭瑟江關，庾郎身世無住。賦江南，騷心自結，望鄉國，鵑魂難據。任飄揚，瓊圃春駒，謝橋香絮。

凌雲健筆，繪日英流，且茗柯暫駐。愁更遣，密圍熏坐，俊語傾倒，醉白飛青，翠歌紅舞。蠻梭壯錦，鴛機寶布，文園歸老扶邛杖，攬奚囊，瑞涽三危露。虞衡罷續，相期賣卜成都。暇日記裁風土。　鶯花換劫，鬢髮催人，指舊盟歲暮。漫省念，帆牆鹿渚。杖履青原，野渡浮嵐，翠微當戶。琴歌舊款，巢痕新掃，丹砂勾漏仙夢冷，夢回時，花底修簫譜。鈞天待理霓裳，顧曲周郎，尚堪正誤。

其　七

留別簡庵，用趙青山、劉須溪唱和韻。

河梁送人句裏，黯魂銷幾度。莽中夏，戰血玄黃，避秦知向何處。況蘇李，西京盛日，憂生念亂今非古。軫離懷託意，飛龍更商宮譜。　十載交期，慰我暮齒，悔歸歟未賦。怒潮起，蝸角蚊栖，燕巢危寄無據。念王孫，金鞭斷折，問羈客，浮家何許。任人嘲，廉吏難爲，餓鄉誰數。

青蚨化蝶，白馬傷麟，叫怨魂杜宇。劫後訪，族湛瓜蔓，命偶湯火，只合無家，羨他萇楚。洪波捲地，燎原燔舍，蟲天拿攫人相食，住無依，去又安從去。山陽怨笛，聲中散雪休彈，淚滴孺亭蘇圃。　江關鬢髮，海澨金鱗，倩雁傳好語。便料理，鷗夷輕舸，漫捲詩書，島嶼樓臺，暫淹吾土。珊瑚待網，鯨鰲堪釣，河清能俟人未老，喜歸來，重話連牀雨。依然無恙滄洲，滿酌西江，載尋舊路。

其　八

題沈南雅塞上雪痕集，用夢窗韻。

題襟卷中細數，幾詩豪酒戶。任書劍，牢落窮邊，蕙蘭非怨遲暮。幸詩價，雞林舊識，滄波待網珊瑚樹。拜黃金寧拜，紅裙寵花旌絮。　絕塞歸來，自整舊稿，寫繁霜慘霧。最珍重，蓮幕多才，主賓同展心素。遣羈懷，秋笳更續，夢回雪，春韲牽縷。溯晨風，回首京華，暫辭鸂鷺。

夷歌送警，海若方驕，壯游自厭旅。西比路，浦鹽東貫，閑島南滿，鑄錯飆輪，艮維陰雨。來遭鼠疫，歸逢妖火，孤喧人境殊歌哭，轉鋒車，淚溢同江渡。驚心動魄，非關宋玉微辭，舉目已非吾土。　　襟痕酒滅，鬢雪簪羞，訝鏡菱換苧。漫省念，窩稽塵冷，舊館青蕪，款燕樓空，馭龍驂舞。詩留瘦沈，醇慚公瑾，刊行心諾孤十載，鼓雲和，湘瑟猶膠柱。還愁飛電年涯，大集期成，故人在否。

其　九

　　風雨中，自焦山渡江，登北固亭。讀張子苾、鄭叔問光緒甲午感事。用夢窗韻聯句及半塘和篇。晚歸金陵，繼聲有作。

　　東風縱狂似虎，也扁舟渡水。布帆緊，練雪千堆，蕩搖波面銀蕊。碇石峭懸崖度索，盤渦眩轉天疑墜。袂飄飄飛上。危亭畫出奇思。　　如此江山，冒雨吊古，問當時帝子。締姻好，昭烈栖栖，仲謀情款獨至。定三分，收兵建業，甚終隙，連營東指。漫高吟，遺恨吞吳，未諳微意。梟盧幾擲，晉曆潛移，繫寄奴寢寐。何地訪，佛狸祠廢，社鼓聲杳，露迹凌歊，露臺鉛淚。秋風戲馬，春江釃酒，英雄無覓非虛語，對茫茫，累煞詞心悴。重來倦鶴，人民故國都非，喫墨怕題空里。　　名區第一，勝客成三，贈四愁翡翠。恨小阻，尋詩甘露，試茗中泠，煮趁鰣鮮，暝隨鴉起。嚴城瓮轉，鋒車雷動。高資燈火連下蜀，眷經途，宵冷人相倚。歸來剩數游情，斷闋重翻，墜魂在紙。

其一〇

　　丁巳中秋夜，泛月東湖。用夢窗韻。

　　靈妃溯空泛彩，滿瓊宮桂戶。散花影，飛入江城，倦客芳思搖暮。棹月過，東湖半曲，鐙簾下上涵秋樹。漸雲開天鏡，舒波斷虹迷絮。　　展響高橋，醉裏夢裏，抱紅蘭紫霧。任人拜，金粟如來，此情慵問蠻素。綺懷孤，青山映髮，古歡結，朱弦成縷。記梳翎，曾許驂鸞，漫嘲拳鷺。嚴城漏轉，畫角清笳，虎貔靜萬旅。欹露幌，藥娥淒對，耐冷扶影，杵竭玄霜，淚乾紅雨。靈犀共照，繁香流艷，參差吹徹盈盈水，望仙門，可得浮杯渡。鷗啼雁泣，非關宋玉能悲，賦情更深懷土。　　沉螢露濕，傍鶬星稀，蕩練光似苧。暗省念，西湖湘步。桂海邛池，賞倦吳歈，醉教蠻舞。絲闌舊譜，銀箏新弄，洪都仙侶游興懶，笑文園，投筆思題柱。回頭萬里京華，皓月同看，那人記否。

望湘人　愍湘

問滋蘭怨楚，捐佩吊湘，寸波如淚誰浣。鼓瑟含凄，送春餘倦。怕與招魂魂遠。廣樂休張，洞庭風緊，蒼梧潮捲。帶渚宮，笳角悲凉，誤却登樓王粲。　　輕付衡陽去雁。奈峰回信阻，路迷三管。動南國芳馨，望裏未秋先變。回風賦罷，涉江歸晚。可惜參差吹斷。儘落到，笛外梅花，醉把湖雲偷剪。

四字令　擬花間

眉間退黃。詞邊醉妝。水沉爐暖餘香。愛銀蟾透窗。　　瑤徽竟牀。楸枰界方。閑情已謝絲楊。奈花飛絮忙。

憶舊游

題薛冬樹畫梅，贈梁叔子。

記栖霞葬玉，舜廟聞韶，孤雁愁聽。滿目山陽淚，倩折枝梅影，聊遣哀情。爾時帥府新創，籌筆厭言兵。有寶劍凄凉，洞簫幽怨，同慰飄零。　　蘭成。最蕭瑟，自一夢江關，幾淺滄溟。桂管歸來久，問驂鸞仙侶，魚素難憑。故人幸有冬樹，瀟灑振芳馨。怕紙帳春寒，羅浮夢怯魂暗驚。

其　二　鴛江舊感，用山中白雲韻

記瓊簫紫峒，玉貌珠喉，共引離尊。曉月窺冰井，正雲帆待發，霞袂輕分。酒邊散愁無計，桃葉倚桃根。指鬱水灘波，舊紅新黛，同是銷魂。　　温存。問誰識，驗帕上香痕，襟上啼痕。瘴霧侵梅骨，似坡仙南去，猶惜朝雲。海天暗增沉恨，潮汐變晨昏。怕杜牧重來，梨花雨泣深閉門。

其　三　讀落葉詞，用玉田韻

記東華聽雨，太學觀碑，酒所深尊。歲序侵尋過，問微辭楚客，人故春分。秘聞總歸天上，同輦罷金根。嘆墜井銀瓶，濯龍瓊島，何地招魂。

猶存。舊通德，怕擁髻啼妝，洗夢無痕。搗素悲秋扇，想魂隨穆滿，重璧沉雲。忍吟病山詞句，蟬葉怨黃昏。只月照瀛台，魂徠仿佛長信門。

其 四

丙辰重九，同孟癯及番禺沈太侔、宗畸集陶然亭，題壁。

記鼈潭買夏，剎海延秋，龍樹尋春。霽雪軒窗好，送西山冷日，步屧深尊。少年漫挾豪興，欹羽憶爭墩。乍睡醒昆侖，重尋鹿苑，無地銷魂。

猶存。甚風景，嘆霜飽花腴，蘚篆雲根。絮酒澆香冢，借一杯呼起，殘唱秋墳。舊人醉郭應笑，席帽逐黃塵。問更幾重陽，凄然故國餘淚痕。

其 五

餞秋秋漸老，待挽秋，和愁伴年涯。鬢侵吳霜重，怕欹冠映日，妒了寒鴉。背人倦葉如訴，紅怨泣塵沙。便畫壁程歌，芳顏借酒，懶咒唐花。

茲亭慣游賞，奈敗葦聲乾，衰柳絲斜。金碧殘陽裏，看江山如此，同嘆無家。斷詞字滅慵認，春蚓雜秋蛇。但望極舢稜，嚴城暮角羈恨賒。

其 六

雁來人是客，雁又歸，人今尚天涯。待尋書空字，但雲羅暮碧，淡點栖鴉。暗塵乍籤玫柱，凄調落平沙。恨淚菊遲開，霜楓漸染，也當看花。

登臨怕回首，記信馬東門，扶醉南斜。遼鶴歸飛後，嘆巢林江燕，知傍誰家。杜陵健筆猶在，吾道一龍蛇。任寫盡殘磚，詩魂渺漠秋夢賒。

其 七　三門道中

看梯雲度鳥，挂澗垂虹，飛磴傳驂。問俗方行縣，正丹楓絢錦，斷壑鳴璆。傲霜病菊猶艷，村酒熟新篘。便慶洽兒童，歡臚父老，喜見君侯。

回頭。桂江事，記十載鶯驂，曾典邊州。淚滴瀟湘水，笑名山管領，輕去何繇。背風敗葉如訴，寒雨襲征裘。且暫憩塵蕾絲韉，丁丁伐木山更幽。

瑞龍吟　邛都本事，借清真韻

邛都路。愁見跳舞鍋樁，際天花樹。凄涼持節文園，綉衣負弩，牽情是處。　　屢延仁。憑吊冕山孫水，鏤關開户。何須典册高文，也應自笑，題橋舊語。　　前度臨邛沽酒，鸝鵡輕賫，庭花羞舞。生恐倦游相從，眉黛非故。琴心賦筆，安用錢刀句。低回盡，蛙瀘鏡影，虹橋弓步。淚灑南雲去。暮霞散彩，春鼉亂緒。池柳繅千縷。歸夢遠，西窗靈風催雨。瘴花似雪，木棉成絮。

綠　意　賦綠菜

終朝採綠。奈澗深水冷，曾不盈掬。晞髮陽阿，懷遠傷今，無言自媚空谷。緇磷久謝塵清曠，但漱石，瓊華如沐。等恁時，月滿潮平，剪取半溪春穀。　　幽絶青衣水畔，羨行芳志潔，馨逸三蜀。苦筍春盤，諫果秋軒，好共追陪高躅。寒陵一片誰鐫刻，勝十賚，華陽仙籙。伴綺筵，薦俎高情，只有史君炎玉。

三犯渡江雲　邛都本事，借清真韻

高城東去路，錦陂沁綠，屐齒護圓沙。曉煙籠翠瓦，婉戀藏春，認得莫愁家。虹腰駐馬，舊樂府，休續芳華。端正看，玉顏窺户，鬢影映雛鴉。　　驚嗟。凌波塵軟，印履苔滋，記橋邊石下。疑苧蘿，當年西子，曾浣鮫紗。江空歲晚魚書寂，怕楚玉，難倚兼葭。邛海畔，方舟自採蘋花。

其　二

桂林杉湖，據山水之勝，余賃居三載，有樓曰補杉，足供遠目，僚友文宴，殆無虛日。自歸蜀國，屢滯窮山，每念昔游，輒爲悒怏。賦寄幬公海上慈首瀋陽。

湖樓經醉慣，舊題淡墨，幾度瘴鄉春。壯心空酒盞，十載回翔，蓬轉動孤根。投荒倦客，選勝日，同款深尊。游興闌，碧潯煙水，半入楚江雲。　　驚魂。安仁花縣，石尉河陽，已思歸成引。歸未久，追尋陳事，前夢無痕。今宵咫尺蓬山月，度關山，雙照懷人。人更遠，空勞對月思君。

其　三

得北來書，日下鶯花，今猶勝昔。感時撫事，追和鹿潭韻。

斜街花事好，春融夜暖，軟玉醉溫香。十年塵夢遠，悵望銀河，一角限紅牆。空宮落葉，已恨牽，秋苑衰楊。依舊是，西山凝黛，無語泣殘陽。　　休傷。爰居鐘鼓，幕燕危巢，共河山無恙。誰管得，北門飛牡，東海栽桑。金鑾莫問殘燈事，剩雪衣，同話淒涼。成獨嘯，商歌韻咽寒螿。

其　四　净社拈題，雨意限韻

山鬟低鎖黛，遠嵐翠匝，暝度楚天遙。半春頻夢雨，雁後花前，恨逐舞紅凋。餘寒殢熱，病損却，麟帶寬腰。衣倦添，鴨眠熏減，麝暈掩羞潮。　　魂銷。鸞弦香沁，鳳軫音乖，也難成淒調。凝望極，雲連芳草，青誤征袍。風回絮捲渾如雪，漾酒旗，愁滿江皋。恁醉賞，蘭痕膩玉冰綃。

宴清都　東園暝坐，用呋庵韻

畫省喧笳鼓。邊風急，窮秋煙暝催暮。蠻熏未洗，吳棉自檢，薄寒珍護。箏弦也識愁端，漸瑟瑟，偷移雁柱。更送冷，敗葉聲乾，敲窗點點如雨。　　琴心寄遠難憑，孫源間蜀，巴水連楚。流波斷錦，孤衾怨綺，夢抽離緒。寒聲已度關塞，任碎搗，繁砧急杵。數麗譙，廿五秋更，烏啼向曙。

其　二①

問柳湖邨畔。荒溝側，到門花樹零亂。前王聖表，優填像刻，雨飛雲捲。商君畫壁重見，嘆夢影，漚塵電轉。共太息，寶相人天，恒沙換劫誰管。　　精藍付與修羅，蒼松怪柏，鸞鳳空遠。梨雲醉醒，丁香露泣，菜畦蕪館。尋巢縱有新燕，照廢壘，斜陽恨滿。向寺僧，乞取花歸，紅欹翠蓊。

---

① 此詞有長序，限於篇幅，未錄。

過秦樓 得內書，次清真韻

露滴花房，月窺虛幌，統統鼓聲初斷。如雲夢綺，似水年塵，莫遣怨吟秋扇。無寐倦倚枕屏，灰盡更香，數殘更箭。想幽閨屈指，歸期難準，雁沉天遠。　　愁見説，冷怯冰紈，塵生秋篋，怕檢舊時熏染。泥金畫蝶，獷錦裁鴛，顏色可憐都變。持問君心，寄將機上回文，青禽難倩。但熒熒淚滿，鮫綃新痕舊點。

其二 泛舟秦淮，用李景兄韻

膩水微波，浮塵虛漲，畫橈隨浪悠悠。聽鴨言鳩訴，縱挽轉芳韶，窨約何由。漫替古人憂。也無須，強買今愁。笑佯遮歌扇，偷描金粉，難寫滄洲。　　怪露行蔓草，鴛鴦侶，鎮停雲殢雨，潛度吳謳。偏燕簾鶯户，似韜鈐部勒，那任閑游。孤負秣陵春，動歸懷，蜀郡遨頭。訪輕煙淡粉，誰信當年，有十三樓。

解語花

建昌在明初錦衣千户衛籍由北平移駐，故語言習俗多相類。今年中秋月食，十六夜游人尤盛。用清真韻。

初弦寶月，半面窺簾，雲隙蟾光射。露華凝瓦。瓊樓迴，冉冉素娥來下。風酣韻雅。花雨散，珠犀盈把。環佩聲，隨步瓏瑽，滿路霏冰麝。

猶記鳳城此夜。盡青紅兒女，空國游冶。贈芳貽帕。街塵軟，竟買兔神泥馬。心情倦也。人世換，水流花謝。秋士悲，持問春人，笑醉扶歸罷。

風入松 夢游陶然亭，用夢窗韻

天涯飛夢繞春明，疑冢讀香銘。魂銷眉黛煙波句，是湘卿寫怨緣情。碧血三年化蝶，茜窗一夕聞鶯。　　流鶯啼上夕陽亭。淚眼不曾晴。干卿底事春池皺，對芳韶祇自銷凝。幾付華鬘劫換，等閑碑字金生。

其 二

獨游陶然亭，再和夢窗。

盲風吹雪度清明，思舊續前銘。西山不語含愁黛，送中原，底許關情。盼到風鈴試鴿，却妨佞舌收鶯。　　年涯芳物老江亭。倚檻快初晴。蘆芽半努沙痕淺，認東華，烏履塵凝。怨碧緣苔墨暈，嬌黃稚柳稊生。

安公子　涪江晚渡，用屯田韻

剩暑蒸虹雨。雨收虹歇橫江暮。客感蒼涼村渡晚，羨閑飛鷗鷺。更水上，煙鬟窈窕臨霞浦。思遠人，共省銷魂語。悵彩雲何在，腸斷春洲芳樹。　　羈宦傷行旅。鳥吟鐘奏相停仃。瘴海蠻荒游倦矣。覓茅庵佳處。奈好事多磨，恨事常堆聚。征路長，識得辛和苦。數第幾山程，筍輿破煙飛去。

絳都春　題渝州舊院郭六跨馬小影，用夢窗韻

愁腸似綫。又天淡綠蕪，江空人遠。雁早信遲，菊秀蘭衰成秋苑。司勛惆悵添清怨。聽嘶馬，風花零亂。紫騮芳埒，藏鴉細柳，膽娘庭院。　　曾見。嬌憨姬姹，據鞍態，翠擁珠圍紅茜。桂管夢遙，湖海游疏春潛換。桃花依舊迷人面。掩盦背，千呼不轉。怎教一笑回眸，語香送暖。

其 二　春晚和西麓

清明過了，甚翦花絮柳，尚殢輕寒。困舞瘦腰，銀箏慵理雁塵閑。衣篝欲試游情懶。袖華愁，裹弓彎。怨春無語，弦凄素軫，淚濕紅蘭。苦說。芳期太晚，認金釵後約，玉箸前痕。病酒未忺，銷愁無計又黃昏。春心不似歸心遠。斷魂應怯聞鵑。故山猿鳥，驚回畫燭夢闌。

其 三

宿接引殿，丙夜聖燈至，予畏風，只隔窗見其一二。

陳倉化雉。蓋歲以夜來，星流秦時。事起霸朝，光衍名山誇靈異。雌

雄宵呴真天瑞。更裝點，銀查鰲背。寶夫人傳，神君觀語，我聞如是。應記。招滇諭蜀，碧雞舊，使者王褒曾祭。萬里夜郎，三品南金梯航至。朱提黃道騰光氣。幻高髻，峨鬟增美。漫教爭辨飛磷，墮入霧裏。

八寶妝 無寐，次劉無言韻

虹渚雲高，麗譙風寂，倦睡不堪殘暑。十二珠欄閑倚，遍統統城頭更鼓。窺人簾罅月來，芳汗羅襟，銀牀冰簟凝酸楚。誰道夢難尋覓，游仙歸路。　　還又曲繞屏山，綺疏六面，斷魂知在何處。醒來已，淚沾袖浥，碧波遠，瀟湘西去。耿盈望，瓊樓玉宇。漏長香短銷蘭炷。者寸寸柔腸，禁他寸寸成灰否。

湘春夜月 苦雨寄閨

暗銷魂。半窗蕉雨黃昏。早又畫角吹殘，三弄落譙門。欲向桂叢輕訴，怕桂花馨薄，不解留人。更素娥瞑泣，鮫絲玉箸，難翦愁根。　　檐花滴碎，離情似夢，搗夢如塵。小閣籠寒，空佇想，夕篝熏罷，香篆秋痕。瓊簫恨遠，問甚時，重見真真。待後夜，定懷中掌上，盈盈喚起，同款芳尊。

其　二

彭春谷爲析津名姝，求賦其畫芍藥山屏。

醉春杯，蔧漪輕暈霞腮。寫入尺二吳綃，偏最惹風懷。月下小喬移步，似翦將花葉，供養蕭齋。嘆殊鄉久客，心情減盡，幽抱難開。　　湖州舊約，揚州畫本，金谷新栽。繡幕圍香，誰更管，曼殊嬌措，尋艷豐臺。千重露綺，昵睡餘，欹枕橫釵。仗彩筆，把酥娘韻調，蟲娘韻格，同賦翻階。

繞佛閣

危欄憑雨，風物淒異，孤懷自訴，有斷腸之音。同袍碧韻。

雨晴未準。雲斂遠碧，簾罅風緊。杯酌愁整。菊遲病久，寒砧報霜信。笛樓恨憑。江草倦綠，蘆浪千頃。鷗夢清迥。棹歌響答，微茫認歸艇。　　景物轉騷屑，客館吟商迷晚徑。鴉臼冷紅，蓮衣凋玉井。又砌畔啼蛩，幽咽難聽。楚蘭魂定。是黨錮文章，休説憎命。理琴絲，淚交縈縆。

其 二　題沈太侔《楸陰感舊圖》

夢回淚滿。花外小劫，殘照蕪館。驂鳳游短。試教喚起，當年散愁伴。敗牆暈蘚。猶認淡墨，題句淒婉。扶醉歸晚。素弦更理，塵襟鏡秋練。　　步屧舊蘭若，望里觚棱巢野燕。誰道絳都，春移歌舞換。怕念遠傷高，吟鬢搔亂。有人腸斷。便細寫生綃，銘恨鐫怨。老懷孤，露痕空繭。

木蘭花慢　憶桂林山水，次憶雲韻

採南花感舊，記曾泛，碧潯船。望紅樹栖霞，青山疊彩，疑有詞仙。年年。訾洲夢雨，灑瀟波，綠滿一江煙。銷得愁腸萬斛，冷吟嘯破壺天。　　香連。玉冢花田。鶯訊杳，鶴魂圓。怕酒人長醉，素馨斜畔，碧血祠邊。依然。月牙倩影，補青蕪，雪菀證詩緣。還似宣華古苑，並禽啼損清眠。

其 二　書案山遠眺，次鹿潭韻

薄晴驕朔吹，正羈客，怕登樓。看雲淡天容，鴉翻葉影，瓊宇煙收。回頭。楚江暝宿，記蒲帆，峭挂洞庭舟。邀得湘靈鼓瑟，醉吟聊寫清愁。　　盈眸。一髮際天浮。孤注惜金甌。剩撫劍雷音，摧琴海思，揮涕神州。東游。更招倦鶴，共梳翎，上界羽毛秋。報到蓬瀛淺了，怒潮飛滿滄洲。

其 三　簡州謁三溪祠

訪三溪舊隱，雁江上，鶴林前。任賴簡池臺，逍遥洞壑，無此清妍。晴川。帶金繞絳，聽漁歌，唱起宋時船。幽討如聞易學，臥游且伴琴眠。

當年。諫草吟箋。辭斐亹，意纏綿。悵故山夢遠，房州錮久，忠孝回天。依然。釣游舊迹，倚危亭，愁思入孤煙。遺集難尋副墨，倦懷剩寄風泉。

其 四　江春連雨寄閟①

四風皆致雨，釀春恨，滿江城。嘆柳徑桃蹊，芳郊綉野，溝澮皆盈。才晴。又還餖飣，更雷車，電轉練瓢傾。梁上頻驚睡燕，樹間並坐愁鶯。

丁寧。鬥草踏青。虛賺我，幾釵盟。念枉勞僂指，花朝過了，凝望清明。游情。夢都未款，任宵檐，鐵馬閙東丁。禁對蘭釭照冷，悶尋倦枕餘醒。

其 五　戊辰重九南普陀寺後最高處舒眺②

蕩雲愁海思，俯空闊，作重陽。奈大地秋風，無邊落木，萬感滄桑。高岡。更窮望眼，指青天，一髮是家鄉。斜日搔餘短鬢，暮潮咽斷清商。

徜徉。蘚壁經廊。尋篆刻，吊詩狂。嘆當年鑄錯，虛名畫餅，招蜀懷湘。魂傷。悼今感舊，記京華，選勝共茰囊。休覓殘僧話往，有人獨立蒼茫。

齊天樂　和憶雲題帕

淚痕珍重鮫絲漬，腸隨舞鸞俱斷。領胃訶梨，觸承蘸甲，依約十香曾見。傳歌小宴。正碎掐春葱，酒慵花倦。玉搵冰凝。暖融妝粉殘痕滿。

蘅蕪幽夢乍醒，怕蓬山恨隔，人似天遠。疊勝緘愁，分香贈別，愁拂夕箏鈿雁。襟痕未減。有紅豆中含，碧紗同薦。倚醉題詩，爲誰抛媚眼。

---

① 此詞有長序，限於篇幅，未全録。
② 此詞有長序，限於篇幅，未全録。

其 二

壬戌歲旦，示大侄以文。

雪消年轉梅江上，春回盼春猶遠。挂户新符，巡檐笑靨，歡酌屠酥盈盞。衡齋事簡。按一曲清詞，翠尊金板。漸老周郎，歲華無恙感覉宦。

京塵回首似夢，雁行思度嶺，同是魂斷。故國啼鵑，寒枝警鶴，欣接竹林南阮。星飛霧捲。問此别尋常，甚時重見。望裏瓴棱，朔風吹倦眼。

其 三

發南昌，值交通阻礙，留滯旅邸，聞絡緯賦。

草蟲箋遍幽詩譜，愁翻井闌新句。野老瓜棚，孤嫠漆室，猶説清時農圃。吟風絮雨。想羈客牽情，倍深兒女。强聒聲聲，竈瓴竊聽轉無據。

章江留滯最久，故園桑苧老，人更南去。入耳官蛙，歸魂夢蝶，贏得傷心難賦。纏綿怨語。嘆刀尺飄零，漫尋機杼。縱織回文，錦書辭太苦。

其 四

散步臺城，和清真。

落花飛絮臺城路，覉游乍驚春晚。稚筍新抽，繁櫻漸熟，秧苗平疇如翦。紅疏翠掩。看群踏春陽，困眠茵簟。界取青天，蘸霞和露寫芳卷。

山圍潮打似舊，六朝都送了，愁緒無限。鷺島塵襟，鸞驂墜録，驚惜流光潛轉。傷今悼遠。笑百舌多言，鳳歌虚薦。浪有閑情，替誰眉鎮斂。

其 五①

碧雞初祭行人去，荒江倦郵歸晚。樹點鴉犀，林燒鳳蠟，千尺珊瑚光爛。蓉城路遠。正旌節鸞回，錦標霞建。賦筆文園，自研丹露寫琴怨。

攀枝還憶舊賞，嘆蠻花瘴草，星鬢都换。淚灑紅桑，煙生紫玉，消得年來腸斷。交柯恨翦。怕珍翼驚飛，萬鐙蟲泫。罷舞鍋椿，舊綃隨夢展。

其 六

碧潯殘醉扶難起，霞飛夢雲千樹。赤雅風謡，朱鳶草木，裁入南强花

---

① 此詞有長序，限於篇幅，未録。

譜。瑤空晝午。正丹嚼偷窺，半零紅露。細點贏杯，酒邊和淚寫芳句。

蠻春消息未款，換巢鸞鳳杳，愁染香絮。怨惹頹桐，詞工絳雪，贏得天涯羈旅。胎禽紺羽。甚鮫室珠慚，荔宮人妒。照眼繁鐙，背城催暗鼓。

其　七①

好辭絕妙中郎字，輸他外孫勤護。鳳紙收香，烏絲漬墨，寥落丁年詞賦。花間剩語。更休説承平，斷歌零舞。便有千秋，半埋塵篋半侵蠹。

遺編曾讀晚學，故鄉歸去久，仙掌成墓。贛水游蹤，黃山墜魄，應覓滁槎奇句。靈風且駐。料當日楹書，未傳嬌女。望古茫茫，怨吟邀夢雨。

其　八

石城風緊花如霧，催歸雁程秋晚。夢碾飆輪，霜砭病骨，消得吳雲輕翦。江空恨遠。正楓落敲詩，硯箋流怨。翠羽飛來，未諳愁重訝杯淺。

銀箏凄弄夜久，淚痕雙照處，衫袖還滿。巷口烏衣，邀頭綉陌，曾識春人鶯燕。零簫剩管。問煙月前朝，去程奔電。半枕寒潮，斷魂和淚卷。

其　九

虹柯苔蝕金源字，風煙四朝驚換。瓮象山河，枝懸日月，曾入宸游清撰。霞軒霧卷。更黛拂天眉，鏡平波面。露掌潛移，爲誰鉛淚尚偷泫。

承光儀制最古，試媧皇妙手，勤補圓殿。設蓑頻更，燃藜半燼，贏得南郊麟楦。銅台恨遠。怕倚沼仙葉，未秋紅變。泣盡瓊瑰，涉洹歸夢短。

其一〇

斬蛟沉璧何年事，茫茫浪淘千古。宰樹愁春，高城翳日，陳迹難尋抔土。懷方去魯。有三百同游，道開吳楚。友教諸侯，載書江介氣如虎。

嗟余師訓恨晚，亂離嬰世網，羈宦貧旅。桂海驂鸞，遼陽返鶴，空怕雲霄毛羽。苔肩酹醑。怕呼出精魂，劍光猶怒。未敢哀時，向人談貌取。

---

① 此詞有長序，限於篇幅，未録。

定風波　用韻

丱歲橫經慕易堂，壯年湖海苦奔忙。睡醒昆侖身老矣，剛喜，背飛遼鶴落仙鄉。　亡國大夫猶吏隱，誰信，此心皓皓暴秋陽。一片翠微乾净地，堪寄，從今無夢到巖廊。

惜黄花慢　重九和逃禪

倦煙寒水。更天抹斷霞，山凝晚翠。乍豀吟眸，歲華今昔堪驚，客感渺茫無際。清尊相伴，省他年，似尋夢，也應難記。正愁裏，舉酒酳花，情款深至。　華顛菊好羞簪，便香泛，紫萸杯斟浮蟻。莫笑餐英，不關彭澤閑情，略解楚累風味。萬方多難此登臨，兩無緒，只堪沉醉。强扶起。小極比花憔悴。

其　二　冶城山朝天宫，用田不伐韻

廢池涵碧。趁短策，吊古清明天氣。路入蕪寢，步迎厲魄酸風，眼眩劍芒腥水。大明官禮習朝天，問誰省，高皇真意。是干將，鐵血壯魂，埋此深際。　弘規付與文孫，奈釁啓，棣鄂宗藩相遞。郊彼光僚，霸吳竟假魚腸，靖難自燔朱蕊。孝陵翁仲説凄凉，怕難解，游春情味。向倦裏。也學柳眠花悴。

玉燭新　賦蓬溪何園柚

高林霜意透。見翠翳黃匀，水犀紋縐。蟹螯共侑。東籬下，伴得寒香盈袖。休呼橘友，沁鼻觀枸櫞同嗅。融蠟蒂，壺樣輕圓，珠窠絮雲籠就。
擎來綺席晶盤，更小試并刀，剥煩纖手。月梳細剖。羅囊解，玉裹瓊蕤光溜。吳鹽初逗。怕齒軟瑶姬禁受。争比並，容管沙田，恭城雒垢。

六　醜

南歸携一鸚鵡，頗解人意。霜宵寒重，急就掩殊，盛以錦函，瘞之西園。爲次美成韻，綴此復之。

正秋心欲碎，怕暗裏，流年輕擲。雪衣夢驚，嚴霜摧錦翼。淚黦香迹。莫問家何在，彩雲天遠，望赤城仙國。春襟翠羽湔芳澤。嚙鎖朱櫳，巾車紫陌。前塵更堪追惜。記梳翎顧影，英盼花隔。　　予懷疏寂。伴窗虛唾碧。世外青鸞杳，無信息。關河解慰詞客。共銷凝五夜，此情何極。添香稻，幾欹風幘。學吟遍，好句弓衣起舞，畫屏山側。邛池遠，夢溯歸汐。掩故籠，替誦波羅密，知難度得。

其　二　津門秋怨，次夢窗韻

正姮娥吊影，電鑰轉，金蛇虛掣。夢雲萬重，疏星明又滅。玉殿秋節。剩按霓裳舞，桂殘香死，甚海紅高揭。南强未謝燕支熱。篆炷心灰，花迷眼纈。逡巡更窺天闕。怕乘槎客犯，仙馭忙徹。　　鐘沉漏歇。戀都人蠆髮。杜寧津橋，底成暫別。聲聲最苦啼鴂。問何時再賦，洛妃塵襪。瓊瑰冷，涉洹歌絕。煩說似，莫倚吳剛，快斧看人修月。焦桐怨，淒調彈雪。枉塞鴻，斷續相思字，丁香恨結。

其　三

一春風霾，斷送芳事，哀來被軫，情見乎辭。再次夢窗韻。

甚催紅鬥紫，竟日裏，鈴幡輕掣。暗塵坐飛，虞泉光半滅。不下旌節。漫試天蓬舞，壞橋槎柳，映彩旗風揭。偷晴換雨催狂熱。麝搗香灰，酥搓粉纈。蛾眉競朝星闕。正春游曲宴，歡笑聲徹。　　歌闌漏歇。奈瓊膚翠髮。向晚銖衣，冷還戀別。芳菲付與鵑鴂。怕叢臺步誤，薄寒侵襪。留仙遠，舞裙輕絕。應不爲，碧海栽桑，待滿抱愁奔月。回飆送，弱絮飄雪。訪斷雲，共說殘鐙事，金蟲夢結。

西子妝慢

秋心似織，繅夢成絲，恍過栖霞紅玉墓。依夢窗自度腔韻。

迷鳥撲窗，亂蛩聒枕，夢繞非煙非霧。女蘿山鬼語相邀，小姑祠，畫橋東塊。風幡自舞。愬靈瑣，栖霞舊住。稅芝田，問洛妃塵步，仙期何許。　　年涯誤，桂蠹芝焚，漫想騎鶴去。上清淪謫得歸遲，伴月牙，露桃千樹。驂鸞好句。楚風少，高唐休賦。掩瑤扉，怯聽檐花細雨。

其　二　代悼

慵舞鶴迷，化煙玉冷，縹緲蓬山弱水。藕絲無力繫春魂，替江皋，萬紅飛淚。依稀夢裏。問北去，南來何意。葬傾城，怕舊家兒女。潮妝難起。　　當時事，旖旎風光，燕侶應能記。海天芳草盡紅心，託滄波，懺情遙寄。西真侍史。定爭說，花王名字。下巫陽，碎翦新題鳳紙。

春草碧　和万俟隱

請爲游子吟，嗟翠痕浣波，芳意橫路。堪腸斷，是後日行迹，此朝南浦。臨分怨啼，黯離色，銷魂自古。天澹綠蕪，顒情望，淚閣九秋雨。　　行處。墜鞭聞馬嘶，見大堤估客，漢上游女。春如醉，漠漠麯塵裏，倚闌無語。關河夢驚，訴衷曲，歸時記否。獨恨子規，催人返，又催人去。

秋霽

登常樂寺藏經閣，次梅溪韻。

楓老朱顏，帶過雨殘陽，也妒鴉色。露泣枯荷，淚迎叢菊，可憐拒霜無力。寺樓暫息。舊題墨暈侵苔碧。問佛國。如是，我聞應許住詞客。　　魚唄送瞑，鶴夢驚寒，雨花香嚴，臺殿幽寂。蟪蛄聲，邈山十里，閑愁偏惹鬢絲白。檐馬咽風聽不得。最斷魂是，歸趁淡月黃昏，市橋人語，自眠孤驛。

其 二

酬簡庵，用梅溪韻見贈。

廬阜西江，借倦旅塵襟，净洗秋色。湖月留荷，浦雲催桂，雁風送寒尤力。喟然太息。最嫌隔水眉峰碧。自去國。誰念，帝臺尋夢舊詞客。

呼酒共剪，畫燭西窗，與君長談，聊破岑寂。醉吟商，絲闌雅曲，紅簫銀字助浮白。奇句問天應斷得。暮雨蕪館，還怕瘦骨難禁，彩鸞歸也，庾梅江驛。

月下笛

長江故縣明月山，賈浪仙祠。用玉田體。

明月詩仙，長江謫宦，古祠高岫。携尊酹酒。憎命文章世偏壽。孤情合證維摩詰，想浣筆，冰甌雪竇。共江山勝迹，長留詩卷，幾曾虛負。

知否。屠龍手。早遁迹空王，梵雲華首。郊寒是友。苦吟終讓君瘦。我來恰值繁霜節，試喚起，精魂似舊。更長嘯，叩微茫，還恐推敲未就。

其 二

丙辰六月十七夜，邀月延凉，凄然聞笛，不知悲之何自起也。和石帚。

畫稿叢殘，河山吊影，賈星如雨。哀蟬怨語。曳殘聲，過枝去。嫦娥應悔偷靈藥，鏡塵海，緣愁萬縷。悵碧天雁杳，書空無字，極望霞路。

虛仁。雲高處。漫類比龍鸞，巧輸鸚鵡。驚弦散羽，斷鴻凄唳何許。商音休聒離人耳，問法曲，今猶記否。夜風悄，送隔牆，鼾響暗共螢度。

其三

初聞促織，和漚尹。

撲漉蟲窗，低迷雁枕，夢聞蛩語。秋心被汝。喚將來，萬千緒。羈人偏怪今年早，乍催趁，虛檐暗雨。更流螢亂點，星河凄映，夜色疑曙。

才誤。繅車住。又落月離宮，斷魂深訴。天孫罷織，聘錢償得秋杼。餒金盆小還爭擲，笑兒女，輸贏幾度。儘贏了，向半間，堂裏更帶愁去。

其 四

題《無弦琴譜》後，用山中白雲寄仇山邨韻。

水玉調弦，金淵照影，抱琴呼友。放歌皓首。怕冰蟾，笑孤瘦。湖山清響依然在，問鶯燕，今猶是否。便龜池送老，龍唇寫韻，長嘯揮手。

歸後。停雲舊。道誤擬陶潛，映門無柳。煙波自有。釣徒添個閑叟。江關不爲悲搖落，賦哀怨，蘭成恨久。試徽外，斷腸聲，如見鴟船泛酒。

丁香結

晚過康家渡，望賈祠，用清真韻。

風約寒漪，雪飄衰葦，霜葉點波紅隕。送輕帆羽迅。漸夜渡，暝合沙昏煙潤。賈祠空悵望，裴懷意，欲去未忍。長江明月。幾輩吊古，蒼茫不盡。　　愁引。看鏡裏清涪，已過銜蘆雁陣。石室埋雲，危樓倚笛，月寒星暈。魂逐江水共遠，曲曲腸成寸。孤吟無人答，怕也同伊瘦損。

探春慢　鹽神祠，次石帚韻

迹異飛蝂，靈傳化虎，小姑祠近春野。竹暈苔斑，松盤瘦節，應配荒坪石馬。憑吊增惆悵，仵靈瑣，湘筠愁寫。共賽叢社蘭芳，也留彤管幽話。　　鳴佩溪流韻瀉，問世味酸鹹，清涕盈把。玉女泉滋，露筋辭好，老筆借卿熔冶。無地埋香骨，彷西崦，古梅霜下。踏月歸來，孤吟愁寄遙夜。

其 二

二兄辛父歿九年，而五弟克群歿於京師。連宵入夢，宛若兒時，愴然動念，借夢窗兄翁石龕下世後登研意自度腔寫哀。按此調與本集高平《探芳新》同，與白石《探春慢》異。

夢依稀，見幼年弟兄，兒時庭户。迅景浮生，催散天池毛羽。雲羅遠，孤雁叫，鬢華新，羞鶴舞。是平生，魂來否，倦枕迷離驚寤。　　當日齊鑣競路。念桂海轉蓬，梁園飛絮。皓首同歸，空負聯牀聽雨。而今江湖吊影，阻風波，何處去。去無朋，歸無侶，況余遲暮。

鎖窗寒 次中仙韻

釀雪風尖，回霜霧薄，獸爐寒盡。宵沉睡淺，數到更香灰燼。謝芭蕉，替裁寸箋，雁書空遠長安近。嘆舊游零落，緇塵難浣，酒痕猶凝。

光景。還追省。記璧沼秋吟，露台春枕。南汀北泮，幾誤釵盟鶯信。更何人，圖寫上河，夢梁遺事飛電影。怕重來，淚灑觚棱，萬劫鶯花恨。

其 二

小院寒梅爲蕉所翳，含萼未吐，清怨不勝，呼童刈蕉，拈此代訊。

殢酒寒宵，扶醒索步，小梅幽院。誰知怨抑，隱約恨深顰淺。最憐他，茗柯睡沉，綠天似幄愁如綫。恁橫斜瘦影，冰紋紅翳，尚縈蝸篆。

清怨。年芳變。怕玉骨禁寒，病蕉輕翦。羅浮蝶夢，已入何郎詩卷。佇盈盈，藐姑夜來，翠禽並語春訊展。甚春風，不管人愁，又上春人面。

其 三

題《花外集》後，用山中白雲悼玉笥山韻。

冠柳襟秦，推雲拜石，麗詞花外。鸞腸鳳語，響徹碧寒天裏。自吹簫，侍兒按歌，串珠潤玉冰絲碎。想眷懷故國，冬青幽怨，楚蘭深致。

猶是。芳馨意。看疊賦哀蟬，載賡春水。弦淒韻遠，付與秋墳詩鬼。近南窪，夜窗曼吟，冷烏叫月風戰葦。怕輕翻，半捲殘瓊，尚滴金仙淚。

其 四

宵寒無寐，倚無射商犯中呂宮正宮，示賀遜飛鵬武、王南邨效良。

潑水衾孤，游仙夢窄，斷雲羈緒。傷今念遠，迸作一天愁雨。掩屏山，麝煤半乾，替誰寫出銷魂語。嘆竟牀錦瑟，華年輕換，舊情空賦。

弦柱。還重數。奈雁帶塵斜，字將鸞誤。芳韶未晚，怕底無人爲主。縱春風，先返絳都，共誰紫陌邀醉舞。待歸來，又恐高寒，耐得和春住。

石州慢

乙巳對馬戰後，日使內田大宴賀捷，履舄交錯，歌舞歡躍。予廁其間，苦樂相形，不覺沉醉，雷雨竟夕，破曉始歸。今十年矣，追思舊事，感嘆彌襟。用蕭閒高麗館韻。

日照名娃，宮樣古妝，高髻鬆掠。尊前舞錯涼州，愁見雪歆花弱。秦王破陣，法曲久失傳頭，海東琴思通寥廓。樂府效唐音，與文明相搏。

弦索。定場絲管，敵曹鼓節，乍前還却。笑哭隨人，曾是不勝杯酌。相如最渴，枉費甘露金莖，深心恐被籠鸚覺。雷雨起餘酲，奈清愁禁閣。

其　二

雪晴風定，曉泊豐城，追憶會理舊事。借慶湖韻，却寄簡庵、雲史。

日影筵篷，風背卸帆，雲斂天闊。沙頭步屟禁寒，柳色雛黃愁折。何年劍氣，動我壯歲游悰，征袍曾漬炎荒雪。神筆定邊籌，記文園持節。

催發。牡丹圍坐，蠻舞蠻熏，使君臨別。賦就南枝，曲裏聲情都絕。江關一臥，轉首八載飄零，塵襟未浣心如結。望故國青天，負春江花月。

其　三

用鮑明遠《行路難》第三首韻填。

日冷璇閨，苔暈玉墀，香度椒閣。紅窗窈窕紋紗，繡户低垂羅幕。有人獨處，問訊小字金蘭，纖羅被服熏芳藿。春燕乍差池，散風檐梅落。

依約。對帷窺影，敲鬟橫釵，弄妝金爵。攬淚含歌，欲寄遙情誰託。抱愁恒涕，鎮自默默無言，人生那得長爲樂。羨野外雙鳬，嘆雲間別鶴。

玉女搖仙佩

用樂章正宮譜，略抒素抱。

絲繁絮亂，撲朔迷離，海國鶯花多麗。霧重行煙，光融佳俠，取次降仙行綴。柱外弦中意。訝星迎玉女，魂銷金地。記曾賞，韓娥絕藝，朱喙流星，紫鳳銜佩。笙歌送南朝，江令歸來，傷心四紀。　　休問舊人在否，斷舞零歌，尚觳雍門垂淚。絳樹雙聲，春風一半，賭得興亡兩字。翦取吳淞水。被蜀國，弦上鵑魂難起。怕省念，枇杷院閉，碧雞坊冷，浣花風靡，今何世。鈞天甚樂堪沉醉。

春從天上來

成都重見某女伶，和吳彥高會寧老姬之作。

翠老紅零。聽漢調秦箏，泣雁飄螢。夢冷絲管，眉鎖山屏。朱鳥影墜空冥。替孤飛雌鳳，寫舊怨，彩筆無靈。又逢君，似龜年法曲，天樂泠泠。　　家山幾回舞破，按梵字霓裳，酒酹長星。錦瑟人長，羅裙蝶化，銀燭淚灑中庭。甚津橋楊柳，鵑啼後，依舊垂青。醉還醒。憶昨宵尊酒，雙照紅熒。

其 二　明故宮，用吳彥高韻

黍麥凋零。見露寢春駒，廢苑秋螢。帝子如降，遺恨維屏。行遁事等空冥。嘆孫謀詒燕，哭高廟，冷骨無靈。效淵明，詠刑天干戚，耕父清泠。　　留都幾經劫火，想卜兆當年，撲日占星。燼滅洪楊，歌翻燒餅，興復又起盈庭。譜桃花宮扇，餘民恨，曲罷峰青。夢都醒。對六朝山色，愁眼雙熒。

瑤台聚八仙　遂州廣利寺白玉大士像

水月嬋娟，冰壺淨，藍田暖日生煙。玉山鳳叫，難覓巧匠雕鐫。點筆休煩吳道子，白描合笑李龍眠。最天然。是觀自在，參大乘禪。　　誰知莊嚴色相，共祇園象樹，劫換華鬘。海南千葉，珠座示現無邊。群生魔難共懺，有萬朵紅蓮禮白蓮。無明境，證涅槃三昧，金石同堅。

其 二

後土瓊妃，依稀見，何年賜紫西歸。夜來醋酒，人面巧映花枝。似蝶翩翩藍澗戲，和霞縹緲赤城飛。小葳蕤。紺雲暮合，濃襯妝眉。　　揚州當年醉別，借贛州駐足，搵淚春衣。慣經烽火，膚貌不似蕃厘。仙山自堪大隱，奈花落回頭人世非。增惆悵，吊下泉莨楚，翻羨無知。

綠蓋舞風輕　觀荷山貝子園，用弁陽老人韻

一曲鏡彎環，頓換清凉，生香散霞綺。澄碧涵秋，襟塵銷綉陌，水佩孤倚。茬弱菱枝，冒春藕，千絲慵繫。怕驚他，妮隊鴛鴦，幽夢吹蕊。

花底。翠滴盤欹，怨粉泣珠房，冷露輕洗。咫尺璇源，惜紅衣，暗點故宮鉛淚。畫稿滄洲，半殘了，龍綃誰寄。折芳馨，催送酒波蘭氣。

華胥引　三溪祠碧波亭賦，用清真韻

碧波亭畔，梅熟蒲新，病蕉展葉。曲沼文漪，魚苗戢戢春鏡唼。攪起孤客愁心，更櫓聲咿軋。鈴語催歸，卸帆江浦猶怯。　　哀樂無端，未中年，鬢霜先鑷。夢殘春換，誰憐風波共閱。苦說相思難避，任錦璫緘篋。雙鯉迢迢，又牽離恨千疊。

夜合花

陽安獨客，芳物攖心，追和夢窗以愍羈緒。

雨夾梅酸，風含蒲潤，紫陌鞭惹塵香。山屏半掩，仙心未隔柔鄉。鬟霧濕，眼波長。恨飛花，無奈匆忙。記追游處，藏鴉翠柳，乳鴨池塘。

同消竹粉新凉。問尋巢燕子，王謝門荒。重編感舊，無人爲說雞缸。詞語澀，酒悲狂。認青衫，紅淚迷茫。寄寥天怨，江懸塔影，橋挂殘陽。

西　河　金陵下關暝望，和美成韻

尋夢地。依稀夢影難記。山簪樹髮水如環，畫樓對起。夜燈碧浸小江天，姮娥迎笑眉際。　　伴簫鳳，聲自倚。客懷共此牽繫。當歌最憶莫愁堂，燕空故壘。醉吟笛步曉星沉，潛潛紅淚鉛水。　　板橋廢址傍舊市。訪秦淮，沙頓鄉里。殢酒欲忘身世。入愁城，麝月龍綃，凄對西北神州，深尊裏。

其 二 　寄題曹纕蘅借槐廬圖

槐可借。三公舊秩休訝。槐安大國好疏封，夢粱更寫。赤煙鬱律孔傷麟，删詩還正風雅。　　似因樹，分秀野。隔牆翠影交亞。盤蝸負殼亦吾廬，燕欣大廈。道衰迹熄起詩龕，觚棱殘淚沾灑。　　偶來勝友喜共話。倦攤書，鄰樹陰下。漫比雒中耆社。説南柯，夢覺東華，情惹延月開尊，忙邊把。

其 三 　聞黨軍克金陵，用美成韻

形勝地。龍蟠虎踞能記。南朝送却鳥聲中，醉魂唤起。大江日夕撼城流，英雄淘盡無際。　　嘯長劍，天外倚。歷年舊史徒繫。興亡故轍軌相尋，吊殘廢壘。幾人百戰定神州，愁心難問淮水。　　辨亡論古一闃市。倦拋書，飛夢千里。萬感不關身世。奈清尊，鬢雪青山，相對蕭瑟蘭成，江關裏。

其 四 　清音閣俯瞰雙橋牛心石

天似紙。符文篆就仙字。牛心大石孹窠撑，萬流柱砥。左盤右蹙偃雙橋，長虹回抱珠珥。　　聽方響，箏笛耳。嚅呹衆竅都廢。山環水玦發清音，舊塵頓洗。洞庭廣樂古鈞天，隨風吹下人世。　　黑白水繞上下寺。大光明，銀界增美。坐久客懷如醉。向山僧，便乞蒲龕，同睡何必栖遲，衡門裏。

隔浦蓮近拍 　和六生湖舟雪夜聞雁

湖天清曠弄影。雪重寒相警。倦羽依洲瀨，平沙曲，弦中領。孤旅同泛梗。愁邊聽。漏短宵彌永。　　水雲冷。江湖載酒，十年塵夢今醒。書空有字，字裏客懷誰省。知爾梳翎意自迴。悲哽。哀鳴如送歸艇。

多 麗 　西湖次蜕巖韻

滿盦青。水天一色空冥。總相宜，淡妝濃抹，越娃千艷圍屏。怨難招，孤山夜鶴，魂羞葬，甲帳秋螢。劫後湖山，曷來歌酒，恨梅遲放菊先

零。漫憑吊，岳墳秋社，天醉怪人醒。勞梳裹，霧鬟煙鬢，向我亭亭。

酹詞仙，馬塍花鳥，更澆抔土西泠。漾輕帆，風翻白鷺，搖雙槳，水戲紅蜓。福地隨緣，鬘天無恙，冷泉清瑟未同聽。問何日，再尋鷗約，華髮奈星星。稽留好，六橋三竺，花港蘋汀。

其 二 代春人怨

點春妍。陌塵攪絮飛綿。看紛紛，黏紅惹綠，柔情駘蕩無邊。綰游絲，燕窺簾誤，牽弱綫，鶯擲梭穿。拾翠深盟，湔裙嫩約，錦鞋泥沁幾行斑。等閑是，白榆天上，飛下沈郎錢。佳期阻，浪憑青鳥，偷遞蠻箋。

寫相思，收將鳳紙，麝煙香壓愁煙。閉花房，守宮重搗，緘鮫淚，蠟炬相煎。懷璧羞完，嗽金同命，鳩囮庅吠誓先寒。縱捐却，漢皋珠佩，行露已堪憐。誰曾見，一杯枼尾，斷送華年。

其 三

積雨兼旬，忽放晴霽，是日由固口回城，輿中占此。

雨初晴。白沙江上煙輕。正頒春，籃輿固口，岫嬴黛嫵山屏。鴨頭漲，前溪鳴玉，蛾眉妨，遙嶂舒青。峰褪雲衣，軒回露網，柳綿飛送短長亭。見臨路，杏新蒲小，襏襫勸春耕。如人意，惠風清晝，喜洽歡騰。

記前朝，瀟晨冷食，幰幰芳甸愁生。鳳子巢，桐花凍乳，鴉雛觜，秧水挲萍。鈴轉相烏，歌來嬌鳥，嫩簧新炙語流鶯。縱猶有，楝花寒在，春事已堪驚。歸途近，一江魚浪，暖日高城。

其 四

贈馬心儀女博士，即送其之廣西大學。

蜀山青。巫峨十二圍屏。過香溪，明妃故里，臨流尚想娉婷。咽夒砧，湘累志潔，尋丹井，巴婦懷清。音始塗山，歌傳野候，竹枝凄怨最堪聽。指天上，錦江雲棧，查客訪雙星。游仙路，峨眉山月，丈室青城。

溯芳塵，華陽士女，敢云齊魯諸生。鸊鷉裘，文君酒賈，宣華苑，華蕊詞成。義有媛姜，勛如冀國，薛濤箋色貴都京。更慚説，蜀中夫子，開卦問君平。驂鸞近，舊游桂管，新志虞衡。

臺城路 重過金陵

石城風緊花如霧，催歸雁程秋晚。夢碾飆輪，霜砭病骨，消得吳雲輕
翦。江空恨遠。正楓落敲詩，硯箋流怨。翠羽飛來，未諳愁重訝杯淺。

銀箏凄弄夜久，淚痕雙照處，衫袖還滿。巷口烏衣，遨頭繡陌，曾識春
人鶯燕。零簫乘管。問煙月前朝，去程奔電。半枕寒潮，斷魂和浪捲。

其 二①

虬柯苔蝕金源字，風煙四朝驚換。瓮象山河，枝懸日月，曾入宸游清
撰。霞軒霧捲。更黛拂天眉，鏡平波面。露掌潛移，爲誰鉛淚尚偷泫。

承光儀制最古，試媧皇妙手，勤補圓殿。設蕊頻更，然藜半燼，贏得南
郊麟楮。銅台恨遠。怕倚沼仙蕖，未秋紅變。泣盡瓊瑰，涉洹歸夢短。

其 三

散策尋春，經澹臺墓作。

斬蛟沉璧何年事，茫茫浪淘千古。宰樹愁春，高城翳日，陳迹難尋抔
土。懷方去魯。有三百同游，道開吳楚。友教諸侯，載書江介氣如虎。

嗟余師訓恨晚，亂離嬰世網，羈宦貧旅。桂海驂鸞，遼陽返鶴，空惜雲
霄毛羽。苔肩醑醨。怕呼出精魂，劍光猶怒。未敢哀時，向人談貌取。

永遇樂 徐州感燕子樓事，和坡公

琴客宜城，杜秋江左，悲感何限。換馬寧痴，分香已暮，此意誰曾
見。黨家金帳，石家金谷，轉首盛衰腸斷。更休言，雍門泣下，一曲舞鸞
初遍。　　嚴城鼓角，危樓斜照，最苦倦游心眼。浪説虞兮，空吟張好，
今古鶯和燕。金蟾囓鎖，倉琅飛牡，未省翠啼紅怨。怕驚起，當年燕子，
似聞累嘆。

---

① 此詞有長序，限於篇幅，未錄。

其　二

登北固亭，回望金焦，用稼軒韻。

小李將軍，天然金碧，圖畫開處。山勢北回，江流南折，滾滾朝宗去。鰲撐砥柱，城高鐵瓮，龍象郁蟠難住。障狂瀾，金焦兩點，衆流截斷雙虎。　　帶淮襟海，盾吳干越，管鑰金陵東顧。自染煙螺，笑人脂粉，鏡裏揚州路。摩挲劍石，塵埃土障，想像舊時鐘鼓。憑多景，蒼茫莫問，乃公健否。

玉漏遲

曉行由明場至康家渡，用釣月韻。

小車山畔路。炊煙弄曉，短亭籠霧。病葉辭秋，愁點鏡波蘋浦。斷夢重尋驛枕。恍人在，瑣窗朱户。休限阻。袖寒天遠，凄清如許。　　庾信近日愁多，自感舊銘成，厭聞歡語。廿載江湖，莫把游蹤重數。塵事勞勞未已，更誰倩，殘蛩聲訴。窺碧宇。絲絲裊空靈雨。

其　二

丙辰中秋，和夢窗瓜涇作。

九霄風露緊。紅蘭淚濕，薄陰催晚。乍啓冰籤，冷襲翠鬟珠腕。便有深情拜月，散花雨，天香零亂。新恨滿。故人萬里。共憐秋半。　　倒影歷歷山河，更小酌難禁，引杯深怨。桂老蟾孤，隱約夢驚虛幔。醉寫霓裳舊譜，問誰識，宮移商轉。凝望眼。盈盈素娥歸晚。

其　三

校讀《夢窗詞集》畢，因題其後。用草窗題夢窗《霜花腴詞集》韻。

瑣窗清夢少。仙城路遠。古香聲杳。甬曲句東，遥識慶湖襟抱。西麓裁雲萬疊，共花外，吟魂分繞。良自笑。簽滕鬢影，未輸年少。　　浪窺七寶樓臺，助教國凄涼，感秋歌嘯。噀酒餐英，重寫霜花腴草。絲縷玄經綉網，輕付與，寒蟲羈鳥。幽恨悄。愁吟畫中靈照。

踏莎行　和《庚子秋詞》鶩翁韻

露板蓬沉，風箏綫斷。悄魂輕逐游塵遠。珠櫳隔雨滴寒更，淚侵印枕芙蓉面。　別夢三千，愁城十萬。欲芟離緒無幷翦。雙眉懶畫待君歸，歸來驗取痕深淺。

其　二　和《庚子秋詞》忍盦韻

恨逐香銷，簾和夢捲。筠屏悄倚聞歌倦。逢春病酒懶心情，轉喉澀却龍香管。　淚玉綃一，啼妝半面。登樓搵斷橫波眼。花前恁自不禁持，雲沉月閉吹笙院。

其　三　用韻

薶葉簽縢，豆花籬落。嫩凉山枕新眠覺。明河案户曉星沉，綺疏生白凝虚幕。　風露留支，山梁飲啄。閑庭永日堪羅雀。滄洲畫稿半叢殘，卧游一卷塵生閣。

其　四　和《庚子秋詞》漚尹韻

舊酒塵襟，新歌障扇。江湖十載經行遍。當筵禁得奈何聲，試妝已自隨年變。　笛裏驚魂，花邊倦眼。旗亭畫取興亡怨。過江涕淚滿青山，無人説與當時燕。

木蘭花令

造口夜泊，和東坡。

東風爲送催行雨。漲没灘痕無覓處。粤娘十八踏謡聲，遠和寒村鳴夜杵。　朝來武索尋前路。暮抵虔州聽歌舞。十年心事問瓊花，莫向征人談別緒。

寶鼎現

丙辰燈節，和須溪。

嚴城宵騎。碎踏寒玉，橫過燈市。聽一片，車聲人語，隱隱輕雷生步底。千門靜，迴天街不夜，莫漫東風沉醉。遍九陌，行行且止，轆轆舊懷牽起。　　月姊曾見當年事。海天愁，清淚鉛水。應記省，唐宮佳麗，戚畹椒房連甲第。鰲背峭，燦冰壺霞綺。雜沓笙歌十里。鬧蛾簇，鸞釵鳳子。縹緲霓裳舞碎。　　誰念轉燭年光，春夢換，華嚴彈指。儘燈殘，簾影昏沉，伴嫦娥不睡。怕說與，夜窗啼髻。有悄魂飛墜。弄清影，杯底山河，都付鈞天醉裏。

其　二

丁巳燈節，再和須溪。

鳴珂千騎。電爍星轉，銅街歌市。渾不見，鰲山簫鼓，彩勝春人芳樹底。寒月暈，料嫦娥深鎖，也怨鈞天沉醉。喚酒去，新愁未止，又把舊愁勾起。　　記否元夜燒燈事。馬如龍，車更如水。金粉鬥，胭脂都麗，萬態千姿難品第。競艷冶，賤人閑羅綺。捲上珠簾十里。似畫出，散花仙子。撲簌蓬壺影碎。　　惟見九陌依稀，還怕僂，麻姑纖指。且歸來，攜醉扶醒，擁重衾自睡。暗燭背，暮雲愁髻。淚滴心同墜。縱賦筆，能醒春魂，難寫今宵夢裏。

謁金門　效大鶴三疊

行不得，東望海翻濤立。鰲戴山三飛退鷁，鷃帆無氣力。　　魂斷燕南雲北，不忍尋君書尺。河大水深天路窄，雁遙關塞黑。

留不得，殘照觚棱金碧。礎繡楹丹衒列璧，太平新藻飾。　　應勸長星浮白，不忍窺君眠食。瑤殿月波三海直，夜闌聞嘆息。

歸不得，滿地冰澌流圻。天外鬼車生九翼，路難軍盡墨。　　昨夜城烏頭白，不忍思君顏色。春去春來非故國，送春何處笛。

清
·
周
岸
登

1169

更漏子

擬慶湖遺老，惜別。

南浦西曛。映卸帆隔塢，去楫臨津。一蔆春波，滿堤芳草，離觴未飲先醺。歧路執手殷勤，題襟雙淚痕。正裙腰綠罷，帶眼香移，羅薦輕分。

同浣劫後京塵。記聽鸝三海，信馬千門。甲舞丁歌，白雲黃竹，昆侖睡醒曾聞。今宵遠水荒村，追尋勞夢魂。待隨君去也，畫裏吳船，難溯江雲。

錦園春三犯 公園賞牡丹，和蒲江韻

翠醁紅倦。正迷香睡蝶，密圍窺燕解環連。幄錦團嬌，怕東風愁捲醉蓬萊。傳簽午宴。六銖重，舞霓初遍雪獅兒。碧唾瓊盃，霞承雛步。花移春院醉蓬萊。　玉環醉妝乍見。記沉香亭北，曾鬥蓉面解連環。鳳佩羞銜，伴露痕輕翦醉蓬萊。傾城恨遠。夢雲逐雨，花飛散雪獅兒。國裏青蕪，年芳換了，鬢天壺箭醉蓬萊。

念奴嬌 丙辰端午後一日書事，次東坡赤壁韻

大千塵劫，問蒼蒼，主宰其中何物。舜跖蚩蚩，同盡耳，誰遣湘累呵壁。七聖曾迷，四凶非罪，一蹶終難雪。雲雷天造，古來安用英傑。遙睨莽蕩神州，咸池夕浴瞰，扶桑晃發。廿四陳編，俱點鬼，狐貉一丘生滅。共此銷沉，流芳遺臭，也不爭毫髮。潛移舟壑，有人麾日修月。

其 二

焦山和半塘題《如此江山圖》。東坡原叶。

一拳危石，鎖江流，閱盡前朝英物。誰試摩天，疏鑿手，點破頑苔昏壁。水灩岷艖，詩從玉局，浪捲蓬婆雪。狂瀾須挽，我來翹仁時傑。曾訪海上成連，移情玄賞舒，嘯潮音發。島嶼微茫，琴思遠，回首山河明滅。九域蟲沙，同舟風雨，痛癢連膚髮。江神安在，掃雲呼起江月。

其 三

甲子重九，廬陵耆宿同登贏山，展謁文山祠。遂川警報，杳至而返。倚平調志感。

暮江秋老，聽嚴城清角，聲斷譙門。大壑繁霜，瓊宇肅，鴻陣飛破停雲。境逼高寒，時逢搖落，華髮奈清尊。愁孤佳節，舊游無地招魂。
回首江海前塵，經行如夢裏，詩卷空存。蜀道青天，天更遠，難問唳鶴哀猿。醉菊依稀，佩萸誰健，愁極欲忘言。縣花徒絢，淚淹宿酒襟痕。

其 四

乙丑，歸自廬陵，僦屋東湖未果，經蘇圃，有懷雲卿。用竹垞韻。

半弓方罫，嘆閉門種菜，東湖栖泊。錦水花潭，家萬里，心事漢陰聊託。孺子亭南，滄臺墓北，暫寄田居樂。碧鮮朱槿，望秋先補籬落。
休說識字耕夫，南山種豆，歌罷還孤酌。束帛干旌，愁攪睡，蠻語懶參戎幕。一語知幾，故人多謝，闔戶舟藏壑。漢書留案，去時忘挂牛角。

其 五

途中，爲木蝨所苦。客有言其來清去白者，蓋以清明出，白露蟄也。感成此解。

萬年遺臭，蠢幺麼，羞道商君六蝨。大腹皤然，尖厥口，偏詡來清去白。遇隙工藏，乘虛善入，盡吸生民血。非蚊非蚤，四凶之四饕餮。
曾記風雨梁園，黑岡宵阻，官驛迷津轍。土炕灰中，蜷曲臥，置我錐囊蛇穴。佛子心腸，菩薩地獄，耗矣空皮骨。蟲天千變，半生奔走休說。

浪淘沙慢 都門祖席。用清真韻

曉鴉鬧，哀笳送響，恨繞危堞。城曲鋒車待發。青門祖席半闋。正去國，情懷多菀結。繞朝策，執手心折。念萬里雲帆自茲始，臨分倍愁絕。
悲切。向風淚滿江闊。是望遠傷高，哀時意，欲訴箏雁咽。嗟擊碎瑤琴，難抵生別。壯心漫竭。搴夢雲一洗，中天明月。腸斷陽關聲三疊。襟痕染，舊香未歇。映杯底，山河微影缺。更翻酒，污了榴裙，沁血色，回看短鬌搔成雪。

其　二　南昌戰後城望。用清真韻

壞雲墮，灰飛萬瓦，霧鎖千堞。殘血經霜蘚發。哀笳傍水弄闋。惱客子，登臨羈緒結。舊游地，閣毀亭折。似喚起蟲沙對人語，江山共淒絕。

悲切。故鄉亂久離闊。嘆道阻歸難，青天遠，未語聲暗咽。嗟後死堪憐，遑問生別。向風淚竭。憑夢尋同照，家山今月。魂溯回風酸波疊。流紅殢，舊腥未歇。亂鴉起，飛鳴城上缺。戰塵黦，碧化龍沙，助暝色，同雲慘淡催春雪。

其　三

九月下旬，西山之戰，兩軍傷亡，過當客有述其慘狀者。復次清真韻。

戰血灑，仙壇恨結，紺露零磧。斷骴侵苔廢綠。陰磷胃水漾碧。映冷月，寒蕪新骨白。向夕聽，鈴鐸鐘魚。帶步虛幽怨似鄰笛，愁黯四山色。

脉脉。我懷問取仙釋。問千劫成毀，何匆遽，人世都如客。如電光漚影，雲飛無迹。醉生夢死。天自寬志士，憂來翻窄。雙淚向同情傾瀉。真哀樂，曠代靡隔。等胞與，無情便路陌。有情底，便有冤親，悵恨極，傷今吊古難終拍。

蘭陵王

夏至日，行經新華門。次清真韻。

九街直。殘照鎔金漾碧。依依是，槐目馬纓，送兩城愁作行色。[①] 鵑魂戀舊國。應識。春如過客。龍池裏，濤憤浪驚，潛沸哀潮幾千尺。

英雄總陳迹。奈帝網隳紘，妖豎臨席。桑田占麥虛新食。嗟一旦魂斷，八州雲委，寰瀛星問遍海驛。恨天限南北。　　傷惻。矕訛積。嘆戩影彌天，空國沉寂。高丘遠海瞻何極。怕漆室憂嘯，不如憐笛。銅仙鉛淚，共暗雨，竟夜滴。

---

① 原注：送兩城句，借用宋黃裳演山詞語。

其　二　　嫠妃墓

贛江側。誰鼓皇娥怨瑟。憑華表，追賦楚招，血染椁花化愁碧。生金剩片石。香骨。千年未蝕。依稀見，環佩夜歸，寒月流哀叫鵑魄。　　精魂戀幽爻。嘆礎繡孶苔，鐙暗餘漆。摩笄山影無慚色。尋墨妙屏翰，諫書焚草，驕王心蕩痛遜國。殉君矢天日。　　千尺。鏡波汨。便烈掩蟂磯，歌斷松柏。蕪城遠浦悲何極。怕鶴露宵警，淚傾銅狄。鉛山曾此，吊逝水，縱健筆。

其　三　　康南海壽詞

補天石。虛煉媧皇恨碧。春秋志，三統異郵，改制繙經繼麟筆。華胥夢聖國。烏託。人間未識。君門遠，流涕罪言，神鬼蒼生乍前席。　　倉皇對宣室。痛舜死堯囚，嵇軫岐璧。乘桴浮海嗟何適。窮五陸垂肺，大圜周髀，三循黃道探地脊。負天倦鵬翼。　　通客。理歸舶。嘆鶴化重來，朝市非昔。明夷左股荄滋繹。是月竂康老，壽昌南極。神皋春早，效季委，弄夜笛。

其　四　　崇效寺看牡丹

古蘭若。花雨繽紛自落。城南路，來去幾年，白紙坊西舊經閣。春衫乍試著。輸却。東風又惡。醁釀外，輕瞑逗寒，微日籠雲釀嬌萼。　　尋芳當行腳。借綺怨沉香，重賦京雒。文邟丹景今非昨。嗟劫後臺榭，夢華淒感，楸陰殘淚墜殿角。護花費鈴索。　　歸鶴。念飄泊。問物外青松，紅杏誰託。澆愁魯酒終嫌薄。怕蠟鳳輕蒻。訓雞無藥。紅禪熏破，帶露倚，睡半覺。

其　五

　　吊鄭叔問文焯。用清真韻，二解。

斷魂直。歸訪芝崦瘦碧。游仙事，空想寓言，石老梅枯照顏色。青山換故國。爭識。巒坡舊客，江湖夢，尋鷺伴漚，晞髮陽阿涕盈尺。　　詞篇半塵迹。嘆絞斂斜衾，香爐瑤席。鵂啼鵑語催寒食。嗟夗世蘭錡，寓公吳苑，流風餘韻話置驛。問天吊窮北。　　心惻。素懷積。念石帠云埋，花外音寂。華嚴轉眼悲何極。怕鶴帳新鬼，告哀鄰笛。滄洲殘畫，剩蠹紙，淚尚滴。

其 六

冷吟直。愁寫分山斷碧。皋橋上，重賦五噫，佚老無歸怨春色。微箕尚遜國。安識。青蠅吊客。巫陽下，招取散魂，雙闕岩嶤去天尺。　　孤雲蕩無迹。算幾輩詞仙。漚鷺分席。西山薇苦誰能食。尋一臥江介，夢回青瑣，沉沉梅訊斷雁驛。送窮誓投北。　　休惻。半塵積。嘆鶴化天寥，琴碎音寂。流波雅引哀何極。定月夜仙掌。自吹殘笛。精靈如在，漫笑我，借淚滴。

其 七　秋晚，同信齋韻

老紅簇。青女霜華漸肅。遥天暝，藍霧紺煙，隔水修眉鏡愁綠。登臨縱倦目。飛撲。蘆汀雁鶩。驚心事，時換世非，殘稿滄洲畫難足。　　持螯醉芳菊。記話雨上京，同蕱宵燭。哀箏一弄章江曲。嗟北雁行斷，西烏飛塞，低頭臣甫杜宇哭。夢歸影形獨。　　根觸。歸懷續。嘆遠宦栖遲，空想蘿屋。弦高柱短流音促。笑勾漏丹汞，紫金浮玉。游仙無分，望大野，淚共簌。

鷓鴣天　效樵歌

儘有微辭賦洛川。雲愁霞想散非煙。縱留瓌枕花仍妒，未託蘅香柳自眠。　　春殿外，晚宮前。織成腰素削成肩。更從神滸超靈後，遥憶江皋解佩年。

其 二

鶴響天高笛裂雲。落花如霰月宮春。只言啼鳥能留客，始信傾城自在人。　　從事酒，屬車塵。可兒爭不讓王敦。却愁異夢同牀侶，難遣唐姬作替身。

其 三　集小山詞句

臥鴨池頭小苑開。紅窗青鏡待妝梅。東城楊柳西城草，楚女腰肢越女腮。　風有韻，絮多才。晚春盤馬踏蒼苔。雕鞍好爲鶯花住，芳意先教鳳管催。

其　四　爲顏蟄庵題楊孟在畫石

下拜襄陽結契深。故山風雨憶苔岑。九華應冷壺天夢，萬劫難消碧海心。　曾拄笏，話抽簪。雲衣慘淡歲侵尋。老來疏酒親箴石，笑我經年病不斟。

其　五　爲人題古畫鳳皇牡丹

阿閣來儀助拜揚。清平選調倚沉香。乘時鳥亦真名士，稱意花能應帝王。　鳴節足，兆歸昌。誰描魏紫間姚黃。梧栖竹實應難覓，且護修翰住洛陽。

其　六　和《庚子秋詞》鶩翁韻

背月調笙背影眠。今宵沉恨屬誰邊。忘機休更隨由鹿，祝尾何因笑爨猿。　情轉切，意偏連。醉來無限好山川。蕭蕭十載京華夢，愁鬢驚秋送夜弦。

其　七　和《庚子秋詞》漚尹韻

龍麝香消脉望乾。曲中哀怨解人難。醉吟紅葉三游洞，夢落黃蘆二閘船。　絲闌外，雅杯邊。霞吟電笑破屛顏。苦從劫後思游釣，慘淡雲衣戀故山。

其　八　和《庚子秋詞》復广韻

紋素塵昏淚墨乾。袖中書字已三年。憑闌枉送傷春目，滿路風花不耐看。　歸信斷，見時難。捲衣深坐拊琴嘆。銷魂又到黃昏後，一尺簾波漾暮寒。

河　傳　效《金荃集》

洹上。愁望。五雲東。妖鳥呼風故宮。逝魂毅兮爲鬼雄。殘虹。黯然收晚空。　泣盡瓊瑰春夢短。歸路遠。班馬嘶聲亂。蘇門山。漳水環。

百泉。鶴飛新冢邊。

其 二

天上。惆悵。況人間。神女金丹煉顏。桂宮夜長生薄寒。膏蘭。淚缸霏紫煙。　十二屏山輕夢轉。春已晚。樓隙故釘換。許飛瓊。梁玉清。碧城。散仙成武丁。

1176　**荷葉杯**　效《浣花集》

憶昔九華春殿，曾見，簪筆內官嬌。半眠人柳鬥纖腰，初伴眾仙朝。誰吊故宮煙月，輕別，春去更無春。掃眉才調美新文，香案帶愁熏。

其 二

悵望鳳城消息，沉寂，銀液鎮惺忪。雛塵湘佩兩無蹤，蟾鎖嚙珠櫳。啼損夜燈愁鬢，彈淚，和墨寫相思。帕羅猶認婉兒詩，江令鬢成絲。

臨江仙　效《紅葉稿》

蜀葵花謝湘蘭老，海東黃竹陰陰。杜鵑啼血滿華林。輦塵苔繡草紅心。　露腳斜飛蟾魄死，六宮白奈同簪。燕雲如纛濁漳深。鄴臺今夜叫春禽。

其 二

曾逢詹尹長安市，火龍妖讖堪驚。翟泉蒼鳥入高冥。隔年蘆管鬧江亭。　枯骨浪邀充國表，很山頑石無靈。哀章銅匭澤狐鳴。楚蘭廋語半芳馨。

其 三　代《散花庵詞選》陳與義

憶昔露台千氣象，俊游聯步英英。風回鈴鐸雜天聲。彩毫誇繪日，魚藻樂春明。　睡醒昆侖成隔世，歲華飛電堪驚。愁睎短髮向初晴。老來知許事，蝴蝶夢三更。

臨江仙慢

獨游法源寺，訪楊潛盦不遇。吊喬損莽先生。效樂章仙呂慢詞。

拜石憫忠寺，古苔列碣，花雨疏寮。牡丹過，枝邊梵夾詩瓢。尋巢。換新燕乳，初蟬響，咒竹生苗。經行處，怕夢梁重寫，鉛淚輕拋。　　何朝。分金布地，曾見安史天驕。縱磨將，碑字舊迹難銷。魂招。奈前游侶，風流遠，步屧聲遥。成凄斷，問韭花凝式，還吊僧喬。

憶江南　效《陽春錄》

柳絮漫天飛似雪。記得逢君，落花時節。年芳如夢夢如塵。枉抛書字託南雲。　　尺鱗輕漏春消息。殢翠尤紅，錯怨江南客。錦鞋顛倒卜今宵。佳期早晚驗歸潮。

其　二

妾似井桃君似月。又是今年，牡丹時節。陽差陰錯幾曾諧。枕屏幽約誓金釵。　　桃開井底知難見。月麗天心，應照離人怨。怨君仍自望君歸。將心比月仗君知。

望遠行　效《瓊瑤集》

修竹彈蕉費綠章。謡詠蛾眉自傷。蘭芝應未妒都梁。酒邊時送嚇人香。　　傾北斗，嫁東皇。一夕催成鬧妝。呼龍招鶴護瑶窗。盡從花國鬥芬芳。

其　二

勝讀誹諧九錫篇。輕逐淮王上仙。莫將兒戲效陽源。君家選事自空前。　　恩未謝，印先刓。變色鸞箋鳳箋。曾邀十賓降茅山。朝元圭璧奉千官。

河瀆神　效《橘齋集》

沉玉大王祠。越巫歌管參差。濁流桃浪舞冰夷。怪他新婦來遲。望若汪洋驚河伯，淚綃紅浣鮫室。洲上蜻蛉生翼，斷魂猶戀傾國。

其　二

封禪塞宣房。綠文朱字榮光。鮑家抒頌慶靈長。爵臺春鎖臨漳。海淺扶桑紅翻血，杜鵑啼盡花歇。王母雲旗飄忽，故宮愁吊明月。

其　三　和《庚子秋詞》鶩翁韻

卯色暮天低。匼堤芳草萋迷。誰携白酒唱黃雞。應惜王孫不歸。盡日靈風羊角轉，攪人離恨千萬。魂逐旌幢遙遠，夢回愁理春管。

其　四　和《庚子秋詞》漚尹韻

煙重雨霏微。杜蘭香去移時。花宮瀛杵野鴉飛。王母風翻桂旗。帝子苔滋湘竹院，按歌珠落塵旋。青鳥不來春晚，斷雲猶戀銅輦。

其　五　和《庚子秋詞》忍盦韻

檣櫓陣鴉飛。靈旗冉冉來時。丁香叢竹杜鵑啼。帝子魂歸路迷。入夢蘅蕪塵劫換，記陪靈嫵春宴。宮草心紅花蒨。繡漪橋下愁見。

其　六　和《庚子秋詞》復广韻

愁綠帶煙吹。二妃祠下春時。黃陵魚浪鷓鴣啼。湖上花迎羽旗。欲賦神弦幽夢斷，去帆遙共湘轉。瑤瑟淒淒送晚。淚波誰驗深淺。

十拍子　效《珠玉集》

鶴乳難論胎卵，蛙鳴莫辨官私。星拱北辰應懺斗，電笑東皇也費辭。簸揚安用箕。　鄭國蛇爭內外，陳倉寶失雄雌。蕉下鹿空朝夢誤，澤底舟亡夜壑移。帝臺如累棋。

其　二

逐客方除秦令，官儀旋變華風。重見漢家初約法，更效韓非競説叢。聚蟻喧太空。　地下如逢魏武，西方笑倒拿翁。多少碧天滄海事，寫入霓裳法曲中。沼蓮飄露紅。

慶金枝　效《安陸集》

白茅人是仙。伴星月，競嬋娟。碧雲離合太無端，仗星替月輪圓。藥娥夢裏荆臺遠。解珠佩，贈金歡。妃星嬪月誓先寒。背人語，問天天。

其　二

缺月飛上天。老蟾泣，桂香殘。結璘愁魄暗中圓，扙清涕別河山。奔星弔影明河裏。訊占夢，閏餘弦。饒他璧合又珠聯。奈星月，總無言。

小重山　效《慶湖集》

春殿披香絶代人。鳳麟書小諾，唾珠塵。支風給露費平均。鴛鷺侶，輕妒楚腰身。　綉被捲濃熏。鄂君勞悵望，舞狂鱗。鷄鶒飄拂氣干雲。芙蓉幕，雄劍擁芳蓀。

其　二

錦瑟無端五十弦。弦弦膠柱鼓，怨華年。落花中酒奈河天。敧方枕，鶯想破紅禪。　憑夢剪湘蘭。九真邀帝所，小游仙。露幰星幌損清眠。靈均遠，和淚浣蠻箋。

其　三　代《樂府雅詞》僧祖可

一桁春江似酒濃。遠山應有恨，小眉重。六朝殘夢落疏鐘。聞啼鳥，驚起轉朦朧。　心事待書空。忽隨魚浪捲，逐流紅。飛潜無際任飄風。春歸也，花落奈愁中。

六州歌頭　《蜀道難》

難哉蜀道，難似上青天。蠶叢世，魚鳧紀，兩茫然。問當年。誰藉五丁力，過秦塞，導江漢，城儀錯，招莊蹻，闢人煙。石棧天梯百折，捫參井，脅息躋攀。據名都天府，虎豹嗜人肝。封却雄關。一泥丸。　　嘆長蛇，拔豺狼變。躍馬起，井蛙喧。璋與特，王若孟，沐猴冠。最堪憐，井絡天彭地，世方亂，擾必先。世既治，窮阻遠，定終難。莫吊卧龍祠宇，靈應泣，肉谷骸川。看磨牙吮血，呰裂更齦穿。拜倒帝鵑。

帝臺春

瀛臺明日南臺，亦曰趯臺，陂平臨太液，南有知稼軒，迤西爲豐樂園。

三海疊碧。瀛臺正南直。珠楯玉闌，幾見當年，興亡陳迹。似説堯囚復舜死，衹無語，夜蟾知得。更休言，帝子鵑魂，春秋麟筆。　　星歷歷。天咫尺。照寂寂。舊宮掖。怕瑵井波紅，濺胭脂，淚點點，尚悲傾國。應雪重華二妃涕，猶却蒼生鬼神席。莫輕扇秦灰，問秋風金狄。

瑶臺月

瓊島古稱瓊華島，蓋宋艮嶽之遺。自汴輦至者，遼洗妝樓、金妝臺、元采芳館皆在焉。西曰閱古樓，壁嵌三希堂法帖，近歲毡拓致勤，已非故矣。

愁瓊恨碧，閲四姓千年，風月朝夕。鈞天夢，誰先醒怨春無極。鏡海日，艮嶽珠宮，敞水殿，鳳笙龍笛。張樂地，洞庭窄。伊誰借，一拳石。消得。奉君王萬歲，蓬壺咫尺。　　有三希，銀鈎玉刻，勝七閣，琅函瑶册。問前王法物，衹今陳迹。記覆簣，縮地移天，嘆運壑，藏舟亡璧。尋佳勝，春陰積。盡憑吊，秋風客。追惜。對擔花鐸語，如聞太息。

輪臺子　過秦，用柳耆卿別體

夢度秦關，淒黯無顏色。誰曾見狐嘷，鹿走浪説，漏池亡璧。天狼掃盡猶挾矢。逢渭水，舊隱怒焉愁疾。似言銅臭兼土臭，敲吸到，髓枯筋剔。恨堆積。蒼頭異軍，突彎弓反射。腐鼠鴟相嚇。　甚義兒，禽犢還交質。嗟老牛鳴，爭聽得。便棄師東出，商於路遙，崤潼天窄。羈囚冶父身無翼。望日下萬里，間關阻隔。漏殘鐘遠，微服崎嶇，麻鞋返國傷情是。没奈何堪惜。揾淚雨，學泉網珠滴。

醉蓬萊　代《碣石篇》

甚麻姑一笑，曼倩三偷，桑空桃幻。黄竹新裁，又潮翻波捲。霧失樓臺，路迷蓬閬，更引舟風遠。若木無花，冰夷罷舞，藥娥魂斷。　幾度揚塵漫勞，精衛很石徒填，紫溟宵變。絲竹魚山，夢魯靈光殿。莫問當年，轉附朝儛，縱海天雄觀。度索仙回，東皇清淚，碧雲秋滿。

采緑吟

> 江亭暝倚，衆緑生秋。依《蘋洲譜》，自寫倦懷。

遠目危亭倚，漸影轉日趂西。蒼葭溯夢，野鳧飛晚，苔甃尋詩。掩塵襟託恨，哀弦裏，紺天碎戛玻璃。酒腸深，眉痕淺，青青盈望難寄。愁妒損煙波，漚盟嫩，蒓絲冰藕同脆。小劫閲華鬟，戀舊著荷衣。動長謡，山鬼騷心，曾城迥，抽筆賦無題。徘徊久，閶闔送涼，弦月露微。

其　二

> 出西直門，循海淀至玉泉山，水木明瑟，哇軫播琴，浣花風景，仿佛遇之，仍次前韻。

短笛風前倚，故苑水國門西。黏天緑樹，繞堤芳草，宜畫宜詩。翦淞波碧浸，銀河裏，萬妝鏡澈琉璃，藕絲長，蘋颸軟，憑將清恨遥寄。因念錦城邊，花潭上，遨頭歌管柔脆。小酌憶當壚，幾貰却春衣。認襟痕，殘酒香留，行吟苦，苔壁更慵題。歸期阻，遼鶴夢中，曾識翠微。

琵琶仙

為唐采芝賦。采芝字瑤華，工琵琶，有國工之目。光緒中，曾供奉內廷，近為某鞫部司籩人。

崔九堂前，又驚見，舊日龜年幡綽。天上歌徹霓裳，宮腰正纖弱。曾聽了，春雷殿角。更親把，定場弦索。法曲淒涼，家山舞破，休問遼鶴。

奈新調，都失傳頭，借商女，庭花自斟酌。彈到龍香撥冷，幾江南花落。嗟玉貌，傷時杜老，剩苦飢，白首臣朔。豈為絲竹中年，動余哀樂。

聑龍謠

借朱希真《樵歌》舊譜賦近事，託為游仙之辭，仍朱志也。

涎竊天香，鬣遮海眼，夜織淚綃千縷。鵬徙南溟，駕巍峨鰲柱。正飛揚，蜃氣樓臺，更縹緲，水晶宮府。向乖龍，左耳操刀，驚驪睡，喧鼉鼓。　　鈞天醉，尉佗驕，奈海若群嘯，冰夷朝舞。明珠翠羽，惹貪痴瞋妒，誤西母，方朔偷桃，倩酒星，趙州澆土。棄珠崖，枉下神符，捲秋潮去。

月邊嬌

秋夕，津門酒邊感舊，和草窗。

津鼓催更，正老桂香殘，痴蟾啼醒。瑣窗碧浸，銀河練轉，月午寶鐙無影。瘦襪紅凝，步底見，塵輕風俊。鬢雲回首，醉不管，浮花融粉。

廿年酒國歡叢，絮萍離合，杜蘭心性。慣經滄海，重尋紫竹，端的舊愁新引。前游怕省。更忍對，梨渦珠鬢。夷歌警夢，伴素娥秋冷。

其　二

倚《蘋洲譜》，賦鬢邊嬌長蔓柔纖花，葉間側若藻帶，然花肖飛鳥，一名錦帶花。

青鳥丁寧，盡卜了鸞釵，燒殘虬篆。燕雛分影，犀株鎮怯，蘿帶巧縈珠串。交枝半蔚，倚玉樹，珊瑚紅軟。真妃梳洗，翠雲繞，宮衣齊掬捲。

閬風乍覯飛瓊，集賈斜日，露桃妝面。隼旗王母，蟬衣鳳子，香逐九微輕轉。縹長夢縞。誤墜馬，瑤篸橫冑。嬌啼擁髻，伴頰潮羞展。

西江月　<small>延祥觀拒霜，擬稼軒</small>

帝女朝元絳闕，觀文擁御霞城。龍香醉劑巧回春，幻出錦官如錦。
妝暈凝膚紅白，簇成没骨丹青。胭霜真色玉圍屏，羞説畫中人鏡。

其　二　<small>擬花翁</small>

盼盼橫波綠蔚，蠱蠱淚燭紅熒。三星一月見心心，悄立姮娥憐影。
釵約翹翹短鬢，繁香昔昔凝塵。酥娘肌骨膽娘情，撩我些些春病。

其　三　<small>自題《丁戊稿》後</small>

十載驂鸞有夢，一春過雁無聞。羈心碾作九街塵，數盡來轅去軫。
白墮邀愁紫曲，黃埃障扇青門。遥憐蜀碧已成磷。又見揚天巨刃。

少年游　<small>宮詞，擬梅溪</small>

八蠶吳錦七絲羅。宮樣費金梭。織就鴛鴦，蔚成胸襪，裹得愁多。
玉壺碧灑東風草，紅滿洗心坡。恨守羊車，夢隨魚輦，別院聞歌。

其　二　<small>代梅苑楊億</small>

燕臺舊夢，上河風物，春屐海王村。百城圖籍，百工奇巧，痴呆買游人。　　墜鞭遺珥，南坊北瓦，畫裏喚真真。近來花事轉繽紛。也只向，日邊聞。

滿庭芳

寧都老儒曾承齋以四詞見投，依韻酬之。曾善畫，年且八十，自署
不受暑齋主人。

赤雅編殘，青鸞駿遠，夢雲吹滿江湖。好天良夜，潑水簟紋鋪。回首
邛池事影，蠻熏重，愁損相如。曾傳諭，三巴父老，錦樣話成都。　　愁
余。羈宦久，西江杯勺，南海明珠。問誰招蜀客，重按吳歈。臣甫低頭杜
宇，思歸引，良願猶虛。尋仙遠，樵歌鳳響。清夢繞匡廬。

三字令　用韻，二解

燕月黯，楚雲長。練秋光。歌捉搦，舞伊涼。緪湘弦，捐漢佩，醉千
場。　　星怒角，斗垂芒。夢飛揚。哀野哭，攪剛腸。中賢人，辭酷吏，
臥江鄉。

其　二

蛩語澀，雁聲長。惜流光。尋舊夢，賀新涼。偃龍鬚，邀麝月，散歡
場。　　燈墜豆，睫生芒。倦清揚。收鳳紙，費鸞腸。蝶蘧蘧，風習習，
是何鄉。

解連環

題《白石道人歌曲》後，用夢窗留別姜石帚韻。

寸心如結。問南都論樂，倦懷何極。便占取，詞苑飛仙，似空際水
雲，半天霞色。畫舸垂虹，換簫譜，石湖花北。想新聲舊月，素手翠尊，
小紅應憶。　　梅邊賦情浪擲。悵孤山誤約，玄鬢今白。溯露橋，吹笛音
塵，付蝶枕晝驚，帳銷浮碧。帚石眠琴，沁肺腑，銀潢秋汐。怕人間，蠹
叢汗簡，夢君未得。

其 二

題《日湖漁唱》後，用山中白雲拜陳西麓墓韻。

舊時城郭。怕閒雲萬疊，路迷笙鶴。縱萬里，車馬朝天，奈燕市酒空，鳳闈春鑰，向日湖陰，賦歸晚，凋年桑落。似方回度曲，老署四明，寫恨弦索。　　輕漚素盟誤却。想歌蘋怨碧，吟鬢非昨。故伴侶，吹笛吹簫，儘嬌引流鶯，凍謝飢雀。寒北江南，嘆夢冷，清愁無著。酹詞仙，夜泉送響，聽琴洞壑。

其 三　賀懺盦甘棠湖秋泛

半龕秋色。嘆滄江散髮，舊情何極。尚記省，西子西湖，按多麗清歌，翠寒珠滴。畫舸鴟夷，怕難買，越娃心力。儘長門賦筆，未抵茂陵，枉費詞墨。　　微波漫申怨抑。正鬟眉映綠，天鏡涵碧。自誤約，桃葉桃根，等雙槳來時，淚已沾臆。古驛梅遲，恨暗繞，江城吹笛。便今宵，夢中見了，夢回更憶。

好事近　擬東澤

愁眼送東風，淚點濺花江濕。指顧河山殘照，幻暮雲金碧。　　麯塵如幕捲高城，城下醉春色。折盡絲絲煙柳，聽露橋吹笛。

其 二　代《陽春白雪》宋祁

夢遠枕屏空，舒腕寶釵徐落。惆悵賺人歡意，比吳棉尤薄。　　春雲微斂鎖眉峰，春纖撚衾角。陡頓憎寒思暖，向阿誰偎索。

醉落魄　擬參晦

魂尋夢憶。思君不見君顏色。升天入地情何極。角枕單衾，侵曉淚波濕。　　金尊未涫愁腸窄。花南悄望參橫北。衰蘭怯送秋風客。惱煞啼鳥，催起半窗白。

其 二 擬二隱

雲屏夢怯。流蘇斗帳愁空揭。被痕春浪紅翻褶。被是孤眠，痕是舊時折。　憑窗訴與花枝說。花零絮亂飄香雪。繡鴛裙衩今乖別。一寸離魂，終擬化飛蝶。

朝中措　茉莉，擬夢窗

蕊珠金絡墜鬌雲。寒翠碾霜瓊。香重冰肌不汗，雪霏秋佩無痕。龍綃垂帳。龍香透腦，偏逗春情。睡久溜釵橫腕，枕函一夜凉生。

浣溪沙　擬梅川

人自無眠柳自眠，纖腰慵起競秋千。電鈴傳語響風弦。　雙陸已輸猧亂局，斷琴重續鳳求緣。婳娥爭似舊時圓。

其 二 過百嘉

細雨斜風過百嘉，垂楊如彗獲抽芽。河豚初上趁漁娃。　擊鼓村巫迎社姥，三郎古廟隱桃花。官私兩部鬧蝦蟆。

龍山會　和夢窗①

葦障鳧潭罅。晚照江亭，四繞闌干亞。冷紅摧雁錦，秋恨遠，煙鳥歸雲齊下。苔甃覓詩魂，算眉黛，銷春思冶。傍要離，埋香醉郭，淚泉同灑。　摇落倦旅驚心，政客何來，費款門車馬。鬢華搔更短，鷗夢醒，鶴怨高寒遙夜。心字惜香灰，隔窗聽，雄談快瀉。待歸也，露銀淺碧，練襟尚挂。

---

①　此詞有長序，限於篇幅，未全錄。

水龍吟 三村桃花下賦

出門一笑江横，武陵未比天台遠。輕舟亂水，吟鞭遥指，霞城隱見。春在三村，一村臨路，二村斜轉。看分畦種菜，編籬傍柳，還疑是，玄都觀。　　休問尋春游伴。鎮相憐，劫餘鶯燕。瑤宮露井，仙山度索，華林上苑。犬吠劉晨，實偷方朔，賞延公幹。嘆芳菲總被，年涯送老，更何人管。

其　二　題黄少穆拜石圖

武陵豈必神仙，幾人解識蘇髯意。河源星變，天孫持贈，君平妙臂，煉自媧皇，鞭辭嬴政，拜從顛米。問穀城山下，何如海嶽，英光並，長虹氣。　　劫火昆岡曾記。剩痴頑，此間游戲。尚堪供奉，無勞袍笏，誰兄誰弟。寸碧遥岑，三天瓊島，老懷孤寄。嘆名山管領，風塵鬢髮，有星星淚。

其　三

　　　　自羅磜至東龍蟻旋危磴，白雲反出，足底寒風捲之，與炊煙三五相
　　接若蠹腳，然亦奇觀也。因調無射商一解。

一官凉到秋光，春寒更比霜天峭。奔濤聒耳，危梁悚目，巖扉沍曉。蠟屐兜綿，筍將搴霧，路爭飛鳥。看人家盡在，雲根石罅，仙都遠，迷壺嶠。　　冰透行春烏帽。耐高寒，髯蘇襟抱。鶯駿未返，鴻栖莫定，巢痕新掃。家近峨眉，田荒下喂，浣花人老。嘆蠻煙瘴雨，歸來甚日，惹淵明笑。

其　四

　　　　田頭市龍興寺，記明董尚書越遺事。

隔江遥送書聲，夜長蕭寺閑鐘磬。隨風更遠，去波如答，魚龍竊聽。畫裏寒山，空中竽籟，起予深省。有何人繫纜，推篷釣月，聞吟嘯，移舟艇。　　今夕高軒入詠。似谷音，鶴鳴相應。燈窗一話，鎖闈三捷，文章

九命。梅水行春，蓮峰露冕，丹房苔徑。問前賢故事，山川不語，喚殘僧證。

其　五

壬戌歲暮，于役新淦峽，江舟行頗滯，望闓皂諸山，因倚越調寄意。

隔年重見青鬟，霧梳煙抹清江上。推篷一笑，山靈應訝，別來無恙。劫火煎魂，機輪搖夢，縱心孤賞。嘆窮冬短景，長征倦客，思前事，成追想。　　擬辦棕鞋竹杖。撫瑤篸，捶琴山響。棹歌三疊。群真來會，遙情俯仰。記得驂鸞，名山管領，頭銜輕枉。便芙蓉手把，鈞天九奏，借仙人掌。

其　六

諸遲菊捶琴詞賦桐緜，不減坡仙楊花，借其韻賦木棉緜。

碧雞招罷南雲，萬鐙紅映珊瑚遍。攀枝春妮，露房秋坼，雪輕雲軟。鋪以兜羅，織輸吉貝，吹從葭管。任蠻書嶠雅，辨章方物，圖難狀，吟空遠。　　還問衣蘆閔子。試裝成，助寒偷暖。碧潯舊賞，虞衡新志，驂鸞客倦。午枕欹雲，桃笙敷越，薯莨休點。伴蕉衫葛帔，青奴葵扇，怕秋風怨。[1]

其　七

題《湘綺樓詞》，即用先生題《嶽雲聞笛圖》韻。

百年湘綺音塵，蜀才凋落牙琴碎。學通許鄭，文追揚馬，竟成何事。石室爵離，禮堂馬磨，侯芭哀淚。更君山徒赭，鵑魂化碧，怕無地，容高睡。　　堪嘆世人皆醉。向湘臯，誰尋捐佩。康成都講，季長女樂，萱蘇蕉萃。私淑何人，說經成市，遺書愁墜。況旗亭障扇，流傳剩譜，按銀簫字。

---

① 原注：昔分賦潯州、會理木棉，特賦其花，茲乃賦其緜也。木綿初出房比絲尤美，脆薄不中紡織，性寒不充絮纊。惟粵、閩縣漆皮枕簟用以實其中，爲却暑之具。《禹貢》："揚州厥篚織貝。"孔傳："織細紵貝水物。"鄭注："貝，錦名。"引詩"貝錦"。其說皆未當。宋人始以吉貝釋之。考吉貝見於《南史》，不能謂古無棉。丁晏謂"吉貝即卉服"，卉服自屬蕉越波羅芋葛之類，取草木纖維續織而成，今閩、粵至多，經文無緣一物重見也。薯莨似芋，産兩廣，野生者良，煮成泥染練紗羅，堅致如漆，且含有各種色素。今台灣、呂宋移植最蕃，然不敵天生者。

其 八

不見農山三年矣，癸酉初秋科舉年會，來渝，偕赴成都，因有峨眉之游。君留嘉州，賦此爲別。

此州山水方滋，繫舟三日容登眺。凌雲九頂，離堆一佛，二江縈繞。荔子丹兮，海棠香否，墨池堪釣。倘寺訪烏尤，臺尋爾雅，勩清興，箋魚鳥。　　群向峨眉西笑。獨君留，予懷如攪。自茲揮手，碧天明月，兩心同照。白也非狂，蘇詩可誦，風歌徒誚。把平生意氣，千秋志業，共青山老。

秋宵吟

秋老矣，京國寒深，蜀山亂久，拈石帚自度腔爲猿鶴訊。

惱烏啼，怨鶴警。記否黃鸝三請。嗟春遠，漸歲晚衣單，鬢華霜炯。感緇塵，念蓳井。宋玉悲懷淒哽。江山在，怕諭蜀文章，變成哀郢。望遠傷高，伴夜色，紅爐翠茗。貰裘添酒，喫墨妝梅，此意共清冷。南菊搖衰影。倦筆無花，啼髻又醒。漏沉沉，更翦愁鐙，邀笛催雪夢未省。

白 苧

丙辰長至大雪，戲賦。

帝車翻，眾仙舞，天容欲墨。輕飛亂灑，做弄河山失色。問何年，玉京瓊構碎寒碧。圭璧。散虛空，笑遇物方圓無式。神州陸沉，唯見漫空一白。休掃除，任地留護袁安宅。　　思昔。深尊太學，寸鐵無持，苦吟酣戰，冰落陳東健筆。嗟此醉胡爲，左徒呵壁。披雲未遠，奈當關虎豹，日光幽隔，路阻寒門，取謗人兮，投畀窮北。漏點沉沉。夢想華胥國。

八犯玉交枝

次日朝霽，與克群踏雪至江亭，歸而雪復大作矣。

愁倚危亭，禁城西角，恨壓暮山無語。千頃瓊瑤供碎踏，哪辨鼉潭龍樹。花宮鯨杵。韻落三疊單于，敲寒搖夢聲酸楚。誰道去天三百，偏迷歸路。　　不知是月是霜，是花是絮。兜羅膚寸承步。又疑是，流雲沉羽。倩誰款，玲瓏珠户。怕回雪，尊前罷舞。藐姑騎鶴輕飛去。問玉戲人間，留仙舊曲今能否。

其　二　蓮廬見和，疊韻酬之

寒甚堯年，運丁賢劫，問鶴鶴應無語。人憫冬窮天更惜，幻作銀城珠樹。圓穿低杵。歲晚孤客衣單，圍爐誰爲添薪楚。還被冷風吹淚，瓊瑰盈路。　　憶曾賦筆裁珪，詩心擬絮。一時山雅扶步。宴梁苑，綸巾欹羽。更誰管，堆檐填户。正屏曲，傳歌按舞。昔年風措今銷去。便換譜陽春，情懷記得阿連否。

其　三

厦門南普陀觀潮，用仇山村招寶山觀月上韻。

噓蜃雲高，沐螺煙濕，畫出緑瀛蒼嶼。空際濤飛松萬壑，半雜蟬聲鈴語。誰撐鼇柱。海客争説蓬萊，天青潮白生寒霧。如見駟虹驂鳳，群真無數。　　遥望隔海煙巒，瑶宮琪樹。神山知在何處。漫回首，朝元仙步。渺凝睇，吴城龍女。奈風急，冰夷亂舞。洞庭張樂愁歸去。怕醉倒鈞天。魚龍噴薄驚秋雨。

其　四　峨眉絶頂觀雲海

東井經躔，勝王靈迹，幻入四禪天上。風袂飄飄邛杖穩，叩得玻璃聲響。群真來往。縹緲霓節先驅，兜羅綿襯威光相。如見廣成參道，繽兮雲將。　　疑是南市江潮，又疑雪浪。還疑雲斂仙掌。倩誰問，神樞龍象。耿蕭索，瓊妃珠幌。乍欹腳，瑶臺萬丈。玉京天路迷趨向。待借取青螭，憑虛剩作非非想。

飛雪滿群山

丙辰臘節，爲陽曆六年元日燈會，步雪愴然，有賦。用蔡伸道韻。

天近蓬壺，雪明鳰鵲，電光交映千門。白宮瓊島，丹城絳闕，跨鼇界破銀雲。九街喧笑語，倩誰覓，朝天夢痕。舊香荀令，風流未減，傾坐戀餘熏。　　休更說，千金爭漏刻，但滿城車馬，逗曉連昏。窨梅愁吐，唐花尚噤，沍寒勒住三分。倚闌迷倦眼，恨猶鎖，西山黛蹙。望春春遠，憑拈短句招墜魂。

澡蘭香　倚夢窗自度腔賦浴

瑤窗鳳掩，楚佩龍銜，結解汗香乍襲。柴窰雨過，綉嶺湯分，皎映素肌微濕。似華清，初洗凝脂，嬌扶真妃未出。牖罅誰窺暗遣，親聞蘭澤。

欲問連生豆蔻，自別蠻江，幾曾輕摘。雌雄瀑暖，姊妹瀧溫，綺障瑣塵同滌。① 奈神山，遠水層波，難浣鮫宮恨碧。剩淚寄，隔海遙緘，衫襦紅藉。

一寸金

贈鐵筆張樾臣，用夢窗贈筆工劉衍韻。

金石山淵，印鑷匋封恣漁獵。抱堯年古雪，青門市隱，身藏人海，名著京邑。春羽稽遙牒。斯冰汗，帝倉夜泣。周秦遠，蟲蚑夔回，鏡影銅華半規入。　　淚灑金仙，貞元朝士，新詩嘆塵篋。向研篆鈐尾，鷥淳鳳峙，管城湯沐，龍賓鵝帖。重廣安吳楫。西清鑒，篆人事業。誰知我，壯悔雕蟲，寄情鐫楮葉。

真珠簾

以城書室覆冀本《山中白雲》校正四印齋本，因題其後。用本集韻。

白雲招下詞仙宇。想山中，夢繞煙蘿深處。芳草憶王孫，怨滿湖風雨。泛越歸杭游興懶，問幾為，尋花來去。愁去。向薊北燕南，吊今傷古。　　琴趣未數歐晁，趁漚盟燕社，新題重賦。梅種玉田春，嘆老懷何許。石碧帬山清更遠，眷故國，予情難住。無住。聽鶴響高寒，夜猿

---

① 原注：海東舊有男女同浴之俗，雌雄姊妹皆其國浴泉。

人語。

黃鐘喜遷鶯

題《梅溪詞集》後，用本集韻。

鮫宮泉滴。嘆織綃輪淚，海紅愁隔。眼纈花空，珠塵玉碾，簾窣冷吟煙直。化身梅影瘦，尋舊月，前溪風色。放襟袍，問平戎上策，何與詞客。　游迹。尚記憶。南去北來，側帽關山笛。畫省含香，青衫索米，曾賦汴京凝碧。鳳翎珍護好，文囿竄，江湖淒歷。漫自惜，付雪兒按歌，吹夢無隙。

其　二

章門元夕了無燈事，姚景之和梅溪元夕韻見示，余亦繼聲。

夕陽紅滴。映月生霞際，眠簾愁隔。旆影收虹，燈球簇電，隨處綺羅相直。厭聽簫鼓鬧，還共惜，可憐春色。夢華事，剩縑紈蠹墨，淒斷詞客。　無迹。但自憶。三五帝城，柳外喧叢笛。鎖院齊開，金吾不禁，人影跨鰲澄碧。舊游今幾在，誰與說，承平經歷。暗恨極，對劫餘鶯燕，飛淚塵隙。

摸魚子

問南冠，幾年成錄，纍臣心事淒楚。明昌大定三生夢，腸斷故宮禾黍。詞太苦。且記取，芳華哀怨蕪城賦。聲聲杜宇。想槁項行吟，山深月黑，低首拜臣甫。　燕京路，秘籍曾尋萬戶。蘭陵偏被讒沮。千秋野史亭邊意，遺恨汗青毫素。新樂府。舊律呂，雙蕖二雁銷魂句。倡予和汝。借小聖清詞，張田合曲，同按柘枝舞。

其　二　用遺山《芳華怨》填①

問人間，畫工誰畫，娃兒十八眉嫵。仙人玉骨來天上，嬌踏雁沙金

---

① 此詞有長序，限於篇幅，未全錄。

縷。春是主。又可奈，朝雲一片難成雨。辭枝墜羽。聽軋軋東華，車香送出，都是斷腸語。　　芳華誤，亦有通侯戚廡。金韉貂帽何許。相如四壁堪偕老，奚事白頭輕賦。花也妒。莫更向，琵琶彈作離鸞譜。零歌剩舞。怕蝶惱蜂迷，珠啼翠怨，飛絮委塵土。

其　三　用遺山《後芳華怨》填

爲珠娘，再歌金谷，娃兒添寫新怨。天公老眼真情物，菱鏡破來春半。車轂轉。兩不死，雄蜂雌蝶雙雙見。胡沙路短。認綠髮如雲，紅脂透肉，香滑小嬌面。　　芳華換，刻骨相思百煉。落花無力春晚。千圍萬繞看難足，傾國倚妝飛燕。堪眷戀。更莫待，風吹雨打空腸斷。秦宮未遠。縱聖藥挲丹，長門買賦，啼夢冷秋輦。

其　四

丁巳上巳褉飲陶然亭。同沈南雅。

問江亭，閱春多少，依然天際韋杜。盲風吹老鶯花劫，惟見墜沙如雨。懷舊侶。怕梵字，霓裳難認楣間譜。前游記否。只柳絮塵心，桃花聖解，猶逐亂紅舞。　　平生恨，詩酒年涯暗度。西山眉黛非故。殘僧莫話開天事，一擲頓成今古。尋夢處。指壁上，冰苔半蝕銷魂語。閑愁浪苦。儘曲水流觴，臨河作敘，身世幾談塵。

其　五　和簡庵青雲譜之作

青雲譜，古桂一本三柯，相傳其地爲梅子真及八大山人遺迹，道家譜牒藏觀內，以此得名。

背高城，小車迎路，苕苕鈴語初斷。畦塍漸入神仙境，花度陌塵香軟。秋意滿。是桂苑，分枝招隱留經院。風幡自轉。問故宅栖梅，王孫夢草，應怪我來晚。　　呼吟伴，暫豁憑高倦眼。歸雲沙鳥明暗。羽衣霓葆都冥漠，懷古悼今情懶。人世換。恨強半，丹成猶有黃金嘆。捫苔步蘚。悵辟穀無靈，餐芝未許，酒醒夢歸遠。

其 六

寒食雨中，同蛾術韻，用太素體。

數年芳，可憐春半，游悰空繫平楚。舞紅顰綠都拋却，消盡夢風靈雨。芳草路。斷腸處，淒迷煙柳拖翠縷。梅江歲序。伴坐樹鶯愁，窺簾燕惱，彈指已虛度。　　留難住，自惜餘春自賦。謫仙猶寄秋浦。綠章重向東皇乞，暖日明霞當户。開廳宇。列尊俎，河陽花縣誇俊語。新詞漫與。待譜入瓊簫，翻成錦字，歌裏費延佇。

其 七　峨眉龍門洞

截蒼頑，兩崖中裂，崖腰干道秋練。怒猊相蹴鬐鬣起，飛下銀河一綫。媧所煉。禹未鑿，乖龍宵扶神鰲抃。憑虛眩眼。指閣道如虹，行人似蟻，驚夢繞雲棧。　　坡翁字，覓盡懸巖未見。寒花紅媚枯蘚。流觴夜棹憑傳説，崩谷幾容高宴。搔首嘆。嘆自古，英游名勝皆風漢。山空路轉。看水漾金波，魚翻錦鬣，幽處更心遠。

燕山亭

丁巳元日，車過金鰲玉蝀橋，圓殿瓊島，參差盈望，歲華轉換，風景不殊，愴然動念，因調此解。

椒酒迎曦，梅萼破寒，麗日千門光爛。瓊島鏡空，太液冰漸，回合望中圓殿。歲首年芳，抵多少，羈人心眼。誰管。嗟舊雪猶凝，舊塵輕換。　　輕換離夢重重。問天上人間，賦情何限。金勒競飛，繡幰齊開，爭誇早鶯新燕。舊掃巢痕，是高處，寒多春遠。歸晚。和淚飲，凍醪杯淺。

夢橫塘　丁巳驚蟄日書感

病餘疏酒，夢裏驚春，瑣窗塵暗瑶瑟。短約無憑，悄不記，銅駝坊陌。神鏡霾雲，藥娥歸海，晚煙愁碧。但零歌剩舞，斷續猶聞，朝元路，層霄隔。　　衡端燕雀爭平，聒羈人倦耳，冷淚偷滴。怪煞東風，偏誤却，彩鸞消息。更誰與，敷紅寫翠，鬥草篝花競春色。雁羽差池，子規啼恨，滿江南江北。

其　二

辛未驚蟄，金陵書感。

斷雲心遠，絲雨夢輕，晚來飛電虛掣。殿角春雷，合皂出，憎寒羞熱。嚴鼓欺花，冷煙籠水，壞陵彈雪。認零金剩粉，乍淡翻濃，人天恨，空悲切。　　都言雁足無憑，甚烹魚漑釜，也誤瑇札。嫩約鈿車，難領略，郊游風物。更誰與，調鶯翦燕，染柳熏桃鬥春色。漫動愁吟，背人含淚，撚丁香千結。

迷神引

春風似虎，羈緒如猬，憑高念遠，惘然成詠。

日夕高城危旌捲。射目冷風如箭。潛然淚落，向金臺畔。古人悲，今人事，寸心亂。愁重天容墨，暮雲遠。春嫩芳時早，未經眼。　　醉醒乾坤，是處腸堪斷。看劫塵翻，滄波淺。舊家坊曲。買風月，徵歌管。故山遥，佳期阻，旅情倦，衰柳休攀折，恨絲短。聲聲梅花角，夢歸晚。

秋　思

題篔溪夫人墓，次夢窗原韻。

香冢要離側。料夜臺，人戀帝城秋色。詩唱鮑家墓，留秦女歸，鶴天窄。換塵劫華鬘，斷弦玫柱乍斂抑。背故山，藏恨碧。剩漱玉詞篇，瘞琴銘字，縱比素馨斜好，舊游終憶。　　幽岑。苔衣翠滴。痛下泉，礎綉空飾。口中生闋。題碑千丈，篆殳飛白。聽鄰笛，凄然暗驚，雲際孤雁翼。伴釣客，魂共識。定夢入篔溪，圖中歸路認得。奈隔天南地北。

戚　氏

題祁陽周王受天球《憶夢詞》後，用《樂章集》韻。

譜鈞天。簌簌塵起紫震軒。綺陌鞭絲，冶春詞句染芳煙。泠然。叩瓊關。回風悄送碧雲間。愁拋顧曲心眼，破子誰與舞家山。古怨如訴，今情多感，御溝水響潺湲。更鶯捎燕掠，頭管腰鼓，紅闌春喧。　撩我夢憶當年。崑亂競奏，小譜換絲闌。秦箏緊，善才歌板，共惜娟娟。意纏綿。置酒痛飲，那堪鞠舞，要眇君前。唱殘舊曲，改拍新聲，宛轉傾笑相延。

定子當筵好，輸君夢覺，鏡裹悲歡。怕有天魔幻境，伴詩魂，醉醒夢仍連。百篇妙比紅兒，懺情綺障，終古愁無限。奈帝臺，春盡猶羈絆。徵本事，瑤想花顏。念舊游，未怯高寒。任旗亭，畫壁夢痕殘。剩青衫淚，京塵漫浣，倦枕書眠。

玲瓏四犯　爲法源寺丁香度大石調

輕翦優曇，襯貝葉珊柯，經院芳晝。醉白碑廊，香沁艷陽如酒。還訝鬢影欺花，料未許，絮迷春逗。賦上林，玉樹初就。誰管庾郎清瘦。更摩文，礎銘思舊。紺雲侵，紫衣重綉。東風待綰愁千結，前事空回首。休問故國夢華，怕誤了，翠禽珍偶。寄麝塵新淚，憑咒鉢，生紅豆。

壽樓春　以梅溪自度腔寫之①

豐宜門西偏。是銷磨艷冶，今古鬢天。幾見南城殳篆，定公詩篇。塵夢短，東風顛。問舊株，摧燒何年。任倦旅尋春，殘僧話往，惆悵散花仙。　攀新聘，追前歡。吊輕紅暈白，非霧非煙。記對金尊凝淚，紫綃堆綿。香是國，愁臨關。念昔游，蠻熏蠻箋。近韋曲人家，千畦萬泉催牡丹。

其　二　夾江道中

山茨菰山花。映平田鷺起，茅舍煙斜。望裏峨眉凝黛，藐姑凌華。林際鳥，聲伊啞。恍妙音，迦陵頻伽。看稚子騎牛，村婆放鴨，忘記戰時那。　尋仙路，銷年涯。自歸飛化鶴，愁問官蛙。苦念鸞驂烏帽，虎鈐麻韘。藤柱杖，膠皮車。笑孔丘，衰歟東家。趁餘熱疏蟬，黃粱夢驚聞稻枷。

---

① 此詞有長序，限於篇幅，未全錄。

惜餘春慢　豐臺芍藥

暖玉屏圍，綠珠嬌重，繡陌鈿車雷轉。衣簪競嫵，步屧交枝，影弄背城郊甸。曾記尋春廿年，金谷千姝，隔花人面。任凡桃俗李，東風爭嫁，倩魂初返。　　空自惜，鳳翼將離，龍盆邀醉，怕裹翠雲輕翦。啼鬢露濕，夢尾香深，碧沁舞裙紅變。還似妝催，曼殊芳酒朝酣，薄鉛宵浣，便重臺許贈，猶恨揚州夢遠。

楚宮春　爲白堅父賦積水潭高廟海棠牡丹

風慳雨澀。正香醉紅酣，盼歸吳客。淚眼未晴，愁染屏風猩色。羞掩沉香露綺，競艷冶，名花傾國。絳蠟高燒，照夜妝，扶影亭亭，那人應感孤寂。　　芳酒蘭燈帷夕。清漏轉，庭曲猶聞刀尺。夢短路長，知在江南江北。釵朵歸期近遠，更怕底，吹殘玉笛。笑靨迎門，且對花，重與溫存，細酌宜城春碧。

大　酺

圍游不與，悵然有賦。

望白宮沉，青陽轉，三海依然金碧。游悰渾未減，想花迎冠佩，樹窺溫室。步屧塵侵，衣簪影互，聊與東皇分席。奩光吹欲皺，跨金鰲玉蝀，鏡漪涵璧。怪連日多陰，定緣高處，釀寒尤力。　　番風誰禁勒。楝花過，夢尾無消息。便縱賞，豐臺殊絕，鹿苑經香，慘將離夢遙天窄。霧障銅駝陌，清淚竭，麴瀾深冪。任孤客，愁如織。珂馬盈路，曾是傾城傾國。賦情未忟彩筆。

其　二

金陵舟次，酬胡步曾見贈。

嘆壑舟移，江山在，千古空無英傑。金陵花月好，問南朝遺事，燕鶯愁說。顧曲當年，橫江此際，心寫君身仙骨。高吟天風冷，望煙巒沐翠，霧螺梳髮。似遼鶴重來，夢新人故，倦懷何極。　　年涯如過客。舊游地，吳楚今非昔。儘廿載，豪情湖海，熱淚神州，捲滄波，練濤山立。雁字排笙翼，還豫蠟，嶽晴雙屐。待相約，高秋日。盧阜天外，歌鳳峰頭吹笛。快游共君領得。

其　三

寄步曾金陵，仍用丁巳金陵唱和韻。

指石城高，鍾山聳，龍虎騰拿英傑。江山經百戰，認前朝磨洗，鳥聲如説。故國周遭，微吟擁鼻，冰炭煎腸砭骨。江空人何處，望蓬婆雪外，夢驚窮髮。況寒食重逢，杜鵑頻勸，斷魂何極。　　當年同作客。快吟眺，湖海情猶昔。怕轉首，旌旗江上，畫本滄洲，反天風，怒吹潮立。錦字憑鱗翼，還待著，謝公雙屐。聽鳴鶴，尋佳日。蕭寺攜酒，江步回舟邀笛。袖塵共君浣得。

其　四

於觀心坡與步曾別，仍用金陵唱酬韻。

對雪山高，峨眉秀，心寫千秋雄傑。雲中君不見，只相看揮手，更無言説。半月仙游，平生賞會，靈境如鐫山骨。西皇尋真隱，坐光明雪界，照人鬚髮。似黃鵠徘徊，動成離緒，眷懷安極。　　山靈應笑客。自來去，流轉悲今昔。二十載，忘年交誼，遠道襟期，抗希夷，露沉霄立。暫判晨風翼，清夢落，岱宗雙屐。漫傷別，期他日。高詠梁父，歸路騎牛橫笛。醉呼老農也得。

拜星月慢　和簡庵《秋齋靜坐》

淚蠟銷更，吟蛩淒夜，解識聞根喧静。月子窺人，覺秋娥妝靚。漸空外，斷續，疏砧促漏聲裏，短笛哀笳遥應。繞樹驚烏，悄歸飛不定。背冰奩，照徹停空鏡。天香滿，鬥盡嬋娟影。印證古怨今愁，苦銖衣清冷。洞庭波，暮瑟朱弦迸。湘煙散，宋玉添悲哽。啼夢誤，卜了鐙花，碧缸搖夕暝。

惜秋華

懺盦讀余近稿有賦，依韻酬之，並示二湘。

鬢短愁長，念堂堂，去日雙丸催換。臥雨茂陵，新來帶麟寬眼。迎秋
淚灑寒蕪，最蕭瑟，江關吟斷。詞邊，恨鶯邊故國，鷗邊新伴。　　天遠
夢尤遠。嘆昆侖睡覺，不勝清怨。醒醉地，歌舞事，妮寒憎暖。淵明賦了
閑情，度曼聲，楚騷重亂。拈管。按新腔，步搖珠串。

江城子慢　滕王閣晚眺

晚霞轉明滅。孤鶩遠，拼飛揚蘆雪。暮天闊。層梯回，翠撲煙嵐千
疊。浪聲咽。星斗垂芒江練静，寒波捲，雲開初見月。有人淚盡西風，吟
秋怨嘆輕別。　　霜飄愁紅萬葉。促滄洲客思，書恨憑血。總衰歇。空文
藻，舊迹三王能説。鏡邊髮。催換年涯人未老，華鬢影，蟲沙無量劫。仲
宣聊賦登樓，解中腸結。

霜葉飛

重九霜降，憑高念遠，以待制舊調寫之。

雁紅吹滿。千林樹，還催吟鬢凋晚。翠微多處看西山，戒峭寒清旦。
帶一抹，平蕪似薦。愁心江上煙波遠。蕩倦客羈魂，縱宋玉，能招到此，
不禁腸斷。　　仍見遍插茱萸，車螯丁酒，醉菊香噀缸面。故鄉無地可登
臨，定有人傷亂。剩蜀國，弦中望眼。薛濤箋寫蘋洲怨。念歲華，驚離
夢，京洛衣緇，錦城絲管。

其　二

晚度白石嶺至大塘下，用待制韻。

際天衰草。迷征路，楓丹遥映雲表。暮霞飛練亘仙都，帶晚煙愁悄。
俯絶壑，疑昏幻曉。林坳樵舍孤燈小。望破驛蒼茫，幸盼得，松明炬火，
特地來照。　　惆悵倦客關河，凋年急景，峒越邊瘴曾到。市樓今夜度清

宵，念往時襟袍。奈北闕，鈞天醉了。無眠自譜高寒調。拊鬢絲，添憔悴，三管離悰，舊情多少。

霜花腴

重九後三日，訪菊南郊農場，倚夢窗自度調抒感。

背城路曲，趁小車，清風爲我吹冠。霜曉楓濃，日曇花病，秋容繪也應難。倦懷暫寬。甚舊情，偏觸尊前。嘆頻年，雁翼參差，上京風雨鯛緤寒。　　塵劫盡歸游眺，吊南窰牧笛，故苑哀蟬。贏墨殘題，苔瓠凄句，江亭畫壁傳箋。勸觥送船。蕩墜魂，離夢連娟。謝朝華，鬢改簪羞，强來臨鏡看。①

選冠子　坐雨聞雁

雨脚飄愁，簾腰通夢，迸作旅窗魂斷。才侵露幌，乍落平沙，天際陣雲驅雁。憔悴江關，庾郎孤館端憂，燭花頻剪。嘆逢秋多感，書空無字，信沉人遠。　　還自憶，綉幕銷春，錦屛圍晝，剩遣護寒憎暖，花間膩語，柱底芳塵，多少乳鶯嬌燕。誰道離居，茂陵弦冷琴臺，酒疏梁苑。送邊聲，不過瀟湘，雙懸淚眼。

月當廳　雨霽延月，和梅溪

缺月半挂簾鈞上，輕鈞恨眼，牢鎖眉心。漏短夜長，孤燭不照窗深。沈水旋添袖香，重衣篝，薄掩辟寒金。最凄楚，殘蛩虛籟，似助哀吟。

嫦娥倩影亭亭立，怕今宵，碧天離夢難尋。厭旅倦懷，空自撫劍雷音。爭遣酒邊效蠻語，祇憐山帶怯瑶簪。蕭瑟意，窮秋老，盡百感光陰。

---

①　原注：光緒甲午五月，南窰地中有聲如牛，是歲中日戰起，長沙胡元儀填詞一卷，名曰《南窰牧笛》以紀之。乙卯夏仲復見此異而帝制禍起，說者以爲祥也。余自乙卯入京，兩作重九於江亭，補書湘卿舊題於壁磚。昔和《庚子秋詞》，近作三海觀荷詞，皆落葉哀蟬意也。張子野、蘇東坡均有《勸金船》詞。

其　二　撫時傷亂，同梅溪韻

鐵笛叫破魚龍睡，江斐鏡影，西子顰心。佩解漢皋，黃鶴一去秋深。巴水洞庭雁風，驟斜陽，慘淡紫磨金。暮潮緊，鯨鏗鼉震，共競呿吟。

湘雲楚雨連巫峽，怕瑤姬，蜀魂空斷難尋。淚淺夢輕，誰託軫玉哀音。蟲語鳥悲兩無緒，短憐霜鬢菊羞簪。搖落盡，居人苦，戀一寸微陰。

疏簾淡月　題鮑印亭《寒夜檢書圖》

長塘故里。問散帙羽琌，拜經庚子。千本梅花，繞屋夜寒香細。籤聲動處珠塵起。鏡虛庭，月明如水。百城南面，三餘結習，舊家風味。便探盡，嬭嬛宛委。任天祿石渠，絳雲傳是。觀古延芳，五厄散亡能紀。莫教蠹損神仙字。有蓬萊，藏室雲氣。在陰鳴鶴，名園渌飲，遇諸圖裏。

漢宮春　戊午元日新霽

椒酒迎年，正梅催曉妝，雪融初日。鳴笳賽鼓競入，俊游坊陌。蘭成賦筆，動江關，最憐蕭瑟。愁見了，春幡彩勝，依稀故鄉風色。　漂泊舊京詞客，對絲鵝蠟燕，旅懷如織。書空雁早未省，倦翎猶力。深杯漫惜，醉邊尋、青鸞消息。留夢影，釵蘭蒂並，著我異時相憶。

國香慢　賦釵上並頭蘭

服媚傳馨。認蝶魂穩並，隱約釵盟。當年二妃重見，喚起湘靈。古怨今情誰託，佩環悄，仙影亭亭。高懷寄空谷，素萼同心，愁買傾城。折梅還索笑，伴犀簪翠壓，螺髻香凝。冐襟橫枕，偷染紅淚春冰。夢引參差帝樂，兩玉童，鸞琯雙聲。貞蕤比金石，更祝千年，連理朋生。

瑞鶴仙　收燈節對盆蘭感憶

瑣窗蘭氣暖。喚玉妃梳洗，返魂騷畹。春遲楚天晚。記芳馨依舊，氾人曾見。光風乍轉。麝熏濃，清尊共款。奈湘波，不浣愁襟，認取淚綃紅變。　　腸斷。樓心歸夢，畫裏吳船，柱邊斜雁。書沉路遠。釵卜誤，鏡盟換。想佳人空谷，國香遺恨，恨逐瓊芽暗展。付瑤琴，細寫幽姿，露痕自翦。

其　二

擬游匡廬，先賦此爲山靈訊。

雪晴天子嶂。喜劫後山靈，似人無恙。芙蓉麗仙掌。映湖波遙鬥，二姑眉匠。非煙下上。稅懸裝，蘿肩岫幌。墜鬟雲，五老峰顛，俯謝世塵清曠。　　盈望。霞橫山帶，日照香爐，瀑翻銀浪。星宮素氅。驂鶴駕，共來往。問餐霞仙侶，滄江一卧，事影應勞夢想。漫相遭，舊楚狂人，鳳歌自響。

其　三

己巳重九，和夢窗丙午重九之叶。

絢霞蒸海嶠。動旅懷誰省，驚秋恨早。黏天盡衰草。念北書南菊，頓攖愁抱。慵舒遠眺。自高歌，聲情縹緲。嘆年來，遁處遺榮，久謝紫萸烏帽。　　都道。百花潭上，濯錦江頭，儘堪歸老。吟鞭醉裊。鬢細染，學年少。怕郵筒香減，黃花明日，蝶怨天遙夢窈。夕風號，漫掩西窗，暫迎晚照。

雨淋鈴

夜窗聽雨，孤雁和之，客感深矣。因調夾鐘羽平叶一解。

寒雨連江。暮城嚴鼓，倦旅清宵。攲枕細數檐花，瀟瀟下，窗紙頻敲。翠衾冷逼夢驚，誤燈影紅搖。甚雁聲，偏攪愁人，未教到耳已魂銷。　　還理斷弦翻苦調。望神京，一髮霾雲表。有淚不灑觚棱，嗟予季，戢羽天寥。信沉道遠，怨鴻響，淒絕南譙。悵夜永，羈緒鰈鰈，暗裏青鬢凋。

采桑子慢

魚浪不來，緇塵久滯，凉宵遠夢，有天末之懷。和君特。

紅凋悴減，憔悴西風愁起。闃庭角，蜑新蟬故，倦枕凉敧。夢裏關河，蕙蘭遲暮水雲飛。白蘋洲畔，凄霜怨雨，誰採江蘺。　錦字未裁，蜀箋虛報，湘佩曾遺。嘆芳物，蟫乾駒化，香蠹春衣。露冷疏檐，厭聞烏鵲噪南枝。家山遙寄，鱸初薦網，菊已窺籬。

其　二　和六生湖舟夜雪

江空歲晚，帆背輕鷗飛過。帶回雪，攢花飄絮，對舞婆娑。棹艤虛明，鬢絲尊酒老關河。笛漁凄唱，星槎夢影，羞理煙蓑。　五緉溯風，湖光如練，碧浪如羅。幻真色，山屏百面，畫裏滄波。鶴響龍吟，步虛仙約兩無何。天公玉戲，招邀素女，使我顏酡。

一枝春　瓶梅

月下橫枝，罨疏窗，半幅瑤臺清景。高寒自警，未許海棠爲媵。冰溪歲晚，料無奈，翠禽三請。愁負了，石帛風懷，乍入小紅妝鏡。　揚州夢誰先醒。道何郎，縱老猶饒詩興。龍簫鳳穎，試譜暗香疏影。絲闌醉寫，倩誰問，素娥孤冷。休便遣，羌管橫吹，夜遙路迥。

慶春宮

箋校《蘋洲漁笛譜》成，依鶴澗萬氏圈法，更訂四聲，因題其後。用王可竹《謝草窗惠詞卷》韻。

漁笛催愁，汀蘋搖夢，爲君換譜。哀玉鵝管親調，鵑魂曾拜，杼山桃盡黃獨。弁陽清嘯，帶苕雪，煙波縱目。齊東野語，四水潛夫，故都喬木。　興亡萬感難平，吹動霞簫，怨歌重續。瓊苑餘花，國香遺韻，舊懷新恨頻觸。癸辛門巷，試傾想，風流顧曲。宮裁商剪，幻滿絲闌，倦紅顰綠。

其 二①

填咽鴻都，悲歌燕市，夢餘萬感春明。塵土無情，鶯花多恙，廿年回首堪驚。舊游重省，更休説，風雲上京。銅仙辭漢，清淚如鉛，沾灑觚棱。　　當時太學諸生，雲散星飛，江海飄零。彝鼎淪亡，詩書灰燼，會看十鼓埋荆。世傳精本，好歸貯，黃山萬層。摩挲嗟嘆，歌效昌黎，録補明誠。

其 三

丙寅初伏，南海康長素同年來章門，三日而別。別時語我，亂邦不居，期我以八月觀潮於杭。既而不果行，倚此寄之。

焚綫刪微，玉杯繁露，素王改制空言。柱折天傾，堯囚舜死，小臣孤憤沉冤。遁思浮海，九州外，聊馳壯觀。歸來猶健，柴市魂招，衣帶痕殷。　　堯年老鶴驚寒，沾灑觚棱，清淚如鉛。銅狄摩挲，神州無恙，拊心望帝啼鵑。故都耆舊，問幾輩，靈光尚完。章門携手，慚負秋期，猶滯江關。

掃花游

三村桃花，爲風雨所敗，獨瓶供二枝，經旬灼灼，謚以留春。和碧山叶寵之。

水村夢憶，正燕苦鶯愁，舊林如掃。剩紅最小。怕東風誤却，阮郎重到。繡檻圍春，看比枝頭更好。向誰道。道接葉渡江，遺興今少。　　花静人意悄。恁護暖調寒，伴昏吟曉。懺情未了。嘆瓶邊鏡裏，鬢華催老。嫩緑新陰，縱目仙源望杳。動離抱。瑣窗前，厭聞啼鳥。

其 二　花朝同石餘三村觀桃②

水東路熟，便夢想須溪，舊游何許。借今證古。對西山寸碧，鎖眉無

---

① 此詞有長序，限於篇幅，未録。
② 原注：劉辰翁《須溪詞·青玉案》微晴渡江觀桃詞，有稠塘路句；《八聲甘州》觀挑水東；《賀新郎》絶江觀桃；《摸魚子》水東桃花下賦。凡四見。辰翁字會孟，廬陵人，與周草窗同歲。生咸淳間，進士。入元不仕，晚寓南昌。所謂水東稠塘，是否即今三村，不可知矣。

語。浪詡仙源，誤了秦餘伴侶。共凝仁。問歷劫燕鶯，遺恨誰訴。　　重認攜酒處。但嫩柳迎人，菜花隨步。倦紅自舞。笑傷春淚滴，未輸兒女。怨入稠塘，料比玄都更苦。棹歌去。縱劉郎，怕吟前度。

曲游春

永寧寺尋娉婷市鍾傳故宅，用草窗韻。

信馬東湖上，趁浪花嬌鳥，來去如織。廢宅何王，問娉婷舊市，鎖塵無隙。路轉紅橋隔。尚暗想，盛時箏笛。自上藍，院改南平，難覓故家春色。　　古陌。殘紅剩碧。帶枯柳長堤，曾驟金勒。女樂餘姿，便招魂再寫，紫簫煙冪。倦旅逢寒食。吊墜景，自排岑寂。更與翻，僭國春秋，削麟未得。

高山流水　題程柏廬《空琴居圖》

半窗月色罨疏桐。寫秋心，迎露蘭紅。驚夢換塵徽，新聲暗落雲東。幺弦斷，寡鵠離鴻。留仙弄，休按參差鳳翼，散雪歸風。正哀蟬賦罷，落葉翳雕櫳。　　音容。披圖只追想，人不語，鑑影停空。清淚點練囊，碎玉響和號鐘。料難禁，藥店飛龍。側商送，天上人間此夜，契闊還同。定刊瓊染，素朱押，老琴傭。

塞垣春

己未歲朝大雪，怨園和夢窗丙午歲旦詞走示，即席酬之。

脆玉敲冰管。喚酒趁，笙簧暖。窗幽白小，鬢薴蘭倚，弦語歌囀。付雪兒，細瀹蓬萊盞。醉不問，天長短。任年涯，催人老，却凝春近春遠。

裙衩兩鴛鴦，愁驚夢邛池，尋夢湘岸。怨別幾東風，賺人勝釵燕。便蓬心斗轉，飛墜天雲，畫中身，月中見。梅雪共清冷，驗眉顰深淺。[①]

---

① 原注：此調後闋次句，美成作"天然自"，夢窗作"看爭拜東風"，多二字。"看"字平聲，宜注意，今人多誤作去聲矣。

應天長 净社拈題，雨氣限韻

燕歸避冷，鳩喚誤晴，閑庭静鎖春碧。綉砌篆蝸皴角，雙鴛印紅濕。
沉熏重，薇露滴。暗暈損，萬錢生壁。費人省，昨夜西窗，誰話岑寂。

沉醉問東風。病裏愁中，花事幾狼藉。悵望暮天雲合，鵑啼葬傾國。輕
雷送，非霧隔。漸向晚，倚樓哀笛。夢華恨，柳暝河橋，曾縱金勒。

其 二 訪板橋舊院遺址，用康伯可韻

絮雲翳日，煙柳斷腸，羈游怕尋芳路。徐步青溪，不見春波照窺户。
愁紅舞，哀燕語。漫笑我，老懷空負。念佳麗，藉甚當年，懺情無緒。

幽討向何處，種菜編籬，花鳥竟誰主。呼起淡心難寫，孤憬寄毫素。留
靈瑣，邀夢雨。對逝水，曼吟千度。蘸金粉，與畫前朝，亂絲成縷。

其 三 和《庚子秋詞》鶩翁韻

蝶酣蜂膩黄初褪。印枕霞添星頰暈。月一梭，心半寸。宛轉思潮無定
準。　　卜瑶釵，挑翠鬌。慵剔玉釭蟲爐。未了人間沉恨。背燈羞見問。

其 四 和《庚子秋詞》漚尹韻

曲闌回合閑憑盡。繞砌紅苔滋淚粉。簞波長，香篆爐。柳外歸鴉啼陣
陣。　　月牙梳，雲母笴。霾鏡塵奩慵近。待卜蹉跎期分。過雲沉雁信。

蘇幕遮 寒夜和雲史

舊懷孤，新恨永。喚酒墟邊，花影扶人影。怕向當筵呼定定。雪咽冰
餐，省識中腸冷。　　念家山，天樣迥。劍外杯心，鶴響哀猿警。甲帳綉
襦仙意静。一卧江關，耐得三年醒。

其 二 雪霽，對月示雲史

夢華疏，愁味永。急景凋年，轉燭渾無影。碧海青天心不定。漫鬥嬋
娟，謝却梅魂冷。　　雁書稀，川路迥。病骨支寒，耳厭鼉更警。四壁鼾
雷喧裏静。缺月窺窗，坐對成雙醒。

東風齊著力

辛酉孟春，之官寧都，初發南昌，却寄幕府同人。

初日籠霞，和風催柳，點綴江春。香塵十里，著意送行人。背指嚴城萬雉，聽笳鼓，四載從軍。滕王閣，虛陪勝宴，曾費雄文。　爲誰阮劉群。揮彩筆，壯游桂海金濚。馬當借助，擲璧問江神。問爾文章九命，三生業，可證前因。番風緊，蒲帆飽拽，輕溯南雲。

氐州第一　晚泊樟樹鎮，用待制韻

帆腳收寒，霞陣暈晚，長堤萬瓦鱗小。畫角風高，危亭望斷，天末青鸞縹緲。梅柳嬌春，任自媚，東皇餘照。錦水芳游，灘江倦轍，燕鶯俱老。　鬢影關河青鏡少。萬千事，夢縈魂繞。扇底今情，琴中古怨，莫更攪愁抱。此心無，真幻想，天花墜，拈來微笑。獨寂更長，漸遥聞，漁歌唱曉。

滿江紅

富口曉發，巨魚躍入余舟。援白石老仙例賦平調，以答神貺。

拂曉凌江，陣檣起，分浪溯流。是誰遣，錦鱗飛躍，入我扁舟。未省龍宮充使意，非關魚服豫且愁。更漫同，橫海釣金鰲，誇壯游。　盟津會，天相周。且燔祭，迓神庥。嘆藐余無似，敢附孫謀。鵬化南溟曾喻指，筌忘濠上且消憂。酹玉尊，援筆賦神弦，驂翠虬。

字字雙

萬安江行，上十八灘。

水淺沙平彎復彎。剌篙捩舵灘復灘。蒲帆挂雨環復環。嶺複雲深山復山。

菩薩蠻

造口，和辛稼軒。

雙江一碧無情水，滔滔盡是哀時淚。晚泊夢難安，古愁千疊山。
北流渾不住，何事人南去。歲晏孰華予，新詞賡鷓鴣。

望南雲慢

三仙崠，爲寧都南境最高山，中峰亭亭秀出雲表，兩峰翼之如巨靈
仙掌。余巡行三日，周其三面，拈此爲山靈訊。

半落青天，望峭立三峰，驚睹三壺。孤雲兩角，翳霧鬟鏡裏，疑有疑
無。顰黛亭亭影，更秀出，潯陽二姑。晚霞山帶，翠掩芙蓉，太乙仙都。
嗟余，宦轍窮邊，移情洞壑，平生賞會偏殊。山靈笑倒，怪席帽黃
塵，慣試崎嶇。太息今何世。戀故山，雲煙畫圖。劫餘猿鳥，夢想峨眉，
淚滿江湖。

其　二

踏青清涼山，小憩掃葉樓。用沈公述韻。

白袷尋春，憑掃葉高樓，雲影天光。山圍故國，嘆石頭浪打，洗今古
年芳。挑菜誰家女，趁步屧，花明草香。小桃夭杏，露眼如啼，粉暈潮
妝。　　驚傷。化鶴重來，時移代易，婆娑舊柳成行。坡前駐馬，換千古
江山，兩字清涼。休覓殘僧語，寫夢華，相看斷腸。半千餘韻，畫壁裁
詩，也耐思量。

秋色橫空

擬登三仙崠，載賦。

楓落愁紅。映蒼崖紺壁，氣肅初冬。三山縹緲霞標外，呼吸帝座潛
通。鏘瑤佩，駕彩虹。便把臂，雲將游太空。俯視齊州九點，萬古青濛。
誰共振衣杖筇。仰高寒陵羽，動魄靈宮。尋仙五嶽歸來晚，驚見碧海

芙蓉。三青鳥，兩玉童。奏廣樂，鈞天驂鳳龍，縱意想飛騰，猶是夢中。

其　二

陳叔起以畫菊索題。菊蓋十人合作。

誰貌霜容。向鬙天藻國，闢此新封。柴桑吏隱歸來晚，秋心爛漫籬東。冰綃薄，石黛濃。似十客，鬚眉將晉同。一任天荒地老，甲子重逢。休問義熙建隆，吊華嚴賢劫，省識圖中。一花一佛優曇在，應有色相難空。廬陵令，抱蜀翁。笑脫賊，生還非道窮，試與問泉明，聊證素衷。

碧芙蓉

蓮花山在寧都城西二十五里，爲州境主山。舊有陂，引山水入城，分二渠，供汲濯，匯於署內大池，導出東門入江。其迹久湮，居民疵癘。余清釐市政後，更疏復此渠，遭兵而罷。山寺有檜一株，晴日露點滴不輟，俗呼甘露柏。夜初更，山際時有光，倏忽若東坡所謂非鬼非人，竟何物者，賦此志之。

仙靈隱現。記行軒初稅，好山經眼。岫螺梳霧，洲魚浮浪，梅江橫練。明星玉女，似按舞，霓裳遍。駐雲輧，手把芙蓉，白玉京，遙覘天半。　　倒挂銀河手挽。建霞標，當露冕。甘醴珠霏檜，百丈清渠，長虹初偃。熛怒驚巖電。山帶繞，聖燈零亂，綠玉杖，挂洗頭盆，世塵疵癘同浣。

惜花春起早慢

《詞源》云：寄閒常作此調，云"鎖窗深"。"深"字歌之不協，改"幽"字又不協，再改"明"字，乃協云。按：此調宋詞均不傳，譜律失載。唯《高麗史·樂志》有一首詞，亦欠工雅，以調太拗澀故也。試擬此，以傳其節奏。

謝東皇，把嬌紅嫩綠，點染林壑。薔薇牡丹爭麗，競色漸到，婪尾紅藥。耽愁病酒，春事闌，春恨誰託。問湔裙，拾翠侶曾幾，輕誤釵約。宵闌畫燭深尊，驚夢雨靈風，響動鈴索。檐花坐飛似雪，透虛幕，怯聽清角。無眠到曉，生怕他，繁英吹落。向枝頭，惜餘春，喚酒花間重酌。

穆護砂①

罷按霓裳舞。問唐宮，艷麗誰數。縱清平法曲，牡丹休賦，自從真妃仙舉。淚不滴，沉香亭下土。倚絕代，名花相妒。悄欲墜，麴澱弄色，顫莫任，流霞輕注。初洗華清。倦陪凝碧，盈盈嬌困倩人扶。借荔枝紅潤，雞頭溫軟，瓊醴瑩脂膚。　怕被月宮留住。向荒山，祇園孤樹。笑桂馨天上，蘭辭空谷，年年怨風怯露。任世外，春回千萬度。憑閱盡，勝鬟修嫵。妝淡濘。海紅羞比，姿綽約，玉茗慚呼。傅粉嫌污。點朱嫌赤，洛神帝女宋東姝。費十載，侔色傳妍，新詞翻舊譜。②

其　二

感殷墟發掘得隋唐以前人弓足事，因憶前在全州掘地得骸三具，皆弓足，頗疑先唐人女子束足已成風習，今獲此證，爲之釋然。追爲此解，並附舊刻碣銘於後。

喚起精靈語。問埋憂，地在何處。愧蒙莊作達，髑髏能訴，佛言有情皆妒。任束足，弓弓誇妙舞。新月樣，金蓮隨步。悄欲逐，羿妻竊藥，慘却甚，太真繾素。千載泥塗。一朝天日，可憐無計定愛書。嘆骨銷香減，當年誰信，金屬貯名姝。　怕聽鷓鴣聲苦。葬黃陵，怨雲荒雨。想墜紅深恨，蛾眉謠諑，窮泉尚凝酸楚。化碧血，冤沉心自腐。招不返，倩魂如故。嗟酷毒，釀醯灌鼻，哀弱質，朽壤侵膚。墮馬鬢欹。舞鸞釵折，那堪只烏覲仙鳧。伴湘娥，啼竹滋蘭，芳馨歸净土。③

夢行雲　用夢窗韻

素肌厭冰縠。柔鄉熟。春睡足。鮫綃貯淚，迸落珠千斛。紺煙吹影迷花霧，寒梢頹醉玉。　舊紅乍洗，纖腰如束。蓬飛葆，膏未沐。環兒長恨，斷魂海山曲。祇慚金谷樓前路，墜香愁化速。

---

① 此詞有長序，限於篇幅，未錄。
② 原注："谷"字照前闋"賦"字，應叶。宋顯夫原詞作"寥落"，疑有失韻。茲用"谷"字以入作上借叶。詞成不百日，軍事起，寧都被據，粉紅爲何人竊負而去，海紅摧燒爲薪矣。
③ 原注：碣銘太長，今略。

垂絲釣近

有爲蜀客之招者，倚此代答。

杜鵑太苦。聲聲頻喚歸去。萬點蜀山，夢裹尋路。風又雨。任戾天勁羽。應難度。謝鷗盟鷺侶。　　錦城似錦，凋殘春事遲暮。倦游厭旅。深拜同臣甫。知舊誰嚴武。公莫舞。且倡予和汝。

花發沁園春

一春無佳日，拈此寄悶。

困柳摧花，翦風絲雨，蹉跎郊外游興。清明過却，殢酒慳詩，負了翠嬌紅靚。陰晴無定，春已在，酴醾芳徑。更做弄琴潤香焦，夜篝熏透蘭幀。　　釀出桐花凍冷。試春衫黃鸝，屢誤三請。清尊破睡，錦字傳歌，料峭瑣窗籠暝。餘寒猶勁。啼夢覺，扶醒難醒。恁餖飣，天氣懨懨，不教人瘦誰肯。

春風嫋娜

試晴又雨，更倚雲月自度腔寄意。

被盲風痴雨，斷送清明。花有淚，鳥無聲。敞蘭帷，逗取夕曛朝爽，杜鶯低翅，箏雁收翎。步屧芳郊，湔裙南浦，沁損芹泥三兩星。鴨睡香銷，窣簾影，簫稀餳冷少人行。　　寒重春深夢淺，三分過二，已驚見，綠密紅零。呼嬌燕，語流鶯。銜將墜影，扶上山屏。鳳子歸魂，與招沉魄，杜鵑啼血，黏住餘馨。芳菲垂盡，嘆年年三月，佳時易逝，難遇長晴。

洞庭春色

會同水西二峰特立，曰蠟燭寨，爲更名雙髻，詞以命之。

拱揖五華，照影同川，鏡中翠鬟。倩月蟾梳就，流蘇寶髻，黛贏點出，菩薩雙鬟。悄立亭亭風霧裹，似驂鳳，飄搖秦女仙。新霽後，對花明柳媚，凝睞嫣然。　　嬋娟窈冥洞天，想披雲帝所，霞袚星鈿。更帶荔牽蘿，宜顰宜笑，晨膏夕沐，和雨和煙。洛水凌波羅襪冷，定微步，春風鏘佩環。吹縹緲，寄遥情萬疊，白石青蓮。

聲聲慢 和夢窗四香

梅、蘭、瑞香、水仙曰四香。

江斐捐佩，湘女歸魂，争知歲晚重逢。九辨騷心，應難寫入春容。當年四愁遺恨，伴四香，沉醉東風。仙夢悄，悵芳馨誰襲，真色屏空。愁倚天寒羅袂，怕玉龍吹墜，難倩離鴻。一笑江橫，凌波尚怯霜濃。葳蕤露申清睡，驗同心，輕裊檀紅。端正看，護瑶窗，長在鏡中。

傳言玉女 和逃禪生四和

水仙、瑞香、黃梅、幽蘭同坐，曰生四和。

晝午熏濃，窈藹茜窗瓊軸。繡屏圍艷，費量珠十斛。龍涎鳳味，紺唾蠻紅生簇。越瓷清供，佩環争馥。　　漫比歡儂，怪荀郎，未免俗。自然風韻，共騷心暗觸。美人香草，步引凌波相逐。國香遺恨，更調哀曲。

沁園春

壬戌暮春，陪石城令固始吳述先嗣讓游金精翠微。

維暮之春，與客携壺，共尋翠微。看三峰仙掌，嶽蓮拄笏，一陂環玉，瑶佩鳴溪。墨竹留痕，芥茶知味，望古興懷誰與歸。徘徊久，漸金精霧合，贏石雲迷。　　依稀。鶴駕靈飛。指岫幌，蘿肩仙可期。笑丹砂勾漏，宰官徒現，冰銜陽朔，山水方滋。詩補麗英，堂荒九子，賦罷高丘歌采薇。從吾好，待遨游五嶽，歸卧峨眉。

西平樂

癸亥秋蒞官清江，政簡多暇，蒐集縣先正宋孔文仲、武仲、平仲、劉敞、劉攽、徐天麟、徐夢莘、張洽、向子諲、楊无咎、楊至質，元杜本、范梈、傅若金、楊士宏，明敖英、楊廷麟等遺著，編爲《清江先正遺書》。將次第校印，遽遷官去，惜其不成，漫題目録後。用清真韻。

吏隱蕭灘，棹回鹿渚，懷古倍覺情睐。三孔劉徐，宋賢遺集，搜求夢杳雲遮。嘆舊日，祠堂陋本，訛舛難資鏡考，何人爲取娜嬛，中秘更刻麻沙。無恙江清嶂碧，思大雅，悵望動咨嗟。　　探源流略，咸依四部，編目分明，行雁欹斜。還愵想，薌林片石，梅癖逃禪，媵以元風變雅，正始唐音，文苑儒林廣國華。提要纂言，巾箱枕葄，差免塵容，惠爾青衿，式此儀型，弦歌誦習家家。

探芳訊

擬游青原，三夙駕未果。軍書蜂午，宿諾難踐。用弁陽翁韻，爲山靈訊。

坐清晝。恁興冷如僧，愁濃似酒。嘆漚塵驚電，年涯已非舊。槎枒肝肺星星鬢，詩與人爭瘦。怕窺園，紺老霜葩，翠滋苔莽。　　風健雁程驟。指蒼兕臨江，煙羸凝岫。望裏青原，游悰尚慳否。山靈應怪來何晚，呵壁空搔首。渡江雲，迎路依依是柳。

竹馬兒　抒感，借葉石林韻

此身似，篇舟橫江泛海。有誰推挽。記南驂桂嶺，西徇邛筰，滄波雲巘。自笑投老風塵，昆侖睡起，壯懷空遠。猿鶴怨家山，指峨眉天外，蘿肩楹蘚。　　息壤今猶在，神州信美，歲華非晚。休嘲阮狂嵇懶。努力須加餐飯。浪說四海爲家，買山招隱，無地安從辦。蒼茫獨立，誰是盟鷗伴。

青玉案　三村，用須溪渡江觀桃韻

仙源縱有花千樹。曾慣被，漁人誤。打槳休猜桃葉渡。劉郎前度，桃根傳語，無寄相思處。　　武陵見説遭兵苦。何計相將避秦去。待見流紅春已暮。柳堤菜圃，冷煙疏雨，誰識稠塘路。

塞翁吟

　　丙寅夏仲，苦雨兼旬，夜寒無寐，倚黃鐘商一解。

窮燭西窗下，心碎永夕丁東。與誰活，舊游蹤。記赤雅蠻風。檐花細雨蕭蕭夢，鐙暗淚滴金蟲。幻眼纈，豆垂紅。昵客子愁中。　　忡忡。言猶在，聯牀舊約，人已杳，雲天斷鴻。大招賦，魂歸路遠，怕徒費，宋玉悲懷，怨入江峰。家山夢裏，輕轉宵深，欹枕成慵。

其　二

　　簡庵賦贈，依韻酬之。

老拙無兒女，騰笑五十稱翁。漫誇是，老來紅。齒髮漸籠東。坡仙賴有朝雲伴，身外過耳秋風。溯宦轍，桂邑容。諭蜀更存邛。　　天公。箋徒上，卿雲旦復，嗟夢斷，黃人再中。誤歸計，峨眉路遠，更誰分，買宅三榮，種荔瀘戎。江關歲晚，矯首長吟，一任窮通。

還京樂　借待制舊韻賦新事

夢天墜，不倩媧皇，煉石誰能理。便斷將鰲柱，更揮月斧，神工徒費。駕練橋空際。吳剛智竭長虹委。縱見了，愁惹怨女，騃牛痴淚。到銀河底。共張星，開宴乘槎舊客。重來新領異味。支機片石難携，報瓊瑤，自贈瓜李。指歡期，應似漆投膠，如魚戲水。未得君平卜，然疑翻見愁悴。

調笑轉踏 十臺懷古

《元風雅》有仿濟南王十臺懷古詩，《元詩·癸集》亦有黄巖林彦華之八臺詠。略采其語，增損入律，並自爲詞，爲消夏之資云爾。

掾白語

蓋聞思古每發幽情，消夏惟延墨客。引商刻羽，佐調冰雪藕之歡；綴玉聯珠，效概日凌雲之序。就元人之舊詠，成净社之新詞。酷吏斂威，調笑入隊。

勾　隊

跣足科頭難逭暑，哀時多病强登臺。澆愁聊借他人酒，吊古同衡樂聖杯。

其　一　姑蘇臺

百花洲上姑蘇臺，吳王宴時花正開。半空畫燭西子醉，三更鐵甲東門來。臺傾苑廢青草緑，吳波渺渺吳山簇。抉目千年血未乾，不見栖烏見游鹿。

游鹿。蘇臺曲。歌舞才停荒草鞠。吳波渺渺吳山簇。三策當年誰屬。怒潮猶射胥門目。一舸鴟夷空逐。

其　二　章華臺

楚圍問鼎無宗周，詬天篡國走諸侯。霸魂不洗乾谿辱，塊土獨枕山中愁。按劍投龜思肘壁，回首華容歸不得。大曲弓翻湛盧沉，渚宮落日空蕭瑟。

蕭瑟。悲傾國。夢斷三江迷七澤。細腰還舞新君側。只有谿菱堪食。君兮竄死臣奚恤。莫遣湘累呵壁。

其 三　朝陽臺

大江翻瀾神曳煙，瑤姬一去一千年。翠旗龍駕香何處，幽雲怪雨愁空山。當年宋玉誇詞賦，夢裏襄王豈真遇。江花黯黯汀猿愁，多少行人望朝暮。

朝暮。瞿塘路。誰撥痴雲開夢雨。靈濤飛落巴江怒。悵望巫娥何處。非關宋玉誇詞賦。應怨高丘無女。

其 四　黃金臺

燕郊殺氣飛黃埃，昭王不作惟空臺。千金無復收駿骨，棧豆聊用羈龍媒。君臣意氣千年少，樂生度量秋天杪。抵蛙之金亦奉軒，望諸墳上生荒草。

荒草。燕郊道。馬骨如山霜皓皓。遺墟落日增憑吊。誰省當年襟袍。霸圖易世風煙掃。惆悵英雄空老。

其 五　戲馬臺

項王戰馬從東來，喑嗚麾踏全秦推。入關不並沛公彎，還鄉却上彭城臺。沐猴御尊真兒戲，調服鴛駘棄天驥。淒涼垓下泣名騅，失路陰陵餘數騎。

數騎。楚歌裏。事去猶嗟騅不逝。還鄉衣錦真兒戲。把酒憑高無地。寄奴移晉非男子。剩得江山如此。

其 六　歌風臺

沛宮置酒君王歸，三侯歌逐風雲飛。兒童擊筑皆應節，父老上壽同沾衣。四方已定思猛士，菹醢功臣鳴野雉。黨無平勃解安劉，五葉誰歌秋風起。

風起。思皇士。四皓來歸安太子。楚歌聲斷悲人彘。愁聽宮中鳴雉。安劉者勃知之矣。高帝雄風誰嗣。

其 七 望思臺

龙裘金玦寒且離，子弄父兵罪當笞。巫蠱獄成莫須有，天倫異變起宮闈。湖城樓觀連雲起，戾園魄落泉鳩里。望思望思終不歸，茂陵老淚如鉛水。

鉛水。空零淚。子弄父兵誠有罪。茂陵望斷泉鳩里。大藥徒尋方士。獄中已見真王氣。蟲篆曾孫名字。

其 八 銅雀臺

冰井莖摧承露寒，陶泓斷覽留人間。分香賣履西陵吹，只憾彌天戢一棺。玉勝珠囊漢家土，肯爲瞞兒載歌舞。二喬不鎖空春風，落日漳河咽寒雨。

寒雨。西陵樹。疑冢千年無寸土。陶泓尚入文房譜。褫盡奸魂終古。望陵無復陳歌舞。唯見荊榛狐兔。

其 九 鳳皇臺

金陵王氣占鳳來，江天遠矚留空臺。青山送盡南朝夢，鳥啼花落增人哀。嬌娥舞散高城暮，餘輝迥隔丹丘路。細雨汀洲白鷺飛，畫船曾繫斷崖樹。

崖樹。秦淮渡。細雨汀洲飛白鷺。斜陽門巷烏衣語。燕子飛歸何處。景陽宮井胭肢污。愁賦江南春雨。

其一〇 凌歊臺

凌虛高宴敞崇臺，三千歌舞安從來。臺城宮扉鎖花柳，寄奴土障生塵埃。昏昏醉夢春風幾，那顧江東數千里。雲捲江潭見暮山，雪銷巴蜀來春水。

春水。當塗地。江上梁山相對起。佛狸幾歲爲天子。目斷江東千里。三千歌舞卮言耳。憑吊新詞虛費。

其一一 破子

臺上。鎮凝望。風景新亭增悵怳。前王游豫非觀賞。誰啓侈心蓬閬。

古而無死今無恙。安用牛山悲愴。

其一二

懷古。共誰語。聊作假游消酷暑。曾城上倍臨懸圃。寄意江山煙雨。神行夢駕知何許。縹緲如聞歌舞。

遣隊

不學東都賦七哀，聊同歷下歌十臺。明朝定有遺鈿拾，一笑新停濁酒杯。舞歇歌闌相將好去。

古香慢

倚夢窗自度腔，並步其韻，壽疆邨老仙七十。

瓣香壽斝，心印皋橋，畦病蘇圃。奏鶴南飛，噴笛渡江雲暮。公是石湖仙，愧石帚，移宮換羽。自江湖，載酒燼了，宋薪總昧甘苦。　　問四海，詞宗何處。漚鷺千秋，才判奴主。顧曲家風，願乞紫霞砭誤。蘭畹輯叢編，溯高韻，垂虹近路。好江南，待歸賦，杏花春雨。

南浦

蔡冰吾大愚別廿五年矣，聞其在漢皋，以《水龍吟》寄之。冰吾依此調見答，用韻酬之。

懷冰抱蜀，廿年來，豪士惜分張。君也馳驅關隴，沙磧陣雲黃。我亦壯游三管，伴飛鳶，跕跕下蠻江。嘆市朝都換，舊人誰在，留眼看滄桑。

漫比退飛宋鷁，好江山，乘興莫凄涼。玉笛樓中吹起，聲徹鶴家鄉。怕問故山猿鳥，共蟲沙，一例話興亡。效楚累哀怨，國魂招復應天長。

其二　贈周墨史同年殿薰

書劍憶游梁，廿六番，春風吹老塵世。華髮兩相看，依稀認，曾是故人名字。天涯海角，斷雲心緒重提起。夢梁舊事，空惆悵當年，飛花流水。　　休言老去情懷，尚兀自埋頭，蠹魚叢裏。賓戲漫騰嘲，文章力，猶傲並時儕輩。華嚴萬劫，後千秋想知誰會。祝君有喜。清游共扶將，門生兒子。

賀新郎 用韓偓《香奩集·厭花落》填

悶把衣襟撚。悄無人，西園永日，夾簾愁捲。果樹成陰餘花落，雙翅初齊乳燕。驀記起，華堂同宴。事到心中增惆悵，四支嬌，泛入茸茸眼。佯攏鬢，暗回面。　狂心半醉難禁遣。最分明，偷傳心印，任旁人見。不盡書中平生意，多恐郎情未滿。寄錦字，囊封重展。午夜臨窗燒紅紙，紙千張，尚有言千萬。眠枕臂，並申旦。①

浪淘沙 用《香奩集·金陵雜言》填

貰酒把愁澆。風雨瀟瀟。石頭城下木蘭橈。才魄妖魂今已矣，麗句誰招。　山色送南朝。煙月迢迢。金陵渡口去來潮。羅襪金蓮皆寂寞，吊古魂銷。②

其 二 自題《庚子秋詞》後鷔翁韻

華髮閱山青。屈指周星。故人誰與話平生。舊事蓬萊重檢點，煙浪無聲。　蟫夢校寒檠。秋籟曾聽。蠹餘殘墨沁紅冰。風景不殊朝市改，愁對新亭。

其 三 和《庚子秋詞》漚尹韻

三管說漂零。鸞馭風燈。怪來詞筆雜邊聲。雅雨黎風同颯沓，持似誰聽。　燕越舊游情。人海縱橫。夢華一卷太分明。喚起浪仙相比瘦，酹酒山城。

---

① 原注：忠愛纏綿，《國風》好色而不淫，《小雅》怨誹而不怒，《離騷》之流裔歟？燒紅紙，焚諫草也。華堂宴見，或者指昭宗遣趙國夫人招至尚食局密見一事歟？何怨慕之深耶！冬郎沒後，蓮炬紫綃，遺妾鎬藏，足知其心已。

② 原注：二詞全用原詩，斷鳧續鶴，天然合拍，無一字不入律。昔人謂冬郎詩與詞近，信然。

雙雙燕

冰吾拈此調見寄，借梅溪舊叶報之，美成云“燕子不知何世”，哀怨深矣。

怕尋故壘，過王謝堂前，巷空塵冷。呢喃欲問。似説舊栖難並。應戀沉泥甃井。更下上，歸飛無定。猶疑海曲驚潮，誤却簾波花影。　三徑。苔荒蘚潤。漫碧剪紅梢，鬥嬌争俊。鳩佻鵲喜，慣學幻晴翻暝。憐爾新巢未穩。便棄了，鷗盟鸞信。教人盼斷番風，日夕小樓空憑。

驀山溪　用清真韻

番風餘幾。芳信催婪尾。春恨逼人來，意懨懨，端難回避，倦游無緒，病酒怯黄昏，闌怕倚，風乍起。飛絮斜陽裏。　平蕪目斷。青到天連水。揮淚對滄洲，欲量愁，愁深未已。劫餘花鳥，物候倍驚心，湖海思。霜鬢底。争奈江山美。

其　二

山姜花，符文水畔，彌望皆是。

蠻江豆蔻。江上連生久。四出數花鬚，伴峨眉，雨昏煙晝。作辛從革，辛是老來多，山姜容，君知否。醫國當年手。　燂湯過酒。酒惡拈花嗅。遼鶴晚歸來，愛川南，水温山秀。託根無地，根喜傍符文，灕江柳。章江藕。塵事空回首。

迷仙引

《詩話總龜》：石曼卿嘗於平陽舍中，代作《寄尹師魯》詩。曼卿殁後，見夢於關永言，永言乃增損其詞，度以《迷仙引》。今案：其調極美，與《樂章·迷仙引》不同。譜律不載，依永和之。

春郊霽。畫舫依芳，渚風漪細。綉鴨引雛魚浪起。柔藍媚。柳絮搓綿，草薰游人醉。韶景驟，箏雁宵慵倚。慳雨困日，過眼花如錦，驚塵委。冷紅鋪地。雙鴛印泥，香尚膩。呼鶯燕，尋桃李。　怯更展愁睨。艷陽暗，凋紅翠。花落難留，逝景難追付流水。題怨曲，宮溝寄。寄滄波，點滴傷春淚。紅休洗。眷平蕪，目極遙天裏。掩離觴，尊酒人千里。

紅樓慢

北湖老人以此調賦凱歌，不稱其名，改詠閨情，藉傳墜譜。

脂盎紅冰，蘸甲雕觴，亞闌花韻籠晝。酥融玉暖酣青鏡，合皁新愁時候。約領訶梨半掩，私語雙渦嬌溜。費鶯腸，眉匠琴備，要風懷消受。　偢倸。宮額梅鈿皺。占水昤蘭情，醲釅如酒。楊絲千縷供駘蕩，應比蠻腰纖瘦。滿意珠香翠暖，花月人同長久。春回時，酌酒花前兩依舊。

陽　春①

五華高，滇池遠，山水韻調哀玉。瀟灑古仙人，羹牆夢，宛接幽袍睨瓊櫝。篆銘堪讀。施氏斫，嗣蹤雷蜀。應是自惜沉霾久，知音夢中相屬。　會心在，成連移情後，凝望渺，駿鸞駕鹿。朝來金徽到手，契蘭言，響應空谷。調弦更授古曲。似海上，蒼茫雲木。漫遺恨，兩度君弦斷，仙期待續。

白　雪

龍門百尺，根太古，鸞淳鳳崎修桐。鐐越諒霄，工良制巧，裁成換徵移宮。夢魂通。夢仙遠，散雪歸風。也應似，獄中埋劍，吐氣亘長虹。　因甚謫處夜郎，蠻書赤雅，寄孤蹤。想伴逐臣遷客，鄉思斷歸鴻。還自惜，爨材蓺鐵，賞會託成鍾。撫琴三嘆，知音曠古難逢。

醉翁操　題李雲仙《抱琴獨立圖》

登臨，危岑，千尋。快披襟，長吟，惟翁浩然通天。琴鳳鸞聲振高

---

① 此詞有長序，限於篇幅，未錄。

林，群籟瘖。意趣自蕭森，嘆世人孰知我心。　　入琴與共，其德愔愔。出琴與適，寥落山高水深。幽澗泉兮涔涔，大海潮兮湛湛，秋閨啼夜砧。春山鳴春禽，曠代幾知音，放懷天地無古今。

吉了犯

為戴亮吉追題其婦翁鄭叔問《冷移填詞圖》，用夢窗韻。

畫裏。認樵風老仙，斷魂何許。皋橋夢雨。芝崦遠，墓田深阻。紅梅賦句，猶在流光飛鶯羽。幻相小鬢天，鶴響荒瓊圃。嘆楹書，墜如縷。

嬌女左家，女婿微雲，同心張外户，蠹稿聚散落，舊詩集，新梅塢。畫卷續，徵題侶。表生金，穿碑仙掌步。料大鶴歸來，一笑吟無住。酹花邀醉舞。

倒　犯　和清真韻

太姥，靚冰奩乍開，黛蛾新掃。拖青曳縞。嬋娟子，善心為窈。開軒坐對，天海同悲山容悄。鏡空捲雲衣，塔影凌霞表。憺忘歸，引芳醥。

邛海舊游，醉上蛙瀘，花深樵徑窵。映水萬炬爇，掩寒月，珠光小。助夜色，夷歌好。嘆頻年，羈栖猶遠道。寫異俗殊鄉，筆底描愁照。故山何計歸老。

透碧霄　泉南拍板①

拍紅牙。十香雙捧婉凌華。六幺偏徹，霓裳中序，羯鼓初撾。鸞鈎輕點，闌干暗掐，銀字橫斜。記新聲，拋豆傳花。乍竹竿秋坼，堅冰春裂，邏娑塵沙。　　命雙成鼓瑟，飛瓊吹管，按舞紫皇家。鏤檀輕，文犀重，消息點畫尖叉。白雲奏闋，鈞天夢覺，回雪霏霞。又何須，低扇佯遮。嘆海山漂泊，歌板移情，老我年涯。

---

① 此詞有長序，限於篇幅，未全錄。

其　二

峨眉絕頂賦，依松隱體。

震旦大光明。秀兩眉，朝覲太清。寶地西皇，普賢南戒，崆峒廣成。仙人採藥飛玹羽，大妙古靈陵。絢華嚴，銀色天晶。指雪外，蓬婆如帶，直披星斗上神京。　　叩霞扃。飛瓊瑤台，風露頓覺五銖輕。浴日修月，煉雲生水，變易陰晴。雙蠃黛冶，修蛾笑倩，遙謝群生。又何必，光相親承。定拄笏重來，凡根盡洗，賢界聽希聲。

望春回　金陵陽曆歲朝，用李景元韻

滿城戲鼓，映九衢電光，煙火明滅。臨路凍泥深，聽步屧聲咽。千門桃符都換新，怪梅柳，蕭索無人折。望春春遠，原來尚值，歲窮時節。

天公放晴半日。又密佈同雲，吹下嚴雪。安有大裘，長庇孤露鶉結。誰家兒女猶笑樂，道魚龍，曼衍無休歇。夜來寒重，霜華透骨，怯對明月。

畫錦堂　題《冶春圖》

柳眼鬖輕，花鬚粉重，百六時序侵尋。餲飣踏青天氣，半雜晴陰。鶯捎游絲飛絮軟，燕扶娑尾濕紅深。愁臨鏡，才畫遠山，無端又上眉心。

香沁。蘭徑悄，蓮印淺，叢頭淹漬泥金。可惜鴛鴦裙衩，繡樣誰臨。牡丹羞落爭相比，海棠嬌嚲不勝簪，慵歸去，彈向瑣窗瑤瑟，怨也難任。

唐多令

尋春燕子磯，值游女以花枝擲水，余得之戲賦。

春水碧於油。春山靄不收。小春纖，擎住春愁。人面勝花花也妒，驚花艷，替花羞。　　危浪打春洲。春心逐遠流。好花枝，何意輕投。輸與老人忘結習，到東海，再回頭。

桂枝香

雪晴，登雞鳴寺豁蒙樓。用王介甫韻。

爽心快目。似史説子玄，經論王蕭。十里湖光一鏡，彩舟群簇。迎春
霽雪來窺牖，對披襟，蔣山高矗。練拖江步，雲黏樹頂，溜懸峰足。
有薑髮，雛顏共逐。問何代臺城，悲笑相續。羞照胭脂，廢井沁波留辱。
小營校練場如砥，漸裙腰，芳草驚緑。古愁今感，歸來慵記，後庭哀曲。

卜算子慢

廢曆歲朝，得北來書。用張子野韻。

屠蘇後飲，鞭竹禁聲，積雪助寒催晚。剪燕黏雞，暗想舊京人面。回
盼。惜春期不繫東君眼。念往日銅街，紫曲狂朋，快侶星散。　　影事尋
三館。記演象圭臺，夢華天遠。檢點春衫，兩袖污塵猶滿。才遣。一封
書，又惹危腸斷。便直北，鋒車徑達，望神皋不見。

風流子　觀舞和清真

斜日轉銀塘。蘋風度，少女踏春陽。看輕雪乍回，碧蓮翻沼，小腰慵
舉，紅杏倚牆。殢人處，慢歌調舞節，遲拍昵金簧。佳俠艷光，笑時飛
電，醉魂驚眼，邀處停觴。　　司空渾閑事，清狂減，還自注目瑶厢。記
否舊家，金釵十二成行。嘆老來結想，承平遺恨，怕描殘粉，愁賦翻香。
多少夢果餘話，説也何妨。

（録自《蜀詞人評傳》）

其　二　尋春燕子磯，用張文潛韻

江流催日夜，危磯迴，燕子傍人飛。正堤柳未綿，露桃初綻，荻芽苗
候，魚浪生時。見游女，障風驚蛺蝶，私語囀黃鸝。臨水弄花，笑迎花
展，撚花投水，花逐鬢低。　　何人增惆悵，維摩詰，愁見綠瘦紅肥。無
意好花入手，菩薩低眉。嘆結習已空，休尋後果，綺懷都遣，誰問前期。

分付暮潮來去，慵帶花歸。

綠頭鴨　泛舟玄武湖，用晁次膺韻

練湖清，六朝一夢如煙。背臺城，景陽芳樹，才人狎客張筵。雞鳴埭，尚悲射雉，毒龍窟誰吊哀蟬。辱井羞沉，華林恨縊，玉兒含淚殉箏弦。算千古，江南春恨，同輦罷魚軒。年年有，桃花笑人，此豸娟娟。
便新亭，茫茫對此，奈他風景依然。訪修文，蠹書御覽，念閱武鯨甲樓船。璧月瓊枝，烏啼子夜，吳歌西曲至今傳。漫譏切，風流天子，平地步生蓮。君不見，金海玉臺，筆下飛仙。

安平樂慢　清明登雨花臺，用万俟雅言韻

步出南郊，麴塵揚暖，陽春白日風香。湔裙是處，祭掃誰家，迎路粉黛相望。柳髮桃顋，襯弓彎雲袂，競鬥時妝。戲語曲池旁。蠢蠢也愛韶光。　　問石子岡頭，散花天女，沉醉知在何鄉。僧俗同歡喜，誌公帽朽祇園場。絮舞花迷，胡覷得，唇乾眼忙。又爭知，紅塵紫陌，年來消減清狂。

青門飲　登鍾山最高處，用曹元寵韻

天鎮神符，紫金浮玉。憑高念遠。何王南渡。一發中原，貸雲河雨，霞表旭光微露。索共山靈語，數九朝，英儕豪侶。虎踞千年，成敗是非，明眼觀處。　　撲地嚴城如霧，看院省衣冠，市樓賓旅。舊史風雲，禁陵煙樹，盈望故情今緒。獨爾依然在，換多少，池臺鐘鼓。幾時問道三茅，行藥更尋仙路。

劍器近　和袁宣卿

夢疑雨。醒乍歇，才飄還住。枕邊夢游仙處。待尋取。叩巖戶。若有人，泠泠笑語。朦朧尚無端緒。又輕去。　　庭樹。弄晴陰正午。拋書坐起，見露網，輞輟牽風絮。憑將幽恨寄瑤京，奈書成更開，雁翎知向何

許。好春無數。亂落飛紅，似有傷心證據。憑闌目極江天暮。

憶秦娥 代《遏雲集》李白

泉聲咽。磨刀水映關山月。關山月。胡兒吹角，漢兒傷別。　　玉門關外持旄節。葡萄入漢烽煙絕。烽煙絕。燕然銘罷，又封高闕。

女冠子 代《金奩集》溫庭筠

微顰輕笑。乍見西真窈窕。罷梳蟬。回盼雲生水，飄裾玉化煙。綺詞花瓣裏，紅怨貝書前。成佛生天願，悔求仙。

酒泉子 代《尊前集》司空圖

窖得牡丹，頃刻唐花烘欲坼。獻春筵上曲闌東。鬧妝紅。　　開時未到早成空。富貴如斯真可惜。爭知忍耐待東風。鬥春容。

其　二 和《庚子秋詞》鶩翁韻

拄笏抽簪。曾記灘江西路。雁風遙，鳶瘴暮。武溪南。　　幾年江上穩收帆。歸趁郵筒初熟。闊排青，山奪綠。夢魂忪。

其　三 和《庚子秋詞》漚尹韻

吹網織簾。夢識春愁來路。斷腸時，收淚處。思潭潭。　　海棠橋畔郁江南。吟到落花紅撲。荔支香，盧橘熟。整歸帆。

眼兒媚 代《草堂詩餘》左譽

濃暖江天暮生寒。花月兩闌干。滿空柳絮，滿庭芳草，做弄春殘。倚窗誰唱江南好，傾耳且消閒。不干底事，吹縐春水，笑破春山。

其　二 和《庚子秋詞》鶩翁韻

琴邊風雨笛邊晴。花霧隔春星。伊人宛在，珠拋瑟瑟，玉泣亭亭。

煙波眉黛同銷黯，心緒亂風燈。淒然擁髻，夢辭秋輦，淚灑紅萍。

其 三　和《庚子秋詞》漚尹韻

春風曾不管盈盈。江上客愁生。天寒袖薄，夜長霜重，立盡蘭更。
翠禽枝底銷魂語，幽夢碎春聲。梅邊笛送，佩環歸也，消息層城。

其 四　和《庚子秋詞》漚尹韻

一枝寒艷照窗明。仙夢冷瑤京。清尊夜雪，籠香紙帳，疊鼓春城。
屏山寫得疏疏影，愁思接丹青。零陵舊事，梅潭素萼，水面輕盈。

阮郎歸　代《絕妙好詞》徐照

碧雲離合月將沉。淒香寒上襟。海棠花下忍追尋。橫釵驚睡禽。
塵篋像，怕重臨。臉潮陽又陰。我心怎得換他心。知他誰愛深。

玉樓春　代《中州樂府》馮延登

繚牆斜帶麒麟臥。鴿糞沿階簷馬破。草侵翁仲暈苔深，花胃蛛絲愁靥
妥。　　人家寒食分新火。麥飯幾曾陳享座。銷沉到此戢彌天，淡淡長空
孤鳥過。

南柯子　代《元草堂詩餘》王從叔

薄酒禁愁重，遙山壓恨低。幾年不聽杜鵑啼。記否枇杷花謝，海棠
肥。　　少日思奇服，風塵點素衣。東西南北竟何為。可奈青天道遠，未
成歸。

傾杯樂　和《庚子秋詞》鶩翁韻

淚漬鮫絲，塵生雁柱，檢點舊時愁印。誰道愁來成陣。夢斷層城休
問。　　熒熒栖頰啼紅搵。日如年，年逢秋閏。都來一寸心曲，曲曲回腸
自忖。

其 二 和《庚子秋詞》漚尹韻

曆日先庚，靈符遁甲，吐火越巫傳恨。仙樂參差無準。環佩歸來風緊。　麻姑隔座神清穩。背輕搔，春纖愁損。啼痕莫遣燈照，玉箸拋殘淚粉。

鳳銜杯 和《庚子秋詞》漚尹韻

梁塵輕拂紅襟燕。凝立盡，綠蕪池館。惆悵人天，難覓傷心伴。空獨惜，佳期晚。　楚蘭傷，楚魂遠。弦語促，雁風吹斷。長是丁香不放，眉頭展。休問愁深淺。

其 二 和《庚子秋詞》鶩翁韻

青雲孤却滄洲願。愁見説，紫溟三淺。一寸柔腸，禁幾車輪轉。烏頭白，駒光短。　一聲聲，是河滿。歌未闋，淚塵輕泫。底事愁生獨在，金尊畔。魂逐哀弦斷。

其 三 又一體。和《庚子秋詞》鶩翁韻

城烏頭白暝歸煙。化鵑啼，魂返何年。又是哀蟬，吟後葉飛前。瓶落井，箭離弦。　宣敕促，賜恩偏。景陽鐘，倉卒分筵。知否麗華瓊樹，異今番。麟筆待新刪。

胡搗練 和《庚子秋詞》鶩翁韻

菖蒲花老是來期，慚愧金盤霜蒴。人世悲歡離合。夢被重衾壓。江南消息斷江梅，魯酒愁來慵呷。破凍寒葹應怯。猶見黃羊臘。

其 二 和《庚子秋詞》漚尹韻

鈿窗雲母結冰花，冷襲膚襦腰衭。香爐屏山金鴨。偎暖慵離榻。個中滋味薄情知，誰管箏塵棲篋。漂泊玉璫緘札。待答何由答。

雨中花　和《庚子秋詞》鶩翁韻

紙罅風尖衾似水。慣誤我，燈花報喜。官閣梅遲，玉樓霜重，無限傷高意。　　悔不向，黃公壚畔睡。覓殘夢，紅簫漫倚。費淚湖山，供愁杯盞，醉也和天醉。

其　二　和《庚子秋詞》漚尹韻

夢便逍遙呼便起。了不爲，仙期曲會。破賊新歸。圍棋正劫，休管兒曹事。　　漫笑我，難成歸隱計。更休問，逃秦甚地。怒軾官蛙，謠監市虎，也要人回避。

醉花間　和《庚子秋詞》鶩翁韻

星淡天河繩影直。霜濃鉛淚白。鴉影下蕪城，尊酒開離席。　　愁多言轉默。忍更深相責。此情誰會得。妾心長只逐君行，不歸來，何處覓。

其　二　和《庚子秋詞》漚尹韻

曲曲屏間春夢隔。愁羅凝舊色。山枕隱紅潮，箏雁移秋泣。　　梅根連遠驛。梅信偏難得。並禽雙比翼。夢隨珍偶度金微，塞雲黃，邊月黑。

其　三　和《庚子秋詞》忍盦韻

瑟瑟弦孤箏雁急。漏沉天寂寂。鴛瓦點霜明，扶影嫦娥立。　　欲眠眠豈得。帳背籠鐙黑。夢遙魂是客。青天碧海此時心，綺櫳疏，生曉白。

西溪子　和《庚子秋詞》鶩翁韻

嚙臂齒痕猶在。紅暈守宮禁待。卜團圓，靈鏡賺。年芳換。盈望漢清河淺。欲渡苦無舟。接天流。

其　二　和《庚子秋詞》漚尹韻

春苑舞紅輕改。香沁壓愁麟帶。寶箏空，弦欲斷。啼難喚。雁泣塵飛寸管。眉語懶回頭。錯凉州。

其 三　和《庚子秋詞》漚尹韻

犀枕睡痕春在。眉樣薄侵山黛。竟牀花，香夢遠。魂堪斷。攏翠步搖金鈿。簾影小紅樓。罷梳頭。

玉團兒　和《庚子秋詞》鶩翁韻

海棠經雨胭脂薄。蝶魂殢，沉香睡覺。露網珠懸，芹泥燕涴，誰理僝約。　　畫梁不展鞦韆索。撼屈戌，金蟾齒鑰。玉女蜚廉，虛供灑掃，鉛淚紅閣。

其 二　和《庚子秋詞》漚尹韻

香迷帶眼腰圍約。瘦應怯，寒梅小萼。倩影亭亭，開簾還怕，眉月窺著。　　回波不怨春潮錯。怨錦字，修麟枉託。閱盡花時，紅啼翠泣，誰管開落。

其 三　和《庚子秋詞》鶩翁韻

客衣不耐吳棉薄。雁聲遠，鵑聲又惡。柳拜樓心，花底簾額，尋夢無著。　　饒他足繭絲偏縛。醉醒半，隨人惋愕。孔漏蟲天，年窮鶴語，愁款觥酌。

鶯聲繞紅樓　和《庚子秋詞》鶩翁韻

識得鴛鴦兩字無。瑣窗裏，鳳紙教書。爲誰親解大秦珠。愁壓繡腰襦。　　金縷君聽取，花枝晚，莫怨青蕪。恣君憐愛倩君扶。啼紅滿氍毹。

其 二　和《庚子秋詞》漚尹韻

怨縷圈花冒井梧。花鬚細，苔腳愁蘇。夢回青鬢事模胡，還刷鳳翎

無。　　如海春愁在，銷沉盡，兔死生烏。春人休怨鏡鸞孤。紅靨爲
誰敷。①

　　其　三　和《庚子秋詞》漚尹韻

　　鶴市山花泣倒梧。驚魂定，重問姑蘇。煙生紫玉更模胡。還憶苧蘿
無。　　西子湖光改，吳歌咽，子夜栖烏。遙憐鄰女效顰孤。猶說勝
羅敷。

夜行船　和《庚子秋詞》鶩翁韻

　　血沁湘筠知淚費。胭脂井，落紅輕洗。不採婷花，還賡魚藻，誰省玉
妃憔悴。　　賦就招魂愁翦紙。休重按，壽人安世。料得歸來，空宮環
佩，清涕月明鉛水。

　　其　二　和《庚子秋詞》漚尹韻

　　露泣金牀雲母桂。鸞膠冱，斷弦誰理。破鏡飛天，椒泥沉井，中有玉
兒痴淚。　　帝子瑤池春夢裏。蘅香滅，倩魂難起。月死珠傷，鵑啼花
落，休問殿芳蔆尾。

戀繡衾　和《庚子秋詞》鶩翁韻

　　寒花凄碧競晚芳。畫屏空，凉月侵窗。愁費盡，春人淚，小蠻腰，慵
舞倦楊。　　綺櫳珠箔依稀認，枕奩間，休爇斷香。尋不到，西州路，蝶
魂輕，春窄夢長。

　　其　二　和《庚子秋詞》漚尹韻

　　枉抛才筆賦上陽。怕人嘲，天寶舊妝。愁暗長，紅心草，玉鉤斜，螢
戀夕凉。　　十香遺曲焚椒錄，井華清，留鏡聖狂。依舊是，瀛臺月，甚
宵宵，猶照壞牆。

――――――――――――

①　原注：梧桐花細如編絲，宛轉成圈，瀹脂可以刷鬢。唐《宮鏡銘》：“當眉寫翠，對臉敷
紅。”

愁倚闌令 和《庚子秋詞》鶩翁韻

青蘿館，碧梧廊。怨宵長。病葉泣秋誰互答，有寒螿。   弦語蕭瑟
金商。移箏雁，膽怯空房。曲曲天河簾影隔，九回腸。

其 二 和《庚子秋詞》漚尹韻

1232

鈿霞黯，袂雲凉。踏春陽。未省弓彎何世舞，問伊行。   裙褶香印
迷茫。誰能畫，九疊屏張。遺襟捐珠勞遠夢，落瀟湘。

其 三 和《庚子秋詞》漚尹韻

巫雲濕，楚波長。憶蟲娘。瑟瑟秋眸回倩睞，損清狂。   持勸紅淚
盈觴。尊前已，舞換伊凉。一夕靈風飄夢雨，滴空廊。

其 四 和《庚子秋詞》漚尹韻

依珠檻，窣瑤厢。水沉香。籠住嬌雲痴不散，試春妝。   應惜輕負
年芳。冰苔點，花唾痕凉。簾外微霜簾內影，楚蘭傷。

遐方怨 和《庚子秋詞》鶩翁韻

鵑吊月，鳥呼風。駿骨龍媒，翠華西巡天厩空。血殷宮錦障泥紅。渥
窪神物在，感懷同。

其 二 和《庚子秋詞》鶩翁韻

花唾碧，淚珠紅。襱祆仙裙，絳河春潮波不通。莓苔凄映綺疏櫳。石
華誰攬袂，問修容。

其 三 和《庚子秋詞》鶩翁韻

蟬鈿委，鳳幰空。結綺臨春，景陽歌殘沉斷鐘。落紅驚葉舞回風。御
溝長躞蹀，水西東。

其　四　和《庚子秋詞》漚尹韻

麟髓盝，獺脂筒。翦髮塗眉，脱簪非關秋扇風。却憐金井墜芳桐。繞闌悲露草，兩心紅。

其　五　和《庚子秋詞》漚尹韻

瓊淚赤，研箋紅。錦臆纏綿，一篇無題詞思慵。却愁難寄此心同。爲君歌讀曲，夢魂中。

其　六　和《庚子秋詞》漚尹韻

鶯燕老，鳳鸞空。舊色羅裙，酒翻慵歌休洗紅。織愁如醉麴塵風。撇波魚尾赤，病秋蓉。

其　七　和《庚子秋詞》漚尹韻

辭鳳輦，泣鮫宮。凍合銀瓶，竟牀餘香分綠熊。麝塵栖簟掩薰籠。幾人簪白柰，吊驚鴻。

紅窗聽　和《庚子秋詞》鶩翁韻

月午簾空花浸水。人意遠，隱囊斜倚。舊愁端是無尋處，惹新愁不已。　　習習紅芳凝夜紫。箏塵濕，休彈苦調，弦中有淚。泣殘銀蠟，泫銅荷凄對。

其　二　和《庚子秋詞》忍盦韻

細數花鬚招鳳子。應省識，解紅深意。怨黃愁粉行煙重，被飛花驚起。　　見說深尊歌板地。曾邀得，詞仙夕降，修簫月底。酒懷渾減，問傷春餘幾。

思歸樂　和《庚子秋詞》鶩翁韻

瑟瑟羅衫芳淚舊。愁暗鎖，煙蛾雙岫。月底落花紅欲溜。鴬裏覺，影欺春瘦。　　似此銷磨禁幾晝。悄一似，睡殘人柳。俊游嫩約過燕九。不須笑人偁僷。

其　二　和《庚子秋詞》漚尹韻

乳髮倭垂釵影溜。應不妒，藏鴉新柳。著雨海棠飄砌後。莫笑我，爲春銷瘦。　　晼晚佳期凝望久。惹恨到，夢殘人舊。鏡盟隱約尚在否。好天月圓時候。

1234　**憶漢月**　和《庚子秋詞》鶩翁韻

休怨雨篩煙簸。欲鬥腰肢無那。柳絲長帶小眉顰，誰管燕飛鶯坐。隋堤西畔路，魂斷處，月欹花妥。泰娘歌倦不勝啼，嬌擲茜羅香涴。

其　二　和《庚子秋詞》漚尹韻

魂逐斷雲風簸。幽夢迷離難破。打窗簾蒜乍驚回，挑罷玉蟲斜坐。蘭膏凝夜綠，愁更卜，鬢邊釵朵。曼陀花發是歸期，誰道竟成乖錯。

其　三　和《庚子秋詞》忍盫韻

鬖髮月梳雲裏。嬌稱星勻霞嚲，鏡菱香玉不禁銷，却費水沉薰坐。青鸞無計問，應有恨，碧蛾雙鎖。雁雲消息叩心期，書字報來偏左。

鋸解令　和《庚子秋詞》鶩翁韻

刺桐新乳鳳初歸，遣畫入，葳蕤綺扇。春人持與障輕盈，幾引動，倚闌望眼。　　墨痕淚濺。底許飄香送晚。輸他撲蝶好心情，却惹起，舊愁似綫。

其　二　和《庚子秋詞》漚尹韻

海棠嬌麗殢春紅，翦絳蠟，宵沉睡淺。碧城青雀不飛回，儘泫斷，恨眉醉眼。　　曲闌憑晚。凄絕秦箏雁短。霞箋緘淚寄相思，莫絮向，認巢語燕。

其 三 和《庚子秋詞》忍盫韻

小池西畔砌苔痕，歷歷是，雙鸞立遍。題裙封帕自銷凝，枉擲却，好春過眼。　俊游負慣。綠怨紅愁不管。絲闌香繭寫新詞，恰按就，韻長拍短。

其 四 和《庚子秋詞》漚尹韻

一春消息鳳鸞空，掩綉閣，花深月淺。比花憔悴月凄迷，更瘦損，帶移舊眼。　斷雲送晚。無那天長夢短。玉蟲休更誤歸期，且卜向，壓釵白燕。

小重山令　和《庚子秋詞》鶩翁韻

倚沼初凉戀葛衣。鏡邊人影瘦，綠苔肥。秋痕不唾嫩煙支。風漪細，清話醉吟時。　松鼠乍窺籬。檐花飛撲簌，小窗西。歸人休訝市朝非。閑哀樂，分付斷雲知。

其 二 和《庚子秋詞》漚尹韻

酒氣成虹入太微。醉來邀鶴語，夢依依。塞驢茸帽灞橋詩。吟風雪，塵壁不堪題。　閑事費論思。倚闌重悵望，塞鴻稀。天涯倦客漫懷歸。龍泉嘯，吹髮斬棼絲。

其 三 和《庚子秋詞》忍盫韻

一鏡春漪映秀眉。風光爭得似，語兒溪。綠迷紅醉亂鶯啼。橫塘外，鸂鶒向人飛。　臨水暗低垂。繞堤芳草碧，戀春暉。王孫怨斷不成歸。魂銷也，飛夢落天涯。

其 四 和《庚子秋詞》復广韻

蝶瘦禁秋夢不支。晚風吹菊影，淚如絲。斷雲沉恨碧無涯。平蕪遠，殘照兩依依。　回首昔游非。關河長笛裹，送斜暉。萬山紅葉護雲衣。憑高意，惆悵更誰知。

鬲溪梅令 和《庚子秋詞》鶩翁韻

十年著論擬潛夫。世情疏。愧煞淮南山雅，共輪扶。賦成招隱無。留人叢桂沁香初。且踟躕。忽送涼風天末，數行書。報君明月珠。

其 二 和《庚子秋詞》漚尹韻

繞窗花葉自扶疏。照妝梳。一尺紅綃猶見，薄情書。浥殘千淚珠。折釵休怨舊盟孤。咒花鬚。目斷游絲飛絮，下簾初。未妨燕歸無。

其 三 和《庚子秋詞》漚尹韻

強携春困軟醒扶。意蕭疏。怕見南園飛盡，錦千株。爲花傾百壺。静觀濠上我非魚。自容與。一夜笛聲吹淚，灑江湖。昔游風月孤。

其 四 和《庚子秋詞》忍盦韻

一聲腸斷内家車。意何如。只恐蓬山春遠，阻雙魚。殢魂經歲蘇。夢回清恨轉徐徐。費躊躇。記得東華塵影，未模胡。試燈風信初。

醜奴兒 和《庚子秋詞》鶩翁韻

青門落日黄埃起，短策秋風。不似吴儂。細馬障泥映面紅。年年經醉湖山慣，斜照江楓。借酒衰容。老色春回杖履中。

其 二 和《庚子秋詞》漚尹韻

漚波不浣羈愁去，酒醒江空。畫壁青紅。不似南天六六峰。回頭蕭寺經行路，側帽西風。感慨潛通。料有瑶瑠寄塞鴻。

其 三 和《庚子秋詞》忍盦韻

唐花移檻烘寒日，奪盡天工。一霎凄風。欲倩鵑魂訴斷鴻。華鬘彈指驚塵劫，人遠春空。怨入號鐘。心事年來託轉蓬。

其 四 和《庚子秋詞》復广韻

一春閑却看花眼，黛鎖眉峰。倚斷珠櫳。不信屏山有萬重。　　如今春去翻惆悵，枉賦驚鴻。舞罷回風。莫搵霞綃泣落虹。

相見歡 和《庚子秋詞》鷺翁韻

風沉冷月無聲。過三更。愁説佳人不見，碧雲橫。　　人縱見，情終遠，竟何成。依舊玉釵斜拔，剔孤鐙。

其 二 和《庚子秋詞》鷺翁韻

啼烏攪夢頻驚。數寒更。依約青鸞消息，下層城。　　尋無處，歸無路，意難平。還是鰥鰥獨寐，到天明。

其 三 和《庚子秋詞》漚尹韻

生憎滿院流螢。亂風鐙。恁自拈花惹草，暗還明。　　飄疑雨，暉叢樹，織愁生。留照砌蛩啼恨，一聲聲。

其 四 和《庚子秋詞》忍盦韻

枕函歷歷山程。驛籌更。驚覺敲窗疏雨，送寒聲。　　歸期遠，愁鬢短，夢初醒。目斷隔江一髮，故山青。

其 五 和《庚子秋詞》復广韻

哀弦忽動離聲。暗魂驚。數盡分香紅豆，度闌更。　　烏啼亂，笳聲斷，送君行。厭聽殘更和淚，不分明。

太常引 和《庚子秋詞》鷺翁韻

芸生蚤虱待爬搔。盈望玉京遥。莫更反離騷。輟雅曲，巴人自高。　　舊懷如渴，新愁如織，揮淚灑湘臯。江上斷魂招。應憶得，煙塵渭橋。

其　二　和《庚子秋詞》鶩翁韻

垂虹載雨溯春潮。愁絮鏡瀾飄。波咽笛聲高。問心事，蘭舟共搖。
江南草長，雜花生樹，桐乳致新巢。年事酒中銷。休更憶，離魂斷橋。

其　三　和《庚子秋詞》漚尹韻

夢雲如絮逐花飄。蓬轉耐今宵。門外馬蕭蕭。攬離緒，朱顏夜凋。
隱囊春枕，博山沉水，愁共斷香燒。歌倦殢紅嬌。莫更理，飛泉洞簫。

其　四　和《庚子秋詞》忍盦韻

蜀江澄碧蜀山高。魂短不禁銷。江外酒旗搖。任柳色，依依萬條。
百花潭水，枇杷門巷，情盡莫題橋。呼酒駐蘭橈。便寫遍，霞箋薛濤。

其　五　和《庚子秋詞》復广韻

夢回清涕灑神皋。風物記前朝。春雪未全消。國殤痛，誰歌大招。
扁舟容與，五湖煙水，桃葉伴歸橈。閑恨謝眉梢。也學得，吳兒弄潮。

杏花天　和《庚子秋詞》鶩翁韻

鈞天夢醒閑笙吹。久忘却，長安肉味。十年江海人憔悴。銷斷清狂筆
底。　　空相勸，提壺客至。也應識，旗亭酒貴。啼秋玉折春冰脆。惘恨
年時錦字。

其　二　和《庚子秋詞》鶩翁韻

啼鶯破曉催人起。續殘夢，琴囊更倚。盤中四角相思字。陳恨偏來眼
底。　　儒冠誤，兜鍪自貴。壯游負，衣簪況悴。四愁輕託鱗鴻寄。難寫
離心醉裏。

其　三　和《庚子秋詞》漚尹韻

菱花屢誤當眉翠。掩妝閣，慵梳倦洗。傷春長是懨懨地。翻笑籠鸚不
起。　　休裁寄，珍珠密字。更誰省，當筵定子。鸞弦知有關山意。挑動
遐心萬里。

其 四　和《庚子秋詞》忍盦韻

鶯花如夢供沉醉。醉鄉小，差容避地。南飛孔雀知余意。吊影山河破碎。　　論憂患，緣從識字。歷塵劫，觀澄止水。神州北望浮雲起。愁鬢絲絲鏡裏。

其 五　和《庚子秋詞》復广韻

涼柯倦葉喧晴吹。雁風緊，憑高送淚。塵侵篋衍三年字。難浣離腸渭水。　　芳游記，洲邊拾翠。舊情憶，舟中擁被。迎秋漫有新亭意。愁賦嬌春十里。

燭影搖紅　和《庚子秋詞》鶩翁韻

折柳西園，櫻花如雪緗桃小。春池碧草澹詩魂，欲逐游絲裊。　　夢燕雲恨繞。寫難就，龍歸怨調。自拈湘管，誰吹玉笛，低吟側帽。

其 二　和《庚子秋詞》漚尹韻

曲宴橫汾，秋風帝子咸京道。蘭衰菊秀袂塵涼，攜向銅仙笑。　　掌金莖泫曉。動仙樂，參差縹緲。佩環歸也，滿身星斗，凄螢共照。

其 三　和《庚子秋詞》忍盦韻

一夜凄迷，蘭釭垂穗啼清曉。哀鴻偏向枕邊多，莫漫驚秋早。　　唱琅玡大道。但凝斷，愁蘿怨草。寶箏空泣，月笙誰炙，弦孤夢老。

其 四　和《庚子秋詞》復广韻

月色驚烏，愁人無寐疑窗曉。鼉更歷歷是離心，尋夢關山道。　　捲檐花似掃。助凄感，虛廊鶴嘯。攬衣推枕，籟沉天寂，荒雞恨早。

七娘子　和《庚子秋詞》鶩翁韻

歸期卜得花前後。掠釵梁，喜見雙鶯鬥。隔霧花明，捲簾人瘦。篔屏怯試弓彎袖。　　金錢曲會空回首。結釁絲，不解丁香扣。引綫牽愁，拈

清

仙

休

風

清·周岸登／

針刺手。鴛鴦舊譜從君綉。

其 二 和《庚子秋詞》漚尹韻

傷春最怕鵑啼後。歙遥情，不縮絲絲柳。眼爲誰青，腰如人瘦。纖愁拼付流鶯守。　　清明近也銷魂又。理春衫，淚疊前時酒。落莫心期，問花知否，斷腸禁得黄昏候。

1240 ## 花上月令 和《庚子秋詞》鶩翁韻

綠蘿江閣帶春流。壓春酒，畔牢愁。舊情經醉湖山慣，問盟漚。芳草岸，木蘭舟。　　小病無名勞伏枕，喧鬥蟻，似聞牛。十年塵夢東華路，苦稽留。風月在，許重游。

其 二 和《庚子秋詞》漚尹韻

薄寒侵袂滯春愁。護香篆，下簾鈎。新詞譜入溪山韻，小紅留。吳語脆，越蛾羞。　　説與文君游倦意，從卧病，待歸休。花闌酒殢歌眉約，一痕秋。因念遠，强登樓。

其 三 和《庚子秋詞》忍盦韻

一江春酒小扶頭。酹花月，不澆愁。洞庭淚釀湘波色，兩悠悠。花外夢，水邊樓。　　十載吹笙湖上路，年事暮，苦淹留。蘭傷蕙嘆斑筠泣，楚魂羞。解珠佩，憶麟洲。

上行杯 和《庚子秋詞》鶩翁韻

微霜侵幕鴛衾重。殘夢和煙和雨送。蠟淚凄然，漬枕啼痕，已隔年。雙蛾巧畫愁仍在。呼雉成梟争得快。夢怯天高，歷亂秋魂，不可招。

其 二 和《庚子秋詞》鶩翁韻

鞭絲徐拂香風動。換馬輕盈驕紫騣。翠羽明玕，油壁匆匆，再見難。雨花彈指驚塵快。杜宇催春春事改。墜夢今宵，輕逐雲羅，雁影高。

其 三 和《庚子秋詞》漚尹韻

杏煙凝鬟衣香重。細馬嬌駄花底送。霧濕雙鸞，小立雲廊，理霧鬟。春駒對舞湘簾外。粉袂霞裙天女隊。鏡裏紅潮，不許啼妝，一半消。

其 四 和《庚子秋詞》漚尹韻

釣絲風約春漪重。絮點萍開疑餌動。水皺何干，脉脉微波，欲託難。吹香魚浪桃花在。弱柳禁腰辭故帶。怕度良宵，怨縷愁絲，有萬條。

其 五 和《庚子秋詞》忍盦韻

相風徐轉鈴竿動。愁鬟臨春花雨送。雨閣春殘，紫舊紅羞，不耐看。欺人眼纈花無賴。任是無情偏有態。倦踏芳郊，瘦倚孤筇，過短橋。

其 六 和《庚子秋詞》忍盦韻

春山懶鬥煙蛾重。學得長顰西舍共。入眼芊綿，漠漠林花，哭杜鵑。鸞枝掩抑啼鶯在。遠夢驚回雞鹿塞。醒更無聊，隔雨珠櫳，漏點遙。

江月晃重山 和《庚子秋詞》鶩翁韻

寫恨才人劍器，驚心公主琵琶。六朝山色送昏鴉。商女怨，猶唱後庭花。　　筆底錚錚金石，弦中颯颯風沙。平鱗鏟角尚槎枒。休相笑，吾道一龍蛇。

其 二 和《庚子秋詞》漚尹韻

乞郡無因得酒，監州却喜分茶。憑高送目斷雲遮。江南遠，誰與寄梅花。　　曲底清尊瀲灧，吟邊醉墨欹斜。霓裳譜就又琵琶。同牢落，誰是小紅家。

其 三 和《庚子秋詞》忍盦韻

苦語愁聞獨鶴，清歌教得雙鴉。蓬山不遠曲屏遮。花間意，高詠滿天涯。　　桂海十年瘴雨，邛池五月蠻花。投荒萬里便爲家。心安處，巾墊帽簷斜。

錦帳春　和《庚子秋詞》鶩翁韻

緩酒開襟，圍花送抱。更誰管燕忙鶯老。倚紅腔，偎翠鬟，問新愁多少。麴灦空裊。　　漱玉新詞，斷腸凄調。也消得雪兒歌好。鳳笙寒，魚素報。正夢窗春悄。坐參猿笑。

其　二　和《庚子秋詞》漚尹韻

隔夢幃空，吹愁煙裊。藥闌静杜鵑啼曉。疊遥情，成獨笑，惱游絲妨帽。碧深紅悄。　　弦促杯寬，病疏春少。倚瑤瑟暫舒幽袍。舊懷孤，芳事老。任曲腸千繞。有誰知道。

丹鳳吟　賦桐花鳳

　　李德裕畫桐花鳳扇賦序云：每至暮春，有靈禽五色，小於玄鳥，來
集桐花，飲朝露，及花落則不知所往。[1]

一自銅仙辭漢，翠羽西歸，文園消渴。花桐新乳，王母乍回旌節。花鬚凍醒，錦翎初下，小萼偷窺，香喉輕啜。夢裏飛瓊是否，露冷金莖，揮披猶戀丹穴。　　畫向雪兒扇底，舞紅亂落銀界雪。正好春如海，奈春歸天遠，何事輕別。彩雲南去，日色暈虹生纈。縱使花時重見汝，話鶼鶯千劫。也應有恨，羞對鶯燕説。

繡鸞鳳花犯　賦錦被堆

　　唐裴説詩云：“一架長條萬朵春，嫩緑紅紫小窠匀。只因根下千年
土，曾葬西川織錦人。”宋范成大詩云：“誰把柔條夾砌栽，壓枝萬朵一
時開。爲君也著詩收拾，題作西樓錦被堆。”倚小石調寫其意。

彩雲飛，西來鳳羽，峨眉振春佩。萬妝同倚。牽顫裊長條，筠架愁墜。鬧紅鬥紫酣朝睡。檀霞隨夢起。問古佛，九天花雨，優曇誰布指。文君薛濤是花魂，花光共，受想人天無二。花自好，人長壽，錦江姝麗。西

───────────

①　原注：峨眉之桐，入夏始花，花時鳳輒紛集，此鳥其仙乎。

樓上，夜寒病酒。眠思悄，嬌紅堆綉被。便葬了，百花潭土，依然歸净水。

長相思慢　賦頻婆果

《翻譯名義集》：頻婆此雲相思果，色丹且潤。[①]

夢冷匑尼，香分巨勝，東風乍啓葳蕤。菩提樹好，鹿苑秋繁，禪熏合種相思。領褻訶梨。想丹霞泛臉，人淡春姿。剖玉洗紅肌。孕靈根，南國初貽。　　算栖託，嘉州竺雲，江月朝朝，鏡裏峨眉。關山知有恨，伴韶年，紅豆新枝。美動情怡，參聖果，三危露滋。老維摩，文殊問疾，天花不點荷衣。

鳳簫吟　賦鵝毛玉鳳花

倚新妝。當年飛燕，歸風復反香魂。化身天上種，鳳毛池畔有，玉勝珠塵。羲之曾視草，愛難拚，繭紙鋪菜。倩寫得蘭亭，水曲白羽歛春。　何人。桐花幺鳥，畫來輕扇，羞妒銀雲。楚宮誇妙舞，細腰裁紵小，鶴氅練巾。儇風應未老，按清歌，鵝管聲勻。漫笑我，游仙夢醒，瑤草爭分。

慶春澤慢　木瓜紅

或呼八月瓜，《峨眉山志》謂之石瓜，生初殿蒲公結廬處，葉光原似冬青，有齒，又似桑花，淺黃，實如肥皂莢，生青熟紫，瓤如水晶，子如黑胡椒。世界生物學會定爲新種，屬安息香科喬木也。

樹挺三珠，瓜成八月，擎來綺席流丹。如餉安期，何妨與棗齊觀。蒲君學圃多奇想，不栽桃，留種綏山。助仙餐，斑異狸頭，頳是龍肝。邵平五色迷秦火，怕驪山硐谷，説也都難。欲問瑕丘，靈苗可耐高寒。嘉令世界爭延仁。便呼龍，瑤島耕煙。遍瀛寰，琪樹森森，瓜瓞綿綿。

---

① 原注：實略如栗，美在其英，外殼紅而内丹潤，每房子二三，熟則自坼，本印度産，粤東有之，嘉州有數株，極高大。

尾　犯

再宿接引殿，夜聞虎嘯甚厲，晨下八十四盤，見其尾，不見其首。昇夫子於長老坪見其目，先三日，張精一於怖鴿鑽天見其尾。拈此記之。

倦枕託桑門，宵永夢輕，長嘯聲急。掠牖風悲，想山君當出。才怒吼，巖扉震響，又驪娭，雌雄共劇。夜闌燈地，只聽鼾聲，相和助蕭瑟。侵晨緣峻坂，見一虎，剪路奔逸。未審全身，尾斑然三尺。履无咎，其旋有慶，虎耽視，逢凶化吉。倦眸初啓，飲羽没，金呼白額。

眉　嫵

峨眉三峰，居中微低，如繭蛾之首者，曰千佛頂。八字平分如雙眉者，左爲金頂，右爲萬佛頂，而言者類以迤西傾斜之弓背山爲眉形，遂成古今之大惑。拈此正之。

想塵揚桑海，地辟蠶叢，神力破天繭。愛好仙情性，文君樣，描來嬴黛深淺。影娥鏡展。照靚妝，凝笑巖電。是山以，獨秀名天下，鎮西竺南贍。　　難見。匡廬真面。向畫中誰省，光相干變。雲水從今洗，留靈嫵，須彌通到天眼。我來露冕。叩上真，人近心遠。便呼起瑤姬，驂鶴羽，壯游倦。

楊柳枝

薊門春柳詞三十首，借比竹餘音韻。

律遲寒谷嘆無春，剩挽枯條掃陌塵。一夕東皇偷點染，試妝争似隔年人。

其　二

和雨和風鎮日吹，才看起舞復低垂。輕狂不中花城選，慣爲離人惹恨絲。

其　三

火出心空樹半殘，尚垂青嫵縚征鞍。紫騮嘶過花間去，錯怨嬌黃不耐攀。

其　四

太液風多廢起眠，月梳雲沐自年年。新鶯那識霓裳曲，舞向離宮弔暮煙。

其　五

玉溝金水自回環，春殿葳蕤閉九關。燕子不知人世改，銜泥依舊覓巢還。

其　六

一束宮腰太瘦生，回風回雪總堪驚。家山舞破春仍在，莫遣黃鸝更費聲。

其　七

學得啼妝掩醉妝，偷描淺黛點初黃。搴條挽作相思結，縈損愁春九曲腸。

其　八

半罥宮牆半覆堤，落花無賴晚鶯啼。一從黃竹歌聲斷，青雀歸飛不肯西。

其　九

千縷愁縈更夢縈，搓綿弄絮豈無情。因風面旋猶勝舞，飛度層城路不明。

其一〇

曾伴驚鴻妙舞來，靈和千樹換新栽。虬柯半死新稊在，猶自依依九子臺。

其一一

淰淰波光沍曉寒，梨雲如雪雨初殘。婆娑寫出龍池影，難着滄洲畫稿看。

其一二

鶯梭燕剪兩差池，織得霓旌卷鳳旗。婀娜新華宮畔路，暗黃猶映萬年枝。

其一三

隋宮殿腳漢宮腰，舞送飛紅過便橋。不管興亡管離別，休將舊恨問新條。

其一四

顰青嚲碧殢人憐，露葉煙條未麮蟬。正是清明西苑路，葬花天氣吊遺鈿。

其一五

已含離緒更含煙，萬樹園居帶玉泉。莫問瑤池阿母事，新詞淒絕鷓鴣天。

其一六

冒日晴絲織麯塵，醺醺如醉絳都春。狗屠燕市今難遇，却喚流鶯作酒人。

其一七

萬柳堂空致自佳，從教移植滿天街。野雲風概遺山曲，撩我尋春感舊懷。

其一八

百囀宮鶯別上林，舊塵新夢兩沉沉。誰將苑轉楊花曲，吹落繁枝減路陰。

其一九

黏天踠地太纖柔，不待臨風始欲愁。阿㜍聲中橫笛怨，舞低斜月水明樓。

其二〇

幾拋愁眼鬥長鬖，漫綰纖絲強贈人。飛過宮牆隨苑水，不嫌呼作兩家春。

其二一

年涯泥絮黯心驚，憶得忘憂作賦情。刻意傷春復傷逝，千條一夕變秋聲。

其二二

三成玄圃九成臺，曾按春人歌舞來。鳳輦不歸離苑鎖，隔牆時見野棠開。

其二三

擬倩游絲惹住春，踏搖時鬥小腰身。榆錢買得拋家恨，一名思君清路塵。

其二四

麝作流塵犀作株，鶯鄰燕戶亦蓬廬。與儂國媛皆顏色，誰見當年衛子夫。

其二五

結帶題巾恐未堪，蕪城哀怨憶江南。春風蝦菜亭邊路，小借清陰積水潭。

其二六

塗成半額鬥新眉，折得千條結網絲。眉樣恨長絲恨弱，從渠玉貌解傷時。

其二七

脆似葦苕散似萍，好春芳物付飄零。鶯巢折後紅綿薄，搖艷偏誇眼最青。

其二八

夢雲無據黯魂銷，又踏楊花過謝橋。通體禁風留不得，只憐麟帶壓愁腰。

其二九

輕絲流亂閉朱櫳，舞竹歌桃一笑空。却怪絮花寒食路，夾城燈火九微風。

其三〇

夢華心事已成塵，綺歲清裁頌璧津。除却長楊兼羽獵，而今詞筆屬何人。

其三一

江南春柳詞，借《尊前集》韻五十首，《花間集》韻二十二首，共七十二首。

記傍宮牆臚笛吹，薊門煙柳感春詞。而今蕭瑟江關道，誰向天邊添兩枝。

其三二

春雨江南杏鬧時，題巾句好共依依。亞夫誰道非兒戲，醉折楊枝當指揮。

其三三

南嶽夫人卷綉幨，披香博士唾冰絲。白門烏夜啼難歇，枉聽新歌楊叛兒。

其三四

才思輕狂逐絮飛，漫天匝地任風吹。沈郎堆疊苔階滿，爭羨青錢能入時。

其三五

眉樣橫波皆入時，新妝那復鬥腰肢。明星玉女供灑掃，拜下樓心總爲誰。

其三六

情盡橋臨雁水濱，枯槎殘蘖閱千春。多生厭入離人手，簌水籰青也賺人。

其三七

薑髮鬅焦裊更垂，絀春靉靆蹙金絲。丁香縱有同心結，寄恨酬歡兩未知。

其三八

蘭成綺怨賦青旗，哀到江南日暮時。大樹飄零君莫問，婆娑生意感支離。

其三九

搖落江潭怨歲華，玉關不度被春遮。只聞張陸稱交讓，誰割清陰屬兩家。

其四〇

夢魂拘管慣成迷，花艷塵香驚大堤。無限新栽官柳好，可憐三匝欠烏栖。

其四一

薄怒佯瞋赤鳳來，傾城標格降輿臺。誕誕燕尾拖泥絮，咬破新花盡碎授。

其四二

早識長眉妒更多，悔移蜀柳植靈和。當年張緒今憔悴，晚向金城發浩歌。①

其四三

似恨東風不展眉，東風叵耐盡情吹。吹眠吹起還吹落，瘦殺臨春千萬枝。

其四四

行人攀折損宮腰，泣露顰煙戀舊條。留得一枝栖杜宇，要聽啼血過津橋。

其四五

樹老心空鬢尚青，風流天賦與多情。任他兵火交摧挫，劫後猶堪庇燕鶯。

其四六

玉門斜日映寨旗，野堠雕陰盤馬時。一夕鄉心入羌笛，江邊梅發對垂垂。

其四七

三出鳳州漫浪誇，那勝越艷比吳娃。千絲不結鴟夷網，身是江南桑苧家。

其四八

金谷河陽舊有名，南朝狎客更風情。珊瑚血點燕支辱，後庭玉樹變秋聲。

---

① 原注：以上十二首劉賓客韻。

其四九

苦爲墜樓悲艷骨，甘從餓殺競纖腰。傾城傾國都銷歇，舞盡春風萬萬條。

其五〇

盡抛嬴黛鬥長眉，更倩鶯梭織恨絲。絮亂絲繁眉自鎖，夭斜争似舊家時。

其五一

翳蟬羞露怯高枝，漾曲揉金窣嫩絲。一自斑騅輕解繫，籠鸚低唤誤他誰。

其五二

虛傳麗則長楊賦，乍可清風栗裏庭。邊塞北條維地絡，永豐西角動天星。①

其五三

人柳三眠出漢宮，酣春沉醉九微風。銅駝荆棘銅仙淚，一樣凄凉似夢中。

其五四

羞逐鴟夷放釣船，五湖明月秣陵煙。過江名士如相問，姓字猶懸尺五天。

其五五

絮搏成氈絲作旒，教睄官儀起鳳樓。解識宦情如博塞，任他無蟹有醓州。

---

① 原注：以上十首白香山韻。

其五六

曲瀾輕漾醉芳埃，厭殺章臺憶釣臺。苦欲移根近清路，因何不傍白榆栽。

其五七

蟹簖魚梁近水垂，更添漁具續天隨。西湖五柳陶羹好，爭及東都宋嫂時。

其五八

疏封細柳徹侯絛，白馬青絲共踏摇。衝得楊花窠裏住，一肩風月送前朝。

其五九

緑蕪凋盡賦臺城，玉塒金椎鹿角營。入望萋萋魂欲斷，柔絲那更絆行人。

其六〇

酥雨烘晴鶯曉初，條風揚暖燕歸徐。嬌春莫道無顔色，姹紫嫣紅總不如。

其六一

鍛竈嵇康眼獨青，竹林游賞異新亭。好陪隱士閑門巷，不爲天家護瑣廳。

其六二

參差流艷御香繁，不賦華林賦小園。草木無情豈躅忿，忘憂何事樹金萱。

其六三

新詞月節教歌成，月月春風夜夜情。三十六宫都應節，全回大地作春聲。

其六四

頹林槎石障河橋，急束齊裁帶葉燒。留得風流根性在，春回依舊長新條。

其六五

篆伴芝英畫仿迂，射工穿葉未嫌粗。御輪學得臨風態，六藝通材擅得無。

其六六

何心惹霧復拖煙，攀折隨人度歲年。斜出酒簾紅杏外，將無誤眼到旌斾。

其六七

支風給露逐時新，不管迎春管送春。象渡灘山曾手植，攀條隕涕更何人。

其六八

圈花羃曲小青樓，壓酒吳姬字莫愁。醉倚朱闌新月上，萬絲如髮學梳頭。

其六九

風懷桃葉伴桃根，衣袂啼痕間酒痕。畢竟不關惆悵事，十年花月別青門。

其七〇

折楊古調總違時，下里巴人世共推。畫壁旗亭真賞在，匆匆遣唱渭城詩。①

---

① 原注：以上十八首薛太拙韻。

其七一

換舞巴歈替得麼，吳謳適怨轉清和。新來學得鮮卑語，舞錯涼州可奈何。

其七二

含風宛轉玉兒家，十丈游絲縮日斜。車駕六萌迎窈窕，蟬紗霧縠罩非花。

其七三

彩幡人勝簇釵鈿，水眆蘭情映碧鮮。舞罷相邀看花去，趁蜂隨蝶冒鞦韆。

其七四

與梅同占渡江春，輸却東風一度新。閑艷暗香評泊盡，空勞委路託清塵。

其七五

游鹿開河不記年，鶴飛螢葬玉生煙。漂餘木柿邗溝上，留待疏淮好碇船。

其七六

東湖官柳幾年栽，臨水青青畫本開。皮作民糧惟骨在，婆娑猶自望春來。

其七七

青回鬢雪護衣雲，乞得回仙不老春。更種靈根觀自在，度他賢劫大千人。

其七八

託迹淵明耄遜余，風流孝伯世應無。星躔本自鄰東井，羞作人間五大夫。

其七九

墮盡名城堙盡池，强臺臨望憺忘歸。江湖滿地煙波在，不緝荷衣緝柳衣。

其八〇

故枝折盡折新枝，無復清陰與覆堤。重上河梁携手處，花驄解意向空嘶。①

其八一

離腸九曲逗柔條，帶眼頻移損瘦腰。便織花圈投水去，纏綿猶自繞紅橋。

其八二

金水河邊錦里傍，一渠春酒壓鵝黃。研箋渲染桃花色，十樣離詩穀斷腸。

其八三

生綃十幅寫苗條，駘蕩春心記板橋。豈爲閑情瑕白璧，莫倚纖腰笑折腰。

其八四

也隨紅葉度宮溝，不作良媒翻惹愁。吹皺春池干底事，壞雲驕絮慣遮樓。

其八五

碧雞坊外草堂西，罨畫花潭簇石堤。留得千秋脂粉澤，薛濤井畔碧萋萋。

---

① 原注：以上十首成文幹韻；上尊前集。

其八六

迎陽鶯羽炫成金，脆炙初簧弄好音。博勞多言鴝鵒舞，誤人江上動愁心。

其八七

笛裏關山路萬重，錦城回望隔芙蓉。陽安唐柳應無恙，會友逍遙竟漢風。

其八八

石訪支機開卦頻，問津休誤泛槎人。江南春盡寒猶勁，雪外蓬婆未識春。①

其八九

柔荑才吐露痕微，便蹙風絲逗雨絲。阿嚲一聲羌笛怨，斷雲幽夢曲中吹。

其九〇

南浦新波綠漲時，離觴供淚玉雙垂。牽絲宛轉隨郎去，逐浪因風路不知。②

其九一

御苑仙城一樣青，寄將離緒謝芳卿。芙蓉夢影分明在，莫厭凡情訝蕘生。

其九二

隨風低掃落花深，披拂朱闌縷縷金。苦爲顛狂長傍路，郵亭芳草動離心。

---

① 原注：以上八首溫飛卿韻。
② 原注：以上二首皇甫子奇韻。

其九三

吹花鬥草競春條，妒雪愁絲兩不饒。若遇東施應絕倒，捧心何意損纖腰。

其九四

墜溷飄茵兩任飛，非關燕掠與鶯欺。萍根若解憐桃梗，共浣春江莫妒伊。

其九五

汁染青衫映綠波，春神無賴强張羅。驪駒也識人腸斷，拗折鞭絲贈恨多。①

其九六

漫把纏綿强泥人，啼紅化碧翠長顰。芝田枉託微波語，不賦針神賦洛神。

其九七

通體留仙一搦腰，盤中婀娜掌中描。研羅裙畔飛輕鳳，楚佩銜時盡放嬌。

其九八

綠楊枝外是天河，夢揢仙音梵譜和。識得人間離索苦，玄霜搗盡誤姮娥。②

其九九

金絲晴窣蝶黃乾，吳苑風多怯曉寒。廿四橋邊魚浪闊，青袍如雪倚闌干。

---

① 原注：以上五首牛松卿韻。
② 原注：以上三首和成績韻。

其一〇〇

十三樓外雨濛濛，小苑青樓接大功。燕子不歸春寂寂，六朝如夢葬東風。

其一〇一

溝斷清淮接濁河，揚州花月汴州歌。若教畫手能描寫，江北江南不較多。

其一〇二

不吊蘇臺不怨隋，萬年芳樹好陰垂。揚靈乞得東風便，玉苗橫江盡意吹。①

> 丁巳旅食北京，曾借比竹餘音韻，爲《薊門春柳詞》三十首，勞者自歌，亦當世得失之林也。南來十載，德業靡進，世亂日亟，恒幹漸衰，讀《尊前》《花間》二集所載唐人柳枝詞，觸緒增感，乃遍和之。自四月十七初度日起，盡此月得七十二首，合之前作，遂贏百首。不自用韻者，初無作意，趁韻爲之，隨人俯仰，或竟匪夷所思，見智見仁，亦隨人甘苦之酸鹹之而已。丁卯夏正四月三十日甲子記，將有廈門之行，漫卷詩書矣。舊交星散，孤弦獨奏，書竟泫然。

（錄自《蜀雅》《蜀雅別集》《能登集》等）

---

① 原注：以上四首孫孟文韻；上花間集。

林思進

　　林思進（1872—1953），字山腴，別號清寂公。華陽（今屬成都市）人。光緒二十九年（1903）舉人，曾任內閣中書。歷任四川省立圖書館館長，成都高等師範學堂、華西大學、成都大學、四川大學教授。1952年任四川省文史研究館副館長。工詩詞，著有《清寂堂詩錄》《清寂堂文錄》《清寂堂詞錄》等。

齊天樂　望叢祠和休庵

　　夕陽載酒郫筒去，村村杜鵑啼遍。社鼓秧歌，靈風神雨。換了舊王祠殿。蒼姬世變。算縱目奇姿，首開荒甸。易代昇中，居然七十二封禪。

　　江源未埋禹迹，看青青玉壘，疏鑿同擅。碑訪鰲靈，冢空石槨，吊古春田一片。射蘭壯縣。有被田桑麻，連畦杷茜。只怕如今，夢移城更遠。

其　二

　　予家自己卯避寇，轉徙沱水，村居五年。今年七月始得還城，而十月朔九日，適余七十初度，季子先期自渝歸。諸故舊門人來暖壽者坌集。賦此以賀。

　　一家抱得團圞喜，衰翁至今無恙。玉瀉金釭，盤堆珍鮓，珠電華燈交混。余懷自卨。對季子來歸，虎兒道上。① 詩說吾家，豈聞高興有斯唱。

　　橫披紫裘欲醉，更南飛鶴起，吹笛寥亮。四坐圍花，萬年稱觴，和氣濃於春釀。新詞共賞。謝鉛槧殷勤，故人宏獎。② 從此旗亭，不羞將扇障。

其　三

　　前詞意有未盡，再賦此解。

　　興亡閱盡滄桑影，橫流此身還在。生不逢辰，天偏與健，慚說名高四海。江山未改。總看鏡驚霜，度圍移帶。無用文章，自嗟聊比熟銅賣。

---

① 原注：容孫近忽自學作詩。
② 原注：諸君子欲刊拙詞。

人生誰少七十，只河清里鼓，期邈難待。謝傅餘年，安昌後宅。且任鏗鏘繁會，梅妝淺賽。有弟子新來，絳紗迎拜。酌我無多，眼前當意快。

其　四　餞竈夕作

又驚爆竹環村響，比鄰支雞祠竈。檢點瓶盆，騷除釜甑，瓟上盞燈紅罩。兒童聒鬧。指薄餅夸酥，軟餳愁膠。惟有衰心，萬般情事此時繞。

城中今夕幾處，未歸應念我，何日才到。誰説新來，更饒晚艷，欲作詞家側帽。山妻暗笑。是秸馬餘聲，炭㼖粗調。擁艾憐孫，不妨司命少。

鵲踏枝

> 歲盡雨中，奉懷堯老。

詞社闌珊秋已暮。悔不當時，苦苦留君住。坐看寒江搖櫓去。至今却悵殘年雨。　　珍重耳中臨別語。石室青城，早覓栖身處。昨夜征鴻驚又度。夢魂空繞榮州路。

其　二

> 題于右任光宣問靈寶道中舊詞卷子，蓋得諸劫後者。

一鞭伊洛連關陝。磨盡輪蹄，不止家山感。南北甘陵前事遠。至今黨錮傳張儉。　　少年游迹驚重覽。硤石如雷，黄巷車塵黲。[①] 萬恨滄桑都在眼。劫灰認作新詞卷。

滿江紅

> 次韻李博父同年生日悲憤，意在祈死，寄此廣之。

海立波翻，誰釀此生人禍孽。看方罨，九州餘幾，國今猶活。楚怨不勝騷屈淚，蜀人正葬萇弘血。更悲涼，皇鑒揆初生，詞嗚咽。　　一尊壽，君宜答。片帆舉，吾能説。望江陵千里，歸舟如瞥。試誦通天臺下

---

① 原注：詞中所歷，亦余光宣間還蜀經過處，故感及之。

表，莫驚漢苑昆明劫。勸問龍，乞水洗殘年，長生訣。①

其 二

沿村新稻，頗遭螟害，老農云數十年所未有，憫賦，以示當官者。

氣鬱陰多，甚五月重棉未卸。閔小旱，一春愆澤，舞雩方罷。②誰道土龍玄寺立，已驚螟螣青苗咋。總天時，人事足傷心，疲農活。　簑笠破，泥沾胯。茶蓼朽，漿如瀉。問年年終歉，何時多稼。官里早傳征購帖，民間但論妻兒價。任號呼，泥佛總無聞，吁長夜。

其 三

田家告予，今年插秧後，陰曀無雷露，故暝螣生而禾不茂，感而爲再賦。

布穀催闌，漸葉葉稻翻風擧。問食節，食心誰管，仰呼田祖。那得千驕壼戲電，頓叫萬斛珠傾露。便豚蹄，盂酒賽簀車，蹲蹲舞。　編剌急，嚴符伍。誅斂迫，悲逃户。又縱橫遠近，四驚桴鼓。自昔傳聞天割降，如今始識生民苦。怕豐年，一飽乏軍興，官人怒。

百字令　次答章行嚴桂林見懷韻

孤桐漸老，更驚秋一葉，飄零何處。③五嶺宜人惟桂管，陽朔村邊好住。剩水殘山，古愁今恨，並入新詞去。洞庭無際，故鄉回首凄苦。我是三峽啼猿，數聲哀怨，蕩作空舲句。强説俊游渾不似，那有看花情緒。楚艷人非，江郎路隔④，誰共傷心語。且憑南雁，寄聲珍重煩汝。

其 二　再次行嚴韻奉答

雲山舊衲，嘆歌姬院閉，食無從丐。秋月春花孤負了，贏得新詞無賴。何事干卿，正該憐我，爲蕩回腸隘。玉簫吹老，小紅偷嫁誰嗗。

---

① 原注：君鍾祥人，避寇入蜀三年，近患晴。
② 原注：成都祈雨，禁屠三日。
③ 原注：行嚴別字孤桐。
④ 原注：翊雲在渝。

無限激楚淒涼。登蘋一望，渺渺人何在。雌蝶雄蜂難作對，洗盡胭脂殘債。遠寄崔徽，更煩章棨。千里零陵塞。故人知否，數旬消損衣帶。

其　三

春意做寒，雜花半放，小園寂坐，題寄滌芳。

乍寒還暖。尚韉裘嫌薄，猊爐未斷。紅藥新苗催一寸，醞釀芳菲庭院。悶捲湘簾，愁看玉蕊，已有殘花片。奈愔愔意，上心偏少人見。回想揣鏡匀妝，掠梳安髻，釵朵龍鸞顫。廿載徐娘風度減，豈止潘郎鬢換。烽笛頻驚，書欄慵憑，淚總花前濺。解苞粉黛，此情可勝依黯。

其　四　雨後池上自題

晚涼過雨，看閑庭驟換，一番秋色。池面波紋簾影動，倒挂斜陽金碧。綠展荷衣，紫牽菱蔓，意遠紅湖窄。錦鱗來往，渺然吹浪嚵唼。莫欺數丈縱橫，竹深花宵，亦正堪留客。多少園林豪奪盡，世事長安如奕。宋玉悲秋，蘭成寫恨，剩有臨江宅。碧瀾成寸，兩行斜涴苔迹。

其　五

鴛戚池中，蓄孤鴛數載，爲求匹不得，近忽奄斃，意頗悵惜。予語以瘞諸園樹下，買白石題碑，即鴛鴦冢矣。首賦此解，爲詞家唱。

一抔芳土。宛玉鈎斜畔，恨埋釵股。天下無勝長會合，怕誦徐郎前賦。鏡照孤鸞，影分紅雉，夢斷雙飛路。戲荷嚵荇，翠衣零落如許。爲想煙樓頭，女墳湖上，交頸眠波處。馴狎池籠空說好，那得春情逐汝。倘化韓馮，定逢焦仲，燒瓦休貪去。小碑香冢，仿他鑱出鸚鵡。

其　六

悼龐琔，並慰石帠。

後來誰比，嘆通眉齊秀，齔髫方美。[1] 顧影清羸人一個，況對茫茫江水。不待言愁，更禁多難，雨送朝花姿。夜臺知否，乃翁清淚如洗。

---

[1]　原注：用安仁楊仲武誄意。

我愧孔李通家，業傳高第，指授心先喜。龍骨繡靈思已眇，誰令怨深文綺。^①鶴背仙吹，日中靈照，慧業應如此。舊曾經事，慰君難更提起。^②

南歌子 龍藏寺感舊

古寺明成化，高僧晉道林。^③山門十字去來今。幽絶萬竿修竹，一潭深。　粉黤留詩版，苔荒漫壁琴。上方鐘磬海潮音。記得當年曾共，贊公吟。

其　二

彌勒同龕分，潛西小築時。題詩先問雪堂師。多種梅花幾百，要來歸。^④　風入松邊譜，人敲竹下棋。如今白足少傳衣。^⑤説到紗籠遺事，更依稀。^⑥

浣溪沙 村夏近感

新水粼粼漾碧渠，麥秋吹老緒風初。園亭已是燕將雛。　鶯囀隔簾驚夢早，蜂回撲檻戀香餘。起來自理讀殘書。

其　二

算盡丁黄又算田，春霜殺菽減豐年。午晴猶喜見炊煙。　尺布買艱貧婦袴，伍符催急瘦男錢。眼中何事不堪憐。

其　三

細雨如塵滿院苔，衣篝留潤旋生黴。蜀中四月也黄梅。　時節易增

---

① 原注：琛自言喜六朝凄艷之文。
② 原注：亡子伯堅乙卯殁於上海，年廿一，與琛同歲。
③ 原注：此予少年舊句。
④ 原注：先隱君寄雪公詩云：“精舍曾經築就無。題詩先問老浮屠。他年若有同龕分，多種梅花幾百株。”
⑤ 原注：彈琴圍棋者，昔年小沙彌皆能爲之，今並絶矣。
⑥ 原注：雪公刻有紗籠詩鈔。

陸弟警，靈光偏切子山哀。豈無茅屋賦歸來。

其　四　即事二解

雨過芳池暑氣空，晚凉出浴換輕容。不須裙帶更當風。　倚檻爲遲今夜月，喚人先捲四邊棚。電珠收暗畫屏中。

其　五

欲賦秋醒愧未能，澹雲遥漢望層層。起來還自繞階行。　茉莉香傳巾上雪，檸檬味狎盞中冰。倦垂羅帳忘呼燈。

其　六

幽夢如雲在薜蘿，宜人池館不須多。晚凉無奈早秋何。　芳扇乍看辭翠袖，袷衣已欲換輕羅。旋拈螺子點雙蛾。

其　七

不羨樓臺住一家，畫中風味儼些些。小屏山外石欄斜。　鏡檻澹收珠電影，領巾濃簇夜香花。起分銀葉自煎茶。

其　八　花朝憶往

宿雨初晴花霧銷，十年前事憶花朝。酒樓斜聳酒旗招。　鶯坐緑蔭啼不斷，馬嘶紅勒故紅驕。青羊宮接望仙橋。

玉樓春　和翊雲、行嚴韻

流鶯解勸詞人住。啼遍緑楊千萬樹。才驚春水詠流紅，又看春衫裁白紵。　風光二月渾如故。寒食清明忍教負。定知賭酒向旗亭，數到禁煙剛百五。

臺城路

> 成都西郭掘塹，得前蜀主王建永陵。感其潛寐千載，見發一朝，徘徊過之，獻吊云爾。

春蕪綠遍宣華苑，鵑聲夜來啼苦。石馬苔滋，銅仙淚滴，原廟衣冠誰舉。金牀問兔。豈天厭分光，頓消割據。岸谷無情，此家猶剩一抔土。

坡陀封樹漫覓，野燒迷壞瓦，時竄倉鼠。誰覷珠襦，偏搜漆簡，那更生哀邱墓。傷今吊古。等牧火驪山，洛陽鐘簴。尚想天嘉，詔書增冢戶。

其　二

> 文殊院謁法光長老，引拜乘公和尚影與祖堂。予四歲時，曾受乘公戒爲弟子，今年七十，留此以當鴻爪。

莊嚴城北空林院，兒時記參初祖。摩頂麟麒，歸心龍象，滑向石頭尋路。齋鐘法鼓。嘆六十年來，舊題重睹。劫問僧祇，算師猶是故禪侶。

傳衣已驚七代①，筆鋒長不壞，金剛如杵。② 六也亭荒③，八關人散，獨把影前香炷。低眉何語。縱謝客能游，支公早去。彈指蒼茫，去來今一度。

其　三

> 欲往東湖看荷，不果，賦此寄意。

平生多少江湖興，一舸鬧紅何處。水佩依稀，風裳綽約，夢繞東湖歸路。滿身塵土。怕鷗鷺驚猜，避人先去。懷李堂邊，碧漪十頃待誰賦。

追涼却思舊事，小年江濆上，呼棹題句。玉蝀金鰲，葦灣瓊島，也在花間曾住。④ 冷香非故。怕未卸紅衣，早驚清露。剩與詞人，倚欄愁日暮。

---

① 原注：自乘公至長老。
② 原注：乘公，新繁支姓子，晚號金剛道人，書勢瘦勁，專仿天冠山，寺中遺迹尚多。
③ 原注：亭榜先隱君署。
④ 原注：舊京看荷處。

其　四

苦熱盼雨，夜半灑然，倚枕吟秋，便成甘寢。

秋炎何事將人灼，鏗然響驚梧落。內熱呼冰，濁懷澆茗，比似冷淘難索。起捎簾幕。問誰抹微雲，喚昇晶魄。雪腕搖風，可憐紈扇怎生弱。

金鱗甲光忽動，看遙天紫電，遠來西郭。撒豆星收，相竿風轉，頓自凉生池閣。瓦溝檐角。送一霎秋聲，四更殘鐸。淅淅瀟瀟，欲聽翻睡着。

西江月　村居二解

酣睡紙窗驚曙，峭寒布被生棱。霜淞簇瓦白層層，天意放晴猶恪。撥火方呼稚子，送梅恰到山僧。寒香一陣透疏欞，插向膽瓶端正。

其　二

鄰叟近分鮮菜，故人遠餉生魚。算來都是過年需，助我臘盤春俎。一飯中人家產，兩封千里兒書。婦言生計要模糊，此語更多佳處。

其　三

王仲鏞前往渝時，辟主物故。今將往西康，又然。綴寄以廣其意。

厭聽巴歌渝舞，要吟雪嶺烏蠻。蒼茫書劍向爐關，一障乘邊舊願。新敬乍生僮僕，昨宵方市鞍韉。相知不遇魏陽源，枉把殺公呼掾。

其　四

鄰里相送，依依爲別。

杜宇不須催客，蟪蛄莫笑違山。也非充隱也非官，人比天隨更散。郫酒宿醒昨醉，洛書滿載今還。桄榔杖子竹皮冠，一個青裙相伴。

其　五

白馬堰邊小立，寧風店子多情。灣灣送我過橋聲，三嘆回頭不盡。吹葉兒童悵別，脂車鄰里遮行。涸魚濡呴詎關生，欲去此懷還怔。

八聲甘州　酬浦心畬寄畫

渺滄桑，回首故京遙，何年望修門。嘆樓侵花萼，萋萋芳草，綠怨王孫。寶玦珊瑚腰下，往事不堪論。瓜縱東陵種，難會嘉賓。　　笠澤茫茫無處，念國香零落，誰與招魂。只遼東歸鶴，猶似水仙身。溯風流，天潢荊董，比紫瓊家法更堪珍。人間事，喜傳書雁，秋到江村。

其　二

董研樵先生《枌東老屋校書圖》，哲孫壽平屬題。

軟紅塵，車馬九衢紛，誰把故書讎。自中興運盡，群賢輩殞，寥落神州。六十年來如夢，天道嘆星周。[1] 只扮陰一樹，詩卷長留。　　周李潘張藻翰[2]，更十三王子，天壤風流。[3] 想三間老屋，當日住東頭。剩飄零，賡題錦褾，抵盈書珍重鑿餘收。吟鞭又，拂貂裘雪，太華行幝。[4]

其　三　城西九里堤新植芙蓉圍

絢秋容，似錦裹成都，江城如畫開。乍天孫倚杼，芳卿照鏡，臨水妝縿。一自宣華人去，宮苑鎖莓苔。問周回萬雉，冷艷誰栽。　　益部談資久歇，傍普安梁寺，新起池臺。說拒霜千樹，十日放園來。有深紅，淺紅可愛，但愁搴木末怕累哀。姍姍影、試憑欄望，休誤桃腮。

其　四

元正書感。日食朔，月又食望也。

問天天，何語答靈均，忍令壁空呵。甚三朝元會，如鈎異重，缺景民訛。更看玉盤圓處，張口又蝦蟆。此交分事耳，瞀史云何。　　燒却五行前志，且紫麟清醥，莫放輕過。百年平算，已占兩分多。剩得一分殘歲，總安排，高興自銷磨。浮名外，酒邊詞筆，簾底笙歌。

---

① 原注：圖作於同治壬申，是謝磨伯編修手筆。
② 原注：周荇農學士、李越縵户部、潘文勤、張文襄。
③ 原注：王文懋自署福山王十三懿榮，當時年輩中最少矣。天壤者，文懋家中閣名。
④ 原注：先生太華冲雪圖，予亦曾題長歌。

滿庭芳

翊雲偕婦丁寨探梅有詩，行嚴以詞相和，予亦繼聲，韻依來次。

窈窕溪山，玲瓏池館，籃輿十里非深。寒香吹過，先有翠禽吟。却月凌風幾樹，更勾引，佳客來臨。猛回首，五分開報，蜀苑少年心。[1]如今。人老去，草堂舊夢，南浦新林。問冥鴻何事，飛去又遺音。知向花前洗盞，雙雙醉，不是孤斟。相携好，未須將淚，回灑舊杭襟。[2]

其　二　壬午除夕

臘餞尊催，月儀書換，盆花勝彩都新。歲華須譜，點綴到江村。更把幾枝紅燭，向田邊，插賽諸神。農家禮，豕牢鷄棚，也說要身親。　　居貧。無過望，望一家喜，醞釀如春。儘盒酥餳米，今夕鋪陳。戲喚兒童守歲，觸屏風已自鼾伸。鼕鼕鼓，隔鄰驚醒，出看賀年人。

其　三　癸未元日立春

元旦開門，一聲新喜，三朝恰並春元。曉鐘才罷，爆竹繞村喧。籬角飄來方勝，映梅花，格外增妍。房櫳裏，添鷄貼燕，仍似在家園。　　屠蘇歡後飲，白頭無恙，只少銀旛。更小孫雛女，圍坐團圞。莫羨城中節物，待燒燈還許來看。魚龍戲，上場金鼓，漫衍正中原。

其　四

薄游草堂，念亂漫記。

竹翠江清。草堂靈渺，暮朝吹角猶驚。周顗去後，天寶患重經。愁絕井梧幕府，只戎衣，短窄難勝。若端論，雪山輕重，軍令自分明。　　我思公此意，低徊厭亂，恐負平生。更誰知千載，春在江城。一路野梅官柳，盡當日出郭詩情。無窮感，天回玉壘，今日又南京。

---

① 原注：翊雲年二十始去成都。

② 原注：夫人新從浙來。

其　五　謁惠陵

天下英雄。使君安在，空憐霸業三分。武擔故事，王孟復紛紛。今古興亡過眼，甚江流，遺恨吳吞。算留得，漢家殘土，高冢臥麒麟。　　閟宮森古殿，丹青窈窕，户牖還新。總歲時簫鼓，猶賽遺民。借問西樓銅爵，望疑冢何處漳濱。分香恨，總帷飄斷，誰與吊斜曛。

一剪梅　開歲五日村游漫記

賃得荒村屋數椽。苦説歸田，不算歸田。東風吹緑到門前。歲換新年，人換衰年。　　強把春衫試一穿。白髮翛然，步履翩然。清游五日宛斜川。春到梅邊，興在江邊。

其　二

一樓寒香漸惹蜂。欲問西東，不辨西東。村村相識有兒童。吹葉迎翁，把蔗扶翁。　　據案愚儒四海空。貌已冬烘，話更冬烘。云將今日遇鴻蒙。來是因風，歸也因風。

賣花聲　上九書閟

寂寞掩雙扉。寒峭侵衣。去年苦盼歲華歸。今日歲華過已半，獨坐誰思。　　春意尚遲遲。何處芳菲。空憐竹日净朝暉。窗外梅花開幾朵，只有蜂知。

其　二

不恨客無家。恨負韶華。幾曾陌上見香車。記得別時燈下約，賭酒評花。　　社鼓盡情撾。村俗虧他。難將情緒遺些些。明日一鞭歸去早，未抵天涯。

其　三　還城

天氣穩春晴。野緑方生。柴車歷碌緩推行。行到南京犀浦路，半日歸程。　　西出望宣明。市影人聲，新年節物儼承平。道是承平君信否，小縣無丁。

玲瓏四犯

> 寄江村五年矣，燕來有感。

社燕來時，算五度銜泥，今日重見。軟語呢喃，不爲杏梁塵黯。似訝弱絮無端，把點點鬢絲青换。更有情拂徑穿花，如待主人斜盼。　玳梁重認盧家院。判紅襟自分輕剪。珠簾一桁窺來熟，不比新巢初占。休怕暮暝雨昏，總穩住雙栖能慣。只引雛怕到秋來，又把歸心重絆。

其二　自題辛亥出都時諸公謝祠餞别舊影

往日詞場，早歷落嵌崎，標格年少。側帽單衫，猶認向來風貌。回首夢裏觚棱，只金碧澹留殘照。算海桑三度揚塵，窺鏡此身真老。[①]　市朝陳迹紛如掃，剩低頭馬驪同皁。百賚一豆驚逢日，博士還輸羗好。空訝祖謝響臻，誰肯趁孤雲歸鳥。儘故京衣在重看，莫被輕塵緇了。

如此江山

> 成都花市，半係農家産物，千餘年舊俗也。禁已十度，今年省令重開，追憶承平，爲綴此解。

成都往事花朝節。踏青竟尋南陌。八角亭開[②]，百花潭暖，士女嬉春如織。汗内釵澤。湊花市棚根，酒壚簾隙。寶馬香車，更加十里麴塵接。
兵戈催換世短，撫青羊滴淚，暗悲銅狄。跨鶴仙昇，保釐符渺，但聽賣花人説，歲月非昔。怕大尹邀頭，老農吞泣。飛絮何干，故添衰鬢白。

望江南　雨晴村步

春漸老，上巳接清明。半樹殘紅欹徑濕，一村濃緑傍煙生。新水縠紋

---

　①　原注：影中陳弢庵、林畏廬、曾剛甫、羅衍東、温毅夫、陳石遺皆先後逝，存者趙堯翁、冒鶴亭暨予耳。
　②　原注：八角亭舊在城西南隅上旗營分界處，春游則偶一開放。洪蘭楫觀察花市竹枝詞所云"八角亭前景最幽，堤邊煙柳柳邊樓"是也，今毁。

平。　　寒意勁，宿雨勒嬌晴。花上粉幹才曬蝶，柳邊簧嫩已聞鶯。隨意繞溪行。

其　二

田事起，緯耒看農忙。剛道伐榆更舊火，却驚殺菽霣春霜。寒罰咎誰當。[①] 機杼斷，何處覓縫裳。莫怪原蠶難上箔，可憐戴勝久無桑。真見女兒傷。[②]

霜葉飛　大寒隕霜紀異

昨宵青女驚回斾，園林摧盡紅紫。驟歛茸帽綴重裘，誰信寒如此。取卍字篝沉悶埋。擁衾坐看雙煙起。了不見春風，正澹蕩常年，一領舊羅衫子。　　思誦小雅繁霜，民訛正月，又説今昔非彼。玉腰顛倒擅威棱，直怕蒼天死。憑號令，寒温錯擬。羲和也自屯車避。待道人京房來，涌水爲災，試推何史。

聲聲慢

> 初夏村居，酒邊忽憶前夕聽歌事，爲之停杯悵然。

流鶯啼老，稚子斑飛，勾芒別去無蹤。蕩綠繁陰，閑庭徑掩疏籠。餌香漸傳芳墅，舞麥苗先轉南風。村路迤，影新秧一鏡，碧毯絨絨。　　地僻門無車馬，行饌魚將筍，時有鄰翁。懶喚行厨，翻勞玉指纖葱。低徊翠尊擎勸，只清歌悵少玲瓏。怎能彀，喚行雲携入夢中。

其　二　題沈子宓祖棻涉江詞稿

簫鸞咤咽，彩鳳追飛，如花眷美無雙。春風倚棹，鶼酬艷寫吳江。問誰海潮翻攪，便夢中驚起鴛鴦。愁不盡，渺長洲苑茂，故國瀟湘。　　待唱累儂夫婿，更子規聲裏，蜀道微行。怨綺辭菲，關山別度新腔。奈看錦流東去，送凌波不過橫塘。只贏得，漲秋池同聽雨窗。

----

① 原注：上巳雨霰，其夕大霜。
② 原注：近來尺布數十元，帛更無論，蠶桑則近村早絶。鄉人終歲勞苦，欲得一衣，難矣。

祝英臺近　題夢窗詞

韻珠圓，華玉瑹，纂組麗情麗。獨繭抽絲，如抗復如墜。渺然貝闕珠宮，赤城霞彩，豈金碧樓臺堪擬。　　一何綺。有時還捲殘綃，澄江也無際。未解空靈，評泊誤春水。任教箋寫王朱，編儺甲乙，總難會澀弦深意。

其　二

過河灣新院，初來時，同寓數家，今各散去。

繞荒園，尋舊夢，客去賃春少。戶寂軒空，花落徑誰掃。依然兩曲河灣，幾株霜柏，儘望中推排人老。　　話重到。回想殷舅何甥，情親共相保。爛漫盤餐，悲咤雜歡笑。那堪流落無歸，烽煙尚爾，更添出許多愁抱。

其　三　犀浦國寧觀

過沉犀，迷舊浦，觀趾國寧在。欲叩蓬仙，仙去四柟毀。待靈一片殘碑，宋年荒遠，又城郭人民俱改。　　渺千載。還是西出宣明，依依國門外。路繞南京，風物總堪愛。幾村淹雨梅黃，專車芋熟，只來往百回無奈。[①]

其　四　許水南徵君故宅

廢園蕪，喬木盡，寂寂水南路。世換人非，來問隱棲處。不堪曲徑園林，石斑苔碎，更誰見梅花多樹。　　邈襟度。長揖高逝冥冥，鴻飛肯回顧。鶴録同徵，當日幾詞賦。却憐心迹雙清，詩名一例，倚殘照爲君題墓。

沁園春　閑居讀史

化國爲家，人人自奮，耰鋤皆兵。但江東全棄，蘭成先恨，成都雖

---

① 原注：自己卯四月携家沱水，過往於此五年。

好，馬援東行。易飽蹲鷗，難收板楯，漫喜青騾蜀道平。津橋遠，奈千山萬壑，盡是鵑聲。　　空倉白帝頻驚。要轉粟關中還送丁。奈驅將若戰，犬雞無異，悲傳野哭，螻蟻貪生。暮水山青，沙場骨白，僕射何曾如父兄。中原望，看郡圖有幾，劍閣愁銘。

其　二

李伯奕歿於康定，哭以當招。

事何如耳，死生人有，奈何到君。想出關才去，棄纁驚吏，聞箝增壯，草檄如神。長揖軍門，橫刀健者，眼裏如今無此人。家多難，譬桃蟲集蓼，嘗遍千辛。　　父行事我爲尊。是兩世交游骨肉恩。溯避兵黃浦，巨蚩相倚，翻波滄海，一雁先分。惝恍哀情，商量吉語，難入延陵題墓文。[①] 銘旌裛，望雪山萬里，今又招魂。

慶春澤　看鄰家種稻

布穀聲中，篩晴漚雨，人家逐漸分秧。眍活風輕，連村萬綠成行。袈裟界作僧衣净，恍倪迂畫裏江鄉。更溪水，白鳥平飛，穿過林光。　　叱牛才罷農歌起，正斜陽罩水，笠影低昂。五簋歡呼，塍邊餅餌壺漿。力田漫説逢年好，問幾年得到倉箱。且當前，暫慰輈饑，莫話秋穰。

其　二

連雨十日，喟然增嘆。

節是清明，夏行秋令，沉陰慘慘凄凄。西山黯黛，起來又觀朝隮。暑雨向來咨怨有，但不關有蜮爲蜚。甚午煙，人卧連村，稉卧連畦。　　禾苗頭最怕秋生耳，況秋成尚遠，禾穀初齊。誰跱升皇，揮鞭叩響玻璃。騰空放出踆烏翅。照家家炊黍蒸藜。便依然，絺絺含風，不怨凄其。

---

① 原注：君弟家琛遭桂林號飛機難。尊人亞衡病中，秘不令知，竟死。君乞我爲誌墓，數年未忍下筆也。

念奴嬌　和佩蘅

渡江烽火，甚金陵王氣，銷殘龍虎。打槳石城當日淚，寒浪夜翻瓜步。鬒挽抛家，桃驚遍地，只有柔奴苦。空舲西上，峽猿啼斷煙雨。　試看錦里成都，繡簾銀燭，還似江南否。門巷枇杷箋紙色，艷説樓中洪度。省記芳心，殷勤彩筆，更與傳眉嫵。他年思我，一燈占袖曾語。

附：念奴嬌·次韻清寂翁　龐俊石帚

寒城潮打，送胭脂井畔，麗華擒虎。漠漠車塵離亂日，誰見凌波愁步。瘦不關秋，嬌如倚病，絳蠟知人苦。薔薇易落，楚宮多少風雨。　　休恨蓬鬟驚沙，錦江如錦，還憶橫塘否。瞥眼桃花紅濺淚，肯認劉郎前度。粉絮橫吹，長條争挽，莫妒垂楊嫵。天涯淪落，撥弦心事能語。

其　二　竹榻，和白石韻

晚凉新浴，正披襟跂足，迎風避暑。誰把湘妃揮淚玉，排得青青如許。文愛魚須，栩通蝶夢，別領橫陳趣。慢膚多汗，火雲頓謝蒸苦。未用遠客移牀，恍然林下，一覺清風遇。八尺琉璃無此好，展向池亭芳畝。絲鬖凝禪，茶煙輕揚，人臥琅玕處。幾聲疏響，打檐似有微雨。

鷓鴣天　重感

身世飄飄繫兩頭。不成高蹈不成游。多方鼠笑搬姜拙，早計鴉慚見卵求。　漆室嘆，杞人憂。年荒時難問誰收。田園大有驚人處，不爲秋瓜憶故丘。

其　二

一飽真須萬萬錢。更無饘粥度飢年。縱饒城市封椿滿，其奈農家罄室懸。　珠濺米，貨流泉。[①] 催科法令正森然。復除漫説中興事，删却蘭

---

① 原注：米石涌至五千元。

臺史數篇。

其 三

時方小暑，儼似深秋。

甕盡荒泥没盡苔。蕭然十日抵清齋。竹迸苦筍穿籬出，花爛決明冒雨開。　巾扇掩，枕函偎。山妻故把小棉催。無聊獨自虛堂聽，鴛瓦油衣恨怎裁。

其 四

葉落高梧不待秋。涼風已似火西流。生憐炎帝無朱夏，撼起衰翁易白頭。　凄久客，怕登樓。一重寒雨一重愁。明朝或有新晴望，多謝青林喚婦鳩。

其 五　立秋夜重感

漏葉星疏幾點明。絳河時見片雲行。三更夜定無人語，一味新凉爲我生。　金井露，玉階螢。凄然都是近秋情。驚心最動流年感，惟有窗前絡緯聲。

其 六

世事殷勤儘萬端。盛衰終付物循環。紅衣才惜新荷褪，白石旋霏桂樹團。　思不斷，夢還慳。賢才窈窕總相關。生憎冰簟銀牀易，欲見輕顰淺笑難。

其 七

沈子苾出漢照容鏡，西京王釗拓本索題，各係一解。

百煉彄環往事空。又誇寶月濯青銅。昭陽柘館俱黃土，誰是雙來照影中。　殊彩鳳，謝盤龍。波紋稠疊意玲瓏。七三銘句空言好，無復佳人少女容。①

————————

① 原注：照容鏡銘，"照容儀，身萬全，象衣服，好百年，宜佳人，少女歡，樂己兮。象衣服之象，疑褖字省文。"《漢書·孝平皇后傳》："褖飾，將醫往問疾。"師古注：褖，盛飾也。此象衣服，即盛飾衣服，文意乃明。

其 八

子弟汾陰問幾傳。續封才記建平年。誰呼巧匠輸心樣，來與宮嬪試臂纏。　輕鎖骨，重連環。回身磨戛韻鏗然。不知仙偶雙條脱，可近劉郎斷袖邊。①

金縷曲

越縵有欄杆詞，樊山和之，並極淒艷。偶取展誦，喜而繼聲。

弊眼驚鴻度。總無聊風亭月榭，背人憑處。依約畫裙遮一半，生怕鳳鞋尖露。仗卍字，殷勤低護。玄玉紅沙糅不斷，映金鋪，稱意苔侵礎。情匼匝，詎如許。　緑窗更掩花成霧。待添將花外重簾，簾邊鸚鵡。一曲回廊花一亞，花韻晝晴初午。恰正是，畫中庭宇。説甚西洲明玉手，認愁心一點煙波路。凝望久，未能去。②

其 二

歸緒漸就，喜晴而賦。

作計真歸矣。早商量琴書摒擋，瑣兼蘉米。桑下豈無三宿戀，世患迫人不已。痛生計飢寒交煎，萬寶秋成寧可待，只眼前朝夕渾難恃。民不畏，奈何死。　先生本自清如洗。笑借去東墻都盡，斗升慚水。飢至但從仁祖食，一飽願餘非理。嘆禍福繂徽相倚。花徑藥欄無恙在，慰歸思尚有烏皮几。天亦爲，放晴喜。

其 三　別沱水諸姻舊

五載羌村客。最多情故人甥舅，酒朝燈夕。不共茅檐聽夜雨，便約釣溪行陌。甚冉冉光陰易擲。細數同來人幾户，到如今剩我臨江宅。黔突久，暖穿席。　鬢毛換得絲絲白。嘆生意婆娑欲盡，自知非昔。兒女一家爭盼望，歸去城頭曷月。問人間有何長策。水到渠開坡老計，共諸君且作從容别。郫釀好。一尊碧。

---

① 原注：玉釧銘，"建平元年二月癸卯朔一日，汾陰侯造。富貴昌，壽無疆，樂未央。"
② 原注：白石"煙波漸遠橋東去，猶見欄杆一點愁"，予最喜誦之，以爲别有神致。

其　四　試香偶作

碧剪秋雲薄。正凝香初回午夢，最宜簾閣。起把爐薰閑整理，恰有好風一角。任芳氣菲菲四著，甲煎①嫌昏沉水澹，總範磚方在吾能説。還待買，百回櫂。②　　妙香艷想臨舟泊。望斷煙思量無限，隽情誰託。老矣夢窗詞筆健，自度霜鴻哀曲。便搗麝成塵非惡，算到餘香分散日，縱英雄未免悲銅爵。灰漫委③，細重撥。

其　五　賦蟋蟀

何處重凄唧。乍秋陰墙根砌縫，似吞仍咽。絡緯驚心才過了，又道夜闌催織。更添上鄰機軋軋。蕩子關山行不返，只高樓思婦肝腸絶。更未斷，雨還滴。　　新詞白石吟偏切。悵籬落呼燈情味，那家秋節。一夢半閑堂上冷，誰吊西湖寒月。甚斷續幾番聽得。不必愁人都不寐，況愁聲正與愁心結。如怨慕，向誰泣。

其　六　壽滌芳内子

紅玉桃花色。記初來華年十五，破瓜時節。非但老奴心愛護，阿母倍加憐惜。替曉妝摘花簪鬢。教誦女師温德象，更唐詩三體篇篇識。如夢過，怕回憶。　　艱難歲晚真無策，但笑説鹿車共挽，此生粗畢。西子負薪前戲語，縞袂青裙今日。又十月早梅開坼，花下一樽人壽健，向梁鴻傳裏春邊覓。將進酒，五噫闋。

送入我門來　移家還城喜賦

白笈書縢，朱絲纔尾，浩然託詠歸懷。蛛蟲網繭，几榻拭還揩。平生最愛團圓語，況繞膝雛孫稚女偎。聽一家歡笑，買羊酤酒，百樣安排。

回首江村近事，誅求眼中徹骨，俗化椎埋。里避康成，敬我本非猜。④將行總覺無多戀，把翠竹寒杉看幾回。更鄰翁意厚，許秋瓜熟，送入

---

①　原注：上聲。

②　原注：拾遺記，孫亮爲愛姬和百濯香，百浣不歇也。

③　原注：陸士衡云"郁烈之芳，出於委灰"。

④　原注：居此五年無盜竊事。

清
·
林思進
／
1277

門來。

臨江仙　初夏遣懷

北戶鴛鴦睡醒。南園蝴蝶飛輕。藕絲衫子石榴裙，静聽欄檻角，微有步搖聲。　團扇乘鸞乍掩。汗巾霏麝先迎。折枝新换小雲屏。爲看生色畫，留住曼波横。

其　二

栀子同心作結。朱葵映臉分霞。當胸圓貼綉球花。若將春比賽，還恐艷差些。　鏡屧緋團粉絮。窗棱緑浸方紗。漫嫌多事唤茶茶。爐沉燒白定，囊茗試紅芽。

其　三　重熱

昨夜凉蟾洗露，今朝白虎驕秋。真成七月火西流。桃笙重自展，紈扇未曾收。　俗客最防褫襪，名花自與綢繆。南强嬌小夜香柔。爲貪芳氣入，更把曲瓊鈎。

其　四

十六夜加丑，起看月食，聞遠寺鐘鼓之聲，猶舊典也。官衙則久廢不舉矣。

誰取團團玉鏡，劈成棱棱①晶梳。姮娥掩袖得知無。縱饒清淚滿，不用滴蟾蜍。　乍暗乍明星漢，半鼾半睡鄰鋪。法堂鐘鼓四更禮。可憐姬孔墜，却仗釋迦扶。

虞美人　霜柑閣坐雨

春寒驟峭狐裘薄，細雨侵簾幕。起行欲去更遲遲，爲怕香街花落淖成泥。　窺窗悶倚爐薰暖，晴色看來晚。定知算我此時情，誤了歸期尚自隔重城。

---

① 原注：上聲。

其 二

那知不是歸期誤，雨巧將人妒。甚時剪燭許重聽，放下羅幃還是好春聲。　　回思萍館春宵雨，鴛瓦催繁鼓。一滴能消一斛愁，誰料今宵滴滴又心頭。

其 三　涼夜效樊山

夜香茉莉濃薰幄，花葉攢成綠。① 更添魚子素心蘭，一例晚涼誰解早秋看。　　北窗自有羲皇意，忘却人間世。何須殿閣詠微涼，風響玉弦如鼓兩三行。

其 四　戲賦小閣頳桐

石榴漸謝頳桐發，艷奪珊瑚色。朱明時節看朱花，蠟粉墻邊葉大綠陰遮。　　枝頭誰把荷包繫②，紅箋交加麗。若叫赤鳳肯朝來，何必丹山始解結珠胎。

其 五

夜窗聽雨，滌芳笑謂不可無詞，仍拈往調賦之，意中惆悵則更深矣。

凄涼但覺秋聽切，淚雨都無別。一枝殘燭一聲更，簾裏簾前相滴到天明。　　巴山莫恨秋池漲，人立屏風上。夜闌花鈿淚迷離，稀點繁聲越是助相思。

高陽臺　中元前三夕作

節近中元，心懷舊俗，滿城紙錢灰飛。復野招魂，家家盡薦新粢。酸聲日暮沿街巷，半寡妻慈母哀啼。問人生，骨肉何干，此事今非。　　盂蘭鐘鼓聽都斷，怕幽冥新鬼，盡豎愁眉。紅渺旛竿，空餘月色凄凄。追亡不到喞啾頃，況求祊遠索依稀。憯無情，秋露春霜，誰履誰思。

---

① 原注：近賣茉莉者皆剪枝。
② 原注：俗呼荷包花。

其 二

秋陰連日，坐霜柑閣，觸意成句。

漠漠殘雲，騷騷斷雨，閑庭釀作秋陰。綠意淒然，文窗半掩如深。疏桐獨自敲金井，似蕭郎落葉悲吟。把平生，萬恨千端，並在愁心。　　年華逝水真難挽，偏十分凉意，催上羅襟。鏡裏朱顏，誰憐一去駸駸。看花把酒情非昨，甚愔愔墜夢還尋。只思量，有味無能，閑過如今。

其 三 秋感

雨織愁絲，風梳病葉，閑庭黯慘深秋。殺氣朱方，驚心怕説登樓。雪山輕重頻來去，總難遮江水東流。儘淒凉暮色笛悲，落日鳶投。　　衰年漫灑山河淚，只楚弓人得，羿彀身游。何事深閨，殘宵猶夢封侯。黃粱未熟黃金冷，甚腰纏騎鶴揚州。問誰嗟遍野哀鴻，一個閑鷗。

其 四 落葉

金井陰疏，瑤階響碎，鏗然已悟秋聲。何事嚴霜，煩拿更遣枝橫。哀蟬一曲淒同奏，總長門清夜愁聽。況禁持隴首亭皋，北渚湘靈。　　園林換盡青蕪色，幾綴紫裁紅，乳燕藏鶯。錦樣繁華，此時便到飄零。悲來却和蕭郎句，怕相關無復平生。[①] 漫銷凝，漲雨巴山，蠟炬江城。

解語花

賦秋海棠，用夢窗體。

鋪苔暈紫，井葉吟黃，已悵秋蕭瑟。麗娟誰惜嫣然態，更自這般幽絶。無言脉脉。點鮫淚檻邊簾隙。妝未竟，似怨難勝，露重脂微濕。空谷佳人暗泣。悄天寒驚袖，無此肌色。料應池上，仙姬返，留貯唾痕凝碧。[②] 紅休誤洗。染一顆金星當額。非避他絳蠟圍春，邢尹來時隔。

---

① 原注：梁豫章王蕭綜有聽鐘悲落葉兩詩，最爲淒惋。
② 原注：香宋海棠詞注：峨眉山仙姬池，秋海棠如紅雲。

惜黄花慢

自亂離來，不到江樓，殆二十年。癸未之秋，偶以事過東郊，循江岸至薛濤井，睹其石刻小像，感往悵今，抽管賦之。

塔聳回瀾。正水歸合尾，秋瘦江干。廿年不到，舊痕剩有，荒蘆蕩雪，禿柳搖灘。眼中多少新亭淚，怕重說，風景依然。只井幹，鬖深碧蘚，還認唐年。　　當時萬里吳船。記綠波送遠，總在門前。小桃花樹，夕陽澹澹，枇杷人影，畫裏娟娟。翠樓占得吟詩處，艷芳迹，幾幅紅箋。待倚欄。可能月夜聞環。

其二 賦菊，夢窗韻

已換羅裳。乍縷金袖薄，爭看秋娘。捲簾人比舊時更瘦，當樓雁過，偏自隨陽。賞秋不作悲秋感，待青女，飛鬥晨妝。甚異鄉，茱萸遍插，舞地浮觴。　　東籬昨夜微霜。便鬢星巧點，額暈嬌黃。子桓書送，含分氣淑，龍山帽落，颸想餘芳。露蛩莫漫催繁響。向誰伴，騷客悲涼。傺侘腸，對花未忍輕狂。

水龍吟　重九前風雨

滿城風雨懷人，秋心又逼重陽近。一年容易，百端交集，愁循序警。社燕安歸，塞鴻不到，更無邊信。怕登高望遠，山河滿目，同昏概，中原影。　　垂老暫歸三徑。把東籬黃花試問。閑居縱好，嘉名誰愛，堂堂去遠。寂寞龍山，幾回吹帽，剩憐衰鬢。便茱萸仔細重看，不似昔年佳興。

石湖仙　次韻堯生見寄

離尊江岸。記柔櫓聲中，愁送君遠。束帶候雞鳴，喜今年新收下噀，閑情聊賦，更不借玉簫金管。重感。想五雲舊在天半。　　流年幾番易老，甚詩名堪公附傳。[①]鏡裏朱顏，也到觀河皺面。萬卷叢殘，一樓燈火，

---

① 原注：堯老辛亥正月和予香厂，有“舍人紅藥流年嘆之”句。

漏沉更斷。無與伴。蕭寥静掩松館。①

緑　意　破蕉，堯生韻

秋紡界裂。恍舞衣鬥罷，凄損裙褶。有限珍叢，何苦西風，無端便是與恩絶。芳心不念初來卷，只剩得愁痕重疊。況禁他夜雨聲聲，滴井韓梧葉。　　回憶文窗窈窕，動摇緑不斷，時漏曦月。午睡人醒，剪取平鋪，玉腕學書時節。中郎正賦青衣好，奈薄命半摧難説。待幾時更展凉雲，冰簟藕枝同雪。

西平樂慢

> 繁江知舊，招游東湖，效夢窗體。

波涌沱醨，堰低湔漲，風物秀入繁田。四處橙林，幾家籠竹，屏張九隴遥山。更附郭棋枰似掌，劃水溝塍刻綉，膏腴鄠杜，從知無此芊芊。空説先疇下嘆，流落恨，不到已多年。　　極天烽火，煎人歲月，書卷牛宫，釣渚鷗邊。忽喜見雙魚迢遞，長鬚招邀，催泛重湖酒舫。十頃荷香，好趁凉天一醉眠。惆悵眼中，滄桑换盡，古柏依然。獨苦連宵，犬吠鄰村，驚聞吏捉人喧。

長相思　寒夜示閨人

坐殘宵，惜殘宵。又聽風聲度竹梢，驟寒窗寂寥。　　燈自挑，詞自鈔。苦把春醪勸我澆。有人含笑招。

其　二

算今年，算明年。真恁荒村住五年，一家都可憐。　　簸金錢，卜金錢。歸計商量總未然。府江春水船。

---

① 原注：予種松八十株於少城圖書館，因别署八十松館。

燭影搖紅　殘臘村居書懷

霧暖乾冬，愁人怕説新年雨。[1] 城中情事有三分，總兩分因汝。耳聽根根臘鼓。更催成蕭寥心緒。兩間茅屋，一對春燈，歲華如許。　　意裏成都，玉梅花下交三五。[2] 幾條街陌轉城東，大聖慈西路。纖草牆頭記否。[3] 認依稀紅簾捲處。這回嫩約，寫在瑤箋，眼波應注。

其　二

　　霜柑閣桂花盛開，賦此賞之。

璚葉塗塗，畫欄晴染清宵露。木樨一綫逆風聞，領取禪機悟。攢就金星無數。仗新詞鵝黃催賦。且尋秋賞，莫作秋悲，待吟秋句。　　倦睞瑤姬，昔年曾把幽貞訴。[4] 別來五載泫攀條，映蔓從風度。招隱淮南人去。只生意婆娑此樹。灑階飄闥，未歇餘香，窅宨如故。

行香子

　　人日喜晴，偕閨人攜諸孫近村小游。

麥短沾塵。不礙車輪。説嬉春好趁今辰。釀花雪勻。還抱嬌孫。吳家蕩，謝家碾，宋家墳。　　薺嫩茸分。蕨脆拳伸。要挑回七種生春。烙成晶餅。共試盤辛。絳蠟燭，黃封酒，翠螺樽。

金貂換酒

　　憶霜柑閣人日舊事，寄城中諸子。

歲歲芳菲日，看梅花霜柑小閣，預期初七。酒綠燈紅人影倩，接坐荀香四溢。更俊侶風流招集。聽徹嬌歌狂蕩髓。笑襟痕，不減揚州濕。思往

---

① 原注：鄉諺云云。
② 原注：迦陵句。
③ 原注：張蠙大聖慈寺詩語。
④ 原注：予曩有桂再華頌。

事，那堪摘。　　五年戰鼓江城急。對錦里春光爛漫，最愁開帙。借問故人何處去，念爾東西南北，我亦有家歸不得，欲倚新歡尋墜夢，換金尊，未惜貂裘黑。芳訊早，柳邊覓。

其　二　元夕書感

紀麗何人譜。嘆歲華催人易老，一衰如許。舊事成都誰記省，過錦燭龍獅舞。這景象太平難睹。悵望星河連鐵鎖，冷百坊燈火無尋處。① 殘夢破，五更鐘。　　今宵璧月圓三五。怎春人春般暖熱，肯教孤負。飣坐春盤官庫酒，風味江南鯷鮓，更花氣電光香霧。別與温岐分一隊，揉紅箋，不鬥梁家嫵。倭鬢墮，笑空齲。

羅敷媚　還村作

寧風橋畔携家住，竹柏還村。放散鷄豚。春社閑時風物新。　　此回十日歸期滯，小作逡巡。略聽新聞。望眼雛孫早候門。

其　二

餦餭載滿車箱上，兒女争攀。一笑曹瞞。徒手來時兼成還。　　城中鄉里都言好，喜我朱顔。兩字平安。到處逢人約盡歡。

掃花游　田間賦菜花

嫩黄染雨。望十里平疇，澹搖金粟。翠莖簇簇，正煙霏露斂，葉開盤綠。② 午日晴烘，阡陌釀香漚去鬱。暖芳囑。恣千萬蜜蜂，聲斷聲續。　　風物村舍美，更喜聽農家，小春今足。③ 雪消麥宿。帶芳巢掩映，紙鳶歸犢。鏡面浴缸④，百斛明珠欲卜。漫燒燭，只明燈也堪華屋。

---

① 原注：或問我成都新年事，予舉王湘綺《除夕行市》詩云“遍衢揭百坊，市火燭玄宵”，爲言其盛。

② 原注：鄉人謂菜子根葉肥茁者爲開盤。

③ 原注：成都田俗，種稻曰大春，種菜子、麥糧曰小春。小春收入，悉歸佃農。

④ 原注：俗稱菜油清者爲鏡面油。

其 二 鄧莊宴集

賞春舊約，訪鄧尉山莊，雪香成海。避驄屏蓋。任聲催暮角，接羅慵戴。幕府題詩，人日年年此會，局誰壞。聽鳶響笛驚，愁比天大。　城郭爲我喜，喜暫静風塵，好春還在。午晴芳暖，認花潭鏡緑，艤舟重待。擊楫中流，換却輕裘緩帶。鼓聲骇，漫高歌醉吟窮塞。

三姝媚

> 入城，聞華陽移治，用夢窗過都城故居韻。

亂離拼久慣。嘆棋枰紛更，草木縉紳。望舊都十平九，淚痕先浣。不是蕪城，也灌莽頹垣荒蔓。誰與論都，空有歸來，寄巢江燕。　附郭千年夢斷。甚準望圖經，較量長短。① 鷄犬新豐，任市兒、高唱大風歡宴。人物銷沉，直做到摇黄奇變。老矣樓船，回首函關恨滿。

花心動 南臺春感

草麗花明，展芳菲，春助俊游天氣。新水緑波，畫舫朱欄，橋外兩邊斜繫。電車響過飆塵起。驚障袖暗香飄遞。柳陰轉，横肩蝠繳，履弦鶯隊。　回首中園舊事。堆千萬梨雲，合江春襖。釵斗宮妝，鏡寫青蛾，裹岸錦棚旃翠。不堪故苑銷沉久，繁華夢幾人能記。况重説，海棠放顛艷例。

其 二 文才餉臘梅

名士城南，遣春來，先把臘前梅送。磬口檀心，蜜膩珠圓，恰稱膽瓶清供。静中消受甜香細，真勝過麝薰斜籠。老年味，晴窗半晌，恍然瓊夢。　惆悵園林往事，奄千葉離披，鳥喧蜂哢。密萼繁枝，日麗霜明，屐齒響驚苔凍。約黄别後思嬌暈，冰壺滴，夜來誰擁。斷腸久，今夜乍逢舊寵。

---

① 原注：予癸酉甲戌間，曾手纂縣志三十六卷。

鳳池吟 村居即事

日暖風柔，十分晴意，春色盎入簾旌。正茶餘飯罷，瓶花鬥紫①，煙篆搖青。何限銷凝。不須門外羽書驚。從頭細數，風期未負，林下平生。

雙修漫説難有，總廿年落得，書膩釵明。更暮朝親與，漫分龍井。醉點魚羹。一棹舴船，換回禪榻鬢絲輕。巢邊燕，更呢喃似泥人聽。

西子妝慢

今年林舍花事特盛，閑行阡陌，用夢窗韻寫之，兼寄城中。

江繞甸芳，草薰晴麗，紅紫雰雰迷霧。不辭行步怕欹危，愛繁花小橋西塢。蜂翻蝶舞。龍駕勸東皇小住。暫消停，勝約城南在，問春應許。

歸非誤。一樣韶華，那忍拋擲去。醉携芳袖共徘徊，漫寄愁道邊官樹。無多艷句。趁今日，閑情抽賦。咒花行，莫遣來朝隔雨。

其 二 入城喜訛言稍靖

小院歸來，晴窗拂拭，尚喜南風不競。一株榴火笑迎人，泛池荷綠萍鋪鏡。雨餘塵凝。看引篆沉煙碧净。抵樊山，五十齋名麝，未輪他俊。

清和甚。舊薄羅衫，寒暖身剛稱。又牽情事上心頭，記得人韻非花韻。瓊樓路近。喜鼝鼓，漁陽聲定。倚宮墙，好把霓裳再聽。

其 三

七月十四夜，月色皎然，露坐吟賞，今年第一夕也。

嫩剥菱尖，脆收梧子。秋似江南有味，夜香不斷玉簪開，更撩人四圍花氣。綠侵行屐。認荇藻縱橫在地。是當頭，穆穆舒波，月明雪霽。

回頭憶。如此凉宵，五載荒村寄。空吟玉臂對清輝，誰識無限方諸淚。嫦娥有意。肯今夕，照人無寐。譜新詞，暗把秋懷自記。

---

① 原注：閨人擷紫薇，分置五六瓶，几案間光艷絕倫。

其 四

次夕過雨微涼，有憶，再用前韻。

梅子漿酸，藕絲餅薄，消夏從來雋味。縱然殘暑已無多，況疏疏滿庭
秋氣。打量游屐。想一幅湘簾窣地。看佳人，含笑相迎，晚涼新霽。
勞追憶。雁字魚書，往恨纏綿寄。丁娘十索一椿無，只有緘札餘清淚。誰
知此意。酥心骨，似醺如痲。待來生，定與靈簫作記。

思佳客

一月城中兩度來。閑情一度一安排。來時芍藥花迎檻，去後菖蒲葉放
釵。　催穀雨，聽驚雷。春山人唱採荼回。綠茸自揀頭綱焙，要瀲雲渦
颭玉晗。

其 二

覓寄南芽未有書。最愁標格損銅爐。問卿北苑還鄉夢，可敵樵青入畫
圖。　分活火，泛雲腴。滿甌花乳湛青瓐。五絨未唾餘甘在，解得春醒
繡倦無。

喝火令　中庭共家人玩月

膩玉才消汗，頹鬟欲溜釵。晚涼新浴意偏佳。笑說忘携藕覆，只曳淺
拖鞋。　塵轉蠅窺拂，香霏麝散煤。小移竹榻費安排。爲算今宵，涼月
正當階。縱使嫦娥羞避，還有好風來。

青玉案　春寒重憶

春衫才換訶梨領，乍兩日顫裘屏，何事輕寒風又緊。雨昏花暝，一簾
波影，重把爐篝整。　紅樓夢到人栖穩。如此春愁與誰省。漏斷更沉還
未寢。墮釵敲枕，九微光盡，難算今宵冷。

新雁過妝樓　霜柑閣晨賦牡丹

粉滴酥融。寒綃露，驚回綺夢匆匆。碧欄干畔，添出萬種嬌慵。仿佛
玉環新睡起，一些無力倚東風。更殷勤，褰來翠幕，側護珠櫳。　　洛陽
花時自好，但魏姚譜散，寂寞行宮。那知丹景，猶剩蜀苑姿穠。徐妃佩環
夜褰，正人在屬車豹尾中。繁花事，嘆錦茵承步，空泣芳紅。

其　二　初聞蟬

卵色新晴。庭陰午，今年第一蟬聲。未成曲調，搖曳徵碎宮零。吸露
爲憐才蛻殼，吟風宛似不勝驚。待柴門，晚涼高柳，倚杖還聽。　　南冠
當年客思，付沉沉墜想，誰表予情。紫貂華省，宦拙枉説平生。端留剪紗
薄翼，喚瓊樹來梳雲鬢輕。餘音褭，想五更疏斷，樹碧無情。

角　招　上巳村舍雨中

正春暮。愁人已自工愁，況這般雨。乍凄還乍楚。一滴一聲，多少情
緒。飄紅墜素。更料峭欺人寒作，去半臂添來怪冷，念江上數峰青，定湘
靈愁鼓。　　惆悵鏡盟幾度。何曾俊約，説到春游去。此情天總妒。上巳
清明，無端都負。纖纖細步。問草綠裙腰何處。定自雙鴛惜污，上任他懶
不成妝，非儂誤。

一枝春　喜晴

殺菽霜寒，送殘春正自，驚心婪尾，晴新意喜。村店曉煙遥霽，楊花
四撲，似飛雪點人襟袂。妝漫懶，換了春衫，著個香毹子。　　天然畫成
芳綺。染茸茸繡陌，碧朱黃紫。莎平路軟，恰稱五文絲履，東風做好，莫
輕任麯塵吹起。歸響晚，一澗鱗鱗，更貪看水。

其　二　村夜聞鵑

望帝魂歸，繞芳村不斷，聲聲啼血，知他甚事。訴到五更難歇，西山
似昔，掩宮柳輦花長寂。應最恨，游女朱提，不化並飛雙翼。　　鵑城至

今哀怨，渺梁姝軟麗。艷蹤誰覓。羈禽倦羽，我亦寄巢如客，春心託苦，問愁緒那般禁得。歸去也。倚枕殘宵，直教聽徹。

蝶戀花　穀雨夕雷

阿香似妒春人懶。穀雨疏疏，戲把雲車碾。一夜輕雷欺睡眼。朦朧枕畔金蛇閃。　起來無力頹鬟散。芳樹如帷，小立欄干淺。池面新荷圓幾點。緑漪净貼青錢滿。

其　二　即事漫成

蝴蝶南園飛欲盡。豆莢瓜花，颭蔓交荒徑。過雨好風凉一陣。碧紗櫥外新篁靚。　何處鏗來環佩韻。決決溪流，暗送丁冬聽。懶向柴門吟晚興。垂簾坐對雙煙定。

其　三

歸計秋來思已熟。五載江村，夢似黃州續。萬事人生須結束。杜陵早賦成都屋。　整頓殘書三萬軸。終日隨身，粲粲丹鉛録。買得無端憂患獨。如今尚累車連轂。

木蘭花慢　賦櫻桃

漸梅青綴豆，果坊熟唤朱櫻。想漢寢年時，宸放薦後，才許嘗新。堪珍。鳥含御苑，寫晶盤萬顆訝圓匀。往事千官拜賜，大明擎出遒逡。留人。五歲荒村。憑野老送柴門。更幾時盼得，青絲繫籠，歸帶鞍塵。珠頬。漫愁傾破，待拈來親試小朱唇。玉腕催調杏酪，看他斜拭紅巾。[①]

江城子　雙蘋婆館行散成詠

單衫時節看輕羅，撫庭柯，暫婆娑。梅子生仁，房小石榴多。更喜虯珠添纍纍，低玉井，兩蘋婆。　引雛青雀已離窠。囀嬌歌，覷簾波。深

---

① 原注：櫻桃杏酪，蜀中夏初以爲珍薦。

院無人，睍睆友聲和。雙宿雙飛還羨汝，携玉手，共牽蘿。

蘇幕遮 池上作

午雷輕，疏雨歇。照眼榴花，紅勝嵰山雪。轉過回廊閑一瞥。十日芳池，已颭新荷葉。　　幔垂紗，窗捲槁。竹簟當風，預爲迎凉設。煙篆搖青甌盞白。仁耳微聽，似是雙鴛屧。

平調滿江紅

> 斑竹園在成都、新繁、新都三縣犬牙地，實沱江正流所經，商旅輻輳。有橋曰三益，歲久失修，三縣者舊仍慨然醵募而重新之，費踰。大落成之日，來請文字，以隆壯觀，因賦《平調滿江紅》，俾刻諸橋上。

布橑飛檐，驚一道長虹臥波。重涯岸，萬椅叢倚，櫛石嵒峨。交錯版圖三縣匯，往來徒輦四方多。使神爲，亦正不勝勞，人顧和。　　暮鼓響，搰巨黿。蛟鰐徙，静盤渦。送大江東去，自別爲沱。解纜朝看沽客樂，連檣暮聽榜人歌。更四圍，斑竹壓名園，環綠綺。

澡蘭香

> 端午日螃蟹堰競渡，謝而未往。

釵留艾緑，巾蹙榴紅，霉霽天中節序。靈絲纏去臂，戲草兜裙，往事歲時荆楚。襲菲菲芳氣迎神，堆盤菰筒角黍。一樣佳辰，老去先輸情結。　　勝會龍舟薦屈。正府江邊，競饒簳鼓。鳧鷖散亂，櫂柂沉浮，懶看浪翻波舞。只蘭湯浴罷憑欄，悶把蒲觴自舉。問底處買辟兵符，魚仙無語。

破陣子 坐霜柑閣喜雨成解

酷暑渾如酷吏，秋炎爲迫秋成。陟岈排檐侵客坐，却喜移牀近雨聲。虛廊又放晴。　　餘霽尚銜東郭，輕雷已過西城，三葉小輪鎝電扇，一盞黄酥冰吉靈。晶凉沁齒生。

小重山　秋熱遣懷

伏巳闌時暑更濃。非關時節感，願西風。任催秋色入簾櫳。虛堂遠，
檐馬響丁東。　　池影上涵空。疏星搖不定，映花叢。愛涼移榻眾香中。
爪茉莉，添上雪玲瓏。

其　二

滴粉搓酥往事殘。老來心迹在，近樊山。只無寫韻繡漪還。誰能穀，
相貼效文鴛。　　琴意真難。紅樓人一個，玉珊珊。幾時同倚曲欄干。將
秀色，饞定許吾餐。

鵲橋仙

　　　啜冰，憶三十年前東游舊事，紀以小詞。

葛巾展幂，蕉香點露，未嚥涼先噤口。如酥雞子淡黃生，肯閑却調冰
素手。　　滄桑幾度，蓬萊清淺，回憶飯田倭柳。水晶簾下水晶杯，問冰
店冰娘在否。

其　二

　　　自還家來，雖苦暑熱，然几案帷榻，遍以蘭、蕙、夜香、茉莉之屬
　　繞之，坐臥皆在花氣中，鄉居五年，殆未能有，喜而賦之。

花花葉葉，相當相對，醃釅四香圍繞。[①]秋花澹雅過於春，剩閑把詞
心自撩。　　萬般都倦，歸來未負，只算美人香草。露香凝碧夜凉多。任
清睡花叢到晚。

江神子　賦桂效夢窗

露寒鳷鵲影高低。樹鶯栖，月凝輝。香霧濛濛，金粟萬千枝。爲想素

---

① 原注：夢窗有四香詞。

娥當鏡立，風掩苒，動銖衣。　　畫屏山外畫簾垂。露華霏，電珠蕤。目與予成，堂上盡菲菲。今夜蕊珠宮裏夢，瓊館冷，未須歸。

其　二　雨中再賦桂花，仍用前韻

乍聞涼雨響潺潺。起來看，倚欄干。點砌飄階，誰拾墮香寒。昨夜羅幃明月影，今日裏，便闌珊。　　玉娥端解惜芳殘。掠雲鬟，試膏煎。[①]鈿盒成脂，薌澤許多般。更愛一番新紙樣，魚子酒，碧苔箋。

六幺令　九日清真韻

萬方聲裏，時序驚寒燠。佳名正思重九，今日還休沐。何處登高望遠，路說江橋熟。誰能追逐。茱萸會渺，空插衰翁鬢邊菊。　　滿地風雨聽歇，物色搖心目。回憶持螯把酒，十八鬟梳玉。往事行雲夢裏，惆悵難成曲。他生寧卜。題糕醉也，記否劉郎再來囑。

其　二　九日不出

一年容易，催到吳棉燠。龍山未易嘲帽，更肯彈冠沐。偏是朝來妙語，瓮撥牀頭熟。車塵休逐。東籬正有，荒宅陶潛數叢菊。　　故人無那契闊，脉脉憑高目。爭奈天外飛鳶，斷角淒哀玉。多少湘歌楚怨，同付淋鈴曲。三間從卜。悲哉秋氣，便擬餔糟向誰囑。

（以上詞錄自《清寂堂詞錄》）

燕山亭

昭覺寺藏陳沆手製丈雪禪師遺履，敦仁有詞甚工，爲書之，即邀石帚同賦。

一杵齋鐘，人寂履閑，往事開堂千指。多難響空，又殺碑成，魔劫大悲提起。瑣骨嬋娟，本來自初禪天裏。夫婿。甚盡化侯王。早輕羅綺。
遙想繡佛燈前，罷清切吳音。更拈針黹。嵌珠供養，學組情懷，羞他雀臺欹歔。丈室緣深，端勝過，錦裙留記。何意。葱嶺也攜歸却未。

———————————

① 原注：閨中頗掇蕊爲膏髮用。

六　醜

次清真韻賦白秋海棠，書示敦仁。

乍回頭廿載，悵玉影，伶俜抛擲。社闌世非，前游真去翼。莫問蹤迹。斷岸金河路，試尋松館，換往時香國。鉛華謝後無脂澤。怨滿苔階，恩疏綺陌。孤清詎堪人惜。任紅銷翠減，幽意原隔。　誰家秋寂。認花梢露碧。艷比春叢冷，芳未息。多情定許園客。但絲棼緒亂，織愁休極。殘燈影，忍欺霜幘。須看够，絕世瑤姬澹冶，鏡邊簾側。西風勁，却送寒汐。顫蕊痕，細數檀心暈，如何狐得。

（以上兩詞録自《水明樓詩詞集》附録一。原注：右山腴師遺詞二首，原稿於動亂中失之，久覓不得，新刻《清寂堂集》亦未收入。今檢舊篋，忽得昔年鈔件，以拙稿已付印，敬録存於此。一九九六年弟子敦仁謹識。）

梅際郇

梅際郇（1873—1934），字黍雨，號念石，巴縣（今重慶巴南區）人。光緒癸巳科（1893）舉人。早年歷主各書院、學校，并兼史地、文學等教師，曾任《渝報》副主筆。著有《念石齋詩》（附《念石齋古樂府》和《念石齋詩餘》）。

傳言玉女 元夕泊羅磧

水月爭流，水迅月遍能及。江山綿邈，似群龍倦息。銀沙一片，著個善愁人立。滿襟風露，隔江聞笛。　　遙憶嚴城，正燒燈作元夕。笙歌消酒，舉杯和月吸。誰知雲外，有客苦搜吟筆。一般勝賞，那分喧寂。[1]

賀新涼 題畫，一美人把卷蕉蔭

綠縟深苔院。畫簾垂，涼蟬欲歇，午風吹軟。碧唾鴛茸黏雁柱，一一雕闌撫遍。怪向午，紋紗猶暗。石浪蕉雲同漲雨，是夜來，綠蠟舒新卷。無俚甚，罷拈綫。　　年來未理傷春卷。記題紅，西陵松翠，惹人心眼。機上回文塵涴久，不管芳襟涼怨。挂素壁，湘弦濡漫。曾奏雙栖連理曲，說玉臺要令神仙羨。燈上了，和他看。

三姝媚 留別

樓山三尺小。見樓中詞人，俊游歸了。簾底桃花，總再逢爭奈，去年人老。指點青衫，翻酒處，啼痕多少。驗取相思，絲雨澄江，綺雲回棹。　　連夜燈明花笑，記錦字商疑，劫棋爭道。好夢難憑，教蝶魂休更，夢中顛倒。背檢衣簏，添一寸，傷春吟稿。却怕榴房新約，牽人又惱。

---

[1]　原注：右詞乃光緒甲午所作，其後四十年與周癸叔談及倚聲，余自言未嘗爲之。癸叔曰："傳言玉女非乎？"蓋與癸叔同試春官途中，曾以示之也，於是無可抵闌，遂追理而錄存之。

綺羅香　游白帝城

古黛星懸，頹雲斧落，尺寸都無平步。返壑龍馴，誰信大江傾注。怪淫豫，片石孤撐，但危踞，瞰波東去。似梟雄，投老無聊，團蒲坐睡濟禪趣。　　凌晨來訪古堞，正躡巉梯幽轉，一樵剛遇。雪意橫空，冷翠撲人眉宇。猜天半，神女妝鬟，在縹緲，碧雲深處。靜中對，無限山情，淡香溶俊語。

齊天樂

一生劉郎山靈稔，何緣此山難見。拒我塵容，崇君位業，苦把仙源遮斷。兜羅密軟。助詩思冥濛，古愁淒黯。浪說春妝，十重珠箔障嬌面。　　清都淪謫已怨，此中長不信，真有雞犬。蜃沫纏緼，腥襲袂帶，入春城為暖攘。囊那算要。自到人間，慰農焦旱。回首前塵，雨簑歸懶。①

其　二　詠蟬

碧陰深弄傳繁響。炎涼又從今起。霧露青林，風塵綠鬢，盡有詩心堪寄。煩君警耳。伴仙仗龍媒，侍中貂珥。夢入宮槐，沸羹初漲國魂瘁。　　惝惝書幌小雨，趁微陽便發，殊可人意。餘韻潛移，高枝隱占，休問人間何世。寧為玉碎。問海上神方，委餘香蛻。可惜黏竿，把牢人手裏。

其　三

羽林新奉驅除令。求棲一枝無路。細戛鯤弦，輕修翠須，晚傍涼陰庭戶。流聞激楚。正飄墜宮梧，返魂齊女。抱葉孤高，費聲難飽竟如許。　　僚丸三累不墜，便長修羿彀，生亦何趣。熱惱歌呼，煩襟鼓吹，曲罷誰相勞苦。綠槐高處。尚倡和雷同，自憐芳句。無限斜陽。噤寒期晚遇。

---

① 原注：簑葉云簑葉河，去梁山二十五里，縣人言其地山水甚明秀。先君子教諭梁山，余歲歲往省，過此地不翅十數，皆遇雨，或濃雲密佈，不見山色。

西江月

別一體。借《花間集》於成子蕃太守。

別淚半襟紅雨，狂吟滿案青山。幾曾留意到花間。恰被流鶯，説破曉春寒。　省竹歸來多暇，攤書坐久無歡。乍聞錦字説團圞。欲向東風，借取倚雲看。

其　二　子凡既步韻見和，更用原韻

蔬甲輕分極浦，薺香繡錯前山。遥青尚在有無間。莫是春光，拗不過春寒。　鏡檻難留俊夢，鸞綃猶識濃歡。楊花如雪撲雕欒。不是因風，是要旅人看。

江城梅花引

別情綿似繭絲抽。醒時愁。枕涼衣薄，處處憶綢繆。水又瀠回山又遠，雲斷處，是家山，是温柔。　爲報征人已歸舟。花似球。月似鈎。早收拾低幬昵枕，細數離憂。采綠終朝，倏忽便三秋。權忍受風饕雪虐，華燈下，聽瓶聲，泛乳甌。

如夢令　詞社韻限艷字韻

唇絳半遮犀瓣。胸雪微憤珠袢。婀嬋九花釵，扶上水沉雕輦。豐艷。豐艷。芳國牡丹獨占。

其　二

衫子藕絲色淡。眉樣遠山妝淡。纖手玉無暇，閑把畫羅團扇。清艷。清艷。初放一枝蘭箭。

其　三

隨意髻鬟低挽。隨意胭脂輕點。微笑夢中情，斜倚碧闌干畔。嬌艷。

嬌艷。春雨海棠紅泫。

其　四

行動芳蘭飄散。談笑和風皆滿。眉翠自絪縕，馨逸著人成倦。香艷。香艷。晨霧藕花塘畔。

其　五

澄水碧瞳雙剪。垂領翠鬟雙片。無語對東風，憨絕鏡中人面。明艷。明艷。林外小桃初綻。

清平樂

譚直方之女公子名學武，字仲秦，性好武，以秦良玉自況，又善刻印。曾爲余作一小印，篆既纖麗，刻尤秀美，遠非俗工所能及也。辛酉六月朔，直方以所作《遺文章印譜》見示，適余束裝將歸，援筆賦此。

雕蟲篆刻，削盡鬚眉色。不弄阿兄筆與墨，要先識刀光色。　　懶學衡氏和南，聊將造化鐫鑱。肯信既經銀子，世間尚有頑石。

黃金縷　留雪印齋詞會，閨情

燕子不來春又過。斗帳微風，人擁春愁臥。荏弱花枝經雨涴。夢魂依舊眉峰鎖。　　細尺裁量安未妥。繡樣翻新，邛角添雙朵。若道他心嫌這個。前番底事催人做。

傷春怨　詞會題海棠畫扇

寶帳葳蕤扣。著雨十分春透。淺笑倚東風，潮上渦兒被酒。　　誰把芳枝嗅。静裏甜香自有。舊燕趁春歸，説爲傷春更瘦。

百字令　喜雨

谷呼崖舞，翠微裏跳迸，明珠千斛。拗怒才休尋又起，一陣哀彈碎玉。水氣濛濛，虛齋炭炭，一榜蘆灘宿。疏燈自媚，夜涼人淡如菊。火令貪吏張威，煎熬萬寶，都教成瘻疽。盲雨顛風雖暴抗，對治炎官翻速。熱惱蕩空，冰襟懷抱，好句思重續。小庭閑靜，一螢開閣深竹。

法曲獻仙音 葬犬

越保稽山，唐臣突厥，搖尾仇庭無赦。忍餓嗟來貢，高色舉，稍存幾分人面。先十載梅庵裏。真宜有斯犬。　　可長嘆。世無堯，也慵吠桀，遇投骨，皆能犽牙而戰。愧汝住雲中，傍丹爐，無藥堪餂。敝蓋淒涼，只聊酬，花國撤扞要。群奴師事，敢情閱微題扁。①

暗　香 蘭

孤花硯席。算國香入世，未嘗虛擲。一佩湘累，早有清芬被南國。惟恨同心去遠，苦追憶，秋燈談屑。靜中對，一剪疏風，芳意沁詩臆。高潔。誰探擷。望危棧倚天，草滿青壁。細香暗襲。似爲芝房引齊客。休問歡場舊侶，曾苦諫，葳蕤輕摘。吉祥事，名與字，夢中記得。

疏　影 蓮

方塘印月。過西施涇畔，曉涼清絕。數點青錢，曾記攜尊，相邀水步橫笛。薰風釀釀花房露，都沁入，六郎腮側。羨鷗鄉，更是溫柔。夢裏水雲紅濕。　　誰涉空江浩渺，正欲採不採，黃手持接。莫聽飄零，瓣瓣凌波，好護香鈎塵迹。但教袖底餘紅在，便苦到，蓮心尤悅。喜嘉耦，宛轉犀通，雪映玉盤秋色。

---

① 原注：小梅庵一小黃犬名曰驪子，實疫犬也，園人祝其壯碩而名之。性耿介，不近臭穢。主者樊媼傳食，厲聲呼叱，便走入空屋中，三日不出。樊爲駭然，往撫慰謝過乃出就食。余養疴園中，投以餅屑，亦逡巡自遠。園復有稚，大曰小狗。小狗最無賴，且濫惡不潔，于驪子之食無不奪也，因之尪瘠日甚。一夕，忽悲鳴而斃。既瘞諸花下，復作此悼之，並邀蜀雅堂主人同賦。

南鄉子　題畫

夢雨蘊相思。小院陰陰綠蘚滋。起拓窗紗尋雅課，胭脂。蓮瓣莊書飲水詞。　巖桂冒藤枝。飄撇涼雲繾幾絲。雲外船來應得見。[1] 碧瓦紅樓海霽時。

雲影下長洲，萬斛天香掩素秋。晴雨休提明日事，低頭。怕道姮娥也是愁。　殘夜水明樓。冷焰垂花燭淚流。疑是雨聲驚夢曉，回眸。一半風簾響玉鈎。

水龍吟　壽周癸叔六十生日

世間庚甲推遷，幾曾老却詞人筆。當官赤緊，偏能管領，江山第一。[2] 螺髻冬青，龍眠晚翠，錦囊收拾。算天涯游倦，歸來置酒，趁高會，作生日。　難得景風吹律，舞華筵，萬花飛急。風流文彩，聰明福壽，一時翔集。善學倉山，一杯不舉，加餐努力。[3] 便亦趨亦步，阿遲晚出，待君八十。

四字令　以稚柏餉伯英

松形柏形。松針柏針。眼中突兀千尋。助蓉溪造林。　鮫皮蠹侵。龍鱗菌生。見茲天表亭亭。定高歌眼青。

臺城路　題陳碧秀扇

病憐衣上枯螢坐。偏生投寄輕扇。久歷歌場，微敲舞拍，想像桃花人面。頻婆風暖。應共把柔荑，歲華驚晚。玉潤朱香，吹涼三十六松館。

山中都廢筆硯。茗煙縈鬢雪，依約成篆。雅謔墨豬，虛文畫像，奇絕鵝

---

① 按詞譜，"應得見"後當缺兩字韻。
② 原注：君曾官陽朔知縣。
③ 原注：群妓勸飲，君堅拒之，而能盡飯一器。

龍求換。得君青盼。縱草草也成，美人花範。寄謝逋仙，倚風雙笑展。①

天 香②

秘閣螭熏，醮壇龍印，何人乍點黃熟。把卷吟，低傾鬢笑，斂細領聞根濃。觸霜華紙，帳幽峭，詩腸爲肅。微篆欲銷漾，一絲好風來續。

玉皇案邊抱牘。憶前身，袖雲紅拂。久鄙人間四和。③ 熅成塵俗。十載江湖寒涕，乍縮鼻如逢舊家物。怪汝春駒，也知戀逐。④

渡江雲

騷人多潦倒，水窮溪盡，始見起雲時。山中真富有，自綻綃囊，户外抬冰絲。無心出岫，却愛問，小草歸期。倚雲拂，國香名箭，出格弄春姿。　　堪思。白衣幻狗，赤羽從龍，豈軒墀閑事。今老矣，一庭寒雨，絮帽談詩。故人只有清風好，論澤物，還待佳兒。搜賦筆，蘭陵儒雅吾師。⑤

（録自《念石齋詩》附《念石齋詩餘》）

---

① 原注：碧秀蜀伶，爲青城石室所賞，曾爲作《歲華篇》寫寄伯英與余，請作詩題扇，伯英與余俱未暇爲也。越三年，碧秀至渝，仍以扇介羅鐵子。作此以應之，並答青城石室。
② 原注：木蘭精舍，每至宵分常有異香勃發，審其氣息絕非花香，似水沉檀油燒自爐鼎者。近固無雅室，尤絕未有道場焚熏之事。眷屬皆聞之。他人雖同時被肘，亦或不覺也。疑有勝因，拈此寫況。
③ 原注：蘭梅、瑞香、水仙和香，號四和。
④ 原注：園中有大黑蝶，常以正午來栖止精舍書帷上，似避炎陽者，蓋二年矣。
⑤ 原注：木蘭精舍面南而築。前臨低地，以俾睨爲虛，垣下有種芍藥、萊莉之斜塍，塍外修竹環之。竹頗濃密，所謂硬黃中昇材者也。竹中常有雲起，兒女輩不知爲雲，以爲其下有竈。余凌晨據草堂飲酪，輒以雲爲之有無厚薄卜晴雨，暑中尤殷望之。每有觸石膚寸之征，家人必走，告曰竹林中今日有雲也。是亦山中故事，調以張之。

鍾朝煦

鍾朝煦（1873—1941），字致和，南溪人。光緒二十九年（1903）中舉，曾官滇西鹽運使。著有《昆山玉屑譚》和《巫廬詩鈔》（附《詞存》）。

夢江南　黄葛灝道中望回龍嶺

雲斷處，螺黛染煙蠻。道是家山還默望，有人天際盼歸帆。惆悵幾回看。

滿江紅　端午日偕同人舟游感賦

辜負江山，算够了，一生罪過。儘拼著，詩腸酒膽，子倡汝和。魚艇易成新活計，鷗盟也算閑功課。問靈均，歸否舊吟魂，空楚些。　歌小海，誰操柁。揮玉塵，誰昇座。有江樓幾處，詩人幾個。見説春風還雨散，生憎眉月將雲破。只片時，天氣各晴陰，和衣卧。

其　二　九日偕友登高

重九千秋，算幾個，能登能賦。只畫出，柴桑餘影，東籬小住。壯志回旋風引緒，寥空乾净雲生悟。任催租，送酒兩般忙，行吾素。　滕王閣，齊山路。叢石菊，遥天樹。倘江東無我，卿當獨步。才子總緣杯酒老，詩人肯被黄花誤。祝西風，長好月長圓，年年度。

其　三　疊前韻，贈曾鏡秋

春夢千場，是否抵，高唐一賦。把離合，雨雲消息，倩花留住。月席燈寮春夢覺，茵花洇葉天才悟。奈相思，畫也没工夫，虚絹素。　何日向，江村路。何日傍，春雲樹。有奚奴代役，蹇驢代步。王令好官思爛熟，丘公仕宦焉知誤。只些些，疏懶便清高，金針度。

其 四 疊前韻，贈包鐵季

不負清秋，新了却，漁租樵賦。盡商酌，蘆花淺水，笠蓑去住。閱歷風花隨影逝，廓然人境應知悟。指天高，雲净雁聲逝，秋月素。　　白社酒，黃花路。處士柳，將軍樹。便一齊收拾，青雲平步。劍底雞聲渝夢盡，樽前淚影裁詩誤。問韶華，紅玉化黃珠，春幾度。

其 五 疊前韻，贈包伯珩

天壤王郎，向芍藥，花前作賦。記摩頂，麒麟小影，塵間偶住。三筆六詩天稟秀，十堯九舜文心悟。更怒猊，抉石驥奔泉，揮毫素。　　今日聚，岷江路。他日憶，帝城樹。撫燕雲近局，低徊玉步。後起玉筍能繼軌，前身陸九知多誤。莫超然，黨錮便人豪，黃叔度。

其 六 感事仍疊前韻

王氣銷沈，閑却了，春明秋賦。容我輩，摩挲書劍，商量去住。鬼牒神經成大錯，吳頭楚尾多才悟。怕登高，立馬望中原，大縞素。　　松杏道，燕雲路。敕敕草，榆林樹。看胡塵滿眼，艱難天步。賈相今知拘使罪，韓王焉識攘夷誤。欲輕敲，如意上西臺，公莫度。

其 七

銀幣和戎，搜刮到，油租糖賦。恐此後，提封萬井，不容人往。塵海盡成番舶市，迷樓巧奪靈臺悟。聽余懷，渺渺重罹憂，蘭心素。　　金岷水，夔巫路。雲夢雨，漢陽樹。望大江東下，直趨瓜步。海舶東來天險失，鐵車西上歧路誤。更氣球，昇入亂雲飛，憑空度。

其 八 鄉人賽城隍神會，感賦

大好江山，依舊是，故時簫鼓。儘留得，餘歡剩影，金錢一賭。殘夢收場還未醒，天堂地獄誰甘苦。認明明，三字活無常，親寄汝。　　遮莫是，天魔舞。還憶著，清虛府。看魚龍結隊，麒麟作脯。桓子聲雌風不競，媧皇石爛天誰補。只春蠶，繭小小如錢，絲半吐。

其　九　題城東漢烈婦黃帛祠壁

兒女深情，與豪傑，肝腸一樣。情至處，筆歌墨舞，都難刻狀。但有希名心已誤，無須求活神先壯。是完人，總帶幾分痴，言非妄。　　身不識，箜篌唱。目不睹，蛟鼉浪。只平平穩步，凌波而上。大陸山河終棄擲，遲回一落真千丈。看靈祠，輝映故城樂，風吾黨。

其一〇

> 秋曉雨中登樓，望金沙江，環簇諸林巒蒙然，猶坐雲霧中。

雨洗秋山，仍洗出，痴頑色相。消不盡，雲渣霧屑，嵐幃煙幢。頑石詎知頭易點，鮎魚枉說竿能上。便蒙頭，枯坐也無聊，增惆悵。　　幾日畫，修眉樣。何日發，雲門唱。肯將鰲作柱，倚天成杖。泉溜商音秋後健，林花笑靨朝來爽。乞罡風，掃海擁羲輪，光明放。

其一一　尋梅

我夢梅花，料不定，梅花夢我。仿佛是，胭脂幾片，珊瑚幾顆。林罅要將殘雲補，溪香好喚春雲鎖。漫思量，驢背上風寒，寒休躲。　　銷金賬，紅爐火。姑讓與，庸奴過。要神寒骨重，此生才可。淡影無須孤鶴守，幽香賴有層冰裹。便山中，處士莫輕來，將毋左。

木蘭花慢　中秋乞月

愁來天醉倒，驚好事，破良宵。算就月葦灘，買詩楓浦，夢也無聊。分付兩絲風絮。啓天孫玉腕捲鮫綃。酒半黃埃盡化，燭邊紅淚都消。是情魔白墮能澆。可奈是情苗。記螺暈眉心，麝安鬢角，不慣蕭騷。羞殺嫦娥瘦影，數雲間二十四虹橋。霧幔誰家對鏡，玉人何處吹簫。

高陽臺　歸夢

一派雲蹤，幾絲煙緒，冰衾安穩檀郎。軟語分明，殷勤欲說還忘。愁絕梨花深淺雨，怨東風、薄倖親嘗。欠思量，故是家鄉，道是他鄉。

秋聲驀地香魂揚，聽蟬琴唱和，竹佩低昂。推起簾兒，花篠月度黃昏。欹枕試招蝴蝶影，怪敲門，悴葉驚霜。增惆悵，蛛絲百網，燭淚雙行。

眼兒媚 憶別

眼波橫處翠雲流。欲語態還羞。不是吟魂，非關醉夢，大約離愁。醉人冷意做成秋。才知身遠游。雨碎殘蕉，風期病葉，都上心頭。

醉太平 寄意

相逢怕羞，相思怕愁。醒來月上眉頭，露彎彎一鉤。　　淚也難收，話也難休。悶中沒處尋秋，喚鸚哥上樓。

南柯子 小病

嘔血還詩債，張拳搏酒場。醉中樵路熟江郎。那管朝來風露，晚來霜。　　葉碎琴邊雨，煙消枕畔香。昏鴉傳語又斜陽。依舊滿身花影，釀秋涼。

浪淘沙 秋燕

軟語費商量。怕檢歸裝。年年綉壘又花房。端的爲誰辛苦也，更爲誰忙。　　春事太倉皇。可奈秋涼。烏衣憶否幾番霜。却羨故園同伴好，檐語雙雙。

念奴嬌 閨思

而今知否，讓燈兒麗藻，雙開紅豆。背面尋愁還約伴，殘月曉風楊柳。對鏡安花，回燈試影，花也如人瘦。歸來莫笑，紫菘白菊時候。猜他爐酒青衫，唾壺紅淚，怎便香衾透。往恨來情清夢醒，點滴絲兒不漏。妝問濃邊，鄉尋柔處，是幾分消受。大家排遣，一歌一曲長久。

其 二　花朝前一日訊曾鏡秋

鏡秋知否，算花朝明日，春分前後。風日晴和人意暖，正好作詩時候。刻意尋歡，縱心延賞，幾個詩朋友。何妨覓醉，商量素箏濁酒。況伊紅帽棕鞋，弦琴羽扇，是秀才班首。莫把韶華辜負了，寒食清明重九。野繡堤香，村歌社舞，也算天高厚。詰朝相見，看他怎樣消受。

早春怨　西樓縱目

微雨初收。自燒香篆，自挂簾鉤。天氣新晴，似晴還雨，令我夷猶。無言獨上西樓，多少事，言愁更愁。幾許江山，幾多人物，總不宜秋。

如夢令

> 春事闌珊，萬花沉靡。梁燕獨經營，巢壘如故，過時不渝，美之以筆。

已過清明前後。漸漸綠肥紅瘦。切莫慢商量，春有幾分消受。知否。知否。燕子畫堂依舊。

西江月　春愁

乍暖乍寒天氣，宜晴宜雨光陰。獝兒渴睡夢沉沉，没法教他蘇醒。昨夜幾番惆悵，今朝一往情深。春愁掉去又來尋，教汝管他則甚。

更漏子

> 欲望隨念慮而紛，念慮隨欲望而深，無法收拾，寄之毫端或壁間。

恨難填，春不管，苦説百年夢短。冬又夏，雨還晴，向誰鳴不平。方寸地，人間事，莫道處之容易。剛醒處，欲眠時。問君君不知。

梅花引 惜別

誰不願，長相見，淚痕鋪滿離人面。水還歸，鳥還飛，争如不見，相對兩忘機。　　世間可奈情難斷，一縷游絲終日轉。謝還開，去還來，不知何故，令我獨徘徊。

1306

菩薩蠻 題落花春曉圖

花開只道春光好，那知轉眼春光老。蝴蝶一雙雙，大家飛過墻。墻頭春正暖，可惜君來晚。花裏有鶯啼，罵君君不知。

壺中天慢

　　家書來，言軍過境，城市警擾，吾廬僻處北城，幸免於難。閉門却坐，天自青，樹自碧，千花萬葉，笑風舒霞。某君謂如住古桃花源，不聞漢魏事也，感制此詞。

桃源安在，只眼中乾净，便成歡國。屋内紅爐窗外雨，天地都成兩色。柳暗留蟬，梧高栖鳳，點點乾坤窄。迷空黑眚，吾廬獨具清白。知否幾輩貪夫，幾群敗類，演出千般劫。猿鶴沙蟲同一化，化作青磷碧血。鴆酒銷憂，狂泉止渴，一一煙明滅。殘灰餘燼，沉埋多少明哲。

其 二 感懷

解人索解，記緑酒紅燈，黄柑紫蟹。手障危欄須仔細，欄外飛塵似海。罷折崖花，穩栽陌柳，哪怕風摇擺。神山近了，方丈蓬萊可待。贏得旁人細説，王謝珠簾，依舊春成彩。堂上阿奶厨下婦，一刻千金難買。大家辜負，大家補過，把脾氣兒改。莫説傷春，春色當前故在。

臨江仙 偕黄東甫西樓茗話

斜照幾灣雲四壁，波光遠接天光。空明不礙水生香。快談驅薄醉，輕靄釀微凉。　　最好登樓高處望，憑空勾起詩腸。畫中寫畫費商量。乞君分彩筆，爲我飽奚囊。

其　二　　七夕詠牛女事

十二萬年年一度，人間無此夫妻。神仙艷福與天齊。再休談璧合，總不着花迷。　　暫見哪知離別苦，不須舊事重提。後來且莫訂佳期。無情情自永，入夢夢都痴。

其　三

黃東甫以雙星渡河後一日雨，新詞見寄，和之。

兒女神仙同一淚①，人間天上誰多。從來好事易生魔。柔情消不盡，別恨更如何。　　生怕鵲橋容易壞，是誰倒瀉銀河。傾將禍水到岷沱。漫天成霧國，平地起風波。

桃源憶故人　隔江望周菜夫隱居

雲團織綠深深處。指是故人家住。浮上晚煙無數。留得歸鴉路。生平學被風塵誤。悔不挂帆歸去。淺水斜陽天暮。趁快些兒渡。

洞天歌　與故人萬霆皋話舊城北聽月樓

九儒十丐，自昔聞其語。不意吾生乃如許。是前生罪惡，報應分明，親嘗試，滋味酸鹹辣苦。　　問誰鞭迫汝，種種牽纏，鸞鶴化鴉虎成鼠。看冷氈寄食，破帽沿門，只缺乏，一枝狗杵。偶然夢，少年致青雲，驀醒眼燈昏，野風如雨。

（案：此調應是"洞仙歌"。）

霜天曉角　庭中望明月

空明四澈。懸個晶瑩璧。清露濯人魂魄，做一座，光明域。　　忽然金間碧。忽然朱潑墨。憑汝畫工工絕，畫不出，天顏色。

---

① 原注：是日謂之灑淚雨。

清·鍾朝煦

／

1307

扁舟尋舊約　送大邑傅善周昆仲歸成都

錦樹蒸霞，雨峰瀉碧，馬前無數青山。仙源城闕，初秋時節，有人孤騎西還。盡多離別意，都付與，閑雲幾彎。勸君杯酒，祝君安穩，千里共雙丸。　　且休聽，蜀鵑啼血苦，道行蹤落寞，行路艱難。眼前歡喜，耳根清净，天涯處處長安。一經生感慨，便涌出，愁出百盤。青山如故，青氈如故，一笑開顏。

一剪梅

秋深夢醒，雨溜敲窗，欹枕構思，索筆書此。

瓦聲破夢夢支離。剪斷愁絲。勾起情絲，幾番吟嘯幾番痴，與懶相宜，與睡相宜。　　燈昏可奈夢來遲。欲補殘詩，欲製新詞。紙窗欲曙未明時，樹外天低，樹上烏啼。

鷓鴣天　雨中賞月秋

雨戀中秋不放晴。去邊歸雁盡銷聲。只餘南北溝頭水，時向階前怨不平。　　休道苦，可憐生。似狂似醉欠分明。樓頭一派無情樹，着個情人便有情。

蘇幕遮

中秋夜大雨，被酒作。

雪藕絲，蒸豚首。一盞兒燈，伴一杯兒酒。雨氣入窗寒不透。獨擁香雲，還念嫦娥瘦。　　紫雲歌，瓊田壽。試問神仙，是幾生造就。玉宇瓊樓坍塌久。天上人間，總是凄凉候。

柳梢青　登高望江色

寂寂高樓。沉沉山色，莽莽江流。無限情懷，幾悉憑眺，一樣牢愁。

（按調似有缺漏）

望江南 寄意

天下事，與汝甚相干。鏤盡肝腸搜盡肺，幾回甜也幾回酸。付汝自評彈。

眉峰碧

秋到眉尖，愁來腮畔，清情旅況，夢覺瀠洄，借酒澆之，借筆歌之，或可昭蘇宿恙，疏浚文思乎。

敗筆秋來禿，灑向黃塵綠。塵夢勞勞到幾時，才有個，清閒福。世味嘗應足，料也黃粱熟。萬事關懷總不情，且料理，雞豚局。

（録自《巫廬詩鈔》附《詞存》）

辛　楷

辛楷（生卒年不詳），崇慶（今崇州市）人，師從趙熙。

揚州慢

題南海戊戌與雪庵絶筆書，與香宋師同作。

天際真人，海南先覺，更生自榜齋名。望花朝下拜，祝人壽河清。記兵艦，飛鷹似箭，半囊燕石，難補天驚，痛神州，如髮書成，都噴潮聲。

鼎湖夢遠。憶慈親，重對門生。嘆足遍全球。春歸汐社，人換棋枰。六十翠筵齊眉，驪珠字，顆顆如星。共東華新史。千秋漢簡留青。

百字令　花潭春泛

先朝白髮，算三年一聚，浣花溪上。才説出城天便緑，昨夜鬧紅新漲，鏡裏將花，客來帶雨，水色玻璃亮。鴛鴦艇子，馬塍佳處停槳。

恰好花市人稀，後堂移宴，隔竹仙鬟響。自笑玉臺携幼婦，幺風緑毛同樣。[①]不醉無歸，所親驚瘦，人老春無恙。差差秧水，太平農事長想。

南　浦　寄内

春愁似草，客天涯，吹緑近清明。到處嫣紅姹紫，蜂蝶盡多情。何事夜來風雨，打窗紗，不住亂寒更。問夢邊檐滴。爲誰腸斷，點點作秋聲。

對影幾番情重，竟何因，惟爾獨隨形。怎奈衾寒於鐵，如豆一燈青。好趁杏花消息，把鄉心，盡付雨泠泠。到故園西角，小樓深夜有人聽。

（録自《崇慶縣志·附録》）

---

① 原注：宋向琴、方鶴齋、林山公、鄧休庵、向籲公等四十餘人，宴香宋先生於花潭，座中楷年最少。

張丙廉

張丙廉（生卒年不詳），原名堯燊，字夢邃，射洪人。光緒二十一年（1895）進士，官江蘇省無錫縣知縣。著有《聞妙香室詞鈔》。

蘭陵王

春暮游公園，次美成韻，和仲堅。

午煙直。檐瓦參差絢碧。東風過，花信幾番，綠草如茵弄晴色。青蕪慨故國。愁識。鴻賓燕客。回廊外，金奏競喧，促拍凄音變工尺。　宮墻半苔迹。但鵲剩空巢，鶯占文席。玉音無準盟言食。嗟劫火猶熾，橫流狂涌，軍書徵調遍堠驛。更疆畫南北。　心惻。暗愁積。恨鹿走園荒，人散壇寂。妖星焰閃陵辰極。又夕照收影，四吹笳笛。沉吟懷舊，佇望久，夜露滴。

真珠簾　本意

玲瓏不礙看花眼。正西山，雨過瀟瀟秋晚。波影蕩寒星，耿素光如練。縷縷情絲憑繫着，莫散作，淚痕千點。高卷。認瓊枝玉樹，蕊宮曾見。
　庭院。鎮日低垂。嘆昭陽，夢冷佩珩聲斷。一桁盡招涼，但露零秋苑。深坐含顰愁黛斂，問底事，殘妝啼泫。誰伴。又十里春風，揚州路遠。

掃花游

春夢無影，羈愁逼人，舊雨不來，古歡寥闃，散步荒園，凄然成調。

嫩苔綉碧，步晚霽園林，徑通深窈。暮寒尚峭。看桃英綴樹，破紅猶早。小立池亭，細數歸飛倦鳥。有誰到。引天際素蟾，來伴吟悄。　張緒今漸老。嘆象管花枯，畫眉難巧。玉臺信杳。又番風廿四，等閑過了。靜掩書帷，恨縷長縈帶草。恁懷抱。待書空，訴天知道。

長亭怨慢　棄婦吟

漸吹老，西風芳樹。冷落園亭，寂寥朱户。篋鎖秋紈，玉臺塵積黯金縷。鏡鸞羞舞，誰與買，文園賦。獨自掩閑門，聽敗葉，敲窗如雨。

愁苦。念秋花命薄，敢借錦幡深護。飛蓬亂髮，也休望，比縑論素。第一是，怕見新人，恐妝就，翻招憎妒。只翠袖天寒，修竹蕭蕭日暮。

綠　意　綠楊

紅樓一角。看彩幡剪處，煙縷青裊。拂水絲絲，搖曳東風，波光淺照梳掠。傷心莫問隋家事，已瘦了，纖腰如削。只一方，淡月中庭，慘照舊時池閣。　　還記沙堤曲岸，那回繫馬處，芳景猶昨。罨畫橋邊，夕照微茫，認得揚州城郭。柔條不繫陽春駐，又悄把，夢痕黏着。但願他，長護宮溝，滿布翠陰如幄。

（以上詞録自《聞妙香室詞鈔》）

八犯玉交枝

寒匿潭氳，凍拳檐雀，暮色漸催鈴語。誰剪寒華霏玉屑，亂點瑤林瓊樹。雲英仙杵。碎落千斛玄霜，彌漫一片迷平楚。愁得俊游吟屐，冰澌橫路。　　却嫌寸鐵鏖詩，茸裘惹絮，濛濛遮眼隨步。漫珍護，雲霄毛羽。任深擁，幽人門户。化飛稷，驚風坐舞。欲尋梅鶴孤山去。問白戰詞工，尖義韻疊還能否。

其　二

檐瓦冰膠，寺鐘寒澀，院寂倦尋僧語。直瀉銀河三萬里，半没低蘆高樹。月宮停杵。露脚飛落寒瓊，幺蟾孤另增淒楚。偏又玉龍酣鬥，橫遮雲路。　　却愁霰集未消，壞雲擁絮。艱難猶窘天步。嘆飄散，真妃霓羽。漫誇說，白宮朱户。聽殘笛，落梅自舞。蹇驢得得馱詩去。問賦筆梁園，風流尚憶當年否。

（録自周岸登《蜀雅》附和作）

胡用賓

胡用賓（生卒年不詳），字雁臣，德陽人。增生，著有《孝泉詩鈔》。

醉紅妝　花朝薄醉口號

曉行帶酒逐風飄。一灣柳，眉初描。依依扶我不勝嬌。立難穩，莫輕搖。　　春晴浮熱滿身潮。行幾步，悶無聊。日蒸花氣騰紅霧。閑坐玩，綠楊橋。

其　二　牡丹

洛陽花樣不雷同。妝點好，費天工。眾香國裏春華麗。臺閣體，美人風。　　楊妃沉醉玉顏紅。嬌無力，倚闌東。掉頭回避羞郎面。扶不起，綺羅叢。

浪淘沙　林於小築賞桃花

春色艷墙東。一片霞紅。枝枝燦熳映房櫳。勿引詩人閑賞玩，香霧空漾。　　家住輞川中。留戀花風。助嬌時有嫩晴烘。落日芳津容再問，不負漁翁。

其　二　久雨書愁

秋雨太留連。怕看雲煙。禾頭生耳劇堪憐。手把鐮腰彎似月，望斷晴天。　　野水沒桑田。遍地淵泉。豐年究竟是凶年。欲解農人無限恨，紅日高懸。

一剪梅　再賀

游遍城中始拜堂。果撒羅帷，酒賀蘭房。笙歌一曲鳳凰鳴，慣做新郎，會做新郎。　　買藥烏須日夜忙。金屋光華，紗帽輝煌。紅顏白髮並頭眠，悶殺新郎，喜殺新娘。

其　二　秋夜

秋夜沉沉滴漏長。情緒無聊，睡味偏香。殘燈花爆夢驚回，蟲最凄涼，雨更凄涼。　　枕簟生寒水作鄉。不耐蕭條，枉費思量。幾般恨事到心頭，難免悲傷，且莫悲傷。

其　三　閑坐肩輿口號

兩個輿夫劇可嘲。一像僑如，一像僬僥。鶴長鳧短，匀愁下山坡，怕過溪橋。　　簸得人兒苦莫聊。睡也魂驚，坐也頭搖。吟眸遠眺欠分明，一抹煙迷，幾片雲邀。

江城子　代人挽泰水

寒煙衰柳噪昏鴉，夕陽斜，暮雲遮。天上媂星，不放夜光華。坦腹東牀難嚼餅，憶淑德，枉咨嗟。　　中年獨旦苦持家。課桑麻，戒紛奢。畫荻教兒，書法果無差。更有一番難及處，留壼範，在天涯。

其　二　愁夜長

夜長如歲却無情，聽蛩鳴，極凄清。等到夢兒來，已過三更。睡不多時偏又醒，難遣悶，怎天明。　　笑他夢裏鬧功名。枉梯榮，學盧生。我只想，天邊月落參橫。底甚寒鷄遲報曉，才唱了，兩三聲。

其　三　秋夜不寐

燈花紅處憶平生，夢兒驚，數殘更。獨擁寒衾，敲得好詩成。可惜知音無覓取，同唱和，只□聲。　　新愁蕭颯最搖情。碧煙橫，桂香清。涼夜迢迢，露重月光明。水響丁東聽未了，僧寺裏，又鐘鳴。

唐多令　客裏過重陽

身世等浮萍。愁濃喚不醒。商量移到，醉香亭。旋向裏香深處住，常作客，有餘馨。　　歲月不留停。來時柳送青。而今黃葉，又飄零。莫把重陽輕於過，須賞菊，飲湘醹。

其 二 憶家鄉

旅夢繞家鄉。歸心日夜忙。客中風景，又重陽。欲覓秋香聊遣悶，花不放，大真黃。　　風鶴遞驚惶。旌搖莫主張。去留誰與，細商量。這事兒如何結局，愁壞了，好詩腸。

歸朝歡　贈佘石臣

雅愛提壺沽美酒。鴻爪印泥隨地有。萍蹤飄泊慣離家，年年客裏過重九。笑談消白晝。絕無拘束風中柳。極神奇，鐫章鏤石，火到十分候。一生落得雕文手。來往清風兩袖。煙霞氣骨帶霜寒，貌如丘壑經秋瘦。銷磨成白首。飛鴻還覓巢痕舊。喜丹青，商量畫譜，長把荊關守。

荊州亭　秋夜涼

一點燈兒欲死。人在黑田鄉里。蟋蟀鬧清宵，却把秋思惹起。　　無限心花意蕊。想人非非去矣。且莫亂思量，孤負夜涼如水。

其 二 秋晚閑眺

日落餘霞散綺。團住野煙浮起。暝色漸麻沙，隱隱鴉歸迤邐。　　幾株寒樹相倚。三兩人家霧裏。好景倩誰描，一幅雲林山水。

風入松　代人壽姈兼賀娶媳

鹿車同挽路三叉。鬢卸飛鴉。關雎不倩羊曇詠，勸梅自聘，海棠花。到底天從人願，佳兒佳婿成家。　　渭陽新霽雁行斜。秋聚平沙。稱觴客子如魚貫，綺羅幔，共醉流霞。試問光陰多少，平分百歲韶華。

錦堂春

早做公姑未老。且欣子婦成雙。綠衣初詠笙歌沸。聽紫韻紅腔。

桂蕊微開月窟，芙蓉艷發秋江。重陽節近賓鴻聚。喜氣溢銀缸。

其 二 問夜

倦枕空思蝶夢。荒村漸聽鷄鳴。漫漫長夜難消遣。幾時才天明。攬幔頻窺曙色，披衣坐數殘更。心兒想起身兒怯。秋宵露冷霜清。

滿庭芳 寒江行

水瘦江枯，橋摧岸斷，四顧鵝卵縱橫。沙洲蕭索，寒霧鎖征程。幾樹垂楊冷露，腰無力，懶送人行。還愁聽，蘆花瑟瑟，滿地弄秋聲。　　多情。無路所，雙鷗並睡，一艇斜撐。看黃葉清溪，掩映新晴。此景何人領略，丹青好，圖畫天成。忙收拾，放心兒裏，待意匠經營。

醉花陰 五十自歲

過客光陰忙不歇。孤負好風月。頭禿漸如僧，頂上剛除，短短幾根髮。　　花易老夕陽没。自分少生髮。把酒放愁懷，只管逍遥，學蝶兒飄忽。

五福降中天 祝廣文，劉心農先生五秩雙壽暨令郎游泮

天官賜福文星降，趁那看燈時節。弄玉聯翩，吹簫引鳳，翻笑女牛長別。原來仙客。具雪兒亮聰明，玉華風格。却採旌陽苜蓿，當作蟠桃吃。　　冷暑今朝忽熱。筵開黃菊畔，賓鴻列。仙詠霓裳，人影澧藻，共賀雙星朗徹。年年歲歲。春夜秋宵，常成合璧。況有青衿，勝斑衣繞膝。

月上海棠 石恨

晶瑩如玉真難得，論奎章，身價千金。值來押葫蘆，文房四寶，都生色。留紅處，分外光增粉墨。　　靈犀怎把無鹽刻。似叢蕉，惹得竹彈劾。一枝鐵筆無知識，忙磨洗，留待青藤拂拭。

踏莎行　苦雨

望斷晴空，秋陰易暮。烏輪射在雲深處。谷黄時節雨留連，天公忍把農人誤。　　恨滿寰中，憑誰申訴。瘡痕遍地行無路。叮嚀江上白蘋風，忙吹散一天煙霧。

南鄉子　苦雨

煩熱最難當。蒲扇摇風晝夜忙。雨點兒橫空亂灑，琅琅。洗盡炎曦一味凉。　　天漏苦無方。没女媧誰補上蒼。陸地翻波成國，茫茫。到此時偏愛驕陽。

釵頭鳳　喜晴

陰雲散。晴霞爛。溪山都把愁客唤。秋光老。凉風掃。天開喜色，人消煩惱。好。好。好。　　蘆花舞。楓橋畔。嫩晴烘染丹青焕。蟲唫草。蟹輪稻。嘉禾才收，寒衣未搗。早。早。早。

換巢鸞鳳　代友賀邑令新婚

鳳巢凰配，鵾弦鸞接。聽隱隱鵲聲咿軋。未知艷福幾生修，才把易安消受得。　　海棠初聘，山梅新茁。冰霜冷黄納潮熱。金閨生怕誤琴堂，夜夜報鷄鳴時節。

（按調應爲"踏莎行"）

鳳栖梧　延祚寺上人照峰圓寂茶毗

掃净塵緣常打坐。面壁功深，早上蓮花座。知道如來添一個。西天活佛都稱賀。　　特地乾坤隨地卧。色即是空，把生死看破。以後無從聞咳唾。點頭頑石愁無那。

（録自《孝泉詩鈔》）

師 表

師表（生卒年不詳），字仲華，灌縣（今四川都江堰市）人。好文學，過勞致疾，年二十卒。著有《闇齋遺稿》。

點絳唇 歸思

未到秋風，幾番歸興蒓鱸憶。一窗燈碧。愁更牽如織。 半載離居，手足歡情闊。相思切。不堪今昔。殘漏聲聲急。

念奴嬌

道侯言別，賦此送之。

問君何事，竟匆匆明日，故鄉歸去。餞別新詩猶未就，只有離情萬縷。風雨三更，乾坤四壁，抵足歡如故。可憐天曉，送君揮淚南浦。回憶雨月光陰，情同骨肉，肝膽皆傾注。五夜聯牀談大局，自悔雄心孤負。旅邸寥寥，宵燈寂寂，別緒重重數。懷人吟罷，又教添了愁苦。

醉太平 雨夜懷道侯

魂驚夢驚，愁縈恨縈。瀟瀟響過空庭，盼燈光不明。 三更四更，離情別情。西窗剪燭無因，聽寒聲又生。

臨江仙 消夏

翠竹蒼松成掩映，涼風過此還生。雨餘天氣夕陽晴。偶將棋局戲，花蝶夢頻驚。 一望長天無極處，飛鴉點點分明。綠楊陰際晚蟬鳴。好隨風斷續，來和讀書聲。

水龍吟　温江聽雨感懷

　　一天風雨江城，黯然似金烏西墜。打窗淅淅，愁人點點，聽殘玉碎。酒眼未醒，詩魔難遣，如痴如醉。料郊原霽後，夕陽晴色，頻望眼，皆蒼翠。　　無那離情別意，盡都教，寒聲催起。林鳩喚罷，柳蟬吟急，更添愁思。煙水茫茫，小舟一葉，幾時歸計。怕深宵，玉笛飛來，又惹起相思淚。

其　二

　　無聊又到黃昏，拈來總是傷心句。笙歌隔院，孤燈壁，凝情獨佇。幾度思量，幾番哀怨，幾聲砧杵。恨琅玕挂月，滿庭碎影，撩亂我，心頭緒。　　天外涼飔起處，一聲聲，衡陽雁苦。聽來不禁，柔腸九轉，虛愁千縷。清淚闌干，漏殘香盡，更多淒楚。香龍泉，夜半光寒，別把向西風舞。

滿江紅　魚鳧城懷古

　　殘柳蕭疏，空舞遍，故王城闕。嘆莽莽，二千年事，駒光一隙。獵火湔山都幻影，檀林夕照空陳迹。盼寒鴉，幾點亂飛來，黃昏逼。　　今與古，難相及。興與廢，何堪説。任秋風春雨，雁聲鵑血。縹緲青城峰聳翠，蒼茫卑水天連碧。最傷心，寂寞夜三更，煙和月。

憶少年　書懷

　　詩城稱霸，文壇作主，糟丘拚戰。光陰廿年矣，問誰同肝膽。　　世事茫茫滄海變。慷慨動悲感。西風日夜急，壯心青萍劍。

人月圓

　　涼園冷照朦朧月，幽影碎琅玕。夜闌人静，亭陰小立，無限清寒。憑欄一望，煙光墨淡，露顆珠圓。蔚藍天外。微風半面，偷上襟衫。

燭影搖紅

己未季夏，余客溫江，根培見予詞，自謂相見太晚，憾病軀不得共酬唱，感其意，賦此慰之。

文字因緣，盟鷗得遂，三生願。片時交誼各千秋，莫恨相逢晚。造物何堪浩嘆。怎才人，偏教偓促。藥爐經卷，鎮日長隨，維摩榻畔。　　珍重千聲，病魔莫道最難遣。東風一夜醒梅花，春色更新換。料得清香古艷，又何曾，當年稍減。月中雪裏，庾嶺依然，群芳高占。

柳梢青　夜飲周道侯作

星光明滅。鐘聲斷續，燈花團結。醉魄才醒，吟魂偏苦，碧窗斜立。壯懷耿耿難平。恨百感，今宵蝟集。一曲高歌，愁心飛寄，天邊明月。

琵琶仙　寄興

蝴蝶翩翩，任一夢，逍遙莊周游戲。安得築室青城，生涯白雲寄。知多少，良辰美景，儘收拾，苦吟酣醉。瘦竹千竿，癯梅百樹，休問身世。　　盼深夜，明月飛來，昭一片，清光碧於水。更有山風似剪，暗剪人愁思。千萬縷，情思破碎，總憑欄，浩歌而已。忽聽幾杵寒鐘，洞天如洗。

金縷曲　謁惠陵

慘淡斜陽色。照荒陵，蒼茫一片，令人悲咽。老樹涼生秋不盡，堆滿空階落葉。自古道，興亡難說。憑吊歔欷無限淚，灑殘碑，點點凝成血。天欲暮，雁聲急。　　一抔黃土苔痕碧。可憐他，英雄蓋世，生兒材劣。丞相大星秦嶺墜，從此卯金鼎絕。空贏得，西風蕭瑟。日夜舞殘楊柳影，更黃昏吹冷梧桐月。愁煞我，遠游客。

其 二 柳城

翠靄春城暮。問裊裊，垂陽七百，竟歸何處。雉堞參差斜照裏，輕抹
幾痕煙縷。恰好似，柔絲飛絮。鎮日淒涼鶯燕語，倩阿誰，笛弄梅花譜。
百年事，成今古。　　尋春有客城頭步。憶當年，纖眉淡畫，細腰低舞。
是否離人攀折盡，空自東君孤負。千萬點，藏鴉已去。漢苑隋堤今安在，
總飄零幻入紅羊數。頻慷慨，登樓賦。

憶故人　次均根培風雨見懷之作

風雨思君，誰知君，更懷人，苦感君。感君詞又寄君詞。願結閑鷗
侶。　　何日尊前寫句。對西窗，燭花紅舞。蒼松雲淡，翠竹風清，與梅
終古。

賀新凉

　　　　同道侯玩月感賦，並次其韻，兼寄貙溪。

放眼長空碧。且同君，臨風對酒，醉邀明月。皓魄清光千古在，人世
幾回興滅。盼玉宇，瓊樓咫尺。客子無端增感慨，問嫦娥，底事多圓缺。
更揮盡，新亭泣。　　江山灑遍英雄血。倚危欄，敲詩寫句，亂愁飛集。
一曲狂歌君已醉，誰和陽春白雪。歸江上，數聲清笛。白也未來難盡興，
嘆良宵辜負情痴絕。獨愁對。寒燈説。

青玉案　秋閨

聲聲滴到空閨冷。斜擁着，衾兒聽。滿院飄蕭秋不盡。問誰淚灑，瀟
湘叢竹，惹起心頭恨。　　計時已是三更近。搗碎柔腸夢初醒。一豆殘燈
餘素影。碧紗窗外，暗風微度，撩亂蓬鬆鬢。

月華清

己未中秋，余臥病蓉城，是夕天色陰陰，黯然無月，觸景生情，率成此解。

玉漏聲催，銀釭影淡，夜涼木葉蕭瑟。暗數年華，人到團圞佳節。甚潦倒，屢病窮愁，偏付在，旅中孤客。淒咽。聽繞砌寒螿，哀音如泣。

多少情懷難說。擬乞藥嫦娥，綠窗閑立。翹首長天，沒個些兒蹤迹。應念我，萬種秋，心不示，此番圓缺。痴決。問家園今夜，有無明月。

行香子　冬夜即景

林亂飛烏。夜色何如。凍黄昏，月入吾廬。徘徊庭樹，煙影模糊。更曲欄邊，梅清瘦，竹蕭疏。　　更闌漏永，寒潮無限。打窗紗，颯颯聲粗。藜牀小坐，蠟淚跳珠。對一爐火，一甌茗，一篇書。

浣溪沙　冬夜即事

石鼎安排又玉卮，酒闌茶罄二更時。不言如醉亦如痴。　　庭霰掃來重煮茗，硯冰呵去快吟詩。火爐紅對更相宜。

沁園春

十一月六日，微雪霏霏，小院梅花半開，春色可人，觸景生情，不已於懷，因拈此調成之，庶稍泄病後憂鬱也。

徒倚明軒，地爐火活，茶鼎香融。盼斷鴻天末，雪花翻白，亂鴉林表，霜葉飛紅。小閣東邊，梅英半吐，點點枝頭春意濃。閑凝佇，覺暗香幾度，吟入簾櫳。　　人生樂事難逢。嘆富貴功名回首空。且倒傾囊橐，權爲酒伴，安排筆墨，暫作詩傭。把盞高歌，對花長笑，病後疏狂誰與同。低徊久，又凍雪片片，輕霰重重。

其 二

病後小園獨步，見梅花盛開，因置酒對坐。予本善飲，蓋有花不飲，其奈花何，亦聊寫意而已。逸興怡然，不能自遏，因以此調寫之。

竹榻清眠，縷縷幽香，透入夢中。試小園閑步，橫拖倦眼，芳樽縱飲，澆盡愁胸。曲檻前邊，玉梅開矣，猶是當年冰雪客。仍依舊，在百花頭上，管領春風。　　分明嶺上幽蹤。問冷淡孤高誰與同。算黃花作伴，疏煙微月，園亭傲歲，瘦竹喬松。幾點冰心，一根鐵骨，早把繁華香色空。天將晚，聽數聲橫笛，幾杵寒鐘。

西湖明月引

十月望日小園玩月，有感輒賦。

小園寒夜月輪高。夜迢迢。暗生潮。萬古閑愁，都借酒杯澆。醉後夢魂無覓處，籬落外，冷清清，竹影搖。　　長歌短歌情正豪。那能得，雲鶴招。素娥相伴，蟾宮裏，隨意逍遙。久病休文，靈藥願相要。更問人間圓缺事，許多恨，許多愁，怎樣消。

其 二

仲冬望日偕春明、重輿楊柳溪步月。

夜寒霜肅葉飛鳴。暗潮生。打孤城。步月溪頭，結伴二三人。笑語小橋昂首處，看一顆，玉玲瓏，天地心。　　波明鏡明圓十分。照襟懷，冰雪清。熱心消盡，空餘着，詩骨崢嶸。緩緩行吟，夜帶弄風清。樹影斜斜人影亂，歸去也，早梅花，香滿庭。

一剪梅

十二日六日夜月微明，因置酒梅花下，醉折梅花一枝，逸興怡然，笑詩成句。

花徑低徊月趁人。花影縱橫，月影黃昏。看花對月倒清樽，花下風輕，月下風輕。　　幾聞幽香拂面聞。詩意殷殷，酒意醺醺。陶然小折一枝春。笑煞吟魂，惱煞芳魂。

其　二　探梅

載酒尋芳興頗豪。天外香飄，水外村遙。孤僧相約過溪橋，風也蕭蕭，雪也蕭蕭。　　幾樹玲瓏白玉橋。搗碎瓊瑤，剪碎絞綃。番番綃冷逼青袍，不是冬潮，却是春潮。

1324

齊天樂

曲欄憑處霜威緊，飄蕭玉霙飛映。凍合池冰，寒堆徑石，裝出玲瓏風景。春潮隱隱。攬松竹聲幽，芷蘭香沁。小閣梅花，纇然一笑夢初醒。

痴情幾番不禁，恣疏狂踏破，瓊海千頃，玉帚輕揮，銀盤慢接，一片襟懷清冷。翩翩逸興，趁爐鼎煎來。半甌春茗，啜向風前，浩歌天地回。[①]

貂裘換酒

重輿與余談及身世，互相慨然不已於懷，因賦此解見志，兼示重輿。

困頓風塵裏。廿年來，滔滔天下，不知何似。白璧黃金還易得，難得二三知己。切莫致，王郎吹地。籠鷙總非鴻鵠願，只文章，原是書生事。君與我，共須記。　　百年朝暮蜉蝣耳。且開懷，春花秋月，一樽同醉。富貴窮通天有數，不禁浩歌而起。更玉碗，冰壺準備。絕口羞談身世恨，向寒泉笑吸清冷水。誰識得，丈夫志。

其　二

重輿見和，復疊韻贈之。

世界微塵裏。嘆茫茫，千秋一息，片雲相似。爲底愁眉低不展，總是

---

① 原注：庚申歲，立春後八日，大雪紛飛，霄壤一色。因步小園，折欄杆而坐。仁見曲榭回廊，皎然輝映，且竹韻騷騷然，起於墙陰，雜松風亂鳴，頗饒清聽。兼之幽蘭數枝，嬌艷芬素，冒靄特出盆際。尤足觀者，東閣寒英，瓊偎玉倚於風檐下，厭厭可憐。不禁狂興橫生，持盤挾帚破雪入，立石臺上，左承右掃，冷香沁入肌骨，胸襟爽然。彼朔吹橫洌，則有不甚介意者矣。繼而，貯入石鼎中，以小龍團烹之，獨啜怡然。朗吟成句，走筆書之，以志行樂云爾。

情多累已。遍天下，銷磨人地。只有儒林堪嘯傲，了平生，灑落琴書事。重寄語，君須記。　　知君挺拔英雄耳。莽糟丘，獨醒支眼，不同人醉。和我新聲高誦罷，拍案風雲飛起。一葉艇，早爲君備。笑語共游春夜月，問迷津快泛桃花水。莫辜負，當年志。

淡黃柳　詠鶯

空江曉霧。還灑霏微雨。萬種淒涼誰與訴。縱把垂楊織遍，都是當年舊游處。　　正愁緒。春風又歸去。只憑這，斷腸語，送將他直到天涯路。枉自依依，萬條千縷，爲底留伊不住。

菩薩蠻　雨後見月

深宵灑罷簾纖雨，回廊展轉爲春苦。春事暗商量，月華飛上窗。盈盈明似水，照見花如洗。花月倚欄看，東風吹面寒。

其　二　春暮倒句

竹籬疏映垂楊綠，綠楊垂映疏籬竹。煙縷幾絲牽，牽絲幾縷煙。曲池春水活，活水春池曲。花落洗紅紗，紗紅洗落花。

其　三　春閨倒句

捲簾疏雨殘紅亂，亂紅殘雨疏簾捲。啼鳥伴花飛，飛花伴鳥啼。繡慵人愛酒，酒愛人慵繡。樓倚暮天愁，愁天暮倚樓。

浪淘沙

春去幾多時。蝴蝶還飛。笑他何事太依依。總是芳叢難穩夢，故揀新枝。　　翻飛到斜暉。惹起娥眉。亂將團扇撲花衣。只此危機緣自蹈，却怪阿誰。

荊州亭

芳草斷堤密補。春水畫橈輕渡。一棹貏塵波，撐入垂楊深處。　　婀娜黛顰眉嫵。瞥眼西風涼露。酒馨夕陽斜，悶煞滄洲漁父。

秦樓月

巴山月。年年苦照啼鵑泣。啼鵑泣，金戈鐵馬，舊時家國。　　暮雲烽火連天碧。傷心萬斛玄黃血。玄黃血，隨風吹遍，大江南北。

陂塘柳

倚垂楊，一雙新燕，乍晴柔翅初展。翩翩稍借東風引，飛人玉樓瑤館。人正倦。却絮呢喃，驚醒朦朧眼。雕梁穩占。尚憶否，烏衣舊家門巷，蔓草夕陽畔。　　疏簾捲。無限綠嬌紅軟。分飛爭比輕健。天涯芳信知多少，誰識泗濱春暖。羞不管。甚舞艷，棲香便遂平生願。年光暗換。只苦了閨娥，雙眉皺損，默倚翠欄遍。

（録自《歷代蜀詞全輯》）

詹 言

　　詹言（生卒年不詳），原名鴻章，字劭達，榮縣人。歲貢生，曾就讀於日本弘文師範。著有《詹言詩文鈔》《穀貽堂集》《穀貽堂樂府詩餘合編》等。

青玉案　望雪

　　莽雪梨雲都散了。柳絮飄零更早。梅花信又今年杳。細數群葩，還讓天花，年年春不老。　　安排白戰偏師搗。要鬥尖叉新韻巧。天上彤雲生縹緲。幾回引領，幾度關心，泥上留鴻爪。

　　（錄自《穀貽堂樂府詩餘合編》）

曾照森

曾照森，字少芳，洪雅人。生平不詳。

巫山一段雲　謔牡丹

1328

竹葉裙邊剪，蓮花襪底粘。玉鈎鈎上水晶簾。一瓣影兒尖。　淡抹湘妃粉，濃熏或令煙。洛陽宮殿屢推遷。值得幾多錢。

其　二　送友旅蜀

人向壺中別，魂銷笛裏天。相思和上綠揚煙。直到錦江邊。　漢口憑鸚鵡，巴山挽杜鵑。爲了同病替人憐。此意借君傳。

（録自《歷代蜀詞全輯》）

朱 山

朱山（1886—1912），字雲石，原名昌時，江安人。曾任《蜀報》主筆。

摸魚兒 寄滄江

滄江即夏壽用，湖南人，前清榜眼，袁室內史。

好江山，又來垂淚，青青不斷生意。那邊才是天低處，孤雁划江千里。人獨去。看莽蕩，陰風大野霾秋氣。挂心柳樹。把一片斜陽，亂絲纏緊，落下過平地。　　哀蟬語。叫出無窮苦趣，英雄踏過交臂。橋頭斬馬陳同甫，總算草名士。夫已氏，一任是，家俱弄到纖兒戲。蛾眉詬罵，何日採芙蓉，重來人面，憔悴照江水。

（録自《益州書畫録・附録》）

李仲寅

李仲寅，原名小蓮，南充人。生平不詳。

一剪梅 會坦題卷尾

　　　玉樹歌翻絳樹霞。花影交加，雪影交加。尋春曾醉那人家。雪裏桃花，畫裏桃花。　　十八年來別憾賒。聚首天涯，回首天涯。再留鴻爪印京華。花事非耶，韻事非耶。

　　（録自《歷代蜀詞全輯》）

閻嗣波

閻嗣波，字滋庵，崇慶（今崇州市）人。生平不詳。

滿江紅　題賈露郎爲人作淡墨風蘭

誰種蘭芽，又幾茜，臨風茁也。各抱幽香，矜品格，管難雙下。獨與素心人共對，鉛華净洗真瀟灑。想冰壺，濯魄幾多時，揮毫者。　香國裏，春歸社。花叢外，風連野。把風標萬種，一齊傾瀉。寂寞軟紅塵裏客，茜紗窗下杯同把。爲他年，開卷便想思，殷勤寫。

（録自《歷代蜀詞全輯》）

秦相義

秦相義，字翼臣，萬源人。庠生。

西江月　規友人宿妓

1332

多少聰明子弟，誤於柳巷花街。偷香竊玉巧安排，放不盡冤孽債。一旦財產誤盡，遂致恩愛兩乖。聲名均被落花埋，試問風流何在。

其　二　對雪梅飲酒憶襄勤公

開疆英雄如夢，湘中耆雄難邀。北庭風雪暮瀟瀟，誰憶江南芳草。買到鯉魚尺半，沽來綠蟻香醪。傳杯暢飲讀離騷，惹得梅花俱笑。

（録自《萬源縣志》）

孟希來

孟希來，字曉東，綿陽人。生平不詳。

浪淘沙　題《綠萼梅齋遺稿》後

遺詩見綠梅。雄誦幾回。二難兄弟悉奇才。知是山川靈秀氣，鍾毓而來。　　大筆絕塵埃。俊逸爭摧。戒淫十絕品猶魁。可惜如斯人亦夭，理實難猜。

（錄自《綠萼梅齋遺稿》）

黃湘冷

黃湘冷，蜀人。生平不詳。

浪淘沙　阻雨

　　風聲復雨聲。使我頻驚。明朝露滑怕難行。夜闌着意尋幽夢，夢不能成。　　早起望銅鉦。一抹雲橫。秋來却是半陰晴。料得東郊原隰潤，趁好催耕。

南鄉子　灌縣東關外謝氏菊圃

　　久不到園游。徒見長江水自流。猶記五年前舊事，最堪憂。山川非舊菊空留。　　恨不與陶儔。歸去曾經插滿頭。贏得烏巾常漉酒，漫謳歌。終日沉醉且消愁。

　　（録自《灌縣志》）

蒲 全

蒲全（生卒年不詳），字用周，廣安人，好吟嗜酒，隱居以終。著有《守愚錄》。

太平時 西巖苦雨

細雨濛濛風復飄。夜連朝。幾回躧屨欲觀潮。動心蕉。　　辜負仙槎隨浪泛。客寥寥。桂花零落空枝條。憾難消。

月中行 中秋西巖

星稀雲淡月光明。風送桂香清。廣寒宮里弄簫笙。真個好新聲。翩躚落下衣單冷，歸來時已近三更。霓裳羽衣曲初成，效舞樂生平。
（錄自《守愚錄》）

汪廣猷

汪廣猷，綿陽人。生平不詳。

醉蓬萊　同諸友避暑

看清風巖畔，緑樹蔭濃，正好游玩。酌酒臨泉，列坐團團轉。却扇凉生，卜枚興邁，盡日浮杯宴。碧草懸窗，龍皮浸水，別開生面。　　因想古人，寄懷高遠，石洞巖厂，苔痕花片。避暑風流，不肯私心擅。歲歲青山，人人紅友，樂事千秋便。此迹難湮，此情難歇，此游離斷。

　　（録自《綿州志》）

曹九成

曹九成（生卒年不詳），號易庵，成都人，諸生。著有《易庵吟稿》。

滿庭芳　武侯祠懷古

漢水無情，江流有恨，人心只向炎劉。干卿何事，望古盡含愁。試論當年局勢，捲長江，百萬貔貅。鏖兵處，東風未便，鼎足也難籌。　　南陽，孤帝子，不驚龍臥，雄虎安投。幸明良，遇合指臂功收。跨有荊益關隴，待長驅，恢復神州。天難問，大星遽隕，人事豈貽羞。

（録自《歷代蜀詞全輯》）

丁國仲

丁國仲（生卒年不詳），字少卿，灌縣（今都江堰市）人。諸生。

西江月 灌縣避難

萬事雲翻雨覆，群魔豕突狼奔。老夫深恐擾驚夢，乃學秦師夜遁。行李濯江小住，里鄰恰比婚姻。幾家親舊話晨昏，遂把萍蹤寄定。

（錄自《灌縣志》）

冉永涵

　　冉永涵（生卒年不詳），字芳林，號竹田，酉陽（今重慶市酉陽縣）人。貢生。著有《蟋蛄聲集》。

憶秦娥　飯周延翁友蓮堂

　　渾無俗。友蓮堂護修修竹。修修竹。一番雨過，滿庭凝綠。　　待月崖畔花如簇。飛雲洞裏涼如沐。涼如沐。月來雲斂，伴人清宿。

沁園春　山居述懷

　　裂碎巾衫，閣却經書，去作漁樵。嘆鷄肋微名，何須留戀，羊腸路險，着甚奔逃。不掃相門，不過吳市，元亮而今懶折腰。礜山上，有閑花怪石，是我知交。　　饒他舞艷歌嬌。都付與松風夢一宵。但大杯小盞，頻頻斟酌，長篇短句，慢慢推敲。酒出田中，魚搜澗內，也勾客來醉幾遭。瓦村內，且優游放意，莫問兒曹。

　　（錄自《蟋蛄聲集》）

蕭望松

蕭望松（生卒年不詳），字鍾岳，號子高，一號翰雙，合川（今重慶市合川區）人。以家近小白華山，亦稱小白華山館主。歲貢。著有《衛石集》《秋吟回文》《師儉齋遺詩》和《卷瀾餘稿》等。

蝶戀花 紀夢

雨窗幽夢分明記。情短情長，不是閑游戲。料得三生盟割臂，夢兒也似知人意。　　待不關懷拼棄置。撇下眉頭，又到心頭地。欲語含羞憨又慧，思量再擁衾窩裏。

金縷曲 題畫面

和葉和根寫。記劉郎，偶逢前度，而今又也。憶否武陵溪口路，艷色生來妖冶。偏穩住，此中田舍。流水繁華拋擲易，更年來，崔護窺門罅。同一誤，問津者。　　千金買笑真無價。仗毫端，春生傾刻，紅妝閑雅。不用金鈴相護惜，只許玉屏相亞。① 頻問訊，瑤池春夜。滄海桑田今幾次，料封姨剪無閑暇。香與色，管雙下。

（録自《衛石集》）

① 原注：武陵舊事，禁中綉球甚盛，如鏤玉屏。

黃紀雲

黃紀雲（生卒年不詳），字子詹，別號石樵道人。蜀人。著有《覆瓿詩文存》。

漁家傲 清明祭豫章前輩

蝶老花殘春去久。別時常多見時偶。自昔賢曾傳孟母，今何有。向天幾度空搔首。　人生若個岡陵壽。男兒無名身亦朽。德在鄉閭名在口。一尊酒。九原何處滴來否。

（録自《覆瓿詩文存》）

吳仲彭

吳仲彭，井研人，吳嘉謨子。生平不詳。吳嘉謨《井研吳蜀尤先生詩文拾遺集》附有《吳仲彭遺著》。

大江東去　篷李弟東嶽廟

徒讀父書，嘆先人謦欬，一抔黃土。野寺青燈思往事，斷續隔簾秋雨。唧唧蛩吟，蕭蕭風勁，此意憑誰訴。涼霄寂寞，舊恨新愁無數。季子懷抱奇情，輟耕隴畔，贏得一囊新句。歸來璧合珠聯，豪吟相伴酒脯。地闕東南，天傾西北，直任媧皇補。接溺長沮，嘯傲煙霞終古。

玉樓春

傍城蕭寺從容住。紅爛霜楓歲欲暮。長將心事付流塵，踏遍村郊來去路。　天涯游子今何處。家書休向洪喬付。江間波浪滯歸帆，倚閭望中人影誤。

唐多令

古寺壓城頭。江村一覽收。況登幽絕，竹間樓。夜月朝暾浮翠靄，這情景，耐勾留。　北塞南飛雁影稠，平安有報不。漫天風火幾時休。片帆風順歸來好，無燕頷，罷封侯。

浣溪沙　學校雜感

禪院荒涼不見僧，當年梵唄易書聲。講經臺上勝旗翻。　學子莘莘勤裏競，課餘切切望天晴。老夫狂詠少年行。

其　二

蕭寺幽樓學老僧，危樓放眼慣登臨。秋月春花轉換頻。　　畫角聲中朝復暮，芒鞋底下雨復晴。六年相伴一毡青。

（録自《歷代蜀詞全輯》）

馬汝鄴

馬汝鄴，字書城。成都人。生平不詳。著有《晦珠館文稿》《晦珠館詩詞稿》《晦珠館近稿》等。

憶王孫　菊

品自清高性自孤。酒邊不復近屠沽。濁世安求靖節如。可憐吾。具此高標徒自辜。

其　二　龍沙早春

春光疑不到龍沙。二月枝頭未茁芽。兒女階前笑語嘩。喚阿爺。誤拈飛絮當楊花。

桃源憶故人　有感

永夜迢迢潮思涌。怕觸往日舊病。許多離恨重重。都是前生種。往事雲煙渾若夢。從此百念皆空。憂樂不與人共。世事水流東。

虞美人　送孟清襄女士之奉天

多情枉作春蠶繞，離恨知多少。路旁柳色太凄涼，任作千條萬縷莫悲傷。　縱然離別情猶在，漫把初心改。

（按調下缺）

采桑子　四時

嫩緑舒芳花吐蕊，曾幾何時。曾幾何時，又是繽紛落滿地。　春光好處匆匆去，老大徒悲。老大徒悲，願留春住毋輕辭。

其 二

綠慘紅愁春事了，十里荷香。十里荷香，携手池旁納晚凉。　浮瓜
沉李心偏冷，炎暑都忘。炎暑都忘，隔墙風送笛聲長。

其 三

柳凋楓冷朔風緊，群燕南歸。群燕南歸，相呼共別舊時扉。　天涯
羈旅孤身客，暗淚頻揮。暗淚頻揮，願隨燕子向南飛。

其 四

檐溜凝冰霜積瓦，徹骨奇寒。徹骨奇寒，重裘猶覺客衣單。　頃刻
裝成銀世界，悄倚闌干。悄倚闌干，梅花不到幾分殘。

一籃金　寄燕華妹

空齋憫憫無情緒。鴻雁飛來，報到春又去。似水年華愁裏度。千里月
明各一處。　欲寫鸞箋旋又住。從有離情，不知從何訴。往事重提愁萬
縷。怕見人將紅豆數。

十六字令

望，秋水蒹葭各一方。相思意，日日九回腸。

其 二

秋，只怕梨花白了頭。相思意，不與水東流。

其 三

驚，怕聽河梁笛一聲。相思意，燭影不分明。

其 四

醒，蓮漏遲遲月滿庭。相思意，潭水不如心。

玉樓春　春日感懷

傷心怕見飛紅雨。牽愁楊柳婆娑舞。嗟予失怙正其時，每見春光心便苦。　　慈容一隔難見睹，青天碧海恨千古。年年此日淚痕捐，此恩難報終何補。

（録自《晦珠館詩詞稿》）

沈以淑

沈以淑（生卒年不詳），大足（今重慶市大足區）人，劉御六妻。工詩詞，著有《瀟湘集》。

百尺樓　秋夜

花落雨初來，雨過花如舊。桐葉蕭疏墜地輕，正是新秋後。　　不耐樹陰涼，頻襝羅衫袖。此夕何須五夜燈，明月珠簾透。

南鄉子　對月

檻外月團圞。滿見墻頭數點山。漸漸秋深入欲棄，齊紈。剪燭西窗夜闌。　　花影重上欄。笑對簾前竹萬竿。閑共連枝分雅韻，裁箋。小院微風拂袖寒。

如夢令　夜坐

小院銀蟬光皎。睡鴨香爐煙杳。又是一林風，添却宵寒多少。秋老。秋老。開遍白蘋紅蓼。

（録自《瀟湘集》）

鄧　湛

鄧湛（生卒年不詳），蜀人，敘州府明少司空金寬夫人。

浣溪沙　寄外

1348

鎮日多愁屢廢餐，閉門清坐遣應難。樓頭明月幾回殘。　　萬點落花誰着眼，一聲長笛獨憑欄。夢歸冰簟五更寒。

蝶戀花　春曉

楊柳樓頭風剪剪。月落星稀，曙動東方緩。一枕綢繆方眷戀。無端恰被鶯聲喚。　　醒來依舊屏山畔。强起臨妝，懶畫眉峰淺。呼婢漫將簾幕捲，宿醒未醒腰肢軟。

（錄自《小檀欒室閨秀詞鈔》）

張薊雲

張薊雲，廣漢人。生平不詳。

滿江紅 高歌

　　鐵板銅琶，唱不盡，悲歌慷慨。恰正是，酒酣耳熱，狂奴故態。十二萬年彈指頃，乾坤難跳須彌外。笑周秦，龍虎鬧功名，風雲會。　　今古事，有成敗。天下事，無擔戴。慘東南劫火，可憐焦壞。廊廟幾人空束手，天涯尚有英雄在。莽書生，按劍視中原，雄心大。

（録自《歷代蜀詞全輯》）

楊玉章

楊玉章，成都人。生平不詳。著有《寄鷗吟草》。

鵲橋仙　七夕

金風夜暗，銀河浪息，成就雙星聚首。盈盈隔水望終年，問此恨，人間知否。　　鼉更漸轉，鵲橋猶架，祇剩片時廝守。雖然一歲一相親，却賺得，天長地久。

（録自《歷代蜀詞全輯》）

蔣文鴻

蔣文鴻（生卒年不詳），字伯荃，一字次香，華陽（今屬成都市）人。累官江蘇同知。著有《水葓國棹歌》。

聲聲慢　都門春半，賦詒叔瑤

信風吹半，霽雪銷殘，餘寒不放花開。京洛尋春，空費艷冶詩才。庾郎近來病損，掩閑門，兀自吟梅。明月底，倚紅闌子夜，玉笛聲哀。
我亦頻年羈旅。對東風感舊，淚灑金臺。相約聽鶯，青門尚少黃埃。瀛洲草深幾許，映宮袍，一色新裁。猶未晚，二分春，都在酒杯。

壽樓春　次叔問韻

搖孤帆秋魂。趁江蟾暈夕，旅雁排昏。重到蘇臺花晚，綺羅留春。尋瘦碧，壺中人。舊屐裙，翩翩王孫。聽飛唱金荃，新聲石帚，橫笛墮梁塵。　　家山遠，愁斜曛。話當年意氣，遼海翻尊。尚憶呼鷹戍壁，射雕關門。詩筆峙，長城軍。嘆水萍，無端吳根。盡題遍千峰，蒼崖月痕籠岸巾。

（錄自《水葓國棹歌》）

高浣花

高浣花（生卒年不詳），號浣雪，一號荼蘼老人。華陽（今屬成都市）人。南江拔貢楊廷賢繼室。著有《鵑血餘草》。

念奴嬌 水繪園見梅感作

春城東去，好風流水繪，當年佳盛。聞説老梅千百樹，種遍三吾深徑。紅袖歌辭，緑窗夢到，争説羅浮境。而今回首，園荒人去花剩。不道紫府凝脂，含章點額，最好陳郎詠。一樹吹香猶得見，可奈霜寒霧冷。感舊多愁，尋芳無計，筆底傳清興。一枝還折，孤山有客堪贈。

滿江紅 登金山

淮海東來，重有約，登臨更好。準備着，窮眸天外，闊舒襟抱。三十日中遥客夢，八千里外題花鳥。争聽取，一片大江聲，流殘照。　懷鐵瓮，秋空攪。尋玉帶，詩曾吊。問蕪城楊柳，春深多少。步瓜洲邊人又去，芙蓉樓底潮還到。驀魚龍，驚起海門風，成長嘯。

其 二 雁

做冷凝霜，三五雁，雲邊飛渡。高樓水，數嘹嚦，亂愁如訴。蘆荻寒生南浦水，斜陽影斷城戍。最憐人，天末一行横，雲山暮。　驚夢醒，愁寒泝。臨水送，難留住。料書空咄咄，也應無據。湖水漸消客幾許，稻粱雖美知何處。算春深，來日有多時，又歸去。

浣溪沙 秦淮水閣題馬湘蘭蘭花便面

不見風流馬四娘，秦淮重到費商量。從扇底覓餘香。　人去湘江空有佩，春歸深谷獨含芳。託根無地怨東皇。

人月圓　梅

野梅千株無人管，開放倩誰歡。片時逢我，幾回吟爾，風緊雲寒。一杯應醉，河橋茅店，流水危灘。香魂剛夢。笛聲何處，涼月銜山。

南柯子　僧院海棠

春盡遲遲睡，花仍漠漠姿。回廊月榭倩誰持。猶許高燒銀燭，照千秋。　　幽夢涼煙遠，相思雨知。即今净土説迷離。不是小紅樓畔，捲簾時。

喜鶯遷　自巢湖至潁上道中偶作

揮鞭指顧。想四越巢湖，孫劉割據。兀尤荒營，劉锜剩壘，更向潁流東去。瘦馬嘶風此際，鐵騎橫空何處。簾影近，且壚頭小飲，柳邊呼渡。延駐。巳望里，瞰宋窺陳，遥見中原樹。艮嶽雲開，汴河月曉，擬到梁園作賦。野草爭春競艷，幾種亂紅迷路。斜陽晚，看嫣然欲笑，似留儂住。

沁園春　僧院看白山茶

走馬西郊，特叩禪扉，紅塵夢醒。見千團珠蕊，臨風皎皎，一株瓊樹，特立亭亭。瘦影簾閑，冰魂月下，疑是當前現素馨。還猜做，過廣寒宮裏，瞥遇雲英。　　相看脉脉關情。暗俯首沉吟百感生。悵粉印多恨，同他淪落，玉容無主，似我飄零。卸却鉛華，破除艷冶，色色空空净復清。皈依切，向慈雲法界，聽偈傳統經。

醉落魄　題《楊妃醉酒圖》

君王寵遇。當時費盡詞人句。枉斷腸馬嵬黃土。錦襪空留，知魂鎖何處。　　丹青描出酕顔趣。依稀尚記華清乳。霓裳卸罷扶難住。湘簟初凉，一枕巫雲暮。

蝶戀花 詠蛺蝶花

爲愛盈盈輕翅舞。繡上春裙，小立花陰處。瞥見枝頭低栩栩。齊紈撲去方知誤。　　枝上裙間相看取。畢竟人工，難與天工賭。暗笑眠香當日汝，此生竄入群花部。

鷓鴣天 楊花

飄泊當年又望窮。金堤煙鎖玉樓封。非非夢遠三千界，色色空還廿四風。　　春寂寂，恨匆匆。年年流落盡相逢。與君畢竟歸何處，同是茫茫歧路中。

如夢令 秋思

驀地重帷寒透。又是去年時候。凉雨昨霄深，有夢也難成就。消瘦。消瘦。争把詞填紅豆。

（録自《鵑血餘草》）

周守瑜

周守瑜，灌縣（今都江堰市）人。生平不詳。

踏莎行　中秋

雲漾羅紋，煙橫帶影。梧桐葉落飄金井。捲簾明月正天心。清趣一般誰管領。　　銀漢沉沉，星河耿耿。漏水更闌萬籟靜。拼取今宵不枕眠，豈輕放却這番景。

其　二　久病

辜負芳春，爲憐翠袖。年來恰並梅花瘦。每經乍暖乍寒時。都當作老人將就。　　藥亦無靈，神應不佑。厭厭病倒何時候。許多家事情誰操，楦棠已老弟還幼。

天仙子　秋雨

蕭疏陣陣空庭落。殘煙斷霧四山薄。滿園黃芻不勝情，新枝弱。意凋索。一片香魂無處着。　　西風吹送入簾幕。點點跳珠水晶箔。可憐倚檻思徘徊，細領略。寒輕作。鐵馬丁東時隱約。

蘇幕遮　落花

煙漠漠，雨瀟瀟。殘紅敗綠，檻外任亂飄。誰憐薄命皺眉梢。含情欲訴，芳容一旦凋。　　風更烈，恨難消。惹得詩人，凝眸不復聊。欲從何處把魂招。喚取流鶯，知春去已遙。

眼兒媚　秋夜懷姨母

渺渺西風入帳寒。寂寞一燈殘。數聲蟋蟀，滿園秋意，月色欄干。惹起了三年離恨，千里不相看。只得深宵欹枕畔，淚落幾回乾。

長相思 蟋蟀

夜凄涼，夜凄涼。夜夜對儂訴短長，齋檐瓜蔓黃。　　叫斷腸，聽斷腸。兩般心事若般傷，一片月兒光。

釵頭鳳 閨情

鶯千囀。春深淺。滿地落花簾不捲。小窗前。理琴弦。倩相誰伴，只有爐煙。然。然。然。　　蠶成繭，不堪剪，眉頭端的愁難展。曲欄邊。意盤旋。多情朗月，照入池蓮。圓。圓。圓。

醉花陰 本意

天氣陰晴寒乍暖。曉起登臨懶。有酒快盈樽，一笑迎來，座客何妨滿。　　窗間日日伊伴誰。頗覺自疏散。入夜不成眠，時讀我書，休要人來管。

其 二 早起

幾點疏星天欲曉。起把空庭掃。正是熟睡時，黑甜有鄉，提防驚二老。　　回首樓頭數聲鳥。煙高開樹杪。聽黃犬當門，相送狺狺，來去人多少。

其 三 本意

俗務分明愁不了。休要管多了。忍耐度青春，一種幽閑，莫自尋煩惱。　　此生猶幸讀書好。雖負才情小。把那貪得心，這名利懷，回首都趁早。

其 四 新燕

昨夜華堂春信到。綠上庭階草。聽得畫梁間，細語雙雙，燕子又來了。　　今年却比去年早。尚未呼僮掃。舊壘幸依然，不捕不營，減省工多少。

浪淘沙 寒夜懷人

寶鴨噴清香。斜倚匡牀。破窗風冷透羅裳。只拼得含情桀桀，漏水更長。　　起把酒傾觴。送入枯腸。雲山千里憶姨娘。恰好似東西兩曜，愁疊參商。

其 二 春曉

簾捲碧天長。鴉亂斜陽。清江一曲繞紅墻。三兩漁人垂釣處，煙靄茫茫。　　到眼好春光。十里垂楊。隔橋橫銷暮煙蒼。只聽來歸競喚，渡我輕航。

其 三 登樓

皎月上簾鈎。乘興登樓。只知歡喜那知愁。説到紅顔原命薄，萬事都休。　　可惜這吟謳。莫個人酬。枉生閨閫負名流。空贏得豪情勃勃，無限心頭。

其 四 寒夜

窗外朔風嚴。吹入垂簾。高情追古俗人嫌。獨有燈前人不寐，彩筆頻拈。　　鐵馬響重檐。愁緒更添。十分冷上指頭纖。寫來斷腸詞一幅，意態厭厭。

其 五 病坐

睡起懶梳頭。愁緒悠悠。輕風斷續入層樓。斜倚欄杆憑眺處，響動簾鈎。　　天畔遠凝眸。霧散雲收。得勾留處且勾留。自恨完全辜負了，如此春秋。

南鄉子 前題

涼月上匡牀。思正無聊夜正霜。寂寞有懷人不見，心傷。兩行清淚濕沾裳。　　記曾話斷腸。長短亭邊歧路旁。幾度徘徊不忍去，姨娘。同個天兒各一方。

賣花聲 閨情

簾外娟娟。情思悠然。重衾戀冷不成眠。一盞燈兒明欲滅，魂夢倒顛。　　黃雪遠連天。梅影窗前。新愁反被舊愁牽。我不如花花似我，兩字堪憐。

闌干萬里心 冬景

窗間斜挂月如鈎，陣陣風來人倚樓。一片河山眼底收。曲江頭，數點梅花香欲流。

卜算子 冬夜

書燈背月明，錦帳因風動。乍聽咿啞兩扇門，驚破深宵夢。　　起坐一書懷，漫把纖毫弄。幾許幽情欲寫難，雪上雙眉凍。

深院月 留別

畫閣深，苔階處。兩次殷勤留未住。底事一歸歸又來，何不一來來又去。

憶王孫 別意

昨夜筵前開口笑。醉倒竹葉杯中酒。今日匆匆兩分手。君知否。教人一步一回首。

其　二 懷人

別我東行年閱四。尺紙未經千里賜。日日望君君不至。愁迭次。真個誰禁這離字。

西江月 本意

簾外風聲北至，山頭日影西斜。樓欄獨倚過歸鴉，默默無言淚下。從識浮生若夢，當知處世如花。任他一事一嗟呀，付入宵來閑話。

其 二 春盡

雨過花勻粉面，風來柳戲纖腰。闌干斜倚總銷魂，樹杪煙聞一道。轉覺新晴氣暖，不堪愁鎖眉梢。遍尋佳景却無聊，到底如何是好。

其 三 春曉

畫閣鶯兒百囀，繞簾燕子雙飛。彩雲仁重錦風被，瓦雀巡檐一對。滿院陰濃映掩，隔墙紅紫芳菲。漫從林表昕朝暉，獨立垂楊手背。

一剪梅 初春

曉起開簾正理妝。檻外鶯忙，樓外鶯忙。二分春色入垂楊，一片融光，兩岸芬芳。　　新晴天氣日初長。杏子橫墻，燕子高梁。

（按調下缺）

一斛珠 懷人

風來羅幕，隔個窗兒雨點滴。翠袖寒生夜寂寂，這段情懷，付向燈挑剔。　　幾許知音無處覓。倩誰分去這凄戚。只道暫離今久別，正無聊時，北聽雁聲逖。

點絳唇 春游

日轉西斜，長堤緩步鴉歸後。幾枝垂柳。亂拂行人首。　　雲雨悠悠，野寺鳴鐘久。谿邊叟。得魚沽酒。還向杏花走。

其 二 感作

無限愁懷，小庭人静空嗟嘆。架書堆亂。那得工夫看。　　俗事縈縈，九曲回腸斷。從頭算。塵寰羈絆。已過青春年。

其 三 睡起

鬢髮輕搔，南窗睡起無聊賴。菱花寶蓋。獨坐痴相對。　　覺得今秋，又減去年態。青春難再。莫個人家愛。

其 四 秋怨

庭緯寂寞，夜夜添來多少愁。月色清幽。惆悵怕登樓。　　輕寒濺骨，砧聲動遠秋。螢火流。煙落風收。屈指到瓜洲。

十六字令 新秋

喲，梧桐一葉井邊落。便不同，風來衣袖薄。

如夢令 秋感

畫閣一聲殘漏。簾幕輕寒乍透。寂寞最難鏖，燈影熒熒如豆。人瘦。人瘦。到此也須將就。

其 二 望月

縷縷輕煙如綫。曲曲欄干倚遍。好一掬冰輪，倒挂銀河西畔。不見。不見。又被雲遮過半。

其 三 感作

本欲清閑到老。誰識凡情頗惱。剛成廿二春，不意椿堂喪早。罷了。罷了。從此愁眉怎掃。

其 四 臥病

一死分明不遠。起臥非常氣喘。幸我善調停，日日慎於飽暖。難免。

難免。終是懸心吊膽。

其 五 春意

畫閣碧雲深鎖。欲擬裁詩未果。默默倚窗檻，揚州千條翠彈。裊娜。裊娜。這段情懷似我。

其 六 摘蘭

聽得二三女夥。細語低言嬌娜。來到畫屏峰，隔着窗兒喚我。否可。否可。摘要蘭花兩朵。

巫山一段雲 自述

殘燭燒成淚，疏星爛似螢。空庭人静酒初醒。一曲影伶仃。　蛩鳴無限恨，漏滴不堪聽。從今後渴飲勞形。夢斷柳梢青。

誤佳期 秋夜讀書

玉漏催殘將曉，窗外一聲啼鳥。未成眠候覺神傷，恨不前生早。羅襪盡生寒，金風時吹杳。可憐夜夜守青燈，剔落花多少。

其 二 秋夜

薄袖金風微透，質弱最難將就。瀟瀟簾外雨聲疏，人静應眠候。挂露滴如珠，籬燈熒似豆。若般清趣若般幽，若個來消受。

小重山 愁怨

簾外花飛報早秋。令人方寸亂，祇低頭。臨池照影覺堪羞。雲鬢倒，不是舊風流。　煙霧鎖重樓。薄雲籠曉日，正凝時。時兒又雨時兒收。空餘得。吟嘯小勾留。

其 二 冬夜

冷雨凄風鬥枕邊。重衾渾似鐵，不成眠。此心早擬玉梅前。留瘦骨，又傲雪霜天。　　　對影暗相憐。回頭經過事，若雲煙。多情反被無情牽。今生也，隨意度年年。

楊柳枝　桃柳燕

逐水流，隨風舞。兩樣春情艷爭吐。燕子飛來上下穿，一幅丹青畫成譜。

（録自《三蘭詩集附詞》）

劉 氏

劉氏，富順人，生平不詳。

浪淘沙　絕命詞

　　滿眼干戈繞。身如籠鳥。手携子女伶仃小。立坐悲傷莫苟活，此生休了。　　鄉國雲縹緲。妝臺夢杳。一死何難天地老。刀鋸不避命須臾，投環去好。

　　（録自《歷代蜀詞全輯》）

劉肇春

劉肇春（生卒年不詳），字熙臺，樂山人。咸豐十一年（1861）歲貢生。著有《嘯笑齋存草》。

金縷曲 內城看牡丹記事

春夢尋無迹。對蕭蕭，綠蔭門巷，幾回空立。國色天香都散盡，忙甚隔墻蛺蝶。應記取，清明三月。半褪藍衫春醉薄，拜花王，不管誰家室。定呼我，是狂客。　　題詩那費江郎筆。祇辜負，仙雲璀璨，主人相識。再擬花間哦好句，花早霏紅慘碧。快喚過，奚童行覓。枝上餘香階下酒，趁韶華莫更匆匆別。燒畫燭，過今夕。

（録自《嘯笑齋存草》）

李穆宣

李穆宣，蜀人，生平不詳。

玉連環　與内子玉琴同看梅

東風微雨催花曉。海棠開了。捲簾微醉坐花陰，試問枝頭多少。難得月圓花好。春光未老。花神莫笑個儂痴，相思草，相思稿。

其　二　月夜

搏搏大地金波幌。閑庭幽厂。高吟直到夜三更，對此忽發奇想。蟾蜍何作供養。古今瞻仰。欲探玉斧削桂輪，天外星榆朗朗。

秋波媚　閨思

可人睡起鬢雲鬆。不似舊時容。畫簾垂處，歸來燕子，人影東風。卿試徘徊明鏡裏，醉態薄還慵。含顰微笑，雙蛾淺淺，畫也難工。

眉峰碧　丙午三月渝城旅次

淡遠眉峰碧，儂是未歸客。天涯風雨惱行人，襆被獨眠村驛。　柳怨吹羌笛，離緒重城隔，寸心耿耿徒緘憶，落花況近清明節。

誤佳期　春夜有懷

今夜月明珠晃，惜少知心共賞。含情却坐畫欄前，細數螺紋掌。一闋春詩，吹徹玉簫朗。惜春心事有誰知，燕巢歸兩兩。

其　二

喚取小紅低唱，春在鴛鴦湖上。良辰美景醉鄉天，月下停歌舫。花影碧螺波，香膩黃鵝釀。平生不會皺雙眉，歡喜福無量。

臨江仙 詠蝴蝶

香國璇房無限好，翩翩抬舉東風。一生清福萬花叢。霓裳金粉隊，衫子茜紗紅。　　醉向五雲樓閣裏，錦衣玉食差同。美人繡倦彩絲工。鴛鴦堪作對，鶯語隔簾櫳。

其 二 題連峰笑雲草堂

尋得溪山幽勝地，安排精舍畫堂。無邊風景樂徜徉。圖書千種備，花木四時香。　　酒後高吟茶後話，閑聽鳥弄珠吭。六經讀罷話家常。倚闌還一笑，我暇白云忙。

其 三 七夕

天闊秋高雲漢渺，仙期佳話誰邀。疏星纖月暗橫橋。玉肩花並蒂，相顧兩魂銷。　　千丈銀潢填鵲好，難禁暮春朝朝。蕊珠宮闕管弦調。離長歡會短，絮語莫輕佻。

其 四 張氏荷池上作

天影蔚藍渾一色，雨餘眾綠齊生。到來何處踏歌聲。所思人不見，環佩水盈盈。　　翠袖倚風修竹徑，茗餘吟榻香清。碧紗窗外展桃笙。池塘鴛鴦夢穩，涼意月初更。

其 五 擷雲閑生

不合時宜殊自笑，老來愈覺昂藏。評紅判白十分狂。只合多情死，不作薄情郎。　　傲睨乾坤供一醉，花魂劍魄生香。九回作作吐光芒。潑余升斗墨，上射斗牛旁。

其 六 豫園遣興

春去文心猶綺麗，秋來詩骨彌清。人生只合重多情。仁慈仙佛本，忠孝聖賢程。　　有酒便須詩境助，有詩須對花吟。無花無酒不成文。蓬萊留客醉，蘭室有香熏。

阮郎歸　春游

訪春同上錦雲樓。天外水悠悠。參差飛燕掠波柔。銜泥過小洲。
天色霽，茗煙浮。携手快遨游。沂水春風吾與點。都在心頭。

其　二　西塘消夏

懨懨睡起小年長。消受一爐香。芰荷庭院晚風涼。人隔水雲鄉。
調雪藕，泛輕航。促臂有鴛鴦。偶然嚼得蔗梢霜。甘味淡無妨。

其　三　夔州夜泊

百里巴渝載酒行。茫茫秋水清。皓月蘆花一片明。淅瀝打篷聲。
訪英雄，吊戰争。江流似不平。八陣縱横魚腹城。深宵猿狄鳴。

蝶戀花　蕉窗聽雨

沉沉夜静燈摇穗。已近三更，小坐人不寐。支頤還憶少年事。幾行零
落相思字。　　夜深驟雨和風至。修竹一庭，彈起芭蕉翠。竹風蕉雨戰瑽
琤，惺惺領略閑滋。

其　二　初夏閨意

綠痕淺淡紅蕤瘦。聽罷曉鐘，春去抑何驟。個儂因甚雙眉皺。天涯蕩
子狂依舊。　　香燒心字銷長晝。拈起金針，願把回文綉。閑邀女伴抛紅
豆，打起鶯兒啼莫又。

柳梢青　探春

囑付好春，徐行緩步，於意云何。舊時門第，桃花飛盡，綠上枝柯。
忙忙花月春波，最好事，從此蹉跎。駿馬驕嘶，鱖魚味美，戀也
無多。

少年游 城南花會

金鞍玉勒錦屏風。年少擁青驄。聞説今年，青年賽會，鬧極管弦叢。笑入胡姬沽酒肆，慷慨數青銅。公子豪奢，評花賭醉，花市夕陽紅。

其 二 仲春綿州道上

去年今日，花朝令節，作客正還家。今年春半，花朝已過，輒迹滯天涯。　　陌上一鞭綿樣道，裊裊綠楊斜。但祝月圓，春永好。杯酒醉流霞。

菩薩蠻 春暮書懷

嫣紅姹紫渾無數，勝景遲遲留不住。庭院落花飛，春歸人未歸。絮影隨風亂，吹入珊瑚硯。難遣別離恨，閑坐數青苔。

其 二 送友人應京兆試

暖風吹起漫天絮，離悰悵觸渾無據。繫馬傍垂楊，匆匆行色忙。此去蓬瀛路，須得風雲助。萬里奮鵬程，春雷第一聲。

其 三 玉閨怨

金絲垂柳鶯梭織，如絲心緒纏百結。金戈鐵馬聲，相隨夢遠征。何處青驄彎，眉鎖雙蛾翠。楊花撲雪飛，天涯客未歸。

其 四

東風綠遍蘼蕪草，採茶歌裏春光老。有客在遼西，流鶯莫浪啼。曉起羞明鏡，逢首雙鴉鬢。閑愁數不清，飄飄羅帶橫。

其 五 塞上吟

清秋箛鼓邊城弄，刀槍叢裏貙羆動。雪踏萬里山，誓清妖孽還。衰草迷沙磧，雲暗兜鍪色。戰馬正嘶鳴，長驅得勝兵。

其 六 客懷

眉愁心恨何時了，薄暮懷人思悄悄。吹徹玉笙寒，羅衣未覺單。
樓外關山遠，征鴻飛數點。欲道不相思，徘徊君怎知。

其 七 羅帶

同心取締芙蓉結，春風欲繫嬌無力。何須密縷縫，香襟豆蔻鬆。
犀玉嵌來巧，合抱衾裯好。瘦盡楚宮腰，風情何處描。

其 八 爲翠屏女史題扇

翠痕何事纖眉蹙，雲屏字寫相思曲。縱不識春愁，也應花見羞。
侍兒年十五，名冠群芳譜。紈扇撲流螢，天邊認小星。

謝秋娘

春去也，愁煞捲簾人。芍藥倚窗風韻減，楊花落水黛眉顰。無語暗
傷神。

摘得新 春思

酒一樽。庭院月黃昏。離愁千百結，向誰論。花信摧殘人漸老，掩
重門。

其 二

香爐温。芳筵蠟炬痕。所思人不見，有書存。悶倚闌干春欲晚，淚
熒熒。

其 三

酒一樽。蘭夢蝶銷魂。纏頭須惜費，向誰論。心迹愈明花愈好，蠟
燈痕。

喜遷鶯 　祝關岳合祀辭

英靈千古。祝壯哉壯繆，武哉忠武。大漢完人，大宋偉人，純是血誠報主。喜讀春秋同肺腑，凜然道義千櫓。神降茲，笑曹魏金酉，都無寸土。　　起舞。想當年，威鎮荊襄，直抵黃龍府。智勇美髯，精忠少保，膽慴姦權醜虜。恨煞吳賊違盟，和議堅持檜輔。望雲旗，在天俎豆，年年簫鼓。

其　二 　春日賞花東園

東園早起。愛九十日春光，萬千紅紫。密葉藏鶯，疏簾歸燕，十二雕欄獨倚。身在眾香國裏，滿目珠光羅綺。櫻桃宴，紫微筵，對此不勝狂喜。　　樂矣。嘆悠悠，世網縈心，行樂誰解此。對日和風，幕天席地，更好歡迎珠履。案頭幾幅烏絲，月下一樽綠蟻。準今宵，醉倒詩翁，人呼狂李。

南歌子 　席上有贈

眉較春山淡，情同碧水長。最無意絮是垂楊。繫不住，桃根桃葉輕航。　　帶縐芙蓉襠，衣熏豆蔻香。風懷猶似少年狂。徑把白玉連環，抵醉鄉。

醉紅妝 　玉琴以泥金團扇題此闋

玉貌娉婷絕世姿。相逢後，倍相思。春光明媚惜花時。花並蒂，意遲遲。　　卿是瑤臺第四枝。聯鴛牒，畫蛾眉。偕老百年如我意，熊羆夢，關雎時。

碧窗夢

倚窗楊柳軟，帶露海棠嬌。疏星淡月好良宵。含笑問花笑甚，最無聊。

其 二

碧紗題鳳字，疏竹度流螢。三更畫舫藕花馨。料有玉人搖櫓過，惜娉婷。

其 三

花黃雙鬢貼，玉白一樽浮。醉鄉廣大樂無憂。仿佛霓裳仙樂近，月中游。

一剪梅　初夏偶成

綠陰庭院晝暝暝。吹徹銀箏，隔着銀屏。嬌鶯乳燕不堪聽。人去無情，春去無形。　　日長睡起酒微醒。心似珠明，淚似珠零。悵然無語惜娉婷。麥穗含馨，柳眼含顰。

其 二　旅夜

一夜秋心薄葦條。風也飄搖，雨也蕭騷。疏燈絮語酒家橋。人影寥寥，雁影飄飄。　　綺窗旅館思無聊。斗室人遙，斗帳香銷。何時歸夢赴良宵。花下停橈，月下吹簫。

春宵曲　春夜

畫箔香風度，銀箏隔院調。節序又花朝。思君情不禁，鯉書遙。好夢梨雲淡，眉痕柳葉描。良夜漏迢迢。有花兼有月，可憐宵。

其 二

向我星眸擲，思鄉月姊嬌。春返玉樹梢。素心人不見，佩環遙。
（此係單調，爲“春宵曲”又一體）

賣花聲　雨後看海棠

徒倚小樓東。春景冥朦。啼鶯無數綠陰中。尋芳拾翠邀幾個，釣叟歌

童。　　　一樹海棠紅。絳蠟煙融。天然醉態畫難工。浥露嬌嬈開欲半，麗
句紗籠。

其 二

悼亡室。爲王宜人作。

仙桃去何忙。憔悴風光。舊時黃竹女兒箱。金粉詩箋零落盡，淚濕羅
裳。　　　兒女漸成行。不哭神傷。身外浮榮付劇場。縱使五花官誥好，空
向北堂。

其 三　豫園留客

花徑起徘徊。洗滌樽罍，最宜酒熟客頻來。倚杖步檐風景好，芍藥初
開。　　　題詩坐綠苔。桃李新栽。留君酌月泛香醅。泉石有緣行樂可，不
醉休回。

賀新郎　題問吾廬別墅

問吾廬何有。有一帶修篁，數株垂柳。蔬畦菊圃三弓地，辦得晚菘早
韭。漫夸張，勛名不朽。今古乾坤一草亭，烹多少，功人與功狗。且讀
書，沽美酒。　　　歲月忙忙烏兔走。又何須，金印懸腰，斧柯在手。前代
河山錦繡基，非復漢唐後。數興亡，高歌擊缶。往事那堪歷歷道，誰擺脫
名韁利藪。道德堂，期世守。

滿江紅　自述

不合時宜，笑老夫，特立無倚。算生平，素性乖崖，只娛書史。浮雲
一掃胸臆開，斗室千秋心自喜。有談及，豪華勢利徒，污吾耳。　　　石季
龍，驕奢子。華子魚，浮薄士。祇富貴熏心，銷磨廉恥。侯封不羨定遠
名，移家最愛康成里。看階前，書帶草蔥芊，芬蘭芷。

其 二　題《東山隱居圖》

小隱東山，出塵表，風流自賞。磊落懷，席目抽琴，搴雲蕩槳。時局

艱危黑暗多，劍鋒淬利青萍朗。挽狂瀾，高唱大江東，天籟爽。　　獨善生，五倫講。兼善量，生民仰。抗席作雄談，識力增長。爾時吟嘯磐澗中，預定寰宇澄清想。願爲霖，伊傅遠相期，吾將往。

其　三　登金陵城題此

立馬吳山，瞬驚我，英雄頭白。嘆古今，夷夏大防，戰爭禍烈。秀夫蹈海死所甘，魯連倡義心徒熱。浪滔滔，江水送六朝，天失色。　　春秋筆，攘夷狄。上方劍，誅蟊賊。慟半壁偷安，虜胡未滅。號召六軍誓死生，激昂忠義傾肝隔。問孫郎，百戰幾曾經，消霸業。

其　四

題《東坡游赤壁圖》二首。壬午秋爲唐彩臣作。

載酒登船，揭孤篷，水天一色。羨坡仙，傲睨豪情，老猶似昔。千古戰爭憑眺處，一生消受閑風月。看一幅，絕妙好江山，思前哲。　　菰蘆漾，驚濤拍。葭菼蔽，蘭橈急。嘆斷壁頹瀾，幾經浩劫。漁樵佳話酒盈樽，英雄舊徑沙沉戟。指中流，一葉載白頭，黃州客。

其　五

良夜月明，霜露緊，丹楓赤荻。過臨皋，二客相從，翛然岸幘。詞客覽勝更停槎，長江戰艦都銷鐵。祇年年，聲吼大江流，英雄迹。　　拍檀板，驚漁笛。沙渚外，荒汀側。對半角斜陽，欷歔霸業。得漁携酒我從來，倚歌何處吹簫客。準今宵，一夢醒游仙，寥天碧。

其　六　和元人題岳忠武詞原韻

慷慨揚鞭，痛中原，文物衰歇。望幽燕，慘淡風雲，戰爭禍烈。繫雁愁聞蜀道霖。驕驄踏遍胡天月。辨種族，存亡一綫危，寸心戚。　　黃禍棘，疇爲雪。金虜仇，幾時滅。嘆獸類逼人，金甌碎缺。尺寸堯封錦繡基，衆生涂炭鯨鯢血。建奇勳，歷史放光榮，補天闕。

其　七　勉弟輩讀書

座擁百城，通古今，自寓自樂。最不解，澆俗營私，志甘卑辱。淑躬名教有千秋，圖書校理牙籤軸。能讀書，日對聖賢多，砭俗骨。　　鳥弄琴，花繞幄。燈火青，硯池綠。看劍氣成龍，雞群立鶴。四時弦誦暢天機，但解沉潛真是福。景前修，致用在通徑，胡不學。

其　八　民國嘆

涂炭中原，强撐過，八年民國。痛目前，黨派分歧，事機決裂。只憑奴性用私人，更無遠見謀公益。僞共和，何日始完全，點多缺。　　誅不盡，貪讒魄。羞不死，昧心賊。政府模棱，養癰貽孽。東鄰虎瞰青島失，西藏鷹瞵黃禍棘。問何人，一戰掃妖氛，顯奇迹。

其　九

和議不成，虛費了，排山勢力。惱煞他，散沙一盤，金湯破缺。楚歌解散八千兵，國慶佟談雙十節。况東鄰，虎視怒耽耽，誰抗敵。　　晉銅駝，愴荊棘。鄭蒮苻，遍郊邑。只權利競争，送斷宗國。胡騎憑陵險象環，睡獅未醒天容墨。浪滔滔，疇與障狂瀾，恢漢業。

其一〇

民國偉人，大都是，茅黃葦白。只一個，貪利私心，腦筋痼結。南方首領肆要求，東島藩屏輕棄擲。忿外交，内患迭相乘，難拒絶。　　自由派，綱常裂。急進黨，禍機迫。漸邪説詖行，人人蠻陌。但争權賄賣國家，那知倫理光日月。問而今，誰是最大同，扶聖脉。

人月圓

雲鬟玉臂深深拜，今夜一輪圓。幾生修到，人間天上，如此嬋娟。湘簾捲起，爐煙燻處，豪興華筵。月娥含笑。百年佳耦，萬古情天。

虞美人　可園觀劇

餳簫歷亂鶯聲囀，醉着看花眼。倡條冶葉怨東風，争及海棠新睡茜妝紅。　　朱欄十二霞橫綺，鵲報春晴喜。良辰美景奈何天，且向碧雞坊里聽歌弦。

其 二 鴛枕

兜羅妙手勞卿綉，凉夜頻消受。游仙好夢訂同心，痴絶鴛鴦花底戲娉婷。　　郎君高臥詩情倦，敲碎珊瑚硯。醒時金粟鬢絲香，閑情款款並話合歡牀。

醉花間　春曉

春風好。春光老。陌上花驄繞。楊柳眼青青，盼到春歸了。　　花落蝶未稀。波恬魚躍早。杜字莫相催，省得儂煩惱。

憶蘿月　花會

鶯聲嚦嚦。人語珠簾隔。牡丹枝上春三月。正是芳菲時節。　　相逢士女如雲。踏青鞋底香熏。一路買花歸去，蝶蜂飛近羅裙。

碧雲深　春燕

春欲半。悶倚雕欄情繾綣。情繾綣。畫閣雙栖，飛來燕燕。　　別後相思閑不慣。彩縷紅襟詩一卷。詩一卷。夜静月明，梨花庭院。

燕歸梁　白燕

漢宮釵鈿化何年。素羽翩翩。雲鵬海鶴共超然。紅杏塢，白蘋天。
不凡姿態玉堂前，梨花月色争妍。烏衣舊國幾時旋。潔身去，就宜先。

其 二 對酒

樽前有酒盡寬懷。愁眉須放開。昂頭天外莫頭埋。古今事，戲一臺。
男兒要作千秋業，莫怕死，莫貪財。及時霖雨奮風雷。腰懸金印來。

摘紅英　春暮遣懷

梨花瘦。楊花鬥。暮春三月晴時候。鶯聲澀。蟬聲咽。金粉樓臺，綠天岑寂。　　苔如綉。花如綬。遲遲無計娛春晝。山亭北。江亭側。棋局消閑，霓裳按拍。

其　二　以詞選贈茗仙、文圃二友

相知深，相見淺，相別愁腸千萬轉。去匆匆，情款款，黛柳眉顰，綠蕉心捲。　　詞有窮，意無限，十幅鸞箋珠玉滿。作者難知鮮。一笑捲簾，請君着眼。

鷓鴣天　與聖鄰竹渠對酒

春秋風月許人同。暫借江山作寓公。萬事不如樽酒綠，俗情雅受牡丹紅。　　論成敗，數英雄。狂歌莫放酒杯空。泉石有緣花正好，隨緣分付與痴翁。

其　二

乾坤到處是吾亭。萬里青山列畫屏。何必學仙宗佛老，神仙已死佛無靈。　　唐李白，晉劉伶。世人皆醉忍獨醒。廣大醉鄉聊復爾，狂笑登天摘酒星。

其　三　春草

費盡東風噓拂意。染成青碧渺無垠。一灣黛色濃於酒，萬種無名各自春。　　綠楊岸，白蘋津。王孫歸去擁朱輪。寶馬香車歌舞地，斜陽微雨細如茵。

其　四　夏夜納涼

荷軒香遠片雲凝。銀漢秋高萬籟澄。青雀舫穿紅苕艷，黃泥墻蓋紫花藤。　　風乍定，月初升。披襟閑向小欄憑。花好無言蘭室静，應涼人對讀書燈。

其　五

楊柳參差匝地垂。流鶯百囀最高枝。蘭夢翩翩蝴蝶醉，玉搔頭上繫相思。　　花比貌，月羞眉。綉襦繾綣兩心知。別來因甚傷懷抱，舞扇歌旗付酒巵。

其　六　張次卿邀飲於桂湖別墅

仰首樽前發浩歌。殘編斷簡不嫌多。誇甚英雄韜略妙，不逢明聖將奈何。　　杯在手，劍新磨。古今成敗且由他。名花美酒抒懷抱，秋月春風老薜蘿。

紅窗睡　早起

喚醒了夢中人起。黃鶯兒，清脆可喜。瓮有新醪浮綠蟻，莫戀甜鄉美。　　東風昨夜吹窗綺。落花片片，芳園裏，韶光逝水。鶗鴂聲聲，又報春歸矣。

朝中措　憶湔江同學諸友

湔江十載坐春風。就傅憶兒童。親種門前桃李，芝蘭玉樹葱蘢。飛卿老手，雕蟲不屑，倚馬爭雄。差幸薪傳不負，淵雲異曲同工。

清平樂　餞春

綠陰滿地，芳草連天膩。又是困人好天氣，拋去韶華容易。　　東皇旌斾搖搖，西施面不重嬌。回首吳宮花草，難禁暮暮朝朝。

其　二　送茗

花陰人影，小鬟送香茗。茗中約指金波冷，似欲芳心暗引。　　今宵人靜月明，今我玉潔冰清。焚起告天香爐，默默保全幽貞。

其 三 醉吟

月明人醉，滿地金波碎。抱影不能成獨寐，只把銀釭斜背。　　今宵遙憶阿儂，人隔雲山萬重。安得羊權縮地，雙雙笑破眉峰。

其 四 春夜

玉簫聲徹，天外玲瓏月。楊花吹作漫天雪，蕩春心千百結。　　花移人影窗紗，珠簾綉幕誰家。玉漏遲遲敲罷，花鈴隱隱驚鴉。

後庭宴

楊柳樓台，芰荷池館。四月熏風吹漸暖。綠陰一片釀慈雲，群賢酬唱舒青眼。　　曇花笑何來，列坐歡浮金盞。龍華會上，興豪復不淺。四大共醺醺，坐看法輪旋轉。

江月晃重山　書屏風

名士襟懷瀟灑，仙才曠代風流。花之春艷月之秋。文章事，得失寸心頭。　　世界幾人逐鹿，函關老子騎牛。及時行樂選名謳。詩酒界，晚福盡優游。

金鳳鈎　竹園消夏

問何處消三伏。有千竿，萬竿修竹。綠水瀠洄，藤牀偃仰，坐看翠雲成幄。　　翛然對此滌塵俗。最爽心，涼生細葛。蟬韻風疏，龍團味美。領取香濃茶熟。

其 二 放足

纏足起自何時。人道是，窅娘習慣。新月一鈎，凌波三寸，步步蓮花嬌艷。　　而今妝束都更變。女學生，大足堪羨。趺素襪，闊步自由。妒煞趙家飛燕。

憶秦娥　道上所見

綠楊陌。嫣然一笑花垂額。花垂額。同車有女，貌傾城國。　　美人遙憶雲屏隔。乘鸞去後無消息。無消息，恨海情天，悠悠歲月。

其　二　荷池賞夏

畫廊側。晚涼時節蓮須赤。蓮葉碧。蓮蓬美人，相憶默默。　　阿郎一去無消息，倚樓望斷江南北。情何極，薰風解意，吹動蓮茐。

其　三　海棠花下酌酒

鬢雲鬁。綠雲鬢。一枕珊紅睡未甜。睡未甜。絳紗十里，蝶使香探。屏風猩色燕呢喃。名花艷福兩心諳。兩心諳，杏花春雨，人在江南。

其　四　春憶

粉香國。淡紅色。萬花飛舞春無力。春無力。懷人如夢，送春如客。一雙燕子珠簾隔。個人去後長相憶。長相憶，妾在江南，君在江北。

高陽臺　夏日皆友納涼宴集百花潭寺

水灩朱顏，巖懸金奏，萬竿修竹薰風。石苔可踐，登臨逸興無窮。沿堤拂柳穿巷陌，清幽處，艇繫孤篷。得此間，佳趣煩襟。滌淨塵紅。觴浮雅曲三終，對清波浩淼，雲樹冥濛。笛聲吹處，徘徊紺宇琳宮，浣花溪水縈堪濯，願年年，勝會偕同。草堂杜老，團扇放翁。

貂裘換酒　和鄧復心姻丈辭職歸田之作

解組還鄉里。笑此生，蛻迹名場，淡同秋水。十年楚地遨游，遍擷湘沅蘭芷。鳥飛知倦，馬知途。又何羨紆青拖紫。歸去來，琴鶴喜。　　文章不屑雕蟲技。只亮節高風，名垂青史。說甚民生國計事，鞅掌簿書而已。塵勞暫息，觴浮蟻。詩社枌榆留故址，對松菊，三徑延知己。陶元亮，真君子。

明月棹孤舟　秋聲

　　碧蕉窗外夢初覺。簌簌旋驚秋葉落。欹枕徘徊，離人心緒，都付丁當檐鐸。　　隱隱輕寒生被角。悄無奈，相思暗觸。愁雨愁風，如嗔如訴，聽到晨雞喔喔。

滿庭芳　七夕爲内子題絹扇作

　　寶鴨香熏，流螢影度，桂花庭院清幽。誰家兒女，巧笑出妝樓。何事穿針五彩，拜星月，私誓牽牛。衹無限，芳情脉脉，連理對花羞。　　莫愁。行樂處，銀燈畫閣，錦琴歌謳。願此生消息，道學風流。紅袖添香伴讀，書萬卷，一棹扁舟。更何羨，扶風絳帳，絲竹後堂游。

其　二　守拙吟

　　齷齪難堪，嘆心機用盡，總爲銀錢。求官燕趙地，逐利馬頭間。蠶繭縛，蛛網牽，營營蟻慕羶。忙不了，形僵骨立，依舊無厭。　　我生不營鑽。儘人巧我拙，寡取何嫌。不作陰德事，安望子孫賢。牢把握，種心田，清白貽以安。這滋味，如食諫果，嚼久回甜。

搗練子　不寐偶成

　　星淡淡，月溶溶。蕭疏清韻響梧桐。斗帳峭寒詩思苦，挑燈還對酒杯濃。　　人未逢，意漸慵。路隔雲山一萬重。大局重危愁不寐，夜深把劍看芙蓉。

浪淘沙　聽雨樓秋感

　　簾外響颼颼。寒透衾裯。不眠鏖過五更頭。梧葉兒黃蕉葉瘦，心緒悲秋。　　酒醒怕登樓。去雁悠悠。殘星數點逼牽牛。雨雨風風重九後，花貌人羞。

其 二 <small>秋眺</small>

竹外風颼颼。有客登樓。關山千里豁吟眸。又是一天好風景，雲樹清幽。　得酒便銷愁。滿引金甌。人在天涯古驛頭。去燕來鴻都是客，一樣驚秋。

其 三 <small>抒懷</small>

往古復來今。烏兔升恒。造化曾無一刻停。驀地霜鐘催五夜，喚醒黃魂。　同胞恨，愛國心。如此乾坤需偉人。忠孝保存天爵重，抱定方針。

其 四

<small>別蘭生、汪三，爲張紅樵作。</small>

携手上西橋。驛路吹簫。香車寶馬去程遥。花外一鞭行漸緩，有客魂銷。　眉黛淺難描。柳弄纖腰。匆匆分袂覺無聊。辜負團圓今夜月，夢冷春宵。

其 五 <small>游仙吟</small>

天半五雲輝。氣象巍巍。黃金宮闕厂朱扉。到此不沾塵俗氣，甘露浣薔薇。　鸞乘秦帝女。鳳跨楚王妃。瑶池阿母賜春菲。紫調紅腔天上樂，仙鶴齊飛。

其 六 <small>江亭閑釣</small>

芳草碧波柔。色滿汀洲。杖藜行過板橋頭。柳眠欲醒花欲笑，小坐勾留。　隨意數閑鷗。心事悠悠。青簾搖蕩酒家樓。隨意賞花隨處醉，説甚丹丘。

其 七 <small>犀橋春泛</small>

濃雲蕩槳多。綠意婆娑。浪花深淺奈情何。作客詩篇留客酒，共醉紅螺。　勛業半蹉跎。兩鬢將皤。畫橈撥處柳絲拖。繫着閑鷗今夜夢，圍住漁蓑。

念奴嬌　題史督軍遺像

星眸怒裂，痛江左垂危，軍機事急。將兵驕悍士離心，燕幕君臣炭炭。嗣主昏庸，酣歌日夜，大恥誰爲雪。滿腔忠憤，凛凛鬚眉殉國。
吁嗟四鎮無功，馬阮弄權，姦險傾排愈力。軍無鬥志守陴難，坐看虜兵深入。破覆金甌，煙轟起，僵屍慘流血。嶺上梅花，想千秋英烈。

其　二　和黄史辨族元韻一首

昆侖一脉，向帕米高原，縱横間接。四千餘年文明裔，繁殖西來祖國。太古冥冥，神州莽莽，萬方會玉帛。至今新鄭，道是熊都邑。　　誰云諸夏淪亡，大好河山，未許雜夷狄。畢竟軒轅真種子，瑞應黄裳五色。異族何知裂我冠冕，噬我生靈血。誓掃犬羊，光復漢家圖籍。

其　三　登開封城樓

大河南北，莽蒼蒼遥峙，雄封勝迹。一片中原乾净土，九州關隘獨扼。兵戎虎牢，雄盤鴉陣，歷代戰征急。興亡憑吊，多少霸圖英烈。
朱仙古鎮荒凉，岳爺死後，冠帶淪夷狄。丁恨虜酋仇未報，增入外國勢力。胡馬渡江，犬羊肆志，鞭撻何能及。瀝血枕戈，誓復軒黄故邑。

其　四　秋懷

玉簟凉生，又匆匆過了，清明七夕。明月滿欄傳韻語，一鈎星斗南北。翠幕宵長，球瑋人静，往事輕離别。石煉媧皇，難補情天一缺。
曾記菡萏開時。書槳衝風，新按霓裳疊。此時山海締盟堅，莫解深情百結。千里銀河，碧天如水，香露簪裾濕。佳期細數，心緒玲瓏秋月。

歸朝歡　祝將來豪傑

莽乾坤晦盲否塞。一舉步艱危逼仄。横行魍魎白晝昏，陷溺衆生黄禍棘。陰雲蔽日月。慘刻顛連談不得。問蒼天，是否沉迷，大地腥流血。
河山風景今非昔。破碎金甌難補缺。宇宙疇爲撥亂才，匹夫自有興亡責。無民何有國。政治風雷須改革。祝偉大，迅掃廓清，勛名震霹靂。

喝火令　冬夜書寄玉琴

醉蟻樽開玉樓，栖鳥漏滴銅。數聲簷馬響丁冬。驚碎游仙好夢，雲山隔萬重。　　度曲紅情懶，拈毫綠意慵。鯉函欲達又開封。生怕握管，匆匆墨未濃。生怕墨濃情淡，相妒不相容。

雪梅香　雪夜觀梅

風凛凛，梅花高格獨嶙峋。傍斷橋流水，寒松突兀争新。策蹇擬尋知己醉，披裘探到故園春。徘徊久，珊珊透骨，別有豐神。　　良辰。寫不盡，暗香疏影，玉貌堪珍。一枝可折，儼然南國佳人。人道冰壺曾濯魄，我疑明月是前身。且沽酒，瑶臺身價，與子爲鄰。

佳人醉　寒夜憶舊

燕寢光搖銀燭。悄覺寒生被角。正霜華滿地。堂虛人静，風敲翠竹。往事不堪回憶，月明處。南飛起烏鵲。　　自卿別後。尺素鱗稀，柔腸縷斷，兩事都無着。眉頻蹙。天臺再到。休忘神仙眷屬。

其　二　春晝吟

花外鶯聲唤起。美景良辰可喜。燕寢香凝，鳳幃人静，萬千紅紫。相思何物惱人，剪不斷。柔情江上水。　　素心誰喻。且伴伊，小醉碧螺樽，學製雙鴛綺。誰知己。春夢片時。行盡江南千里。

望江南　塞上秋感

征夫恨，昨夜雨聲秋。萬里雲羅横雁陣，一聲鐵笛動羈愁。歸夢渺封侯。　　征夫淚，心逐海波流。黄種自戕罷虎隊，赤原争睹鳳麟游。劫運幾時休。

其 二 世情

多少事，盡在不言中。管鮑同心今有幾，囊金消散舊情空。只愛牡丹紅。　　多少錯，錯在動心時。坐懷不亂今有幾，魯男開户真吾師。莫學登徒痴。

其 三 題豫園別墅

閑居好，好畫輞川圖。六館逍遥高太素，一窩安樂邵堯夫。相約共提壺。　　高尚志，遠興俗流殊。池有濂溪荷數畝，門垂靖節柳雙株。清趣愛吾廬。

其 四

閑居好，滿志更躊躇。緑酒數樽澆塊壘，青鞋一徑踏蘼蕪。山色有還無。　　尋勝地，蹤迹涸樵漁。遣興琴棋三友伴，傳象詩禮萬言書。松菊樂何如。

點絳唇 山居

尋得溪山，胸懷眼界都開拓。蒼蒼林木，有寒泉飛瀑。　　濁酒一樽，長嘯雲山麓。堪避俗，鯤弦一曲，得此願已足。

其 二

小宅連峰，盰衡不礙室如斗。携來美酒，日對古人耦。　　稚子候門，庭前蔭榆柳。延好友，烹葵剪韭，行樂君知否。

一寸金 適懷

世事何如，傀儡登場供戲謔。嘆孜孜爲利，蝸蜒徒勞，急急求名，繭絲自縛。未能滿所欲。老不休，靈明銷鑠。古今來，聲色貨財，多少英雄失足。　　老子年來，閉户著書，志不在干禄。只歲寒三友，松竹梅花，日用三餐，薺鹽菜粥。遣懷詩酒間，坐花前，青樽自酌。百年計，風月不須錢，閑居有真樂。

其　二　題成都酒樓壁

兀兀陶陶，放眼乾坤風景異。嘆渡江飲馬，豎子成名，西湖跨驢，英雄失志。成敗無庸議。陰霾翳，魑魅縱橫。黨派紛，鼠狂恣，醉矣莫談天下事。　　自笑此身，南北東西，蜉蝣同一寄。含滔滔江漢，砥柱何人，莽莽天涯，賊氛奚避。大局擾安寧，説什麼，爭權攘利。只須效，五柳歸來，覓個桃源地。

鵲橋仙　訪春

好山好水，半郭半村，楊柳青青去路。訪春誰是會心人，踏踏歌，落花無數。　　不暖不寒，宜酒宜詩，正好裁箋索句。雙扉白板莫輕敲，春夢痕，怕驚鷗鷺。

長相思　世情

新夫妻，舊夫妻。莫忘寒夜臥牛衣，結髮不可違。　　真朋情，假朋情。結交總是爲金銀，若個同死生。

其　二　春暮寄內

綠綺琴，玉臺吟。無花無酒不寬心，花下且開襟。　　連縷針，合歡衾。鴛鴦好夢兩情深，舊事費思尋。

其　三　贈別

錦江箋，別離筵。送君同上浣花船，渺渺思無邊。　　會何年，意綿綿。搔首西樓望月圓，淼淼碧雲天。

其　四

花片片，月濛濛。人倚晴窗畫舫東，相對泣殘紅。　　翠雲叢，曉煙籠。蕭蕭清籟響梧桐，夢醒五更風。

其　五

山痕碧，雲影白。雲水連天渾一色，感恩情何極。　　君若雲，妾若月。月意雲情無止息，千古同圓缺。

其　六　聽雨樓春夜

燈閃閃，雨潺潺。獸炭香篝向夜添，幽恨上眉尖。　　香淺淺，漏綿綿。夜深綉襦不成眠。思君君未還。

一葉落　農事

一葉落，誰驚覺。漸喜秋涼天氣肅。萬寶將告成，黃鳥無啄粟。無啄粟，操弓彈黃雀。

豆葉黃　農家

何處欄干豆葉黃，籬落西風漸漸涼。烹葵野老菜羹香。稼事忙，大田多稼樂無疆。

濕羅衣　秋日旅懷

梧桐葉落噪輕鴉，捲簾靠着窗紗。離懷誰愬，雁字橫斜。　　歸程悵天涯，老堪嗟。三五月明，抱琴何處，心緒如麻。

水調歌頭

竹渠者，吾友鍾君俊嵐閒居別墅也。一水潆洄，萬竿修竹，雜植芙蓉，清幽可愛。與乃兄聖鄰，恒以岐黃濟世，詩酒自娛。諸子侄皆受業於予，雅有父風。每暑假過訪，清泉煮茗，架列圖書，偃仰嘯歌，有悠然自得之趣。爲填此詞泐石，以見歲寒三友，道義交最摯質云。

萬個琅玕净，嬋娟翠欲流。最愛竹渠居處，水石擅清幽。人道君家昆季，胸次清風明月，瀟灑故無儔。我來思避俗，千補渭川秋。　　掃塵榻，携茗碗，滌冰甌。會心不遠，擬將詩酒傲王侯。百歲電光石火，身外名爭利鬥，纏縛幾時休。爭及竹谿好，一掃俗塵浮。

其 二

　　吳君廷杰，楊君際春，封君文和，寧君壽堂，皆老於軍事者。予駐省祠時，諸友戎幕來訪，酒酣耳熱，談及時事，爲填此闋記之。有懷投筆者，俾思所以建樹焉。

把臂聯豪俊，軒昂器不群。高歌擊劍，笑談花下酒微醺。我欲澄清共任，試問庸庸俗輩，誰與掃邊氛。龍韜如可奮，麟閣待書勳。　　橫槊豪，請纓壯，運甓勤。自古哲人，碩彥緯武更經文。此日良友綈袍，他年名賢俎豆，一席要平分。相期盡忠義，大節動風雲。

其 三　送檢查使王鐵珊先生北還

望君如望歲，君去幾時來。浩淼蒼波無際，煙暝片帆開。記得登車攬轡，自許澄清天下，談笑驚風雷。如何星使返，空泛碧螺杯。　　請願書，匡時策，濟川才。多少攀轅，父老引領盼春回。公去一身似葉，我恐萬方多難，傾軋起陰霾。昏昏天欲醉，名士幾伊萊。

其 四

　　喜陳迪如、郭懋臣二君至，題此。

奮袂拔劍起，慷慨爲君歌。眼底不容餘子，愁其奈樂何。記得泰山頂上，曩昔親區輪軼，日觀雲海多。九州杯勺耳，兩大蟻盤磨。　　諸葛鼓，謝安屐，魯陽戈。千古名流，碩彥樽酒付吟哦。落拓青衫席帽，憔悴風塵車馬，事業悔蹉跎。酩酊發狂笑，星月耿耿河。

其 五　吳中詠古

虎踞龍盤地，霸業奮江東。君看公瑾年少，一炬燎艨艟。討虜將軍百戰，留得赤鬚碧眼，斫案劍光雄。滔滔天塹險，憑眺仰英風。　　伯符勇，二喬色，冠吳宮。那知樓船，直下渾瀋更爭功。前代艱辛汗馬，後嗣佚游安燕，成敗古今同。會得此中意，高唱付漁翁。

其 六　寫懷寄但司令

一怒驅群醜，意氣何激昂。仗此青鋒三尺，作作透寒芒。目擊中原棼亂，彼此爭權樹黨，我武未能揚。餘生悲虎口，韜略奮龍驤。　籌餉篇，奮邊策，講武堂。無限保安，政治帷幄費咨商。內地連年戎馬，萬戶生靈凋敝，剜肉爲醫瘡。天心如厭亂，百拜禮玄皇。

其 七

共說歸田好，生計在躬耕。那識山村野郭，盜匪正縱橫。黎庶瘡痍滿目，官吏尸居餘氣，逍遙河上兵。上下交相賊，大局幾時平。　杼柚空，征斂急，怨愁生。虛文條告，何曾補秩序安寧。擾擾城狐社鼠，處處哀鴻唳鶴，烽燹更堪驚。壞局人心釀，貽禍痛生靈。

意難忘　紀國事之變

莽莽疆場。嘆河山非故，地老天荒。睡獅痴未醒，逐鹿怒尤狂。予髮短，予心長。憤欲問穹蒼。縱抱得，滿腔忠義，誰識忠良。　漫言天意蒼茫。賴中興將相，撥亂勤王。雲臺能造漢，李郭再扶唐。消劫運，鋤強梁。名世豈尋常。願同胞，怒念饑溺，國祚延昌。

其 二

過定靜居士山居，題此以贈。

避俗人家。望白雲堆處，有客停車。草深晴放犢，樹老晝栖鴉。村店遠，小橋斜。雞犬並桑麻。家常話，耕餘課罷，酒債瀰賒。　茫茫秋月春霞。愛此間幽勝，遠隔紛華。半畦諸葛菜，十畝邵平瓜。不干俗，喜烹茶。隙地更栽花。忘甲子，聽四時鳴鳥，清趣無涯。

其 三　示錫類堂子弟

孝友力田。問貽謀上策，務本宜先。家庭娛白髮，經史課青氈。賡愛日，醉朝煙。蘭桂蔭階前。最樂事，半耕半讀，世澤長延。　漫夸倚馬百篇。只愛親敬長，繼述欣然。道從洙泗講，福在子孫賢。兄繞膝，弟隨肩。道德守家傳。望後嗣，禮耕義種，必有豐年。

其　四　孔子

孔子素王。自六經手定，萬古馨香。布衣開道統，中外重倫常。參天地，邁陶唐。大祀列煌煌。總君公，王侯士庶，德佩無疆。　　人心今日淪亡。只爭權朋黨，陷溺堪傷。我尊東魯教，哲學放光芒。聆木鐸，企宮牆，禮樂煥文章。願同胞，躬行仁義，顏閔顓頑。

其　五　老子

紫氣東來。溯五千道德，篤慕聃翁。禮自尼山問，名因柱史崇。談橐籥，比張弓。妙義寓言中。千載下，無爲清净，奉以爲宗。　　心理古今大同。嘆後來方術，流弊無窮。玄皇稱上帝，函谷拜仙蹤。鼎爐説，造化通。知白守雌雄。寧知道，乘雲莫測，美猶龍。

其　六　釋迦

果證天人。自西來護法，衆教咸遵。經典宣真諦，慈悲轉法輪。空萬慮，絕千塵。不滅不生身。剗盡衆生階級，平等歸仁。　　滔滔陷溺胥淪。只貪嗔痴愛，墮落迷津。不有如來偈，誰知過去因。施寶筏，渡蚩氓。樓閣爛金銀。開耶穌，博愛宗派，梵宇常新。

其　七　喻道示鍾吳二生

愛説神仙。嘆金丹方術，誤盡痴頑。從何參秘奧，何處指玄關。烹玉液，返童顔。久矣失心傳。又怎知，清寧無我，道本自然。　　聃翁道德五千。只觀妙觀竅，功用純乾。執中堯舜旨，得一孔顔參。定而静，静而安。性命已包涵。笑凡夫，塵情紛擾，謬想昇天。

金縷曲　紀辛亥十月之變

板蕩神州土。痛蒼生，運厄紅羊，禍罹黄虎。連天烽火炮煙轟，陳涉夥頤失伍。逐秦鹿，英雄快睹。揭竿斬木草野間，路權失，罪歸政府。殺端奴，漢旗樹。　　武昌漢陽催戰鼓。爭罵他，賣國姦權，營私賤豎。社稷江山公共物，伸元氣衝冠奮武。尋思起，專制何補。天意從屬有德，順興情，不勞破斧。休傷我，黎元苦。

其 二 喜雨

昨夜甘霖薄。頌天恩，優握涵濡，商羊起舞。霎霎瀟瀟十二時，潤澤膏源沃土。三農大喜眾心歡。快插禾，豚蹄賽田祖。登高望，濛濛煙樹。稻畦滿，花光吐。 井田十里催秧鼓。痛連供憶煩苛，閭閻疾苦。田園荒廢尚征徭，盜賊橫，民無安堵。十室九空剜肉補。米珠薪桂生計艱，課春耕，牛兮力努。望雲霓，思湯武。

河滿子

千古飛烏走兔。光陰急景拋梭。名韁利靮爭成敗，興亡過眼偏多。無限斜陽芳草，何如美酒高歌。 豪士鐘鳴鼎食。英雄鐵馬金戈。讀萬卷書官極品，精神智慧銷磨。爭似漁翁釣艇，徜徉鷗鷺煙蓑。

調笑令

紈扇，紈扇，噓拂香風一片。素縑雪白冰凝。細字工楷如蠅。心細，手細，寫情不如會意。

其 二

春柳，春柳，絕世豐神韶秀。玉人畫閣妝成。眉痕比較淺深。深情，淺黛，不睹雲郎不快。

其 三 豐亭贈香

名香，一瓣，笑向蕉陰庭院。吹來一縷清芬。筆端五色如雲。香氣，雲氣，紅杏春深得意。

生查子

纖痕畫一鈎，漸向雲端吐。姮娥未成童，對花羞眉嫵。 欲窺面面嬌，須待年十五。說與老吳剛，莫漫操柯斧。

其　二

今夜蟾輝皎，爽心花徑掃。況對月當花，月圓花未老。　　花嬌人所珍，月媚春尤好。花醉醉一厄，莫令玉山倒。

其　三　春曉

徒倚小窗前，晝長棋局倦。吹到楝花風，零落桃花片。　　金猊縷縷煙，檐馬聲聲慢。惆悵不成眠，香隔梨香院。

轉應曲

鐵拐，鐵拐，畫出神仙體態。仙人變化無蹤，登天何必騎龍。龍乘雲氣，葫蘆包羅天地。

其　二

銅像，銅像，屹立萬民瞻仰。古今絕大偉人，掀天揭地精神。聖功神化，孔老釋迦流亞。

百字令　悟道

金丹妙訣，是九轉功成，聖真感格。乘雲直到玉皇家，鶴頂秋空透。雲母屏開，金猊香噴，新按霓裳拍。光天靈氣，誰識個中消息。　　長生事在人爲，旁門萬語，枉費關力。畢竟鼎爐鉛汞竅，修煉憑誰解得。藥物何名，刀圭何象，老嫩從何區別。而今幸也，姓字早書金闕。

西江月　夏晝偶題

曬粉花間蝶醉，烹茶竹徑煙輕。銀牀冰簟夢初醒，詩思蓮香萬柄。檀板敲金劉亮，琴泉戞玉東丁。葛衫蕉扇荔支瓶，白紵新詞雅韻。

其　二　錫類堂訓詞

眼界五洲開拓，心源列聖幾希。聖神功效有何奇，總在擴充天理。

救我痌瘝黎庶，差他利欲沉迷。合群愛國普皈依，踏得莊嚴實地。

其　三

孝善一生至寶，詩書萬古良圖。興養立教煥規模，何必高談建樹。仁義勉循天職，倚賴不算丈夫。補天浴日網常扶，豪傑端由自助。

其　四

富貴須由天命，倫常却要自修。數傳忠厚衍良謀，立德立言不朽。奕世芝蘭榮茂，林泉杖履優游。讀書爲善度春秋，幸福延年昌後。

其　五

虧我幾分是福，讓他一步何妨。立身大節重綱常，海闊天空分量。教子文明知識，居家孝友端方。熏陶禮樂重農桑，偉夫人格高尚。

其　六　慨亂

一局戰征草草，百年富貴休休。舍却倫常説自由，華種淪爲禽獸。廉恥立身大節，榮華過眼浮漚。人人可帝可王侯，饑溺如何拯救。

其　七

舉世狂迷不返，人心陷溺實多。秦山河變漢山河，功狗一場結果。有命便躋天爵，無才枉惹風波。生靈血戰肆愁魔，却被達人參破。

其　八

世上生靈作孽，倫常癲悖實多。爭名爭利扇群魔，言行無一可取。漢苑荒涼石馬，晉陵荆棘銅駝。古今成敗動悲歌，未許姦雄結果。

其　九　秋寺聞笛

長笛數聲何處，梵堂燈火青熒。吟秋人在畫欄憑，淡愛黃花三徑。蘭若綠天僧遠，關山白雁書沉。遥遥故國寫歸心，滿院碧苔清陰。

其一〇　錫類堂訓後

道德家聲依舊，詩書啓後情真。勉崇孝弟作完人，積善自然餘慶。

品似渾金璞玉，行惟慕義懷仁。暗修天爵講人倫，家運自臻隆盛。

其一一

創業固云匪易，守成亦大艱難。箕裘繼述事多端，總望齊心修善。
千古文章禮樂，一庭玉樹芝蘭。希賢希聖更希天，只重躬行實踐。

其一二　静坐吟

座上香濃茶沸，樽前玉白花紅。隨緣且作信天翁，莫爲浮華牽動。
得意舒眉一笑，除煩内運雙瞳。攝心悟得静時功，無量無邊受用。

其一三　怡園遣興

室小居然太古，墙低遠見青山。葛巾卉服慕陶潜，來訪漁樵舊伴。
四壁圖書雅趣，一溪水石情閑。天容老子作痴頑，心與白鷗同淡。

其一四

友愛坡仙島佛，書藏棋譜茶經。昏昏世界幾人醒，三聖心源可證。
鳥囀百花深處，漁歌幾曲寒汀。遠山濃淡作圍屏，也似營丘畫品。

其一五

紅藕花中畫舫，碧梧陰裏弦歌。隨緣自適樂如何，茗碗泉烹活火。
草拂階前書帶，月移石上藤蘿。清談風味聖之和，藹藹芝蘭入座。

其一六

時務不談猶可，善言多講何妨。立身孝弟重倫常，慶集三多無量。
斗酒百篇豪興，日華五色文章。世貽清德子孫昌，道學天人欽仰。

其一七　秋暮夢香吟社遣懷

晴朗人多喜色，陰霾天少歡容。四山黄葉一林鐘，驚破游仙鶴夢。
先哲寸陰珍重，吾人百事疏慵。憑欄不見寄書鴻，風月談心誰共。

其一八

少室訪三高士，香山繪九老翁。人生最好是春風，莫把韶華虚弄。

菊酒椒觴延壽，金丹玉液還童。乘龍直接上清宮，人在蓬萊仙洞。

海棠春　春思

桃葉桃根雙槳路，落紅點點春將暮。何處是藍橋，仙源聽玉簫。斑騅只繫垂楊樹，蹇修不至空延佇。風月管弦宵，花如人面嬌。

其　二　題《蘭閨授字圖》

碧欄杆外東風曉，雙飛燕燕紅襟裊。香銷春晝長，睡起慵妝好。偷閑料理新詩稿，花前問字親研。並坐理雲鬢，艷福添多少。

四字令　夏令荷亭宴集

水榭風廊，茗碗爐香。碧欄曲處生凉，是仙鄉醉鄉。　冰簟銀牀，三徑修篁。荷池萬柄紅芳，也耐得日長。

其　二　代贈鐵俠某君

豪氣縱橫，鐵漢錚錚。爲憐伏櫪嘶鳴，俾萬馬齊驚。　豎子成名，鐘呂無聲。牢騷徒抱不平，狂歌雲漢秋清。

唐多令　贈竹荷齋主人

荷小葉浮錢，篁新露滴妍。三間茅屋，翠蘿牽。此外俗塵都不染，只養拙，臥林泉。　得句且題箋，有酒也隨緣。圖書四壁，子孫賢。何必桃源忘漢魏，但知足，是神仙。

玉漏遲　秋感寄溫硯甫

無限憑欄意。暮景昏黄，風斜雨細。一片蛩聲，遍繞竹籬短砌。料有故人念我，自歸來，鱗鴻罕奇。盡寂寞。月下燈前，相思兩地。　疇憐老大無成，枉逐鹿名場，攀龍有志。試問磊落軒昂，斡旋何事。丈夫不受人憐，只老作，風塵俗吏。且酌酒，放懷花間一醉。

賀新凉

秋夜與内子玩月鳳鳴齋前，並述燈窗韻事。

天上星河耿。閑與卿，步月前軒，香焚鴨鼎。回首燈窗苦讀時，爾尚妙年鬌穎。紅絲預結，三生幸。卿思省，人間閬苑同佳景。喜今朝，蘭夢重圓，桂香作餅。　　試誦周南第一篇。樂事由人自領。明蟾漸轉梧桐影。賞清光，更烹佳茗。與子偕老醉青樽，念嫦娥，廣寒虛靜。聊一笑，蓮漏永。

鳳凰臺上憶吹簫

題《紅袖添香伴讀書圖》。丁酉爲賴廣文作。

雪案高歌，雲鬟嬌嚲，居然兩個天仙。正香清鸜硯，香噴龍涎。縱佳耦如花如玉，怎及我，希聖希賢。賞心事，幾生修到，月裏嬋娟。　　流漣。綠陰清晝，有古香古色，堪愛堪憐。坐芸窗深處，艷福無邊。到得玉堂金馬，是何等，文字因緣。宮娥笑，彩毫呵遍，乞寫鸞箋。

醉太平　女冠

脱却緇塵，只看丹經。梵堂燈火青熒，敲鐘磬數聲。　　趺坐忘形，大士現身。何時温養功成，許飛瓊上升。

太平時　女尼

祝髮禪庵萬念灰，誓修來。木魚聲裏念消災，白蓮臺。　　衲衣換個女僧鞋，經卷開。心事冰壺絕點埃，只長齋。

其　二

伯牙何事碎瑤琴，少知音。子期一去杳難尋，海雲深。　　海水有潮流自古，信沉沉。天公不語到如今，感難禁。

剔銀燈 夜讀

剪剪蕉陰覆綠。紗窗裏，月光穿入。一桁簾垂，六經心醉，添起名香馥郁。良宵佳興。好消受，讀書清福。　　不必瑯環騁目。無須夜游秉燭。靜對一編，燈挑雙炬，滋味隨時領略。目不窺園。坐擁百城已足。

其　二 培蘭書屋小飲

瀲灧葡萄銀盌。喜日日，深杯酒滿。夢醒蘭房，棋聲花院，燕子重幃春掩。如斯佳趣。好拈得，畫眉雙管。　　休道芳情嬌懶。客裏風光荏苒。陌上踏青，座間浮白，老去吟懷善遣。碎恨零愁。都付與，流鶯宛轉。

一叢花 芍藥

韶光九十春秋歸。芍藥助芳菲。葉翠成叢花作態，添多少綠瘦紅肥。帽側烏紗，杯傾婪尾，豐艷是耶非。　　群芳譜上記名稀。金縷繫珠衣。爭説廣陵祥瑞事，笙歌隊，金帶成圍。漫贈將離，翻階可愛，佳句謝玄暉。

其　二

香篝繡幃怯春寒。雙蛾翠鎖眉頭。椒壁漫塗零落句，想卿瘦減帶圍寬。青鳥不來，音塵隔寂，無計可偷閑。　　幾疊屏山燭焰殘。薄醉不成歡。舊恨彩箋描不盡，新愁雲漢，路漫漫。朱顏惆悵，洞房人靜，無翼比鴛鸞。

風入松 芙蓉

池塘秋水净娟娟。誰似此花妍。溪後溪前都插遍，染衣鏡裏爭先。美人涉江欲採，相逢把袂忘言。　　開從蓮後菊花前。盈盈芳渚間。初日吉祥可愛，憑誰寄，閬苑群賢。莫怨東風薄暮，錦城絲管年年。

其 二 <small>浣花溪酒肆作</small>

萬里橋西賣酒家。風揭酒簾斜。兩岸芙蓉楊柳綠，笑語隔窗紗。校書門巷問枇杷。公子豪興賒。　　不惜纏頭歌舞費，深情付，鶯語鶯花。畫燭扶將歸去，朱顏猶暈朝霞。　　（按調，有脫漏）

其 三 <small>感遇</small>

丈夫名節峙千秋。高盼藐王侯。籬鷃安知鴻鵠志，神龍須向海天游。升沉聽諸時數，寧誇車擁八驪。　　月明千里我登樓。浩氣冲斗牛。天地需材豪俠起，英雄失路，鬼神愁。紈綺誰家年少，翩翩肥馬輕裘。

離亭燕 <small>薙髮</small>

真個維新景况，仿佛金剛變相。回想入關辮髮時，下令屢經違抗。摩頂笑爲誰，又是西來和尚。　　囑付剃工良匠，爲我輕刀緩蕩。髮膚珍重保存，留與百年殉葬。頷下數莖鬚，還來偉人模樣。

憶江南 <small>懷舊</small>

人何在，相憶海天遥。記得聯肩花並蒂，秦淮歌舞鳳樓簫。暮暮復朝朝。　　人重見，佳氣靄門楣。美酒江南紅杏塢，玉人風貌碧桃枝。難遣是相思。

攤破浣溪沙 <small>春夜聞歌</small>

一串珠喉度鳳笙，雙柑携酒客怡情。七寶釵痕天寶曲，不如卿。蓮子杯中金爵滿，芙蓉屏底玉簫横。白雪清歌真人妙，剔銀燈。

梅花引 <small>適志</small>

金馬驛，黄粱客，功名富貴心徒熱。仲長統，向子屏，婚宦已畢，樂志謝浮榮。　　有酒銷愁書可讀，黄金難買清閑福。錦江濱，蜀山雲，行歌自得，日日瓮頭春。

畫錦堂　題《蘭閨春睡圖》

雲鬟堆鴉，香肌映雪，嫣然絕世芳姿。兜住一春幽恨，入雙眉。呢喃一任雙飛燕，不堪説人去歸遲。停針倦，畫堂深鎖，春夢正融怡。　　相思韶晝永，羅緯悄，煙縈鸞鳳絲絲。多少新歡舊緒，不語情痴。試問此來何所夢，應夢到紅杏梢枝。長相憶，三月江南千里，詩寄阿誰。

其　二　題怡園老人家慶圖

鹿洞春深，龍門瑞靄，含毫畢肖鬚眉。樂事賞心難得，修到幾時。萬卷圖書耽古趣，一庭蘭桂煥新姿。天錫祜，兒孫賢孝，椿萱處處歡怡。

偏宜筆生香，墨結彩，壺觴杖履追隨。相勉修德作善，實踐無欺。經術文章須致用，艱難稼穡要先知。三多祝，俾爾熾昌壽考，五福咸宜。

杏花天　送湘帆兄歸劍門

聞君昨夜鄉心緊。家書至，稍留不肯。行裝書劍匆忙甚，準明朝度秦嶺。　　風月餉，人無價品。更約我，同行歸省。垂柳千絲斜復整，繫不住征人艇。

木蘭花　暮春即事

鴛衾乍醒游仙夢。梅花一闋江南弄。落紅點點漾簾旌，春雲漠漠春寒動。　　碧螺香澂葡萄瓮。玉釵斜壓桐花鳳。雙鬟清唱我吹笙，三十六天神女洞。

其　二　春夜與内子話舊

一春心緒憑誰説。花殘遠霧春山缺。羅緯不解峭寒生，金猊香篆和心爇。　　畫船簫皷清音澈。穿簾燕子飛來瞥。與卿同度可憐宵，杜鵑枝上黃昏月。

訴衷情　放筆偶成

紅塵何處有壺天。把酒對花前。豪飲更邀明月，去訪謫神仙。　　酒如海，花如幕，筆如椽。兩家宗派，玉溪風格，太白詩篇。

行香子

鏡裏流年。白髮華顛。老來知覺，要隨緣。金樽酒滿，小圃花妍。愛春之梅，秋之菊，夏之蓮。　　誇甚勛業，爭甚利權。及時行樂兩歡然。清風明月，不費一錢。但喜時歌，閑時舞，醉時眠。

巫山一段雲　公園聽樂

蝶嗅花間粉，蟬調柳外琴。蓬萊佳麗碧雲深，簫管列仙吟。　　鳳沼龍池九曲，迤邐畫船先泊。霓裳雅操洗琵箏，泠泠天籟清。

減字木蘭花

松間對酒，無恙蒼髯同樂否。天不能言，我替天公笑語喧。　　隔花凝睇，芙蓉似有傷秋意。漫損濃妝，冉冉紅蕖並蒂香。

謁金門　秋夜聞歌有憶

月初上，冷光斜注瓊軒敞。可憐那人不同往，環佩生遐想。　　何處玉簫聲朗，迤邐金樽畫槳。碧天如水人三兩，高唱秋心爽。

南鄉子　秋夕書屏座間

茉莉晚香侵。冰簟湘簾夜漏深。相思無計淺杯斟，花陰。仰看牛女隔遙岑。　　鱗雁杳佳音。屈指歸期誤到今。墜歡零夢兩沉沉，思尋。只有明蟾照寸心。

眼兒媚 秋閨

芙蓉谿畔小樓東。人影隔簾櫳。停針綉倦，一鈎玉鈎，幾點寒蛩。

往事流光傷逝水，銀燭小屏風。笑比雙星，鴛鴦夢好，甘與子同。

多　麗

自遣。題於豫園之酌月吟廊。

碧雲天，一輪桂魄團圓。盼長空，參橫斗轉，還來步月軒前。放寬心，昇平是福，除煩惱寡欲延年。思古情深，英雄日暮，且携樽酒醉華顛。笑塵世，幾多痴漢，危路騁先鞭。徑須辦，菜羹薺粥，一味安閑。

每思量，人生至樂，不如日對殘篇。講勛猷，達則伊呂，盡倫理窮則閔顏。放眼五洲，抗懷三代，興來摇筆凌雲煙。算古今，達人生計，妙在不求全。姑且醉，花前一笑，隨遇陶然。

倦尋芳 初夏登望江樓懷古

浩浩長江，茫茫今古，誰興誰廢。千里雲平，到此拓開眼界。思往哲，盼來兹，波光淘盡英雄輩。算只有，南陽丞相祠，聲靈宛在。　　試憑欄，望古遥集，物換人非，幾多成敗。天地無奇，忠義人人稱快。森森古柏綠陰碎，樓桑王氣陰車蓋。携濁酒，酹江流，付之一慨。

憶仙姿 涼夜小飲

涼夜月下遲卧。我與卿卿並坐。相憶人無奈，婆娑影兒兩個。得過。且過。醉把眉峰笑破。

明月生南浦 雨後賞荷

蓮塘一霎澆花雨。翠袖明璫，摇過煙中櫓。釣絲不及藕絲長。相逢欲結同心縷。　　木蘭舟在鴛湖浦。筠簾未捲，花貌羞頻睹。風舉六銖衣楚楚。娉婷似鬥仙娥舞。

蘇幕遮　贈香

綉幕低，清漏滴。月在花陰，人在回廊北。燕子樓高春寂寂。何處妙香，逗燈光簾隙。　　客夢醒，幽思結。各有室家，各自全貞白。尋香耻效花間蝶。彩鳳雙栖，好待梧桐碧。

消　息　蟋蟀鳴

苦吟兀兀，憑誰共話，晚凉消息。煙暝豆籬，雨餘瓜架，入耳凄切。閨夢初醒，旅愁難遣，得此稍慰岑寂。對西風，酒綠燈青，更和我數聲笛。　　廿載關河，年年載筆，好夢悄無痕迹。蕩漾情絲，纏綿羈恨，玉砌秋苔碧。杵上寒砧，隴頭霜月，躍起魚更四壁。可能把，兒女英雄，聲聲訴出。

天仙子　早梅

擁衾無那霜寒重。冷香何處羅浮洞。美人含笑折花來，笛三弄。驄一控。群仙邀我瑶臺共。　　一枝移旁寒雲種。傲骨珊珊能忍凍。天荒地老立身難，逋仙夢。廣平頌。安排宰相和羹用。

珍珠簾　春思

垂簾剪剪春寒逼。恰風雨懷人，春江水闊。十里鶯啼，猶記尋芳紫陌。親與雲郎雙雙醉也，醒後幾經，朝夕情。何極。玉顏嬌倚，東風無力。　　往事寧堪細說。正綉倦雕欄，無言脉脉。輸與畫中人，愁鎖眉峰碧。拼不相思愈告，況更阻，蓬山咫尺。憑修。到雙宿雙飛，情天比翼。

西子妝　喜雨

垂柳絲絲，碧波渺渺，人生天涯遠道。睡起爐煙一縷，揚銀屏，似情絲纏繞。封侯夫婿，未歸來，算韶華，人共青春老。盡蹉跎，花月好良宵。　　品朱弦。縱班管玲瓏，黛眉慵掃。可憐人瘦不如花，梨雲夢，也增煩惱。倚危欄，幽悰無緒，詩無稿。不如歸，辜負海棠春曉。

鬢雲鬆　春暮寫懷

海棠嬌，牡丹瘦，春意闌珊。春草紆裙袖，桃花飛盡楊花又。翠掩重幃，崔護門依舊。　　恨海深，眉峰皺。小醉欲眠，怕睹三眠柳。銀屏斜倚燈如豆。一片相思，萬點蓮花漏。

踏莎行　古廟

桂老墙低，負暄僧懶。飛去寒鴉三四點。歷遍回廊不見人，佛帳栖塵金漆黯。　　斷硯二方，殘書數卷。村塾先生蒙館。兒童放學去匆匆，亂敲鐘磬作板。

其　二　秋眺

紅蓼香疏，碧天人遠。石犀橋畔滄波淺。相將携手踏莎行，鶩外彩霞拖匹絹。　　卜卦臺高，先農壇暗。吊古思今舒望眼。秋江何處訪伊人，露白葭蒼情展轉。

其　三　餞春

燕懶鶯慵，綠稀紅暗。只可花前傾酒盞，流鶯似解惜殘紅。銜得飛花，穿過柳塘東。　　玉笛清歌，珠簾迤邐。繁華往事休提起。春日佳景等閑拋。曉鐘罷杵，夢醒海棠梢。

風中柳　凉夜勸讀吟

翠幕青燈，端爲雲郎勉力。作好時光，寸陰珍惜。與子偕吟，坐並菱花鏡側。燦雙星，今夕何夕。　　錦帳銀屏，休效尋香醉蝶。妾願侍，圖書巾櫛。月裏姮娥，盼郎蟾桂高折。莫辜負，鳳樓嬌客。

其　二　喜友人過訪豫園

世態澆薄，只可蝸居潛伏。也不須，渠渠夏屋。北軒種竹，南軒種菊。好家常，菜根薺粥。　　半耕半讀，課子溫經有六。易書詩，春秋禮樂。良友至，蘭言吐馥，郵筒酒綠，盧仝茶熟。又何須，鼎烹粱肉。

霜天曉角

秋花數朵頗妍膩，口占此賞之。

花事如何。香清不在多。恰開得三兩朵，紅情綠意婆娑。　　秋宵。風露和。煙痕一綫拖。玩賞插瓶則可，莫輕贈，與嬌蛾。

帝臺春　悼王宜人

愁如織，思凄凄，淚沾臆。奩鏡塵封，洞房人静。無言人静，無言脉脉。海作墨池天作紙。寫不盡，眉頭鬱結。問天公，何物割人腸，生惋惜。　　湘妃泣。蒼苔黑。神女訣。高唐側。算古今，多少才子佳人，都作鳳離鸞別。拼不相思情愈苦，怎能禁潘郎鬢白。憐卿去後，鱗雁永無消息。

八聲甘州　中秋玩月

對娟娟月色，千古事，烏兔疊升恒。漸浮煙掃净，明星有爛，河漢秋澄。幾處紅夢綺閣，酒力未能勝。花底開簾見，靈光上上乘。　　多情此時凝望，正蟾蜍魄滿，烏鵲無聲。看桂輪冰鏡，大放十分明。念佳人，音塵隔後。常引領，默默數虧盈。心事青天碧海，皓彩長新。

金菊對芙蓉　秋日田家即景

犬吠白雲，鶯啼修竹，小橋流水無聲。正稻畦水滿，微雨初晴。行到幾家村落處，桑柘影，午饌煙輕。停車偶憩，田家風景，漸近西成。主人愛客多情。説朝來鵲噪，新煮香秔。好陶然話舊，鷄黍歡迎。料得煙蓑漁艇外，生涯事，樂在躬耕。憑他去，相持鷸蚌，奪利爭名。

燭影搖紅　自壽

計算懸孤，明年五旬又加五。恰當清和佛誕辰，慈雲彌樂土。試問此生何補。祇敏求，崇拜東魯。一卷可傳，道德寸心，文章千古。　幼學壯行，金紫功名何足數。聖賢倫理天壤間，擔荷未云苦。節義凛然千櫓。省過愆，負求名祜。兼善爲心，顔閔襟期，伊皋佐輔。

思佳客　豫園酬友

春花秋月繫情長。歡會嘉賓樂未央。人到中年須遣興，事逢拂意且收繮。　開綺閣，引壺觴。彼廣此和弄笙簧。盡須詩酒邀名上，百年事容我疏狂。

連理枝　早熟

天氣殊燠熱。捲起湘簾碧。竹吟花徑，才是麥秋，竟同六月。料天心也隨俗轉移，普通行陽曆。　燕語雕梁歇。鶯喧垂柳陌。蕉葉香輕，葛衫雪透，茗烹雲液。憑竹榻，檻外薰風，頓令煩襟滌。

驀山溪　惜花

計算平生。頗有愛花癖。每到花開時，常載酒，評花對月。綠意紅情，解語有花神，二分色，十分惜，怕辜負好晨夕。　錦圍香國。酒向花枝滴。風雨替花愁，更無奈，狂蜂戲蝶。佛眼垂青，翠幕護重重。深相憶，莫相折，緑子垂更結。

喜團圓　由京歸里

獻賦十年，歸來萬里，五柳當門。微禄那能羈絆我，解組效淵明。瓜種故侯，桑陰錦里，已足躬耕。鳥倦思還，龍潜勿用，知幾者榮。

山花子　夏日閨詠

腥紅花影隔疏簾。長夏風光睡未慵。静院苔紋新雨後，緑痕添。鴨鼎香縈心字篆，鳳仙茜染指頭尖。譜繡鴛鴦多少意，月窺檐。

其　二　雪夜憶梅

紙帳孤燈坐夜闌。羽衣鶴守耐清寒。江上梅花開也未，雪漫漫。畫閣紅英香淺淡，綺窗緑蟻意盤桓。消息春風三兩點，隔簾看。

三臺令　惜春

春光漸老，滿地落紅誰掃。僕本痴人恨人，拈毫欲喚花魂。芳魂何處，團作九天香霧。

孤　鸞

鰲山叔爲予繪《紅白梅鵲喜圖》，囑題。

羅浮香徹。正旭彩騰紅，霜葩點白。瘦幹亭亭，兩樹聯珠合璧。問誰妙筆寫生，雲箋染作蔚藍色。最宜名士芳樽，與孤山蠟屐。　　念斯人，夙有詠花癖。况氣韻縱橫，淵懷朗潔。東閣占魁才，經幾生修得。曉來鵲噪枝南，喜春風，泥金早捷。綺窗一笑披圖，盼玉人斜折。

錦堂春 歲暮閑筆

案上新聯帶草，樽前臘酒堆花。一樹寒梅開綠萼，香透碧窗紗。朱墨長銘座右，蒼松又益年華。明日履端迎歲首，春靄鄴侯家。

卜算子

聚首不成歡，別久偏相憶。緣何會少別離多，牛女星河隔。　　萱草可忘憂，丁香情百結。閑花野草不關懷，宜男多喜色。

其　二 春興

樹底流鶯歇，簫吹深巷陌。雨絲風片杏花天，淡抹胭脂色。　　人對東風立，輕寒生惻惻。遠山眉黛有無間，醖釀芳菲節。

醉落魄 與笠生岷仙對飲作

花前載酒，臥月眠雲香滿斗，醉裏乾坤包萬有。莫笑白頭，莫誚東施醜。　　牛飲鯨吞誰與偶，荷鋤我愧劉伶叟，眾星閃閃酒星高。太白狂吟，醉翁名不朽。

減　蘭 喻影

行行止止。我與卿卿同一體。一體相關。多情月下與燈前。　　花前月下。相逢話少知心者。與爾商量。就明避暗決行藏。

小庭幽 楊花

漫天匝地態輕盈，香雪淡無聲。搖曳游絲牽不足，故故撲簾挂。暮春景，二分白，三分情。飛絮浮萍游子意，翠鈿金盒麗人行。莫教燕子，銜入舊窩營。

破陣子　偶題

幾輩漁山樵水，千秋斷簡殘篇。萬事不如爲喜樂，一身能得幾回閑，有酒且開顏。　　富貴草頭朝露，榮華鏡裏霜斑。東籬酒滿朝朝醉，北阮囊空事事難，風月好尋歡。

洞天春　春曉即事

幾樹綠肥紅瘦，滿地苔痕鋪綉。茶煙禪榻消長晝，已是春歸時候。庭院幾株香柚，畫閣數聲清漏。花飛未飛，人來未來，鬢眉雙皺。

江城子　秋冷和瑞紅作

合歡枝上月如鈎，雨初收，櫓聲柔。載將西子，同泛鏡湖秋。萬卷圖書看倦了，晶簾下，看梳頭。　　醉鄉樂卿唱我酬。紅蓼艷，白蘋州。雅淡清幽，神仙第一流。身外風塵徒自苦，不如我，玉人舟。

掃花游　國民慟

奇冤誰訴，痛民國十年，萬端差誤。橫加稅賦。衹養成亂軍，重重疾痼。國困民窮，不管天嗔人怒。禁招募。只虎吻狼牙，利權爭樹。　　大錯何人鑄。任滿目流亡，哀鴻脱兔。呼天迷路。況杼柚皆空，灾黎無數。生不逢辰，荆棘艱難寸步。心香炷。望雲霓，彼蒼西顧。

玉燭新　川局嘆

人心蒙且晦。衹浮薄驕淫，釀成殺界。自從戰争迫潮流，秩序綱常盡壞。萑苻兵匪混淆，恬不怪。司憐錦綉蜀金甌，坐聽纖兒擊碎。　　不願天生偉人，願禮教修明，化除黨派。政府營私。問誰激天良，誓除民害。自治無權。天演横加淘汰。我乞掃，十萬欃槍，重新草昧。

湘　月　冬日憶梅

清高兀傲，只江上梅花，可賡同調。亭亭佳品，冠群芳，消受隱囊紗帽。瘦幹鏤冰，璚英鑄雪，夢醒羅浮覺。倘對一枝，繾綣如親色笑。憶他鶴守孤山，盟星訂月，是幾生修到。但恐驢背，灞橋時，攀延不爲禮貌。綠鬒梳曉，翠袖籠寒，畫圖開玉照。絕世大姿，耻伴杏紅春鬧。

水仙子　閑適軒偶題

世態澆漓幾度更。眼前事都是浮名。財與色最亂人心性。且守吾淡泊清寧。　短藜榻，破棉衾。靠青山，天然枕。聽溪流，無弦琴。善習静頤養閑身。

其　二

底事虛名百歲忙。蝸角裏混鬥時光。歸來好喜谿山無恙。早回首冠蓋文場。　林處士，賀知章。孤山雙鶴翶翔。鏡潮煙，水蒼茫，適吾志絲管壺觴。

其　三　山居雜詠

歸來補葺舊衡茅。三徑松篁露滴梢。碧溪流一帶門前繞。遠塵囂把釣西橋。　良朋到，具山肴。聽數聲，窗外鳥。泛一樽，碧葡萄。適吾志瀟灑清高。

其　四

歸來閑玩綠陰濃。颯颯涼風萬壑松。尋幽勝何必桃源洞。愛清泉漱玉玲瓏。　山萬疊，水千重。醒一枕，游仙夢。聽數聲，煙外鐘。喚家僮放鶴携筇。

失調名　澤敷黃君小園讀書之處

小築讀書臺，修竹參差一徑開。寄語多情黃叔度，蘭也宜培，桂也宜栽。　　　隨意濯金罍。花外優游杖履陪。更有一般清趣味，好酒新醅，好客新來。

其　二　_{花下醉吟}

隨意賞花開，笑折名花對酒杯。百年三萬六千日。花愛月圓，月憐花瘦，　　得趣歸來。隨興坐蒼苔。好時光，花徑安排。今宵有酒今宵醉。舉頭天外，昂頭花外，學個痴呆。

（録自《歷代蜀詞全輯》）

喬曾劬

喬曾劬（1892—1948），字大壯，華陽（今屬成都市）人。著有《波外樓詩》《波外樂章》等。

河滿子

盡日紅羅斗帳，香囊四角低垂。樓上闌干樓下水，不知何處相思。却愛宮黃山額，羨他長映修眉。

其　二

帳裏屏間山枕，玲瓏裏就瑤函。曲曲闌干雲水外，朝來過盡征帆。却愛相思紅淚，羨他長波單衫。

花　犯　城西見桃花作

此門中，亭亭弄影，無言二三樹。帽檐攲處。酬鳳女，顛狂呼酒無數。信風未暖，繁英吐苔，蹊晴又雨。夢遠別，一春啼倦，闌枝雙翠羽。

熏香坐來喚更衣，妝成許幾輩，斜簪遙妒。殘照裏，垂鞭過，看忘前度。明年怕，送春更早，紅淚灑，橋邊閑院宇。到洞口，若逢劉阮，胡麻能勸否。

定風波

試望平原百草腓，見無餘語但思歸。酒入深杯容易醉，憔悴，半衾秋冷淚雙揮。　　昨過楊村橋上路。橋柱。煉來寒鐵也生衣。縱是朱顏無恙在，其奈，鏡中情事自然非。

其　二

一葉飄然萬里來，夢中不鎖望仙臺。楊柳新聲飛玉琯，筵畔，蒲桃初酸映金杯。　　白雁隨陽成陣去。秋暮。紅鵑帶血亞枝開。日落西川何處認，休問，江投東海幾時回。

惜秋華　爲沈太侔題《晚聞室填詞圖》

萬里清商，喚吳霜塞雪，都來明鏡。紅豆記成，鮫人淚珠雙迸。經時帶孔頻移，試桂酒，扶頭剛醒。丹青，又分明畫出，東陽愁病。　　回首帝鄉迴。對姮娥絳闕，梧桐金井。選舊夢，銀燭畔，夜花香靚。人間未識孤蹤，伴去來，野雲過嶺。重省。步虛中，洞天鬠影。

絳都春

樵柯又爛。任天際太一，東皇行遠。醉旅茂陵，驚到人間黃金碗。初明凝立荒臺畔。念昔歲，相如西返。舊承簪筆，新來奏表，鷺飛鵁散。
　誰管。黃粱未熟，繚墻外，蠹柳宮蟬淒斷。暮角罷吹，斜嶺初銜冰輪滿，風燈明暗沿溪岸。劍璽失，神光難見。夢回蓮漏交催，露零曠館。

解連環

　　　辛酉十月將之海上，用覺翁留別石帚韻答柳溪。

淚和冰結。甚檐端瘁葉，怒飄天極。向畫省，時雿無言，黯屏上亂山，鏡中離色。過眼長安，暗塵蔽，夕陽西北。恁風栖露宿。短後制成，幾番尋憶。　　年華未消手擲。恐驪歌乍闋，人鬢都白。遣對花對酒閑愁，到月墮漏殘，雁過雲碧。焰蠟成灰，換一枕，溫潮寒汐。噤荒雞，歲闌路遠，夢來便得。

浪淘沙

眉尃帶愁描。人過紅橋。花絲衫子木蘭橈。玉鏡不知春色故，綠上裙腰。　　村外酒旗招。醉也無憀。斜陽一抹葬寒潮。料理花前雙鬢雲，休待明朝。

其 二

江海遠相從。雲外冥鴻。弟兄佳節最難逢。須爲高堂開口笑，金盞教空。 往事問天工。斷梗飄蓬。中年不與少年同。明日挂帆天際路，愁水愁風。

大 酺

到雜花飛，群鶯懶，新柳勝鴉無力。江南江北路，總煙昏塵曉，誤伊行迹。畫閣張燈，旗亭賭唱，過盡蕃街油壁。沉吟如年夜，自危欄獨倚，鬢絲堪摘。聽哀角四喧，暗鷄三喚，夢鄉難覓。 征衫千萬襞。送春宴，翻酒行行碧。倚醉賦，陽臺神去，下蔡人歸，惹相思，自來無益。雁背初弦月。天外落，玉窗消息。對紅藥，明朝客。苔滿芳徑，飛絮游絲狼藉。翠陰又移幾尺。

浪淘沙慢

楚宮外，朝雲萬里。暮雨三峽。寒日層陰漸合，嚴更戲鼓互答。背客舍，明燈欹短榻，理商調，玉管慵摩。甚倦旅頻年向江海，隨人餕殘臘。 妝閣。淚痕料伴紅蠟。念寄隴梅花殷勤意，草草收艾納。當素練初裁，金縷重壓。暝窗四闔。臨繡牀，閑了彈箏銀甲。 心字穿簾搖犀押。天涯遠，夢回片霎。暗塵起，銅街誰與踏。對銀漢，織女黃姑，會未得，雲屏掩處愁千匝。

眼兒媚

開罷紅桃試春寒。花事未相干。玉杯喚酒，瑣窗緘鏡，好夢飄殘。東皇應笑風情減，孤枕破宵閑。分明又見，挑回燈穗，掩遍屏山。

臨江仙

少日山眉深淺，去年雲鬢高低。夜來微雨濕春泥。五更鴛枕上，千里鳳城西。　　引鏡斜紅舊褪，緘書淡墨新題。江南自好自凄迷。柳花隨處起，鵜鴂盡情啼。

其　二

昔昔長吟身外，年年極望天西。背燈閑夢幾成歸。有情梁上燕，無賴汝南鷄。　　花好番風又換，樓空缺月還低。平生不合愛單栖。匣鳴雄劍繡，書借彩裙題。

傷情怨

天風吹綉袂舉。和四弦腰鼓。淚滿羅巾，後期禁幾誤。　　傳杯時怨夢雨。向醉中，難免回顧。翠襟鸞蓛，蘭昌人第五。

浣溪沙

快剪催裁廣袖衣，暖按鸞帶淚相依。隱鈎約珥觳朱絲。　　仙李盤根銀漢上，孤桐泛響玉樓西。萍生不定柳綿飛。

其　二　答柳谿

入饌雙鯗細細鱗，東君扶醉韶花神。回身恰並弄珠人。　　笑電總欺明月影，歌梁乍感上京塵。涉江幽佩雜芳辛。

其　三　張大千《仕女》

木筆闌枝掩畫樓，聞呼小玉上簾鈎。入時半臂足風流。　　夢裏雲屏天樣闊，眼前花事雨中休。爲誰刻意貌春愁。

其　四　大千《巫峽消愁圖》

鄉夢縈紆十二峰，鏡屏回映細腰宮。冷猿啼處卸征篷。　　瀲澦堆邊秋水遠，黃陵廟口暮雲重。酒醒依舊客江東。

南　浦　春帆和韻

五兩約歸艭，正石尤，暮生煙浪朝滿。白帝彩雲間，收還挂，連江薄寒如剪。鬖明衣飽，夢中飛度蓬萊淺。畫樓竟日，顒望處，過却斜蒲幾片。　　東來細雨如塵，對接食神鴉，隨墻乳燕。宮錦記催裁，障泥卸，津鼓戒嚴摑遍。韶光客裏，鏡屏黏就楊花怨。小箋無恙何人寄，回首青陽天遠。

菩薩蠻

謝橋一帶楊花轉，夢回深鎖梨花院。病樹幾成圍，畫屏鶯亂飛。北風吹細語，淚滴吳蠶縷。明月照流黃，玉簽宵短長。

其　二

千絲萬縷連環結，朝來一片青蕪歇。胡蝶肯低飛，越羅金綫衣。風流何處見，不似靈和殿。飛將玉關情，江南秋病成。

其　三

彩雲歸後中天月，海山夜夜金銀闕。人世蕊珠郎，暗塵辭杏梁。候霜茸帽凍，細炙銀笙鳳。頮煩勸杯霞，漢年仙尉家。

其　四

夕陽紅過街南樹，夢飛不到春歸處。翠羽共明璫，爲君申禮防。東風寒食節，闌外花如雪。百褶縷金裙，去年沉水薰。

荔枝香近　題畫荔枝

畫裏虬珠搖曳，風過處。冷入玉骨冰肌，誰剪紅羅護。當時一飲瓊漿，醉醒聞餘語。花外，手草王娘舊家譜。　　千里道，問焚郡，知何許。帶挺辭柯，游客乍携尊俎。笑指華清，馬後紅塵異今古。望斷斜陽極浦。

祝英臺近

水邊林，風裏路，砧杵喚商籟。盡日辭枝，掃罷又還在。故山松桂留人，人今不見，背寒明，驛樓都照。　　隨樵外。過眼青子光陰，黃金就誰買。一片題紅，咫尺御溝界。陣雲缺處盤鴉，燒殘枯樹，憶衰草，際天窮塞。

六幺令

語兒東畔，臨水紗如雪。晚涼暗生宮沼，數語花前別。一綫飄飄去影，錯認來時節。鈿梁珠鑷。新眉綠換，最不勝梳衛娘髮。　　初夏蠶眠未繭，到死絲方絕。經纔桐尾全焦，變徵弦重撥。風定紅鱗又起，除是芳尊竭。西樓弦月。依前如夢，夢醒閑雲絮千疊。

宴清都　趙味滄檇元押

帶土苔花繡。西臺客，故京塵夢誰覆。零縑敗簡，分明俊押，武都泥舊。桑陰再冪中原，問過海，仙鬟覓否。自部落，飲馬長河，黃金鑄來新紐。　　芳辰露滴研朱，寒增硯匣，煙避香獸。蠻箋字小，雙雙淚落，射雕衫袖。甘泉衛霍何處，笑鳳觜，空銜紅綬。戰海王，村畔東風，髡餘萬柳。

鷓鴣天

陣破東風羯鼓停。柳街黃轉去年青。醉中三遍陽關疊，酒醒雲山不記程。　　新客墅，舊棋經。天河黯淡嚙張星。空堂小婦流黃畔，六曲屏風翠織成。

其　二

花窰冰融夕鴛催。美人頭上喚春回。紅裙阿醋渾年小，不怕塘風送雨來。　　山杏謝，海棠開。九門晝夜走輕雷。踏青挑菜誰家子，笑道東君罷壽杯。

其　三

薄霧如潮撲地衣。番風無力叩帷犀。青陽一片花朝雪，莫誤梨雲還夢歸。　　銀作海，玉成圍。謝郎賦罷倚闌時。採香徑裏春誰主，臺沼從伊學絮飛。

其　四

柳未成金雪又闌。朝來一雨洗江山。圖參老去三椏紫，那得工夫救牡丹。　　三月暮，百花殘。胡沙飛處北中寒。夢雲昨夜過揚子，略抵春人繡帶寬。

其　五　爲易均賓題《滄浪詞境圖》

水佩風裳世外盟。十年刻意忍伶俜。畫橈回指彎環路，銀笛橫飛縹緲聲。　　今古事，往來情。不須扶病酒爲名。夢中何限雲山好，萬一荊關寫不成。

其　六

小別朱闌夢一場。相逢舊識禮東皇。桃花紅雨梨花雪，各媚番風各自香。　　春又半，夜偏長。白頭何計賺年芳。十年幽誓無人省，忍訪名園聘海棠。

其　七

百畝芳園火作叢。元宵獨樹水無蹤。紅英落向燕支井，粉絮飛隨舶趁風。　　長命女，白頭翁。人間何苦與人同。樓臺後日曾霄際，枕障前生細雨中。

其　八

玉宇銀河自古今。鈿分釵擘早沉吟。巫山西去無多路，滄海東來幾嗣音。　　連理樹，覆巢禽。當時閑事換傷心。鬱金堂上燈明滅，罌武杯中酒淺深。

其 九

楚制新成借女工。唐溝故事委流紅。杏花飄後天無雨，燕子歸時地有風。　　春黯黯，話匆匆。長眠人與不眠同。迎神已辦千場醉，破夢誰能一笑逢。

其一〇

過雨塵清汗血驕。舊聞歌處近南譙。春來杜宇還鄉夢，水際吳王送女潮。　　花有信，燕無巢。薄寒濃暖夜連朝。危弦欲斷攀鞍去，祖帳經年酒未銷。

千秋歲引

席上金尊，門前鈿轂。別淚千行滴銀燭。飄搖素波鯉信滯，丁東露夜虯簽促。水精簾，紫羅幕，掩空局。　　愁外故山眉黛綠。雙燕到時巢君屋。鼓瑟彈箏手如玉。春來夢爲飄瓦雨，秋來看取橫波目。舊家人，小年事，風流足。

其 二

玉笛飛聲，朱樓送客。獨臥清秋袷衣白。當時放嬌紫鳳佩，經年悵望青驄陌。水東流，斗西没，宛行迹。　　明鏡照人朝又夕。無計奈他關山隔。粉落啼多減容色。尊前內家何滿子，歸來漢女胡笳拍。燕梁空，彩雲散，長相憶。

其 三　_{贈尹默}

蓮莆微凉，紅巾半蹙。隔座螺杯酌仙醁。新釀偏傳井水處，高名自映吳興籙。九天風，五湖雨，遠窮目。　　明鏡照人雙鬢綠。歸夢未闌更籌速。甚日經帷理絲竹。牀頭練裙斜草滿，班中衰簡霜臺肅。和香方，養生論，花前續。

隔浦蓮近

銀屏風過半掩。別夢誰拘檢。睡起單衣皺，餘香滅，紅銷暗。遥夜窺鏡檻。眉長斂。鬢也青青减。　　數幾點。沉吟舊事，春來秋往愁賺。闌干盡處，露重月斜星淡。人影伶俜淚瀲灩。燈暗。回身才照妝臉。

其　二　題畫仕女

秋來征雁過盡。妾住誰期準。素手雙紅袖，龍香撥，無聲滾。眉樣新畫本。啼妝印。鏡裏韶顏損。　　晚風緊。明蟾挂處，蘆花楓樹煙暈。佳人此去，舊調不堪重引。前浦停舟暫借問。鄉信。橫塘家遠天近。

安公子

滿院黃花冷。冷香暗入當窗鏡。漉罷牀頭桑落酒，折茱萸誰贈。嘆抵死，西風捲去南鴻影。衣帶寬，早晚厭厭病。向畫闌扶醉，懷古傷高無定。　　沉恨誰人省。眼前誰有寥天迥，望斷山長，兼水遠，盡浮雲催暝。話幕府，前游落帽羞重整。歸去來，咫尺柴桑境。奈五柳蕭疏，就荒別時三徑。

滿庭芳　題縠庵填詞第三圖

同里東山，當年窮塞，夢華草草書成。十三金雁，取次泊鈿箏。過眼英流俊侶，憑誰主，四海詩盟。閑身手，商量畫裏，此意未能平。　　銷凝。人老去，樊樓醉後，一笑關情。到重飲瓊漿，萬感雲英。珍重相從歲晚，最堪隱，惟有王城。銀荷畔，煩君爲我，淥酒淺深傾。

其　二　次韻公庶合川見贈

蒲雨招涼，梅風吹暖，峭帆過處煙收。棹歌聲裏，三峽漾東流。世事沙隨浪捲，舊盟冷，孤負閑鷗。垂楊岸，髮條縱長，難繫往來舟。　　江樓。呼酒慣，餘酲未解，歡計長休。有數行塵土，敗壁空留。此夜移宮換羽，幾人共，百里觥籌。峨眉月，清輝霽彩，相伴下渝州。

木蘭花

少年往往江南醉，商略歌聲酬酒意。鏡中不信去來潮，樓下君看深淺水。　相思説與長干里，有限芳尊無限事。東歸燕羽北歸鴻，妾食猩唇郎食鯉。

其　二

倚樓人倦游絲起，手把去年書一紙。酒痕全透鏡邊衣，花露半垂巾上毹。　擁衾重試殘春睡，檢點舊歡除夢裏。斜陽不是不多情，移過玉窗三十二。

其　三

天涯寄與銀鈎帖，封就郵簽含意貼。隔宵垂淚燭雙花，侵曉犯潮舟一葉。　水痕深淺山周匝，年去歲來離又合。馬前無語爲憐君，雁後有書憑報妾。

其　四

露華庭院清秋節，桂子飄殘紅靺鞨。舊人今日喚何戕，多愧貞元朝士末。　輕煙散處傳宮蠟，急衮休催金焊撥。世間誰共賞音來，萬頃昆明湖上月。

其　五

東風起處啼鵑急，新樹亂雲隨意碧。漫天飛絮有風流，剗地殘花無氣力。　雕闌繞遍秋千拆，照影池波頭更白。而今只怕醉無鄉，自古相傳春是客。

望海潮　九江

蠡湖珠月，鄱陽風信，連天九派東流。前浦射蛟，孤亭送客，高城自古江州。揮手四弦秋。怕夜深商婦，移近空舟。萬里之官，千山遮斷望京樓。　依然楚尾吳頭。惹尋常倦旅，滿目閑愁。殘照亂鴉，一春夢雨，何人舉酒相酬。煙水助清游。向戍筒聲裏，隨分夷猶。從此機心盡矣，人事問沙鷗。

離別難

雲散雨收一霎，催花外分張。倚闌干，倦客神傷。水西樓，高處闊斜陽。記初見，繡陌前頭，盈盈無語，攀折垂楊。暮春初，冶蝶游蜂來去，時世巧梳妝。　　歌宛轉，賦荒唐。夢羅巾，錦帶成雙。待千紅萬綠都盡，畫屏風，天遠水流長。命小飲，倒盞垂蓮，微波心事，迅羽年光。奈此際，寶馬鈿車不見，燈火舊平康。

虞美人

三年好在江心水，舊淚和新淚。吳山過盡楚山來，來日布帆休去鬱孤臺。　　白頭料被匡若怪，多少風波債。流光如此不還家，人世更憑何物換年華。

采桑子

晚來雨過雲開處，涼月如鈎。羅袂清秋，定子當筵薦酒籌。　　三更唱罷登車去，燭淚難收。從此西樓，十二回欄西面愁。

其　二

天教人伴衡陽雁，歲歲南征。病羽孤程，冷宿沙洲夜五更。　　眼前若遇琵琶手，寫入新聲。雁過人行，彈與天涯掩淚聽。

其　三

白門遇燕雛，都講避兵南來，却贈。

青溪十里開明鏡，小妹祠邊。霧鬢風鬟，詞女經過感易安。　　郵亭值北人來路，金鼓關山。客里哀彈，濩索聲聲日未殘。

玉樓春

集《小山詞》二首。

昭華鳳琯知名久。嬌妙如花輕似柳。儘將紅淚濕湘裙，幾處睡痕留醉袖。　　花時惱得瓊枝瘦。惟有花間人別後。至今猶作斷腸仙，悵恨不逢如意酒。

其　二

珠簾不禁春風度。欲減羅衣寒未去。初將明月比佳期，試等夜闌尋別緒。　　輕春織就機中素。遠水來從樓下路。可憐人似水東西，縱得相逢留不住。

新雁過妝樓

題《春華倚醉圖》，用彊村韻。

柳市塵黃。深杯畔，匆匆過客流光。試燈風起，飄散艾納都梁。玉女來時三里霧，絳仙去後五更霜。遍春場。兔葵燕麥，誰念閑郎。　　山庭吟猿怨鶴，為倦游賦筆，老去迷陽。醉歸甚處，依舊石徑荒凉，音書乍通又絕，任天末飛鴻千萬行。扶頭醒，對故家圖畫，難割柔腸。

相見歡

高樓幾曲闌干。雁飛還。日暮碧雲無際，錦書還。　　天涯路，休回顧，萬重山。自古畫屏風上，有征鞍。

小梅花

邊庭血，關山月。長城連綿古無缺。候烽明，控弦驚。一朝漢家，東北煙塵生。牙旗慘淡收歌舞。胡騎憑陵雜風雨。五將軍，士如雲。三歲甘泉，不見捷書聞。　　七國散，南交遠。地下修成亞夫反。右銀力，左珠弢。八屯衛尉，歷詆五都豪。連營十郡良家子。嗚咽聲中隴頭水。弄仙篘，獻金甌。桂觀飛廉，萬歲復千秋。

拜星月慢 春淮秋夕和清真

桂檝乘潮，羅衣凝露，咫尺波明燭暗。笛裏飛聲，落銀屏深院。醉醒未可惜，庭花入破初譜，水葉題詩紅爛。往事前朝，有何人親見。　鏡奩中，畫出新妝面。蘋風起，又過青溪舸。漫戀左界斜河，把雙星驚散。被清商，占却閑亭館。回舟去，竟夕聞長嘆。似夢遇，玉手箜篌，撥朱弦欲斷。

滿江紅

九日集清凉山，得必字。

秋禊携壺，周遭處，山圍故國。問笑口，重陽簪佩，六朝裙屐。闌外黃花香有信，眼中白雁飛無迹。嘆髥參，短簿共桓公，風流寂。　人來去，今又昔。佳麗地，清凉域。念明年誰健，此歡難得。快剪須裁東逝水，長繩好繫西趍日。對千山，風景淚沾衣，君何必。

摸魚兒

遍江南，冷煙衰草，碧雲千里遲暮。餞春筵畔商飆起，搖落今年芳樹。經過處。明月送，無情淮水西流去。亂山誰主。算雁磧枯蓬，龍沙堆雪，此恨忍終古。　東山客，豪竹哀絲如故。新亭回首南渡。流人費盡神州淚，贏得麗譙笳鼓。驚倦旅。行館外，荒雞膈膊催天曙。昏燈夢語。道破鏡飛天，旄頭落地，春滿柳城戌。

念奴嬌

半天飛絮，記來時，楊柳藏鴉無隙。滿地落花遮去路，燕子尋巢不識。畫角譙樓，青門祖帳，藍尾催寒食。秋千閑挂，那人何處行迹。

從古事逐星移，春隨夢散，頭爲多情白。酒醒江南聞謝豹，望斷音書河北。屏上雲山，簾前煙水，鏡裏風塵色。吳蠶暗老，後期惆悵相失。

傾　杯

玉笛吹花，翠樓藏柳，春寒二月猶惡。病旅建鄴，久別故國，怯晚來杯酌。流鶯不管興亡事，道六朝如昨。千門萬戶，斜照裏，隔葉間關相約。　　醉託繁弦急管，等閑陶寫，翻被東風覺。數舊曲經過，風流可處，有丹青圖貌。錦瑟塵生，銅壺更斷，一霎思量着。畫闌角。看月上，女牆旋落。

其　二　半櫻、霜厓、倦鶴三君飲席

淮水通潮，蔣山藏霧，春城付與裙屐。畫堂漏永，銀蠟淚盡，觸薄寒簾隙。酒酣細説舊京事，見銅駝荆棘。吟風弄月，重記省，南部煙花猶昔。　　勸君莫彈金縷，定場聲裏，年少今頭白。惹病旅閑愁，揚空無力，似晴絲千尺。早雁來時，晚鶯飛處，回首關河隔。到寒食。聽怨宇，催歸又急。

其　三　和子野

夫容照水，紅深淺，菰蔣畔。網落漁梁，帆明沙觜，樵青就路，蓮娃泊岸。趁北渚秋風，掃纖雲，净拂冰輪滿。錦字回腸，驛亭窮目，煙中碧樹，霜前白雁。　　對酒莫思身外，天高地遠。吳綿欲換。淡妝成，奈阻星河，問蘋末何人，吹玉管。清商漸散。殷勤賞，舊序霓裳，月裏嫦娥伴。金波浩渺魚更晚。

瑞龍吟

乙亥白下送春，喜柳溪至，又言別，和清真。

金陵路。依舊細草侵堤，亂鴉争樹。匆匆寒食清明，晝長夜短，春歸甚處。　　晚延佇。雙燕舊巢新掃，畫簾朱戶。垂楊廣陌三條，玳梁暗換，銜泥對語。　　千度旗亭相唤，夢中游冶，花前飛舞。殘酒四更醒

來，人異今故。誰家畫壁，能唱黃河句。煙塵滿，圍棋謝隱，胡牀桓步。淚與東流去。爲君檢點，危腸病緒。玄鬢成絲縷。吟望里，沉沉吳天風雨。後期漫託，一江萍絮。

水龍吟　題適園憶舊圖

百年喬木書堂，蠹魚愛食神仙字。清風朗月，白蘋洲畔，駱駝橋底。禹穴東崩，秦灰西煽，人生到此。待狂塵靚掃，玉簽重整，呼杯酒，苔枝外。　　我憶君家刺史。老人星好辭誰繼。芳筵折柳，危灘逢雁，江山故事。暗惹相思，荷花一路，蒓羹千里。付南宗妙手，丹青仿佛，寫娜嬛地。

步蟾宮　聞鶯和閑齋

玉窗驚破夢中事。慣織錦，縷金爲戲。這孜煎，分付石城人，睹草長，花生迸淚。　　高樓一帶隔柳堤。況微雨，坐晴天氣。巧相隨，瑤軫手停時，寫睍睆，獨弦怎理。

還京樂

謝堂裏，昨夜銀屏畫燭春應淺。放繡簾垂地，誤伊隔晚，歸飛雙燕。住候風吹遍。蓬飄絮泊游絲轉。曠望久，除是暮雨，朝雲曾見。　　甚流波遠。送輕帆過畫，江東病客，驚心投老世換。尋常巷陌重來，近高樓，乍聽歌管。幾陰晴，催麗日都長，良宵又短。頃刻花如雪，林鶯休恁凄怨。

換巢鸞鳳　送曹纕衡丈之貴陽

三月蘅皋。試連錢怒馬，寶錦征袍。祖筵慵命酒，後約罷登高。都亭楊柳鎮勞勞。奈何許，聞天風海濤。移情久，向此際，故園飛到。　　青草。思遠道。如夢我旁，依舊朱顏好。太白人豪。夜郎淪轉，千萬匡山歸早。書信來時月中看，半輪心素交相保。花前人，被江南，別賦催老。

綺寮怨

走馬蘭臺遲暮，庾郎新賦工。遍九陌，絮委花飛，啼鶯老，暗換薰風。朝來闌干憑熱，摵筝地，咫尺無路通。記去年，醉別西樓，銀燈灺，淚浥雙袖紅。　半鏡笑人鬢容。蟠龍蕉樣，相逢倦問春叢。挂壁絲桐。楚妃嘆，幾時重。新愁況如江水，剪未斷，鎮長東。驚塵蔽空。孤篷帶影轉，斜照中。

歸朝歡

錦帕園兜雲鬢髮。石黛開眉黃點頰。玉纖解了五銖衣，衼襠遮遍凝脂滑。楚腰剛一搦。影娥池內撈明月。弄潮兒，踏搖聲起，爭逐銀山沒。佳節湔裙春浪發。萬頃桃花漾紅雪。閑雲絆惹渚宮疑，酒狂禁忍糟丘渴。金溝題怨葉。稿砧去後音書絕。白狼河，十年征戍，誰問死生別。

南歌子

野水丁沽路，平沙八里臺。材官戰馬避春雷。幕府清秋零露，上衣來。　獨宿江城冷，臨風蠟炬灰。中天月明陣雲開。荒埭暗雞聲裏，鈿車回。

玉蝴蝶

四面採菱歌起，鏡中倒影，七二鴛鴦。遠渚青荷，看取竟日凝妝。水沉銷，羅衣褪粉，石黛淺，宮額添黃。野風涼。露濃煙重，誰倚沙棠。花房。無言有恨，五更斜月，萬柄新霜。楚客驚心，去年秋信滿銀塘。亂蟬噪，重經古岸，晚雁歸，憑涉空江。杜蘭香。駕還西浦，不待仙郎。

惜紅衣　和白石

羽葆新秋，洼尊暇日。散愁無力。夜起憑闌，層雲四天碧。河臨太古，窮塞外，何年歸客。沉寂。馳道柳條，絕西烏栖息。　　紅塵紫陌。前度金風，霜華憑凌籍。魂來尚戀異國。海東北。老惜楚衣吳制，別路等閑經歷。向夢闌誰見，斜月屋梁顏色。

泛清波摘遍

金盤彩小。玉琯灰殘，荊楚歲時依舊好。曙煙晴雪，幾點青回謝塘草。屏山道。孤帆遠水，征馬長風，歸計未成身頓老。四疊陽關，太息尊前故人少。　　瑣窗窈。芳信數番畫遲，錦字半行天杳。回首東京夢華，醉忘昏曉。俊游早。蕭寺屢卓畫輪，秦樓每題花貌。此際停弦罷酌，斷腸江表。

倚風嬌近　和草窗

春雪沾衣，舊愁飄起千縷。鬧蛾聲裏回風舞。山色伴江城，小玉啟雲屏，卻立婷婷縞素。無言嬌嫵。　　游倦如今，依約梁園開處。賓席那堪重聚。馴馬歸程蔽雲霧。翻琴譜，夜寒淚滴金莖露。

繞佛閣　海南七夕　和清真

桂旗稍斂。橋外喜鵲，飛報珠館。良夜何短。夢回對影，聞聲倚虛幔。絳河漲滿。回望大庾，人共天遠。星會幽婉。世間海水，如山渡無岸。　　故國上弦月，照盡金針穿彩綫。料理翠尊，紅鱗生酒面。任逝水年光，催下更箭。此情誰見。正露悄煙收，潮退風亂。錦書緘，背燈重展。

法曲獻仙音

明燭樓台，暗塵簾幕，寸刻千金難換。露腳斜飛，桂輪高揭，江風度來絲管。認起舞伊州變，羅裙藕絲淺。　　彩雲散。鎮分明，大羅天上，殘酒在，回首眾仙去遠。打鼓疊漁陽，改宮商，料理并剪。四尺屏風，畫圖前，紅豆拈遍。感黃粱一枕，夢裏踏歌新怨。

碧牡丹

翠蓋迎風舞。水陌遠，春歸路。欸乃聲中，夢落湖雲祠樹。暈色涂妝，擁髻看人處。鴛鴦殘，瓦飛去。　　歲華暮。無計留教住，垂楊繫船如故。黛蹙遥山，憑闌後約輕誤。脆笛波心，引洞庭龍女。晚來煙，曉來雨。

秋宵吟

九月望夕不寐，聞笛作。

錦屏虛，絳蠟皎，風管聲來雲表。誰人手，憑換羽移宮，畫梁飛繞。倚高樓，俯大道。望極千門人悄。徘徊處，盡漏滴頻催，睡香孤裊。露冷衣單，聽第一，霓裳變了。夢闌湘水，淚落山陽，晚歲恨多少。吹徹梅花小。樹色難分，雞唱又早。度長風，萬里天山，明月如雪雁陣杳。

霜葉飛　和清真

暮煙秋草。沙場外，征鞍催去江表。就人磷火自然青，向夜闌更悄。漸落落，參辰耿曉。清淮東注彭城小。伴雁繩飛過，又路入，衡陽舊戍，一帶斜照。　　憔悴故宅江山，荒臺雲雨，宋玉何意重到。繡餘雄劍尚龍鳴，對遠游孤抱。寫蜀魄，新聲未了。琵琶無此傷心調。縱永夕，夢騰醉，驚起荒雞，夢來時少。

八六子　和樊川

夜屏深。麗譙笳斷，消息銀箭浮沉。障綉户剪燭梳妝，訶子斜飛，寶鏡檀香，換熏翠衾。遼西遠驚殘夢，鳳帶真珠，宮樣羅衣。　　剗地塵侵。畫簾前，瞳曨漸懸雞樹，露桃開後，戰篦風冷。時見，寄信孤鴻去遠，銜泥乳燕來臨。正思量，重城又連暮陰。

尉遲杯　湘水舟中　和清真

天涯路。暝色悄，月盡煙中樹。銀屏淺疊瀟湘，依約斜帆明處。秋風四起，吹不斷，邊聲落前浦。待歸鴻，萬里傳書，近船還又飛去。　　怊悵薊北荊南。人間世，萍浮梗轉離聚。野竹叢斑緪靈瑟，祈賽罷，神巫醉舞。西巖下，無眠秉燭，箭壺共殘螢，徹夜語。九回腸，正似江流，舊盟寒矣鷗侶。

安平樂慢　和龍雲

燕語危梁，馬嘶古巷，荏苒時序如煙。香奩未整，玉鏡初圓，垂楊回挂秋千。樓角飛花，幾熏爐雨外，水調風前。扶醉借留仙。枕函知，邈若山川。　　大江流當歸，甚處對畫障，苦凝盼，雲邊暗。記不堪重尋，荷囊細字鹽眠。一舸何緣。訪蝦菜，人入吳天。新愁似，蒼茫海水，精衛恐也難填。

破陣子　和雲謠　二首

堂下簸錢歸後，微風送彩雲。柳陌凝妝荷鏡暗，鈿合當胸鳳紙新。水邊怨麗人。　　月魄催裁歌扇，壺冰懶比針神。行雨荒臺驚短夢，出塞哀弦疑舊恩。鶯花非去春。

其　二

笛裏單于聲動，先驚粉淚人。萬里玉關開曉鏡，絡角銀河轉暮津。羅裳生網塵。　　落葉狂隨蓮步，飛花艷鬥櫻脣。芳徑垂鞭嘶馬歇，微雨捲簾歸燕頻。相思忍重陳。

戚　氏　夏口作

楚江邊。獨客無語艤歸船。水驛燈明，市橋人散雨連天。流連。念鄉關。西來迤邐隔平川。風流太白何苦，過此猶揩彩雲間。苴火南郡，胡牀軍府，漫論五渚身閑。付辭條敗葉，無主芳草，長占湖山。　何滿淚落君前。人世暗換，野老話當年。憑誰問，數聲羌管，幾尺漁竿。射堂寬。夜舞到曉，香車接軫，駿馬爭先。翠簾畫閣，錦陌銅街，縹緲平地游仙。

鏡檻塵昏久，嗟雙鬢白，自正危冠。四野夷歌暗起，最高樓，未忍望長安。一時會上題襟，夢中解佩，惟恐金尊淺。薜荔牆，依舊通銀漢。回首認，朱戶應難。去路遲，布襪青纏。待明發，挂席聽啼鵑。恨東風亂，行魚逝水，道里三千。

燭影搖紅　和王都尉

煙柳工愁，露桃忍笑寒深淺。鈿車行處抵天涯，輪共危腸轉。網戶塵箏冷慣。畫樓中，當年盼盼。井邊石畔，燕後鶯前，分明瞥見。　隔水風來，背燈雨住黃昏短。鴛鴦衾整異香焦。屏上關山遠。春夢人間早散。夜如年，長開病眼。叵籠呼酒，麗錦酬歌，誰家深院。

曲玉管　宜昌

楚雨連天，秦灰入市，夷陵草木荒涼久。昨夜何人橫笛，吹動龍愁。倚江樓。　錦鯉東征，青禽西上，謫居過此空搔首。俺靄層雲，早晚遮斷神州。淚難收。　萬里煙波，指三五，斜帆明處，羽書兩岸飛來，教人慷慨中流。幾時休。近黃昏燈火，杜宇深山啼罷，白蘋風冷，水墨屏前，一片滄洲。

八聲甘州　和東坡

好江山，笑我亂離來，依然未成歸。對巫雲千尺，吳船萬里，終古殘暉。二十年前鄉夢，人老事全非。除是寥天一，誰悟先機。　客問漁船何處，付鷗鳧喚雨，朝暮霏霏。自東坡仙去，回首賦才稀。不堪看，新亭風景，信轉蓬，蹤迹與心違。蒼茫裏，忍神州淚，莫灑征衣。

鳳樓春　和歐陽舍人

鳳吹出芳叢。細雨簾櫳。篆煙通。畫中泥墜燕飛慵。妝罷黛，淺脂融。敲損玉釵雙翡翠，泛綠綺難同。　　楚雲中。凝望何窮。小樓春夢，片時千里，忍寒蕃錦屏風。斜月四更，人遠瓶墮井闌空。杏花開落，溝水流紅。

春　晴　和閑齋

逝水漂花，微風過柳，連朝乍晴還雨。巷陌都迷，芳草萋萋春暮。舊扶殘醉，行遍蜀鵑啼處。望里雙流自遠，回山誰語。　　年時有約長負。嗟衫袖游絲，帽檐輕絮。夢繞銀屏，凄絶醒來心緒。畫簾高捲，燕子一時飛去。未解傳音，彩箋漫與。

芳草渡

客舍悄，漸暝失回帆，亂撾津鼓。看蜀江重送，龍驤萬里樓櫓。無限玄豹侶。藏南山深霧。世事改，望斷孤城，入陣何處。　　終古。鯉程在水，雁影迷空來又去。鏡屏裏，林幽澗冷，猿啼怨人苦。酒醒此夜，怕惹起，少年離緒。剪魚燭，聽盡西窗細雨。

金浮圖　和尹參卿

芳菲地。當壚價貴。謝豹聲催，故鄉春事。隔煙波，倦斂鴛鴦翅。促拍梁州月夜，玉樓笙吹。仿佛眼波眉翠。花時步障，蘭麝攪雲氣。　　離筵醉。鶯憨燕媚。濯錦冶游，夢牽歸意。薰香小史教排比。屏上巴山，日日陽烏墜。誰説去程不易。斑騅過處，玉鐙青絲彎。

踏莎行

馬足關河，鶯啼院宇。舊經行地無尋處。無情惟有紙鳶飛，年年吹緑臺城樹。　　三月桃花，一汀芳杜。柳綿如雪飛還住。夕陽西下水東流，蘭舟好載春愁去。

吳音子　和東山

月子初弦，小舟似箭穿銀浦，千頃白浪來時，飄搖聽邪許。馹馬題橋，雒陽行賈。意氣錢刀，風捲細語。　　錦江路。花發處。叢祠遠，木末沉簫鼓。群山連岸，子規聲裏片時雨。酒淡更深，剪燈裁句。水墨羅巾，何計贈與。

鬥百草　和晁氏琴趣

月魄陰晴，露華多少黿更曉。鏡檻霜稠，畫簾波定，花裏乳鶯漸老。耿無言，看四月薔薇，酬春欲笑。甚杏子單衫，桃根短槳，尚遲歸耗。

回首吳閶調馬，燕市呼盧，隨處俊游忘未了。一水東流，萬山西去，怕重酌，離觴淚攬。危樓外，日夜鵑聲風吹到。五弦悄。雨如煙，瑣窗夢杳。

蝶戀花

頭上玉繩西北轉。一葉隨波，冲破煙如練。海水自加前度淺。月華終讓今宵滿。　　舶趠風輕吹酒面。闌外魚龍，待與燃犀看。孤劍十年游已倦，人間不了閑恩怨。

其　二

臨水數峰天外落。峰際斜陽，轉過闌干角。暈粉涂脂梳又掠。不辭新試羅裳薄。　　深淺宮眉隨意學。庭院東風，偏近黃昏惡。胡蝶飛來人未覺。楊花黏滿秋千索。

其　三

舊解雕鞍芳草渡。渡口紅橋，千萬垂楊樹。不定東風吹雪絮。流鶯宛轉啼難住。　　遠岸高樓相識否。六曲闌干，過盡斜帆暮。人在青衣江上路。青山回首無重數。

侍香金童　和東山

短袖生衣，嫩染江南水。共永夜，浮瓜沉李。吹罷鳳笙嬌莫比。玉女明星，鏡中誰美。　　露華濃，斜憑雕闌含笑指。繞樹南飛烏鵲起。殘酒醒來何處是。月落天西，霧迷三里。

梅香慢

戊寅秋，巴縣過寒梧下峨眉，復有貴築之役。和東山。

門泊吳船，正翠影浮空，浪花融雪。萬里風煙，永夜角聲，驚換客衣時節。蓼溆蘋洲，零露白，相看愁絕。向夜即西，登山渡水，又成輕別。

回首舊京人，但神山長閉，嘆息王烈。不信風流歇。問短亭衰柳，幾堪攀折。轉綠回黃，似帳飲，東城初闋。剩液池邊，當年對影，四更殘月。

征部樂　和耆卿

柳枝桃樹，黃金肯惜當筵擲。數年少，天涯浪迹。人影對，妝鏡連夕。秦樓事，難重覓。瘦削寶釵蓮的。伴暮雨，水閣銀簫，昨夢江南醒成憶。　　吳山乍隱，吳波不動，仙去舞裙留得。雁過也，書來無準，幾行雲裏，離緒誰能識。澹卧屏秋色。畫舸渺，鯉魚風息。想甚時，與採夫容，趁月明新拆。

卜算子慢　和子野

哀蟬咽暝，孤鷺破煙，一葉酒船來晚。欲採蘋花，醉比去年人面。留盼。入秋來枉費登臨眼。背綉箔珠鐙，可惜荷囊半臂香散。　　縹緲西風館。送幾陣歸鴻，玉簫聲遠。拍駐梁州，此恨未同河滿。誰遣。夢層城，路隔相思斷。更天末，青山萬疊，向扶頭醒見。

石州引　和東山

　　尺五層霄，襟帶二江，星澹波闊。長堤冷落垂楊，譜入笛中難折。金風起處，夜夜搗盡寒砧，征衣休洗胡天雪。頻歲玉關前，屬誰家芳節。
　　臨發。畫堂回首，雙燕丁寧，恁悲生別。剪紙相招，楚只聲聲垂絕。不知何處，妙手可解連環，眉間一點心頭結。照我拍闌干，有秦時明月。

過秦樓　和清真

　　錦陌秋生，玉京涼至，向夕水沉飄斷。鳴蛩暗井，墜葉重局，此際賦成紈扇。回首醉裏畫樓，愁疊金衣，滴殘銀箭。問山川不語，來時期左，去時天遠。　　閑夢落，塞北風沙，江南煙樹，酒醒鬢霜濃染。天河未沒，燈火猶明，隔舍紫簫淒變。經歲無書，到來雲想孤鸞，花猜雙倩。仗東流滾滾，將寄羅巾淚點。

綠頭鴨　和閑齋

　　滿江風，鏡奩綠皺頗黎。桂華邊，山河倒影，彩筆從寫清輝。畫闌長，教收步障，艇子遠，聞奏參差。燭映千家，陰晴萬里，別來何苦少圓時。看斗轉，參橫無定，靈鵲有巢飛。瓊樓裏，金尊玉暖，玉漏偏遲。
　　謝郎情，而今不斷，賦後重有尋思。應新占，彗游四掃，換舊躔，銀浦南移。後夕清商，來年俊賞，霜娥凝涕未曾知。任襟袖，涼侵白露，投老失前期。人世間，南冠亂葆，行處愁隨。

鳳凰臺上憶吹簫　和晁學士

　　秋水生波，暮雲離岫，駒光逝矣無還。笑此去，姁隅俊語，枉帶諸蠻。逆旅貂裘也敝，襟袖染，燭淚斕斑。松楸畔，土冡路阻，滿眼家山。
　　如何燕巢無定，欲過海經江，苦託梁間。舊游恁風吹夢醒，月照花殘。畢竟柴門閉好，人世事，輸與長閑。中宵起，空籟萬壑天寒。

一叢花令 和六一

當門流水遠無窮。殘綠比愁濃。銀箏怕理江南調，畫橋側，煙樹冥濛。斜陽墜鞭，昏黃索酒，如夢舊游蹤。　　金波千里冷溶溶。消息可曾通。嬋娟二八年年見，奈塵掩，今夕房櫳。天際片帆，欲舒還卷，閑了半江風。

（案：此闋乃和子野，非和六一。）

黃鸝繞碧樹

寄懷旭生。和清真。

天末涼風到，違山十里，蟪蛄朝暮。短夢驚回，又凝霜鬢綠，浣塵衣素。倚樓望久，近書渺，時牽羈緒。琴調改，妙手師涓爲我，重招春煦。　　檻角秋英稍吐。酒盈尊，勸收危慮。九州大，看河崩自塞，金賤如土。鏡裏歲華再少，共小築，墻東住。消搖舊隱溪雲，畫屏煙樹。

促拍滿路花 和淮海

鳳管催離色。玉女歸雲隙。浮世歌長短，賺心力。鏡屏幾尺，留照雙飛翼。仙路無行迹。扶醉呼燈，畫闌干外愁覓。　　桃紅李白。露座遺薇澤。蠟淚成堆處，收鈿飾。夢聞金縷，曲罷天風息。說與長相憶。暮待無花，故枝空恁折得。

內家嬌

雁早辭南，角遲到海，書短恨長誰寄。隨風絮轉，因雨苔生，誤却年年花事。到處玉觴斷酒，經時鈿箏移字。任畫屏，蠹損香桃更瘦，重寫無自。　　病裏。春寒妨午睡。夢醒也忘歸計。泪孤帆天際。鬧古社神鴉，亂山望帝。悄撫通中仙枕，還凝暮雲遙睇。鬢成雪，入蜀桓郎，故衣浴罷新試。

生查子

舵樓東逝波，鷁首西沉月。何似一心人，自此無期別。　　犯露剪江來，打鼓凌晨發。君去骨成塵，我住頭如雪。

三部樂　和清真

巫峽秋來，遍近渚遠灘，去檣過絕。霜濃煙淡，圓暈偏隨眉月。聽寒女，刀尺催人，甚鏡塵未掃，笥鎖慵發。暗蟲不語，乍墜還飛梧葉。天邊自歸晚雁，有素書到否，此時難說。臨風幾聲急管，千莖華髮。可憐宵，露珠泫睫。流水樣，年光怨切。昨夢鈿閣，紅蠟照，香篆初結。

解語花　上元翌夕和清真

江梅暗落，爆竹餘喧，星火攢空射。露凝鴛瓦。仙娥瘦，捲起繡簾不下。新妝素雅。看小影，霞杯入把。絲管闌，人墮他州，枕障昏煤麝。
街漏漸催禁夜。縱銀花千樹，長照妖冶。墜鞭遺帕，相思地，過盡少年車馬。燒燈近也。禁幾度，鬧蛾飛謝。風信邊，鴻去鵑啼，剛紫姑占罷。

勝勝慢

龍宮馬鬣，驪國蓬科，夢魂飛度天山。酒伴誰抽長劍，擊破連環。腸斷名姬道没，三萬里，八駿追還。綺窗外，暗重圍月子，北斗闌干。
雞聲此夜漫漫，人起舞，簷花落處燈前。明鏡無愁，新來換却朱顏。羊群繫伊雁足，怕匆匆，易墮空弦。畫角響，犯戟門，成陣曙寒。

蕙清風　和東山

流水映清山，雲間寒照。回首石磯頭，冷鷗相笑。簫鼓幾番過，話與東風道。夢闌也，大平佳少。　　鴻翼海溟溟，遙埼近島。醉下五花驄，槳遲帆少。珠桂紫檀糟，變徵隨心好。怎奈何，定場人老。

清平樂

畫簾鈎重，驚起孤衾夢。二月初頭桐花凍，人似綠毛幺鳳。　　日日苦霧巴江，歲歲江波路長。樓上熏衣對鏡，樓外芳草斜陽。

倦尋芳

乙酉清明前夕雨，和王元澤。

少年繫馬，寒食人家，買醉芳晝。絮亂花狂，隨步地衣誰綉。冷淘殘餳簫斷，五侯宅許輕煙透。卸吳綿，又鳴鳩誤了，陰晴風候。　　夢中向，天涯海角，淺水深山，雲際招手。步障垂垂，是處瓦飄鴛鬥。百六韶華催去後，綠陰亭沼無交舊。上燈初，罷清尊，擁衾春瘦。

江城子

江干黃竹女兒箱，鬱金香，嫁時裝。酒後花前，於此變滄桑。鳥爪仙人君不見，天似海，月如霜。　　孤墳夜夜短松岡。夢還鄉，醒回腸。自古釵盟，細約好相忘。向曉燈花紅乍謝，念百疊，字千行。

調　笑

南陌。南陌。何處鳳靴行迹。鈿車碾碎香塵。試望平原春暮。春暮。春暮。細雨濛濛如霧。

小重山

江樹成陰岸草齊。楝花開未半，杜鵑啼。伯勞東去燕西飛。相逢夢更遠，更依依。　　楊柳笛中吹。小紅亭子外，雨如絲。一天寒色冶春歸。黃昏後，人影度簾衣。

齊天樂

野棠開後楊花亂，街頭賣花聲裏。乍暖辰光，無人院落，斜日秋千慵倚。番風尚幾。算榆莢青錢，送春棼尾。片霎陽晴，漢南誰種樹如此。

東來西去漸遠。漸聞行路，嘆當面千里。半枕香存，曾城霧沒，消息銀屏井底。抽刀斷水。奈玉押輕簾，玳梁殘壘。過社飛回，舊年新燕子。

其　二

碧雲如水惝惝地，枝頭護花鈴簸。夜雨苔錢，朝陽菜甲，寒食清明新火。葳蕤暗鎖。任階藥香翻，禁櫻紅墮。夢斷吳天，亂鶯啼處翠衾裏。

妝成回照鏡裏，笑人憔悴甚，頭上釵朵。病酒今年，傷離去日，油壁驚逢道左。通詞未可。對六曲闌干，綺疏青瑣。送了春歸，渡江招畫舸。

其　三

蜀江千里芳菲路，斜陽下時春盡。廢井喧蛙，閑庭戲蝶，佳節金盤櫻筍。離觴快引。念游迹青萍，歲華朱槿。燕寢香消，繡屏風上布帆穩。

長空煙霧自掃，故山無賴處，螺黛凝損。驅馬新橋，飛鸞舊閣，頭白方允小隱。啼妝淚粉，換一曲琴絲，兩三詩本。樹杪鵑聲，勸人歸計準。

其　四

> 重到秣陵，次韻答倦鶴。

綠楊千尺臺城路，新翻洞簫淒異。畫省香爐，沙場箭鏃，西北高樓同倚。胡塵乍洗。看初日曾陰，暮霞遲霽。賦後江南，暈娥依舊數峰翠。

都亭前度喚酒，故人誰健在，沉恨天地。暗井雙桐，輕舟片石，今日竛竮身世。來風去水。送仙鶴餘音，冷猿清淚。鬢點匆匆，賺將明鏡裏。

驀山溪

玉樓天半，袖手重來倚。臨鏡擁煙鬟，六朝山，依然畫裏。井桐不見，前日總持家，金粉地。斜陽外，陣陣秋風起。　　青袍到處，染就尋常淚。回首定新巢，説興亡，穿簾燕子。吴姬壓酒，勸客早嘗看，離別意。三千里。樓下東流水。

蘇幕遮 和谷音

暖風吹，寒雨滴。白髮花前，前路從頭覓。昨夜銅龍鳴太急。窗外漁天，一派鯨濤碧。　　酒鱗生，簾影隔。明日陰晴，未敢尋消息。牀上四弦曾裂帛。撥也無聲，斷也無人惜。

（録自《喬大壯詞集》《喬大壯集》）

楊秀先

楊秀先（生卒年不詳），字君武，又字小華，號蓼厂。成都人。著有《花隱詞》。

浣溪沙

虛道金鈴與護抒，暗紅深碧各參差。斜陽猶戀舊花枝。白紵中宵歌宛轉，綠窗長晝鎖葳蕤。可憐春去不多時。

其　二

見慣麻姑亦可憐，紅桑東海又成田。尹邢何苦鬥嬋娟。自去自來營壘燕，禁寒禁暖釀花天。有人費盡買春錢。

其　三

青鳥西飛日又斜，蓬山風信到櫻花。教人爭得不思家。珠箔微嘆聞怨瑟，戍樓殘夢冷悲笳。一時回首隔天涯。

其　四

一角文楸劫尚爭，瑯琊歌舞總傾城。烏衣門巷憶曾經。施帳解圍聞俊語，避塵遮扇見深情。轉嫌秋水不分明。

其　五

巒翠江南展畫屏，望中風景似新亭。斷腸才見蔣山青。迸淚朱弦猶錯落，相思紅豆惜伶俜。當時槐夢不成醒。

南　浦

賦西苑太液池春水，用玉田韻。

煙潤縠紋柔，峭寒新，雨外啼鳩催曉。絲柳揚輕黃，春波淨，倒影宮眉初掃。闌干浸碧，畫船繫處青萍小。昨夜東風吹漲暖，綠盡鳳池芳草。

依稀記得前游，又掠波雙燕，花朝過了。清淺記蓬瀛，滄桑換，舊日樓臺還到。空明渺渺。斷腸凝碧笙歌悄。比似江郎南浦別，一樣魂銷多少。

西子妝

秋夕北海泛舟，用夢窗韻依四聲。

涼浸縠紋，醉扶花影，夢裏秋心如霧。畫橈容與擊空明，蕩繁燈，臥虹西塅。殘荷捲舞。戰葉底。商聲又住。暗吟魂，問採芳人遠，盟鷗何許。　　歡期誤。一樣風光，斷趁梧葉去。笛聲清怨泣孤蟾，剩劫寒，眼中宮樹。飄零斷句。渺幽苑，芳塵誰賦。怕重來，落盡秋香似雨。

絳都春　豐澤園海棠

新妝半面。正宮髻露融，赧顏猶泫。燕子未歸，沉醉東風無人見。輕陰換了秋千院。又勾起，傷春心眼。斷紅重覓，啼紅恨翠，廢池荒苑。

凄戀。霓裳唱破，但珠幰寶馬，看花人遍。淚粉自憐，窗燭宵闌成孤怨。飛英流水和天遠。況夢裏，華清游倦。奈他中酒愁濃，倩誰細遣。

（錄自《花隱詞》）

謝而農

謝而農，成都人，生平不詳。

滿江紅　挽郭烈士

好個兒郎，捨生命，掀翻鐵案。料他是，少年強項，椒山粗膽。骨冷泉香誰管得，家亡國破遭奇慘。怕中途，同志遇風波，如沙撒。　　棄妻女，紓國難。愧多少，自了漢。看波蘭印度，前車不遠。寄語後來休遲緩，有人泉下舒青眼。望同胞，比岳家軍，難摧撼。

大江東去

江山錦繡，三萬里，恨今朝強鄰逼。借債尋常行處有，遍是姦奴賣國。路事財權，他人秉政，錯鑄六州鐵。五相抵押，還道外交秘訣。幸有西蜀人民，江東子弟，同志傳公檄。大聲狂呼頭可斷，不失江山寸尺。熱血衝天，怒濤千丈，早奪去姦魄。更將冒死，達到破約目的。

（錄自《歷代蜀詞全輯》）

謝家駒

謝家駒（生卒年不詳），字龍文，號俠生，重慶南川人。官民國川陝邊防軍混成旅長。著有《游子吟》正續稿。

浪淘沙 春宵

長夜渺漫漫。客夢驚殘。羅裙不耐早春寒。暗淡風光人睡靜，倍覺淒酸。　獨上畫樓看。月滿闌干。碧天如洗水雲寬。何來斷雁歸飛急，摧我心肝。

其 二 南樓

風雨五陵秋。霧重煙稠。閑來莫自倚南樓。樓外鴻聲樓內語，一樣閑愁。　愁極漫回頭。遙指梁州。錦城絲管幾時休。歌音舞影兩無着，客思悠悠。

誤佳期 本意

似隔銀河欲渡，却被黃姑留住。雲寒露冷不成歡，道是佳期誤。問巧會何時，記夏殘秋暮。預教靈鵲早填橋，覓個團圞處。

高陽臺 蓮池即景

露靜荷香，亭臺倒影，閑來萬象俱清。小倚欄邊，弄橫笛兩三聲。孤蹤未與俗人識，任逸愁、逐晚凉生。最關懷，游鮒從容，飛燕身輕。問池上酒家多少，半堤垂柳外，風繞雙旌。解佩謀沽，已拼一醉如醒。奈無恨靜中吟味，不堪酣，時更相縈。看漣漪，蕩漾斜陽，別有幽情。

滿江紅 遣興

何處吾鄉，白雲外，曉風殘月。空眺首，山川相繆，征塵遙曳。富貴百年秋夢冷，豪華五夜遥情歇。莫蹉跎，負了好園林，學游俠。　抛書劍，罷弋獵。恣笑傲，吟霜雲。聽錦城絲管，巴渝竹節。斷續不成亡國怨，凄涼如共離人説。獨悠然，乘興入山深，泛水闊。

其　二　寄萼卿

海枯石爛，曾盟過，白頭偕老。嘆別後，寸心千里，孤衾獨抱。夢裏恩情邊塞月，望中憂怨長亭草。最關懷，楊柳翠樓頭，侯封早。　去鄉里，辭故好。抛妻子，馳遠道。到今朝剩有，離情多少。默唸年年終自誤，相思夜夜垂天曉。待功成、願與話良緣，隱瑤島。

大江東去　除日遣懷

幾更寒暑，到於今問取，乾坤混沌。世故蹉跎愁合病，辜負酒懷詩興。山氣衡梅，岸容舒柳，又一年將盡。撥灰書字，只是天涯客恨。　那更臘鼓頻敲，歲歌煩唱，暗換雙華鬢。且及時陶情怡性，消遣平生閑悶。良辰美景，賞心樂事，盡有風流份。已拼付與，東風吹動花信。

長相思　本意

長相思，遠別離。辜負青春年少時，歸來無定期。　香奩詩，絕妙詞。千里吟成寄問伊，何當重畫眉。

其　二

日也思，月也思。一歲相思過四時，問卿知不知。　男情痴，女情痴。一片深情寄與伊，莫教怨別離。

其　三

天一方，水一方。所謂伊人道阻長，相思空斷腸。　兒成行，女成行。今夕應猶憶簡陽，牽衣説與娘。

其　四

新歷年，舊歷年。兩度歸期只誤傳，梅花驛路邊。　兒情牽，女情牽。今日阿爺尚不還，囊空壓歲錢。

其 五 簡陽除夕寄蕚卿內子

□□□，□□□。岐水岐山嘆遠離，天寒歲暮時。 晝相思，夜相思。蝴蝶夢繞連理枝，深閨玉漏遲。

鵲橋仙 春閨

夢回莊蝶，情縈盧燕，只是相思未了。樓頭柳色日初長，陌上花，明春將老。 鬢雲愁鎖，瞳波淚掩，別久蛾眉慵掃。捧心不怨封侯遲，但祝遠人，歸來早。

其 二 秋閨

魚沉秋水，雁投西塞，望斷遙天信渺。黃花低護白衣人，清瘦不，禁風露小。 機頭玉杼，文中錦字，織就得愁多少。那堪酒醒夢回時，深夜月，明玉階草。

（錄自《游子吟》）

午橋生

午橋生，蜀人，生平不詳。

臨江仙　讀同志會報告感作

自昔江山夸錦綉，珠樓玉宇瓊崖。無端平地起風霾。大璋欺種族，賣國盛宣懷。　　泣告同胞當速醒，時艱共冀安排。波蘭印度莫相偕。存心誅國蠹，誓死剪狼豺。

西江月

讀史班昭風雅，從征代爺木蘭。佞臣賣路如欺天，恨我巾幗無權。同心立志如練，娘子大軍著賢。願效子規啼紅血，不信東風不還。

（録自《波外樂章》）

淑行女史

淑行女史，蜀人，生平不詳。

蝶戀花 有感

包胥哭秦楚存了。願同志莫蛇尾，偷生好。鐵路破約爭回早。免國亡種滅命保。　　盛奴媚外太弗曉。效尤秦檜，欺君民被撓。本擬赴都茲賊絞。奈閨人微木蘭技巧。

一剪梅

賣國宣懷與大璋。貪飯外邦。忘却舊邦。草菅同種圖媚洋。鐵作心腸。石作心腸。　　極品富貴忘何贓。梟獍同行。鼠目寸光。將爲强夷作豬羊。遠比邦昌。舊比福王。

（録自《歷代蜀詞全輯》）

參考書目

陳拾遺集	陳子昂著	《四庫全書》本
陳伯玉文集	陳子昂著	《四部叢刊》本
陳伯玉集	陳子昂著	《唐百家詩》本
陳子昂詩注	陳子昂著，彭慶生注釋	四川人民出版社本
李太白集	李白著	《四庫全書》本
李太白詩集注	李白著，王琦注	《四部備要》本
李太白全集	李白著，王琦注	中華書局本
李白集校注	李白著，瞿蛻園等校注	上海古籍出版社本
李翰林集	李白著	《李杜全集》本
李太白詞	李白著	《蜀十五家詞》本
薛濤詩	薛濤著	《四婦人集》嘉慶刻本
薛濤李冶詩集	薛濤、李冶著	《四庫全書》本
薛濤詩箋	薛濤著，張篷舟注	四川人民出版社本
香山閑適詩選	白居易著，周學熙選	《八家閑適詩選》本
檀欒子詞	皇甫松著，王國維輯	《唐五代二十一家詞輯》本
溫飛卿詩集	溫庭筠著	《四部叢刊》本
金荃集	溫庭筠著	《五唐人詩集》汲古閣刻本
金荃詞	溫庭筠著，劉毓盤輯	《唐五代宋遼金元名家詞集六十種輯》本
金奩集	溫庭筠等著	《彊村叢書》本
溫飛卿集箋注	溫庭筠著，曾益注	《四庫全書》本
段成式詩	段成式著	《唐詩百名家全集》康熙刻本
酉陽雜俎	段成式著	脉望館本
酉陽雜俎	段成式著	《津逮秘書》本
酉陽雜俎	段成式著	《學津討源》本
酉陽雜俎	段成式著，方南生點校	中華書局本
浣花集	韋莊著	《四庫全書》本
浣花集	韋莊著	《四部叢刊》本
浣花集	韋莊著	《唐詩百名家全集》康熙刻本

浣花詞	韋莊著，王國維輯	《唐五代二十一家詞輯》本
浣花詞	韋莊著，劉毓盤輯	《唐五代宋遼金元名家詞集六十種輯》本
浣花詩詞	韋莊著，賀揚靈等選	上海光華書店本
秦婦吟	韋莊著	《六經堪叢書初集·敦煌零拾》本
韋莊集	韋莊著，向迪琮校訂	人民文學出版社本
韋莊詞校注	韋莊著，劉金城校注	中國社會科學出版社本
韋莊集校注	韋莊著，李誼校注	四川省社會科學院出版社本
又玄集	韋莊輯	《唐人選唐詩十種》本
溫韋馮詞新校	溫庭筠、韋莊等著，曾昭岷校訂	上海古籍出版社本
花間集	趙崇祚編	宋紹興十八年晁謙之校刻本
花間集	趙崇祚編	宋淳熙末年鄂州刻本
花間集	趙崇祚編	明毛晉汲古閣刊《詞苑英華》本
花間集	趙崇祚編	明茅一楨萬曆庚辰刊本
花間集	趙崇祚編，溫博輯	明萬曆三十年玄覽齋本
花間集	趙崇祚編	明清間活字排印雪艷亭本
花間集評注	趙崇祚編，李冰若評注	上海開明書店本
花間集注	趙崇祚編，華連圃注	商務印書館本
花間集	趙崇祚編	文學古籍刊行社本
花間集校	趙崇祚編，李一氓校	人民文學出版社本
花間集注釋	趙崇祚編，李誼注釋	四川文藝出版社本
尊前集		明毛晉汲古閣刊《詞苑英華》本
尊前集		明吳訥《唐宋名賢百家詞》本
尊前集		《彊村叢書》本
張舍人詞	張泌著，王國維輯	《唐五代二十一家詞輯》本
牛給事詞	牛嶠著，王國維輯	《唐五代二十一家詞輯》本
尹參卿詞	尹鶚著，王國維輯	《唐五代二十一家詞輯》本
李德潤詞	李珣著	《蜀十五家詞》本
瓊瑤集	李珣著，王國維輯	《唐五代二十一家詞輯》本
毛司徒詞	毛文錫著，王國維輯	《唐五代二十一家詞輯》本
歐陽平章詞	歐陽炯著，王國維輯	《唐五代二十一家詞輯》本
歐陽舍人詞	歐陽炯著	《蜀十五家詞》本

鹿太保詞	鹿虔扆著，王國維輯	《唐五代二十一家詞輯》本
閻處士詞	閻選著，王國維輯	《唐五代二十一家詞輯》本
毛秘書詞	毛熙震著，王國維輯	《唐五代二十一家詞輯》本
孫中丞詞	孫光憲著，王國維輯	《唐五代二十一家詞輯》本
北夢瑣言	孫光憲著	《叢書集成初編》本
北夢瑣言	孫光憲著，林艾園校點	上海古籍出版社本
荆臺備稿	孫光憲著，劉毓盤輯	《唐五代宋遼金元名家詞集六十種輯》本
薛侍郎詞	薛昭蘊著，王國維輯	《唐五代二十一家詞輯》本
牛中丞詞	牛希濟著，王國維輯	《唐五代二十一家詞輯》本
魏太尉詞	魏承班著，王國維輯	《唐五代二十一家詞輯》本
紅葉稿	和凝著，王國維輯	《唐五代二十一家詞輯》本
紅葉稿詞	和凝著，劉毓盤輯	《唐五代宋遼金元名家詞集六十種輯》本
宮詞	和凝著	《四家宮詞》本
顧太尉詞	顧敻著，王國維輯	《唐五代二十一家詞輯》本
疆村叢書	朱祖謀編	一九二二年校補本
唐五代宋遼金元名家詞集六十種輯	劉毓盤輯	排印本
唐宋金元詞鈎沉	周泳先輯	一九三七年排印本
漫園小稿	王琪著	《兩宋名賢小集》本
蘇學士集	蘇舜欽著	《四庫全書》本
蘇學士集	蘇舜欽著	《四部備要》本
蘇學士文集	蘇舜欽著	《四部叢刊》本
蘇舜欽集	蘇舜欽著，沈文倬校點	上海古籍出版社本
浪滄集鈔	蘇舜欽著	清康熙刻《宋詩鈔初集》本
浪滄集補鈔	蘇舜欽著	《宋詩鈔補》本
丹淵集	文同著	《四庫全書》本
文與可古樂府	文同著	《宋元四十三家集》本
丹淵集鈔	文同著	清康熙刻《宋詩鈔初集》本
古洋遺響集	文同著	《晨風閣叢書》本
陳眉公先生訂正丹	文同著	《四部叢刊》本
華陽集	王珪著	《四庫全書》本

華陽集	王珪著	《武英殿聚珍版叢書》本
王岐公集	王珪著	《兩宋名賢小集》本
王岐公宮詞	王珪著	《三體宮詞》本
王珪宮詞	王珪著	《叢書集成初編》本
宮詞	王珪著	汲古閣刻《十家宮詞》本
東坡全集	蘇軾著	《四庫全書》本
東坡全集	蘇軾著	《三蘇全集》本
東坡集	蘇軾著	《四部備要》本
東坡後集	蘇軾著	《四部備要》本
東坡續集	蘇軾著	《四部備要》本
重編東坡外集	蘇軾著	明萬曆刻本
東坡樂府	蘇軾著	四印齋刻本
東坡樂府	蘇軾著	《蜀十五家詞》本
東坡樂府	蘇軾著	中華書局影印本
東坡樂府	蘇軾著	古典文學出版社本
東坡樂府	蘇軾著	上海古籍出版社本
東坡先生詩餘	蘇軾著	明刊《蘇長公二妙集》本
東坡詞	蘇軾著，吳訥編	《宋元名家詞》本
東坡詞	蘇軾著	《四庫全書》本
東坡詞	蘇軾著	《四部備要》本
東坡詞	蘇軾著	汲古閣刻《宋六十名家詞》本
東坡詞	蘇軾著，曹樹銘校編	香港萬有圖書公司修正本
東坡詩	蘇軾著	岳麓書社本
志林	蘇軾著	《龍威秘書》本
東坡志林	蘇軾著，王松齡點校	中華書局本
東坡題跋	蘇軾著	《津逮秘書》本
仇池筆記	蘇軾著	商務印書館本
仇池筆記	蘇軾著	華東師範大學出版社本
山谷集	黃庭堅著	《四庫全書》本
豫章黃先生文集	黃庭堅著	《四部叢刊》本
山谷外集	黃庭堅著	清乾隆刊《黃文節公文集》本
山谷別集	黃庭堅著	清乾隆刊《黃文節公文集》本

山谷琴趣外篇	黄庭堅著	《續古逸叢書》景刊本
山谷琴趣外篇	黄庭堅著	《彊村叢書》本
豫章黄先生詞	黄庭堅著	明寧州祠堂本
山谷詞	黄庭堅著	《百家詞》本
山谷詞	黄庭堅著	汲古閣刻《宋名家詞》本
山谷詞	黄庭堅著	《四部備要》本
山谷詩	黄庭堅著	岳麓書社本
欒城集	蘇轍著	《四庫全書》本
欒城集	蘇轍著	《四部叢刊》本
欒城集	蘇轍著	《四部備要》本
欒城集	蘇轍著	《三蘇全集》本
欒城集	蘇轍著	明刻本
欒城後集	蘇轍著	明刻本
欒城集	蘇轍著，曾棗莊等校點	上海古籍出版社本
龍川略志	蘇轍著	《四庫全書》本
龍川略志	蘇轍著，俞宗憲點校	中華書局本
龍川別志	蘇轍著	《四庫全書》本
龍川別志	蘇轍著，俞宗憲點校	中華書局本
范太史集	范祖禹著	《四庫全書》本
跨鰲集	李新著	《四庫全書》本
陵陽集	韓駒著	《四庫全書》本
陵陽先生詩	韓駒著	《西江詩派韓饒二集》本
陵陽詩鈔	韓駒著	《宋詩鈔初集》康熙刻本
陵陽集補鈔	韓駒著	《宋詩鈔補》本
唐子西集	唐庚著	《四庫全書》本
眉山唐先生文集	唐庚著	《四部叢刊》本
眉山詩鈔	唐庚著	《宋詩鈔初集》康熙刻本
眉山詩集	唐庚著	《宋代五十六家詩集》本
唐眉山詩集	唐庚著	《宋元四十三家集》本
眉山集補鈔	唐庚著	《宋詩鈔補》本
斜川集	蘇過著	《四部備要》本
斜川集	蘇過著	《叢書集成初編》本

斜川集	蘇過著	《三蘇全集》本附
簡齋集	陳與義著	《四庫全書》本
簡齋集	陳與義著	《叢書集成初編》本
簡齋集	陳與義著	《聚珍版叢書》本
簡齋集	陳與義著	《摛藻堂四庫全書薈要》本
簡齋詩集	陳與義著	《四部叢刊》本
簡齋詩集	陳與義著	《宋元四十三家集》本
無住詞	陳與義著	《四庫全書》本
無住詞	陳與義著	《四部叢刊》本
無住詞	陳與義著	《四部備要》本
簡齋詞	陳與義著	《百家詞》本
頤堂先生文集	王灼著	《四部叢刊》本
頤堂詞	王灼著	《蜀十五家詞》本
頤堂詞	王灼著	《彊村叢書》本
碧鷄漫志	王灼著	《知不足齋叢書》本
碧鷄漫志	王灼著	《詞話叢編》中華書局本
方舟集	李石著	《四庫全書》本
方舟詩集	李石著	《兩宋名賢小集》本
方舟詩餘	李石著	《彊村叢書》本
方舟詩餘	李石著	《蜀十五家詞》本
縉雲文集	馮時行著	《四庫全書》本
縉雲集鈔	馮時行著	《宋詩鈔補》本
澹齋集	李流謙著	《四庫全書》本
澹齋詞	李流謙著	《彊村叢書》本
南軒集	張栻著	《四庫全書》本
南軒文集	張栻著	《張宣公全集》道光刻本
張南軒先生文集	張栻著	《叢書集成初編》本
南軒集	張栻著	《兩宋名賢小集》本
書舟詞	程垓著	《四庫全書》本
書舟詞	程垓著	《四部備要》本
書舟詞	程垓著	《百家詞》本
鶴林詞	劉光祖著	《校輯宋金元人詞》本

鶴山集	魏了翁著	《四庫全書》本
重校鶴山先生大全文集	魏了翁著	《四部叢刊》本
鶴山詩集	魏了翁著	《兩宋名賢小集》本
鶴山集鈔	魏了翁著	《宋詩鈔補》本
注鶴山先生渠陽詩	魏了翁著，王德文注	《鐵琴銅劍樓叢書》本
重校鶴山先生大全文集長短句	魏了翁著	《景刊宋金元明本詞四十種》本
鶴山長短句補注	魏了翁著	紫芝漫鈔本
魏了翁詩詞文選注	魏了翁著，許永馳編注	中國文聯出版社本
鶴林集	吳泳著	《四庫全書》本
鶴林詞	吳泳著	《蜀十五家詞》本
鶴林詞	吳泳著	《彊村叢書》本
滄洲塵缶編	程公許著	《四庫全書》本
字溪集	陽枋著	《四庫全書》本
四六標準	李劉著	《四庫全書》本
梅亭先生四六標準	李劉著	《四部叢刊本續編》本
蠙洲詞	李從周著	校輯宋金元人詞
則堂集	家鉉翁著	《四庫全書》本
則堂詩餘	家鉉翁著	《彊村叢書》本
牟氏陵陽集	牟巘著	《四庫全書》本
陵陽先生集	牟巘著	《吳興叢書》本
陵陽集	牟巘著	《元詩選初集》本
陵陽詞	牟巘著	《蜀十五家詞》本
陵陽詞	牟巘著	《彊村叢書》本
閑居叢稿	蒲道源著	《四庫全書》本
閑居叢稿	蒲道源著	《元詩選初集》本
順齋樂府	蒲道源著	《彊村叢書》本
道園學古錄	虞集著	《四庫全書》本
道園學古錄	虞集著	《四部備要》本
道園學古錄	虞集著	《四部叢刊》本
道園學古錄	虞集著	《元詩選初集》本
道園遺稿	虞集著	《四庫全書》本

道園樂府	虞集著	《彊村叢書》本
鳴鶴餘音	虞集著	《叢書集成初編》本
鳴鶴餘音	虞集著	《函海》光緒本
道園遺稿	虞集著	《元詩選初集》本
道園遺稿樂府	虞集著	《景刊宋金元明本詞四十種》本
虞伯生詩	虞集著	《元詩四大家》本
伯生詩後	虞集著	《元四家集》本
虞文靖公全集	虞集著	《古棠書屋叢書》本
虞邵庵詩集	虞集著	《宋元四十三家集》本
眉庵集	楊基著	《四庫全書》本
眉庵集	楊基著	《四部叢刊》本
眉庵集	楊基著	明成化刊本
眉庵集	楊基著	明萬曆校刊本
楊孟載集	楊基著	《盛明百家詩前編》本
眉庵詞	楊基著	《晨風閣叢書》本
楊文忠三錄	楊廷和著	《四庫全書》本
立齋遺文	鄒智著	《四庫全書》本
立齋遺文	鄒智著	《乾坤正氣集》本
立齋遺文	鄒智著	明天啓乙丑刻本
立齋遺文	鄒智著	八千卷樓鈔本
升庵集	楊慎著	《四庫全書》本
升庵集	楊慎著	明萬曆刻本
升庵集	楊慎著	清乾隆刻本
升庵集	楊慎著	四川刻本
楊升庵集	楊慎著	《盛明百家詩前編》本
升庵長短句	楊慎著	嘉靖癸卯滇中重刻本
升庵長短句續集	楊慎著	明嘉靖刻本
詞品	楊慎著	天都閣藏書
詞品	楊慎著	《叢書集成初編》本
詞品	楊慎著	《函海》乾隆本
升庵辭品	楊慎著	《説郛》本
升庵詩話	楊慎著	《歷代詩話續編》本

1454

詩話補遺	楊慎著	《四庫全書》本
詩話	楊慎著	《函海》乾隆本
楊慎詞曲集	楊慎著，王文才輯	四川人民出版社本
詞林萬選	楊慎輯	《詞苑英華》本
風雅逸篇	楊慎輯	《函海》乾隆本
古今風謠	楊慎輯	《叢書集成初編》本
古今風謠	楊慎輯	《止園叢書》本
草堂詩餘	楊慎評點，宋澤元校訂	《懺花庵叢書》本
全蜀藝文志	楊慎輯	明萬曆刊本
趙文肅公文集	趙貞吉著	光緒十七年刻本
擬古宮詞	朱讓栩著	《借月山房彙鈔》嘉慶本
擬古宮詞	朱讓栩著	《叢書集成初編》本
長春競辰稿	朱讓栩著	明嘉靖二十八年刻本
蜀中詩話	曹學佺著	《説郛續》本
蜀中廣記	曹學佺著	《四庫全書》本
蜀中名勝記	曹學佺著	《叢書集成初編》本
蜀中名勝記	曹學佺著，劉知漸點校	重慶出版社本
雪鴻堂文集	李蕃著	清康熙五十七年刻本
掣鯨堂詩選	費錫璜著	《古棠書屋叢書》本
掣鯨堂集	費錫璜著	《晨風閣叢書》本
鵑聲集（附詞）	陳書著，蒙吉甫等校注	油印本
夢香詞	費軒著	清刊本
夢香詞	費軒著	《揚州歷代詩詞》本
李石亭詩集	李化楠著	《函海》乾隆本
李石亭文集	李化楠著	《叢書集成初編》本
李石亭文集	李化楠著	《函海》乾隆本
鵲符齋集	張吾瑾著	刻印本
夢華詩草（附詞）	孫纘著	刻印本
遊子吟正續稿	謝家駒著	重慶中西書局排印本
童山詩集	李調元著	《函海》乾隆本
童山文集	李調元著	《函海》乾隆本
童山文集	李調元著	《函海》道光本

童山文集	李調元著	《叢書集成初編》本
粵東皇華集	李調元著	《函海》乾隆本
五代花月	李調元著	《香艷叢書》本
童山詩選	李調元著	《古棠書屋叢書》本
童山選集	李調元著	《函海》乾隆本
蠢翁詞	李調元著	《函海》道光本
蠢翁詞	李調元著	《叢書集成初編》本
雨村詞話	李調元著	《函海》乾隆本
雨村詞話	李調元著	《詞話叢編》中華書局本
蜀 雅	李調元輯	《函海》乾隆本
蜀 雅	李調元輯	《叢書集成初編》本
之溪老生集附勸影堂詞	先著著	清光緒刻本
銅梁山人詩集	王汝璧著	清光緒二十年京師刻本
銅梁山人詞	王汝璧著	清光緒刻本
偶存草詩餘	周其祚著	刻印本
師竹齋集	李鼎元著	清道光二十五年刻本
槐軒雜著	劉沅著	《槐軒全書》本
止唐韻語存	劉沅著	清咸豐二年豫成堂刻本
止唐續集	劉沅著	清光緒二十七年撫經堂刻本
小白華山人詩鈔	張乃孚著	清道光二年刻本
小白華山人詩鈔續編	張乃孚著	清道光張氏半房書屋刊本
翠圍山房詩集	謝攀雲著	清嘉慶新津謝氏刊本
晴雲山房詩集	馮鎮巒著	清道光涪陵馮氏刊本
勛亭集	楊燮著	《濮川詩鈔》本
樹茶軒存稿	楊燮著	刊印本
錦城竹枝詞百首	楊燮著，樵子略注	三峨嘉慶刻本
古雪詩餘	楊繼端著	《小檀欒室彙刻閨秀詞》本
古雪集	楊繼端著	清嘉慶刻本
小雲詞剩	王懷孟著	清咸豐九年鉛印本
石龕詩卷	劉楚英著	清同治九年粵西毊署刻本
桂溪耆舊集	李炳靈選	清光緒墊江刊本
蘿溪詩草	陳謙著	清光緒三臺陳氏刊本

思誠堂集	劉鴻典著	清宣統富順凝善堂刊本
生香閣詩草	甘丙昌著	清同治四川岳池顧氏刊本
惜心書屋詩鈔	王正誼著	《懷潞園叢刊》本
花　品	王再咸著	《娛萱室小品》本
澤山詩鈔	王再咸著，趙光璧輯	刊印本
薦香遺稿	秦代馨著	清刻本
悶山詩鈔	王光裕著	刊印本
㢋廬詩鈔	鍾朝煦著	民國三十一年鉛印本
水㵦國棹歌	蔣文鴻著	《琴志樓叢書》本
嵋君詩鈔	朱鑒成著	《柳堂師友詩録初編》本
題鳳館詞稿	朱鑒成著	清同治十一年刻本
聊園詩存	王增祺著	清光緒十七至二十八年刻本
聊園詩詞存	王增祺著	清光緒十七年刻本
燕臺花事録	王增祺著	《香艷叢書》本
詩　緣	王增祺著	清光緒王氏陝西韓城刊本
漱六山房遺集	彭潤芳著	清光緒新津彭氏刊本
杏庵詩草	涂卿雲著	清同治刻本
雙鬻館詩存	洪錫爵著	清宣統成都洪氏刊本
聽鸝仙館詩存	戴綸喆著	民國十四年刊本
笨拙俚言	吳好山著	清光緒彭縣吳氏鈔本
七星山人集	岳凌雲著	民國南江刊本
今悔庵詩（附詞）	張慎儀著	《籛園叢書》本
石船居雜著剩稿	李超瓊著	清光緒二十二年《石船居剩稿》本
石船居古今體詩剩稿	李超瓊著	清光緒二十二年《石船居剩稿》本
成都顧先生詩集	顧印愚著	民國二十一年寧鄉程氏活字本
選夢樓詞	朱德寶著	瀘州陶氏排印本
寄影廬詩存	馮驤著	清刊本
秀華百詠	馮譽驄著	清光緒十二年刊本
七硯齋詩草	馮譽驄著	清光緒什邡馮氏刊本
留餘草堂詩集	馮譽驥著	清刊本
浣花草堂志（附詞）	何明禮著	《壁經堂叢書》本
十悟山房集	汪漱芳著	清刊本

還齋詞稿	朱策勳著	手寫石印本
蕊笈館詞集	胡延著	清光緒二十九年金陵糧儲道廨刻本
蕊笈館詞	胡延著	金陵自刻本
長安宮詞	胡延著	清光緒二十八年刻本
三堂詩品	宋育仁著	《古今文藝叢書》本
問琴閣詞	宋育仁著	民國四年排印《問琴閣叢書》本
問琴閣詩錄	宋育仁著	民國四年排印《問琴閣叢書》本
庚子秋詞	宋育仁著	影印手寫本
哀怨集	宋育仁著	自刻本
半篋秋詞	張祥齡著	刻印本
受經堂詞	張祥齡著	《近代蜀四家詞》本
子苾詞鈔	張祥齡著	民國六年成都存古書局刻本
和珠玉詞	張祥齡等著	清光緒二十年刻本
念石齋詩	梅際郇著	一九三六年鉛印本
守約庵詩文集	盛世英著	刻印本
觚齋詩存	方于彬著	一九三六年簡陽方氏刻本
楊叔嶠先生詩集	楊銳著	民國三年成都昌福公司鉛印本
說經堂詩草	楊銳著	《戊戌六君子遺集》本
香宋詞	趙熙著	林氏清寂堂刻本
王乃徵詩文集	王乃徵著	中江古舊書店本
聞妙香室詞鈔	張丙廉著	刻印本
餘力軒詩集	劉志著	高平存古山房刊本
寫定樓遺稿	馮江著	民國十年華陽馮氏家刻本
窳廬詞	陳緯元著	刻印本
臺山詩集	何人鶴著	清嘉慶綿州何氏刊本
星山詩草	楊庚著	清道光江安桐雲閣刊本
穀詒堂樂府詩餘合編	詹言著	民國榮縣詹氏石印本
穀詒堂集	詹言著	民國榮縣詹氏石印本
詹言詩鈔	詹言著	民國七年四川詹氏刻本
知過齋詩集	詹崇著	民國榮縣刊本
蘇山詩草	蘇啓元著	民國成都鴻文石印局本
頤樓詩鈔	周祖佑著	民國成都周氏刊本

東湖詩鈔	胡國甫著	民國成都昌福公司排印本
斗酒吟	胡國甫著	民國成都昌福公司排印本
松石齋詩鈔	戢澍銘著	清成都印書公司排印本
敩學半齋詩草	陳籛齡著	清光緒岳池陳氏刊本
曹氏培禄堂詩集	曹宦麻著	民國漢源曹氏刊本
逸園集	羅世勛著	民國灌縣排印本
篤生集	楊開培著	民國三十二年灌縣排印本
嘉峨遊草	黄與橿著	民國三十二年自貢美新印刷社排印本
嘯風詩集	劉存重著	民國十八年成都美利印刷公司排印本
青門詩鈔	陳宗和著	民國成都排印本
孝泉詩鈔	胡用賓著	民國德陽刊本
間聊雜俎	閔昌銓著	民國成都排印本
夢樓詩稿	殷夢樓著	民國成都排印本
挹翠堂詩集	吕爕樞著	民國成都排印本
掣鯨堂詩集	費錫璜著	清康熙刊本
叟巖詩草	劉澤嘉著	民國興華印刷所排印本
崧南家塾詩稿	謝奉揚著	民國灌縣排印本
禹勤遺草	申嘉續著	民國灌縣排印本
南溪山房詩草	劉希正著	民國新繁排印本
潛齋漫集	陳經著	民國成都鉛印本
寧静齋詩鈔	陳經著	民國鉛印本
天香室詩卷	邢錦生著	民國二十二年成都刊本
塤篪前後集	陳宸、陳寬著	民國二十四年成都福民公司排印本
今是齋集	盧壽仁著	資中盧氏排印本
甌廬詩鈔	鍾朝煦著	一九四二年宜賓自力股份公司刊印本
小溪輿頌	柴星輔等著	清光緒二十四年遂寧縣刻本
波外詞	喬曾劬著	民國二十九年刻印本
波外樂章	喬曾劬著	民國二十九年刻印本
喬大壯詞集	喬曾劬著	四川人民出版社本
不自是齋詩草	計恬著	清咸豐五年刻本
野鶴山房詩鈔	計恬著	清同治十三年刻本
逃園拾殘集	宋輔仁著	刻印本

衙石集	蕭望松著	清刻印本
晦珠館文稿	馬汝鄴著	一九二八年排印本
晦珠館詩詞稿	馬汝鄴著	一九二八年排印本
水菁國榷歌	蔣文鴻著	《琴志樓叢書》本
鵑血餘草	高浣花著	清刻印本
澹秋集	林毓麟著	民國十二年刻本
清寂堂詞錄	林思進著	林氏清寂堂刻本
清寂堂詩錄	林思進著	林氏清寂堂刻本
清寂堂詩續錄	林思進著	林氏清寂堂刻本
清寂堂集	林思進著	巴蜀書社本
雪苑詞	林思進著	一九四三年成都新新新聞報館鉛印本
花隱詞	楊秀先著	清刊本
古歡室詩集	曾懿著	清光緒三十三年刻本
浣月詞	曾懿著	清光緒三十三年刻本
蜀雅	周岸登著	民國二十年印本
蜀雅別集	周岸登著	民國二十年印本
能登集	周岸登著	民國二十九年四川大學油印本
師亮詩草	劉師亮著	成都文華印刷館排印本
師亮竹枝詞	劉師亮著	成都師亮出版社排印本
師亮諧稿	劉師亮著	成都師亮出版社排印本
師亮隨刊	劉師亮編	成都師亮出版社排印本
霜菊詩集	王霜菊著	成都崇業印刷社排印本
湘綺樓詞鈔	王闓運著	湘綺樓藏本
渠江詩社吟	夏澤溥輯	民國成都石印本
簡州攀轅錄	呂子彬輯	民國成都聚昌排印本
及見詩鈔	釋含澈選	清同治新繁龍藏寺鈔本
及見詩續鈔	釋含澈選	清同治新繁龍藏寺鈔本
樂府雜錄	段安節著	《守山閣叢書》本
樂府雅詞	曾慥輯	《四庫全書》本
樂府雅詞	曾慥輯	《粵雅堂叢書》本
東府雅詞	曾慥輯	《四部叢刊》本
陽春白雪	趙聞禮編	清吟閣刊本

唐宋諸賢絕妙詞選	黃昇編	《四部叢刊》本
中興以來絕妙詞選	黃昇編	《四部叢刊》本
回文類聚	桑世昌輯	《四庫全書》本
梅苑	黃大輿輯	《楝亭藏書十二種》本
梅苑	黃大輿輯	武進李氏聖譯樓排印本
絕妙好詞	周密輯	汲古閣鈔本
絕妙好詞箋	周密輯，厲鶚等箋	清道光刊本
樂府補題	陳恕可輯	《知不足齋叢書》本
遺山集·新樂府	元好問著	《殷禮在斯堂叢書》本
草堂詩餘	何士信輯	《懺花庵叢書》本
精選名賢詞話草堂詩餘	陳鍾秀校刊	明嘉靖刻本
草堂詩餘		明嘉靖刻本
草堂詩餘		明嘉靖三十三年楊金刊本
類編草堂詩餘	何士信輯，武陵逸史編次	明嘉靖二十九年顧從敬刻本
草堂詩餘正集	何士信輯，沈際飛評	明刻本
草堂詩餘續集	何士信輯，沈際飛評	明刻本
草堂詩餘別集	何士信輯，沈際飛評，秦士奇訂定	明刻本
類編草堂詩餘	胡桂芳重輯	明萬曆刻本
續草堂詩餘	長湖外史輯	明萬曆刻本
便讀草堂詩餘續集	董其昌評	明萬曆喬山書舍本
新刻注釋草堂詩餘評林	李廷機評點	明萬曆二十三年書林本
花草稡編	陳耀文編	陶風樓影印明萬曆本
花草稡編	陳耀文編	明萬曆十一年刻本
花草稡編	陳耀文編	清咸豐金繩武活字本
御選歷代詩餘	沈辰垣等編	《四庫全書》本
歷代詩餘	沈辰垣等編	影印清內府本
歷代詩餘	沈辰垣等編	民國間影印本
御選歷代詩餘	沈辰垣等編	杭州古籍書店本
花間集補	溫博輯	明萬曆茅氏凌霞山房刊本
花草新編	吳承恩輯	明鈔本
彙選歷代名賢詞府全集	鯑溪逸史輯	明鈔本

永樂大典	解縉等編	中華書局本
詩淵	佚名編	稿本
詞苑英華	毛晉編	明汲古閣本
唐詞紀	董逢元輯	明萬曆刊本
古今詩統	卓人月輯	明崇禎本
古今詩餘醉	潘游龍輯	明崇禎本
詞的	茅映輯	明朱之藩輯刻《詞壇合璧》本
詞菁	陸雲龍輯	明刊翠娛閣行篋必攜本
詞壇艷逸品	楊肇祉輯	明刻本
詞學全書	查繼超編	清康熙十八年刊本
詞軌	楊希閔編	清鈔本
唐五代宋遼金元名家詞集六十種輯	劉毓盤輯	排印本
全唐五代詞	張璋等編	上海古籍出版社本
唐五代詞選	成肇麟選	冶城山館刻本
唐宋名家詞選	龍楡生編選	上海古籍出版社修訂本
唐宋金元詞鈎沉	周泳先輯	商務印書館本
唐五代四大名家詞	丁壽田等輯	商務印書館本
唐五代詞	林大椿輯	商務印書館本
唐五代兩宋詞選釋	俞陛雲選釋	上海古籍出版社本
唐五代兩宋詞簡析	劉永濟選釋	上海古籍出版社本
唐宋詞簡釋	唐圭璋選釋	上海古籍出版社本
唐宋詞選釋	俞平伯選釋	人民文學出版社本
唐宋詞選	夏承燾、盛静霞選注	中國青年出版社本
唐宋名賢百家詞	吳訥編	傳鈔本
唐宋詞選箋	曲瀅生選箋	北平清華園我輩語社本
溫韋馮詞新校	曾昭岷校訂	上海古籍出版社本
詞鵠初編	孫致彌輯	清康熙刊本
宋元三十一家詞	王鵬遠編	清光緒刊本
四印齋所刻詞	王鵬遠輯	清光緒刊本
全宋詞	唐圭璋編	中華書局本
全宋詞簡編	唐圭璋編	上海古籍出版社本

宋名家詞	毛晉輯	明汲古閣刊本
宋六十名家詞	毛晉輯	清光緒十四年錢塘汪氏刊本
宋六十名家詞	毛晉輯	中華書局本
宋詞選	胡雲翼選注	上海古籍出版社本
景刊宋元本詞	吳昌綬影印	仁和吳氏雙照樓刊本
續刊景宋金元明本詞	陶湘編	陶氏涉園刊本
續刊景宋金元明本詞補編	陶湘編	陶氏涉園刊本
景汲古閣鈔宋金詞	陶湘編	陶氏涉園刊本
宋元名家詞	江標輯	湖南思賢書局刊本
全金元詞	唐圭璋編	中華書局本
全明詞	饒宗頤初纂，張璋總纂	中華書局本
全明詞補編	周明初等編	浙江大學出版社本
古今詞彙	卓回編纂	清康熙刊本
詞綜	朱彝尊、汪森編	清文萃堂刊本
詞綜補遺	陶梁輯	清道光刊本
明詞綜	王昶編	清嘉慶刊本
明詞綜	王昶編	民國鉛印本
明詞彙刊	趙尊岳輯	上海古籍出版社本
全清詞鈔	葉恭綽編	中華書局本
全清詞·順康卷	程千帆編	中華書局本
清詞綜	王昶等編	北京圖書館出版社本
清詞綜補	丁紹儀輯	中華書局本
國朝詞綜續編	黃燮清編	中華書局本
曲阿詞綜	劉會恩輯	清道光刊本
典雅詞十種	勞權輯	清初鈔本
倚聲初集	王士禎等編	清順治十七年刻本
今詞初集	納蘭性德等編	清康熙十六年刻本
瑤華集	蔣景祁編	中華書局本
復堂詞錄	譚獻編，羅仲鼎等整理	浙江古籍出版社本
篋中詞	譚獻編	《半廠叢書初編》本
篋中詞	譚獻編，羅仲鼎等點校	人民文學出版社本
近三百年名家詞選	龍榆生編	上海古典文學出版社本

清詞別集	楊家洛主編	臺灣鼎文書局本
清詞選	張伯駒等選，黄畲箋注	中州書畫社本
十名家詞集	侯文燦編	清康熙侯氏亦園本
林下詞選	周銘輯	清康熙刊本
見山亭古今詞選	陸次雲選	清康熙刊本
衆香詞	徐樹敏、錢岳輯	清康熙錦樹堂刊本
古今別腸詞選	趙式輯	清康熙四十八年遺經堂刻本
同情集詞選	陳鼎選	清鈔本
自怡軒詞選	許寶善選	清嘉慶刊本
詞潔	先著、程洪選輯	清刻本
詞潔	先著、程洪選輯	清嘉慶刊本
古今詞選	沈時棟選	清康熙瘦吟樓精刻本
詞選	張惠言輯	《四部備要》本
續詞選	董毅輯	《四部備要》本
詞辨	周濟選評	清光緒刊本
清綺軒詞選	夏秉衡輯	清光緒刊本
歷代詞腴	黄承勛輯	清光緒刊本
蓼園詞選	黄蘇選評	惜陰堂本
詞學叢書	秦恩復編	清嘉慶秦氏享帚精舍本
詞學集成	江順貽編	清光緒刊本
大雅集	陳廷焯評	上海古籍出版社本
放歌集	陳廷焯評	上海古籍出版社本
閑情歌	陳廷焯評	上海古籍出版社本
別調集	陳廷焯評	上海古籍出版社本
四印齋所刻詞	王鵬運輯	清光緒刊本
蜀十五家詞	吳虞輯	民國間排印本
湘綺樓詞選	王闓運評選	湘綺樓藏本
十名家詞集	侯文燦編	清侯氏亦園刊本
歷朝名媛詩詞	陸昶輯	清乾隆三十八年紅樹樓刻本
歷代名媛詞選	吳灝輯	石印本
閨秀百家詞選	吳灝等輯	掃葉山房石印本
歷代閨秀詞集釋	徐珂編	商務印書館本

歷代詞選集評	徐珂編	商務印書館本
彊村叢書	朱孝臧輯	歸安朱氏刊本
彊村叢書	朱孝臧輯	上海古籍出版社本
彊村遺書	朱孝臧輯	歸安朱氏刊本
惜陰堂叢書	趙尊岳編	武進趙氏刻本
明詞彙刊	趙尊岳編	上海古籍出版社影印本
清詞選集評	徐珂編	商務印書館本
清十一家詞鈔	王煜編注	正中書局本
藝蘅館詞選	梁令嫻選	清光緒刊本
藝衡館詞選	梁令嫻選，劉逸生點校	廣東人民出版社本
長興詞存	温匋輯	民國十五年鉛印本
中華詞選	孫怒潮等編	中華書局本
六家詞鈔	王先謙輯	岳麓書社本
清八大名家詞集	錢仲聯編	岳麓書社本
小檀欒室彙刻閨秀詞	徐乃昌輯	清光緒刊本
小檀欒室閨秀詞鈔	徐乃昌輯	清宣統元年刊本
近代四家詞	戴安常選編	四川人民出版社本
徙陽竹枝詞		清光緒刊本
錦城竹枝百韻	馮家吉著，馮譽驄校正	成都研精館刊本
四川竹枝詞	林孔翼、沙銘璞輯	四川人民出版社本
成都竹枝詞	林孔翼輯	四川人民出版社本
詞話叢編	唐圭璋編	中華書局本
歷代詞話	王弈清等著	中華書局本
歷代詞話	張璋等編	大象出版社本
歷代詞話續編	張璋等編	大象出版社本
時賢本事曲子集	楊繪著	趙萬里輯本
古今詞話	楊偍著	趙萬里輯本
復雅歌詞	鯛陽居士著	趙萬里輯本
拙軒詞話	張侃著	《詞話叢編》中華書局本
魏慶之詞話	魏慶之著	《詞話叢編》中華書局本
浩然齋詞話	周密著	《聚珍版叢書》本
詞源	張炎撰	《詞話叢編》中華書局本

樂府指迷	沈義父撰	《花草稡編》本
吳禮部詞話	吳師道著	《知不足齋叢書》本
詞旨	陸行直著	《百尺樓叢書》本
渚山堂詞話	陳霆著	明嘉靖刊本
渚山堂詞話	陳霆著	《吳興叢書》本
唐詞紀	董逢元輯	明萬曆刊本
古今詞統	卓人月輯	明崇禎刊本
古今詩餘醉	潘游龍輯	明崇禎刊本
古今詩餘醉	潘游龍輯，梁穎點校	遼寧教育出版社本
詞評	王世貞著	明萬曆刊本
藝苑卮言	王世貞著	《詞話叢編》中華書局本
弇州山人詞評	王世貞著	《小石山房叢書》本
爰園詞話	俞彥著	《詞話叢編》中華書局本
詞學筌蹄	周瑛著	明鈔本
詩餘圖譜	張綖著	明刊本
詩餘圖譜補遺	謝天瑞著	明萬曆刊本
增正詩餘圖譜	游元涇校補	明刊本
皺水軒詞筌	賀裳撰	《詞話叢編》中華書局本
填詞雜說	沈謙撰	《詞話叢編》中華書局本
詞苑叢談	徐釚撰	《海山仙館叢書》本
詞苑叢談	徐釚著，唐圭璋校注	上海古籍出版社本
花草蒙拾	王士禎撰	《詞話叢編》中華書局本
金粟詞話	彭孫遹撰	《詞話叢編》中華書局本
窺詞管見	李漁撰	《詞話叢編》中華書局本
古今詞話	沈雄撰	《詞話叢編》中華書局本
柳塘詞話	沈雄撰	上海大東書局刊印本
本事詞	葉申薌著	天籟軒刊本
詞林紀事	張宗橚輯	《涉園叢刊》本
詞苑萃編	馮金伯輯	清嘉慶刊本
藝概	劉熙載著	清光緒二十九年成都官書局本
藝概	劉熙載著	上海古籍出版社本
蓮子居詞話	吳衡照著	退補齋刊本

介存齋論詞雜著	周濟撰	《詞話叢編》中華書局本
介存齋論詞雜著	周濟撰，顧學頡點校	人民文學出版社本
復堂詞話	譚獻著	《詞話叢編》中華書局本
復堂詞話	譚獻著，顧學頡點校	人民文學出版社本
蒿庵論詞	馮煦著	《詞話叢編》中華書局本
蒿庵論詞	馮煦著，顧學頡點校	人民文學出版社本
賭棋山莊詞話	謝章鋌著	清光緒刊本
賭棋山莊詞話校注	謝章鋌著，劉榮平校注	廈門大學出版社本
詞逕	孫麟趾著	《詞話叢編》中華書局本
聽秋聲館詞話	丁紹儀著	清同治刊本
襃碧齋詞話	陳鋭著	《詞話叢編》中華書局本
西河詞話	毛奇齡著	《詞話叢編》中華書局本
詞徵	張德瀛著	《詞話叢編》中華書局本
古今詞論	王又華著	《詞話叢編》中華書局本
詞家辨正	李良年著	《學海類編》本
白雨齋詞話	陳廷焯著	《詞話叢編》中華書局本
白雨齋詞話	陳廷焯著，杜維沫點校	人民文學出版社本
白雨齋詞話足本校注	陳廷焯著，屈興國校注	齊魯書社本
詞壇叢話	陳廷焯著	《詞話叢編》中華書局本
蕙風詞話	況周頤著	《詞話叢編》中華書局本
蕙風詞話	況周頤著，王幼安校訂	人民文學出版社本
香海棠館詞話	況周頤著	《蕙風叢書》本
餐櫻廡詞話（載況周頤詞話五種）	況周頤著，孫克強輯校	浙江古籍出版社本
七頌堂詞繹	劉體仁著	《別下齋叢書》本
遠志齋詞衷	鄒祗謨著	《賜硯堂叢書》本
詞綜偶評	許昂霄著	《詞話叢編》中華書局本
張惠言論詞	張惠言著	《詞話叢編》中華書局本
憩園詞話	杜文瀾著	《詞話叢編》中華書局本
西圃詞説	田同之著	古歡堂家刻本
銅鼓書堂詞話	查禮著	《詞話叢編》中華書局本
雕菰樓詞話	焦循著	《詞話叢編》中華書局本

靈芬館詞話	郭麐著	《靈芬館全集》本
戲鷗居詞話	毛大瀛著	《戊寅叢編》本
片玉山房詞話	孫兆溎著	《詞話叢編》中華書局本
左庵詞話	李佳著	清光緒刊本
詞論	張祥齡著	《詞話叢編》中華書局本
南亭詞話	李寶嘉著	上海大東書局本
芬陀利室詞話	蔣敦復著	清光緒刊本
問花樓詞話	陸鎣著	《詞話叢編》中華書局本
樂府餘論	宋翔鳳著	《詞話叢編》中華書局本
歲寒居詞話	胡薇元著	《玉津閣叢書》本
論詞隨筆	沈祥龍著	《詞話叢編》中華書局本
人間詞話	王國維著	《詞話叢編》中華書局本
人間詞話	王國維著，徐調孚注，王幼安校訂	人民文學出版社本
人間詞話	王國維著，滕咸惠校注	齊魯書社本
飲冰室評詞	梁啓超著	《詞話叢編》中華書局本
忍古樓詞話	夏敬觀著	《詞話叢編》中華書局本
填詞圖譜	賴以邠著	浙江汪啓淑家藏本
選聲集	吳綺等編	內府藏本
詞律	萬樹編著	清康熙堆絮園本
詞律	萬樹編著	上海古籍出版社本
詞律拾遺	徐本立編	清同治刊本
詞律補遺	杜文瀾著	上海古籍出版社本
欽定詞譜	王弈清等編	《四庫全書》本
欽定詞譜	王弈清等編	清康熙刊本
詞鵠初編	孫致彌輯，樓儼補訂	清康熙刊本
三百詞譜	鄭元慶輯	清康熙刊本
填詞名解	毛先舒輯	《詞學全書》本
詞林正韻	戈載撰	《嘯園叢書》本
詞韻	仲恒著	《詞學全書》本
詞韻考略	許昂霄著	《中國文學珍本叢書》本
詞名集解	汪汲著	清乾隆刊本

1468

天籟軒詞譜	葉申薌輯	清道光刊本
白香詞譜箋	舒夢蘭輯，謝朝徵箋	清光緒刊本
詞調溯源	夏敬觀著	商務印書館本
詞名索引	吳藕汀著	中華書局本
詞牌釋例	嚴建文	浙江文藝出版社本
詞筌	余毅恒著	重慶正中書局本
詞筌	余毅恒著	臺北正中書局增訂本
詞史	劉毓盤著	群衆圖書公司本
詞曲史	王易著	上海神州國光社
中國詞史大綱	胡雲翼著	北新書局本
中國詞史略	胡雲翼著	上海大陸書局本
中國韻文史	龍榆生著	國立音樂專科學校叢書本
唐宋詞人年譜	夏承燾著	上海古典文學出版社本
中國文學家大辭典	譚正璧編	光明書局本
蜀詞人評傳	姜方錟著	成都協美公司鉛印本
蜀詞人評傳	姜方錟著	成都古籍書店本
歷代詞人考略	況週頤撰	吳興嘉業堂本
花間詞人研究	伊磋著	上海元新書局本
唐宋詞史	唐海明著	江蘇古籍出版社本
靈溪詞話	繆鉞、葉嘉瑩合著	上海古籍出版社本
迦陵論詞叢稿	葉嘉瑩著	上海古籍出版社本
唐宋詞欣賞	夏承燾著	百花文藝出版社本
論詩詞曲雜著	俞平伯著	上海古籍出版社本
詩詞曲欣賞論稿	萬雲駿著	中國社科院出版社本
唐五代詞評析	徐育民著	山西人民出版社本
全唐詩（附詞）	彭定求等編次	揚州書局本
全唐詩（附詞）	彭定求等編次	中華書局本
全唐詩外編	王重民、孫望、童養年輯錄	中華書局本
唐詩箋要（附詞）	吳瑞榮箋	清乾隆三樂齋本
唐詩析類集訓（附詞）	曹錫彤輯注	首都圖書館藏
雲謠集	朱祖謀等輯	《彊村叢書》本

敦煌曲子詞集	王重民輯	商務印書館本
敦煌詞掇	周泳先輯	《宋金元人詞鉤沉》本
敦煌掇瑣	劉復編	國立中央研究院本
敦煌曲校錄	任中敏輯	上海文藝聯合出版社本
敦煌曲初探	任中敏著	上海文藝聯合出版社本
唐聲詩	任中敏著	上海古籍出版社本
唐樂府	吳勉學輯	明刊本
唐詩解	唐汝詢選釋	清順治萬笈堂本
全五代詩	李調元輯	《函海》道光本
宋詩鈔	吳自牧輯	中華書局本
元詩選	顧嗣立編選	清嘉慶刊本
元詩選	顧嗣立編選	中華書局本
名媛詩歸	鍾惺評點	明刊本
花鏡雋聲	馬嘉松編	明刊本
古今女史	趙世傑輯	明崇禎刊本
古今青樓集選	周公輔選	明刊本
國朝全蜀詩鈔	孫桐生編	清光緒李氏刊本
國朝全蜀詩鈔	孫桐生編	巴蜀書社本
新繁詩略	楊昌翰輯	清光緒楊氏刊本
本事詩	孟棨撰	《津逮秘書》本
歷代詩話	何文煥輯	中華書局本
歷代詩話續編	丁福保輯	中華書局本
六一詩話	歐陽修著，鄭文點校	人民文學出版社本
白石詩說	姜夔著，鄭文點校	人民文學出版社本
滹南詩話	王若虛著，霍松林、胡主佑點校	人民文學出版社本
碧溪詩話	黃徹著，湯新祥校注	人民文學出版社本
能改齋漫錄	吳曾著	《守山閣叢書》本
能改齋漫錄	吳曾著	上海古籍出版社本
詩人玉屑	魏慶之著	上海古籍出版社本
西清詩話	蔡絛著	《說郛》本
漫叟詩話	宋佚名著	《說郛》本

庚溪詩話	陳巖肖著	《歷代詩話續編》中華書局本
詩話總龜	阮閱編	《四部叢刊》本
增修詩話總龜	阮閱編	明月窗道人刊本
詩話總龜	阮閱編，周本淳點校	人民文學出版社本
竹坡詩話	周紫芝撰	《百川學海》本
唐詩紀事	計有功編著	汲古閣本
唐詩紀事	計有功編著	中華書局本
全唐詩話	尤袤著，孫濤補	清宣統三樂堂重訂本
滄浪詩話	嚴羽著	《百川學海》本
滄浪詩話校釋	嚴羽著，郭紹虞校釋	人民文學出版社本
許彥周詩話	許彥周著	《百川學海》本
優古堂詩話	吳开著	《歷代詩話續編》中華書局本
後山詩話	陳師道著	《津逮秘書》本
藏一話腴	陳郁著	《豫章叢書》本
後村詩話	劉克莊著	中華書局本
苕溪漁隱叢話	胡仔纂集	耘經樓刻本
苕溪漁隱叢話	胡仔纂集，廖德明點校	人民文學出版社本
竹莊詩話	何汶著	中華書局本
唐音癸籤	胡震亨輯	明雙與堂本
唐音癸籤	胡震亨輯，周本淳校訂	上海古籍出版社本
古今詩話	陳繼儒著	明心遠堂本
詩藪	胡應麟著	明萬曆刊本
詩藪	胡應麟著	上海古籍出版社本
精選古今名賢詩林廣記	蔡正孫著	明弘治刊本
詩林廣記	蔡正孫著，常振國等點校	中華書局本
冷齋夜話	惠洪著，陳新點校	中華書局本
風月堂詩話	朱弁著，陳新點校	中華書局本
環溪詩話	吳沆著，陳新點校	中華書局本
唐才子傳	辛文房著	《四庫全書》本
唐才子傳	辛文房著，周本淳校正	江蘇古籍出版社本
五代詩話	王士禎輯，鄭方坤删補	《粵雅堂叢書》本

五代詩話	王士禎輯，鄭方坤删補，戴鴻森點校	人民文學出版社本
宋詩紀事	厲鶚輯	清乾隆厲氏樊榭山房刊本
宋詩紀事	厲鶚輯，胡道静等標點整理	上海古籍出版社本
宋詩話輯佚	郭紹虞輯	中華書局本
宋詩話考	郭紹虞著	中華書局本
全遼詩話	張滌雲等整理	岳麓書社本
元詩紀事	陳衍輯	上海古籍出版社本
文章辨體序説	吳訥著，于北山校點	人民文學出版社本
文章明辨序説	徐師曾著，羅根澤校點	人民文學出版社本
詩源辯體	許學夷著	明崇禎十五年陳所學刊本
詩源辯體	許學夷著，杜維沫點校	人民文學出版社本
清詩話	王夫之等撰	上海古籍出版社本
清詩話續編	郭紹虞編選，富壽蓀點校	上海古籍出版社本
帶經堂詩話	王士禎著，張宗柟纂集	清同治十二年廣州藏修堂刊本
帶經堂詩話	王士禎著，張宗柟纂集，戴鴻森點校	人民文學出版社本
昭昧詹言	方東樹著，汪紹楹點校	人民文學出版社本
談龍録	趙執信著，陳邇冬點校	人民文學出版社本
石洲詩話	翁方綱著，陳邇冬點校	人民文學出版社本
北江詩話	洪亮吉著，陳邇冬點校	人民文學出版社本
隨園詩話	袁枚著，顧學頡點校	人民文學出版社本
初白庵詩評	查慎行輯	上海六藝書局石印本
詩比興箋	陳沆編選	上海古籍出版社本
甌北詩話	趙翼著，霍松林等點校	人民文學出版社本
飲冰室詩話	梁啟超著，舒蕪點校	人民文學出版社本
大唐新語	劉肅著	《四庫全書》本
大唐新語	劉肅著，垣鶴等校點	中華書局本
唐國史補	李肇著	《學津討原》本
唐國史補	李肇著	上海古籍出版社本
因話録	趙璘著	《稗海》本
因話録	趙璘著	上海古籍出版社本

明皇十七事	李德裕著	《學海類編》本
明皇雜録	鄭處誨撰	《守山閣叢書》本
明皇雜録	鄭處誨撰	《叢書集成初編》本
明皇雜録	鄭處誨撰	上海古籍出版社本
開天傳信記	鄭綮著	上海古籍出版社本
長恨歌傳	陳鴻著	上海古籍出版社本
開元天寶遺事	王仁裕撰	《叢書集成初編》本
開天元寶遺事	王仁裕撰，丁如明輯校	上海古籍出版社本
楊太真外傳	樂史著	葉德輝《觀古堂小説》本
楊太真外傳	樂史著	上海古籍出版社本
類説	曾慥編	明崇禎本
唐會要	王溥編纂	清光緒二年江蘇書局本
唐會要	王溥編纂	上海古籍出版社本
太平廣記	李昉等編纂	明嘉靖丙寅談愷本
太平廣記	李昉等編纂	中華書局本
太平御覽	李昉等編纂	清嘉慶歙縣鮑氏校刻本
太平御覽	李昉等編纂	中華書局本
麈史	王得臣著	《知不足齋叢書》本
麈史	王得臣著，俞宗憲點校	上海古籍出版社本
蘆浦筆記	劉昌詩著	《知不足齋叢書》本
蘆浦筆記	劉昌詩著，張榮錚等點校	中華書局本
歸潛志	劉祁著	《知不足齋叢書》本
夢溪筆談	沈括著	《四部叢刊》本
夢溪筆談	沈括著	《津逮秘書》本
墨莊漫録	張邦基著	《四部叢刊》本
耆舊續聞	陳鵠撰	《四庫全書》本
鶴林玉露	羅大經著	涵芬樓排印本
鶴林玉露	羅大經著，王瑞來點校	中華書局本
捫虱新話	陳善撰	《儒學警悟》本
夷堅志	洪邁撰，何卓點校	中華書局本
江南野録	龍袞著	《續百川學海》本
湘山野録	釋文瑩撰	《擇居是叢書》本

湘山野録	釋文瑩撰，鄭世剛等校點	中華書局本
玉壺清話	釋文瑩撰	《知不足齋叢書》本
玉壺清話	釋文瑩撰，鄭世剛等校點	中華書局本
揮麈録·前録	王明清撰	《四部叢刊》本
揮麈録·後録	王明清撰	《四部叢刊》本
揮麈録·三録	王明清撰	《四部叢刊》本
揮麈録餘話	王明清撰	《四部叢刊》本
鐵圍山叢談	蔡絛撰	《知不足齋叢書》本
鐵圍山叢談	蔡絛撰，馮惠民等點校	中華書局本
野客叢書	王楙撰	《稗海》本
野客叢書	王楙撰，王文錦點校	中華書局本
陶朱新録	馬純撰	《守山閣叢書》本
青瑣高議	劉斧撰	誦芬室刊本
青瑣高議	劉斧撰	上海古籍出版社本
唐語林	王讜撰	清道光十九年錢氏刊本
唐語林	王讜撰	上海古籍出版社本
瓮牖閑評	袁文撰	《聚珍版叢書》本
瓮牖閑評	袁文撰，李偉國點校	上海古籍出版社本
考古質疑	葉大慶撰	《聚珍版叢書》本
考古質疑	葉大慶撰，李偉國點校	上海古籍出版社本
賓退録	趙與時撰	清乾隆十七年存恕堂仿宋本
賓退録	趙與時撰，齊治平點校	上海古籍出版社本
中吳紀聞	龔明之撰	《知不足齋叢書》本
中吳紀聞	龔明之撰，孫菊園點校	上海古籍出版社本
梁溪漫志	費袞撰	《知不足齋叢書》本
梁溪漫志	費袞撰，金圓點校	上海古籍出版社本
石林燕語	葉夢得撰	《四庫全書》本
石林燕語	葉夢得撰，侯忠義點校	中華書局本
猗覺寮雜記	朱翌撰	《知不足齋叢書》本
螢雪叢説	俞成撰	《稗海》本
蜀檮杌	張唐英撰	《函海》道光本
蜀檮杌校箋	張唐英撰，王文才等校箋	巴蜀書社本

鷄肋編	莊綽撰	《琳琅秘室叢書》本
鷄肋編	莊綽撰，蕭魯陽點校	中華書局本
青箱雜記	吳處厚撰	《稗海》本
青箱雜記	吳處厚撰，李裕民點校	中華書局本
東軒筆錄	魏泰撰	《四庫全書》本
東軒筆錄	魏泰撰，李裕民點校	中華書局本
西溪叢話	姚寬撰	《涵芬樓秘書》本
邵氏聞見錄	邵伯溫撰	《津逮秘書》本
邵氏聞見錄	邵伯溫撰，李劍雄等點校	中華書局本
邵氏聞見後錄	邵博撰	《津逮秘書》本
邵氏聞見後錄	邵博撰，李劍雄等點校	中華書局本
貴耳錄	張端義撰	《津逮秘書》本
庶齋老學叢談	盛如梓撰	《知不足齋叢書》本
韻語陽秋	葛立方撰	明正德刊本
雍錄	程大昌撰	《古今逸史》本
羅湖野錄	釋曉瑩撰	《寶顏堂秘笈》本
醉翁談錄	金盈之撰	《適園叢書》本
春渚紀聞	何薳撰	《津逮秘書》本
春渚紀聞	何薳撰，張明華點校	中華書局本
泊宅編	方勺撰	《金華叢書》本
泊宅編	方勺撰，許沛藻等點校	中華書局本
翰墨大全	劉應李撰	兩淮鹽政採進本
皇朝事實類苑	江少虞撰	誦芬室刊本
古今合璧事類備要·前集	謝維新編	明刊本
古今合璧事類備要·後集	謝維新編	明刊本
古今合璧事類備要·續編	謝維新編	明刊本
古今合璧事類備要·別集	謝維新編	明刊本
古今合璧事類備要·外集	謝維新編	明刊本
建炎以來繫年要錄	李心傳撰	清光緒刊本
三朝北盟會編	徐夢莘撰	清光緒排印本
容齋隨筆	洪邁撰	《四部叢刊》本
容齋隨筆	洪邁撰，夏祖堯等點校	岳麓書社本

齊東野語	周密撰	《津逮秘書》本
齊東野語	周密撰，張茂鵬點校	中華書局本
浩然齋雅談	周密撰	《聚珍版叢書》本
武林舊事	周密撰	《寶顏堂秘笈》本
大宋宣和遺事	佚名撰	古典文學出版社本
宣和遺事	佚名撰	《士禮居叢書》本
全芳備祖	陳景沂著	《四庫全書》本
歲時廣記	陳元靚著	《十萬卷樓叢書》本
侯鯖錄	趙令畤著	《知不足齋叢書》本
靖康緗素雜記	黃朝英著	《學海類編》本
靖康緗素雜記	黃朝英著，吳企明點校	上海古籍出版社本
獨醒雜志	曾敏行著	《知不足齋叢書》本
獨醒雜志	曾敏行著，朱傑人標校	上海古籍出版社本
東京夢華錄	孟元老著	《津逮秘書》本
夢粱錄	吳自牧著	《知不足齋叢書》本
隱居通義	劉塤著	《讀書齋叢書》本
新編事文類聚翰墨大全	劉應李輯	元刊本
琅嬛記	舊題伊世珍撰	《津逮秘書》本
至正直記	孔齊著	《粵雅堂叢書》本
至正直記	孔齊著，莊敏等點校	上海古籍出版社本
山堂肆考	彭大翼編，張幼學訂補	明萬曆刊本
稗史彙編	王圻編	明萬曆刊本
陶庵夢憶	張岱著	清光緒刊本
陶庵夢憶	張岱著，馬興榮點校	上海古籍出版社本
西湖夢尋	張岱著	清光緒刊本
西湖夢尋	張岱著，馬興榮點校	上海古籍出版社本
夜航船	張岱著，劉耀林校點	浙江古籍出版社本
説郛	陶宗儀輯	涵芬樓排印本
南村輟耕錄	陶宗儀輯	《四部叢刊》本
堯山堂外紀	蔣一葵撰	明萬曆刊本
草木子	葉子奇撰	中華書局本
補續全蜀藝文志	杜應芳等編纂	明萬曆刊本

鐵網珊瑚	趙琦美編	澄鑒堂刊本
珊瑚網法書題跋	汪珂玉輯	《適園叢書》本
珊瑚網名畫題跋	汪珂玉輯	《適園叢書》本
清河書畫舫	張丑輯	清光緒十四年池北草堂刊本
清河書畫舫	張丑輯，徐德明點校	上海古籍出版社本
四友齋叢説	何良俊著	中華書局本
語林	何良俊著	上海古籍出版社本
池北偶談	王士禎著	《清代筆記叢刊》本
池北偶談	王士禎著，靳斯仁點校	上海古籍出版社本
香祖筆記	王士禎著	清康熙刊本
閑情偶寄	李漁著，單錦珩點校	浙江古籍出版社本
書影	周亮工著	上海古籍出版社本
簷曝雜記	趙翼著，李解民點校	中華書局本
竹葉亭雜記	姚元之著，李解民點校	中華書局本
廣東新語	屈大均著	中華書局本
水窗春囈	歐陽兆熊、金安清著，謝興堯點校	中華書局本
冷廬雜識	陸以湉著，崔凡之點校	中華書局本
十駕齋養新録	錢大昕著	商務印書館本
十駕齋養新録	錢大昕著	上海書店本
十國春秋	吳任臣著，徐敏霞等點校	中華書局本
宋稗類鈔	潘永因編，劉卓英點校	書目文獻出版社本
清稗類鈔選·文學　藝術戲劇　音樂	徐珂編，無谷等點校	書目文獻出版社本
清稗類鈔選·著述　鑒賞	徐珂編，無谷等點校	書目文獻出版社本
廣群芳譜	汪灝等編撰	上海書店本
雅州府志	曹掄彬纂修	清乾隆刊本
温江縣志	李紹祖等纂修	清嘉慶刊本
達縣志	魯風輝等纂修	清嘉慶刊本
彭山縣志	史欽義等纂修	清嘉慶刊本
金堂縣志	謝惟傑等纂修	清嘉慶刊本
南充縣志	袁鳳孫等纂修	清嘉慶刊本
合川縣志	張森楷等纂修	民國排印本

銅梁縣志	徐灜等纂修	清嘉慶刊本
銅梁縣志	韓清桂等纂修	清光緒刊本
綦江縣志	宋灝等纂修	清道光刊本
四川綦江續志	戴綸喆等纂修	民國刊本
巴州志	朱錫穀纂修	清道光刊本
巴中縣志	馬傳芝等纂修	民國石印本
屏山縣志	張曾敏等纂修	清嘉慶刊本
屏山縣續志	張九章等纂修	清光緒刊本
宣漢縣志	汪承烈等纂修	民國石印本
西昌縣志	鄭少成等纂修	民國刊本
冕寧縣志	李英粲等纂修	清咸豐刊本
越雟廳全志	馬忠良等纂修	清光緒刊本
理番廳志	周祚嶧等纂修	清同治刊本
劍閣縣續志	王昌蔚等纂修	民國排印本
黔江縣志	張紹齡纂修	清咸豐刊本
巫山縣志	連山等纂修	清光緒刊本
崇慶州志	楊長森等纂修	清乾隆刊本
簡州志	濮瑗等纂修	清咸豐刊本
簡陽縣詩文存	林志茂等纂修	民國排印本
灌縣文徵	葉大鏘等纂修	民國排印本
新繁文徵	侯俊德等纂修	民國排印本
南溪縣志	胡之富等纂修	清嘉慶刊本
南溪文徵	李凌霄等纂修	民國排印本
望江樓志	彭芸蓀著	四川人民出版社本
杜甫草堂文獻彙編		杜甫草堂油印本

愚人自述：崎嶇的學術跋涉之路

我是重慶市潼南區人，1935年2月5日出生。兄弟姊妹五人，我排行第三。據説，祖輩是湖北麻城人，因"湖廣填四川"而入川。我家是大家族，在我出生之時，已經家道中落，日益衰敗。我的父親是中醫外科醫生，醫術頗爲精湛，在我六歲時即已作古。母親也是出身大族，雖是家庭婦女，但受過良好教育。她操持家務，撫育子女，支撑家庭幾十年，是位善良能幹的母親，我就是在她的養育下成長起來的。

一、求學與工作經歷

（一）少年時代

我五歲時開始接受啓蒙教育，在附近村小上學。十歲時在當地鄉紳胡明高家所辦的私塾讀書，老師很有學問，講授古文水平很高。加之我的二哥文學基礎很好，書法藝術尤佳，對我幫助很大。我對中國古典文學産生了興趣，還逐漸記誦了一些古文名篇。十一歲時，去銅梁縣平灘鎮中心小學讀高小。從此時起，即離開老家，在校住讀（學校離家五十多里，只有周末回家），培養了獨立生活能力，這對我以後的生活道路産生了十分重要的影響。讀了一年之後，我投考了銅梁平灘中學，被該校以備取生（因高小尚未畢業）録取爲初一學生，一直讀到初中五期。該校雖遠離縣城，但進步力量較强，不少老師思想進步，有的就是中共地下黨員。我在這裏不僅學到了知識，也受到進步思想的影響。特別是語文老師，學識淵博，經驗豐富，經常印發一些内容進步的"活頁文選"，讓學生閱讀和進行講授。這對啓迪思想，開發智力，增長知識，都有很大幫助。

1949年，學校的進步師生消息靈通，積極進行迎接解放的各項準備。1950年，平灘鄉所屬區建立了新生的紅色政權——區人民政府。大家情緒高昂，歡欣鼓舞。我也和大家一道，參加了宣傳活動，還被同學們選爲參加銅梁全縣學聯代表大會的代表，出席了大會。這更加激發了我要求進步的積極性，會後不斷參加各種社會活動。

（二）參加工作

1950 年暑假，我離開學校和老家，去了重慶市的二姐家。新中國剛剛成立，百廢待興，需要大量的建設人才。廣大青年學生紛紛參加工作，積極投入新中國的建設。同年 10 月，我考入了西南銀行幹部學校。學習兩個月之後，被分配到重慶市人民銀行彈子石辦事處，先後擔任出納員和記賬員。1951 年 11 月，我加入中國新民主主義青年團。1952 年 8 月，我任辦事處儲蓄股長。當時彈子石有個裕華紗廠，有幾千名工人，工資比較高，銀行的任務就是動員他們參加儲蓄，集聚資金，支援國家建設。1952年 10 月，我加入中國共產黨，預備期一年，後按期轉正。1953 年，銀行進行機構調整，以行政區劃設立區辦事處（原來的辦事處降格爲分理處）後，我任重慶市人民銀行五區辦事處人事股長、支部書記。1954 年 10月，我任重慶市人民銀行人事科幹部股長。1955 年 11 月，我任重慶市人民銀行政治辦公室秘書兼機關黨委秘書。

參加工作之後，分配給我的工作，我都能够較好地完成，領導也很滿意，而且還有意識地對我進行培養，不斷委以重任。但是，由於我文化程度不高，基礎較差，兼之頭腦笨拙，不够靈敏，鮮有應變能力。自己努力學習，刻苦鑽研，對付書本還差強人意，處理人際關係，使得上下融洽，就很不在行。我自認爲不適合在機關工作，特別是不宜擔任行政領導。所謂"不想立功、立德，只望立言傳世"，這就是我當時的思想狀態。所以，1955 年在周總理"向科學進軍"號召的鼓舞下，我決定繼續讀書。1956 年中國人民大學單獨招生時，我報考了新聞系，結果名落孫山。接着參加了全國統考，考取了四川大學歷史系。

（三）川大十年

1956 年 9 月，我踏進了四川大學的門檻，成爲歷史系一年級學生。這是一所歷史悠久、規模宏大的大學。僅歷史系，先後給我們直接上課的都是經驗豐富的老教授，如系主任徐中舒講先秦史，繆鉞講魏晉南北朝史，蒙文通講宋史，蒙思明講元史，黃少荃講明清史，馮漢驥講考古學，胡鑒民講民族學，譚英華講世界史，盧劍波講外國史，等等。川大名師輩出，大師雲集，教學質量超一流，學生受益匪淺，畢業後獨立工作能力很强，能够適應各種工作。

1956 年我們入學後，學校是按蘇聯模式加以培養的。學的是俄語，考試方式是一大一小兩人一組，采用抽籤方式，進行口試，成績是五級記分法等，這對學生全面掌握知識，打下堅實基礎，不無益處。年齡較大的調幹學生，只好上課記筆記，下課對筆記，考試背筆記，特別是面對抽籤考試，必須全面掌握，充分準備，搞得十分緊張。有的同學不堪忍受其壓力，只好中途休學，嚴重的甚至退學。1957 年後，就開始了"整風""大煉鋼鐵""反右傾"等一系列運動。這樣一來，就不能按常規上課，以至出現半停課或完全停課的狀態。而真正上課和讀書，只有兩年多的時間。

1960 年 3 月，學校爲了加強行政領導，抽調了一大批調幹學生擔任行政職務。有的任系總支書記，有的任系辦公室主任。我被調任數學系辦公室負責人。數學系是學校的大系之一，師生員工近千人，有不少知名的專家、教授。系辦公室的任務，是做好教職工的生活福利，安排好教務工作，管好圖書資料，以及負責全系學生除思想教育以外的所有事務性工作，頭緒繁多，複雜煩瑣，而分管的系主任是教授，負有教學任務，對行政工作基本上不管。辦公室的工作基礎較好，兩任黨總支書記張宗仁和饒用虞又給予支持和幫助，行政方面的大小事務都由我處理。

當年，出現了嚴重灾害。師生中發生大面積水腫病，中央號召抓好生活，解決營養不良的問題。學校決定食堂下放，由數學系和化學系合辦學生一食堂（其餘幾個食堂由別的系合辦）。數學系派我和化學系的一位同志進行具體管理。我們采取了一系列的措施，如加強對炊事員的教育，調動他們的積極性；提高伙食質量，保證糧食定量；做到粗菜細作，米麵適當搭配；加強副食品的采購，儘量在配售物品之外擴大貨源；等等。我還同采購員一起去聞名全省的資陽臨江寺豆瓣廠，經過反復説服，購得豆瓣一千多斤（在當時物資奇缺的情況下，能購得數量如此多的豆瓣，實在是奇迹），對改善伙食起了很大作用，受到了領導和同學們的好評。

在數學系工作到 1963 年 2 月，我感到在學校做行政工作，並非長久之計，與我考大學的初衷不符。經過慎重考慮，我給戴伯行校長寫了一封信，要求復學。他批准了我的復學申請。

1963 年 3 月，我回到歷史系，成了 1965 級的學生。復學之後，除了擔任班長之外，我是分秒必爭地學習。先是在學習通史的基礎上寫了一篇《關於明清專制皇權加強的幾個問題》的論文，得到明清史專家黄少荃教授的肯定。繼而選擇宋史專業，指導老師是蒙文通先生。除了上課之外，我大量閱讀了宋代的文獻與史料，如《文獻通考》《宋會要》《續資治通鑑長編》《建炎以來繫年要錄》等，還做了不少卡片和筆記。我特別珍惜學習的時間與機會。

作者和部分同學看望系主任徐中舒先生（中坐者）

從 1956 年 9 月進校至 1965 年 8 月離開，經歷整整十個年頭。其中在學校工作將近四年，讀書五年多。雖然，在運動中不止一次受到批判，屢經責難，但我終於學完了大學歷史專業的課程。經過名師指點，系統學習，獲益良多，爲其後進行教學和學術研究打下了良好基礎。對母校川大及師友們的教誨，我永志不忘，從心底裏對他們表示由衷的感激！特別向曾給予我支持幫助的原數學系總支書記張宗仁，以及袁彬和趙富貴等同志，致以深切的謝忱！

（四）大學畢業後經歷的工作

1965 年 9 月，我去四川地質局報到後，被留在局政治部工作。不久，地質隊開展"四清"運動，我被分配到水文隊"四清"工作隊。工作隊的隊長和黨委書記由地質局黨委書記、政治部主任趙幼博兼任。我被任命爲他的秘書，除起草報告外，還具體負責審批受處分人員的專案材料。

1966 年"文化大革命"開始後，機關癱瘓，工作停頓。1969 年，經申請我被調到紅旗柴油機廠，給廠長當秘書，主要是起草報告、整理文件。在工廠工作一段時間後，成都市提出復課"鬧革命"，所有學校都要恢復上課，而復課面臨的最大問題是缺乏老師，組織上就讓我去中學教書。1971年，我被調到成都市文化宮中學，先後任語文、政治、歷史老師，並擔任史地教研組組長。學校爲了加强管理，實行軍事編制，一個年級編成一個連隊，我除了教兩個班的語文外，還任四連的指導員。不久之後，全國性的"上山下鄉"運動開始了，成都市的學校便組織學生去雲南支邊。市里還組織了龐大的車隊把他們送到中緬邊境的雲南壟川軍墾農場。我也是護送人員之一，把四連的支邊同學送到了目的地。回校後，仍然繼續上課，直到1975年。次年初，一位從部隊轉業的同學告訴我，成都杜甫草堂需要專業人員，希望我們同時調去。經聯繫草堂，他們十分歡迎，並主動來單位商調，由此我結束了較長時間與學術和專業無關的工作。

二、初涉學術領域

1976年3月，我調入杜甫紀念館。這裏是唐代偉大現實主義詩人杜甫的故居，全國重點文物保護單位。它是黨和國家領導人、各國政要以及國内外知名人士，到成都必來參觀遊覽之地。紀念館的任務除徵集、陳列保護與詩人有關的文物和接待國内外來賓外，還要對其作品加以研究，進行學術交流。儘管研究工作只是其中任務之一，但畢竟進入了學術領域，而這正是我所嚮往的。到杜甫紀念館後，我抓緊瞭解情況，熟悉工作，逐漸參加來賓的接待。從進入紀念館那天起，在完成日常工作之外，我利用一切機會，爭分奪秒地進行學習。對一千多首杜詩通讀一遍之後，再以仇兆鰲的《杜詩詳注》爲主，參照錢謙益的《錢注杜詩》、楊倫的《杜詩鏡銓》、浦起龍的《讀杜心解》等，逐首進行閱讀、鑽研。還和紀念館的同事一起承擔了《杜甫詩歌選譯》工作，參加討論、修改，我負責起草《杜甫詩歌選譯·前言》，同所譯的詩作一併刊登在當年的《四川師範學院學報》三、四期上。同時，還刊出了我個人撰寫的《從對諸葛亮的評價看杜甫的政治傾向》的論文。這就開始了我一直追求的學術生涯，踏上了崎嶇而漫長的學術之路。

1977年10月，我被任命爲杜甫紀念館負責人。除分管日常工作、接待外賓等，還陸續草擬了《杜甫草堂簡介》、《杜甫年譜》（袖珍本）、接待解説詞等資料，作爲内部參考；有的還印刷出來，向遊客散發，起到了宣傳作用。與此同時，還先後接待了日中友協正統機關刊物《日本與中國》代表團，美國駐北京聯絡處主任、後來的總統喬治·布什一行以及美國、荷蘭的工程技術人員撲拉斯等。

1978年2月1日，中共中央副主席、國務院副總理鄧小平，在四川省領導等人陪同下，來草堂參觀，還題辭"毛主席來草堂文物陳列室"和"毛主席詩意畫"。

同年，還接待了由香港知名人士霍英東率領的香港足球總會參觀團、美國地方教育代表團、羅馬尼亞《火花報》代表團、日本旅日華僑訪華團、泰國新聞界代表團和緬甸、尼泊爾駐華武官等。同時，在《文史哲》《四川師範學院學報》《四川日報》和《成都日報》刊發了《維護國家統一　反對分裂叛亂》《從〈麗人行〉看楊氏兄妹》《草堂新貌》等文章。這一年由於在工作上的良好表現，我被評爲成都市文化系統先進工作者，受到了表彰。

我先後在《中國青年報》《四川青年》《濟南日報》《陝西青年》和《成都日報》發表了《周總理到草堂》（合作）、《周總理三次來草堂》、《日本研究杜甫專家訪問草堂》、《詩人故居美如畫》、《中日人民深厚友誼的心聲》、《蕭滌非訪草堂注杜詩》、《日本朋友來杜甫草堂》、《詩人故居春色滿園》和《詩人故居介紹》等文章。

粉碎"四人幫"後，來草堂參觀的人大量增加，接待任務陡增，學習杜詩的時間相對減少，也無法進行研究工作，思想上產生了厭倦情緒，我便決定離開這裏，去學術部門進行研究工作。當時我和四川省社會科學院聯繫，廖永祥和吳野等負責同志都支持我到社科院。社科院人事處也向成都市文化局發了商調函，但成都市文化局就是不願放人。恰逢此時，中國社會科學院在全國招考研究人員，我就報名參加考試。我報考的是唐宋文學副研究員，經過筆試面試，最後降格錄取爲助理研究員（副研究員要到北京答辯，我未去北京），分配到四川省社會科學院。

從1976年3月調入杜甫紀念館至1981年2月離開，歷時五年。在此期間，我較爲系統地學習了杜詩，撰寫了一些研究杜甫和介紹草堂的文章，接待了國家領導人、外國政要、專家、學者、作家和藝術家等200多人次，目睹了他們的風采。

三、跨入學術殿堂

從 1956 年考上大學起，我就懷揣有朝一日能够進入專門機構，進行學術研究的夢想。但是整整經歷了 25 年的歲月，通過不懈的努力，至 1981 年 2 月，我才終於跨進了四川最高學術殿堂——四川省社會科學院，分配到文學所。

（一）擔任行政工作和申請高級職稱

來社科院文學所後，我一方面進行學術研究，一方面參與所裏的行政工作。1982 年 5 月，我被任命爲文學所所務委員，同時兼任中國古典文學研究室主任。當時文學所分爲中國古典文學研究室、抗戰文藝研究室、現當代文學研究室。1983 年 10 月，我被任命爲副所長，分管行政工作，仍兼任古典文學研究室主任。擔任副所長後，行政事務就多了起來，擠占了太多的科研時間，加上我學的不是中文專業，需要更多的時間進行學習和補課，1985 年我辭去副所長職務，但又被選爲黨支部書記。到 1990 年，院黨委要任命我爲所長，我一再推辭，因爲愛人正在住院，我天天跑醫院。同年愛人去世後，家裏就亂套了，在這種情況下，我就更不想當。院領導反復做工作，所裏的老同志也一再動員，我只好勉爲其難就任，一直任職到 1993 年。

我是文學所第三任所長。文學所的基礎較好，成果很多。90 年代，文學所有職工 30 人左右，是社科院的一個大所，在全省、全國都有較大影響。就古典文學研究室而言，就有著名神話學專家袁珂先生，他是全國神話學研究權威。研究室研究方向包括唐宋文學、明清文學、大足石刻等，聚集了袁珂、廖永祥、賃常彬、謝桃坊、李慶信、馬仁可、胡文和、周明（袁珂的助手）和沈伯俊等一大批古典文學研究專家。文學所現當代文學研究室有吳野、李世文、仲呈祥、姚國中、楊長友、歐陽江河和陶鎔等學者，在省內也有較大的名氣。文學所比較突出的一個研究領域是抗戰文藝研究，有文天行、廖全京、尹鴻禄、王大明、楊中等學者，在國內外影響很大，成果也多。文藝理論和美學研究方面，有蘇寧、劉長久、張家釗和蘇丁等學者，都取得了很好的成績。此外，秦川研究郭沫若、陳子謙研究錢鍾書、李永翹研究張大千、任昭坤研究軍事文學，也都成績顯著。當時文學所門類齊全、學科較多，成果也很突出。

陣容強大的文學所，讓我來當所長，確實令我戰戰兢兢，如履薄冰。一就任我就跟大家說，要求大家辦到的事情，我自己首先做到，請大家監督。當時文學所集體領導發揮較好，所裏重大事情都由正副所長（我、副所長廖全京和文天行）及黨支委（尹鴻祿）一起研究決定。所裏也比較民主，任何事都公開透明。由於前兩任領導爲所裏打下了良好的基礎，爭取了不少課題，在我當所長期間，科研成果陸續發表或出版，其中有一年的科研成果就達到一千多萬字。這是文學所學術研究的延續，在這一時期開花結果。其間，1987 年和 1994 年，我分別申請了唐宋文學副研究員和研究員。

（二）負責外賓接待

來川外賓多是中國社科院的客人，他們到四川來，由地方社科院負責接待。70 年代我在杜甫紀念館工作時，曾多次接待外賓，所以，院裏就決定讓我承擔文學所的外賓接待工作。主要接待了以下專家：

一是美國威斯康辛大學周策縱教授。周教授在考古學、《紅樓夢》和甲骨文等方面的造詣很深。我們在四川大學爲他組織了一場學術報告會，當時有 30 多人參加。他的報告是對甲骨文的研究，講得十分精彩，很多專家都對他講述的内容非常贊賞。

二是法蘭西學院斯坦因教授。中國名字叫石泰安，當時已七十歲，精神很好，是藏傳佛教研究的專家。他提出兩個要求：其一，去寶光寺參觀；其二，到四川大學去看本波教經文。我陪他先到川大看本波教經文，當時川大博物館還没有對經文進行整理，拿出來看時灰塵很厚，石泰安一再感嘆可惜。在寶光寺參觀時，發生了一件有趣的事。石泰安參觀了精美的千手觀音塑像後，問陪同的寶光寺聖興大師：“這位觀音有多少隻手?”大師說：“大概是三十二隻。”他微笑地搖頭說：“不對! 是三十六隻。她每面都是九隻，四面不正好三十六隻嗎?”我半信半疑，一數果然是三十六隻。

三是加拿大不列顛哥倫比亞大學終身教授葉嘉瑩。當時中國社科院與四川大學合作了一個詞學課題，要寫一部著作，由四川大學繆鉞先生和葉嘉瑩教授合著，歷時數年。葉嘉瑩先後來川三四次，每次都是我接待。後來我出版了《花間集注釋》和《韋莊集校注》，繆鉞先生囑我寄贈給她。她回信說她正在南開大學講授“唐宋詩詞選讀”課，“大作對我之教學極有參考價值，獲益良多，感激無已"。

四是法國高等社科院霍兹曼教授。來訪時我贈給他《杜甫草堂詩注》與有關杜甫的研究論文，他很感興趣，回國之後還特別回贈了法國出版的中文典籍《淮南子通檢》《方言校箋》《方言校箋通檢》《風俗通義通檢》《文心雕龍新書》和《文心雕龍通檢》，以示感謝。

1990 年作者參加四川大學繆鉞先生（前排右四）和楊明照先生
（前排右六）同日本學者進行的學術交流並合影留念

此外，我還陸續接待過巴黎第七大學校長埃爾武埃教授、美國比較文學代表團和日本東京大學文學部教授、知名漢學家户倉英美女士。後來，我與她多次書信交流，互贈著作，成爲朋友。

（三）兼職其他工作

1989 年 8 月，我被院研究生部聘爲兼職副研究員，時間兩個學期，爲我所賃常彬老師指導的兩名碩士研究生講授《花間集》。1991 年 10 月，我被院裏任命爲四川省社科院巴蜀文化研究中心副主任。1993 年 2 月，我受聘爲巴蜀文化史研究會理事兼人物思想專業委員會常委。

在院外，我還被中國國際名人協會評審委員會、中國國際名人協會學術委員會、中國國際名人研究院辭書編輯部、中華人物辭海編輯部聘爲《中華人物辭海》（當代文化卷）特邀顧問編委，被四川省委宣傳部、四川省社科聯及四川大學聘爲《巴蜀全書》學術顧問等。

四、學術研究及成果

我在大學學的是歷史專業，研究文學是半路出家。儘管文史不分家，但文學方面的專業知識畢竟沒有系統學習過，爲了彌補這方面的不足，我有計劃地補學了《中國文學史》《中國文學批評史》《中國詩史》《漢語詩律學》《先秦漢魏晉南北朝詩》《樂府詩集》《中國訓詁學史》，以及唐詩、宋詞、元曲和歷代詩話、詞話等中國漢語言文學專業著作。

來文學所後，我將研究方向鎖定在唐宋文學（偶爾也涉及歷史），主要是杜甫及其詩歌的研究，先後撰寫了一些論文，如《千秋詩史　亙古長存》《毫髮無遺憾　波瀾獨老成》《讀杜甫譴責唐代反動政治的詩篇》《挺身艱難際　張目視寇仇》《關於杜甫絕句詩的評價問題》《試論北宋王朝所執行的“守內虛外”政策》《兩宋時期的蜀詞》等，刊登在《唐代文學論叢》《杜甫研究學刊》《史學論文集》《抗戰文藝研究》《四川師範學院學報》《四川巴蜀文化研究會會刊》《文學與文化》和《抖擻》等刊物上。也寫過一些李白、杜甫詩歌的賞析文章，刊載在《文史知識》《探藝錄》《百家唐宋新詩話》《大眾美學》《杜甫詩歌賞析集》等書刊上。四川人民廣播電臺還專門辟了一個李杜詩歌賞析的欄目，由我供稿，定期播出，聽眾反響很好。

後來我將研究方向轉向對唐末五代其他文學家以及蜀詞的研究。同時爲了方便成果的發表、出版，特別是能使其較爲久遠地傳承，我選擇了編選、集校和注釋古籍的工作。顯然，這是一條極爲艱難曲折的道路，沒有“焚膏油以繼晷，恒兀兀以窮年”的精神，是斷難完成這個旅程的。我之所以做出如此選擇，是因爲這是一項基礎性工作。打好了堅實的基礎，才能順利地開展學術研究，寫出質量較高的文章。中國有成就的知名文史專家，都是從這條路走過來的。古人云：“工欲善其事，必先利其器。”我除了向圖書館借閱之外，還縮衣節食，籌措資金，陸續購買了各種重要的工具書，如《漢語大詞典》《中文大辭典》《中華大辭典》《辭源》《辭海》《佩文韻府》，以及各種專門辭典、類書等，不下七八十種，而且還逐漸掌握了各類工具書的使用方法和查閱途徑，故能在後來的編注工作中，得心應手，事半功倍。我深感《中文大辭典》《漢語大詞典》《佩文韻府》等是不可缺少的必備工具書。尤其《中文大辭典》收字最多，注釋最全，查閱方便，非常實用。由於我在杜甫紀念館較爲系統地學習和初步研究過杜詩，就決定先編注一部杜甫在草堂時期的作品《杜甫草堂詩注》。完成後送四川人民出版社，當時的責任編輯金成禮提了三條意見：其一，字數不能超過 20 萬字，書的定價不能超過兩元錢；其二，每一首詩前面必須有一個提要；其三，要對每兩句詩進行講解，讓讀者能懂詩的內容。這樣，就等於把之前的書稿全部推翻，我只好把書稿拿回來，按他的意見花了半年時間修改好後交回去。在此過程中，雖然改得十分艱苦，花了不少精力，但也得到了特別大的收穫。正如前人所說："學問之道，勞而不獲者有之，未有不勞而獲者也。"因爲這個編輯要求既高且嚴，經過他的"打磨"，該書於 1982 年出版，印了四萬多册，不僅頗受讀者歡迎，很快售罄，還得到李杜專家、《李杜論略》的作者、南開大學羅宗强教授的贊許。他説該書"曉暢而且確切，較之引經據典以注杜詩而終於不瞭然者爲勝。注釋古書，我總覺得傳統的注釋方法有改進的必要，大作在這方面是一個很好的嘗試"。該書還被評爲 1984 年四川省哲學社會科學科研成果三等獎。

《杜甫草堂詩注》責任編輯的"打磨"對我幫助很大，給我以後的古籍整理和注釋工作帶來很大的方便。此時所裏集體編注了《歷代四川山水詩選注》，我承擔的是三、四兩卷（詠頌成都和青城山的詩），後來由重慶出版社出版。

1986 年由四川文藝出版社與四川省社會科學院出版社分別出版了《花間集注釋》和《韋莊集校注》。《花間集》，前人注本雖多，但都嫌簡略，故我決定重新注釋。出版之後，受到六十年前擔任《花間集注》的老專家、河南大學華鍾彥教授的好評。他説："惠贈大作，前已收到，披閱之餘，甚服功力。"錢（鍾書）學專家、四川省社科院研究員陳子謙也認爲，"本書的一個可喜之處就是，作者力圖補他人之短：於人無注處加注，於人有注處另注，於人繁處則簡，於人簡處則詳，詳略得當"。而韋莊的著作，曾有白文《韋莊集》（含《浣花集》詩和《浣花詞》）及《韋莊詞校注》問世，但缺韋莊之文，其詩詞也未盡收。《韋莊集校注》則是把散存於各種文獻中的作品搜集起來，將詩、詞、文以及有關韋莊的誌傳、諸家評論、書録題跋和研究韋莊詩詞的主要論文索引合編爲一書。一册在手，韋莊其人其事其作品，盡收眼底。專家、學者對此書的評價頗高。著名國學專家、四川省教育學院中文系系主任龍晦教授認爲此書"材料宏富，從傳世版本及近人研究韋莊之作，靡不兼收，爲研究韋莊詩詞及其創作思想、藝術風格提供了極好材料。……注釋比較完備，釋文深入淺出，對中級研究及初學詩者均有好處"。中國古典文學研究家、四川省社科院研究員賁常彬也稱贊"《韋集校注》是建國以來較完整的善本。即以《秦婦吟》的校注來看，足以見其功力。陳寅恪《韋莊〈秦婦吟〉校箋》的學術價值固然很高，但一般讀者讀了校箋不一定全懂此詩，而李誼之校注，較前人詳盡，可謂集其大成，既在前人的基礎上有所提高，又能起到普及的作用。其他注釋，莫不如是。裨益士林，功不可没"。

接着，我又進行了寒山詩的編注。寒山是唐代一位頗有才華的詩僧，其詩富於禪理，機趣天成，禪意橫溢，足資勸戒。其詩揭示和闡發了人生的哲理，有着極其重要的價值，惜尚無注釋本問世。此書是以《全唐詩》所收寒山詩爲基礎，參照《寒山子詩集》有關版本並與《天台三聖二和詩集》進行校勘，重要異文均予注明。對詩中疑難字詞、佛教人物和術語典故，皆加以詮釋。編注完成後，定名爲《禪家寒山詩注》，於1992年由臺北正中書局出版。

從1985年起，我又把注意力轉向了蜀詞。詞在中國文學史上曾有過獨特的顯赫地位，蜀中更是詞人輩出，成就斐然，而李白、蘇軾和楊慎等尤被文學史家所稱道。然而，令人遺憾的是，尚無一部完整的蜀人詞集問世，因此對蜀詞的整理出版就非常有必要。我從浩如煙海的中國典籍中精搜細求，鈎沉輯佚，歷時數載，共收録上起唐代、下迄晚清的240多位蜀籍詞人作品5000多首，輯校而成《歷代蜀詞全輯》。此稿完成後，曾與幾家出版社聯繫，皆因部頭太大，不願付梓。後來通過喬雨舟總編輯，在北京《出版參考》上登了"書稿推薦"的廣告，才被重慶出版社要去，並經特聘的錢偉長、費孝通、季羨林、于光遠、周光召、劉大年、汝信等專家組成的"重慶出版社科學學術著作出版基金指導委員會"評審通過，被列爲"具有國内或國際先進水平的自然科學、社會科學學術著作"之一，加上後來的《續編》，先後於1992、1994年由該社"百萬基金"資助出版（2007年又對兩書進行了再版）。知名作家、四川省人大原副主任馬識途老先生稱它是"四川文學研究中一大勞作"，"甘於寂寞，樂爲人梯，爲研究者作鋪路石，提供研究資料的人，尤爲可敬"。重慶出版社也認爲，此書"是一部大型歷代蜀籍詞人的詞作總彙，全書資料翔實，校勘精審，文學性、文獻性和學術性頗高，每位詞人均有輯校者寫的簡明小傳，還附有引用資料書等索引兩種，它是具有填補空白意義的工具書"。

1992年作者出版《歷代蜀詞全輯》
後在百花潭公園休息時留影

《蝸廬存稿》書影

　　需要提到的是，在1985年左右四川美術出版社曾向我們預約編輯一套始自六朝、終至晚清的《歷代書畫題詠詩選注》，初步定爲十冊，陸續出版。經商量決定由所裏幾個人承擔，我負責擬議中的第一冊（六朝至五代的作品），其他人分別負責其餘幾冊。經過努力，1985年7月第一冊書稿送交出版社。可是原擬合作的幾位同事都有別的任務，無法按原計劃進行。爲了履行與出版社的（口頭）協議，只好由我繼續其他部分的選編。大約又過了一年，我完成了宋代部分（因爲一直沒有出版，宋代以後就終止了選編）。然而，出版社考慮經濟效益，無法出版該套著作，而且把原稿也弄丟了。經過多次交涉，均無結果，只好不了了之。後來有朋友建議，可把書稿中題詠書法的詩選出來另編一本《歷代書法題詠詩選注》。我接受了此一建議，完成了此書的編注工作，曾約請著名書法家、四川省書學學會副會長、四川大學周浩然教授和四川省書學學會副會長、四川大學何崝教授寫了序言，但此書的出版仍未落實。直到 2013 年院裏倡導對一些老專家未出版的成果予以資助出版，我兩次申請了出版補貼，先後出版了《歷代書法題詠詩選注》和《歷代書畫題詠詩選注》（宋代，上下兩冊）。後來由我的兒子資助，又陸續出版了《歷代書畫題詠詩選注》（六朝至五代）、《蝸廬存稿》，並再版了《杜甫草堂詩注》。至此，湮没了二十多年的書稿總算得以面世。其中《歷代書畫題詠詩選注》曾受到著名工筆花鳥畫家、工藝美術教育家、浙江美術學院鄧白教授的贊賞。他説：“李誼先生系統地搜集了歷代有關書畫題詠的詩篇，按歷史序列，斷代分卷編輯，詳加注釋，内容豐富，體例清晰，聚詩人書畫家於一堂，集題畫論書之精粹，可謂洋洋大觀！爲了方便讀者對古詩的瞭解，編注者以認真精審的態度和廣博的學識，將難懂的辭義，逐一引證注解。……同時對每一位作者的生平概況均有抠要介紹。可供書畫家、書畫愛好者和美術院校師生以及廣大讀者學習、欣賞，它是一套對研究傳統藝術很有參考價值的好書。”至於《歷代書法題詠詩選注》，周浩然、何崝教授認爲：“是書搜羅宏富，注釋精審，且依所詠之事，劃分類目，庶使讀者展卷披覽之時，不徒省却翻檢之勞，於各詩之大旨，皆可瞭然於心，略無疑滯。以此知是書之嘉惠書壇，將非淺鮮。”

最後，還要特別提到的是編纂《巴蜀詞新編》一書。《歷代蜀詞全輯》正續編再版後，已故原副院長萬本根教授生前曾不止一次向我建議，對《歷代蜀詞全輯》正續編進行補充、訂正。我一直猶豫，未敢應允：我年事已高，業已八十多歲，編輯大部頭的書，有些力不從心，頗感精力不濟；1995 年退休後，我決定不再進行學術研究，過去出版的書全部送人，收集的資料已做處理，有的稿約也都婉言謝絶，以便全心全意“頤養天年”；兼之，我的妻子自 2012 年因肺癌動過手術之後，情況一直不佳，需要我照顧。過了一段時間後，萬本根教授再次對我進行説服、動員，反復強調編輯出版該書的學術價值和重大意義，使我改變了主意。他還於 2014 年 8 月請來了《巴蜀全書》編纂組總編纂舒大剛教授和博士李冬梅女士，當面進行洽商並簽訂合同，把《巴蜀詞新編》和《韋莊集注》列爲《巴蜀全書》子項目。《韋莊集注》工作量不大，很快即交稿（已於

2017 年 12 月出版）。而《巴蜀詞新編》從當年 8 月起，我即竭盡全力，夜以繼日地對《歷代蜀詞全輯》正續編進行訂正補充，歷時三載，於 2017 年 3 月交稿。書稿用的是簡體字，《巴蜀全書》編纂組將簡體字改爲繁體字，曾將打印稿返回讓我校對。從 2017 年 6 月至 10 月，我用了整整五個月時間才校對完畢。編纂組再次做了修改，又將修改稿返回，從 2018 年 6 月至 9 月，歷時三個月才校對完了修改稿，送交編纂組審訂後，將由四川大學出版社出版。

我從 1976 年涉足學術領域至 1995 年退休，歷時 19 年。特別是自 1981 年跨入學術殿堂——四川省社科院之後的 14 年，是我一生中的重要時期，基本上實現了我的夙願。在此期間進行學術研究，共計出版著作 12 部（其中合作 1 部）、再版 4 部、待出版 1 部（《巴蜀詞新編》），發表文章 60 多篇，總計近 1000 萬字。在此過程中，四川省社科院不斷給予我幫助，肯定了取得的成績，多次對我的學術研究成果進行獎勵，如 1985 年，論文《毫髮無遺憾 波瀾獨老成》獲院科研成果三等獎；1988 年，《韋莊集校注》獲院科研成果二等獎；1994 年，《禪家寒山詩注》獲院科研成果乙等獎，同年《歷代蜀詞全輯》正續編獲四川文化廳、四川省社科院、四川成都恩威集團公司、四川巴蜀文化研究會、四川中華民族文化促進會頒發的特別獎。1991 年，我還被中共四川省社科院黨委評爲優秀共產黨員。2010 年獲中國名家書畫院、北京人民畫院和中國文藝協會頒發的"2010 世界華人慶祝上海世界博覽會開幕暨首屆中國名家世博藝術傑出成就獎"。事迹分別載入《中國當代社會科學專家學者大辭典》《當代中青年社會科學家辭典》《中華人物辭海》和《世界名人錄》等。

我生性愚鈍，才力平庸，對國家民族沒有什麼大的貢獻。這些學術研究及其成果，也許在別人看來都是"雕蟲小技"，但我確實費了不少功夫，花了頗多精力。捫心自問，我一直在努力工作，沒有鬆懈怠惰，於公於私，都無愧於心！

2018 年 10 月 23 日初稿

2019 年 1 月 20 日修改

（此文係據李誼口述、賈麗紅采訪整理之《我的古籍整理之路》修改補充）

後　　記

　　這部《巴蜀詞新編》，自 2014 年 8 月 1 日經《巴蜀全書》編纂組列入《巴蜀全書》子項目以來，迄今歷時三載。經過一千多個日夜的不懈努力和艱苦奮鬥，算是按既定要求編纂完畢。

　　《巴蜀詞新編》是在對《歷代蜀詞全輯》和《歷代蜀詞全輯續編》進行校勘、訂正、合併和增删的基礎上編纂而成的。這也就保留了前兩書的體例、結構和編排款式等。

　　編纂此書的目的，如以前所述，是爲古典文學研究工作者和廣大讀者提供一本較爲完備的巴蜀詞總集，從而爲研究工作帶來一些方便和省却讀者的翻檢之勞。儘管此書的編纂有《歷代蜀詞全輯》及《歷代蜀詞全輯續編》爲基礎，但爲了力求完備，避免遺漏，減少錯訛和查閱方便，仍然從千部以上的總集、全集、別集、類書、詞話、詞評、詩話、筆記、小説、話本以及地方志等文獻資料中，多方尋覓，廣採博收，對原書進行校訂、增删並保留其有關内容。編纂中曾參閲了現當代專家、學者的詞作專集和著作，還採用了某些成果。書中所録的蜀籍詞人和作品均有所增加。

　　在編纂此書的過程中，始終得到四川大學國際儒學研究院院長、歷史文化學院副院長、古籍整理研究所所長、《巴蜀全書》總編纂舒大剛教授，已故四川大學國際儒學研究院常務副院長、四川省社會科學院原副院長萬本根教授，博士李冬梅女士，以及四川省社會科學院陳德言教授的熱情關懷和鼎力相助，謹在此向他們表示衷心的感謝！

　　由於巴蜀詞所涉及的作家衆多，作品内容廣泛，時間跨度很大，編纂者雖然集中數年時間，全力以赴地進行此項工作，但因學識淺薄，手邊資料奇缺，兼之妻子陳汝賢女士身體不佳，竟於 2016 年 7 月 13 日溘然長逝，而我本人年事已高（今年八十二周歲），深感力不從心，故書中錯誤在所難免，殷切期望專家、學者和本書的廣大讀者批評指正！

李　誼

2017 年 2 月 5 日於錦城西郊百花潭畔蝸廬